师范大学文学院中国散文研究中心 · 推荐

当代散文新作荐读文丛

王海峰 主编

闲适心语

薛立全

著

山东友谊出版社 · 济南

图书在版编目（CIP）数据

闲适心语／薛立全著. — 济南：山东友谊出版社，
2023.10
（当代散文新作荐读文丛）
ISBN 978-7-5516-2787-0

Ⅰ．①闲… Ⅱ．①薛… Ⅲ．①散文集- 中国- 当代
Ⅳ．① I267

中国版本图书馆 CIP 数据核字 (2023) 第 150151 号

当代散文新作荐读文丛·闲适心语
DANGDAI SANWEN XINZUO JIANDU WENCONG·
XIANSHI XINYU

责任编辑：赵　锐
装帧设计：于晨虹

主管单位：山东出版传媒股份有限公司
出版发行：山东友谊出版社
　　　　　地址：济南市英雄山路 189 号　邮政编码：250002
　　　　　电话：出版管理部（0531）82098756
　　　　　　　　发行综合部（0531）82705187
　　　　　网址：www.sdyouyi.com.cn
印　　刷：济南精致印务有限公司

开本：880 mm×1230 mm　1/32
印张：57.75　　　　　　　　**字数**：1355 千字
版次：2023 年 10 月第 1 次印刷　**印次**：2023 年 10 月第 1 次印刷
定价：298.00 元（全 8 册）

自序

回望我的人生之路，有过多种经历。我 20 世纪 60 年代初出生在黄岛的农村，在家乡生活到 19 岁，离家到济南求学，毕业后先进工厂，后进机关，当过工人、技术员，从事过短暂的文字工作，后来长期稳定工作在公务员岗位上。

近些年，由于年龄原因，我基本脱离了工作岗位，忙了几十年工作，终于清静下来，有了充足的时间安排自己的生活。

我先用几年的时间游览了名山大川，脚步遍及祖国的东西南北中。旅游让我找回了年轻的感觉，我也深深喜欢上了户外运动，旅游和徒步成为我日常生活的重要组成部分。

文学是我的梦。由于爱好写作，年轻时争取到进机关从事文字工作的机会，从此改变了我的生活轨迹。我从事文字工作时间尽管短暂，但那是一段很值得留恋的时光。后来由于工作的重压和繁杂的生活事务，没有闲暇从事写作，我的文学梦被暂时搁置起来。

经历了漫长的职场岁月后，梦想还在，人亦未老，带着对新生活的憧憬，我走进人生的闲适时光，重拾起了曾经的文学梦。

没有了职场压力，没有了讨生活的艰辛，写作全凭兴趣，我能时时感受到岁月的静好。每天除了日常的户外活动之外，最重要的事情就是写作，我很享受写作带来的内心充实和愉悦。我的散文创作，都是围绕对人生过往的回忆和对新时代美好生活的描绘展开的。

乡愁是一个绕不开的话题。故乡,是记忆深处最美的地方。回望故乡,那里有我留恋的老屋,有我快乐的童年,有我忘不掉的乡音乡情。

旅游能够为平淡的生活注入新的激情,拓展人生的宽度,让人脚在地面,眼在天堂。我喜欢旅游时行走在路上的美妙感觉。

亲情至真至纯,割舍不断。因为亲情,父母对我们无私奉献,手足兄弟默默与我们相伴,其他家人也对我们深情关怀。亲情是与生俱来的真情,深深地融于血脉之中。

城市的烟火气,让人可以找回对生活的热忱。城市的烟火气里,有人气、有欢笑、有旧俗、有美食,它们充盈着生活的多姿多彩,增加了城市的文化底蕴。

我居住的城市,日新月异。我是城市发展的参与者、见证人,生活在这座风光无限的城市,看着海岸线一天天变美、时尚建筑拔地而起,内心感到无比喜悦,对崛起的新城发自内心地赞美。

自从开始写作,我开启了一段新的生活,变得物欲简单、精神富足,能够诗意地思考人生,对乡愁有扯不断的思念,对新时代的变化充满着感恩和感动,总有写不完的话题。每一次写作,都是与自己心灵的对话,这些对话是思想的沟通,更是情感的释放。

贾平凹说:"你怎样对待自己就怎样写散文。"这本散文集,虽然没有华丽的语言,却有着最真诚的表达。希望您阅读后,能勾起一些快乐的回忆,产生一些心灵上的共鸣!

2021 年 9 月 25 日

目录

第四辑　氤氲烟火

第五辑　城市变奏

第一辑

乡愁记忆

故乡的老屋

故乡的老屋说老，其实也不老。它是于 20 世纪 80 年代初建成的。当时我还在上高中，家里并不富裕，父亲为了让我们弟兄三人每人都有一幢房子，决定自己动手再建造一幢。父亲、大哥砌砖垒墙，二哥制作门窗房梁，我也参与其中。那时我在黄岛的老一中上学，晚饭后和在黄岛电厂干零工的二哥会合，推着手推车沿海岸线捡拾被海浪冲上岸的海带叶。据说将海带叶铺在房顶上，再在上面盖上瓦，建成的房屋冬暖夏凉。

我外出求学前夕，在父亲的主持下，大家庭进行了分家。经两个哥哥提议，这幢刚刚建起的新房被分给了我。后来，二哥和我先后在这幢房子里结婚成家。

我毕业后，被分配到城里工作，父母二人就住在这幢房子里。1985 年父亲因病去世后，母亲独自在这幢房子里居住。我尽管后来已经结婚成家在城里居住，但还是隔三岔五骑着自行车回老屋陪伴母亲。母亲是我心头最大的牵挂。

之后的很多年，母亲断断续续离开老屋，住到儿子家，看大了几个孙子和孙女。

光阴似箭，日月如梭，转眼间过去了 20 多年的时光，母亲的满头黑发已被染成霜白，脚步也由稳健变得蹒跚。在大哥的提议下，从 2012 年起我们兄弟三人轮流把母亲接到各自家中赡养，巧合的是这一年我从工作岗位上提前退了下来，有了充足的时间照料母亲，于是母亲离开了老屋，到城里居住，老屋处于闲置状态。

轮流赡养在很大程度上解决了母亲的饮食起居问题，母亲的生活质量有了明显的提高。但几年过后，母亲的体力越来越差，每次换地方居住时，母亲都要大包小包整理很长时间，累得气喘吁吁不说，有时还表现出很消极的情绪。

我深知母亲的脾气，如果让她固定在一家住，她肯定不会同意，这时我就思考怎么解决母亲的固定养老问题。想来想去，我就想到了回故乡改造老屋，把母亲安置在老屋养老。母亲春、夏、秋三季回老屋居住，冬季由于没有暖气，再回到城区居住。这样既满足了母亲叶落归根的想法，她可以和熟悉的邻居说话聊天，排解孤独，也解决了母亲不愿挪动地方的问题，轮到我们兄弟三人谁照顾母亲，谁就回老家住一个月，专门陪护。

接下来就开始改造故乡的老屋。房子的屋面更换成红瓦，屋内地面做防水处理并用水泥硬化，门窗全部更换为塑钢的，室内墙面用水泥抹平并刮泥子，天棚吊顶，制作全套厨房橱柜，在母亲的卧室里制作榻榻米电炕并安装上了空调。

院子里长满了大树，为了有日照空间，我选择留下了树龄近 30 年的梧桐树、樱花树、山楂树、柿树各一棵，其他全部清除。为了院子美观和不积水，采用荷兰砖铺设地面。

按照我的要求，在院子的西侧砌起一块菜园，在两个卧室的窗户前垒砌起两个花池。

房屋翻修完工，打扫完卫生后，我迫不及待地从大哥家把母亲接上，回故乡参观翻修后的老屋。

刚进小院母亲就显得很惊喜，院子宽敞平整，完全不是原来的样子。进入房间后，我把榻榻米电炕开关打开，电炕很快就热乎了。母亲在电炕上躺了一会儿，起身要去西屋看看我的房间。

参观完全部房间后，母亲陷入了对往事的回忆之中。母亲说，当年盖这五间房子时家里很困难，根本没有买五间房子材料的钱。父亲本来打算盖三间，加上已经有的两幢房子，我们兄弟三人每人一幢。母亲坚决要求盖五间，其中的两间作为父母的固定住处，这样他们就不用和儿子挤在一起。为此母亲和父亲还闹了几天别扭，最后在母亲的坚持下，父亲加盖了两间。

母亲说她一辈子都惦记着这两间得来不易的房子，前些年看着两间房子没门没窗被当成柴草屋，一直很痛心，现在看着五间老屋被翻修一新，配套设施齐全，心里非常高兴。听到母亲说这些心事，我更感觉自己干了一件有意义的事。

母亲回到榻榻米电炕上，说晚上不走了，要在这里先住上一晚。当时还是初春季节，我劝母亲说，新定做的被褥还没有做好，没法在这里过夜。直到下午四点多钟，母亲才依依不舍地离开老屋。我把她送回了大哥城里的家。

大约过了半个月时间，城里的暖气刚停，正好轮到我照顾母亲，我便把母亲接回了老屋。

在这之前我先在网上购买了四把藤椅和一张藤木茶几。四月份乍暖还寒，只要太阳好，我就把藤椅和茶几搬到院子里，冲上新茶，把母亲叫出来一起喝茶、晒太阳。喝茶的间隙我就整理小院里的菜园，选择观感好、颜色翠绿的蔬菜品种穿插种植。

与此同时，我把院墙外的水泥地面用大铁锤沿墙根砸开，清理干净垃圾后再填上熟土，建起一溜花池，到市场上选购花头大、开花多的蔷薇沿墙根栽上，至于小院里修建的花池中，则栽上了牡丹、月季和栀子。

随着天气变热，在太阳下喝茶已不舒服，这时稍微挪动一下藤椅和茶几就是大片树荫。母亲一生喜欢饮茶，看着她优雅的饮茶动作，听着她娓娓道来的陈年往事，我的内心感到无比喜悦和幸福！人到中年，既有闲暇，又能和老母亲天天在一起，这种感觉非常美妙！

到了周末，爱人、儿子都赶回老屋团聚，侄子、侄女以及孙辈也来看望母亲，老屋里呈现出在城里少有的热闹气氛，我也找回了小时候依偎在母亲身旁的感觉。

回老屋居住后，母亲的两间屋热闹起来，左邻右舍的老人都来找母亲玩耍，有些年轻时在生产队与母亲熟悉的老姊妹，虽然住得离我们家很远，也打听着找来，这时我便当起服务员，不停地给她们烧水、泡茶、倒水，还不时加入她们的交流，同时承担送老人回家的任务。看着老人们在一起的欢乐气氛，我由衷感到高兴。

回老屋，我夜晚在火炕上睡得特别踏实和香甜，每天早晨听到鸟儿叫就早早起床，沿着村西头一条曲折幽静的小道，一直走到灵珠山街道办事处驻地旁的青岛六中。学校的西侧和南侧修建了宽阔的大道，我顺着校园的外墙转上一圈儿，再回到家中，每天早晚各走一次，一天的运动量就基本够了。

到了秋天，小院里一片丰收景象。由于回老屋居住后，我经常给山楂树、柿树追肥打药，门东旁的柿树挂满了黄灿灿的柿子；坐落在院子中央的山楂树枝头，缀满了火红的、又大又饱满的山楂。伸向窗外的一个山楂枝条，由于结的山楂太多被压向了地面，二哥用高超的技艺把垂下的树枝吊向高空。看着满树的红山楂，母亲高兴不已，邻居来玩耍时，都要给她们摘上一些。院子里的小菜园由于管理精心，蔬菜长势很好，除了供我和母亲食用外，基本满足了我的小家庭对绿色蔬菜的需求。

第二年春天，小院里呈现出一片生机勃勃的景象。一进大门，西侧是一块整齐的、绿油油的小菜园；房门旁是一棵高大的樱花树，树冠直径足有五六米，据说这是村里最大的一棵樱花树，花朵密集、花头硕大的双樱开满枝头，半个院子都被粉红的樱花遮住；房间的两个窗户前分别是两棵牡丹和两棵月季，其中的两棵牡丹是我菏泽的同学寄来的，由于水肥管理得当，又是初次开放，花朵特别鲜艳和硕大；小院南墙的整面墙头上，开满了红色和粉色的蔷薇花，色彩艳丽；靠近小院的东墙根，一棵青翠的栀子叶片油光发亮，枝头上开满了雪白的花朵，清香扑鼻；院子中间雪白的山楂花缀满枝头。母亲一生爱花，特别喜欢牡丹，每天都要拄着她的手杖端详上几番。

母亲在哪里，家就在哪里，有母亲居住的老屋，是最吸引我的地方。在不由我照顾母亲的月份，我每天也必定回老屋看看母亲，陪母亲说说话、喝喝茶。回到老屋的炕上躺一躺，心里才算踏实，这一天才觉得过得有意义。

然而，随着母亲的离去，一切都发生了变化，这种温馨的生活场景再也不会出现了。现在老屋常年挂着锁，我偶尔还会回老屋一趟，清理清理杂草，打扫打扫卫生，但看着空荡荡的老屋，睹物思人，伤感的情绪就会涌上心头。

老屋依旧在，但没有了母亲的身影，老屋日趋冷清，在我脑海中的旧时模样也渐渐模糊了。

春天的野菜

　　春天悄然而至，大地经过一个冬天的休眠，欣欣然睁开了惺忪的睡眠。在春雨的滋润下，麦苗返青，树木生发出鲜嫩的芽，田野里的野菜和小草也争相探出脑袋，为大地涂上绿色，目之所及，到处是一派生机勃勃的景象。

　　小时候，每年春节过后，我家都会买回两头刚断奶的小猪仔。我对小猪仔发自内心地喜爱，每到这时，母亲就会趁热打铁地激励我说："你喜欢它们，就每天剜野菜喂它们，它们很快就能长大。"我对母亲分配的任务自然感到很高兴，一改赖床的习惯，每天天刚蒙蒙亮，就翻身起床，挎着篮子到田野里剜野菜。

　　初春季节，春寒料峭，正是"草色遥看近却无"的时节，我在草丛里、朝阳的避风处仔细寻找野菜。生长在这些温暖环境里的荠菜、苦菜等早春野菜已经钻出地面，半天工夫我可以剜到一两小把。待我回到家，母亲便把野菜切碎掺上饲料，喂养小猪仔。小猪仔吃着如此美味的新鲜野菜确实长得很快。随着小猪仔的长大，它们的食量也不断增大，再加上新鲜劲已过，剜野菜对我来说变得不再那般美好，而是成了一项不得不完成的任务。

　　随着天气变暖，适合猪食用的野菜品种越来越多。田地里长出的七七毛，叶片宽大，周边长满毛刺，剜它时要十分小心，不然很容易被毛刺扎到手。七七毛还有止血消肿功效，偶尔有出血的伤口，把七七毛揉搓挤压，将汁水滴入伤口，马上就能止住血，非常神奇。灰菜生长在田野、路边及住宅附近，秆茎直立粗壮，有条棱，呈绿色或紫红色。蹲倒驴生长在低洼地带，叶宽扁，是猪可食用的上好野菜。马扎菜（马齿苋）肉感十足，茎平卧，伏地铺散，枝淡绿色或暗红色，叶片扁平肥厚。茵陈菜色泽翠绿，多在肥沃的土地上生长。山菜（在本书中指山苜楂）生长在山地及悬崖处，喜欢丛生，它还是人喜欢食用的野菜品种。枸杞头是野枸杞春季的嫩头，长在园边或地埂上……

春季猪可食用的野菜种类有十几种之多，但由于家家养猪，人人都剜野菜，村前村后近处已经没有野菜可剜。于是，远处的山沟里、田野里、地埂上、干涸的水库底到处都留下了我剜野菜的身影。

为了剜到更多的野菜，有时还要冒一定的风险。我的老家是一个小山村，村四周沟壑纵横，山菜喜欢长在悬崖峭壁处，由于地势险要，一般人够不到。山菜长得茂盛喜人，每当看到它，我就会像深山里采山货的"蜘蛛人"一样去采，只不过他们腰上拴着绳子而我没有，我双手攀着树枝，篓子挂在腰带上，面临着更大的掉下深渊的风险。把悬崖上一大墩山菜剜到篓子里后，我内心感到无比喜悦——一次这样的冒险就能赶上平时小半天的收获。

我小学是在本村上的。记得小学二年级时的一个中午，利用一个多小时的午休时间，我独自一人挎着篓子，快步来到与邻村交界的一块麦地。那个时候还是生产队时期，麦地里是不允许剜野菜的，平时都有看坡的人看护。那天中午也许是看坡的回家吃饭去了，麦地没人看护，我大着胆子进入了麦地，越往里走越兴奋。田埂上长满了又嫩又胖的灰菜，数量之多前所未见。我以极快的速度把灰菜剜到篓子里。当篓子里快要装满灰菜时，我突然听到有人大喝一声："把篓子放下！"我猛地抬头一看，一个中年男子站在离我仅有二三米远的地方，面露凶相，杀气腾腾。我挎起篓子撒腿就跑，中年男子紧追不舍。我慌不择路地沿着田野、地埂往家飞奔，始终与中年男子保持五到十米的距离。那块麦地离我们村有二三里远，我筋疲力尽勉强跑到村口，中年男子停止了追赶。这时我看了一下篓子，里面的灰菜大部分在奔跑中被颠掉了，只剩下篓子底很少一点，我心疼不已。值得庆幸的是我没有被中年男子抓到，也就避免了耽误下午上课。

我出生于 20 世纪 60 年代，幸运地躲过了三年困难时期，印象中小时候家里很少吃野菜，但在春季剜野菜时经常有生吃野菜的经历，回忆起来满是乐趣。

我春天最喜欢吃贼蒜（野蒜）。贼蒜茎叶细长、中空，呈三棱状或半圆柱状，根部呈球形，大都成片生长。用铲子深挖出底部蒜头，到小河流水中冲洗干净，把蒜头和茎叶一起吃掉，有新蒜的味道。茅芽，即茅草刚刚生长出来的嫩尖，也是我春天喜欢吃的一种"珍品"。把它揪出来剥掉外面包裹的几层皮，取出里面白嫩得像棉花絮一样的内芯，直接放进嘴里咀嚼，味道甜润甘美。茅芽可以食用的时间很短，冒出头一两天之后，内芯变硬，人嚼之如同吃饲草，它便失去了食用价值。马虎爪生长在山坡上或草坯屋顶上，酷似当下的观赏盆景"肉肉"，叶片汁多肉厚，放在嘴里嚼食有酸酸甜甜的味道，清爽可口。关于鸡刨抄，我不知道在书中叫什么名字，它的根像手指一般粗细长短。大地刚刚解冻，鸡刨抄就冒出灰白色嫩芽，这时它的口味最佳。用铲子把根部挖出，剥去厚厚的表皮，露出像水萝卜瓤一样的内里，咬上一口，脆爽甘甜，沁人心脾，那是永远也忘不掉的春天美味。

19岁那年，我外出求学离开了家乡，也长久告别了家乡的野菜。很多年后，虽已在城里安家立业，但每到春季，看到城里的广场上、公园里以及楼前楼后长出的绿油油的野菜，我还是会兴奋不已，时常生出把它们剜回家的冲动。

我的爱人与我是同乡，小时候与我有相似的生活经历。也许是因为有怀旧情结，也许是出于崇尚自然的天性，爱人酷爱剜野菜。随着城区的拓展，城市周边已经没有成片的田野，每到初春季节，爱人总是拽着我开车到30多公里外的远郊剜荠菜。那个地方是一眼望不到边的田野，青山绿水，绝无环境污染。钻出地面不久的第一茬荠菜，零零散散分布在田野里、边坡上。我总是东瞅瞅、西望望，欣赏春天大自然的风景，剜荠菜已在其次。爱人则与我不同，她全神贯注四处寻剜，效率极高，半天工夫就收获颇丰。回到家后，把荠菜择洗干净做成美食，我最喜欢吃荠菜小豆腐，爱人则喜欢吃荠菜猪肉馅水饺，半天的收获总能两全其美，我们各食所需，享受来自春天的馈赠。

天气转暖以后，爱人就开始到山上掐山菜。头茬山菜，鲜嫩清香。回家后把择净的山菜用开水烫焯，再用冷水浸泡，沥干水分，切成细末，加熟花生碎和豆瓣酱拌匀即成。这道野菜是母亲的最爱，每年春季的山菜在我们家反向流动，从城里的小家回流到农村母亲的餐桌上。

世事变迁，野菜一如既往地在大地上默默生发。历史上的灾荒年份，每到春季，青黄不接时，野菜就成为人们救命的希望；风调雨顺的年份，它又会成为许多家畜、家禽增肥增重的美味；当今生活富足，野菜仍然是餐桌上的稀罕物，人们从中吃出了健康，吃出了情怀。

冬去春来，岁岁枯荣，野菜奉献的品质始终如一。每当春回大地，看着蓬勃生长的野菜，我总会对它们生出无限敬意……

难忘年关豆腐香

临近年关，内心莫名兴奋，总是回忆起儿时春节的许多趣事和美食。过年做豆腐是当时每家每户必做的大事，其中既有忙年的喜庆，又有唇齿留香的记忆，因此在我脑海里印象深刻。

为了准备春节做豆腐，刚进腊月门，父亲就要把錾磨的石匠请回家，对磨豆腐的石磨磨齿进行修整，使磨齿更加锋利，磨起黄豆来更快更便利。

每年腊月二十一二是老家做豆腐的日子。做豆腐的前一天，先把挑选的籽粒饱满的黄豆，放到碾上碾碎，变成黄豆碴子。母亲用簸箕扇去豆皮，当晚把扇干净的黄豆碴子用温水泡上一夜。

第二天早起，为防止石磨被冻住，我们把石磨抬进屋内安放，大哥和二哥轮流推磨磨豆浆。磨豆浆需要慢功夫，石磨磨眼里的黄豆下得缓慢，每年过年大哥、二哥都要磨上三四个小时。当时我年龄小，完全不知道劳动的艰辛，总要上去跟着大哥和二哥推上几圈才算过瘾。

豆浆磨好后一般都接近中午了。父亲把家里的大水缸洗刷干净，把磨好的豆浆倒入水缸中，再烧一大锅开水舀进水缸不停搅拌，把豆浆烫熟。过一段时间豆浆降温后，在大锅上横放一块木板，把烫熟的豆浆舀入木板上面的布袋中，父亲赤膊上阵，不停地用力揉搓挤压布袋，把豆浆的汤汁挤出，过滤出豆渣，任汤汁流入大锅中，随后点燃劈柴进行加热，把汤汁煮至沸腾。

豆腐制作至此，到了关键阶段。父亲把大锅里滚烫的汤汁再次舀进水缸里，用擀面杖边搅拌边加入卤水。加卤水是个技术活，既要有经验，还要细心观察。随着卤水的加入，不断有絮状物产生。加入的卤水既不能过多，也不能过少，加少了豆腐不能充分凝聚，加多了豆腐口感过老。父亲每次用卤水点完豆腐，火候拿捏得恰到好处时，都像是过了关一样，神态变得轻松愉快。

做豆腐的最后一道环节，就是压豆腐成型。在锅口的木板上，放一个竹筛子，里面铺上一张干净的白包袱皮，把水缸里用卤水点好的豆腐，连同水和絮状物一起，舀进竹筛子里的包袱皮中。待包袱皮收纳了足够多的絮状物后，把包袱皮的四个角提起包好，在上面放上一块干净木板，并在木板上面压上重物，挤出水分，使豆腐定型。至此豆腐的制作才算大功告成。

这一天由于全家都在忙乎做豆腐，故一日三餐只能草草应付。做完豆腐往往已是傍晚时分，我早就饥肠辘辘，闻着豆腐的清香，直流口水。每到这时，母亲总是吩咐我，剥一头大蒜，捣成蒜泥。把发酵好的蟹酱加蒜泥、香油拌均匀，一家五口围坐在炕上，每个人分上两三小块豆腐，蘸着蟹酱蒜泥吃起来。清香鲜甜的口感，激活了满口味蕾，令我当时觉得那是世间最好的美味。到了晚上，母亲总要切上一大块豆腐和白菜、粉条同炖，让我们提前享受一顿年关大餐，这对平日不见油水的家人们来说是莫大的犒赏。

说起年关做豆腐，还有一个有惊无险的故事。那年我不满一岁，父母在灶间做豆腐，滚烫的豆腐汤水刚被舀入水缸，热气腾腾，水缸上盖着一个高粱秆盖顶。这个盖顶与宽阔的缸口相比显得小了些，刚刚遮掩住缸口内壁。十岁出头的大哥抱着我从里屋出来，由于门上挂着门帘，大哥迈出门槛的时候被门帘绊了一趔，一个趔趄把我扔到了门槛旁边热气腾腾的水缸盖上。神奇的是尚不能遮住缸口外沿的盖顶纹丝没动，我端坐在盖顶上哇哇大哭。母亲惊恐地快速把我从盖顶上抱起，惊魂未定。那一次如果盖顶产生一丝一毫的移动，都将造成无可挽回的家庭悲剧，我现在想想还是不寒而栗。

豆腐是过年期间重要的食材。为了能放置更长时间，母亲把豆腐分割成二三斤重的一个个方块，一部分拿来过年吃，另一部分搓上薄盐，放置进坛子里封存。一年到头只有过年期间可以从生产队分到几斤猪肉，这时母亲经常做的菜就是大白菜、猪肉、粉条炖豆腐，这是平时难以见到的美味，全家人都吃得回味无穷。

大年三十，每家每户都要用自己发的黄豆芽熬猪肉、白菜、豆腐，当作年关供品供到大桌上，取发豆芽的"发"字和豆腐的谐音"福"字之吉祥寓意。有一年我去贵阳出差，初到贵阳想品尝一下当地特色美食，小饭店黑板上的"金钩挂玉牌"吸引了我，我指名点了一份。服务生把菜品端上桌后，我发现就是一盘黄豆芽炖豆腐，与老家年三十的供品菜有异曲同工之妙，远在他乡吃到它令我倍感亲切。

正月里随着气温的升高，封存在坛子里的豆腐容易发黏，每逢天气晴好时，母亲都要把腌过的豆腐从坛子里取出来晾晒，晒到六七成干以便于长期保存。

过了正月十五，年味就淡了下来，日常生活恢复到平日的清汤寡水之中，这时就盼着二月二的到来。在我的老家，二月二算是年关的最后一个节日，这一天要打卤子、吃面条。母亲切上过年剩余的全部风干猪肉和一大块豆腐干，加上蛤蜊肉、粉条炖煮，出锅时再淋上鸡蛋糊，一大盆营养丰富、色泽金黄的卤子就出锅了。捞上一碗面条，舀上一大勺卤子，我们尽情享用。由于猪肉、豆腐都已被放置了很长时间，卤子里弥漫着陈肉和豆腐干的陈香以及蛤蜊的鲜甜，这就是二月二卤子标志性的味道，令人百吃不厌，欲罢不能。

时至今日，流水线的豆腐制作取代了手工制作，但每逢年关，我还是要去集市上定点购买卤水制作的豆腐，回家趁热蘸着蟹酱蒜泥吃上几块。每次吃它，我都能吃出儿时的年味，吃出浓浓的乡愁。

南老井

南老井是我家乡的一口老井，它具体有多老，没有人能说清楚，只是听说我太爷爷的太爷爷也不知道它建于何年。

南老井位于村庄偏南的河沿上，一条小河从老井北侧向东流过，老井南面就是一片很高的台地。为防止台地水土流失，人们筑起了一道很高的石墙，石墙上爬满了郁郁葱葱的爬墙虎，满目青翠。台地之上有几棵饱经风霜的老柿树，最大的一棵树梢上悬挂着一只锈迹斑斑的大铁钟，每当村民集合或开会时，这口大铁钟就会被准时敲响，届时悠远的钟声会传遍村庄的每个角落。

南老井是全村乡亲饮水的水源，圆形井壁是用不规则的石块砌筑的，上面长满了青苔和水草。井口是用四块石碑围合而成的，呈正方形。由于年代久远，石碑上的文字已经被踩踏磨平。南老井据说是被打在了小珠山山泉的泉脉上，所以旱不枯、涝不溢，井水冬暖夏凉，清冽甘甜。其他水井与南老井虽相距很近，但井水的口感相去甚远。

小时候，挑水是基本的劳动技能，家里人的生活用水和家畜、家禽饮水全靠肩挑。我家在村子的最后头，离南老井有四五百米距离。很小的时候，我就到南老井练习往家挑水。开始的时候，用担杖在水井里取水是最让我头疼的事情，担杖钩钩着的水桶很容易脱钩，操作不当水桶就容易沉到井底。取水时手握担杖的一头，用力要非常协调，只有这样，才能让水桶既装满水又不致脱钩，所以我每次取水都是提心吊胆的。

由于全村共用一口老井，所以每到晚上收工后，前来挑水的人总是川流不息，有时几个人同时站在井台上取水。由于怕互相干扰，我没有胆量在这时把担杖伸入井内，所以要一直等到人流稀少时，才敢靠前取水。即使这样，我也有将水桶沉入井底的经历。每到这时，父亲并不埋怨，等到夜深人静、无人取水之时，他就带上一根长长的竹竿，一头绑上一个铁钩，到井口打捞沉到井底的水桶。这个时候往往会捞上来多个水桶，放在井台上等人认领，看来和我一样拙笨的取水者大有人在。

每到夏季，太阳炙烤着大地，热浪翻滚，劳作了一天的人们极度疲惫，回到家都要到南老井挑回一担井水，洗澡冲凉。南老井的井水来自深处的涌泉，洁净清凉，洗上一把让人神清气爽。偶尔生产队也会分来一个西瓜，向来勤快的二哥，自告奋勇到南老井挑一担清凉井水，把西瓜浸到水桶里，过上一顿饭工夫，把西瓜切开全家分食。啃上一口，沙瓤爽口，清凉甘甜，那是一生都难忘的滋味。

到了冬季，南老井又是另外一番景象。当小河里冰冻三尺之时，南老井井口雾气升腾，白雾袅袅，恍若仙境。村里的大姑娘、小媳妇纷纷来到宽大的井台之上，从井里取水洗涤衣物。这时的南老井如同温泉，水温适宜，洗衣服完全没有冻手之苦，井台上也成了冬季的一道亮丽的风景线。

随着年龄增长，我外出求学离开了小山村，后来到城里工作、定居，但我每周都要回老家看望母亲，回家后的主要任务就是去南老井挑几担井水，把母亲的水缸灌满，保证她一周的生活用水。多年如此，延续着与南老井扯不断的联系。

世代饮用的南老井水，乡亲们都像保护自己的眼睛一样保护它，自发形成了许多不成文的规矩。天旱时，南老井的水每家每户自觉只供人饮用，家畜、家禽、浇园用水只能使用其他水源；一定要用干净的水桶提水，带有污物的水桶不能下到井里，以保持井水洁净；每当汛期来临，南老井中流进了很多雨水，井水变得浑浊，村民们便自发组织淘干井水，挖出淤泥，让泉水冒得更旺、井水变得更清。

故乡的春节有很多祭拜习俗。南老井经年流长，润泽着世代乡亲，人们在心中已经把它奉为"神灵"。春节过后，无论是谁，只要第一次到南老井挑水，都要带上鞭炮、香和纸，先行祭拜，而后才取水，这一传统已经成为故乡春节的重要民俗。

进入新世纪，随着美丽乡村的建设，以及自来水"村村通"工程的推行，村里在南老井的泉脉之上打了机井，自来水管通到了每家每户，乡亲们享受到了取水的便捷，结束了以往的挑水之苦。

曾经繁忙的南老井，如今安静下来，结束了它漫长的、功德无量的使命。现在，每次从静静的南老井旁走过，我都会有一种穿越厚重历史的感觉，油然生出浓浓的乡愁！

柳花泊记忆

柳花泊最早是一个村庄，坐落在小珠山脚下，处于四周群山合围之中。由于地势低洼，先前这里柳林茂密，每到春季柳花飞扬，飘落于河水之上。缘此，坐落在这里的村庄有了一个颇具诗意的名字——柳花泊。

柳花泊是方圆五六里内最大的村庄，也居于中心位置。20 世纪 60 年代，柳花泊村被拆分成柳东、柳西、柳北、柳东山、柳南山 5 个村庄，但人们还是把它们统称为柳花泊。

柳花泊特殊的山区地理位置，使之成为当时辛安镇（今辛安街道）最大的一个相对独立的片区。在我儿时的记忆中，有一条国防公路蜿蜒曲折经过柳花泊。我曾经问大人这条公路为什么这么多弯儿，大人告诉我这是为了满足战备需要，为躲避空中敌机的轰炸而设计的，我当时似懂非懂。

柳花泊跨度很大，国防公路先经过柳北村，在柳北村西头就是一个 90° 的大弯儿，接着就是附近十几里内最大的一座石拱大桥——柳花泊大桥。大桥下面是一片宽阔的河床，枯水期人们在河床上放牛、放羊。桥南头借助陡坡地势修建了收购生猪用的装卸月台，旁边就是供销社煤场和加油站。国防公路走到柳东村口时又是一个 90° 拐弯，直通辛安驻地。当时的柳花泊尽管只是辛安公社的一个片区，但粮所、供销社、食品站设置齐全，极大地方便了周边的村民。

我老家离柳花泊仅有 3 里地。我儿童时期对去趟柳花泊很是向往，那高兴劲儿不亚于现在的出国旅游。每当儿童节时，家长给几毛钱，我约上几个小伙伴，欢天喜地地到柳花泊见见世面，在公路上偶尔见到汽车时异常兴奋，往往跟在汽车后面奔跑追赶，直追到汽车无影无踪才肯罢休。到柳花泊供销社门市部后更是开了眼界——这里要比村里的小卖部大出几倍，商品也多了不少，左挑右选买上文具盒或几支铅笔，最后每人再花 3 分钱买上一根冰糕，心满意足地返回家中。

我对每年一次的柳花泊卖猪记忆深刻。那个年代，农村每家每户都要养一两头猪，为了积攒猪粪种地，更是为了到年底卖钱支持来年的家庭开支。许多家庭的卖猪钱是一年中家庭的主要收入，因此对养猪也是格外上心。每年冬天买回猪仔，喂养一年到第二年冬天把猪卖掉。卖猪时父亲都是让我与他一起去。卖猪的当天一般凌晨两三点就得起床，根据猪的喜好，挑选平时猪吃不到的精饲料，尽最大限度让猪多吃，以便增加体重。喂到猪实在吃不下了，我就在前面唤着、父亲在后面赶着两头猪走出猪圈。由于猪过量进食，肚子撑得像个大网包，走起路来慢慢悠悠，我和父亲耐着性子陪着它们慢慢前行，经过两个多小时才能到达柳花泊指定的生猪交易地点。

生猪交易地点就在柳花泊大桥下面的河滩上，这里聚集了很多卖猪的人和生猪。那个年代生猪销售只有一条途径，就是定时定点卖给国家的生猪收购机构，不被允许私自销售或宰杀，所以乡亲们每年都会面临卖猪难的问题。

生猪交易开始后，食品公司的验等员是绝对的主角，销售生猪的等级全凭他说了算。不同等级的生猪价格差别很大，因此，卖猪的农民成群结队追着他边递烟边说好话。验等员走到哪里，人群就移动到哪里，酷似现在的明星与粉丝。父亲嘱咐我看好两头猪，他也加入了追赶验等员的队伍中，争取早一点验完等级，尽快完成交易，避免生猪拉尿减少分量。我被热闹的人群所吸引，忘了看护两头生猪。等父亲领着验等员来到我跟前验猪时，我的面前只剩下一头猪，另一头猪已不见了踪影。我和父亲非常着急，无奈只好先验眼前的一头。验完等级后，当场过磅，交易完成。处理完以后，父亲和我到周边去寻找丢失的另一头猪，找了大半天，最后在几百米外桥洞对面的树林里找到了，我因此挨了父亲一顿严厉的批评。

等全部的生猪验完等级、过完磅后，收购人员便把猪赶成一群，顺着柳花泊大桥南头的土路，把猪赶上高高的月台。解放牌卡车靠到月台上，一群猪自动走进卡车车厢，被拉到了外地的肉联厂。

到柳花泊交公粮也是小时候很快乐的一件事。每年夏季和秋季，把小麦、玉米等粮食晒干后，第一件事就是去粮所向国家交公粮。交公粮时我很愿意给大人牵驴拉车。柳花泊粮所在大街上，每到交公粮时大街上便排起了长长的独轮车队，这是柳花泊秋季的一道风景线。经过漫长的排队等候后，粮食入了库，我就可以推着空车回家。那个时候也不知什么原因，推独轮车是我最大的喜好。

小学四五年级时，我们村的小学搞勤工俭学，计划建猪舍和兔舍，需要到柳花泊西面的木厂口砖厂去买砖。校长带队，选了包括我在内的 5 名男生，一拉一推 3 辆手推车前去推砖。当时我们都是 10 多岁的孩子，推空车没问题，但装上一车砖后，推起来就晃晃悠悠。我们从木厂口装上砖后，走走停停，到达柳花泊已经是下午两点多了。我们又累又饿，校长说我们休息一会儿，吃点东西。

校长去柳花泊供销社门市部买了 3 包饼干，每人半包。说实在的当时饥肠辘辘，又是长身体的年龄，每人再吃一包也不成问题，但当校长说我们要是吃了不饱的话可以再买几包时，我们还是异口同声地说吃饱了。那个年代少索取、多奉献是每个人坚定的信念，就这样我们忍着半饱的肚子回到了学校。

20 世纪 80 年代中期，经上级批准成立了柳花泊乡。沿国防公路东侧建起了乡政府办公楼，建立了乡医院、乡中学等机关事业单位。我的爱人从医学院毕业后，第一个就业单位就是柳花泊乡医院。尽管我认识爱人是多年以后的事了，并且那时她已变换了工作单位和地点，但她在我家乡工作的经历为我们增加了不少话题，这不能不说也是一种缘分。

我毕业参加工作后，有一段时间在罐头厂工作。罐头厂是一个新建的国有联营单位，接纳了几十名联营方山西兵工厂职工子女就业。当时我担任厂团支部书记。由于罐头厂单身青年多，又远离家庭，因此调动好年轻人的工作积极性、开展丰富多彩的业余集体活动，是我的重要职责。当时罐头厂有一位木厂口村的职工，木厂口就坐落在小珠山脚下，他给我建议周末去爬小珠山、钻山洞。那个时候小珠山还没有开发，进山和山上的路全是羊肠小道，爬起来非常艰难。我们一行30多名青年，在木厂口村职工的带领下，用了几个小时的时间才到达半山腰的山洞口。

这个山洞是20世纪六七十年代备战备荒时期部队打通的，后期国际形势缓和，挖山洞的事就中止了，我们到达时山洞已废弃多年。山洞的洞口用石头堵着，边缘处有一道空隙，只容一个人通过。我们一行人提前准备了很多条废旧的自行车旧轮胎，在洞口把旧轮胎点燃，鱼贯进入洞口。山洞内的四壁石头犬牙交错，地面坑洼不平，我们在火把的照耀下，摸索前行。随着前行的距离增加，洞内空气减少，大家有明显的憋气感，我担心安全问题，决定返回洞口。木厂口村职工态度坚决地说，他们村里有不少村民穿行出去过，绝对没有问题，同行的多数是十八九岁的青年，年轻气盛，一致要求继续前行，我只好同意。估计又至少走了半个小时，前方终于透出了一丝光亮，并且越走越亮，走出洞口我才如释重负。由于洞口在山的另一端，且居于半山腰，返回时没有其他道路，所以必须从山洞内原路返回。有了来时的经验，返回时轻松了许多。

走出洞口，木厂口村职工引导我们到北面那座山上去看狐仙洞。狐仙洞坐落在一座陡峭的山头之上，分大小两个石屋，大石屋可容纳百人，相传是狐仙居住的地方。传说洞里的狐仙经常帮助当地的村民，因此留下了许多美好的传说。

相传洞里的狐仙对穷人很是同情，只要穷人有事求到洞前，狐仙没有不帮的。有一天，有户看山人家，家里来了很多客人，饭碗不够用，要去买不逢大集还买不到，要去借走到山下要几里路，正在左右为难之时，看山户主突然想起了狐仙，便抱着试试看的想法来到狐仙洞。他跪在地上一边说借碗的事一边磕头，不多时户主听见哗啦啦的响声，抬头一看，只见洞口放着一摞瓷碗，户主非常高兴。

户主回到家后把这事从头到尾向客人说了一遍，这事就一传十、十传百地传开了，来狐仙洞借东西的人越来越多，有借碗的、有借衣服的、有借粮食的，凡来借的人都能满意而归。

后来我进入机关工作，经常下基层办理公务，最愿意去的地方就是柳花泊。每次我到柳花泊办完公务后，老家的朋友只要知道我到了柳花泊，都要招呼一大群朋友聚会。我给他们讲一些和我业务相关的政策，朋友们跟我聊一些家乡的新鲜事和故事，每到这时我就感到特别温暖和幸福。这些朋友很多都是村里的带头人，对我的政策宣传很感兴趣，每次我们都要聊很久很久，当然很多时候也都是喝酒喝得头重脚轻。

尽管在城里住了很久很久，但柳花泊仍是我魂牵梦绕的地方。我经常周末开车拉着爱人去爬小珠山和柳花泊南山。特别是柳花泊南山，可以说是黄岛区为数不多的原生态净土。山里面分布着柳南山、青石湾村。每到初春季节，漫山遍野的杏花、桃花、樱桃花，像飘在半山腰的彩云，远远望去，薄雾笼罩下的小山村若隐若现，山风吹来花潮涌动，烂漫的花海淹没了整个村落，不是仙境胜似仙境！到了深秋，村子里房前屋后的柿树上黄澄澄的柿子，压弯了枝头。如果你足够真诚，柿树的主人们，一定会让你爬上柿树枝头，免费采摘，包你满载而归。

　　每次来到这里，我都是沿着半山腰的防火道路蜿蜒向前，满眼风景，一路欢歌，一个半小时走完一圈。走在这里，对我来说既能愉悦身心，又能寄托乡愁。

　　进入新世纪，柳花泊被规划为旅游风景区，这里建设了小珠山国家森林公园、野生动物世界、超群影视城等，山上还建起了规模宏大的菩提寺，旅游氛围愈加浓厚。我时刻关注着柳花泊的变化，并为它感到骄傲和自豪。

　　随着旅游业的深度开发，寄托着数代人情感、极富诗意的名字"柳花泊"被改成他名，我心中不免遗憾，时至今日仍然不能释怀。

　　曾经的柳花泊，已经化作朵朵飞絮飘向远方。但在我的心底，柳花泊是抹不去的永久记忆！

童年的学校

　　我的老家是一个群山环抱的小山村，村里的小学历史悠长，据长辈们说周围三里五村的孩子都曾在这里读过书，只是到我上学时，这所学校就只招收我们本村的孩子了。

　　学校坐落在村东头，南面是住户，北面是大片农田。学校由南北各八间校舍组成，东西两侧是高高的院墙，由于地势不平，建学校时下挖了很深的地基。学校西墙外就是村内的一条主干路，这条道路和高高的院墙墙头齐平，人走在路上，可对校园内的景象一览无余。

　　学校的大门开在南面八间校舍中间的过道里，穿过过道就可进入校园。校园面积不大，地面铺着风化砂，靠近南排校舍的窗前生长着三棵高大的刺槐树，树径足有一搂粗，树冠荫及大半个校园。

　　我初次上学报到是二哥把我领到学校的，接待的是后来成为我班主任的女老师。她先问了我父亲的名字，接着问我起好了学名没有。当我回答没起学名时，她自言自语念叨了一遍我两个哥哥的名字，沉思片刻，给我起了沿用至今的名字。

　　教室的房间并不宽敞，室内墙壁是用黄泥抹平的，由于年久失修，有些已经斑驳脱落；窗户很小，是用木质窗棂做成的，秋冬季节糊着白纸，教室内光线暗淡；西面的墙壁上挂着一块木质黑板，边角已经残缺不全，黑色的板面经过日久擦磨已经泛白；课桌是用砖头支起的长条木板做成的，由于一排座位连在一起，一人动弹全排晃动，有时由于砖头支撑得不牢固，整排同学都会翻倒在地，因此落座时要加倍小心；上课时学生每人从家里带一块石板和几支粉笔，照着老师写在黑板上的拼音和生字，在各自的石板上抄写练习。我带的石板，据说是舅舅曾经用过的，大哥、二哥也分别用了多年，传到我时，石板已经掉了一块大角。这块石板陪我度过了童年时光。

学校的老师除了一位公办老师外，其余都是本村有点文化的民办老师。教一年级语文的是一位上了年纪的女老师。她一生只教一年级的语文课，听别人说，她除了教汉语拼音外教不了别的课程。这位老师也是我一年级的班主任。

进入校园后，我很快喜欢上了上学，感觉每天都很新鲜。语文老师手很巧，再加上长期教拼音，在黑板上写的拼音字母堪比印刷体。每当写在石板上的拼音字母被老师拿到讲台上展示时，我内心都无比欣喜，学习兴趣也更浓厚了。课间，同学们都到院子里活动。感觉那时游戏项目很多，捉迷藏、藏树叶、磕拐等不一而足，大家课间玩得热火朝天。

一年级冬天的一次课间，同学们在院子里玩捉迷藏，语文老师站在教室门口招呼我们班一位男同学，让他把装满热水的暖瓶给老师送回家去。那位男同学玩得正欢，根本没听到老师叫他，自顾自地疯玩。当时我正站在语文老师附近，便自告奋勇地请求去给老师往家送开水，老师顺手把暖瓶递给了我。当时已经接近上课时间，老师的家离学校有几百米远，我拎起暖水瓶撒腿就跑。由于冬天穿着棉衣棉裤，腿脚笨拙，跑到大门口时，我被过道里的门槛绊了一跤，连人带暖水瓶摔出了好几米远。暖水瓶砰的一声爆裂了，外壳也变了形，我瞬间傻了眼。语文老师来到现场后，对我进行了一阵疾风暴雨式的数落和批评，同学们则在一旁幸灾乐祸，我大脑一片空白。过后我才得知，那个暖水瓶是语文老师结婚时的心爱之物，平时珍藏不用，那天第一次拿出来展示，就不幸被我损毁了。现在想来，语文老师当时的失态是完全可以理解的。

冬季是一年中最难熬的季节，门窗四面透风，每个教室的中央都安放着一个取暖炉子，为了增加散热面积，学校会在教室里尽量多安上几节烟筒，拐几个弯最后通出墙外。冬季生炉子用松球做燃料，每到秋天学校就发动学生上山摘松球，并把摘回的松球堆放在教室一角。到了冬季，班里每天安排两个值日生，清晨提前到教室把炉子生旺，等待全班同学的到来。到了下午放学后，值日生再负责把白天燃烧的炉灰倒掉，并打扫干净教室的卫生。

我上小学时，正赶上学校开展"学工、学农、学军"的时代，日常的劳动课很多，有时连续几个星期都停课劳动。学校里有自己的农田、菜田，翻地、下种、间苗、锄草、浇水、施肥、收割我样样全程参与，真切体会到了劳动的艰辛。我们村还开办了白云石子场，方圆几百里的人都到这里采购建筑用的白云石子，一时间生意兴隆，我们学校也参与其中，学生们经常停课砸石子，为学校搞起了副业创收。

那个时候学校还办起了饲养场，养殖生猪、兔子等。到小学高年级时，我们班分成多个小组，每组两人，分别负责剁菜和喂养。我被分到了喂养组，这是一件令我兴奋的事情。和我同组的是一位我暗暗喜欢的女生，她浓眉大眼，瓜子脸，皮肤白皙，留着一头不长不短的秀发，一说话脸上总是挂着矜持的微笑。我每天都盼着值日时间早点到来。每到值日那天，我俩天刚蒙蒙亮就到学校，我负责烧火，女生负责在大铁锅里搅拌猪食。尽管内心怦怦乱跳，但我表面上表现得平静如水，除了必要的一问一答外，绝不多说半句闲话，生怕让女生看出我的心思。但好景不长，班级重新进行了分组，那位女生被分到了别处，我暗自伤心了好长时间。

学校里频繁的劳动课，耽误了很多文化课学习的时间，班主任就组织我们晚上上自习。每个同学从家里带来煤油灯或蜡烛，在灯下复习功课。由于看不清黑板，我们有时像听说书一样听老师讲解。教室里烛光点点，别有一番风景。

我初中也是在这所学校读的。我升初中那年，正值提倡"开门办学"的年份，到处增加办学点，于是我们村小学也增设了初中班，只不过初中班很快就停办了，我们班的学生成了这所学校唯一的一届初中生。如今，初中毕业考试的场景仍历历在目。考试那天，我们班24名同学把课桌搬到教室外，每人一桌，露天考试。为防止大风把试卷刮跑，每位同学提前捡了一些小石块，用于压试卷。

初中毕业后，我走出了生于斯长于斯的小村庄，历经曲折，走上了一条漫长的求学之路。

屈指算来，我离开童年的学校已经有43年时间了，现在村里的学校已经被合并到街道办事处中心小学，原来的校舍也已另作他用。

回老家时，我还时常去看看当年的学校。校舍还在，校园却荒芜冷清，早已物是人非。在校园外驻足凝望，眼前依稀浮现出校园中曾经的热闹景象，我也仿佛回到了那无忧无虑的童年。

盼年

　　春节是我国最隆重的传统节日，在那段清贫的儿时记忆里，春节不仅有新衣、美食，更有温馨和热闹，我盼望过年的心情充满着激动和快乐。

　　我小学是在本村上的，小学低年级的时候天天掰着指头计算距离放寒假还有多少天。放假的当天，都要召开班会，颁发"三好学生"奖状。每到这时，我总是低着头安静地坐在座位上，内心忐忑地听老师公布领奖状的名单。多数时候我能如愿以偿领到奖状，这个时候就感到脸上有光；偶尔领不到奖状，便觉得内心很失落，感觉对不起父母，也很影响过年的心情。

　　放寒假后过不了几天，生产队就开始杀年猪了。杀年猪是我最喜欢的热闹场面。我家住在村西北头，饲养院在村东头。早晨我约上小伙伴早早来到杀年猪的饲养院。几个壮汉从猪圈里挑出几头体格健壮的肥猪，把它们四条腿捆上拖到院子里。杀猪匠在一旁霍霍磨刀，不一会儿，四个壮汉把猪抬到杀猪床上。杀猪匠高高举起一把大号铁锤，对准猪的耳后部位猛力击打，猪的号叫声戛然而止，杀猪匠拿起尖刀对准猪脖子下方用力刺进，猪血喷涌而出，猪渐渐没了气息，身体发软，脑袋耷拉下来。

杀猪匠在猪的后腿上割开一个小口，把一根两米多长的铁棍伸进去，捅遍猪身体的各个部位，使猪的皮肉分离。杀猪匠对着猪后腿上的小口吹气，直到猪全身鼓胀起来后，再把猪抬到大铁锅上，用滚烫的开水浇遍猪的全身，褪去猪毛。最后杀猪匠剖开猪的腹腔，热气腾空而起，杀猪匠熟练地取出猪的内脏。每到这时，我都要向杀猪匠要一个猪尿肚，先在松软的土地上用脚揉搓，去除附在表层的脂肪，让猪尿肚变薄，回家后再给猪尿肚涂上颜色，充满气当气球玩耍。

剔除骨头的猪肉，生产队按人头平均分给社员，至于分配给谁哪个部位的猪肉则由抓阄决定。那个时候人们普遍缺少油水，都希望抓到肥肉。父亲每次都说小孩子手气好，让我抓阄。这是我很愿意干的事，抓到肥肉时如愿以偿，偶尔抓到瘦肉，则正合了母亲的心愿。

腊月二十五，是全年最热闹的辛安大集，这一天我要跟着父亲去赶年集。那个时候大集是最主要的购物场所，人们省吃俭用一年的积蓄大都在年关消费。辛安大集比平时大出几倍的规模，各种商品琳琅满目，人们摩肩接踵。

我紧紧跟在父亲身后，生怕被人流冲散。春联市口是一片红色的海洋，父亲在拥挤的人流中蹲下身来，选中几幅寓意美好、字迹清秀的春联，一番讨价还价之后收入囊中。之后，父亲又带着我到百货、海鲜、蔬菜市口选购年货，买足过年吃的和用的全部商品，而我的心思早就飞到了鞭炮市口。鞭炮摊位一字排开，足有上百米，为了吸引顾客购买，摊主不停轮番燃放鞭炮，你方燃罢我登场，好不热闹！燃放过后就是一番争购高潮，这时我挤进人群，拿着父亲给的几毛钱买上100响鞭炮，如获至宝。中午时分，年货已置备齐全，这时父亲总是把我领到小吃摊前，买上几个炉包。此刻我早已饥肠辘辘，几个金黄酥脆的炉包下肚，感到心满意足。

临近春节的几天，在快乐和游戏中过得很快，转眼就到了大年三十。这天一大早起床，大哥和二哥要把清洗干净的水缸挑满水，把院子清扫干净。我则用清水刷洗门板，把旧对联泡湿，用菜刀把旧对联清理干净。两个哥哥一个刷糨糊，一个贴新对联，我则忙着贴出门贴、炕贴、小"福"字等附件。贴完对联后我喜欢跟邻居小伙伴一起走街串巷，观看各家各户新张贴的对联，并对它们评论一番。我每年都能从新对联中学到不少新词。

待我一番走街串巷之后回到家里，母亲开始贴年画。那个年代美术品平时很难见到，父亲从集市上买回年画后，我几乎天天都要打开欣赏。母亲小心翼翼地贴好年画，由于之前刚用新报纸糊过，整个房间焕然一新，让人看了心中无比敞亮。

贴完年画，母亲领着我们开始包水饺。这一天要包足两天吃的水饺，一直吃到初二晚上，我们往往要包上四五百个。

年三十的午饭是比较简单的，垫补垫补就行，重头戏是晚上的大餐。中午刚过，父亲便在中堂的北墙上挂上柱子，这相当于在家中摆上了祖先的牌位。接下来，父亲领着我们兄弟三人到山上去上年坟，到先辈的坟上摆上供品，燃放鞭炮，"请"先辈回家过年。

晚饭是一年中最丰盛的一顿大餐，并且要提前吃，这既是为了表示对先辈的尊敬，也是对午饭草草应付的补偿，更是为了给五更吃水饺留出间隔时间。

晚饭后，家里热闹起来，一年到头见不到面在外工作的左邻右舍，这天晚上都会来到我家喝茶聊天，各自谈论一些天南地北的见闻，我倍感新鲜。乡邻们很守时，到晚上十点钟便准时离开。按照风俗，这个时辰家里不应该有外人，父亲在院子里燃放几只二踢脚，随后把大门关上，俗称"拦门"。接下来就是我期盼的时刻——父母会准时为我们兄弟三人分压岁钱。那个时候我得到的多数是几毛钱，偶尔得到一元，便更是会感到满心欢喜。

接下来全家会熄灯睡觉，到夜里两点左右准时起床。正月初一这一天对女性有特殊优待，她们全天不用干活，煮水饺的任务都由男人承担。二哥烧火，大哥下水饺，父亲布置大桌上的供品，点燃蜡烛。待水饺出锅后，父亲要把盛到碗里的水饺端到大桌、锅台、院子供上，并且点香、烧纸、磕头。年三十的晚上父母再三叮嘱，不能大声说话，也不能说不吉利的字眼。初一起来后，烟气缭绕，气氛神秘，我有些诚惶诚恐，悄悄跟在两个哥哥身后来回转悠，不敢开口说话，唯恐惊扰了祖先，亵渎了"神灵"。

在我们兄弟三人依次给父母磕完头后，全家开始吃水饺。水饺里包上了一些硬币和大枣，谁吃到它便寓意新的一年吉祥如意。为了能吃到硬币和大枣，我每年都要多吃不少水饺。

吃完水饺，我穿上新衣。这个时候外面鞭炮齐鸣，震耳欲聋，我央求二哥带着我出去捡拾没能炸响的爆竹筒。平时性格刚强的二哥这时变得很温柔，总能满足我的心愿。循着鞭炮的响声，二哥提着灯笼领着我逐家逐户捡拾，捡拾到的爆竹筒很多都可以二次燃放。

接近天亮时分，我跟着两个哥哥走出家门，给五服之内的长辈逐一拜年。每到一家我们都要磕头问好，长辈们便会拿出糖果奖赏。我们家的门户很大，长辈很多，拜一圈年下来，要耗费三四个小时。

拜完年，已是上午九点多钟，卖糖球和卖泥塑老虎、泥人的小贩，就跟约定好了似的，每年准时出现在村西头大街上。这时我拿着父母给的压岁钱，买上两只糖球和一个泥老虎，心花怒放。直到现在我对小时候的泥老虎还情有独钟，前些年在青岛西海岸新区组织的唐岛湾年货大集上，偶然发现了小时候玩的泥老虎，我很惊喜，当即买了一对，一直放在我办公室的书橱里。

正月初一、初二没有外人打扰，是可以尽情玩耍的两天。初二晚上又是一顿大餐，名曰"送年"。送年的意思是把"接"回家过年的先辈再"送"回去。一番复杂的祭祀仪式过后，连续吃了两天水饺的我们，终于可以换换口味，吃到美味大餐了。

正月初三开始，两个哥哥就要分头走亲戚拜年了。我则由于年少只能留在家里帮助父母接待来家拜年的亲戚。姑家、姨家的表哥每年都会准时来我家拜年。他们大不了我几岁，我与他们非常亲近，高兴地为他们端茶倒水，与他们形影不离。

过年的日子里，既不用干活，也不用上学，还有新衣和美食，更有浓浓的亲情包围。我真想日子过得慢一些，但往往越这样想日子过得越快，不知不觉就到了正月初七八。这个时候也是生产队开始上工的日子，大人一干活，家里就显得冷清，这时我也要脱下新衣服，开始到坡里砍柴拾草了。

正月十五元宵节也是年关的一个重要节日，我小时候很期盼它的到来。每到元宵节，为了省钱，父亲都要到集市上买一些散装的烟花火药，回家后找几块比较厚的青砖，在砖的一面掏一个洞，往里面放上烟花火药，把表层塞紧，用黄土封住，然后在砖的另一面钻一个小眼儿，放上燃芯，土烟花就制作完成了。夜幕降临后，全家人来到大门口的宽阔地带，把土烟花的燃芯点燃，土烟花的烈焰喷溅而出，火树银花，照亮了夜空，引来众多邻居观赏。

土烟花放完之后，我和邻居小伙伴拿着从大集上买来的"滴滴金"，沿着大街小巷燃放。"滴滴金"燃烧释放的火花在月夜下异常明亮。长长的燃放队伍，形成一条蜿蜒的火龙，这是元宵节街头一道独特的风景线。我完全不顾寒风凛冽，小手冻得通红，直到半夜时分才回到家中。

按照传统习俗，二月二应该才算是年关的最后一个节日，但正月十五过后，学校就开学了，尽管对过年意犹未尽，但我们也不得不收束过年的心思。

现如今久居城市，生活环境有了很大改善，生活质量有了很大提升，但过年的年味却越来越淡。每年春节我都要回老家走一走，感受一下浓浓的年味。看着老家熟悉的一切，亲切感油然而生，我仿佛又回到了那个无忧无虑的童年时代！

捉鸟之乐

大多数鸟是人类的朋友，是森林的卫士，是害虫的天敌，护鸟爱鸟是当今人们的普遍共识。但在四五十年前，我的儿童时代，还不是这样，那时捉鸟、食鸟是很普遍的现象。

我的老家在青岛西海岸新区灵珠山街道的窝洛子村，坐落在群山环抱之中。四五十年前，这里的鸟类品种和数量都非常多，受靠山吃山观念的影响，这里靠捉鸟改善生活的人很多，祖祖辈辈一直延续着捉鸟的传统。

我的二哥人很勤快，头脑也灵活，是出名的捉鸟高手，我的捉鸟技艺都是跟他学的。二哥大我6岁，小学毕业后，就到生产队从事农业劳动。二哥经常利用生产队中午休息的时间，带着我到北山上夹鸟和网鸟，我从中学到了不少捉鸟技巧。

儿时的捉鸟经历，充满快乐。捉鸟的最大乐趣不在于吃上美味，而在于捉鸟的过程充满刺激。

捉鸟的方法主要是用铁夹子夹、用弹弓打、用网具捕。

用铁夹子夹鸟时，需要拴上诱饵，因此夹鸟之前首先要挖诱饵。我小时候用的诱饵主要有蝼蛄、瞎游闯（学名金龟子）、姜虫等。蝼蛄一般要到园边去挖。循着蝼蛄的叫声，蹑手蹑脚走到跟前，一般能看到地面上蝼蛄挖出的通道，这时用铁锹快速扎下去翻起泥土，见蝼蛄爬出来，迅速把它捡起放到盛有湿土的瓶子里就可以了。瞎游闯一般要到山坡上的槐树林里挖，趁着瞎游闯还没有出土，找对地方很容易挖到。姜虫要到野坡里的草皮底下挖，那里数量较多。

每年的春分前后，飞到南方越冬的候鸟陆续回到北方，这时山草鸡如约而至来到老家北山的密林之中。山草鸡个头较大，数量也较多，是我很喜欢捉的品种。捉山草鸡的方法是用铁夹子夹，我跟二哥有无数次夹山草鸡的经历，每次都有收获。

记忆深刻的一次夹山草鸡我是独自行动的。有一年春分过后十多天，正是过山草鸡的旺季，我带着四个铁夹子，独自一人来到了村北的群山之中，没过多久就发现了一群山草鸡。我学着二哥的样子，观察山草鸡下一个可能的落脚点。通过观察，我觉得山草鸡起飞后很可能会落到另一个名叫小岭墩的山头上。小岭墩山头很小，夹在南北两座大山的中间。于是我悄悄地绕到小岭墩上，在山头上用石块挖起一堆堆湿土，把四个铁夹子拴上瞎游闯，分散放在山头上。我又原路返回，绕到这群山草鸡背后，振臂高呼，遮天蔽日的山草鸡瞬间起飞，像被施了魔法一样，这群山草鸡不偏不倚正好落在了小岭墩上。由于我所在的位置离小岭墩很远，完全不用担心惊扰到二次降落的山草鸡群。我快速向小岭墩移动，约莫过了十分钟，我来到了小岭墩上。眼前的一切让我惊喜得缓不过劲来：四个铁夹子全部夹上了山草鸡，其中的一个铁夹子夹住了两只山草鸡，一只被夹着头，一只被夹着腿。我分析当时的情形应该是，一只山草鸡站在铁夹子底缘上观望，后面的一只山草鸡急不可耐地抢食诱饵，结果铁夹子同时夹住了它俩，便出现了这难得一见的场景。

　　和夹山草鸡差不多的季节，也是桃木檄（也称桃木胭脂鸟）经过当地的时间。有一天中午，趁生产队休息时间，二哥带上铁夹子领着我急急火火到北山去夹桃木檄。桃木檄毛色深灰，脖子底下有一个大红点，酷似胭脂，体形比山草鸡小，喜欢落在礁石上。我俩很快发现一块礁石上落着几只桃木檄。二哥观察一番后，把铁夹子放到了桃木檄百米开外的另一块巨型礁石上，并在铁夹子下面垫上了一层湿土。我俩绕到桃木檄身后驱赶，几只桃木檄正好飞到了那块巨型礁石上。由于山上沟壑纵横，很不好走，过了很长时间我俩才走到那块巨石顶上，到现场后发现，铁夹子不见了，我十分纳闷。二哥站在礁石边缘把头伸出去向下探视，发现在巨型礁石的底部站着一只发呆的桃木檄。二哥好像明白了一切，急忙下到礁石底部，很容易就捉住了那只发呆的桃木檄，并且捡回了铁夹子。原来这只桃木檄是从铁夹子后面吃的诱饵，吃诱饵时触发了铁夹子上的机关，尽管铁夹子没有夹住它，但在机关被触发的瞬间铁夹子上的竹签子打晕了它，铁夹子和被打晕的桃木檄一同滚到了巨型礁石下面。

　　随着气候变暖，房前屋后的杏树、柳树长出了新叶，这时有一种体形较小的柳鸦活跃在杏树和柳树上，这个时候我爱玩的弹弓就派上了用场。每到这个季节，我弹弓从不离身，上学时也把它放在书包里，在上学、放学的路上也要打上一番柳鸦。由于杏树一般较矮，柳鸦在树上让人很容易瞄准，所以我屡有收获。用弹弓打鸟类似射击比赛,有时容易爆冷门,我的弹弓打鸟技术不算上乘，但有一次清晨在北山的松树上，我发现了一只体形比山草鸡还要大的不知名的鸟。在 30 米开外的地方，我拉满弹弓瞄准击发，那只鸟应声落地，我感到意外惊喜，打弹弓的信心大大增强。

在槐树、棉槐长出半米多高新枝的时候，一种低飞的鸟就出现了，我们叫它"大朴溜"。它体形比山草鸡稍小，喜欢栖居在槐树墩或棉槐墩里，跑得很快。我最喜欢下小雨的时候到深沟两旁的槐树墩和棉槐墩张网捕获。下雨天大朴溜都躲到树墩里避雨，我用一根棉槐条不断敲打树墩，很快就能发现大朴溜的踪影。这时我就快速跑到前方的树墩里把网布好，再转回大朴溜栖息的地方，吹起口哨，大朴溜这时一般会沿着树墩径直向前。尽管看不到它，但它到前方撞上网后，最终会被我发现，一个上午有时可以网到十来只。

春季到坡里剜菜我都带着网具。我特别喜欢网的一种鸟叫麦鸡。这种鸟个头适中，毛色漂亮，跑得特快。每到小麦拔节季节，麦地里的麦鸡较多。那个时候还是生产队时期，有专门看坡的社员。为了防止踩倒庄稼，看坡的社员不允许到麦地里网鸟。我们都是假装到麦地里闲逛，趁看坡的社员走远或不注意时，再进行网鸟的。麦鸡一般在麦地里沿着麦垄向前跑，我们发现它以后，要快速绕到前面的地头布下网具，再转到麦鸡的后面，吹起口哨。麦鸡听见口哨声飞奔向前，走到地头撞到网上就被捕获了。但运气不好时，麦鸡跑着跑着就跑偏了，跑到了另一个麦垄里，我们自然就网不到它，所做的一切努力也就都白费了。捉到的麦鸡回到家后用麻绳拴上，可以玩耍数日。

鸟和人类一样，有聪明和愚笨之分。有一些精明的鸟认识铁夹子，对拴在铁夹子上的诱饵视而不见。要夹到它，必须把铁夹子全部埋在土里，外面只露出活动幅度大的活诱饵才行。傻溜和尚、荠菜花、水鸡子鸟当属愚笨的那一类鸟。

傻溜和尚，我们也叫鹰鸟，个头中等，嘴和爪像鹰，非常锐利。傻溜和尚经常落在电线上，喜食蝼蛄。发现它以后，在它的正前方不远处，翻起一堆湿土，把铁夹子随便放在土堆上，人一离开，傻溜和尚便径直飞到铁夹子旁，不管不顾地抢食诱饵，瞬间就被铁夹子夹住。傻溜和尚的脖子很硬，铁夹子夹下去一般夹不死它，所以人取下它时要十分小心，不然很容易被它抓伤。荠菜花鸟个头很小，习惯栖落在干树枝上，喜食姜虫。发现它后，在它的前方挖出一堆湿土，把铁夹子放上，旁边插上一根干树枝。人离开后，荠菜花鸟很快就会落到干树枝上，向四周张望一下，确认安全后，便一头扎向诱饵，被铁夹子夹住，当场毙命。水鸡子只有在下雨天才露面。有一个雨天，我在二哥的带领下到村东的青石沟抓水鸡子。我们沿着河边寻了大半天也不见水鸡子踪影，垂头丧气正准备回家之际，二哥突然朝一堵墙紧跑几步，而后放慢脚步，在我还没看清发生了什么的时候，二哥已在一个石头墙窟窿里逮住了一只水鸡子。水鸡子"顾头不顾腔"，每当下雨时，会找一个石头缝把头钻进去避雨，完全不顾露在洞外的后半身。我们捉到它后，对它的习性忍俊不禁。

在少儿时期那个缺少娱乐项目的年代，捉鸟给我带来了无限的乐趣，在我的生命中留下了深深的印记。随着时代的发展进步，生态观念深入人心，人们的爱鸟护鸟意识不断增强。

以前的捉鸟行为既不合法，也不文明，我也从根本上转变了观念。前几年我和高中同学两家相约走野路爬小珠山，从青石湾南面的高山翻越，走到山脊的密林处，发现了一张又高又长的大网，上面挂住了五只山草鸡。我们一行四人做法高度一致，把山草鸡取下后现场放飞，并冒着被网鸟人袭击的危险放倒了大网，用手撕碎，杜绝了网具的再次使用。

没有买卖就没有杀害。这几年我还改掉了小时候养成的喜欢食用野生动物的习惯，为阻断供应链发挥了一点作用。现在闲下来后我经常回老家的山上去转一转，看到有捉鸟的就劝阻，看到有网具就销毁，这既是对小时候捉鸟行为的一种救赎，也是为践行生态文明建设做出的应有贡献！

蝉之趣事

秋风起，鼓噪了一个夏天的蝉终于安静下来，走完了它的生命周期。忆往昔，童年时期有太多蝉的趣事值得回忆。

蝉，我们本地人称它截柳，它的一生分为卵、幼虫、成虫三个阶段。蝉把尖尖的产卵管插进树的嫩枝产卵，一只雌蝉可以产上千个卵。它产下的卵会破坏树枝的汁液供应，因此这段嫩枝可能很快就干枯掉在地上，孵化出来的幼虫顺势钻进泥土里。在泥土里，它们找到树根老老实实地待在旁边，利用自己天生的刺吸口器，靠吸食树根里的汁液存活。它们在泥土里要生长三五年甚至十多年。

蝉的幼虫会花很长时间去修一条通往地面的洞穴。它从植物的根部吸取水分，使四周干燥的土壤变得湿润。将洞穴修到接近地面时，幼虫会待在洞的顶端，等候适合羽化的天气。在本地，蝉的幼虫也叫截柳龟。

每年六七月份，截柳龟就开始钻出地面。此时是捡拾截柳龟最好的季节。那时我年纪还很小，吃过晚饭，就提着小水桶跟在大人后面，到村四周道路两侧的大树下和杨树林中捡拾截柳龟。

天傍黑的时候是截柳龟爬出地面的高峰期。这个时候，截柳龟爬出地面后刚刚往大树树干上爬，在手电筒的照射下，我们很容易发现它。发现它后，我就动作麻利地从树干上取下它，放进随身携带的小水桶里。捉截柳龟全凭运气，时机早一点，截柳龟没钻出地面；时机晚一会儿，截柳龟就爬到大树的高处或羽化成成虫飞走了。

那个时候尽管生活困难，但老家的人是没有吃截柳龟的习惯的。当地流传甚广的说法是，吃了蝉小孩会尿炕或得"瘦于子"。"瘦于子"是那个生活困难时期的恐怖记忆，就是小孩干瘦不长肉。大人说吃蝉得"瘦于子"，截柳龟是蝉的幼虫，自然没有人敢尝试吃截柳龟。现在想想小孩瘦怎么可能是吃截柳龟造成的，显然是因为饮食中缺少油水。

人们尽管不吃截柳龟，但捡拾截柳龟的热情丝毫不减。截柳龟被捡拾回家后都成了家养鸡的美餐，鸡吃了这种高蛋白食物，产蛋特别卖力，这更激起了人们捡拾截柳龟的积极性。运气好时，一个晚上每人能捡到100多个。

那个时候农村的夜晚一片漆黑。每到捡拾截柳龟的季节，放眼望去，村子周边的道路上密集的手电光闪烁，形成一道道耀眼的光柱，给寂静的农村夜晚带来了生机和活力。

我经常跟随大人捡拾截柳龟，渐渐也摸出了一些门道。相比黑夜到树上捡拾截柳龟，我更喜欢下雨天到梧桐树底下照窝寻找。

雨滋润了大地，下雨时是截柳龟集中出土的时刻。每逢下雨天，我就独自一人到园边的梧桐树底下逐一寻找地上的洞口，很快发现大的洞口里面没有截柳龟，他们已经爬出去很长时间了。多次失败后我终于找到了窍门，开始专门找那些开口很小的洞口，把细小的手指伸进去后，洞口里面突然变宽，手指再往下一点，十之八九里面有截柳龟。这是因为截柳龟用前爪刚刚破土，掏出一个小洞口，还没来得及爬出。发现这个秘密后，我非常兴奋，按照这个方法继续寻找，屡试不爽，一个上午能挖到很多截柳龟。

下雨天挖截柳龟给了我无穷的乐趣，在很长一段时间内，我挖截柳龟十分上瘾。每逢雨天，我全然不顾下着的沥沥细雨，就出门寻挖，有时甚至忘记了回家吃饭。

截柳龟虽被人们围追堵截，但总有一些侥幸逃脱的，并且数量还不在少数。它们爬到大树的高处蜕皮完成羽化，变成成虫——蝉。

蝉分很多种，在老家主要有三种：一种身体呈黑色，体形较大，声音洪亮，这也是当地数量最多的品种；另一种体形中等，身体呈浅绿色，声音婉转悠长，俗称"喂哟哇"；第三种体形较小，叫声短促，俗称"贼贼"。

捉蝉也是我童年很大的乐事。

用蜘蛛网粘蝉是最普遍的一种捉蝉方法。找一根很长的竹竿，在竹竿的一头绑上一个铁筋弯成的圆圈，拿着绑好铁圈的竹竿，到有蜘蛛网的地方往铁圈上缠蜘蛛网，这样粘蝉的工具就做好了。

拿着制作好的工具到大树底下，瞅准鸣叫的蝉，慢慢把带蜘蛛网的铁圈靠近蝉，并且尽量放到蝉的前上方，这样如果没被蝉发现，把铁圈用力一压就能粘住蝉了；如果蝉有所察觉猛一起飞，正好撞上前上方的蜘蛛网铁圈，也会被粘住。

粘蝉时我最喜欢粘"喂哟哇"。这种蝉生性敏感多疑，人不容易靠近，只有用蜘蛛网粘才能捉到它。捉到的"喂哟哇"

叫声嘹亮，婉转动听，我久久不肯放手。

还有一种捉蝉的方法是用牛尾巴丝钓蝉。那个年代每个生产队都有一个饲养院，养殖牛、驴、骡等，用于拉车、耕地，生产队都照顾一些年老体弱的社员喂养它们。

要取得钓蝉用的牛尾巴丝，首先要打生产队养的牛的主意。从牛尾巴上取下又细又长的尾巴丝，这项工作有一定的危险性。一是取牛尾巴丝时万万不能让饲养员发现。饲养员长期喂养这些牲畜，对它们都有感情，要是发现一定会大声呵斥的。二是取牛尾巴丝时牛有疼痛感，有些温顺一些的牛还好说，一些性情暴躁的牛会四肢乱踢，我有一个小伙伴就有过被牛踢伤的经历。

我多是趁饲养员中午回家吃饭的时候，爬过低矮的饲养院院墙，蹑手蹑脚进入牛棚，找一个尾巴丝较长的牛，先把牛的尾巴拉向牛身体一侧，以防自己被牛踢到，再快速薅下多根牛尾巴丝，快速溜出牛棚。偶尔被饲养员发现，饲养员年老体弱，也追赶不上我。成功取到牛尾巴丝后，我心中充满了胜利的喜悦。

回到家后，找一根细长的竹竿，一头绑上系好抽扣的牛尾巴丝，钓具就做成了。趁着中午太阳烈、蝉鸣叫激烈的时候，来到大树下，高举竹竿把牛尾巴丝抽扣的一端靠近蝉的足部。由于牛尾巴丝较细，蝉不易察觉。不停地撩动蝉的足部，蝉还以为是逗它玩呢，它就用足部不停触碰牛尾巴丝。当蝉的足部伸进牛尾巴丝的抽扣时，用力一拉竹竿就套住了蝉，蝉声嘶力竭地吱吱乱叫，但无济于事。就这样，蝉被活捉了。

用牛尾巴丝钓到的蝉完好无损，小心翼翼地把它收藏好，回到家里，拴上细绳，放飞玩耍，乐趣横生。

　　用各种方法捉到的蝉，最终都会成为家里养的鸡的美餐，每到这时我都会受到母亲的表扬。

　　现如今，每到夏日，听到窗外树上的蝉不停鸣叫，我还会有起身捉蝉的冲动，只是年近花甲，手脚笨拙，无奈只能望蝉兴叹！

柳花竹苑

侄子在外打拼多年，事业小有成就，恋乡情结让他总想在老家做点什么。一番深思后，他决定在老家征点土地，盖几间小屋，种树养花，遍植瓜果，体验田园之乐，既放松身心，又可寄托乡愁。

建设特色园区很符合我崇尚自然、回归田园的心性，我是园区建设的坚定支持者。这片园区面积不大，只有十多亩，周围有大片柳树和杨树，院内竹林成荫，小屋掩映其间，我为这个园区起了一个应景的名字——柳花竹苑。"柳花"既是对家乡已经消失的"柳花泊"的纪念，又是对初春季节柳花飘扬的写实。只是这个名字外人并不知晓，只在家庭成员中传叫，更准确地说，这个名字深藏在我自己心中。

租好土地后，根据地势起伏在园区四周修建了金属围网，并在靠近交通要道的一侧建起了大门，雇用推土机整修了园区道路。

在园区内进行了整体规划，分区域布局了农田、花园、果园、鱼塘以及会所等。

靠近大门的一大片平地被规划为农田和花园。农田中主要种植时令农产品，供家庭成员食用，主要有黏玉米、花生、芋头、地瓜等，花园中栽植着茶花、樱花、月季，令人一进园区即有赏心悦目之感。

紧靠花园部分为菜园。菜园四周用荷兰砖铺起人行小径，方便人进菜园劳作。菜园的边缘打上了机井，用于菜地灌溉。蔬菜品种丰富多样，压茬种植，确保我们能长时间吃到多品种的新鲜蔬菜。

园区西南是一片隆起的梯田，我们保留了原先种植的果树，包括苹果树、桃树、梨树、樱桃树等，在果树间的露天部位再套种上西瓜、甜瓜、草莓等，每到夏秋季节，瓜果飘香，硕果诱人。

园区的最南面，是一大片杨树林，其生长时间已超过 20个年头。杨树笔直挺拔，遮天蔽日，使这里成为饲养鸡、鸭、鹅的上佳场所。在杨树林周围单独围网，将家禽放养在里面，场地宽阔，夏季阴凉，类似野外生存环境，在这里生长的家禽品质上乘。

在杨树林和菜园之间，也就是园区的中间位置，用推土机推出一大块平地，我们在这块平地上建设了小型会所。会所主体采用砖木结构，共分三间，左右两间分别是榻榻米电炕卧室和茶室，中间一大间是餐厅和厨房。在会所的门窗上方修建了宽阔的挑檐，用圆形铁柱支撑于地面，既美观大方，又遮阳挡雨。会所门前是一个宽阔的平台，前方就是大片的杨树林。会所被掩映在大片的杨树林之中。

为了增添园区的景致，在靠近会所的西南位置，开挖了鱼塘，为鱼塘四壁做了防水处理，并在附近打上了机井，以保证鱼塘的水源供应。在鱼塘的四周安装了精美的木质护栏，铺设了弯弯曲曲的湖边小路。为便于休闲和观光，还在湖边修建了一座木质八角凉亭。在会所四周和鱼塘小道两旁，栽植了数量众多的又高又直的竹子。没过几年，这里就形成了一片密不透风的竹林，很有一番江南意境。

对柳花竹苑的修建是一个渐进的过程，我以很高的热情关注着每一步进展，一花一木，一园一景，丰富着我的想象，也更接近我的期待。当完整的园区呈现在眼前时，我像是收获了一件心爱之物，内心雀跃不已。

初春季节，气温还有些清冷，栽植在会所门前的几棵映山红已急不可耐地前来报春，褐色的枝杈上缀满一簇簇火红的花朵。此时的映山红尚无绿叶衬托，显得愈加红艳，远观像一团团熊熊燃烧的火球。母亲最喜欢此时的映山红，每年这个季节都要坐着轮椅，前来赏花观景，在花丛中拍照留念。过不了多长时间，园区内的桃花、杏花、樱桃花、梨花、双樱花竞相怒放，人穿行其间，好似被淹没在花海里，时隐时现。沿着四周围网生长的蔷薇花，此时也极夺人眼目。暮春过后，蔷薇花红白相间，向上伸展，开得奔放而热烈，长长的花墙把园区装扮得摄人心魄。

夏天延续着春天的美丽。樱珠总是在初夏季节成熟，晶莹剔透的樱珠悬挂在枝条上，煞是诱人，这个时候，不用东奔西走，固定在一棵樱珠树下，专挑个大色艳的樱珠，成把塞入口中，甜中带酸的滋味，令人欲罢不能，不用一顿饭工夫，保准让你乘兴而来，饱腹而归。过些时间，套种在果树间的草莓、西瓜和甜瓜就会成熟，现场摘下清洗，吃上一口，那真是原生态的天然本味。桃子也在这个季节成熟，园区里桃树数量众多，果实压弯枝头，每到这时，二哥便会三天两头催促我回家采摘。桃子由于品种不同，成熟时间也不同，园区里的桃子可以满足整个夏季的供应。针对菜园里的蔬菜，我们聘用了专门的种菜好手，他总是合理安排茬口，确保我们能及时吃上应季蔬菜。这里既是我们大家庭的菜园，也是许多朋友的菜园。

　　秋天是收获的季节。在市场上还没有地瓜、玉米、花生时，由于园区里的保护性栽培，我们可以提前很多天率先尝鲜。深秋季节，梨、苹果陆续到了成熟期，到了周末，家人们一起来到果园里，亲手采摘果实，并在树下大快朵颐，那种心情是在家里吃现成水果体验不到的。秋季是蔬菜生长的黄金季节，这个季节蔬菜品种丰富，应有尽有。蔬菜的下脚料和菜园里种植的专供家禽吃的叶菜，都成为鸡、鸭、鹅的美味饲料，促使其增肥增重。杨树林下养殖的家禽，到了中秋节正是膘肥体壮之时，这个时间宰杀食用，味道正好。中秋节前夕，把产蛋鸡留下，把当年生长的公鸡集中宰杀，分给家人和亲朋好友食用，味道是久违了的笨鸡味道，令人回味无穷。

　　会所是聚会的重要场所。餐厅经过了精心装修。我们在墙面的下半部分装上了木板墙裙，上方则用壁纸贴合，在棚顶设计了富有个性的宽大灯池，安装了造型别致的吊灯。餐厅的正中央是一个大型红木圆桌，周围摆放着 20 多把红木座椅，可供多人就餐。会所建成后，这里成为我们大家庭就餐聚会的重要场所。每年母亲的生日聚会都被安排在这里，宽大的厨房可供厨师尽情发挥。在这里聚会既有庄重的仪式感，又有家的温馨。

　　前几年，由于照顾母亲的缘故，我在老家住了很长时间，柳花竹苑是我每天必"打卡"的地方。每到春秋季节，我最高兴的就是邀请几位好友到柳花竹苑里休闲观光，先到菜地里转上一圈，顺便到果园里采摘，再沿着鱼塘四周的竹林散步，在身体微微劳累之后，再把朋友们领进茶室饮茶。这间茶室装修典雅，为传统中式风格，长条形的茶台紧靠前窗摆放。阳光正好，在此饮茶，心情爽朗。每到这时，我就会担当起茶艺师的角色，为朋友泡茶斟茶，尽管茶艺不精，也能就此说道一二，为喝茶聊天增添些愉快话题。

柳花竹苑论规模比不上正规的会所，论知名度外人也很少知晓，但因为被赋予了田园元素和家乡情怀，它成为我心中难以割舍的乡愁符号，走进它，我既感亲切，又感温暖。

我爱我的家乡，我爱家乡的柳花竹苑！

白云石子场

老家村子的南面是一座大山，最高峰俗称"蘑菇石"，沿着"蘑菇石"向西伸延，是山峰的余脉，把它称作台地更加合适。这片台地的植被与青山上的迥然不同，地表上没有树木，杂草丛生。在这片台地之下，埋藏着一种当地珍贵的矿石——白云石。

白云石是碳酸盐矿物，它的晶体结构呈菱面体，质地较软，色泽雪白，间有杂质，在阳光下会反射出耀眼的光芒，在建筑领域应用广泛，我们当地主要把它用作建筑装饰材料。

20世纪初，人们就在这片台地上挖掘开采白云石。德国占领青岛期间，这里开采加工的白云石子，就被用来供应青岛市区的城市建设。当时的白云石子主要被应用于水磨石地面和水刷外墙，这种建筑工艺曾风靡一时。

进入20世纪70年代以后，随着城市建设步伐的加快，老家的白云石子场发展到了一定规模，开采、加工石子成为村子里主要的副业项目。

20世纪70年代末期，我经常去白云石子场参加劳动。那个时候白云石子矿坑足有二三十米深，直径上百米。矿坑的边缘修建了盘旋上升的运输道路，供运送白云石使用。人站在坑口边向下张望，坑底的人显得十分渺小。这一景观，我在多年后游览新疆可可托海的三号矿坑时得以再见，只是可可托海的三号矿坑比起家乡的白云石矿坑要大得多。

开采白云石是首道工序。那个时候村里从各个生产队抽调身强力壮的劳力，组成采石队，进驻白云石子场，他们的主要任务是放炮炸石。打炮眼是基本功，每组三人合作，一人扶钢钎，两人轮流抢锤。经过长年累月的抢锤磨炼，许多人练就了一手绝活。抢锤人口里喊着响亮的号子，双臂舒展，铁锤就像是计算好了轨迹一般，在空中画出一道美丽的弧线，不偏不倚击打在钢钎的顶端，精准而有力。两位抢锤者，一位铁锤抢起，一位铁锤落下，配合得天衣无缝，令人眼花缭乱。扶钢钎者，要有良好的心理素质，面对落下的铁锤不能惧怕，要沉着冷静，在两锤落下的间隙及时旋转钢钎的方向，使钢钎能更快地进入石层深处。

放炮是最惊心动魄的环节。每当放炮时，矿坑内要安排一个点炮人员，矿坑的底部、中部、顶部分别安排三人传递信号，矿坑周围要清空人员。为了保证点炮人员能安全撤离到矿坑顶部，连接雷管的引信要有足够的长度。炮声响过之后，工作人员要对矿坑四壁的危险石块进行排险，确保没有落石后，再用大铁锤把大型石块分解成中小型石块，分配给矿坑上面负责砸石子的人员。

白云石子场砸石子的都是本村人，多数是年轻女性。她们不擅长干农活，砸石子却很有优势。那个时候砸石子按重量计算收入，尽管算下来每天的收入不高，但比在生产队挣工分要来得划算，因此白云石子场砸石子的人员络绎不绝。

砸石子的人员要用篓子或小推车把白云石块从矿坑底部

运到地面，堆放在工位前，先用大锤把石块破碎成拳头大小，再找来一块质地坚硬、表面平整的石头当垫石，把拳头大的石块放在垫石上用手锤砸，使其变成更小的石子。待破碎的石子累积到一定数量后，再拿来铁筛子过筛，通过使用不同网孔的筛子，把白云石子分成不同的型号。过筛后的白云石粉和碎渣，被倾倒进附近原野及沟壑中。日积月累，由白云石粉填起的那块一眼望不到边的平地，在阳光的照射下，银光闪闪，成了小村庄最鲜明的地标。

过筛后较大的白云石子，一般被用作水磨石地面的材料。把白云石子和水泥混合，压实在地面上，等凝固之后，用抛光机把地面磨平，呈现出灰白相间的图案，就像是玉石散落在地板上，既雅致又清新脱俗。过筛后较小的白云石子，多用于楼房的外墙水刷，洁白无瑕的外墙装饰，提高了建筑物的品位和格调。

白云石子加工完成后，需要往外推销。村里选择见多识广、能说会道的人员担任销售人员。那个时候实行的是计划经济，生产资料实行集中采购，分级批发销售。白云石子要先被推销到市级物资部门，再通过二级批发被分销到零售商店，最终进入施工企业。

白云石子的运输也要费很大周折。要安排生产队里的壮劳力，用手推车推40多里路，把石子送到胶州湾西岸小石头村的简易码头。每到这时，运送石子的小推车队伍浩浩荡荡，能绵延几百米，场面颇为壮观。由于码头很小，货运大帆船不能直接靠到岸边，人们只能用小船把石子接驳到大船上，大船再经过漫长的漂泊，把白云石子运送到胶州湾东岸的卸货码头。

　　我初中是在本村的学校上的，那个时候正是大力提倡学工、学农的时代，砸白云石子作为勤工俭学项目，我和同学们长时间参与其中，洒下过汗水，磨炼了意志，留下过青春足迹，对白云石子场有深刻的记忆。

　　20 世纪 80 年代以后，随着建筑业的迅猛发展，白云石子逐渐被新型建筑装饰材料所代替，往日兴盛的白云石子场日渐萧条，落下了一个时代的帷幕。

第二辑　怡人风景

最忆是杭州

"上有天堂，下有苏杭。"杭州一直是我向往的城市。前几年，我出差去过杭州几次，但都因公务在身，没有细细品味这座城市，甚至连最著名的西湖都没有去过。我姨家的表妹家在杭州，多次邀请我前往杭州游玩，为了实现多年的心愿，暮春时节，我和大哥跟随一家户外俱乐部的大巴车，开始了杭州三日之旅。

车行近 10 个小时到达杭州。刚入上塘高架路，眼前顿觉一亮。高架路两旁栽植着各色月季花，四月正是月季花盛开的季节，花朵簇拥，争奇斗艳，形成了靓丽的空中花廊。人坐在大巴车内，高架路上的月季花一路相伴，令人心情十分愉快。初进杭州我就领略到了不一样的城市韵味。

到达酒店稍事休息，即收到表妹发来的晚上就餐的位置信息，我和大哥打车前往。表妹将晚餐安排在西湖边上的"外婆家"饭店。这家风格别致的饭店，店面不是很大，有室内餐位和室外餐位。室外餐位离西湖仅有几米之隔，为了观赏西湖夜景，我们选择了室外餐位就餐。表妹一家三口、大哥和我落座后，表妹提前下单的菜品很快上桌。"外婆家"以杭帮菜出名，餐桌上先后上来了外婆红烧肉、龙井虾仁、外婆小牛肉、西湖糖藕、杭州小笼包等。我平时虽不饮酒，但面对如此美景，来了兴致，还是让妹夫开了一瓶绍兴黄酒，几人边聊边饮。

用餐结束后，我们5个人沿着西湖边散步。热闹了一天的西湖此时安静了很多，湖水有节奏地拍打着湖岸，如窃窃私语；五彩灯光打在西湖的湖面上，把西湖装点得色彩缤纷；岸边的垂柳郁郁葱葱，垂下的柳枝随微风摆动，风情万种；湖边的亭台楼阁，在投射灯的映照下金碧辉煌，使人如同置身诗情画意之中。不知不觉我们已绕着西湖散步了一个多小时，引人入胜的夜景，令我们流连忘返。

第二天一早，我和大哥又随户外俱乐部团队一起来到西湖景区。我们从曲院风荷公园进入。南宋时期，此处为朝廷开办的酿酒作坊，它因坐落在西湖岸边，湖里种植了荷花，每当夏日风起，酒香荷香沁人心脾，故名"曲院风荷"，为西湖十景之一。沿着曲院风荷公园往前走不远，就来到了《最忆是杭州》的演出现场，这里曾为G20峰会呈现了一台体现"西湖元素、杭州特色、江南韵味、中国气派和世界大同"意象的实景音乐会。这台惊艳世界的音乐会，现在已经成为杭州的城市名片之一，在西湖的岳湖向游客呈现。

在西湖边，我们团队租了一艘游船。这艘游船崭新别致，栗红色的实木地板和座椅分外亮眼。船两侧是可以推拉的玻璃窗，我坐在靠近窗边的位置，推开玻璃窗，可以清晰地看到湖岸上的风景。跟着导游的讲解，我在脑海里快速与之前做的功课对照，白堤上的断桥，苏堤上的杨柳、桃树逐一展现在眼前，尽管没能看到桃花盛开的"苏堤春晓"秀美景观，但联想到两位伟大诗人在杭州的施政功绩，还是产生了很多感慨。

游船在湖中徐徐前行，窗外满眼皆景。在游船前方的山峰上突然出现了一座圆形高塔，导游告诉我们那就是雷峰塔。雷峰塔又叫皇妃塔，位于西湖风景区南岸夕照山上，因其所在的山峰叫雷峰，故名雷峰塔。关于雷峰塔我有很深的儿时记忆，民间故事《白蛇传》中，法海和尚骗许仙至金山寺，白娘子水漫金山救许仙，被法海压在雷峰塔下。白娘子因追求人间真情而遭遇悲剧命运，年少的我曾为此悲愤不已。

西湖所有名胜中要数"三潭印月"名气最大。岛南湖中建有三座石塔，相传为苏东坡在疏浚西湖时所设立。三座石塔，塔腹中空，球面体上排列着五个等距离的圆洞，月明之夜，在洞口糊上薄纸，塔中点燃蜡烛，洞形映入湖面，呈现多个月亮，真月假月其影难辨，故得名"三潭印月"。"三潭印月"以其美丽的风景，成为第五套人民币一元纸币背面的图案。由于时间紧迫，我们没有登岛游览岛上的盛景，留下了一点小小的遗憾。

离开西湖，大巴车西行半小时，我们到达了灵隐寺。灵隐寺是江南著名古刹，始建于东晋咸和元年（326年），已有近1700年的历史。灵隐寺自创建以来，高僧云集，文人荟萃，蔚然成为文化大观。灵隐寺以其深厚的佛教文化、宏伟壮丽的殿宇建筑和秀美幽雅的自然风光，吸引着人们来此学佛、观光、祈福、休闲。尽管导游安排的时间很紧，我和大哥还是游览了所有大殿。站在最高处华严殿门前向下望去，寺院内古树参天，殿堂庄严，历史的厚重感扑面而来，让人油然生出敬畏之情。

一天的游览结束后，表妹和妹夫开车把我和大哥接到了他们家。他们想让我们利用在杭州的有限时间，尽量多领略一下杭州的风貌。表妹居住在钱江新城中央商务区，周边都是造型别致的高楼大厦，尽管高楼很多，但绝无拥挤局促之感，视觉通透，现代感强。著名的杭州洲际酒店和杭州大剧院就坐落于此，两个建筑物造型，一个像太阳，一个似月亮，取日月同辉之意，均为杭州地标性建筑。

我们简单吃过晚饭，来到市民广场。市民广场非常开阔，有不少功能分区，给我印象最深的是广场上成片栽植的树形月季。月季植株高大，树冠圆整，花朵密集，色泽鲜艳，实在美得令人感到震撼。市民广场的东部就是钱塘江，这里是城市阳台所在地。夜晚我们站在伸进钱塘江面的城市阳台之上，欣赏钱塘江两岸的灯光秀，沿江高层建筑物亮起的五彩灯光，把钱塘江两岸装点得流光溢彩，分外亮丽。

第三天一早，我们来到了西溪国家湿地公园。这个公园是国内第一个集城市湿地、农耕湿地、文化湿地于一体的国家级湿地公园。公园内鱼塘密布，河道纵横交错。我们乘船进行了游览，中途上岸参观了先民生产、生活场景展览馆，了解了当地人种桑养蚕织布的历史和婚嫁习俗。湿地内的居民现在都已经搬迁，但留下了许多古树和古建筑，一些传统风俗也得以保留，现如今这里每年都要举行划龙舟比赛。到了秋季，公园管理者选择一些鱼塘，把水抽干，游客可以参与徒手捉鱼比赛，体验渔家之乐。游船在河面上蜿蜒前行，随着导游的讲解，我们仿佛走进了湿地先民的生活场景之中。

最后一站我们游览了京杭大运河杭州段。开凿京杭大运河，是中国历史上的一项伟大壮举，距今已经 2000 多年了。我们最先游览的是拱宸桥，它是杭州古桥中最高最长的石拱桥，也是京杭大运河的最南端。如今的拱宸桥还保留着古桥的模样，仍可供行人和船只通行。京杭大运河周边，分布着桥西直街、大兜路历史文化街区、富义仓、香积寺等，走过这些地方，仿佛走进了古老的运河故事之中。我们还乘船游览了大运河。坐着游船穿行在古老的河道上，见到传说中乾隆皇帝下江南时所乘坐的龙船的复制品，眼前浮现出乾隆皇帝走上拱宸桥的盛景，现实中大运河两岸高楼林立，霓虹闪烁，悠久的历史与现代都市景观融为一体，使人不禁有一种穿越时空的感觉。

通过短暂的杭州之旅，我还没有深入了解杭州、感受杭州，但已被杭州的历史文化、风景名胜、城市气质所折服，因为在这座城市拥有的亲情，我对杭州又多了一份特殊的情感。

"江南忆，最忆是杭州。山寺月中寻桂子，郡亭枕上看潮头。何日更重游？"杭州一经遇见，便难以忘怀，待到丹桂飘香之时，我定会再来杭州，细细品味这座美不胜收的城市……

窗外的风景

搬进新居,我把北面的一个房间设为书房,南墙是一排书橱,北墙窗台下是榻榻米电炕,电炕上放置着红木茶几,西墙边则安放着电脑桌。这几年因为有了空闲时间,平时除了旅游、徒步之外,我大部分时间就在书房里度过。写作是我很大的爱好,在电脑上写作累了,就到榻榻米电炕上泡上一壶新茶,边饮茶边观赏窗外的光景,窗外四季变换的风景总能令人赏心悦目。

我家住在洋房的二楼,北窗的外面生长着银杏树和云杉树。银杏树稀疏的枝干横挡在北窗外面,透过枝杈,我可以清晰看到窗外的世界;云杉树则立在北窗右侧,树冠刚好探及窗沿,我平视出去,云杉树冠一览无余。

阳春三月,银杏树悄悄披上一层绿纱,微风吹来,绿叶翩翩起舞。天气晴好时,几只喜鹊喜欢栖上银杏树枝头,欢快鸣叫,我坐在榻榻米电炕上,与它们近在咫尺。起初看到我,喜鹊会惊慌地飞走。我从小爱鸟,特别是听说喜鹊是报喜之鸟后,更是喜欢听喜鹊的鸣叫。为了留住喜鹊,我想出了一个妙招——在北窗外侧的窗台上撒上粮食招引它们。这一招果然奏效,三五只喜鹊天天飞到窗台上觅食,起初都是静悄悄地来静悄悄地走,过了一段时间,喜鹊在觅食的同时会不停地鸣叫，甚至隔窗与我对视。由于忙于读书写作，我偶尔忘记在窗台上撒粮时，几只喜鹊便会站在窗台上一字排开，面朝屋内凶巴巴地鸣叫不止，似乎在向我示威，发泄对我不及时投喂粮食的不满。每当这时，我都会停下写作，在外面的窗台上撒上粮食，喜鹊们也不见外，争先恐后地抢食，一番进食后喜鹊还不忘隔窗朝我温柔鸣叫，似是在向我道谢。

喜鹊饱食飞走后，总会剩下一些细小的碎屑，这时两只不知名的小鸟就会出现在窗台上安静觅食。这种鸟体形娇小，毛色呈淡绿色，翅膀上有红晕，眼圈上的毛色发黄。奇怪的是，这两只小鸟饱食后从不远飞，总是在云杉树上跳上跳下。有一次我在榻榻米电炕上喝茶，两只小鸟在云杉树上嬉闹，引起了我的兴趣，于是我站起身来，俯视整个云杉树冠。经过仔细观察，我在小鸟嬉戏的位置，发现了一个隐蔽良好的草根鸟窝。我很钦佩小鸟的造窝技巧，鸟窝的底部和四壁正好嵌入云杉树密集的枝杈之中，除从高处俯瞰之外，从其他角度绝无可能发现它的存在。这个鸟窝激起了我很大的兴趣和好奇心，我天天观察鸟窝的动态，小鸟对我好像也并不怀敌意，有时长时间与我对视也不慌乱。开春后不久，小鸟就开始了孵化，大约半个月后，幼鸟出壳。小鸟叼着食物接近鸟窝喂食时，鸟窝里的幼鸟会张着金黄色的大嘴喳喳地叫个不停。

"好雨知时节，当春乃发生。"细雨总是在初春季节如约而至，每到这时我都要停下手头的工作，在屋内静静倾听细雨敲打树叶和窗户的声音。滴答，滴答，仿佛是天空奏响的春之序曲。丝丝细雨像从空中飘洒下来的水幕，烟雨蒙蒙，银杏树的嫩芽在细雨的冲刷下显得愈加翠绿，娇嫩如滴。望着窗外的霏霏细雨，听着美妙的雨滴声，我的眼前浮现出"天街小雨润如酥"的虚幻场景，仿佛看到了广袤的大地之上万物复苏，一派生机勃发的景象。

盛夏来临，酷热难耐，银杏树成了知了演奏的舞台。通体黑色的知了叫声嘹亮，响彻长空；皮色淡绿的"喂哟哇"声音婉转悠长，美妙动听；体形娇小的"贼贼"叫声短促，声如细丝。这些知了经过十年左右的地下蛰伏，爬出地面就意味着进入了生命的倒计时。它们像是要抓住这短暂的时机，疯狂演绎着生命最后的绝唱，多重叫声交织在一起，声浪一浪高过一浪。长时间的鸣叫之后，有时好像乐队指挥突然落下了指挥棒，声音戛然而止，一切陷入沉寂，周围静悄悄的。但片刻的宁静之后，知了们演绎的新一轮交响乐再次奏响。如此循环往复，它们为夏天带来了更多的激情。

我最喜欢深秋的窗外，宽大的窗户似是一个巨大的画框，画框的中央就是一幅涂抹油彩、浓淡相宜的深秋油画。满树的银杏叶变成金黄，一阵微风吹过，树叶上下翻飞，好像一只只美丽的蝴蝶，有些树叶飘然落下，变成一地金黄，煞是养眼。对这个季节的银杏叶，著名文学家郭沫若有最为传神的描写："秋天到来，蝴蝶已经死了的时候，你的碧叶要翻成金黄，而且又会飞出满园的蝴蝶。"

银杏树在我们当地也叫白果树，我此时的新家与白果树颇有渊源。与新家一路之隔的就是旧村改造前的白果树村。白果树村是在清康熙年间立村的，当时因附近有一棵大白果树而得名。这棵大白果树据说已有六七百年历史了，可惜的是 20 世纪 50 年代被人为毁坏，这棵古树如果保留至今必将造就一片有故事的美丽风景。

冬季最激动人心的是落雪的日子。一觉醒来，拉开窗帘，外面是一片银色世界，这个时候我都要泡上一杯浓茶，把榻榻米电炕开到最高档，坐在电炕上边饮茶边欣赏窗外的雪景。在地暖和电炕的双重作用下，书房内温暖如春。这时雪还纷纷扬扬地下着，雪花漫天飞舞，路上万籁俱静，白雪覆盖，琼枝玉树，银杏树和云杉树被大雪装点得银装素裹，像极了东北雪乡林海雪原的松树。每到这时，我内心清净，眼前都是诗和远方，有时也有走出户外踏雪赏景的冲动，最终都因不忍心打破落雪的宁静而作罢。

近几年，我有了空闲时间，喜欢上了旅游，走遍了祖国的大部分版图。旅游能陶冶情操，锤炼性情，更能引人诗意地思考人生，使人变得物欲简单而精神富足。

小小窗口，尽显四季风物变幻。窗外亦有怡人风景！

雨中独行

盛夏时节，阴雨连绵。我有每天户外徒步的习惯，一连三天的降雨把我困在家中，我心里有点空荡荡的。

窗外淅淅沥沥的小雨依然没有要停的意思，我急于到室外呼吸一下新鲜空气，活动一下身体，便决定冒雨独自去户外散步。

我穿上雨靴，打上雨伞，独自一人来到户外。

穿过宽阔的滨海大道，一块巨石上雕刻着的"灵山湾星海滩"映入眼帘，红色大字在雨水的冲刷下显得格外醒目。在星海滩入口处，自行车道旁矗立着蓝白相间的海鸥浪花雕塑，栩栩如生。

眼前偌大的星海滩上空无一人，没有了平时的喧嚣和嘈杂。经过连续几天雨水的清洗，空气十分清新。当天风不大，浪也不高，一排排泛白的浪花有节奏地拍打着海岸，像一队队抢滩登陆的士兵。此时此刻我放下生活中所有的不快和烦恼，静静倾听着雨滴敲打雨伞和海浪拍岸的声音，完全放空了自己。

星海滩宽阔处，布置了拍电影用的道具场景，修建起两块沙排场地并放置了多种沙滩运动器械。电影还没有正式开拍，前几天看到很多演员在这里练习沙滩排球，场面热闹。

这片沙滩的对面和侧面，分别是星光岛和珊瑚贝桥，在这里取景拍摄具有绝佳的区位优势。

沿着木栈道继续向前，就走到了滨海大道上的浪花桥，它是连接星海滩东西两片沙滩的要道。在桥上遇见了一位年逾七旬身穿雨衣的老大爷，我们边走边攀谈起来。

这位长者是沙滩附近的白果树村人，以前是打鱼的渔民，几年前东方影都项目在这里建设，附近的多个渔村被拆迁。老大爷原有四间平房，回迁后分到了两套房，老两口住着一套，另一套往外出租。说起来我和老大爷是新邻居，我们所居住的小区仅有百米之隔。老大爷和老伴都有社保，两个人每月退休金合计5000多元，再加上房租，每月收入可观。老大爷对一步从渔民变成市民并生活无忧感到非常满足，言语间充满了对新时代的感恩之情。

老大爷尽管现在已经停下了打鱼的营生，但对这片大海很有感情，每天清晨或者是刮风下雨天气都要到大海边寻上一趟，特别是刮风下雨天，有时还能有意想不到的收获。

老大爷望着这片沙滩，回忆起以前的场景。他说这片沙滩是一片富海，盛产竹蛤蜊和蛏子，每到退潮时，周围十里八村的渔民都会集到这里下小海，海滩上人头攒动，场面热闹，个个收获颇丰。

老人这话确实不假，直到现在这片沙滩上仍然还有蛏子，每到春秋季节，会有不少人来此寻挖，我便是其中之一。我买了水靴、铁锹、小桶等工具，退潮时来到接近水面的沙滩上，先用铁锹在沙滩上铲起一层薄薄的沙子，在地面上寻找小眼儿，这些小眼儿多半是蛏子的窝。取出随身携带的食盐少许，点撒在眼儿里，里面的蛏子尝到盐的滋味，瞬间从洞里跳起很高，这时要眼疾手快地把跳起的蛏子接住，如果接不住，让蛏子沉到洞里，便无论再用多少食盐都捉不到它了。

老人抬头望望对面的星光岛，不无遗憾地说："自从人工填起这个岛后，这片富海永远成了过去，实在可惜！现在这片沙滩的海鲜种类和数量与以前相比很显然已不可同日而语了。"我心里默默在想，这也许就是推进城市治理现代化不得不付出的代价吧！

雨不停地下，我和老大爷聊得很投机也很愉快，不知不觉走到了星海滩的西头。老大爷停下脚步跟我说："不陪你走了，我要到潮头去看看有没有漂上来的东西。"

我跟老大爷告了别，原路返回，要去星海滩东面的延伸路段走走看看。

星海滩的东面是一片礁石海滩，沙滩的木栈道到这里变成了塑胶小道。海边用花岗岩砌起了高高的岸堤，岸堤顶端安装了坚固的围栏。凭栏远眺，细雨蒙蒙，眼前是一望无际的大海，看着前方的茫茫大海，整个人的心胸也开阔了很多。

往前不远处，是一片黄色的金鸡菊花海。这是一块三角形地块，足有十多亩，长得又高又壮的金鸡菊在细雨的滋润下格外娇艳。我很佩服园林工程师的设计，在茬口安排上恰到好处，在这一季金鸡菊开放之前的暮春季节，这里曾经盛开过一季石竹花。

我见证了这片花海从播种、出苗、壮苗到开花的整个过程。暮春季节，粉红色的石竹花怒放之时，彩蝶飞舞，那时金鸡菊刚刚长出粗壮的枝干，甘当石竹花的配角。到了盛夏季节，金鸡菊长得又高又壮，黄花密集，这时暮春时节开放过的石竹花已枝叶枯萎，被完全掩盖在金鸡菊花丛之下，不留一点痕迹。穿行于这片花海中间的塑胶小道，仿佛置身在开满鲜花的大草原上，使人不由有种穿越时空的感觉。

沿着开满鲜花的海边步行栈道，我不知不觉走到了前面的一处大型建筑工地。这是灵山湾仅存的一片尚未完成开发的临海区域，按照规划，这里将建设青岛西海岸新区的奥体中心，主要建设体育场、全民健身中心及运动员训练中心等。实力雄厚的开发商曾成功开发运作了深圳湾体育中心及国内多个奥体中心项目，有丰富的运作奥体中心的经验，在不久的将来，这里一定会崛起一座活力四射的奥体新城。

作为包片开发项目，短平快的住宅建设肯定是少不了的。在奥体中心的最南端，一块陆地伸进了大海，这里布局了高层住宅和别墅区，住户可以270°看海。我最关心的不是在住宅里的观海效果，而是项目建成后海岸步栈道的建设情况。我曾咨询过有关部门，在岸边将建设沿海步栈道，到那时沿海步栈道东西方向将实现连通，我的徒步之路会变得更加顺畅和便捷。

我正沉浸在对未来的憧憬中，手机铃声突然响起。电话是爱人打来的，她催促我回家吃饭，我看了一下时间，已是午后时分。这时雨已经停了，天已放晴，我收起雨伞，疾步返回家中。

推开家门，饭菜已经上桌，爱人和儿子已等候多时。

欢快走蓝湾

  青岛西海岸新区是一座海洋特色鲜明的新城，蜿蜒曲折的海岸线、星罗棋布的海湾、干净细软的沙滩都是贴在西海岸新区身上的标签。为了扮靓新区这张海滨特色名片，西海岸新区斥巨资打造了沿海岸线的蓝湾路服务设施提升等工程（以下简称"蓝湾工程"）。蓝湾工程东起后岔湾，西至古镇口的海军公园，全长80多公里。在这条绵长的海岸线上，修建了海边人行步栈道和自行车骑行道，穿插建起了公园、蓝湾驿站、观海护栏等。蓝湾步栈道对爱好徒步的我和爱人有巨大的吸引力。

  在一个阳光明媚的春季的一天，我和爱人背上双肩包，备足开水，早晨七点从家中出发，穿过中国石油大学校园，进入了唐岛湾公园北岸。唐岛湾公园也是蓝湾步栈道的一部分，公园北岸一直到南岸的五号门，早已是我和爱人经常徒步的路线，五号门往南以前由于施工被堵住了去路，我们还没有走过。施工挡板被撤走后，前面豁然开朗，道路铺设和路旁绿化全部完成，步栈道非常宽阔整洁。

  我和爱人沿着平整的岸边栈道一路向前，水面上一群群海鸥追逐嬉戏，浪花有节奏地拍打着海岸，沿途五颜六色的鲜花竞相开放，蓝天白云下徐徐海风拂面，行走在这风景如画的蓝湾步栈道上，心中充满了快乐和惬意！

沿着海边的步栈道继续前行，就走到了曾经遍布着海草屋的著名渔村鱼鸣嘴村。海岸线在鱼鸣嘴村来了一个大拐弯，走向由南转向东。这里布满陡峭的礁石，有许多垂钓爱好者在礁石上挥竿垂钓，一派忙碌景象。

再往前走就进入了著名的银沙滩、金沙滩。银沙滩全长2000多米，呈月牙形，东西延伸，水清滩平，沙质细腻均匀。我和爱人到达银沙滩时已接近中午，由于天气较热，我们随身带的开水已所剩不多，连续 5 个小时的快速徒步后，我们的肚子也饿了。为了吃一顿地道的渔家宴，我和爱人又坚持走了半个小时，到达南岛小镇。

南岛小镇是南岛片区几个村的集中安置小区，这里居住的都是土生土长的渔民。在小区的南侧建有一排宽敞明亮的商业网点，渔民们开设了好几家正宗的渔家宴餐馆。我和爱人选择了一家装修整洁、卫生干净、海鲜品种丰富的渔家宴餐馆，点了好几样鲜活的海鲜，享受了一顿地道的渔家特色午餐，一上午的疲劳感顿觉消失。

稍事休息后，我和爱人继续沿着蓝湾步栈道，到达了金沙滩啤酒城和金沙滩景区。金沙滩啤酒城在金沙滩的西侧，标志性的"青岛与世界干杯"雕塑高高矗立，造型各异、五彩斑斓的啤酒木屋错落有致，拔地而起的凤凰之声大剧院犹如一只美丽的凤凰，振翅欲飞。每年七八月份青岛国际啤酒节的主会场就设在这里，届时来自海内外的八方宾朋会聚于此，激情畅饮，使这里成为狂欢的海洋。

金沙滩啤酒城东侧就是著名的金沙滩。这里沙细如粉，色泽如金，海水湛蓝，水天一色，是中国沙质最细、面积最大、风景最美的沙滩，号称"亚洲第一滩"。时值6月，尽管还不是下海游泳的最好季节，但宽阔的沙滩上已聚集了很多游人，他们在沙滩上玩沙戏水，非常热闹。

走过舒展平缓的金沙滩，我和爱人到了金沙滩东侧的起伏山地。这里原来是一片沟壑纵横、杂草丛生之地，游人不能亲海和近海，只能在半山腰的环山公路上瞭望大海。现在这里沿海岸线建起了光洁平整的花岗岩步栈道，步栈道面海的一侧竖起了一排整齐的观海栏杆，用铁链连接，既是风景，又可保障游客安全。在山坡地上，依地势建起了蜿蜒的木栈道，形成了小桥流水的园林小品。整修后的坡地上和道路两旁种植了各色花卉，它们竞相怒放，我和爱人走在其中，仿佛置身于油画世界。

毗邻步栈道靠山的一侧建起了面积很大的山地公园，走到这里，我和爱人被山地公园的美景所吸引，改变了一路向前的计划。我和爱人由海边的步栈道走进山地公园，沿着山地公园内的每条小路，上上下下走遍每一个园林小品和绿化单元，不知不觉到了下午4点多钟，此时我们已经徒步了9个多小时，查看微信运动，当天已经走了4.5万步。这时，我俩感到有些疲劳，前面就是涵碧楼酒店，我和爱人商量就地在涵碧楼酒店住上一晚，第二天沿蓝湾步栈道继续前行。

当我和爱人走进涵碧楼酒店前台登记住宿时，才发现两个人都没有带身份证，住宿的愿望自然就无法实现了。我和爱人到涵碧楼酒店门口，用打车软件叫了一辆快车，回了家。

受到我和爱人第一天徒步的吸引，爱人的妹妹第二天也加入了徒步行列。第二天一早，我们三人开车来到了涵碧楼酒店，把车停在了酒店停车场，继续徒步前行。

我们边聊边走，不一会儿就到了一处风平浪静的港湾。这个地方叫绿岛湾，是蓝湾步栈道设置的一处休息驿站。驿站由四根钢柱支起的形似船帆的遮阳篷组成，下面设置了一圈木椅供游人休息。驿站旁边有一家酒店，酒店的楼顶上矗立着写有"绿岛湾大酒店"的巨型招牌。这是东环岛路上唯一的一家渔家乐特色酒店，我们感到非常惊喜，进入酒店对餐位和后厨进行了一番考察，决定午餐就在这里吃。只是时间尚早，我们决定继续前行，走到蓝湾工程起点后，再返回来就餐。

离开绿岛湾大酒店前行一公里，就到了"左批观日驿站"。它是一所设计精巧的木屋，设有休息大厅和标准卫生间，门前设置了上下两层的宽大停车场，东面是一望无际的蔚蓝大海。这个地点是清晨观看海上日出的最佳位置，每天清晨都会吸引很多摄影爱好者来此拍摄日出。自从发现这个驿站后，我也成了清晨来这里拍摄日出的常客。

再往前走，海岸都是悬崖峭壁，为了让游客亲海近海，设计师在海面上设计了架空的木栈道，蜿蜒曲折足有两公里。人走在木栈道上，有一种漂在海面上的感觉。穿过漫长的木栈道，我们就走到了蓝湾工程的起点，再往前就是一片大型海洋工程装备企业。

到达蓝湾工程起点后，我们原路返回，到达绿岛湾大酒店时已经是下午一点多了。我们三人进入酒店，选择了一个观海的最佳位置坐下来。

这个酒店紧靠海边，是一座二层小楼，朝向大海的一面是半圆形落地窗。坐在座位上往窗外望去，面前的大海一览无余。酒店的海鲜都是当天凌晨渔民下海捕捞的，存养在海湾内，非常新鲜。徒步了一上午并且已过了饭点，我们又累又饿，看到所有的海鲜都想点，只是人少吃不了很多，只能忍痛割爱只点上几样最钟爱的。面对如此美丽的海景，我们慢慢品尝着地道的渔家风味，享受运动后的畅快。

老板娘是一位朴实健谈的人。那天中午客人不多，她坐在我们旁边跟我们拉起了家常。老板娘是当地人，我们从她那里了解了不少当地的风土人情，同时也了解了这座酒店的历史。这座酒店以前曾是一个驻军的哨所，部队撤走后，这座建筑就转为民用。随着蓝湾工程的建成，过来的客人越来越多，酒店的生意一天比一天好，老板娘对酒店的未来信心满满。

吃完饭后，我们一路南行，下午三点走到了停车场。我们结束了第二天的行程，至此完成了蓝湾步栈道东段的全部行程。

第三天，我和爱人继续徒步海上嘉年华至城市阳台路段。我俩沿着海上嘉年华南面的蓝湾步栈道，走到了积米崖码头。从积米崖码头往西大约两公里，还没有修建蓝湾步栈道，我们只能沿着滨海大道到达康大山语海小区西侧，那里又有步栈道和前面的蓝湾步栈道相连。

从这里向西的步栈道是一段精华线路，有长满海螺的石滩，也有绵延两公里的优质沙滩，更有建筑设施豪华的星光岛。我们快速通过了沙滩路段，从珊瑚贝桥进入星光岛。这一片区域充满着时尚、浪漫元素，已经成为西海岸新区的新地标。

我和爱人从星光岛二号桥走出星光岛，进入城市阳台。我和爱人以前到过城市阳台很多次，但蓝湾步栈道连通后还是第一次徒步经过这里。我们沿着沙滩边缘的木栈道前行，南面就是海天一色的浩瀚大海，这里沙滩细软，游客稀少，有宁静之美。我和爱人在海边的凉亭停下来，进行了休整，也完成了第三天的计划行程。

第四天是爱人调休的最后一天，我们开车到了城市阳台，把车停在了停车场。我俩徒步穿过风河大桥，走到中央公园东侧的蓝湾步栈道。这一段步栈道南北笔直，全长3公里，东面是沙滩和大海，西面是一望无际的黑松林。这片黑松林所在地就是建设中的中央公园。这座公园占地5000亩左右，拥有海岸线3300米。公园将布局多个主题区域，合理规划休闲慢道和节点景观，充分衔接山、海、岛、城，打造兼具森林生态、休闲观光于一体的生态休闲中心，建成后将成为国际知名、国内首屈一指的城市中心公园。

过了中央公园，就是分布在海军路两侧的海军公园。海军路是沿着海岸线修建的一条景观道路，路的两侧设置了体现海军元素的各类雕塑及退役武器。海军公园是全国第一个海军主题公园。近几年这个区域形成了高端人才、科技创新高地，众多大学和科研机构汇聚到这里。这里先后引进了中国科学院大学海洋学院、哈尔滨工程大学、中国海洋大学等著名涉海高校。大学园区内塔吊林立，一片繁忙施工景象。走过大学园区不远，我和爱人到达了80公里蓝湾步栈道的终点，结束了蓝湾步栈道的4天徒步之旅。

　　行走在绵长的蓝湾步栈道上，海岸线的美时时震撼着我的心灵。我走过了国内许多沿海城市，游览了各式各样的海岸线，有的过于喧嚣，有的太过荒凉，唯有黄岛的蓝湾给人一种闹中取静、清新脱俗、恬静自然之美！

　　自此，蓝湾徒步成为我和爱人生活中不可缺少的一部分，我们常走常新，对此难以割舍。

楼院春色

我居住的是海边的一个小区。小区布局方正，中间部分是联排别墅，四周分布着少量的洋房和高层住宅。小区的中轴线上设计了景观廊道和园林小品，左右两侧通向别墅的道路呈"非"字型布局，四通八达。小区内的楼前楼后、小道两旁栽植了不同品种的花草树木，春季到来，楼院内草木吐绿、繁花似锦，到处洋溢着春天的气息。

早春季节，最早给楼院带来色彩的是连翘花。分布在楼院向阳处的一丛丛连翘枝条上挂满了花朵，那金黄色小花一团团、一簇簇，你挨着我，我挨着你，竞相开放，仿佛是安放在大地上的一束巨型插花，充满艺术气息。连翘花没有绿叶的衬托，显得更加灿烂夺目，看着它，周身都能感受到春天的暖意。

初春给楼院带来色彩的还有石楠球。石楠球，也叫火焰红、千年红。在这春寒料峭的季节，石楠球的红，既不似桃花的粉嫩，又不像玫瑰的深暗，它是一种宝石红，润而有质感，嫩而有光泽，红得热烈，红得醉人，对眼球的冲击力，绝不亚于海滩上身着红艳比基尼的妙龄少女。石楠球或单棵挺立，或排列成行，为楼院增添了勃勃生机。

我居住在二楼，南窗外面生长着一墩粉红色的花，每年开花很早。我想当然地认为那是樱花。花的枝条细长，向空中四散开来，有的刚好探出窗台，枝条上开满密密麻麻的粉红色小花朵。每天起床后我都要到窗前探视凝望，看着开满繁花的枝条，心情格外畅快。有一天清晨，我在屋内隔窗拍了一幅窗外花的照片，顺手发到了微信朋友圈。我学习植物学的高中同学看到后，前来我家观赏早樱。她打开窗户看了花之后，断定那是梅花，自此帮我纠正了长期以来张冠李戴的错误。

楼院中轴廊道的北头，是一座景观水池，水池的底部用鹅卵石铺就，周边栽植着几棵造型别致的杨柳树。初春时节，杨柳吐露出一簇簇嫩绿的新芽，接着抽出了一条条青翠的枝条。满眼的新绿，透露着早春的讯息。春雨像微尘般洒落，柳枝被冲洗得更加清新。细小的水珠滴落在水面之上，荡起层层细小的涟漪。春风吹来，万千枝条随风摆动，就像一位位亭亭玉立的少女，披着满头秀发，低首含笑，静静在池边站立，似在等待，更似在沉思。不知名的小鸟，在杨柳细枝间欢快地雀跃鸣叫，似在演奏一支春天的乐曲。

四月的小院简直就是花的海洋。贯通小区南北的中轴景观廊道两旁栽满了樱花树，站在高处远远望去，廊道上空盛开的粉白相间的樱花如云似海，漂向远方。走在樱花树下的景观小道上，头顶是遮天蔽日的花海，散发着淡淡的清香。仔细观察，樱花花朵小巧玲珑，五六朵聚在一起组成一个花球，一簇簇拥挤在枝头上。樱花展现她美丽容颜的时间是短暂的，花开不过几日，一阵春风吹过，花瓣便纷纷落下，就像是下了一场美丽的花瓣雨，在花下小径上铺了厚厚一层，美得令人心灵震撼，不忍心踏足而过。

楼院中轴廊道通向两侧的"非"字形小径旁，分别栽植着不同品种的花木，玉兰树、桃树、梨树、山楂树、樱花树、紫槐花树等，每到春季，次第开放。天气晴好时，我早晚穿行在花间小径上，用心拍摄这春天的烂漫景象，分享到微信朋友圈，传递着春天的消息。

我的住宅前后，栽植着银杏树和云杉树。春天来临，银杏树发出鲜嫩的绿芽，云杉树也苏醒返青，呈现一派蓬勃景象。这些树木成为喜鹊欢唱的舞台，每天天刚蒙蒙亮，喜鹊准时在枝头上喳喳鸣叫。听到叫声，我便翻身起床，拉开窗帘，观赏鸣叫的喜鹊。喜鹊好像已适应了与我近距离相处，自顾自地继续欢唱。在云杉树密集的枝杈中，两只不知名的小鸟异常忙碌，不停地衔来干草做窝筑巢。鸟巢就在窗台前下方的树杈上，我站在窗边可一览无余。在我的亲眼见证下，小鸟经过了产蛋、孵化过程，一窝嗷嗷待哺的幼鸟出现在眼前。经过小鸟的捕食喂养，幼鸟很快就长大飞离了鸟巢。观察幼鸟在鸟巢中的动态变化，为我增添了不少乐趣。

楼院里有很多爱花种花之家。在精心装修的联排别墅篱笆小院里，有种植映山红的，也有种植牡丹、芍药的。这些花卉都应季开放，有的开得轰轰烈烈，有的开得国色天香，为楼院增添了不少景色。

说到楼院里的养花之最，要数住在楼院北头洋房里的一楼女户主。她在一楼有一个不大不小的院落，院子用通透的铁艺栏杆围合。这位女户主沿小院的四周（阳台门口除外）栽植了各色月季花，在阳台门口两侧的墙上安装了藤蔓攀爬架，暮春时节，随着气温升高，小院里的月季花开始怒放。月季花五颜六色，花朵硕大，挺立在墙头顶端的花朵昂扬向上，娇艳如滴；披向花墙内外两侧的花朵簇拥绽放，绚丽多姿；顺着攀爬架爬上墙壁的各色月季花朵覆盖在墙面上，鲜艳夺目。整个小院的月季花，呈立体开放之势，组成了月季花的海洋。

小院的女主人是一个充满情趣之人。在月季花盛开的季节，她经常邀请一帮俊男靓女，到小院里赏花饮茶，享受悠闲时光。兴之所至，许多美女身着艳丽盛装，或单独或成群地在小院里尽情拍照，把自己融进烂漫的花海里，留下了青春靓丽的倩影。

春是一首诗，春是一幅画，春是溪流的歌。楼院的清新景象就是浓缩了的大自然春色，沐浴在这和煦的春风里，心中充满幸福和希望，我对自己的家园产生了愈加深沉的爱恋之情。

客厅的海棠花

　　搬入新家后，宽敞的客厅显得有点空旷。今年春天我和爱人来到花圃，选购绿植美化客厅空间。我们很快选中了一棵枝叶茂盛、树冠圆整的平安树。在付款的时候，我抬头发现了放置在付款台旁边架子上的几盆玻璃海棠，顺手买下了一盆。

　　据花匠介绍，玻璃海棠是一种秋海棠科秋海棠属植物，又称四季海棠、玫瑰海棠，四季均可开花，喜光线，稍耐阴，是极佳的装饰植物。

　　我喜欢上这盆玻璃海棠主要是因为它萌态十足。在题写着"诗情画意"的花盆中，玻璃海棠的多条粗短枝杈密集簇拥着，鲜嫩而健壮；每片叶子红中泛绿，油光发亮，叶子边缘还长着毛茸茸的小刺，柔软无比；淡绿色的粗壮嫩茎，像透明的水晶，晶莹剔透。看着这盆娇嫩欲滴的玻璃海棠，我不禁产生了陪着它一起成长的冲动。

　　把玻璃海棠带回家后，我为它配备了一个价格不菲的实木花架，把它放在客厅阳光可及的地方。玻璃海棠着实是一种很皮实的植物，对水、肥要求不很严格，只需十天左右浇一次水即可。它生长得很快，我接它回家没多久，花盆上层的三条枝杈就长得老高了。

生长得快是好事，但也容易破坏株型，过快生长的三条枝杈伸向高处，看起来势单力薄，爱人建议我把生长过快的枝杈剪断，重塑株型。

起初我舍不得，在爱人三番五次的劝说下，我也觉得有道理。按照一般规律，剪断枝杈后，在断枝附近还会冒出新芽。于是我让爱人先把长得最高的一条枝杈从顶端三分之一处剪断做做试验，期待玻璃海棠能发出新芽改善株型。时间一天天过去，我天天观察剪断的位置，始终不见嫩芽冒出，但好处是下方原来生长缓慢的短枝开始发力，向四周伸展。玻璃海棠被剪断的枝杈就像是一条残缺的断臂，很不协调，我最后放弃了对其他两条长枝的修剪，任其自然生长。

对于玻璃海棠我其实并不陌生，少年时期就看母亲养过它。母亲一生爱花，即使在那个吃穿都成问题的年代，母亲也没有放弃对养花的喜好。她平时把有破损的不能用的水桶、泥盆、尿罐收集起来，每到入伏季节，都要让我到邻居家剪一些花枝。我把花枝拿回家后，母亲把它们扦插在平时收集的盆盆罐罐中，其中就有玻璃海棠。那个时候母亲既要下坡劳动，又要忙家务，但她总能见缝插针地用心照顾好家里养的各种花，定期浇水、打药，还发明了农家肥的配方，每年养出的花都枝繁叶茂，花朵硕大而艳丽。

记得当年母亲养的玻璃海棠受到了特殊优待，她让父亲用水泥做一个方形的花盆，把养了两年多的玻璃海棠移栽进水泥花盆里。每到春天，母亲就在院子里的土堆上挖一个深坑，把水泥花盆栽下去，以便于浇水施肥。那时母亲养的是一盆红色的玻璃海棠，到了秋季，盛开在绿叶中的海棠花，颜色非常鲜艳，像一团团燃烧着的火焰，奔放而热烈，引得左邻右舍前来观赏和讨教种植经验。每到秋末，母亲又会把栽着玻璃海棠的水泥花盆从土坑里挖出，移入屋内过冬。

我没有传承好母亲养花的细心和耐性。我也爱花，但我爱花重在看，不在养，不愿意付出耐心和劳动。我喜欢盆栽鲜花，茶花、杜鹃、蝴蝶兰、仙客来、君子兰我都买过。我以前都是购买即将盛开的盆栽鲜花，观赏完一个开花周期，等花期一过，就没有兴趣再继续养下去了，往往把它们送给花棚业主，自己再购买新花。

这次我买回玻璃海棠后，开始也是漫不经心，它主要由爱人打理。随着时间的推移，见萌态十足的玻璃海棠快速生长，枝杈翠绿，叶片像打了蜡一样光亮，非常富有朝气，我便慢慢喜欢上了它。又过了不长时间，枝头开出了稀疏的粉红色花朵，清纯娇艳，像羞羞答答的少女，惹人爱怜。玻璃海棠一年四季开花不断，既无盛夏的极致烂漫，也无冬日的无奈凋零，平平淡淡，顺其自然地释放着淡然的芬芳！

玻璃海棠还具有顽强的生命力。爱人把剪下的枝杈插到装满水的瓶子里，它们也能继续茂盛生长，并且长出根须，竟然还开出了花朵。

近一年来，我喜欢上了写作。写作使我的内心沉静下来，远离浮躁和功利。我非常欣赏玻璃海棠营造出的安静恬淡氛围，也很喜欢玻璃海棠表现出的旺盛生命力和昂扬向上的活力。写作劳累之余，我便走近玻璃海棠浇浇水、施施肥，调整一下花盆的方向，纠正一下枝杈由于向光性而导致的侧生长。玻璃海棠的枝杈由于不被修剪，无拘无束地向上自由生长着，在外人看来或许略显凌乱，但我觉得那是一种天然去雕饰之美。

侍弄玻璃海棠让我真正体会到了养花的乐趣——既养眼又养心。看着它翠绿的枝叶，闻着它淡淡的芬芳，我的心情无比愉悦和畅快！

悠然山居

　　过惯了都市生活，看惯了城市的车水马龙和忙忙碌碌，便很难停下匆匆奔波的脚步，遗失了很多内心憧憬的美好。心绪烦闷之时，经常渴望远离都市的喧嚣，拥石屋几间，归隐山林，种树栽花，读书品茗，过清静而不失优雅的生活，纵使世界很大，却可以将生活过得简单悠然，享受闲看庭前花开花落的惬意。

　　多年前初春的一天，雨过天晴，我和爱人一起到小珠山掐山菜。每年的这个季节，我都要和爱人掐回第一茬山菜，烫焯凉拌，享受山珍美味。小珠山经过几天小雨的滋润，草木生发，尽管还是春寒料峭，但生长在朝阳处和草丛里的山菜已经长出了嫩芽，青翠如滴，这是山菜一年之中最佳的食用季节。

　　我和爱人从小珠山东南麓的山根掐起，沿着山坡不断向高处推进。随着山坡高度的增加，山菜的长势比山下茂盛了许多。不知不觉，我们已在山上度过了四五个小时，到达了接近山顶的位置。我们翻过了又一座山峰后，呈现在眼前的是一个三面群山环抱的平缓山坡，一排石屋整齐排列，我俩下到石屋旁，山居主人听到狗叫声从屋里走了出来。

　　山居主人是一位 60 岁左右的男性，中等个头，浓眉大眼，络腮胡子，肤色健康，说话沉稳，不急不躁。他走到我俩面前，自我介绍姓孔，常年在此居住。那个时候我有强烈的爬山热情，对远离喧嚣的僻静山居有深切的向往。我深深喜欢上了这个地方，当即与老孔互留了电话号码，约定以后经常上山来看望他。由于当天天色已晚，还有几里山路，我和爱人便告别了老孔，匆匆下山。

几天之后的一个周末，我和爱人及儿子一起，再次回访那座山屋。我们把车开到小珠山脚下的一个小村庄停下。随着乡村旅游业的兴起，这个小山村打造起了许多特色民宿，房前屋后、街道两旁到处是盛开的樱桃花，整个小山村掩映在花海中，若隐若现。我们无意留恋眼前的美景，沿着村内的樱桃花小道穿街而过，向村后的大山深处进发。

通往山上的道路是一条羊肠小道。我们沿着山谷蜿蜒而上，走着走着，突然听到潺潺的溪流声，不一会儿，清澈见底的溪流展现在眼前。慢慢地，潺潺溪流仿佛流进了我的心田，让我浑身有种说不出的舒畅。在一处山涧的清泉旁，有几位中年男人正用瓢往水桶里舀水。据说用这里的山泉水泡茶，茶汤清澈，香气四溢。

山谷两侧是绵延的山峰，奇形怪状的松树郁郁葱葱，山坡上零星的映山红花开正艳，红得似火，在满眼皆绿的群山中分外醒目。半山腰上，一位老者手执长鞭，他的周围是大片羊群。羊肠小道旁断断续续生长着高大的刺槐树，我们徒步在树荫下，不知名的小鸟在头顶上不停地欢唱，好像是在欢迎我们的到来。

记不清越过了几座山包，当我们三人翻上最后一道山脊时，前方赫然出现了一片果园和一排石屋。我们的出现，引得黑狗狂叫不止，空旷的山间顿时有了一些生机。我们三人慢悠悠地穿过密集的果园，果园里有桃树、梨树、杏树、山楂树、苹果树、柿树等，此时正是果树开花的季节，粉红的桃花挂满枝头。我们沿着被果树罩住的小路弯腰前行，前方是一堵石墙，石墙的上方是用土石填起的大平台，一排石屋就盖在这个平台上。石墙的中间位置，用条石垒起了十多级台阶，沿着这些台阶可以从果园上到平台之上。

平台上有十间红瓦石屋，门前是一条用青石铺起的小路。平台的边缘建有石头栏杆，在靠近栏杆的内侧修建了一溜花池，栽植着映山红、牡丹、芍药、地瓜花等花卉。石屋的东头栽种着几棵高大的樱花树和玉兰树，树下摆放着一张石桌和六个石凳，供喝茶和休息之用，从百多米之外引来的山泉水通到了石桌旁的水龙头上。站在石屋门前的平台上向下望去，眼前是一片如云似霞的烂漫花海，四周是层峦叠翠的群山，山下是红瓦绿树的村庄，远处是浩瀚无垠的蔚蓝大海，如此"风水宝地"，真是可遇而不可求。

发现我们的到来，老孔放下劳动工具从果园里走出来，我俩像老朋友一样互致问候。老孔把我们领到石桌旁坐下，为我们泡上一壶山泉水热茶，我们边喝茶边聊了起来。

老孔以前是一名海员，走过几十个国家。海员每年都有很长的休假时间，2000 年，老孔休假来到山下村庄探亲，闲着无聊，他的亲戚就带他一起爬山。当他们来到接近山顶的这片开阔之地时，老孔被眼前的美景所吸引，觉得这片山坡可开垦田地、种树养花、放养家禽。仔细考察，他发现不远处还有出水量很大的清冽山泉，完全具备居住条件。

　　也许是见惯了世间的繁华，也许是常年海上漂泊的习惯使然，老孔特别崇尚返璞归真的生活。回到山下，他第二天就迫不及待地找到了村委会，谈了想承包这片山地的想法。当时的村委会急于创收，双方一拍即合，当场签下了120亩山地的承包合同。接下来老孔规划了后半生开垦果园、深山建房、颐养天年的蓝图。蓝图的实施是艰难的。山下距他所承包的山地有三四里远，所有建筑材料及施工工具全部要依靠肩扛人抬。老孔付出了高昂的建造成本，经过两三年的工期，山居才初步成型。

　　山居建成后，多数时间都是老孔一个人在山上居住，爱人及儿女偶尔到山上探望。老孔白天打理果园、菜园，侍弄花草，放养家禽；晚上品茗赏月，读书冥想。我看老孔在山居的一角安装了小型风力发电机，问他为什么不配置电视，他说他不想被外面的世界打扰清静的生活。

　　随后的几年，我每个星期至少来此爬山一次，有时和爱人一起，有时与朋友结伴。人多的时候，我都会在山下给老孔打一个电话，让他提前炖上一只山上散养的笨鸡。当我们大汗淋漓到达山居时，笨鸡已经炖好，老孔再从菜园里拔一些青菜素炒，荤素搭配，供我们在大山深处享受美味。

　　最近几年，由于防火和封山育林，在通往山上的必经之路上设立了卡口。我们一年之中大部分时间不能进山，即使在低火险季节进山也要报备，我有多年没有见到住在山居中的老孔了。

　　去年，一场罕见的山火从小珠山西麓燃起，沿着小珠山南麓，一直烧到小珠山东麓，山火燃烧了四天三夜，老孔的山居就在这条过火带上，那几天我每天都关注火情进展。有一天中午我观察到山火燃烧到了老孔山居的大体位置，顿感心急如焚，当即拨通了老孔的电话。我问老孔："火过去了吗？"电话里的老孔惊魂未定，上气不接下气地说："刚刚过去，只烧毁了很少一点果园，大部分果园保住了，太惊险了！"我急切地问："山居保住了吗？"老孔回答说："山居保住了！"听到这个消息，我长长地舒了一口气。

现在，我时常与老孔通过微信交流。每到春暖花开季节，老孔都要把山居门前盛开的映山红、樱花，把果园里的桃花、梨花，拍成照片发给我，看到它们我备感亲切！

几年不见，老孔的心情一定还像当初那样美好吧？今年夏季，我一定要和爱人一起，再次探访大山深处的山居，和老孔喝喝茶、聊聊天，享受大山深处的宁静。

最好的风景在路上

"世界那么大，我想去看看"，每个人的心中都有一个向往外面世界的梦。前几年，我从繁忙的工作中解放出来，有了闲暇，期盼已久的旅游梦想得以实现。

在对外出旅游方式的选择上，我颇费了一番周折。随旅行社出游，我有过几次经历，沿途没完没了地购物，耽误了大量时间，很影响旅游的心情；自助背包游，尽管自由、主动和充满诗意，但要自己规划线路、自己联系酒店、自己打理行程中的琐碎事务，对不愿操心的我来说也是不小的挑战；跟随户外俱乐部出游，既有旅行社的管家式服务，又有自助游的灵活性，没有购物环节，只是需要有良好的体力，这种方式很适合我和爱人。

我选定的户外俱乐部，在青岛市小有名气。俱乐部创始人是一位资深"驴友"，徒步穿越过国内外多条顶级线路，有丰富的户外旅行经验。户外俱乐部有多辆宽敞坐卧式大巴车，规划了国内 18 条长途精华线路，串联起国内知名景点，规划的两三天的短途线路更是不计其数。

我选择的是两天三夜的乌兰布统草原之行。周五晚上大巴车从黄岛出发，经过一夜的疾驶，第二天早晨到达了乌兰布统草原。为便于管理，大家在车上组建了临时家庭。在睡觉前的无聊时间里，领队带领大家开展有趣的娱乐活动，使漫长的旅途不再枯燥。到达景点后，我们有充足的时间游逛拍照。清晨，领队很早就把爱好摄影的"驴友"叫醒，到户外拍摄草原日出。午餐和晚餐，俱乐部不做统一安排，"驴友"们自由组合成一桌，每人点一道自己喜欢的菜品，多人组合可以尝遍当地多数美食。"驴友"们一个个身强力壮，行动一致，说走就走，有很高的游览效率。由于俱乐部 AA 制的出游性质，每当遇到门票费、住宿费打折，领队会现场退费给个人，让旅行多了一些人情味。

初始体验回来之后，我对这种旅行方式产生了浓厚兴趣，喜欢上了这种说走就走、边看边行、充满人情味的旅行。接下来的几年，跟随户外俱乐部出行，成为我日常生活的重要内容。

一

我和爱人跟随户外俱乐部出行的第一条长途线路，是大草原七天之旅。我们乘坐大巴车，第一站到达了避暑山庄。避暑山庄历经清康熙、雍正、乾隆三朝，耗时 89 年建成。它以朴素淡雅的山村野趣为格调，取自然山水之本色，吸收江南塞北之风光元素，成为中国现存占地面积最大的古代帝王宫苑。半天游览之后，我们上车赶路，到达扎鲁特旗时已是傍晚时分，到这里才算真正进入了内蒙古草原。在一家设施条件不错的宾馆住下后，我和爱人约了几位"驴友"，在小镇上选了一家蒙古族特色餐厅，点上了草原风味美食。内蒙古草原的手把羊肉果然名不虚传，肥而不腻，不柴不膻，很有嚼劲。初到草原，这里的美食给我留下了美好的印象。

往前走就到了阿尔山市，这是一座精巧的袖珍城市，建筑物造型别致，很有欧洲风情。我们重点游览了阿尔山国家森林公园。这座公园属火山熔岩地貌，自然景观神奇而多样，拥有原始森林、火山遗迹、高位火山口湖、熔岩堰塞湖、高山湿地、峡谷奇峰等旅游资源。走在面积宽广的阿尔山国家森林公园，我印象最深的是蔚蓝的天空中飘着的漫天白云，白云飘在头顶，仿佛伸手可及，美得摄人心魄。

满洲里是一座边境城市，到了夜晚，哥特式建筑发出的暖色光亮，把整个城市装点得金碧辉煌。我们在此停留了两天，其中一天出境游览了俄罗斯边境城市，领略了一番异域风情。

我们此行的最北端是室韦小镇。室韦小镇是我国唯一的俄罗斯民族乡，在额尔古纳河畔。小镇上木屋林立，游人众多。小镇中心的烧烤一条街一直营业到后半夜，游人在这里可以尽情地品尝烤羊腿、烤羊肉串等美味。我们不顾旅途疲劳，入乡随俗，在烧烤摊逗留到夜里两三点钟。在室韦小镇，我们还进行了骑马体验。我选了一匹温顺的枣红马，在宽阔平坦的草原上骑行了整整一上午的时间，开始时战战兢兢，后来可以策马扬鞭。骑马奔跑在大草原上的感觉非常爽快。

从室韦小镇出来一路向东向南，经过莫尔道嘎国家森林公园，最后到达敖鲁古雅鄂温克民族乡。敖鲁古雅的鄂温克族是我国最后一个狩猎民族，是一个从原始社会一步进入社会主义社会的少数民族。2003 年在国家政策扶持下，根河市实施生态移民，聘请芬兰著名专家设计，在根河市近郊建设了几十幢北欧风格的二层小木屋，让放下猎枪的 62 户猎民来此定居，这里的鄂温克族人从此结束了数千年来漂泊不定的游猎生活。我们在此游览了鄂温克族驯鹿文化博物馆、鄂温克族猎民村、敖鲁古雅驯鹿放养点，晚上就在我们居住的木屋一楼就餐。令我们感到惊喜的是，餐厅老板的祖上是从胶东迁徙而来的。在遥远的异乡见到老乡分外亲切，那天晚上老板赠送了好几份菜品，每份菜量都很足，我们吃得暖意融融。这里的居民普遍淳朴善良、注重感情，没有其他许多景点过度商业化的色彩，给我们留下了美好印象。

额尔古纳湿地和金帐汗蒙古部落也是我们重点游览的景区。这里山清水秀、水草丰美、蓝天白云、绿草茵茵，集聚了很多游牧的牧民，茫茫草原上到处都是成群的马、牛、羊和点点蒙古包，构成一幅完美的草原风情画。"一代天骄"成吉思汗曾在这里秣马厉兵，与各部落争雄，最终占据了呼伦贝尔草原，金帐汗景点的布局，就是当年成吉思汗行帐的缩影和再现。

二

东北的冰雪之旅是在隆冬季节成行的。为适应东北的极寒天气，户外俱乐部购买了专门的大巴车，雇用了熟悉东北路况的司机。我和爱人准备了加厚羽绒服、羽绒裤、皮手套、雪地靴、雪套、羊毛袜、暖宝宝等物品。

车行一天一夜后，我们到达了哈尔滨。冬季的哈尔滨街道上到处是厚厚的冰雪，屋檐上倒垂着又粗又长的冰挂，典雅超俗的索菲亚大教堂巍然矗立，门前广场上有很多游人驻足拍照、观赏。我们走在中央大街上，虽是天寒地冻，但游人川流不息。我们在这条大街上品尝了马迭尔冰棍、酸奶，别有一番风味。

傍晚时分，我们团队到达了哈尔滨冰雪大世界。这里完美地把冰雕艺术与建筑工艺结合了起来，场面壮观，美轮美奂。冰雪大世界奇冷无比，我穿着两件羽绒服都很快被冻透。寒冷难耐，我和爱人只好提前离场。

出门后，我和爱人搭上了一辆出租车。当时又冷又饿，我在手机上搜到了哈尔滨做杀猪菜最出名的一家菜馆。到达菜馆落座后，老板娘很快就端上来一大盆热气腾腾的杀猪菜和几个配菜，我和爱人心满意足地饱餐了一顿地地道道的东北菜。

穿越雪乡是令人难忘的。我们从雪谷出发，先乘坐马拉爬犁经过3公里平缓路段，接着徒步17公里穿越羊草山。这里是典型的林海雪原，树林中的积雪深达六七十厘米。由于不断有游客走过，树林中被踏出了一条又窄又深的雪道，我们沿着小道艰难前行，到达山顶时大风刮起的雪粒漫天飞舞，让人看不清眼前的景物，雪粒打在脸上如刀割一般。下山时轻松了许多，我们提前购买了塑料滑雪坐垫，坐上坐垫即可快速滑下山去，只是方向难以控制，经常滑进树林的积雪里。由于有雪套保护，我们得以安然无恙下山。

雪乡真像一个童话世界，厚厚的积雪覆盖在木屋房顶上，勾勒出银色的雪景世界。到了夜晚，街道两旁亮起红彤彤的大灯笼，与屋顶和地面上的积雪交相辉映，产生奇幻异彩的效果。平生第一次看到如此厚的积雪，我和爱人都很兴奋。我们凌晨4点多钟起床，在领队的带领下到收费的雪景保护园区拍摄。园区内经过特殊设计的构筑物，落上厚厚的积雪，呈现出奇形怪状的雪景造型，见到如此美景，我们完全忘记了寒冷，全身心沉浸在拍摄的快乐之中。

离开雪乡一路南下，到达了长白山风景区。我们乘车观看了垂直景观带，游览了雪山上奔腾而下的长白瀑布，品尝了用80多摄氏度的温泉水煮的鸡蛋，徒步穿越了长白山地下森林。可惜的是，我们攀登长白山的前一天晚上，长白山上降了大雪，通往山顶的道路被大雪封堵，车辆无法上到天池，我们错失了冬季观看天池的机会。

此行为了确保看到雾凇奇观，领队安排了两个看雾凇的景点，一个是"魔界"，一个是雾凇岛。"魔界"位于长白山景区附近，属针叶、阔叶混交林带。"魔界"的水系长白山天池流泻而下的温泉水，常年不冻，当气温达到零下20摄氏度时，雾气蒸腾，出现雾凇和树挂景观，雾气缭绕，美如仙境，摄影人因此称这里为"魔界"。雾凇岛是松花江上的一座小岛。松花江两岸树茂枝繁，冬日里不冻的江水升腾起的水雾遇到寒冷的空气，便在树上凝结成霜花。幸运的是在这两个景点我们都看到了雾凇。在宽阔的江河两岸，大树上、灌木上、草丛上到处挂满了雾凇，人的眉毛、睫毛上也挂上了霜挂，偶尔走过一个身穿红色户外服的"驴友"，在铺天盖地洁白的世界里显得格外醒目，画面唯美而动人。

三

2016年5月，我和爱人跟随户外俱乐部一行17人，乘火车经兰州到达拉萨。我们最先游览了布达拉宫。位于红山之上的布达拉宫，是世界上海拔最高，集宫殿、城堡和寺院于一体的宏伟建筑群，是历代达赖喇嘛冬宫居所，也是重大宗教仪式的举办地。穿行在布达拉宫的大殿之中，我的脑海里浮现出文成公主和仓央嘉措的影像。

布达拉宫最初是吐蕃王朝松赞干布为迎娶文成公主而建的。文成公主与松赞干布和亲，开创了唐蕃交好的新时代。仓央嘉措是六世达赖喇嘛，身份尊贵，却有一颗不避世俗的心，向往自由、爱情、人世之乐。

大昭寺是西藏建造年代最早的土木结构建筑，至今已有1300多年的历史。八角街原来是围绕大昭寺的转经道路，藏族同胞称之为"圣路"，现在已经成为繁华的商业街。八角街上现在仍然还有川流不息的信徒手摇转经筒，捻着佛珠绕大昭寺顺时针转经，也有许多磕长头的藏族同胞用身体丈量着前行道路，这份虔诚令人震撼。

我们从拉萨出发一路向东，沿着尼洋河到达了林芝鲁朗镇。这里素有"东方瑞士"之称，高山、峡谷、草甸、森林、河流、湖泊并存，一派田园风光。我们在扎西岗村还见到了平措大叔，他是当地家喻户晓的致富带头人和模范人物，曾受到过多位党和国家领导人的接见。

雅鲁藏布大峡谷被称为"世界第一峡谷"，映衬着雪山冰川和郁郁葱葱的原始林海，云遮雾罩，神秘莫测。这里有最纯净的天空、最飘逸的云彩、最雄伟的雪峰、最奇特的马蹄形大转弯、最丰富的动植物宝库。此处还是观看海拔7782米南迦巴瓦峰的最佳位置。导游介绍，南迦巴瓦峰多数时间被云遮雾罩，人们很难见到它的真容。我们到达那天，山峰开始也笼罩着厚厚的云层，不一会儿白云散开，露出了皑皑雪峰，尽管时间很短，但导游说我们已经足够幸运。

在去日喀则的路上，我们先后游览了"天上圣湖"羊卓雍措、卡若拉冰川，路上不时看见成群觅食的羚羊，这些高原景观令人备感新奇。我们到达日喀则已是傍晚时分，日喀则市是青岛市长期对口支援地区，城市道路、建筑物名称处处体现着青岛元素，我置身其中，一种亲切感油然而生。

去日喀则主要是游览扎什伦布寺。扎什伦布寺依山坡而建，背倚高山，坐北向阳，殿宇疏密均衡，和谐对称。该寺中最宏伟的建筑是大弥勒殿和历世班禅灵塔殿。我们参观完大殿后，众多游人自觉排成一队，等待摸顶，气氛神秘。等我和爱人被摸完顶后，回头仔细观看，发现刚才给我们摸顶的是十一世班禅，对此我和爱人兴奋不已。

我们游览西藏的最后一站是纳木错。我们沿着青藏公路，沿途观赏了藏北大草原和念青唐古拉山，翻越了海拔 5190 米的那拉根山口，到达了世界上海拔最高的大型湖泊——纳木错。我们站在湖边，只见绿色的湖水、碧蓝的天空、洁白如玉的雪山交相呼应。我们一行的女"驴友"换上五颜六色的服装，把七彩纱巾高高抛向空中，在湖边留下了美丽的身影。

四

自从高中读了碧野的《天山景物记》后，我就对新疆产生了无限向往。户外俱乐部策划的坐着大巴游北疆线路，帮我实现了多年的梦想。2017 年 9 月，我和爱人及大哥一起，坐着大巴车从黄岛出发，第一站先到平遥古城和王家大院，之后一路向西，先后游览了靖边的波浪谷，张掖的七彩丹霞，敦煌的莫高窟、鸣沙山、月牙泉等景点，并于出发后的第七天进入了新疆。

进新疆后的第一站是火焰山。火焰山是全国最热的地方，在烈日照射下，炽热气流滚滚上升，褐红色山体似在燃烧。火焰山独特的地貌，再加上孙悟空三调芭蕉扇的故事，使之名闻天下。尽管已是9月下旬，高高竖起的巨型温度计仍然显示40摄氏度高温，"驴友"们不一会儿就个个汗流浃背。

离开火焰山景区，我们驱车到达了天山天池，在这里可以同时观赏雪山、森林、碧水、草坪等美丽景色。天山天池呈半月形，湖水清澈晶莹，四周群山环抱，绿草如茵，野花似锦，挺拔苍翠的云杉、塔松，漫山遍野，遮天蔽日。我对天山天池神往已久，而今夙愿实现，内心无比欣喜。

可可托海景区也叫可可托海国家地质公园，这里的三号矿坑天下闻名，曾为新中国的经济建设做出了突出贡献。额尔齐斯大峡谷是核心景区，横亘于中、蒙、俄三国交界处，额尔齐斯河是我国唯一一条流入北冰洋的河流。大峡谷中一步一景，奇异多姿的花岗岩山峰、多树种混杂的茂密森林以及清澈见底的湍急河流相得益彰。我们走在谷底的小道上，正好赶上了冬季羊群转场，骑马赶着羊群的牧民从大峡谷四面八方会集到谷底，羊群浩浩荡荡，卷起的尘土飞扬，我手持单反相机，拍下了这难得一见的壮观场景。

禾木村是哈萨克族人和图瓦人共同居住的小村庄，这里的房子都用原木搭建，充满原始味道。禾木村最令人着迷之处就是万山红遍的醉人秋色，炊烟在秋色中冉冉升起，形成一条梦幻般的烟雾带，使禾木村若隐若现，胜似仙境。这里是摄影爱好者的天堂。

新疆喀纳斯的秋景是我迄今为止看到过的最有特色的秋景。这里集湖泊、森林、草原、牧场、河流、民族风情于一体，不同的植物群落层次分明，色彩各异，是藏在阿勒泰深山里的一幅精美油画。在这里，导游留出了足够的时间，我们徒步穿越了著名的"神仙湾""卧龙湾""月亮湾"。谷底栈道蜿蜒，河水湛蓝，树木茂密，层林尽染，行走在这里，真有种飘然欲仙的感觉。

"西北第一村"白哈巴村也是喀纳斯景区的一部分。白哈巴村位于中哈接壤的边境线上，小村庄掩映在一片金黄色的桦树林中，村旁小溪潺潺流过，炊烟袅袅飘动，成群的牛羊悠闲地漫步啃草，展现出一幅宁静悠闲的美丽画面。

从喀纳斯景区出来后，我们又沿途游览了五彩滩、白沙湖，傍晚时分到达魔鬼城。魔鬼城在大自然鬼斧神工的长期作用下，形成了梦幻般的迷宫世界。由于风雨剥蚀，地面形成了深浅不一的沟壑，裸露的石层被狂风雕琢得奇形怪状，我们走在魔鬼城里，大风凄厉呼啸，给人一种阴森森的感觉，这也许就是这里被称作"魔鬼城"的缘由吧！

五

我在云贵之旅中创下了乘坐大巴车旅行里程最长的纪录，来回行程 8000 公里。去新疆尽管也是乘坐大巴车，但返程时我们乘坐的是飞机，大巴车则被留在原地等候下一队"驴友"。

在贵州，我们先后游览了镇远古镇和黄果树瀑布。镇远古镇位于舞阳河畔，四周皆山，河水蜿蜒。我和爱人爬上石屏山，整个古镇尽收眼底，各式青砖白墙的寺庙、民宅等延绵到舞阳河边。临近中午，我和爱人选择了一家坐落在舞阳河上的水上餐厅，点了古镇特色红酸汤涮鱼火锅。涮火锅的鱼来自舞阳河，现吃现杀，味道鲜美。

黄果树瀑布以雄奇壮阔的大瀑布、连环密布的瀑布群而蜚声中外，巨大的瀑布水流轰然坠入犀牛潭中，声如巨雷，山鸣谷应。我们随着密集的人流，沿瀑布旁边的栈道拾级而上，穿过水帘洞后绕瀑布一周，耗时两个多小时。黄果树瀑布的壮观景象，令人叹为观止！

进入云南后，我们先游览了洱海，登上了双廊南诏风情岛。岛上风光旖旎，海天一色，岛屿四周水清沙白，苍洱景色尽收眼底。

到达丽江已是下午一点多钟，我们预订的住宿地点是古城内的一家民宿。这家民宿是一个四合院式的两层木制小楼，庭院内、楼道里、阳台上到处摆放着盛开的鲜花，令人心情愉悦。

放下行李，我们来到古香古色的大街上闲逛。古城瓦屋鳞次栉比，店铺商品琳琅满目，人流熙熙攘攘，充满浓郁的纳西族文化特色。到了夜晚，霓虹闪烁，随处可见的酒吧中飘出舒缓的音乐。这里的夜生活多姿多彩。

离开丽江后我们顺路游览了虎跳峡，经茶马古道重镇奔子栏后，翻越白马雪山垭口，途经雾浓顶，最终入住飞来寺的宾馆。

飞来寺对面的一个大型观景平台，是远观梅里雪山的最佳位置。梅里雪山海拔在 6000 米以上的山峰有 13 座，最高峰是呈金字塔状的卡瓦格博峰，为藏传佛教的"四大神山"之一。我们到达飞来寺的当天晚上下起了中雪，第二天天没亮我和爱人就来到观景平台，这里已经聚集了很多摄影爱好者，只可惜天空中的雪继续下着，云层太厚，我们没有拍到"日照金山"的美景。

拍摄完梅里雪山后，领队把我们分成两组，一组深入梅里雪山深处，进行为期三天的雨崩徒步；另一组随大巴车游览香格里拉附近景点。那个时候，我参加户外旅行时间不长，高原徒步装备不足，便放弃了雨崩徒步，随大巴车游览了独克宗古城、明永冰川、香格里拉大峡谷、普达措国家公园。

三天之后，我们两组在香格里拉古城的酒店会合，共同游览了松赞林寺。松赞林寺是云南规模最大的藏传佛教寺院，被誉为"小布达拉宫"。该寺依山而建，外形像一座古堡，集藏族建筑造型艺术之大成。站在大殿门前向下俯瞰，远处的拉姆央措湖水面平静如镜，倒映着黛色山峦和金色大殿。虽然我不懂佛教，但我依然可以用心来感受这里的蓝天、白云、湖泊等，我的心灵也得到了净化。

返程时我们顺道又游览了青岩古镇、铜仁大峡谷、开封府、清明上河园等，既得以休整，又大饱了眼福。车回黄岛，我们意犹未尽，仍然沉浸在旅途的愉悦之中。

六

东南之行的主要目的地是福建。我们乘坐大巴车第一站到达了普陀山。普陀山是一个四面环海的岛，全岛有 32 座寺庙，第一大寺是普济禅寺，人气最旺。南海观音立像是普陀山的象征，坐落在双峰山南端的观音跳山岗上。当天我们游览到慧济禅寺正好赶上午饭时间，寺内有斋饭供应，我和爱人就地体验了一餐斋饭，有多种素菜可供选择，感觉物有所值。

从普陀山出来之后，我们又去临海的红杉林短暂停留，最后一路南行，傍晚时分到达了福州市的三坊七巷住宿。此次出游之前，我从行程安排表上得知，此行会在福州停留一晚。我在福州有两个同学，已经30多年没有见面，出发之前我给两位同学通了电话，约定在福州见上一面。晚餐安排在三坊七巷一家古香古色的特色酒店，江西的一位同学得知我去福州，当晚也赶了过去，三位同学隆重接待了我们夫妇二人。同学相见有聊不完的话题，尽管我不饮酒，但气氛仍非常热烈，我们一直聊到午夜时分才分开。与分别30多年的同学相见，是我此次旅行的最大收获。

初次到达厦门岛，大巴车行驶在宽阔的东环岛路上，椰树成行，海天茫茫，使人仿佛置身仙境。我们先后游览了厦门大学、曾厝垵、鼓浪屿等景点，厦门大学中西合璧的精美建筑、曾厝垵的渔家风俗及美食、鼓浪屿的万国建筑及文艺气息，都给我留下了深刻印象。在厦门岛，领队安排了两晚住宿。我和爱人来到海鲜美食街上，餐馆里都暂养着各种生猛活海鲜，我和爱人点上了最喜欢的龙虾、石斑鱼等，这些海鲜都是现场加工制作，味道鲜美，价格还十分公道。

接下来我们来到了南靖土楼。田螺坑土楼是南靖土楼中最具特色的代表，被称为"四菜一汤"。它的最大看点是其是在梯田上建造的，建设难度极大，充分体现了先人的建筑智慧。

再往前走就是裕昌楼，也称"东倒西歪楼"。它建于元末明初，屹立 700 余年而不倒，至今仍有居民在里边居住。

我们此行的最后一站是武夷山景区。武夷山自然风光独树一帜，天游峰为武夷山第一胜境。登上天游峰顶，云雾仿佛就在身边流转飘荡，山下的九曲溪水时而云遮雾罩，时而清晰可见，不是仙境胜似仙境。武夷山的大红袍声名远播。我们慕名来到大红袍景区，这个景区群山环抱，谷底是大片茶园，岩壁上生长着几棵古老的茶树，据说这几棵古茶树就是大红袍的祖先。听着导游的讲解，我对这几棵古茶树心生敬畏。

世界确实很大，我们日常生活的圈子实在很小，旅游可以让我们开阔视野，领略大自然的壮美，了解各地的风土人情，品味天下美食，结交志同道合的朋友；旅游还能给生活注入一股清新的力量，使人达到一种完全放松的状态，感受最原始的快乐。

忘了是哪位作家说过："人生一定要有两次冲动，一次是说走就走的旅行，一次是奋不顾身的爱情。"旅行让我收获了很多很多，我喜欢行走在路上的美妙感觉！

难忘的旅行

旅游是我最大的爱好。我一生中经历了无数次外出旅行，但陪伴母亲和岳父进行的南方自驾之旅是最令我难忘的。

21世纪初，由于经济条件和时间的限制，我还很少专门外出旅游，只是出差时，在处理公务之余，有过几次游览祖国名胜的经历。就是这为数不多的几次游览，让我体会到了旅游的美妙之处，开阔了眼界，增长了见识，愉悦了身心，释放了激情。旅游的这些美好，我总想让母亲也亲自体验一下。

母亲当时年事已高，跟团旅行已无可能，我在等待着合适的出行机会。

2005年年初，我有了一辆半新的皮卡车可开，这年五一小长假期间，我迫不及待地邀请内弟一起，开着这辆皮卡车，拉着母亲和岳父开启了南方之旅。

那一年我刚拿到驾照，还没正经驾驶过车辆，内弟那时还不能开车，全程只能由我一人驾驶。就这样，我壮着胆子开车上路了。那个时候行车还没有导航设备，出发之前我认真做足了功课，对照地图详细画出了行车线路图，把每一处拐弯都标上地名，作为行车的指引。

出发的那天早晨，空中弥漫着大雾，高速公路封闭，我们只能开车沿着国道行驶。走了大约一个小时后，天才开始放晴，于是我们就近从泊里收费站上了高速，沿着同三线一路南下。由于是第一次开车上高速，我精神高度紧张。经过9个多小时的奔波，我们到达了南京。

到达南京已是傍晚时分，我们找旅馆耗费了很长时间。开始看的是几家小旅馆，都设施简陋，卫生条件较差，后面陆续看了几家正规的宾馆，各方面条件都较好，但价格普遍较高。由于囊中羞涩，我们舍不得住宾馆，最后还是选择了在一家小旅馆过夜。

南京对我来说并不陌生，20 世纪 80 年代初期，我毕业实习时曾在这里居住了两个多月时间。南京的主要景点我都去过，因此游览南京的风景名胜我轻车熟路。

我们游览的第一个景点是中山陵。母亲没有进过正规的学校，识字不多，但平时经常讲述孙中山和宋庆龄的爱情故事，对孙中山很是崇拜。岳父喜欢看书，对中山陵神往已久。在公园门口，我给两位老人讲述了一下中山陵的大体情况，本想只在山下观望一下，也算到此一游。两位老人听说中山陵的最高处有孙中山的祭堂和墓室后，坚持要上去看看。那一年母亲 77 岁，有膝关节老化的毛病，岳父 69 岁，由于年轻时腰椎受过伤，行走艰难，两人要登上长长的近 400 级台阶均有困难。岳父体重较轻，内弟采取了简便易行的办法，背起岳父慢慢往上移动。母亲身体较重，我无法背着母亲行走，便用尽力气搀扶着母亲的臂膀，一步一个台阶慢慢往上攀登。用了很长时间，我们才爬到顶端的孙中山祭堂，当时我和内弟都大汗淋漓。

两位老人登上中山陵很高兴，随人流进入祭堂后，长久站立在孙中山雕像前，各自讲述着记忆深处伟人的功绩和趣闻逸事，满脸都是敬仰之情。

我凭着对南京风景名胜的记忆，先后带着两位老人和内弟游览了玄武湖、莫愁湖、雨花台、梅园新村等景点。母亲在这之前出远门只去过济南，岳父也已经很多年没有外出，两位老人对游览表现出很高的热情，感觉年轻了很多，他们每到一处都要给家里的孙辈选购旅游纪念礼物。在游览梅园新村时，爱好读书的岳父，凭着记忆讲述了许多当时中共代表团与国民党斗智斗勇的故事。在讲解现场，我们听得认真、看得仔细，直到很晚才回旅馆休息。

我和内弟本打算只游览南京一个地方，看到两位老人意犹未尽，我俩改变主意，开车拉着二老又去了扬州。我们到达扬州时离天黑时间尚早，有足够的时间安排食宿。我们在扬州近郊找到了一处客栈。这家客栈占地面积很大，院子里种满了花花草草，客房都是低矮建筑，进出方便，我们住宿吃饭都可以在这里解决，这是理想的住宿场所，与前几天局促的居住空间相比有天壤之别，而且客栈的价格也可以接受。母亲一直对吃饭比较挑剔，但对这里的饭菜赞不绝口。

来到扬州我们主要的目的是游览瘦西湖景区。瘦西湖是一个弯弯曲曲的长条形湖泊，它由于比杭州的西湖要瘦得多，因此得名"瘦西湖"。进入瘦西湖景区后，我们沿着柳荫小道前行，爬过怪石嶙峋的假山，看到一座高高的拱桥，那就是著名的"二十四桥"。这座桥是一座别具特色的单孔拱桥，汉白玉栏杆，似玉带飘逸，像霓虹卧波。沿着湖边继续前行，移步换景，可欣赏的景物实在太多了，五亭桥、白塔、望春楼、熙春台让人目不暇接。走过上上下下的台阶后，两位老人体力消耗很大，我们坐在湖边座椅上休息，杨柳依依，和风徐徐，令人心旷神怡。

不知不觉假期已经过半，考虑到两位老人的身体承受能力，我们决定提前返程。车到连云港，在征求了两位老人的意见后，我们决定去花果山看看。花果山因古典名著《西游记》而名闻天下。我们在连云港市区住了一宿，天亮后驱车到花果山山底的停车场，换乘景区的大巴车进山。我们乘车先到了花果山最高峰玉女峰。这里峭壁悬崖，巍峨壮观，举目四望，满眼青翠。游完玉女峰，我们乘车到达了水帘洞，这是《西游记》中水帘洞的原型，早在《西游记》面世之前，水帘洞就已名闻遐迩。三元宫位于花果山三元宫建筑群的中心，雕梁画栋，殿宇森严，它初建于唐，重建于宋，扩建于明，香火旺盛，经久不息。花果山山路非常陡峭，我坐在车上心惊肉跳，时时都有一种即将被甩下山崖的错觉。

南方之行结束后，母亲非常高兴，这次旅行长久成为她向亲朋好友"炫耀"的话题，每当看到母亲兴高采烈地讲述旅途中的所见所闻，我都感觉做了一件很有意义的事情。但之后的几年，随着工作负担的加重，我无法抽身陪伴母亲外出，到了有空闲时间时，母亲的身体已不允许再出远门，有些遗憾。

这次南方之旅也点燃了岳父的旅游热情，几年之后，内弟购买了轿车，经常拉着岳父在全国各地周游，实现了岳父多年的心愿。现在两位老人已先后离去，这次陪伴老人旅行的经历，成为我永远也忘不掉的快乐记忆！

亲情之旅乐融融

　　端午节假期，创业多年的侄子组织大家庭进行了为期两天的青州之旅，一路上美景相伴，爱意相随，亲情满满，其乐融融。

　　一直以来，老薛家的人都有热爱大家庭的传统，父慈子孝，兄友弟恭，长幼有序。一家人平时就保持着定期组织聚会的习惯，以增进了解，密切亲情。这次端午出行老少三辈，有包括6个小家庭在内的14人参加，这也是老薛家组织的规模最大的一次外出旅行。侄子从旅游公司租了一辆中巴车，我们早晨7点准时从黄岛出发前往青州。

　　老薛家的多个小家庭分散居住在黄岛区的不同位置，在中巴车上相见，气氛分外活跃。几日不见，最小的孙子、孙女又长了不少本事，成为大家逗趣的对象；孙辈们的学业又有了新的进步，全车人心里都美滋滋的；儿子和侄女的婚事是长辈们关心的话题，被刨根究底地追问；对老家的见闻大家越聊越起劲，勾起浓浓的乡愁；聊起了我的写作，大哥又给我布置了撰写家乡的题目。

　　中巴车在高速路上疾驶，车内一家人谈兴甚浓，不知不觉过去了3个多小时，中巴车驶进了青州黄花溪景区。此行我是线路总策划，在家时我就定下了基调：此行有年幼的孙

112

辈参加，应以休闲游为主，不能采取急行军方式。在通往景区的路上，我们商量先吃午饭，再进景区。我们在一家离景区不远的农家院门前停下，下车后，一股热浪扑面而来。当天黄岛气温22摄氏度，青州气温36摄氏度，前后3个小时，经历了两个季节的温度，身为黄岛人，我心中有满满的幸福感。

午饭后正是中午，太阳火辣辣的，我们在农家院内的遮阳棚下休息聊天，接近两点才开始游览黄花溪。

黄花溪被许多游客称为"北方小九寨"，山峦叠翠，多瀑飞溅，群峰合围，一谷通幽，由高大巨石筑成的景区大门颇为壮观。进入大门步行一段距离，穿过一处古色古香的走廊，前面不远处就是隔着一潭碧水的山崖，巨大的瀑布贴着山崖倾泻而下，山风吹过，犹如浓雾飘散，恍若仙境。走过瀑布，就是漫长的溪边栈道。孙子、孙女们被清澈的溪水所吸引，在侄媳们的看护下，下河玩水。我和两个哥哥在前面打头阵，三个妯娌紧随其后，走在队伍的最前面。只可惜，两个嫂子只走了一会儿，由于体力原因，便不想再继续前行，选择了中途返回。

沿着溪边栈道走到尽头，又顺着山坡上到峰顶，我们一路辛苦，满眼风景。大哥虽已是近70岁的年龄，但爬起山来腿脚轻便，轻松自如。二哥关节不好，已很久没走这么远的山路了，但在我的鼓动下，也顺利爬上了山顶。我们来到滑道站停下来，进行了休整。半小时后，晚辈们赶了上来。第一个跑来报喜的是年龄倒数第二的孙女，她不无骄傲地说："三爷爷，我是自己爬上来的！"我自然对她进行了一番表扬和鼓励。今年上小学五年级的孙女，全程抱着她两周岁的弟弟，一路走来，两人形影不离。

我们长辈本打算沿栈道走下山底，但侄子一再坚持要我们体验一下坐滑道的感觉，于是一家老小购买了滑道票，绑好坐垫，戴好手套，依次坐进滑道里。打头的是年龄较大的孙女，由于儿童有滑滑梯的基本功，她坐上滑道瞬间便滑到了山下。我的爱人是第二个坐进滑道的。爱人有严重的恐高症，下滑了几十米后，她非常恐惧，大声喊叫，双手死死抓住滑道边缘，不肯放手。坐在后面的孙女一再教她要领，慢慢地，她才敢松手继续向下滑行。轮到我时，开始还算顺利，当下滑了一半距离后，突然停住滑不动了，任凭我怎么挣扎，身体都不能向下滑动。我只能手脚并用，慢慢向前挪动，这番窘态，引得后面的侄媳们哈哈大笑。最终我费了九牛二虎之力才挪到滑道底部，直到现在也不知是什么原因导致我的动作如此笨拙。

接下来的漂流进行得顺风顺水。在激流的冲击下，还没觉过瘾，我和爱人乘坐的双人漂流筏就已漂流到了700米后的终点。

走出景区，我们驱车一个小时，到达了青州市最好的一家酒店入住。这家酒店地处繁华商圈，周边是大型超市和商城。晚餐安排在酒店二楼的中餐厅，尽管这里是内陆城市，但可能是临近渤海湾的原因，餐厅里海鲜品种应有尽有，而且还非常新鲜，价格实惠。我们选定了最大的一个房间，点了一桌丰盛的菜肴。晚辈们频频敬酒，长辈们继续聊着白天没有聊完的话题。受酒桌上热烈气氛的感染，刚满两岁的孙子，口齿不清地大声嚷嚷："我还要旅游！"逗得众人捧腹大笑。

酒席结束后，尽管时间已经很晚，但我们兄弟、妯娌六人意犹未尽，在我的提议下，决定到楼下走走。大街上不时还有三三两两的路人走过，这时的空气凉爽了很多，我们边走边聊，亲切温馨，不由使我想起了小时候跟着两个哥哥夜晚在街头玩耍的情景，这是一种多年没有的温暖感觉。

第二天，我们游览了云门山景区。云门山虽不高，但有千仞之势，自古就为鲁中名山。在导游的引导下，我们进入景区。这天天气与前一天截然不同，阴云密布，天气清凉，我们全家在进山牌坊前合影留念。

合影完毕我们开始登山。大嫂平时很少出门旅游，看到山就打怵。有了昨天她半途而废的经历，这天我跟在大嫂身后，每当她想打退堂鼓时，我就给她加油打气，善意欺骗她说马上就到山顶。在我的督促之下，她居然顺利爬到了云门洞。再往上就是陡峭的台阶，任我再三鼓动,她也不再攀爬了。我随大部队登到主峰,游遍了东峰和西峰。山顶牌楼巍然屹立,山下风光尽收眼底。

当我们下到云门洞准备下山时，突然下起了大雨。由于雨伞带得不够，需要两个人共用一把雨伞。大哥的小孙女刚刚六岁，平时和我很生分，通过这次旅游我们熟络了起来。当看到我自己打着一把雨伞时，她挣脱了妈妈的手，主动来到我的雨伞下,拉住了我的左手。我满心欢喜，弯腰想抱起她。她朝我摆摆手，声音甜甜地说："三爷爷，不用抱，我自己能走！"大雨继续下着，我们爷俩打着雨伞继续前行。小孙女语言表达能力极强，一路上嘴巴不住地提问着天真稀奇的问题，有些问题我也只能模棱两可地应付回答，真是童言无忌。

下到山底时间尚早。我有个习惯，每到一地都喜欢去当地的博物馆看看，总体了解一下当地的历史和文化。我们一行人中，有的曾经去过，有的不感兴趣，但我提议后，大家还是顺从了我的提议。青州博物馆是国家一级博物馆，馆藏有明代赵秉忠殿试卷、东汉"宜子孙"玉璧、战国玉人等镇馆之宝。在青州历史展厅里，我们系统了解了青州古代及近现代历史，领略了古九州之一——古青州曾经的辉煌，置身其中，仿佛有种穿越千年历史的感觉。

参观完博物馆，我们开始返程。这天正好是端午节，经商议，我们决定省去午饭，待晚上返回黄岛再过节聚餐。

下午五点刚过，我们安全返回黄岛，在侄子提前安排好的酒店里，全家人过了一个欢乐、祥和、有意义的端午节。尽管青州之旅已收官，但浓浓的亲情将永久印在每个人的心田里……

第三辑　绵绵亲情

忆父亲

　　父亲离开我们已有 30 多个年头了。每逢人生的重要节点和重大事件，我总会怀念起一生含辛茹苦的父亲。今年我已经 58 岁了，正处于人生最幸福的时候：孩子已经长大成人，家庭具备一定的经济基础，劳累的身心开始得到休养生息，有充足的时间享受天伦之乐，而父亲却在他 58 岁时离开了我们，可以想象父亲当年该是多么留恋和不舍。抚今追昔，父亲在世时的一幕幕场景像放电影一样在眼前浮现。

　　父亲出生于 1927 年农历五月初九。父亲很小的时候，我爷爷就去世了。年龄稍大一点，父亲就下地干活，很快地里的农活就干得有模有样。那时父亲的家庭还是四世同堂，父亲的吃苦耐劳深得长辈赏识，他在左邻右舍中也赢得了很好的口碑。

　　父亲的勤劳成就了自己的婚姻。母亲是南下庄村人，她的家庭是一个重视读书之家，我两个舅舅和小姨都接受了比较好的教育。母亲家当时经营着鞋帽加工作坊，家境殷实。由于作坊需要人手打理，母亲错过了读书机会。母亲身材高挑，相貌端庄，穿戴整洁得体，与父亲站在一起，无论是在相貌还是在穿戴上，父亲确实逊色了一些。母亲经常跟我们半开玩笑地说，她嫁给父亲是下嫁了，当初父亲最吸引母亲的一点就是他的勤劳。母亲也曾感慨地说,她这一生也知足了,在父亲的护佑下,她一辈子没干过粗活、重活,两人一辈子也没红过脸、吵过架,生活过得平实而温馨。

父亲特别喜欢男孩,尽管我上面已有两个哥哥,但我出生后父亲对我还是格外喜欢。听母亲说,白天有人的时候父亲不好意思对我亲昵,到了没人的时候往往把我高高举起,放在他的头顶上,有时抱在怀里不停地亲吻。夜晚干完农活回家后,他第一件事就是到炕上对着熟睡的我端详一番。那个年代生活都比较清贫,一年到头吃不了几次肉,每当有肉时,父亲总是把他碗里的肉夹到我的碗里,看着我大口吃下,他总是满心欢喜。都说母爱有时没有原则,其实父爱有时也没有原则。每年生产队都要种甜瓜,父亲负责看管,我四五岁时有几次父亲把我领到看甜瓜的棚子里,到甜瓜地里找一些卖相不好、形状畸形的甜瓜,摘上几个,让我痛痛快快地吃上一顿,我感觉特别幸福。

我童年最幸福的记忆是跟着父亲赶年集。每年腊月二十五是辛安年集,这一天天不亮我就起床,简单吃点早饭,就跟着父亲步行去辛安赶集。辛安大集是方圆几十里内最大的集市,有几百年历史。父亲一般都是领着我先到春联市口,在一望无际的红色"海洋"中,蹲下身来,选择字迹清秀、内容祥和的春联,一番讨价还价之后将其买下。接下来要到海货、日用百货市场耗上很多工夫,选购年货。这些都不是我喜欢的,我的心思早就飞到了鞭炮市口,迫不及待地催促父亲带我过去。鞭炮市口一字排开,足有几百米长,为了营造气氛和促销,鞭炮摊主轮番燃放,接下来就是大声叫卖和争购,场面热闹。我循着燃放鞭炮的次序,辗转于各个鞭炮摊,既是为了看热闹,也是为了捡拾断芯的炮仗。在鞭炮摊停留足够时间、过足瘾后,我拿着父亲给我的几毛钱,买上100响的鞭炮后,才依依不舍地离开。到这个时候离散集时间也就不远了,父亲把我领到小吃摊,给我买上几个炉包。由于早晨起得早不愿吃饭,此时我早已饥肠辘辘,吃上几个平时不多见的炉包,不禁心花怒放,这恐怕也是我年年盼望跟着父亲赶年集的最大原因吧!

父亲目光长远、精打细算。20 世纪六七十年代,在农村是没有多少出路的,一辈辈都是面朝黄土背朝天的农民,日复一日地耕种劳作。两个哥哥都没有继续上初中,小学毕业就到生产队从事农业劳动。父亲觉得他这一辈已经固守在土地上,下一代一定不能像他一样仍然从土里刨食,要让哥哥们学一门手艺,有更广阔的发展空间,过上更好一点的生活。父亲找到村里最好的瓦匠和木匠,先后把大哥和二哥托付给两位师傅。由于父亲在村里人缘很好,两位师傅爽快地答应收两个哥哥做徒弟。经过几年的学习,两个哥哥分别成为瓦工和木工的行家里手。在当时尽管还没有那么多的工程项目建设,但两个哥哥的手艺在有人家打墙盖屋时还是经常能派上用场。有了瓦工和木工专长,两个哥哥也很受大家的尊敬。后来随着经济的发展,建筑业蓬勃兴起,瓦工木工大有用武之地,两个哥哥也因为拥有专业技能都过上了体面的生活。我高中毕业正赶上国家恢复高考不久,父亲认定了我的出路就是参加高考,并坚定地支持我。由于基础比较薄弱,我在高考过程中经历过两次挫折,尽管如此,父亲全力以赴支持我参加高考的决心从未动摇。

父亲的目光长远、精打细算还表现在家庭住房建设上。两个哥哥很小的时候，父亲就决定盖我们家的第二幢房屋。那个时候生产队一年分不了几个钱，家里就靠每年养两头猪到年底卖点钱，再加上平时省吃俭用积攒点，建成了这幢房屋，这也是我们村西北头20世纪60年代后盖起的第一幢新房。那时大哥才15岁，这幢房子盖起来后好多年我们都没有用到，免费给村里做了五六年绣花车间。到我高中毕业那年，父亲又筹划盖我们家的第三幢新房。那个时候二哥刚刚结婚，家里已经没有多少余钱，为了节省开支，父亲决定自己动手盖这幢新房。父亲、大哥是瓦匠，二哥是木匠，三人各司其职，父亲和两个哥哥利用生产队上工前和收工后的时间，每天垒上几块石头或砖头，日积月累完成了这幢新房。至此，我们弟兄三人每人有了独门独院的新房，家里同时还盖起了父母的两间老人房，老人和三个儿子各居其所。

在父亲的鼓励支持下，我历经磨难经过三次高考终于考上了中专。我是我们村恢复高考后第一批考出去的大中专学生之一，这曾经是父亲很大的荣耀。父亲和跟我同时考上中专的同学的父亲，成了最亲近的朋友。这位同学的父亲是村里的文化人，我每次给家里写的信父亲都要拿去跟他交流。我到济南上学后，家里的负担明显加重，我每学期都要花费100多元的学费和生活费。那个时候我们大家庭已经分家，哥嫂都已独立生活，两个哥哥常年在外打工，三个家庭的土地都需要父亲领着两个嫂子打理，非常劳累。尽管如此，为了给我赚取学费和生活费，父亲还是在农忙间隙做起了小买卖,做得比较多的生意是贩水果和贩地瓜秧苗。贩地瓜秧苗时,父亲半夜要骑着刚学会的自行车,骑行70多里,到胶州去买地瓜秧苗并当天返回,第二天再驮到辛安大集去卖,赚点差价。有一次父亲用自行车驮着100多斤地瓜秧苗从胶州往家里赶。那时天已经全黑下来,由于看不清道路,再加上超载和车技欠佳,父亲连人带车掉到了三四米深的水沟里,在同伴的帮助下才把自行车和货物抬上路面。父亲小腿和膝盖被磕得鲜血直流,即使这样他第二天还得早起去辛安赶集卖货。这些事父亲嘱咐母亲一定不要跟我说,直到很多年以后母亲才跟我说起此事,我感到有一种深深的负罪感!我第一个寒假放假回家,父亲领着我托了熟人,到供销社花125元买了一块上海牌手表,这在当时绝对是奢侈品。戴上这块表,我万分高兴,那个时候我们班能戴上手表的同学屈指可数。

父亲是生产队里顶尖的整劳力,地里的农活样样在行,还是生产队的顾问。农业生产的茬口安排,队长都要征求父亲的意见。在生产队急难险重的任务中,都能看到父亲的身影。1969年春,原胶南县组织修建黄岛北拦海大坝,由于工期紧、劳动强度大,原辛安公社从各村抽调强壮劳力参加会战,父亲踊跃报了名。他们住在马家楼村,挖泥、筑路、护坡,白天晚上连轴转,一日三餐都是水煮地瓜干。接近工程尾声时,父亲由于极度疲劳,得了急性胃肠炎。因身体大量脱水,父亲出现了昏迷症状,工友们紧急把父亲送往医院。到医院后,大夫说再晚一会儿就会有生命危险。在医院治疗了很长时间,父亲才康复出院。还有一年,公社在离村很远的北山根种了一大片地瓜。那年夏天阴雨连绵,地瓜地里长出了密密麻麻的杂草，盖住了地瓜秧苗。队长让谁去锄草谁都不愿意去，无奈开出高工分的条件向社员承包。见大家都不承包，父亲便承包下来。接下这个任务后，父亲整天都靠在地瓜地里。他蹲在地上先把杂草拔出来，由于杂草长得实在太多，往往才走三步两步就能拔满一筐，要不停地走到地头把草倒入深沟里。露出地瓜秧苗后，父亲再用锄头把地瓜垄锄好包好。这是一个慢功夫，父亲一点一点推进，中午便带点干粮在田间地头吃。父亲披星戴月，用了一个星期的时间，才把这片荒芜的地瓜地整理好，使地瓜秧恢复了生机。父亲还是生产队里的耕地好手，每年的春播秋种，父亲都负责使用牲口耕种。每逢假期，我就负责给父亲牵牲口。父亲耕地时一个人干两个人的活，别人耕地，地头地角要配上一个专人用镢头整理，父亲耕地时这些活儿都是他一人完成。在牲口休息的间隙，父亲就用镢头整理地头地角；待牲口休息好后，父亲又开始耕作，自己一点休息时间都没有。有一次我跟父亲在离村很远的东北林牵牲口耕地，到了午饭时间，父亲仍没有收工的意思，一直到下午两点把那块地耕完我们才收工。回家的路上，我问父亲，中午到点收工吃饭，下午再干不行吗？父亲说那块地离家太远，来回要一个多小时，为那么点剩下的活儿跑两趟不合算。父亲为生产队干活儿根本不需要别人监督，把公家活儿当成自己活儿干的意识已经深深融进父亲的血液里。

实行"大包干"后，父亲的潜能得到了充分发挥。他利用农闲时间到处开垦边角荒坡。在村北山的一处沟底，多年前发生的泥石流在此处堆起了一个巨型石岭，父亲以愚公移山的精神，清理石岭。冬天天气寒冷，土地结冰，父亲就用钢钎一点点撬出石块运走，再从周边用手推车运来熟土填平。父亲的双手满是血泡和裂口，但他毫不理会，终于用两个冬天的时间开垦出半亩梯田，其间用坏了三把铁锹和两根钢钎。第三年有了收获，在这块梯田里长出了绿油油的庄稼。每次去北山干活时，父亲都要领我绕道去看看这块梯田，给我介绍这里曾经的样子，言语间满是对黄土地的亲近和对劳动成果的自豪。有一年，父亲偶然间发现老家墙头上长的扁豆在市里的农贸市场上很受欢迎，价格也卖得很贵。回到家后，他便在园边、路边以及所有能找到的空地上，开垦出平地，大面积种植这种在农村常见的墙扁豆。父亲每晚不停地从深井里挑水浇灌，到了初秋时节，扁豆架上长出了满满的墙扁豆，每次都能采摘四五麻袋。父亲把这些墙扁豆运到市里的农贸市场，大半天就可以卖出去，行情好时一次能卖三四十元，这在当时是一笔不小的收入。

我毕业后分配的工作不理想曾经是父亲很大的牵挂。毕业后我被分到了辛安肉联厂，在屠宰车间工作，无论是工作环境还是工作岗位我都看不到希望。那段时间我情绪很低落，立志要考研改变工作环境。夏天每晚我都把自己关在老屋里学习英语，家里人都在院子平房上乘凉，父亲有时走进我的房间欲言又止，有时轻轻给我放下一杯开水，又转身离开。我能感觉到父亲对我沮丧心情的理解和对无法改变我工作处境的无奈。父亲多次劝我白天休班不用回家干农活，留在宿舍复习功课就行。

我参加工作后，家里的负担减轻了，父亲开始有了闲暇带着母亲到邻村去看看戏、赶赶集。我也经常用工资往家买一些便宜的猪下货或车间加工下来的残次白条鸡，父亲对眼下的生活很知足。

天有不测风云。1985年11月，也就是在我毕业参加工作的第二个年头，父亲患上了当年在黄岛暴发流行的出血热病。由于村赤脚医生的误诊，耽误了送医，父亲错过了最佳治疗时间，在医院治疗期间，情况越来越糟，我有种叫天天不应、叫地地不灵的绝望。最终医院无力回天，父亲走完了辛苦而劳累的一生。

父亲去世后，全家陷入了长时间的悲痛之中，母亲经受如此打击，天天以泪洗面。每到逢年过节，少了父亲的张罗，家里特别冷清，我们愈加思念父亲。那是我人生的至暗时刻，我万念俱灰，经过了很多年的精神煎熬，才逐渐从失去父亲的伤痛中走出来。

随着年龄的不断增长和美好生活的实现，近几年思念父亲的念头尤甚，既有子欲养而亲不待的悲伤，也有对父亲未了心愿的遗憾。父亲曾经跟我说过最大的心愿就是能去北京看一看，这一小小的心愿，父亲您真的没给我足够的时间去实现啊！父亲日夜牵挂我的工作问题，经过努力，我发扬父亲辛勤耐劳的品质，在短短的几年时间内工作情况便有了改观，我被调到了父亲在世时崇拜的机关，在工作上也小有建树。我家第三代、第四代也在良好家风的影响下，茁壮成长起来，并在各自的岗位上取得了很好的成绩。要是能看到今天的一切，容易满足的父亲该是多么的欣慰啊！

三十多年时光如白驹过隙，转瞬即逝，我从当时的青年时代，步入如今的临近花甲。人生是一个轮回，此刻我站在了与父亲人生历程重合的点上，感慨良多。父亲的音容笑貌常浮心头，我对父亲的思念和感怀也愈加强烈。父亲，您的子孙秉承了您勤劳崇德的精神财富，在社会上站直立稳，与时代同频共振，您的精神定会代代相传，荫及子孙。

父亲，我会替您多去北京转转，看看这清明世界，朗朗乾坤！

母亲的白菜卷

　　时光流逝，岁月模糊了许多陈年往事，但心底深处总有一些挥之不去的美好记忆。在我儿时的美好记忆中，母亲制作的美食——白菜卷是最值得回味的。

　　白菜卷在我的老家大家都称它为"茧"，大家为什么这么叫，我没有考究过，也从来没有听别人说过，但白菜卷形状确实酷似蚕茧，我想这可能就是它被称为"茧"的原因吧！

　　白菜卷的制作步骤比较复杂。先要选猪的精瘦肉加进葱花、姜等调料剁成肉馅，有时为了掺点假还往肉馅里加进一点白菜头剁进去。将剁好的肉馅加入盐、味精及少量花生油，向一个方向搅拌，使肉馅成肉糜状备用。再选一棵大白菜，把它的头部切下，一层层剥开，放进滚烫的开水中烫软，做白菜卷的包皮使用。用烫软的白菜叶把肉馅包成蚕茧状，外面再裹上一层鸡蛋糊，放入锅中煎熟，白菜卷就制作完成了。

　　小时候家庭条件不好，制作白菜卷的猪肉、大白菜等主料都是贵重物资。猪肉一年到头我们吃不上两三次。每到过年，生产队会把集体养了一年的猪宰杀，把肉平均分给社员过春节。我记得当时我们五口之家，每年也就能分到三四斤猪肉。大白菜由于当时分给个人的自留地很少，一年种不了多少棵，即使这样，临近春节父亲还要背上几棵大白菜到辛安大集去卖，换回几块钱买过年的年货。

母亲是一个很要面子的人，即使物资匮乏，生活不宽裕，每年过年也都要做上一盘白菜卷，用来招待来我家拜年的亲戚。每年正月初二以后，我姑家、姨家的表兄弟都要来我家拜年，由于两个哥哥都有走亲戚拜年任务，我就在家留守，除给客人端茶倒水外，还负责帮母亲做饭烧火。每到煎白菜卷时，我都要往锅灶里填细小的松毛，慢火燃烧，使锅底受热均匀，锅灶内的温度既不过低也不过高。温度过低，煎出的白菜卷既不酥脆，色泽也不好；温度过高，煎出的白菜卷容易煳，肉馅容易变硬。当我调整得火候合适时，锅里就会发出滋滋的美妙声音，这时灶间香飘四溢，我起身看看铁锅里冒着油星、色泽金黄的白菜卷，嘴里口水直流。出锅后，母亲每次都要挑出一个品相不好、无法上桌的白菜卷，把我引到里屋过过馋瘾。我咬上一口，外酥里嫩，满嘴留香，回味无穷，清甜的白菜叶正好化解了肉馅的油腻，这是我儿时的人间美味！

白菜卷还是承载着美好寓意的一道美食，白菜卷、猪肉丸、蛋古扎是老家传统喜宴上标志性的老三样。特别是白菜卷，制作的品相、大小、口味往往是众食客最喜欢议论的话题。出席老家的喜宴有个传统，客人每人只能吃一个白菜卷，无论口味多好，也无论多喜欢，是万万不能吃第二个的，如果偶尔有谁在酒席上吃了两个白菜卷，大家就会把他当成异类看待，认为其没有家教、不知礼节，这件事也会成为大家在街头巷尾议论的话题。

随着年龄的增长，我外出求学、毕业后进城工作，吃过了许多山珍海味和饕餮大餐，但始终对母亲的白菜卷念念不忘。每逢春节，我都要带着爱人和孩子回老家过年，母亲每年都会做一盘色、香、味诱人的白菜卷。吃着母亲亲手做的白菜卷，在外劳累的身心得到放松，心安而踏实。享受着母爱的浸润和家庭的温馨，我感到幸福无比。

儿子渐渐长大，母亲一天天变老。我和爱人及儿子每年照例回老家过年，只是餐桌上的菜不再如以往丰盛。母亲已没有能力操持花样繁多的菜肴，自然也不再制作工序复杂的白菜卷。看着日渐老去的母亲的身影，我的内心深感悲凉。

有一年春节我回老家跟小学同学聚会，在酒桌上谈起了家乡美食。小学同学说在我的老家灵珠山街道有一家餐馆，专门制作老家的传统特色美食，其中就有白菜卷。正月十五刚过，我开车接上母亲，迫不及待地去了老家的那家餐馆。菜单上果然都是小时候吃过的美味佳肴，我满心欢喜地点上了念念不忘的白菜卷。白菜卷上桌后，我先给母亲夹到碗里一个，随后自己夹起一个放到嘴里。我和母亲品尝完后，抬起头来目光相对，几乎同时喊出了："怎么不是原来的味道啊？"这顿饭自然没有期待中那般美好，之后我再也没有去那家餐馆吃过饭。

又过了几年，母亲在许多方面都需要人照顾，外出走远路也需要坐上轮椅。为了方便照顾母亲的日常起居，我们兄弟三人商量把母亲接到各自家里轮流赡养，这个时候我也从工作岗位上退了下来，有了充足的时间。我就在家里研究烹饪并付诸实践，安排好母亲的一日三餐。由于母亲的年岁越来越大，经常食欲不好，饭量也很小，所以即使我变换着花样做饭，效果也不好。

我冥思苦想母亲可能爱吃的美食，突然想起了传统美食白菜卷。于是我问母亲想不想吃白菜卷，听到我的问话后，母亲脸上露出了少有的兴奋表情，回我说愿意吃。过了片刻，母亲又失望地说："我想吃也没人会做啊！"

我摸透了母亲的心思，下决心亲手制作。于是我先让母亲说一遍白菜卷的制作流程，认真地用纸笔记下来，再细细琢磨，直至将制作方法了然于胸。接下来我搬了一把椅子放到厨房，让母亲坐在那里，现场给我具体指导。从剁馅开始，母亲指导我怎么选精肉，加多少葱姜调料，怎么搅拌等。这些步骤完成后，母亲又指导我怎么烫白菜头，如何包馅、挂鸡蛋糊等，最后再指导我把白菜卷放在锅中用小火煎熟。

母亲教的各个环节既有量的拿捏，又有火候的把控，每一步骤我都细细领会要领，抱着虔诚的心态操作。我这几年毕竟受过烹饪方面的专门训练，而烹饪的很多原理都是相通的，经过一番忙碌，两盘金黄酥脆的白菜卷出锅了。我怀着忐忑的心情，第一时间给母亲夹上一个让她尝尝味道。母亲咬了一口吃下去，不停地点头说："就是这个味儿！"接着我也吃了一个，确实吃出了母亲做的味道。

白菜卷承载了我小时候的许多美好记忆，那个时候尽管觉得好吃，由于经济条件所限，无法做到想吃就吃，只能是吃一个打打馋虫。现在不一样了，制作白菜卷的原料充足，我隔三岔五就按照母亲教的方法制作一些，供全家享用。特别是在每年我在家里组织的近20人的大型家庭聚会上，每次都少不了这道美食，使白菜卷这道美食得到了很好的传承。

有时我还把白菜卷的制作流程和成果发到微信朋友圈，每次都会赢得大片点赞！远在上海的表妹对这一美食大加称赞，羡慕不已！表妹从来没在乡下待过，对出自乡下的这道菜却与我有着相同的感受，看来美食是不分地域时空的！

　　2019 年，我 91 岁的母亲因病离开了我们，我们全家陷入了深深的悲痛之中。现在，我偶尔还会在家里制作母亲教会的白菜卷，只是每次吃到它都会百感交集，多了一些忧伤滋味，它总能引起我对母亲深深的思念！

岳父

　　我的岳父是一位睿智、坚毅、慈祥的老人，一生中充满着生活的智慧，唯真唯实，不慕浮华。但因为年轻时身体遭遇过重大变故，他的生活之路走得异常艰辛。

　　岳父生于1937年，从小头脑聪慧，喜爱读书。高小毕业后，他以优异的成绩考取了青岛市里的一所知名中学，在学校里很快就崭露头角。正当他憧憬着就学后的美好前景时，岳父思想守旧的父亲却武断地终止了他的学业，要求他回家种地。岳父性格向来倔强，一气之下就到东北"闯关东"去了。

　　"闯关东"的起初几年，岳父居无定所，风餐露宿，到处寻找工作机会，吃尽了生活的苦头。几年之后，岳父找到了一个修铁路的差事，他务实的作风和善于动脑的特长，让他在工友中出类拔萃，工地上写写算算、看图纸的工作也非他莫属，他很快成为队伍中的骨干，有了稳定的收入，在东北站稳了脚跟。

　　几年过去，岳父到了男大当婚的年龄。考虑到家里老人的牵挂和许多现实问题，岳父毅然返回了故乡。

　　岳母本是邻村人，由于修水库移民，搬迁落户到岳父的村庄。两人虽不是青梅竹马，但彼此之间也是知根知底、情投意合。

　　结婚之后，岳父收了走南闯北的心，回归农业，回归家庭。由于见识多、好动脑、善于总结，庄稼地里的活儿岳父干得总比别人轻巧、高效。岳父手很巧，只要是见过的劳动工具，他都能模仿着做出来，使用着这些劳动工具，干活时省时省力。那个年代，孩子们都缺少玩具，有些手巧的父母会自己动手，为孩子制作小推车、地滚铁环、弹弓等，这些玩具岳父只要看上一眼，很快就能制作出来，爱人和她的兄弟姐妹们玩儿得十分开心愉快。

　　农闲季节，岳父还喜欢看书。那个年代经济困难，有时买盒火柴都成问题，但岳父仍然舍得花费几毛钱买回自己喜欢的书籍阅读。岳母出身于农村大户人家，眼界宽、有见识，对岳父的读书爱好很支持，在家庭中营造了良好的书香氛围。岳父爱好读书的习惯，再加上真诚对人的品格，吸引了村里很多文化人，他们每到夜晚就聚在岳父家谈古论今，交流读书感想。多年以后，爱人在谈起那段经历时，仍然印象深刻。她说当时大人们谈论的科学家和英雄人物的事迹，深深印在了她的脑海里，在她心中种下了勤奋学习、立志成才的种子。

　　天有不测风云，岳父32岁那年，在帮邻居盖屋时，不幸从房顶上掉下来，导致腰椎骨折，整个下肢都失去了知觉。多家大医院都判定岳父此生无法再站立起来，万般无奈之际，岳父只能回家静养。这一变故，对岳母来说无异于天塌了下来，岳父躺在炕上需要专人照顾，常年服药还需要经济支出，孩子尚小，地里所有的农活都压在了岳母一个人身上。岳父在炕上躺了半年之后，思前想后觉得不能一辈子拖累他人，于是暗下决心，一定要让自己站起来。

每当岳母下地干活时，岳父就躺在床上试探着活动下肢，刚开始只能艰难地做一些屈伸动作，几个月后，岳父挣扎着坐起来，让6岁的女儿给他拿来拐棍，试探着下地。由于下肢没有知觉，根本不听使唤，岳父坐在炕沿上，用上肢支撑起身体，不一会儿脸上就布满了豆大的汗珠。岳父的一只脚刚触地，便再无力支撑，双手扶住的拐杖也失去了重心，他从炕沿上一头栽倒在地上，磕得嘴角鲜血直流，吓得站在旁边的年幼的儿女哇哇大哭。岳父躺在地上无法站起，直到岳母回家后才把他抱回炕上。

岳父有着坚强的信念，接下来经过常人难以忍受的痛苦锻炼，几年之后居然能拄着拐棍站起来了，创造了医学奇迹。尽管如此，岳父的下肢功能仍无法完全恢复，他终身未能离开拐棍。

岳父的身体状况无法适应繁重的体力劳动，生产队便把岳父安排到饲养院喂养牲口。岳父起早贪黑靠到饲养院里，在时间和精力上付出比别人多几倍的努力，把牲口养护得膘肥体壮，很受大家的尊重。那个年代要靠挣工分吃饭，岳父家缺乏整劳力，收入水平偏低，但岳父、岳母精打细算，把清贫的日子过得有滋有味。

"即使命运辜负了我，我也对生活报以微笑"，岳父以乐观的心态对待生活，努力做好自己力所能及的工作，把家庭营造成温馨的港湾，让家庭中始终萦绕着爱和书香气息。

岳父对子女的学习格外看重。莫言在小说《左镰》里说："一个人，特别想成为一个什么，但始终没成为一个什么，那么这个什么也就成了他一辈子都魂牵梦绕的什么。"岳父年轻时中断的求学梦，是他一生都不能释怀的遗憾，于是他把自身对求学的渴望转移到子女身上，日常生活中，即使再艰难，也绝不影响子女的学业，默默地为子女创设安静的学习环境。

岳父善于用脑思考的特质和平日爱好读书的习惯，深深影响着下一代，他的子女个个学习优秀，堪称"学霸"。20世纪80年代初，他的大女儿和儿子分别考上了大学，这在当时的农村可算一件轰动性新闻，一时间这个家庭在当地被传得神乎其神，十几里地外的我当时也有耳闻。多年后，我与传闻中的女主角结缘，走进了这个家庭，直到那时我才看到了这个家庭的平凡。

我是20世纪80年代末进入这个家庭的，那时"大包干"已进行了很多年。岳父家有不少土地，由于三个子女在外工作和求学，家里的农活基本靠岳父、岳母。他们家的土地很多离村较远，岳父下地干活拄着拐杖走得很慢，走到地头要用上别人几倍的时间。为了节约路上的时间，岳父、岳母到田间劳动时，都要带上午饭，吃在田间地头。岳父经过长期的锻炼，田地里的农活借助劳动工具都能完成，但劳动过程的艰辛可想而知。

每到抢收抢种季节，我和爱人及其他兄弟姐妹，都会到岳父家劳动。我们都是干农活的门外汉，干起农活来并不漂亮，但岳父好像并不在意这些。岳父更注重的是实际效果，对很多农活不施笨力，注重实用。在农作物的种植上，他也不随大流，而是选择产出效益高、方便生活的作物种植，除了种植主粮外，在田地中间还要种植一些西瓜、甜瓜、西红柿等。麦收季节，酷热难耐，割麦子割到田地中间，几个人围坐下来，顺手摘下一个熟透的西瓜，用拳头砸开，啃上一口解渴消暑……繁重的劳动中总是有这样的快乐细节相伴，辛劳的麦收也变得不再枯燥。

随着年岁的增长，岳父母没有能力再顾及家乡的土地，三个子女便把岳父母接到城里居住。两位老人离开黄土地来到城市，感觉一切都很新鲜，一天到晚在大街小巷上行走，走遍了城区的所有角落。岳父母感情非常深厚，两个人形影不离，彼此之间一个眼神就知道对方需要什么。尽管当时生活还不富裕，但两位老人把生活安排得井井有条，他们对眼下的生活非常满意。

搬进城里居住两年之后，岳母不幸身患重病，不久就离开了我们。岳母的离世对岳父打击很大，他长时间沉浸在悲痛之中，房间内他保留着岳母在世时的一切摆设，不让任何人挪动，墙上挂着岳母的生活照片，他还经常一个人默默写诗作文，悼念岳母。

经过漫长的时间的冲刷，岳父最终走出了那段痛失老伴的艰难岁月，选择了积极、坚强地生活。岳父把每天的时间安排得满满的，尽量减少无所事事的寂寥。他信奉生命在于运动，每天坚持户外徒步四五个小时，以使肌肉萎缩的下肢保持足够的力量；白天经常去书店看书，一看就是大半天，似是要弥补年轻时得不到读书机会的缺憾；常年订阅多份报纸和杂志，期期必看，增长见识；一日三餐亲自动手制作，定点定时就餐，生活规律；经常换洗衣物，特别是夏天，基本是一天一洗，尽管衣物老旧，但他穿得清清爽爽。

岳父身体遭遇不幸，一生过得艰难辛劳，但值得庆幸的是他养育了三个孝顺的儿女。岳父独居近二十年来，三个儿女几乎天天晚上都到岳父家陪伴他，有时一天还不止一次。开始时，我颇有微词，觉得爱人这样耽误了很多户外锻炼的时间，劝她要做到二者兼顾，但我很快发现我的劝说是徒劳的，爱人只要一天不去岳父那里，就整个人心事重重、无精打采。从此以后，我就默默跟在爱人身后，夜晚和她一起陪伴在岳父身边。

其实我是很愿意跟岳父交谈的。岳父话语不多，面容慈祥，再激动人心的事，他听了以后也是波澜不惊，平静如水。岳父有很强的独立思考意识，绝不随大流、人云亦云，也不会迎合不正确的观点，在你说了不正确的想法后，岳父都会平和地给你纠正。我跟岳父交流很少谈及生活琐事，多数都是当下正能量的话题，两人之间绝无代沟。岳父很少干涉儿女们的私事，即使有看不惯的地方，也只是提出建议点到为止，绝不做喋喋不休的人生导师。我对岳父始终充满着敬畏，在岳父面前不敢说半句假话。我时时感受到岳父慈祥面容的背后，有着深邃的思想，他凭自己的睿智、阅历、知识、思维，可以穿透所有的表象，一眼看穿事物的本质，任何虚话、假话在他面前都无所遁形，如果说了假话，一定会被他看穿！

我喜欢上写作之后，第一时间把我的新书《岁月回想》送给岳父阅读，报纸上发表的文章也及时拿到岳父身边。岳父看过，喜虽不形于色，但从他平静、简洁的话语中，我能感受到他对我的肯定和认可。由于岳父年老眼力退化，我送他的《岁月回想》，是他阅读的最后一部长篇书籍。

随着生活水平的提高，前几年岳父搬到了我家附近居住，两个小区仅一路之隔，站在我家后阳台上，可以清晰看到岳父的新家。搬进新家时，岳父的身体出现了一些状况，只能靠电动轮椅行走，但只要天好，岳父还是要去户外活动。随着时间的推移，岳父身体越来越消瘦，我们看在眼里，急在心上，非常无助。我们几乎天天靠在岳父身旁，直到这时，岳父还经常撵我们回各自的小家，生怕给儿女添麻烦。岳父一生都是这样，即使有再大的困难，也是自己咬牙坚持，不到万不得已，绝不麻烦别人，直到最后一刻也是这样。

　　岳父是我们送走的最后一位长辈至亲，他离开后，我们的人生从此再无来路，只剩归途，想起来满是悲伤。我时常站在阳台上凝望岳父曾经居住的小区，每到这时，睿智慈祥、可亲可敬的岳父形象就会浮现在脑海里，对岳父深深的思念又涌上心头……

我的济南情缘

　　我从记事起就对济南有特殊的情感。1961 年我的小姨和姨父中专同班毕业被分配到济南工作，从此我们家里就经常收到来自济南的信件。我从小生长在农村，感觉济南是一个很遥远的地方，对在济南工作的小姨非常崇拜。小姨的每次来信，都让我对济南充满童话般的想象，令我无限向往。

　　我 6 岁那年，在小姨的一再邀请下，母亲决定带着我去济南探亲。父亲把母亲和我送到当时的胶县火车站，我们坐上绿皮火车，第二天清晨到达了济南。

　　母亲和我都是第一次出远门，走出济南站后，我们分不清方向。母亲从兜里拿出小姨来信的信封，在站前广场向过往的行人打听怎么坐公共汽车，问过多人他们都不知道我们要去的地方。过了一会儿迎面走过来一位皮肤白净、身材高挑、穿戴整洁的中年男子，母亲怯生生地迎上去，拿着写有小姨地址的信封询问。中年男子看完信封后，抬头看看我俩，态度和蔼地对母亲说："我上班也要去那个地方，你们跟我一起走吧！"

　　中年男子帮母亲提起一个最大的包裹往公共汽车站走去，我们一同上了公共汽车。经过很多站点后，中年男子领我们下了车，在经过一家副食品店门前时，中年男子告诉母亲，这是一家平价商店，购买副食品不要粮票，母亲见小姨心切，没有停下购买商品。我们三人一同走过了一大段距离后，中年男子指着前面的一个工厂说，那就是你们要去的地方。母亲万般感谢后，中年男子向另一个方向走去。初到济南，遇上了好人，母亲和我心里都感到非常温暖。

到小姨家后，我对一切都感到新鲜：第一次见到楼房，当时小姨住的是三层筒子楼，白天晚上我在楼梯上爬上爬下，感觉新鲜；第一次见到电灯，晚上打开电灯后，我感觉整个世界都亮堂了很多，这是一种从来没有的感觉；第一次用上自来水，水龙头一开，水哗哗流出，我感觉太神奇了，这些水是从哪里来的呢？我当时百思不得其解。

小姨还经常带我到她工作的机械加工车间玩耍。车间里到处都是身穿工作服、头戴工作帽的工人，我对他们非常崇拜。车间里机床轰鸣，小姨给我演示机床操作，我对机床上的电灯和机床加工出来的铮明瓦亮的零件很感兴趣。到了周末，姨父和小姨就带母亲和我去公园游玩，趵突泉的涌泉、大明湖的划船、金牛公园（今济南动物园）的动物给我留下了深刻的印象。姨父还用自行车带着我，骑行几十公里去飞机场看飞机，我第一次看到了令人震撼的飞机起落场景。

表姐大我一岁，我与她形影不离。我们白天经常一起到翻砂车间的垃圾场捡拾煤核，往往是一车燃烧过的炉灰刚倒在地上，捡拾煤核的少年儿童便蜂拥而上，全然不顾冒着白烟的煤核烫手。到了晚上，表姐领着我和她的小伙伴到工厂的大礼堂幕布后捉迷藏，疯玩到很晚才回家。有一天表姐的小伙伴突然问我："你姓啥？"我回答："我姓在！"我父亲的名字叫薛在贵，在村里，人们互相称呼都不带姓，别人都叫父亲"在贵"，当时我就以为我们家姓"在"。表姐说你不是姓"薛"吗？我恍然大悟，立马知道错了，非常羞愧，当时感觉有个地缝钻进去就好了。我钻到幕布后面，双手捂脸，大半天不出来，弄得表姐的小伙伴不知所措。我作为山里的孩子，见识少、腼腆，与城里的孩子还是有很大差距的。

在小姨家住了一个月后，我们回到了老家黄岛，在济南的见闻，成为我很长时间内向小伙伴们炫耀的资本。

随后的岁月里，济南在我心中成了一个有影有形、有情有感、充满吸引力的城市。我每年都盼望着小姨的来信，对课本上有关济南的信息也感觉特别亲切，也充满着想象。

时光荏苒，转眼到了我的高考时代。高考那年我以4分之差与大学失之交臂，但可以以具有优势的高分选择中专学校，我义无反顾地选择了坐落在济南的山东省商业学校（今山东商业职业技术学院）。

这所历史悠久的学校，就像是专门为了迎接1982级新生一样，新启用了刚刚建成的教学楼和宿舍楼，让人一入学校就有眼前一亮的感觉。开学后详细了解了专业后，发现其与自己的期望有很大落差，我因此产生了一些负面情绪。这时在济南上学的黄岛老乡举行了聚会，我见到了许多在济南其他学校上学的高中同学。老乡在异地相见分外亲切，30多位同学一起游览了大明湖，中午在公园旁边的一个餐馆共同就餐，互相交流在各自学校的一些见闻，欢声笑语，其乐融融。这次聚会让我排解了多日来的低落情绪，恢复了饱满的精气神。

在紧张的学习之余，我把业余生活也安排得丰富多彩。

在校的两年时间里，我喜欢上了打排球。每到课外活动时间，我们班的同学就轮流到操场上抢占排球场地。为打排球，我还专门购买了排球服，两年下来排球也打得有模有样了。我身材较高，特别擅长网前吊球，很多时候都能得心应手。在校期间，我还喜欢上了摄影，每到周末，经常去照相馆租一台海鸥牌 120 相机，与同学相约去公园照相，大明湖、趵突泉、千佛山都留下了我的足迹。照相回来后，买回定影剂、显影剂、红色灯泡，在宿舍里搭建暗室，自己冲洗相片。两年时间，我积攒了厚厚的三本影集。晚饭后，我还喜欢与同学一起游览济南的胡同。我们从学校所在地花园庄出发，有时沿着胡同一直走到大明湖东门。两年下来，我们走过了济南市中东部的很多胡同。

在济南上学期间，小姨家就是我的大本营。刚入学时我常想家，便到小姨家排解思乡之情，后来小姨家就成为我精神的依托。小姨家有一个表姐、两个表妹，她们都没有把来自农村的我当外人看待。那个时候小表妹正在省实验中学上高中，课业紧张。表姐有时带着我和二表妹周末去公园游玩，在那之前我从来没有和女孩子一起玩的经历，也不知道照顾女孩。到公园后我就放开步子，独自一人快步如飞，二表妹根本跟不上我的脚步，急得在后面大喊："表哥，你这是急行军啊？"我这才注意到后面的表姐、表妹，并放慢了脚步。

我到济南上学的第一年，入学不长时间就到了立冬节气。那一天晚饭后，我正坐在宿舍里想家，班里的同学领着表姐来到了我的宿舍。表姐从包袱里拿出饭盒，我打开一看，是热腾腾的饺子。我的鼻子顿时—酸，有点想落泪的感觉。小姨家住在城市的西南角，我们学校在城市的东北角，表姐顶着寒风骑了一个多小时的自行车，整整走了一条城市的对角线才把饺子给我送来，令我十分感动。

两年的时间是短暂的，转眼就到了毕业季。离校的前一天晚上，我们小组的 7 位同学齐聚宿舍，从食堂里打来饭菜，用刷牙缸盛上白酒，开怀畅饮，直喝到后半夜。同学之间有诉不完的别离衷肠，那是我人生第一次喝酒，最后小组的同学全都酩酊大醉。第二天上午我就要启程回青岛报到，江西的同学蓝平执意要去车站送我。在车站，我俩的心情都很沉重，没有很多语言，只是相对默默地站着。公共汽车来了之后，我恋恋不舍地上了公共汽车，蓝平同学站在车门跟前，我下意识地伸出右手，想与蓝平握别，这时公共汽车的车门突然关闭，差一点夹着我伸出的手，这一瞬间永远定格在我脑海里。30 多年后，当我再次见到蓝平时，他说他对这一瞬间也记忆犹新。

毕业后我回到了老家黄岛，被分配到最基层的乡镇工作。那里工作环境恶劣，文化生活匮乏，信息闭塞，与我的期望差距很大，我的情绪很低落。表姐知道这一情况后，经常写信鼓励我，并定期给我寄些期刊，供我阅读，帮我走出了那段黑暗的时期。我虽已离开了济南，但仍继续沐浴着来自济南的关爱和温暖。

后来，我被调到了机关工作，经常有去济南出差的机会。每次到济南出差我都很兴奋，办完公务之后，我都要去看望朝思暮想的小姨、姨父和同学。毕业 25 年的时候，我又一次去济南。我们的班长召集了来自济南、聊城、淄博、青岛的同学小范围聚会，我深受感动。现在我的母校已经成为全国知名度很高的高职院校。同学们都知道我的济南情结，前几年学校成立第一届校友会，我被推举为校友理事会理事。参加校友理事会期间，住在开阔的新校区宾馆里，我早晚沿校园漫步，看着校园内的雕塑和园林小品，感受到了文化的传承，亲切感油然而生。

后来随着生活水平的提高，我购买了自己的车辆。那个时候母亲已经80多岁了，我经常拉着母亲去济南看望小姨、姨父。看到老姊妹相见时喜悦的情景，我的内心感到幸福、快乐。2019年母亲因病去世后，小姨成为我心头的牵挂。我每年都要找时间去济南看望，见到小姨、姨父感到格外的亲切。

近几年我退下了工作岗位，有了很多闲暇，从前年开始喜欢上了写作。一开始我把写作当成一种自娱自乐的爱好，用于打发时间。去年8月份我突发奇想，把写出的文稿投向了心仪的地处济南的《齐鲁晚报》，不想我的一篇长篇散文在很短的时间内就被发表了。在接下来的一年多时间里，齐鲁晚报·齐鲁壹点客户端发表了30多篇我的文章，激起了我极大的写作热情。我找到了一个很好的有助于我融入济南的交流平台，传递我的思想，抒发我的情感，我的心与济南贴得更近了。

祝愿济南这座国家历史文化名城，合着新时代的脚步，焕发出更加亮丽的风采！

母亲和樱花树

隆冬时节，老宅院内干枯的樱花树在凛冽的寒风里摇晃着光秃秃的身子，发出尖厉刺耳的呼啸。这棵樱花树是母亲亲手栽下的，已生长了 20 多年。随着母亲的离世，樱花树落下了满树繁华，匆匆谢幕，母亲和樱花树的故事也被收藏进我的记忆里。

20 世纪 90 年代初，我在黑山小区分到了新房。这个小区紧靠当时刚刚落成的黑山公园（北海公园）。那个时候儿子还很小，母亲经常领儿子到黑山公园游玩。

黑山公园内亭台楼阁样样齐全，在山坡空地和蜿蜒的水泥小径两旁，园林工人栽植了大量的樱花树。春天来临，樱花树开出了簇簇粉红色花朵，尽管树冠不大，但花朵十分清新娇艳，这是母亲第一次见到樱花，她感到喜不自禁。

回家后母亲把对樱花的喜爱说给我听，让我设法给她买两棵樱花树苗，栽到老宅的院子里。那个时候樱花树刚刚被引种到黄岛，我多方打探都没有买到，母亲为此深感遗憾。

在单位里我跟同事谈起母亲喜欢樱花树，办公室有一位家住青岛市区的同事说，中山公园春天的樱花很值得一看。

转年春天，到了樱花盛开的季节，我带着母亲及爱人和儿子，乘轮渡过海，赶往中山公园。

最美当数四月天。在中山公园著名的樱花大道两旁，洁白的单樱遮天蔽日，远远望去既像洁白的绸带飘落大地，又像缓缓流淌的小河伸向远方。母亲被这壮观的单樱花海所震撼，随着人流徜徉在花海中，一会儿闻闻花香，一会儿凝神观望。我不停地按动傻瓜相机快门，留下了母亲和樱花树亲密接触的瞬间。此时的母亲满面春风，仿佛年轻了 20 岁。接近中午，我们在樱花树下铺开桌布，愉快进餐。母亲望着如云似雪的樱花与我约定，以后要年年来看樱花。

接下来的很多年，每到四月樱花盛开之时，我们都如约而至，每年母亲都是一样的开心，我很高兴看到母亲快乐的样子。

1999 年大哥从外地购买了几棵樱花树苗，母亲如获至宝，在老宅的房门两侧各栽上一棵。当年夏天，雨量充沛，房门右侧的一棵樱花树苗由于所在之处地势低洼，不久受涝枯死，母亲心痛了很长一段时间。

母亲自此对另一棵樱花树苗格外上心，下雨时挖沟排水，天旱时及时浇灌，定期打药和追肥，到了冬季还在树干上包上厚厚的草垫以防冻伤。每年母亲还迷信地为樱花树拴上红布条，希望这能保佑它茁壮成长。几年之后樱花树就长得枝繁叶茂，每到四月份，春风吹开满树花蕾，粉红色的双樱迎风怒放，这个时候母亲最高兴的事就是接待街坊邻居来家里赏花，与他们交流栽植樱花树的心得。樱花开放的季节，我晚上回老家时经常能看到母亲在灯下对着樱花树凝神端详。她告诉我晚饭后观赏樱花是她每天的习惯。那个时候她的孙子已经长大，母亲一个人在老宅居住，樱花树成了她最亲近的伙伴。

时间一年年过去，母亲一年年变老。母亲独立生活已经有一些不便，我们兄弟三人商量把母亲接到城里轮流居住。母亲对小院里的樱花树还是恋恋不舍，她到城里居住后，遵照她的意愿，我会定期回老宅给樱花树浇水、施肥、打药。每年樱花盛开季节，我都会用车拉着母亲回老家看樱花。尽管老宅冷冷清清，但每次看到樱花树母亲都满心欢喜，想家的念头得以释然。

母亲到了近90岁高龄时，经不起频繁变换住所的折腾，与两个哥哥商量后，我决定翻修老宅，接母亲回老家养老。母亲担心房屋改造伤及樱花树，一再嘱咐我要保护好它。工程进展顺利，短时间内老宅便焕然一新。等到城里的暖气一停，我就接母亲回翻修后的老宅居住。

那年春天，樱花树就像是为了迎接久别重逢的故人，开得热烈而奔放，花朵密集、花头硕大的双樱缀满枝头，直径达五六米的树冠像粉红色的彩霞映红了半个小院。母亲每天都要拄着特别加固的四脚拐棍，到樱花树下观赏几番。每到这时我都会搬出藤椅、茶几，陪母亲在樱花树下喝茶、赏樱、聊天，享受樱花带来的快乐。

天有不测风云。搬回老宅、樱花开过的第二个年头，母亲的身体出现了状况，在医院短暂地治疗之后，母亲遵照大夫的建议回家静养，我们兄弟三人轮流24小时陪护。

就在这段时间，忽然有一天，我发现樱花树的叶子无精打采，失去了光泽，仔细查看，我发现樱花树的根部长出了大片根瘤。我打电话咨询学植物学的同学，她告诉我樱花树的这种病是不治之症。当时我心头一震，内心掠过一丝不祥的感觉。

母亲在卧床 8 个月之后，最终还是没有挺过来，永远离开了我们。母亲是在春天的一个夜晚走的，那一天我一直陪在她的床头。中午时分，母亲有了一些精神，她用微弱的声音问我："樱花开了吗？"我趴在她的耳朵上回答："樱花开了，今天是第一天开放！"我立马到小院里用手机多角度拍摄樱花树，这才发现，这年的樱花花蕾比往年少了很多，花朵稀疏、花头瘦小，一副弱不禁风的样子。我把手机拍摄的照片拿到母亲眼前，她看过照片后微微点了点头。

母亲走后的第二年春天，樱花树没有开花，只是长出了少量皱皱巴巴的小叶片。随后的半年，小叶片也慢慢脱落，留下了苍老而干枯的树枝，孤零零地挺立在老宅的小院里。

母亲忙出的年味

春节是中华民族最盛大的节日，也是阖家团圆的日子，寄托着人们美好的期盼和心愿。每当临近春节，我总能在母亲的忙年中感受到浓浓的年味。

从我记事起，进入腊月门，母亲都要到集市上扯一些粗布，回家"挑灯夜战"，为我们兄弟三人缝制棉衣棉裤。尽管家境清贫，母亲还是会在过年的时候为我们置办一身新衣裳，这让我们在小伙伴面前很有面子。

到了腊月的中旬，母亲就要忙着给房子扫尘了。农家老屋通风不好，房梁上、顶棚上、边角旮旯里到处都积满了灰尘。母亲把屋里的物品全部搬到院子里，用绑在竹竿上的笤帚把全屋上下清扫一遍，再用抹布对所有的物品进行擦洗，让陈旧的老屋焕然一新。

那个时候，我们平时吃的米面还没有机械来加工，每到临近春节时，母亲都要起早贪黑领着两个哥哥，把小麦和黄米分别用石磨和石碾磨成白面和糕面。母亲会选一个好日子，发动全家上阵，制作过年的大馍馍和大黄糕，它们既是年关供品，也是过年时的主食。

春节做豆腐也是我们这里每家每户必做的"功课"。母亲把泡好的黄豆用石磨磨成豆浆，经过一系列复杂的流程，才能做出热气腾腾的豆腐。母亲亲手做的热豆腐是我们的最爱，全家人蘸着用蒜泥、蟹酱、香油调的蘸料吃上几块，真是相当解馋了。

在完成这几项工作后，母亲就开始装点房间。母亲先用报纸把四面墙壁糊上一层，再用花纸把顶棚装扮一新，最后在墙面的显眼位置贴上年画，整个房间立马亮堂起来了，浓浓的年味也散发出来了！

大年三十这天全家格外忙碌。上午母亲要带着我们包饺子。按照老家习俗，这天还要包足大年初一、初二吃的饺子，所以必须全家人齐上阵，一上午把这项"大工程"搞定。下午母亲就要准备全年之中最丰盛的一顿大餐了，她充分发挥做家常菜的特长，一个人忙出一大桌子菜，并且色香味俱佳。

一年之中，母亲最清闲的一天是大年初一。在农村老家，按照风俗，大年初一女人是不干活的，由男人承担全部家务。这一天母亲端坐在炕上，接受晚辈们的拜年祝福，并拿出提前准备好的糖果，分赠给前来拜年的晚辈。

正月初三之后，母亲又开始忙碌起来，一大早就开始张罗饭菜，准备招待前来拜年的亲友们。母亲的拿手菜有肉丸子、白菜卷、蹄子冻，这几个菜她每年必做，客人们也是好评连连。

我结婚后在城里居住，每年春节都带着爱人和孩子准时回老家过年。每次回到老家时，母亲都已张罗好了过年的一切。一进大门，浓浓的年味扑面而来，让人内心顿感宁静而踏实。

多年后，由于身体原因，母亲不方便单独居住，我们兄弟三人把母亲接到城里轮流赡养。每逢春节，母亲都要指导我按照老家的风俗，布置家中的陈设，使春节的风俗传承到我的小家，营造出浓浓的年味。

母亲前年因病离开了我们。今年春节又要到了，近日我与母亲在梦中相见，母亲仍像年轻时一样，事无巨细，精神饱满地张罗着过年的一切，让我感到温馨而幸福……

兄弟情

　　在一个天高云淡、暖阳融融的深秋之日，我邀约两个哥哥在海边酒店再次相聚。每次兄弟相聚，年近花甲的我都有一种莫名的兴奋，吃饭聊天之间，小时候兄弟手足相处的情景一幕幕浮现在眼前。

　　我在家里排行最小，大哥大我 10 岁，二哥大我 6 岁。大哥性格沉稳、理性，心细，时时表现出老大的带头作用和责任感；二哥性格热情、感性，头脑灵活。我的性格介于他们两者之间。

　　大哥对我百依百顺，在我需要他照顾时，随时随地都能感觉他就在身边，当我受到别的孩子欺负时，他也总能为我出头。我小时候很喜欢牵驴为大人拉车，有一次生产队长分配我牵一头我喜欢的白驴拉车，我非常高兴。第二天天不亮我就到了生产队饲养院的驴棚，没想到的是，同一个生产队的一个小混混比我去得更早，把队长分配给我的那头白驴牵出了驴棚。我跟他说生产队长分配我牵这头驴，他头一歪、眼一瞪，恶狠狠地对我说："我想牵，没你的事！"我争辩再三，他毫不理会。无奈我气得哭着往家走，半路上碰到了大哥，他看我哭哭啼啼，就问清了事情原委，对我说："你跟我来。"我们走到饲养院门口时，正碰上小混混牵着驴走出来。大哥高声说："把驴放下！"小混混歪着头不服气地说："驴不是你家的，我就要牵！"大哥一个箭步冲上去，把小混混肩上背着的驴套拉到了地上。小混混看到大哥来硬的，赶紧把驴缰绳扔到了地上。大哥厉声说："你以后再敢欺负我弟弟，我饶不了你！"小混混骂骂咧咧地走开了，从此之后，再没敢找我的麻烦。

　　小时候我对两个哥哥非常依赖。在我7岁时，大哥参加了辛大铁路的建设，那是我第一次与大哥长时间分离。自从大哥离家后，我幼小的心灵经受着无以言状的煎熬，那个时候为了盼着大哥回来，我学会了看日历牌，天天数着日历，计算大哥离家的天数。大哥春节回家后，我比遇到任何事情都高兴，大哥走到哪里，我就跟到哪里。这个时候我真希望时间能过得慢一点，再慢一点！假期的时间总是有限的，转眼又到了大哥归队的日子，我心中有万般的不舍，但大哥终究还是要走的。那时我在想，亲近的人要是能永不分离那该多好啊！

　　二哥没有大哥那么沉稳，较情绪化，高兴时和我很亲，不高兴时经常跟我闹矛盾。小时候我有小儿哮喘的毛病，一犯病要在家躺很长时间，非常孤独。二哥放学后总是背着我到街上放放风，对我百般照顾，每到这时我都感到特别愉快和幸福。回想起平时经常与二哥闹矛盾，我感到还是喜欢生病时这种感觉。

　　我高中第三年是在黄岛一中复读的，由于离家较远，每个月只能回家一趟，在学校能吃上菜的次数是很少的。那时二哥在老黄岛干建筑，离我们学校较近。他们有民工食堂，每天晚上可以吃上一顿大锅菜。为了让我吃点油水，二哥经常跟我约好，晚上去他的工地吃一顿地瓜和大锅菜。尽管吃的是清水煮白菜，但对长期吃不到菜的我来说，也是莫大的欢喜。当时我以为是二哥单独给我买了一份菜，过后才得知，我吃的那份菜就是二哥的，我吃了后，干了一天重活的二哥就只能干吃煮地瓜了。

我高考前夕，在父亲的主持下，大家庭进行了分家。那一年我家刚刚盖起了一幢新房，连同原有的两幢老屋，我们兄弟三人每人可以分到一幢房屋。父亲的意思是让我们兄弟三人抓阄。当时大哥、二哥都已成家，两个哥哥考虑到我还没有成家，决定把新房留给我，他们两人则在两幢老屋中抓阄。

我在家是老小，并且一直上学，重活累活大哥一直不让我干。高考结束后，我想跟着大哥去建筑工地当小工，挣点钱贴补家用。大哥当时在邻村包工盖民房，小工的工作主要是挑水、和泥、搬砖、搬瓦。当时正值酷暑，再加上是重体力劳动，大哥怕我吃不消，一直没有同意我去工地打工。过了很长时间，录取通知书迟迟没到，在我的再三央求下，大哥才答应了我的要求。我去工地工作了一天半的时间，感受到了小工的艰辛，就在我身体几乎支撑不住的第二天下午，突然传来了我被学校录取的通知，从此大哥坚决不让我再继续打工了。

去济南报到前夕，两个哥哥为我准备行囊，看表情他们比自己考上学还高兴。入学后，大哥经常给我写信。有一次大哥给我的信明显有些客气，大意是说他的文化水平低，信写得不好，让我别笑话他。看完这封信我有种想哭的感觉。

我的升学全是全家无私支持的结果，当时我就发誓，以后不管走到哪里，一生都不能忘了两位兄长。

参加工作后，我数次更换住宅。大哥是瓦工，二哥是木工，我的多数房子都是他们两人张罗着装修的。特别是一开始，我手头比较紧张，他们就处处帮我精打细算，货比三家，比装修自己的房子还要仔细、用心，解决了我很大的心事。

20世纪90年代中期，我由于工作压力大，有段时间情绪出现了问题。二哥停下了手头的工作，经常用摩托车带着我到外地散心。有一次去诸城考察长毛兔养殖，在返回的路上，由于春季麦田浇水，农民在路上开了一道水沟，二哥骑着摩托车光顾得回头跟我说话，没有看到水沟，加上车速很快，摩托车在水沟处摔倒，我俩被甩出了老远。我的手掌被沙土地面划出了很深的伤口，血肉模糊，二哥膝盖被磕破，鲜血直流，回来后住了很长时间的医院。

结婚很多年后，我的内心深处依然认为兄弟三个还是一家人，不分你我，对侄子、侄女感觉比对儿子还亲。我也用我的方式用心为大家庭做了些贡献，以增进亲情。两个哥哥待我与小时候没有两样，他们种植的应季农产品，头茬下来都是先送给我尝鲜。大哥心细，他很知道我的口味。因我平时常回老家，每当他们家有我喜欢吃的东西，他总是给我留着。我很喜欢吃野菜馇的小豆腐，有一次我回老家先去了大哥家，大嫂从锅里端出野菜小豆腐，笑着对我说："你快吃吧，你吃不上这个小豆腐你大哥这几天要难受死了！"听着这话，我吃得心里非常温暖。

前些年，两个哥哥还在老家居住，白天要外出干活。为了能见到两个哥哥，我经常晚上回老家看望母亲。到了晚上我们兄弟三人围坐在母亲身边，各自说着自己的见闻，老母亲不时询问外面的情况，一家人其乐融融，我一般要到很晚才返回城里的家。

兄弟之间不愉快的时候也是有的。我尽管在城里住了很久，但每年都会准时回老家过年。假期回老家没事，有几年迷恋上了打扑克。打牌时二哥脾气很急，喜欢意气用事，完全不讲"联邦"配合，往往在"联邦"不明确的情况下，乱打一气，自我消耗，每到这时我都要对他指责，二哥根本不认账，每次都闹得很不愉快，很伤感情。几年后我发现了这个问题，从此彻底戒掉了打牌的爱好。

母亲前年去世后，大家庭突然失去了核心，兄弟再也不能天天见面，对此我感到非常失落和焦虑。一段悲伤期过后，我调整了情绪，心里始终铭记着两位兄长的恩情，同时尽量多组织一些大家庭聚会，增加交流机会，使大家庭始终保持欢乐融洽的气氛。

近些年，两个哥哥都从体力劳动中解脱出来，儿孙绕膝，身体健康，有了更多的闲暇，我经常邀约两个哥哥小聚，他们表现得很高兴，我也乐在其中。

家风是可以传承的，我的下一代儿子、侄子、侄女们也经常举行聚会，亲密无间。我看在眼里，喜在心头。

兄弟如手足，情谊比天高。从懵懂少年到年近花甲，兄弟情一直温暖和激励着我。相信随着年龄的增长，我们之间的兄弟情一定会像一坛陈年老酒，越久越香！

嫂子

我有两个嫂子，一个大嫂、一个二嫂，她们都是 20 世纪 50 年代生人。两个嫂子尽管性格各异，但都尊老爱幼，心地善良，与人为善，是不折不扣的贤内助。

大嫂出生于 1952 年，比我大 11 岁。大嫂身材不高，面目和善，淳朴善良，心眼直，热心肠，与人相处以诚相待，有一说一，绝无隐藏。作为嫁到我们家的长媳，大嫂与大家庭共同生活了 6 年之久，她白天要在生产队干活挣工分，晚上要干家务，缝补浆洗。那个时候二哥还没有成家。到年底从生产队分得很少一点现金，家里还要积攒着给二哥娶亲，大家一年之中都吃粗茶淡饭，过年也只能对付一身粗布新衣。分家之后，大哥用辛苦积攒的钱买回了一台 14 英寸的黑白电视机，但没有将这台电视机搬回自己的小家，而是放到了父母的老房里，一直等到母亲买上电视机后，才搬回了自己的小家，这一过程前后长达 7 年之久，大嫂没有半句怨言。

二嫂生于 1958 年，身材苗条，面目清秀，待人热情，心灵手巧，乐于接受新事物。二嫂干活麻利，既有速度又有质量。母亲经常念叨二嫂的好学。母亲曾是干家务活的好手，每当她制作一些有特色的菜肴时，二嫂总是停下手头的活儿，站到母亲跟前留心观察，很快就能学得有模有样。

大嫂嫁到我家时，我才 13 岁，大嫂对我照顾有加，我对大嫂也很依赖。即使分家以后，和大嫂、二嫂我也从没觉得是两家人，我们只是住进了不同的房子而已。我 20 世纪 80 年代通过高考去外地求学时，大嫂为我准备了新被服，二嫂把结婚时买的才用了不久的枕套送给了我。她们比自己考上学还要高兴，帮着母亲忙里忙外为我送行。

我结婚后在城里居住，但每年春节都是回老家陪母亲过年。每当正月招待给母亲来拜年的亲戚时，两个嫂子要么把客人领回自己家招待，要么主动下厨，从不让我的爱人沾手。她们的说法是我的爱人不习惯农村的锅灶。回老家过年时，我们在母亲的老房子里吃不了几顿饭，只要是有像样的饭菜，两个嫂子都要把母亲和我们三口叫到家里一起吃，我也从来没觉得不妥，跟在自己家一样。

我儿子吃饭的口味我两个嫂子最清楚。在我的老家，正月初二之前都要吃饺子，不能吃别的饭菜。大嫂知道我儿子不喜欢吃水饺，每年大年初一都打破传统规矩，专门为儿子准备他最爱吃的炒鸡和米饭，年年如此，形成了惯例，一直到儿子外出上大学为止。

前几年两个哥哥都从事建筑工作，两个嫂子在家种地种菜。她们知道市场上的蔬菜不安全，口味也不好，每当下来应季的蔬菜时，都把第一茬留给我，芸豆、黄瓜、青椒、大白菜源源不断地供应。我的爱人对老家的绿色蔬菜吃上了瘾，一旦没有老家的蔬菜，食欲就会大大降低。

转眼之间，两个嫂子都已年过六旬，到了含饴弄孙的年龄。两个嫂子都全身心照顾着第三代，为了第三代，她们放下自己的兴趣爱好，并过起了夫妻分居的生活。为给一大家人做好后勤保障，她们无怨无悔，奉献着一个母亲的心血。在良好家风的引导下，她们的下一代都品行端正，事业小有建树，第三代也充满阳光，茁壮成长。

嫂子是我们家风的重要建设者，是联系家庭成员的桥梁和纽带，是家庭关系的润滑剂。有了两个嫂子的良好引领，我们一大家人相处得非常融洽，每年都要组织多次大家庭聚会，加强交流，增进亲情。每次聚会我都要多敬两个嫂子几杯，感谢两个嫂子做出的奉献。

老嫂比母。母亲去世后，两个嫂子成为我和爱人家庭事务的主心骨，每当遇到家庭琐事时，爱人第一个想到的就是请教两个嫂子。她们三人亲密无间，无话不谈，看到这些我感到很欣慰，也很幸福！

好人一生平安，愿两个嫂子永远健康，幸福快乐！

静静流淌的时光

　　牛年春节刚过，儿子的女朋友组织亲家和我家在新年聚会。儿子和女朋友尽管相识时间不长，但彼此两情相悦、情投意合，我们两个家庭也已多次相聚，前几次都是在大饭店里相见，多了一些客套和拘谨。春节期间儿子细心的女朋友跟我透露，这次聚会她选在了一家怀旧主题餐厅，让我和爱人以及亲家重温一下流逝的岁月，我自然满心期待。

　　这家餐厅坐落在闹市区，院子很大，绝无无处停车之虞。餐厅是由一家厂房改造而来的，门口的一面墙上悬挂着木质白底黑字的招牌，这是20世纪七八十年代标志性门牌的样式。进门后是一个巨大的开放式餐厅，摆起的三排圆桌整齐有序，餐桌上空悬挂着纵横交织的彩带。由于我们到达的时间较早，坐在圆桌周围的人还很少。与门口相对的是一排长长的窗口，窗口的下半部分是一扇扇木质玻璃推窗，作点菜、传菜、买单、装饰之用，窗口上方是一条很长的红底白字的绸布宣传条幅，书写着20世纪80年代的标语，营造出一种旧时大集体食堂的氛围。

　　眼前的场景，让我回想起20世纪80年代初，我的中学时代。那个时候，我在黄岛一中复读，由于离家较远，一个月只能回家一次。学校的隔壁是当时正在建设黄岛电厂的电力一处生活区，这个生活区面积很大，高峰时在此居住的职工有几千人，生活区内食堂、商店、澡堂一应俱全。我们班里有一位男同学是电力一处的子弟，中午经常回电力一处食堂吃饭，回到教室后他就给我们描述那里的饭菜状况，经常说得我们口水直流。电力一处的食堂是不对外开放的，在我的请求下，这位同学给我代买过两次那里的饭菜票。有了那里的饭菜票，每隔十天半月实在嘴馋了，我就去那里吃一次。电力一处的食堂兼做礼堂，面积大，一字排开20多个打饭窗口，吃饭高峰期每个窗口前都会排起长长的队伍，我排在队伍中不敢声张，生怕被生活管理员发现是外单位人员，被清除出去。排到窗口后，我都是买最便宜的一角钱一份的菜，即使价钱最低的菜也远远好于学校食堂的。每次吃上一顿这样的菜，我都感觉像是过节。

穿过餐厅拐一个弯，前面就是一条狭长的走廊，两侧分布着吃饭的单间。单间的门头没有豪华的装饰，只是白墙木门，每一个房间的门楣左侧，镶嵌着房间名称牌，房间名称都是用中学的各类门牌标识标注的。

最先映入眼帘的是"高一（1）班"房间。这是一个我非常熟悉、令我感到十分亲切的标牌。1978年，我考入老家的乡镇中学。我的初中是在本村上的，初中只有一个班，班里都是本村学生。中考那年，初中语文老师自己出的模拟考试试卷，与后来的中考试卷相似度竟高达80％以上。语文老师在自习课上偶尔辅导的其他科目重点，也都成了中考的内容，到底是语文老师有神奇的猜题本领还是另有隐情？至今仍是一个未解之谜。很自然，我们村初中考出了当年令全镇轰动的好成绩。

那一年新考入高中的学生按中考成绩从高到低分成四个班，依次排列，我们村初中的学生被分到高一（1）班的有 11 名同学，这在全镇是绝无仅有的。

老师猜中考试题目确实能提高学生的考试成绩，但提高不了学生的学习能力。高一（1）班的学生都是尖子生，课程进度自然较快，入校两个月后，来自我们村初中的同学明显跟不上课堂节奏，测验考试时拖班级的后腿。学校发现这个情况后，决定在高一级部重新进行分班考试。重新考试后，来自我们村初中的学生只有 3 人留在了高一（1）班，其他 8 名同学则被分到了其他班级。我幸运地成为留在高一（1）班的 3 人之一。这次分班对我触动很大，我暗暗下定决心，一定要力争上游。

重新分班后不久，我就向班主任递交了入团申请书，由于表现积极，很快被列入团员发展对象。正在这个节骨眼上，有一次课间，我和同桌没有出教室活动。我俩在破旧的木制课桌中间位置，用圆珠笔画出一个圆圈，学着电影上扔飞镖的样子，用小刀扎圆心。我俩你一刀我一刀，比赛输赢，引得许多同学围观起哄，过了一会儿，周围突然鸦雀无声，我下意识地抬起头向后门望去，只见班主任双手抱臂，站在后门门口，神情威严地瞪着我俩。我快速站起身来，手足无措地低下头，班主任开始了疾风暴雨式的批评，我的大脑一片空白，只听清一句："我给你们都数着了，一共扎了 17 刀，这是严重的破坏公物行为，是道德品质问题！"放学后，班主任把我俩叫到了他的办公室，又是一顿狠狠的批评教育，事后又让我俩在班级中做了检讨，我入团一事自然也就泡汤了。

　　引导我们的餐厅服务员查看了订餐登记簿后，把我们领进了"教导主任室"房间。望着"教导主任室"，我想起了我与教导主任之间发生的故事。

　　高考复读那年，对于我们这些在乡镇中学毕业的落榜生，区教育局按照高考成绩选择了部分同学到黄岛一中复读。入学不久，学校决定让高三的全部学生（包括复读生）进行分班考试，从四个班级中选出一个重点班，冲刺第二年的高考。由于经过了漫长的假期，学习注意力难以集中，分班考试时我自我感觉发挥欠佳。这次分班，学校规定的时间很紧，为了赶阅卷进度，各位任课老师把学生的考卷，交叉分到另一个班级的同学手中，老师逐题在黑板上写出答案，下面的同学则对分到的试卷进行阅卷打分。老师讲完一份卷子，全班就能阅完50多份试卷，效率很高。分数统计完成后，老师把每个人的试卷发到个人手中。当发下物理试卷后，我发现有一道8分的应用题，我觉得我做的是正确的，但阅卷时被判了零分。这是一道计算压强的题目，老师黑板上给出答案的单位是"大气压"，而我给出答案的单位是"帕"，得数显然是不一样的。为了弄清真相，我拿着试卷找班里的学习委员看了一遍，他确定无疑地说这道题我做的是正确的，并且鼓励我去找班主任老师更改成绩。

　　我一向胆小，最发愁出头露面，内心非常纠结，这个时候我们班另一位同学也发现给他判错了题目，有人做伴后我有了胆量，我俩当即去找了班主任。班主任说考试分数已经上报到教导主任那里了，我俩转头又到了教导主任室。教导主任是一个很爱整洁的人，衣服鞋帽笔挺板正，一尘不染。

教导主任听了我们的来意，跟我俩说："你们要把任课老师找来，当面验证题目的对错。"于是我俩又把任课老师叫到了教导主任室，任课老师看了试卷后，明确我俩的答案是正确的，教导主任送走了任课老师后，对我俩拉下脸面，极不耐烦地说："我最烦做出的表格涂涂改改！"这时我瞅了一眼桌面上的表格，整套表字迹规整，表格整洁，堪比印刷体。教导主任目光转向我的同学说："你的还好说，你本来就已经被分进了重点班！"然后，他目光又转向我说："你的就麻烦了，你本来没有被分进重点班，加上这 8 分又可以被分进去！"我好像自己做错了什么，站在那里不知所措，怯生生地说："杨老师，还需要我做什么？"教导主任冷冷地说："你回去等着吧！"

我在内心忐忑中等了一个周后，学校的宣传栏张贴出分班名单，我的名字出现在了重点班名单中，我心中的一块石头这才落了地。第二年黄岛一中破天荒考出了好成绩，全校考上了 23 名大中专学生，我们班考上了 20 人，其他 3 个班考上了 3 人，我考出了自己满意的成绩。我现在时常在想，如果当时不是自己主动争取，我的人生之路也许将被重新书写。

进入房间刚刚落座，儿子的女朋友领着自己的父母也到了。接下来儿子与女朋友仔细地挑选了特色菜品，我和爱人及两位亲家触景生情，深情地回忆着曾经的青春岁月，交谈着对餐厅环境的心理感受。我们四人是同一时代人，小时候居住也相隔不远，对以往的生活场景有共同的记忆。

交谈间隙，我端详了房间内的设施。在房间一角的三抽桌上放着一台观赏用的 14 英寸黑白电视机，旁边放着一台老式金龙牌电风扇，在另一侧墙根分别摆放着 20 世纪 80 年代的写字台和书橱，这些老物件都是对当年生活场景的再现。

1984 年，我毕业后被分配到老家乡镇的一座工厂。那一年大哥在青岛干瓦工，一年的积蓄加上年底卖了两头生猪，积攒出 400 元钱，我托了乡镇供销社的熟人，要到了一张电视机票，买了一台青岛牌 14 英寸黑白电视机，这是我们村西北头的人家购买的第一台电视机。那时大哥已经从大家庭分出去单独生活了好几年，但他没有把电视机放到自己的小家，而是放到了父母居住的老屋里。这台电视机给全家带来了很多欢乐，陪伴母亲度过了很多年，直到母亲攒钱买上了新电视机后，大哥才把已经掉下频道旋钮的电视机搬回了自己家中，大哥的这片孝心我永远也无法企及。

我的老家也有和这个房间里式样相似的写字台和书橱。1989 年我结婚成家，那个时候，大哥、二哥都已分家独立生活，我和母亲生活在一起，没有家庭的资助，结婚比较艰难。结婚之前，大哥、二哥商量额外资助我两样家具，大哥给我做了一个写字台，二哥给我做了一个书橱，这两样家具伴我辗转了多套住宅，直到前几年搬入新家，它俩才光荣"下岗"，写字台至今还保留在我新翻修的老家中，可惜的是，老家的房间没有能放下那个书橱的地方，书橱被放置在院子中，在风吹雨淋下，被损毁了。

"来了喝酒的茶缸喽！"儿子的叫喊声把我从沉思中拉了回来。儿子手里拿的茶缸，是 20 世纪 80 年代普遍使用的搪瓷茶缸，主要用来喝水或刷牙。白色的茶缸上印着红色的领袖头像和当时的口号，有满满的年代感。

我已经忌酒十多年了，平时滴酒不沾，但和亲家在一起，总不好意思空着酒杯。亲家也不善饮酒，我和亲家商定晚上每人只喝一瓶啤酒，亲家愉快答应了。儿子给每个人的搪瓷缸中倒满了啤酒，亲家公坐在主陪位置上率先敬酒，端起搪瓷缸轻饮一口，我和亲家公的话题就转移到了这只搪瓷缸上。

我和亲家公都有 20 世纪 80 年代在济南上学的经历，上学期间我和亲家公都买过一个这样的搪瓷缸，两个搪瓷缸分别陪伴我俩度过了求学阶段及后来的很长一段时光。

记得那时每到周末，我就跟宿舍里的同学一起，提着空暖瓶到小商店里打上一暖瓶散啤酒，回到宿舍后，再到食堂打来饭菜。我把日常刷牙用的搪瓷缸洗刷干净，倒满啤酒。第一次喝啤酒时我很不适应，总感觉有股奇怪的味道，喝过几次后，慢慢就习惯了。到后来，夏天走在马路上，酷热难耐，我经常会在小摊上喝上一海碗散啤酒，心里立马快活起来。

毕业离校的前一天晚上，我们宿舍 6 个同学，分别从食堂、小商店买来饭菜、罐头和 3 瓶白酒，同学们把白酒倒满搪瓷缸，边聊边饮，离别的伤感情绪借着酒劲发酵，说到情深处我们抱头痛哭。那一夜我们喝酒、聊天到后半夜，最后都醉倒在床铺上。那是我第一次喝白酒，喝得酩酊大醉，差一点耽误了第二天返乡的火车。

这家餐厅的大厅里、过道里、房间内到处都摆放着 20 世纪 80 年代的物件，墙壁上张贴着那个时期的挂历和年画，就连顶棚上的吸顶灯都是蛮有年代感的路灯造型。整个晚上，我们于低头抬头之间，在 40 年的时光之间来回穿越，听儿子女朋友讲述着这家餐厅的经营理念和背景故事，我仿佛也回到了年轻时代。

说笑间，不知不觉每个人已经喝完了两瓶啤酒，超出了开始的约定数，亲家公和我兴致正浓，亲家公提议每人再喝一瓶，我爽快附和。酒桌上总是有理性者，性格活泼的亲家母委婉劝停我俩。这时我看了一眼时间，已近晚上 10 点。我们恋恋不舍地走出餐厅时，发现大厅里已空无一人，不知不觉间吃饭时间已经过去了 4 个小时。

时光匆匆如白驹过隙，不经意间我早已走过了回不去的青春时光，步入了阅历更加丰富的人生阶段。我始终坚信，只要热爱生活，人生的每一个阶段都有不一样的精彩。值得高兴的是，我的初心还在，理想还在，激情还在，健康还在，只要心有阳光，付诸努力，一定会走出人生新的精彩！

第四辑

氤氲烟火

礼物

我出生于 20 世纪 60 年代初，老家在城市近郊，参加工作后，在城里安家落户，隔三岔五就要骑自行车回老家探望，晴天一身土，雨天一身泥，那个时候，拥有一辆私家车对我来说是一个既遥远又迫切的梦。

进入 21 世纪，轿车陆续进入千家万户，我的内心开始泛起波澜，满脑子都是汽车的影子。那个时候我刚买了新房，几乎花光了所有积蓄，对身处工薪阶层的我来说，要再买辆轿车几乎没有可能。

但经济的拮据没有打消我买车的念头。那个时候，只要是周末休班，我就到各家汽车销售店转悠，看车型、比性能、砍价格、试驾，做得跟真要买车似的。我看好的车辆价格都在 10 万元以上，这个价格对当时月工资只有 2000 多元的我来说简直是天文数字。美好的愿望与窘迫的现实之间总是隔着遥远的距离，想起买车，我觉睡不着、饭吃不香，买车成了我很大的一块心病。这种空想式的看车、试车前后经历了三四年时间，我内心备受煎熬。

转眼到了 2006 年，我和爱人的事业都顺风顺水，家里经济条件有了改善，儿子也升入了理想的高中，他日常住校，平时很少回家，我和爱人有了充足的时间过二人世界。

　　我在农村长大，童年时期满眼都是生活的艰辛，从小养成了吃苦耐劳和务实的性格，长大后也是朴实有余、浪漫不足，每逢人生的重要节点和重要节日，从来不知道主动给爱人赠送礼物，也很少能制造出生活中的浪漫氛围。面对我的愚钝，爱人有时只能主动提醒，帮我增进浪漫意识。2006 年情人节前夕，爱人提醒我说："今年可不要忘了给我送情人节礼物哟！"

　　爱人的提醒，让我添了心事，我从没给爱人送过礼物，也不知道送什么合适。心事重重思考了好几天之后，我突然开窍，想到了给爱人送车。

　　爱人比我更需要一辆轿车，有了自己的轿车，每天上下班方便不说，她平时爱好上山下海，也可以说走就走，不用受转乘公交车之苦，况且半年前爱人已经拿到了驾照。我越想越觉得这个主意靠谱，内心暗自激动——这件礼物一定会让爱人感到惊喜。

　　主意打定后，我不露声色，独自一人到汽车销售店物色车辆。由于有好几年的看车经验，我对各种品牌的车辆性能、价格都已烂熟于心，根据当时的承受能力，最后选定了一辆夏利牌两厢轿车。

　　2006 年的情人节，是元宵节后的第二天，那天爱人上班，我轮休在家。中午过后，我来到提前谈好价格的汽车销售店，用很短的时间签订了购车合同，交齐了车款，查验了车辆。几年前我在购买新房时，同时买下了一个地上车库，车库紧挨楼房的单元门，进出楼道必经我的车库门口。我把夏利车开回家后，没有停进车库，而是停在了车库门口。我居住的这个小区是平民小区，当时楼下停放的车辆很少，突然多了一辆新车，很是显眼。

回家后离下班时间尚久，我准备了几个小菜，端上餐桌等待爱人下班回家。五点半刚过，爱人推门而入，边脱外套边说："谁的轿车停在了咱的车库门口？"见我半天没有回应，她把头转向我。这个时候，我手里高高举起一把崭新的汽车钥匙，一声不吭地站在那里。爱人不明就里，一头雾水地问我："这是啥意思？"我故作镇静一字一顿地说："这是送你的情人节礼物！"她马上明白了一切，吃惊地愣了片刻，继而一个箭步冲到我面前，紧紧抱住了我，抱得我几乎透不过气来。

尽管饭菜已上桌，但爱人此时无意就餐，急不可待地拉着我到楼下去参观车辆。爱人围着夏利车转了两圈后，对车辆的颜色、外形赞不绝口，特别中意两厢车的小巧轻便，停放自如。打开车门坐上驾驶座位后，她对夏利车的空间大小也很满意，并对车内的装潢设计了方案，看着密密麻麻的操控按钮，爱人左调调、右旋旋，快乐得像个孩子。我看在眼里，喜在心头。经过了长时间的欣赏、赞美后，我俩肚子都感觉饿了，这时我感觉车辆露天展示的目的已经达到，才小心翼翼地把车开进了车库，心里也踏实了。

接下来的几天，爱人让我晚上推掉一切应酬，专心陪她练车。那个时候，唐岛湾北岸的滨海大道刚刚通车不久，路面宽阔，车辆稀少，很适合新手练车。我和爱人有同样的驾驶兴趣，拿到驾照后都还没有机会驾驶车辆。我俩轮换上阵，闲人不闲车，快乐地体验驾驶，每天都练习到午夜时分，因顾及第二天上班，才不得不停止练习。几天之后，爱人熟悉了驾驶的基本要领，可以单独上路驾驶了。

爱人开车上路后没过几天，就开车出了一趟远门。爱人的小叔在潍北农场工作，平时很少回家，爱人当年98岁的奶奶从没去过潍北农场，这一直是老人心中的遗憾。有了私家车后，爱人想到的第一件事就是帮助奶奶实现去潍北的愿望。她和同是新手的妹妹每人开着一辆车，拉着奶奶、父亲、叔叔、姑姑及弟弟等一大家人，浩浩荡荡去了潍北农场小叔家团聚。爱人的奶奶第一次出远门，看到一切都觉得新鲜，特别是平生第一次坐在小儿子家里，心里简直乐开了花。回家后，爱人跟我说了一路经历的磨难，我很是后怕。那个时候行车没有导航设备，他们一行人找路费尽了周折，爱人小叔所在的潍北农场地处偏僻，路况复杂，他们在行车过程中遇到了好几次险情，幸好最终都化险为夷。车辆开进加油站加油时，爱人竟不知道油箱盖在何处，闹出了不少笑话。

爱人很喜欢亲近大自然，工作之余，除旅游、徒步外，酷爱挖野菜和下小海。自从有了私家车后，她在轿车后备厢里备齐了挖野菜和下小海的工具，随时随地说走就走，深情地拥抱大自然，为生活增添了很多乐趣。

每到初春季节，爱人就会约上几位好友，开车到城市周边的田野里寻挖野菜。从野菜刚露头开始，一直挖到野菜放青，有时开车能挖到百里之外，荠菜、苦菜、婆婆丁等，我们总能在春季第一时间品尝到。挖野菜的愉悦表情，时常写在爱人脸上，就像春风吹开的迎春花。

爱人喜欢下小海，对潮汐规律了如指掌，只要是休班，她便开始计算落潮时间，总能在合适的时间开车到达海边。

捡海螺、挖蛤蜊、钓蛏子、采海菜，她样样拿手，用一样的时间总能比同伴收获得更多。"吃鱼不如钓鱼乐"，下小海，爱人更享受过程，至于下小海的收获，她多数都与亲戚朋友们分享，大家的赞扬更增加了她下小海的动力。

这辆夏利车尽管经常上山下海，陪伴爱人经风见雨，但因爱人对它珍爱有加，晚上经常从楼上端一盆清水擦洗保养，之后又仔细地把它存放进车库里，偶尔有点擦痕都要及时去店里喷漆打磨，所以始终如新。

日子过得很快。多年之后，我的家庭经济状况有了改善，这辆夏利车显得有点落伍陈旧了，我提议爱人换一辆新车，爱人迟迟不肯答应，她对这辆被赋予了特殊意义的小车十分不舍，直到后来汽车发动机出现了一点故障，经常中途抛锚，爱人才勉强同意更换新车。

直到现在我也很少能记着主动给爱人赠送礼物，那少有的一次用心之举，成了印刻在爱人内心深处的永久记忆。

渐行渐远的渔家风情

　　顾家岛是青岛西海岸新区的一个著名渔村，坐落在唐岛湾南岸西侧，是扼守唐岛湾的重要门户。

　　初识顾家岛还是在 20 世纪 80 年代末，当时我在老黄岛工作，有一位同事老家就在顾家岛，平时他经常讲起家乡的一些渔家风情，让我产生了很大的好奇心。

　　一个秋季的周末，在同事的热情邀请下，我们同事一行三人骑着自行车从老黄岛出发，经过三个多小时的艰难骑行，到达了同事的老家顾家岛村。

　　当时的顾家岛村，整个村子中都是成趟成行的石头红瓦房，每家每户的房顶上都插着鲜艳的五星红旗；院内的平房顶上大多晾晒着干鱼和虾米，秋风吹来，挂在架子上的干鱼在空中摇曳，恰似微风吹动的风铃；村子里星罗棋布地分布着用海带叶建成的屋顶尖尖的海草屋，充满着沧桑的年代感，空气中弥漫着浓浓的大海的鲜咸气息。我第一次进入真正的渔村，对眼前的渔家风情备感新鲜和好奇。

　　同事家是一个传统的渔家，祖祖辈辈都在海上捕捞，他的父亲有自己的渔船，只要天气好每天都要到灵山岛附近捕鱼。我们出发之前，同事显然已给家里下达了通知，那天同事的父亲没有出海，专门在家等候，估计前一天的渔获物也没有出售，全都留在家里准备招待我们。

我们进门时已经是上午十一点了，同事的母亲和姐姐在厨房忙活。我们一行三人加上同事的父亲，还有同事的两个发小，一共六人坐在炕上。没过多大工夫，大盆的各种海鲜便被端上了炕。首先端上来的是一铝盆蟹爪完整、红彤彤的大螃蟹，接着又端上来一盆盐水煮的张牙舞爪的新鲜八带，后面陆陆续续又端上来热气腾腾的虾虎、蛎虾、墨鱼、鳗鳞鱼、黑头鱼等，同时还端上来了我从未见过的凉拌海草和凉拌鲜海蜇。

同事的父亲人很朴实，很健谈，酒量也大。海鲜被端上炕后，同事的父亲把每个人七钱的酒杯倒满了，按照当地风俗，同事的父亲先领了三个酒，一口一杯，接下来同事又敬了两个。五杯酒过后，我就有点晕乎了，这时同事的父亲提议放慢节奏，多吃一点海鲜。

说实在的，在这之前我没有吃过几次螃蟹。在同事父亲的催促下，我剥开了一只大螃蟹。只见剥开的螃蟹蟹黄充满蟹壳，雪白的螃蟹肉仿佛把蟹壳顶得凹凸不平，紧实的螃蟹肉吃在嘴里激活了全部味蕾，鲜味浓郁而让人回味无穷；煮得恰到好处的新鲜八带，脆爽而鲜美；个头适中的盐水煮墨鱼，白里透红，让人看着就食欲大增；最神奇的是凉拌海草，本是普通的海中藻类植物，经过恰到好处的开水浸烫，再辅以食盐、味精、醋、香油、大蒜、香菜调和，口感鲜嫩，味美无比。

我们边吃边听同事父亲讲述出海打鱼的经历。他们村多数是小渔船，出海打鱼的距离较近，多数在一个小时的航程，基本是夜里两三点出海，下午三四点返回村里的码头，出售当天的渔获物。尽管海上作业凶险，冬季寒冷，夏天暴晒，但同事父亲仿佛是在讲述别人的事情，话语间满是引人入胜的故事，没有丝毫的抱怨。人是很能适应环境的，他成年累月在海上作业，对大海和捕鱼有了感情，对一切辛苦都觉得理所当然。

同事的父亲还讲起了顾家岛村陈姑庙的传说。相传陈姑生于琅琊台一户富裕人家，爱上了来自灵山卫的长工小伙儿，便与他私订终身。父母反对，赶走了小伙儿，并将陈姑许配给一户有钱人家。陈姑坚决不从，逃到灵山卫小伙儿家，得知小伙儿已去服兵役，家中只有老母，便住下与小伙儿的母亲相依为命。年复一年，小伙儿杳无音信，陈姑绝望之际投海自尽。当地居民敬仰陈姑，建起庙宇，把她奉为海神，祭祀不断。每逢开海之日或阴历初一、十五，村民都要进庙祭祀，祈求平安。

同事的父亲真是豪爽热情，我们从中午十二点开始，一直喝到晚上，每个人都喝得东倒西歪。到晚上七点后，确实喝不动了，同事的父亲提议到院子里的平房顶上吹吹风、喝茶水。

来到平房顶上，只见整个村庄一片漆黑，天空中密密麻麻的星星不停闪烁，显得格外明亮。坐在平房顶上，感觉离天特别近，星星仿佛触手可及。

也不知道聊到了多晚，我们同事三人才回到屋内，挤在一间不大的房间里熟睡过去。醒来时已是第二天上午八点多，起床后听同事的母亲说，同事的父亲夜里三点已经出海打鱼去了，我们不禁对同事父亲的勤劳肃然起敬。我们同事三人因为都只请了周一半天假，吃了点早饭，便告别了同事的母亲，骑着自行车飞快地赶回黄岛。

20世纪90年代初，顾家岛村在专家的指导下，在唐岛湾实施网箱养鱼，成功解决了海水鱼自然越冬的技术难题，结束了北方不能大规模养殖海鱼的历史，成为青岛市海水网箱养鱼基地。顾家岛村也从单一的出海捕鱼变成养殖和捕捞并重，拓宽了渔业生产之路。

进入21世纪的第二个十年，青岛西海岸新区加强了对唐岛湾南岸的综合治理，在离顾家岛村东面三四公里的地方建设了南岛小镇，对顾家岛村的旧房全部进行了拆除，2016年，南岛片区的几个村整体搬迁，村民到南岛小镇居住。这次搬迁使顾家岛村的生产生活方式发生了重大转变，大部分村民由渔民变成了市民。六七十岁以上的老人都放下从事了一辈子的渔业生产，依靠养老保险和轻松的看大门等工作享受着老年生活；四五十岁的部分壮年人，难舍驾轻就熟的海上捕捞营生，仍然从事着捕捞行当；年轻一代人完全脱离了渔民职业，寻找到了更广阔的发展空间。

值得庆幸的是，在实行村庄搬迁时，为了尊重村民意愿，顾家岛村原有的渔业码头得以保留，使一部分仍然以捕捞为业的渔民，有了停靠渔船的场所。尽管码头离新住所较远，但渔民们还是天天往返其间，乐此不疲。

近几年，西海岸新区建设了规模宏大的海岸线蓝湾栈道，顾家岛是一处重要节点。我无数次行走在这条蓝湾栈道上，每次走到顾家岛码头都要驻足观望。码头的港池内停泊着一大片大小不一的渔船；蓝天白云下，一群群海鸥或在滩涂觅食，或在渔船间盘旋翱翔，叫声嘹亮；对面的星光岛近在咫尺，错落有致的建筑清晰可见，这真是一幅特色鲜明的渔家风情画卷。

前几日，新的一季禁渔期结束，又到了渔民欢乐的季节。我突然很想到顾家岛码头采风，于是在开海的第三天上午，开车来到了顾家岛码头。只见码头上人员稀少，趁着生意冷清的时候，我跟一位卖海鲜的中年妇女攀谈起来。这位中年妇女是 20 世纪 70 年代生人，按年龄我应该叫她小妹。她告诉我当天风大渔民都没有出海。我从她那里了解了不少顾家岛村的历史，也了解了在这个码头停靠的渔船多数是本村渔民的小渔船，大一点的渔船都停靠到附近的积米崖码头去了。

这位小妹很开朗，也很健谈，她主动让我加了她的微信，约好等渔船出海时她发微信通知我，让我来感受一下渔船归来的热闹景象。

第二天一早这位小妹给我发来微信，她说当天渔船全部出海，到下午两三点钟就会返回顾家岛码头。中午我早早吃过饭，下午不到一点就赶到了顾家岛码头等待。这座码头长不足百米，略显陈旧。码头的两侧分布着两排海鲜摊位，摊主家里大都养着渔船，丈夫打鱼，妻子售卖，分工协作。

下午一点刚过，就有渔船返回。渔船确实不大，一个人即可操作。将渔船开到码头下面的浅滩中后，渔民用机动三轮车把渔船上的渔获物运上码头，这些渔获物包括螃蟹、墨鱼、八带、蛎虾及各种鱼类。每个摊主都有多个帮手，她们用极快的速度把渔获物挑拣分类，摆上摊位。到下午三点左右达到了渔船返回的高峰期，码头上也聚集了众多购买海鲜的顾客。三轮车的汽笛声、摊主的叫卖声、顾客的讨价还价声混杂在一起，嘈杂喧嚷，热闹非凡。身在熙熙攘攘的人流中，我使出浑身解数抓拍每一个精彩瞬间。

不一会儿工夫，数量众多的海鲜便被售卖得所剩无几了。摊主们也会有意留出一部分拿回家，犒劳一下家人，与家人共享来自大海的馈赠。

热闹散去，我怅然若失。我在想，祖祖辈辈延续了几百年的顾家岛渔家风情，随着这一代捕捞人的老去，也许将成为历史。渔民搬进新居，日子一天天变好，生活上了一个台阶，这是令人欣慰的，但流传久远的顾家岛渔家风情渐行渐远，不能不说也是一种很大的遗憾！

买盆鲜花过大年

　　春节临近，忙年又被提上了日程，只是忙年的内容与儿时有了很大的不同，儿时过年才能买到的吃、穿、用商品，如今平日随时可以买到，不再需要春节集中采购，现在大家把忙年的重点放在了美化居家环境上，买盆鲜花过大年已成为忙年的新时尚。

　　腊月的一天，我和爱人来到了淘花园。这里是全区最大的室内花卉市场，距我的新家只有五分钟车程。进入宽敞的玻璃温室，瞬间感受到春天般的温暖。前来买花和赏花的顾客络绎不绝，有一家三口出动的，也有带着老人共同选购的，还有身背"长枪短炮"前来拍照的摄影人。

　　温室内按鲜花的不同品种划分了几个主题区，显得宽敞明亮，整洁有序。温室的正中间，摆放着一面花墙，花墙的上空悬挂着开满各色花朵的吊兰，显得浪漫而温馨；温室的左侧是蝴蝶兰主题区，搭建了几个多层的六角形摆花台，将不同的蝴蝶兰摆放在了上面，红的、紫的、粉的、黄的、白的交相辉映；温室的右侧是杜鹃主题区，摆放着各式各样的杜鹃，红的似火、粉的像霞、白的如雪；温室的四周与绿植搭配摆放着红掌、茶花、牡丹等众多节庆花卉，喜庆而热烈。

　　我和爱人选购了一盆杜鹃和一盆红掌带回家中，把家里长得不很旺盛的盆栽鲜花免费送给了花店，以腾出位置放置新花。

我把杜鹃花放到了客厅中最显眼的位置。说起杜鹃花，我对它有一种特殊情感，因为母亲在世时非常喜欢杜鹃花。我参加工作之后，每年春节都要为母亲买一盆杜鹃花。母亲经常说："你给我买盆杜鹃花，比给我买好吃的更让我高兴。"那个时候母亲还在农村居住，屋内温度较低，母亲冬天把屋内烧得暖暖的，生怕冻着杜鹃花，平时也很上心地浇水施肥，几年下来，家里养起了很多盆杜鹃花，其中的一盆养了五六年之久，年年枝繁叶茂，多茬开花。

　　我今年买的杜鹃花是深红色的，为了保证春节期间花开得旺，我选择了一盆尚未完全绽放的，它主干粗壮，株型圆整，叶片墨绿泛光，花蕾饱满硕大，似开未开。我与杜鹃花已有很长时间的交集，完全了解它的习性——喜阳光、喜温暖、喜湿润、喜沃土，所以照料起它来轻车熟路。

　　我也喜欢红掌，它鲜红的花朵与金黄的花穗，能营造出喜庆的节日气氛。我喜欢它的朝气蓬勃，喜欢它的奔放热烈，更喜欢它红运当头的吉祥寓意。

　　每天，我在写作之余，最高兴的事就是打理新买回的两盆鲜花，有时还会不由自主地哼起小曲。爱人在一旁微笑着说："什么事把你高兴成这样？"我说："今年高兴的事很多！一是我刚成为市作协会员，二是我的多篇散文被收入文集，三是……"没等我把话说完，爱人接着说："这么说来今年的喜事还真的挺多，过年要好好庆祝庆祝！"

　　这时我把目光转向了窗前花架上的杜鹃花，温暖的阳光洒在上面，枝头密集的花朵簇拥绽放，在绿叶的映衬下显得愈加妩媚动人！

正月十五闹元宵

元宵节古时又称上元节或灯节，历史源远流长。在我们黄岛区，元宵节除了吃元宵的习俗外，每年还会组织丰富多彩的传统民俗展演活动，突出了元宵节"闹"的主题。

吃元宵

在我们这里，正月十五这天家家户户都要吃元宵。春节过后商店里就摆出琳琅满目的元宵，有豆沙馅的、白糖芝麻馅的、桂花什锦馅的、枣泥果仁馅的等，不一而足。元宵的做法很多，煮、煎、炸皆可。元宵节当天我总要带上提前买好的元宵，回老家跟母亲一起过元宵节。元宵也叫汤圆，寓家庭团圆之意，我们老少三代围坐在一起吃着象征团圆的汤圆，其乐融融，快乐无比。

花车巡游

春节假期过去，上班之后，区内的各个部门和街道以及大企业都纷纷聘请花车扎制团队扎花车。花车成为展示各部门、各单位地域特色和职能的载体。正月十五上午，全区的老老少少都涌向区政府门前宽阔的街道，单位也停止了办公，几十辆五彩斑斓的花车一字排开，足有几公里长。在花车巡游主持人激情洋溢的介绍下，一辆辆花车缓缓驶过区政府门前的大道。花车的造型展现出超强的想象力，有令人赏心悦目的山水主题，有展示着众多商品的市场主题，有展现"耕海牧渔"生活的海洋主题,也有令人眼前一亮的民俗文化主题。花车开过，一幅展示全区经济社会发展情况的全景画卷徐徐展开。

扭秧歌·踩高跷

扭秧歌、踩高跷一般都是群众自发组织起来的，很多村、社区每到正月都自发排练。踩高跷需要一定的基本功，高跷队每年都保留一些老班底，但也不忘培养新人。排练扭秧歌、踩高跷是各村正月里的看点。每到排练时，村委会的院子里就会围起不少看热闹的观众。在这项群众自发组织活动的基础上,各个街道好中选优,组建起各自街道的代表队集中排练,他们能登上的最大舞台是全区元宵节展演。元宵节这天上午，巡游的花车驶过之后，紧跟在后面的就是秧歌队、高跷队。几十支身着戏装的队伍依次行进在大街上，在唢呐、腰鼓、小镗锣、大小镲的伴奏中闪亮登场。队伍浩浩荡荡，其中既有跳扇子秧歌舞的，又有装扮成许多古代名人的高跷表演队，诙谐幽默、粗犷奔放、声情并茂的表演引来阵阵笑声。道路两侧站满了里三层外三层的围观群众，分外热闹。

全区展演结束之后，各街道的秧歌、高跷表演队会返回自己的驻地继续展演，各村、社区的队伍也深入邻村巡回演出。秧歌队、高跷队走到哪里，男女老少就聚集到哪里，哪里就成为欢乐的海洋。

逛灯会·猜灯谜

正月十五晚饭刚过，人们就兴致勃勃地来到区政府门前广场。远远望去，广场上人山人海，到处是一片灯的海洋、光的世界。花灯式样繁多，造型美观，新颖别致。有玲珑剔透的宫灯，有栩栩如生的动物灯，有富有时代气息的公益广告灯，有舞姿优雅的仙女灯，令人眼花缭乱。在广场中间的道路两旁，挂满了小巧玲珑的花灯，花灯的下面悬挂着灯谜的谜面，川流不息的人群边看灯边思考谜底，要是有人忽然领悟，猜中了谜底，人群中就会爆发出开心的尖叫声。这些花灯，都是各单位自发扎制，赶在元宵节之前完工，在元宵节晚上集中展示的。

放烟花

元宵节焰火晚会的地点设在唐岛湾公园北岸。夜幕降临，人们从四面八方聚集到唐岛湾北岸的滨海大道两旁，这里远离建筑物，地势开阔。焰火晚会分成几个燃放主题。随着砰的一声巨响，一个火红的"牡丹彩蕊"烟花在夜空哗地炸开，它先是如一个大彩球高悬于夜空，随着一阵猛烈的爆炸声，顿时又化作万点金星，紧接着一朵朵璀璨的烟花不断炸开，焰火晚会拉开了序幕。随着烟花燃放主题的转换，各种造型、各种色彩的烟花在空中绽放，映照得整个唐岛湾北岸如同白昼。人们跟着烟花的炸裂节奏，不断地欢呼雀跃，仿佛忘记了时间。长达四五十分钟的烟花燃放完之后，人们意犹未尽，久久不肯离去。这时回头望向闹市的夜空，到处都是烟花点点，真是一个火树银花之夜，把整个元宵节的节庆活动气氛推向了高潮。

去年春节为防控新冠疫情，取消了春节一系列节庆活动，今年的大型聚会仍不能举行。几年前，因为生态环保原因，城市禁止燃放烟花，这一切都是必要的，也是必须的。回首往事，曾经热闹的正月十五闹元宵景象如在眼前。

早市

　　早市，在许多城市都有，为城市居民提供着方便。早市大都占路经营，有严格的经营时间限制，交通早高峰时刻一到，早市就自动解散，场地恢复原有的道路形态。

　　早市的初期一般都是自发形成的，摊位从少到多，不断在一个区域集聚，后期经过市场管理部门的合理引导，规模会进一步扩大。这类早市由于摊位费低、开市时间早、经营方式灵活、销货量大，会吸引周边很多农民来卖蔬菜、水果、海产品等，同时由于交易时间灵活、商品新鲜、价格实惠，也能吸引很多当地居民前来购买。

　　我居住的青岛西海岸新区也有一个规模较大的早市，它坐落在东区城市中心地带，旁边就是全区最大的室内农贸市场。室内市场和道路旁边的网点之间有一块较大的空地，平时用作停车场和市场内部的通行道路，这块空地就是早市的经营场地。

　　多年来，我一直是这个早市的常客。我经常早晨5点多钟来到早市，此时这里早就摆满了各类摊位，从南到北足有二三百米长。

　　在早市的蔬菜市口，每个摊主面前都摆着一些新鲜的蔬菜，有的用篮子盛着，有的用蛇皮袋装着，都是摊主前一天晚上或当天清晨刚从地里收获的。

初春季节的菠菜，叶片宽厚翠绿，粗壮粉红的菜根分外亮眼，攥在手里沉甸甸而有质感，这种菠菜口感绵软发甜，让人能够真正吃出春天的味道；春季的头刀韭菜，粗短肥胖，叶片的顶端绿中泛紫，回到家中，清洗干净，不用过多加工，蘸上大酱，送入口中，满口都是纯天然的味道；娇艳欲滴的香椿芽，一簇簇捆好，尖儿上还沾着清晨的露珠，让人不忍心用手触碰，生怕损毁了它的鲜嫩外形；大葱吸收着春天的阳光雨露，长得格外茂盛，早市上数量很多，热情的摊主不住地招揽生意，顾客多数也会挑选上一把，带回家中，此时是大葱最好吃的时节。

天热之后，豆角、辣椒、西红柿、茄子等夏季蔬菜悉数登场，从田间地头来到早市上，没经过中间环节和白天的日晒，蔬菜显得十分新鲜，很招顾客喜欢，每个人都是满载而归。

水果摊是单独的一个市口，摊位数量比蔬菜摊位少了很多，上市的多为应季水果。春季有草莓、樱桃、杏子，夏季有西瓜、甜瓜、桃子，秋季有葡萄、苹果、梨、山楂、大枣，这些应季水果多数来自新区西北部的山区乡镇。售卖的摊主多数是中年妇女，一走近她们的摊位，她们就表现得非常热情，手里捧着瓜果不停地做着介绍："大兄弟蹲下尝尝，这是自己山岭地产的，不甜不要钱！"这个时候我往往被女摊主的热情打动，不由自主蹲下身来，接过女摊主切好的小片瓜果，咀嚼品尝。

吃人家的嘴短，尝完之后，只要不是品质太差，我一般都会付钱买上一些。这些农村妇女的朴实之举，为她们招揽生意发挥了独特的作用。

我平时很喜欢食用海鲜，早市海鲜市口是我最愿意逛的地方。

海鲜市口是早市最大的市口，占到整个早市的三分之二面积，位于早市最宽阔的地带，纵向摆着三排摊位。来早市采购海鲜的主要有两类顾客。一类是采购大户，主要是饭店经营者，这部分人采购数量大，采购过程干净利落，由于多数是老客户，彼此熟悉，顾客指定品种，摊主麻利称重装箱，简单商定价格后，快速成交。另一类是零售客户，占绝大多数，这部分人看好货物后，一般要经过讨价还价，由于购买海鲜的人员很多，多数顾客能体谅摊主的不易，在短时间内成交。但也有例外，有的顾客以讨价还价为乐。我亲眼见过一位中年女顾客，蹲在一个卖杂鱼的摊位前，翻看杂鱼半天，跟摊主反复诉说杂鱼不均匀、个头小，当摊主说小杂鱼就是个头小但价格便宜时，这位顾客开始讨价还价，大约用了20分钟把价格从10元压到了7.3元。摊主开始给她称重，她提出只要两斤杂鱼。称重过程中，女顾客不断地从托盘里捡出小鱼，换上大一点的杂鱼，前后又经过了近10分钟的交涉，这期间摊主为了照应她，耽误了四五笔买卖。好不容易过完秤装袋后，女顾客又从摊位上捡起两条杂鱼扔进称好的包装袋里。这一下彻底惹怒了摊主，摊主把称好的杂鱼狠狠地倒回摊位上，双手合十，对女顾客说："求求你，我不卖给你了，你到别处去买吧！"这才结束了这笔没完没了的生意。

早市上的海货摊主，多数是周围海边的渔民，出售的海鲜，有的是她们前一天晚上下小海所得，有的是她们的男人半夜出海捕捞的渔获物，无论哪一种情况，海货都非常新鲜。春秋两个季节，正是海产品旺季，天刚蒙蒙亮我就来到这里，尽情选购自己中意的海鲜。这个时候的墨鱼和八带都没有掺半点淡水，海螺个大肉肥，活力十足，蛎虾尽管离开海水就死，但它的上岸时间可以用分钟计算，做好后口感跟活虾并无二致。面对新鲜无比的海鲜，我总是怀着极大的兴趣采购，每次都是满载而归。回到家里，家人往往才刚刚起床。我走进厨房，做一桌原汁原味的海鲜，第一时间品尝海鲜盛宴，尽享美味。

早市上，我还发现了最喜爱食用的当地蛏子。这种蛏子细长、皮薄、颜色发黄，不同于皮色发黑的竹蛏。皮色发黑的蛏子，肉质干硬发柴，味道咸，口感差，而皮薄、颜色发黄的蛏子，肉质细嫩，口味鲜甜。这种皮薄的蛏子以前我只在室内农贸市场买过，都是在充氧环境下保存的，价格昂贵，最贵时每斤五六十元，在早市上这种蛏子售卖价格每斤不到二十元，我买回做好后竟然吃出了一样的口感，从此成为这个摊位的常客。将蛏子买回家后，清水洗净，上锅蒸煮，使皮肉分离，用原汤把蛏子肉漂洗干净，取大葱切成细丝，再加上米醋、味精、香油调和，能真正吃出海鲜的本味。

逛早市，已经成为我重要的生活方式。有的时候偶有急事，即使赶不上早市的开市，也要赶在早市解散之前去看看。早市越接近结束，顾客越多。七点一过，早市上就会响起此起彼伏的哨音，市场管理人员从早市的四面八方聚拢而来。哨音响起就意味着早市时间进入倒计时了，这个时候，摊主要抓住最后的短暂时间高声叫卖，顾客也要抓住最后的时间选购商品，早市上的哨声、叫卖声、讨价还价声、三轮车的汽笛声混杂在一起，热闹非凡。半个小时过后，顾客离去，摊位撤离，留下一片狼藉。经过市场管理人员紧张的清扫之后，场地很快恢复了原有的形态。

　　搬入新家后，我离开了城区中心，也远离了早市，从此中断了逛早市的习惯。每年的春秋季节，每当大批海鲜上市之时，我都会深深怀念从前逛早市的幸福时光。

酒局

中国是酒的故乡，酒和酒文化一直占据着重要地位。在许多场合，酒的作用不只是满足人们的口腹之欲，而且作为一种文化符号，也体现着一种礼仪、一种氛围、一种心境。

酒文化在中国源远流长，有无酒不成席之说，不少文人留下了许多饮酒佳作，为后世之人喝酒找到了各种冠冕堂皇的理由。想要留名，要饮酒，"古来圣贤皆寂寞，惟有饮者留其名"；想要潇洒，要饮酒，"天子呼来不上船，自称臣是酒中仙"；想要快活，要饮酒，"人生得意须尽欢，莫使金樽空对月"；想要解忧，也要饮酒，"呼儿将出换美酒，与尔同销万古愁"；朋友离别，更要饮酒，"劝君更尽一杯酒，西出阳关无故人"。

正规场合的酒局有很多讲究，宾客都要正装出席，主陪应当是主人中职位最高者或年龄最长者，副陪次之，其他陪客分列左右与客人交叉落座；第一客人和第二客人分列主陪的右侧和左侧，第三客人和第四客人落座于副陪的右侧和左侧，其他随从人员分两边就座。开席后，主陪首先要起身敬酒，祝酒词要应景、热情、点明主题，切忌冗长拖沓、高高在上、令人生厌。主陪敬酒后，副陪开始敬酒，接下来其他陪客依次进行敬酒。所有主人敬完酒之后，客人再按主次顺序依次回敬。主陪对整个酒局自始至终要有适当把控，既使酒局气氛活跃，又不能使场面失控，副陪要始终保持清醒，配合主陪把控好酒局，起到拾遗补阙、穿针引线作用，及时化解酒局上出现的冷场局面。

改革开放初期我从事管理工作，陪领导外出喝酒是一项重要职责。陪领导喝酒是一件费神费力的事，酒局上的人形形色色，有文雅的、有粗俗的，有矜持的、有豪爽的。当遇到粗俗的饮酒对象，领导陷入尴尬处境时，我就要主动站出来，春风化雨般予以化解。当遇到豪爽的饮酒对象时，领导的饮酒热情容易被点燃，这时就要考验你察言观色的能力了：过早给领导挡酒或替酒，容易破坏领导的兴致，让领导心生不悦；过晚给领导挡酒或替酒，容易导致领导喝多失态，影响形象。因此，挡酒或替酒要瞅准时机，准确把握火候。

喝得最尽兴的酒局是同学、朋友之间的酒局。这种酒局没有主题，没有繁文缛节，往往是一人提议，众人附和，随即成局。酒局上，大家卸掉了日常工作角色中的所有伪装，本色出席，彼此之间都知根知底，有不少愉快的话题，此时喝酒的原则奉行"感情深一口闷，感情浅舔一舔"，酒量大的无拘无束畅饮，酒量小的受气氛感染也不甘落后，敬酒争先恐后，一律杯杯见底。酒过三巡，菜过五味，酒局上的气氛活跃起来，祝酒词句句都是戳心窝子的话语，敬酒者恨不能把心晾晒给大家观看，态度之真诚、语言之亲切，令人动容。这时的酒局基本没人主动叫停，直到喝不动为止。多数人经历过酒局的"三部曲"，开始是甜言蜜语，中间是豪言壮语，最后是不言不语，很多时候对酒局的后半场失去记忆，第二天酒醒后，后悔不迭，但隔上两天，再有同样的酒局，照样欣然前往，重复同样的故事。

朋友之间喝酒不设防，有时也会由于醉酒惹出祸端。一次，两位性情率直的铁哥们儿邀请朋友一起喝酒，酒局上喝得昏天黑地，在酒局结束后买单时发生了争执，原来说好请客的那位朋友踉跄着到前台买单时，另一位醉得东倒西歪的朋友把他拉到一边，自己抢着付款。这两位铁哥们儿互相拉扯了多个回合，其中的一位觉得另一位替他买单是看不起他，让他在朋友面前丢了面子，另一位朋友借着酒劲寸步不让，两人为此大打出手，最后打得头破血流，酒局上的其他朋友把他俩送进了医院。第二天酒醒后，二人相拥，抱头痛哭，后悔莫及，他俩发出了同样的感慨："这都是酒精惹的祸啊！"

20世纪80年代之前，酒局一般是在家里组织。春节假期结束，上班之后，是酒局密集组织之时，单位同事之间要轮流相互宴请，今天去我家喝，明天去你家喝，后天去他家喝，俗称"喝圈酒"，一圈下来一般要轮到正月十五。那个时候，白酒还不是敞开供应，为了应付正月的酒局，春节之前大家总要想方设法托关系购买几瓶白酒存放。那时喝酒也真是拼命，酒桌上总要喝倒几个才算一局，喝光主人家所有存酒的事经常发生。那时正月十五之前，我整个人都泡在酒精里，精神经常是恍恍惚惚的。

20世纪90年代后，随着经济的发展，社会上兴起了公款吃喝风潮。那个时候是经济转型期，实行价格双轨制，同一种物资两种价格差距很大，有些部门的领导掌握着计划内物资的分配权，成为许多人巴结的对象，这样的领导天天有人请吃，顿顿都是大餐；有些没有实权部门的领导也不甘寂寞，经常联络起来，互相设局，用公款大吃大喝；还有些干部，一天到晚，挖空心思，以下基层调研为名，蹭吃蹭喝。那个时候，人们刚从温饱走过来，吃喝对他们来说还有很大的诱惑力，许多人都以每天有酒局为傲，吃喝仿佛成了他们人生的终极目标。

近些年，随着党风政风的好转，公款吃喝风被刹住，酒局也出现了良好的转变，光盘的多了，铺张浪费的少了，文明饮酒的多了，疯狂饮酒的少了，呈现出了酒局本该有的场景。现在的酒局，给人一种清风拂面、温文尔雅的感觉。

我的 2020

2020 年是极不平凡的一年。突发的新冠疫情打破了鼠年春节的热闹和祥和，新中国成立以来传播速度最快、感染范围最广、防控难度最大的疫情席卷而来，一场举全国之力的战"疫"拉开了序幕，武汉封城、全国各地社区隔离，一张防控大网布设开来，经济按下暂停键，人们的生产生活受到了很大影响。

我的爱人是医务工作者，尽管没有奔赴武汉，但人们都在家隔离的时候，她却要逆行冲在一线。她是门诊大夫，每天面对各类病人，因此要穿戴着隔离服和防护面罩严格保护，半天都不能喝水，下班回家后，她的脸上有许多深深的压痕，透着血印。由于医院抽调人员下沉社区防控，单位缺少人手，她经常加班加点连轴转，到了周末也不能休息。儿子去年年底准备更换新工作，春节前进行了笔试和面试，按原计划春节后一上班就能出录取结果。为了不使上一家单位造成工作脱节，儿子在笔试通过后就提交了辞职报告，春节后在家处于待业状态。突发的新冠疫情使录取工作停了下来，儿子等了很长时间没有消息后，内心开始焦躁起来，由于社区隔离不能出门，他白天黑夜在电脑上玩游戏，精神消极颓废。我几年前从工作岗位上退下来，每年都要多次外出旅游，并且有每天户外徒步的习惯，疫情防控期间这一切都无法实现。所有超市关门歇业，每天的一日三餐也很伤脑筋，我通过微信朋友圈添加了很多卖菜、卖海鲜的业主，用这种无接触的方式采购生活物资。隔离在家期间我除了做饭、睡觉之外，大多数时间无所事事，无聊至极，平时不喝酒的我，隔离期间喝出了三箱啤酒。

看到我郁郁寡欢的样子，爱人和儿子都鼓励我在家写一点东西，充实自己。谈起写作，我回忆起有关写作的一些往事。

小学三年级时，在一次作文课上，老师布置写一篇看图写话的作文。我看着书上给出的四张图画，不知从何处下笔，一直快到下课交作业的时间，我也还是一个字都没写。和我同位的是一位留级生，她看到我发愁的样子，就把她的作文本放到我面前，让我抄写。平时我在班上是经常受表扬的好学生，对抄作业还是很抵触的，但面对现实也没有好办法，我只好抄完把作文交给了老师。没想到在几天后的另一堂作文课上，老师读了我的作文，并且对我的作文提出了表扬，那一刻我羞愧交加，希望有个地缝能让我钻进去，想想便觉得既对不起老师，也对不起父母。

之后的很多年，写作文仍是让我很头疼的事情，越是搜肠刮肚想写一些华丽辞藻，越觉得没有东西可写，这种状况直到高三才有了转变。

高三寒假期间，老师布置了很多作业，其中包括一篇作文。尽管面临高考，但贪玩的天性让我把作业一拖再拖，高三寒假时间很短，一转眼就到了开学时间，我的作文还一字没写。开学的前一天晚上，实在不能再拖了，我就坐在炕上围着被子，在膝盖上垫上一块木板，拿出本子，开始写作文。母亲在一旁做着针线活儿，我用了一个多小时的时间，就把一篇题为《记一个同学》的作文写成了，这完全是出于应付差事的心理。第二天我到学校把作文交了上去，如释重负。过了十来天，语文老师把我的这篇作文当作范文，在课堂上讲评了很长时间。老师对这篇作文非常欣赏，大加赞扬，我受宠若惊。冷静下来后我也悟出了一个道理，写作文时与其挖空心思地堆砌名言警句，不如真实地写下自己的所观、所思、所感。认识转变之后，我写出的作文更接地气，写作兴趣也大大提高了。

中专毕业后，我被分到了乡镇的工厂，那个时候我对写作已经有了很大的兴趣，很崇拜记者。我的高中班主任当时已是区教育局主持工作的副局长，他把我推荐到区广播电台应聘记者。我写了一篇通讯稿交上去后，翘首以盼，但最终也没有等来录用的消息，我的记者梦就此破灭。

又过了三四年，我被调到了黄岛区政府办公室从事秘书工作，算是与文字工作结了缘。在从事了 3 年文字工作后，我又被调到了区政府部门任职，文字工作也被搁置起来。

爱人和儿子的鼓励，让我重新燃起了写作的热情。

我先从熟悉的生活片段开始写起。父亲去世已经 30 多年了，他一生勤俭朴实、吃苦耐劳，历尽生活的艰辛，在艰难岁月里，为我们兄弟三人创造条件，让我们掌握了开辟新生活之路的本领，但就在生活转好的时候父亲离开了我们，没有享受到一天安乐幸福的生活，我时常有种子欲养而亲不待的悲伤，也有对父亲未了心愿的遗憾，我眼含热泪写出了《忆父亲》；母亲优雅、善良、与人为善，既有对美的精神追求，也是居家过日子的好手，既有浪漫情怀，又有朴实作风，针对母亲生活的几个侧面，我写出了《母亲的白菜卷》《母亲和樱花树》。

少年时期尽管生活清贫，但不缺少快乐。斗转星移，岁月模糊了许多陈年往事，但少时的许多人和事而今回忆起来仍充满温暖，时间再长也冲不淡浓浓的乡愁，我忆起了小时候温馨的兄弟情义和捉鸟、捕蝉经历，撰写了《兄弟情》《捉鸟之乐》《蝉之趣事》等。

我的家乡黄岛，近几年发展迅速，在产业发展高歌猛进的同时，城市环境愈加美丽，特别是海岸线，被打造得无与伦比。去年我把新家搬到了东方影都旁，这个新建成的城市新都心，处处充满着现代、时尚、浪漫元素，走在这片土地上，自豪感油然而生，我有强烈的意愿把这里的美景介绍出去，于是先后写了《漫步星光岛》《柏果树河》《欢快走蓝湾》等。

黄岛区是一个年轻的城区，我是黄岛区发展的参与者、见证人，陪伴黄岛区走过了每一步发展足迹，对它有很深的情感，我要做黄岛区发展变迁的记录者，写出了《黄岛蝶变》《亲历台风》《柳花泊记忆》等。

黄岛区原来有很多渔村，具有深厚的渔家文化底蕴，近几年随着大规模的城市开发建设，许多渔村实行了搬迁改造，祖祖辈辈的渔家文化面临失传的可能，我既为渔民获得新生活而高兴，也为失去的渔家风情而惆怅，我深入渔村采风，写出了《渐行渐远的渔家风情》。

写作初期，我只是把写作当成自娱自乐的事情，打发时间。写作不久，在微信朋友圈里看到朋友发表在"家在黄岛"微信公众号上的文章，顺手记下了投稿邮箱，第二天上午我把处女作《忆父亲》发了过去，没想到下午就收到了"家在黄岛"编辑部采用的回复，我非常欣喜。

接下来，在短短半个月时间内，"家在黄岛"发布了我3篇散文，每发一篇我都在微信朋友圈里转发，曾经的同事看到我微信朋友圈的文章后，鼓励我投一下市级媒体。我这才开始关注各类报纸，并从报纸上记下投稿邮箱，8月份《青岛晚报》"读者圈"栏目用了接近一个整版登载了我的散文《漫步星光岛》，接下来《青岛日报》和《西海岸》期刊又刊载了我的几篇散文，这大大提高了我的写作积极性。

爱人的妹妹也是一个文学爱好者，偶有文章在报纸上发表。她常年订阅《齐鲁晚报》，她告诉我，《齐鲁晚报》每周都有散文版面，她抄下了投稿邮箱发给我，让我投稿试试看。我看了几期《齐鲁晚报》数字报后，感觉我的文章比较合适。8月中旬，我把散文《故乡的老屋》发到了《齐鲁晚报》邮箱，9月7日，《齐鲁晚报》"青未了·写作"栏目把我的散文登载了出来。

《齐鲁晚报》发文后，我知道了齐鲁晚报·齐鲁壹点客户端，随后我在上面发了几篇文章。通过编辑介绍，我在齐鲁晚报·齐鲁壹点客户端发过五六篇文章之后，注册了"壹点号"，齐鲁晚报·齐鲁壹点客户端发文的高效率和超大的平台推动优势，让我钟情于它。目前，我的"壹点号"已发布十多篇散文，其中《儿时的捉鸟往事》点击量达到135万，点击量超过20万的有很多篇，我深深爱上了齐鲁晚报·齐鲁壹点客户端，它是文学爱好者一个很好的展示平台。

2020，这一年经历了风雨，在危难中起步。经过全国上下团结一心、众志成城地抗击新冠疫情，我们国家率先走出困境，实行复工复产，在世界上独树一帜。随着国家疫情形势的好转，我的家庭生活也转入正常，4月份儿子收到了心仪的新单位发来的入职通知，爱人医院的工作也恢复了常态，我在5个月时间里在各级各类报刊、网络平台上发表22篇散文，并正式成为青岛市作家协会会员。

2020，这一年有恐惧、有焦躁、有奋斗、有收获、有喜悦，这一年值得珍藏记忆！

历练

20世纪80年代初，我从山东省商业学校（今山东商业职业技术学院）毕业。毕业前夕，我曾有留校工作的机会，但在临近毕业的时候，家乡黄岛设立了国家级经济技术开发区，成为当时全省炙手可热的开发开放热土。受到家乡开发氛围的吸引以及家人的召唤，我放弃了留校的想法，怀着恋恋不舍的心情回到了故乡。

我学的是肉品卫生检验专业，主要就业去向是各级肉联厂，对屠宰后的生猪进行感官检验。

离校那天，我拿着学校开出的派遣信和同学一起到青岛市教育局报到，第二天就被分到了黄岛区教育局，黄岛区教育局顺理成章地把我分到了当时的黄岛区商业局。

当时我抱着侥幸的想法，觉得最理想是留在区商业局机关工作，退一步，被分到区食品公司也可以接受，因为食品公司也在城区内。

现实没有想象中那般美好。在等待了一周后，区商业局把我分到了黄岛区食品公司，这也是我工作分配的心理底线。我拿着区商业局的介绍信来到区食品公司报到，公司经理接过介绍信说，你三天后再来接受分配工作吧！

经历了三天难熬的时光，第四天一大早我来到了区食品公司报到。经理把我叫到了他的办公室，用简短的话语给我安排了工作，大意是说，在下面的一个乡镇新建了一个小型屠宰厂，那里需要检验人员，让我当天就去报到。这个决定完全出乎我的意料，我怔怔地愣在那里很久，回过神来后，下意识地想进行申辩，但经理显然已没有耐心，站起身来开门送客。

我心情沮丧地骑着自行车带着行李来到了乡镇的屠宰厂。这个屠宰厂是在原来的食品站基础上建起的，占地十多亩，是由一个小型屠宰车间和二百吨容量的冷库组成的，厂区内建有两排平房，全厂共四十来人。我报到的时候，冷库和屠宰车间刚刚建成，厂区的道路路面还没有被硬化。

分配给我的宿舍是两排平房中的一间，面积大约十平方米，住着三个人。这些平房都是以前食品站的老房子，年久失修，顶棚和墙壁不断有黄泥脱落，由于地基防水处理不好，用红砖铺起的地面夏天水汪汪的，褥子总是湿漉漉的，经常发霉长毛。

屠宰车间共有二十多名员工，基本都是农民合同工。为了兼顾他们家里的农活，屠宰生猪基本在夜间进行，每天凌晨两点多钟上工，四个小时基本能屠宰生猪四五百头，此时天色也正好蒙蒙亮，农民合同工回家后，不耽误干地里的农活。

这个屠宰车间是半机械化流水线。赶猪工先用高压水枪把待宰圈里的生猪冲洗干净，再把猪赶往一个甬道，甬道的尽头就是机械传送带。传送带把生猪带上高台，麻电工把生猪电麻致昏，工人用滑轮铁链捆住猪的后腿挂上空中轨道向前传送，放血工对悬挂在空中的生猪实施放血，在空中滑轮向前运行过程中实施人工去头、蹄和机械剥皮等工序，接着就是对悬挂的白条猪开膛破肚，取出猪内脏，最后经过电锯劈半，把白条肉通过滑轮轨道送至冷库。我的工作就是对割下的猪头和摘出的猪内脏进行感官检验，以检出病变生猪。

我每次上岗都要穿上长筒胶靴，胸前挂上长至脚面的胶皮围裙，左手持钩，右手拿刀，全副武装。车间里猪的号叫声、电锯的轰鸣声、轨道的嘈杂声混杂在一起，震得人心惊胆战，人与人之间只能用手势交流；地面上猪血横流，无处下脚；猪胃肠被就地翻洗，升腾着刺鼻的异味。

冬季，车间里没有取暖设施，凌晨奇冷无比，我穿着冰凉的胶靴、拿着冰冷的刀钩，手脚被冻得发木，钻心地难受。有时车间的水管被冻住，工人们用大锅烧热水烫开后，继续工作。由于车间人手较少，经常出现缺岗情况，车间的工人要身兼数职。

由于屠宰厂生猪来源有限，经常出现生猪货源断档情况，致使屠宰厂停工停产。为保障屠宰厂的经济效益，厂里决定新增杀鸡业务。在没有生猪屠宰的时候，全厂职工白天要深入各村各户收鸡，夜晚再回屠宰厂杀鸡。

下乡收鸡对我来说是很伤自尊心的事情。20世纪80年代初，能考上中专也是很光荣的，我本指望能从此走上一条体面的人生之路，谁承想眼下却要走街串巷、大呼小叫地收鸡，内心几近崩溃。下乡收鸡所到的乡镇正是我的老家，有不少熟人和同学。每次下乡收鸡我都和同事搭伙，事先跟同事商定，进村后同事负责吆喝，我负责称鸡和绑鸡。每当有人走近，我都要用遮阳帽遮住面部，不敢抬头看，生怕碰上熟人。我们每天必须收购足够数量的活鸡才能回单位，时间特别难熬。在收购一定数量的活鸡后，我和同事就把活鸡绑在自行车后面的木棍上，逃亡似的窜回单位。

在屠宰厂还有一项人见人愁的工作。屠宰生猪后剥下的猪皮，为了预防腐烂，要在一个房间里用食盐腌起来存放。地上铺一层猪皮，上面撒一层盐，用不了几天房间里就会堆起像小山一样的猪皮。每过一周左右，厂里的卡车就要把猪皮拉到外地的皮革厂销售，每次装车都是车间主任最头痛的事，派谁谁都不愿意去。自从有了收鸡业务后，我为了回避下乡收鸡，保留一点尊严，每次都自告奋勇把装猪皮的活儿揽下来。到了夏天，泡在血水里的猪皮，散发出刺鼻的气味，令人作呕。混合着血水和盐粒的猪皮，每张都有三四十斤重，我穿着长筒胶靴、系着胶皮围裙，一个人把猪皮从屋内拖出，再使出全身的力气扔到卡车车厢里。汗水模糊了视线，我的内心也在流血流泪。我每次都要连续工作四五个小时，装四五百张猪皮。装满车后，我整个人跟虚脱一样，没有半点力气。即使体力消耗已近极限，内心却感觉比走街串巷收鸡要好受一些。

工作一年之后，屠宰厂来了一位新厂长。这位厂长是20世纪70年代的大学生，他到任后把我提拔为屠宰车间副主任，这一角色的转变，让我心里得到了安慰，但更大的历练接踵而至。车间主任和车间的大多数工人一样是农民合同工，多年之前他们都从事杀猪行当，年龄较大。以前我从事肉品检验工作，工作内容比较单一，只做分内的事，但担任车间副主任后，车间里只要有空岗我就要顶上去，工作繁杂而劳累。

生产旺季，厂里每天要屠宰 500 多头生猪，每天清理出的猪下货及边角小料都要装满五六十个拖盘。屠宰流水线停工后，工人们要先打扫卫生，最后车间主任再硬性安排所有人把车间内的拖盘拖进冷库库房，由于人多力量大，用不了多长时间车间就能被清理完毕。

我担任车间副主任不长时间，有一天打扫完车间卫生之后，车间的工人陆续走出车间，我急忙向车间主任汇报，放在车间的拖盘怎么办？车间主任看看地上的一大片拖盘，再看看陆陆续续往外走的工人，出乎意料地跟我说："你把它们拖进库房就行了！"我真是欲哭无泪，这些拖盘一个人至少要用一个小时才能拖进库房。我只能忍受着委屈默默地完成。这样的事在之后的两年间成为常态，慢慢地我也适应了这样的奉献和牺牲。

每一次经历，都是一笔财富；每一次历练，都是一种成长。在经历了初入社会刻骨铭心的两三年历练后，我懂得了现实的残酷和生活的不易，之后面对来自工作上的挑战时多了一份从容和自信，在困难和挫折面前能够微笑应对，始终坚信没有过不去的火焰山。

"艰难困苦，玉汝于成。"感恩生命中的一切遇见，感谢人生中的艰难历练！

亲历台风

　　1985 年是我毕业参加工作的第二个年头，我所在的工厂要新上一个小型制药车间，按照规范必须建立化验室。由于我学的是肉品卫生检验专业，因此厂长把筹建简易化验室的任务交给了我。化验室的设备在很短的时间内就被采购到位，我们想要进行细菌学、理化指标检验，必须先接受实务操作训练。厂长是兰州大学微生物专业毕业的，在筹建化验室的过程中给予了我不少具体指导。他与当时黄岛区卫生防疫站的领导很熟，在他的协调下，我到黄岛区卫生防疫站化验室进行了为期三个月的脱产实习。

　　黄岛区卫生防疫站化验室是在全省知名度很高的基层化验室，科研成果曾获得过省卫生厅的奖励。化验室主任是 20世纪 50 年代于医学院校毕业的鲁开国。鲁主任较好地把日常业务工作同科研结合起来，取得了显著成效。

　　我来到化验室报到后，鲁主任安排化验室资深的检验员王立杰老师指导我。王立杰老师大我 4 岁，出身于医学世家，高中毕业即参加了工作。他尽管没接受过科班教育，但挚爱医学，肯动脑、善钻研，在长期的化验室实务操作中练就了过硬的本领。王立杰老师待人诚恳，性格开朗，乐于助人，我俩很快成了好朋友。

　　我到防疫站化验室实习的第二周，黄岛区卫生防疫站接到了一项任务：中国科学院海洋研究所在黄岛区金沙滩海域进行海洋科学调查，在近岸水域放置了海洋监测仪器，委托黄岛区卫生防疫站派人日夜看护。防疫站把这项任务交给了人高马大的王立杰老师，王立杰老师拉上了我和他做伴。

　　1985 年 8 月 18 日上午，王立杰老师和我准备了一点干粮，每人骑上一辆自行车，从老黄岛出发赶往薛家岛的金沙滩。那时老黄岛去金沙滩的路都没有被硬化，全是凹凸不平的土路。刚出发的时候风还不大，我们很顺利地骑行了一大段距离，但到赶岛（老黄岛至新街口中间位置）后，天刮起了风。我俩顶风骑行，骑得实在枯燥了，王老师就和我进行骑行比赛。王老师骑着一辆山地自行车，骑行时身体完全伏在自行车上，身体的迎风面小，阻力很小；我骑着一辆笨重的大金鹿自行车，车身很重，身体的迎风面大，阻力也大，很自然就落在了后面，但我仗着年轻力壮，一直咬牙坚持。就这样，我俩迎着越刮越大的风互相激励着，快速骑行。我们筋疲力尽，历时 4 个多小时，终于到达了金沙滩。

　　那时的金沙滩还没有被开发成景点，附近到处都是庄稼地。沙滩的北面是烟台前村。到达金沙滩后，我们把自行车停放在沙滩附近的小路上，带上干粮，一刻不停地先寻找海里的仪器。金沙滩东西全长 3 公里，我们找了很长时间，才在沙滩的中间地带发现了漂浮在海里的仪器。仪器被一根很粗的尼龙缆绳连接着，尼龙缆绳一端连着一个锚钩，被放在沙滩之上，一端连着仪器，漂浮在深海里。

　　到这个时候我们才安下心来，突然觉得又饿又累。我俩坐在沙滩上狼吞虎咽地吃起了随身带的干粮。天渐渐暗了下来，风越刮越大，大风吹起的沙子灌进嘴里，牙齿一咬咯吱作响，沙滩上伸手不见五指，只有远方的仪器发出忽明忽暗的亮光。我俩打定了主意整宿在沙滩上过夜。

午夜时分，风越刮越大，并且下起了大雨。我俩坐在沙滩上，感觉整个人要被狂风吹起，雨越下越大，我们根本睁不开眼睛。天空中雷电交加，耀眼的闪电过后，沙滩瞬间被照得如同白昼，紧接着震耳欲聋的惊雷不断，几米高的巨浪裹挟着泥沙以排山倒海之势咆哮怒吼着砸向海岸。我俩不停地在沙滩上后撤。漫漫黑夜中我俩非常恐惧，但信念坚定，就是一定要看护好海洋监测仪器。就这样我俩又坚持了一个多小时，风更大了，雨更急了，我俩相互依靠着才勉强能够站立。随着时间的推移，我们发现仪器离岸边越来越远，由于浪高，有时很长时间都看不到闪烁的亮光，这时我俩很担心狂风巨浪会撕断缆绳，导致仪器丢失。当时海洋监测仪器对我们来说有一种神秘感，不到万不得已我们是万万不能私自乱动仪器的。但为了仪器的安全，王老师和我冒着犯错误的风险，决定把仪器从深海里拖上来。

我俩在岸上拽拉缆绳，仪器纹丝不动。我们牵着缆绳不断向海水里前进，大风刮得我俩直打趔趄，一排排巨浪打来，浪花盖过了我俩的头顶，我俩陷入了深深的绝望中。就这样在海水里奋战了半个多小时，终于把圆形的仪器拖拽上了岸，我俩这才舒了一口气。

狂风裹挟着暴雨越刮越大，在这种恶劣环境中我们不可能支撑到天亮。这时王老师想起了他的一位朋友就是烟台前村人，他曾去过他家一次，万般无奈之下我俩决定去他朋友家避雨。于是我们把仪器抬到了岸边一块庄稼地里，在上面盖上了青草，在暴风骤雨中去寻找王老师朋友的家门。在王老师印象中，他的朋友住在村后半部分，家里开了一个小卖部。我们照此线索，很快就找到了王老师的朋友家。我俩敲了很长时间门，屋内才亮起了灯光，出来开门的正是王老师的朋友。

王老师的朋友看到我俩的狼狈相，赶忙把我们让进屋内，找出毛巾让我们擦干身体，并让我们换上了干衣。我一看墙上的挂钟，正好是夜里两点。王老师的朋友很热情，对我们的到来很高兴。我们坐定后，他到院子里的小卖部中拿了一个午餐肉罐头、一个凤尾鱼罐头、一大包海带丝和两瓶景芝白干，我们边说边喝了起来。外面风雨肆虐，屋内其乐融融，我的内心涌动着无比的感动和幸福。

王老师和他的朋友有聊不尽的话题，我们一直边喝边聊到天蒙蒙亮。王老师和我还有重要任务，就是把仪器抬到王老师的朋友家暂放，以防天亮后被别人捡走。

白天的大风一点也不比夜里的小。那个时候由于区内多处电话线被大风刮断，我们无法与单位取得联系，但又必须把夜里的情况尽快向单位汇报，于是我俩安顿好一切后，告别了王老师的朋友，顶着狂风立即赶往黄岛。

一路上随处可见一抱多粗的大树被连根拔起，东倒西歪，许多农田被水淹没，地势较低的房屋很多都浸泡在水里，我们路过的一处村庄有几间房屋的瓦片全部被吹落，一片狼藉。我们走到新街口一带，见整个路面和周围的庄稼地一片汪洋，水深达半米，只能以路边的电线杆为参照物，推车涉水前行。

我俩艰难地推着自行车行走，大风经常把自行车头刮得调转方向，人和车要紧紧贴在一起，不然就会被大风刮倒。我们经过了七八个小时的艰难跋涉，终于在下午两点回到了黄岛。

王老师的家就在附近的机关宿舍楼里。他先带我到他家去吃午饭。刚进王老师家门，他的母亲就告诉我们，她从广播里听说昨晚刮的是9号台风，台风正面袭击青岛，黄岛区受灾严重，农作物被淹、工厂进水的情况比比皆是，老黄岛房屋多处倒塌，海上养殖设施全军覆没，西南方向的拦海大坝溃堤。原来我们在新街口见到的一片汪洋，正是拦海大坝溃堤造成的。

我们吃完午饭，急忙赶到了黄岛区卫生防疫站，站长办公室里大家正在研究派人前去金沙滩找人和仪器，我们的出现正当其时。

事后我才得知，当年的9号台风是百年不遇的大台风，平均风力10级，最大风力12级，当天降水量达150毫米，是新中国成立后青岛遭受的最严重的一次台风暴雨袭击。

台风暴雨过后，全市上下都在核实灾害损失及部署生产生活自救。中国科学院海洋研究所第一时间把电话打到黄岛区卫生防疫站，了解海洋监测仪器的情况，得知仪器完好后非常高兴。

几天后，中国科学院海洋研究所的领导专程来到黄岛区卫生防疫站看望慰问王老师和我，对我俩的现场处置给予了充分肯定并进行表扬，我俩感到特别光荣，为自己在突发重大灾害面前表现出的毅力和勇气感到骄傲和自豪！

海钓

冬至已过，我照例保持着每天去户外徒步的习惯。在一个阳光温暖的下午，我独自一人来到了灵山湾星海滩徒步。刚踏入沙滩的步栈道，我就看见海水与沙滩相接的地方，支着一长排海钓鱼竿，足足有三四十根，垂钓者收线、放线忙碌着。我不由自主地走近垂钓者一看，水桶里存放着足有两三斤沙板鱼。我蹲下身来，慢慢欣赏垂钓者的一系列麻利动作，脑海中浮现出我的海钓往事。

20世纪90年代初，我在老黄岛的机关从事文秘工作，有一位同事老家就在岛上。先前的老黄岛是一个四面环水的孤岛，岛上的居民从小练就了钓鱼技能，我的这位同事更是垂钓高手。文秘工作艰辛而枯燥，一周下来身心疲惫，在这位同事的提议下，星期天我们结伴到海边钓鱼减压。

钓鱼要准备工具。我先到渔具店选购了一根玻璃纤维手竿和木质甩竿。木质甩竿由两节组成，下面的一节是硬木材质，上面的一节是竹竿材质，中间用不锈钢套连接，下端的木杆中部固定着一个木质的手动鱼线轮。鱼竿选购好以后，在同事手把手的教授下，我学习自己绑鱼钩，很快绑出的鱼钩就既美观又结实了。那个时候还没有双休日，周六要正常上班，每到周六下午，只要手头没有要紧的任务，我俩就悄悄溜出单位，到后海的泥滩里挖海蚯蚓鱼饵。

我是先从钓逛鱼开始的。那个时候老黄岛到处都是密布的虾池，连接大海和虾池的壕沟是钓逛鱼的理想场所。壕沟不宽，也就是不到20米的样子。我和同事站在壕沟的边坡上，手持6米长的手竿，挂上鱼饵，鱼钩在鱼坠子的牵引下沉入沟底。就像是有意鼓励新钓手一样，鱼钩刚沉入沟底，手竿就剧烈抖动起来，我兴奋地大声喊叫，旁边的同事见此情景，告诉我要马上提竿。我笨拙地连鱼带钩甩到了草丛里，这对我来说是一种从来没有过的体验，充满刺激和新奇。我初次试手，就有收获。

逛鱼是一种食性杂、容易钓到的鱼。有时工作繁忙，没有时间挖鱼饵，到了周末我就花一元钱买上几斤贻贝，回家煮熟之后，用之充当鱼饵。当时在老黄岛居住，我住的小区对面就是滑水场，滑水场与大海相通，滑水场里面就有很多逛鱼。有一天下午下班后，我领着3岁的儿子到滑水场钓逛鱼。儿子见我不停地钓上鱼来，嚷嚷着也要钓。我顺手从岸边捡起一段筷子长的细木棍，截了20厘米的鱼线，绑上了两个鱼钩，并搬来一块大石头放在水里，让儿子坐在上面，拿着我给他做成的玩具鱼钩。我的本意是安抚他，让他别影响我钓鱼，没想到过了一会儿，儿子兴奋地大叫起来——两个鱼钩钓上了两条不小的逛鱼，这两条逛鱼估计本来就藏在儿子坐的石头底下。那个时候钓鱼对我来说既是爱好，也是为了改善生活。每次海钓我都收获满满，半天时间一般能钓到四五斤逛鱼。

20世纪90年代中期，填起了一条拦海大坝。拦海大坝的大量抛石，引得很多黄鱼、黑头鱼和逛鱼在此聚集，同事和我经常一起深夜去大坝钓鱼。那个时候我购买的木质甩竿就派上了用场。我站在大坝上可以把鱼钩甩到六七十米远的地方，然后把鱼竿支在石缝里。此处鱼的个头较大，鱼咬上钩后，鱼竿大幅度抖动，此时刹钩收线，定有黄鱼或黑头上钩。有时紧绷的鱼线突然松弛，这一般是大逛鱼咬上了钩，深秋后此处的逛鱼一般每条都有七八两重。

后来我搬到了开发区居住。随着东环岛路的建成通车，薛家岛山里的甘水湾成了很好的海钓地点。每到周末，我便和钓友相约来到甘水湾的一块大礁石上，这里海阔水深，很适合海钓。我们每个人支起三四根甩竿，静静守候，不时有鱼线抖动，从这里钓上来的大都是黄鱼和黑头。

在这片礁石上，我们经常能看见几个韩国人来垂钓。韩国人钓鱼真是讲究，大大小小的渔具配套齐全。他们把随身携带的活动餐桌支在礁石上，将辣根、醋、生抽、胡椒面等众多调味品摆放在餐桌上。他们的鱼竿也很特殊，又长又光洁，挂在鱼钩上的鱼饵是闪着荧光的电子诱饵。他们的鱼钩甩出去足有100多米，鱼钩甩出去后，他们并不急着收线，每隔20分钟才收一次，钓上的小鱼都放生回大海，只有半斤以上的鲈鱼或鸦片鱼他们才现场加工成生鱼片，配着清酒吃起来。我与他们的翻译交流得知，这几个人是落户在黄岛区韩国企业的高管，周末海钓是他们最主要的减压方式。

不同钓友的钓鱼方式也不同。有一个钓友是海边的渔民，他有自己的小渔船。有一年秋天，这位钓友邀请我和我的两位朋友乘着他的小渔船到海上垂钓。小船在离岸边不远的地方停下来，我们抛锚垂钓。由于小船不停摇晃，一个小时过后，我头晕恶心，感到天旋地转，根本无法再坚持下去，钓友只好开船打道回府。这位钓友看我两手空空很过意不去，把船径直开到了他的网箱养鱼区，让我们在网箱里钓几条鱼过过瘾。我和两位朋友约定，每人只钓两竿。我们把鱼钩伸向网箱后，只见鱼群翻腾，浪花飞溅，两个鱼钩瞬间都咬上了鱼。每人两竿后，我们收获满满，中午在山里的渔家餐馆就地加工，享受美味。

离上次船钓不长时间，钓友说这次有一条比较大的渔船，晕船能轻一些，经不住钓友的一再鼓动，我抱着侥幸的心理，跟着钓友再次登船垂钓。渔船从鱼鸣嘴码头出发，向西南方向跑了大约两小时，来到了一座灯塔处。船行过程中，我已有明显的不适症状。船停下来后，我开始忙活放线。我使用的是手线，不长时间我就钓上来三四条半斤多重的黄鱼、黑头。一个多小时后，由于在甲板上不停地走来走去，头晕得厉害，继而呕吐不止，我不得已停下垂钓，躺在了甲板上。钓友看我呕吐得厉害，不忍心看着我继续遭罪，跟其他几位钓友商量后，决定启程返航。我很内疚，从此之后断了乘船海钓的念想。

黄岛的岸钓场所还是很多的，除了山里海岸线之外，三连岛也是我中意的海钓地点。三连岛顾名思义是由三个小岛组成的，三个岛涨潮时彼此独立于海面，落潮时则连成一片。我经常到大海深处的那座小岛垂钓。小岛四周遍布礁石，很适合钓黄鱼和黑头，每次沿着海边的礁石用手竿垂钓都有收获，尽管鱼个头不大，但数量很多。有一天下午，我独自一人来到三连岛垂钓，在接近日落的时候，正赶上开始涨潮。俗话说钓鱼要钓"三分涨、七分落"，这个时候鱼最活跃，容易上钩。鱼接二连三地上钩，不知不觉我的网兜中便装满了鱼，足有六七斤重，直到这时我才惊觉天色已晚。我借着月光匆匆收起鱼竿，翻过这座岛子后，才发现潮水已经淹没了通往另一个岛子的路，把我困在了岛上。我的胆子向来很小，此时内心感到非常恐惧，环顾四周发现岛子上有一间小屋亮着灯。我壮着胆子走过去敲开了门，里面有一位中年妇女和一个小孩，原来他们是岛子上养殖鲍鱼的业主。中年妇女告诉我要等到退潮后才能出去，还需要五六个小时。我在她的小屋里喝着茶水，一直等到夜里两点多钟，这位好心的中年妇女才拿着手电筒、沿着巨石堆起的石坝蹚水把我送出岛子。我回到家时已经是凌晨四点多钟了。那个时候没有手机，爱人联系不上我很着急，整夜都没有合眼，我由于不熟悉潮汐规律，给其他人带来了麻烦和不安，感到很愧疚。

随后几年，我钓鱼成瘾，三连岛是我海钓的主要场所，在那里我每次都收获颇丰。但到2000年以后，三连岛的四周建起了很多鲍鱼池，附近的海岸线有人看护，在此垂钓经常受到驱赶，很影响垂钓心情，其他海岸线的情况也大致类似，我的钓鱼活动也便就此止步。

近几年，黄岛区实行了蓝湾整治工程，拆除了海岸线上所有的鲍鱼池，修建了风光无限的蓝湾慢行道，人们可以最大限度地亲海、近海。蜿蜒绵长的黄岛蓝湾栈道上，嶙峋的礁石，平缓的沙滩，到处都是适宜垂钓的场所。

看着家门口这片沙滩上热闹的钓鱼场景，尘封多年的钓鱼记忆被重新激活，我不由自主地感到手心发痒，恨不得马上置备钓鱼工具，重拾海钓乐趣，享受物我两忘的垂钓之乐！

我与运动会

金秋十月，丹桂飘香。2020年10月的最后一天，每年一次的西海岸新区机关运动会在西海岸新区体育场举行。我参加了这届运动会。

年轻时我很少参加体育活动。上小学、中学时我对体育很抵触，总觉得体育是头脑简单、四肢发达、不爱学习的代名词。自然体育课上我的中长跑、单杠、双杠、俯卧撑项目也都进行得很困难，我在学校里从来没参加过运动会。

我喜欢上运动是45岁以后的事情。由于长期饮酒，身体出现了一些状况，在大夫爱人的引导下，我从户外散步开始，逐步发展到长距离徒步、定期爬山、长途旅游、户外探险等。运动是会上瘾的。经过长期的坚持，运动逐渐变成了一种积极主动的行为，一旦停下来，我就浑身不自在，近十几年来，我养成了每天徒步两万步的习惯。

随着运动习惯的养成，我对许多事物的认识也发生了转变，心态变得更积极了，人变得更勤快了，精神面貌焕然一新，感觉心理年龄越来越年轻。

近几年的机关运动会我每年都报名参加，前几年都是报的铅球项目，今年由于报铅球项目的人太多，办公室的同事建议我转报其他项目。我考虑再三，决定报1500米中长跑。

在这之前我从没进行过跑步训练，但十几年不间断的户外徒步，让我具备了一定的体质基础。这次运动会只分两个年龄组，一个甲组，一个乙组，36 岁以下的都被分到甲组，其他人为乙组。我已年近花甲，显然没有年龄优势，但报名的初心就是不争名次，按照自己的节奏跑下全程，证明一下自己。

报名之后我专门购买了田径短裤背心，每天清晨进行两公里的跑步练习，开始时痛苦不堪，后来能平静应对，再后来就跑出了兴致。

临近全区机关运动会开幕时间，青岛市突发新冠疫情，全市上下全面投入抗疫，停止大型聚会，全区机关运动会也被迫延期。幸运的是经过全面核酸检测，全市没有发现新的感染者，西海岸新区第六届机关运动会得以隆重举行。

运动会这天，我提前半小时从家里出发。体育场周边车流密集，我费了很大周折，把车停在了离体育场 2000 米开外的车位，走进体育场时运动员已开始入场。

运动会入场式堪称规模宏大，着装整齐的各路方队，英姿飒爽，神采奕奕，喊着响亮的口号正步走过主席台。激情四溢的播音员依次介绍走近主席台的每一路方队，高度凝练的文字、字正腔圆的表达展现出西海岸新区的崭新风貌。在最后一路方队走过主席台后，体育场中间已站满了排列整齐的队伍，仅仅一个机关运动会的场面就足够震撼人心，这也是对西海岸新区规模、实力的真实写照！

体育场上空盘旋着许多拍摄用的无人机，体现着现代科技元素。我们单位的"85 后"女孩是一位摄影发烧友，她一边操控无人机，一边用单反相机捕捉地面上的精彩瞬间，开展立体拍摄，忙得不亦乐乎！

查看运动会秩序册后得知，我的项目是下午一点正式比赛。中午本来在单位订了盒饭，但考虑到中午吃盒饭与下午比赛间隔时间太短，不利于参赛，我决定找家餐馆提前就餐。

上午十点半我离开了看台，到体育场对面的小吃街找了一家小餐馆。落座后我给儿子发了一条微信，邀请他共进午餐。

儿子也参加这次运动会，巧合的是他参赛的项目也是下午比赛。我给儿子发了位置，他很顺利地找到了小餐馆。由于时间还早，我们边吃边聊，坐了很长时间。吃饭时儿子感慨地说："终于能跟老爸一起参加运动会了，很高兴！"此时此刻儿子也说出了我的心声。

儿子大学毕业后，有很长一段时间工作离家较远，和我在一起的机会很少。今年年初儿子有机会回西海岸新区工作，我非常高兴。

我和儿子共同参加运动会这是第二次。上一次还是儿子上幼儿园中班的时候，那时我 30 岁出头，青岛经济技术开发区机关第一幼儿园召开家庭运动会，我们三口之家参加了"爸爸、妈妈、孩子 250 米接力赛"。那一次是我有生以来第一次参加运动会，我们最终取得了第二名的成绩。那一次爱人是第一功臣，儿子是第二功臣，我也没被对手落下很多。转眼 26 年过去了，我默默地在心中感叹岁月流逝，人生易老！

中午 12 点刚过，我回到了看台，单位的"85 后"女孩笑着对我说："大叔，一会儿我给你加油和拍照啊！"我嘴上答应，心里忐忑，以我的实力，肯定要辜负人家的一片心意了。

12点30分我离开看台到检录处参加点名，过了一会儿其他运动员也陆陆续续来到检录处。许多运动员穿着短裤背心，我也早有准备，在草坪上脱下长衣长裤，只剩短裤汗衫，颇有点运动员的风采。

运动员各就位后，我受到比赛氛围的感染，也兴奋起来，把先前定下的跟在队伍后面跑的想法抛在了脑后，赶紧站到了起跑弧线的中间位置，唯恐被落在后面。人在那种氛围下即使能力不足，也不愿选择落后。

等发令员简单讲解完规则后，大家开始跑。我被选手裹挟在中间越跑越有劲，竟然在很长一段距离内跑在了中间位置。在第一个弯道，我听到了儿子的加油助威声；转过第二个弯道，单位的"85后"女孩加油声清晰嘹亮，那个时候我信心满满，感觉完全可以和其他选手同台竞技。跑完整整一圈后，我突然觉得呼吸艰难，下肢无力。我知道跑步过程中有疲劳期，便咬牙坚持，心想一定要坚持跑完全程。我又坚持跑了200多米后，双腿发软，连慢跑的力气也没有了，不得已退出了比赛。

我非常失望，这完全是没有比赛经验造成的。开始时受到比赛氛围的感染，我被别人带乱了节奏，没有按照自己的能力和节奏跟跑，才造成了半途而废的结果。

到了第三圈儿子见不到我的踪影，第一时间打来电话，问我是不是摔倒了。听到我已安全退出比赛，他才放了心。就在这个时候，爱人从班上发来微信消息问比赛结果，我把沮丧的心情告诉了她，她安慰我说重在参与，毕竟跑步我才练习了不到两个月的时间。

　　我穿好外衣，转过身去就能看到儿子的比赛场地，他参加的是一个 4 人团体项目——运转乾坤。4 个人共同单手举起巨型气球跑步前进，50 米后再折返跑回原处，这个项目很考验 4 个人的步伐协调性，只有步调一致才能跑得又快又稳，如果有快有慢就会形成掣肘。儿子的小组有 4 支队伍比赛，其中的一支参赛队，前面的两人跑得实在太快了，后面的两个人步伐跟不上，只好脱手，前面的两个选手举着巨大的气球跑过终点，后面的两人双手空空，笑到弯腰，引得观众大笑不已。儿子所在的小组还算不错，取得了小组第二的成绩。

　　我在运动会中尽管没达到预定的目标，但也从备战运动会的过程中获益良多，感受到了跑步的乐趣，从此我的日常运动项目增添了新内容，相信在明年的运动会上我一定会有新的进步。

　　体育增添活力，运动焕发精神。当锻炼成为一种习惯，健康和幸福就会纷至沓来。我将把运动融于闲暇越来越宽裕的人生，使平淡的生活充满激情，让生命因运动而焕发出不一样的精彩！

第五辑

城市变奏

潮起灵山湾

灵山湾地处青岛西海岸新区鱼鸣嘴与大珠山嘴之间，海岸线长 30 多公里，是青岛西海岸新区新的行政商务中心。近几年来，在灵山湾这片荒凉的土地上，快速崛起了一座现代化的时尚、活力新城，灵山湾正发生着美丽的蝶变。

我有深深的大海情结。多年前我在青岛开发区居住的时候，每到周末就喜欢开车沿海岸线巡游，灵山湾是我经常路过的地方。那时的灵山湾畔一片荒野，大片的盐碱地上长着低矮、稀疏的庄稼，沼泽地中的芦苇反倒成了主角。穿过纵深的乡间小道，就是散落在海边的小渔村，渔民们从事着世代延续的海上捕捞和下小海营生，生活艰辛而拮据。灵山湾有丰富的优质沙滩资源，断断续续连绵十多公里，完全是养在深闺人未识的状态。

2014 年青岛西海岸新区设立，唤醒了灵山湾这片沉睡的土地，灵山湾上演着城市发展新的传奇，成为青岛西海岸最具活力的热土。

东方影都是最早崛起的一片新城。万达集团在这里投巨资打造世界上规模最大的影视基地。影视产业园建有 40 个高科技摄影棚，站在高处远远望去，就像是一座座巨型的梦幻舞台，雄伟而壮观。园区提供从拍摄到后期制作的全程服务，着力打造中国电影工业化高地，《流浪地球》《疯狂的外星人》都在这里拍摄完成。用于室外拍摄的民国风情街、藏马山外景的造型各异，风情万种，为剧组提供了理想的外景拍摄场所。星光岛是人工在海上填起的一座岛屿，珊瑚贝桥、东方影都大剧院都是青岛的新标志性建筑，星级酒店群、游艇会、咖啡一条街营造出星光岛的浪漫氛围，岛上的建筑物造型、道路路名处处体现着电影元素。单体建筑面积36万平方米的融创茂，着实是一座国内明星级别的游乐体验"商业航母"，涵盖了国际零售、美食、休闲、娱乐等多元业态，融创乐园、水世界和电影世界这三座室内乐园是最大亮点，过山车、大摆锤、旋转木马、激流勇进、海盗船、鬼屋一应俱全，兼具童趣与刺激，置身其中让人流连忘返。柏果树河纵穿东方影都而入海。这条曾经的乡间河流，随着东方影都的崛起而被打造成一条景观河，形成了绿树掩映、鸟飞鱼潜、人与自然和谐共生的景象。

灵山湾最东端，是目前仅存的一片尚未完成开发的临海区域，这里正在建设青岛西海岸新区奥体中心，建设体育场、全民健身中心及运动员训练中心等。实力雄厚的开发商曾成功开发运作了深圳湾体育中心及国内多个奥体中心项目，有丰富的运作奥体中心的经验，不久的将来，这里将会崛起一座活力四射的奥体新城。在奥体中心的最南端，一块陆地伸进大海。这里布局了高层住宅和别墅区，人在这里可以270°看海，尽情享受海天一色、春暖花开的美景。

灵山湾海岸线的中部，是跨度很长的优质沙滩，在此建成了沙滩公园——城市阳台。这里沙细如粉，色泽如金，南面是开阔蔚蓝的大海，作为"古胶州八景"之一的海上灵山岛隐约可见，胜似仙境。每到夏季，沙滩上密集的人群赶海戏水，热闹非凡。在沙滩边缘，分布着一大片形态各异的美食会所，汇聚了国内各大菜系，使这里成为众多美食爱好者的乐园。

与城市阳台相邻的腹地，是正在建设的海洋活力区总部项目。该项目应国家海洋强国战略而生，总投资 1000 亿元，集海洋总部基地、海洋科技领航、高端金融 CBD 于一体，旨在建设独具海洋文化特色的现代化新型中央活力区。这个区域内还布局了大健康产业，清华大学附属青岛医院正在加紧施工，它是清华大学在北京之外设立的首家附属医院。青岛西海岸新区将依托清华大学在医疗、教学、科研方面的人才和资源优势，重点打造国际智慧健康城。

与中央活力区一路之隔的是中央公园。中央公园占地近5000 亩，以森林为基底，以水系为脉络，合理布局休闲慢道和节点景观，充分衔接山、海、岛、城，打造国内顶尖的集森林生态、休闲观光于一体的休闲中心。公园的东侧就是 3公里长的优质沙滩，自然条件得天独厚。中央公园建成后将成为亚洲最大的城市中心公园。

中铁青岛世界博览城是青岛西海岸新区会展业的载体，坐落在中央公园旁边。总投资 500 亿元的中铁青岛世界博览城，是东亚海洋合作平台永久性会址和标志性建筑，是东北亚区域面积最大、功能最全、科技水平最高的综合性会展博览城。每年国际性、全国性展会接连不断，形成人流、物流、信息流汇聚之地，把青岛"会展之滨"的金字招牌擦得越来越亮。

　　灵山湾的最南端是近几年正在建设的大学科研园区，这里集聚了中国科学院青岛科教园、中国海洋大学西海岸校区、哈尔滨工程大学青岛校区等众多知名单位。工地上塔吊林立，一片繁忙景象，不久的将来，这里必将成为青岛西海岸新区人才集聚和科技创新高地。

　　美丽的灵山湾就像是镶嵌在青岛西海岸的一条美丽金边，处处显示着时尚和活力。我的新家就在灵山湾的东方影都旁，闲暇时我经常沿着灵山湾步栈道漫步，看着灵山湾发生的美丽蝶变，心中有满满的自豪感和获得感。

　　"潮平两岸阔，风正一帆悬。"古老而又年轻的灵山湾一定会合着新时代的节拍，走向更加辉煌的未来！

漫步星光岛

　　我喜欢上徒步已经有快 10 年时间了。2019 年 8 月，我把家搬到了青岛东方影都旁的诺沙湾小区。青岛东方影都时尚的设计和完美的公共配套设施，为我的徒步提供了理想之地。我每天穿行在风景秀丽的蓝湾步道或柏果树景观河两岸，心情格外畅快。在众多的徒步线路中，我最钟爱的是环绕星光岛的路线。

　　星光岛是青岛东方影都项目的点睛之笔，它是在海里填出的一座人工岛屿，通过桥梁与陆地相连。晚上我站在阳台上，远远望去，只见灯光闪闪的星光岛漂浮在广阔的海面之上，恰似一艘夜间停泊在海上的大型豪华游轮，东面的游艇会码头仿佛是邮轮的前舷，中部崛起的酒店群和高层住宅楼像极了邮轮的客房，透过窗户发出明亮的灯光，星光岛四周五颜六色的亮化灯带幻化出邮轮的轮廓。夜晚的星光岛流光溢彩，美丽非凡！

　　春秋季节，我喜欢在阳光充足的白天去星光岛漫步。一群群海鸥伴着我从珊瑚贝桥进入星光岛。珊瑚贝桥是青岛西海岸新区的新地标，其设计灵感来自海洋，桥身总体造型犹如海面上跃起的海豚，倒影又像贝壳，桥身的镂空图案源于珊瑚的抽象图形，设计风格极具现代感，从任何角度观赏都会有不同的视觉感受。

来到星光岛上，最先进入视野的是并行排列的大剧院和秀场，形成了"金螺银螺，珠联璧合"的效果，其设计灵感均来自海底的海螺。"碧海银螺"大剧院内部采用世界顶尖设施，与国内大剧院并肩，同国外知名剧院齐舞。在这里曾经举办过上合组织国家电影节等许多国际性节会，青岛市春节联欢晚会也在此举办。

星光岛的外围修建了宽阔并行的步行道和骑行道，绕岛一周。步行道全部用塑胶铺就，随绿化单元蜿蜒向前，确保了通透的观海效果。我在步行道上悠闲地漫步，身边不时有骑行者飞驰而过，这里也是骑行者的天堂。

紧靠"碧海银螺"大剧院的是咖啡一条街。这条街上的建筑是典型的哥特式建筑，尖尖的拱顶，在高高矗立的塔楼立面上，镶嵌着巨大的时钟，指针慢慢移动，仿佛在提醒过路的人们慢下来，放松心情，在这海天之间，充分享受此刻的美好时光。

咖啡街靠近星光岛北侧，与海对面的融创茂遥相呼应。咖啡街前的广场上，在巨大的太阳伞下面，摆放着造型别致的咖啡桌椅，三三两两的游人吹着海风，在悠闲地品尝咖啡，其中不乏外国人。穿行其间，仿佛走进了充满欧式风情的欧洲小镇。现在这里已经形成了青岛西海岸新区颇具品位的商务社交场所和年轻人浪漫约会之地，以及电影拍摄重要的外景地。

与咖啡街相连的是星级酒店群，它由四座四星级酒店组成，沿星光岛的外侧呈扇面摆开，保证了每家酒店最佳的观海效果。一年四季都有参与电影拍摄的人士在此居住，如果你有机会住进酒店，与著名电影导演或明星不期而遇，是再平常不过的事情。由于优越的地理位置和海景资源，每到旅游旺季这几家酒店一房难求。

再往前走就来到了星光岛的东面，这里是游艇会所在地，由游艇会所和游艇会码头组成。游艇会所借鉴法式古典建筑风格，形成了独特的浪漫主义风格，无论是曲线的运用、屋顶的雕塑还是鲜明的色彩均体现出了游艇的典雅气质。游艇会码头按照发达国家顶尖游艇行业标准建造，美丽的防浪堤伸向远方，白色的灯塔静静地矗立在上面。港池内设有200多个泊位，具备正常的停靠功能。2018年克利伯环球帆船赛青岛站就设在这里，来自世界各地的帆船好手曾在这里停留休整。我曾经在海南岛最繁华的游艇会所短暂居住过，见识了游艇进出码头的繁忙景象。玩游艇是富人喜爱的项目，相信随着青岛西海岸新区的扩大开放和经济的快速发展，一定会吸引越来越多的成功人士入驻新区。随着时间的推移，游艇业一定会不断繁荣兴旺。

走过游艇会所，步栈道也就转向了星光岛的南面。放眼望去，眼前是浩瀚无垠的黄海海面，海面上帆船点点，自由驰骋。北方第一高岛——灵山岛近在眼前。这个"古胶州八景"之一的灵秀海岛，就像是安放在黄海海面上的一道屏障，日夜守护着星光岛的安全。靠近步栈道的内侧，是一大片尚未开发的空地，根据规划将在这里建设一片高档别墅。这里视野开阔，直面大海，若是住在此处，诗人海子的诗最能表达心境："我有一所房子，面朝大海，春暖花开。"

漫步至此，环绕星光岛的步栈道已经过半。我举目远眺宽阔的海面，迎面吹着习习海风，整个人像浮在海面上一样。我忘记了时空，心生无限遐想，此时此刻仿佛置身在厦门岛美丽的东环岛路上。

沿着步栈道继续前行，有很长的一段距离是垂钓爱好者的乐园。这一片海区风平浪静，海底礁石较多，很适宜垂钓。钓鱼爱好者挥竿垂钓，一片忙碌景象。沿岸边护栏支起的一排长长的鱼竿，在阳光的映射下，形成一道美丽的风景线。有一些钓鱼高手收获颇丰，我亲眼看见，一位垂钓者在此钓到了一条两三斤重的鲈鱼。

连岛二号桥的旁边，是星光岛上唯一的一片礁石滩，涨潮时没到水下，落潮时露出水面。每当落潮时，头戴五颜六色纱巾的渔家妇女和游客便密密麻麻挤满了礁石滩，足有上百人。他们有的从礁石底下捡拾小海螺，有的从礁石上撬下海蛎子，专注而认真。看到这种景象，我总是掏出手机，多角度拍摄，丰富我的海景拍摄图集。

星光岛作为青岛东方影都的一部分，处处体现着电影元素。星光岛内的交通道路，几乎全用世界著名电影节奖项的名称命名，金球路、金棕榈路、金鸡路、金马路等不一而足；沿星光岛四周铺设的大理石地面也用不同的颜色，铺设出了电影胶片的图案；从珊瑚贝桥到连岛二号桥，近千米距离中，在沿岸边铺设的大理石道路上，每隔几米就镶嵌一块从1981年中国电影金鸡奖设立至今，历届获奖的最佳影片片名和最佳导演相关信息的石刻，非常壮观。

星光岛刚刚走过几年的发展历程，正处于成长发展期，人气、繁华程度尚显不足，但随着青岛东方影都电影工业化高地的搭建，相信青岛西海岸新区电影产业一定会迎来蓬勃发展。在不久的将来，时尚、浪漫的星光岛，一定会像它的名字一样，群星荟萃、星光闪耀！

柏果树河

　　柏果树河因流经柏果树村旁而得名，它发源于小珠山山脉，一路向南流入大海。柏果树河原来是一条杂草丛生的乡间河流，几年前，随着灵山湾影视文化区的建设，西海岸新区把这条河流打造成了绿树掩映、鸟飞鱼潜、人与自然和谐共生的景观河流。

　　柏果树河两岸分布着东方影都影视产业园、5G产业园、清华青岛艺术与科学创新研究院以及高档公寓群等活力创新园区。

　　河的北段是清华青岛艺术与科学创新研究院，它时尚别致的建筑、富有品位的绿化开放院区与河岸公园融为一体，既体现出大学的包容性，又显示出人与环境和谐共生的主题。河中段两侧是规模宏大的现代化摄影棚，站在高处远远望去，排列整齐的白色大型摄影棚像一座座梦幻舞台，展露雄姿，这是世界东方最大的影视产业园，也是中国电影工业化的高地。由于河两旁都是高度较低的摄影棚，柏果树河显得更加开阔和静谧。河的下游入海口附近，是商业繁华地带，分布着十多座大型豪华公寓，商业气息浓厚，是灵山湾影视文化产业区人气聚集的地方。每到夜晚，大型建筑物上便亮起五颜六色的亮化灯，映照在柏果树河河面上，呈现出奇幻异彩的效果。

有河必有桥，横卧在柏果树河上共有 9 座桥梁，每座桥梁都有独特造型。入海口的第一座桥名字叫浪花桥，桥面上的护栏是由花岗岩做成的，全部被雕刻成浪花的形状，每当涨潮时，海水撞击桥墩生成浪花，与桥面上护栏的造型相映成趣；第二座桥是一座人行铁桥，处于游人密集之处，铁桥被设计成"S"形，桥面上可以最大限度地容纳人流，供游人在桥上观赏休闲；第三座桥是七彩珊瑚桥，是承载大型车辆通行的公路桥，桥身两侧装饰了七彩珊瑚的图案，使笨重的桥梁展现出唯美的效果；第四座桥是体现着现代感的一座斜拉桥，桥墩的一侧是高高矗立的一个巨大的几何造型，桥体靠斜拉索结构加以支撑，同时也是一道亮丽的景观。其他的几座桥梁也都体现着电影、海洋元素，精彩纷呈。

我就居住在柏果树河的旁边，每天茶余饭后或周末都要沿着河的两岸走一走，观赏美景，放松心情。只要留心观察，就会发现一年四季柏果树河都有不同景致。

春天万物复苏，万头攒动的芦苇急切地穿透枯枝败叶，好像在焦急地争春夺绿，几日不见，便会齐刷刷地蹿得老高。河两岸弯弯曲曲的小道旁边，樱花、桃花、梨花次第开放，红的似火，粉的像霞，白的如雪，人穿行其中，仿佛置身于花的海洋。每当天气晴好时，河岸边便会聚集许多钓手，不停地挥竿垂钓。在一处向阳的浅水区，经常能见到一位孤零零的老者，端坐在帆布座椅上，前面平放着一根用支架托起的鱼竿。他面向阳光，双目微闭，似睡似醒，完全是一副姜太公钓鱼愿者上钩的架势，很显然对老者来说钓鱼已在其次，重要的是享受这物我两忘的境界。

夏天，河两岸小径旁的美人蕉争相怒放，惹人喜爱，繁茂成荫的芦苇长满水面，柏果树河的上游成了一片绿色的海洋。芦苇护送着流水，由北向南，一路流去，流水的哗哗声与芦苇的沙沙声，仿佛是情意绵绵的絮语。流水在芦苇间流动着，一副耳鬓厮磨的样子，走在芦苇丛上空的木栈道上，只见成群的野鸭互相追逐着，一会儿钻进芦苇丛里，一会儿又钻出来，好像在跟人捉迷藏一般。荷花也是柏果树河的主角，在一片开阔的水面之上，丛丛的荷叶你拉着我，我挨着你，互不相让，微风吹来，绿波荡漾，气势磅礴。高高挺起的荷花姿态各异，有的含苞待放，有的半开半合，有的完全怒放，人在岸边，微风送来缕缕清香，沁人心脾。夏天的柏果树河也是少年儿童的天堂，在为了方便鱼类洄游建起的潜坝里，少年儿童玩水嬉戏、快乐无比。一场大雨过后，河水漫过潜坝形成一道道瀑布，引来很多游人围观。

秋季的柏果树河五彩斑斓。沿河两岸栽植的各种树木，经秋风一吹，树叶便像一只只金蝴蝶翩翩起舞；岸边平整如毯的草坪渐渐由绿变成了浅黄，铺满河岸；河道中簇拥摇曳的高高芦穗，像一支支饱蘸诗情的妙笔，流淌出不可言状的神韵，把河岸装点得愈加妩媚。金秋时节，天高云淡，秋风送爽，宽阔的河面上倒映着蓝天白云的怡人景象，人在岸边精神格外爽快！

冬季的柏果树河一片肃静景象，纯洁的芦花轻歌曼舞，卸妆后的苇秆依然傲立寒冬，装点着柏果树河冬日的萧条。一场大雪过后，柏果树河是一片白色的世界，花草树木披上了银装，河两岸的石头假山被厚厚的白雪覆盖，呈现出奇形怪状的造型，人走在河岸边，只觉万籁俱静，超然忘我，仿佛走进了童话世界。

柏果树河尽管年轻，但已是我休闲漫步的心仪之地。随着青岛东方影都的繁荣兴盛，柏果树河的美会被越来越多的人所发现，它将会在众人面前显露出更加迷人的风采！

黄岛蝶变

　　黄岛人民公社以前是当时的胶南县下辖的人民公社之一。20 世纪 70 年代初胜利油田建成后，需要外输原油，国务院决定在黄岛建设原油输出码头，1973 年成立昌潍地区黄岛建港指挥部。随着国家几项重点工程的建成，1976 年山东省革命委员会批准，将黄岛、薛家岛、辛安 3 处公社从胶南县划出，组建中共昌潍地区黄岛工作委员会。1979 年经国务院批准，又将黄岛区革命委员会从昌潍地区分出，划归青岛，更名为黄岛区人民政府。

　　当时的黄岛区完全是在农村人民公社的基础上新建的，很长一段时间没有像样的办公楼，工作人员都是在低矮的平房里办公。全区所有机关和几个国家重点项目黄岛油库、港务局、黄岛电厂都分布在不到 5 平方公里的岛上，区中基本没有其他工业单位，人口也很少，是名副其实的"袖珍区"。

　　20 世纪 80 年代中期，随着国家重点工程前湾港的建设，作为后勤保障的黄岛区城市建设有了很大的改善，那个时候岛上建起了百货大楼、集贸市场等商业设施，也提升改造了横贯岛内的东西大街崇明岛路，机关多数也建起了办公楼，有了一个袖珍城镇的模样。

　　1984 年经国务院批准，在黄岛和胶南的土地上划出了 13

个自然村，设立了青岛经济技术开发区，总面积 15 平方公里。作为改革开放的"试验田"，经济技术开发区被赋予了许多优惠政策，依靠着进出口、税收优惠政策，积极开展"来料加工、来件装配、来样加工、补偿贸易"，完成了原始积累，采取"开发一片，建成一片，收益一片，滚动发展"的思路，使青岛经济技术开发区成为开发开放的热土。

随着青岛经济技术开发区的不断发展，受区域范围的制约，许多产业项目无法布局，制约了开发区的进一步发展壮大。1992 年全国掀起了新一轮加快改革开放的热潮。山东省委、省政府决定将黄岛区和青岛经济技术开发区机构实行合并，体制合一，将经济技术开发区的政策扩大到全黄岛区，黄岛区的经济社会发展迎来了第二个高潮。青岛市委、市政府适应形势发展，提出了挺近西海岸战略，使集装箱码头、产业项目向西海岸转移，这期间陆续建立完善了港口、家电电子、石化、汽车、造修船、海洋工程六大产业集群，黄岛区的建成区范围进一步扩大，城市形象得到提升，黄岛区的综合实力排名连续多年稳居国家级开发区前五名。

2012 年，经国务院批准实施了原黄岛区和原胶南市的合并，组建起新的黄岛区，在此基础上，国务院于 2014 年又批复成立了全国第九个国家级新区——青岛西海岸新区。西海岸新区包括黄岛区的全部行政区域，至此，黄岛区的发展又迈上了一个更高的台阶。

青岛西海岸新区行使省级行政权限，实施功能区发展战略，区内布局了十大功能区。青岛经济技术开发区也是山东自贸区青岛片区所在地，这里成为扩大开放的试验区，"一带一路"国际合作新平台的引领区；青岛前湾保税港区是全国第二大平行进口汽车口岸、国家电子商务示范基地，正在加快建设国际化物流中心、自贸中心和大宗商品交易中心，积极申建自由贸易港；董家口循环经济区集聚了总投资超过1600亿元的项目，着力打造第四代港口；青岛国际经济合作区加快建设中德生态园及中英、中法、中俄创新产业园；古镇口军民融合创新示范区探索平台融合、重点领域融合、区域融合发展模式，率先构建全要素、多领域、高效益的军民融合深度发展格局；灵山湾影视文化产业区聚集产业项目超过2000亿元，总投资500亿元的东方影都成为世界最大的影视产业项目，成为中国电影工业化的高地，《流浪地球》《疯狂的外星人》等科幻影片在此拍摄；青岛西海岸国际旅游度假区拥有凤凰岛、灵山岛等高端旅游资源，着力打造世界级滨海度假目的地；海洋高新区正在打造千亿级的会展业、海洋科技总部基地；现代农业示范区规划面积1090平方公里，大力发展科技研发、产业化经营、农产品交易、生态旅游四种业态，积极创建国家级农业高新区；西海岸交通商务区以青连铁路青岛西站为核心，建设融综合交通、高端商务于一体的国家级综合客运枢纽示范项目。

随着功能区的建设，黄岛区城市功能日臻完善，吸引了众多高校入驻，聚集了中国石油大学、山东科技大学、青岛理工大学、中国海洋大学、哈尔滨工程大学、中央美术学院等超过20所大学，形成了高端人才会集、科研实力雄厚的人才高地。

近几年，在环境整治上，黄岛区下足了功夫，投巨资修建了沿海岸线的蓝湾工程，东起后岔湾西至海军公园修建了80多公里长的海岸线步栈道和骑行道，把黄岛区美丽的沙滩、海湾连接了起来，其间既有人气超高的海水浴场，也有曲径通幽的海岸栈道，还有开满鲜花的山体公园。

目前青岛西海岸新区总体实力排在上海浦东新区、天津滨海新区之后，稳居国家级新区前三位。2020年，黄岛区在全国百强区排名中名列第五位，为北方城市中唯一排进前十名的区。

黄岛区建区40多年来，从荒郊渔村蜕变成现代化都市，经历了沧桑巨变。我庆幸工作、生活在家乡这片土地上，见证着黄岛一步步的发展变迁，为黄岛日新月异的变化深感骄傲和自豪！

门前的那片海

诺沙湾小区是我新家所在的小区，坐落在美丽的青岛东方影都旁边，与小区一路之隔就是一大片优质沙滩和浩瀚大海。这里海面开阔，沙滩细软，空气清新，海水蔚蓝，是人们休闲徒步和赶海垂钓的理想之地。

搬入新家后，我每天都有到海边徒步的习惯。初夏季节，走在海边木栈道上，道路两旁到处都是盛开的石竹花和金鸡菊，色彩斑斓，竞相怒放，引来蝴蝶纷飞。沿着木栈道不知不觉就走到了珊瑚贝桥。也许是受海湾内丰富食物的吸引，这里常年聚集着大量海鸥，成为东方影都的一道亮丽风景。走过这一地带，海鸥在头顶上盘旋鸣叫，令人心情分外愉快。

到了夜晚，沙滩旁的路灯发出柔和的亮光，木栈道两侧的地面上亮起了暖色调的亮化灯带，勾画出两条并行排列的线条，伸向前方；岸边投光灯不停变换的光线打在沙滩上，使整个沙滩呈现出五颜六色的唯美效果；海对面的星光岛，更是灯火璀璨，仿佛是夜间停泊在海面上的一艘巨型豪华游轮，灯光点点，美不胜收。

这片海滩是一片富海，盛产蛤蜊、蛏子、海蜂子，周边很多居民都聚集到此下小海，相距几十公里远的胶州湾东岸居民很多也慕名而来。我和爱人也喜好下小海，是这里的常客。我俩准备了水鞋、耙子、小水桶、食盐等物品，徒步十来分钟即可到达海滩。当海水退到低潮时，大片海滩便露出了。我们随着人群来到海滩低部，这里是泥沙混合环境，我不停地用小耙子把泥沙扒开，可以见到零星分布的小蛤蜊，把它们捡起用海水冲洗干净，顺手放进小水桶里。我和爱人显然是业余级别，挖到的蛤蜊较少，旁边常年下海的渔家妇女，用的是更大的耙子，她们快速翻动泥沙，把沾满泥沙的小蛤蜊，用手划拉进一个网眼细密的网兜中，待攒到一定数量，再拿到海水中冲洗，一会儿工夫就能收获很多。

观看渔家妇女下海真是一种享受。和我并行挖蛤蜊的一个妇女，挖着挖着发现了一个泥沙掩盖的洞口，她放下耙子，挽起衣袖，把手伸进洞里。她越挖越深，胳膊的肘部很快没入洞口了，好像在里面探寻着什么，忽然，她兴奋起来，加大了探挖力度。接下来她把胳膊慢慢抽出洞口，手里攥着一个沾满黑色泥巴的硕大八带，八带狂魔乱舞，我非常惊奇。不一会儿工夫，她如法炮制，又挖到了几只。我自认为发现了门道，照着渔家妇女的样子，在海滩上多个洞口里挖了半天，一无所获。看来识别八带洞口的火眼金睛，不是一时半会儿就能炼成的。

更有意思的是捕海蜂子，海蜂子是一种类似于琵琶虾的海货。捕捉者使用一种专用的不锈钢空气抽筒，先将空气抽筒开放的底部插入海滩上的洞口，再快速拉起空气抽筒的内部活塞，洞里的海蜂子和泥水混合物瞬间被吸进气筒里，海蜂子就被捕获了。由于洞口多种多样，真假难辨，很多时候并无收获，但此方法操作简便，效率极高，半天工夫，就能有小半桶收获。把海蜂子拿回家后用葱姜大料腌制，再过油爆炒，鲜香无比。

我最喜欢在海滩上挖蛏子。我先用铁锹在海滩上铲起一层泥沙，会看到一些小眼儿，有一些小眼儿就是蛏子的窝。接下来我把随身携带的食盐点撒在小眼儿上，几秒钟之后，沙滩小眼儿深处的蛏子便会向上跃起，这时要手疾眼快，用手快速抓住跳出洞口的蛏子，如果失手，蛏子瞬间会钻入地下，任凭你撒再多的盐，蛏子也不会再露出地面了。挖蛏子一年四季都可进行，妙趣横生，令人常挖不厌。

这片海历史上曾是各种鱼类活动密集的区域。三四十年前，当地渔民用船把大网撒在离岸边不远的大海里，几十个渔民分别拽住渔网的两头在岸上拉大网，据说有时一网能拉到上千斤鱼，拉大网是那个时期附近渔村日常的渔业生产活动。近些年来，野生鱼类资源越来越少，拉大网已成为历史记忆。但这片海仍然有较多的小型鱼类活动，每年的春秋季节，许多垂钓爱好者就在沙滩上挥竿垂钓，经常能钓到沙板鱼和黄鱼。沙滩上整齐排列的密密麻麻的钓竿，在晚霞的映照下，也是一道美丽的风景线。

我最愿意站在岸边观看渔民下海捕鱼，也愿意听当地渔民讲述捕鱼的细节。渔民用的渔网名叫"三合网"。这种渔网由三层组成，左右两层是大网眼，中间一层是小网眼。渔网足有上百米长，落潮时渔民穿着水衣，把渔网放到齐腰深的海水中左右展开，渔网的底部由坠子牵引沉到水底，与坠子相对应拴在上面网纲上的浮漂，使渔网在水中上下抻直，这样能确保渔网的网眼保持开放状态。渔网左右两端有浮球漂在海面上，既可显示出渔网的长度，又能标记出渔网的位置。有鱼经过"三合网"时，先顺着第一层大网眼进入渔网，再往前游就撞上了中间一层的小网眼，被卡住头部，当鱼后退时，外面的那层渔网就别住了鱼的身体，把鱼困在渔网中。经过一个潮涨潮落周期，等潮水落到低位时，渔民穿着水衣，腰里挂着网兜，沿着布下的"三合网"逐一把困在渔网中的鱼取出，放在腰间的网兜里。春天这个季节，挂上来的鱼主要是体型较小的梭鱼、鲻鱼、鸦片鱼等，一次巡网就有十来斤收获，每到这时我总要买上几条，回家享用美味。

这片海滩还是多部电影拍摄的外景地，在沙滩上经常可以看到拍电影搭建起的设施，摄制组跟走马灯似的，走了一拨儿又来一拨儿。蔚蓝的大海、金色的沙滩、新颖的珊瑚贝桥、时尚的星光岛，每一处都是拍摄电影取景的优质资源。

我有很深的大海情结，几年前受到这片大海的吸引，选择把新家安在此处。每天早晚两次行走在风景如画的海边栈道上，时常有种休闲度假的愉悦感觉，海滩上丰富多彩的渔家劳动体验，也为我增添了不少乐趣。我热爱这片大海，也热爱我美丽的家园。

"青黄不接"成往事

黄岛位于胶州湾西岸，与青岛市区隔海相望。长期以来，由于胶州湾的阻隔，青岛市区和黄岛呈现"青黄不接"的状态，虽属一城，却享受不到同城的便利，深刻影响着两地人员的往来和黄岛经济的发展。

20世纪80年代之前，西海岸的居民要去趟青岛市区，只能选择乘坐火轮（一种小型客船）。火轮一天只有两班，上午一班，下午一班，每次乘坐一百多人。这种船吨位小，抗风浪能力弱，海上稍微起点风浪或有点薄雾就会停航。西海岸的居民不管来自哪里，也不管有多大的急事，只要遇上客满或停航，就得打道回府，白白搭上一天工夫。到了第二天，还得早早赶到码头再碰运气。

当时如果要开车从黄岛去青岛市区，只有一条乡间道路，那就是绕行胶州，沿着胶州湾环行大半圈到达青岛市区。那时候路况不好，去趟青岛市区单程少说也要三四个小时，开车去青岛市区办事，一天跑个来回都非常困难。

随着青岛开发区的设立，黄岛与青岛市区的联系更加紧密、人员来往频繁，当时开发区管委会的许多工作人员来自青岛市区，入住开发区的第一批企业许多也来自市区，这些人员每周要回家两趟，车辆也需要经常往返于黄岛和青岛市区之间，海运运力不足的问题亟待解决。

20世纪80年代中期，市委、市政府通过论证，确定建设海上轮渡工程。渡轮是从国外购买的旧船，既可载人，也可载车，每班渡轮可同时载客四五百人、载车二三十辆。轮渡的开通是西海岸交通的标志性事件，乘客基本可以不受人数限制乘坐，车辆由黄岛去青岛市区的时间也由三四个小时变成了不足半小时。轮渡的开通极大方便了西海岸居民和企事业单位，轮渡公司成为当时最红火的公用事业单位。那个时候，车辆上渡轮都需要排长队。为了照顾关系单位，轮渡公司发行了轮渡优惠票，出示此票可以不用排队优先上船，全区企事业单位都为能得到轮渡优惠票而自豪。为了缓解供需矛盾，轮渡公司不断购买渡轮，投入胶州湾运营，高峰时渡轮达到六七艘之多，十多分钟一班流水发船。尽管如此，仍难满足需求，直到后来在薛家岛又新增了一处直航青岛的轮渡站，情况才稍有改观。那个年代，轮渡公司奖金丰厚，令人羡慕不已。

为了提高效率，轮渡公司还购买了几艘快艇，投入胶州湾两岸运营。从西海岸到青岛市区码头，只需航行十多分钟，大大方便了要办急事的居民。

轮渡的开通，尽管解决了部分车辆渡海的问题，但由于运量和车型的限制，并不能解决全部问题，况且遭遇大风、大雾天气都要停航，一年之中，黄岛这样的天气又不在少数，因此，东西海岸的陆路交通问题必须解决。

为了缩短黄岛至青岛市区的陆路交通距离，20世纪90年代中期，沿胶州湾海岸线修建起了一条高速公路，全长68

公里，从黄岛到达青岛市区的通行时间可以节省近 3 个小时，解决了西海岸和老市区的全天候交通问题。这条道路的建成，拉近了西海岸和老市区的距离。以前去老市区办事，一般要在市区住宿，高速公路通达以后，可以当天返回。对于通车那天的情景，我至今记忆犹新——全区机关单位都领到了免费票，各单位人员可以驾驶自己的车辆，全程免费体验胶州湾高速。从黄岛端进入，只用 45 分钟就可到达位于老市区的终点，令人感觉非常新奇。

随着西海岸经济的飞速发展，青岛市实施了经济重心西移战略，西海岸的产业集群和前湾港口加速繁荣，经济总量大幅度提升，西海岸焕发出前所未有的发展活力。

经济大发展，交通要先行。这个时候，市委、市政府提出了解决"青黄不接"问题的长远方案，决定在胶州湾上同时修建隧道和桥梁。这是一个事关西海岸发展的重大决定，影响广泛而深远。2011 年，海底隧道和跨海大桥同时建成通车。通过海底隧道，行车八分钟就可到达对岸，彻底改变了以往的渡海通行方式。胶州湾大桥是世界上长度第二的跨海大桥，客货车可全天候通行。这两项重大交通工程的竣工，标志着黄岛和青岛市区正式进入同城时代，黄岛从此融入了大青岛的都市圈，同时也使青岛的城市战略布局豁然开朗。

2014 年，经国务院批准，在西海岸这片热土上成立了全国第九个国家级新区——青岛西海岸新区。西海岸的发展上升为国家战略，跃上了新的发展平台，充满着新的发展机遇。

我从权威媒体得知，西海岸和青岛市区的交通联系又有了新的规划，继过海地铁 1 号线后，相关部门又分别规划了

第二条过海地铁线路和第二条海底隧道，届时将实现西海岸和青岛市区更加畅达的无缝连接。

欣逢盛世，政通人和，城市建设，日新月异。新的百年，青岛西海岸一定会书写出更加精彩的追梦华章。

曾经制约黄岛发展的"青黄不接"，渐渐成为过往的记忆。

住房变奏曲

住房是人们生活最基本的需求之一，是体现幸福指数的重要因素。我的住房经历多次变迁，居住环境一步步得到了改善和提高。我每一次住房的变迁，都见证着家乡黄岛的发展和时代的进步。

20 世纪 80 年代末，我被借调到原黄岛区商业局工作，工作关系在下属企业。那个时候住房由单位分配，我结婚时由于没有机关编制，商业局不给安排住房，无奈新婚住房只能向爱人单位申请。

我爱人在辛安镇（今辛安街道）医院工作，她的单位本来是有独门独院的平房家属院的，但我俩结婚时家属院已经都住上了人。医院经过研究分配给我俩一大间房屋。这间房屋紧靠辛安的中心大街，原来是医院的制剂车间，后来不允许医院自制制剂了，这间车间就闲置不用了。

我们结婚住进这间房屋的时候，门前的黄河路还是一条土路，接连不断往前湾港运土的大型卡车不断从门前经过。卡车轰鸣，尘土飞扬，我们晚上根本无法入睡。由于门窗四处开裂，拉土车扬起的尘土灌进屋内，在地面上、桌子上、床铺上覆盖了厚厚的一层。入住没多长时间，黄河路开始铺水泥路面，硬化之前需要打夯压实，大型强夯机把巨型夯锤高高升起，再急速落下，人在屋里感觉到地面、墙体都在剧烈晃动，窗上的玻璃大部分都被震碎，墙上的挂钟也被震得裂了缝，当时的施工进度极慢，我们在煎熬中度过了很长时间。

后来我被调到黄岛区政府办公室工作。那时的区政府办公室学习氛围很浓，白天要办文、办会、跟随区领导下基层调研，晚上办公室都要组织全体秘书进行政治、业务学习，到很晚才能结束。因为家在辛安，我每天要骑近一个小时的自行车才能到家。一年后儿子出生，家庭负担加重了，区政府办公室的领导看到我早晚两头跑的实际困难，便出面协调，帮我从区政府招待所借了一间临时住房，由此我的住房从在乡下变成了在城里。

这间临时住房是区政府招待所初建时的房屋，后来在它的两侧建起了高高的楼房，这间平房夹在中间很不协调，但由于存放着一些劳动工具临时还没被拆除。房间低矮潮湿，夏天床上的被褥总是湿漉漉的。那时母亲在我家照看孩子，我们一家四口挤在不到 10 平方米的房间里，起居很不方便。

在这间临时住房居住半年后，办公室一位资格比我老的同事从区政府机关幼儿园的两间平房里搬进了楼房，办公室把腾出的两间平房分给了我。这两间平房比我之前住的临时房屋宽敞了许多，并且还有独立的厨房，我和爱人与母亲也可以分房间居住，我们心里十分知足。

20 世纪 90 年代初，前湾港在黄岛落成，大量的前湾港职工需要在黄岛居住。建港指挥部和黄岛区政府合作在黑山公园西侧建设住宅区，住宅区的前半部分是区领导和机关干部住宅楼，后半部分是前湾港职工住宅楼。住宅区依山坡地势建设，错落有致，建筑设计精巧，楼房立面是蘑菇石混凝土结构，屋顶是红瓦，与一墙之隔的黑山公园融为一体，红瓦绿树，相映生辉，远远望去很像一栋栋山体别墅。分配给我的是一栋三层小楼的二楼，小楼前面是一排蔬菜店、粮店、开水炉，生活十分便利。

我分到的新房是一套布局方正的两居室，我可以从容地布置我和母亲的房间，房中还有专门的小客厅。对从临时住房一步过渡到高标准的新套房，我异常兴奋，当时有种不真实的感觉。

1992年青岛经济技术开发区和黄岛区实行机构合并，体制合一，新的区委、区政府办公地点南迁到开发区，原来的开发区成为全区新的行政中心，紧接着原黄岛区的机关单位陆续南迁，老黄岛日渐冷清。

合并后在机关工作的人员主要由三部分组成：一部分家在市区，开发区有单身公寓，每周两次回市区的家；另一部分家在老黄岛，上下班由班车接送，路上单程要耗时一个多小时；第三部分家在开发区，这部分人很少。面对这种情况，区政府启动了在新行政中心大规模建设机关干部住宅楼的工程，我经历了三年上下班南北奔波之苦后，新住房建成，我把老黄岛的房子上交，经统一分配住进了新房。我的住房也顺其自然地南迁到了新行政中心。

在这套房子中居住的六年时间，是我过往人生中最疲惫、压力最大的六年。那个时候财贸物价局刚刚成立，我主持业务处工作，负责全区财贸流通行业管理和企业改革，到后期按照国家的要求对生猪实行定点屠宰，这项管理工作也被放在了业务处。当时业务处只有仨人。由于属新组建的局，工作千头万绪，各项工作都要铺开，特别是生猪定点屠宰工作，要把屠宰业户约束进屠宰点屠宰生猪，我们在实际工作中遇到了难以想象的困难。要杜绝私屠滥宰现象，只能加强源头稽查，那个时候没有专门的稽查队伍，每天早晨两点多钟我带领从有关部门抽调的稽查队员，深入全区屠宰业户家中稽查，从源头上管控，天亮后再深入集贸市场稽查，这一圈下来后，其他稽查队员就可以回家休息，我则要回单位开始一天的日常工作，有时晚上还要加班到深夜。这种状态维持了近两年时间，我真有点支撑不住的感觉，直到组建起专职稽查队后情况才有所改善。当年爱人在老黄岛医院上班，经常值夜班，儿子上小学，到了晚上经常是母亲和儿子一老一小在家，那个时候家成了我的"旅店"，早出晚归是我最深刻的记忆。

进入 21 世纪，房地产业蓬勃兴起。单位分配的住房越来越让人感觉有些局促。2001 年，我从亲戚朋友手中借钱凑够了首付，按揭贷款购买了第一套商品房，面积 130 多平方米，比之前单位分配的住房多了 50 多平方米，居住环境得到进一步改善。

公有住房实行房改之后，停止了福利分房。原来分配的福利房大多面积较小，按照国家的住房政策，许多机关干部的住房面积都不达标，区里抓住最后的时机为全区住房面积不达标的机关干部新建了住房。新建住房与以前分配的房改房实行换购，超出面积部分，住户按市场价补齐房款。按照区里制定的分房政策，我分到了一处三室一厅电梯房，这也是我第一次住上了电梯房，结束了爬楼梯之苦。

换购的新房位于一个配套设施完善的小区，小区里居住的全是机关干部和中国石油大学的老师。小区紧邻中国石油大学校园，穿过校园就是唐岛湾，离海边较近，晚饭后我经常去中国石油大学校园或唐岛湾海边散步，我的徒步爱好就是从那个时候养成的。

2012年，根据区里的政策我退下了工作岗位，有了比较宽裕的时间。每逢爱人休班，我俩经常开车到胶南沿海一带观光。有一次在经过柏果树村时，我们发现了一处海边新开发的小区。它的前面就是一个海滨公园，蔚蓝的大海，优质的沙滩，蜿蜒的步道，环境非常优美。我和爱人怦然心动，当即决定在此置业。房屋购买合同签订3个月后，投资500亿元的东方影都项目在此落地，小区缘此享受到了完善的公共配套设施。紧接着政府实施了黄岛区和胶南市的合并，并设立了西海岸新区，我们意外赶上了新区中心西移的脚步。

这个小区以别墅为主，配建了少数的洋房和高层住宅，我购买的是洋房，住房面积宽敞，结构布局通透。我很快进行了精心装修，搬了进去。每天我沿着小区前面的沙滩一路向西，经过珊瑚贝桥进入星光岛，翩翩的海鸥、辽阔的大海、时尚的建筑令我心旷神怡；有时我也去柏果树景观河两岸散步，那里一年四季都有不同的迷人景致。住在这里每天都有度假的感觉，我心中时常有种莫名的兴奋和激动之感。

中国人注重家庭，住房寄托着中国人的特殊情感，既是安身立命之所，又是心灵栖息之地。住房的变迁不断增强着我的幸福感和获得感。在新的时代，家乡黄岛站上了更高的发展平台，面临更大的发展机遇，可以预见新家园未来将更加美丽！

黑山旧居

黑山旧居是我 20 世纪 90 年代初的住所，因坐落在黑山公园旁边而得名。

那个时候，我刚被调入区政府机关不久，也正处前湾港大规模建设阶段。为解决前湾港职工的居住问题，区政府在黑山公园西面的边坡上划出了大片土地，与建港指挥部合作建设住宅楼。区政府出地，建港指挥部出钱，建成的住宅楼按比例分配。借此，区政府获得了不少楼房，通过福利分房，我分到了一套两居室。

这是我人生中得到的第一套楼房，在这之前我和爱人一直居住在单位提供的临时平房中，空间局促，破旧不堪。面对拿到手的新房钥匙，我和爱人有一种喜从天降的不真实感觉，久久沉浸在幸福和喜悦之中。

我分到的是一座三层小楼的二楼。这座小楼楼顶为红瓦起脊，墙面由米黄色涂料粉刷，楼院的东墙就是黑山公园的西院墙，红瓦、绿树、黄墙，相得益彰，放眼望去，就像是一栋山体别墅。我居住的小楼处于黑山小区的中间位置，前面是领导住宅，后面是前湾港职工宿舍。小区内的水泥道路随山坡地势起伏蜿蜒，楼房高低错落有致。我住的楼前是一条小商业街，分布着粮店、蔬菜副食品店和开水炉等，生活十分便利。

为方便小区居民进出黑山公园，公园管理机构在公园西墙上开了一个西门。那个时候，黑山公园刚刚建成，从山底到山顶修建了盘旋上升的硬化道路，路两旁栽植着樱花树，一直通到山顶，每到春季，樱花怒放，如云似霞，蔚为壮观；山底位置规划了大片的花卉园，分别栽植着月季、牡丹、芍药、菊花等；公园东面的平坦地块上设置了儿童乐园，建有带遮阳棚的碰碰车游乐场，也有儿童滑梯及退役的飞机、大炮等装备，供儿童游玩；在黑山公园的最高点建有仿古建筑——观涛阁，沿内部盘旋楼梯上到楼阁顶层观望，远处是一望无际的蔚蓝大海，海天相接，近处松涛阵阵，满目葱茏。当时儿子才两三岁，母亲白天基本带着儿子在公园度过。儿子对开碰碰车有特殊的喜好，经日久练习，练就了娴熟的技巧，开着碰碰车在密集的碰碰车流中如入无人之境。儿子对黑山公园有特殊的感情，每到周末都要拖着全家到黑山公园游玩，显得格外兴奋。

黑山小区中居住的都是机关人员。那时老黄岛范围很小，人们彼此之间都很熟悉，感觉人和人之间非常亲近。每到盛夏夜晚，邻居们都从家里带着凉席和蒲扇，到楼院里乘凉。坐在铺开的凉席上，边听收音机边吃着左邻右舍带来的水果、小吃，相互交流着天下大事和黄岛见闻，场面祥和温馨。这时的楼院也成为孩子们的欢乐天堂，大一点的孩子，骑着自行车在宽大的院子里飞奔驰骋，炫耀车技；年龄小的孩子，则在楼院内追逐嬉戏，快乐无比。由于楼院地势较高，夜晚凉风阵阵，给没有空调的酷热夏季提供了纳凉场所，人们在院子里经常聊到很晚才回家睡觉。

黑山小区西侧是一大片虾池，虾池的北面是一条 3 公里长的拦海大坝。这条大坝也是进出黄岛区驻地的重要通道。大坝每隔一段距离都有一个水闸，海水通过水闸可以流向南面的虾池。那个时候，我和爱人经常带着儿子到虾池旁边的水渠中玩耍。每到落潮时，水渠水干见底，露出底部的黑色淤泥，我们就光脚下到淤泥里踩踏，偶然间发现淤泥里有大量的固体物质，徒手摸起用海水洗净后，发现是一种被当地人叫作"花嘎啦"的海鲜。这种"花嘎啦"个头较大，有鸡蛋大小，外壳坚硬，肉质肥嫩，味道特别鲜美。发现这个秘密后，我们隔三差五就到那里捡拾"花嘎啦"。只要找对地方，淤泥里遍地都是，用不了一个小时，我们就可以捡到大半桶，回家后根本吃不完，经常与周围邻居分享。这样的赶海活动，前后持续了两三年时间，后来那片虾池被回填，上面盖起了居民楼和物流园区，给我带来无穷乐趣的那一大片水渠就此消失。

小区北马路对面就是滑水场，20 世纪 90 年代初这里曾举行过全国滑水比赛。为了改善滑水场的周边环境，黄岛区政府发动区直部门和单位沿滑水场的海岸线建设人工海水浴场，从外地拉来海沙建起人工沙滩，并盖起造型别致的时尚建筑，用于商业零售和淡水冲洗。人工浴场建成后，一时间人声鼎沸，热闹非凡。只可惜，不到两年时间，随着潮涨潮落，人工填起的沙滩被海浪冲走，岸边堆起厚厚的黑色淤泥，曾经漂亮一时的海水浴场不复存在。

搬进黑山小区居住之时，正值我刚被调入区政府机关不久。我那时从事文秘工作，每天接触的工作对象水平都较高，感觉每天都能学到很多新东西，与之前所在的小企业相比有天壤之别，因此每天都觉得浑身充满力量，干劲十足。但秘书工作是辛苦的，加班加点是常态，单位从事秘书工作的都是清一色的小青年，脾性相投，爱好相近，每当紧张工作告一段落，我与同住一栋楼的两三位同事晚上常去后海钓鱼。那个时候，海中间填起了一条拦海大坝，招引了很多黄鱼、黑头鱼集聚，我们一晚能有十多斤收获。钓鱼是很容易上瘾的，我们经常忙里偷闲，结伴垂钓，有时通宵达旦，仍不知疲倦。早晨上班时间一到，我们又准时出现在办公室里。

随着黄岛区政府机关南迁，屈指算来离开黑山小区已有26个年头了。我和爱人结婚30周年纪念日那天早晨，我早早订好了午宴的酒店，在协商上午的活动安排时，我和爱人不约而同地提出，要去黑山看看曾经给我俩带来无限欢乐的第一套楼房。

进入黑山小区，我们瞬间有耳目一新的感觉。近几年开展老旧楼院整治工程，工作人员把楼房原来的木头门窗更换成了铝合金门窗，粉刷了墙面，修整了地面。我俩沿着高高的石头台阶上到了楼院平台之上，这里曾是我夜晚乘凉的地方，我不由自主地望向曾经居住的二楼，只见阳台上晒着婴儿的衣物，我猜，新主人一定是一对年轻夫妇吧？突然有一种想见见房屋新主人的念头。

我和爱人慢慢上到二楼，在门口停留了一会儿，突然觉得这种造访也许太过唐突，犹豫再三，最终还是没有敲响房门⋯⋯

师范大学文学院中国散文研究中心 · 推荐

当代散文新作荐读文丛

王海峰 主编

乡村记忆

丁明烨　王世会

著　　绘

山东友谊出版社 · 济南

图书在版编目（CIP）数据

乡村记忆 / 丁明烨著 . — 济南：山东友谊出版社，
2023.10
（当代散文新作荐读文丛）
ISBN 978-7-5516-2787-0

Ⅰ.①乡… Ⅱ.①丁… Ⅲ.①散文集- 中国- 当代
Ⅳ.① I267

中国国家版本馆 CIP 数据核字 (2023) 第 150153 号

当代散文新作荐读文丛·乡村记忆
DANGDAI SANWEN XINZUO JIANDU WENCONG · XIANGCUN
JIYI

责任编辑：赵　锐
装帧设计：于晨虹

主管单位：山东出版传媒股份有限公司
出版发行：山东友谊出版社
　　　　　地址：济南市英雄山路 189 号　邮政编码：250002
　　　　　电话：出版管理部（0531）82098756
　　　　　　　　发行综合部（0531）82705187
　　　　　网址：www.sdyouyi.com.cn
印　　刷：济南精致印务有限公司

开本：880 mm × 1230 mm　1/32
印张：57.75　　　　　　　　字数：1355 千字
版次：2023 年 10 月第 1 次印刷　印次：2023 年 10 月第 1 次印刷
定价：298.00 元（全 8 册）

撩拨人心的乡村情怀（代序）

马海方

　　翻开《乡村记忆》这本书稿，细细品味里面的文字和图画，我渐渐地被感动了。感动我的是这本书的真实，这是一种从乡村土坷垃缝里挖掘出来的真实，憨厚朴拙，素面朝天，不做作，不矫情，满纸的乡风土味儿，我就喜欢这种土得掉渣的真实劲儿。

　　细细说来，中华农耕文明五千多年，从一个农民的角度描写乡村老风俗的，在全国也不多见。本书所描写的乡俗，涵盖了鲁西南以及广大中原地区，甚至可以代表长江以北、长城以南整个大中原地区的民风乡俗。

　　这本书还有一个鲜明特点，一文一画一歌，以这种形式来表现当地乡俗，可谓一种特色，有骨有肉，图文并茂，雅俗共赏，很接地气。

　　文字作者丁明烨，文笔流畅，叙事简洁，文学功底深厚，更难能可贵的是，他能从普普通通的游戏中发现生活的哲理，字里行间闪烁着智慧的光辉，由"摊煎饼"得到启示"不要抱怨生命的庸常，你给生活必要的热情和温度，生活就会回报你亮丽的色彩，还有扑鼻的馨香"；由"斗鹌鹑"认识到"要千方百计地激发孩子的热情，要像保护眼睛一样呵护少年的自尊心"；由"装车"体悟到"胸中没有格局，不懂虚实，不懂制衡，就难以做成大事"；通过回忆"磨面"的艰辛，反思传统文化中"术的作用应该被重新认识"；由"赛驴车"发现"幸福是一种能力。即便再紧张的日子，我们也能从中寻得悠闲；即便再困苦的年代，我们也能从中获得乐趣"。如此一篇又一篇，让人既回忆了童年乡情，又受到了智慧的洗礼。

图画作者王世会，是我荣宝斋画院的学员，与我亦生亦友。他多年来一直致力于民俗画创作，画风古朴风趣，乡土味儿足，值得品读回味。他已出版作品多部，在全国民俗界颇具影响。

当前的城镇化进展，已让我们的乡村老风俗丧失大半。记住这些老乡俗，保存住已有几千年历史的乡村文化，是件刻不容缓的事儿，也是件功德无量的事儿。可以说，他们二位做了件可喜可贺的大好事儿，值得点赞！

我们常常讲，民族的也是世界的。这本书也许可以让更多的人了解到：我们从哪里来？我们有着怎样的过往？我们又有着怎样的期盼和梦想？知道了我们的先辈从哪里一路走来，看清了我们的足迹，清楚了我们的历史，也就不难知道我们明天要到哪里去。在追梦的路上，我们也就更多了一份自信的底气，多了一份内在的清明。

2023 年春月于北京了然斋

目　录

第一辑　童年趣事

无忧无虑的童年
无拘无束的童年
五彩斑斓的童年
你是我生命的底色
你是我命运的铺垫

——题记

火灯笼

　　儿歌曰：火灯笼，像条龙，噼噼啪啪冒火明，三哥耍了个龙戏水，烧得棉裤露棉绒；二姐耍了个转灯台，烧焦了头发卷起来；四大爷耍了个鱼翻花，烧得胡子焦塌塌；五叔耍了个蝶双舞，烧了个燎泡鼓又鼓。

　　20 世纪六七十年代，农村生活贫困，过年过节买不起烟花，于是孩子们便用土法自制一些娱乐品，火灯笼就是其中一种。

　　制作火灯笼时，要用铁丝编制笼子，有时也用废弃的带孔铁壶皮，然后要寻到木炭和锅铁。木炭在农村自然好找，废旧的锅底亦随处可见，但要用铁锤将其砸成豆粒般大小，然后再一层层铺好，并在最上面放一些引火的柴草，则没那么容易。最后把灯笼用细铁链拴在一根木杆上，点燃柴草，一群孩子一起摇动木杆，火灯笼便会像火龙一般旋转开来。

　　待天色暗下来，孩子们便开始弓腰摇动木杆。火灯笼初期只是一团飞舞的火球，随着木炭的燃烧，锅铁被烧透，形成火星向外迸溅。迸溅的火星碰到地面或者墙壁，就会绽放成美丽的烟花。等火灯笼燃烧到一定程度，周遭便都是蹦跳翻飞的烟花雨了，铺

天盖地，蔚为壮观。

　　这时候，周围早围满了一大群看热闹的人，烟花冷不防飞进人群，引起一阵骚动。摇木杆的孩子耍得更起劲儿了，周遭几十米的范围内便成了烟花的海洋，人们躲闪的笑闹声汇成了大海中欢乐的波浪。过后还真有人被烧焦了一绺头发，也有人棉裤被烧了个小洞，不过与欣赏到这么精彩壮观的景象相比，这些真算不了什么。

　　火灯笼的神奇之处就在于，看起来再平常不过的几捧木炭、两把锅铁，一经激烈燃烧，就能燃放出灿烂炫目的光彩。联想到我们的人生，想必一个人无论资质多么平常、地位多么卑微，只要充满激情地去生活、创造，就能让生命绽放出绚烂的花朵。

打"瞎驴"

儿歌曰:小三妮儿,当"瞎驴",转了一圈儿抓把泥儿,二小子,蒙上眼,东抓西挠乱了点儿,"瞎驴"打个滚,抱住了二小的腿,"瞎驴"撒个欢儿,搂住二妮儿不松开,"瞎驴"跌一跤,抱住二姐的粗牛腰。

"打瞎驴"的名字,来源于磨坊里蒙眼拉磨的毛驴儿。游戏非常简单,一般三五个人一起玩儿。先在空地上划定一片区域,出区域就算犯规。然后用一块毛巾或布条儿,把一个小朋友的眼睛蒙住,被蒙住眼睛的小朋友也就是所说的"瞎驴"。其他人则不动声色地躲藏起来,趁其不注意,在他身上拍几下,或轻轻地朝他屁股上踢一脚。如果有人被他捉住,被捉住的就成为"瞎驴",要蒙上眼睛被别人捉弄,直到捉住下一个替代对象为止。

"打瞎驴"很考验听觉的灵敏性。"瞎驴"眼睛被蒙住,注意力就集中在听觉上,要辨别出哪里有脚步声、哪里有喘息声,然后果断出击,当然下手一定要狠,一定要把对手死死抓住,不然很难翻盘成功。这项活动更考验人的智慧,有时身体左边被击打了一下,其实人却藏在右边,前面被击打了一下,人却躲在后面,

　　这时如果你有精准的判断力，他声东击西，你反其道而行之，往往成效显著。有经验的孩子，看起来慢慢腾腾往前摸，但待对手悄悄从他腋下转到他身后，刚刚放松，便能猛地转身一把将对手抓住，由此，于黑暗中解脱。

　　当然，由于捉"贼"心切，造成身体失衡，人仰马翻的场景也不少见。这时，大家笑作一团，也有的怕暴露藏身地点，强忍着笑不敢出声。无论怎样摔跤跌倒，只要没抓到对象，"瞎驴"就还是得自己当，游戏也还是得继续。

　　有人说，上天为你关上一扇门，就会给你打开一扇窗。这句话，在这个游戏中得到了很好的诠释，当然关门也好，开窗也罢，关键还是我们自己要提升应对的智慧。

砸元宝

儿歌曰：叠元宝，用红纸，小三见了把眼挤，扔在地上当"老宝"，谁想赢它俺不许；叠元宝，纸发蓝，又砸又摔不值钱，手里拿他七八个，输光丢净心不烦。

砸元宝也叫打纸扁儿、打纸包，是20世纪七八十年代孩子们常玩儿的一种游戏。孩子们用废旧课本、杂志、作业本的纸折成一个个正方形的纸质玩具，取名叫元宝。当年，小朋友的书包里可没有多少学习资料，鼓鼓囊囊的都是这种元宝。

砸元宝规则很简单，双方先猜拳，输者先把自己的元宝正面朝上放在硬地上，另一人用自己的元宝往上砸，可以砸到对方的元宝上，也可以砸在元宝的旁边，只要把它弄翻个儿，即为赢家。赢了，对方的元宝归己所有，没砸翻，则把自己的元宝放在地面上，让别人去砸。有时一个小朋友可赢好多元宝，那是他的战利品，是得胜者的荣光。

砸元宝的输赢，与力度、技巧有关。力度小，元宝翻不过来，当然赢不了；力度过大，元宝在空中翻两个个儿，还是正面朝上，也不能算赢。决定砸元宝输赢的另一个重要因素就是元宝的分量，

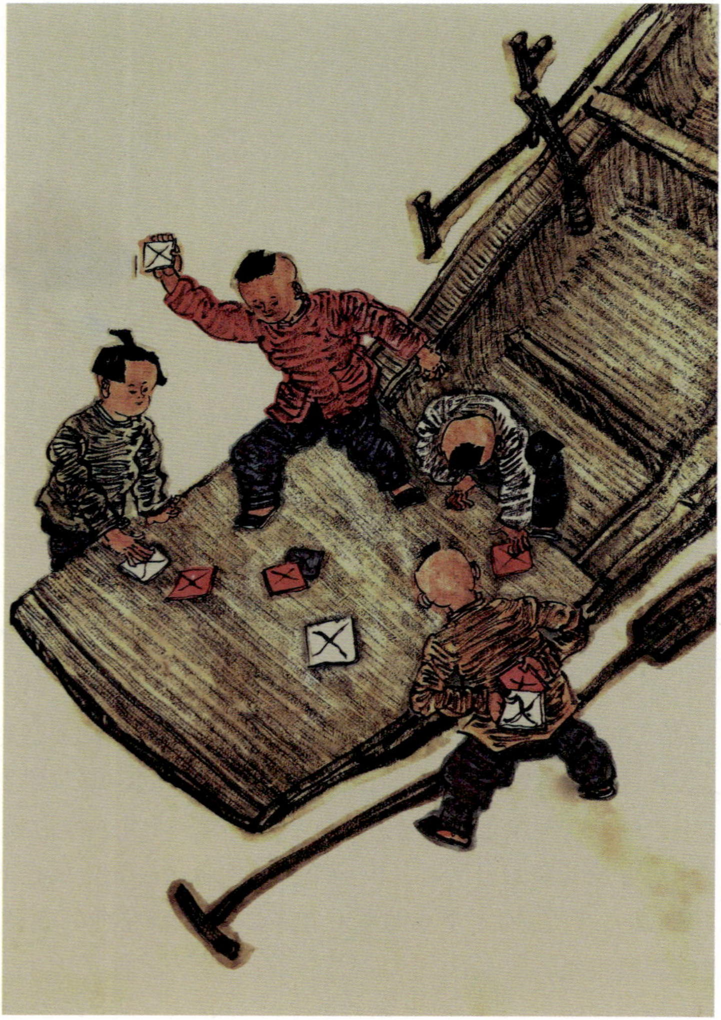

用作业本、报纸等叠的元宝总是轻飘飘的，人砸起来使不上劲儿，还容易被砸翻。记得我曾用浸过桐油的牛皮纸做过一只元宝，个头不大，但特别瓷实厚重，普通的元宝根本打不动它，用它去打别的元宝，则如风卷残云。它被小朋友们视为"超级元宝"——"老宝"。当年这只"老宝"为我赢得了不少元宝，还有属于少年的骄傲。

这只百战百胜的"老宝"，让我体悟到资质厚重的重要性。为人处世，厚重的品格，比技巧重要，甚至也比努力重要。怪不得古人说，深沉厚重，为做人第一等资质。

拉拉妞儿

儿歌曰：我削拉拉妞儿，你拴布衬条儿，我抽团团转，你抽捞不着，滑我俩跟头，跌你一个跤，磕破我鼻子，碰破你额角，爹娘看见了，打俺一马勺。

北方的冬季，寒风呼啸，草木凋零，鸟虫匿迹，大自然进入冬眠状态。孩子们愣是闲不住，他们三五成群凑在一起，玩儿一种叫拉拉妞儿的游戏。

拉拉妞儿也叫陀螺、皮皮妞，它的制作工艺非常简单，取一块硬木，砍削成上圆下尖的形状，然后把几根长布条儿拴在一根细木棍上。玩耍时，先将布条儿在拉拉妞儿上缠几圈儿，往地面上猛力一甩，拉拉妞儿便旋转起来，接着趁势用布条儿尽力抽打，拉拉妞儿便持续转个不停，引得孩子们欢呼雀跃。

抽拉拉妞儿必须选择平滑的地面，冰上最好。门前的街道上，坑坑洼洼存有许多积水，到冬天则冻成冰面，这便是孩子们玩儿拉拉妞儿的最佳场所。只是道路上的冰面有限，大一些的孩子便一起到池塘的冰面上去展示才艺。池塘里的冰层厚，冰面平整开阔，是孩子们演示机巧的好舞台。

　　用木头削制的拉拉妞儿一般转速较慢，后来有人进行了改进，把地排车上废弃的轴承里面塞满沥青，再安上一颗钢珠，转动起来，不但稳定，时间也持久得多。玩拉拉妞儿时，也不用再抽打，只用一根麻线缠绕在拉拉妞儿的腰部，扯住麻线的一端尽力甩出，拉拉妞儿便能飞速旋转起来。有的孩子还在自己的拉拉妞儿上画上图案，贴上彩纸，这样，它转动起来就成了一道道美丽的光晕弧线，图案也会随旋转速度的不同，变换成不同的画面，引得周围的孩子拍手称奇。

　　简简单单的木头、锈迹斑斑的旧轴承，平时被弃之一隅，不怎么引人注意，可一旦旋转起来，就能站立，能变幻成一道亮丽的风景线，能吸引人们的眼球了，其中蕴含的道理，让人深思。

摸　霸

儿歌曰：二狗蛋，去摸霸，树枝剐破小脚丫，奶奶嚷，爹娘骂，骂得狗蛋头耷拉，奶奶抓来一把灰，捏巴捏巴就好了，喜得狗蛋光龇牙，穿上一个花裤衩，上树任你摸去吧。

小时候，物资匮乏，没有什么玩具，村上的孩子们就喜欢在草地上荡秋千、弹琉璃球、丢沙包，有些胆大的伙伴会把游戏阵地转移到树上，在树上捉迷藏，俗称"摸霸"。

摸霸选择的树一般是低矮的果树，枝杈斜逸横出，柔韧性好，下面土质疏松，即便不小心摔下来，也无大碍。游戏时选出一个小朋友，蒙上眼睛，唤作"眼"，其他小朋友都在树枝上藏起来，尽量不让"眼"给抓住。"眼"为了寻找目标，可以大声喊："张家庄，李家庄，谁不霸，长个疮。"其他小朋友便会忙不迭地高声应道："霸。""眼"便可循声摸去，直到抓住一个小朋友，把当"眼"的任务卸给他，游戏重又开始。

在游戏当中，有身手敏捷的小朋友专门摇晃树枝吓唬当"眼"的，有的故意在"眼"的身旁晃来荡去，引诱"眼"东抓一把西抓一把。也有技高人胆大的小朋友，专门躲在一根胳膊粗细的树

枝上，颤颤巍巍、阴阳怪气地引诱"眼"，自信被蒙上眼的"眼"怎么也爬不过来。哪个小朋友一旦不小心被"眼"抓住，就会发出一阵"惨烈"的惊叫声，引得伙伴们嘻嘻哈哈大笑起来。欢笑声让大树战栗不止，将整片树林洒满，在静穆的小村间萦绕。

摸霸能强身健体，也能增进智慧，更能考验勇气和胆量。通过玩摸霸，孩子们个个像敏捷的狸猫，聪明伶俐，自由快乐。

背锅锅儿

　　儿歌曰：我背您，您背我，漱洋糖，吃长果儿，观龙灯，看焰火儿，戴花帽儿，挂金锁儿，背起锅锅儿去外国。

小时候，生活困难，缺衣少食，农村的孩子更没有儿童玩具和体育器材。为了玩耍和取乐，孩子们便发明了许多简单的游戏，撞拐、顶牛、骑驴、捉迷藏、过家家，等等。背锅锅儿，便是他们创造的徒手游戏。

背锅锅儿，就是两个小孩子，背对着背，双臂缠绕，你背我一下，我背你一下，简单易做。背对方时，自己弯腰，要让对方面部朝上、双脚离地，再轻轻地颤抖一下，让对方全身放松，然后直身将对方放下，对方再弯腰将自己背起。如此循环往复，双方你来我往，乐此不疲。

也有调皮的孩子，爱搞恶作剧，把对方背起后，使劲儿颤抖，不把对方放下来。对方仰面朝天，双脚离地，失去控制，有劲儿使不上，呼吸不顺畅，发声不连续，很是不舒服，只好笑着求饶。等轮到对方背时，人家如法炮制，以牙还牙，让你也尝尝捉弄人的苦果。有的孩子爱使小性子，遇到这样不厚道的伙伴，以后再也不与他合作了。

用现代中医理论诠释背锅锅儿，背的一方腹肌得到锻炼，被背的一方脊椎各关节得到放松，一张一弛，彰显生命之道，而且此游戏简单易行，不失为一种好的健身方式。

背锅锅儿，运动强度不大，易学易做，是深受女孩子们喜爱的健身游戏。其实，游戏不在于复杂、不在于烦琐，能给孩子们带来健康、带来乐趣的，就是好游戏。

叮杏核儿

儿歌曰：小杏核儿，圆又圆，小二小三儿一起玩，小二赢了一大把，小三儿输个底朝天，明天上集去买杏，攒上杏核儿一大罐，赢来杏核儿都砸烂。

20世纪六七十年代，儿童玩具不多，但游戏种类繁多。孩子们把吃杏后剩下的杏核儿，洗净晒干，放在口袋里，空闲时就拿来玩叮杏核儿的游戏。

取一块方砖，游戏双方各自放上数量相等的杏核儿，然后通过剪子、包袱、锤分出输赢。赢的一方先开始，把自己的一颗杏核儿从高处丢下去，砸到砖上的杏核儿堆上，杏核儿遭到撞击便会从砖上蹦下来，蹦下的杏核儿便归自己所有，然后再由对方来砸；如果自己的杏核儿没砸中别人的，自己的又没从砖上蹦下来，便是颗粒无收了。孩子们轮流去叮，直到把砖上的杏核儿都叮下来，便算是玩完了一局。然后，大家再把等量的杏核儿放到砖上，轮流去叮，直到大家玩得尽兴了才结束。

叮杏核儿也有技巧，手举得要高，眼瞄得要准，手中的杏核儿要正好砸在杏核儿堆上，效果才会显著。当然，举得过高就会

瞄不准，放得太低又会影响冲击力。有经验的孩子一般将杏核儿放在与眼睛等高的位置，用眼睛向下瞄准，往往弹无虚发。

对手中杏核儿的选择也很关键。圆形的杏核儿易走直线，便于操控，落入堆中散发力也均匀，是玩家的首选。再者，要选择较重的，轻飘飘的杏核儿没有冲击力，落下时线路也容易偏移，孩子们看不上眼。有的孩子善于动脑筋，他们选择一颗较大的杏核儿，挖一个小洞，把杏仁掏出来，然后放进钢珠或铁砂，再用纸屑把洞口堵住，这种重量增加了许多的杏核儿，下落后产生的撞击力就大，往往能赢。

现在，各种玩具琳琅满目，电子游戏精彩纷呈，孩子们不再热衷于这种简朴的游戏了。

斗　拐

儿歌曰：斗拐斗拐，把腿闪崴，先生一捏，疼得头甩。斗拐斗拐，蹲腚呆脸，蹲烂茶壶，压破饭碗。斗拐斗拐，又蹦又跩，忘了念书，不愿写楷。

斗拐，也叫撞拐、捣拐、脚斗，是两个儿童就能做的游戏。到了冬天，北方的天气特别寒冷，没有什么玩具的农村孩子便聚集在一块儿，玩儿起斗拐的游戏，既能暖和暖和身子，也能给寂寞的生活增添些乐趣。

斗拐者一条腿站立或蹦跳，另一条腿盘屈于胯前，双手或单手握脚，使膝盖向前突出，以单膝攻击对方，以把对方击出场外、双脚落地或失去平衡倒下为胜。

斗拐，比的是爆发力、耐力和平衡力，但并非单靠力气取胜，其中蕴藏着很高的技巧，机智、敏捷、沉稳也是成功的决定性因素。小学时，我的一位好朋友就是学校的斗拐王。他并非人高马大，也不是特别粗壮的那种体形，可在斗拐场上却闪展腾挪，机智敏捷、进退自如，简直到了出神入化的地步，能轻轻松松把一些体格高大的对手掀翻在地。

据他讲，斗拐讲求顶、压、撞、掀。对待力气不如自己的对手，就运用"金刚腿"膝碰膝、硬碰硬，势如破竹直接把他顶出场外。若遇到身材比自己略高大的对手，可故意把自己的膝盖放低些，待对方进攻时再猛抬膝尖，把对方挑倒。若遇到个头较矮身体粗壮的对手，则猛然高高跃起，用膝盖撞击对手胸部，以泰山压顶之势将其撞翻。遇到力气大、耐力好的对手，就要巧妙周旋、以静制动，看准对方破绽从侧面攻击。没想到，一款简单的游戏，竟然蕴含着那么多的技巧。

斗拐，起源于五千多年前，因其融体能、智慧、技艺和观赏性为一体，得以延续推广，依然是当今热门的趣味比赛项目。

打 尔

儿歌曰：四孬蛋，去打尔，回回去打回回起；四憨子，练狗蛋，一气练到东河岸；四黑子，去拾尔，一气跑了二三里；四妮子，去画城，四边画得一码平，几个小子光打尔，忘了上学喊起立。

20世纪六七十年代，学校不十分重视知识教育，孩子们自由支配的时间较多，是儿童游戏最为繁盛的时期。村上的儿童最爱玩儿打尔的游戏。尔就是一个不到二十厘米，两头尖尖的短木棍，再配上一柄一尺多长稍粗的尔棍。

打尔前，先在地上画出一个方块，称为城，把尔放在城里，打尔的小朋友分成两班，用叮尔的方式决出谁先打。打尔的一方选技术最好的，用尔棍一砸尔一端的尖头，尔便飞起来，然后用尔棍拦腰一击，尔便呼啸着飞出很远。另一班小朋友跟着去捡尔，并使劲儿把尔往城里扔，扔得进，便获得打尔的权力；扔不进城，由打尔方的小朋友继续往外打，捡尔方的再拼命把尔往城的方向扔。尔往往被越打越远，捡尔方的小朋友也越来越没有信心。打尔也有失手的时候。打尔方的小朋友越是想拼尽全力，越是容易打空。尔掉落原地，捡尔方的小朋友便能轻松将它扔到城里，夺

得打尔的权力。

　　打尔的规则有多种，包括单打、连打、练狗蛋、胯下打等，其中练狗蛋可以连续击打多次，有的甚至一气打出一里多地，拾尔的小朋友最不满意这种打法，因为他们已无法轻易把尔扔回城里，还有被奚落的感觉。

　　一长一短两根木棍，引得一群孩子欢呼雀跃、气喘吁吁，有时还争执不断。尽管他们很在乎输赢，甚至还因为规则是否合理而面红耳赤地争吵，但这些喜怒哀乐的情绪表达，才是孩子们最真实、最纯粹的样子。

关老爷打仗

儿歌曰：骑马颠颠，一蹦两蹿，谁敢来战，挨我一鞭；骑马嗒嗒，战寨一扎，谁敢来碰，打你发愣；骑马嗖嗖，一拽二甩，闹上一晌儿，回家挨嚷。

小时候，孩子们在一起玩耍，两三个人就玩琉璃球、砸元宝，四五个人就玩斗拐、打"瞎驴"，如果是六七个人聚在一起，就喜欢玩一种叫关老爷打仗的游戏。

孩子们玩这种游戏时分为两班，一班三人，两人搭手作马，一人骑上，手持一根长秫秸，扮作拿刀关公。如果人手少，就两人一班，一人跨在另一人的脖子上。两班毛小子咋咋呼呼，冲冲撞撞搅闹成一团，如果一方"关公"的武器被对方挑落，或手中的秫秸被打折，就算失败；抑或哪班人的"关公"倒地或"马"散了架，则也算失败。然后，双方调整一下，抖擞精神再混战在一起。玩儿这种游戏，打破手、崴伤脚是常有的事。

这个游戏很注重责任担当和团队协作，作为被骑的"马"，要负重向前，进退灵活，咬紧牙关支持"关公"作战；作为"关公"，要机智勇敢，拼尽全力击损对方的武器，争取团队的胜利。这次如果败了，团队会设计谋略，甚至"马"和"关公"会交换身份，力争下次征战大获全胜。

长大后才发现，童年一次次的游戏、一幕幕的经历，都会慢慢沉淀为一个人的精神品格，渐渐融入我们的生命中，丰富我们的情感，滋养我们的心灵。

捉小鸡儿

儿歌曰:小小子,小妮子,一个一个牵褂子,前头老鹰张翅子,要抓小妮儿小小子。小妮子,小小子,嘻嘻哈哈转圈子,一转转到草窝里,轱辘轱辘没影哩,惊得老牛瞪眼哩,急得老妈大喊哩。

小时候,适合孩子们玩的游戏很多,男孩子喜欢斗拐、摔跤等角力的活动;女孩子则喜爱踢毽子、跳绳、抛石子等技巧性运动,捉小鸡儿就是女孩子们擅长的一种游戏。

孩子们扯着前一个孩子的衣服,连成长长的一串,这就是他们称的"鸡队"。最前面个子较大的孩子,张开双臂保护后面的鸡队,被称作"老草鸡"。对面,另有一个孩子扮作"老鹰",专去捉"小鸡"。"小鸡"被逮住后,就脱离队伍,成为对方的"战利品",暂时不参加活动。"老鹰"一次一次向"鸡队"发起进攻,"老草鸡"拼命护着不让它抓到"小鸡"。直到"小鸡"一个个都被抓走,只剩"老草鸡"孤寡一人,游戏宣告结束。

游戏开始时,"老鹰"一方的孩子先喊:"鸡鸡翎,扛大刀,您的小鸡儿尽俺挑。"对方问道:"挑谁吧?""老鹰"一方喊:"挑二妮儿。"然后,老鹰便闪展腾挪,伺机猛扑上来,抓住二妮儿。

　　领头的"老草鸡"和队友就迅速变换队形，阻挡掩护，尽量不让对方抓住。对方则猛然发动攻击，尽量冲乱"鸡群"的队形，伺机抓获落单者。于是，双方你抢我护，你抓我躲，笑闹成一团。

　　捉小鸡儿虽是儿童游戏，但最讲究团队协作精神，这种合作精神的训练，对孩子的成长成才非常有利。

推铁环

儿歌曰：小铁环，圆又圆，我推铁环去校园，见了老师立个正，老师对我把脸绷。小铁环，哗啦啦，我推铁环去姨家，见了老姨问个好，老姨让我别乱跑。小铁环，溜溜转，我推铁环找二嫂，二嫂见我扮鬼脸，吓我出了一身汗。

小时候，物资极度匮乏，农村的孩子没有什么玩具，也就是玩一些石子、沙包、鸡毛毽子、木制刀枪、火柴枪什么的，冬春季节最常见的一种锻炼方式就是推铁环。

铁环的制作非常简单：把一根铅笔粗细的钢筋弄弯成一个圆圈，接头处一焊，便是一个铁环。然后把一根铁条弄弯成把手，推着铁环到处游走。也有用箍木筒的铁圈当铁环的，更讲究的，在大铁环上套几个小铁圈，一推起来，哗哗啦啦地响，煞是威风。

孩子们最不缺乏创造力，有的用硬质的石棉垫圈代替铁环，推起来稳重气派，有的在垫圈上画上各种图案，有的找到金光闪闪的铜质垫圈做铁环，推起来嘤嘤作响，可谓铁环中的珍品。我记得我小时候就有几副铁环，挂在大门洞下的墙壁上，像十八般兵器一般，令我颇引以为豪。

　　别小瞧这么一只简单的铁环，推着它行走却是一件难得的快事，或许是推铁环要专心一处的缘故吧，心中没有了烦恼和杂念，就会特别轻松愉悦，跑起来像吹过原野的一阵清风。开始推铁环时驾驭起来还有些困难，转弯时也许会把铁环甩到路边或河沟里，时间一长就驾轻就熟了，能把快慢节奏把握得恰到好处。孩子们推着铁环在大街小巷奔驰，在时快时慢的速度中维持身体的平衡，像脱缰的野马一样得意忘形，忘了去上学、忘了做作业是常有的事。

　　就是这些古老的器材、简单的健身方式，让孩子们的身体都特别健壮。他们跑起来像一头头小鹿，精神头儿十足，很少有生病的。现在孩子们的娱乐方式花样翻新，电动玩具充斥大街小巷，电子游戏更是让他们百般着迷，没有人再玩儿推铁环了。

　　常常在想，健康快乐的人生，也没必要追求花样翻新，简单的方式、纯朴的生活、轻松的心灵，一样能让我们幸福而充实。

放风筝

儿歌曰：放个风筝蝴蝶，带俺上天拜佛；放个风筝蜈蚣，带俺上天扑棱；放个风筝八仙，带俺上天撒欢儿；放个风筝仙女，带俺上天亲嘴儿。

风筝，亦称纸鸢，是一种能够借助风力在空中飘飞的观赏制品。后来人们又在纸鸢上绑上竹哨，风入竹哨，声如筝鸣，因此又称风筝。

"草长莺飞二月天，拂堤杨柳醉春烟。儿童散学归来早，忙趁东风放纸鸢。"阳春三月，东风荡漾，天气转暖，脱了棉衣的孩子们闲不住了，开始缠着大人们给扎风筝。大人寻来竹篾、宣纸，找来颜料，扎成各种样式新颖的风筝，让孩子们拿到空旷地带去放飞。孩子们用麻线卷成一个线团儿，将风筝拴好扯住，迎着风一路奔跑，身后的风筝就高高地飞到天上去了。孩子们握住丝线，或收或放，风筝便在蓝天白云中悠然飘荡。风筝有很多样式，有的像飞鸟，有的如蜈蚣，有的像凤凰，有的像飞机，还有的像仙女，衣袂飘飘，妩媚动人。

做生意的、赶路的、在田地里劳作的人们，都会被这些栩栩

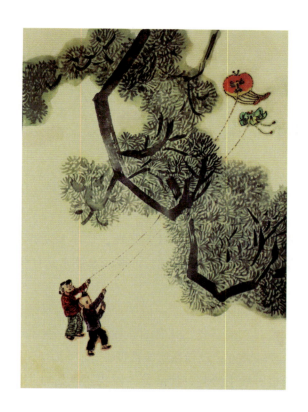

如生的风筝吸引，不禁仰首观望，啧啧赞叹。沐浴在暖阳中，任柔柔的春风轻轻地拂过脸庞，凝视着丽日蓝天之下摇曳的风筝，人们荣辱皆忘，杂念俱无，身心也放松下来，似与风筝一起悠然飘荡。

自由飞翔，是每个人的梦想。带我放风筝的父亲曾郑重告诫我：生命犹如风筝，追求自由高远是每个生命的本能，但心中一定要有一根准绳，这根准绳就是良知、道德、法律等做人的准则，挣脱了这根绳，生命不但飞不高、飞不远，没准儿还会一头栽下来。

打水漂儿

儿歌曰：春天一池水，风吹起波纹，二小拿泥片儿，甩手水上飞，燕子点翅过，鱼儿使劲追，三妮儿拍手乐，口哨一阵吹。

现在说什么事打水漂儿了，说明投资、努力没结果，白白投入而没有收获。它来自我们儿时的一种游戏——打水漂儿，意为只在表面上轻轻滑过，没什么实质改变。

在池塘边，顺手捡起一块薄薄的泥块儿或瓦片儿，用力向平行水面方向撇过去，泥块儿就在水面上跳跃、滑行，水面上依次散开一圈圈涟漪，煞是好看，这就是打水漂儿。

打水漂儿，使石片儿在水面上舞蹈，也需要较高的技巧。选择的石片儿太钝太重不可，否则一下就没入水中了；太轻太小也不可，否则不能与水面形成一种弹性作用，就画不出这种优美的轨迹。有一定弧度的薄石片儿最好，石片儿与水面形成一种张力角度，会走得更远。当然，最重要的还是发力方向，要让石片儿贴着水面滑翔，不偏不倚。

有的大些的石块儿，在水面上跳跃三五次就没入水中，而又小又薄的瓷片儿，贴着水面要滑行很长一段距离，像翩飞的小鸟，

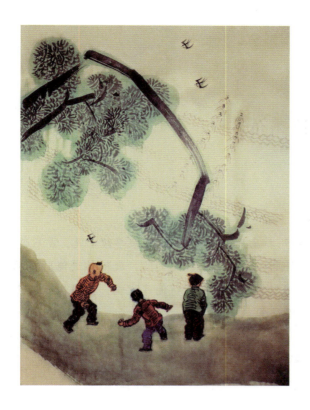

姿态优雅。水面上的水晕，呈直线状排列整齐，一个接一个，依次散开，像少年次第打开的心结。也有的石片儿，从池塘这端入水，在水面上蹦跳几次后，竟然又跃上了对岸，着实让我们惊奇不已。

　　人生在世，有多种行走姿态，有人心思凝重，像一下沉入水中的石块儿，瞬间被生活吞没；有人放浪形骸，像从空中掠过的飞石，与水面没有交集，自然无法体悟生活的馈赠。而像打水漂儿一样，既不被物欲淹没，也不虚浮厌世，在生活中有节律地舞蹈，最是养人耳目，悦己悦人。

逮　鱼

　　歌谣曰:扛大网,去逮鱼,蹚了杂草蹚紫泥,紫泥崩了俺一身,鲫花扎了俺脚心,虾米夹住俺的脸,泥鳅钻进俺肚脐眼儿,水长虫吓得俺腿发软,大火头撺得俺气光喘,慌里慌张爬上岸,裤子掉了也迭不得管。

　　早些年,地表水位浅,水质无污染,沟沟渠渠、池塘小溪,水干后都有鱼虾。于是,闲来无事的庄稼人,无论大人孩子,都喜欢捕鱼捉虾,以此改善一下清贫的生活。

　　捕鱼方法有很多,翁网、撒网、兜网、插网、用鱼篓,等等。翁网捕鱼,需两个人各执网的一端,慢慢地把鱼围拢在网中,再慢慢靠向岸边,但这种方法只有在狭窄的沟渠,或者水比较浑浊时才能派上用场。在大的池塘或河流中,必须用撒网捕鱼。撒网捕鱼可是个技术活,要把网撒开、撒圆,这可不是一般人力所能及的。捕鱼虽然耗费体力,但做自己喜欢的事情,就不会感到疲惫。况且一天可捕二三十斤,把鱼卖掉,为家庭换回必需的生活用品,自然其乐融融。

　　也有人用鱼篓逮鱼。鱼篓口小肚子大,像芽芽葫芦,放在溪

流入口处，鱼进去就出不来，第二天早晨把鱼篓提出水面，往岸上一倒，活蹦乱跳的银鳞，让人惊羡不已。

在那个物资贫乏的年代，不是每户农家都能买得起渔网的。我们这些赤手空拳的孩子，自有自己的捕鱼办法。小的沟渠，水剩得不多了，我们就来回蹚水扑腾，把水搅浑，慢慢地鱼儿就没处藏身了，渐渐地显露出行迹，我们就来个浑水摸鱼。

有的池塘、沟渠水多，几个孩子是没法儿把水弄浑的，我们就用铁锹在中间打一条土坝，用脸盆或水筲，从一侧向另一侧泼水，等水少了，鱼儿只好乖乖就擒。农村人把这叫作刮干坑、拾干鱼。

其实，我们许多人，虽然喜欢捉鱼，却并不怎么爱好吃鱼。只是捉鱼时那份激动、那份好奇、那种收获的喜悦，最能撩动我们少年的心弦。

放鸟儿

儿歌曰：小燕子，白肚皮，我喂小燕儿一口食；小燕儿给我飞个花，我给小燕儿把毛刷；小燕儿挠挠我手心，我给小燕儿哼个曲；小燕儿围我叽喳叫，我给小燕儿吹口哨；小燕儿小燕儿我的伴，我俩同吃一碗饭。

儿时的生活虽然十分清苦，但也没有多少课业压力，放学后，割草、游戏就是业余生活的主旋律。有的同学还会养上一只小鸟，给单调的生活增添了不少乐趣。

春天到了，柳丝飘飘，燕子也回家了。它们在房梁上筑巢、孵卵、育雏。雏燕儿最是招人喜爱，待到父母觅食归来，它们总是伸出长长的脖子，张着大大的嘴巴，互相争着要食儿。等小燕子翅膀上长出一排羽毛，已经能够单独喂养，孩子们会趁老燕子外出觅食时，拣出一只乳燕儿自己养起来。

孩子们把小燕子养在笼子里，平时到草丛里给它逮青虫蚂蚱吃，有时也喂些干粮、小米。自己驯养的小燕子很听话，让飞便飞，让回便回，让钻笼便钻笼，可以听从小主人使唤。放学后，养鸟的同学便提着鸟笼来到旷野，打开鸟笼，放飞小鸟儿。出笼的小

　　鸟儿自由地在天空中盘旋，随着一声口哨，小燕子翩翩飞来，落在主人的手掌上，主人便赏给鸟儿一口美食，然后再将其放入笼中。

　　那时候，孩子们把燕儿视为心肝宝贝，舍不得让燕儿受一点委屈，玩耍时把它带在身边，吃饭前先给它喂食，睡觉时把它放在床头。有鸟儿相伴的日子，孩子们阳光快乐而富有灵性。

乘　凉

儿歌曰：夏天到了，知了叫了，天气热了，奶奶来了，给我扇扇，怕我热着，给我炒肉，怕我饿着，给我唱曲儿，让我乐着，有个奶奶，我天天恣儿着。

　　小时候，没有电风扇，没有空调，一到夏天，大些的孩子就整天泡在池塘里，年龄小些的没地儿去，大人们便在门前的大树下，打扫一片儿干净的地面，铺上草苫子，放上凉席，让他们由老人看护着乘凉。奶奶满脸的皱纹里散发着慈祥和笑意，拿把芭蕉蒲扇不停地为孩子们扇风、驱赶蚊虫。孩子们闭着眼，享受着凉风有节奏地扇到脸上的感觉，舒服极了。有时，奶奶还会边摇蒲扇边哼儿歌，让孩子们在歌声中甜蜜地睡去。

　　到了晚上，屋内闷热，小些的孩子随奶奶在树下睡至半夜，等暑气退下，就被老人抱到屋内去睡了。我们这些年龄稍大的孩子，则会随父母到房顶上去睡。当地的房子为晾晒庄稼方便，大都建成平顶。铺一张凉席，盖一层被单，房顶就成了最好的休憩场所。高处一则通风蚊虫少，二则视野开阔，仰面望着一轮皎洁的明月，或满天浩瀚的星河，不禁浮想联翩。有时会看到慢慢移

动的星星，爸爸告诉我，那是人造卫星在绕地球旋转。有时会看到一颗红色明灭的星星在运动，妈妈说，那是飞机在夜空中飞行。还不时会看到有星星从夜空中划过，拖着一条明亮的尾巴，爸爸说，那是流星，是被地球吸引过来的小星星。我好奇地问："落地会砸着人吗？"爸爸告诉我："大多数流星在大气层就燃烧尽了，一般到不了地面，真没燃烧完的，就成了陨石，很有研究价值。"那时，我小小的脑海里，充满了对宇宙的无限遐想和好奇。

如今，我天天生活在空调屋内，生活在钢筋水泥丛林中，基本感受不到大自然的气息了，也无暇看繁星满天的夜空，倒是常常怀念起小时候乘凉时的惬意了。

套嘟嘹

儿歌曰：小嘟嘹，吱吱叫，聒得俺妹妹睡不着觉，聒得俺奶奶心怪躁，烦得俺爷爷光吹烟袋哨。小嘟嘹，你别叫，小心俺的马尾套，套你的翅子套你的爪，把你放到火上烤，看你还能叫不能叫。

小时候，生活贫困，农村孩子一年到头吃不上几顿肉。但一到夏天，情况就会有所改观。麦收过后，蝉出现了，当地人称其为爬叉或金蝉。肉嘟嘟的爬叉，我们每天摸上一二十个，用油一炸，或在鏊子上一煎，酥香焦嫩，是一道难得的美味。

爬叉出洞往往在天刚刚黑的时段。摸爬叉需要手电筒，但即便几元钱的手电筒，当时也有许多农村家庭买不起，况且还要花钱买电池。许多人只能在傍晚天不太黑时摸上一会儿，每天也就摸十几个，一家人吃起来当然不过瘾。

嘟嘹是蝉的成虫，刚蜕下皮时身体柔软稚嫩，还可以食用，待到外皮硬化，全身变黑，便没法儿吃了。小孩子淘气，到了晚上，从麦秸垛里抽出一抱麦秸，在树林中点燃火堆，然后晃动小树，晃不动的大树就用脚去踩。树上的嘟嘹受到惊吓，纷纷飞向火堆，

我们这些小孩子就把它们捉住扔到火堆里烧烤，待其腿翅被烧掉，浑身被烧焦，再剥出其背部的一块肉团儿来吃，馨香可口。

　　套嘟嘹也是小孩子们常玩儿的游戏。取一长竿，上拴一根马尾巴上的粗毛，系成一个活扣儿，人静静地站在树下，将套轻轻地设在蝉的前方，蝉发觉异常，展翅欲逃，却正好将活扣紧紧地套在自己身上。

　　孩子们便举着鸣叫不止的嘟嘹狂跑一通，像是在展示自己的战利品，心中满是成功的喜悦。

洗　澡

儿歌曰：小河水清清，小鱼扑棱棱，二小儿洗光腚，二丫捂眼睛，羞羞羞，甩把稀泥巴，糊得二小儿直发愣。

夏季来临，孩子们下水洗澡，是避暑的好方式，更是一种娱乐游戏。有时，从水中爬上岸来，额角还带着一抹泥巴呢；有时，专门在泥浆里摸爬滚打，把浑身涂满污泥，像个泥猴儿一般，在路上蹦跳，还洋洋自得。

孩子们水性都很好，在池塘边上，把鞋子脱下，把裤头背心放在鞋子上，扑通扑通就跳入水中。大家比扎猛子，看谁一口气扎得远。玩儿捉迷藏，一人先出发，其他人尾随追赶。那人看似往前扎猛子，其实中途改变了方向。众人包抄过去，他又会扎猛子游向另一个方向；眼看快追到了，他又用手泼一把水，然后转身逃脱。直到众人围追堵截，把他抓住制服为止。

去小河边割草时，遇到黄河放水，河水变混浊，鱼儿被呛得半死不活，纷纷浮上头来，孩子们便抓住时机，用手捉、用割草的竹篮舀，虽然收获不多，却兴奋异常。赶上星期天，我们年龄大些的孩子会结伴到十几里外的运河里去挖河蚌、捉老鳖。记得运河里的河蚌有洋瓷碗那么大，一只就有两斤多重，沿着它划过的沟形足迹，很容易找到它的藏身之所，一挖就十几个，只是背回家挺沉重，而且一般的火候很难把它煮烂，吃起来也没什么鲜美味道。有时运气好，也会捉到一只老鳖，放到竹篮里带回家，但大人们不喜欢给做着吃，说它腥腥气气的，不好做。

　　如今，生活条件大大改善，孩子们洗澡、戏水都有了安全、卫生的专门场所。

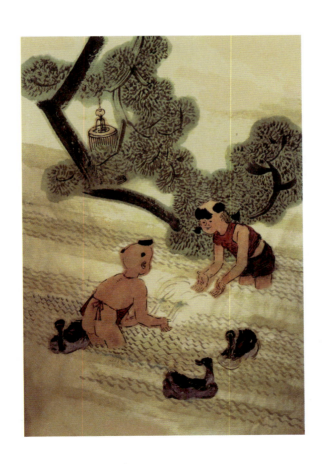

课　外

儿歌曰：门链儿挂，哗啦啦，客来啦，杀鸡吧。那鸡说，我下蛋累得咯嗒嗒，杀我不如杀那鸭。那鸭说，我的腿短脖子长，杀我不如杀那羊。那羊说，我四条腿儿往前走，杀我不如杀那狗。那狗说，我看家累得喉咙哑，杀我不如杀那马。那马说，我拉起车来咕噜噜，杀我不如杀那猪。那猪说，我是天上黑老神，杀我恐怕走霉运。

出生在20世纪六七十年代的孩子，童年是最幸福的一段时光，既不像四五十年代生活那么艰苦，也不像现在的孩子有那么繁重的课业负担，而童年最美好的回忆差不多都在课外。

当时，学校不重视文化课，老师一般不安排课外作业，即使偶尔有一两回，孩子们也会把作业带到野地里去做，背靠石人石马，远看天上悠然而过的白云，背的课文便会记得很牢靠。轻风轻轻翻动书页，偶然一只莽撞的小蚂蚱忽地蹦到作业本上，惊魂未定地瞪着眼睛与你对视，又增加了些许乡野情趣。

课外就是孩子们娱乐的大好时光。游泳、逮鱼、掏鸟窝，踢瓦、打仗、捉迷藏，池塘边，山坡上，到处都是孩子们欢快的身影。

晚上是没有晚自习的，这时孩子们最喜欢的游戏就是"抓特务"。先认定两个人为"特务分子"，然后让这两个人躲藏起来，几分钟后所有人开始大搜捕。"特务"有时躲在柴堆里，有时躲在地窖里，有时躲在房顶上，当然事先说好不准躲在房子里。最后通过大搜捕，还是能把"特务"捉住的。几个人把"特务"拧住胳膊，揪住脖子，押到指定地点，就算胜利；

如果超过预定时间还抓不到，则为失败。

记得有一个夏天的晚上，我被指定为"特务"。游戏开始后，我悄悄地爬到生产队的枣树上，浓密的树叶把我遮挡得严严实实，我坐在树杈上品尝着甜甜的枣儿，笑看小伙伴们在树下一趟趟忙碌地奔波，那种欣喜真是无与伦比。

现在回想起来，当时书本上学来的一些知识，早已成为过眼云烟，没有了一丝踪影；而课外发生的一些故事，我却依然记忆犹新。在那些游戏中培养的勇气、胆略，还有智慧，让我受用终身。

掏鸟窝

儿歌曰:山喳子,吱吱叫,我上树梢你别闹,给我三个小鸟蛋,让我玩儿个溜溜转。你要不给三个蛋,把鸟窝撕个稀巴烂,不留一丝小草片儿。

小时候,课后没有作业习题,我们这些顽皮孩子热情无处释放,便去田中摘瓜,河中摸鱼,与邻村孩子打坷垃仗,真是"无恶不作",用老百姓的话说就是"偷鸡摸狗拔蒜苗"。其实偷鸡摸狗的勾当还真没干过,"掏鸟窝"倒是我们这些捣蛋鬼常干的事情。

到了夏天,天气转暖,草木繁茂,鸟儿也忙着筑巢育雏儿,有的把巢筑在高高的树端,有的把巢筑在树叶繁茂处,有的把巢藏在草丛下。孩子们个个都是爬树高手,表皮光滑十几米高的杨树,滋溜滋溜就爬到树梢。鸟巢往往搭建在树的最高处,支撑鸟巢的树枝一般只有胳膊粗细,孩子们像轻巧的狸猫,在老鸟的责骂声中,在树枝的摇摆晃动中,还是把小手伸进了鸟巢。有时收获几枚鸟蛋,有时收获两只雏鸟,有时两手空空,看着磨破的胸脯肚皮,只好一脸苦笑。

孩子们善于观察,如果发现有只羽毛漂亮的鸟儿经常在某棵大树上起落，或者树下有一大片鸟屎，就能断定它把鸟巢建在了树杈上或者树叶浓密处，上去找寻，一般不会空手而归。

在树上筑巢的鸟儿毕竟较少，鸟窝自然也难以掏到，孩子们平时掏得最多的还是房檐下的麻雀窝。瓦下、房顶、墙缝都是麻雀筑巢的好场所，几个孩子搬一架梯子，一个在下面扶梯，一个在中间接应，一个则爬到最上面，把小手伸进鸟窝，如果有所收获，再一级级转运下来。

如果掏到一些鸟蛋，会对着阳光照一照，如果没有血丝儿，说明没有孵化，就可以烧着吃、煮着吃。如果掏到刚长翅的幼鸟，就会放在笼中养着。如果是没睁眼的"光腚仁"，是万万养不活的，我们就原样放回巢中，绝不伤害它们。当然，随着社会的进步，掏鸟窝这种事，现在是绝对不能干了。

燎豆子

儿歌曰:张二黑,燎豆子,燎了地头一溜子,突然刮来一阵风,地上没灰净豆子;突然又来一场雨,燎豆成了泡豆子;七手八脚捡豆子,黄豆成了泥豆子。燎了豆子没吃成,气得二黑鼓肚子。

小时候,细粮不够吃,地瓜往往是重头戏。早晨喝地瓜粥,中午炒地瓜条,晚上吃地瓜面窝头。这地瓜面窝头,刚出锅时还柔软筋道些,第二顿就梆梆硬,吃起来拉喉咙,难以下咽。现在,地瓜成了孩子们喜欢的稀罕物,而我们这些从"艰难岁月"过来的人,对此却从来不"感冒"。

童年时光,吃是永不过时的话题,为解口腹之欲,什么都想尝试,什么都想吃。我们摘槐花、撸榆钱、搓麦子,将这些散发着大自然清香的食物,一把塞进口中,唇齿留香;我们扑蚂蚱、逮螳螂、抠知了,或火烧,或油炸,吃一个,满口生津。割草时不期而遇的酸酸泵儿、莲莲豆儿、小香瓜儿等野果,也是难得的美味。

记得有一年,父亲在院子里种了几棵半夏,趁其不在家,我和弟弟扒开周围的土,看到根部结出了姜状圆球,就不管不顾地

　　吃起来，结果不一会儿就口吐白沫，呼吸困难，不得不到卫生室就诊，喝了几碗红糖姜水才缓解了症状。医生说，幸亏吃得少，吃多了会危及生命。真是的，那个年代，没有我们不敢吃的东西！

　　当时对我们这些"吃货"来说，秋天是最好的季节，不用说瓜果梨枣了，就是下地干活，也能吃到好多东西，比如，燎豆子、烧棒子、焖地瓜……所谓燎豆子，便是在秋收时，寻一块硬地，拢起一长溜干豆叶，放上一捆干豆棵，然后点火来烧，等秧苗、豆荚烧完了，焦黄的豆粒便烧熟了。待火熄灭后，用衣服扇去浮灰，一地金黄色的燎豆便等着人们去享用了。吃过香喷喷的燎豆，人们个个成了黑嘴叉，手指头也成了黑灶火棍子。

　　这些带着大自然清香的食物，这些掺杂着泥土芬芳的回忆，不仅滋养了我们的身体，扮靓了我们的童年时光，也丰富了我们的精神和生命。

穿杨叶儿

儿歌曰：秋风起，杨叶儿掉，我穿杨叶儿一大抱，抱回家，烙火烧，火烧烙得小又巧，放在嘴里舍不得咬。舍不得咬，就不咬，拿个杨叶儿咱包好，明天带到学校里，专馋同桌的捣蛋小儿。

在那缺衣少食的年代里，农村的孩子们小小年纪就知道帮衬家用，放羊、割草、拾柴火是孩子们常干的活儿。

深秋时节，金黄的杨树叶随风从树上飘然落下，农村人俗称其为杨叶儿。杨叶儿硕大，质地厚实，表面还有一层蜡质，晒干后可烧火做饭，虽然不够耐烧，但毕竟是当时易得的一种廉价柴火。

村童们取一根两三米的长麻线，前头拴一长竹签，后面拴一短木棒，便可去穿杨叶儿了。穿杨叶儿一般在早晨，伴随着一夜的风霜，大杨树就会落下许多大片儿大片儿的杨叶儿，而且此时的杨叶儿上往往有一层露水或寒霜，瓷实而有质地，用竹签子从中间一穿，一片儿、两片儿、三片儿……然后用手一撸，杨叶儿便到了身后的纤绳上。

一片儿树叶本来很薄，一片儿一片儿地穿起，也显得很轻很少，但时间一长，树叶就厚实起来，也有了分量。太阳出来了，拖在孩子们身后的杨叶儿串已经很长很长，孩子们用力牵着它前行，它沙沙作响，这响声伴着村童们的笑闹声，给沉寂的乡村增添了许多生趣。回到家，大人们会帮着解开纤绳后面的木棍，让杨叶儿散落到院子里，晒干备用。

穿杨叶儿，让我们从小就懂得了积累的重要性。又轻又薄的杨叶儿，一片儿两片儿，甚至十片儿二十片儿，都没有多少分量。但只要一片儿一片儿地去穿，慢慢努力，不懈坚持，最后就会有沉甸甸的收获。

投干棒儿

儿歌曰：李家小亮，去投干棒儿，一投就中，恣得不轻，投了一车，回家烧锅，晌午吃饭，肉包蘸蒜。王家小胖儿，去投干棒儿，投了一晌儿，闪了肩膀，扭了脖颈儿，砸了头顶，生气回家，崴了脚丫儿。

冬季树上的枯枝很多，乡村的孩子们爱用短木棍把它们投下来，扛回家去当柴烧，人们把这种活动称为投干棒儿，或者投干枝儿。

投干棒儿使用的工具叫投棒子，是一种用枣木或槐木做的短棍，质地硬，分量重，砸在枯枝上，容易让枯枝折断掉下来。投干棒儿时，一般要准备好几个投棒子，选准角度连续用力投出去，这样不仅节省时间，而且还利于矫正瞄准。另外，一旦一个投棒子被卡在树杈上，还能用另一个把它投下来。

投干棒儿一旦投中了，一大枝枯枝噼里啪啦应声而落，让人很有成就感，回家烧火要比豆秸、麦秸持久得多。有的枯枝较粗大，需要多次投砸，才能让枯枝与树干慢慢产生裂隙，直到裂隙越来越大，最后脱落下来。有时看似胳膊般粗的一挂枯枝，一棒上去，竟轰然塌落，孩子们便兴奋得手舞足蹈。原来，枯枝与树干连接处已然朽烂，轻轻一受力便折断了下来。

投干棒儿不仅可为家中积累取暖做饭的木柴，还锻炼了孩子们的臂力和瞄准功夫，培养了孩子们的专注力，大家都乐此不疲。或许，只有枝头惊飞的喜鹊、老鸹，才不理解孩子们的无端滋扰。

转悠悠

儿歌曰：转，转，转悠悠，一下子摔了俩跟头，爬起来，拍拍土，抓住悠杆儿再悠悠，一悠悠到天晌午，奶奶喊我喝糊涂，一喝喝了三大碗，压得悠杆儿直呼扇。

小时候，靠近山区的地方，不少村子在街头放置一个圆形石碾，中间錾一个深约一尺的臼窝，上安一柄三四米长的可以旋转的转杆儿，让孩子们旋转着游戏，是为转悠悠。

转悠悠的转杆儿可以上下起伏，两个孩子一人搂着转杆儿的一端，先是一端用力下压，把另一端的孩子撅起来，然后随着另一端的孩子下落，转杆儿又把这端的孩子撅起来，如此大起大落，孩子们感到新鲜好奇。

转悠悠的转杆儿还可以绕石碾转动，起初两边的孩子一起推动转杆儿，让转杆儿快速旋转，然后他们再纷纷跃上转杆儿，转杆儿凭惯性还在旋转不停，孩子们骑在转杆儿上悠然自得，飘飘然有飞翔的感觉。也有的孩子，为了让弟弟妹妹们高兴，自己始终推动转杆儿，让转杆儿上的小朋友其乐融融、开心不已。

转悠悠这种设施，可以锻炼孩子们的胆量，也能培养孩子们的平衡感、协调性以及协作精神，但玩儿不好也有危险。转杆儿如果起伏幅度过大，会从石臼中脱落出来，转杆儿如果转动过快，也会将孩子从上面摔下来，所以，孩子们尽情疯玩儿时，大人们一般都会在旁边观察，以免出现意外。

荡秋千、转悠悠都是孩子们喜欢的游戏，原因就在于玩起来让人有种自由飞扬的感觉，甚至有的孩子玩儿上一天转悠悠，晚上就会做飞翔的梦，那种腾云驾雾的体验，是每个少年心中向往的。

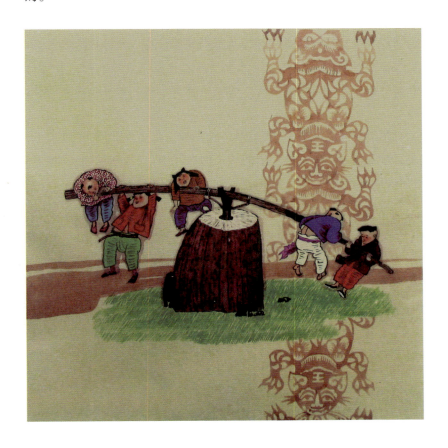

揣孩子

儿歌曰：二婶子，揣小孩，大腰棉裤像小船，大襟棉袄像风帆，青色的缠带缠起来，刺啦一泡童子尿，浇得二婶跳三跳，扑哧一个童子屁，臭得二婶倒喘气，咔嚓一脚童子踹，痛得二婶直叫歪。

在早些年的农村，孩子多，人手少，妇女们既要照顾孩子，又要做活儿，于是就把年幼的孩子揣在怀中，这样既能照顾孩子，也不妨碍她们纳鞋底、纺棉花、养猪、喂羊。

揣孩子大都在寒冬季节，当时农村妇女穿的都是老式衣服，裤腰宽大的棉裤、对襟的棉袄，她们取两片儿半截小被，用两条缠带往腰中腋下略略束扎，就为孩子创造了舒适的温床。孩子在母亲温暖的怀抱中或玩耍或睡觉，尽情享受母爱的温馨。

揣孩子也不是母亲的专利，为给母亲腾出时间，孩子的姐姐们也会成为专职保姆，揣着孩子串门儿、玩儿游戏。孩子在颠簸中不哭不闹，充满好奇，揣孩子的也落个痛快清静，至于形象嘛，活脱脱一个大面包，也就不好顾及了。

婴幼儿如果长时间躺在炕上、床上，得不到照顾，往往会哭闹不停，屙了尿了大人也不知道，有时排泄物会把皮肤渗得红肿，甚至引起皮炎。揣孩子就不同了，母亲或姐姐能随时掌握孩子的动态，及时更换尿布。当然，揣孩子的被尿一怀、拉一身，也是常有的事儿，但小孩子的排泄物，她们不觉得肮脏。

心理学家研究发现，0—3岁是婴幼儿感知世界、形成心理安全感的关键时期，母亲要与孩子有肌肤之亲，多进行皮肤接触，让孩子有安全感，孩子长大后才会乐观自信，不会有恐惧心理，不会焦虑抑郁。

那个年代成长起来的孩子，尽管物质生活相对贫乏，但心理健康，内心阳光，很少有心理问题，这或许与先人们创造的"揣孩子"不无关系吧。

堆雪人儿

儿歌曰：下雨下雪，冻死老鳖；老鳖告状，告到和尚；和尚念经，念着先生；先生打卦，打着蛤蟆；蛤蟆凫水，凫着水鬼；水鬼把门儿，把着四邻；四邻拾箭，拾到炕沿；炕沿有个钱儿，买火镰，火镰轻，买个弓，弓没把儿，买个马，马没头，买个牛，牛没角，剥吧剥吧吃了吧，你吃肉，我喝汤，剩下骨头喂小浜。

鲁西南一带四季分明，夏季骄阳似火，烈日炎炎，冬季冰天雪地，屋檐挂满冰凌。到了冬天，孩子们最喜欢的活动就是打雪仗、堆雪人儿了，在雪地上追逐嬉戏，玩儿得再疯也弄不脏衣服、伤不到筋骨。

打雪仗时，把雪团成松松软软的雪球儿，扔向对方阵营，即使击中目标，也不至于造成伤害。雪团儿散开来，落到衣领和头发里，要赶紧清除，不然遇到肌肤融化后，冰凉冰凉的。

堆雪人儿是孩子们的最爱。选好地点后，他们用铁锨把雪团儿堆积在一起，拍打夯实，再切割成躯体的模样，然后开始团雪球儿。待雪球儿被越团越大，有躯体的三分之一大时，他们便把它抬到躯体上，那就是雪人头了。而后再用黑色木炭做眼睛，找一截胡萝卜做鼻子，用红纸剪一个嘴巴，雪人儿就初具雏形了。如果再找两截木棍做上肢，找几粒玉米做纽扣，一个楚楚动人的雪人儿就站立在那里了。孩子们欣赏着自己的作品，哈着冻得通红的小手儿，成就感十足。

也有心思别致的小朋友，愣是在家门口堆起一个倒立的雪人儿，头顶地，两条腿还岔开作踢蹬状，更是妙趣横生。也有的小朋友在雪人儿旁捏上一只与之并立的雪狗，惟妙惟肖，生动传神。也有的小朋友在家门口堆一只卡通式大老鼠，耳朵大大的，眼睛漆黑，呆萌可爱。

雪花儿，是冬天的童话；雪人儿，是孩子们写下的诗篇。

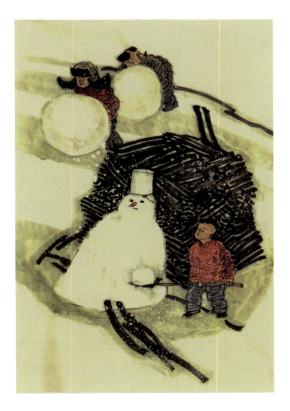

烘被窝儿

儿歌曰：一九里，结冰凌，俺睡被窝儿热烘烘；二九里，北风刮，俺在火盆儿跟前耍；三九里，缸冻裂，俺在炕上唱儿歌；四九里，不出门，俺在炕上背国文。

乡村的冬天寒冷而漫长，哪家有客人远道而来，主人便从柴火堆里拽一把麦秸或豆秸，在屋当门点着。主客一齐伸出手来，反反正正地烤上一通，然后就着浓浓的柴烟，唠些家长里短、庄稼收成等。

遇到晴好的天气，妇女们就把被子抱出来晒，晚上睡觉时被子依然暄软温暖，还有阳光的味道。赶上雨雪天，空气湿冷，被窝儿冰凉，晚上睡觉就成了问题。老人身子弱，被安排在与锅灶连着的炕头上，虽不太洁净，但也暖和。年轻人火力旺，冰凉的被窝儿，在里面翻几个身儿，打几次滚儿，就暖和了。小孩子身子骨单薄，大半夜暖不热被窝儿，手脚冰凉，大人们就要给孩子烘被窝儿。

烘被窝儿时，大人从锅灶内取出冒着明火的热灰，将其装在一个不大的陶盆内，然后把火盆放进孩子们的被窝儿里。火盆与被子之间是一个用白蜡条编成的圆形或椭圆形烘子，一个时辰不到，就能把被窝儿烘得热乎乎的。火盆儿烘过的被窝儿里，有浓浓的柴烟味儿，小孩子就在温热的柴烟味儿里进入香甜的梦乡。

人间烟火味，是谁也离不开的生活本真。温暖的灯光、暖烘烘的被窝儿、静寂的冬夜，勾勒出一代人童年的温馨记忆。

教　子

儿歌曰：金针花，黄又黄，我跟哥哥上学堂；座位上，四下看，看见前街的二狗蛋；座位下，东西瞧，瞧见后街的三黄毛；从小光腚一起玩，这回上学一起来；一起来，不忘玩，气得老师跺讲台，气得爹娘抡鞋底儿，吓得小子溜河崖。

庄稼人讲究传宗接代，讲求光宗耀祖，也特别注重对孩子的管教。

庄户人家没多少文化，不会讲那么多的大道理，但他们懂得言传身教。早晨他们早早起床，男的下地干活儿，女的打扫庭院、喂养牲畜、生火做饭，慢慢地孩子学会了勤劳。农村人生活简朴，会过日子，处处精打细算，不浪费一粒米，不糟蹋一口馍，慢慢地孩子懂得了节俭。农村人讲求礼节，见面教孩子喊叔叔、大伯，春节带领孩子们一块儿去长辈家磕头拜年，慢慢地孩子学会了孝敬。

庄稼人信奉"棍棒底下出孝子"的古训，孩子调皮捣蛋，不守规矩，做了出格的事儿，父母一着急，劈头盖脸地就是一顿好揍，他们认为这是让孩子长记性。其实，这种方式虽然粗暴，但有时也的确比一味地说教更直接有效，更能立竿见影。

老百姓不善言谈，但最讲道理，最讲公平。每每孩子与伙伴儿打架，家长总是数落自家的孩子。有的被别人家长告发到家中，家长更是要对自家的孩子责骂一番，一方面教育孩子不要欺负弱小；另一方面也给对方家长一个台阶，让被欺负的孩子出出气。

庄稼人懂得"近朱者赤，近墨者黑"，他们特别注重给孩子挑选玩伴儿，哪个孩子学习好、懂规矩，就让孩子同他一起玩；哪个孩子调皮捣蛋，平时喜欢偷鸡摸狗、打架斗殴，就不让孩子同他在一起。他们常说，跟着好人学好人，跟着巫婆跳假神。

民间有"劝君莫将油炒菜，留与儿孙夜读书"的古训。乡村百姓大多没什么学问，但他们崇尚文化，知道有文化才有出息，因此对孩子的读书抓得很紧，自己再苦再累也不愿耽误孩子学习，再穷再难也要让孩子进学堂读书，他们希望用知识改变孩子的命运。

父母是孩子的第一任老师，农村人的教子方式虽然简单些、粗暴些，但他们懂得以道德为先，懂得以身示范，懂得知识的重要性，无形之中顺应了教育规律，也暗合了"天道"。这种朴素的"家教"，对孩子一生的成长至关重要。

土台子　土孩子

　　儿歌曰：小茶壶，白生生，倒了茶水头一盅儿，我端茶水敬先生，先生抿嘴笑盈盈。先生门前一道河，先生老了学生多，学生北京做状元，先生咧嘴笑呵呵。

　　旧时乡村的小学异常简陋，教室是门窗破烂、房顶长草的黑屋子，课桌是土坯垒就的土台子，学生是一群鼻脸皴黑、穿着破旧的土孩子，老师是完小毕业在生产队拿工分的民办教师。因此，乡亲们常常这样形容学校——黑屋子、土台子，老师领着一群土孩子。

　　学校晨读是乡村一道亮丽的风景线。当一切还在夜色中沉睡时，琅琅的读书声，率先打破了乡村的寂静，时而清脆激昂，时而低回婉转，像骤雨打芭蕉、珍珠落玉盘，给荒凉的山村增加了一份温暖、一份憧憬、一份诗意。

　　记得自己的小学时代，课本知识浅显，教学要求不高，学生们个个争着回答问题，踊跃举手爬黑板，课堂气氛十分活跃。音乐课更是学生们的最爱，虽然学的是一些年代久远的革命歌曲，可学生们在一架旧风琴的伴奏下，唱得字句铿锵，神色飞扬，尽

情释放着生命的热情。

那时候，学生的个性得到良好的发展，学生们身体特别健壮，脸上写满阳光，内心充满自信，更不缺乏胆略和勇气，虽没有太多的文化知识，但后来一样成为集体的中坚骨干，甚至越是调皮捣蛋的孩子，事业发展得越兴旺，见到老师越亲切。

按照传统理论，自然界遵循春发夏长、秋收冬藏的规律，青少年像木，木的特点是生发，因此要保护他们的自尊心和好奇心，鼓励他们积极探索。黑屋子、土台子，却没有压抑孩子们的热情和希望，让他们"生发"得很旺盛、很饱满。

倒泥圈儿

　　儿歌曰：小泥圈儿，沉甸甸，长长一串挂腰间，抽出一个砸小狗，砸得小狗猛一蹿，抽出两个砸小猫，砸得小猫瘸又颠，抽出三个砸老牛，砸得老牛直转圈，抽出四个砸羝羊，羝羊瞪眼头直颤，一头抵俺泥洼里，轱轱辘辘滚泥圈儿。

　　乡村的孩子喜欢玩儿泥巴，通过泥巴造型展现自己的创造天赋。鲁西南一带属黄灌区，黄河胶泥不稀罕，这种胶泥黏性强、质感好，能用来捏小狗、小猫、小鸟，晾干后挺脱不开裂。胶泥还能通过模具被印制成各种人物、动物模型，像武松、孙悟空等，深受小朋友喜爱。

　　孩子们经常玩儿的一种游戏叫摔阿屋。事先要把胶泥在石板上反复摔打，把生泥摔成熟泥，才能捏制物品。因为摔打挺耗费力气，这种熟泥也显得比较珍贵。摔阿屋就是赢对方泥巴的游戏。两个小朋友各自先用泥巴捏制一个碗状的泥屋，泥屋的顶要薄薄的，然后用力摔在地上，由于空气压力，泥屋的顶端就会破出一个大洞，对方要用泥巴给补上。泥屋顶端摔出的洞越大，挣到对方的泥巴就越多，两人最终以挣得的泥巴多少来判断输赢。

平时，孩子们还会玩儿一种倒泥圈儿的游戏。泥圈儿是用黄河胶泥做成的玩具。孩子们用两个铜钱做模，在中间眼儿里插上一根筷子，往里面填满胶泥，并在地面上滚一滚，之后取下铜钱，晾干，用细麻线串成一大串，便可开始游戏了。孩子们将泥圈儿投上土坡，看谁的泥圈儿顺坡滚得远些，泥圈儿滚得远的一方可拾起自己的泥圈儿来砸滚得近的，砸中的泥圈儿，便成为自己的战利品。

　　一场游戏下来，有的小朋友能赢几大串儿泥圈儿，挂在腰间，把裤带压得弯弯的，脸上满是胜利者的自豪。

第二辑　家乡味道

香香的玉米粥

甜甜的煮红薯

那是大地的味道

那是太阳的味道

那是妈妈的味道

那是我的乡愁啊

让我一生魂牵梦萦

——题记

农家饭

民谣曰：窝窝糊涂老咸菜儿，偎锅偎灶农家饭儿。三升高粱一升豆儿，又好吃来又好做。窝头儿一顿吃上仨，五尺汉子像铁塔。一顿三碗黏糊涂，养个小子胖嘟嘟儿。

馍馍、窝头、咸菜，白菜、萝卜、玉米粥，平平常常的农家饭，最是简单，最是原生态，滋养着憨厚朴实的庄稼人。

小葱拌豆腐，清爽可口。辣椒炒鸡蛋，香辣开胃。猪肉粉条炖白菜，是百吃不厌的农家菜。记得有副对联：百菜没有白菜好，诸肉不如猪肉香，正是对这道菜的最高褒奖。

面条儿也是农村人的家常饭。手擀的高粱豆面面条儿，筋道挺实，开锅后，放上几把菜叶，淋上几滴麻油，美味可口，吃得再饱也不会积食、胀肚子。

地瓜在农家饭中占有重要地位。进入冬季，粮食不足，地瓜便成为庄稼人的主食，早晨喝地瓜汤，中午煮地瓜、蒸地瓜。据现代医学研究，地瓜富含纤维素，能清洁肠道，是很好的保健食品，怪不得从前很少有人得肠道疾病。

野菜、树叶也是经常被摆上餐桌的。早春三月，最是青黄不接，口粮眼看要吃完了，婆婆媳妇们便到野外挖些野菜，拌上些面粉，做成食物充饥。春天的榆钱儿、柳芽儿、槐花儿，也是农村人的家常菜。正是这些不起眼的农家饭，养育了壮实精明的中原汉子。

农家饭也有精品菜。农村人没有什么稀罕物件儿，来了尊贵的客人，杀一只公鸡，用劈柴大锅一炖，再放上些青辣椒，味道鲜美极了，城里人一般吃不到。

现在，人们吃腻了豪华大餐，又开始钟情于野味儿十足的农家饭菜。吃农家饭，不仅经济实惠、风味独特，而且能让人联想起农家本真的味道，回想起童年温馨的场景。

摊煎饼

儿歌曰：摊煎饼，俺烧火，摊好煎饼包袱裹，背上包袱下江南，杭州西湖玩玩儿船；背上煎饼去开封，相国寺里撞撞钟；背上煎饼去胶东，正好煎饼卷大葱；俺吃煎饼香又甜，鸡鸭鱼肉都不馋。

在生活贫困的年代，煎饼是乡村最为廉价实用的食品，成本不高，携带方便，还不易变质，一次做上一箩筐，能让一家人连吃半月二十天。

摊煎饼并不复杂。先将地瓜干儿、玉米、小米等用水泡透，用水磨磨成稀糊状；再把大鏊子烧热，擦上一点油；然后用勺子把糊舀到鏊子上，接着用竹片儿做成的小刮子均匀地把糊摊成薄薄的一层；稍一停顿，糊便凝固成黄艳艳的薄纸状，这时就可以揭下出锅了。新出锅的煎饼要趁热折叠好，待稍微一晾，便可放在竹筐里或用大包袱皮儿裹起来，以供随时享用。

贫寒的人家食物匮乏，一天三顿吃煎饼，早晚配稀饭，中午便干脆配着一锅开水、几块老咸菜、几根大葱吃。外出务工、出门拉车，也多带着煎饼，找个旅店、茶馆儿用开水一泡，便可以充饥。本家的一位大叔，在东北老林里做过伐木工人。据他说，伐木活计非常艰苦，大家进山前都带着一筐篓煎饼，伐木疲惫了，也不愿生火做饭，蹲在雪地上，啃几口煎饼，吞几口雪沫，就是一顿午餐。

在生活艰难的岁月里，北方人往往以地瓜、玉米、高粱面儿为主食，甚至把棉种壳打碎做成丸子来吃，味道苦涩，难以下咽。相对来说，焦脆酥香的煎饼就是难得的美食了，以至于现在的宴席上，还有煎饼卷葱蘸酱这道菜，很受客人欢迎。

平平常常的面粉，经过鏊子的煎制，就会变成酥香可口的美食。这给我们一种启示：不要抱怨生命的庸常，你给生活必要的热情和温度，生活就会回报你亮丽的色彩，还有扑鼻的馨香。

熬　粥

　　儿歌曰：熬糊粥，俺在行，天不亮，就起床，点着火，兑好浆，熬半天，喷喷香，刮进桶，装进缸，送到集上大饭庄，东一伙儿，西一帮，一会儿喝完一大缸。

　　古语说，养胃还是稀粥。农家人把粥叫作面糊儿、糊涂、稀饭，有小米粥、大米粥、玉米粥、八宝粥等许多种。早晚饭喝稀粥，是以前中原一带的饮食习俗。

　　集市上卖的糊粥制作方法特别，用小米、黄豆、白面熬煮而成，稠而不沾碗，稍带烟味儿，醇香扑鼻。乡村的粥摊天不亮就已摆好了，掌勺的师傅穿戴齐整，手拿葫芦瓢，专等着顾客上门。粥缸用当地烧制的陶缸，上部圆大，下部尖小，外用细麦糠包裹，再用白纱布严严地包起来，放在特制的大木架上，方便抬动。一碗稀粥、两根油条、一枚鸡蛋、一盘腌咸菜，就是一顿丰盛的早餐。

　　糊粥虽然普通，熬粥的手艺却秘不外传，有时连自家女儿也不知道这粥的独特风味儿是怎么来的，长辈只是教她如何选粮、如何拐浆，真到下锅熬制的时候，便撵着她回房睡觉去了。把糊粥熬到最佳火候确实不易，这也是糊粥始终上不了家庭饭桌的缘由。

　　近些年，随着人们生活水平的提高，一些人嫌喝粥太不上档次，早晨也喜欢喝羊肉汤、牛肉汤、参汤什么的，慢慢地富贵病多起来，高血压、高血脂、高血糖纷纷光顾，人们才想起最养人的还是青菜、馒头，还有稀粥。粥，又开始受到人们的青睐。

　　许多人期望自己的人生大富大贵，幻想顿顿山珍海味。其实，他们哪里知道，"浓肥辛甘非真味儿，真味只是淡；神奇卓异非至人，至人只是常"，最适宜身体的还是最便宜、最普通的家常便饭，平平常常的馒头、稀粥，才最滋养身心。

卷菜蟒

民谣曰：七七菜，苦苦芽儿，紫茄子，豆腐渣，再加一根绿葱花儿，卷成菜蟒谁爱吃？爷爷赞，奶奶夸，唯我摇头光龇牙。

上了岁数的庄稼人，都经历过那段缺衣少食的艰难岁月，温饱问题得不到解决，家庭主妇们只能变着花样儿勉强让一家人填饱肚子，菜叶子、地瓜干儿、槐花、榆钱儿，一切能入口的东西，都会派上用场。

高粱馒头、玉米窝窝是农村人的家常饭。高粱面、玉米面面粉粗，口感差，吃起来难以下咽，女人们便掺上一些白面，撒上些盐和花椒面，做出来的窝窝吃起来能爽口些。这种窝窝，看起来黑白相间，其实只是一层薄薄的白面作皮儿，主要成分还是粗粮，因此叫包皮儿窝窝，即便这样，也只有经济条件好的家庭才享用得起。

为补充粮面的不足，女人们把地瓜叶儿、萝卜叶儿和其他蔬菜叶儿，甚至鲜榆叶儿、嫩杨叶儿等没有刺激味道的植物叶片儿，清洗干净，撒上些盐，拌上点面，放在笼上蒸熟，叫作面叶子。条件好的家庭，还会加上香油蒜泥，味道要好得多。但榆叶发黏，杨叶味儿苦，扫帚菜口感涩，怎么吃都不是好滋味。

即便做豆腐剩下的豆腐渣，农村人也不舍得喂猪，加些油盐，蒸成馒头，叫作豆腐渣窝窝，虽然没有多少营养，但吃起来还蛮有味道。还有一种"美食"，就是把弹棉花剩下的棉种，在碾上轧扁，掺一些面粉做成丸子，在锅里煮开，每人一碗，叫作棉种丸子。这种丸子，有一种棉壳的苦辣味儿，吃起来困难，还不好消化。听老人讲，条件差的时候，家家断粮，人们便到湖中去捞杂草，把窄窄长长的那种绿色水草，洗净剁碎，掺点面粉，放些油盐，蒸熟直接入口。这种杂草，有种淤泥的腥气味儿，不当饭不说，吃多了肚子还很不舒服。

现在生活条件好了，不过人们还是延续了当年的一些食物做法。譬如，卷菜蟒，就是擀一张大饼，放上切碎的韭菜、马蜂菜，撒上油盐调料，再磕上个鸡蛋，卷成蟒状，放在笼上蒸熟，吃起来味道鲜美，孩子们都特别喜欢。

糟鱼摊

儿歌曰：小鲤鱼，撒个欢儿，蹦到锅里冒股烟儿，颤条子，尾巴摇，红烧一盘当酒肴。大鲇鱼，一斤半，糟它一夜当顿饭。滑泥鳅，两头尖，洗吧洗吧用盐腌。小虾米，蹦蹦跳，酱油一蘸好味道。小鲫鱼，味道鲜，放到锅里用油煎。天天吃鱼不住嘴儿，头上长了条蛤蟆腿儿。

　　农村集市风味小吃不少，糟鱼就是较为流行的一种。劳作了一晌儿的庄稼汉，蹲在糟鱼摊前，斟上一壶老酒，买上几尾糟鱼，叫上一盘花生米，就是神仙般的享受了。

　　制作糟鱼一般选择野生的杂鱼，有鲫鱼、鲇鱼、黑鱼、鲤鱼、鲢鱼等，大小不一。早些年，没有工业污染，水多鱼也多，有水的地方就有鱼。大雨过后，坑壕盈满，不几天水位退下，林间的一个小水坑，把水刮干，就能捕到半筲鱼。这些鱼个头儿不大，种类繁杂，用一般做法刺儿多肉少，制作糟鱼最为实惠。

　　制作糟鱼有许多道工序。先要将鲜鱼刮鳞、破肚、去鳃，然后再挂在阴凉处晾晒一两天，这样吃起来肉质才筋道不黏腻。第三道工序是过油，把浸过一些面糊儿的鱼进行油炸，这时要求火候要大，把鱼刺炸得焦酥，到时摆放起来才不至于糟烂一团。刚过完油的鱼不要急于下锅，等凉透后才进入第四道工序——炖制。选一口大锅，锅底先铺一层厚厚的大葱叶子，然后码鱼，一层层码满一锅，放入葱姜、大蒜、花椒、大料、盐、醋等，添足水炖。炖鱼需慢火，熄火后再焖上一夜更好。好的糟鱼形好、味儿香、骨酥刺儿烂，鱼刺儿入口即化，骨肉通吃，香味儿浓郁，营养丰富。

世间食材，有些东西吃法简单，无需炮制，越简单越能保留本味儿，譬如清蒸鱼，即便不放调料也鲜美可口。像糟鱼等一些食品，必须经过一道道手续的加工，需要调料的浸染，经过漫长时间的滋养，急于求成则不会有醇厚的味道。

驴肉铺

儿歌曰：小黑驴儿，长三年，牵到集上肉铺前，打个滚儿，伸伸腿儿，吃筐草料喝筲水；叫一声，拽断缰，叫两声，踢烂缸，叫三声，撞得肉铺晃荡荡，叫四声，嘀儿嘀儿回家乡。

乡村有许多特色美食，糟鱼、烧鸡，土法炮制，味道醇香，一些小店铺还传承着祖上的做法，城市的大饭店怎么也做不出这种原生味道来。红烧驴肉即是中原一带的绝味儿名吃。

乡村的红烧驴肉制作讲究，取当地养了两三年的黑驴，现宰现烧。鲜驴肉一般需先在调料水中泡上一天一夜，然后下油锅轻轻一炸，再放进开水锅内稍稍煮炖，最后捞出放进蒸笼猛蒸，待凉透，便可吃了。这种驴肉清香可口，干爽脆嫩，是酒宴上的佳品。

驴浑身都是宝。驴皮含丰富的胶原蛋白，能增强人的免疫力，熬制成阿胶就是上等的滋补品，曾被选为御用贡品。因此，带皮的驴肉吃起来更筋道，更有营养。

驴肉铺内，除了驴肉，还有许多"副产品"也别具风味儿。红烧驴头更是口感独特，驴头上的每一块肉味道都不同，人们吃起来各取所好，香醇可口。

　　动物的内脏统称"下货""下水"，驴肝、驴肚、驴大肠等，
是下酒的好菜。

　　随着人们生活水平的提升，许多油腻的食品渐渐淡出了人们
的视野，而蛋白质含量高、油脂少、风味儿独特的驴肉，依然风
光无限，让食客们大饱口福。

羊汤馆儿

民歌曰：熬羊汤，俺在行。天不亮，就起床，煮羊尾，熬骨梁，炖上肉，加桂香。架劈柴，大火旺，俩时辰，味喷香，喝上两碗身上暖，出门儿不怕雪与霜。

在物资匮乏的年代，庄稼人生活拮据，衣食简朴，每到年节，吃上几天白面馍，吃上几顿肉食，那便是顶级的享受了。

每到冬闲季节，集镇上的羊汤馆儿生意便十分红火。在中原农村，人们喜欢吃羊肉，原因嘛，一是小羊吃青草长大，肉质洁净；再就是羊肉属热性食材，到了冬天，北方万木凋零，天寒地冻，人也舒展不开手脚，到羊汤馆儿喝上两碗热气腾腾的羊肉汤，顿时寒凉尽消，眉心冒汗，浑身暖洋洋的，特别舒服。

那时，羊的价格不高，十几元钱就能买上一只。生产劳动之余，家家户户都会喂只小山羊，有的还会喂上好几只。会剥羊的人，搭手一抓，这只羊能出几斤肉他心中就有了数，剥好后上下不差半斤。有时，村上几个朋友会凑钱买只小山羊，把羊肉羊皮卖掉能抵上买羊的钱，羊头、羊血、羊下货，则是赚的。这些都是下酒的好菜，朋友们聚在一起，喝得好不热闹。

　　最能显示厨艺的，还是熬羊汤。把羊头洗净，羊骨劈开，放入大锅内，放上作料，架上劈柴，大火熬上两个钟头，汤汁浓稠，香气洋溢，趁热喝上几碗，很过瘾。

　　在鲁西南一带，最出名的是单县羊汤，汤色亮白，香味浓郁。据说煮单县羊汤的师傅有独特的秘诀，轻易不外传。我曾听单县一位朋友介绍，他们当地很早就有吃羊肉喝羊汤的习惯，每年春节，家中可以不买猪肉，不买鸡鱼，但至少要买上一只小山羊。羊汤的熬制更是独特。羊肉剥好后，他们把羊骨架放入一个大石臼内，用力捣成浆泥儿，然后用浆泥儿熬制出羊汤。因羊的骨肉精髓全在浆泥儿中，所以这样煮出的羊汤味道香浓，风味独特。

　　如今人们的生活虽已迈入小康，风味儿小吃遍布各地，但羊汤馆儿仍然以其独特的风格、淳朴的特色，受到人们的青睐。

挖野菜

儿歌曰：荠荠芽，不开花儿，俺上山坡薅一捣儿，洗一洗，刷一刷，滴点香油拌葱花儿，拿张白饼卷上吃，一吃一塞牙，一吃一嘴麻。

旧时的农村，粮食产量低，村民家家户户都缺吃少穿，尤其是到了春天，最是青黄不接。为了生存，人们只好靠挖野菜充饥。妇女、孩子自然成了这项活动的主力军。

阳春三月，天气回暖，万物复苏，正是采挖野菜的好季节。孩子们三五成群，挎上篮子，拿着铲子，一路嬉闹着向田野奔去。

早春最好的野菜当数荠菜了。它颜色灰绿，形状扁扁的，贴在地面上，同土地的颜色差不多，不仔细看还真不容易发现。这种庸常低调、不起眼的野菜，却营养丰富、余味儿醇香，包饺子、烙菜饼儿都很好吃。

再过一段时间，干净清爽的苦苦芽便登场了，有黄绿色的，也有紫绿色的，叶片儿肥厚，边缘齿状，像细长的柳叶儿。剜回家可以用香油蒜泥生调，搭口一尝有微微的苦味儿，但后味儿醇厚馨香。还有蒲公英，人们叫它布布丁儿，样子与苦苦菜差不多，只是叶片儿紧贴地面，植株中央开出一茎黄色的小花儿，煞是鲜艳。据大人们讲，它是一种很好的药材，用它煮水喝能清热消肿，医治多种疾病。

农历四五月份，是马蜂菜最鲜嫩的时候，一棵棵水灵灵、嫩生生，叶片儿厚实，凉拌、油炒都合口味，磕上个鸡蛋做成鸡蛋菜饼，更是香味儿十足。

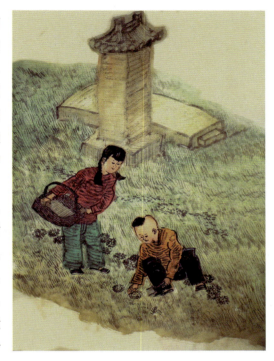

到了六七月份，灰灰菜、扫帚菜便长满田间地头，拣上面的嫩叶儿掐上几把，炒食、凉拌或做汤都可，还可以拌上面粉、食盐蒸熟，蘸着香油蒜泥吃，味道更鲜美。

尽管野菜品种多多，吃法多多，但由于菜多粮少，缺油少盐，加之顿顿吃，大人小孩没有吃不烦的。况且，野菜苗又那么小、那么弱，田地里能食用的野菜并不太多，想靠它解决大部分人的吃饭问题，可谓杯水车薪。

在我童年记忆的底片儿上，吃野菜的画面是惨淡的，挖野菜的记忆也是苍凉的。几十年后的今天，人们衣食富足，挖野菜已成为一种休闲的消遣活动。

捋榆钱儿

儿歌曰：鲜榆钱儿，嫩生生，捋上一篮提家中，烙上一叠榆钱儿饼，卷上一棵绿叶葱，二姐吃了人变俊，三哥吃了力气增，爷爷吃了满脸爽，奶奶吃了笑盈盈。为啥大家都夸俺？俺去爬树立了功。

贫穷饥寒的年代，到了春三月，余粮已经吃完，新庄稼还没有成熟，孩子多的人家就揭不开锅了。这时候，榆钱儿长出来了，油嫩的榆钱儿一嘟嘟的，稠稠密密，挂满枝头，是榆树献给人们的最好的礼物。

捋榆钱儿是孩子们的事情，他们把包袱皮儿系在脖子上，像狸猫一般爬上树梢。榆钱儿大都长在树的顶端，孩子们身体轻捷，胳膊粗的树枝就能经得住他们，况且，这老榆树枝干非常坚韧，不容易折断。孩子们先是捋一把放在嘴里，嫩嫩的、绵绵的、凉凉的、甜甜的，特别好吃。

黄黄绿绿的榆钱儿很有质地，不一会儿，孩子们就能捋上一篮子。榆钱儿有多种吃法儿，可以拌上面粉放些盐蒸着吃，也可以和玉米面掺在一起蒸成榆钱儿窝窝，还可以做榆钱儿粥喝。无论哪种吃法儿，都绵软清香，开胃爽口。

　　榆树是一种优良树种，树干可以作梁作檩，做成家具经久耐用不变形；榆钱儿、榆树叶，甚至榆树皮都可以食用，它们性味平和，不寒不热，不伤害脾胃，因此深受人们喜爱。当年遇到大饥荒，榆钱儿、榆树叶都是人们保命的食品，榆树可谓人们的救命树。

　　如今，由于其生长速度缓慢、易生虫害等原因，村前房后人们很少见到榆树的身影儿，也很难再吃到嫩甜的榆钱儿了。但每到春季，儿时的回忆依然会绽放簇簇新绿，让人生发出许多感慨来。

晒辣椒

儿歌曰：红辣椒，黝黝辣，炒盘辣椒爆腰花，调盘辣椒拌苦瓜，腌盘辣椒嫩豆荚，冲碗辣椒豆腐花儿，白馍蘸上辣椒油儿，面汤撒上辣椒花儿，吃完这顿辣椒饭，浑身辣气汗滴答。

辣椒，是南方人的爱物。南方，尤其是四川、湖南、江西一带，气候潮湿，山林中的瘴气常常进入人体内，形成湿毒，引发疾病，而辣椒里的辣椒素是一种热性物质，可以祛除寒邪，辣椒因此深受南方人青睐，南方也有了《辣妹子》这样"不怕辣""辣不怕"的歌谣。

北方地区气候相对干燥，吃多了辣椒会上火，对辣椒就没有那么偏爱。但鲁西南一带就不同了，或许是性格的原因吧，男男女女都喜欢吃辣椒，平时流行的一句话就是"不吃辣，不当家"，一盘菜如果没有辣椒调味儿，吃起来总觉得没有滋味儿。还有的人，喜欢抓一大把干红辣椒在油中一炸，就着干粮吃，香辣开胃，嘴中还念叨着："黑窝窝儿，就辣椒，越吃越上膘儿……"

辣椒非常容易种植，不生虫，不打药，不用料理，待到秋天，满枝都是青青红红的辣椒。有一品种叫大羊角，形状像名字一样，

修长硕大，惹人喜爱。辣椒要晒干，才便于保存。人们有的将辣椒串起来挂在树上或屋檐下，红红火火，扮靓农家的日子；有的则将其与花生、西红柿等混合磨成辣椒酱，可以吃上一个冬天。秋天，晒辣椒的场面尤为壮观，宽阔的场里、洁净的地面上铺满红红的辣椒，像一面面旗帜、一片片火焰。若是身临其境，情绪都会被点燃的。

　　如果南方人吃辣椒与气候、身体有关的话，那么北方人吃辣椒，则是因为那种情绪、那种性格，他们喜欢火火热热、火火辣辣，希望让生活更加鲜亮红火。

晒柿饼儿

　　儿歌曰：九月里，柿子红，柿林十里红灯笼，张家小子爬上树，一气儿吃了个肚子疼；李家小妮儿爬上树，东啃西咬嘴不停；赵家二妹爬上树，吃了嘴黏腮帮红；腮帮红，肚子疼，回家挨打十皮绳，打得腚锤儿哎哟痛。

　　九月份，是柿子成熟的季节，待柿树叶子落尽，一树红红的柿子像挂在树上的小灯笼，煞是好看。柿子分两种，一种是黄黄的脆硬的，一种是红红的软软的，无论哪种柿子，刚成熟时味道苦涩，都不能立即食用，需要放置一段时间，才甘甜可口。

　　柿子除了鲜吃，又可晒成柿饼儿。晒柿饼儿时，要选择质地较硬、不软烂的柿子，先把外皮去掉，再用细麻线拴住柿子的蒂，一串串地挂在木架上。经七八天的晾晒，待柿子干湿适中，软硬适度，再放到筛子上晾干，或放在瓮子里封存，大约经过半个月时间，柿子上面便挂上一层白色的糖霜，成了柿饼儿，人们便可打箱装车，远销全国各地了。

　　好的柿饼儿柔韧筋道，掰开有金色的细丝，吃到口里甘甜软绵。这种柿饼儿能够滋阴润燥，是干果中的佳品。

通过存放柿子、晒柿饼儿，我们发现，世上许多事物，起初可能生涩坚硬，好像不合时宜，难以成就，但是经过时光的酿造、岁月的炮制，便会柔软润泽，便会甘饴可口，便会呈现出它最丰盈秀美的内涵。对于一些人和事儿，我们能做的，就是给其时间，耐心等待。

腌咸菜

儿歌曰:芥菜疙瘩,奶奶腌的,搭口一尝,咸死老杨;萝卜疙瘩,姑姑腌的,搭口一品,咸死老陈;豆角洋姜,腌上一缸,多多放盐,吃上三年。

早年的乡村,家家米面不足,缺油少盐,即便午餐,炒蔬菜的时候也不多。咸菜是一日三餐的主菜,家家户户堂屋门口都放上一口大缸,里面放上芥菜疙瘩、胡萝卜、辣萝卜、豆角、洋姜,然后放上两碗盐,盖上缸盖,十余天后,咸菜就能上桌了。

咸菜缸里如果盐放少了,就会生蛆、发臭,叫作烂缸。有经验的老人,发现咸菜缸水浑冒泡,就赶紧再放些盐,或把盐水放进锅里熬开、晾凉,再重新放回去。

吃饭的时候,老人们从咸菜缸中捞出一根胡萝卜或芥菜疙瘩,用清水洗净,在案板上切成条状,收在盘子里,滴上几滴香油,用筷子一拌,就是一家人的菜了。农家人,顿顿粗粮,难以下咽,如果再缺了咸菜,吃饭就更没胃口了。

咸菜除了生吃,也可炒着吃、蒸熟吃。那是家中劳力们干重体力活时才能享受到的待遇。如果再放上一两个鸡蛋,抓上一把

　　虾皮，切上点辣椒，那就更是让人垂涎的美味了。遇到这样的美食，人们就会胃口大开，窝头儿也能多吃上一两个。

　　咸菜中还有一款经典食品，那就是酱豆。先把三五斤黄豆洗净煮熟，淋上面粉，晾在报纸上让其发酵长毛，再在阳光下晒干，然后下入西瓜或冬瓜、白菜，接着加入花椒、大料、姜等调味品，最后把酱豆盆放在太阳下暴晒半个月，闻到酱香味儿后便可食用了。把酱豆放些香油，就着干粮吃，那个鲜香味儿，永生难忘啊！

　　如今，庄稼人也很少腌制咸菜了，即便腌些黄瓜、辣椒，也只是偶尔尝尝鲜。对于从贫穷年代过来的人来说，老咸菜的味道，连同咸涩的记忆，会伴随一生。

做豆腐

儿歌曰：白豆腐，嫩生生，要吃凉的拌小葱，要吃热的大火蒸，要吃酸的加点醋，要吃甜的加糖精，要吃麻的加胡椒，要吃香的加肉丁。啥味我都不爱吃，单爱豆腐白生生。

20世纪五六十年代，咸菜、萝卜、白菜是农村家常菜，偶尔吃上顿豆腐，便是改善生活了，那种豆制品的清香鲜嫩，会在口齿间久久弥漫。

农村的清早，晨光乍露，豆腐车子便进村了。"豆腐了，换干豆腐了"的吆喝声在街巷里悠扬响起，庄稼人便会端着半瓢黄澄澄的大豆来换豆腐。一斤黄豆换二斤豆腐，卖豆腐的解开用白布包裹的豆腐盒子，手脚利索地用金属刀片儿打出白生生的豆腐块儿，称好后放入换豆腐的人带来的盆中。

豆腐的吃法儿挺多，能凉调，也能煮炖，还能烹炸。一直认为豆腐最适合凉调，切上一根小葱，放上盐和香油，与豆腐稍一搅拌便可食用。俗话说，小葱拌豆腐，一清二白。如果用生豆油调制，更是鲜香爽口。

豆腐能在农村大行其道，还因为它的制作方法简单，家家户

户都能做。做豆腐先选颗粒饱满的黄豆，用清水浸泡一天一夜，然后用水磨拐成豆浆，用纱布滤去渣滓，将豆浆倒入大锅，大火烧开，点上卤水，接着用马勺舀进木制的豆腐盒里，再用白布上下兜好，放在一边待其凝固，然后压上木板，滤去多余水分，使豆腐变得更加硬挺。

"一物降一物，卤水点豆腐"，做好的豆腐有老嫩之别，也有苦与不苦之分，关键在点的卤水多少。据有经验的人讲，豆腐质量的优劣，还与当地的水质关系较大，有的村庄水中矿物质丰富，点出的豆腐便质优量多，因此村民们买豆腐往往会先问卖豆腐之人是哪里的、哪个村的。

如今，做豆腐也机械化了，但人们总觉得机器磨出的豆浆，没有小石磨磨出的地道，还是家庭作坊的老豆腐具有原生态的鲜香味儿。

凉粉儿摊

儿歌曰：赶大集，推小车，推车凉粉哆哆嗦。白生生的凉粉儿给谁喝？给赶集的老头儿喝，老头儿不喝；卖给推车挑担的小贩儿喝，推车挑担的小贩儿也不喝；卖给挖河打堤的喝，挖河打堤的人儿多，十车八车不够喝，推一车又一车，累得掌柜腿哆嗦。

20世纪五六十年代，乡村的孩子们没见过冰激凌，没吃过汉堡、比萨，甚至不知香蕉为何物，一两毛钱一碗的凉粉儿对他们来说便是可口的美食了。

凉粉儿多由绿豆粉制成，较之地瓜、土豆淀粉，绿豆粉有清热解毒的功效，更适于夏季食用。将一份淀粉加十份水倒入锅中，边搅拌边加热，搅至汁液变黏稠时，加入适量的明矾，搅匀后熬煮片刻，离火倒入器物中，晾凉即成凉粉儿。凉粉儿冷却后，色泽如白玉般晶莹剔透，质地松软筋道，柔而不腻，韧而不硬，出售前放在新打上来的井水里冰着，保证新鲜清凉。

喝凉粉儿，调味很是关键，凉粉儿摊一般备有辣椒、酱油、醋、香油、味精、芥末等作料。每到夏季，乡村的凉粉儿摊，是农人们极喜欢光顾的地方。大热天赶一晌儿集，往凳子上一坐，摊主从凉水中捞一块凉粉儿，用刀剁成方块形，往大瓷碗里一盛，卖凉粉儿的大嫂还会询问你口味儿的偏好，吃不吃辣，配上大蒜汁、麻酱汁儿等作料，然后双手捧给你。

夏日炎炎，赶路的人们饥肠辘辘，口渴难耐，坐在那凉粉儿摊前，喝上一碗色、香、味俱佳，凉丝丝、酸溜溜、辣乎乎的凉粉儿，真是一种别样的享受。

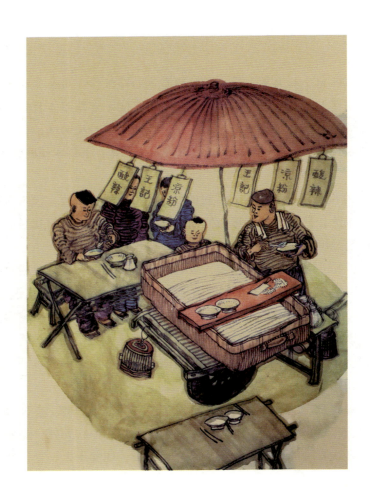

踩 藕

　　儿歌曰：他二叔去踩藕，猛子扎进泥里头，半天抬头儿出水面，不见莲藕见泥鳅。他二哥去踩藕，摇来晃去身子扭，半天踩起一枝藕，鲫花扎破胳膊肘儿。晌午炒菜一盘藕，藕丝拽长一尺九，脆脆生生就窝头儿，再加二两白干酒。

　　莲，自古以来便是受人推崇的一类植物，莲花因"出淤泥而不染"被誉为高洁的象征；果实为莲蓬，可食也可入药；它的根状茎就是莲藕，是深受人们喜爱的食品。人们常说："男食韭，女食藕。"生活在水中的藕，能滋阴通络，对皮肤有美白作用。

　　每到冬季，特别是年关将至的腊月，正是新藕上市的时候，村民们便开始挖藕来卖。然而，要在齐腰深的淤泥中挖出藕来真不是易事儿，淤泥冰冷黏湿，铁锨在淤泥中根本不好使唤，同时还要注意藕枝的走向，把藕挖断挖残都会影响价钱。往往几个劳力，吭吭哧哧多半天，弄得浑身泥巴，还挖不出半车藕，令人叫苦连连。

　　踩藕就不一样了。到了秋季，嫩藕已经长成，池塘里水温还不算太低，池塘边长出的片片莲叶也没有固定的主儿，闲来无事的半大孩子们便尝试着用脚踩藕。他们选择一簇生长茂密的莲叶，用脚在四周画圆圈儿，沿着圆圈儿有节奏地向下踩，通过水的潺动，把脚底较硬的生泥踩成绵软的熟泥，慢慢地就能找到莲藕的踪迹了。找到莲藕后，再沿着莲藕的走向去踩，让藕枝与淤泥分离开来。最后，一枝白生生的莲藕就被采摘下来。回到家，洗净刮皮，切成薄片儿，用开水一焯，放上麻油、细盐、姜末儿、食醋，就是一道好菜。

当然，踩藕也没有想象的那样简单。有的藕扎根很深，上边的淤泥没过膝盖，根本踩不到。有的坐纽晚，孩子们费了九牛二虎之力，只踩到一条嫩根，全无收获。

如今，莲藕也开始被大面积人工种植，施过肥的池藕长得又粗又长，挖藕采用喷水枪作业，免了劳力之苦。可这人工种植的大个头池藕，吃起来怎么也没有浑身紫泥的坑藕香脆可口。

杀年猪

　　儿歌曰：过年哩，杀猪哩，小刀子，露寒光，小猪看见心里慌，小猪小猪你别怕，我就牵你去赵坝，过了赵坝过黄河，咱叫屠户找不着，过了年，再回来，明年咱再一起玩儿。

　　在乡村，一过了腊月十五，不时会听到噼噼啪啪的鞭炮声，开始有年味儿了，农家人便开始置办年货。其中，杀猪是过年的一件大事儿。

　　逮猪是第一道工序。几个壮劳力，把猪团团围住，有的拽住尾巴，有的薅住耳朵，按翻在地，然后把猪的四肢五花大绑起来，抬到短腿方桌上。

　　杀猪人早已准备好锋利的尖刀，对准猪的脖子狠狠攮下去，这时猪会四肢剧烈抖动，并发出凄厉的嚎叫声。随着喷涌而出的鲜血哗哗地流到盆子里，猪的惨叫声渐渐消失，身体也变得一动不动，杀猪人这才确定猪被杀死了。

　　接下来，就是吹猪。吹猪的人一般都是体格健硕、气力较强的人。他们拿刀在猪腿上拉一个口子，用铁棍向里捅几下，然后用嘴对住小口就吹起来。慢慢地，猪的身体开始膨胀起来，吹猪人也憋得面红耳赤，然而这时候不能缓劲儿，要使出浑身力气把猪吹得像个馒头，据说这样便于刮毛，杀出的猪肉也不板结。

　　紧接着就是刮毛。人们把猪抬到平口大锅上，锅里早已烧好滚烫的热水。用脸盆把热水向猪身上一泼，这时再用刮刀一刮，猪毛纷纷脱落，雪白的大肥猪就呈现在人们面前了。

下一个步骤就是开膛破肚。杀猪人把猪肚皮向上放好，用尖刀沿前胸中线向下拉开，这时猪的内脏就显露出来，心肝肺、胃肠、膀胱，被纷纷取出。这里有一个刺激性的场面，在开膛破肚的瞬间，会露出一团白花花的猪油，杀猪人抓起一把，放在嘴里，吸溜吸溜地喝掉，据说那是猪的护心油，趁热生吃也非常香，但我们这些观看的孩子，对此却甚是不解。杀猪人取出内脏，再卸下猪头，剔除四肢，把躯体沿中线用斧头劈开，分为两扇，挂在木桩上，杀猪的活儿基本就算大功告成了。

　　主人会把猪头煮上，制成菜肴，招待杀猪人，我们小孩子就会让人把猪膀胱吹起来，用木棍挑着，到处奔跑，这是我们应得的"战利品"。

第三辑　乡风乡俗

乡风民俗

家规祖训

那是文明的根系

那是民族的血脉

滋养着我们每一个人的精神、体魄

——题记

拉大呱

儿歌曰:牛棚里,灯儿暗,牛儿吃草不用拌;弯腰点上一盆火,老头围着讲三国。牛棚里,石槽多,牛儿一拴挣不脱,半天敛起粪一堆,一气儿推了五六车。牛棚里,老牛倌,挑水拌料把草担,早起晚睡不歇手儿,累了吸袋老旱烟。

冬季是乡下人最悠闲的一段日子,粮食入仓了,活计忙完了,正赶上昼短夜长的时节,于是不甘寂寞的乡村汉子们便凑在一起——拉大呱儿。

乡村农家牛屋,温暖而僻静,不受家庭琐事影响,是讲故事拉大呱儿的好去处。大家燃上一盆炭火,闷上一缸子浓茶,围着一盏油灯,便你一句我一句地聊起来。山川风物、今古奇闻、家长里短、男女趣事,都是议论的话题。香喷喷的牛料味儿、火燎燎的旱烟味儿、淡淡的牛粪味儿,以及老牛沙沙的吃草声,与众人嘻嘻哈哈的欢笑声,完全融在了一起,把乡村的夜晚渲染得温馨而浪漫。

拉大呱儿人人有份,东家长,西家短,七嘴八舌。讲故事的主角往往是三两个走南闯北、见多识广的"文化人",故事的内容最多的是妖仙鬼怪，什么书生进京赶考，夜宿古镇，遇一妙龄女子……什么两个弟兄不孝顺，把生病的老娘背到深山抛弃，遇到一个白须仙人……故事虽然荒诞怪奇，但情节跌宕起伏，

引人入胜，出人意料又合乎情理，再加上讲故事之人绘声绘色的描画，使得故事更加妙趣横生，让人沉浸其中。

很多时候，一些鬼怪的故事吓得我们这些小孩子每每不敢独自回家。越是这样，一些好闹笑话的人越是不依不饶地瞎说：回家要经过的某棵弯脖子槐树上吊死过一个老妇人，某个胡同口经常出现妖风鬼影……吓得我们不知如何是好，央求大叔大爷们一路送我们回家。

回想往事，讲故事，拉大呱儿，不管情节如何荒诞不经，但那些故事想要告诉人们的基本观点还是十分明确的，那就是告诫世人，善有善报、恶有恶报，劝诫人们千万不能做伤天害理的事情，或许这就是其最朴素的教育意义所在。

踩高跷

儿歌曰：咚咚嚓，咚咚嚓，甩胡子，抖大褂，拿大顶，劈大叉。红绸甩成风摆旗，拐子碰得响雷炸。咚咚嚓，咚咚嚓，庄稼老头儿扮仙女儿，八尺汉子扮哪吒，闺女媳妇当李逵，三岁儿童瞎舞喳，蹦上三天过够瘾，腿痛一月直哎呀。

春节期间，正值农闲时节，乡亲们便组织扭秧歌、舞长龙、跑旱船等活动庆祝丰收。高跷队因动作夸张、风趣滑稽，备受大人孩子们欢迎。

踩高跷是一种多人参与的娱乐活动，表演者身着戏装，化装成各式人物，把脚绑缚在长长的木棍上行走，神态自若，如履平地。高跷队前面一般有一人逗舞，两旁有唢呐伴奏，吹吹打打，边演边唱，逗笑取乐，或走街串巷，或停在空旷的场地上表演。

高跷有文跷、武跷之分。文跷主要表演扭踩和走唱，重扮相与扭逗，扮演的人物有渔翁、媒婆、傻公子、小二哥、道姑、和尚等。往往越是老汉，越爱涂脂抹粉扮演年轻女人；越是俊俏女子，越爱把脸抹黑扮演武生；人高马大的胖男人扮演个佝腰白脸儿老婆子，脸上再画一颗明显的黑痣，忸怩嬉笑，最是吸引孩子们的眼球。还有走在队伍最后面的小丑，摇动拨浪鼓嬉戏追逐，丑态百出，活泼生动。

　　武跷则强调个人技巧与绝招，表演倒立、跳双凳、跳高桌、叠罗汉、劈大叉等动作，惊险刺激。队伍中还有二人的连腿高跷，有三人合踩的四只跷，也有四人共绑的五只跷，表演要求配合默契，不然会一起摔倒。还有人踩的高跷足有七八尺高，走起来"步步惊心"，让人赞叹称奇。

　　据记载，踩高跷在我国已有两千多年的历史，古代人为了采集树上的野果，或到水中捕鱼，给自己腿上绑两根长棍而便于采摘或捕捞，现在已演化为一种纯娱乐活动。

抬司衙

儿歌曰:长扁担,九尺三,悠儿悠儿颤得欢,红袍司衙坐上边,腔锤好似黏胶粘,抖膀子,摇长衫,烟袋耍得像花圈,遇着一段疙瘩路,扁担断成三截三,衙官摔得脸朝天,龇牙咧嘴疼半天。

正月十五闹元宵,元宵节前后,踩高跷、顶狮子、耍龙灯,乡村的各式游艺活动便热闹起来,其中有一种在行走间进行表演的民间舞蹈叫抬司衙。

抬司衙的目的就是调笑司衙官。司衙官坐在独木杆支撑的"独杆轿"上,身穿官服袍带、乌纱朝靴,怒眉横目,神气十足,不时做出各种夸张怪异的动作,逗笑前来看热闹的观众。不过,司衙官乘坐的衙杆儿上是绑有圈椅的,只是被司衙官的官服遮盖住了,才使得司衙官看起来好像直接坐在了独杆上,给人以惊险之感。尽管如此,这圈椅也并不好坐,衙杆忽左忽右、忽上忽下,颠簸得厉害,再加上抬杆的小伙子使坏,司衙官一不小心便会摔下来,摔得人仰马翻,丑态百出。

司衙官与身边的衙役们互相嬉闹,还可以当众评判本村本地的是非曲直,甚至可以当场断"案",而且说了就算。有些婆媳不和、

儿孙不孝、乡邻纠纷之事，平时说不出口，当下就可半真半假地讲出来，司衙官的判词，便是今后处理这事儿的依据。

　　家家有本难念的经，婆媳的矛盾、妯娌的过节、生活中的委屈，在岁月中积攒下来，不好发作，无法诉说，便成为一种忧烦。经过对司衙官的倾诉，经过司衙官的评判，内心便释然了，原来错就不在我，抑或就是自己的不是，或者各有过失。事情被说出来、判出来，人的心里就亮堂了，烦恼也就烟消云散了。

挑花儿经

儿歌曰：小香炉，脚儿短，今天烧香来得晚，也没米，也没面，喝口凉水也行善，挑经挑上九十转，没病没灾能吃饭，挑经挑上俩时辰，粮满囤来福满门。

中原地区，一直延续着"挑花儿经"的习俗。挑花儿经又叫"担经挑""担花篮"。庙会期间，妇女们挑着自制的花篮儿去进香，在庙前空地上边哼经曲，边跳舞蹈，希望通过特殊的形式与天、神沟通，以求达到祈福、祛灾、求子等目的。

挑花儿经的艺人一般都是农村的中老年妇女。她们衣着盛装，每人担着一副经挑，经挑的两端挂着花篮。花篮是竹制的，十分精巧，有鲜花、贝壳、宝瓶等式样。她们随着经曲的节奏，依照八卦图中阴阳鱼的线条，来回地舞蹈。

担花儿经者大多是为家人禳灾祈福的，也有的是收了些许酬金，挑上一段花儿经替别人求子的，还有的是还愿的。在挑经过程中，挑经者口中念念有词，大意多是请求神仙保佑他们一家平安、无病无灾，日子过得富裕美满。

传说，在挑花儿经表演到高潮时，会产生一种神奇的力量，

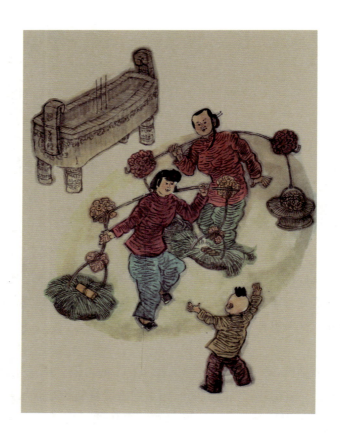

　　有病的人跟随着众人一起去庙会表演，过一段时间疾病就会不治而愈；求子的妇女只要撑着花伞从舞者中间走一遭，不多长时间，便可如愿得子。在古代，求神问卜是一种非常普遍的现象。

　　据载，智慧的化身诸葛亮每遇难题，必暗自用一种独到的占卜法进行占卜：净手、焚香、诚心祷告，从而得到上天的启示。有人说，一个人只有对大自然充满敬畏、热爱和想象时，他与大自然的体肤、血脉、情感才是相通的，他才会得到大自然的昭示。

　　原始民俗挑花儿经，以及先人们源远流长的"崇神"信仰，虽然只是一种心灵上的美好寄托，并无太多现实意义，但其对某些"唯我独尊"的现代人依然不无启发。

扫天娘

　　儿歌曰：扫天娘，来回扫，扫得云彩赶紧跑。扫天娘，嘀嘀转，日头晒得猫出汗。扫天娘，红秫秸儿，龙王见了快躲开。扫天娘，天天转，又不涝来又不旱。

　　以前，庄户人家靠天吃饭，对上苍有着许多祈盼。天气干旱不雨，人们便抬盆儿祈雨；天气久雨不晴，连阴起来半个月，庄稼受灾，人们便扎制扫天娘，期盼它把云彩扫光，把天扫晴，让田地有个好收成。

　　俗语说，云彩向南，雨涟涟。到了秋天，如果遇上连阴天，阴雨连绵，有时半个月也不见太阳，田野积涝成灾，有些庄稼蔫了叶，有的植物开始烂根。庄稼人心急如焚，眼睁睁看着一季的辛劳就要化为泡影，却束手无策。

　　用心的婆娘们，便制作扫天娘以期止雨。她们找来红色的秫秸儿，剁成许多小段，扎成鸡形，再找一个黍子篾，绑在"鸡"的尾部，然后挂在树枝上，或晾衣服的铁条儿上。风一吹，"小鸡儿"便团团转起来，像一个扫云彩的神仙。也有的人家，用红纸剪成一个手拿扫帚的妇人像，贴在房檐下，口中念叨："扫天娘，扫把长，打扫天空不停忙；扫尽阴森森，扫尽雨淋淋，扫得乌云都散去，扫得青天见太阳。"祈请她扫去阴云，让天空露出温暖的阳光。

或许是天阴日久雨季已过，或许是人们的心理作用吧，不出三两天，天色果然放晴，阳光驱散了云彩，也扫去了乡亲们心头的阴霾，人们便把成绩归功于扫天娘。

一旦雨过天晴，人们便把扫天娘烧掉，意为送她上天，以便下次祈请。

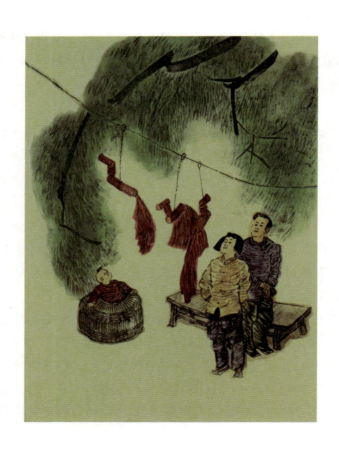

新媳妇初下厨

儿歌曰：擀得粗，切得厚，女婿喝了光胀肚；擀得厚，切得粗，女婿喝了哇哇哭；擀得薄，切得细，女婿恣得想唱戏。孩子们又吆喝：新媳妇，手别抖，小心菜刀切着手；新媳妇，心别慌，先切葱，再切姜，切个指头熬锅汤。

俗话说，新媳妇上轿头一回。在农村，新媳妇会遇到许多新鲜事儿，拜天地、闹洞房、见长辈，下厨做饭也是一次对技艺的考验。

按当地习俗，新媳妇出嫁前，要为婆家的亲人每人做一双新鞋，绣一对鞋垫，既为密切家庭关系，也为展示一下手艺。但这些鞋啊、鞋垫啊，大都是手艺好的婶子嫂子帮着做的，根本显不出新媳妇的手艺如何，但新媳妇过门儿后自己下厨，就没人能帮得上忙了。

新媳妇在坐守两天洞房后，第三天一般要下厨展示自己的厨艺，最基本的就是要擀一次面条儿。看热闹的孩子们早挤满了厨房内外，一见新媳妇拿起擀面杖，大家便齐声吆喝一阵；一看新媳妇拿起菜刀，大家又吆喝一阵。越是这样，新媳妇越是手忙脚

乱，又慌又怕，面皮擀得又糙又厚，拿刀的手也哆哆嗦嗦不听使唤，面条切得粗细不匀，一不小心还切到了手指头，真是又羞又痛，百爪挠心。一旁的婆婆忙站出来打圆场，喝退看热闹的孩子，叫人把新媳妇送回洞房去。

现在的许多年轻人，从小衣来伸手、饭来张口，很少有亲自下厨做饭的了。饿了就点外卖、去饭馆，没谁会在意自己或他人厨艺水平的高低了。

送祝米

儿歌曰：二妮儿坐月子，红糖一桌子，小米儿一车子，鸡蛋一箱子，挂面一筐子；月子坐完了，黄脸变白了，瘦人变肥了，粗饭不吃了，光会享福了。

在传统礼俗中，无论谁家生了孩子，喜添新丁，亲朋好友尤其是产妇的娘家人都会带些礼品前去看望祝贺，俗称"送祝米"，或叫"送月米""送粥米"。

送祝米的时间根据婴儿的性别定，如果是男孩，选在出生后的第十二天，如果是女孩，就选在出生后的第九天。这一天，产妇娘家的婶子、大娘、嫂子、姐妹，会在产妇母亲的带领下，带着鸡蛋、红糖、大米、小米、小裤、小褂，前往产妇的婆家祝贺。凡生头胎，要"抬盒"。把衣料、项链、长命锁、鸡蛋、红糖等装进大抬盒里，盒顶用绳子拴两只母鸡，外面用红纸贴封，写上喜庆祝词，由壮劳力颤悠悠地抬着，女人们带着孩子或坐车或步行，前呼后拥热热闹闹地拥进产妇的婆家大门。当姥娘的见到外甥或外甥女，要拿见面礼，俗话也叫拿"看钱"。坐月子的女人，经历了生育的生死劫，看到娘家的亲人，从心里透出无比的幸福感。母亲或年长的至亲，则传授给产妇如何喂养婴儿、保养身体的经验。

婆家人便忙着递烟倒茶，大摆宴席，尽一切可能热情接待亲家客人，大家其乐融融，好不热闹。宴罢，婆家人还要煮上许多鸡蛋，并将鸡蛋染成粉红色，装进客人们的捧盒，让客人们带回去给家中的孩子们吃，以让所有人分享自家得子添丁的快乐。

如今生活条件改善了，鸡蛋米面的也不稀罕了，谁家生了孩子，送祝米时封上礼金就可以，亲朋好友一起去饭店庆贺一番，就图个喜庆吉祥气氛。

黑狗去，白狗来

儿歌曰：荠荠菜，包扁食儿，俺给姥娘送碗去，姥娘姥娘把俺喊，吃着扁食儿心喜欢。姥娘疼俺，妗子瞅俺。妗子妗子你别瞅，俺住姥娘赶不走，姥娘的儿子俺的舅，你咋生气俺也得住个够。

在乡村，待到农闲季节，三岁以下的小孩子便被母亲用锅底灰把脸涂黑，抱着去姥姥家走亲戚。吃过午饭，姥姥会把小外甥的脸洗得干干净净，然后抓把白面涂在孩子的脸上，让孩子的母亲领回家来，这就是黑"狗"去，白"狗"来。

狗，是对孩子的贱称，名虽贱，实是一家的宝贝蛋儿。农村有种说法，为孩子取个贱名，孩子就不得病，好养活。所以，有些农村人会给孩子取名为狗剩、狗蛋儿、二臭儿、三螳螂、四祸害等。

当地农村，姑娘成家大都嫁到附近村庄，一为对男方知根摸底儿，二为方便走动，老人放心。小孩子长到八九岁，喜欢串门走亲戚，尤其是喜欢到三五里外的姥娘家去。它们在那里不但无拘无束还受到款待，有时与邻家的孩子玩儿得开心，还会小住上几天。姥娘姥爷自然喜欢自家的小外甥，好吃好喝，格外关照。

赶上小孩子顽皮淘气，有些过分之举，姥娘、姥爷、舅舅、小姨都能够担待，舅妈可能就会看不下去，有时给脸子看，甚至说几句难听的，惹得姥娘姥爷很不高兴。

俗话说："人有三不亲，姑父、姨父、舅舅的媳妇。"这"三不亲"都有一个特点，就是和孩子没有任何血缘关系，平时交集少，从骨子里面就没有认同感，关系较为疏远。如果遇到一个任性的"熊孩子"，白吃白喝还瞎闹腾，舅妈自然更会心中不快，巴不得他早日离开。

如今，孩子们都是父母的掌上明珠，大人们寸步不离，稀罕得不得了，很少让他们单独到姥娘姥爷家去住了，这在无形中也避免了许多家庭纠纷。

唢呐班

儿歌曰：响器班，响器响，呜呜哇哇去赶场。赶着一家正娶亲，吹个喜鹊闹新春；赶上一家正发丧，吹个天鹅离故乡；赶上一家摆寿宴，吹个仙翁松间站；赶上一天没啥事儿，吹个"锅缸"解解闷；赶上一天吹三场儿，累得吐血地上躺。

在乡村，丧事儿也被称为喜事儿，属于白喜事儿，与嫁娶并称为红白喜事儿。每遇年龄大的老人过世，主家就要请上吹拉弹唱的，为丧事儿助威。在中原一带，有专门为丧事儿吹拉伴奏的班子——唢呐班。

唢呐班一般六人，唢呐二人、笙二人、锣鼓梆子镲等二人，这样的班子应付乡村一般的婚丧嫁娶，自然游刃有余。有的班子里还配有善唱的人，在婚丧事儿的间隙里吼唱一番，以烘托红白事儿的隆重氛围。艺人们兴致高时，可一嘴吹三四支喇叭，可把纸屑放进嘴里再从喇叭里吹出来，也可头上顶一碗水，一边吹一边扭来扭去地走动，以博得观众热烈的掌声。经济富裕的家庭，有时会请上两个唢呐班，待双方较上劲儿来，互不服气，各展其能，场面才更精彩、更热闹呢。

　　唢呐因音色高亢嘹亮、腔调旷远悲凉，深受当地群众喜爱。鲁西南一带的唢呐更是驰名中外，电视剧《水浒传》的主题曲《好汉歌》"该出手时就出手"的曲调，就取自唢呐曲《锔大缸》，另外，《百鸟朝凤》《全家福》《抬花轿》等名曲亦广为流传。

　　唢呐声声，悲愤呜咽，悠远激扬。人们对蹉跎岁月的悲苦无奈，对命运的不屈抗争，以及对生活的期待和憧憬，全都隐含在其中。

遛鸟儿

民歌曰：小画眉，叽喳喳，高高低低腔儿花。黑八哥，鸣呱呱，听听准烦甭理它。小溜虫，叫声脆，听了叫人心里醉。山喳子，凑热闹，赶紧轰走不许叫。

农村上了岁数的老人，有的三五成群聚在街边晒太阳，有的三三两两搬着马扎去听戏，有的独自去割草放羊，也有的喜欢养只小鸟儿消遣时光。养鸟儿的人，一到清晨，要把鸟带到山坡、湖畔、树林等幽静的地方，去呼吸新鲜的空气，培养它的灵性，这就是所谓的遛鸟儿。

遛鸟儿时，路上要把笼衣放下，以免鸟儿遇到突发刺激野性发作，惊悸乱扑。至树林茂密处，将鸟笼挂在树枝上，掀开布帘儿，让它适应新环境，与"同僚们"交流鸣叫。人们根据喜好，所养的鸟儿各不相同，有鹦鹉、黄鹂、百灵、画眉、金丝雀等。体型不大的百灵、画眉叫声清脆悦耳，变化多端。金丝雀儿叫声婉转悠扬，好像有脆脆的水音，让人听起来特别舒服。黑体黄喙的鹩哥，叫声低沉，模仿能力超强，学人说话惟妙惟肖，让人惊诧叹服。

也有人懂得驯化之功，养鸟儿不用鸟笼，每天外出遛鸟儿时，只是让鸟儿们蹲在一根藤条上，而且还故意把鸟儿们放飞，一会儿它们就又会飞回来。能把鸟儿驯得如此服帖的还真不多见，众人啧啧称奇。

听老人说，遛鸟儿起于晚清八旗子弟，那些公子哥儿整天无所事事，喝花酒、斗鸡、斗蛐蛐儿、架鸟笼，后来人们就把"提笼架鸟"与"游手好闲"画上了等号。如今看来，消遣也是生命的必需，闲适的生活状态，更能滋养性情，更利于人们审视内心，让生命回归本真。

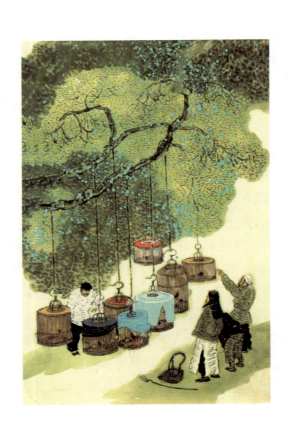

斗　羊

　　儿歌曰：手拉手，膀靠膀，俺到集上看抵羊。东村是个黑眼圈儿，西庄是个白鼻梁儿。玩抵羊的打响鞭儿，羝羊咩咩撒了欢儿。一头抵得头打转，二头抵得缰绳断，三头抵得冒火明，四头抵得地打战，五头抵得鼻梁红，六头抵得头皮烂，七头八头直个抵，一抵抵到大集散。回到家，缠爹娘，明儿咱也喂羝羊。

　　斗羊，也叫抵羊，是鲁西南一带的特色民俗。当地一般到了秋冬农闲时节，就会在集市旁的一片开阔地带举行斗羊比赛。当地的小尾寒羊，雄性个大性躁，犄角粗壮，血性十足，可长到二三百斤，是斗羊的首选品种。

　　比赛初期，没有太高的门槛儿，养羊人都喜欢把自家的公羊牵出来遛遛，一来试试本领，二来为斗羊大会壮壮声势。经过层层淘汰选拔，最后勇者竞雄争霸。

　　比赛开始前，羊主人抚弄几下羊头，甩着羊鞭，为自己的斗羊加油助威。双方先让两只羊打个照面，然后解开缰绳拉开架势，随着主人的怂恿吆喝声，两只羊从十几米开外扑向对方，羊头猛力抵在一起，发出低沉铿锵的撞击声。有时只抵上一次，就能分

出胜负，一只羊落荒而逃，不再应战。有时，两只羊实力旗鼓相当，嘭、嘭、嘭抵上七八次，甚至十几次，也分不出胜负，有时羊角被抵出血，染红羊头，它们依然不肯罢休，场面十分悲壮。也有实力悬殊的对手，只交手一次，弱的一方便趴在那儿起不来了，为斗羊大会平添一份悲凉。当然最后获胜的羊主，才是最大的赢家，那种自豪和兴奋劲儿，比中百万元的大奖还要强烈。

两兵相交强者胜，两强相逢勇者胜，勇者相遇智者胜。斗羊，比的是强健的体格，拼的是血性和精神，还有生死角逐时的意志力和智慧。

斗　鸡

　　儿歌曰：鸡篓子，条子编，抓只斗鸡扔里边，叫你去斗你不斗，叫你上场你溜边儿，叫你去赢你偏败，叫你去败你争先，明天用刀宰了你，做成酒肴尝尝鲜儿。

　　斗鸡、咬狗、抵羊是鲁西南一带的民间娱乐，抵羊太过蛮勇，咬狗太过凶残，尤以斗鸡最受老百姓喜欢。

　　斗鸡，又名打鸡、咬鸡，要用一种特殊的鸡种，这种公鸡体格健壮，英姿雄武，高腿、长颈、大爪、粗嘴、薄毛，耐力超群，凶悍好斗。

　　训练斗鸡，首先要增强它的力量，在鸡腿上绑上沙袋，增强体力；还要培养它搏斗的技巧，出击要稳、准、狠；最重要的是培养它的勇气和耐力，使其在进攻中不出现退让现象，即便双方斗到精疲力尽，也要卧而不走，宁死不屈，只要有一口气就要战斗到底。

　　两鸡相斗时先是试探，双方都谨慎出击，慢慢地场面变得激烈起来，一个白鹤亮翅，一个游蛇出洞，一个老鹰扑食，一个兔子蹬鹰，闪展腾挪，跌扑滚翻，有时头皮被撕裂，眼睛被叮瞎，

头部羽毛被叨掉，面部、颈部鲜血淋漓，但斗鸡就是不服输，一斗就是一两个小时。当一只鸡斗败落荒而逃时，另一只鸡也精疲力竭，目光呆滞，连挪动一步的力气都没有了，眼神中好像并没有得胜后的喜悦和荣耀。

斗鸡象征着勇敢、活力和武侠精神。如果说，抵羊斗的是激情，是勇武，斗狗斗的是血性，是凶狠，那么斗鸡斗的就是坚韧，是勇猛，是机智。

斗鹌鹑

儿歌曰：小鹌鹑，秃尾巴，我跟爷爷去逮它，这边下了缠丝网，那边小哨吱吱响。逮个鹌鹑喂半月，鹌鹑惊得直炸窝，带到集上斗一场，赢了一斗红高粱，带到集上斗两场，断了翅膀折鼻梁，爷爷恼得直甩头，我给鹌鹑抹香油。

斗鹌鹑又叫咬鹌鹑，是农村老年人闲暇时用于消遣的一种民间娱乐活动，多在秋冬农闲季节进行。

鹌鹑是一种个头不大、尾短善斗的鸟儿。家养的鹌鹑性情绵软，战斗力不足，无法参与决斗。用于斗鹌鹑的鸟儿都是雄性野鸟儿，捉它须用雌鸟或类似雌鸟叫的哨子声招引，用网捕住后精心调养，定时喂以谷子、芝麻、蛋清等。主人平时把鹌鹑养在半尺高矮的竹笼里，出门便把竹笼别在腰带上，有兴致时就把鹌鹑拿在手上把玩儿。握鹌鹑很有讲究，要把鹌鹑头卡在拇指和食指间，让其爪子从无名指和小指中露出，短短的尾巴卡在小指后。

斗鹌鹑一般在早晨进行，把一对鹌鹑放在一口笸篮里，偷偷用细草棒撩拨它们，它们发怒后，便会撕咬起来。鹌鹑决斗有很多名堂，有的鹌鹑斗几嘴后，突然飞去，俯冲下来再斗，被称为

"云穿"；有的鹌鹑斗几回合后就地躺倒，伸出两只利爪猛蹬对手，被称为"滚地龙"；有的鹌鹑只是抖动脖颈狠命地撕咬，被称为"凶狠斗士"。

　　一对鹌鹑只斗三五个回合就能分出输赢，败的一方会落荒而逃。俗话说，"咬败的鹌鹑斗败的鸡"，鹌鹑一经斗败，将永不再斗。所以，在斗鹌鹑时，主人要特别注意观察，发现自己的鹌鹑有落败的苗头，就赶紧将它们分开，留部分勇气在鹌鹑身上，以备日后再战。

　　由老年人善于保护鹌鹑的勇气，我想到了对青少年的教育。生活中，我们不要动辄对孩子指责、侮辱，损毁他们的自信心，而是要千方百计地激发孩子的热情，要像保护眼睛一样呵护少年的自尊心，唯有如此，他们长大后，才能自信阳刚，才有勇气面对生活中的波涛激流。

祭 祖

祭词曰：赫赫吾祖，恩泽绵长，福佑子孙，万世永昌；列祖列宗在上，阖族后辈在此叩首！

在农村，一个村庄往往只有几个大的姓氏。有的全村一姓，大家同宗同族，一年一度的祭祖仪式，便成为全家族最为隆重的大事，也是族人们增强凝聚力的重要方式。

过去，祖上的牌位被供奉在家中专设的灵堂里，每遇节日，后人们都要上香祭奠，每有重大事件发生，后人们事前也都要默默禀报祖先，以求获得祖先的庇佑。子荣孙贵，喜事盈门，家中每有喜事发生，也会祭奠一番，告慰祖先英灵。好像冥冥之中，祖上并没有离开我们，他们还端坐在那里看着后人的一举一动、所作所为。因此，中国人一半的精神是与祖先连接在一起的，"光宗耀祖，荫蔽子孙"就成为许多国人一生的责任担当。

后来，"文革"时，各家都拆除了灵堂牌位。因此，每年的除夕下午，全族男性齐聚祖坟上，点燃香烛，燃放鞭炮，焚烧纸钱，作揖叩首，请祖先回家过年。

乡亲们生活在一起，家族观念强，特别在意远近亲疏，在乎亲情人事儿，在意祖上的阴德。他们认为，个人的造化、家族的兴衰，都与祖上的阴德密不可分。自己的善行、自己的成就，都是在为祖上增光，为子孙造福，自己就是家族链条上的一环，所以要积德行善、修身齐家、尽心尽责、千方百计完成自己的使命。

中华文明是世界上唯一未曾中断过的文明，这与其博大精深的文化传统密不可分。或许，正是因为由国家到家族，由家族到家庭，都特别注重传承，中华民族才形成了深深扎根于每一位民众心灵中的"家国"观念，形成了凝聚全社会的巨大精神力量，进而使得其文明得以延续了几千年。

庙 会

民谣曰：莲台起庙会，唱戏《天仙配》，庙内参参佛，庙外逛一会儿，买头大骡马，买床缎子被，买双绣花鞋，买对玉石坠儿。回头去饭铺，喝个二两醉。

以前，许多农村人信神，认为山有山神，河有河神，林地有土地神，相信神在冥冥之中护佑着我们，主宰着我们的吉凶祸福。农村有建庙供神的传统，所供奉的神灵也林林总总，有玉皇大帝，有泰山老母，有玄武大帝，有观音娘娘，有仙姑老奶奶，他们共同的职责就是为人们免除灾祸，保佑当地风调雨顺、五谷丰登。

凡较有名气的大庙，必有庙会，会期有的一天，有的三天。庙会期间，人们燃灯、焚香、参佛、敬神，当然也少不了欣赏唱大戏、顶狮子、踩高跷等民俗活动。会上人声鼎沸，一派繁荣祥和景象。

来赶会拜神的人，各有各的心思，有祈求家财兴旺、五谷丰登的，有为儿子、闺女求好姻缘的，有求人丁兴旺、早生贵子的。同时，庙会也为商贩们大把大把地赚钱提供了契机，卖香箔纸钱的、油条包子的、儿童玩具的，喧嚣热闹。庙会上最多的还是闲逛的人，没有祈愿，没有目的，就是遛遛腿儿，散散心，开开眼，

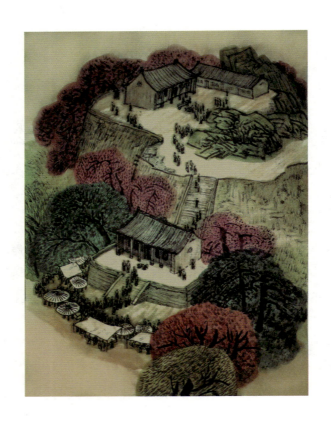

看看热闹，最是悠闲自在。

　　庙会一般选在春节过后的农闲时期。每逢庙会，附近居民便邀请十里八乡的亲戚朋友前来赶会，一则祈请神灵保佑，再就是宴请亲朋，把酒言欢，一叙家常，自是其乐融融。

　　庙会，是一种节日、一种文化，给古朴沉闷的村落增添了些许热闹和神秘。

老　林

儿歌曰：天上下雨地上洇，人留儿女树留根，人留儿女防备老，树留根芽儿待来春。

在农村，一个家族的老人去世后，家人要将其骨灰埋葬在一块林地上。一个家族里的人按亲疏、辈分依次行穴安葬，夫妻则合葬在一墓。一座座坟头墓葬，象征着一个个家庭。

选择墓地时，最好选依山面水的山坡，阳光明媚，视野开阔，顺风得水，看着就让人舒服；抑或选地势平整的原野，然后栽种上一些花草树木，安适宁静。原野坟地中的树木很少被人损毁砍伐，长年累月，繁盛茂密，古木参天，是为老林。

老林既是祖先安息的地方，也是后辈人的一种精神寄托，还代表着人类生生不息的顽强生命力，是原野中意蕴丰厚的一道风景线。家人们带上酒、肉、鲜花等祭品，到老林中祭拜祖先，是为上林。

每到清明节，或农历十月初一，人们纷纷来到老林上坟烧纸，作揖叩首，寄托哀思，缅怀故去的亲人。

　　慢慢地，老林已成为一种符号、一种象征，静静地耸立在原野上，镌刻在每位族人的心灵深处。

立 碑

儿歌曰：铁錾子，錾石头，錾个门楼挂葫芦，錾个石桌放石榴，錾个碾盘碾黄豆，錾个石磨磨糊涂，錾个石碑年月久，又作揖来又叩首。

乡人重视修坟祭祖，为表达思念，缅怀故人，家庭富裕的人往往在墓地旁为其先人立块石碑，以示敬仰。

按照古代传统，立碑是一件大事儿，要选择特定的时日，要在父母双方都离世三周年以后方可进行。要选好特定的方位，碑与坟墓之间的空地叫玄关。碑离坟墓太近则无生气，太远则缺少关联，一般在半米到两米之间。要选与坟墓大小相宜的碑料，刻上碑文。最后还要举行隆重的祭碑仪式。人们认为，哪个环节处理不好，都是对先人的不敬。

碑料要选从岩壁上劈下来的成块巨石，然后精心磨平，再请人在上面撰写碑文。碑文要用庄重的楷书、隶书或魏碑体书写，内容包括先人的姓名、生卒年月、生平事迹，立碑人的姓名、与先人的关系、立碑时间等。碑文要请高手刻石勒字，不宜描绘色彩。书碑期间，要搭棚子、铺席子、垫褥子，每日焚香祷告。

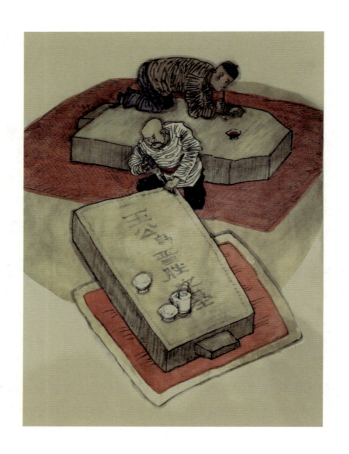

　　碑立好后，要举行祭碑典礼，引族人前来叩头祝贺，有的还要请戏班子唱几天大戏，祝贺碑石落成。

习 武

儿歌曰:三节棍,大砍刀,流星锤,长梭镖,翻跟头,大虾腰,蹲马步,铁掌抄,锤贯顶,蟠龙搅。一个招式没做好,叽里咕噜摔两跤。

鲁西南地区习武之风甚浓,尤其是有水浒故里之称的水泊梁山,更是闻名遐迩的武术之乡。俗话说,喝了梁山的水,都会伸伸胳膊踢踢腿,当地青年人个个都会个三招两式的。

练武贵在坚持,讲求"夏练三伏,冬练三九"。习武者不分男女老幼,上至八旬老翁,下至三岁孩童,连那些姑娘媳妇也常耐不住手痒,挥动木杈扫帚比试一番。公社生产队时,村上每有打堤、挖河任务,出发时除带上铺盖、锨锹外,还要多拉一地排车的刀枪棍棒,供村民们工闲时演武使用。

当地流行的武术流派主要有洪拳、罗汉拳、梅花拳、佛汉拳等,以祖传的地方拳种为主。拳法强调运气发力,重视基本功锻炼,入门往往先练站桩。不练站桩,底盘不稳,发力便不到位。待站上一两年桩,脚底下有了"根",师父才传授功法和套路。在功法和套路方面,当地更重视功法训练,俗话说,练拳不练功,到老一场空。

师父教徒弟首重武德。从社会的角度看，一个人如果学了功夫，而没有武德，容易打架斗殴，惹是生非，欺行霸市，从而祸害社会。而从功法的角度讲，一个人若心不正，则

气不正，气不正则无法打通经脉，经脉不通则身体不能转化，功夫就出不来。农村把大功告成称作"成手"。师父们常说："奸诈之辈永远不会练成手！"或许，这就是《射雕英雄传》中，许多武林高手千难万苦练不成的武功，憨厚朴实的郭靖可以一蹴而就的原因吧。

20世纪80年代，随着电影《少林寺》的上映，武术热在全国兴起，在鲁西南一带更是蓬蓬勃勃、轰轰烈烈。那时，仅梁山县武术学校就有二十余家，为全国武术院校培养了许多武术冠军。郓城县的宋江武校更是红红火火，当时学员达到几千人，排演的节目《狗娃闹春》还上了央视春晚，轰动全国。

烤　火

　　儿歌曰：我去姑家走亲戚，天寒地冻流鼻涕；姑姑抱来一抱柴，当屋点着把寒驱。火苗烤着暖烘烘，烟火熏得泪直流，一不小心踢着火，满屋飘灰挨嚷哩，一不小心烧破了袄，摸着洞洞想哭哩。

　　早些年，中原一带乡村生活十分艰苦，冬日连煤炭炉子也烧不起。家中孩子小的，家长会把做饭后的木炭余烬装在火盆里，为孩子烘烘被窝。即便这样的待遇，一般孩子也很少享受得到，大人们总是说："小孩子，火力旺，在被窝里打两个滚就不冷了。"

　　到了冬日，农活少了，走亲戚串门儿的也多起来。北风呼啸，冰天雪地，客人远道而来，脸冻得通红通红，手脚也冰凉麻木。主人把客人让进堂屋，第一件事，就是抱堆柴草让客人烤烤火，暖和暖和身子，驱散冬日的寒气。

　　现在看来，这种烤火法既不科学，也不卫生。柴草燃起来，火苗蹿得挺高，但并无多少热力辐射，也就是个表面热。再者，在屋当门点燃柴草，使得满屋子都是浓烟和灰尘，甚至把墙壁都熏黑了，真的算不上高妙。但一把火虽然起不到多少御寒作用，却可以表达态度，烤把火体现了主人对客人的关切，增进了双方

的感情，缩短了彼此间的距离。

　　这使我想起一位教育专家的论断，他告诉家长们，面对青春期叛逆的孩子，同他们讲人生道理可以，但一定要注意神情态度；否则，再好的教育内容在坏情绪的驱使下，都会变得令人生厌。面对一种居高临下的姿态、一副声色俱厉的面孔，孩子即便同意你的观点，也厌恶你的态度，也会心生反感，产生对抗情绪，不会真正听到心坎里去。

　　态度决定一切。冬日客进门，点火烧柴不仅可以驱赶寒气，还可以点燃那份亲情、那份温暖。

赶　集

儿歌曰：牲口市、柴火市，粮市布市木料市；男人行、女人行，叫花子剃头说唱行；豆腐坊、榨油坊，酒坊糖坊炮仗坊；七大坊、八大坊，赶集上店买卖忙。

在农村，贸易的主要场所就是集市，三天一小集，五天一大集，那里是乡村最热闹的地方，也是乡下人的好去处。

农村人喜欢赶集。一逢大集，赶集的人络绎不

绝，有的骑自行车，有的拉地排车，更多的是步行。男女老少，有的挎着一篮子鸡蛋，有的背着一捆葱，有的提着几只鸡，有的

赶着一群羊，更多的人空着双手。有的为购买一些粮食和蔬菜，有的为购置新的农具，有的为卖出新织的布匹，有的则是啥事没有赶闲集，一路闲逛，图开眼界看热闹。

集市上，有许多交易场所，卖粮食的凑在一起为粮市，卖布、卖衣服的在一起为布市，卖鱼、卖肉的为鱼市、肉市，还有卖农具的，卖包子的，卖油条的，卖油炸糕的，卖熟食的……人们来到集市除了看看热闹，还要买些吃的，饱饱口福。

当然，集市上的东西自有其特点：猪肉是早晨刚刚宰杀的，鱼是昨晚下网在河中捕捞的，包子油条是刚出锅的，蔬菜水果都是新采摘的。瓜果飘着香，价格也便宜，几毛钱、几块钱，就能买上一大堆。

集市上最是热闹，人们接踵摩肩，熙熙攘攘，表情不一。吵闹声，叫卖声，打招呼声，讨价还价声，汇聚在一起，成为一支雄浑的乡村交响曲。即便赶个闲集，置身其中，移步换"景"，也是莫大的享受。集市虽然热闹，但一到晌午，基本就到了散集的时间，购得物品的、卖得东西的、什么也没买的，都开始纷纷散去，匆匆踏上回家的路。

从某种角度看，人活这一遭，很像赶集，大家各怀目的，共赴一场热闹的盛会，有的人满载而归，有的人两手空空，有人欣喜，有人落寞。但有一点一定要明白，集市再热闹，再吸引人，也只是一时繁华，最终还是要人走集散。毕竟，家才是我们永远的归宿。

老哥们儿

儿歌曰：老哥们儿，下大洼，一个粪箕俩甜瓜，捎上画眉叽叽喳；说"三国"，道"哪吒"，关东烟叶儿火镰擦；转转悠悠到晌午，窝头儿一顿吃它仨。

在村上，男人们大多同姓氏，彼此都是兄弟爷们儿，从小一块光着屁股长大，生存状态和价值观相差无几，所以互称老哥们儿、老爷们儿。

乡村的老哥们儿、老爷们儿，身上沾满浓浓的泥土味儿、柴草味儿，像脚下的土地一样质朴厚重。他们大都没有多少文化，为人处世也没有多少心机，像清晨的露珠一样纯净透明。

老哥们儿不擅长咬文嚼字，不会故弄玄虚，他们喜欢口无遮拦地直抒胸臆，他们喜欢打破砂锅问到底的真实。老哥们儿凑到一起就好聊聊村中发生的稀罕事儿，谁家的孩子如何如何有出息了，谁家祖坟冒青烟一夜暴富啦，但聊归聊、侃是侃，他们依然心态平和，不会生出嫉恨和怨气。他们也会谈到谁家出现了变故，谁家又摊上了倒霉事儿，言语间充满了哀叹和惋惜。

哪家没有困顿的事儿？哪家没有不能轻易对人言的苦衷？看

看他们沉重的脚步就知道，听听他们深沉的叹息就懂得。多少命运的坎坷、多少生活的苦涩，都融入那浑厚的笑声中，都融化到那沟沟壑壑的皱纹里。面对生活的沧桑、命运的困境，他们以从容来回应，他们以沉默来包容。

他们不懂得诗情画意，不习惯风花雪月，但他们也会漫步在田埂上，低头欣赏羊羔吃草的悠闲，仰首观看炊烟的妖娆。他们看不懂当下的田园风光，不习惯时下的人情世故，但他们懂得节气，懂得顺应季节耕种，懂得一分耕耘一分收获，懂得人敬我一尺我敬人一丈。

老哥们儿、老爷们儿大都有一副好身板，这来自他们辛勤劳作的充实感，来自他们对农家日子的盎然情趣。他们生活在空气清新的原野上，与大自然最为贴近，没有过高的追求和过多的欲望，生活得轻松而闲适。

一个内心干净的人，脸上才有干净的笑容；一个最贴近泥土的人，目光中才有阳光般的欢悦；一个顺应季节变化的人，活得才更轻松自然。大道至简，从某种角度看，这才是生命的真实！

第四辑　手工百业

老手艺

是文明的传承

是时间的陈酿

是岁月的沉积

看似平凡的匠心

蕴藏着最最深奥的天机

　　　　　　——题记

编　筐

儿歌曰：小巴儿狗，上南山，削荆条，编笆篮儿，笆篮儿装个啥，装个大蛤蟆，蛤蟆猛一跳，装个葫芦哨，哨子使劲吹，变个嘟嘹龟，嘟嘹吱吱叫，巴儿狗吓一跳，跳着上南山，荆条没人搬，笆篮儿编不成，变个白蜡虫。

　　先前，庄户人家盛粮盛物，大都是用白蜡条儿或红荆条儿编制成的篓、篮、筐、囤，这些器具不仅轻巧透气，还十分结实耐用。用阴柳条儿和白蜡条儿编制的粮囤，老鼠的牙齿都奈何不得。大粮囤容积大，一囤可装粮几千斤，如在上面加上席折子，可把粮食一气装到房顶处，颇受庄稼人喜爱。

　　编筐编囤工艺并不烦琐，庄稼人都会。一般先从底部编起，先选出四根粗壮的荆条儿交叉呈十字状作为骨架，然后在十字的中心依次盘入荆条儿，两两合并，当然要保持荆条儿粗细均匀；待底盘儿大小合乎要求的尺寸了，再勒起粗壮的骨架荆条儿，让它与底面垂直，然后依次嵌入细些的围条；待达到要求的高度，就开始收边儿了，收边儿的荆条儿一般要柔软粗壮，这样才能使筐囤形状好、耐磨损。

　　编筐编囤并不需要精湛的技术，但要求编筐人有足够大的臂力指力，不然坚硬的条子难以弯动。另外，在条子的衔接处还要用异常锋利的特制镰刀削齐，这样才能使编出的筐面平滑整洁。编筐的材料选择也十分讲究，一定得是柔韧性较好的白蜡条儿或红荆条儿。这些材料在阴凉处晾晒后，有的可以带皮直接编制，有的则需要去皮处理，以编制成白色的筐篮儿或者座椅。

　　白蜡条儿或红荆条儿就长在沟渠边，一丛丛、一簇簇，随风摇曳，与高大的树木相比，没有挺拔的风骨，曾让年少气盛的我颇为不屑。细细想来，就是它们能屈能伸的韧性，才成就了自身的价值。是啊，世间万事万物本没有优劣之分，一个事物优势的一面，往往正是它另一面的缺陷，一个事物某方面的缺失，往往就是它另一面的优势所在。

拉大锯

儿歌曰：吱吱啦，吱吱啦，来来回回拉锯啦，拉锯能做啥，做个小盆架，盆架靠着桌，做个推土车，土车轱辘圆，做个大粮船，粮船撑到北京去，带回个宰相来拉锯，带回帮太监来唱戏。

学会木工活儿，当个木匠，做桌椅橱柜，做门窗框架，是不少农村孩子的人生选择。

不是每个人都是做木匠的料。做木匠得有眼力，一块木头是什么质地、能当什么材料，搭眼就得能判断，弧度的大小、孔眼儿的距离，不能一个劲儿拿器具测量，要心中有数；手脚要灵便，卯榫框架、镂花雕刻需要精致，毛毛躁躁可做不成。往往开始时许多青年一起学木工，最后坚持下来学成手的，不过寥寥几个人。

乡村人做家具器物，既讲求美观，更讲求结实耐用，认为几辈人也用不坏的，才算好物件，因此用的木料要厚实。木工房周围堆放着许多圆木，想把圆木解成板材，头道工序就是拉锯。

木工师傅培养徒弟，先不教取料刨面，不教放线打眼儿，不教花纹雕刻，总是先让他们去拉大锯。这拉锯没多少学问，把木料栽在地上或捆在大树上，或上下或左右，一推一拉便锯开来，

　　只要用力均衡、耐着性子，几天就能掌握要领。但拉大锯这活儿枯燥，很考验人的耐力，没法儿偷奸摸滑，许多人熬不过这两年的磨炼期，便放弃了做木匠的追求。

　　我小时候也跟着会木工活的父亲拉过锯，上上下下拉起来，累得手臂又酸又疼，可木缝总不见延长，一遍遍瞧过去，总是垂头丧气。父亲说："只要掌握好方向，定下心来慢慢用力就行，不要老看进度。锯响就有末，一点努力就有一分收获。"等静下心来，不再心浮气躁，不再计较进度，没多长时间，一块大木头也就从中间解开了。

　　木工师傅说，拉锯其实没有多少技巧，考验的是耐力，磨炼的是性情。有耐力、经得起磨炼，真是一个木工必备的素养。

拉 瓮

儿歌曰:三爷爷,去拉瓮,一路小心就怕碰,走过一座石头桥,嘎嘣,仨瓮烂了一个瓮,又过一座木头桥,嘎嘣,俩瓮剩了一个瓮,战战兢兢到家门儿,又听嘎嘣一声响,仨瓮一个也不剩。

先前在农村,庄稼人盛粮食,一般用秸秆编的草囤。后来老鼠横行,往往把草囤咬破,庄稼人只好改用缸和瓮。口小肚子大的陶瓮,因烧制简单,价格便宜,尤其受庄稼人青睐。

盛粮食用的瓮,一般由黄泥烧制,体形硕大,壁薄易碎,不易运输,窑主不到村上销售,需要者要单独雇车到集市或窑上来拉。因此,通往乡村的土路上,就会经常看到一辆辆拉瓮的车。他们有的一车拉三只,有的一车拉五只,还有的一车上下两排拉七八只,晃晃悠悠地行进,让人很为他们捏一把汗。

拉瓮时,装车可是个技术活,瓮的摆放要对称,绳要刹得松紧适度,瓮与瓮之间要隔上些松软的夹层,不然一个破绽就可能使一车子瓮变为一堆废陶碎片儿。

当时,乡间的道路凹凸不平,车辙、水坑、石块充斥其间,要上坡下坡,还要过沟过桥,因此拉瓮要讲求技巧,懂得顺势借

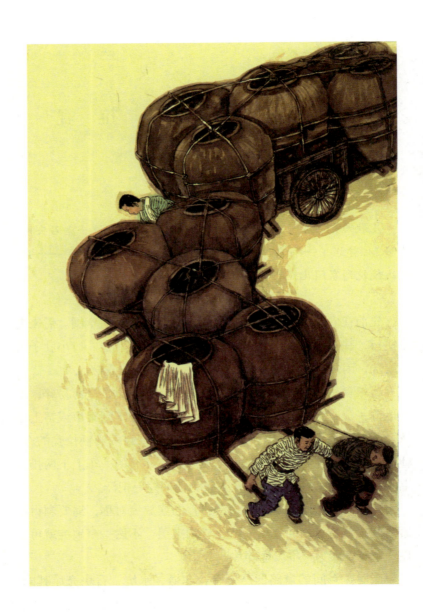

力，一不小心引起的颠簸，都有可能造成瓮的损毁。有经验的拉瓮人，懂得掌握步伐不快不慢的火候，太慢太专注会费力不赶趟儿，太快太用力又会造成车子剧烈颠簸，因此，不快不慢、不松不紧，成为拉瓮的诀窍。

想起一则故事：有位琴师出家后，因一味苦行不得开悟而决定还俗，临行前与佛陀告别。佛陀问他平时调试琴弦是松还是紧，琴师答道："弦不可太松，太松则无音；亦不可太紧，太紧易脆断。"佛陀告诉他，修行也是一样，太松会流于懒散，太紧会过于僵硬，散漫和一味苦行都不利于修行。

不缓不急，不松不紧，松而不懈，紧而不僵，力行中道的思想，不仅适于拉瓮，或许对我们的生活与养生，也都会有莫大启发吧！

劈柴挑子

儿歌曰：俺有扁担，两头圈弯，圈弯好看，串乡赶店，赶店磨脚，劈柴打楔，打楔劈啥，榆木疙瘩，疙瘩难劈，把劲儿使足，使足不难，给钱两元，两元不多，给个窝窝儿，窝窝儿真香，吃了一筐，一筐吃饱，工钱拉倒，拉倒回家，两手抓瞎，抓瞎难看，媳妇埋怨……

20世纪六七十年代，煤球炉和煤气还没有普及，更没有电饭锅、电磁炉，农村取暖做饭还是烧一些秸秆和木材，简称柴火。

柴米油盐酱醋茶，解决烧柴问题也是生活的一个重要部分。农家常有自己劈不开的榆木、槐木等老树疙瘩，这些树疙瘩奇形怪状，质地坚韧，扔了可惜，不扔吧，横七竖八的占地方，也没法儿烧锅。因此，农村就诞生了一个特殊营生——专门劈柴的劈柴挑子。

劈柴挑子师傅都有一副好工具，斧锛锤锯，样样齐全，一堆奇形怪状的疙瘩头，经过师傅的调理，喊里咔嚓，三下五除二，顿时变成码放得整齐的柴火堆，烧起来方便，人看着也舒服。

劈柴挑子师傅看上去长得粗粗笨笨，没有多少文化，但他们都极有眼力。树根树墩材质致密，盘根错节，不好分解，劈时看

准纹理、找准着手点最是关键，不然，即便你费尽九牛二虎之力，也不见得有效果。

　　劈柴挑子师傅收入不高，按他们自己的话说，也就是讨饭的手艺。有时挣个三块两块，有时也就挣碗饭吃，只比要饭强一点儿。

　　世界万事万物，错综复杂，但都有关键的节点所在，找准了切入点，问题才会迎刃而解。看似普普通通的活儿，不但需要力气，更考验一个人的智慧。

烧陶瓷

儿歌曰：大瓷缸，一指厚，装满一缸大黄豆，灾荒年月煮煮吃，一吃吃到秋收后。白瓷盆，一尺八，和块白面慢慢发，蒸锅馒头大又暄，老人孩子吃三天。

早些年，没有塑料玻璃制品，庄稼人盛水装面主要用陶瓷制品。瓷盆儿瓷碗儿、陶缸儿陶罐儿，大都是当地土窑烧制的，价格便宜。一个大瓷盆几毛钱就能买到，廉价又实用。

制陶的过程并不复杂。先是和泥，黏土加水，经过反复捶制碾压，使泥软熟；然后放在转盘上塑形，随着转盘旋转，艺人们变换手型，塑成圆形的缸或瓮；接着在阴凉处晾干，有讲究的还要在器皿上刻画，在缸上刻两条龙、在罐儿上画几朵花等，陶瓷品的档次就提高了；最后一个环节是入窑，烧制陶器对温度的要求相对不高，六七百摄氏度即可。在陶器上涂上一层釉质，增加些温度，烧制出来就是瓷器，比陶器更坚固耐用。

陶瓷的烧制对泥料要求很高。一般的泥土烧到一千摄氏度以上就会出现粉化或裂纹，而有些地方的泥土含硅、铁等矿物质，烧制出的陶瓷光洁圆润，历久如新，因此才成就了汝窑、定窑、景德镇陶瓷的美名。当然，对烧火用的材质也有要求，用松柏木最佳，木中的油脂会浸透到器皿中，增强器物的润泽度。

烧制陶瓷的关键是温度，温度不足会"烧生"，器皿不坚固，不耐磨；温度太高不仅花费大，还会"烧熔"，引起器物出瘤变形。因此，烧陶瓷要有专门的师傅，掌握对窑室的设计、温度的调控技巧。

现在，陶瓷炉主要用来烧制工艺品。选用上好的泥土，加热到特定高温，釉面就会"窑变"成不同的色彩，形成许多奇异的图案，绚烂多姿，精彩纷呈，令人惊叹称奇。

做炮仗

儿歌曰:编炮仗,听"水浒",武松空拳打猛虎;插捻子,说"三国",火烧赤壁一把火儿;擀炮筒,念"西游",唐僧取经收孙猴儿;一冬炮仗都擀完,"七侠五义"都听全。

儿时的记忆中,过年就是那隆隆的鞭炮声、浓浓的火药味儿。庄稼人过春节办喜事儿,家家都会放上几挂鞭炮,用于烘托喜庆气氛。

炮仗的制作有卷炮仗筒、装药、按捻、编盘等几道工序。炮仗筒的制作是关键工序之一,用当地产的草纸,掺上部分旧报纸,往一根铁轴上一卷,放在专用的榔头下碾压几次,粘上彩色的面子纸,磕去铁轴,一根炮仗筒便擀成了。然后把擀好的一根根炮仗筒理顺放整齐,用细麻绳捆成六角形的筒捆,接着用刀具从中间切开,这道工序称为切筒。

然后就向炮仗筒里灌药,封顶,还要砸底儿。接下来的工序就是扎炮仗眼儿,扎眼的目的是从这个眼儿里安进一根炮仗捻子,起到引燃炮仗的作用,所以这个眼儿要扎得准、扎得深。扎好眼儿后,由小孩子按捻子。之后由大人用冲子等工具把捻子给挤实

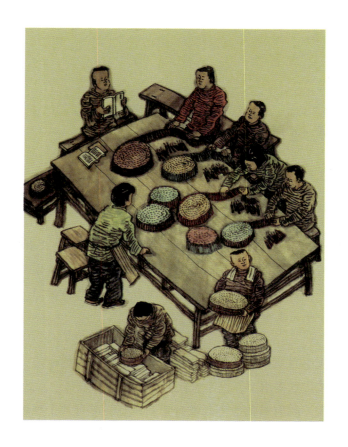

了，这叫挤顶。

炮仗做好后，还要把散个的炮仗编成盘子，然后打包装箱好，才可以上市出售。每一道工序都要到位，不然炮仗就不会炸响。

编炮仗时，大伙心情已比较放松，便会推举出一个人来，专给大家读《水浒传》听，有时也读《三国演义》《七侠五义》《西游记》等。大家一边干活，一边听书，一边议论世间的忠奸是非。人们各抒己见，其乐融融，其情其景，令人回味无穷。

卖炮仗

吆喝曰：南京到北京，好货到处兴，乡亲们，您走三步观六眼，回来再买也不晚，王家庄的炮仗等着你哩。乡亲们，你们认不准炮仗认不准人啊，认不准我这个厚嘴唇啊，来吧乡亲们，王家庄的炮仗今年又来啦！

进入腊月二十，乡村便有了年味儿，猪肉羊肉纷纷上市，更有此起彼伏的鞭炮声，提示着人们春节临近了。

从前，政府对鞭炮生产没有管制，每县都有几个鞭炮生产专业村，临近年关，大家便起早贪黑地赶集卖炮仗。天不亮便须赶到集市上占摊子，待集市热闹起来，大家便抖擞精神，站到桌子上高声吆喝。为吸引顾客，一般总是先放上一挂鞭炮，然后开始自夸："走南哩，闯北哩，要买炮仗北村哩。"还有的吆喝："泰山不是垒的，黄河不是尿的，要买炮仗王之茂哩。"有时，街对过两个炮仗摊子较上了劲儿，比着放，比着喊，声音此起彼伏，煞是热闹。劳作一年的庄稼人，不用买票，不用花钱，驻足观赏这热闹场面，真是一种难得的视听享受。

卖炮仗的也有顾虑，那就是怕炸炮仗市。一旦哪家不小心，让火星迸进炮仗箱子，一箱箱的炮仗就炸开了，同时也会引得周围的炮仗摊一起爆炸，整条街上响声震天，噼噼啪啪，浓烟滚滚。虽然很少有人受伤，但一车子炮仗化为乌有，卖炮仗的脸被熏黑，一脸无奈，这真是他们的劫难啊。

　　卖炮仗看似激情澎湃，场面热闹，其实是件苦差事。整个寒冬腊月，早上天不亮就起床，下午四点多散集，从早到晚，脸也没空洗，饭也吃不好，手和脸都又皴又黑。回到家，一般天都黑了，匆匆吃过晚饭，便又忙着装箱打包。第二天，二十里外的大集又等着他们吆喝哩。

　　穷乡僻壤的农村，农家日子是沉闷的，农民生活是孤寂的。因此，他们更加期盼一声声闪亮的爆发，让新春的每一个日子都光鲜响亮。

剪花样儿

民谣曰：小白鸡，叨粉子，俺家娶了个花婶子，脚又小，手又巧，两把剪子对着铰，左手铰了个牡丹花儿，右手铰了个灵芝草，灵芝草上站个鹅，扑扑啦啦下南河，南河里，一汪水，湿了婶子的花裤腿。

以前农村人做衣服非常简单，布色较少，款式单一，穿起来不免单调土气，但若由巧手的媳妇们剪个花样儿绣在上面，就不一样了，衣服会变得喜庆又美观。

农家给孩子做衣服鞋帽，都爱绣上漂亮的花样儿，这花样儿都是巧手的媳妇们自己动手铰出来的。她们手握剪刀，左一下，右一下，得心应手，一个个活灵活现的纸样儿便躺在她们的膝头，形象逼真，生动传神。过后，她们再用彩线把纸样儿绣在衣帽上，有的在帽子上绣一只老虎头，有的在胸襟上绣一对花蝴蝶，有的在裤腿上绣一朵牡丹花儿，还有的在孩子的肚兜上绣一个小猴子，更衬托出孩子的机灵活泼。

现在，农村的人们大都外出打工挣钱，没那么多工夫剪花样儿了，但这项手艺还是流传了下来。当下便有不少人专门研究民

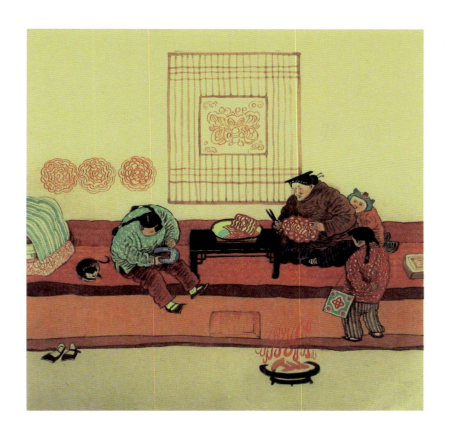

间的剪纸艺术，动物、花卉、人物，栩栩如生，别有意境。许多
剪纸作品还被出口到国外，既赚取了外汇，又宣扬了国粹艺术。

　　艺术无处不在，一旦与生活结合在一起，就会开出绚烂的花
朵，不仅扮靓了生活，也使艺术接了地气儿，有了生命力，有了
传承的动力。

纺 线

儿歌曰：嗡嗡嗡，纺棉花，一纺纺了个大甜瓜儿，爹一口，娘一口，咬了小妮儿的手指头，妮儿来妮儿来你别哭，那边来的是你姑，你姑拿的是花鼓，花鼓送给你，白天拿着玩儿，夜里吓马虎。

从前在农村，庄稼人穿的、盖的都是自家织制的棉布，也叫粗布。别看这种棉布粗糙厚挺，穿在身上不太舒服，但纺织过程却特别烦琐复杂，要经过弹花、纺线、桃线、染织、织布等多道程序，才能够用来制作衣被。其中，纺线就是一个重要环节。

纺线的工具是棉车，虽然叫车，但并没有车轮，一般一米多长，由摇柄、扇叶、木锭等组成。纺线人一手转动摇柄，一手拉动棉絮，通过棉车的旋转把棉绒牵织成棉线。一团团的棉线被缠绕成梭形的棉穗，这就是纺线者的成果。

乡村的女人们，个个是纺线的好手儿，女孩子七八岁就开始干家务，纺织是她们必学的功课。纺线以细匀为好，车摇得快慢、手捏得紧松、手臂平稳与否，是决定棉线质量好坏的关键。女人们纺线多在晚上，夜色宁静，月上枝头，如豆儿的灯光下，炕台上嗡嗡作响的纺车，伸缩有致的抽拉，小女子气定神闲的神态，外加姑嫂们的欢笑声，让农家的夜晚充满了安详和甜蜜。女人们把内心的温暖和对亲人的依恋牵挂，都纺入了密密的棉线中。

纺线，要求耐住性子，不急不躁，任其自然，最是磨炼女人的性情。

老衣裳

儿歌曰：二嫂手巧，左裁右铰，剪块白布，做件夹袄。三姐手快，上撕下拽，缝条裤衩，连根腰带。

前些年，农村生活困难，庄户人家穿不起毛呢化纤，更没有绫罗绸缎，穿的都是家人做的粗布衣裳，布衣麻片儿，说不上舒适美观，只为防风御寒。

乡村的老衣裳很有特点，男人们的单裤、棉裤，裤腰裤腿又肥又大，方便站起蹲下干农活，至于形体臃肿不堪，就顾不上那么多了。女人们的衣裳颜色鲜艳些，大红棉袄、大牡丹花儿棉裤，也是肥肥大大，方便揣孩子、搂孩子。小孩子的棉裤为连体式，大开裆，裤筒则做成不露脚的样式，直筒到脚底，这种棉裤有一个很形象的名字——蛤蟆皮，为的是防寒保暖。

老衣裳的上衣也叫对襟褂，做起来很简单。选一块方形布料，在中间挖一个圆洞，顺着圆洞再裁开一条缝，缝上扣子，缀上领子，缝好袖管，便可往身上穿了。这种老式衣服很难可身，而且前襟总是向前撅着，显得土里土气。用棉线纺织的粗布做出的衣裳质地厚硬，弯腰曲臂时容易变形起皱，更怕汗浸、雨湿，遇水容易脱色，再经风吹日晒，就真的面目全非了。为让老式的棉布裤子挺脱定型，人们习惯先用较稠的糨糊浆上一遍，再用熨斗细细熨平，这样穿在身上便会有角有棱，稳重端庄。

如今，老衣裳虽已基本退出历史舞台，但它宽舒的样式比西装更适于劳动，严谨的款式比流行的露脐装更有利于养生，厚实的布料比化纤品更易于保暖，因此现在依然被庄稼人改良和传承着。

编蓑衣

儿歌曰：雪天穿蓑衣，撑船下河哩，雨天穿蓑衣，上山爬崖哩，热天穿蓑衣，捂身痱子哩，寒天穿蓑衣，出身大汗哩，白天穿蓑衣，小鸟儿当窝哩，黑天穿蓑衣，吓得小鬼想哭哩。

自古以来，蓑衣便是农人们的必备用具。渔人在一叶小舟中撒网垂钓，挡风御雨，自然离不开蓑衣。从事农业生产的农民，夏秋两季农活儿最忙，雨水也最多，为不违误农时，便常常披着蓑衣在农田里冒雨劳作。

在江南地区，编蓑衣的主要原料是河边的蓑草。人们在伏天将其割来摊在平地上晾晒，晒干后喷些淡盐水闷一下，用手搓柔软后再编。编蓑衣工序非常烦琐，编织前需要准备许多棕树梗藤或细线麻绳，编织时要经过起头、打领口、增绺、续编、收边等流程。一般从领口处编起，把一绺绺蓑草有序地编织成扇形，最后编成绳结朝里、草层朝外的蓑衣，披在身上就能遮风挡雨。

北方的草蓑衣要简单些，多用带有叶柄的高粱叶子编成。须在高粱尚未砍倒之时，将高粱叶子一茎一茎地精心从高粱秆儿上剥下来，捆好放在屋内阴干。编织方法也与南方不同。待农忙过后，

把已十分柔韧的高粱叶子取出来，在地上铺成一个半圆，分层摆上麻绳，从最外处编起，逐渐向里收，最后编成领口。草蓑衣透气性好，可压风保暖，人披着活动方便，休息时还可以铺在地上当垫子，隔水不返潮。

　　如今，厚重的蓑衣已被轻巧的塑料雨衣替代，只有那些曾经受它庇护过的人们，依然记得它的温暖和朴厚。

磨　面

儿歌曰：用磨磨面，一天一担；用碾碾面，赶不上吃饭；用白白面，干砸不烂；用驴拉磨，一羋一蹄；用牛拉磨，不紧不慢；用人推磨，死活不干。

　　农村没通电时，粮食需要用石碾石磨碾碎磨烂，才能蒸成干粮。有牲口的人家可以用牲口拉磨拉碾，没有牲口的人家只能用人来推，时间长、效率低，反反复复，相当辛苦。

　　石磨由磨盘及两扇尺寸相同的短圆柱形石块构成，下扇固定，上扇可以绕轴转动。两扇磨的接触面上都錾有磨齿，用以磨碎粮食。上扇有磨眼儿，磨面的时候，粮食通过磨眼儿流入磨齿处，被磨成粉末儿。石磨有大磨小磨、粗磨细磨、干磨水磨之分，用于加工不同种类的食物。石磨直径一般80厘米左右，一个人或一头驴就能拉动。村上也有直径超过1.2米的大磨，要三匹牲口才拉得动。

　　天阴下雨，地里没法儿干活，庄稼人便凑这个时间推磨磨面。磨一遍后，要把磨出的粮食过箩，筛出面粉，然后再一遍遍地去磨，直至把粮食全部磨为细粉才罢。有些食材确实难以磨碎，主

人们累得精疲力竭,失去耐性,就不再去磨。然而却又不舍得抛弃,还要将其掺进面粉中,这样蒸出的干粮粗糙不堪,令人难以下咽。

为了一家人吃饭,庄稼人每隔三五天就要磨一次面,为不误农活儿,天不亮就要起床,男人推磨,女人筛箩,为半袋子面粉累得腰酸腿疼,真正体会到生活的艰辛。

古人向来重道不重术,认为术是低层面的。然而,没有先进的技术,先人们每天为生存奔波劳累,难得闲暇丰富精神生活,便无法静下心来审视内在,更难以触及灵魂层面的人生大道。如此看来,术的作用应该被重新认识。

淋粉子

儿歌曰：白粉子，粉子白，做成粉条儿与粉皮儿；粉条儿用它去炖肉，吃得老头子撑肚皮；粉皮儿用它去炒鸡，香得老婆子舔嘴唇；粉条儿做他三丈长，套上老牛去轧场；粉皮儿做他十丈宽，兜了长江兜泰山。

粉条儿是农村人喜欢的一道配菜，好存放，易搭配，白菜豆腐粉条儿、鸡蛋虾米粉条儿、粉条儿猪肉包子，庄稼人的餐桌上总少不了粉条儿的身影。

粉条儿一般是用地瓜淀粉制作的，当然也有用绿豆、土豆淀粉制作的。绿豆淀粉因为有清热解毒的功效，所以往往被制成粉丝、粉皮，可以卖出更高的价钱。

做粉条儿的第一步便是制作淀粉，先把地瓜粉碎，用水冲洗，滤除渣滓，让水中的淀粉沉淀成粉泥儿，然后把粉泥儿包在一个个白布包内，淋去水分，俗称淋粉子。每到秋季，粉坊内的木架上，便挂满了一个个白晃晃的粉坨包。每个粉坨包下面放着一只水盆，微风吹过，水声悠扬，滴答作响，别有一番情趣。等把水淋净，再用斧子把粉坨劈开，在阳光下晒干，就可以储备起来，用来制

作粉条儿了。

　　制作粉条儿时，先把干淀粉加水制成粉糊，再将粉糊倒进悬挂在水锅上面的漏勺里。漏粉条儿的师傅有节奏地用拳头击打漏勺，让粉糊呈丝状流到开水锅里。粉糊遇热水变成柔韧的条儿状，捞上来剪断晾干，便成了粉条儿。制作粉条儿时，有人舀浆，有人击打漏勺，有人烧火，有人用木棍引导粉条儿到凉水锅，有人截断粉条儿挂晒，好不紧张热闹。

　　中原一带的地瓜粉条儿，色泽清亮透白，质地筋道，口味纯正，为当地特产。贩运粉条儿的，北上东三省，南下两广两湖，西去宁夏新疆，让粉条儿畅销全国各地。

打　墙

儿歌曰:俺家里,打大墙,大爷叔叔都帮忙,大爷扶的是小板,叔叔使的大板长,大墙拍他三百板,山摇地动墙不散,大墙打他二尺厚,雨淋仨月墙不透,屋墙打他一丈高,冬暖夏凉心不焦。

过去,庄稼人建房买不起青砖条石,房屋大都用土坯或黄泥筑就,远远看去黄烘烘一片,显得土气而简陋。

用黄泥筑墙也有它的优势。一是原料好取,山脚下到处都是黄泥,含铁质多,黏合性好,最适合筑墙。二是省钱,泥土不用花钱,筑墙的师傅也是喊来帮忙的邻居或亲戚,顶多管上一顿饭,喝上两壶酒,抽上几包烟,也用不着多大花费。三是冬暖夏凉,泥墙有半米多厚,多毒的太阳也晒不热,再冷的寒风也吹不透。

筑墙的工序也不复杂,先闷土,用水把土泼湿掺匀了,经过锨翻脚踩,用手一抓成团,一摔就碎的,便是好的湿土。然后把土扔到墙体上,墙上有师傅把泥拢成型,用手拿的小型木板略拍几下,然后由掌大板的小伙子用大木板拍打,同时用脚踩墙,直到把墙上的湿土又拍又踩地变成了熟泥,方才停止。再然后,便由掌铲的师傅用快铲把墙体铲平、把墙角铲直,等墙土凉硬变干了，即可上梁、架檩、封顶、泥顶，房子便盖成了。

这种土墙也有它的缺点：怕潮怕雨。一旦房瓦坏掉一块，或房檐设计不好，雨水滴到墙上，时间一久墙体上就会出现一道深深的凹槽，甚至会有房屋坍塌的危险。

当年的土院墙，为防止他人攀爬，主人大都会在上面栽种许多圆饼状仙人掌，春天花色艳丽，秋季红色的果实酸甜爽口，但上面布满了毛茸茸的黄刺儿。孩子们为吃这种浆果，口腔内壁经常被扎上簇簇小刺儿，又痛又痒，那是贪吃的代价。

砌　井

儿歌曰：老家的井，是老井，爷爷的爷爷打的井；井里的水，是甜水，爸爸的爸爸留的水；担水的筲，是木筲，辈辈挑水用这筲。我喝这筲盛的水，呆瓜变成了机灵鬼儿。

过去农村不通自来水，庄稼人吃水要到井台上去挑水。井台一般由青石板砌成，块块条石高出地面，以免下雨时脏水流进井中。再者，石板砌成的井台干爽不湿滑，可避免打水人滑倒坠落井中。

即便如此，打水仍是一件艰苦的活计，尤其是用井绳把筲放到井底水面，水筲只会在水面上漂浮着，没有一定的技巧是取不到水的。有经验的老农，会把井绳左摇右甩，趁势一松手，水筲就会口向下切入水中，再用力提上来，就是一筲甘洌的井水。

少年的我们常常想，打水都这么困难，挖这么深的井一定更不容易，需要挖多深的大坑，才能砌出这么深的水井呢？后来才知道，庄稼人打井也不需要挖很大的坑。砌井之前须先选定水脉旺盛之地，然后用厚木板拼接成一个厚厚的圆形托底，之后慢慢往木托底上砌砖。砌砖不能加灰浆，并在砖与砖之间留出宽宽的缝隙。待砖垒到半米高左右时，开始在木托盘底下掏土，木托盘便慢慢下沉，待沉下一段，再加垒几层砖。如此反复，将土掏到十多米的深度时，井便打成了。此时地下水顺着砖缝渗进井底。最初几天，要反复不停地往上提水，名曰洗井，目的是疏通泉道。洗井两天后，井水便不再混浊，开始变得清澈甘甜了。

如今，村村都通上了自来水，水井经过压水井的变迁，几乎已经在农村销声匿迹了。

第五辑　农业劳动

不知道这一生

要经受多少磨难

要吞下多少委屈

要付出多少热情

才能抵达云淡风轻

才能找回内心的宁静

——题记

记工分儿

民谣曰：工分工分儿，社员的命根儿。又曰：队里活儿，真得磨，磨到黑，给工分儿。

早些年，实行人民公社化，一个乡为一个公社，每个村为一个生产大队，一个大队又分为几个生产队。生产队社员集体劳动，粮食统一分配，按出工数、人口数等进行核算。

每天吃完晚饭，去队里记工分儿是必不可少的事情。记工员一般由会计担任。一个壮劳力一天可记十分儿，妇女记八分儿，老人、孩子等算半个劳力，记五分儿，年底社员就凭这些工分儿分粮、分柴、分油。工分儿多的人家，还能分得几十元的余粮款。

由于科技落后，肥料不足，粮食产量不高，土地收成较少，再加上集体生产，群众的积极性得不到充分发挥，一个成年劳动力一天十分儿工仅值二三角钱，社员们辛辛苦苦一年下来除了分得些口粮，基本上还是两手空空、家徒四壁。即便这样，人们对自己的工分儿还是很看重的，每人的工分儿也需由大家评定。有的成年劳动力干活偷奸耍滑磨洋工，群众评议时就只能得八分儿，过后这人就愤愤不平，找队长理论。也真是的，无论比赛掀地排车、

扛麻袋，还是掀石碴，他一点儿都不比别人差，人也长得五大三粗，为什么偏偏只得八分儿？队长也有些无奈。人们为这样的人取名"懒壮汉"，干活时不出力，比赛吧，他还真不比你差，这就是吃大锅饭的弊端啊！

　　如今，随着时代的进步，工分儿也和粮票儿、布票儿、油票儿一样成了"老古董"，但它却见证了一段贫穷的历史，让人记住了那些难以回首的岁月。

砘　地

　　歌谣曰：大黄牛，拉砘子，吱吱扭扭叫阵子，叫一阵，停一停，让俺紧紧牛缰绳，牛缰绳，抓在手，拉着砘子胡乱走，轧得麦垄弯弯扭，长得麦苗稀拉绺，来年麦子收半斗。

　　农谚说：白露早，寒露迟，秋分种麦正当时。中原地区，一般寒露前后开始种麦。种麦有许多工序，犁地，耙地，修垄，播种，最后一道工序就是砘地。

　　砘地的工具是砘子，一种中间带孔的圆形石磙，一般由青石錾成，硬木做架。砘子分三轮二轮，为的是配合耧腿之数，当然砘子也是根据耧腿的间距设计的。砘地一般由一头牛或一匹马来拉砘子，一人在一旁负责牵着牲口。砘地没有多少技巧，属于轻便活儿，多由女人、老人或少年去干。牵牛的人只要沿着麦垄来回走直线，砘子一般就不会偏离。即便一时偏离了麦垄，砘地人也不会回去重砘了，过后用脚踩踩就可以了。

　　砘地的时节，正是天高气爽的秋季，尚未南归的燕子翩跹飞舞。看着远处人们忙碌秋播的身影，听着吱扭作响的砘子声，仰望着头顶的蓝天白云，农人们的心中感到无比踏实和满足。

我年少时也曾经牵着牛缰绳砘过地，但一直对砘地的作用充满疑惑——播下去的麦种，在松软的泥土中不是更容易发芽生长吗？为什么偏偏要狠劲儿轧它呢？种地的老爷爷告诉我，小麦下种以后，必须接着用砘子轧实了，不然播在地下的种子会因土壤松散而不分蘖，这直接关系到来年的收成，所以砘地也是十分关键的一环。

土壤太松软，没有一定的压力，幼苗就扎不下根，分不出蘖，不能很好地成长。人生何尝不是这样，一直生活在安逸之中，没有压力，就缺乏动力，生命力得不到激发，一生就难有大的作为。

拖　车

儿歌曰：木拖车，槐木架，拖车上边放张耙，耙上砸铁钉，妮儿在上边唱嘤嘤，拖车拉到大东洼，妮儿在地里掐朵花，拖车拉到老河崖，妮儿在河边逮鸟玩，拖车拉到垡子地，妮儿在地里学唱戏。

拖车是 20 世纪六七十年代农家必备的一种运输工具，主体是一个长方形木架，行进原理像北方的雪橇，由牛马拉着在土路上拖行。拖车主要用来拉犁、耙、耧等较重的农具，有时因农播需要，上面也会放化肥、农药、种子等。由于拖车与地面的摩擦力大，所以制作时底边框要选用耐磨的硬质木料。鲁西南一带的拖车大多用当地产的槐木做成，框架厚重，坚固耐用，四五十年磨不烂。

这种拖车速度较慢，最适合在土路上行驶，尤其是在没有庄稼的垡子地里拖行。夕阳西下，庄稼人收工回家，一队队老牛拉着拖车咿咿呀呀地行进在乡间土路上，闲适舒缓，也是乡村一道温馨的风景线。这时，顽皮的孩子还会双脚踩在拖车一侧的边框上，享受一番乘车的乐趣。

当地农村有句谜语："名字叫车没有轮，只拉农具不拉人。"说的就是拖车。其实，有时候拖车也能拉人。大雨过后，村与村之间的低洼地。积水较多，车无法走，船不能行，拖车便成了最理想的交通工具。妇女孩子往拖车上一坐，看着水汪一片一片从身下滑过，看着老牛扑哧扑哧地踩着泥泞前行，也别有一番情趣。调皮的孩子便会唱起当地民谣："张楼到李楼，路上水横流，高粱水中泡，豆子耷拉头，小鸭随意漂，小鱼可意游，俺去姥姥家，一架拖车一头牛。"

后来，拖车被架车取代，逐渐退出历史舞台，已经成为民间古董，年轻人都猜不出它本来的用途了。

歇晌儿

儿歌曰:俺家有头大黄牛,拉车拉犁又拉耧;拉车去过衡水市,车重千斤腿不颤;拉犁去过南大洼,一天犁地四亩八;拉耧四蹄快如风,耧手累得真不轻;下晌儿喂牛三筐草,拿个笤帚赶小咬儿;老牛老牛快吃饱,完了驮俺去洗澡。

农耕时代,牲畜是人类生产的好帮手,耕耩犁耙、拉车拉磨都离不开牲畜。这些牲畜中,牛是最受庄稼人重视的劳动力。农人把牛当成自己过日子的忠实帮手,像对待亲人一样精心照料它、体恤它,白天再忙再累也要打扫干净牛棚,夜晚不忘加草加料。牛也把主人当成自己的靠山,温顺,踏实,吃苦耐劳,干活尽职尽责。

等牛老了,力气不够了,走不动了,主人就给它安排些轻松的活儿,一般不忍心把它杀掉,毕竟风风雨雨一起经历过,惺惺相惜,感情笃厚。

农活儿中,犁地耙地应该是最累的,干上一个时辰,牛身上满是汗水,气喘吁吁,要休息一下,老农们也要坐在地边喘口气,抽上一袋烟,这就是农村人所说的"歇晌儿"。

歇晌儿时，牛儿静静地趴在松软的土地上，眯着眼睛，嘴巴不停地咀嚼着，悠闲自在。老农们斜靠在牛背上，吧嗒吧嗒地吸着旱烟，什么也不想，什么也不做，任微笑点亮满脸铜油般的慈祥。有时，他们也趁机打个盹儿，放松一下紧张的身心。孩子们仍是闲不住的，捉青虫、逮蚂蚱、追蝴蝶，蹦蹦跳跳忙个不停。

　　阳光静谧，夏风轻柔，野花含情，它们不愿打搅老农的安静。如此环境，如此状态，如此场面，真说不上优越的享受，但庄稼汉们却真实地感受到放松，感受到祥和，这也是他们内心真真切切的幸福。

摔 牛

　　儿歌曰:老牛老牛,拉车拉耧,吃饱草料,尾巴悠悠。老牛老牛,
皮糙肉厚,打上两鞭,鼻子抽抽。老牛老牛,年老皮皱,干活不中,
河边遛遛。老牛老牛,阳寿到头,埋在山脚,北风嗖嗖。

　　耕牛是农民忠实的朋友,耕田犁地拉车运肥都离不开它。劳
动之余,歇晌儿期间,有劲儿无处使的年轻后生,也喜欢与牛玩
儿一把摔跤的游戏,俗称摔牛。

　　摔牛选择的场地是犁过但未播种的暄软空旷地,在这里,即
便摔倒在地,也不会皮肉受伤。牛则选择性情温顺的小公牛,摔
牛的主角当然是身强力壮的小伙子。

　　摔牛的方式因人而异,有的是双手抓住牛角,左右拧动,然
后用力向一个方向拼命扭动牛的脖子,致使牛身体失衡而倒向一
侧;有的是抱住牛的脖子,让牛向内侧扭头的同时,用外侧的脚
钩住牛另一侧的前腿,肩膀用力往牛的前胯部猛地一顶,牛便扑
通一声摔倒了。体格庞大,体重上千斤的鲁西大黄牛,四条腿又
粗又壮,竟可以被人轻易地一摔就倒,看起来不可思议。其实,
人们是充分利用了牛这类食草动物在身体两侧力量分配得较少的

特性，用巧力把牛摔倒的。

　　摔牛说起来容易，但绝不是一般人能轻易做到的。遇到身体强壮、协调性好的耕牛，就很难得逞。即便面对的是普通耕牛，扭动它的脖子也非易事，如果力气不够，是摔不倒牛的，还会让周围的人笑话：你这号人不会摔牛，只会吹牛。

　　如今，农村实行机械化，生产劳动也不用耕牛了，摔牛已演变成一种体育项目，所摔的牛虽不是凶悍的西班牙斗牛，但也是体格健硕、野性十足的公牛，摔倒它们更需要力气和技巧。

装　车

儿歌曰：五月里，芒种过，赶着大车装麦个儿，底下装，上边垛，一车拉走半亩多，压得车杆成罗锅，累得老牛直哆嗦，轧得大路成泥窝儿。

在农村，春耕、夏种、秋收各式农活儿都有其特点，其中最紧张、最累人、最让庄稼人头疼的是麦收。从割麦、装运、晒场，到碾轧、扬场、堆垛，再到入仓等，一个工序接一个工序，紧张而繁重，稍一迟缓，赶上下雨，再连阴上几天，整场的麦子就都长芽子，一年的收成也就泡汤了。老百姓因此把麦收称作"虎口夺粮"。

割麦、装车、翻场、堆垛都不是轻松活儿，又脏又累，过个麦收就要褪层皮。割倒了麦子，捆成麦个子，然后就是装车了。前些年，农村机械化程度低，拉麦子通常都用马车。说是马车，其实是牛拉的大木车，厚重宽敞。庄稼汉子们用木杈把麦个子高高举起来，扔到宽宽的马车上。车上站有一人，专门负责装车，把马车码得像一座小山。麦车颤颤巍巍地驶向麦场，丰收的喜悦也在庄稼人的心头荡漾。

　　连续用木杈把二三十斤重的麦个子扔到一人多高的马车上，需要的是气力，而装车则更需要技巧。从开始装车就要铺垫，要注重外实内虚，又要左右匀称，既要懂得发散，又要合理收拢，这样麦车才能装得足够多。待车装好后，装车人要待在车上压车，遇到坑洼地或田垄埂，麦车倾翻，把装车人一块摔下来的，也并不是稀罕事儿。

　　20世纪七八十年代，我家有几亩责任田，把麦子割倒后，就用地排车拉运回家。为了方便，装运时就不再捆成麦个子，而是散装，一车也能装上许多。记得有一次，由于装车时没把握好平衡，麦车半路上侧翻了，交错的麦秆摊在路上，我们只好重新装车运输。这次装起来就费劲了，被路人笑话不说，单这一车麦子我们就足足拉了三次。当初的懊恼烦心，现在依然记忆犹新。

　　装车，需要铺垫，需要构思，需要布局。生命，何尝不是这样？胸中没有格局，不懂虚实，不懂制衡，就难以做成大事。

扬　场

歌谣曰:张大叔,李大爷,拿着木锨真利索,先扬一个龙搅水,再扬一个猪打窝儿,风大麦粒刮不走,无风麦糠照样落,一场扬了两千斤,手捧麦粒笑呵呵。

没干过农活儿的人,不会体会到劳动的辛苦,更难以明白,劳动本身也是一门艺术。

庄稼人最知道各种粮食的来之不易,也格外珍惜粮食。他们清楚,即便普普通通的小麦,也要经过耕犁、播种、浇水、除草、洒药、收麦几个阶段,仅麦收便又要经历收割、装运、晒场、碾轧、堆垛、扬场、入仓等过程,看起来不起眼的扬场,也考验着一个庄稼人的手艺。

轧完了场,就要见到新粮食了,这是乡亲们心情最亢奋的时刻,用他们的话说就是,粮食算是吃到嘴里了,收成的好坏,一年辛劳的回报,扬完场就全知道了。因此,这个时候也是很神秘的时刻,老人们一般忌讳小孩子说这一场能打多少斤,大人们之间也都不问能收多少,只是喜滋滋儿地操起木锨,抡圆了膀臂,潇洒地一掀一掀把粮食抛向天空。扬场是技术含量很高的活儿,不大不小的轻风能吹走麦糠，留下麦粒，最适合扬场。老把式不需要一丝儿风力，用木锨画出一个个流畅的抛物线后，浑圆的麦粒儿就与轻飘的麦糠分开了，不一会儿，金灿灿的麦堆便展现在面前。

我是跟着父亲学会扬场的。父亲是位中学教师，读过不少书，可干起农活儿来，耕耩犁耙样样在行。他告诉我，农耕生产中，蕴藏着许多道理，值得每位读书人细心体会。扬场，借助的是物体的惯性，即便在没有风力的情况下，也能将沉重的麦粒与轻浮的麦糠分开，关键是技巧。作为新手的我，往往把握不好力度，一掀抛不开，麦粒麦糠一起落到麦堆上，一掀撒得远，又把麦粒掺到麦糠中，只好一遍遍重来。

学不好扬场，便只有在风力十足的情况下，才能勉强把麦粒和麦糠分开。扬场让我悟出一个道理，那就是：不随外力飘浮的东西，才有分量，有价值。

入 仓

儿歌曰:好年成，孬年成，编个粮囤把粮盛，过年遇到孬年成，打开粮囤把粮盛，盛上十斤红高粱，熬锅糊涂碗里盛，早晚喝上两大碗，也能度过灾荒年。

俗话说，剜到篮里的才是菜，收到囤里的才是粮。粮食，是庄稼人一年付出的回报，也是庄稼人的命根子，只有收到囤里，庄稼人心里才踏实。

粮食在场里被打轧好，晾晒完，装进了布袋，余下的便是由壮劳力扛布袋装车，往囤里倒粮食了，这就叫入仓。粮食入仓，可是个力气活儿，也是壮汉们显示自己力气的好时机。大大的粮囤，足有二三米高，下部由荆条儿编成囤，上部用苇席折子层层加高，然后倒进粮食，上面再盖上麦糠防潮防蛀，这样粮食存上一两年不成问题。一布袋粮食一般重100多斤，布袋高一米二以上，壮汉们用砍刀式、腰挎式、双排式等架势扛在肩上，以沉稳快速的步伐，穿梭于场院与粮囤之间，博得人们一阵阵的赞叹。

最考验人力气的还是交公粮。公社仓库的粮仓高四五米，交粮人要扛着布袋，踩着窄窄的木板爬到仓顶，把粮食倒下。也有

　　身材单薄的汉子，扛个百多斤的布袋就费劲，走在木板上晃悠悠的，很是胆怯。也有的站不稳翻倒在旁边的粮堆里，引得周围人一阵嘲笑。

　　　看到泛着阳光色泽的饱满粮粒儿，知道一年的辛勤耕作没有白费，庄稼人脸上洋溢着掩饰不住的笑容。

砍高粱

儿歌曰：九月九，好年成，高粱穗儿火样红，磨成面儿蒸窝头儿，就着大葱香味浓，小妮儿吃了长得俊，小伙儿吃了赛罗成，老爷爷吃了腰板直，老婆婆吃了能跳绳。

旧时的乡村，小麦单产低，一亩地还打不了一布袋粮食。高粱、玉米、地瓜因为单产高成为当时的主要粮食。高粱一年一季，亩产2000多斤。高粱秸高大粗壮，能长到两三米，人们可以用来烧火，也可以用来打箔、盖房。

仲秋时节，高粱穗火红发亮，预示着高粱快成熟了，这时就要打掉它的叶子，一则为了通风，二则高粱叶子晒干后可以作为牲口的越冬饲料。打高粱叶子可是个辛苦活儿，天气本来就热，高粱地里又闷又热，让人如进蒸笼。况且，这高粱叶子还挺锋利，待打完一抱高粱叶子走到地头，人的脸上、手上、胳膊上都会留下深深浅浅的划痕。

收获高粱的第一步，就是要把高高的高粱砍倒。砍高粱是又累又脏的技术活儿，使用的工具当地人叫板镢头，柄长六七十厘米，镢面呈三角形，刀刃锋利。砍高粱的人左臂搂住三五棵高

粱，退着步用右手砍其根须处，然后把高粱秸秆整齐地排放在地上。要保证砍倒的高粱秸上带土少，方便砸土，而地里要只剩须根，方便耕耙。别看有经验的老农砍起高粱来手法娴熟，铿锵有序，其实砍高粱是一个危险活儿，必须保证每一下正好砍在根须下的土里，倘若一失手砍在了根部上面，那板镢头顺余力滑过来，则有可能伤及自己的脚踝。高粱被砍倒后，人们要将其头对头放整齐，然后扦去高粱穗头，放到场里晾晒，再用石磙碾轧，便可以收获红红的高粱米了。

高粱面蒸成的窝头儿，发红发黑，俗称黑窝窝，硬邦邦的，吃起来难以下咽，消化起来比较困难，当时却是农民的主食，那是很多人生命中一段痛苦的记忆。

卖棉花

儿歌曰：白棉花，白生生，做个棉袄暖蓬蓬，做个棉裤热烘烘，我穿棉袄去上学，热得小脸儿红彤彤，我穿棉裤去赶集，身上暖暖不怕风。

20世纪80年代，农家的日子还不富裕，种地用的化肥、农药钱都拿不出来。当时，国家号召种植棉花，收购价格也挺高，一下子激发了农民的种棉热情。

种棉很费工夫，种前要把棉种用热水泡透，拌上农药，种时要浇水，谷雨前后正是缺水的时节，人们就到池塘、沟渠中担水，有的用压水井灌满一个大铁桶，拉水到地里播种。棉花从出苗就要打药，不然就会被蚜虫吃掉，等长高些还要打枝杈、打边心、打顶心……几天不拾掇棉花就长疯了，枝叶繁茂就是不坐桃子。等棉花成熟了还要拾棉花，一茬一茬，高高矮矮，累得人腰酸腿疼。从种到收五个多月时间，时时不得清闲。

不要以为收获了就算大功告成，对农民来说，卖棉也是一大难关。一般每个乡镇只设一处棉花收购站。种棉的人多，有的一户种上十几亩。收购站门口卖棉花的车辆能排出几里地，有时卖一次棉花要排两三天，最多的要守着棉车待上一周才能卖掉。等轮到自己，还要过验级、验湿关。验收员根据棉绒的长度、色泽确定棉花的级别，级别高价格就高。验收员把棉种放在嘴中咬一下，嘎嘣一声的，说明棉花晒干了，如果棉种软绵绵的，不发出响声，说明棉花还没晒干，就要拉回去晒。本来指望棉花卖点儿钱买些肥料再过个中秋节的，这下

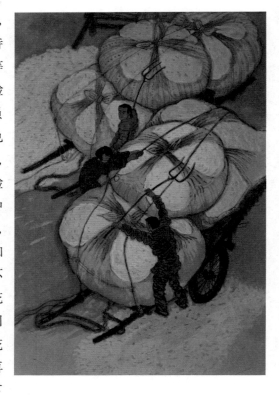

恐怕八月十五也卖不出手了。最怕排队的时候赶上阴天下雨，棉农们就要买块塑料布，把棉花盖起来，人也没处躲，只好躲在棉车下避雨，其中的辛苦，难以言说。

　　这些年，棉花价格低落，种棉花的人少了，人们大都到外地打工赚钱，再也看不到绵延几里地的棉车长队了。

搂柴火

儿歌曰：冬天里，拉大笆，春荒地，坷垃垡，草垛子，高粱茬，拉三遭，柴满笆，装进筐，背回家，待冬月，过腊八，煨上一盆明炭火，烧上一壶滚烫茶，再扎一个新竹笆。

20世纪六七十年代，农村生活不仅衣食匮乏，就连生火做饭用的柴草也成问题，没有煤炭、天然气，庄稼秸秆不够烧，人们只能拾些柴草树叶，用来烧火做饭。

乡村的初冬，大雪还没降下来，勤劳的农人们不肯歇息片刻。他们把一米多宽的大竹笆子加固好，在收割过庄稼的田地里搂柴火，所谓的柴火就是庄稼的枯根败叶和为数不多的枯草。拉上一个早晨的笆子，会搂起一小捆柴草，虽不算多，但经一冬的积攒，堆上一小垛也不成问题。在生活相对困难的年月，这些柴火，便可备一时之需。

笆子搂到的秸秆枝叶大都是轻飘之物，待笆子上枝叶满了，搂柴火的人就会把笆子上的柴火拿下来，放到背篓里，然后再拉着笆子前行。到最后背篓满了，就背着柴火提着笆子踏上回家的路途。搂柴火一般选在清晨，柴草枝叶经过霜露的滋润，柔软下来，容易被筢子搂到。阳光晴好的天气，枝叶酥焦，筢子也不好搂到。

一分耕耘一分收获，看起来不起眼的零散枝叶，搂上一个早晨，也能累积一大捆。生活何尝不是这样，不放弃点滴的积累，就会成就丰厚的拥有。

晒地瓜干儿

儿歌曰:光种地,不打粮,分麦子,用碗量,地瓜干儿,当细粮,山芋叶子当口粮。

20世纪六七十年代,农村生活贫困,粮食收成少,地瓜因产量较高,成为餐桌上的主要食品,上顿地瓜,下顿地瓜,吃得人们胃酸胀气。

收获的地瓜一般被放在挖好的地窖里,时间一长,容易腐烂变质。为贮存方便,人们把地瓜切成薄片儿,晒干后磨成面粉,蒸窝头、馒头。制作地瓜干先要切片儿。庄稼人把一片锋利的刀片儿镶嵌在一块木板中间制成切片儿机,拿块地瓜在切片儿机上一下下擦过去,地瓜就被切成厚度均匀的地瓜片儿了。刚刚切出的地瓜片儿要经过几天的晾晒,才能成为易储藏的地瓜干儿。晾晒地瓜干儿,可以放到箔上、席上,也可以晒在石头上、房顶上。靠近山坡的农人,会把地瓜拉到山上,切片儿后直接晒到山石上,既干净又快捷。那时满山都是白花花的地瓜干儿,也是乡村一道别致的风景线。

甫看地瓜面粉白生生的,蒸出的窝头却是黑乎乎的,刚出锅时，吃起来还甜腻腻的，而且韧性十足，下顿再吃的时候，就会硬邦邦地拉喉咙，令人难以下咽，大人孩子都很不待见。倒是把地瓜干直接放进锅里一煮，舀在碗里吃，面嘟嘟的，别有一番滋味。

现在，地瓜多被制作成淀粉，做成粉条儿。一些经过改良的优质品种，色泽艳丽，经烘烤后又软又甜，是孩子们喜爱的美食。

送晌儿饭

儿歌曰：东洼里，牡丹开，刨上一棵回家栽；西洼里，牡丹红，摘个骨朵儿插花瓶；北洼里，牡丹艳，掐朵放在桌上看；南洼里，牡丹香，摘上一抱放书箱，书箱抬进学校里，香得老师嘴巴张，香得学生眼发光。

自古以来，中原地区崇尚农耕文化，人们的主要工作就是侍弄田地庄稼，庄稼有个好收成也是庄户人家一年的期待。待到棉花摘心、打权，麦收，秋收等紧要关头时，为不误农活，农妇们往往把饭菜送到田间地头，这就是送晌儿饭。

牡丹花乡的花农，以种花为谋生手段。一到侍弄花儿的关键时节，中午饭便在地里吃了。于是，在家照料孩子的女人们，便抱起孩子，提上稀粥、窝头儿，带上一罐炒菜，伴着牡丹花儿香，和着满目的浓艳，款款地行进在花丛中。清苦的生活中，有"人面牡丹相映红"的画面，也别有一番情趣。

虽然多是简单饭菜，但因为要送到田地里，还要经过路人眼光的评判，妇人们也往往会使出浑身解数，做一两个拿手的特色好菜，一方面为博得男人的好感，另一方面也为让乡邻们刮目相看。

吃晌儿饭时，选一个带阴凉的平坦地面，用罐子里的水洗把手，把篮子里的饭菜摆开，一家人便蹲在地上开始用餐。飘香的饭菜，女人暖暖的笑意，孩子顽皮的神态，让劳累了半天的男人备感欣慰。

吃罢晌儿饭，抽上一袋烟，眯上一个盹儿，男人们又走入田野，继续劳作。这时，女人并不马上回家，而是带着孩子陪男人一同下地，让田地里洒满欢快的笑声。

刮黄风

儿歌曰：说大风，刮大风，这风刮得真不轻，东西地刮成南北地，柳树刮得倒栽葱，刮得石碾场里蹦，刮得磨盘贴烧饼，小两口儿上房去推磨，连人带磨到半空，一下子落到北京紫禁城。

春日多风沙，中原地区每年都要刮几次大风。黄风到处，尘沙飞扬，遮天蔽日，原本湛蓝的天空，顿时昏暗下来。黄沙不但扑打人们的面庞，还硬生生地往嘴里脖子里钻。在地里干活的庄稼人，赶快奔跑回家，拴好牲畜，关窗闭户。黄风过后，锅台上、床铺上、桌子上，都铺了厚厚的一层沙尘。

最可怕的是秋季的狂风。风为雨头，大风过后紧跟着还会有暴雨来袭，一搂粗的大树被连根拔起，成片的庄稼匍匐倒地，农民一季的辛苦化为乌有。

刮大风常常赶在晚上。夜黑风高，呼啸的风沙扑打着窗棂，远处的树梢呜呜作响，像愤怒吼叫的野兽，让人顿生恐怖之感。孩子们联想到大人们经常讲的妖魔鬼怪的故事，那些妖怪都是裹挟着黄风旋转而至的，更感毛骨悚然。他们一般不再说笑打闹，早早钻进被窝儿里，用被子蒙上头，在惊恐中进入梦乡。

　　如今，荒漠得到有效治理，中原地区的沙尘少了许多。但每每赶上扬沙天气，依然黄沙弥漫，纸屑飞扬，甚至出现高空坠物伤人事件，让人痛恨不已。

　　有人喜欢曼妙的雨，有人喜欢轻盈的雪，却很少有人喜欢飘忽的风，尤其是肆虐的黄风。黄风过处，渣滓泛起，垃圾飞满天，最不招人待见。

秋　涝

儿歌曰:连阴天，雨唰唰，地里漫水漂起瓜，大嘴蛤蟆连声叫，咕哇咕哇过家家。连阴天，雨蒙蒙，庄稼地里撑雨棚，鲢鱼拐子翻花跳，扑通扑通不消停。

鲁西南一带，经常春旱秋涝。春季雨水少，冬小麦叶黄苗瘦；秋季阴雨连绵，大豆、地瓜淹在水中。靠天吃饭的庄稼人一年四季总是忧心忡忡，春旱时要想法浇水，秋涝时又要忙着排涝。

每当秋雨连绵，大雨不停下上一夜，就会引发秋涝。放眼望去，田野里白茫茫一片，所有庄稼全部浸泡在水中，除了高粱、玉米能有收获外，地瓜、谷子、豆子都会大面积绝产。为防止被水浸泡时间过长庄稼腐烂变质，庄稼人挽起裤腿，一穗一穗地扦收高粱，地瓜则要从水底里一个个地摸出来。经水泡过的地瓜，蒸熟后怎么吃也不甜面，一嚼咯吱咯吱，口味涩苦。西瓜、甜瓜全部漂浮在水面上，摇摇荡荡，瓜农们踡缩在遮雨的窝棚里，唉声叹气。

村中道路更是一片泥泞。本来就低洼积水的土路，经过车辆的碾轧，便成为一片泥潭，车辆行人难以通行，有时要持续两三个月的时间，再加上畜禽的粪便混合其中，蚊虫飞舞，腥臭难闻，村庄里的男女老少无不发出怨忧的叹息。

　　现如今，中原一带基本上年年干旱，很少出现秋涝现象，上了岁数的庄稼人不禁慨叹："也不知当年的大雨都下到哪里去了。"

防汛护堤

民谣曰：甩开胳膊挺直腰，脚步站稳好登高；你也拉，我也抬，抬了河土垫河崖；河崖修得高又宽，挡住河水归流湾；头号抬筐可劲儿装，抬上大堤放当央，排着筐头儿不要慌。

早些年，黄河上还没有建水电站，洪水得不到疏浚调控，一到汛期，防汛抗洪便成为头等大事，特别是黄河下游已是"悬河"，河床高出两岸地面十几米，简直是悬在两岸百姓头上的"达摩克利斯之剑"，让人惊恐不安。每年七八月份，雨季来临，防汛护堤便成了政府和群众的当务之急。大家准备好车辆、抬筐、秫秸、柳枝、铁丝、绳子、石块、黄沙等，严阵以待。黄河滩区的居民也人心惶惶，忙着把老人孩子、牲口粮食转移到大堤以外。此时的黄河堤上，人头攒动，红旗招展，俨然一副迎接大战来临的架势。

涝时防汛，农闲时也要挖河筑堤。旧时，尚无大型工程机械，挖河工地便成了民工的海洋，大家车拉肩挑，口号此起彼伏，工地上红旗飘扬，堤坝上窝棚连成一片。鲁西南地区的水利工程很多，黄河复堤、运河疏浚、淮河深挖，再加上黄水灌区的提水工程、洼地排涝，动不动就动员几十万或上百万民工齐上阵。其中挖河的活儿最难干，河床泥泞一片，河堤又高又陡，一挑河泥死沉死沉的，一车淤泥四五个劳力拉不动，但工地上却是热火朝天，斗志昂扬，民工们个个精神十足，像是不觉得累似的。

　　当时广为流传的一首歌谣，最能描绘挖河护堤的奋战场面："社社红旗展，村村连成片，早起三点半，一天三送饭，推着星星走，赶着日头转，活着干，死了算，脚磨破，手磨烂，坚决完成大会战。"

第六辑　乡情难忘

乡关何处

那颓废的老屋

那斑驳的小巷

那白发苍苍的爹娘

无论我身在何方

都是我思念永远的指向

———题记

村头茶馆

　　儿歌曰：小茶馆，三嫂开，一溜桌凳门前摆，喝水咱有梁山泊，吃饭咱有馍馍台，观景咱去宋江寨，参佛咱去莲花台，南下您顺运河走，北去紧靠黄河崖，东西南北往来客，三教九流去又来，天黑点点钱箱子，不够买双绣花鞋。

　　中国人对茶天生有一种偏爱，文人墨客、高士隐者喜欢品茶悟道，乡野农叟、贩夫走卒也喜欢喝碗茶水解解乏。在没有瓶装水、罐装饮料的年代，村头茶馆便是人们乘凉休憩的好去处。

　　路边大树下，一座木头树枝搭制的凉棚，几个烧水的灶口，十几条石几石凳，就是一个村头茶馆。小茶馆别具风味，为利用余火，它的炉灶通常一头高一头低，上面依次摆满各式茶壶，水汽氤氲，茶香弥散，构成乡间土道旁一道别致的风景线。

　　经营茶馆的一般都是上了岁数的老大爷，也有手脚利索的农家妇女，他们谈吐朴素、待人热情，一边端茶倒水，一边与客人拉家常。在农村，柴和水都是就地取材，茶叶也是比较便宜的茉莉花茶，摊主工夫不值钱，因此也就将茶水价格定得特别便宜，一般都是一二分钱一大碗。喝完水，拉完呱，起身时一摸口袋，

真忘记带钱了，摊主也不会计较。

　　劳作了一晌儿的乡邻，路过茶馆，大都放下钉耙、锄头，喝上一碗热茶，放松一下疲惫的神经。拉车赶路的客人，在小茶馆里歇歇脚，喝上两碗茶水，顿感神清气爽。这种小茶馆除了卖水，还兼有小饭馆的功能，为南来北往的客人煮面条、烩饼、馏窝头等，快捷又实惠。

　　简朴的凉棚下，清风习习，香气袅袅。对旅途奔波的路人而言，一条石凳、一壶清茶，就是一种休憩、一种慰藉、一种难以言传的快乐。

　　人们慢慢地会发现，生命的满足，人生的幸福，本不需要那么多物质支撑。简与素，也是一种极高的人生境界。

乡村药铺

　　儿歌曰：风寒发烧，甘草连翘；头痛咳嗽，川贝瓜蒌；头昏眼花，党参红花；吃饭不香，山楂干姜；肚子有气，放个响屁；身子发酸，罚你搬砖；吃饱就困，欠揍十棍。

　　在庄稼人的眼中，乡村药铺可是个神圣的地方，高高的药橱药柜、浓浓的中草药香、神态安详的老中医，一切都显得神秘而安静。

　　庄稼人看病，信奉老中医，被老中医问问病症，把把脉，开几服中药，花不了多少钱，就能把身体调理好。中医看病讲求辨证施治，一是注重病人体质类型，阳虚多寒，阴虚多热。他们认为体质就像人的性格一样，先天而来，是不容易改变的，人体的偏性也与生俱来，伴随一生。二是讲究阴阳平衡，运用五行生克原理，缺则补之，多则泄之。病人手脚冰凉，怕寒畏冷，说明阳气不足，要温阳补气；病人面红耳赤，心烦易怒，说明心肝火旺，就要滋阴泻火。

　　中医治病方法很多，针灸、按摩、推拿、拍打，样样能用。

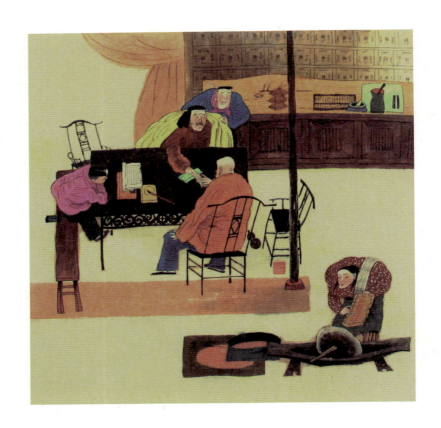

　　村上有个小伙子，身体虚胖，找到大夫反映，一段时间来腹部有
胀痛感，吃饭不消化。大夫没给他开药，让他每天晚上来帮忙碾
药半小时，结果一个月下来，他不但胃口好了，腹部不胀痛了，
体重降下去十多斤，人也精神了。大夫告诉他，看他体态虚胖，
腹部胀痛是脾胃不畅，脾主运化，让他用脚内侧用力踩着木柄碾
药，正好可以按摩脾经，效果比吃药还好。

　　当然，乡村中药铺中也有西药柜橱，也给打针输液，对于一
些急性炎症、外科疾患，还是西药立竿见影，见效更快。不拘于
形式，不排斥西药，或许正是中医的中和博大之处吧。

乡村剧团

　　儿歌曰：锣鼓敲，响叮当；戏班子，来俺庄；搭台子，开衣箱；唱啥戏，朱家庄；谁唱哩，牡丹张；亮架子，开了腔；吼一声，透天嗓；哼一声，娘娘腔；唱不好，心发慌；一张嘴，转了腔；一跺脚，鞋掉帮；一劈叉，裂了裆；一打挺，碰得汽灯没了光；一发急，一肚子戏词全忘光。下了台，懒洋洋，羞得光喝老面汤。

　　20世纪六七十年代，冬闲时，村队会把一些能拉会唱的社员组织起来，组建起乡村剧团。

　　乡村剧团，是乡村文化的主力军，忙时生产，闲时演出，自娱自乐，很受乡亲们欢迎。演出大都在夜晚，当街搭一戏台，吊上几盏汽灯，锣鼓一敲，便唱了起来。因是乡村剧团，道具简单，行头当然不会太好，有的外穿戏装，里面穿的还是大棉裤，一抬腿，一跺脚，里面的大裤腰便露了出来。化妆也不专业，记得一个旦角演员又黑又高，满脸白粉压不住黑气，大号的衫裙遮不住双腿。他在台上扭来摇去，装腔作势，台下的观众一个个笑破了肚皮。

　　当时演出的剧目有红遍全国的革命样板戏《红灯记》《沙家浜》《白毛女》，也有革命故事剧《红嫂》《平原作战》，还有地方戏曲《对花枪》《穆桂英挂帅》等。其中地方戏曲尤其受老年人欢迎，有的剧目他们听了不下十遍，甚至许多唱词自己已经会唱了。

演员们平时在本村演，有时也到邻村演出，有的一人要客串几个角色，非常辛苦。他们的报酬就是一天几毛钱的工分，但只要能登台演出，他们就兴奋异常，因为这是他们最大的快乐和满足。

当年剧团的演员们现已年逾古稀，但一谈起当年的情景，还会眉飞色舞，甚至即兴哼上一段，或许那就是他们生命中最灿烂的时刻、最值得回忆的光阴。

放电影

　　儿歌曰：电影队，到俺庄，点火做饭早喝汤；摆凳子，放椅子，再放两个马扎子；接闺女，请女婿，喊上外甥也跟去；电影幕上人影晃，喜得老头子眼发亮；戏匣子里会唱歌，惊得老婆婆咽唾沫。

　　小时候，电视机还没有普及，看一场电影就成了庄稼人的娱乐盛宴。哪个村放电影，村子里便像过年一样热闹，全村人个个奔走相告，兴高采烈。

　　当时，全县只有几个电影放映队，他们拉着发电机、放映机、铺盖卷，在乡村轮流放映。

　　放映场一般选在学校操场等地面宽阔的地段，天不黑，孩子们便争先恐后地占地方，有的搬上椅子凳子，有的垒上石头边界，有的画上方块，为家人抢占有利地段。待电影放映时，场地上人山人海，人头攒动，往往荧幕背面也坐满了人。

　　听说哪个村放电影，周围十里八乡的群众也要去观看，孩子们更是一马当先，有的电影已经看过多次了，还是要去看，尤其是战斗故事片，每看一遍都让人热血沸腾。像《地道战》《地雷战》《侦察兵》《渡江侦察记》这样的老片子，有的人都看过七八次了，邻村放映还是要大老远跑去再看一遍。回家的路上，更是热闹非凡，谈论声、模仿声，为乡村的夜晚增加了许多生气。

电影给广大农民打开了新天地，开阔了他们的眼界和视野，也深深地影响着我们这些未成年的孩子。《闪闪的红星》《小兵张嘎》让我们了解了战争年代的艰苦卓绝；《英雄虎胆》《烈火中永生》让我们欣赏到了革命战士的智慧胆略。影片虽然还停留在脸谱化、公式化的层面，但对于我们这些未见过世面的农村孩子来说，看完后好长时间都会心潮澎湃、激动不已。

据教育学家介绍，青少年时代是人生观、价值观形成的关键时期。多多观看各种好的故事片，十分有利于孩子们的精神成长。

瞎　腔

儿歌曰:瞎子腔,来俺庄,天黑俺去送干粮,捎上一碗小米汤,带上两棵绿葱秧,秫秸莛子折两双,晚上唱戏《大祭桩》,又吹又拉梆子腔,唱到半夜不算完,一气唱到天放光。

20世纪五六十年代,农村没有多少娱乐方式,一些失明的艺人,为谋生路便走村串乡,在晚上为社员们表演说唱。

乡村比较流行的说唱艺术有莲花落、扬琴、快板、坠子等,村民们却懒得分那么清,见是盲人演唱的,便统称为"瞎腔"。"瞎腔"以说唱传统剧目《三国演义》《水浒传》《大八义》《小八义》为主,也时常来几出《刘巧儿》《小二黑结婚》等新戏。

那时的演出,报酬很低,半个月下来,除了吃饱肚子外,也就是赚半袋粗粮或几十个窝窝头儿。这些艺人来到村上,先选好演出的场地,到了吃饭的时候,便会敲起锣鼓,打起快板儿。村民们听到锣鼓响,便知道村上来了说书人,吃饭时,便自动端上碗稀饭,或拿上个窝头儿,给他们送去。艺人们把稀饭喝光,把吃剩的窝头儿存起来。说书人说唱起来特别卖力,一般都表演到大半夜,收场时故意卖个关子,留个悬念,吸引听众明天继续来听,如此，吃饭时自然有人端汤送饭，条件好的家庭甚至会送上一茶缸子粮食；如果唱得不怎么样，唱着唱着人走干净了，第二天自然没多少人关心说书人的吃喝，说书人只好怏怏地走人，再到别的村庄谋口饭吃。

麦场上、街心口，一两个艺人在手舞足蹈地表演，鼓乐齐鸣，绘声绘色，表情夸张。身边一群观众屏气凝神，洗耳恭听，不时爆发出一阵喝彩声。此情此景，勾勒出一幅多姿多彩的乡村娱乐图。

说山东快书

儿歌曰:俺听快书武二郎,探兄路过景阳冈,一气喝酒十八碗,醉里打虎美名扬。俺听落子宋家庄,有个英雄名宋江,人都称他及时雨,杀富济贫好儿郎。听快书,听落子,俺也学学好样子。

小时候,乡村文化生活匮乏,没有电视,没有手机,晚上围坐在一起听说书人说唱,就成了老百姓难得的奢侈享受。

说书者,以双目失明的盲人居多。旧社会因出"天花"或其他原因致盲的孩子,为谋求生存,父母在他们刚刚懂事的时候,就送他们拜师学唱。学成后,他们就走街串巷,混一碗饭吃,人们习惯称他们的说唱为"瞎腔"。待牛羊归圈,月上柳梢,乡村的夜晚万籁俱寂,村里男女老少便围坐在一片空地上,听说书人打板开唱。

说书人在"正剧"开始前,往往演唱几个"小段子",把竹板儿打得呱呱响,作为开场戏,以召唤、等待人们到来,然后才书归正传。在中原地区,最受欢迎的开场形式有两种,一是山东快书,一是莲花落。

说书人单手打着两片月牙儿形铜板,用淳朴的山东话押韵合

辙地说上一段故事，是为山东快书。人们最耳熟能详的就是《武松打虎》，大人孩子都会唱上几句："当哩个当，当哩个当，闲言碎语不要讲，表一表好汉武二郎。那武松学拳到过少林寺，功夫练到八年上……"

莲花落的道具也非常简单，一个铜镲，一个大竹板儿，节奏明快，铿锵有力，多用于说唱《水浒传》《三国演义》等故事题材。

如今，随着电影、电视等的普及，说书人逐渐退出了乡村舞台，我们虽偶尔还能听到灌制的说唱唱片，但失却了当年的场景，怎么也找不到儿时的那份激动和憧憬了。

掀石磙

儿歌曰：掀石磙，石磙掀，小二掀了小三掀，小二掀了个围场转，小三掀了个绕场圈，小二出了一身汗，小三喘了几大喘。喘几喘，出身汗，待会儿咱再掀一遍，掀得石磙溜溜转。

乡村的汉子们身壮力大，干完一天的活计，仍有闲余的气力，于是便比赛掀石磙、掰手腕、摔跤等。掀石磙最考验一个人的力气大小。

农村的夜晚祥和静谧，一轮圆月高高地挂在天边，洒下如水月华，渲染着夜色的柔美。吃罢晚饭，乡村的老少爷们儿闲来无事，便聚集在打谷场边上抽烟、斗嘴、拉家常。干净平整的打谷场，是孩子们嬉戏玩耍的平台，光滑溜圆的石磙，经过一天的日光暴晒，夜晚还热乎乎的，温热可人，孩子们喜欢趴在上面，或者几个孩子一起推着玩儿。年轻体壮的小伙子们，忍不住手痒，便开始比赛掀石磙。

石磙，也叫石磙子，古称碌碡，是农民用来碾轧秸秆、碾脱谷粒的一种石制农具。一个石磙五六百斤重，碾完场后，便被卸掉框架，横七竖八地摆放在谷场边。掀石磙可是个力气活，硬是把五六百斤重的石磙翻起来，没有三五百斤的力气是办不到的。看小伙子攒足力气，甩开臂膀，双手抠住磙窝，硬是把躺卧着的石磙给立了起来。有时，一个汉子可以一口气让石磙连续翻上四五个跟头，虽然累得气喘吁吁，但嘴上仍说再掀几个绝对没问题。掀石磙，没有多少技巧，比的就是力量。身材单薄力气小的，铆足劲儿，憋得满脸通红，就是掀不起来，被同伴们嘲笑不管用、不是爷们儿。

　　老百姓最崇尚"真"，直来直去，不掖不藏，光明磊落。行就是行，不行就是不行，来不得半点儿虚假，使不得丝毫绊子。掀石磙比赛，把这种求真的理念、这种坦荡的精神诠释到了极致。

力　士

儿歌曰:张二哥,力气大,一人能拉一张耙,一人能扛梁一架,一人能拉车一挂,一掌能劈石头炸,一腔坐塌椅子架,一锅窝头一顿下。

古语讲,一方水土养一方人。中原地区地域开阔,四季分明,因此中原人士也往往身材高大,个性鲜明。中原人居住的庭院也多阔大、明亮、方正,以正大为美。即便动植物,也秉承了人物的个性,鲁西南大黄牛、鲁西大西瓜、鲁西大羝羊,都具有中原地区的特色。

山东出大汉,北方多力士。在农村,有人能扛两个装满小麦的大布袋沿麦场走一圈,脸不红气不喘;有人步行一百多里路到邻县赶集,当天来回不喊累;一个劳力一天向房顶扔两立方米泥土,依然谈笑风生不知疲惫,好像是被天赋神力。

我有位邻家二叔,身材高大,天生蛮力。有一次,他去邻县卖粮食,晚上拉着空地排车回家,在半道上遇到几个手持木棒的劫道贼。二叔虽手无寸铁,但不舍养家糊口的血汗钱被人劫去,情急之下两臂架起车杆,把上百斤重的地排车耍得团团转,几个劫道贼被惊得目瞪口呆，纷纷抱头鼠窜。

　　力士们大都身体强健、性情质朴、心思纯正，受人喜爱。中原人以简单朴实为美，做事简单利落、不拘小节，喜欢直来直去，不喜欢拐弯抹角，最厌恶绕圈子、使绊子。人们讲求血性刚强、行侠仗义，所以豪爽之人备受推崇。《水浒传》里介绍人物，一提到赤条条一条大汉，必是心胸旷达、不拘小节的磊落好汉；一提到五短身材、尖嘴猴腮的，往往是善用心机的势利小人。

　　中原人秉持的坦诚、率直、大气，是一种合乎天道的纯真和阳刚，是一种至高的人生境界。

猎　兔

儿歌曰：二大爷，打长枪，野兔一见心发慌；二叔叔，枪筒短，老鸹一见翅膀软；二哥哥，放狗咬，黄鼠狼子跑不了；俺小妮儿，跑不快，坐在家里吃好菜，先吃一口兔子肉，再吃一个老鸹蛋，黄鼠狼子俺不吃，扔到场里吓小鸡儿。

进入冬季，粮食归仓，柴草堆垛，忙活了一年的庄稼汉到了清闲的季节。一些人总闲不住，便想法打些野味改善生活。猎兔，就是他们最喜欢的一种活动。

湖泊荒滩上一片枯黄，老鸹、野鸡扑棱着翅膀忙着觅食，野鸭、野雁在湖面上戏水。这些鸟儿一直吸引着猎人们的目光，但它们数量不多，且善于飞行，猎人们往往难以靠近。

这个时候，野兔体形肥硕，不时在枯草中出没，没有了庄稼遮挡，正是人们捕猎的对象。狗是兔子的天敌，只要看到兔子的身影，狗就兴奋异常，猛扑过去，一路紧追不舍。然而，普通的看家狗腿脚短小，根本不是跳跃狂奔的野兔的对手，往往越落越远，只有气喘吁吁"望兔兴叹"的份儿，根本捕捉不到兔子。

农人们专门饲养的一种捕兔的猎狗叫细狗，腿长腰细，吻尖眼亮，个头高大，狂奔似飞，是捉兔子的好手。看到兔子的身影，它便一路穷追不舍，待靠近猎物，用爪扑倒，便咬住脖子，赶回猎人身边邀功。主人自是喜不自禁，对狗夸奖一番，把兔子放进褡裢里。

以前，猎人们有时也会背上自造的"长苗子""牛拐腿"猎枪，在枪里装进自造的黑枪药，在枪筒里囤上铁砂子，隐蔽在坑洼处。待目标靠近后，马上点着火捻子，噗的一声，枪药便把铁砂子从枪筒里扇面形发射出去，因为辐射面大，所以很容易击中猎物。

春天捕捉的兔子，吃的大都是青草嫩苗，兔肉有一股草腥味儿，口味不佳。冬天捕捉的野兔，吃的大都是粮食籽粒，膘肥体壮，兔肉也香喷喷的，让人唇齿生津。

捉黄鼠狼

儿歌曰：黄鼠狼，跳三跳，您的小鸡儿啾啾叫。吱吱叫，做啥哩？您的小鸡儿叫吃哩。吃谁哩，想吃您家三妮儿哩。

黄鼠狼学名黄鼬，通体棕黄色，四肢短小，身体狭长，面部一对乌黑闪亮的眼睛，身后一条长长的尾巴，行动迅捷像一溜烟，爬树翻墙如履平地，一般夜间活动。

秋收以后，地净场光，颗粒归仓，田间的鼠类也躲藏到深深的洞穴里不出来了。本来喜欢在田间捕捉野兔、田鼠的黄鼠狼，便时常光顾农家院落，咬死鸡鸭等家禽，引发人们的愤怒和声讨。

黄鼠狼的皮毛柔滑，旧时候人们除了用其做裘皮衣外，还用来做画笔。捉到一只黄鼠狼，也就等于发了一笔小财，因此那时村中便有不少人打黄鼠狼的主意。人们发明了带机关的木笼、铁夹子、绳套等专门去捕捉它。还有人专门用枪猎杀黄鼠狼。他们带着土枪和手电筒，夜晚蹲守在柴草垛、乱石堆等洞穴旁，看到黑影出没，便用手电筒的强光照射，趁其惊魂未定之际，猛然开枪射击。

以前，在民间，很多人称黄鼠狼为黄仙，认为捕杀不得。邻村有个青年擅长用土枪捕杀黄鼠狼，着实卖了不少钱。一天夜晚，一只黄鼠狼被这位青年击伤，一瘸一拐地跑进了山林。青年循迹追踪，却见惨白的月光下，漫山遍野都是黄鼠狼，它们有的在树上，有的趴在岩石上，向他张牙舞爪，嘶嘶发声……这个青年吓坏了，只好抱头逃窜。回家后，他神情恍惚，喃喃自语，喜怒无常，不吃不喝。自此以后，他再也不捉黄鼠狼了。

由于人类的猎杀及对黄鼠狼栖息地的破坏，现在人们已经很难见到它灵动的踪影了。如今，黄鼠狼已被列为国家保护动物。

卖小鸡儿

儿歌曰：二嫂子，买小鸡儿，黄头黄翅黄脚趾；二婶子，买小鸭儿，黑嘴黑尾叫喳喳；二大娘，买小鹅，长腿长嘴长颈脖儿；二姐姐，她不买，捧着小鸡儿来回摆；二大爷，站着看，小鸡儿小鸭儿听他唤；卖鸡的，眯眼笑，小鸡儿小鸭儿变钱票儿。

在生活困难的年代，农村家庭没有额外收入，养上一群鸡鸭，收获的鸡蛋、鸭蛋，不仅能改善伙食，而且能卖些零花钱贴补家用。

每当阳春三月，小鸡儿出壳，卖鸡人便开始用又长又软的扁担，挑起装小鸡儿的竹编筐，大步流星地赶集上店，走街串巷，叫卖鸡苗了。"小鸡儿来了，卖小鸡儿……"声调绵延悠长，音色婉转嘹亮，给沉寂的乡村带来了生气和憧憬。

每到一村，卖鸡人用长长的条席围成一个大圆圈儿，把毛茸茸的小鸡儿往里一倒，再吆喝几声，村上的闺女媳妇便围上来，你挑我拣，好一阵热闹。有的专挑活泼好动精神头儿好的，这样的鸡雏不容易生病好养活；有的专挑花纹别致的，说长大后是一只绒花鸡，生蛋多；有的专挑浑身乌黑的，说若是公鸡，长大后能熬汤补身体，若是母鸡，长大后生的蛋能益气补肾。更有善于观察的婆婆，根据雏鸡的目光神态就能辨别雌雄，这才是真正的高手，往往被人请来给"掌眼"，其所挑的小鸡儿长成后往往是母鸡。

买卖小鸡儿的交易门槛很低，有钱的交现金，没钱的可用粮换，暂时没钱没粮也可赊账，买鸡人报出自家当家人的姓名，先记上账，待秋后再来结账。因此，家中的婆婆、媳妇、姑娘都能当家买上几只，场面拥挤热闹。

如今，大多数人搬进了楼房，自然没法儿养鸡了，有庭院的庄稼人也讲求卫生，不再散养土鸡了，吃上笨鸡、笨鸡蛋变成了一种奢侈。雄鸡报晓的乡居生活，已经越走越远，逐渐变为一代人的美好回忆了。

赛驴车

　　歌谣曰：毛驴儿车，胶皮袋儿，晃晃悠悠走不快，一天挣个十来块，管他大寨不大寨。拉地排的背上襻儿，给个大官也不换。拉地排的卸了车，就着烧鸡把酒喝。

　　20世纪六七十年代，社会机械化程度不高，在乡村，毛驴儿车是主要运输工具。一个农村家庭如果能有一辆毛驴儿车，种田之余还能挣点外快，就称得上殷实富足之家了，在邻里乡间受人尊重，子女定媒娶亲自然也不用发愁。

　　毛驴儿车用途很广，有的拉砖、拉瓦、拉石头、拉黄沙，有的拉柴、拉草、拉粮食、拉棉花。公路边，土道上，放眼望去，一长串儿的毛驴儿车队，慢悠悠地行进着，也是乡村中一道亮丽的风景线。拉货时，通常是车主驾车，毛驴儿在前面拉着缰襻，一路洒满车主的责骂吆喝声。晚上，毛驴儿车一般也很少歇息，直到趁着月光把货物送到目的地才算了事，免得天有不测风云，耽误行程。

　　返还的时候一般都是空车，由毛驴儿驾车，车主则坐在车上休息，最是清闲自在。有时返程赶上白天，车主们来了兴致，就会进行飞车比赛。随着一声吆喝，十几辆驴车便像离弦之箭飞奔而去。此时驾车的把式们，站在车上，双手紧握缰绳，口中不停地叫喊，神情之高傲、气势之恢宏，犹如冲锋陷阵的将士。如果哪辆驴车能一骑绝尘，夺得冠军，车主人心中那种自豪感，绝不亚于打了胜仗凯旋的将军。

　　幸福是一种能力。即便再紧张的日子，我们也能从中寻得悠闲；即便再困苦的年代，我们也能从中获得乐趣；即便再苦涩的岁月，我们也能从中品味出甜蜜。

野 炊

儿歌曰:松松腰,瞪瞪眼,一顿喝他八大碗,一顿吃上三斤饼,推车挑担劲头儿猛,一顿吃上五斤馍,劲大赛过驴马骡。

早些年,农村缺少大型机械,建筑工地拉石运沙、拉砖拉瓦、拉木料等,都由乡村的运输队完成,花费少、速度快。

运输队以地排车为主,一人一辆车,一车可拉上一两千斤,装车卸车都由拉车人完成,被人们称为拉脚。有时,拉车人为了避开炎炎烈日,晚上也要摸黑赶路,即使拉到大半夜也要完成任务。条件好的有头小毛驴儿拉偏绠,要轻松许多,但大多数人家买不起,只靠手扶肩拉,拉起车来气喘吁吁,步履沉重。

当时路上没有饭店食堂,即便有饭店也吃不起,他们每人都随车带着餐具、干粮和柴草,有用水桶改造后的灶台、黑铁锅,便就地取水取柴,开始野炊。拉车的壮汉子们饭量也特别大,一顿可吃满满一锅面条或面疙瘩,要么就烧上一锅稀饭,再泡进去五六个窝头儿。他们很少吃炒菜,只用随身带的咸菜下饭。吃过饭,他们都习惯松松腰带,抽上一袋旱烟,然后拉着车,一晌儿二十里地便出去了。

那个年代的野炊情景，与当今人们户外踏青的野炊相比，虽没有丰盛的美味、抒情的乐曲，却让人回味悠长。

风中行车

　　儿歌曰:北风紧,沙滚滚,俺拉地排运石磙,石磙分量千斤重,不挂风篷拉不动。南风刮,热汗洒,俺拉地排运砖瓦,挂上风篷车子轻,一夜南京到北京。

　　20世纪六七十年代的农村,交通不够便利,汽车、拖拉机等机械化设施不普及,地排车是主要的运输工具,拉粮草、运砖石,拉石灰、送木料,都需要地排车。

　　乡村的公路上时常可见一排排带着风篷的地排车,顺风时,拉车人把风篷展开,挂在车帮上,借助风力,拉起车来就轻松许多。逆风时,他们会把风篷收起来,放在地排车上,也不增加多少分量。一些逆风而行的拉车人,看到对面过来的拉车人顺风顺水、举重若轻的姿态,就会流露出钦羡之情。

　　空车返回,如果赶上顺风,拉车人会将两辆地排车的车杆交错在一起,挂起风篷,地排车便借助风力,自动行走起来,犹如动力车,只要一人坐在两车车杆围成的空隙中,不时用脚尖儿点地控制方向即可。拉车的人,这时便成了坐车人,任清风拂面,吹干满脸的汗渍,吹去一身的疲惫,吹去所有的忧烦,那飘然若仙、悠然自得的神态，让每一个路人都羡慕不已。

　　古人讲：圣人知时识势，因时用势。对待生活，顺应时势，尤为关键。生命的大河中，有时我们需要逆流而上，砥砺前行，成就心中的梦想；有时我们需要顺流而下，踏浪高歌，尽情享受生命的惬意愉悦。

摇辘轳

儿歌曰：咕噜噜，摇辘轳，摇上井水一笸斗。端起笸斗的水，喝进小小的嘴儿，小小撇了撇嘴儿，唱一段辘轳曲儿，曲子唱给老井听，老井的水儿清又清。

20世纪五六十年代，农村用不上自来水，吃的水用的水全部来自街边巷尾的水井。北方地区地下水位深浅不一，水位较浅的，人们可以直接用扁担打水。打水人抓住扁担的一端，把另一端的水桶放进井中，一摇一晃，水桶在井里翻一个筋斗，就装满水了。打水人用力将其提出水面，再如是打满另一只水桶，然后担起扁担健步如飞地挑走。这种操作简单直接，不怎么费事儿，也用不到辘轳。

水位较低的地方，一般井都比较深，用扁担打水或者用井绳取水就不方便了。人们便安装上辘轳取水。辘轳是镶嵌在井壁石板上的一个能够转动的木头圆轮。人们在圆轮上缠绕绳索，圆轮一端连接一个直径较大的摇柄，再摇动手柄就可以操纵绳索上下。人们将空桶拴在绳索上，将长长的绳索缓缓放下，汲水后再使劲儿摇动辘轳，把水桶提升到井口。对此，有人编造了一句歇后语：

打水摇辘轳——抓住把柄了。

用扁担打水，需要技巧，弄不好把水桶掉进井中的也不少见；用井绳拴上水桶提水，有可能失足掉进深井不说，手还会被井绳勒得红肿脱皮。摇辘轳虽然麻烦些，然而毕竟安全省力，用手柄摇上摇下的，也蛮有趣味，深得我们这些孩子喜爱。

绿荫树下，古井台前，抚摸着老旧的辘轳，品尝着清凉的井水，不得不佩服先人"以直为曲，以曲为直"的智慧，把直来直去的、费力的、不好操纵的，改变为圆形的、曲线的，就好操纵了，就省力了。

老井撬杆儿

儿歌曰：长撬杆儿，一头沉，砣子像脸盆，闺女用它去打水，满满一笤不觉沉，小小用它去打水，人小没有砣子沉，老头儿用它去打水，帽子挂到半天云，生气不用撬杆儿吧，井深笤沉累死人。

早些年，村上没有通自来水，也还没有压水井，吃水便只能到井上去挑。

当时工业用水少，地下水丰沛，水位浅，水井也大多不深。男劳力们干脆用扁担钩住水笤，一摇一晃，趁势往下一放，水笤里便灌满了水，提上来，用扁担往肩上一摞，便大步流星地挑走了。

也有一些人家，男劳力不在家，老人、妇女、儿童汲水很是困难。听奶奶讲，当时爷爷当兵牺牲得早，父亲在新疆支边，奶奶是小脚，水笤自然担不动，每天便提一个小瓷罐，到井上打水，一天要往返好几次。有时井口湿滑泥泞，望着黑洞洞的井口，奶奶心里总是战战兢兢，生怕一不小心掉到井里。

也有的村庄，为方便妇女、孩子打水，在井旁设一撬杆。撬杆被绑在固定的木架上，一头缀着一块大石头，另一头则连着井绳。力气小的取水时，把水笤拴在井绳上，向下拉动井绳到水面灌满水,向上提水时借助撬杆的张力就轻松许多,这样老人、孩子、妇女也能完成打水的任务。

　　如今,村村通上了自来水,人们再也不为打水发愁了。乡村的老井也干涸废弃了,只有它滋养过的老年人,还时常回忆起它的甘甜,还有那脉脉的清波。

菜 园

民歌曰：一亩园，十亩田。一口井上一水车，一个把式活儿多。豆角茄子黄瓜长，韭菜眉豆笋瓜黄，天天有菜下饭快，余下就去上集卖。

20世纪六七十年代，村队实行集体化，每个生产队是一个生产单位，社员们集体出工劳动，粮食根据工分、人口进行分配，活儿累，产量低，收入少，人们打不起精神。唯有生产队的菜园，菜蔬青翠，瓜果飘香，隔几天家家户户就能分上一次蔬菜，这既丰富了社员们的餐桌，又为单调的生活增添了许多滋味儿。

生产队的菜园是个人人喜欢的好去处，黄瓜、茄子、辣椒、眉豆、冬瓜、白菜，样样好看又好吃。侍弄菜园的，多是年龄偏大的老农。他们神态安详，手脚利索，是管理菜园的老把式。小孩子们放学后也爱往菜园里跑，因为那里正有鲜鲜嫩嫩的黄瓜、红红黄黄的西红柿等着他们呢。看园的老者眼光犀利、心地透彻，哪里有什么瓜果，茄子长啥样了，西红柿是否泛红，黄瓜是否适合采摘，他一概心知肚明，你想往割草的篮子里偷偷放个瓜果，总逃不过他的眼睛。至于有人摘少量黄瓜、西红柿现场吃了，他倒是睁一只眼闭一只眼不去管。

生产队的菜园里，都有一口水井，无论牛拉还是人推，总能把菜园灌溉得绿苗苗壮、瓜果丰美。我们这些下地割草的孩子，总喜欢在瓜园的凉棚下逗留、玩耍，享受它的清幽。

在那贫瘠荒凉的岁月里，菜园真是大人孩子们心中的一片绿洲。如今，瓜棚豆架在我们的生活中已渐行渐远，当我们回首过往岁月，依然会感受到它的安谧与清凉。

秋雨沥沥

儿歌曰：秋雨下，瓜长大；雨绵绵，枣儿甜；秋日雨涟涟，不忙活，不种田，坐在炕上扯闲谈，日子过得赛神仙。

进入秋天，百草结籽，瓜果飘香，农作物田间管理工作基本结束。下起淅淅沥沥秋雨的日子，就是庄户人家的清闲时节。

经过一个夏季的闷热，清凉的秋雨总是惹人喜欢。孩子们最是闲不住，没有雨伞，没有雨衣，他们顶上一块油毡纸或塑料布，相拥着去听风，去看雨。有的甚至直接跑到雨中，蹦蹦跳跳，尽情地让雨水淋个痛快。"淋一淋，长一长"，他们也像雨中的小树，在雨中尽情舒展腰身。

大人们则披上蓑衣，穿上木屐，去田野转转。看看庄稼长势，听听蛙的鼓鸣，他们心里就踏实。他们热爱这片土地，看看凝聚着汗水的禾苗拔节抽穗，想想秋后的收成，就是他们心底朴素的幸福。

秋雨连绵，村民们闲来无事，就聚在一起抽烟、摸纸牌、拉家常。他们谈收成，谈孩子，家长里短，天马行空，悠闲自得。到了吃饭的时候，如果雨还下个不停，主人就会说"人不留客，天留客"，那就坐在一起喝上几盅，炒上几个鸡蛋，煮上一碟花生米，炖上一盆麻辣豆腐，几个普普通通的家常菜，一群憨厚朴实的庄稼汉，把酒话沧桑。门外雨声淅沥，屋内酒菜飘香，大家诉说心事，争论见解，诙谐调侃，嬉笑怒骂，不时有笑骂声飘出屋外，这才是典型的"农家乐"。

然而，这样的光景在当今农村已难以见到了。现在的人们日日忙生意，想方设法赚钱，早没有了喝酒聊天的闲情雅致，以致整日行色匆匆，总也追不到幸福的影子。

慢慢地人们才会发现，幸福只是一种感觉，必须用宁静的心灵去体会，在古朴的田园中，在简陋的炕头上，在工余的小憩中，一样能与幸福撞个满怀。

毕竟，世上的幸福，不是只有荣华富贵，还有岁月静好！

石灰窑

儿歌曰：烧石灰，运石灰，小三成了个小白猪儿，光剩俩眼儿乌乌黑。石灰装到大车上，吱吱呜呜到汶上，汶上盖个三官庙，不敬和尚敬老道。老道指指石灰窑，石灰烧成了大石槽。

庄稼人说的石灰，也就是生石灰，是由石灰石煅烧而成的。在水泥被发明制造前，先人兴修高台楼阁，打堤筑坝，就用石灰膏黏结砖石，坚固耐用。

煅烧生石灰在我国已有悠久的历史。3000多年前的殷商时期，帝王建造巨大的宫殿亭室，就用到了石灰。石灰窑是煅烧石灰石的窑炉，分为窑口、窑膛、出气口儿。壁室庞大，一般依傍山坡建造，便于取材和运输。

旧时烧制石灰并不容易，没有煤炭，只能用柴草，一车车小山似的柴草才能烧制一窑石灰，使得当时石灰很是金贵。20世纪六七十年代，煤炭被广泛用于石灰烧制。人们在窑内填入一定比例的石块和煤炭，用柴草点燃煤炭，对石灰石进行煅烧，再经过几天冷却，然后将石灰卸出窑外就可以了。

烧石灰讲究技术，一是选择的石灰石要好，原料质量高，烧出的石灰质量才好；二是火候要把握好，一般要将温度控制在850～1200摄氏度，火候不到，烧出的石灰就"生"，活性不够，而如果火候太过，则不仅消耗燃料，而且容易把石灰烧焦，让石灰失去活性。

石灰窑由于耗能多，劳动强度大，成品率低，污染严重，现在已很少运转了。不过，一块块普普通通的石头，坚硬冰冷，经过高温煅烧，就变成石灰，遇水就热气腾腾，变为柔软的白膏，这不得不让人感慨大自然中蕴含的玄机之无限。

秫秸垛

儿歌曰：秫秸垛，垛秫秸，一个一个垛当街。新娶的媳妇儿跟前过，理理罗裙匀匀腮。行路的挑子跟前过，打打瞌睡发发呆。年轻的"八路"跟前过，唱起歌儿把会开。小妮儿爬到垛顶上，抓朵云彩不松开。

高粱这种农作物，因产量高、虫害少，深受庄稼人喜爱。五六十年前的华北大平原上，一望无际的青纱帐，遍野翠绿，接天连地，是一道亮丽的风景线。

种植高粱非常辛苦，"要吃高粱面，扒出根来看"，嫩苗弱小时，为了除草保墒，至少要锄个七八遍。待夏季苗儿喜得一场透雨，就会拧着身子向上长，老农们站在高粱地头，就能听到咯吱咯吱的拔节声。

待到深秋，高粱成熟了，农人把高粱连根砍倒，用镰刀削去高粱穗，把秸秆晾晒在地里，是为秫秸。秫秸的用处很多，可以打箔、搭屋、夹篱笆。秫秸一般被成捆存放，一捆捆竖立的秫秸，便搭成一个秫秸垛。庄户人家有的把秫秸垛在靠墙的地方，有的把秫秸搭成圆锥形，这样，秫秸之间就形成了一个窝棚空间。一个个小窝棚，成了孩子们的好去处，他们在那里玩耍、打闹、捉迷藏。

秫秸垛也是孩子们储藏秘密的场所，他们把舍不得吃的瓜枣藏在秫秸垛里。有时，受了委屈的孩子躲在秫秸垛里待上两个时辰，掉几滴眼泪，哭上一会儿，也算是一种对心灵的疗愈。在月明星稀的夜晚，也可以一个人静静地躲在秫秸垛里，扒一个热窝儿，托着下巴，望着光洁的月亮，想想少年淡淡的心事儿。

秫秸垛还成了村上年轻男女谈情说爱的好去处。相爱的男男女女没地方去，就躲到房前屋后的秫秸垛里说说悄悄话，表达爱慕之情。那里既严实又暖和，很有情调和氛围。

乡村的秫秸垛，发生过很多故事，有欢快的、甜蜜的，也有悲凉的、凄惨的，如今都被岁月定格成一幅幅精美的风俗画，鲜活地存于我们儿时的记忆中。

后 记

　　我从小在农村长大，一直对儿时的乡间生活深怀眷恋，那袅袅的炊烟、松软的草地、潺潺的流水、弯弯的小巷、光净的打麦场，都印刻在了我的脑海中。与小朋友一块儿逮蝈蝈、打"瞎驴"、捉迷藏、打坷垃仗，我在游戏中释放了少年的热情，完成了心灵的初步成长。那时虽然生活并不富裕，但我们单纯无忧，轻松自在。难忘那段天真烂漫的幸福时光，难忘那段值得回味的温馨岁月。

　　记得 2014 年春天，民俗画家王世会先生找到我，邀我为他的民俗画作写些配图文字。当时我十分犹豫。我素常喜欢哲思和抒情，不擅长写实。不过，随着年龄的增长，心态有了不少改变，我也逐渐认识到，风花雪月未必真的全然高雅，市井烟火中其实也蕴含着深沉的智慧和纯粹的快乐，于是欣然答应了世会兄的请托，与之合作创作的作品也开始被《今日梁山》报陆续刊发。

　　2016 年，在文友孔伟健的引荐下，《济宁晚报》开辟"中原民俗风情"栏目对图文进行连载。由二三十篇，到四五十篇，到一百多篇，栏目编辑换了一茬又一茬，文章发表也由每周一篇，到间周一篇，时写时停，断断续续，但我一直坚持了下来。2019 年，《菏泽日报》也开设"鲁西南风情"栏目，专门发表我们的图画和文字，到现在也发表近百篇了。在编辑老师的督促下，不知不觉已写了一百六十多篇，于是我才有了选出一部分出一本书的想法。

王世会老师的画作，大都取材于20世纪六七十年代的乡村生活。由于年龄的原因，我对儿时的游戏啊，农村的风俗啊，只经历过其中的一大部分，有些游戏只是看过其他小朋友做，自己没有亲自参与过，有些乡风民俗也是听朋友介绍的，写起来往往捉襟见肘，抓不住根本，写不出味道来，而且，部分游戏、称谓、民俗等已不符合当下情况，但因考虑到其有一定记录价值，所以我也一并予以收录，若有不到位之处，还请读者朋友批评指正。另外，由于教师出身的原因，总怕他人不明白，总想启发他人，所以，我在文末掺杂了许多哲思感悟，很有狗尾续貂之嫌，望大家海涵！

这本书得以出版，我要感谢著名画家、民俗学者马海方先生在百忙中作序，并给予肯定鼓励！感谢山东省散文学会的王海峰、宋登科先生将本书列入出版计划！感谢《济宁晚报》编辑刘静、王艳茹、张寒露，《菏泽日报》编辑王艳华的赏识和认可！感谢王世会兄长提供画稿，并收集整理书中绝大多数的儿歌民谣，为全书增色不少！感谢吕卫华、渠广潮对图画的编辑处理和对书中文字的校对！感谢一直以来对我的文字给予鼓励关注的亲人和朋友们！没有你们的偏爱就没有这本书的面世！

丁明烨

2023 年 2 月于水泊梁山

东师范大学文学院中国散文研究中心 · 推荐

当代散文新作荐读文丛

王海峰 主编

苜蓿花

王纪强

著

山东友谊出版社 · 济南

图书在版编目（CIP）数据

苜蓿花/王纪强著 . — 济南：山东友谊出版社，
2023.10

（当代散文新作荐读文丛）

ISBN 978-7-5516-2787-0

Ⅰ . ①苜… Ⅱ . ①王… Ⅲ . ①散文集- 中国- 当代
Ⅳ . ① I267

中国版本图书馆 CIP 数据核字 (2023) 第 152292 号

当代散文新作荐读文丛·苜蓿花
DANGDAI SANWEN XINZUO JIANDU WENCONG·
MUXUHUA

责任编辑：赵　锐
装帧设计：于晨虹

主管单位：山东出版传媒股份有限公司
出版发行：山东友谊出版社
　　　　　地址：济南市英雄山路 189 号　邮政编码：250002
　　　　　电话：出版管理部（0531）82098756
　　　　　　　　发行综合部（0531）82705187
　　　　　网址：www.sdyouyi.com.cn
印　　刷：济南精致印务有限公司

开本：880 mm×1230 mm　1/32
印张：57.75　　　　　　　　字数：1355 千字
版次：2023 年 10 月第 1 次印刷　印次：2023 年 10 月第 1 次印刷
定价：298.00 元（全 8 册）

苜蓿花开遍齐鲁（代序）

鲁先圣

　　淄博是块文脉旺盛的土地，不要说作为齐国故都时的兴盛，也不要说作为中国"短篇小说之王"蒲松龄故乡的文气，就现在活跃在文坛上的淄博作家的阵容，便让人对这方水土肃然起敬！散文家郝永勃、诗人谭延桐、小说家有令峻等，都是活跃在当今文坛上的淄博文字高手。

　　这些作家都是我的多年好友，有很多次，我这样告诉他们："淄博的山水和文脉哺育着一代代淄博作家成长，相信过不了几年，会有一批文学青年超越你们，走向淄博文坛的前台。"

　　在看到王纪强的散文集《苜蓿花》的那一刻，我立刻就为自己的判断叫绝了。这样质朴、厚重的文字，这样充满灵性的歌唱，这样清醒的理性思维，让我眼前一亮：又一个有实力的作家从淄博的山水中向我们走来了，走到我们的阅读视野中来了，走到文坛的圣殿中来了。

　　王纪强很谦逊地说："写了多年，奋斗了多年，该总结一下了。收拾一下自己的文学庄稼地，将那错综复杂的心情收拾得干净利落，出书也许就是很好的总结方式。"我赞成这样的说法——把文学当作自己人生的庄稼地。任何一个人，如果能将自己的事业像农民耕种自己的庄稼地一样，勤劳地去耕耘，他就一定能成为岁月的收获者。

"文学的旷野上，有株小花，已经足够了。在文学的旷野上，播种下一颗微不足道的种子，也能生长出一棵生机勃勃的苜蓿来。在文学的道路上还能走多远，我不知道，但看到家乡沟壑里那生机勃勃的苜蓿花，我仿佛得到了启示。走自己的路，走好每一步，也许是人生的真谛。"王纪强还很年轻，但是他对自己的人生却已经有了如此理智和清醒的认知，从这些诗一样的文字中，我们能够看到这个青年对人生的美好追求，对文学的一往情深，对梦想的渴望和从容。

我没有见过王纪强描述的他故乡沟壑里旺盛的苜蓿花，但是，我坚定地相信，这本集子仅仅是王纪强走向文坛的开始，他会在今后的岁月里，不断地给我们带来美好的作品。他文字中的坚忍和不露声色，他文字中的那份执着和锐利，会引领着他不断超越自己，不断走向新的高度。

目　录

记忆是一场旅行

《风吹四季》是于洪亮老师的作品。我小时候就知道于洪亮这个人，那时候我们家还没进城。我很早就听说他是临淄区的"笔杆子"。

1985 年，我们家"农转非"后进城，于洪亮在淄博四中教学，没有成为他的学生，成了我的遗憾。

我从小就喜欢写作，梦想当一个文学家。我最早的文学情结来自课本上的经典文章，鲁迅先生的《少年闰土》《社戏》《从百草园到三味书屋》《祝福》《孔乙己》这些作品给我留下了深刻的印象。

小时候我就想：什么时候我也能上绍兴，去百草园和三味书屋看一看？直到去年，我才终于逼着自己去了趟绍兴。

人生过去了 50 年，才知道岁月是难留的。时光匆匆如流水，值得我们记住的事有多少呢？

故乡是一个人永远也忘不掉的地方。倘若说，人生是一场戏，那么，故乡就是最初的舞台。谁的眼泪里没有故乡呢？

于洪亮眼里的故乡，余光中眼里的故乡，鲁迅眼里的故乡，老舍眼里的故乡，叶圣陶笔下的故乡，是什么样子的呢？这大概要从他们的作品中寻找。

读于洪亮的书有一种清新轻松的感觉。他的时光花园里，生长的都是生产队的那些事儿、校舍里的那些事儿以及当民办教师的岁月，有着朝花夕拾般的精彩。

在于洪亮笔下，他对故土的感触是细腻的，他的情怀是朴素的。故乡于他既是沃土，又是甘泉，故乡的土地上流淌着他的情怀、趣事和情调。

时光是镜子，也是曲子。故乡是一个人成长的舞台。《风吹四季》《地瓜儿子》《挨饿的滋味》《拾粪》里面写的事都是他亲身经历的。回忆是人生最宝贵的财富。

农村的那些事儿，絮絮叨叨，能让曾在农村生活过的人产生共鸣。锅碗瓢盆，衣食住行，都是岁月的回眸。

亲情，是一个人心中最朴素的感情。感情如丝线，你说，谁能说得清呢？

于洪亮用细腻的笔，写出了《家庭》《母亲》《老于家的幸福》《儿女们的心愿》《母亲的记忆》《岳父的百灵鸟》《坐席》这些农村过去常见的丝丝缕缕，这些农村最朴实的场景，是盛宴啊！

人生百味，哪能少得了苦辣酸甜呢？吃得苦中苦，方为人上人，一个人应该永远记得在故乡的经历。

一个人的成长过程，离不开家乡，也离不开自己的摸爬滚打。朋友、师生，酒事、机关见闻，期盼、反思，这些来自生活的细碎的素材，来自于洪亮多年的积累，体现了于洪亮写作的风格。

于洪亮也写了许许多多与人交往的往事，如与韩荣杰、路高德，与老乡、邻居……

真实的故乡，深情的人，这是于洪亮笔下的人间烟火。文字里那永恒的记忆，都是他在文学道路上跋涉的收获。

私以为，人生在世，唯有记忆最珍贵，唯有诗和远方最难得。

阅读经典

寸金难买寸光阴，当很多人沉迷于游戏与侃大山的时候，我却没有丢掉阅读经典的习惯。红色经典如美食、美景，让你欲罢不能。

有趣的生活从阅读经典开始，当洞悉这道理的时候，我已非少年。从那个年代过来的人，你还记得那让人热血沸腾的岁月里的杜鹏程吗？艰苦卓绝的延安保卫战如在昨日。《保卫延安》是杜鹏程的成名之作。正如评论家所言，杜鹏程一出手便显出大手笔的风范，从生活出发，撼人心魄。《保卫延安》是当之无愧的关于革命战争的艺术史诗。这好书你怎能不读呢？

《红日》是一部史诗，改编的同名影片，是我最早看得过瘾的电影。露天，人山人海，蔚为壮观。小说《红日》讲在解放战争初期，陈毅、粟裕指挥的华东野战军在山东战场粉碎了敌人的重点进攻，我军军长沈振新率领的一支英雄部队打出了威名。小说从 1946 年第二次涟水之战我军失利写起，到最后我军全歼国民党整编第七十四师，展开了一幅波澜壮阔的战争画卷。这是我乐滋滋地读的第二本红色经典。

多年之后我才知道梁斌是《红旗谱》的作者。小说主要围绕清末民初冀中平原两家农民三代人和一家地主两代人的尖锐矛盾斗争书写，以反"割头税"的斗争和"二师学潮"为中心事件，生动地展示了当时农村和城市阶级斗争和革命运动的壮丽图景。《红旗谱》描写了三代农民的英雄形象，其中跨越两个时代的农民英雄朱老忠，不就是我家乡父老的缩影吗？

《青春之歌》，我竟然读了不下十遍。小说描写了从九一八事变到一二·九运动这一时期的爱国学生运动，林道静这个人物形象栩栩如生，一直活在我的心中。

《林海雪原》在我童年、少年时代被热捧。哪个孩子不把它奉若至宝呢？都希望能够一睹为快。它让我记住了杨子荣、白茹、少剑波、座山雕等人物形象。小说讲述了在解放战争时期，一部分穷凶极恶的匪徒频频骚扰我后方普通群众，残杀无辜的老百姓，我人民军队奉命进山歼匪而发生的惊心动魄的英雄故事。《林海雪原》情节曲折惊险，故事引人入胜，细致深刻地再现了惊心动魄的剿匪斗争场景，堪称传奇。

《三家巷》写的是广州的事儿，将个人的成长道路、家族的兴衰沉浮与历史的风云变幻融为一体，描绘出中国革命初期既轰轰烈烈又错综复杂的时代画卷。

《创业史》的片段我最早是从课本里读到的。我读《柳青文集》则是十几年前的事。那时我无论酷暑严寒，都频繁地到淄博市图书馆借书，这借书的经历竟然长达十几年。就是在那个时候我津津有味地读了《创业史》。这本书让我走入了柳青的内心深处。《创业史》写了渭河平原蛤蟆滩上梁生宝领导的互助组的发展过程，真实地表现了在社会大变革中农民的思想、心理及人际关系的深刻变化。

《红岩》堪称红色经典。你说，像我这个年龄段的人，谁不爱读《红岩》呢？我连续五年去看渣滓洞、白公馆，每次都会重温这本红色经典。学生运动、地下斗争、集中营的狱中斗争，以及川北农村的武装斗争，在烈火中永生。我也曾不止一次地去红岩缅怀。《红岩》是我国当代文学史上的传世杰作，这部书与《大决战》《席卷大西南》《林海雪原》《淮海战役》等一样深深地影响教育了新中国无数青少年，被部分专家誉为"共产主义教科书""共产党人的正气歌"。

可以说，齐鲁人几乎没有不知道《铁道游击队》的，它是文坛上一部展现爱国主义的经典之作！刘知侠是我钦佩的作家，《铁道游击队》中刘洪、李正、王强的名字亦早已妇孺皆知。刘知侠笔下的《铁道游击队》写的是抗日战争时期在微山湖的真人真事。

《苦菜花》《山菊花》《迎春花》《沙家浜》《红灯记》《铜墙铁壁》，这些经典也是读来令人酣畅淋漓，如痴如醉。

读好书，好读书。风声雨声读书声，声声入耳；家事国事天下事，事事关心，我是深有体会的。对于读好书，我是如饥似渴的。当然，读书时的苦涩感觉，偶尔也会在我心底泛起。

中秋忆故乡

人前莫言酸，人后莫道馋。房前屋后，种瓜种豆……谈起故乡的那些事儿，乐得如那笸箩里的枣儿，撒着欢儿！

八月摸个秋，摘柚抱瓜不算偷。到中秋，赛摸秋。

过往是醉人的陈酒，过往是迷人的风景。有关中秋的话题，你说，能绕得开故乡吗？

在故乡的中秋，倘若能听上一段《甘露寺》，那庄户人心里就是美滋滋的，奶奶那些老人说这是件美事儿。那些动人心弦的唱词如今我还倒背如流。

"劝千岁杀字休出口"，嘿，在生产队时期，社场里的戏台上，只要上演京剧《甘露寺》，庄户人心里就会泛起波澜。

"劝千岁杀字休出口，老臣与主说从头……"

中秋节这天的美食，照例是一人分的一块月饼。瞅见那包着油纸的月饼，哪个孩子不眼馋呢？眼巴巴地想吃啊。其他的佳肴没有，那一顿能让人吃得滚瓜肚圆的饺子，是盛宴，是大餐啊！

馋，这个字，只可意会不可言传。过去在农村，都是如此说道：有些事，可以存在，却不能说。谁不馋呢？面子上过不去，那就羞于言馋。馋不馋，是老人评判孩子有没有教养的标准。

八月十五的月饼，在我的家乡过去只有一种口味，花生枣泥的。一人一块，想多吃多占简直是白日做梦。看到奶奶放在木龛里舍不得吃完的半块月饼，我们惦记了好几天，最终也偷吃了。冬天镇咳用的雪梨，奶奶偷着埋藏在麦子瓮里，好保鲜，也被我们偷吃了。事发后，总要追究，找罪魁祸首。我们事前定好了攻守同盟，打死也不说，最后就找个借口，说是老鼠偷吃了。老人不信，我们众口一词："老鼠油都偷，何况是梨呢？"老人罢休了，反而冤枉了这老鼠。

前几日，回老家送别小婶子，在白公事的宴席上拉呱。看到那掺杂着玉米面的卷子，我对二哥说："过去，五奶奶会过日子，你可吃过不少这种干粮。"二哥无言以对，一副酸楚样子。

蟹肥菊黄，是我进城后才有的中秋感触。

"八月桂影连灯影，人间秋夕祭月夕。"可惜，在童年时代虽然也赏月，却没有如今这嗜好诗词歌赋的劲头。

如今说起那个年月，母亲还耿耿于怀。我家是奶奶当家，老太太当家做主，我母亲这儿媳妇只能落个听吆喝做事的命。她经常要去集上卖鸡蛋，油盐酱醋以及我们的本子、笔啥的，都靠那只下蛋的鸡。

奶奶心算是一把好手，几斤鸡蛋，她称好。这鸡蛋七毛钱一斤，总共能卖多少钱，她心里明镜一般。

粮食呢，金贵，不遇实在过不去的难关是舍不得卖的。倘若要卖，也是去桐林集。奶奶是小脚老太太，远路她走不了，就安排我母亲这儿媳妇去。

有一次，母亲卖鸡蛋回来，向奶奶交账，差了几分钱。奶奶追问："是不是人家给掉了秤？还是丢了？"母亲很委屈，婆媳俩对不起账来就生闷气。还是母亲去邻居家，把同去的公胜大娘给找了来，丁是丁，卯是卯，把里边的原因给找出来，这事儿才算过去了。如今母亲说起这些，还委屈："你奶奶，那可不是省油的灯。"

会过日子，那就是敲骨吸髓式样的。不会过日子，那就是寅吃卯粮，比捉襟见肘还难堪。

过日子，是老家的老人们聊不完的话题，是他们一辈子孜孜以求的。谁不过日子呢？

岁月的恩赐，时光的写照

近日，年近八十高龄的胡教授，四处奔波，搜集资料，编辑出了《癸酉刘氏家乘》《刘石君篆刻作品选》，并邀我为《刘石君篆刻作品选》写序。

人是有自知之明的，我很少为人写序言、跋语之类的文章。迄今为止，我也只为苏州文友韩树俊老先生及淄博聊斋城的杜澍写过跋语。

接到胡教授的邀约，我心中很忐忑——为人写序，是烦琐的，没有金刚钻，还真不敢揽这瓷器活儿。这邀约若是别人发出，我定会委婉拒绝，但为了我五次重庆之行与胡教授的相遇、相知、相惜，为了对胡教授淄博之行的回味，我没有推托的理由。

说实在的，作为一个对文学艺术追求了近四十年的人，我为他人作"嫁衣"多年，也读过不少书，对艺术文献之类如《刘石君篆刻作品选》，的确有着异于别人的浓厚兴趣。

刘石君，清朝江苏泰州人。泰州，春秋战国时期先属吴国，吴国被越灭后属越国，越国被楚灭后属楚国海阳邑。

泰州"州建南唐、文昌北宋"，文化底蕴深厚、城市文明悠久，自古以来就是文风鼎盛之地，曾涌现出胡瑗、施耐庵、陆西星、刘熙载、郑板桥等一批文学家，当代活跃在文坛的泰州籍文字高手亦有毕飞宇、王干、费振钟、朱辉、祁智、韩青辰、周桐淦、庞余亮、刘仁前、刘春龙、顾坚、沈杏培、黄跃华、李明官、庞羽、陆秀荔、寂月皎皎等。

文字与篆刻，是互通的。生活在这块文脉旺盛之地的刘石君以刀为笔，将之作为毕生的梦想去追求，去发扬光大。他倾心于篆刻，一辈子钟情于自己的方寸之地，持之以恒，取得了骄人成就。

在中国漫长的历史中，篆刻艺术一直被视为中华文明的瑰宝，在三千多年的悠久历史中，篆刻这门传统艺术不断被发扬光大。大篆也好，小篆也罢，其力透纸背的张力是让人震撼的。

我们每一个人无不在创造着历史、实践着梦想、丰富着真知。我们的前辈是如何走过历史的，我们有必要记住，也有义务进行记录和传承。而篆刻这门有着无形生命力的艺术，作为文明传承的一种手段，也在以其特有的方式，记录着历史的足迹。

犹记得，那个六月，我开启南方之行，从齐鲁大地一路经过了上海，浙江的天台、仙居、杭州、绍兴，湖南的株洲，江苏的盱眙，有幸在博物馆里见到了那些堪称古典精华的篆刻作品。我忍不住感叹：方寸万千，篆刻真乃一大雅事，只是，篆刻里的微妙事、深层次的构想，我们这些局外人恐怕很难探知吧！

篆刻这门如此高深的艺术，对我来说，领会起来实在困难，而且文言文我已有三十三年不读了，现在读起来，颇感费力，想要洞明《刘石君篆刻作品选》中的非常意义，更是难上加难。面对《刘石君篆刻作品选》中的那些文字，我困惑了一段时间。但好书耐读，一旦读进去，你就会生出"踏破铁鞋无觅处，得来全不费工夫"之感。"山重水复疑无路，柳暗花明又一村"，这里面的愉悦，是无穷的。

《刘石君篆刻作品选》里收录的刘石君篆刻精品，令人叹为观止、拍案叫绝，从这些篆刻精品中，我们能够看到刘石君对人生美好的追求，对生活的一往情深，对人生梦想的渴望和追寻梦想的从容。走自己的路，走好每一步，也许就是刘石君想要表达的人生真谛。

这部《刘石君篆刻作品选》，我读了三遍，颇费了一番功夫，但获益颇多。

沿着《刘石君篆刻作品选》描绘的蜿蜒曲折的道路，我看到了刘石君的传奇人生。

透过《刘石君篆刻作品选》，我与一个个鲜活的先人交流，他们足迹蜿蜒，他们经历坎坷，是我们学习的榜样。

在《刘石君篆刻作品选》中，有一根若隐若现的名为"情"的线，在牵扯着我的思绪，让我沉浸其中，难以自拔；在《刘石君篆刻作品选》中，有一种面对艰难曲折，依然对艺术、对学问孜孜以求的家风，让我感慨万端。

好印之好，首在情感真实而饱满，能感动自己，也能感动他人；其次是识，其中有不可知之事，不能感之物，能拓宽观者的视野；其三是思，发前人之忧思也罢，抒今日之情怀也好，能让观者从中读出一种浑厚的声音。其他就是为以上种种服务的语言、技法，等等。

窃以为，《刘石君篆刻作品选》中的篆刻精品，上文所说的好印要素皆具，不乏神来之笔，是美的荟萃。艺术来源于生活，又高于生活，篆刻的素材莫不取于生活。好的篆刻作品，为什么那么鲜活？因为它是有源之水、有本之木。刘石君的篆刻精品便是这样——字字真纯，发乎于生活，发乎于本心，其间蕴藏的坚忍和不露声色、执着和锐利，令人心潮澎湃。

从这些篆刻作品中，我们能感受到刘石君的认真专注，感受到他对篆刻艺术的真挚情怀，相信刘石君和他的作品，会引领着后人不断超越先贤，不断走向新的高度，不断创造新的辉煌。

人人是老师，处处皆学问，门门有奥妙，透过《刘石君篆刻作品选》中翔实的数据、浩繁的资料，我的感知恰如李商隐《咏史》中所说的一般：

历览前贤国与家，成由勤俭破由奢。何须琥珀方为枕，岂得真珠始是车。运去不逢青海马，力穷难拔蜀山蛇。几人曾预南薰曲，终古苍梧哭翠华。

人生总要留下点什么的，《刘石君篆刻作品选》既是对时代的记录，也是历史的缩影，弥足珍贵。岁月不居，我们总要老去，唯有这艺术是常青树。

炉火纯青、登峰造极这样的词汇，我是慎用的，但我觉得刘石君的篆刻作品值得被这样评价。我坚信，这本《刘石君篆刻作品选》的出版是刘石君的篆刻作品走向新生的开始，在今后的岁月里，它们会不断地给我们带来美好的期待。

写到最后，我想送给胡教授和所有为《刘石君篆刻作品选》付出心血的同仁一句话：唯孜孜者到天明，观《刘石君篆刻作品选》，欲罢不能。

想了解篆刻？那就从读这本《刘石君篆刻作品选》开始吧！

三人行，必有我师

通过学习《师说》，我们了解到传道授业解惑是老师的职责，但是我想，除了这些，在对于人生要追求何种境界方面，老师亦为我们树立了标杆。

抚今追昔，人生的师者，还能让你想着的，有几个呢？

（一）继勋老师

我喜欢听阿炳的《二泉映月》，每当听到这委婉的曲子，思绪便不由得飘回故乡。

二胡，二哥，民办老师，写家，这些词汇排在一起，眼前就晃出一个可亲可敬的二哥来。

二哥继勋，是老家"继"字辈中的老二，对我家来说是属于"一根枝"的未出"五服"的自家人。印象中的二哥嗜烟，1.75 米的个子，长脸，浓眉，胡子拉碴。二哥在新中国成立初期于青州师范毕业，在敬仲北石桥一带担任教师。他的民办老师身份持续了 45 个春秋。二哥是一个典型的"工分教师"。二哥教的是语文课，极其认真，后来还带过多年的音乐课。他很少训斥学生，少有话语，但说出一句话总能使平时调皮捣蛋的孩子心服口服。记得小时候，炎热的七月天，孩子们常下湾游泳，二哥课前虽苦口婆心强调不要下水，但我们这些小学生却总是听不进去。往往在下水后，玩得正起劲时，不知谁喊了一声："哦，裤子怎么不见了？"回头一看，原来是二哥在收裤子。大家一个个光着屁股，跑到烟叶地里藏匿起来。回想起来真是好笑，但老师对我们的关心情状却历历在目。

二哥兄弟二人，都是教师。大哥继增对学生的严厉是出了名的。他如今80多岁了，儿子、儿媳妇等还被他管得拘束得不得了。二哥却截然不同，他的宽厚在梧台三乡五里是出了名的。做老师的二哥有很长一段时期，是到学生家吃派饭的（由学生家家户户轮流管饭），每家每户都是尽量好酒好饭伺候着。那时正处于艰难时期，二哥深知大家的不易，从不挑肥拣瘦，力劝家长们做粗茶淡饭，为了避免奢侈，避免麻烦人，他还戒了酒。

多年后，我才有机会与二哥一起将一掱《二泉映月》的歌词：

听琴声悠悠，是何人在黄昏后，身背着琵琶沿街走，背着琵琶沿街走。阵阵秋风吹动着他的青衫袖，淡淡的月光，石板路上人影瘦，步履摇摇出巷口，弯转又上小桥头。四野寂静，灯火微茫隐画楼。操琴的人似问知音何处有，一声低吟一回首，只见月照芦狄洲，只见月照芦狄洲。琴声绕丛林，琴声在颤抖，声声犹如松风吼，又似泉水淙淙流，又似泉水淙淙流。憔悴琴魂做漫游，平生事儿难回首，岁月消逝人淹留，年少青丝转瞬已变白头。苦伶仃，举目无亲友，风雨泥泞怎忍受，荣辱沉浮无怨尤，荣辱沉浮无怨尤。唯有这琴弦，解离愁，晨昏常相伴啊苦乐总相守，酒醒人散余韵幽，酒醒人散余韵幽。莫说壮志难酬，胸中歌千首，都为家乡山水留。天地悠悠，唯情最长久，共祝愿，五洲四海烽烟收，家家笙歌奏，年年岁岁乐无忧，年年岁岁乐无忧。纵然人似黄鹤，一抔净土惠山出，此情绵绵不休。天涯芳草知音有，听见你琴声还伴着泉水流！

每逢此刻，二哥便会舒展开眉头，那喜悦神色飞上了脸颊，他手里的二胡奏出的曲子也动听起来。

二哥的业余爱好有两个：写毛笔字和拉二胡。记得30多年前他就被乡里人称为"写家"（书法能手），年年春节写"对子"（春联）、周围各村办"公事"（婚丧嫁娶），执笔者非他莫属。当时，从小年开始，家家户户便买上几张红纸，纷纷到二哥家求字。年前十几天也就成了二哥最忙碌的时候。二哥有求必应，不烦不恼，并将之视为幸事。随着时代的变迁，对联的用语也丰富起来，外门、正屋门、偏房门、厨房门上都需要贴对联，二哥能做到家家用词不重样，甚至有的人家猪圈门上也贴上了"人畜兴旺、圈满猪肥"的对子，这也反映出二哥深厚的文学功底。看二哥写字也很有乐趣。他站着研墨，麻利地剪纸，写起字来刷刷刷一挥而就，令我们佩服得五体投地。我们忙乱地拿走晾干，此时屋中院里人来人往，非常热闹。拜年时，人们在进门前就能看见二哥给家家户户写的对子，大家各自评论观赏一番，兴奋不已。

在孩提时代，最让我高兴的事就是听二哥拉二胡。听奶奶说，之前，我们家祖祖辈辈从未出过摆弄乐器的人，二哥恐怕是头一个。不知从何时起，二哥学上了拉二胡的功夫。在20世纪70年代一个个漆黑枯燥的夜晚，一阵悠扬的二胡声响起，听起来是那样的悦耳和动人心弦。二哥演奏的《春江花月夜》和《梁祝》，令我如醉如痴，回味无穷。

二哥就是这样一个乐观主义者，不但忠诚于教育事业，而且以热心肠博得了三乡五里人们的赞誉。二哥宽厚朴实的性格感染了我们一代人，因为超龄的缘故，二哥直到去世仍是一个民办老师，未能成为公办老师成了他平凡一生的遗憾。

（二）李荣和老师

我曾写过一篇《画简笔画的老师》，写的就是他。

初中三年，我捎带的干粮是一年到头从不换样的煎饼，玉米豆子粉做的。早上晚上玉米粥就煎饼，中午开水就煎饼，这样吃了三年，吃得我把煎饼当成了仇家，欲除之而后快，一辈子不吃也不想它，现在想起这吃食嘴里还一股煎饼味。那时就想，啥时候要是能过上天天吃白面卷子的日子，就是天天挨打也情愿。人就是奇怪，如今天天吃白面，也嚼之无味了，过去的那种幸福感全无踪影了。

李荣和老师是西梧台村的，在梧台联中当民办老师，教的是地理，也教美术。他画的那简笔画是一绝。我是在小学五年级的下半年时，被父亲送去梧台联中上学的。我那时借住在父亲的姑姑家，当时老姑父还在，八十来岁的样子。

老姑父家的老宅子，门口就是西梧台的湾，从村西头进村，就经过湾。湾南边的民房墙壁上，就留有李荣和老师画的简笔画，都是些猪壮田肥的生产画面，栩栩如生。

可惜我那时候对画画不感兴趣，放着这么好的一个老师，也没有学学画画。

地理课上，李老师是平易近人的，从不训斥学生。同学们抢答问题，在别的课堂上不活跃，在他的课堂上却很活跃。我的同桌被李老师点名背诵时，常把书摊在桌洞里，偷瞄着"背"。每逢此时，李老师便把眼皮一耷拉，同桌以为他看不见，其实大错特错。

李老师讲起课来眉飞色舞，只要学生不在课堂上太过捣蛋，他是不点破的。

但有一次，李老师照例抽查背诵。一个学生，也像我同桌一样捣鬼，"背"完了。李老师笑着说："嘿，这倒念如流，好。"班里立时哄堂大笑，原来李老师不好糊弄啊！

我读高中一年级时，有一天在临淄火车站碰到我的同学王建民，他要出去打工。

据他说，李荣和老师不久前去世了，这让我很惋惜。

（三）朱丽珍老师

初中时期，来了一个英语老师，朱丽珍。她个儿不高，喜欢穿白色的裙子，师范学校毕业，比我们也大不了几岁。

我偏科，英语成绩差。同学们常说："咱们又不出国，以后考上中专，吃公家饭的，能有几个人呢？毕业，还不是'修理地球'，学什么英语呢？"我想，也是，就把英语放下了。

有一天，上合堂课，我对学英语感到索然无味，坐在最后，昏昏欲睡。朱老师讲完被动语态，现场随机提问，提问到了我。我对答如流，这让朱老师感到很欣慰："谁说你英语学得不好？这不是好苗子吗？"弄得我面红耳赤。

据说，朱老师被王嘉宜老师追求过，但真假无从得知。不过，有一天深夜，我们几个学生在护校，听到了从朱老师宿舍里传出来的哭声，但也不好多过问，这事儿就成为一个谜了。

多年没老师的消息了，同学们二十年前聚会，朱老师也没去。据说，她后来在大武中学教书，现在该退休了吧。

（四）张继红老师

上育红班时，教我的是张继红老师。她是从技术队被抽出来的代课老师，也是挣工分的老师。

童年时代，我就向往遥远的博山，感觉博山很神秘，知道博山菜好吃，那酥锅、香肠令人难忘。博山人会做菜，什么肉菜来个乱炖，都能馋死人。而我童年的梦想中还有着对博山瓷器的厚爱。

博山向来被称为"北方瓷都"，是能与景德镇媲美的。童年时代最常见的就是家里用的那些碟子啊、盘子啊、碗啊，很精致，白底紫花，淡雅别致，为老百姓所青睐。

童年时代，有知青驻村，他们说一口博山话，让人感觉洋气。你想想，在一个临淄话充斥的农村里，此起彼伏一片博山话，也是新鲜事了。

我家也住进了两个女知青——张继红、周元芬。张继红不久就做了我的育红班老师。她们很有礼貌，见了我奶奶就喊大娘，与我的母亲无话不谈，亲如一家。知青干什么的都有，但确实被生产队当作宝贝对待，区别于一般社员。他们干的活儿也轻松，多在技术队的地里干活，有的还做了我们的启蒙老师。

知青刚来时，奶奶等老人对他们像昔日迎接八路军一样亲热，非常照顾这些离家在外的孩子们。知青也从家里带来些博山的特色产品，也就是在那时我尝到了喷香的博山酥锅。知青还像变戏法似的，给孩子们一人一个博山的瓷器工艺品。瓷猴、瓷鸡、瓷狗、瓷兔等，栩栩如生，非常好玩。

知青难得回趟老家，临走的时候恋恋不舍，拉着奶奶的手，总要哭一场。我们也会去送他们，其实过不了几天，他们就又回来了，回来时当然忘不了带礼物，其中最受孩子们欢迎的还是那些造型奇特、别致的瓷玩具。那憨态可掬的小熊猫，栩栩如生，令人叹为观止。

四十多年过去了，博山小瓷猴还留在我童年的记忆中，那些朝夕相处的知青老师，也永远令我难忘。

张继红老师很严厉。我们的教室是大队的大屋，白天作为我们育红班的教室，晚上作为大队开会的屋。凳子没有，只有一个主席台。下面是大队的长木棒，被当成了座位。

那个时候的孩子，喝水多，尿也来得快。老师讲课时，孩子们憋尿是常事。有的孩子憋不住，有心告诉老师说想去撒尿，又怕老师熊，就不自觉地尿裤子了。尿了裤子，又不敢说，每逢课间操，这木棒上，就尿迹斑斑。当然，也没有孩子回家告诉父母，张老师是否知情，就不知道了。

冬天还好办，味道小，赶上夏天吧，这尿臊味就难闻了。

张老师和周元芬喊我母亲为二嫂。多年后，母亲与周元芬成了同事，周元芬仍旧喊我母亲为二嫂。那时周元芬已经发福，往日的苗条不复存在。我问起张继红老师的去向，她向我透露了一星半点，说早回博山了。

我如今常去博山，不知道这辈子能否再与她见面。

（五）王金龄老师

南王小学，过去只有一个公办老师，也是校长，就是王金龄老师，他在我印象中是一个好吃的老师。

如今，熟悉他的人，都知道他从小被娇生惯养，是娇孩子出身。他家在柴家疃，距离我老家有好几里路。那时候，他住校，喜欢研究吃。在那个票证年代，他吃的是啥干粮，我已经记不清了。

他在学校自己做饭，隔三岔五地割肉、割豆腐。每逢他烧菜，那袅袅香气，就直往我鼻孔里钻。

他对好吃的看得紧，我们这些眼馋的学生，想打秋风是痴心妄想。

他对学生的教育方式也很传统，对小偷小摸深恶痛绝。有一天，一个学生丢了钢笔，报告给了他。他如临大敌，发动小学五个年级的学生检举无果后，开始了大寻找，这阵势闹得村里鸡飞狗跳的，无人不知，无人不晓。

学生完不成作业，要罚站。委屈啊！不允许哭，如果哭，那就教鞭伺候。

有一个叫王建的学生，他父亲是抗美援朝回来的"老革命"，那时候，他家还没"农转非"。有一次值日，他早退了，他的活儿就只能由别的同学代劳了。

王老师知道后，大发雷霆，亲自去王建家里，不顾学生父母的道歉，把他提溜到了学校，逼着他干完值日才罢休。

多年后，我去拜访早已退休多年的王老师，他对我们这些学生，那个亲热劲就甭提了，这是我想不到的。

原来，这严师虽然没带出几个高徒，却也有平易近人的一面，这让我心里起了波澜。

王老师的书法作品我还有。我去过他家好多次，他的老伴，我喊大娘，他的儿子，年龄比我大，我喊大哥。说起那些日子，其实，他们家与我家一样，也很艰苦，不过，王老师爱吃，家里都尽着他。

他去世后，我再也没去过柴家疃。

洋车子，故乡的风景

娶媳妇，借自行车，是二十世纪七十年代的风景。娶亲，在过去借一辆自行车，把媳妇载来，这规格不亚于我结婚时用奔驰吧。

我出生在 1970 年，在那个年代自行车是大件。自行车，在我的家乡叫洋车子。谁家要是能买上一辆洋车子，是足以让人羡慕一阵子的。那时候，攒钱买洋车子是一件大事。那时买洋车子，不光得有钱，还要有票，你听说过吗？

最早的自行车，我见的是国防牌的。当时，五羊、金鹿、永久、凤凰、飞鸽、长征、大桥、梅花、玉兔、海狮、五洲、红旗、红星、孔雀、银燕等，是主流品牌。不是上了岁数的，恐怕有些牌子是闻所未闻吧。

娶媳妇是那个年代的家庭大事，重要性不亚于盖房子。"老三件"之所以兴起是因为二十世纪七十年代末期，在改革开放的推动下，人们有了消费的欲望。当时家境不错的人家结婚时开始需要购买"三大件"：手表、自行车、缝纫机，也叫"老三件"。另外，算上收音机，就合成了"三转一响"。手表要"上海"牌的，缝纫机要"蜜蜂"牌或者"飞人"牌的，自行车要"飞鸽"牌或者"永久"牌的。

人无我有，人有我优，是很多人追求的。在二十世纪七十年代，腕上有块表绝对算得上一件值得炫耀的事情，亮晶晶、明晃晃，不知能引来多少羡慕的目光。如若再配上一辆自行车，那气派绝不亚于中世纪的骑士佩剑，足以倾倒一大片人。在当时，迎亲的队伍要是没有推着自行车、抬着缝纫机，是会遭人耻笑的。而对新娘来说，关键是手腕上要有块表。

到了二十世纪八十年代，家用电器开始走进寻常百姓家，拥有冰箱、电视机和洗衣机"三大件"，成了人们新的追求。二十世纪九十年代，"三大件"又变成了空调、电脑、影碟机。在一些人看来，二十一世纪的"三大件"则是房子、车子、票子。

再过四十年，我们的"三大件"又将发生怎样的变化呢？谁知道呢！

代步工具的变化，对我而言，见证了岁月里的亲情。小时候，我对自行车是极神往的。

最早的自行车，被乡人称为"宝贝"。那时候，并非家家都有。当然，买了自行车的人家，是备受瞩目的。那是大家什，乡人不叫它自行车，都叫洋车子。

乡人无论家境好孬，这洋车子是一定要添置的。有关洋车子的诗词，也很有意思：

> 暗雨东篱一锈车，凋零孤独日光斜。
>
> 雄风老骥今何在？众议遗珠再复夸。

如这首，笔墨用于抚今，而不见追昔，也是遗憾了。虽然是大白话，但是一气呵成，毫无凝滞不畅的感觉。

我父亲在银行上班，最早是在梧台公社的信用社，后来去了辛店城里的农业银行，每逢周末回来，都是骑自行车的。在地里陪着母亲劳作的我们，不知道多少次向路上张望，老远，瞅见父亲的身影，心里就喜滋滋的。

父亲的那辆洋车子，是"金鹿"的，平时是他自己骑的。我在梧台联中上学，都是步行，难得骑一次车。倘若能骑一次车，就会备受同学们羡慕。

有一次，我骑车上学后下了雨，西梧台的路一片泥泞。车是骑不了了，无奈我把车子扛上了肩膀。走一段路，就放下歇歇，直到扛到公路上，才能骑。

哥哥、弟弟比我早进城，虽然家里人早已"农转非"，但我直到初中毕业考上高中，才进城，告别了捎干粮的日子。

我有个目标，那就是攒钱买一辆属于自己的自行车。这个目标要实现，绝非易事。父亲当了行长后，偶尔骑车。他的自行车，我有时候会骑骑。我上高中时，主要还是步行。利用寒暑假的假期，我找了一个在老家钙镁磷肥厂上班的活儿，那真是风雨无阻。记得有一天，下大雪，我骑车上班很是艰难。我顶风冒雪按时赶到了厂子。那时候，时兴点名。下大雪，路上难走。点名时，附近村里的员工有迟到的，书记王金泉就批评迟到的人，那些人就找理由搪塞。王书记说："甭找借口，人家小王从辛店骑车子来上班都没耽误，你们怎么说？"这一句话，让那些迟到的红了脸，面面相觑。

故乡的自行车就那几个牌子，"红旗""永久""凤凰"和"飞鸽"。我干了一冬天的临时工，挣了二百元钱，买了一辆"永久"牌加重的自行车。我的钱不怎么够，父亲给添了一点，我就梦想成真了。

这第一辆属于自己的洋车子，我倍加珍惜，擦得锃亮，那脚刹、轮子、链盒，都常打润滑油。怕丢，就锁起来，放到楼下的储藏室里。自此后，兄弟姐妹四个陆续有了自己的洋车子。我家的储藏室狭窄，几辆洋车子就被摞在一起，每次去骑车，总要费力倒腾。

那时候，把洋车子放楼道里，也是很危险的。因为挡了路，不方便，有的人就会给撒气。洋车子被撒气还好办，打上气就行，有很坏的，把气门芯给拔了，扔了，这就难办了。

洋车子被偷是那个年代的常事。我家虽然距离闻韶派出所不远，但洋车子被盗也是家常便饭。即使报告派出所，也很难破案，只能自认倒霉。我那辆"永久"，受人羡慕。有一天晚上，我因为还要上自习，就大意了，把车子一锁，放楼下了。吃完饭出来，一瞅，车子已杳无踪迹。我发动家里人找遍了小区，也没找到，好倒霉啊。

结婚后，老婆买了辆女士用的车子，后来有了孩子，就在车座上安了个可供孩子用的座位，因为怕风吹雨淋，又安了个罩子。有一次母亲包了水饺喊我们回家吃饭，我们就把洋车子上了锁放楼下了。没想到，吃完饭，一瞅，洋车子被盗了，好丧气。

这洋车子，总要修理。那时候，街道上总能看到修车摊，生意十分火爆。一辆洋车子，骑久了，总要拾掇，算起来花费也不少。洋车子车胎被扎是常事，换车胎花费也不少。洋车子一年的修理钱，够买一辆新车子的了。为修车，也很闹心。

父亲的"永久"，他老人家去世后，老婆想给岳父，我没让。虽然不骑，但毕竟是老人的东西，留个念想也好。

有一天，我在百花园上班，听见门卫吆喝："快来看啊，有一个老头在撒着把骑车子。"我一瞅，是岳父。他哈哈笑着，就骑着车子过去了。我担心他摔着，这可不是小事。单手骑车，情有可原，这撒把骑车，要是摔倒了，怎么办？我把这件事告诉了岳父。岳母把岳父熊了一顿，岳父连说"好好好""是是是"，但就是屡教不改。为此，我没少让我老婆提醒岳父，老婆也不知道警告了多少次，但他照旧是置若罔闻。

如今，共享单车在街头出现后，我家里的自行车就成了摆设。我们那里的共享单车，一小时内免费，骑着很方便，也不用花钱，只交200元押金即可。我就办了一张卡，另外手机上也下了软件，这两种形式，用起来都很方便。

共享电动自行车如今很时髦，十五分钟两元，很方便，我却未骑一次。

美中不足的是，有时候，附近没车，很闹心。有时候，借了一辆孬车，不是驴不走，就是磨不转，也很闹心。

还是好怀念在故乡生活的岁月，怀念那迫不及待骑一次洋车子，过把瘾的日子。

忘不了在故乡时，学自行车的日子。那时正逢挖藕池，地也平整，村后的藕湾就成了我们学自行车的场地。母亲、我们这些半大孩子都是那个时候自学的。在学车的日子里，磕磕碰碰、摔倒可以说是家常便饭了。

如今，八十岁的母亲是骑不了自行车了。母亲说："别看你大爷，当过生产队长，像老虎一样呜呜的，却一辈子不会骑车子。"这却是咄咄怪事，你说，一个吆五喝六看起来很机灵的人，竟然不会骑车。

父亲直到去世前的一个星期还自己骑车去医院看病。不过，他要买一辆电动车的理想一直没实现。因为他得了癌症，母亲怕他摔着，一直没同意他买电动车。

短短几十年间，随着时代的发展和进步，"老三件"不断被"新三件"取代，"新三件"又不断变成"老三件"。

如今，我们兄弟几个都学会了开车。不过，骑车，对我们来说仍旧像一日三餐般寻常。

世域二哥买了辆"金象"，在那个年代，在很长一段时间里都被周围的人眼红。不知道，如今若是再回故乡，与庄稼人聊聊洋车子这个话题，那些尚在的老人，是否还会如当年那般眉飞色舞。

洋车子，风风雨雨里，有你陪伴，是人生的乐事一桩。

《夜雾》，看不够的人生沉浮

二十多年前就听说，有令峻是一个写作狂者，他写了许多小说，《夜雾》就是他的名作。

读书是我多年的爱好，我每天都要读些文字。对小说这个体裁我是不陌生的，但是我从没有写过小说。从童年到现在，我读过的书太多了，也陆陆续续读了有令峻的一些书。

每个人的爱好是不同的，就像饮食，有人喜欢吃米饭，有人喜欢吃面食，写作的素材和触角也是广泛的。

小说的精彩在于对人物的刻画和故事情节的跌宕起伏。创作小说好比旅行，要由浅入深，由此及彼。小说情节的展开就像电影、电视剧一样，要从细节中切入，寻找生活中的精彩。

有令峻的书，好在哪儿呢？也许你只有仔细读过，才能体会。你在读他的书时，心情是舒畅的，书中的语言动人心弦，振聋发聩，很感染人。

我读《夜雾》，读得最尽兴的就是故乡的民歌。

正月那个初一呀，头一天
过了初二那个过初三
正月十五半个月呀
春到寒食六十天

三十那个五更穿新衣呀

初三那个清晨把娘家还

元宵那个花灯下结同心呢

打春，那个新媳妇有团圆

故乡是一本让人永远读不完的书，有令峻对人物的塑造，是极细腻的。荷叶、槐花……他书中的这些人物形象不就是我们老家隔壁的姐姐妹妹们吗？

有令峻的小说，写不完的是这个社会的芸芸众生，是艰难生活在社会中的渺小的人。有令峻说，一个作家，如果丧失良心、良知、人性，还叫什么作家呢？

有令峻的经历是复杂的，他当过农民，当过兵，当过工人，当过报纸编辑、记者，到了 41 岁才当上了专业作家。

社会是一个万花筒，人生是一趟旅行。人生如戏，你在其中扮演着什么角色呢？

也许从有令峻的这本《夜雾》里，你能读出点什么吧！

饺子，故乡的美食理想

我爱吃面食，水饺、面条、饼之类，我是来者不拒。唯一不喜欢的就是大米饭。对家乡的面食，我可谓记忆深刻。

在我心中，淄博好吃的水饺，有石蛤蟆水饺，再就是我老家的水饺。石蛤蟆水饺在二十世纪三十年代由初博山人石玉璞所创。这水饺馅多、肉多，肥而不腻。吃水饺时，再喝上一碗饺子汤，"原汤化原食"，别提有多美了。

我除了钟情这"老字号"外，也喜欢我们自己家包的水饺，因为这里面有岁月的味道、家庭其乐融融的味道。我向来对父母包的水饺情有独钟，只要接到父母打来的让我回家吃水饺的电话，即使外面的事还没办完，也会迫不及待地奔回家。

饺子要做得香，很不容易。馍馍搓粉，油爆葱花，加盐，翻炒。炒出的馍馍碎末，干黄，诱人。尝一口，酥香无比。如有花椒粒炒些也可，掺些韭菜或嫩南瓜丝，沥出水，拌匀。蔬菜中总有少许水分，与炒好的馍馅一搅，筋骨一收，美不胜收。下出的水饺，虽然吃不出肉味，却有一种特别的香味，有可与油条媲美的意味。

水饺，好吃的关键是馅儿够诱人。看到水饺，我是耗子掉进了白米仓——口水掉出来了，老人说叫"能勾起你的馋虫"。眼睛得到极大满足，嘴巴解了馋，肚子得到犒劳，这是吃饺子的几大好处。这种老临淄人民别出心裁做出的水饺，的确香。肉馅是靠肉来打底的，而这种馅儿却像鱼香茄子，虽没有鱼做原料，却能让人吃出鱼肉的鲜美来，的确独特。而现在，母亲手里这不知道从哪辈子传承下来的美味，却几乎要失传了。母亲说："现在生活好了，没有几个人能想起这饭食来。"吃一次，我这三大碗，就下去了。

临淄的饺子皮薄馅儿多，令人百吃不厌！这纯手工饺子中深藏着北方人对饺子的执念与依赖，堪称临淄一绝。

想念家乡饺子的味道，馅儿多样，总有一种你爱吃。十多种馅儿，荤素齐全，想吃什么样的都有：韭菜鸡蛋的、猪肉玉米的、韭菜肉的、白菜肉的、香菇肉的、芹菜肉的、藕肉的……数不胜数！

蘸一蘸醋，一口咬下去，这饺子，完美。

说 "字"

如今常思索：为啥，有些大或小的领导，当起官来有几把刷子，可做起学问来，却不太灵？哥哥坦言："经史子集，隔行如隔山。"

过去的唐诗、宋词、元曲，是弥足珍贵的国粹，"四书五经"更是精华。以前是学而优则仕，一个人要靠学，摸爬滚打，才能脱颖而出，如今呢？不一样了！

书法，当向古人学，诗词、绘画也如此。今人为啥超越不了古人呢？

说话有分寸，难道写字没有分寸吗？王羲之说："字之形势不宜上阔下狭，如此则重轻不相称也。""分间布白，远近宜均，上下得所，自然平稳。"颜真卿曾说过："欲书先预想字形布置，令其平稳，或意外生体，令有异势，是之谓巧。"欧阳询的观点也很超前："初学之士，先立大体，横直安置，对待布白，务求其均齐。"

王羲之的《兰亭集序》是公认的天下第一行书，"分间布白，远近宜均"。蒋和是这样教诲后人的："布白有三：字中之布白，逐字之布白，行间之布白。初学皆须停匀，既知停匀，则求变化，斜正疏密错落其间。"陈绎曾亦说："疏处捺满，密处提飞；平处捺满，险处提飞；捺满即肥，提飞则瘦。"读书，写字，如同种庄稼，要尽心尽力。

"人之于书，得心应手，千形万状，不过曰中和、曰肥、曰瘦而已。若而书也，修短合度，轻重协衡，阴阳得宜，刚柔互济，犹世之论相者，不肥不瘦，不长不短，为端美也。"项穆的叮嘱，让人顿感醍醐灌顶，大受教益。

我从上小学时起，就使用简化字。当时还不觉得是件好事，如今就有感觉了。在同学堆中还有人摹写繁体字，以显示自己博学，如一个刘姓同学将自己的"刘"用繁体写出来，自得其乐，炫耀："天下无二刘啊。"这是他从精彩的小画书中学到的。

为推广应用规范字，提倡使用简化字，老师费了一番功夫，对学生们进行教导。私下里，同学们仍旧对繁体字津津乐道。老师很伤脑筋，说有些学生顽固不化，好事不学。

不规范字与错别字也许是对臭味相投的干兄弟。不规范字是一切不符合国家规定的标准的汉字，包括已废除的繁体字，以及异体字、旧印刷体字，当然也包括错别字。如丁玲有名作《太阳照在桑干河上》，老人们还是将"干"写成"乾"，令人哭笑不得。你能说他错吗？学生就问老师："这个字到底怎样念才对？"有时候老师也模棱两可。

在日常工作中，错别字简直无孔不入，令你防不胜防。在没有人过分挑剔的场合聊天，冷不丁从谁嘴巴里蹿出个错别字来，你会像在美味中吃到个苍蝇一样不舒服。俗话说眼不见，心不烦，但现实往往是你不得不见。

我们常读错别字，还浑然不觉。那天，单位负责思想政治工作的副书记讲话，把"称职"的"称"读作"chèng"，把"酗酒"的"酗"说成"xiōng"。别人提醒，他说："怎么我活了五十多，还不如你这三岁的孩子认字？你这不是班门弄斧吗？"

提醒的人极尴尬，被提醒的仍旧坚持自己的错误。

在日常生活中，同音、同义但字形不同，而且在社会上并存并用的词语叫异体词。令我头疼的是"笔画""笔划"就闹不清，确凿的"凿"是念"záo"还是念"zuò"，在电视剧中依然纠缠不清。今天同事在一起议论，说字典增删了不少字，有些字念错就太稀松平常了，有时病急乱投医，临时抱佛脚也是不得已的。

汉语规范化，首先要解决的问题就是对方言词的取舍。用错别字包括写错、读错、用错三个方面。记得在农村时，生产队有菜园，有时会给家家户户分点茄子、西红柿等。分菜老头也没有上过几年学，就把"韭菜"写成"九菜"。认真的小学生就提醒他，他笑笑："庄稼人自己知道是啥就行。"西葫芦那"葫芦"他不会写，直接写个"西"，后面画个葫芦，倒也惟妙惟肖。

汉字博大精深，有些姓氏的读音也让人难以区分。初中有个老家是"国（guī）家庄"（临淄的一个村）的老师叫国增绍，年轻老师就喊他"国（guó）老师"，每逢此时，他就面红耳赤，但也不好驳年轻人的面子。姓"解（xiè）"的我们当然不能喊他"解（jiě）"，姓"郗（chī）"的被喊成"xī"，也是常有的事。而如果把一个姓"瞿"的写作姓"曲"，就有点不尊重人了。有个姓"傅"的，竟然被写成姓"付"，就有点滑稽了。

我看《苦菜花》中的"像"与"象"就区分到位，不过虽然纠正过来了，但在日常工作中很多人仍旧把"好像"的"像"误写为"象"。

一个平常的字，"孤注一掷"中的那个"掷（zhì）"，某日被同事眉飞色舞高谈阔论成"zhèng"。

记得小时候有一年，有人将"草菅人命"的"菅（jiān）"，念成"guān"，别人扯他衣服暗示他，他不乐意了："有些年轻人就是不自量力。你以为这个字我不知道念 jiān？念了半辈子 guān，有了感情了，就改不过来。"

如今上街，有些广告牌上错字连篇。我想，规范字的使用的确需要督促，方能走上正轨。

"字之形势不宜上阔下狭，如此则重轻不相称也。""分间布白，远近宜均，上下得所，自然平稳。"王羲之真是妙语连珠，让我们感叹，写字是门学问。"欲书先预想字形布置，令其平稳，或意外生体，令有异势，是之谓巧。"颜真卿的话里，有一股凛然超绝的气势。"初学之士，先立大体，横直安置，对待布白，务求其均齐。"欧阳询，也带我们走进了扎实求学的殿堂。

秋风乡梦里的人生

认识孙方之多年了，我感觉他是一个杂家，也可以说是一个民俗家。他笔下的人物，让你拍案叫绝。孙方之擅长写稀奇古怪的东西，他的作品风格与《聊斋志异》如出一辙，这也许是故乡对他的恩赐吧。

以前是常见面的，许多年不联系了，前几天又联系上了。我想去拜访他，却总没有成行，当然了，从网上读他的精彩纷呈的文字是经常的。

读孙方之的书读得多了，就有了一日不见，如隔三秋的感觉。

他写了好多书，散文集有《心路历程》《雪晴》《竹风集》《蒲学圣地西铺》《柳荫集》《秋风乡梦》。他的散文的笔调，娓娓道来，让你沉思，仿佛在与他晤谈。

文字是一个人的心声，孙方之的散文虽写得好，但他的侧重点还是在小说。20年前，孙方之曾送我一本他的短篇小说选，我读了好多遍，至今记忆犹新。

文友崔玉红说，想有大的进步，还是要写小说。孙方之的精彩小说，《朱八家的鸡或陈四家的羊》《梦岛之旅》等，这些我还没读过，我想肯定会有机会读到的。

哦，孙方之的短篇小说写得那真是好啊！《苘麻地》《曼陀罗》等都是精彩绝伦的佳作。

孙方之的散文也好，小说也罢，都展现出别开生面的一面、荡气回肠的一面，选取的都是让人意想不到的素材。

散文是他擅长的体裁。《陈忠实在西铺》《访欧纪行》《故乡的五棵老树》《寒冷的记忆》《敬畏树木》《山中三日》《山中散记》都是他的佳作，令人读来酣畅淋漓。

枯燥无味的书，是难读的。写文字的乐趣在于，语不惊人死不休。读孙方之的文字，我们能体会出这样的哲理：生是一辈子，死是一瞬间，珍惜生命，惜时如金。

读书读到现在，我深感，读孙方之的书也好，看国内外的经典也罢，把读书与创作当成一场修行，乐趣是无穷无尽的。

孙方之是一个基层公务员。他当过文化局局长，对离岗后的生活，也写了许多。他写的文章中有许多非常有意思的情节，让人感到不可思议。其中有一篇，《拉屎不是小问题》，就十分诙谐。

作为来自"天下第一村"的作家，孙方之对他的故乡周村有着深厚的感情，他的笔触从没有离开过故乡。故乡人、故乡事，就是他烹调文章大餐的作料。

我评论孙方之的文章写了不少，《慧心集序》《记忆留馨》《彭家庄志后记》《王恩元光与影的斑斓世界》《我读周蓬桦》《〈於陵故事〉序言》《周雁羽的梅花日子》《〈淡籁清音〉序言》，每一篇文章都是从心底流淌出来的清泉，都是情深意长的，都是评价得体的。

西铺、彭家庄，孙方之一直在他的文学道路上跋涉，他总也走不出故乡这个圈子，也许他就是故乡沃土的耕耘者、老把式。

孙方之是岁月的收获者，在他的故乡的文学田里，他在不懈地种植、耕耘，并不断地收获。

刘白羽散文之神韵

重神似，擅写意，有古人所说的"君看萧萧只数叶，满堂风景不胜寒"的意境，这就是神韵的味道，入情入理，入木三分。我喜欢读书，读到好文字，总忍不住喝声彩。读书犹如看比赛，读到绝妙处那喜悦之情便油然而生。实实在在的读书的妙处有时也似看画家妙笔生花。我曾亲眼见到我市国画大家齐辛民现场作画。他习惯画梅花鹿，也画小麻雀、小鸳鸯，一支彩笔，出手洒脱，似乎是胸有成竹。寥寥几笔过后，传神的风韵便有了。那鹅黄色的绒毛，那简易逼真的小脚印，令你心中痒痒的。我便感叹，对于这极普通的生活中的小动物，自己怎么就画不出那神韵呢？正应了那句话，功到自然成。

画画如此，写文何尝不是如此？看不够刘白羽的名篇佳作《日出》《红玛瑙》《冰凌花》，用美不胜收这样的词来写读后感，会被人认为太滥了，殊不知，那种油然而生的舒畅感，是任何美味都难以替代的。

观书法家挥毫泼墨，最令我动心的是看书法家写只言片语。一字值千金，通过一个字就能看出一个书法家的风格。观画家画人物，无论是素描还是彩绘，通过人物的眼睛，我们就能看出画家或人物心里的东西，这就是神韵。

从刘白羽的系列散文中，我们能看出作家、画家、书法家作品的异曲同工之处。由所见所闻陡生的灵感汇集起一串《红玛瑙》，缘于车窗外墙壁上的一行诗句般的文字："地球是一颗红玛瑙，我爱怎雕就怎雕。"在《长江三日》一文作者的视野中，瞿塘峡像一道闸门，巫峡简直像江上一条曲折的画廊。随山势左弯右转的船儿，向你迎面展开一幅美好的风景画。画中人，山中画，大气磅礴。

人生的感悟数不尽，景色之美不止于风花雪月，"晨""激流""蔷薇"，这些美景织成了《平明小札》中的清晨片段。《绿窗》中的绿韵，恰似泰戈尔的诗句："我衷心欢畅，吹过的风带着清香。"无论是《长江三日》还是《昆仑山的太阳》，都不仅写景、状物，还抒情。《海的幻想》中是无穷的情思，直抒胸臆。

他在《翡翠城》中这样描写海的美："海上的月出极美，月亮刚刚升起时，像是一牙红玛瑙，然后才露出整个一轮红月，等它升到海空高处，才发出白的光，而那光给大海一映，又有点绿幽幽的了。"

文字之美、书法之妙、绘画之绝……人生的感悟当是无穷无尽的了。

读好书，岂不是人生的乐事？

蒲家庄里的人生

与我熟悉的人，说我既活成了一个蒲松龄，又活成了一个孔乙己。我没有蒲松龄那种写鬼写妖的本事，当然，也没有孔乙己那在咸亨酒店排出几枚大钱的神态。

在初中时代，同学们给我起的外号，就叫孔乙己。老孔，是初中同学对我的"尊称"。

我自童年时就信奉这句话："读书破万卷，下笔如有神。"童年时我喜欢读的书中就有《聊斋志异》。

最早读的《聊斋志异》还是小画书，从小学、初中、高中到大学，我断断续续地读了许多《聊斋志异》中的片段。

言为心声，素材是生活的恩赐，《聊斋志异》凝聚了蒲先生一生对那个社会的抗争。这本书写的是老百姓的历史、奋斗史，从这本书里面我们能见到老百姓的影子。

陪客人也好，自己去也好，我每年都去聊斋园，也去蒲家庄。《聊斋志异》中的故事是精彩的，影响了我们一代又一代人。

借古讽今，是蒲先生的风格，他以笔为刀，剖析社会现象，如庖丁解牛一般。

"写鬼写妖高人一等，刺贪刺虐入骨三分"，以前去聊斋园，看到这副对联儿，我总要沉思一番。是入木三分深刻，还是入骨三分深刻？世间最硬的是什么呢？我想，一是骨头，二是人的心。至于是入木三分深刻，还是入骨三分深刻，也就不言自明了。

我小时候读《聊斋志异》，都是读白话译文。到了青年乃至中年时代，就喜欢上了读原作。

《聊斋志异》是蒲松龄先生用文言写的。无论是在聊斋园、蒲家庄，还是在西铺，最美的还是读原文。

蒲松龄先生写《聊斋志异》写了好多年，他的故事的素材来自茶摊，来自老百姓的口口相传。

民间是《聊斋志异》的沃土。《聊斋志异》中的故事立意深远，大多数是短篇，言简意赅，绝不拖泥带水。每一个故事都反映出了世界的一个层面，都给人以警醒，催人奋进，对人起到鞭策作用。全书将近五百篇，内容丰富，哲理深奥，让人百读不厌。

乡村是小说的素材宝库，取之不尽，用之不竭。什么是老百姓喜闻乐见的作品？我想《聊斋志异》就是。"聊斋"故事都是通俗易懂的，让人有阅读的欲望。

修身养性是人的修炼。多读社会之书，多读老百姓喜闻乐见的书，是极好的修炼方式。

读书的目的是什么？目的就是收获。从泥土中收获，从大地中收获，从老百姓中收获。民间就是故事的源泉。

酸甜苦辣咸是人生的滋味。无论你在什么岗位上，都离不开奋斗，离不开风霜雪雨，离不开磨炼和考验。

爱情故事是很精彩的，它们在《聊斋志异》中占据着最大的比重。故事的主要人物大多不惧封建礼教，勇敢追求自由爱情。这类名篇有《莲香》《小谢》《连城》《宦娘》

《鸦头》等。

发生在封建社会的爱情，是值得书写的。在封建社会，"三纲五常"束缚着人们的思想，人们突破它，打碎它的过程，本身就是一种斗争。

在蒲松龄生活的年代，选拔人才的方式是科举制度。当然，科举制度并不是完美无缺的，有时甚至可以说是误人子弟。抨击科举制度对读书人的摧残，是这本书的亮点。

作为科举制度的受害者，蒲松龄在这方面很有发言权。《叶生》《司文郎》《于去恶》《王子安》等都是这类的名篇。

蒲松龄先生一生致力于科举，却没有能够实现自己的愿望。"一世无缘附骥尾，三生有幸落孙山。"王颜山先生对他的评价是中肯的。

举办科举考试，是封建王朝遴选人才的方式之一。对于读书人来说，这条道路充满荆棘，异常艰辛。可是，参加科举考试是那个年代的入仕之路，中举是读书人努力想要达到的目标，即便前路坎坷，一代代读书人依然义无反顾。

读书百遍，其义自见。好书中有无穷的力量。《聊斋志异》让我们看到了老百姓的疾苦，底层人民对命运的抗争，老百姓对美好生活的期待。

人生的目标就是挑战现实，不畏惧现实。《聊斋志异》中的有些文章讴歌努力奋斗、自我崛起，揭露了统治阶级的残暴和对人民的压迫，极具社会意义，如《席方平》《促织》《梦狼》《梅女》等。

诗言志，文述情。原作文句中的意韵，是最有味道的，如《聊斋志异》的经典篇章之一《考城隍》，便不仅故事精彩，而且文辞典雅，颇有韵味。

　　《聊斋志异》中的许多故事由蒲松龄采自民间，许多故事饱含反抗精神、人生况味。想到这个，我在聊斋园，在柳泉边，陷入了沉思。

　　人生是丰富多彩的，苦辣酸甜都是盛开在人生中的花。独木桥也好，阳关道也罢，都是人生的路。

　　人生，是聊斋园里的春夏秋冬。

好诗如美食

人最美的精神享受，往往是通过阅读经典获得的。

有些人，许久不见，有时会想起；有些诗，许久不读，偶尔会回味。

生活的诗意无处不在，灵感无时不有，无论是作为一个诗人还是作为一个读者，能从琐碎的生活中发掘出好诗，都是很好的事情。

我认为，好诗就是好生活的表露，轻松自然、流畅潇洒的诗，即使没有太丰富的寓意，也是好诗。

刘冲写诗便是如此，他以"人间万象"为母土，善于寻找平常生活中不平常的诗意。我想，用"一个善于捕捉生活诗意的行者"来形容他，是再恰当不过的了。

刘冲无疑是一个按住了生活脉搏的人，他钻研古体诗若干年，有些名气，但没想到，写起现代诗歌来也令人刮目相看。

大同小异、大异小同是诗歌的不同风格。没有一个人写的字是与别人完全相同的，诗也如此，即使手法一样，也还是有差别。

人有品，诗有级。诗如书法，好与歹，一字可见高低；诗如菜肴，善于品评的食客只需尝上一口，便知优劣。

好兵不在多，在精，好诗歌也不在长短，而在质量，在味道。

有味道，人就喜欢。

古诗的风格属于短而有味道的一类，而现代诗歌却多倾向于长而劲道十足。这种划分并不是绝对的，也许只是我个人的偏见。

诗如美食，刘冲是一个既能做一手可口美味，又能品尝和享受美味的美食家。他懂诗、作诗，也喜欢读诗。

有人说，读与看能达到不同的境界，于读书而言则是能达到不同的层次。由此我想到前不久看过的一篇文章，文章的观点是：读书与看书，有天壤之别。倘若这观点能站得住脚的话，我想，读诗与看诗，也是有很大差别的。看是走马观花，如同翻日历，翻过去就忘记了；而读，却能读出一番味道，读出愉快的心情，读出一片透彻的天地，可让人体验到心领神会的妙处。读拜伦、冰心、郭小川、余光中、舒婷等的诗，就能让人体验到茅塞顿开的快感。

刘冲丰富的内心世界，吸引着无数人想要钻进去，一探究竟。这自然是很难的，不过，诗品出于人品，透过这部《咀芳斋诗稿》，你应该能熟谙刘冲的诗风品性。如果读完这部诗稿，你还不能走进他内心深处，那不妨去他的《远行与独舞》里字斟句酌一番。

关于刘冲的诗，我想谈几点感受。

"顺溜"是诗歌上口的前提。我刚看完《我的兄弟叫顺溜》，就看刘冲的诗集，借这个词来用一下。

我虽然不会书法和绘画，却喜欢静观书法家挥毫，喜欢观看画家现场作画。品味字的走势、画的意境，心里总有说不尽的愉悦。

诗歌也是如出一辙，是流畅、让人读之轻松，还是令人颇感生涩？像人作文，是胸有成竹一气呵成，还是苦思冥想，绞尽脑汁也写不出只言片语？顺畅的，自然是轻松的，不过，却也不一定是意蕴深厚、耐人咀嚼的。但刘冲的诗不同，不仅流畅，而且耐读。

如果说诗是一道菜，那么诗人就是一位能左右开弓的厨师。厨师有特级的、一级的、二级的、三级的，也有无品无级的。

厨师做的菜是否好吃，不同的人有不同的看法，的确众口难调。但大众化的，通俗易懂的，看似小俗，实则大雅，能做到雅俗共赏的，往往更受人欢迎。

一首好诗，如同一盘肴，这肴是否"佳"，最好的品评者或许就是读者了。刘冲的诗，是通俗的，是易于为人接受的，想必将来是会受到更多读者喜爱的。

如果说诗是一道红烧鱼，那么，鱼肉就是诗歌的主体，鱼汤就是诗歌的风韵，鱼刺就是诗歌的棱角。

鱼刺看似多余，但我们也应想到，鱼离了刺，是无法生存的，同样，诗歌离了棱角，自然也会缺少味道。

评价一首诗歌是否有味、是否寓意深邃，就像是评价一道红烧鱼是否美味。厨师想要把这菜肴做好，进而留住食客，便不仅要使鱼肉细嫩爽滑有滋味，而且要使汤鲜美可口耐品味。刘冲的诗便是如此，有味道、有韵味、有棱角，堪称精美！

如果说诗是一件衣服，那么诗人就是一位设计师。

好的衣服是美丽的、质地优良的。好的诗歌也是如此。作为一个诗人，如果只是片面地追求其中一个方面，作出的诗也就没有了生命力。

好看、耐读，是好诗歌的根本。单纯追求好看，容易犯华而不实的毛病；单纯追求耐读，如果"败絮其外，金玉其中"，别人恐怕也难以注意到其中的"金玉"。刘冲的诗，辞藻优美、内蕴丰厚，真可算是好看又耐读的佳品了。

橘生淮南则为橘，生于淮北则为枳，是橘是枳，与环境密切相关。诗歌也是如此，能为"橘"，也能为"枳"，是"橘"是"枳"，全看诗人的构思。

当然，诗人也不必担心读者不识货。他们有着判断诗歌为"橘"为"枳"的火眼金睛。一个不常喝茶的人虽然不如嗜茶的人般对茶如数家珍，但也能品出茶的好坏来。《再别康桥》被成千上万的人喜爱，但其中有不少人并不知道这诗的作者是徐志摩。

好看，加之汁水甘甜、肉体厚实，自然就受人欢迎。刘冲的诗"橘"，甜美、丰润，诱惑力无穷，即便是不懂诗的人，看到后也会一眼爱上。

人有情，诗有眼，诗有味，诗有魂，从刘冲的诗歌中，我们不难体悟出丰富的寓意、透彻的思想和绵延的韵味：

《生活是一条长河》，的确，你说谁又能否认呢？"人生如一叶扁舟"，就更想象力无穷了。《青花瓷》，那说的是纯粹的古董吗？不是，其中有丰富的寓意，女人、历史、唐诗宋词、汉赋元曲，一寻思间"有一种青翠／不可触摸／仿佛一经触摸／便能滴下水来"。

这样与众不同的语言、通畅的诗意，简直令人拍案叫绝。你说，没有深厚的功底，没有唐风宋韵浸润，不经深思熟虑，怎么有这样的诗思呢？

文不能篇篇是精品，诗也不能首首成经典。虽然刘冲有的诗歌还不成熟，但我想，他仅用一年的时间能达到这个境界，已经很不容易了。

关于写诗，刘冲亦颇有心得。

模仿是练习写诗的重要方式。无论是古体诗还是现代诗，无论是打油诗还是顺口溜，要写出意境，在学习阶段，模仿实在是一条捷径。但模仿只适合在暂时的练内功的阶段使用，如果只是一味地模仿，不能推陈出新，不能形成自己的风格，等真正进入诗歌创作阶段，便也很难成功。

写诗如晤谈。写诗的人，重要的是在写作过程中，跨越时空，与未来的读者建立情感连接。真诚动人的好诗，能让人一见倾心，再读不烦，三读如故，越读越深入，越读越上瘾，读一次有一次的感受。

诗歌如理想，生活中人人都有理想，而理想的生活并不常见。

不会做菜，却能品出千般味道的人很多。读者中也不乏只会品尝别人诗歌"佳肴"，而终生也写不出哪怕一首顺口溜或打油诗的人，但这并不妨碍他们去追寻生活中的诗意。

如果写不出，那就努力当一个读诗者吧！把读诗当作一次精神旅游，沉浸其中，尽情享受，收获诸多美好诗意，我想，这也是刘冲等优秀诗人们所希望看到的。

日子最大是个年

人间的大节，一是八月十五中秋节，一是大年。大年是庄户人心目中最大的节。

穷也好，富也罢，这年是少不了要过的。

我在故乡过了 16 个大年。

童年时，故乡对于大年的重视程度如今说起是让人难以置信的。

故乡的年味很浓。在我最早有关大年的记忆里，一家人住在西屋里。我家住的胡同里有两户人家，我们住在最里面，五爷爷家住外面，离胡同口近。

那时候的年，天儿冷得出奇，人们穿着粗布棉袄、布鞋，戴着棉帽。雪后，穿着绑鞋，这种草鞋虽然轻便，却最怕水。

小时候每年过大年，都下雪。田野里一望无际，雪被子覆盖着麦地，淘气的我们，去河边玩，溜冰、打雪仗、爬树，心里美滋滋的。

故乡的老人是活在旧历里的。何时有集，他们都数算着。还没有进入腊月，我们就天天问奶奶啥时候过年。奶奶活到 79 岁，一生坎坷，她老人家对年是期盼的。只不过，她不说出来。我话多，不随她。她老人家当家，那时候七十多岁，那心算是呱呱的。

临淄人腊月初八是吃寻常饭的，不喝腊八粥，也不腌渍腊八蒜。

腊八后，开始盘算过年的事儿。奶奶是拿主意的，母亲就负责听吆喝干活儿，我们这些半大孩子配合。

农村的假期，是伴随着年的脚步而来的。

我们这些狗也嫌的孩子，放假后，欢实得像东湾里的鱼儿一样，连蹦带跳。

在缺吃少穿的岁月里，我们日日夜夜盼着过年。只有过年，我们才能实现自己有限的心愿。

吃腻了玉米粗粮，大家都盼着过年，好解解馋。奶奶说："打打馋虫，它在你肚子里就不踢腾了。"也许就是奶奶为孩子们馋嘴找借口吧，意思是嘴巴馋，不是孩子们的过错，是肚子里的馋虫在兴风作浪。奶奶每每说到这里，我们就嘿嘿嘿嘿。

日子如水流，好不容易盼来了年。孩子们个个眼大肚皮小，饺子一上桌，往往是吃着碗里的，看着锅里的，眼睛就离不开锅，巴不得吃一顿饭能饱上一年。

饺子，在我的故乡叫包子。包包子，是大人的活儿，下包子也是大人干。擀皮、和面，是母亲的拿手活儿。我们这些半大孩子，照例是负责烧火、看锅、洗碗筷、端包子上桌。吃一顿好吃的，不撑着，不算完。

过年时穿着新衣服，我们颇为得意。那个年代，人们对于好日子的想象，无非就是穿新衣、戴新帽。那时候，我的新衣服、新鞋子，都是母亲一针一线做的。

吃完好吃的，穿上好看的，然后就是最过瘾的放鞭炮了。

那时候，在银行工作的父亲总要给我们这些孩子买几挂鞭炮，几十头的。白皮鞭炮、红皮鞭炮、二踢脚、起花、滴滴金，有的我们不舍得放，一直留到元宵。拜完年，我们就去人家硝烟散尽的鞭炮屑堆里捡拾哑炮，偶有收获，也很过瘾。不过，哑炮芯子短，放时要小心被炸着。胆小的，就拘束。

大雷子，父亲不敢给我们买，怕炸着我们。白皮鞭炮响亮，那是上坟驱赶晦气用的。红皮鞭炮，是过年时放的。我总是把那挂鞭炮拆开，单个放，也过瘾。

婚事是大年下的主要话题。订婚，老人家叫下柬。一般是年前送柬，年后择日子。母亲虽不是专职的媒婆，但那牵线搭桥的事儿也做了不少，为人称道。做媒，要一手托两家，是个费力不讨好的活儿。日子过好了，人家欢喜，但若过得不熨帖，便会招惹埋怨。媒人干不好，是老鼠钻到风箱里——两头受气。没有金刚钻，就别揽瓷器活儿。

直到现在，八大爷还常说："他二婶子要不搬家出去，咱家的人就打不了光棍儿。"

春贞二嫂的俩儿子，岁数与我和弟弟差不多大，如今还是单身。母亲说起来，就哀叹："我要是还在老家，你二嫂再不会过日子，我也能给她孩子找个对象。"

除夕夜，我半夜下班回来，母亲依着习俗，去外面烧完纸，回来敬神，说一堆祷告辞。

"灶王爷，天爷爷，都来吃。"临了又絮叨，表达对我亲奶奶和大爷的不满。

我有心劝两句，但欲言又止。这大年夜里，我这个已经过了五十多岁的儿子，在这个八十岁的老娘面前又能说什么呢？

当一个忠实听众，任凭她老人家絮叨，也是个招儿啊。

日子，最大是个年。

在越来越浓郁的年味里，这一年就该收尾了，那来年的希望也在酝酿着。

　　明天就是除夕了，我已经过了五十二个春秋。在这五十二个年中，我的情思都在故乡。

乡土，他心中的魂

认识刘培国已经多年了。是在三十多年前吧，我就知道刘培国这个人。他笔下的文字非常接地气，写的是博山。博山的老街、美食、陶瓷、琉璃，是人所共知的。博山人会玩，也玩出了境界。博山历经风雨沧桑的一切，证明了什么是艺术，什么是高山流水。

人人都有故乡，刘培国眼里的故乡是什么样子的呢？

博山美食是中国美食界的奇葩。来到了淄博，一提起美食，大家就会想到博山菜。

好吃的不少是我对博山的印象。博山菜是鲁菜的分支，博山菜的博大精深，让人津津乐道。

吃博山菜的人非常多。我也写过关于博山菜的文章，不过只能写个皮毛，而读了刘培国先生的文章，则仿佛赴了一场博山宴。

刘培国是土生土长的博山人。他笔下的《酥锅》《鼓当》《吃说》《促蛰》《锡壶》《连浆》《豆豉》，还有《吉祥高地》，这里边蕴含了他浓郁的乡情。他的笔是一眼甘泉，他是博山的见证人，他是博山的宣传者，也是博山的书魂。

今儿个的博山，又是什么样子的？我常去博山，常与朋友们聊起博山的过往、博山的春夏秋冬、博山的山、博山人细致的生活。

美食是一个地方的文化代表，美食的传承是最有滋味的。故乡的情结中哪能少得了美食呢？美食中既散发着故乡的味道，也蕴含着故乡的文化。

吃了不少博山美味后，我才真正体会到，博山人的人生，是如此让人回味。

每一道美食，都凝聚着博山人的聪明才智。精心做美食是一代代博山人的乐事、一代代博山人的嗜好。将道道美食做到精致，做出滋味，是博山人的情怀。

博山的酥锅、春卷、硬炸肉、乱炖，每一道菜都意味深长，都饱含着历史的烟火气。烟火中的博山是什么滋味呢？

无味不人生，刘培国笔下的博山，是这样让人难忘。

与刘培国交谈，让我大受教育。刘培国先生既会写文章，又是一个美食家，是一个地地道道的博山厨子。

博山工业是淄博工业的代表，让人道不尽的是过去的辉煌。这样的辉煌，当然离不开陶瓷、机械工业。

刘培国先生既是博山传统的宣传者，也是陶瓷、琉璃文化的捍卫者。他一生没有走出博山，他的根在博山。他对博山魂牵梦萦，他对博山一往情深，他对故乡有着殷切的期望。博山文化是他的根，文化是博山的魂，他守望着故乡的一切。

刘培国先生每个周末都回博山老家。他常到古窑村、陶瓷琉璃文化城，对陶瓷、琉璃的传承脉络和制作流程是如此熟稔。他也到陶瓷博物馆、人立大厦，看当今的博山对陶瓷、琉璃文化的传承。他如痴如醉，久久不愿离开。

乡土是一个人永远难忘的存在，谁的记忆里没有乡土呢？

情系乡土，讴歌故乡，是刘培国一直在做的。博山是陶瓷之乡，是山乡、美食之乡。无论他走到什么地方，他的骨子里永远深藏对陶瓷的情怀。

陶瓷、美食、大街、历史，写下来，都是能够传承的。

能够认识刘培国先生我感到非常幸运，他是故乡的歌者，他永远在歌唱着他的故乡，他的魂永远留在了故乡，故乡是他永远写不尽的话题。

刘培国的乡情，是他一辈子的旅程。他的笔下又会有什么新玩意儿呢？我们拭目以待！

瞿旋和他的《侦察连》

中国是一个诞生英雄的国度。穿越历史，一曲长歌铿锵，让我认识了瞿旋，认识了他的长篇小说《侦察连》。在这部小说中，我穿过历史的时空，去会晤那些抗日战争年代的英雄。青山无语，那些抗战英雄可歌可泣的事迹是鲜活的。我喜欢看战争题材的小说，长篇也好，中篇也好，短篇也罢，那是从骨子里迸发的热切，读之酣畅淋漓，读后心悦诚服。也许与如今的潮流背道而驰，我想，似我这样从小接受爱国主义教育的人，对战争题材的书，特别是有关抗日战争、解放战争、抗美援朝战争的，可以说百读不厌。爱国主义的种子早已在我的心中扎下根，即使在很多老人都对战争题材的小说抑或电影感到索然无味时，我依然努力让自己的孩子培养读爱国主义教育题材的书籍的兴趣。

对现在的孩子们来说，《铁道游击队》《敌后武工队》等显然不如《家有儿女》《武林外传》有吸引力，若不是学校或家长要求看，他们是不会看的。不过，我在童年时代，对这类题材的电影、电视剧却是情有独钟。

那时，我最盼望的事情就是看露天电影，从《红色娘子军》《闪闪的红星》《地道战》《地雷战》，到后来二十世纪八九十年代拍摄的《开国大典》《大决战》等，我都非常喜欢。

前几天，我去沂源采风，专门去了李心田文学馆，这可以说是我对那个年代的梦想的一个交代吧。

有人说："你看，你的欣赏能力是否退步了？与时俱进是个多好的词，你说你干吗还对这些老掉牙的无人问津的片子和小说津津乐道呢？"

在他们的心目中，我虽然是个地地道道的文学爱好者，但的确是落伍了。

不过，我想人活着，是需要培养点兴趣的。精神面貌的焕然一新，有时比物质上的所得更令人欣喜若狂，于是，工作后，我试图圆个梦，那就是去读在童年时代、少年时代看了不知道多少遍的电影的原著小说。《林海雪原》《平原游击队》《苦菜花》《高山下的花环》……字里行间的深情，令我心情舒畅。也许是受爱国主义教育的影响，读了瞿旋的长篇小说《侦察连》后，我发现其中的精彩章节是不胜枚举的。

1937年卢沟桥事变后，中华民族的全面抗战拉开了帷幕。书中刻画了敌人的残暴以及山东农民的觉醒，书中描写的山东农民与日本兵殊死搏斗的故事如同一场电影。

故事中的侦察兵们从无奈到觉醒，从战战兢兢到血性勃发，从笨手笨脚到杀敌如虎，他们神出鬼没，各怀绝技。小说从抗日战争写到解放战争，最后到艰苦卓绝、险象环生的剿匪战斗，塑造了一个个英勇善战的英雄形象。这些精彩片段令人叫绝，此其一。

在作者的笔下，一根主线穿插在所有故事情节中，细节上又精益求精，但毫无矫揉造作的迹象。主人公许传领的出场是极惊险而刺激的。他爬树时遇到毒蛇，稍有不慎，就足以致命。作者的描写惟妙惟肖，一个大胆、勇敢的少年形象呈现在读者面前。看过《亮剑》的人，会为主人公李云龙拍案叫绝，我以为《侦察连》可与《亮剑》媲美。本书选材之独到令人叹服，此其二。

第三个精彩之处就是对战斗场面的描写。作者一改《林海雪原》《平原枪声》《湘西剿匪记》《武陵山剿匪记》以景色描写作铺垫，寓情于景、情景交融的写法，减少了对景色的描写，增加了对战斗的残酷场面的落墨，改变了过去敌人愚蠢、我方百战百胜的老套路，还历史以真实。采用如此写法，可留出足够的笔墨去描写激烈的战斗场面，去刻画人物或高大或猥琐的形象。一个恰到好处的动作描写，对完善主人公的艺术形象，往往是事半功倍的。

第四个独出心裁的地方就是对角色的刻画。本书一改过去正面形象就要完美无缺、没有一点瑕疵的写法，力求真实。生活中的人都是复杂的个体，有多面性，纯粹的好或坏都是违背历史真实的。出身的不同，观念的差异，性格的各异，都跃然纸上。好人不一定就是一点缺点也没有，比如书中对侦察兵内部矛盾的描写就很到位。对彭二这个"老红军"，瞿旋在肯定了他大胆果敢的品质的同时，也暴露了他人性的阴暗面，通过好色这一缺点将这样一个复杂的人物写活了。过去对人物形象的塑造，着重在对人格的刻画，往往走极端，好人好到底，叛徒、敌人大都是凶神恶煞的，有点尽善尽美的意味，虚假的成分多了，就有点不够真实。其实，即使是英雄人物，往往也有弱点、缺点。

另外，小说的地域色彩浓厚，用大量篇幅，字斟句酌，极尽功力，将地方语言融会贯通到了人物的对话中。还有，作者在动作描写、语言描写等方面也下了不少功夫，使得情节推进得更合理、人物形象更逼真。

　　《侦察连》这部鸿篇巨著的魅力不比《亮剑》逊色。据说包括八一电影制片厂在内的多家影视制作单位有意愿将之改编成影视剧，我们拭目以待。

　　小说《侦察连》给我带来的精神享受是无穷无尽的，令我忍不住一读再读。

乡音里的故乡

上了岁数的人，特容易怀旧，我就是如此。

临淄令人津津乐道的岂止春秋战国时期的历史呢？还有代代传承的民谣、童谣、民谚……老人家、孩子们，谁都能随口蹦出来几句。

庄稼人脑海中的事儿有千千万，那些事儿如此鲜活。那些故乡人的杰作，如家乡的小河般流动不息。

瞎胡诌，诌瞎胡，

拾起那镰来耪两锄，

一耪耪到柳树上，

震得葚子密糊糊。

张起兜来拾小枣，

一拾拾了些疙瘩梨。

上东庄，看二姨，

二姨见了好喜欢。

支下鏊子摊煎饼，

一摊摊了一天井。

《长尾巴郎》是故乡流传极广的古老民谣，朗朗上口。

苜蓿花

长尾巴郎，

尾巴长，

娶了媳妇忘了娘。

把娘背到山后头，

把媳妇背到炕头上。

擀油饼，

熬鱼汤，

不吃不吃又舀上。

在故乡时，我们一家老小过的是啥日子呢？的确是艰苦的。庄稼人对美好生活的神往是朴实的，过好日子是庄稼人常挂在嘴上的。

什么是过好日子？家里人身强体壮，一年的工分能折成千把块钱，粮食瓮里有让人眼红的麦子，缸里有比别人家能多吃一些日子的白面，卷子、饺子也能多吃上个把月。

吃得好孬，是判断一家子生活水平高低的主要依据，在穿上也是。当然，五奶奶的节俭、我家的被倒扒工分、春贞二嫂的寅吃卯粮，照旧是故乡人的谈资。

小时候，玩伴炫耀自己的压岁钱，有五毛，而我家唯一一次给的压岁钱只有一毛。新衣服，别人家是去辛店买的，我家是母亲自己买白布染色亲手做的，不过，粗布衣服是崭新的，我们也很满足。母亲说："别眼热别人，咱们就是这个日子。"

吆当罗细打面，

请好孩子来吃饭。

啥饭？杂面。

烧火,是我童年、少年时常干的活儿。听话的孩子多干活儿。干多了,也烦。那饭屋里的大锅灶,腊月里碰上雪天,烧火用的玉米秸、草潮湿,点火老不着,让人怄一肚子气。

孩子们像猴子腚上抹了蒜,一刻不闲,奶奶说是狗也嫌,吃顿饭,这屋那屋翻个遍。

勾勾喽,打鸣喽,
王大娘家蒸其馏。
蒸大了,猫拉了。
蒸小了,猫咬了。
猫来呢?上了山。
山来呢?雪培了。
雪来呢?化了水。
水来呢?和了泥。
泥来呢?脱了坯。
坯来呢?垒了墙。
墙来呢?猪拱了。
猪来呢?扒了皮。
皮来呢?糊了鼓。
鼓来呢?嘣噔嘣噔敲烂了。

冬天,特别是临近大年时,老人们会千叮咛万嘱咐:"注意保暖,别吃生东西。"我们嘴上答应着,行动时却依然故我。

雪后的房檐下,有一排冰溜子。砸冰溜子,是孩子们的乐事。吃冰溜子,对孩子们来说也是常事。冬天吃,难免就肚子疼。

老人们给用土法治,这有关治肚子疼的临淄民谣也顺嘴就来。

> 肚子疼，找老能，
>
> 老能不给看，快去找老万。
>
> 老万上了山，又去找老千。
>
> 老千出了客，再去找老百。
>
> 老百上了集，又去找老十。
>
> 老十喂着鸡，又去找老一。
>
> 老一也是不容过，
>
> 他疼还得先疼着。

不容过，在临淄方言中是没空儿的意思。

童谣是故乡的符号，它在故乡如此鲜活。比如这首《拍打燕子窝》，也不知道被人们口口相传了多少年："拍打拍打燕子窝，张了墙砸了锅。燕子来家不依我。"依是让、饶恕的意思。

《老雕转转》："老雕老雕转转，母鸡母鸡媬蛋，你不给我打水，我不给你做饭。"

《公鸡头母鸡头》："公鸡头，母鸡头，不在这头在那头。"

这个是说扒闷，就是老临淄人猜谜。扒闷，是最解闷的。

《小机札》："小机札，拨轱辘，开开楼门看媳妇。谁来了？老姑夫。挎个啥？小马虎，咬人不？不咬人——啊唔！"

《小牛犊》："小牛犊，跑得快。抹抹桌子摆上菜，你一盅，我一盅，咱俩喝得醉烘烘。你一碗，我一碗，咱俩喝得红了脸。"

过年，大人总要喝酒，父亲一帮子，兴划拳，谁输了，谁喝酒。

会酒令的，六六六，五魁首；不会酒令的，划哑拳，喝酒。

《小叭儿狗》："小叭儿狗，戴铃铛。钢啷钢啷到集上，待吃杏，嫌杏酸；待吃桃，嫌有毛；待吃栗子，去山上担。"

挑担子，我不陌生。腊月里我几乎每天都去后园的井里挑水，那扁担是颤悠悠的。

故乡的老人传承着临淄的方言和民谣，在大年时节便讲给孩子们听。

花椒树是故乡故事的作料。从那些儿歌里，我们能发现生活的趣味。年根下，奶奶常念叨：

花椒树，奔拉枝，
上头坐着个小麻妮。
脚又巧，手又巧，
两把剪子一起铰。
左手铰了个牡丹花，
右手铰了个灵芝草。
灵芝草上一对蛾，
扑闪扑闪过天河。
过去天河是俺家，
铺下褥子晒芝麻。
一碗芝麻两碗油，
大姐二姐梳油头。
大姐梳了个光又光，
二姐梳了个开花楼。
苍蝇上去站不住，
蚊子上去打跟头。

追根究底是孩子们的长项："奶奶，怎么坐着的是个麻妮，不能是个俊妮吗？"

奶奶就笑："怎么，要打破砂锅问到底吗？"我们就一笑了之。

故乡的年，在这些有趣的故事和民谣中，渐渐来临。

奶奶的故去，也带走了我童年的回忆，那些我昔日能倒背如流的民谣，如今大都忘记了。只记得寥寥几首，如今琢磨一下，还很有滋味。

小老鼠，上灯台，
偷油吃，下不来，
让他猫大哥背下来。
一背背了个扑隆隆，
拔了萝卜栽了葱。

煤油灯，我在故乡点了多年。理不辩不明，灯不挑不亮。说的就是它。

家里有俩小板凳，岁数比我都大，核桃木的，一个叫大板凳，一个叫小板凳。童年吃饭时，我们就争夺这俩板凳。有一首民谣就叫《小板凳》。

小板凳，一歪块，
地瓜面子包韭菜。
爷吃了去干活，
娘吃了做针线，
孩子吃了就去玩。

歪块，在临淄方言中是斜倚的意思。至今，这俩板凳，还在母亲家。小时候坐，如今我还坐它。

那时候，奶奶对我们很宽容，母亲对我们则很严厉。惹事后，我们这些不听话的孩子总会被母亲收拾收拾。她的观念是：打出来的孩子，揉出来的面。

有时候，挨了打，我就眼泪哗哗，心里不舒服，心想，她是我亲娘吗？这就想起了七大爷家的那个姐姐，七大娘是她的后娘，她亲娘早早就去世了。《小白菜》唱的就是没了亲娘的孩子。

小白菜，心门黄，
从打三岁没了娘。
没娘跟着爹爹过，
恐怕爹爹找后娘。
找了后娘三年整，
后娘生了个小儿郎。
弟弟穿着丝罗缎，
我就穿着破衣裳。
弟弟吃面我吃糠，
弟弟吃肉我喝汤。
眼看后娘待他好，
端起碗来泪汪汪。
弟弟问我哭的啥？
碗很热来烫得慌。

母亲那时在故乡还扮演着媒人的角色，很受人敬重。民谚

《媒人到俺家》讲的就是有关媒人的事情。

小狗小狗你看家，俺到南院摘红花。

一朵红花没摘完，听那小狗邦邦咬。

俺问小狗咬的啥，咬那媒人来咱家。

东屋搬板凳，

西屋搬杌札，

媒人媒人快坐下。

俺问媒人来干啥，

俺来给你闺女说婆家。

说到哪？

说到城里大官家。

也有骡，

也有马，

也有大车走娘家，

也有小车纺棉花。

随着奶奶那一辈人陆续走进历史，母亲也发如霜降，除了脾气犹如年轻时，身体真可谓老态龙钟了。有关故乡的那些人和事，如今都只留在记忆里了。

可是，对于含辛茹苦的母亲来说，故乡是她的舞台，她在故乡熬了人生中一半的时光，她的人生大事也多发生在故乡。

今年八十岁的她老人家，仍然在时常絮叨着那些过往，难以忘却。她嘴巴里的口头禅依旧与那些难熬的故乡岁月有关："一辈留一辈，老猫屋上睡。""一把勺子轮流舀，你们总要轮上。""日子过得怎么样，就像那舀饭的勺子。"

现在琢磨，原来这故乡的泥土里不但能种出菜蔬、粮食，也能诞生民俗文化。"蹊蹊跷，蹊蹊跷，站着没有坐着高。"谜底啊，就是狗。

故乡这本民俗书，你读得完吗？

一个"真"字写人生

我是不常给人写评论或读后感的，一是因为自己见识浅薄，二是在这个文学圈，还有很多高人。我是个一瓶子不满的人，写了近四十年，还是一个小作者。

衍杰是我的文学师兄，我对他崇拜得很。衍杰兄是一个勤奋的人，执着的人。

他快人快语，人很好。他的诗词歌赋写得不错，这是业界共识。

赋是他擅长的，他的现代诗也令人刮目相看，乃至拍案叫绝。他的功底深厚，让人赞叹。

我常读衍杰兄的诗文，也常参与文学创作。衍杰兄谦逊，给我留下了深刻的印象。他是我文学道路上的同行者，他的人品、文品、作品，有目共睹。

在2014年临淄齐文化旅游节上，我获了两个奖，其中一个是征文奖，衍杰得了一等奖，我得了二等奖。二等奖奖金是1000元。衍杰打电话祝贺，我当然要做东。

当时参加齐文化旅游节，要有票。因为我的办公室在古玩城，离活动举办地不远，平时也能去游览，对旅游节就感索然无味。尽管如此，衍杰来送票，我还是好酒好菜，拉了一帮子人在辛东清真饭店一通聊天，不亦乐乎。

喜欢读他的诗词。我请客后的第二天，有事去了工业学校西边。衍杰兄不断打电话，我还醉着呢，也未接，事后才知道，衍杰又约局了。

难忘衍杰，他热心，无论是当临淄作协副主席还是市现代诗歌学会的书记、主席，他都很努力。

有一次，他约我吃饭。知道我爱喝酒，他便从封神宫市场买了酱牛肉，好大一盘。那次我喝得很尽兴。

衍杰兄豪放，敞亮，说话有分寸，不像我口无遮拦，惹人讨厌。他绝对是一个好哥们儿。

我们交往多了，便常常相互鼓励、支持。他的女儿考上大学、结婚，我都去捧场了。我们在一起聊的就是临淄这方土、这些事。

衍杰兄是个好人，他的诗词、赋、散文，都很有特色。他嘱托我写点儿什么，但我之前因百般推脱不掉给人写序，弄得不快，本是不想再给人写什么的。

我已在文学创作方面取得了一点儿成绩，此时给衍杰兄写下这只言片语，他应不会介意吧。

盼望，衍杰兄在文学道路上，有更大的收获。

回味永远在童年

　　童年的趣事很多，大多占了一个"玩"字，说不尽。钓叮当，是我们在那个年代最快乐的"钓鱼"游戏，但钓的非鱼而是虫。

　　漫长的童年岁月，在小时候看来是苦闷与乐趣并存的。整个冬季，植物叶落枯黄、衰草遍地，野地里的动物也大多进入了冬眠，此时我们在野外玩耍也就显得单调和无聊。寒风凛冽，空气干冷。结冰的河面、一望无际的田野、干草密布的崖头坡畔成了我们玩耍嬉闹的好去处。

　　冬季最有趣的还是钓叮当。我所说的叮当，是一种昆虫，学名是什么，至今无从知道。总之是冬季到春季时期，田野里常见的一种昆虫。它外形类似蜘蛛，脚很多，圆圆的身子，卧在野地里的小洞中，轻易不出洞。

　　童年的我们，扒开茂密枯黄的衰草，清理出一个地方来，找到一个个小小的叮当窝，拔几根干枯的毛油草，将草慢慢向叮当窝续下去，慢慢蠕动，一下、一下………总之，钓叮当如同炖鸡一样是个细工慢活儿，急脾气的人是钓不出懒叮当的。早上起床时，奶奶不催促个三五遍，我们是不会挪窝的，奶奶常说："你们几个懒得像叮当。"这是那时候老辈人形容懒人最常用的口头禅。

　　你动它一下，它还浑然不知，但你用草挠得它痒得难受，它就大发雷霆，张开脚抓住毛油草，这正是你希望的。不过，当你慢慢向上提，提到半路，快到洞口，你欢欣鼓舞，兴高采烈地叫喊起来时，它又一松脚，落入洞中了。如此三番五次，急性子的孩子怒火上升，不是甩手而去，就是大声喊："我就不信你不出来，你这个该死的懒叮当。"气得解开裤子撒泡尿进去，好几个孩子的尿一会儿就盛满了洞，待叮当在尿中升起来，孩子们就用线把它拴起来，跑着玩去了。

　　这是性急孩子常用的办法，钓不出来就灌。细心的不厌其烦的孩子，就一门心思地像钓鱼一样钓叮当，一上午的时间总能成功钓出来三两个叮当，放到瓶子里，再与小伙伴互相炫耀一下自己的垂钓功夫。往往是趴卧得太久，压倒了一片片的衰草，衣服上也沾满了土或草末，有时连鞋也丢了，只好光脚回家，总要挨打或被口头训斥。有时钓得累了，也就躺在坡地树林里的衰草地里打个盹，借着冬季的太阳伸展腰腿。有时还能在衰草丛中捡拾到一张蛇皮，便如获至宝，或拿回家做药引子，或拿到集市上卖掉，换回可怜的几毛零花钱。有时选错了叮当窝，偶尔会蹿出一条冬眠的蛇来，哧溜哧溜，溜之大吉，吓得我们魂飞魄散，惊叫着四处逃散。

　　回想起童年玩耍的点点滴滴，便似回到了那快乐的童年，如流星般的童趣，成为我人生中难以忘怀的亮晶晶的光环。

故乡的歌唱家

去年去浙江的天台、仙居等地走了一遭。正逢夏日，我发现南方的蝉有别于故乡的蝉，人家那里的蝉声恰似那乐曲此起彼伏，不似故乡的蝉声聒噪。

童年的趣事太多了，捕蝉是其中一件，那里面有我快乐的童年影子。

蝉鸣声声的无忧无虑的童年，回想起来是如此甘甜。"明月别枝惊鹊，清风半夜鸣蝉。"喜欢文学的我，极钟情于辛弃疾的这首《西江月》。读着这首词，我的思绪就走进了儿时蛙鼓蝉鸣的乡村世界，走进了那无忧无虑的欢乐岁月。

农村孩子的夏天是沐浴着蝉鸣声度过的。每到夏天，门前屋后的小树林里处处可听见蝉们"知了——知了——"的鸣叫声。捕蝉是孩提时我们年年玩不厌的一种游戏。那时的我们个个都是捕蝉的高手。在绿树成荫的林间，蝉鸣声此起彼伏。侧耳倾听，很快就能分辨出蝉潜伏的方位。循声望去，一只可爱的蝉就出现在视野中，然而它却不知道自己大祸将至，还在得意地叫着。捕蝉的方法很多，最常见的一是手捉，二是在长竿顶部拴一个塑料袋或者布兜网去套，三是在长竿顶部粘一块面筋去粘。最好抓的是蝉尚未蜕皮的幼虫。一场雨后，蝉的幼虫尚在洞中的时候，我们就拿着工具于傍晚时分到树下，找蝉洞。

找到了挖掘一番，便能收获许多丑陋的蝉的幼虫。我们叫它们"梢前鬼"。我们若见了正沿着树干努力攀爬的蝉，便小心翼翼地顺着树干爬上去，慢慢向蝉靠近，然后出其不意地用手一捂，一只活蹦乱跳的蝉就被我们"俘虏"了。我们剪去它的翅膀，看它扑棱不起来就满足地笑起来了。

油炸盐渍的金蝉，对我们来说是难得享用到的美味。小时候缺少玩具，在有蝉的季节，我高兴时就抓一只蝉的幼虫来玩玩，看着它在地上来回走，摆布一下它抓人生疼的脚，看看它蜕皮后白嫩的身体，摸一下，柔软细腻的感觉真好。蝉蜕皮后，一会儿周身就变黑了，被用细线拴住后，它会尽力飞起来，人也随它跑起来。带"镜子"的公蝉，我们叫它公子，没有"镜子"的母蝉，我们叫它哑巴。抓到公子后，我总是抚摸它的须，紧一下它的翅膀，弹一下它的硬壳，听它不厌其烦地叫。农活累人的炎热季节，我们常捣蛋惹事，挨大人的骂是隔三岔五的，我们就找一只蝉来发泄心中的怨气。大多数时候，我们在树林下玩我们的，蝉在树上唱它的歌，只要它不撒尿在我们头上，我们与它们还是能相安无事的。

蝉蜕是一种很好的药材，小时候无聊的我们常用草串起一串串的蝉蜕，到邻近的路山收购站去卖，多少钱一斤，我现在已经忘记了，总之一次能收获好几毛钱。卖了蝉蜕后，便紧赶慢赶地到路山供销社大楼，买当时一分钱两块儿的糖解馋。糖在口中慢慢化开，那甜滋滋的感觉多年了我还记忆犹新，对蝉的乱叫也就由烦躁变成了感激。

我现在知道这种昆虫学名叫蝉，小时候却没有这个概念。当年我们这些半大孩子只知它是知了、梢前鬼。知了叫来拗口，梢前鬼听来也不雅，于是顺嘴改成了"烧钱"。总之是延续老

辈人的叫法，好像与死人有关似的。我们最乐意的还是叫它
"小哨"。

初夏，蝉声如雨，或奔放悠扬，或细软轻柔。有的开怀高
歌，如行云流水；有的低吟浅唱，似弄筝抚琴；有的时断时续，
像远方竹笛。蝉声从四面八方而来，汇成一曲环绕立体声的大
合奏，似海潮般一波又一波连绵不断地袭来。

这一年一度的歌唱，是对生命的讴歌，一曲曲蝉歌是对生
活的吟诵，歌唱，和鸣，是我们这些草木之人的存在理由。

静坐理思绪，落笔写真言

突闻噩耗，我一夜未眠，痛哭失声。居友会长与我亦师亦友，他又是我的长辈，我的远亲。别人或许很难理解，对于他的离世，我为何如此心痛与惋惜。

"静坐理思绪，落笔写真言"是他的座右铭。他敢想，敢写，敢说。文如其人，一点不假。

我是与光宗会长找上门去，认识他的。他虽然是我大姊子的亲表弟，我却一直无缘与他会面。直到 2017 年初，在临淄作家协会的微信群中我认识了齐人邹（邹光宗）、淄东叟（杨文航）、薛居友。当时，邹兄写打油诗，文航写格律诗，居友写古风诗，我很佩服他们。久而久之，读居友的诗多了，就有了拜访他的欲望。我与邹兄约好，到乙烯南路上他的书画室去看他。

打电话约好了，我也带了礼物——青州古街书法家刘正立的字。见面，甚欢。我的书他收下了，那字就扔一边了。

他的书画室很大。他的特色是自己先写诗，再找写书法的人给写成字。里面不乏名家王法颜、王行宏、罗复义、刘怀荣等老师的作品，让我大开眼界。

居友长于写诗，他的这首自题诗，有他的个性在里面。

命运多舛勿彷徨，潜心愿闻书墨香。

两耳兼听窗外事，一吐为快舒衷肠。

鹿马分清显骨气，污泥不染映荷塘。

成功成仁随他去，嬉笑怒骂作文章。

他的诗如烈酒，如火焰，有力道，有高度，我十分欣赏。他的性子也如笔下的诗词，有一股子直爽劲。

他邀请石匠将自己的古风诗刻在了公泉峪、金山、青州薛庄等地。那首《石碾》写得超绝，也是他的得意之作。"石砣碾出五谷香，村妇箩筛磨坊忙。风雨昼夜守古寨，静听村民话沧桑。"这诗借物喻人，抒写的是历史和记忆、岁月。你说，普天之下，诗人多如牛毛，谁能赶得上他？

头一次见他，他早上到金岭老家买上了牛肉、豆腐，那几个菜是真有味儿。他书法水平高，懂书画收藏，教过书，干过海员，开过饭店，经历可谓丰富。

自此，我们交往多起来，事后才知他对刘正立的字不屑一顾是有原因的。原来，他是书法行家，我汗颜。

诗歌朗诵是他的长项，每有笔会，他高声朗诵一首《酒，液体之火焰》或《我的中国梦》，便会赢得满堂喝彩，被奉为压轴节目。

2017年5月我去济南参加了山东省散文学会在济南火车站附近的铁路文化宫举办的文学讲座，认识了作协之外的散文圈中的人，顿感耳目一新。

回来后，我与居友联系依然频繁，两人基本每天通电话，谈创作和感想。我对写近体诗跃跃欲试，征求他的意见，他鼓励支持我。

我学近体诗觉得艰难，是他带我进入了齐鲁石化老年大学的诗词班，使我认识了李志民老师。我给诗词班的同学送了我的文集《酒壶楔》，还请老师、同学吃饭，增进友谊。可是人家不对外，老年大学管理人员查到我，不许我进教室，不让我学，我就在门外听。之后，临淄区老年大学开了诗词班，我得以加入其中，如鱼得水。听了崔景舜和朱恒铸老师讲的课，我才入了诗词的门。每逢写了诗词，作为我的第一读者，居友总能提出深刻的建议。

在刘建博老师儿子的婚宴上，我与居友谋划，想成立淄博市散文学会，双方一拍即合。

给市文广新局发邮件不到一周，便接到电话让我去拿批文。我感到莫名其妙。裴科长说："你不是要成立学会吗？"我如梦初醒。

我信心百倍地去文广新局拿回了批文，总以为7月办学会十分顺利。我注册了一个淄博市散文学会群，半天人数就达到了150，好兆头。事实上，我是因见惯了文人相轻，才会与居友另立山头。

市民政局不给批，还是徐姐给帮忙，找了市领导说明情况才给批了。为这事，我2017年11月在南方出行，一天打几个电话给居友，还熊了他。12月21日，学会才正式得到批复。

每一次笔会，他都有使不完的劲。只有我能说他，他不在乎。

居友是个真性情的人，做事绝不拖泥带水，评价起别人来也不管别人的感受。我的诗在《诗刊》刊登后，有不少人前来祝贺。《诗刊》发新诗多，想在上面发表近体诗可谓难如登天。

居友就泼凉水："纪强，别以为上了《诗刊》就成诗人了。"一句话，话糙理不糙，让我有些飘飘然的心落了下来。

居友有才，有傲气，他不管你的感受，甚至会当面讥讽，有时让我下不来台。好在我见多了形形色色的人，也就不在乎。

去玉鑫拜访时，钱总那么忙，还专门接待我们。居友心直口快，云："你有钱，赶得上王健林、马云吗？"让人很不爽，但人家不计较。

在有些场合很多人会逢场作戏，善意的鼓励让人受用，直截了当的批评显然不合时宜，但真性情如居友者，敢说，一针见血，是难能可贵的。某某主任写了打油诗，让我评。我说，很好。让居友评，居友言辞犀利直中要害，场面又一度陷入尴尬。

我这人是这样，见人尊敬人，难免说些溢美之词，居友听了，不以为然。他曾当面说我："纪强，你的诗中尽是风花雪月，文章写得无滋无味。"

居友信奉的是文章要有正能量。在参加广饶笔会时，广饶文友与我观点一致，认为能量是无正负的。居友很不以为然。

居友，以前称呼你为老师、会长，你都不在乎。每逢宴饮场合，我喝尽兴了，总要给你这舅端酒。彼时你一乐："嘿，又来了。"有时我也夸居友一句，你是世界第一诗人。每逢此时，你开怀大笑："一般，一般，世界第三。"

居友，你是真的文胆、诤友、良师，在今后的岁月里，我会一直感激你。

情深情深，情真的祖孙

情深，话也长，这是我脑海中的故乡。那个大院里的风景、人物，那些酸甜苦辣，那些趣事，至今历历在目。

对于应制的文章、诗词，我如今是惜字如金了。不想写，也懒于写，不屑写一些自己不乐意写的题材，也就不难为自己了。不过，这些写故乡的文字，也许许多高手是不屑一顾的，我却写得津津有味。

隔代亲，这是一个常见的话题。那一股股亲情暖流，如汩汩清泉，滋润着我的人生。

奶奶与我们之间的感情是难以用语言描述的。隔代亲这词在农村流行了多年，说的是祖孙之间的感情。如今，奶奶的音容笑貌依然宛在眼前，回想起与她一起生活的日子，我心中感到无比甘甜。

每到春天，我们这些孩子就会到冰雪消融的河边玩耍。奶奶听说后，担心得不得了，总是拄着拐杖气喘吁吁地赶到河边规劝我们，怕我们掉进河里淹着、被冷水冻着。我们却听不进去，一见奶奶来，怕她撵我们回家，不是麻利地爬上树，就是快速躲藏到河岸上的干草丛里，任凭奶奶如何喊叫，都不答应，也不下来。玩够了回家后，奶奶照例要训斥一番，叨叨说水火无情，我们却当时说好话，过后依然如故、我行我素。

在我小时候的农村，大人做饭时，小孩子们烧火是司空见惯的事。我们这些孩子隔三岔五就要去拾柴火。麦收过后，家家把麦穰晒得干干的、垛得高高的，直到过秋用的柴火足够为止。用板车往家运麦穰是奶奶与母亲常做的，我们这些小孩子帮忙。秋天过后，玉米秸就被拉回了家。在门外垛一个大柴垛，以备一日三餐烧火时用。有时候，我们会随着母亲到地里搂些玉米茬做柴烧。冬天拾柴火就难了。这时候，之前储备的柴火已基本烧完了，我们就跟着奶奶到草木凋零的坡里，拔些干草，直到把苇筐盛满了，才挑回家，一天要往返多次。下雪后，我们就到河边的树下捡拾或爬到树上掰些干树条，捆扎整齐，这时候奶奶总笑眯眯地夸奖我们一番。有时，我们还会拿着耙子到河滩里耙些半干不湿的苇叶烧。

有一次，连续几天阴雨绵绵，柴火都湿乎乎的，我负责生火，点了几次火都不着，火柴用了一大盒，还是只见烟不见火，气得我不得了。奶奶做的玉米糊饼子还等着上锅，已来催促了好多次。我暴跳如雷，气得甩手罢工，还愤怒地把奶奶供奉的灶王爷画像揭下来扔进了灶膛。我撂挑子出去玩去了，奶奶只能伛偻着身子自己生火。她从半湿的柴草中找些稍微干些的柴火，忍受着刺鼻的烟雾点起火来，被呛得眼泪不断。事后奶奶看到灶王爷画像不见了，急得不得了，几番追问后，我仍不承认，她没有办法只好又"请"了一个。奶奶说，把上天言好事的一家之主丢了，是大逆不道的大事。我们嘻嘻哈哈，也不去管她。奶奶在灶屋里不断祷告，说灶王爷不见了是自己的错。

小时候，家庭条件不好，我的零花钱寥寥无几，吃得也不好。平时吃的油水虽少，但四季的水果蔬菜是非常丰富的。过年是我们盼望的日子，临近过年，当家做主的奶奶总要给母亲些钱让她赶集给我们添件新衣服、买几挂鞭炮，我们也喜滋滋的。

盛夏季节，酷暑难熬，奶奶会早早地给我们放好蚊帐，晚上也常起来给我们扇一扇。

遇到有点好吃的，无非是平时常见却难以日日吃到的糖果、饼干、桃酥等吃食，奶奶大都给我们分吃了，自己舍不得吃。有时经不住我们劝，她就吃上一点儿，说："打打馋虫就行了。"

冬天到了，寒风怒吼，常有下雪天。小时候闲暇时的我们，喜欢在家听奶奶讲古，奶奶讲的多数是老故事，有时也讲《天仙配》这样的神话爱情故事。晚上村里若是放电影，她就拿着板凳带我们去看。若是邻村放电影，因路远道滑，她就不让我们去看，我们就和她生气。

雪天，我们住的大院一片银装素裹，麦秸盖顶的土屋上一片雪白，天井也被雪覆盖了。屋檐下的冰挂长长的、晶莹透亮，冒着丝丝寒气。屋外的鸡也躲进了鸡窝，四周一片沉寂。觅食的麻雀在雪地里、屋脊上、屋檐上飞来跳去，找到一点食物就争夺一番，留下了许多爪印。奶奶就教我们抓麻雀：先将院子里的地扫出一小块，然后拿来一个柳条筛子，用一根绳子拴根短木棍，用木棍撑起筛子，再在筛子下放上些麦粒、谷粒，便可以牵着绳子远远地等着了，觅食的麻雀不久就发现了美味，一个个地飞下来，到筛子下抢粮食吃。奶奶一个手势，我们心领神会，及时拉拽绳子，筛子便盖了下来。这样，我们有时一天能逮住十几只麻雀。奶奶高兴得不得了，她抓住麻雀，杀掉剥皮，连肉带骨一并剁碎，加油、放盐炒熟，给一家人当咸菜吃。这种吃食，奶奶叫"窄"，是下饭的好菜肴，能吸引人多吃几个窝头，多喝几碗粥。

有时候，我们会到树上摸鸟窝，到小河里抓鱼，到井边抓蛇，奶奶知道了，免不了担心。秋天，奶奶带我们去野地里抓蚂蚱。大的好抓，扑一下，抓一个，一会儿工夫就用毛油草串了一大串，我们便高兴地大喊起来。最难抓的是小蚂蚱，个子小，不等抓，它就飞，一会儿就蹦远了，有时一下钻到草丛里就看不见了，难得能抓住几个。我们最乐意抓的还是大的，有时收获多，能拿着十几根毛油草串起来的蚂蚱，一路蹦跳着回家。回家后，奶奶把蚂蚱用盐腌一下，做饭时，炒一下，美味可口，我们便可以饱餐一顿。

如今我常带儿子回家，父亲母亲也是竭尽所有招待孙子。看着高兴的父母和欢蹦乱跳的孩子，我就会不由自主地想起以前，想起奶奶与我们在一起生活的快乐日子。隔代亲，细细回味，如此甘甜。

六爷爷

临淄农村人喊爷爷，声调不是二声，而是三声。爷，这一个字，喊二声是喊爹，喊三声才是喊爷爷。这种叫法，常常让外地人一头雾水。

六爷爷家，六爷爷、兰文小叔、六奶奶、光辉、兰章大爷已一个个都走了，如今只剩下了大娘、王涛大哥，还有那在响水的小婶子以及我那俩兄弟，也不知道王谦、曹小临、小婶子近况如何。

母亲今年八十岁了，老态毕现，这话茬总离不开生活在农村的岁月。她在娘家杨店的日子，我们家在南王生活时的艰辛……每逢母亲打开话匣子，翻腾出这些陈芝麻烂谷子，我总无言以对。在母亲面前，静静听她絮叨，也许也是为人子者的一种幸福吧。

忆起童年岁月，我的思绪就不由得飞回了家乡，想起了与六爷爷相伴的日子，笑眯眯的六爷爷便如在眼前。

六爷爷爱花在村里是出名的。童年时，我一天要到六爷爷家跑好几趟，一进大院，就像走进了花的海洋，清香扑鼻，令人心情舒畅。

六爷爷家一进门长着两棵一人高的美人蕉，小时候，我们常常与六爷爷的孙子光辉在院里玩捉迷藏。负责找的人首先用手捂住眼，不能偷看。藏的人藏匿好了，便说一声"好了"，然后缩起身子，不再出声，也不再动弹。负责找的人在大院里屋里屋外找个不停，吆喝几声，藏匿者也不答应。有时把六爷爷家的内屋、正屋、饭屋、厕所、柴房、柴垛以及犄角旮旯，能藏人的地方均找个遍，像筛子过筛一样，仍不见人影。小孩子们想不到芭蕉树丛中也能藏人，急得团团转，找不到，只好认输，被处以弹脑壳的惩罚。惩罚结束后，重打锣鼓另开张，换人，再捉迷藏。欢声笑语充满了六爷爷家的大院。

六爷爷嗜好养花，老人们戏称他为"花痴"，说他像《天仙配》里面的月下老人一样。日子久了，我们就叫他"花痴六爷爷"，他听了便笑眯眯地摸着我们的头，说："调皮捣蛋鬼，竟敢开爷爷的玩笑。"我们大笑着，恐怕六爷爷用烟袋杆子打，一边叫着"花痴"跑开，一边回头看六爷爷的脸色。六爷爷从椅子上起来，拿起笤帚疙瘩，装作要打我们的架势，我们就飞快地跑出院子去了。

六爷爷的正房北屋前，用砖垒了两排围台，足有一米高，专门放开得鲜艳好看的花。月季、海棠、兰草、茉莉、蚂蚱菜花都开得鲜艳夺目，蝴蝶飞来飞去，蜜蜂也来采蜜，我们就抓蝴蝶玩，跑来跑去，累得气喘吁吁。难得抓到一只蝴蝶，它挣扎着逃生，我们偶尔松手，见它翩翩飞走了，就非常后悔。挣扎后逃不走的蝴蝶，常挣掉了翅，弄得我们双手粘上很多粉子。有时，抓住一只大蝴蝶，我们就用一根细线拴着它，然后看它飞。有时候，我们还会将五彩缤纷的好看的蝴蝶夹在书里做标本，小心翼翼地收藏，偶尔在同学和小伙伴中传阅，任他们欣赏、品评一番，得意地看他们羡慕得不得了，他们有时会拿小画书与我交换，我也乐此不疲。

有一年，六爷爷家的巨型仙人掌开花了，这在当地可谓一桩奇事，临淄广播站的人为此还到六爷爷家采访。附近村里的男女老少闻讯，也都赶来看个稀奇。看着绿色带刺的仙人掌顶部站立着几朵黄黄的小花，众人啧啧称奇。六爷爷说："照料仔细的仙人掌，六十年才开一次花。"当时正上小学的我们就兴致勃勃，为此还写了一篇作文。

六爷爷照料他的那些花，非常细心。松土、打药、浇水，真是细致到了极点。六爷爷养的文竹长得旺盛，爬满了六爷爷正屋的房屋四角，是他的得意之作。六爷爷家的爬山虎爬满了一面墙后，屋里真是冬暖夏凉啊。他常在养月季的盆子里放鸡蛋壳，我们问他干什么用，他说："给花增加养分。"弄得我们莫名其妙。

到六爷爷家玩，最喜欢的是他养的含羞草。六爷爷叫它缩手草，一去碰它，它就卷曲，一拿开手，它又舒展。六爷爷说："它就像个大姑娘，见生人就皱眉头。"我们就常跟含羞草玩闹一番。

有一年，六爷爷家的昙花快开了，我们就赶到六爷爷家等着看。六爷爷在屋里的椅子上坐着抽旱烟。六爷爷手拿着烟袋杆，黄铜做的烟袋锅上浓烟缭绕。六爷爷吸得嘴巴不断响着，条山几上的收音机里放着京剧《甘露寺》，他咂一口烟，续一口茶，听着京剧，一副悠然自得的样子。

昙花开了，六爷爷也过足了烟瘾，放下了冒气的茶碗，我们随六爷爷来到院中，只见一个四周用铁丝架固定的花盆里，有一棵硕大的厚叶子的花草。它的顶部慢慢地开出了花，一朵、两朵、三朵。白色的花真好看呀，众人围着观赏，都笑容满面。不久，花朵慢慢耷拉下脑袋，好像蔫了，失去了生机勃勃的样子。

真是难得一见的"昙花一现"奇观。

　　如今偶尔回到故乡，想去寻找童年的影子，便不由得想起六爷爷，想起被姹紫嫣红的花朵映照着的六爷爷的笑脸。"花痴六爷爷"的音容笑貌如在眼前，是那样的亲切。

苜
蓿
花

故乡的那些美味

故乡是一本菜谱，天知道，这本书里有多少佳肴。

（一）条子

在我的故乡临淄，一说条子，人人都心领神会——手擀面。庄户人又名之曰擀汤。千万别较真，汤，嘿，能擀吗？

老家说的条子，就是手擀面。据母亲说，对于条子，庄稼人有庄稼人独特的吃法。龙凤面、条子、粗面、寿面、百岁面等，虽然都属面条一类，但宽窄、擀法、吃法却截然不同，难怪我将这些食品混淆时，母亲总是一本正经地纠正，把我听得目瞪口呆。原来，对不同的面条，庄稼人的吃法竟然有天壤之别。

颠笊篱其实也是个绝活，那饺子、馄饨、面条，在手里随随便便一颠，便一点也不怕粘了。

面食也有孬好，高粱面的窝头、玉米面的贴饼子总不如白面做的卷子，手擀的纯白面的汤，也就是面条能满足人的胃口。令人难以置信的是，我那时还是一个十二三岁的孩子，一顿饭就能喝三大海碗汤、吃两三个大卷子。我做小工的那年，干了一天活儿，回家吃饭，一气吃了母亲给擀的六张菜饼，喝了三碗糊米汤，直喊"过瘾"，把母亲吓了个愣怔。

菜饼、汤面、油饼，都是母亲拿手的面食。天越热，母亲擀面就越兴致勃勃。只要是面，不管细的、粗的、宽的、窄的还是豆面的、玉米面的，母亲都能做得美味可口。

汤面有热、凉之分，我们那的人都叫汤。一听说"今天擀汤"，孩子们就欢欢喜喜，干活也就很配合。那时吃面条，多数时候没有菜，是咸菜就汤，吃喝自如。有时碰上好光景，母亲也会炒个菜；日子捉襟见肘时，就顶多琢磨个凉菜。只要能扒碗面条，就是只就个咸萝卜条或啃个辣黄瓜，也津津有味啊。

（二）馅食

炸馅食，故乡人的花样儿多。

槐花馅食、嫩花椒芽馅食、薄荷叶馅食、山楂叶馅食，都是童年的美味。最诱人的当然是炸荠菜面糊，以及清明前的炸椿芽面糊。至于母亲包的荠菜饺子、奶奶包的荠菜大包子，因放了油渣，那更是令孩子们满足。

面糊好做。把拌好的荠菜剁碎，放盆中用盐腌渍入味，和面糊掺杂在一起，家境好的，也可以打上个把生鸡蛋。接着用筷子搅成糊状，放在锅中用油炸或烙都可。假如有五香面，放上，滋味更佳。

农村常给小孩子吃的令大人和半大孩子眼馋的美味就是炸面糊。白面调糊，加个鸡蛋，用油煎。金黄金黄的，令人舔嘴心动，必欲尝之而后快。时节不同，做炸面糊时加的菜也不同。加槐花、荠菜、婆婆丁、椿芽、花椒芽、嫩薄荷叶，做成类似馅食的食品，那也是颇解馋的。

荠菜面糊用小黑铁锅炸，往往是母亲炸着，孩子们就在一边眼巴巴地等着吃。我们家常常是奶奶炸，我烧火，弟弟、妹妹这些小孩子先尝。奶奶眉飞色舞地说："妮最小，先尝。"把第一块夹给妹妹，五六岁的妹妹乐得不得了，也不嫌热，用手抓过来就吃。弟弟也是如此，反而是我这烧火的，只能眼巴巴盼那第三块。母亲端下的预备盛荠菜面糊的柳筛子此时成了摆设。等孩子都品完了，奶奶与母亲再尝。那份满足，绝不亚于过年时穿上新衣服。

看孩子们狼吞虎咽，奶奶与母亲就很满足，说："看这些馋虫，都是一季子的东西，过几天再给你们炸椿芽、炸槐花。"孩子们也不用望眼欲穿地期盼，那鲜货很快就下来了。

榆叶粥、榆钱粥、荠菜面糊我都吃过，遗憾的是奶奶许诺的肉馅的荠菜饺子、榆钱馅食我却没有吃过，也不知道到底怎么做。不过，母亲做的油炸冰糕我却品过一次，也算是个稀罕物了。

（三）下包子

馍馍搓粉，油爆葱花，加盐，翻炒。炒些花椒粒，掺些韭菜或者嫩南瓜丝，沥出水，拌匀。家乡人用这种馅儿包出的水饺，好看、好吃，让人一吃忘不掉。

饺子怕粘，面条怕糗。童年时代的饭屋里是没有铝制的漏勺的，即使有庄稼人也不乐意使。那长短不一，大大小小的柳笊篱被随随便便地挂在饭屋的墙上，人们想使什么样的，就随手一摘。顺手拿来舀饺子，轻便趁手，那水沿缝隙哗哗一沥，饺子就乐颠颠地跳进了筛子抑或大粗瓷碗里。来不及盛的，就舀到柳条筛子里。怕粘的话，就轻轻一颠，那饺子是个个喜人。

在故乡的方言中，对美食的称呼很特别。临淄人一说包包子，外地人就嘀咕，会以为是包蒸包。这就大错特错了，水饺，在我家乡的方言里就叫下包子，对蒸包，则名之曰大包子。

（四）拌菜

在野菜蓬勃生长的季节，凉拌的嫩野菜可谓佳肴。母亲就拌过蚂蚱菜，很爽口。

庄稼人会吃，既会拌野菜，也会拌菜园里的能生吃的菜，莴苣叶、芹菜、黄瓜、茄子，拿蒜泥拌一拌，都美味可口。假如再加一点芝麻盐，味道会更佳。倘若把嫩扁豆蒸熟了，加蒜泥、酱油、香油，拌一拌，味道亦是辣香可口。妙哉妙哉，那些生手倘若放多了醋，那酸就不是酸嘴了，是酸心。

母亲会做拌菜。把蚂蚱菜等择净了，用开水一烫，杀杀土腥味，放蒜泥、芝麻，抑或淋香油，加麻汁，为出味道，有时还别出心裁加点苏子叶，那是在饼鏊子上烙酥的，香气能飘几里远。

母亲会做，孩子们自然会吃。拌好的凉菜，入口清脆，辣乎乎，咸滋滋，就是窝头也能下去几个。

（五）蟹子

吃了多年母亲捉的蟹，如今却忘了如何分辨公母。母亲笑眯眯地说："这还不容易？将螃蟹翻过来看肚子，圆脐的是母的，三角脐的自然是公的。"再吃蟹，验证一下，果真如此。

肥蟹，味美，肉多，母亲很会挑选。母亲吃得最多的就是年少时捉的河蟹，不过对如今兴起的湖蟹母亲也津津乐道，至于海蟹，她就很少吃了。母亲选蟹有她的窍门：先按着蟹壳一压，肉质紧实与否就明了了；再用大拇指按一按蟹脐顶端腹壳的软硬，或者捏一捏蟹脚的软硬，一般来说，大小一样的螃蟹，重量较重的肉质较为结实肥美，如果重量较轻或按着较软，则多半是空壳子或注水的螃蟹。

看肚脐，圆的是母蟹，最受人欢迎，那蟹黄也厚实，黄得诱人。吃蟹，大多数人对母的情有独钟，而尖肚脐的公蟹，就几乎无人问津了。

母亲懂行，瞅颜色，看个头，摸肚脐，看蟹毛，看蟹爬，专选青灰色蟹壳的鲜蟹。母亲又会砍价，看母亲挑完螃蟹去了，人家就心疼。那些不好的蟹抑或死蟹，自然就难卖。母亲去选蟹，卖蟹的就讨好母亲，说："老太太，给你最好的，别影响我生意啊。你这招还是别外露啊。"母亲此时总是欢天喜地的。

（六）炸货

这是过年才有的美味。在童年时代，老家每家每户都炸年货。母亲、父亲炸好的年货有藕盒、馒头丸子、豆腐丸子、萝卜丸子、刀鱼、扁豆之类，都放在一个大柳条筛子里，最下面垫两三张煎饼，挂在梁头上。矮小的孩子们眼巴巴看着，只能望"梁"兴叹。我琢磨着偷吃点，跃跃欲试，与大两岁的哥哥一咬耳朵，不谋而合。我家兄弟姐妹四个，分工合作，有望风的，有扶椅子的，有上桌子偷的。负责上桌子偷的大孩子摸进柳筛子，摸着啥就先迫不及待塞进嘴巴里，喜不自禁再摸，摸着扁豆盒就自己吃点，摸着别的就传给下面的小的。这好吃的，让人吃得很过瘾。密谋的孩子们，嘴巴都得到了极大的满足。不过，偷吃嘛，也不能无休止，既要吃得舒服，也不能让母亲与奶奶发觉。

兄弟姐妹偷炸货就像老鼠拉粮一样，一天偷一点，皆大欢喜，倘若贪得无厌，一天偷几次，没有几天，就是座山也要被吃净。东窗事发的一天，奶奶发现过年的东西被吃了大半，总要指桑骂槐，埋怨老鼠偷嘴，而母亲呢，总要问个青红皂白。那时候，不到万不得已，几个孩子是不会不打自招的。被母亲逼急了，老是妹妹"叛变"，招了供，母亲不把我们训个狗血喷头不算完。不过，挨了骂也值，毕竟好东西是自己享受了。

（七）地瓜

老百姓吃地瓜没有多少讲究，多是煮、蒸或切片做粥，只有在宴席上才能见到更美味的琉璃地瓜，那时我们这些孩子只有眼馋的份儿。

（八）扁豆

炒扁豆是母亲的绝活。油少也难不住母亲。馋人的猪油渣还有点儿，母亲就滴点麻油，或者蒸，或者拌，抑或放点辣椒丝炒。油不足，就多放点盐，味道极佳。

茄盒、藕盒、辣椒盒，母亲做起来得心应手。我曾吃过母亲炸的扁豆盒，虽然没有肉馅，但妙在母亲腌得入味。放点素馅，或者放点虾酱之类，做出的扁豆盒有点三鲜的味道，吃起来很过瘾。不过，因为外面裹了层面，也像蒸盒，自然别有风味。

（九）坏蛋

在童年时代，家里常孵小鸡，总有二十一天不出鸡的"坏蛋"，也就是毛蛋。有些老人忌讳，总掩埋掉。母亲却不管这些，把它们放到咸菜瓮里，即使三伏天也不坏。蒸干粮时，就一起蒸上，也是美味可口啊。这道菜，毕竟是个肉菜嘛。

（十）麻雀

吃了不疼瞎了疼，母亲总如是说。冬天，在雪地里逮麻雀，总能收获几只。母亲挖了内脏，舍不得剔骨头，剁成泥，加最咸的咸菜末，炒了，香咸无比，下饭。想来，这从冰天雪地里得来的菜是难得的。

（十一）野菜大包子

野菜大蒸包母亲也常做。对于夏天来不及吃的野菜，母亲想了一招，晾干了，挂到阴凉处，藏到粮瓮里。到了菜蔬稀少的冬季，孩子们吃腻了白菜、萝卜，食欲不振时，想起了这干野菜，母亲就泡了，做成蒸包或野菜饼，香味四溢啊。难怪胡同口的邻居二大娘羡慕："他二婶子就是会掂对，这腊月天还能吃上鲜货。"

（十二）苏子饼

在缺吃少喝的岁月里，孩子们对馋，是记忆深刻的。能吃点好的解馋，实在是件美事儿。

在生产队时期，我家只有母亲一个人挣工分，日子难熬。孩子们嘴馋，嗅觉灵敏得像见不得腥的猫，心里痒得难受。就琢磨吃点好吃的，瞅见谁家来客人，闻见谁家飘出香味，就迫不及待地去解眼馋。回家就好学舌：七大娘家又擀油饼了。

左邻右舍偶尔擀个单饼，抑或擀个汤面，虽然是黑面，颜色不好看，但那浓浓的滚烫的汤汁，葱爆锅的扑鼻而来的香味也足以吸引孩子们去旁观。如果家里擀了菜饼，瞅着那红得发紫的如珠子般流出的菜汁，攥住菜饼，张开口，把菜汁美滋滋地吸到嘴里，便得意扬扬，满足得不得了。

没有油没有肉的时候，母亲就琢磨着擀个苏子饼给孩子们解馋。苏子是庄稼人自己种的植物，父亲说是中药的一种。它们开白色的小花，庄稼人在地头沟壑边随意一种，成活率很高。它们像野草一样疯长，开过了花，就结籽。那些籽黑油油的像烟籽，擀单饼时，苏子籽和苏子叶都是难得的香料。

母亲擅长擀饼，厚饼、单饼，油饼、菜饼都很拿手，但我最难忘的还是母亲擀的苏子焦饼。擀焦饼似乎是母亲的绝活，她擀出的饼薄如蝉翼。

母亲舀两葫芦瓢面，即使是黑面，孩子们也欣喜若狂，毕竟是难得一见的好东西。母亲和面时，那个釉瓷盆在母亲猛烈的和面力道下，一个劲地颠簸，欢得像那迎风的旗。母亲手里有劲，和出的面筋道，和完面后面盆里干干净净，没有什么遗留。

有时候，母亲会在面里打个鸡蛋，和个鸡蛋面，那就算得上奢侈了。母亲将苏子洗干净，切成碎屑，加上盐滋润透了，和面时就加到里面，有股油的香味。我心里琢磨，肯定好吃。

母亲平时擀的单饼是柔软的，而焦饼要求硬而脆，一碰就碎，因为太薄，所以很多人做出来的往往有煳味。母亲做的焦饼却鲜有煳味，里面的芝麻像星星点缀在上面，又像一个漂亮人脸上美中不足的麻子点，吃起来是香而脆的。咬在嘴里，酥得不得了，别有一番风味。

当然，母亲偶尔擀个苏子菜饼，孩子们也很兴奋。童年时，我感觉苏子叶是难得的美味，其味道比扑鼻而来的茴香味还特别。

（十三）饼褶

饼褶是我童年时常吃的美食。做饼褶时，先将面粉和豆粉混合倒入盆里，加温水和少许盐水，再搅拌成稀糊状，然后将糊糊放进加了一点香油、烧热的锅里，用锅铲均匀地摊开，摊成一张薄薄的饼子。将饼子正反两面都烙熟了后起锅，放在砧板上用刀切成一个个小方块的样子，在外面的大簸篮里晒干，晒到饼褶都因失水过多而卷起来。晒好的饼褶类似晒好的芋头干，收在篮子里或者袋子内，吃的时候，抓几把，单独做汤或和肉丝放在一起，做汤做菜或者直接当饭食来吃，特别鲜美。饼褶如果不打算放很久，还可以打几个鸡蛋，与面粉、豆粉一起搅拌均匀，做成高级的鸡蛋饼褶。

农家还会用土豆泥、芋头泥、南瓜泥等加点粉丝，炸成丸子。吃的时候，投进滚水里，加点白菜与葱姜蒜盐等，或者装在盘子里，搁在饭锅馏笆上蒸热吃。

（十四）汤

汤在临淄很有名，备受推崇。汤在临淄有广泛的含义，一指汤食，一指汤菜。老临淄人把手擀面条也叫汤。

我是个土生土长的临淄人，对汤虽然没有深入的研究，但对喝汤、吃汤却是习以为常的，也算有点发言权。

汤作为食物来说似乎是普普通通的，有点无从谈起的感觉。我却青睐汤食多年。汤似乎比粥要稀，所以才叫汤。面汤在我的童年时代是好东西，很解馋。在肉、油缺乏的日子里，老人常做汤。清水不受欢迎，但倘若在清水中加点面，哪怕还是清澈得能照出人影,再撒点盐,抑或放点菜末,就能勾起人的食欲。

汤有咸汤、淡汤之分。淡汤似乎不受人欢迎,而心灵手巧的大人,在汤中加些野菜,再淋点咸菜汁、椿芽卤,便做成了滋味十足的咸汤。

可以作为菜肴享用的汤那就更是难得的美味了。临淄人常吃的黑蒡子猪肉片子汤如今在农村的宴席上还能见到踪影,但在平时难以见到的了。临淄人待客讲究礼节。家里来了客人抑或遇到大年节、婚丧嫁娶,这菜在老人们眼中是应酬的"大件"。临淄人对汤的青睐绝不止于此,临淄的汤与博山的汤能媲美。

大师傅做黑蒡子猪肉片子汤有讲究,用老汤做引子,用料讲究。将东北有名的黑蒡子,选了又选,选出上乘的货色;把那罕见的肥猪肉片,或者是好的五花肉,切得如同蝉翼,薄得透明,让人一见就垂涎欲滴。

宴席上的这道汤,是色香味俱全的。黑蒡子被煮得烂烂的,肉漂在汤上,油盐醋搭配得合理,那各色大料的味道都融进了汁里。更美妙绝伦的是,勺子一舀,抑或盘碗一转,那漂浮在汤表面的细腻的香菜的鲜味,以及浓郁的肉香味便扑面而来,直往鼻子里钻。往往是做汤的悠然自得,端汤的欣喜若狂,喝汤的迫不及待。一勺入口,眉飞色舞,那个味道简直难以形容。什么叫舒坦?喝了汤就知道了。

在过去的岁月里,临淄除了有上面介绍的人人称道的美味外,还有鱼汤,当然还有避暑降温的绿豆汤、煳米汤、大米小米汤,各种丸子汤,还有鸡蛋汤、紫菜虾皮汤……当然也有最简单也最好做的西红柿鸡蛋汤,这是酒席上必不可少的汤。宴席上比较常见的还有酸辣汤和鱼汤。

在我的童年时代,村里有河也有湾,青鱼、鲇鱼、鲫鱼、鲤鱼是极常见的。当然人最乐意吃的还是草鱼和泥鳅。农闲时节，老人们无聊，就烧红个缝衣针弯个钩钓鱼。鱼也狡猾，人们很难钓到大鱼，也就难以吃到煎鱼，小鱼倒常能收获不少。小鱼大多被做了鱼汤，虽然油少，但多放醋和花椒，又有盐味，味道也不错。庄稼人的孩子是不嫌鱼腥的，令人赞不绝口的就是这鱼腥，舀勺汤喝，很过瘾。

临淄的汤，说不尽，道不完。

（十五）野菜

临淄是野菜的故乡，春季里，那沟沟坎坎里都萌发着野菜。老临淄人习惯于做菜豆腐，一说豆腐，不用问，说的就是菜豆腐，而对平常说的豆腐，则名之曰出豆腐。你看看，临淄方言里的滋味够浓厚吧。

野菜嘛，做得最多的花样是菜团子。蒸了菜团，用蒜泥拌着吃。这些普普通通的一季子鲜货，孩子们尽管放开肚子吃。哪里的野菜嫩，个儿大，孩子们就去哪里剜。

（十六）菇渣头

故乡的美味数不胜数，菇渣头算是一种，孩子们爱吃，却不是天天能吃到的。在那对好吃的盼望中，也包含着对菇渣头的向往，吃一次菇渣头能满足好几天。吃完一次，在心满意足之际，就对美好生活无比憧憬。

庄稼人眼中的菇渣头有两种，先说第一种。那是如今的孩子所不了解的，当年我们对菇渣头的期盼绝对不亚于和儿子一般大的"90后"孩子们对汉堡包与炸鸡的向往。

菇渣头是一种面食，属于流质食物的一类，做法简单得不得了。舀一碗面，加一点水，用筷子搅成碎面疙瘩。这疙瘩大小要适中，大了不好，小了就如同粥了，也不好。搅得太碎了，不如意，那就再加水，再搅，直到搅成不大不小的疙瘩，像小杏、大枣大就好了。

下菇渣头没有多少讲究，用大锅下，如同下面条似的，一抖搂，开水下锅，用勺子一搅，煮熟装碗即可。

若是用小铁锅下菇渣头，那是要过油的。放猪油，葱姜蒜一爆。放水烧至开锅，下菇渣头。当那油花漂在菇渣头汤面上时，那诱人的面香及葱蒜香，绝对吊你的胃口。喝菇渣头汤，喝得嘴巴里吱吱响，那劲头绝不亚于父亲歇阴天喝烧酒吃猪头肉时的舒坦样。我想，民以食为天，这食文化，绝不仅存于山珍海味之中。吃得饱，又吃得好，几大海碗菇渣头就能让你满足了。

炒点熟肉掺杂在菇渣头里到底是啥滋味，我至今难以想象。在童年时代买肉是论两的，要凭票购买，谁家能舍得在菇渣头里加肉呢？如今我琢磨，倘若童年时吃着母亲做的面香四溢的菇渣头，再配上父亲的拿手菜肴黄瓜拌粉皮，挑起一筷子薄如蝉翼的鸡蛋饼褶，估计神仙也会流口水。

家乡人津津乐道的第二种菇渣头是一种野菜。母亲是做这类菇渣头的行家。把嫩的菇渣头剜回来，洗净，用开水焯一下，其中的土腥味就荡然无存了。肥肉片炒菇渣头，那味道能香死个人。倘若母亲正好擀了单饼，卷上菇渣头，两手一握，这边吃着，喷香无比，饼那头就漏出了油，孩子们就贪婪地再咬那边，那滋味永世难忘。

庄稼人做菇渣头是很少炒的，常见的做法是做菜粥，有时也做菜团子。菜团子在我们临淄老家叫扒拉子，很好做。洗净的菇渣头，不用切，蒸干粮时顺便蒸上，一层面一层菇渣头。蒸出来的扒拉子，是紧成一团的，趁热吃就行。母亲的吃法通常是捣好蒜泥，调好味，拿那蒸菇渣头蘸蒜泥，又辣又香。菇渣头的清新滋味是永远能令你心满意足的。

菇渣头做水饺馅也是很美味的，当然，若是有油、肉更好。若是没有多少油，用肥猪肉做馅儿，下出来的水饺会似灌汤包。我想，叫灌汤饺应该更恰当。菇渣头馅的灌汤饺应该是我独创的美食吧，倘若真是我独创的这道菜的话，它应该叫"纪强菇渣头灌汤饺"。

在当时穷得叮当响的家庭，人们满足对肉的幻想的办法是把炼猪油后剩的油渣掺杂到菇渣头里做馅儿。这馅儿当地人叫肉珍珠，孬好是荤的。老百姓的说道是荤的就比素的强。包饺子也行，做大包子也行，做凉拌菇渣头也好，都是美味佳肴。不过，别忘了事先用开水把菇渣头烫一下，否则凉拌出来有股土腥味，是不美的。

这两种美味菇渣头，要想色香味俱佳，我还得抽空专门回趟家向母亲取经。

（十七）腌菜

酸菜公认的是东北的最地道，腌大白菜、腌萝卜、腌雪里蕻等。吃火锅、吃酒席、吃烧烤，这些酸菜都是不可缺少的。

老家的雪里蕻是十分美味可口的。也许是受民俗的影响，我小时候，父母从没有腌过大白菜。大白菜是庄稼人在漫长的冬季离不开的菜，但庄稼人却不怎么会做，主要是因为油少，让人无可奈何。

奶奶会腌白菜，她老人家最拿手的是腌白菜心。将嫩白菜心切碎了，放到碗里，一层白菜一层老粗盐，若是加点芝麻盐，再淋点稀罕物香油，炒点黄豆用蒜臼捣成粉加上，就更是难得的美味。

奶奶会腌菜，有时候加椿芽卤，那味道就更独特了。韭花酱老人们都会做，加到腌菜里，那咸、香、辣就更别提了。那辣与辣椒的辣是不同的，大人孩子都爱吃。

季节不同，奶奶做的腌菜也不同。野菜不好保存，奶奶有办法。有些野菜汁水容易散失，只有夏秋季才能被做成腌菜。煮熟了，用蒜泥、麻汁、醋、酱一渍，几分钟就入味，腌时间长了反而不好。就像用生鸡蛋拌韭菜当馅儿包饺子，包得越慢，出水越多。仁心菜好办，晒干，像玉米棒一样挂在墙上，啥时候想吃，就泡开，做腌菜也行，包大包子也可，都是好吃食。

不用奶奶教，母亲耳濡目染，也学会了腌菜。母亲会腌青西红柿，老家叫下园子柿，还有扁豆，不是干扁豆就是青扁豆，都要煮熟或蒸个半熟。喜欢吃辣的，不妨加上个辣椒，如果用过了油的虎皮辣椒拌腌菜就更出味儿了。

那年的腌雪里蕻，已经够味儿了。母亲把烙饼时积攒起来的烙苏子叶揉碎了加上，引得邻居的孩子们眼巴巴地瞅着，馋涎三尺长。为什么？苏子本身就是庄稼人赞不绝口的植物，那叶烙酥了，喷喷香，放点咸菜条或丝，卷在煎饼或单饼里，那香味是扑鼻而来，让人难以抵挡的。苏子在庄稼人心目中就是解馋的东西，美中不足的是它却不是一种菜，是不能单吃的。

腌茄子、腌黄瓜，在我的老家，只要能吃的菜大都能做成腌菜。冬季的腌白菜帮，奶奶不会整个地腌，那样就成了咸菜了。她总是别出心裁，来点花样，将帮拉几刀，拉成藕断丝连的样子，不是为了美观，是为了入味。也许这是地地道道的庄稼人的创举。

下了园的老扁豆，还有来不及长大的小扁豆，扔掉可惜，母亲就腌在了院落里的那个咸菜瓮里。奶奶那辈老人擅长做的也不知已传承了几辈子的菜，就是韭花酱扁豆，浸透了味道后，韭花的味道中有着浓郁的扁豆味，咸得不得了，很下饭。

（十八）鸡蛋

一个鸡蛋，用豆油炒的，用猪油炒的，用花生油炒的，水汆的……不同的做法，不同的人做，那滋味有天壤之别。父亲做的炒鸡蛋是一绝。

把鸡蛋打到碗里，用筷子搅好，放盐入味，热锅放油，下鸡蛋液，翻炒熟。不带煳味，黄黄的诱人。倘若有五香粉，加上点儿也未尝不可。

做菜的人，最大的享受，不是别人口头的赞美，而是看到自己做的饭菜被别人狼吞虎咽搜刮干净，甚至恨不得把盘子底也舔干净。父亲就有这样的本事。自己做的饭，即使自己吃不了几口，夹不了几筷子，看别人欢迎，对自己来说那也是极大的鼓舞。

（十九）黄瓜拌粉皮、鱼

父亲做的另一个特色菜是黄瓜拌粉皮。老人家会买粉皮，以土豆粉的最佳。不到万不得已，父亲是不用地瓜粉的粉皮的。把洗干净的黄瓜，用刀背拍碎，把粉皮用开水煮熟，父亲最忌讳的是粉皮煮不烂，那这个菜就滋味不足。在农村生活时，菜园里一下来黄瓜，父亲就摘下来，去瓤，做这个菜离不开蒜泥、麻汁，好年景时，炒两个鸡蛋掺杂上，是难得的凉菜。倘若有虾皮、海米，放上也好。进城后随着日子逐渐变好，这个菜的配料也日渐丰富起来。炒鸡蛋变成了鸡蛋饼丝，那丝上滴答的油就够诱人的。最后演变到掺杂上了炒熟的肉，那滋味就有了天翻地覆的变化。

父亲是习惯"看人下菜碟的"，谁喜欢吃什么菜，他都记得，只要到了家里，他就给做。也不用琢磨，都在心里。我家的鱼炸的多，蒸的少，父亲最得意的是炸黄花鱼、刀鱼、偏口鱼。父亲不喜欢事先腌鱼，什么花椒、五香粉、辣椒，那些料他从来不用。父亲不讲究用料出味，这也许与他老人家的口味有关。他做鱼也简单，只要鱼进了油盐，那滋味出来他就心满意足了。豆腐鲫鱼汤，父亲也做过，不过就比较罕见了。五冬六夏，父亲做的油煎狗杠鱼，当咸菜吃，滋味就更足。不过，口淡的人是不喜欢的。好在我与父亲的饮食习惯差不多，都口重，只要有肉，就不刁钻。

会做是本事，会吃也是学问。

临淄的美味，还有多少，谁又能说得清呢？

婶子，你是我的亲娘

在农村，很有意思。我的父亲，我当面喊叔，喊母亲就叫婶子。父亲喊自己的亲娘，也是如此。这该是在那个年代特有的吧，不过，这个喊法在当时也不多见。

知母莫若子，这话有一定道理。母亲的性格是独特的，极暴躁，火气很大。

小时候，我武断地以为母亲的性子如三舅、四舅那样慢，很少有大动肝火的时候，后来经过几十年的观察，才发现是大错特错了。母亲属于那种心直口快，心理承受能力也还可以，但到了一定程度就要爆发的脾气。总之，不是脾气好的人。

之前陪伴母亲打吊针，母亲劝我："家和万事兴。"又说要求同存异，说："一母生百般，也有兔子也有獾。强求别人接受你的观点，那就是家长制。"母亲是"忍"字当头，大度从事。

知道母亲生了小病，我牵挂着，就回了家。母亲生气了："都忙得很，来干啥？怕别人不知道你娘生病吗？"我回家本来是好事，老娘却想多了。我就不言语了，在一旁陪着她。母亲就山南海北地拉起那含辛茹苦的日子，说起拉扯我们的不容易。猛不防，问："早上吃饭了吗？"我说："没。"母亲就熊上了："都四十的人了，还不知道保养自己。自己不疼自己等着谁疼呢？指望别人能行吗？"这话匣子一开，什么"人是铁，饭是钢"的道理就滔滔不绝。母亲催促我要么回家做点儿,要么去附近吃点儿。我知道母亲认老理的脾气,也不敢反驳,知趣地出去吃饭了。知道我吃完饭母亲就心满意足了,不过,这训子的话还是没完。

过年嘛,母亲喜欢吃的菜也没有多少。初六那天,碰巧父母家的防盗门开不开了,我就打出租把母亲接到了我家。母亲一瞅见我家冰箱里空荡荡的,就埋怨上了:"这哪像过日子的人家。"我自觉去买菜,父母亲又不乐意了,他们就喜欢吃大白菜、馒头、稀饭。两个老人既然不让我出去买,我也就作罢了。回家母亲就睡不着觉了,与父亲说我这个孩子没有头脑,孩子是好孩子,就是不知道顾家。

闻着孙子的脚奇臭,是胶鞋沤的,母亲不训儿媳妇,就对我下了手,说:"你说你怎么老不惦记事呢?自己的孩子脚都被沤白了,不知道心疼吗?没事也不给孩子刷鞋、洗袜子。孩子没有个好习惯,不都是你教的吗?"我检讨了几遍。母亲数落完了,临了说一句:"说也白说,打小拉扯的,我还不知道你那脾气?左耳进右耳出,什么时候到了我这个年龄你就理解了。"

母亲训完了我这不让她满意的儿子,又说起了她的孙子,说:"啥人啥命,你眼里没活儿,不会疼人,这孩子不随你吗?他初一去了姥姥家,就像没有家的孩子。没头脑的东西,连个电话也不给我打。白养了。"我脸上火辣辣的,母亲却像没事人似的。

父母亲牙口不好,离不开粥。每次回家吃饭,母亲也不管我愿意与否,都给我盛上满满的几乎要溢出来的粥,说:"一米度三关,啥养人?粥最养人。你们这些自以为是的孩子,三天不吃肉就以为自己吃了亏,打错算盘了。"不喝,母亲不让步;

喝了，我又不情愿。母亲说："你以为是让你喝毒药啊？你娘能毒死你吗？"你说，这老太太，挖苦得我，只能痛快喝了，她就高兴了。

为了吃早饭和喝粥、冬天加衣服的事，母亲也不知道叨叨了多少遍。母亲养生的习惯是每天多喝开水，多喝粥。她劝我喝，我说："我在单位喝茶，一天三顿粥，不是玉米的，就是大米的。"母亲说："啥粥也不如小米的。"这"老顽固"不逼儿子就范是不会罢休的。

说起如今的儿媳妇眼里没有婆婆，母亲说："我当儿媳妇那年月，千方百计哄着你奶奶，啥都让婆婆管着。我含辛茹苦挣工分，受了委屈也是自己解决。要是公开与婆婆闹，让婆婆生气，街坊邻居也笑话。"不过，母亲总能设身处地地关心儿媳妇与孙子孙女。

母亲是个老好人，不过一旦起了性子、来了脾气也够厉害的。

别看母亲平时慢悠悠的，性子却是急如烈火。每逢父亲说我话多的时候，一向沉默寡言的母亲也会蹦刺："这不是随老王家吗？祖辈上的传统。"一说，父亲就不吱声了。父亲不再说话，母亲却开始喋喋不休。也怪，一个平时话金贵的人说起做儿媳妇时的委屈来，好像三天三夜也说不完。

小孩子们贪玩，少不了打架斗殴。农村里那时候时兴"争情理"，吃了亏的孩子就让大人陪着找上门来，如同受了八辈子难有的委屈。我总是被打的对象。胆小如鼠的我在外受了欺负，感到十分委屈，便与奶奶说，奶奶虽疼孙子，但是不主张上人家里声讨，也就是唉声叹气，自我消化。她百般叮咛孙子们少惹是生非。我们惧怕母亲的脾气，自己吃了亏很少与母亲说。与母亲说了，自己不被她收拾一顿才怪呢。自己的孩子吃了亏，母亲总是从自己的孩子身上出发，找毛病，很少袒护孩子，所以我们想指望母亲帮着出气是不可能的。我被人欺负，就委屈地向哥诉苦。这时候，就显出亲兄热弟的滋味了，哥就去教训人家一顿，我的气就消了。

有因就有果嘛，人家吃了亏，就不依不饶，往往是大人来，孩子诉苦，邻居们看热闹。母亲往往是先对我们瞪一眼，再对人家说好话。当着人家的面下狠手教育孩子，对母亲来说那是上策，能让人家出气。人家心满意足地走了，母亲的火就上来了，关上大门，把我们打得鬼哭狼嚎。我感觉母亲很傻，别人家都是打孩子给外人看，恰似刘备摔孩子——收买人心，而我的母亲是真正舍得实实在在地打孩子。

人是有勤有懒的，有实心眼的就有耍滑头的。到地里翻土是个累活，翻土时见生土是必须的。一锨下去，是熟土，不挖三满锨不行。生产队长一声令下，大家你追我赶，生产竞赛开始了。母亲是实实在在地干，自然也就受累了。人家却不慌不忙，也不怎么累，活儿还漂亮。原来是老油子耍滑，两锨熟土，一锨生土，无论怎么瞅，深度、土的搭配比例都过关。他生土翻少了，自然就省了劲。眼明的人就悄悄告诉母亲这里面的道道。母亲说："我是个老社员了，这点猫腻还不明白？我想，偷奸耍滑，能省一时，还能指望一世吗？"母亲的憨，令人动容。

在生产队时期，向坡里推粪不是个好活儿，上锨、推小车、拉车都由专人负责，有时也轮换。这里面也有道道，同样是湿粪，拣大块的装看似吃亏，实际上比装小块的要省事。母亲呢，无论干啥，都拣累的干。人家笑她不会偷奸耍滑，母亲总笑对："人嘛，还是实在点好。"这实在背后却是千辛万苦。

实行生产责任制的第一年，人的私心就膨胀。交公粮前，母亲精挑细选，用大笸箩选、簸箕簸，将枝叶杂质都丢弃了，选最好的精粮食交公粮。有些人呢，就打起了小九九。验公粮的人只看口袋上面的部分，有些人就把劣质的甚至已发霉的粮食放在最下面，然后在上面放好粮食，也能轻松过关，而且甚至粮食的评级还不低。人家看我母亲那么实落，就教她弄虚作假。母亲反过来给人家上了一课，说："小偷针，大偷金，赚小便宜，没良心。"说得人家面红耳赤，抬不起头来。

监守自盗，在生产队时期是很常见的。不过，丢失东西，看门的责任难逃。当然若是"丢"些小东西，也就不了了之了。比如说，麦收时夜晚在社场看麦子，人家从阳沟内外接应，像老鼠偷油、蚂蚁搬家一样偷麦子。一场院堆积如山的麦子少个百八十斤没有人知道。人家孩子吃用偷的麦子换来的瓜果吃得舒服，母亲总视而不见。有人讥笑母亲"傻得不透气"，母亲说："不做亏心事，不怕鬼叫门。"

母亲的"憨"成就了我们的一身正气。憨厚的母亲，其实就是我们为人处世的一把公正的尺子。母亲，就是我们做人的尺度，道德的尺度，正直的尺度。

关怀备至这样的字眼本不该用在母亲身上，母亲对孩子更多的应该是一种无微不至的疼爱，那是一种浓郁的亲情。关怀一类的词用于领导对下属似乎更恰当，而我却将它用于我的母亲。

我这人有个习惯，四天去父母家一趟，现在因家庭有变故，买了房子，手头紧了，就空着手去。两位已六十多岁的老人也不说什么，知道我也是不得已：都四十岁的人了，力不从心地弄了个大房子，这座山现在有点背不动了。母亲看我消瘦的样子，心疼了。父母两个话赶着话就说起来了，说再累也不能穷自己，苦肚子。这两个人轮番给我"上课"，我心里不舒服。我也是个孝顺的孩子，知道老人身体不怎么好，平时都尽量顺着老人，谁叫我是他们的儿子呢，如今四十岁了，还让老人担心。实质上，父子连心，母子连心，即使我过了六十岁，倘若老人还健在的话，他们为我担心的这根筋怕还是断不了的。被说急了，我就顶撞老人一句，我向来是不喜欢当着父母的面哭穷的，你说，让老人担心又是何必呢？

我住进新房子后，母亲来供所谓"宅神"。她先毕恭毕敬地祷告一番，又烧香磕头。我虽然不信，但也不好驳了老人的好意。母亲又心疼孙子，说这么小的孩子过路口多令人担心啊。又担心我为房子的事操心，心理压力太大，吃不好，身体垮了。说实在的，我现在确实是节衣缩食，天天吃青菜对付。你说，也怪，往常过经济宽裕的日子吃大鱼大肉，还馋，现在经济上负担过重，是酒也不馋了，肉也不怎么想了，真是过上了苦行僧般的日子。倘若再穿上一副僧衣，似乎云游四方也未尝不可。

我经受了挫折，父母担心也就在所难免了。而母亲说，最吃亏的就是这个小孙子。见母亲眼里含着泪，你说，我再伤感也不能当着父母的面哭一场。假如看到我哭，母亲一定会失眠的。

俗话说：儿行千里母担忧。我如今虽近在咫尺，但家庭的变故也够两个老人操心的。我尽量镇静自若，父母说什么，尽量不反驳，当好父母亲的忠实听众。父母亲还是认老理，信奉"娇子如杀子"的哲理，三番五次翻拣我的"不是"，把我说得一无是处，每句话都一针见血，批得我抬不起头来，至于我听进去与否人家也管不了了。父母的训子经，吃不完饭是不会告一段落的。老人的良苦用心，随着年龄的增长我也日渐能体察到了。好孩子还是以顺为孝。人在我这个年纪很难，上有老，下有小。而父母的心境，也许要等我到了父母那个年龄，经受过更多的人生磨炼后才能真正体会到。

母亲对我的关怀，虽然都体现在一些家常便饭式的琐事上，却足以感天动地。我多想，这两个善良的老人好好活着，我就是到了八十岁，也还能有老人时常在耳边敲打一番。

当我八十岁的时候，倘若两个老人家还健在，我想，只要他们思维还敏捷，定然还是会事无巨细地对我嘘寒问暖的。有老人疼，即使当面训你一番，让你尴尬，或许一时心里不畅快，但事后想想，也是一种幸福。

母亲这一代人正落在了空里，她是旧时代的儿媳妇，新时代的婆婆，原来是婆婆管着她，如今的儿媳妇却是不服管了。母亲原本觉得很失落，不过，天长日久，她也想开了。

如今的儿媳妇们，都有工作忙着，有小家庭的琐事累着，没有闲工夫与婆婆交流，也就很少有跟婆婆红脸的时候，那以前常见的婆媳剑拔弩张的"战争"场面也就少见了。

偶尔起点冲突，母亲总让着儿媳妇们。儿媳妇们有时若惹恼了母亲，母亲只是独自生气，自己消化自己的委屈。

若是儿媳妇与儿子闹情绪，母亲总是为儿媳妇争情理，数落儿子。母亲说："自己有气自己消，自己消了方为高。"母亲还说，"儿媳妇们也不容易，既要孝敬老人，又要伺候孩子。你说，做老人的不大度能行吗？老人就要有个老人样，有事要让三分。"

家庭成员之间能和睦相处，比啥都好。母亲说："人心都是肉长的，实心待人还能感化不了人吗？"我们兄弟姐妹四人，家庭都美满幸福，是因为母亲做出了表率。你说，母亲的心胸能算狭窄吗？

母亲总叮嘱我们："男子汉要有大度量，在家让着老婆孩子不丢人。"在母亲的教导下，我这个不体谅老婆的人，也知道嘘寒问暖了。母亲说："男人就是男人，别与老婆斤斤计较。女人说男人几句没什么，谁叫她们是女人呢。你说哪个女人不小心眼，不情绪化呢？哄女人高兴也是门学问呢。"

还别说，母亲真是个万事通啊！

我记得有这么一句话：大肚能容，容天下难容之事。我想拿这句众所周知的话形容母亲绝不为过。从母亲大度的为人处世方式中，我学到了许许多多。

有了家庭纠纷，母亲总是冷处理。母亲说："一家门口一个天，千人千脾气，万人万模样。你想改变一个人几十年的性格和脾气，可能吗？那就只有求同存异了。""一个巴掌拍不响"是母亲对家务事的总结。"吃一堑长一智"，母亲的这句话当铭记在心。母亲啊，有你健在，我们是多幸福啊！

我写亲情的短文多，多是赞美母亲的。其实生活中难免有不尽如人意之处，我与母亲之间的恩怨也不少。小时候，我就曾抱怨母亲，与母亲有了隔阂，甚至与她搞冷战和对立。

在童年时代，我感觉母亲不怎么疼我们。孩子在外惹了事，或打架斗殴被人找到门上，总不是件光彩的事。对于这种事，人家的母亲总是雷声大雨点小，在外人面前教育孩子就象征性地打一下，关起门来是舍不得打孩子的。母亲却不然，她在外人面前不打孩子，关起门来就下狠手。我感觉她不是一个合格的母亲，有时候我甚至会想：她到底是不是我的亲娘？人家打孩子都是做给外人看的，而母亲打我们却是实实在在的。小时候日子过得捉襟见肘，不怎么幸福，我就常在心里抱怨母亲：干什么生这么多孩子？少生几个日子不就好过多了？母亲脾气大，我心里埋怨她是有的，却不敢正面顶撞她。

有一次，我干活累了，就问母亲："看人家孩子少的家庭过得多好，有两个孩子就足够了。你含辛茹苦地拉扯我们四个多辛苦，年轻时怎么就没想着少生两个？"母亲说："都知道孩子多是累赘，不是病了，就是缺吃少喝，令人发愁。这不，生了你哥时，我心里就有点遗憾，琢磨着要个丫头。人虽然不能十全十美，却是盼望儿女双全。没有想到，生了你，又是个儿。我心里酸溜溜的，你奶奶却眉飞色舞，比天上掉了馅饼还高兴。我盼闺女心切，生了你弟弟后，就更发愁了。心想，这闺女命怕是没有了，三个儿子该如何养啊？大病痊愈后，又要了你妹妹，我身体也垮了，生活也就更难了。"

母亲是个要强的人。在生产队时期，社员是靠工分生活的。我们家七口人，四个孩子，一个老人，父亲在外，只有母亲一个人挣工分。年终生产队清算，母亲劳动一年，累死累活，一家人的口粮是挣不出来的。人家劳力多的家庭，分了钱又分粮，年底是皆大欢喜。我们家是花钱买工分，因为倒欠生产队的，母亲便十分郁闷。

母亲成年累月地忙，我们却不会看眼色。也许母亲更喜欢善解人意的孩子，眼里有活儿，少惹事。我们兄弟姐妹四个，天生玩性大。我最难以容忍的是母亲累了会对我们这些孩子发脾气、训斥、打骂，强制我们喂养那些鸡鸭鹅猪。我们无论如何不情愿，也还是要听从母亲的指挥去干活。

在童年时代，我感觉母亲极不公平，对我最苛刻。我曾向奶奶抱怨说："她老让我烧火，为什么不让哥和弟弟干呢？好像我天生是个闺女似的。"我当时愤愤不平：干的不如不干的，不干的不如指手画脚的。如今母亲说："你那时能干点力所能及的活儿，也是为我分忧啊。"

在母亲的心目中，女儿就该会干家务活，并且要干得出色。她曾经教妹妹烙饼，妹妹续柴草掌握不了火候，饼生了挨骂还在其次，有时不及时翻饼，饼就煳了，母亲暴躁，顺手就打。妹妹含着泪，仍旧是默默地干活。妹妹有时也烦躁，曾经对我说："看你们几个哥就省心，母亲也不强制你们干活，真是偏心啊。"想来，妹妹现在的一手好家务活都得益于母亲那时的严格要求。

在母亲的心目中，男孩做家务活会比不会强，我们乐意学，她就教，不乐意学，她也不强制。有一次烙菜饼，我翻饼翻晚了，饼煳了。母亲已教过我多次，我都未学会，也许是因为悟性差吧。母亲火了，说："滚吧，还不如我自己。"我虽然脸上挂不住，但也不计较，正恨不得早走呢。

现在我每次回家父母亲总做好吃的。我包的饺子，父母亲看不上眼，会严厉批评，不厌其烦地说我。母亲常说做家务就像过日子，还是自己会方便啊。

我从家里搬出来的前一年，家里承揽了个糊水泥袋的活儿，也算个家庭副业吧。母亲手把手地教，我总做不好。我把那些胶都刷上了，干出的活儿老是不过关。母亲一气之下打了我，还不让我哭，直到我学会、做好，母亲才心满意足。

被母亲训斥后，我暗下决心，今后一定要混出个人样来，绝不再做这力气活。那时候，我就想，什么人是什么料，你说关公就是一介武夫，耍大刀是不在话下，但你若让他像小姑娘似的绣花，他能耐得住吗？

对于母亲，我有许多的抱怨和不平。我想，母亲啊，你为什么不一碗水端平呢？直到我有了孩子，才体会到母亲的用心良苦，那是恨铁不成钢啊。

盛夏姑苏花又开

我与树俊兄可谓老朋友、新相识。为什么这样说呢？他的文字我读了不少，我与他在网上相知相交、惺惺相惜，而真正相识见面，是在我策划的，由内蒙古西部散文学会、《西部散文选刊》、淄博市散文学会联办的"田园山居杯"全国文学大赛的笔会活动中。他是作为大赛颁奖典礼的特邀嘉宾参会的。我俩一见，大有相见恨晚之感。与才华横溢的树俊兄把酒言欢，酒逢知己千杯少嘛，真乃一件幸事。

文友之间的交流，海阔天空，无所顾忌，谈得投机且透彻。与见多识广的树俊兄交谈，对我来说也是学习的过程，我收获多多。树俊兄是一个执着的人，一个对文学十分痴迷的人。来之前，他告诉我，他新书的样书已经出来了，只是没有办法让出版社寄到姑苏。他来齐国故都淄博参会，是想让全国文友一睹该书"芳颜"的，只能先将书快递寄给我，他也急匆匆地赶来山东淄博临淄区参会，真是思维缜密，两不耽误。他一再叮嘱我，让我为其新书写个评论。我虽然已混迹文坛 35 年之久，也在《诗刊》《人民日报》《人民政协报》等发过作品，但自觉才疏学浅，不敢妄评，便只答应为老兄写个读后感，权当学习一番。

我咬文嚼字已经三十多年了，深知文字的魅力古往今来一直是无穷的。好的文字，如一场盛宴，也如一场音乐会，有令人耳目一新的感觉，既让人饱眼福，又让人有久旱逢甘霖的快感。美文如美人，让人悦目而不敢亵玩，这就是一种境界。懂得欣赏文字，做一个彻头彻尾的播种者，是难能可贵的。坚守文字阵地，不断提升自我，是一个大写的人的绝妙之处。我读了树俊兄的《一条河的思念》，就有这种感觉。

他的文品、人品、性格，从他写下的字里行间我都能感觉到。发乎于心，言之有物，有水到渠成的感觉，这种文字就像磁铁一样能把人吸引住。俗话道"牵牛要牵牛鼻子"，为文也是如此。写要能写到点子上，让人读之欲罢不能。让文字产生这种奇效，树俊兄已经游刃有余了。

鲁苏山水相连，互为唇齿，我与树俊兄也亲如弟兄。树俊兄的这部大作《一条河的思念》，文字厚实老练，篇篇都是美文，字字珠玑，一根感情的线穿插其中，令人有先是误入桃源，接着豁然开朗的感觉，扑面而来的是一股清新之气。常言道："上有天堂，下有苏杭。"他笔下的江南，是诗意的水乡，令人神往。树俊兄情感细腻，文字由浅入深，由此及彼。他擅长从生活的细枝末节入手，将心路历程写得蜿蜒曲折，令人叹服。其驾驭文字的能力，已经到了炉火纯青的地步。

我认为一个文人，首先应该是一个热爱生活的人。我以为无论是谁，为诗为文，都会有可圈可点之处。树俊兄笔下的人物、文化、旧事、游踪，都是鲜活的，宛如一脉清泉，扑面而来的是一片凉意，一片沁人心脾的舒爽。这本书中的篇什无论长短，看不到一点矫揉造作，找不到一丝无病呻吟。我想，这是一个大丈夫的气派，有下笔如有神的快意。从丰富多彩的生活中积累的具有质感、美感的素材，方能动人心弦，才能振聋发聩。

接地气，抒真情，是为文者追求的目标。文字如风景，推开一扇窗，看到的是一个清凌凌的世界，一幅青山绿水图映入眼帘。树俊兄的文字就有这样的魅力。

人人是老师，处处是课堂，行行有学问。树俊兄是捕捉生活中奇特素材的行家里手。他眼中的那条河，是生命之河，是文学之川。评价一个人是困难的，只通过他笔下的几篇文章、与他有限的几次交流就下结论难免片面，也未免武断。一篇文章讲述的不应只是一个人物的喜怒哀乐，还要富有哲理性，能给人以启迪，这很重要。从一件事中体味一个人，品味人生，上升到这样一个高度，是难能可贵的，树俊兄做到了。

文字需要生命，艺术需要创新。"李杜诗篇万口传，至今已觉不新鲜。江山代有才人出，各领风骚数百年。"我愿把这首诗送给孜孜不倦地在文学道路上不懈追求的树俊兄，期望他不断达到新的高度，取得更大的成就。锲而不舍，激流勇进是他的品格。善于挑战，永远跋涉在路上，这是对树俊兄的写照。

语不惊人死不休，从树俊兄的文字里却找不到"惊"，无论叙事，还是刻画人物，他都是踏实的。"实"是这本书的本质，恰如树俊兄的为人，严谨，做事果断，行文流畅，这种洒脱，是文学圈中少见的。

读《我的美术老师》一文，忍俊不禁。1958年，吕无愆老师画壁画，文中对那一幕的描写可谓惟妙惟肖。《社员堆稻上了天》："稻堆堆得圆又圆，社员堆稻上了天。撕片白云擦擦汗，凑上太阳吸袋烟。"这首诗与老师神采飞扬的形象相得益彰。语言的魅力，生活的场景，融合在一起，能不令人感到荡气回肠吗？生活中的诗意无处不在，无穷无尽。吕老师对树俊兄文学上的指导在字里行间闪现，这种感情的确是笔财富。岁月无痕，人淡如菊，树俊兄对老师的敬仰可见一斑。

文学发出的是心灵的声音，文学是一面明镜，对之既可修正自己，也能照亮别人。日有所思，夜有所想；夜有所思，日有所想。他记录下这些思和想，一步一个脚印。树俊兄的勤奋、博学，有目共睹。

树俊兄是性情中人，爱好颇多，交友广泛。他是个资深的作家，文如其人，字如其性，豪放洒脱。重情义是本书的亮点。"重阳何处篱边坐，雨雨风风送酒来。"岁月如金，真情难忘，友情似海，历久弥新。这本好书，催人奋进，值得一读。

读《看牛放写字》也是一种享受。纸上得来终觉浅，绝知此事要躬行。牛放题字"陶为大器"送给学富五车的树俊兄，也算是恰到好处。树俊兄字里行间难忘苏州。他的文学之路一如他坎坷的人生之路，也经过了煅烧、锤炼、脱胎换骨、百炼成钢，我想，树俊兄被比为"国之美器"当之无愧。

诗、书、画、文、史是一脉相通的。树俊兄的恋乡情结是深沉的，他以满腔的深情讴歌故土，写下《高墩弄旧事》，心甘情愿、不惜笔墨描绘那片血脉传承的故土。

富饶的江南，风景如画的姑苏，本质上就是一种现象，一种精神，一种修养，一种气质，一种境界。心中有景，方能胸有成竹，才能写出这精彩的人生大篇章。

我在齐鲁，树俊兄在姑苏，虽然山水相连，却的确难得相见。天道酬勤，树俊兄已经在文学的沃土里辛勤耕耘了多年，相信他会一直走下去。就把我新作的一首词送给这位尊敬的长者、文学上的师兄吧。

鹧鸪天·遥贺树俊兄《一条河的思念》付梓

叶绿花开又一年，得天独厚拜留园。
亭台楼阁接烟雨，飞鸟虫鱼入画盘。

锦瑟美，味缠绵，耕云种月问悠闲。
诗途行走千条路，伟业昌荣大梦圆。

高青，一幅水彩画

行在高青，微风扑面，心情惬意。行在诗意的高青，无处不见汹涌的诗意。突然感觉高青的风景就是一幅天然的水彩画，只需挥毫几笔，跃然纸上的诗意自在眼前。

（一）一个湖

不用刻意点缀，也不用酝酿雕琢，千乘湖，一个有着浓郁古韵的湖，是高青这幅独特的风景写意中最灿烂的一笔。据说，千乘湖的名称由来已久。这诗意的命名，不是取自现代，而是取自古老的西汉历史，这是千乘国最出类拔萃的人杰地灵之处。

在古代，四匹马拉的战车为一乘。千乘，只这浩然气势，便足以让人豪情满怀。无论在高处，还是在广场，前后左右，绿茵、湖光、山色浸入眼中，流动的湖，欢快的人，和爽的风，虽没有远山的黛色，却有着缓缓流淌的柔水。

走在如诗似画的千乘湖公园，桥南桥北，信步玩赏，不知不觉走了有十里路，丝毫感觉不到劳累。身、心、目，无不遂意。

微风吹拂的湖面，那来也随意、去也洒脱的涟漪，平淡得像静悄悄的夜。没有山的筋骨，千乘湖的风韵却丝毫不减。景不醉人，人自醉，走在这与草原一样辽阔的无边无际的千乘湖畔，那份心境是难得的。

千乘湖生态文化园，百闻不如一见。见到千乘湖，似邂逅一个老友一样兴奋和亲切。尽情地吸这凉爽的空气，与这绿、这水、这蓝天融为一体，这幅水墨丹青，活泼、流畅，有黄河之水天上来的气派。人在画中，那是值得庆幸的。

在千乘湖游览，有一种"曲径通幽"的感觉。不过，过完眼瘾后，总有种流连忘返的感觉，恨不能把千乘湖纯净的风景全部揽入怀中。倘若它真是一幅得天独厚的风景画的话，我想不妨卷起它来，永远珍藏起来，独自欣赏也未尝不可。

（二）蓑衣樊

蓑衣樊，黄河盘绕原生湿地而过，冲积形成的芦苇荡让这片土地有了得天独厚的神奇。据史料记载，明末清初，有一樊姓人在此定居，以编制蓑衣而闻名，此地由此得名蓑衣樊。村周围三面环水，湿地面积达万余亩，湖塘星罗棋布，原生态的蒲苇满地、荷叶连天，营造出一片诗意的画面。这里自然资源丰富、气候宜人，为典型的黄河湿地风貌。

泛舟在蓑衣樊古村落，只见城里来的游客在环湖自行车道上走了一圈又一圈，稻田里，钓龙虾游戏引得小朋友一阵欢呼，当然，你也可以在这里钓螃蟹。你问来蓑衣樊的游客记住了什么，答案或许是一个毫无心事的下午，或许是一片明月皎皎的夜空。它从不问来由，从不答因果，你来了，这是你眼前的蓑衣樊；你走后，这是你记忆中的蓑衣樊。

来到红荷湿地，问了当地人多次，也没能记住它的名字，我就大言不惭地给它取名：红荷湿地。"接天莲叶无穷碧，映日荷花别样红"，这里是有无穷生机的。这里最美妙的不是那荷花，而是那一片野生的芦苇，苇与荷是伴生疯长的。我曾见过故乡的荷塘，那几十亩的风光就够悦目的了，而这样无边无际的天然生态景观我却是第一次见。那水草浓得越发深绿，随着流水倒伏在水中。一边是葱翠的苇林，一边是碧绿的水稻畦，一边是玉米丛，这样的搭配，有点世外桃源的意味。那一眼望不到边的苇荡中，忽然蹿出一艘小划子，迅捷得如箭矢，令人叫绝。身边的朋友突发激情，一曲《山歌好比春江水》，清亮得如这红荷下的流水。这里虽没有山景，景色却胜过有山。

这正是芦苇恣意生长的季节，刘建博老师及时拍摄了一幅《睡莲图》，令人叫绝。一路西行，北拐，复西行，沿折而不曲的路前行，寻觅密不透风的苇丛。我竟然没有发现一只鸟雀，也是稀奇了。而茂盛的蒲草，叶窄而长，倘若在其成熟的季节编一两个蒲团，或扎几个蝈蝈笼子，该更引人目光。而编制几双草鞋，夏天穿一穿，或编织几双草绑，冬天穿出来，踏在积雪上，当更有一番乡野趣味。

红荷湿地的水，与附近稻田的水是互通的。看到了成熟的蒲草，其尖端结的果，我叫不出名字来。我总以为有湖的地方，有沟壑的地方，生长的草本植物是差不多的。在这里却找不到家乡湾里常见的"麦穗花"。黄色的小花点缀在荷田中，有点像苦菜花，细细分辨却又发现不是。还有数不清的密密麻麻的小紫花在草丛中滋生，也叫不上名字来。

难得来一次，总得留点想头吧。游客有采蒿草的，专挑拣头顶有硬囊的箭般的相貌出众的采。我第一次在北方见到水稻，就去近距离看了一番。一碰稻株，见顶端似稻穗处有米花样的东西，我们众口一词，说是稻花。正逢一个农人来打药，询问之下才知道那原来是灭虫灵。

（三）一个人

田横的故里是高青。来到此地，无时无刻不感受到英雄的气派和风韵。田横这个意气风发的英雄，有股"力拔山兮气盖世"的豪迈气概。无论是传说，还是风土人情，总难忘怀的是这方水土这方人。我有幸在这里见到了仰慕已久的董洪昌老师，他的《田横传》我是精读过的。

田横，是高青的先贤，也是后世的楷模。诚而信，言必行，行必果，已经成为田横后人行事的准则。

从田横可歌可泣的事迹中，我们看到了高青人宽广的胸怀、做人的本质。

诚信，是高青精神的内核。

另外，这里还有黄河的第九道湾——安澜湾，还有赵家面、牛舌头烧饼、铁公鸡等各色美食，总之，关于高青的一切，三天三夜也说不完。古老而年轻的高青，似一幅水彩画，永远珍藏在你心中。

故乡盛开苜蓿花（代后记）

国承新

《苜蓿花》一书中的个别文章，我认为是不十分成功的。但是倘若你综观全书，就不难发现，这稍稍的遗憾后面掩藏着不尽的美词丽句。纪强用火热的文字，描绘火热生活，展示美丽画卷，让人看到了他美好的心灵。慢慢品读，一股醉意朦胧之感会迎面而来，令人爱不释手。

打开本书第一页，一种从未有过的独特体验与感悟便一下子抓住你的读兴，使你不由自主地顺着作者的思绪一同去品尝人生五味，进入一个觥筹交错、不醉不休的迷人境地，流连忘返，不能自拔。这本书中的文章，不仅构思奇特、意境深远，而且文字朴实、穿透力强，读后让人不得不惊叹于他对人生的独到见解。

纪强的文字给人以耳目一新、为之一振的感觉。纪强的散文随笔，可以说是庞庞杂杂、事无巨细，大有舍不得、放不下之感。透过这些庞杂和琐碎，我们不难发现一条主线、一个主题，那就是亲情、人情、人生。透过文章中的这些细枝末节，我们不难发现，纪强有一颗火热的心。他用一颗火热的心观察生活、记录生活，观察人生、挖掘人生、展示人生、感悟人生。他对人、对事都偏好用哲学的眼光来观察、来透视，因此，他的行文显得细腻、热烈、深沉、透骨。

综观全书，我感到纪强让我们感受到了一些既似美酒又胜美酒的东西，值得喝，值得咽，值得品。由此，我也看到了纪强的创作潜力。但毋庸讳言，部分文章仍有值得推敲之处。不过，虽有此瑕疵，我仍感到《苜蓿花》是一本好书，纪强也是我几十年来所遇到的少有的大具发展潜力的作家，他的文字既具穿透力又富有哲理，令人震撼。

师范大学文学院中国散文研究中心 · 推荐

当代散文新作荐读文丛

王海峰 主编

情依山海

张宜祥

著

山东友谊出版社 · 济南

图书在版编目（CIP）数据

情依山海 / 张宜祥著 . — 济南 : 山东友谊出版社，
2023.10

（当代散文新作荐读文丛）

ISBN 978-7-5516-2787-0

Ⅰ . ①情… Ⅱ . ①张… Ⅲ . ①散文集- 中国- 当代

Ⅳ . ① I267

中国国家版本馆 CIP 数据核字 (2023) 第 150166 号

当代散文新作荐读文丛·情依山海

DANGDAI SANWEN XINZUO JIANDU WENCONG · QING YI SHANHAI

责任编辑：赵　锐
装帧设计：于晨虹

主管单位：山东出版传媒股份有限公司
出版发行：山东友谊出版社
　　　　　　地址：济南市英雄山路 189 号　邮政编码：250002
　　　　　　电话：出版管理部（0531）82098756
　　　　　　　　　发行综合部（0531）82705187
　　　　　　网址：www.sdyouyi.com.cn
印　　刷：济南精致印务有限公司

开本：880 mm × 1230 mm　1/32
印张：57.75　　　　　　　　　　　**字数**：1355 千字
版次：2023 年 10 月第 1 次印刷　**印次**：2023 年 10 月第 1 次印刷
定价：298.00 元（全 8 册）

序 言

一路追梦

中学时期，我有两个梦，一个是当兵的梦，一个是写作的梦。

20世纪80年代初，我们那一代人正处于中学时期，"为中华崛起而读书"是同学们的座右铭，"振兴中华，实现四化"是每个人的心愿。那时，我们朝气蓬勃，好像早晨八九点钟的太阳，迎着改革开放的春风，唱着《年轻的朋友来相会》的歌曲，怀着"再过二十年，我们重相会，伟大的祖国，该有多么美"的美好期待，从希望的田野上走来，一路追求心中的梦想。

然而，幸运的大门并不会为每一个人打开。1984年夏，我在参加高考预选时落榜。毕业回家后，我从父亲失望的眼神中看到了无奈，又从母亲慈祥的目光中得到了安慰。考不上大学，没有文学基础知识，想当作家的梦也无从谈起。我只好告诉父亲，我想当兵去。父亲很支持我参军见见世面，母亲却想让我外出打工挣钱过上好日子。

命运很会捉弄人，有时给你信心，有时让你失望。那年秋天，我满怀激情地跟随村干部到乡武装部报名参军，当兵的梦却因体检时血压高即刻化为泡影。父亲虽有遗憾，但并不失望，让我等待来年再去报名参军。等到第二年秋天，我从聊城茌平打工的砖厂匆匆回家报名参军，又因测量时血压高，当兵的梦"竹篮子打水———一场空"。我既没当成兵，又没挣到钱，父亲很失望，母亲也无奈。我想寻找出路，打工挣钱，才是农村人的正途。

1985年年底，我离家投奔东北辽宁二姑。第二年春天，二姑父在村办砖厂给我找到打工的机会。我推土拉砖，从不旷工，脏活累活，不在话下，为的是平时多挣工分，年终结算时多得工钱。自己年轻力壮，不怕出力流汗，靠出力吃饭，心里很坦然。

春去秋来，一晃又到征兵季。我当兵的心仍然不死，参军的梦召唤我回家。来不及结算工钱，顾不得多想，我就急着回家。到家的第二天上午，村干部通知我到乡武装部报名参军。

这一次，我如愿以偿。1986年11月上旬，我换上军装，背起背包，再次告别亲人，再次远离家乡，乘汽车、坐火车一路向西，经过三天三夜长途奔波，终于踏进西北高原的一座军营。我少年时的理想实现了，当兵梦想成真。谁知，这一梦就是二十五个春秋。

脱下军装，告别军营，回归故里，那绿色的梦渐行渐远，我的写作梦却在心中复燃。工作之余，读书看报，偶尔挖空心思，搜肠刮肚，苦思冥想，用曾经紧握钢枪的手，拿起纸笔书写社会见闻，敲击键盘奏响生活乐章。

我期待着春天的风雨、夏季的火热、秋天的收获、冬日的静美，日积月累，笔耕不辍，不图名篇大作，但愿一吐为快。体裁或诗歌，或散文，不拘一格；篇幅或长或短，随心而定。虽诗文水平有限，但也敢登大雅之堂。每逢报刊、文学网站上有自己的新作发表，心里暗自窃喜，得意之情，溢于言表。文学天地是一个五彩缤纷、争奇斗艳的百花园，有红花也需要绿叶。我愿当绿叶，化为春泥，让鲜艳夺目的朵朵花儿更加迷人。

　　人人都有乡愁，家乡是亲情的港湾；走出家乡，外面的世界是诗和远方。人是要吃饭的，饿着肚子谈梦想，那是空想。亲情就是我的精神食粮，给了我追梦的原动力和自信心。

　　"尊前慈母在，浪子不觉寒。"年过半百，仍有父母的牵挂陪伴，是人生的福气啊！我感恩父母的养育之情，他们面朝黄土背朝天，在十年九旱的山地里刨食，含辛茹苦把我养大成人；我感恩父母的厚望之爱，他们节衣缩食供我读完高中，让我奠定文化基础，能站在较高的起点上放眼世界，展望人生前进的方向；我感恩父母的包容之心，他们在我选择人生路径时，给予我最大的支持和包容理解，解除我的后顾之忧。同时，我感恩家乡、感恩部队、感恩生命中遇见的给予我亲情的每一个人。

　　亲情是宝贵的财富，我们应当珍爱它。离开亲情，一个人就没有生命的根基，也会失去生活的源泉。祝愿朋友们拥有幸福的家庭和更多的亲情，让生命之树沐浴阳光茁壮成长，让生活之水更加清澈源远流长！

　　一代人有一代人的梦想，一代人有一代人的使命。20世纪80年代，青春年少的我，追求梦想，青春无悔，实现了跨世纪的绿色的梦。伴随新世纪又走过二十年，见证了全面建成小康社会的伟大历程。进入新时代，绿色的梦化为写作的梦，新梦想引领我人生前行的方向。我愿与志同道合的朋友们一道，踏上新征程，在新时代阳光的照耀下，一路放歌，一路奋进，一路追梦。我相信，未来，梦想成真，使命必达。

是为序。

2020 年 12 月 29 日

目　录

辑五　生活感悟

辑六　漫步采风

辑一　亲情冷暖

记忆深处的冷暖亲情

人过中年，上有老，下有小，对家庭的责任一直在我的心中。儿时的朦胧感觉，亲人的生死别离，异乡的打工经历，千头万绪的生活岁月，不知有多少往事埋藏在记忆深处，但总有一种亲情，割舍不断，冷暖自知。

1985 年入冬时节，我的二叔从东北打工回家了。父母听说二叔在东北干了一年，跟着我的二姑父承包了村里的石塘，开采石材挣了不少钱，就想让我到二姑父那里干活挣钱。正巧，与二姑父同村的本家二大爷和二大娘回老家，准备年前回东北。父亲打听到二大爷和二大娘回去的时间，与他们约好让我跟着一块儿走。

二姑父一家人在 20 世纪 60 年代，从山东曲阜老家迁到辽宁灯塔（今辽宁省灯塔市）。1971 年，二姑父回老家找对象，媒人给他介绍了二姑。奶奶听说关外不吃地瓜，尽吃玉米面的饼，觉得生活条件好，就同意了。于是，二姑与二姑父登记结婚后就去了辽宁。二姑远嫁东北十分想家，二姑父捎信让我爷爷去了辽宁。二姑父是生产队队长，他安排爷爷帮生产队喂牲畜，爷爷在那一待就是两年。

天有不测风云，1972 年夏，我的三叔因家庭琐事自寻短见，年仅 20 岁。那年我不满 6 岁，至今还记得三叔去世后的一些情景。奶奶沉默无语，独自坐在三叔灵前。父亲悲痛欲绝，痛哭着去邻村找他的表哥，商议三叔的后事。三叔去世前几天，父亲还和三叔一起用地板车拉石头。他们从村东边的山坡地头寻找石头，准备垒砌老家后院的围墙，我跟在他们后面转来转去。谁也未料到，不过几天，三叔就与我们阴阳两隔，给亲人留下了极大的悲痛和无尽的思念。三叔出殡的时候，家里院外全是围观的人，哭声一片。我也不知道哭，只是默默地紧跟在大人后面。

那年冬天，奶奶离开让她伤心的老家。经二姑父帮忙，奶奶与本村的四户人家，一起迁移落户到了二姑父所在的农村。本家的二大爷和二大娘就是其中的一户。爷爷远在辽宁，奶奶做主把老家三间草屋和宅基地卖给了本家的三爷爷。卖了 400 元，分三年付清。奶奶在西侧隔开的一间房中暂且留下了爷爷的物品，说是爷爷如果回来，还要让爷爷住。当时奶奶卖房和宅基地的事，父亲劝不了，母亲也阻拦不下。二叔同意，二婶也不阻拦。大姑、二姑嫁人成家自然不过问。三姑年龄小，听奶奶的安排。母亲劝阻奶奶卖房，也有她的道理。20 世纪 60 年代初，母亲的村里拦河修水库，她曾带着我两个年少的舅舅去过东北辽宁落户，因不适应那里的气候，又返回老家。所以，她好心劝奶奶先不要卖房子，怕奶奶去了东北不习惯那里的生活，卖了房子，以后再回家来就没有地方住了。还有一点就是我家有三个男孩，二叔家当时只有一个男孩。母亲觉得奶奶卖了宅基地，等到我们兄弟三个长大了，大队里如果不批给宅基地，我们就没有地方盖房子了。母亲又请奶奶唯一的侄子——父亲的表哥劝说，但奶奶仍不听劝说，自己当家做主，坚决卖掉了房子和宅基地，还生气地说自己去关外，是"肉包子打狗——有去的路，没有回来的路"。这句话让我的母亲记了一辈子。奶奶把家里能值点儿钱的东西都变卖了，置换了去辽宁的盘缠。

　　奶奶临走的那天晚上，母亲把面缸里仅有的一点儿白面，不足 10 斤，让父亲送给了奶奶。与奶奶一起迁移的四户人家是分两批走的。奶奶和三姑与一户人家先走，二叔也跟着去。其实，二叔也想迁到辽宁，但二婶不愿去，他只好趁着机会先去看看。二叔和三姑白天先到兖州火车站买车票。晚上父亲赶着毛驴车拉着奶奶和带的东西赶往车站。从老家到火车站有 90 多里路。兖州车站都是过路列车，买的车票没有座号。上车的人多，二叔、三姑带着一些东西刚挤上火车，火车就开动了。奶奶带着三只老母鸡没有挤上去，只好改签，等下一趟列车。第二天白天，父亲送走了奶奶，独自一人赶着毛驴车，半夜才回到家。父亲一直担心奶奶路上的安全。后来，三姑来信说，他们在沈阳火车站接上了奶奶，父亲悬着的心才算落下来。

　　第二年春天，爷爷一个人回了老家，住在给他留的那一间房子里。他说，他不习惯东北的生活，与奶奶经常吵架，不愿意在东北过了。爷爷的户口不能单独迁回来，他成了家里没有口粮的人，只好由父亲和二叔两家轮流供养。爷爷患气管炎，有胃病，却又闲不住。我记得每到吃饭时，爷爷总是忙碌着扫院子。家里来了客人，母亲买一点儿肥肉炼油炒一些白菜、萝卜，做点儿好吃的，爷爷陪客人吃饭，自己却舍不得吃。有时，客人实在看不下去，就动手给他夹到碗里。他十分疼爱我们，等客人吃完饭，他就从自己碗里夹出来几小块肥肉，分给我们这些不懂事的孩子吃。那个年月，家里不富裕，哪有钱买肉吃啊！母亲是一个很会过日子的人。如果听说谁家用地瓜干换豆腐吃，母亲就会暗地里数落。她对我们说："这家人真不会过日子，三斤地瓜干换一斤豆腐，太不合算了。你爷爷没有口粮，咱家要省下粮食给他吃。咱可不要眼馋人家吃豆腐啊！他们家现在吃豆腐，等到明年春上就会挨饿。"在母亲的精打细算下，我们家的日子细水长流，虽然过得紧巴巴的，但从来没有挨过饿，全家人都能吃饱穿暖。爷爷在我们家住时，也很知足，常做一些力所能及的事。1978年初冬，爷爷因病去世，享年69岁。他住的那间房子我们归还了三爷爷家。

说起家务事，谁也理不清，还是说一下我去东北的事吧。那年进入腊月，二大爷、二大娘定好了回东北的日子，父母决定让我跟他们一起走。我走的那天，父母天一亮就起床了。父亲给我收拾行李，行李不多，只有父亲的一件短大衣和几件我日常穿的衣服。母亲忙着包水饺。我烧开锅里的水，母亲下了水饺，盛了两碗，让我和父亲吃。我吃了一碗，父亲吃了一碗。吃过水饺，父亲提着两布袋花生米，我背着行李，一起去找二大爷和二大娘会合。他们住在二大娘的娘家那个村，离我家有9里路。我和父亲步行而去，父亲在前面走，我在后面跟着，一路上我们也没有说几句话。呼呼的北风格外寒冷，我的眼里噙满了泪水，边走边擦，却总也擦不干。去东北打工，我从心里不愿意去。东北的二姑家是一个陌生的地方，我心里没底，可又没有办法——家里需要我外出挣钱啊！我心里暗暗地想，让我外出打工吧，我这辈子都不想回来了。不知是恨，是发誓，还是故土难离。

见到二大爷和二大娘，父亲把一袋花生米送给了二大爷，剩下的一袋让我送给奶奶和二姑家。当天，二大爷和二大娘带着我一起到县城，乘公共汽车到兖州火车站，买上车票，挤上了火车。二大爷在硬座车厢里来回找空座。车厢里哪有空座啊，过道上都站满了人。二大爷在车厢里碰上了我二姑父的大嫂，她从曲阜赶来准备回东北，也是刚上车。火车到达济南站，有的旅客下了车，二大爷给二大娘找到一个座位，我们几个把行李放在硬座下面，靠在硬座旁边一直站着。过了一会儿，我也挤到了一个座位，倒头就睡了。那天晚上，我没有吃东西。经过两天一夜，终于到了沈阳火车站。我们出站后急忙赶乘长途汽车到达灯塔县城，又转乘公共汽车才到他们的村子——荣官屯。下了汽车，二大爷让二姑父的大嫂把我顺路带到二姑家。他们急着回家，不管我的事了。二姑父的大嫂大哥与二姑家是邻居。她把我领到二姑家门口，我独自走进二姑家里。奶奶和二姑见到我很惊讶，同时又非常高兴。我认得奶奶，认不清二姑。二姑让我进屋坐上炕头暖和一下。二姑给我介绍家里的人，我向二姑父问好，二姑父热情地招呼我。小表弟、小表妹看到从关里来了一个大哥哥，十分开心。

二姑家的堂屋是两大间砖瓦房，外间设有锅灶，连通里间的土炕，房子不算宽敞。二姑家堂屋东墙下接盖了一大间草房，中间隔一个夹墙，外间一个锅灶，里间一个土炕，奶奶就住在那里。这哪里是我想象中的关外生活啊！

那天晚饭，二姑包了猪肉馅的水饺，二姑父做了几个菜，挺丰盛的。吃饭时，二姑、二姑父让奶奶一起来吃。奶奶不来，她单独做了大米饭。二姑让表妹给奶奶送去一碗水饺。一会儿，奶奶又端了回来，说是吃过大米饭了。二姑父嗓门大，我从他说话的口气里知道他有些生气。面对此情景，我觉得尴尬。事先没有写信联系二姑父，快过年了，我来得太唐突，二姑父心里肯定不高兴，但碍于亲戚的面子，又不好说什么。外面冰天雪地的，哪有什么活儿可干啊，更别提挣钱的事了。

奶奶想让我跟她一块儿吃饭，别吃二姑家的饭。我心里想，奶奶一个人生活不容易，我还是吃二姑家的饭吧。既然来投靠二姑父，就在二姑家吃住吧，自己心里委屈一点儿没有什么。二姑家五口人，再加上我挤在一起，确实不宽敞。我又没有带被褥，二姑又腾出一套被褥给我用。我暂且吃住在二姑家里，等待春暖花开。

奶奶和二姑虽然住在一个院落，喝一口井里的水，但平时分开做饭，单独过日子。奶奶是一个倔强又好强的人，坚持自食其力，自己从井里提水，单独做饭。二姑性格直爽，不爱动弹，东北"猫冬"的习惯，让她更加懒惰，几乎整天不下炕。一台黑白电视机从早上起床就打开，直到晚上电视屏幕上出现了"再见"才关闭。她平时不愿意做饭，全靠二姑父做饭。到了吃饭的时间，她也不说做饭的事。二姑父有时候心情不好，就会发脾气，与二姑吵架。我吃着二姑家的饭，心里不是滋味。

过了十多天，我对奶奶和二姑说，想到三姑家看看。三姑家与二姑家相距十多里路，三姑和三姑父在水泥厂上班。他们是长期临时工，三姑在车间，三姑父在保卫科。我和奶奶是步行去的。奶奶驼背，又是小脚，我们吃过早饭就出发，快到中午了才到三姑家。三姑和三姑父平时不吃午餐。我和奶奶的到来，让三姑破例给我们做了午餐，她和三姑父却不吃。三姑和三姑父上班，没有时间陪我们。我们在三姑家过了三四天就回来了。

东北的冬天，农村外面没有什么农活可干，我只能帮他们提水、烧火做饭，干一点儿家务活。清闲的日子实在难熬。但有奶奶、二姑的关爱，我也不感到孤独。我心里想，过了年，一切都会好起来。

过年时，二姑父宰了一只小山羊。二姑家包了羊肉馅的水饺，做了丰盛的菜肴。二姑、二姑父请奶奶一起吃年夜饭，奶奶死活不来，非要自己单独过年。看到二姑、二姑父一家人团聚，奶奶一个人孤独地过年，我心里高兴不起来。这是我长到19岁第一次离开父母在外面过年。那一次过年，让我切身体会到了什么是想家的滋味。

东北的三月，天寒地冻。二姑父见我在家闲着不是长久之计，总要想法找工作挣点儿钱才行。他已不再承包石塘，况且打石头的活儿又累又危险，我年龄小，干不了。他打听到，本村的红砖厂已来了一批山东泰安的农民工，就要开工了，问我愿不愿意去砖厂打工？我也找不到其他的活儿，就答应去砖厂干。二姑父从家里带着被褥送我到砖厂，找到山东来的工头，安排我到砖机上干活，负责推土。他们已在砖厂开火做饭，集体宿舍里的土炕上铺满了稻草，我把被褥一放就安顿下来，与山东老乡们一起吃住和工作。

一晃三个多月就过去了，山东老家到了麦收的季节。有的农民工要求回家收割小麦，但工头不让走，怕人走了耽误砖机生产。工头答应先预支一部分工钱，让大家寄回老家，由家里人找人割麦子。我也预支了140元工钱，给家里寄回了100元。有一次，我到二姑家，奶奶正吃着高粱米饭。她盛了一碗让我吃，我吃了半碗。高粱米又板硬又粗糙，令人难以吞咽。她说家里没有大米了，先吃几天高粱米吧。发工钱的那天，我花了十多元钱，从砖厂买了20斤大米送给奶奶。奶奶说我挣钱不容易，别花钱买大米了。三姑来看她时，她却笑着说："大米是祥儿给我买的，没有吃别人的。"这是我第一次给奶奶买东西，竟然让她如此高兴。

夏天砖机停产检修，在砖厂干完零活儿，我就到奶奶、二姑家去玩。有一天，奶奶带我到她的宅基地看了看。奶奶的宅基地在村里的西北角，村里已划给她多年了，由于她无力无钱盖新房，一直闲着。宅基地有一亩多，全种上了玉米。奶奶站在那块地边，叹息着说："这里能修建一处好宅子，我是没有那个本事了。"看着长得郁郁葱葱的玉米，她又对我唠叨起来："你们都不愿意来这里安家落户，你们来了在这里盖房子多好啊！"我告诉奶奶，父亲在老家已经买了两处宅基地，等攒够了钱就盖房子。父亲和二叔在山东老家，大姑、二姑和三姑都不富裕，谁也不会出钱给奶奶盖房子。奶奶修宅子建新房的梦，只能留在她心里。

那年国庆节前，我告别亲爱的奶奶和姑姑，告别相处一年的姑父和表弟表妹，告别一起工作的山东老乡们，离开辽宁，返回了山东老家。不久，我如愿参军，又一次离家远行，走进了大西北的军营。伴随着边关的冷月，一封封温暖的家信，让我懂得了什么是骨肉亲情。

父亲，一棵站立的大树

对于普通的家庭来说，如果把善良的母亲比作一只不知疲倦的蜜蜂，她一辈子辛勤劳作，为儿女酿造家的那份甜蜜，那么坚强的父亲就像一棵挺拔不屈的大树，他一辈子挡风遮雨，为儿女撑起家的那片天空。

——题记

十五年前，我们兄弟三人分了家，父亲母亲就一直单独过日子，自食其力，过着知足而平静的生活。父亲的身体一向结实，年年忙碌着春种秋收，割草养羊。他从来不说身体有病，偶尔头痛感冒喝点热水吞下几个药片就好了。母亲的身体就差一些，只能做一些洗衣做饭的家务活。她患有慢性支气管炎，天气一冷，病情就会加重。父母觉得我们兄弟姐妹四人都忙，上班的上班，做生意的做生意，拖家带口的，生活不易，所以不到万不得已，不会麻烦我们。父亲有些耳背，早已戴上了助听器，接听电话不方便。我给老家打电话，通常是母亲接听。"家里都好，你不用挂牵，放心吧！"母亲的一声平安，让我心静如水。平时母亲生病了，父亲就用三轮车拉着母亲到乡镇医院输液。有时母亲生病打针吃药一两个星期了，我回到老家才会知道，就埋怨母亲怎么不早点儿告诉我。母亲总是会说，家里有你父亲，不用牵扯你们。这些年，父亲默默地照顾生病的母亲，全力支撑我们的家。我们四个儿女背靠父亲这棵大树，忙碌的日子有条不紊，各自的小家庭其乐融融。然而，父亲的一场大病打破了我们家的宁静，让我心神不安，就像天上飘浮的云彩，找不到落地的根。

今年5月上旬，父亲在县民政局体检中心体检时，做B超发现膀胱有问题，医生让他到县医院泌尿科再检查确认。当天父亲到县医院进行彩超检查，医生一看结果就让他先回家告诉家里的孩子们来陪护他住院治疗。父亲对医生说，要让住院，也只能他一个人来住院，孩子们都在外面打工，家里农活又忙，脱不开身。那天晚上，母亲打电话把父亲的病情告诉了我。第二天恰逢周六，一大早我急忙开车回老家。父亲和母亲的身体大不如前，白发多了许多，腰弯了许多，背也驼了许多。我望着年老体衰的父母，心里十分愧疚，总觉得作为长子的我没有尽到应尽的责任。我年轻时，从军戍边，远离父母家乡，还可以说有正当的理由；人到中年，转业后离家近了，却仍不能常回家伺候父母，还能找什么借口啊！

父亲作为参战退役人员，每年县民政局体检中心免费给他体检时，他都对医生说："我没病，不用检查那么仔细，别耽误工夫了，腾出时间多给有病的同志好好查查吧。"去年，同村的老兵叫他一块儿去县民政局体验，他却说自己没病不去了。

实际上，他是为了节省来回 12 元的车票钱。今年 4 月中旬，回家看望父母，我们拉起家常。父亲说起体检的话题，说乡里通知过了"五一"就去县民政局体检，他感觉自己没有什么病，去体检还耽误一天的工夫，不想去了。母亲把父亲以前体检的事也讲给我听。"您年纪大了，今年可要好好体检一下，别省那点儿路费了。"我说着，便从上衣口袋里掏出 100 元钱递给父亲。他说什么也不要，称自己有钱。他觉得反正查不出病来，相当于白跑了一趟县城。

　　面对体检化验单，父亲不再说白跑一趟县城这样的话了，但他仍觉得自己没有什么大病。起初，他不想到市里看病，怕耽误我工作。我和母亲劝说了半天，他才同意到市医院复查。医生给父亲做完膀胱镜检查，初诊结果为恶性膀胱肿瘤，需要住院做手术。我想当天给父亲办理住院手续，却因病床紧张无法办理，只好预约等待。

　　父亲住在我家里等了两天，活检结果也出来了，疑是尿路上皮癌，也就是通常说的膀胱癌。我悄悄地把父亲的病情告诉妻子，连声叹息，忍不住流下了眼泪。妻子倒是冷静，她劝我说："从我嫁给你到现在有 20 多年了，咱们家经过的事，都是喜事好事。现在碰到了难事坏事，我们要想办法面对。你是长子，你可要拿主意、挑大梁啊！"是啊，过去家里的大事小事，全靠父母操办。现在，父亲病了，家庭的责任我应该扛起来，不能让父母担忧，不能让弟弟妹妹无主心骨啊！于是，我擦干眼泪，坐到正在客厅看电视的父亲跟前，微笑着告诉他："市里医院检查的结果也是膀胱肿瘤，住院切除掉就好了。"父亲听了，转过脸来，看着我高兴地说："我说没什么大事吧，你非要让我来市里再检查，白花钱了。"他停顿了一下，接着对我说："在这里你们都上班，忙得不行。市医院医疗费用高，新农合报销得少，咱们还是回老家县医院住院吧。"我劝他说："市医院条件好，医生技术水平高。我们上班，可以让在家里种地的二弟来陪护您，种地早一天晚一天的，没多大关系。再说，您的病早点儿好了，也不耽误回家种地。"父亲听我说病好了，能早点回去种地，心里踏实下来，便同意在市医院住院治疗。

远在上海打工的三弟听说父亲患病住院了，急着要回来帮忙伺候父亲。坐在父亲的病床边，我给三弟打通了电话。我给三弟说了一些让他放心的话，告诉他家里有我们陪护父亲，不需要他回来。我把手机递给父亲，父亲对三弟说："家里有你大哥、二哥，还有你姐，你尽管放心吧。没事别回来了，来回跑得花不少钱。"

父亲的病情，我心里没有底。医生说，想根除病症，就要切除全部膀胱。我找熟人咨询了市里另一家医院的专家，他也建议给父亲做全切膀胱手术，只是担心父亲的身体是否适合做手术。我与二弟商量，担心父亲快80岁了身心承受不住，因此不能把实情告诉他。最终，我们与医生商定采取保守治疗方案，给父亲做微创电切手术，定期进行膀胱灌注化疗和复查病情。医生对父亲的身体状况进行了全面认真的检查，发现各项指标符合手术要求。父亲的手术十分成功，他在病床上躺了两天，就能下床活动，自己硬撑着去洗手间了。

父亲住院期间，二弟日夜陪在他身边，帮我分担了许多责任，让我能腾出时间上班。家里老人有病住院，兄弟们能相互体谅真好。除了上班，我还负责一天三次给父亲和二弟送饭菜，晚上下班后也会陪父亲聊会儿天。有时，父亲和二弟知道我工作忙，早饭就不让我送，他们在医院买点儿吃的对付一下。妻子上班忙，来了几次，父亲觉得不方便，就不让她到医院来了。母亲和三弟几乎每天都会打电话询问父亲的病情。妹妹要让妹夫来医院替换二弟，让二弟回家种地，父亲却不让妹夫来。我和二弟知道，妹妹家的生意铺子离不开人，父亲担心妹夫来了影响他家的生意。

父亲的性格倔强，即使生病住院了，也不愿意麻烦别人。凡是有亲戚说要来医院看望父亲，他都让我们婉言谢绝。尽管那么说，来医院探望他的人还是不少，有妹妹妹夫一家三代人，有妻子的哥嫂和姐夫，还有我的几个同事朋友。父亲手术后疼痛难忍，躺在床上不能用力翻身，但他在来人面前笑脸相迎，还要坐起来道谢。"我有了病，还麻烦你们来看我。我很快就好了，你们都放心吧！别耽误你们的工作。"他的言语之间充满感激之情。手术后第 5 天，他就想出院。他觉得住院一天花费 2000 多元，费用太高了，不如拿点儿药回家慢慢调养。在我和医生的劝说下，他又住了 5 天。病情有了好转，他就让我帮他办理了出院手续。

自从父亲有了病，母亲变得坚强起来。养鸡、喂羊、做饭，她都承担起来了。九只山羊满院子里跑，二十多只鸡鸣叫声此起彼伏，两条小黄狗汪汪汪地上蹿下跳，家里很有生机。孩子们说："爷爷奶奶家里的院子，就像一个动物园。"平时，我们劝父亲别再辛苦地割草养羊了，可以少养一些鸡。母亲却说，人不能闲着，闲着身体就要出毛病。他们总想喂几只羊，舍不得全卖了。养鸡喂羊早已是他们生活的一部分，给他们带来了许多温情和满足感。可爱的小黄狗在他们眼里也是家庭成员。父亲来市里住院的那天，我又劝他们把羊全部卖掉。这回父亲母亲答应得很痛快，也许他们觉得住院看病需要用钱。结果，母亲还是舍不得卖那只大母羊，悄悄地留了下来。

父亲出院后，母亲望着消瘦的父亲，心疼地问这问那。我对母亲说，医生让父亲在家里好好休养半年，不要再干重活儿，也不要上山割草喂羊了。我不想让父亲再操心养羊了，趁机劝说母亲把家里的那只大母羊给了二弟家。二弟牵着羊要走的时候，母亲仍不放心地再三叮咛二弟要好好喂养，大母羊年底就能下羊羔。"人一有病了，就不能干活儿了吗？你说怪不怪啊？"父亲不解地自言自语。过去，家里常年养着三四只大羊、五六只小羊。小羊喂上一年多，长大了，就一茬一茬地卖掉，也能换来一两千元钱的收入。饲养的鸡和鸡下的蛋，全成了我们餐桌上的绿色食品。父亲母亲对此感到心满意足。他们常说："自己手里有些钱，街坊邻居有了人情往来的事，就不用向孩子们伸手要钱了。"家里也没有稀罕的好食品，让孩子们吃上放心的鸡蛋，是他们的心愿。如今，父亲也病了，他们以后怕是再也不能养羊了。没有了喂羊的负担，他们的生活就会清闲下来。他们越来越老，而孩子们像长大的鸟儿一样一个个远走高飞。我心里想，以后，我们要抽时间带着孩子多回老家看看，陪父母说说话、聊聊天，填补他们清闲的日子，让他们不再感到孤独和寂寞。

为巩固治疗效果，父亲出院后还要连续化疗七次，每周一次。我把化疗日期定在每周五上午。到了周四下午，我在网上预约挂号，下班后开车回老家接父亲，来回路程150多公里，要走两个多小时。好在夏季天长，天还不黑，我就能返回市里我的家。父亲周五早晨 7 点前准时到医院就诊，7 点半医生开好处方，8 点钟开始膀胱灌注，膀胱灌注后父亲要平躺 40 分钟，9 点多钟才能结束。父亲由于觉得住在城里不方便，又耽误我的工作，决定让我每周五下午或周六上午送他回老家。这样也好让我的母亲放心。我们就这样坚持了七周。父亲觉得我这么长时间地陪他看病，一定会影响我的正常工作，心里很过意不去，一再嘱咐我要好好向单位的领导和同事们致谢。我告诉父亲，单位的领导和同事们都理解支持我。谁没有爹娘，谁的亲人不生病，谁的家没有难处啊！

每当陪父亲去医院化疗时，我走在前面，父亲跟在后面，我就会想起小时候父亲背着我看病的情景。上小学一年级时，我放学后与同学玩抛沙包，不小心把头磕在大石头上，眉头碰破了，血流不止。父亲背着我去三里外的公社医院包扎，一路责怪，一路心疼。医生给我的伤口缝了三针，我都没敢哭一声。那时，我头顶上正好长了一个脓疱，父亲请医生顺手划破处理，医生给我涂抹了一些消炎药水。尽管很疼，我也不敢说疼，就怕父亲再责怪。那时候，父亲壮实得就像一头耕牛，有的是力气。来回的路上，我趴在他的身上感到踏实而温暖，内心也坚强起来，不哭就是最好的证明。

父亲生病了，我陪他去医院看病，排队挂号，缴费取药，楼上楼下地跑。他看在眼里，记在心里。化疗一次，他就要受一回肉体的折磨，但他十分坚强，从不喊疼叫苦。可是，看到他痛苦的表情，我心里非常难受，又感到无能为力，只能祈盼他的身体快点儿好起来。从他无奈的眼神里，我读懂了他的心思：他认为自己不该生病，不该给孩子们添麻烦。他也是怕我着急啊！每次化疗结束，他都会说自己的病快好了，不用再看了。其实，我心里明白，化疗一次费用就要1000多元，父亲是心疼花钱，不愿意给孩子们增加经济负担。

父亲连续化疗七次后，间隔了一个月，我又陪他在县医院化疗了一次。他感觉病情好了，虽然身体比以前消瘦了许多，但精神尚好。我想让父亲再到医院做个膀胱镜检查，复查一下。如果病情复发，还要做膀胱全切手术。父亲听我这么说，很不高兴。"你真是没病找病啊！全切了膀胱，整天身上挂一个尿袋子多难看啊！我还怎么出门，怎么下地干活儿？那样活着，还有什么意思啊？"他说话时态度坚决，不容置疑。他停顿一下，叹了口气又说："就是死，也不能再受那个罪了。你知道做膀胱镜检查有多疼吗？简直就像受刑罚一样。"听了父亲的一番话，母亲平静地说："听他的吧，别难为他了。"我还想劝说父母，一时却不知从何说起。父亲对自己病情的看法，正如绳子上打的一个死结，别人怎么解也解不开。解铃还须系铃人。也许过一段时间，父亲会明白我的心情。其实，我心里最清楚，父亲只是不想让儿女为他担忧。

按民间说法，父母已闯过了73岁的坎，成为长寿的老人。父亲是个唯物主义者。他常讲，人总有一死，不可能长生不老。母亲却相信人的命运。她常说，人吃五谷杂粮，哪有不生病的，人的寿命天注定。我明白，他们的这些话，是想让我宽心，坦然地面对人的生老病死，不要为他们的病情忧虑不安，更不要因为照顾他们而影响工作。他们还常说，一个家庭要有甘愿吃亏的人，若没有愿意吃亏的人，整个家庭就会散。我想，一个家庭如此，一个单位如此，一个社会也是如此，人世间多么需要甘愿吃亏的人啊！

秋收时节，父亲渐渐地恢复了健康。他开着三轮车，带着多年不下地的母亲一起到地里收花生。父亲刨花生，母亲择花生。他们一边劳动，一边谈论着今年的收成。邻居们见了，夸他们勤劳能干，不拖累儿女。他们听了，脸上露出久违的笑容，仿佛年轻了几岁。劳动给他们带来了快乐，收获给他们带来了幸福。

善良的母亲啊！您是一只不知疲倦的蜜蜂，一辈子辛勤劳作，为儿女酿造家的那份甜蜜。坚强的父亲啊！您是一棵挺拔不屈的大树，一辈子挡风遮雨，为儿女撑起家的那片天空。亲爱的父亲母亲，我们做儿女的该怎样报答您二老呢？

分家，人生的一道坎

在20世纪六七十年代，农村家庭人口多，一家兄弟姐妹四五个十分常见。孩子们长大了，儿子结婚后就要分家，女儿嫁出去就是婆家的人，不参与娘家分家的事。分家，对农村人来说是一件家庭大事，也是人生的一道坎。说是大事，是因为它涉及财产分割、父母养老、人情往来、债务承担等重大事项；说是一道坎，是因为它直接影响到一家人未来是否幸福和睦，关系到老人是否能安享晚年。当父母的对分家十分重视且谨慎，特别是岁数大的老人怕分家后没有人来养老，养儿防老的观念早已刻在老人的心里。生怕闹出什么乱子，让乡邻笑话，让亲戚不和。因为分家不公平、不公道，兄弟反目成仇、妯娌相互打骂，拿老人撒气，在十里八乡也是常见的事。所以，一般在分家的时候，老人会请孩子们的舅舅或者本家族有名望的长辈来主持，尽可能公平公道。我的家乡至今保持着这个风俗。现在的孩子大多是独生子女，兄弟们分家的故事也越来越少了。

我们村老支书为四个儿子大分家的故事，我至今记忆犹新。那是在20世纪70年代中期，我刚上小学一年级，与老支书的孙子是同学。同学的父亲排行第二，他家跟我家是邻居，住在一条胡同里。那年冬季的一天下午放学后，他们要搬家了。家具、被褥、锅碗瓢盆摆满了院子，帮忙搬家的人和看热闹的邻居挤在胡同里，七嘴八舌，议论纷纷。听大人们说，老支书的四个儿子先后结婚成家。老支书操心置办了四处宅基地和住房，宅基地大小差不多，位置不同，房屋新旧不一。事实上儿子们各家已经单独过日子了，但有的儿子、儿媳妇觉得吃亏，要求老支书重新分家。多次商议无果，老支书来了个大分家。为了公平公道，按抓阄的方式来确定宅基地和住房的归属。那时候在农村很多人相信命运，抓阄是他们处理家务难事、财物纠纷的常用方式。抓阄不能反悔，只能认命，他们抓的阄好，就认为自己的命运好；抓的阄不好，就认为自己的命运不好。老支书四个儿子抓阄的结果就是大搬家。搬家的队伍你来我往，吵吵闹闹。幸亏当年生活不富裕，家当不多，当天晚上就各自安顿下来。老支书老两口也从四儿子家的正房搬到了大儿子家的两小间配房内，单独开火过日子了。

第二天，老支书的孙子上学见到我就说，他们的新家不好，离学校远，不如原来的家好。从此，老支书老两口与儿子、儿媳妇们心里结了一些疙瘩、少了一些亲情，孙子孙女们脑海中也留下了搬家这个不愉快的童年记忆。老支书为四个儿子大分家的故事，很长时间成为村里人议论的话题。人们有的认为不公平，有的认为不公道，有的认为公平公道，真是清官难断家务事啊。那时母亲与邻居们常说，等自己的孩子们长大了，到分家的时候，可要公平公道啊。

光阴似箭，转眼间我们家兄弟姐妹四人已长大成人，相继成家立业。我老家有两处院落。一个院落在村东头高坡上，由父母和三弟一家人一起居住。约占四分地，石头院墙，四间正屋，水泥瓦房，20世纪90年代修建，建筑面积约110平方米。家门前胡同狭窄，常年靠人用水桶挑水，到村河边水井来回一趟就有一里多路。另一个院落在村北头河边，二弟结婚后，由他们一家人居住。约占六分地，石头院墙，三间正屋，红瓦房，20世纪80年代修建，建筑面积约80平方米，靠院落东侧。家门前街道宽，家里有手动压水井，不用挑水。两处院落相隔六七百米远，两边的人分别吃住，单独过日子。二弟他们居住的院落，坐落在我当兵前一年父母买下的一处宅基地上，父亲在靠西侧的宅基地上栽种了50多棵杨树。可以说，这两处院落，是父母勤劳节俭操持半辈子积累的全部财产，凝聚了父母半辈子的心血和汗水，但父母心里总觉得没有完成任务。在农村普通家庭，父母给儿子盖房娶媳妇被看作分内的事，有几个儿子就要有几处宅基地和正房。我们家有三处宅基地两套正房，怎么公平地分家，成了父母的一大心事。虽然我当兵离开了家，在外地参加了工作，安了家，但父母总认为，老家的家产也有我的一份。

我们兄弟三人分家的事，已过去十几年了，但分家的情景我至今难以忘怀。那是在2001年年底的一天，我刚下班回家。"老家来信了，让你回去分家。"妻子笑着对我说。我接过信一看，是父亲写的，信上说："你三弟也结婚一年了。如果能回来过年，到时一块儿把家分了。"父亲没有上过学，只在当兵时学了点儿文化，所以信的内容不多，虽有不少错别字，但字体一笔一画比较工整，字里行间充满一种期盼之情。"我们在外边工作，二弟他们已经单独过日子了。两处院子，几间老屋，有多少家业要分给我们啊。我嫁给你，也没图你家的东西，这家有什么好分的？"妻子一边收拾家务，一边不停地唠叨。我看了她一眼，认真地说："你也是农村长大的，还不知道老家的事吗？我们过春节回去一趟，了却老人的心事吧！"

于是，春节前我和妻子带着女儿从部队回家探亲。父母见我们回来了，非常高兴。一谈起分家的事，母亲的眼圈就红了。母亲心很小，有点儿委屈就要落泪。听她说，她15岁那年，姐姐出嫁后，我的姥姥、姥爷相继因病去世，她与两个不满10岁的弟弟相依为命。母亲早年艰难的生活经历，使她养成了凡事谨小慎微的习惯，形成了胆小怕事的性格。我非常理解母亲的心情，认真地听母亲诉说分家的缘由。

原来，在父亲给我写信前，二弟想把他们住的院子里的杨树全部卖掉，重新栽种小杨树。父母不同意，对二弟他们说："杨树有你大哥的一份，需要等你大哥回家再卖。"为此，二弟媳闹意见，赌气带着孩子回了娘家，一住就是一个多月。二弟去接，她也不回来，二弟岳父还把他说了一通。二弟向父母禀报后，母亲见势不妙，忙托本家的一位大娘去劝说，二弟媳还是不回来，二弟岳父还让大娘给父母传话说，分不清家产就不让二弟媳回来了。实在没办法，母亲劝父亲带点儿礼品去看亲家。好说歹说，二弟媳总算带着孩子回来了，但父母和二弟媳心里结的疙瘩没有解开，总有一道迈不过的坎。

经历了这场家庭风波，父母决心把家里的财产分清。我耐心地听完父母的这些诉说后，把自己关于分家的想法详细地告诉了父母，他们听了，觉得让我吃亏了，担心我妻子不同意。

我向父母保证，妻子是个通情达理的人，会同意的。父亲说："全家一起过完团圆年再分家吧，分家时间定在正月初六。""到时把你两个舅舅请来分家。"母亲一边擦着眼泪一边对我说，"年前这几天，你陪我去一趟你姨家和两个舅舅家吧，我很长时间没去看他们了。"我满口答应下来。

正好年前那几天妻子带孩子住在娘家，我陪母亲带点礼物到姨家和两个舅舅家走了一趟。我姨家也是三个儿子，他们早已把家分好了。我姨劝说母亲别有心事，凡事想远一些，想开点儿，当婆婆心要大一些，别认死理，别生闷气。两个舅舅和妗子也对我母亲说了很多宽心的话。母亲邀请两位舅舅来分家，大舅答应了，二舅因为在县城工作多年，不太了解农村的事，推辞不来。我二妗子性格直爽，她答应来。二舅把她瞪了一眼说："农村风俗你又不懂，你别参与了。"我也把我的分家想法告诉了他们，他们都说："你们当大的孩子带个好头，这个家就好分了。"去了一趟姨家和舅家，回来母亲心里亮堂多了，操持起家务来也有了精神。

走完亲戚，我又分别找两个弟弟和弟媳认真沟通，听取他们的意见，我也把我的想法和盘托出。他们表示听我的安排，不会因分家的事惹父母生气。二弟家我的小侄女刚满四岁，正上幼儿园，听大人说要分家了，心直口快地对她奶奶和婶婶说："您家搬下去，俺家搬上来。这里房子大、房子好，俺家住的房子破，俺们以后要到这里住了。"说者无心，听者有意，母亲和三弟媳认为，肯定是大人教孩子说的。我边听边想，二弟家院落大，可以再建新房，交通便利，生活用水又方便，可以换一换地方住啊。我也开玩笑地劝母亲和三弟媳，母亲觉得手心手背都是肉，倒是乐意。三弟媳却不同意，她觉得再建新房需要花两三万元，且她用于加工服装的裁缝设备多，二弟住的房子小放不下。见此情景，我也没有再说什么，心想尊重弟弟和弟媳们的意见吧，免得惹是生非。

快过年了，我去岳父母家接妻子和女儿。岳父母家是一个大家庭，妻子有三个哥哥、两个姐姐，家庭团结和睦。我把分家的想法告诉二位老人和妻子，他们都支持我。有了岳父母和妻子的支持，我心里更有底气了。

父母张罗着备齐年货，我们一家人在一起过了一个团圆年。正月初六那天，大舅来了。大舅召集大家围坐在一起，让我把事先拟好的分家清单事项，一条一条地念给大家听，从宅基地房屋分割、父母生活保障事项到老亲少友人情往来等都说得一清二楚。当时父亲63岁，母亲58岁，身体比较好，父母自食其力，生活不成问题。人情往来农村礼轻事少，各家亲戚自行走动也不是问题。父母勤俭节约过日子，办事量力而行，没有债务需要分担。我妹妹比我小两岁，已出嫁成家，生活也不困难。所以，我认为，最重要的是宅基地和房屋的分配问题。我们兄弟三人，我排行老大，是在老家结的婚，妻子婚后在外地上班暂住娘家，女儿在老家出生。她们随军后，我们一家三口在部队租公寓房居住，没有向父母要什么钱物，反而给家里贴补了一些。父母对此默默记在心里，总觉得亏欠我们，分家时家里财产自然也有我的一份，两个弟弟和弟媳们也没有任何异议。这一点，让我和妻子心里十分欣慰。

为了体现分家公平公道，减少以后家务财产纠纷，我把两处院子和房屋财产分成了三份。大舅征询大家的意见，大家均同意。三份财产由兄弟三人按照兄弟排行由小到大选择。两个弟弟、两个弟媳均决定要自己原来住的地方。我和妻子当面表示，我们的那一份家产分别赠送给两个弟弟。父母的住处也有安排，他们暂时搬迁到村南头苹果园的两间平房居住，等到二弟新建配房后，再搬到二弟他们住的院落中。我们把这些事项一一写在大红纸上，写上证人大舅的名字和兄弟三人及媳妇们的名字，由我兄弟三人签字确认，一式三份，各自保存。

分家完毕，父母的心事终算了结了，他们迈过了心里的那道坎。二弟、三弟他们还是住在原来的地方，不用搬家。我把那张红红的分家单折叠好放进了行李箱。那天吃晚饭时，大家有说有笑，其乐融融，特别是母亲，与分家前判若两人。我们一家人和睦地围在餐桌旁。"这哪里是让我来分家的，分明是请我来吃团圆饭啊！"大舅坐在正座上一边看着丰盛的饭菜，一边笑着对我们说。父亲高兴地让我们兄弟三人轮流给大舅敬酒，母亲笑着给大舅夹菜，三个媳妇也主动给大舅敬酒。大舅酒喝得不少，脸上泛起了红光。"你们分家没让我作难。这顿饭，我吃得舒心，酒喝得高兴！"大舅不停地说，"外甥和外甥媳妇们都很好，个个懂事明理，以后的日子肯定能越过越好！"

一晃十五年过去了。我转业后和妻子在地方工作已有五年了，我们购了新房安了新家，女儿在读研究生。二弟家早就翻盖了红瓦房，建了两大间配房，当年的小侄女已上大学，二弟新栽的杨树也已长大成材。三弟家分家当年，在全村打了第一眼机井，结束了吃水靠人挑水的历史。两年前三弟购买新房，一家人搬进了县城，孩子们在县城上学。早在十年前，父母又操心盖了新房，建了一处农家小院，高高的大门上方墙壁上镶嵌着五个红色大字——家和万事兴。父母说这处院落以后留给我，他们也算是完成了自己的任务。

如今，父母身体健康独立生活，兄弟们团结互助，妯娌们和睦相待，孩子们友爱相处。在村里开展的"好婆婆、好媳妇"评比活动中，母亲评上了"好婆婆"，三弟媳评上了"好媳妇"。二弟媳常年帮父母春种秋收，做一些力所能及的家务事。我和妻子、女儿有空就回老家看看。妹妹和妹夫也常带着孩子走娘家。邻居们见了问寒问暖，喜欢与我们坐在一起拉家常。

那张红红的分家单，至今我还保留着。我时常翻出来看看，那里面珍藏着父母的慈爱和兄弟姐妹之间的深情，还有我永远抹不去的乡愁。是啊，家和万事兴！这是父母的心愿，也是我们做儿女的心愿。

回　家

一

　　大雪节气，西北风越刮越紧，天气骤变，洒下冬天的第一
场雪。雪花不大，纷纷扬扬，夹杂在细雨中洒向潮湿的大地，
打在行人的脸上。雪后的几日，最低气温都在零下五六摄氏度，
寒冷的天气让人猝不及防。雾不期而至，天空昏暗朦胧，雾气
笼罩着整个大地。清晨出门和傍晚下班时，拥挤的城市街道，
行人步缓，车辆慢行，灯光点点，喇叭声声。奔波在路上的人
们是否想起了阳光的温暖，是否能看清回家的路？

二

　　星期天上午，雾气消散，我开车回家。大门上了铁锁，透
过门缝往里一瞧，父亲的电动三轮车不在家。我猜想，父亲一
定是陪母亲去乡镇医院输液了。

　　一周前我来家时，体弱的母亲正在打针吃药。这个周五晚

上，我给母亲打电话，询问她的病情是否有所好转。她告诉我，再打一天针就好了。从市里回老家一趟70多公里，天气又不好，我开车回家，母亲不放心。她特别嘱咐我不要每个星期都往家里跑，平时上班忙，周末歇一歇吧。

"你放心吧，家里有我，别回来了。"父亲在电话旁大声地说。

"天气冷了，我回去把咱家里堂屋门厅的出厦用铝合金封闭上，也能暖和一点儿。"我说。听了我的话，母亲便说，先让父亲打听一下安装铝合金门窗的行情，然后再决定。

然而，父亲极力反对此事。从电话那头传来的声音里，我听得出父亲有些生气了，只好作罢。我懂得父母的心，他们觉得自己已经七八十岁了，已习惯了农村的生活，怕我再为家里花钱。我在电话这头连忙向父母表态，这个周末不回家了，也不提封厦的事了。母亲这才放心地挂了电话。

周六那天，我在家休息，随手翻出几本书也看不下去，内心忐忑不安，总想着家里受冻的老人，牵挂着生病的母亲。星期天一大早，通情达理的妻子上班前，叮嘱我还是回家看看老人。我匆匆洗了把脸，也没顾上吃早饭，开车到超市买了些蔬菜和馒头，就往老家赶。

三

我来到医院，推开病房门，三个床位上都有病人，室内静悄悄的。一位陪护的邻村大姐坐在靠门口的病床边照看着生病的孩子。中间病床上一位五十多岁的男子正在输液。母亲躺在最里面的病床上，父亲坐在一旁很投入地翻看报纸。我走近他们，轻轻地抚摸了一下母亲打针的手背，小声地询问："娘，您好些了吗？"

母亲睁开疲惫的眼睛，惊奇地问："你怎么回来了？"

"不让你回来，你怎么又回来了？"父亲听到我的声音抬起头来，也接着问了一句。我一时沉默，不知怎么回答才好。

"您老人家有病住院，大兄弟在外面能放心吗？他能不回家看看您吗？"邻床照看病人的那位大姐笑着插话，及时帮我圆了场。

四

听了那位大姐的话，我心里却感到惭愧。上周末我回来那天，家里的大门也是紧锁的。我打通母亲的电话，她说正在乡镇医院输液，镇上集市人多拥挤，车辆出行不便，不叫我去医院看她了，让父亲回家开门。

一会儿，父亲开着电动三轮车回到家，打开大门。"赶那么远的路，你饿了吧？先吃点儿东西。"父亲从车上取下一袋冒着热气的油条递给我，我连忙接了过来。

我询问母亲的病情，父亲说："她还是老毛病。这两天，天气一冷，她的慢性支气管炎又犯了，头晕恶心，也不想吃饭。你别担心，她打几天针就好了。"听了父亲的话，我心里踏实了一些。

父亲交代我在家里做午饭等他们回来，又急忙走了。我望着他消瘦的背影，心里有一种难言的滋味。父亲已年过八旬，去年夏天刚住院动过手术。虽然控制住病情了，但他的身体状况大不如前，他也是一个需要被照顾的老人啊！

环顾偌大的院落，柴草堆旁一只公鸡拉长嗓音引吭高歌，几只老母鸡咯咯咯地四处寻食，三只大白鹅伸着长颈发出哦哦哦的鸣声，那条被拴在屋檐下的小黄狗摇着尾巴汪汪汪地吠叫。它们突然不见主人，失去了往日的安宁，让这个农家小院不再平静。堂屋门厅出厦前端悬挂着两大块一新一旧的白塑料纸随风哗哗作响，这是父母用来御寒的"杰作"。

走进空旷的西厢房，望了一眼饭桌上凌乱的碗筷和那冰冷的锅灶，顿时，我心头涌起一股悲凉之感。往常那个温暖的家竟然不见了。

五

想起我在西北高原部队当兵的那段日子里，我们一家三口利用寒假回家探亲过年时的情景，我心里就格外激动。那时我们经过几十个小时的长途奔波，一进家门，父亲就高兴地去叫二弟三弟他们两家人过来团聚。母亲则把孙女搂在怀里嘘寒问暖，给她拿这吃的、找那吃的。一会儿，两个弟媳妇带着孩子们过来了，家里一下子热闹起来。父亲当过兵，与我有共同语言，提起部队就有说不尽的话题。母亲和儿媳妇们一边唠着家常琐事，一边又忙前忙后地张罗饭菜。调馅儿、和面，包水饺、煮面条，煎炒烹炸各种菜肴。就餐时，全家人都到齐了，围着一桌热腾腾的饭菜，让长年在外的我们一下子感受到了大家庭的温暖，品尝出了老家的味道。在二十五年的军旅生涯中，不论走到哪里，家的温暖和家的味道始终蕴藏在我的心里。

铁打的营盘，流水的兵，我脱下心爱的军装，转业回市里工作，离家近了，回家方便了，父母年纪也大了。我本以为全家人团聚的日子会多起来，但我们的孩子已长大成人，一个个像出窝的鸟儿飞出了家门。兄弟姐妹为了生计，各奔东西，全家人团聚的日子越来越少了。即使到了年关过春节，一家人团聚吃饭时，也会有一两个因在外打拼而无法到场的人。慈祥的父母悄悄地把对孩子们的牵挂埋在心里，自食其力，顽强地支撑着家，维持着大家庭的温暖。工作之余，节假日回家看望父母，也成了我的必修课。连续两周不回家，我心里就空落落的，觉得感受不到家的温暖。

六

如今，天冷了，母亲生病了，家里的温度也凉了下来。我要生火做饭，让父母感受家的温暖。先洗切好青菜和生肉，备足油盐调料。再抱来一捆柴草，堆放在灶台前，点燃一缕干草推进炉膛。一股股灰白色的炊烟随即升起，屋内弥漫出呛人的烟味。我围着烟雾缭绕的灶台，一会儿向炒锅里加油放菜，一会儿向炉灶里添柴助火。前后应付，上下照看，忙得不可开交，我的眼睛里也揉出了泪水。

父母从医院回到家里时，我已热好了一锅馒头，烧好了一盆鸡蛋面汤，做出了两个热菜，一个炖豆腐、一个油菜炒肉，拼拌了一盘卤猪蹄熟肴。母亲看着桌上的饭菜，枯黄的脸上露出了笑容。父亲兴奋地拿出一瓶啤酒，要喝两杯。他们举箸夹菜，喝汤吃饭，连夸这顿饭菜很合胃口。母亲说，好几天没吃这么饱了。看着父母满意的笑容，我由衷地高兴。吃一顿可口的饭菜就能让父母如此知足，他们是多么容易满足的人啊！

七

年迈的父母过日子，有时叫人心疼，有时让人生气，有时使人哭笑不得。逢年过节，我们给父母买了新衣服，他们总说我们买的比集市上的贵多了，不合算，非要我们退还给卖家。一番争执，他们说不过我们，只好收下，但仍不舍得穿在身上。我在他们的卧室里安装了空调，他们夏天却舍不得用。去年寒冬腊月，他们打开空调七八天就停用了，空调成了摆设。我一问才知道，那个月的电费交了 100 多元，比起往常每月不到 10 元的电费，他们觉得用电太多了、太浪费了。我们给钱交电费，他们也不要。这不，冬天又到了，他们自己动手在堂屋门厅出厦前端悬挂起两块塑料纸来遮风挡寒，说这样就可以不开空调节省电费了。

父母生活俭朴，几近苛刻，然而对他人却格外大方。秋收过后，他们总会把自己种的新鲜地瓜、花生，挑选出成色好的送给亲戚朋友品尝。连大门外的那几棵果树上挂满的红彤彤的大枣、黄澄澄的柿子，也分享给了邻居们。他们舍不得花钱，却对孩子们毫不吝啬。目前，我们兄弟姐妹四家的孩子中都出了大学生，父母对此十分自豪。每逢孩子们开学时，他们出手就是一两千元钱。这些钱，对于靠耕种一亩多山地生活的父母来说，可谓一笔"巨款"。

八

午饭过后，在家务农的二弟媳和上中小学的侄儿侄女也来陪母亲拉家常。母亲生病七八天了，多亏他们住在跟前，跑前跑后，关心问候。远在上海打工的两个弟弟挂念着老人，时常打电话，母亲总会说一些"家里都好，不用挂牵，安心工作"的话。居住在县城里的妹妹、妹夫和三弟媳妇，前一天带着孩子们也回来探望了母亲。一个和睦的大家庭，在老人患病需要照顾时，兄弟姐妹之间那种相互包容、关心、支持的亲情显得格外珍贵。感激父母养育恩，兄弟姐妹一家亲啊！

说话间，母亲还是不住地咳嗽。我劝母亲到市里我家休养一段时间。我家的房子里有暖气，室温较高，适合调养身体。但母亲说什么也不肯去，她不放心父亲一个人在家里生活，还挂牵喂养的那几只鸡鹅。我便说，让父亲和她一块儿走，都到市里去。父亲听了，坚决不同意，不愿拖累子女。他说："你们白天都上班工作忙，我们在家里整天不见人，闲着也不舒服，去了也不习惯，还不如在老家生活方便。"二弟媳妇也劝说了一下父母，他们还是坚持自己的主张。我只好拜托二弟媳妇和孩子们多陪伴父母了。可怜天下父母心，父母总是为儿女着想，心里没有自己。

九

站在院子里，我和父母又讨论起给堂屋封厦的事。我耐心地劝导他们，母亲说家里堂屋挂上塑料纸确实不好看，父亲看着他们的"杰作"也觉得不太实用，保温效果并不理想，终于同意了我的想法。根据他们节俭办事的原则，我找来做封厦工程的师傅，量好了尺寸，谈妥了价钱，过几天就能安装好，屋内一定会暖和一些，父母的"杰作"可以收起来了。但他们还是一直唠叨不停，总觉得让我花了钱，心里过意不去。给父母做点儿事，我心里痛快，不然，内心愧疚啊！

时值年终，单位事情多，工作忙，不便请假。想一想自己匆匆地来，又要匆匆地走，不能留在家照顾陪伴父母，我又心情沉重局促不安起来。

十

日落西山，天色渐晚。母亲担心路上有雾，催我早点儿返城。我依依不舍地离开家门，驱车赶路。翻过家乡的西山，夕阳的余晖透过厚厚的云层依然明亮。

蓦地，我心中豁然开朗。亲爱的爹娘啊，你们就是儿女心目中永恒的太阳，无私地发着光和热，温暖着我们的世界，照亮着我们前行的路。

一路亲情

　　每年一到春运时，回家的路再长，寒冬的天气再冷，都阻挡不住我们回家的脚步。十七年前的腊月，妻子带着年幼的女儿乘火车千里迢迢回家探亲，她们一路上，我在这头牵挂，家里的亲人在那头牵挂。

　　那时，我在青海部队当兵，进入腊月，部队年终工作繁忙，四年一次的探亲假也只能等到临近春节时再休了。那年腊月初六，是岳父的八十大寿。为了赶上给岳父过生日，我和妻子商量决定，让妻子休年假带着上幼儿园的女儿先回家。于是，我提前几天给妻子和女儿买好了一张硬卧下铺票，让她们能在岳父的生日前一天晚上到家，与亲人团聚。

　　妻子和女儿回家的那天傍晚，我带上大包小包的礼品和路上吃的喝的食品，把她们送上由西宁开往青岛的 K174 次绿皮列车。女儿上了车，兴奋地在下铺爬来爬去。她们对面的下铺坐着一位身形粗壮的中年男人，车厢的小桌上放着一瓶打开的白酒和一小塑料袋熟牛肉。他嘴里不停地嚼着，车厢里酒气扑鼻。妻子看了一眼对面的那个男人，直皱眉头。她悄悄地对我说，恐怕是遇到酒鬼了，这一路三十七八个小时的路程怎么熬啊？我心里想，这是妻子第一次单独带着孩子坐火车回家探亲，从西宁到山东老家有 2000 多公里，坐火车本来就很辛苦了，何况再遇上不顺心的事。我一边收拾整理行李，一边小声地安慰妻子："出门在外，哪能事事称心啊？大家都相互体谅一些吧。"我安顿好妻子和女儿，列车就要发车了。我在站台上隔着车窗玻璃向她们挥手告别。列车一声长鸣，徐徐驶出车站。

我返回部队营区时，已是华灯初上，天上零星地飘起了雪花。回到家里，我找到电话卡，给山东老家妻子的大哥家打通电话，告诉大哥妻子和女儿到老家车站的时间，请家里人去接站。那时，部队里用的是军线，只能向外打，不能直接接地方的电话。打长途电话时，先由部队总机要外线，然后拨打一串 20 多位的电话卡号，再根据语音提示拨打对方的长途电话号码。打通一次电话，往往需要两分多钟的等待时间。

妻子和女儿走后的第二天，西宁下了一整天的小雪。我晚上看《新闻联播》和天气预报时，得知妻子和女儿回家的铁路沿线都下了雪，其中河南境内局部有暴风雪。我心里期盼着妻子和女儿她们乘坐的列车能躲过这场暴风雪，妻子和女儿能平平安安顺利到家。按列车时刻表推算，晚上 11 点半妻子和女儿就能到老家车站。那天晚上从 11 点钟开始，我每隔半小时或一个小时打通一次大哥家的电话，问询大哥大嫂妻子和女儿是否到家，得到的答复都是她们还没有到家。直到夜里两点多钟，我再一次打通大哥家的电话，大哥说："老家也下大雪了。那趟列车晚点，到达时间车站也不确定，看样子要等到明天了。"他让我先睡觉，别等了，明天再打电话联系。那一夜，我觉得很漫长，躺在床上翻来覆去睡不着觉，总想着妻子和女儿是不是该到站了，心里后悔不该听妻子的话买那天的火车票，想着要是买早两天的火车票就好了。

　　妻子和女儿走后的第三天，已是腊月初六。早晨8点钟，我上班前拨通大哥家的电话，是大嫂接的电话，她说："你两个侄子在车站等了一夜，早晨回来刚睡觉。你大哥又到车站去了。"大嫂还安慰我，让我不要担心。上午10点钟课间操时，我回家给大哥家打通电话，大哥说，她们还没有到站，可能要到中午12点了。他让一个侄子到车站等她们，大哥他们先回老家准备给老人过生日的事。到了中午12点，我下班后匆匆回家拨通大哥家的电话，是二侄子接的电话，他高兴地说："接到三姑她们了，刚进家门，你给三姑说句话吧。"他让妻子接电话。听到妻子的声音，我那颗悬着的心总算落了地。妻子在电话中告诉我："火车过了兰州站沿途遇到大风雪，一路上的车到站时间都晚点了。火车到了郑州站，大雪掩盖了铁轨，停了大半天。车厢内温度下降，又湿又冷，我们带的饮料都结了冰。多亏铁路工人连夜冒雪清理路障，不然，我们到现在也不能到家啊！"她还说，"你给我们带的吃的喝的东西较多，我们娘俩没有饿着。到站下车时，对面卧铺的大哥主动帮我们把行李送到了车门口，真的要谢谢他。"听了妻子的叙述，我长长地出了一口气，心里想，只要大人孩子路上没有冻着饿着就谢天谢地了。一路上的"同舟共济"，让妻子也感受到了陌生人的善意，并对他们的帮助心怀感激。妻子匆忙挂了电话，带着女儿与侄子一起回老家，家里的亲人还等着她们呢。

　　那年春节前我请假回家探亲，与妻子谈起她们回家的事来，妻子告诉我："那次回家路上遭的罪可别提了。那天中午 12 点半才到老家，老父亲和老母亲可把我们娘儿俩盼回来了。听大姐说，母亲一上午独自到家门口路上迎了我们好几次，家里的亲人都等着，真是望眼欲穿啊！还好，没有耽误给老父亲过生日。我们兄弟姐妹六家大人孩子 20 多口都到齐了，就差你这一位了。我替你给父亲和母亲敬了一杯酒，他们说，你当兵也很辛苦，要我支持你的工作。那天老父亲十分高兴，一整天都乐呵呵的，酒也喝了不少。"随后，她又看着我深情地说，"大哥大嫂都说，你那天晚上给大哥家拨打的电话，比一年给他们打的都多，也让你牵挂了！"

牵　挂

立冬过后，济宁的傍晚天气渐渐转凉，步履匆匆的行人裹紧了衣服。行道树上黄褐色的枯叶随风飘落，偶尔也有几片泛着青绿色的叶子飘落下来。下班后，我步行回家，路过一所小学门前，看见一群刚放学的小学生围在一棵银杏树下，捡拾起一片片金黄色的银杏叶，有的拿在手上，有的放进书包。"别捡了，别捡了……快点儿回家吧，快点儿回家吧……"接学生的家长一声声地催促着，孩子们还是恋恋不舍。"明天周末，我带你到爷爷奶奶家去，那里有一大片银杏林，银杏叶又大又好看。"一位年轻的妈妈一只手提着书包，一只手拉着一个小女孩，从我身旁匆忙地走过。我望着渐渐散去的学生，周末回老家看望父母的念头涌上心头。

我的老家泗水县城圣源湖景区旁也有一片银杏林。那里碧波荡漾，小桥流水，杨柳依依，银杏成林，现在的景色一定很美吧？但我没有时间去那里欣赏，我要回山村老家看望父母。父亲母亲已过古稀之年，身体大不如前，又单独居住生活。一个星期不打电话，我心里就空落落的。父亲耳背，我平时给家里打电话都是母亲接听。每当听到母亲说"家里没事，不用常回来"时，我的心中就会踏实许多。前两天，我拨通老家的电话后没人接，之后心里就一直忐忑不安。我已连续两个星期没有回老家了，不知他们的身体怎么样。我长年在外工作，不能经常陪伴他们，彼此的牵挂埋在心里。

我当兵的时候，远在大西北，父母把对我的牵挂写进了那一封封家信里。书信是桥梁，传递家的温暖；书信是鸿雁，带来亲人的思念。20世纪80年代，固定电话和移动手机还未普及到寻常百姓家。我刚入伍时，被分到大西北的部队农场，一到周末就忙着给家里写信，把想家的念头融入思想工作汇报中，报喜不报忧，不想让父母牵挂。

儿行千里母担忧。母亲从我寄回家的彩色照片里看到我和战友们黑红的脸庞、低矮的平房、满地的黄沙，知道了部队农场环境艰苦，生活条件不好，心里十分担忧，时常梦见我。父亲当过兵，他劝慰母亲，当兵哪有不吃苦的，年轻人在部队里锻炼锻炼有好处。父亲写信把母亲的牵挂告诉我，又鼓励我在部队好好干，听班长的话，积极要求进步。父亲没上过学，他当兵后才认识了一些字，在部队里学会了写信。尽管信里错别字很多，语句也不那么顺畅，但字里行间满是父母的爱。

新兵的信多。一年下来，我给家里寄去十几封书信，同时，也收到了十余封家里的回信，有父亲写的，也有弟弟妹妹写的。家信的结尾，总是："家里一切都好，不要挂念，请放心吧！"那一封封充满温暖亲情的家信，激励着我安心待在部队，战胜困难，干好工作，不断取得进步。

后来，我考上了军校，被提了干，结婚成家，工作越来越忙，给父母写的信越来越少，但每年也有七八封。在不多的家信里，父母有时问我："你们今年能不能回家探亲？什么时候来啊？能回家过年吗？"父母对我的牵挂，变成了对我们一家三口的牵挂。回家过年，亲人团聚，是父亲母亲的期盼，也是我们的心愿。可是，每一次回家探亲，三四天的绿皮列车旅行，2000多公里的路程，又给父母添了许多担忧和牵挂。

短暂相聚的喜悦，冲淡久别分离的思念。但当我们离家返程时，父母又是那么依依不舍。父亲不忘提醒我，回到部队要给家里写信，平时有空多写信，有事就告诉家里。多愁善感的母亲，坚持送我们到村头的公交车站点。她千叮咛万嘱咐，时不时撩起衣袖，悄悄地抹一下眼角。我不敢与母亲对视，怕也忍不住热泪盈眶。公交车来了，带上父母的嘱托和无尽的牵挂，我们又一次离家远行。我透过车窗回望，母亲的身影渐渐模糊起来。

相见时难别亦难，可怜天下父母心。"慈母手中线，游子身上衣。临行密密缝，意恐迟迟归。"二十余年的部队生活，与父母聚少离多，让我深深理解了父母的牵挂，懂得了"家书抵万金"的亲情。只有经历过与亲人的长久别离，才更珍惜幸福的团聚；只有当自己成为父亲或母亲后，才会懂得父母的心。在离别的日子里，那一封封家信拉近了我与家的距离，让家的温暖传递到心里，伴随我和妻女扎根军营驻守大西北。

后来家里安上固定电话，打电话方便多了，有事也不用写信了。可是，每次探亲时，父亲却对我说，有事电话里说不清，还是写信说得明白。我知道，父亲心里有一种书信情结。

自从转业回市里工作，我离家近了，又给父母买了一部手机，平时联系十分方便。到了周末，开车一个多小时就能到家，我常回家看望父母，彼此的牵挂少了。写信的岁月渐行渐远，但心中的书信情结越久越浓，让我时而想起。

我平常利用周末回一趟老家，有时帮父亲春种秋收，替母亲干点儿家务；有时与父亲说说外面的见闻，和母亲拉拉家长里短；有时与父母一起忙碌半天，做一桌丰盛的饭菜，同弟弟妹妹和孩子们团聚。我单独回家的时候，偶尔住上一宿，彼此的牵挂，悄悄地融化在心里。

当我起身返城时，父母总会让我带上一些自家收获的花生、地瓜，或者是散养的鸡下的土鸡蛋，或者是自种的大葱、韭菜、萝卜等蔬菜。起初，我不愿意拿，他们就会生气。其实我知道，这些东西虽不值钱，却是父母的一片心意。只是我不想让父母为了留给我们，自己舍不得食用，生活过得那么节俭。带上这些东西，就是收下父母的心愿，免去父母的牵挂。我把带的东西放进车里，父母的脸上就会露出满意的笑容。他们送到大门外的路上，一遍遍地嘱咐我："路上别着急，开车慢点儿。到了城里，给家里来个电话。"父母的话我记在心里，带在路上。直到回到城里，我打通父母的电话，他们那颗悬着的心才会放下。

牵挂念亲情，家和万事兴。父亲母亲为人善良宽厚，待人诚恳实在，给我们兄弟姐妹做出了榜样。我们家庭内部没有闹过矛盾，也未出现过隔阂，父母慈爱，兄弟团结，妯娌和睦，孩子亲近。逢年过节一家人团聚，其乐融融。一家人对外与邻居和谐相处，也从未发生过纠纷事端。父亲母亲平时不愿意给孩子们添麻烦，也想图个清静，坚持单独过日子，自食其力。前年，村里开展评选"好婆婆、好媳妇"的活动，母亲和三弟媳妇分别被评为"好婆婆"和"好媳妇"。想起这些往事，我心里感到非常欣慰。

如今，我们兄弟姐妹四家，三家搬到城里居住。女儿读研究生，大侄女上大学，其他的孩子就读中小学，个个学习用功。二弟、三弟在外地奔波，勤劳能干，不到年节不回家。弟媳们操持家务农活、教育子女上学尽心尽力。虽然日子过得辛苦忙碌，但大家对未来充满信心和希望。年迈的父母看在眼里，喜在心里，孩子们的生活过好了，他们就少了一些牵挂。

我们长大了，离开父母，开始了新生活，有了自己的一片新天地。我们的孩子也渐渐长大，一个个像出窝的小鸟一样远走高飞。我们的父母却越来越老了。望着他们满头的银发，满脸的皱纹，渐渐弯曲的腰背，我深感父母在，人生尚有来处，故乡就是家；父母去，人生只剩归程，老家就成了故乡。父母的爱，就像家乡那条缓缓流淌的小河，每时每刻都流淌在我的心间。这份爱超过任何感情，他们默默地付出，又不图回报。守望故土的父亲母亲啊，你们的健康长寿是我们的福祉，也是我们今生最宝贵的财富。

我一路走，一路思考，身上不断涌起一股股热流。回到家，天色已暗。妻子做好了晚饭，见我回来，准备盛菜开饭。我却急着给家里打电话。"有什么急事啊，进门就打电话？"妻子不解地问。电话接通了，听到母亲的声音，我那颗悬着的心才放了下来。问起前几天电话打不通的事，母亲告诉我，电话忘充电了。"不用挂牵家里，没病没灾的，不给你打电话。也不用每个星期都回家。你家的事也不少，别往家跑了。"母亲打开话匣子唠叨起来，又说，"你二弟媳和孩子们常来串门，有事就让他们帮忙。你妹妹和三弟媳也常带着孩子们回来。你们不用挂牵，家里没事，放心吧！"母亲说完这些，又打听起妻子的肠胃病是否好了。妻子接过电话，对母亲说了一些宽心的话。挂了电话，妻子微笑着对我说："明天我也歇班，陪你一起回趟老家看看两位老人吧。几个星期不见，还挺挂念呢。"我看了她一眼，会心地笑了。

　　父母养育子女一场，就是一次亲情修行。父母的牵挂陪伴子女走过前半程，子女的牵挂陪伴父母度过后半程。亲情修行，牵挂一生。生生不息的浓浓亲情，就在那彼此割舍不断的牵挂里。

父母的过年情结

　　过了腊八就是年，人们心中渐渐涌动起过年的情思，浓浓的年味弥漫在乡村城市。乡村集市上明显热闹起来，红红火火的春联和鞭炮摊位格外惹眼，此起彼伏的叫卖声传递着过年的气息。城市街道两旁霓虹彩灯高高挂起，凛冽的寒风中充满节日的温馨，匆匆的行人心里多了一种回家过年的期盼。

　　记不清从哪年开始，有一首歌，在每年的春节之前，不管是远在他乡的游子，还是留守在家乡的父母，总是百听不厌，盼着"常回家看看"。一家人一年没病没灾，过年时团团圆圆、和和美美，是父母最大的心愿。

　　去年我们一家人分在两处过年，母亲、大侄女和我们一家人在济宁，父亲和二弟、三弟两家人在泗水老家。吃过年夜饭，母亲和父亲通电话，分享了过年的喜悦。电话两头孩子们的祝福声、嬉笑声此起彼伏，暖暖的问候，把挂牵的心联结在一起，亲情浓浓，年味浓浓。

　　年前的腊月，母亲患"老慢支"，在乡镇医院治疗两个星期，没有告诉我。我回家时，看到母亲身体虚弱，就劝她到市里医院检查。起初，母亲觉得，我和妻子工作忙，又快过年了，不想给我们添麻烦。正巧，二弟家的大侄女上大学刚放寒假回家，我就请她来帮忙照顾母亲，二弟媳妇和侄女欣然同意，母亲这才答应来市里医院检查。

我和侄女陪着母亲来到医院，门诊挂号，专家诊断，测量血压，抽血化验，做心电图、CT 检查，楼上楼下地忙碌了半天。最后，我请求医生安排母亲住院治疗，但由于床位紧张，安排不下，只好办了住院预约手续。医生给开了几百元的药品，让母亲先回家服用。

母亲住在我家，按时吃药，三天过后，她的病情大有好转，身体好了许多。这时，医院给我打来电话，说可以让母亲住到病房过道的临时床位上。我劝母亲去住院，但她觉得马上过年了，不想进医院。我劝说了几次，见母亲有些生气，只好听从她的意见。

过了几天，读研究生的女儿回来了，家里一下子热闹起来。一到晚上，我们便陪着母亲拉家常，说说笑笑的，母亲心里亮堂起来。她心情好了，病也去了一大半。有时父亲、妹妹和弟媳妇打来电话问候母亲，母亲就高兴地告诉他们，她来市里住在我家，没有住院病就好了，也能吃饭了。有一天晚饭后，在上海打工的三弟给我打来电话，询问母亲的病情，并说今年要回家过年。我让母亲接听电话。母亲一听说三弟要回家过年，心里特别高兴。"我的病好了，不用挂牵，你在外面放心吧。在你大哥大嫂家，挺好的。你七年没回家过年了，也该回来过个年了。"母亲与三弟唠了半天，拿着电话舍不得放下。

一家人过年团圆，始终是父母心中最大的期盼。前些年，我在大西北当兵，每到年关，父母就盼望我和妻子、女儿一起回家过年，期盼我们常回家看看。可是，我从军二十多年间，不能满足父母的心愿。如今，我转业回来了，两个弟弟又到外地打工了，父母有了新的牵挂。每到年关，父母就盼着他们回家过年。二弟是一个恋家的人，到了临近年关就回来，父母自然高兴。三弟远在上海，是一个会过日子的人。听他讲，单位春节放假期间需要轮流值班，春运忙，走不开，有许多工人放弃了回家与家人团聚。况且节日期间一日三薪，三弟媳妇也觉得划算，不要求三弟回来过年。屈指一算，三弟已经有七个年头没回家过年了。父母对此十分不解，他们常常唠叨："家里有老人孩子，哪有不回家过年的，不能只想着挣钱啊！"

腊月二十八，三弟给我打电话来，说他从上海回来了，他们一家不在县城过年，打算回老家过年，还问母亲什么时候回家。我把三弟回家过年的事告诉了母亲，母亲一听就想让我送她和侄女回家。我和妻子觉得母亲身体刚刚恢复，农村家里没有暖气，天气又冷，想让她在我们家多待几天养养身体，过了年再回家。我们与母亲商量，回家把父亲接来过年。母亲却说："你二弟三弟两家人都在老家，人也不少，你父亲要来这里过年，他们在家里没有着落，让他们在老家一块儿过年吧！"后来，父亲也打来电话说，他和两个弟弟一块儿过年，不让我回家接他了。我理解父亲和母亲的心情，手心手背都是肉，既牵挂着这头，也牵挂着那头。

大年初三那天上午，母亲和我们一起回到老家，与父亲他们团聚了。一会儿，妹妹妹夫带着孩子们也来拜年。十几口人聚在一起，家里顿时热闹起来。父亲和我们兄弟几人坐在一起喝着茶，讨论着国家惠农政策，安排春天种地的事。一群活泼的孩子从茶几上挑拣中意的水果和瓜子，叽叽喳喳地在院子里跑来跑去。母亲与媳妇们则忙前忙后，做饭炒菜。不到两个小时，就准备好了两桌饭菜。一家人围在一起吃着丰盛的饭菜，举杯敬酒，其乐融融。父亲喝了几盅白酒，格外高兴。他微笑着说："过年，过年，不出正月十五，天天都是年啊！今年过年我们一家人全到齐了，总算团圆了。"

家是亲情的港湾，那里有父母的唠叨，也有妻儿的期盼。过年团聚是中华民族的悠久传统，回家过年更是中华传统文化中的珍贵理念。回家过年，满满的都是爱，满满的都是情。亲人们围坐在一起包饺子、看春晚、吃年饭、守岁，这是老人们感到最开心、最幸福的时刻。

年年岁岁花相似，岁岁年年人不同。又是一年，临近年关。长年在外奔波的人们啊，请你停下匆匆的脚步，即使不能做到常帮妈妈刷刷筷子洗洗碗，常给爸爸捶捶后背揉揉肩，也要找点儿空闲，带上笑容，陪同爱人，领着孩子，回家看看。若能如此，天下父母渴望团圆的期盼将不再落空，我们引以为豪的浓浓乡愁亲情也将会世世代代传承下去。

思念的盛宴

腊八那天清晨，小巷的粥铺中，腊八粥的香气扑鼻而来。一群吃过早点的小学生，从里面鱼贯而出。他们满脸笑容，欢快地哼着"小孩小孩你别馋，过了腊八就是年……"的童谣，让我一下子闻到了家乡的年味。

我高中毕业第二年，那是 1985 年，山区农民外出打工，一般都会到砖厂出力干活。山区长大的孩子不怕脏不怕累，更不怕吃苦，有的是力气。我在砖厂打工的一年，上半年扣除吃喝挣了 130 多元；下半年干了两个多月，因为提前回家入伍体检，包工头分文不给。后来，我体检不合格，既没当上兵，也没挣到打工钱。

"有钱没钱，回家过年。"父亲温和地对我说，"今年当不了兵，还有明年呢。"母亲牵挂地问我："路上没事吧？"不等我回答，又连声说，"没病没灾的，平安就好！回来就好！"

1986 年冬，我如愿参军到西北高原的部队。后来入学被提干，家属随军，我们一家能回家过年就成了老人心中的期盼。四年一次的探亲假，我们都安排在临近春节的时候。每次回家，我和妻子要带着孩子，提着大包小包，坐火车、乘汽车、辗转奔波数千里。

一进家门，我们见过父母，见两个小侄女陌生地看着我们，妻子连忙取出两袋牛肉干递给她们。"咱家里什么都不缺，你们三口回来过年就好。"母亲抚摸着孩子微笑着说，"过年吃的用的，咱这里集市上都有。过几天，咱们一起去赶集，买年货。"女儿一听，放开母亲的手，高兴地喊道："赶集去喽！"她跟着两个小侄女在天井里又蹦又跳。

赶集，是山里人购买年货的首选方式。山区乡镇的五处集市点，分散在十里八乡，五天一循环，天天有集市。赶集那天上午，我们步行不到一公里，就来到了镇上。集市上车水马龙，熙熙攘攘。商铺和摊位分布在三条街上，南北一条街主营服装鞋袜、日用百货，东西两条街经营肉蛋副食、活禽鲜鱼、土产杂品。

各家商铺备足了年货，门前摊位和货架上琳琅满目，花花绿绿，叫卖声一个比一个响亮，一个比一个好听，招惹得过往行人不时停留。集市一角的几个鞭炮摊位，争相燃放，噼噼啪啪的爆竹声引来许多看热闹的孩子。卖春联的摊位设在远处宽阔的马路边，一块干干净净的地方铺满红红的一片。

转了一上午，我和母亲买了两提篮肉蛋蔬菜佐料，在一家百货超市门口与妻子女儿会合。她们身边放着两大包水果、糖块和瓜子，手里各拿着一长串冰糖葫芦，正吃得津津有味呢。离开集市，一路上遇到熟悉的乡亲，大家都相互招手，亲热地嘘寒问暖。热热闹闹的集市，散发着越来越浓的乡情年味。

过了腊月二十三，两个弟弟和两个弟媳开始大扫除，孩子们也帮忙打扫卫生。屋内物品摆放有序，桌椅板凳井井有条，厨具锅灶一尘不染。父亲给天井里垫上新沙土，把闲置的农具收拢起来，把柴草堆放整齐，就连鸡棚狗舍也彻底清理一遍，农家小院焕然一新。

大扫除后，弟弟们又忙着杀鸡宰鱼。母亲和媳妇们下厨加工油炸食品，制作馒头糕点。我也没有闲着，铺开红纸写春联。街坊邻居送来几张红纸，找我代写春联。我一写就是三四天，一直写到除夕上午。尽管天气寒冷，手脚受冻，但我心里热乎乎的。乡亲们来取春联时，都真诚地致谢，脸上是满意的笑容。

对久别重逢的亲人来说，过年能消除牵挂、思念。过年，不仅是一个庄严的仪式，也是隆重的盛宴。

现在，我已转业返乡工作多年，与家人团聚对我来说不再是奢望。然而，我们的孩子长大成人，远在他乡打拼，又成了新一代离开家乡的人。虽然人与人之间的地理距离看似不再遥远，问候与祝福也能及时传递，但父母对子女的思念之情却从未消减。

餐桌上的"老规矩"

　　我的老家在泗水山区乡村，父母和两个弟弟在老家生活。我当兵后在外地成家立业，逢年过节，我和妻子带着孩子回老家后，父母都要把弟弟、弟媳和孩子们叫来聚餐。

　　母亲十分看重餐桌上的规矩。小时候，她教育我们："吃饭要懂规矩，不能让人笑话。坐有坐相，吃有吃相。"我们因此养成了良好的用餐习惯，亲戚和邻居们都夸奖我们有家教。

　　家里来客人，要让客人先入座；如果坐不开，可先到外面去做其他事，等客人酒过三巡，再适时进来给客人敬酒；敬酒完毕，要与客人打招呼，主动离席，等客人吃完饭再进来。如果客人急着回家提前离席，送客要送到大门外的路上，不能急着回来吃饭。自家人就餐，要让长辈坐上座。饭菜上齐后，要让长辈先夹菜，主动给长辈添饭。遇到长辈给自己添饭、夹菜时，要礼貌致谢。吃饭时，端起碗，大拇指按在碗沿边，其他手指扣着碗底，手指不能插到碗里，更不能双手抱着碗，趴伏在桌子上吃饭。夹菜时，从靠近自己的菜盘边夹起，不能用筷子翻来翻去地挑菜。遇到自己爱吃的菜要不争不抢，更不能把盘子端到自己跟前吃独食。吃饭菜时，要吃多少盛多少，最后自己碗里不能有剩下的饭菜。一次放入嘴里的食物不能太多，要细嚼慢咽，嘴里不能有吧唧吧唧的声音。如果咳嗽或打喷嚏，要用手捂住嘴，头转向餐桌后方。吃饭时不能与别人大声说话，不能把筷子插入饭碗里，不能用筷子敲碗盆，更不能用嘴含筷子。

平时吃饭的时候，母亲就会唠叨起餐桌上的规矩，说若不守规矩会给别人留下坏印象，长大后，男孩找不到好媳妇，女孩找不到好婆家。如今，我们兄弟姐妹带孩子们回老家，都给孩子们讲这些规矩，让他们从小养成良好的用餐习惯，尊长爱幼，懂事明理，遵规守礼，传承良好的家教。

其实，母亲这些餐桌上的规矩，是就餐礼仪的一部分，在人们的日常生活中，随时随地都有体现。我国就餐礼仪能够发展到今天，正是因为有许多像母亲那样的传承人，一代又一代地给子孙后代言传身教。社会在变革，时代在进步，人们的思想观念也发生了很大变化，但我们不应当忘记中华优秀传统文化和日常生活礼仪，不能舍弃这些餐桌上优秀的老规矩，相反，要把优秀的老规矩发扬光大，传承下去。

至爱亲情离不开书信

"你还写信吗？"这个久违的话题，让我感到熟悉又陌生，像遇见离别多年的战友，与他紧紧地拥抱在一起，却一时又想不起他的名字。是啊！好长时间没有给人写信了，连客套话也不会说了。

今年阳春三月，女儿考研报考的学校复试分数线远远高于国家公布的研究生录取分数线，无奈进入调剂阶段。因报考专业的限制，女儿想要调剂到心仪院校可谓难之又难。何况女儿今年考研又是"二战"，内心焦虑程度可想而知。一连几天，我和妻子对女儿说了不少宽心的话，她仍是闷闷不乐，愁眉不展。为缓解她的压力，周末，我们一家三口到兖州二姐家串门，路程有三十多公里。我提议，我骑自行车去，妻子和女儿开车去，比赛一下谁先到达。我先走了一步，比她们提前半小时从家里出发。结果，我比她们早两分钟到达二姐家楼下。女儿从车上下来，对我竖起了大拇指。我自豪地对她们说："虽然我们出行的方式不一样，但我们的目标都实现了，可是我比你们多了一份收获啊！"我的收获就是后来发表在《济宁日报》上的那篇名为《找个机会骑自行车赶路》的散文。

我把一路的风景和感想记录下来："人生的路也是如此。有的人，捷足先登，已搭上便捷的快车；有的人，犹豫徘徊，还在等待改变命运的机遇；有的人，自食其力，疾步奋进；有的人，独撑天地，安泰一方。然而，人们对美好生活的追求是一致的，只是追求的方式和实现的途径不同而已。但只要方向正确，信念坚定，脚踏实地，锲而不舍，不管速度快慢、时间早晚，美好的生活目标就一定能实现。我回首看了一眼还在等待公交车的人们。路在前方，路还很远，让他们等吧，我还要前行。因为骑自行车出行是我自己的选择，唯有奋力，才能向前……"我写完后，送给正在看书的女儿，她作为第一读者认真地读起来。她也许读懂了我的用心，脸上露出了久违的笑容，眼睛里有了自信的光芒。她重新振作，调整心态，选报了一所东北的大学。4月，她"单刀赴会"复试成功，6月收到入学通知书，9月初成为一名在校硕士研究生。

我想，那篇散文也许起到了书信的作用。女儿看后，我说要向《济宁日报》投稿。未料到，竟然当月就给刊登出来了。我把那天的报纸送给女儿，她看到那篇散文会心地笑了，对我说："这是给我的一封公开信啊！"

如今，在快节奏的生活中，人们多以打电话、发短信、发微信的方式沟通，"家书抵万金"的时代渐行渐远。但在人生紧要处，人们相互牵挂的至爱亲情永远不会变，它将通过不同的方式持续传递下去。

代 沟

我的那篇《怀念砖厂打工的岁月，苦盼着春暖花开》一文在网上发表后，我将该文转发给女儿和侄女，并附了一句留言："再也不能让孩子们走我们在砖厂打工的路了。"很快，女儿回复："嗯，明白"，并附了一个"可以的，很赞"的表情。等了半天，侄女终于给我回复："我看了，大伯。我都大了，也不是小孩了，我肯定有自己的打算。你放心，肯定不会再走我爸那条路了。相信我，我也相信我自己。"并附了两个微笑表情。

我看了她们的回复内容，一时不知该怎么与她们交流。看到我和二弟青年时代的打工经历，她们的思想是否有了触动，她们的心灵是否会为之一颤呢？我不得而知。是啊！女儿和侄女都不是小孩子了，一个读研究生，一个上大学二年级。她们长大了，有了自己的思想，有了自己的世界观、人生观、价值观。但我还是放心不下，趁热打铁，又给她们分别发了微信："记得作家柳青在《创业史》中说过一句话：'人生的道路虽然漫长，但紧要处常常只有几步，特别是当人年轻的时候……'这也是作家路遥《人生》的开篇题记。相信你是一个有自信、有主见的青年学生。把握现在，才能掌握未来。相信那句话，'机会总会留给有准备的人'，祝你学习进步，生活快乐！"女儿立即回复了一个小人儿用双手支撑着大大的心形图案的微信表情。过了一会儿，侄女也回复道："好的，我可以的，放心吧。也祝您工作顺利。"同时，还附加了一个OK手势和两个露出大牙齿的笑脸微信表情。我看了她们的回复，会心一笑，这就是现在的年轻人啊！

时代不同了，她们接受的教育和所处的社会发生了变化，认知能力和理解能力与我们那个时代的青年不可同日而语了。与我们相比，她们多了一些自信，多了一些从容，多了一些自尊。社会进步了，教育者与被教育者的角色发生了变化，家长与孩子成了平等的朋友。已经进入21世纪了，我们的思想不能停留在20世纪啊！我们也要加强学习，汲取新知识和新观念，紧跟时代步伐，不然，就会成为落伍者。

当今社会，快节奏的生活使得人们思想和情感的交流，多以打电话、发短信、发微信的方式进行。其中，发微信已成为主流方式，占据半壁江山。一页页纸上的文字被压缩成一条条微信，书信交流已成为过去式。我想，不管沟通方式随着时代怎么变化，不变的永远是人们相互牵挂的至爱亲情。

北堂窗前竹叶青

　　我父母居住的院子，是鲁南山区典型的农家院落。院子占地四分，三间宽敞的堂屋和两间对称的东、西厢房都是平房。堂屋内四室一厅，父母住东间，我们住西间。东、西厢房被我们称为东屋、西屋，东屋存放农具杂物，西屋作厨房使用。西屋门前有露天灶台，一眼深水井中的水被管道引入自来水池。东屋南邻是改建的水冲厕所，西屋南接大门楼，大门楼内迎门墙前堆放着干柴，迎门墙后搭建了简易鸡棚。四周围墙与房屋外墙浑然一体。院子里生长着多棵草木，品种多样，布局自然，虽不名贵，但充满生机。

　　初夏的院子里，竹叶清新翠绿，梨树果挂枝头，石榴树花开正红，无花果树枝叶旺盛，小杨树努力向上，大槐树风华正茂。父亲母亲尤其喜爱窗前的那丛碧绿的竹子，那是我三年前移栽的。当年的幼竹长势平常，但它的身边却冒出四棵高高的新竹来。父母常说家有竹子寓意好，竹报平安啊。竹子一年四季常青，生命力强，到了冬天，整个院子里树木都光秃秃的，唯独竹叶青绿。

母亲节那天早晨，我开车回到老家，手提着几袋蔬菜、水果和馒头走进家门。母亲坐在天井的灶台旁，正在做饭。她一手拉着风箱，一手拿着柴草往灶膛里送。我喊了一句："娘，我回来了。"母亲慢慢地抬起头，看到了我，脸上先是茫然，随即又露出笑容来。"今天，你来得这么早啊！你吃饭了吗？"不等我回答，母亲又说，"饭菜马上就做好了。"我走近母亲，环顾院子，不见父亲的身影，便问父亲去哪里了。母亲告诉我，他一大早就吃了点东西，到家北地里干活儿去了，中午才会回来。我走进西厢房放下东西，看到茶几上凌乱地摆着茶杯、碗筷，便动手整理起来。

"年纪大了，也不讲究了。屋里东西乱，我也不愿意天天收拾了……"母亲见我忙碌地打扫卫生、收拾物品就唠叨开了，又像是在自言自语。

是啊，父亲母亲已是七八十岁的老人，真的需要我们照顾了。可是我们兄弟姐妹四人为了生计，各奔前程。近几年，妹妹和三弟相继搬家进城，打工、做生意挣钱的渠道多了，各家的生活条件越来越好，但回老家团聚的日子却越来越少。不到逢年过节，一家人难得在一起吃一顿团圆饭。尽管我们隔三岔五会分别回家看望父母，但偌大的院落少了往昔的热闹，越来越冷清了。倒是母亲适应了清静的日子。她常说，自己喜欢清静，人来得多了，反而觉得脑子里乱哄哄的。然而，父亲却喜欢热闹。节假日我们一回到家，他就很开心，兴奋地与我们一起谈论家事国事。

我们家在村里有三处院落，我在外工作，父母和两个弟弟各占一处。如今，三弟家的大门早已上锁。父母和二弟他们分两处居住，一家在村北头，一家在村南头，相距八九百米，山村道路高低不平，往来也不方便。两个弟弟长年在南方打工顾不上家，一年到头回不来几次。弟媳妇们既要照顾孩子上学，又要打工种地维持生计，也十分忙碌。妹妹家的生意虽不大，却也脱不开身。我在西北高原当兵二十多年与父母聚少离多，转业回到市里工作后离家虽近了，却又公务繁忙。所有这些，年迈的父母看在眼里，疼在心里，觉得孩子们拖家带口不容易，工作生活都很辛苦。他们平时不愿意再给孩子们增添负担，不到万不得已，不会主动打电话叫我们回家帮忙。有时，母亲生病了，父亲就用三轮车拉着她到乡镇医院输液。我每隔一段时间打电话问候他们时，母亲总是隐瞒病情，常说："家里都好，你放心吧！"

我曾劝说父母与我们一起居住，他们却认为进城住楼不方便，人生地不熟，行动不自由，整天在楼里闷得慌。我心里知道，父母年纪大了，习惯了农村的生活，看惯了家乡的山水，觉得家乡的一草一木是那么自然可亲，连家乡的空气也流淌在他们的血液里。也许他们是留恋家乡、故土难离吧，尽管体弱多病，仍要倔强地单独过日子，自食其力，坚强地支撑着家，支撑着我们全家人的幸福。他们的目的只有一个，就是让我们不论走到哪里，心里都怀着对家乡的那份深深的眷念。每想到这些，我便内疚不已。我唯一能做到的，就是利用节假日和周末休息时间，驱车近百公里回家看望他们。有时工作忙了，半月二十天不能回家，只好打个电话问候一下。只有听到母亲的一声"平安"，我那颗忐忑不安的心才会平静下来。

一会儿，母亲做好了饭菜。一锅大米饭，一锅豆腐皮猪肉炖圆白菜。她招呼我停下来先吃饭。不经意间，我看到母亲已驼的背又弯了一些，头上的银发又多了许多，那双勤劳的双手粗糙而干瘦。我心里一惊，母亲真的老了。我赶紧停下手来，帮母亲盛好饭菜，端上茶几，与她坐在一起。吃饭时，母亲不停地让我多夹菜，多吃点儿。我吃了一碗米饭，母亲又给我拨了半碗，生怕我吃不饱。我端起碗来，眼睛一下子湿润了。我默不作声，举手揉了一下眼睛，又大口大口地吃起来。母亲看着我吃饭的样子，凹陷的双眼中充满慈祥的目光。

　　早餐过后，我走到家门外的田地里，一派田园风光近在眼前。一亩多的田地上栽植着几行小杨树，树行之间，一半土垄覆盖地膜播种了花生，一半土垄栽种了地瓜。花生苗已钻出地膜露出可爱的小脑袋，幼小的地瓜苗整齐地排列着。空闲地头上种了两架长藤豆角和一些茄子、辣椒，生机盎然，长势喜人。不远处，还有刚栽种的几沟小葱。这是父亲的劳动成果。

　　一阵山风吹来，夹杂着黄土的味道，杨树叶哗哗作响。举目远望，山坡上黄土裸露、尘土飞扬。山地里乡亲们忙碌的身影三三两两，依稀可见。今年春天，家乡旱情严重，乡亲们勉强耕种。然而，立夏已过，仍不见一点儿雨星。本应是庄稼郁郁葱葱的季节，乡亲们却担忧起来，春天播种的希望在哪里？天气实在太旱了，山地里只有顽强生长的幼苗点缀些绿色，往年疯长的杂草也不见了踪迹。

　　我回过神来，看到眼前那三沟奄奄一息的小葱苗顿生怜悯之情。小葱苗是刚栽种的，还没有缓过劲来，需要灌水。于是，我从家里提上一桶水倒进葱沟，一眨眼的工夫水就浸入了土里。连续浇了十几桶水，地还不解渴。一上午的时间，我忙个不停，身上燥热，头上冒出了汗珠，心中那份"采菊东篱下，悠然见南山"的雅兴也随风而去。

中午时分，天空湛蓝，火球似的太阳挂在头顶，父亲骑着三轮车回来了。"歇一会儿吧，别干了！"他停下车，远远地向我喊道。我提着两个空水桶快步走到父亲跟前。父亲已是满头华发，腰背也不再挺拔。他用黝黑的大手，擦拭着清瘦的脸，微笑着对我说："地里的活儿干不完，不能着急，要慢慢来。"望着他湿透的衣背，听着他沙哑的声音，我心里五味杂陈。

我和弟弟妹妹都劝过父亲："您岁数大了，八十多了。咱家不愁吃不愁穿，生活没有多大困难，别再种地了，您把身体养好就行了。"可是，父亲还是认他的实理——农民不种地吃什么啊？这不，他还是一如既往地保持日出而作、日落而息的生活习惯，天天往地里跑，土地就是他的命根子。

吃午餐时，我和母亲做了四个菜，荤素搭配。父亲拿出啤酒，高兴地喝了几杯，脸上洋溢着喜悦神色。"你一回家来，饭菜这么多。今天，像过节一样！""因为你有功，下地干活儿那么忙。孩子给你买肉买菜，让你吃饱了，有力气，多干活儿。"母亲瞅了父亲一眼，不动声色地说。父亲听了，嘿嘿一笑，继续喝酒吃菜。

看到父亲母亲脸上开心快乐的表情，我心里自然高兴起来。我真想告诉他们，是啊，今天是一个节日，是母亲节。话到了嘴边，可我欲言又止。不善言谈的我，实在找不到恰当的言语。在属于母亲的节日里，我也不想冷落父亲。虽然，在农村生活一辈子的他们至今还不知道有母亲节和父亲节，但平日里有儿女的陪伴，他们就很知足了。

现代的母亲节和父亲节起源于西方。在母亲节这一天，母亲们通常会收到礼物，众多的礼物中那一朵朵盛开的康乃馨格外惹人注目。在国际上，雍容富丽、姿态高雅、鲜艳美丽的康乃馨被视为适合献给母亲的花。人们送的康乃馨五颜六色，不同颜色的花蕴含不同的寓意和祝愿。

然而，早在康乃馨成为母爱的象征之前，我国也有一种母亲之花，它就是萱草花，也叫忘忧草，自古以来就为历代诗人所吟咏。与之相关的最早的文字记载见于《诗经·卫风·伯兮》："焉得谖草，言树之背。"谖草就是萱草，谖就是忘的意思。毛传："谖草令人忘忧；背，北堂也。"《诗经疏》称："北堂幽暗，可以种萱。"北堂，借指母亲。古时候当游子要远行时，就会先在北堂种萱草，希望减轻母亲对孩子的思念，忘却烦恼和忧愁。以萱草为题材的名篇佳句还有许多，譬如唐代诗人孟郊的《游子》："萱草生堂阶，游子行天涯。慈亲倚堂门，不见萱草花。"宋代词人叶梦得的诗："白发萱堂上，孩儿更共怀。"元代诗人王冕的诗："今朝风日好，堂前萱草花。持杯为母寿，所喜无喧哗。"母亲居住的屋子，也称萱堂。萱草成了母亲的代称，它自然就成为中国的母亲花。

萱草，是多年生宿根草本植物。它根茎肉质，叶基生成丛，条状披针形，细长的花枝顶端开出橘红色或橘黄色的花，呈现百合花一样的筒状，十分艳丽，适合观赏。它的花蕾叫金针，是著名的"黄花菜"，有的品种其花蕾被加工后可供人食用。它喜湿润也耐干旱，喜阳光又耐半荫，对土壤要求不高，适应种植范围广，我国各地常见栽培。

很可惜，我们家乡不栽培萱草，家乡大部分人也吃不上

"黄花菜"，年迈的父母更不知忘忧草为何物。但我见过忘忧草，也吃过"黄花菜"。

十几年前，我在西北高原的部队负责营区绿化工作，在机关办公区几处花坛和家属院一块空闲菜地里栽培了许多"黄花菜"。每当鲜花盛开时，年轻的战士们围着花坛观赏，并争相拍照合影，军营里充满着愉悦的气氛。而那片菜地则是军嫂们的乐园，栽种的"黄花菜"被她们做成自己的拿手菜。她们一边欣赏盛开的花朵，一边专挑未开放的"金针"采摘。拿回家后，用清水洗干净，放入开水里焯熟，捞起盛入盘中，加上适量的蒜泥、姜末、酱油、醋等调味，再滴几滴香油，搅拌均匀，便可将一道鲜嫩可口的凉拌菜端上餐桌，深受一家人的喜爱。

在母亲的节日里，我既未送母亲一束康乃馨，也没给母亲一份贵重的礼物，更没有为母亲拌一道可口的"黄花菜"。那就让我在心里给母亲送一株忘忧草吧，祝愿母亲远离烦恼和忧愁，祝福母亲身心愉悦、健康长寿！对了，同时也给父亲送一株忘忧草，送上一份同样的祝福。

在这个世界上，父母总想给予子女多了再多，在他们的心里始终有着对子女的牵挂，一刻也不曾放下。他们不图子女的回报，看到子女平安健康地成长成熟，便感到欣慰。他们含辛茹苦支撑着家，教我们学说话，扶我们学走路，告诉我们怎样做人怎样做事。我们一天天长大，他们却一天天衰老了。但他们历经社会沧桑的脸庞依然写满慈祥，懂得世间荣辱的双眼依然充满期望，走过人生风雨的双脚依然在奋力前行。

有一位诗人说过，世界上有一种最美丽的声音，那便是母亲的呼唤。对于每一个孝子孝女来说，一年三百六十五天，天天都是母亲节和父亲节，他们一定能听到父母亲的呼唤，心中一定满是对父母的祝愿。

亲爱的朋友，不论你走多远、有多忙，都要抽出时间陪伴一下生活在平凡世界里的爹和娘；不管你多富有、生活多艰辛，到什么时候都不能忘记生养自己的父母双亲；无论是母亲节还是父亲节，即使是在最平凡的日子里，有了你的陪伴，亲爱的爸爸妈妈也会喜笑颜开。如果我们身不由己不能常回家看看，那么我们也要时常在心里大喊一声："老妈，我爱您！老爸，我爱您！"相信吧，始终牵挂你的守在老家的父母双亲一定能听见。

"不要在遥远的距离中割断了真情，不要在日常的忙碌中遗忘了真情，不要在日夜的拼搏中忽略了真情。"习近平总书记在2017年1月26日春节团拜会上的亲切叮嘱，牵动了亿万中国人尊老孝亲的心，激发出最浓烈的家国情怀。关爱常在，幸福常在。在家尽孝，为国尽忠，正成为新时代中国人不断追求美好生活的自觉行动。

母亲节那天晚上，我住在老家，睡得格外香甜。夜里我做了一个梦，梦见窗前那丛竹子旁长出了一片茂盛的忘忧草。慈祥的父亲母亲抚摸着挺拔向上的青竹，深情地望着那一朵朵橘黄色的花蕾，轻声细语地谈笑着。他们商量着，商量着等孩子们都平安回家，要让他们尝尝凉拌"黄花菜"的味道。

不平凡的团圆年

2020 年的春节是一个不平凡的春节，一场突如其来的新冠疫情让欢天喜地准备过年的人们心中平添了几分忧愁。在这个特别的假期，人们的心情忐忑不安，神州大地举国上下，有多少家庭盛宴难以团聚，有多少亲朋好友难以相见，有多少漂泊在外的游子难以归家，有多少行程安排难以实现……

然而，我们一家，却是幸运的。除夕那天，我们一家人过了一个团圆年，喜庆祥和，充满欢乐。

除夕一大早，我和妻子、女儿吃了些早点就开车回了老家。从济宁市区到泗水老家 70 多公里的路，只用了一个小时。车到家门口，我们下了车，敞开的大门上已贴好了红红的春联，迎门墙上的大红"福"字格外醒目。我从后备厢取出带来的水果、馒头和熟食菜肴，以及刚从路过的圣水峪镇上买的三挂 1000 响鞭炮和三把 25 响礼花炮。一抬头，看到二弟开着三轮车过来了。原来，二弟是专门过来送摆供的菜肴食品的。

我们进了家门，见父亲正站在院子里端着一盆饲料，一群母鸡和三个大公鸡围着他咯咯地叫。"爷爷，爷爷。"女儿喊了两声。父亲转过身看到我们，惊喜地说："你们来得这么早啊！"他连忙把饲料倒进食槽里，放下饲料盆。我环顾四周，堂屋和东西厢房门上都贴上了对联，红红火火，十分喜庆。"昨天，婷婷、欣欣来帮忙贴的。"父亲一边笑着说，一边让我们进堂屋。

老家的堂屋外观大气，砖混平房，明三暗五，对门对窗，门庭阳台封闭，门前三级台阶。堂屋前墙贴着白色外墙瓷砖，房檐上的瓷砖是暗红色的，房顶周围镶着水泥护栏。走进客厅，浅粉色的 PVC 吊顶，白色的墙面，白色的地板砖，让室内显得格外明亮。一张八仙桌紧靠后门，后门上遮着一块浅蓝色布帘，八仙桌两侧各摆放着一把老式木椅。靠东墙的布艺沙发上遮盖着两条花床单，乳白色的茶几上放满了茶壶和茶杯。五门大衣橱贴着西墙，六把椅子围着大餐桌，餐桌和椅子也是乳白色的。望着干净卫生又整齐有序的客厅，我心里想：父亲为过年不知准备了多长时间，看样子，他还是想在老家过年啊。

父亲走到八仙桌前，打开供奉祖先用的画轴，让我挂在后门上方。他又亲手在八仙桌上摆好三代宗亲先人的牌位，让我仔细看一看牌位上的名字，怕摆错了位次。摆好牌位，父亲认真地对我们讲了本家祖先的辈分关系和先人的长幼秩序。我听着父亲的话，十分理解他的心情。父亲已经八十多岁了，他认为自己有责任把家风传承下去。他言传身教，让我们追思祖先、不忘根本。过年祭祀祖先，这种形式十分必要，也是我们中华民族生生不息的见证啊。

二弟把贡菜摆在餐桌上。妻子看了，觉得贡肉太小，就把我们带来的贡肉取出来，又装好几盘水果、馒头，将七样贡品端上八仙桌。贡品上方点缀着嫩绿的生菜，丰盛而又充满生机。

父亲摆好香炉和两个酒盅。他满意地看着，脸上露出了笑容。

二弟家的侄女侄子听说我们来了，也从他们家跑了过来。孩子们相见十分开心，家里一下子，热闹起来。忙活了好一阵子的妻子停下手，这才感觉身体发冷。她说："这屋里没暖气，真冷。你们准备准备吧，我和孩子们先到老二家暖和暖和，等一会儿进城去老三家吧！"说完，她拿出一袋食品和三把25响礼花炮送给小侄子。小侄子连忙接过去，高兴地拉着她们走了。

祭拜完祖先，我们开车到二弟家集合。人多，一辆车坐不下，二弟想开三轮车拉几个人去。我说："天气太冷，三十多里路，再把人冻感冒了，大过年的，别找麻烦了。我开车多跑一趟吧，也用不了多长时间。"于是，我开车先把父亲和妻子、小孩子们送到县城三弟家小区门口，又返回拉二弟他们几口。我们一家人全到三弟家里时，已是上午11点钟了。

三弟和三弟媳很热情地与大家打招呼，倒水端茶。母亲见我们都来了，非常高兴，让孩子们吃这吃那。茶几上摆着几盘鲜亮的柑橘、苹果、香蕉，以及各式的糖块和瓜子。父亲喜欢热闹，手里拿着香蕉，坐在沙发上满面红光。母亲身着秋衣薄棉裤，外套一件绸子面的短羊毛坎肩，脚穿着棉拖鞋，皮肤有了血色不再发黄。她挨着父亲坐着，用手拉着父亲的衣袖说："屋里暖气热，你把身上的棉绒衣脱下来吧。"父亲按母亲说的做了，接着对我说："你娘的脸色好看多了，身体也好了，看上去年轻了几岁。多亏欣欣的妈妈侍候得好啊！"一连几个"好"字，让倒茶水的三弟媳有些不好意思。"侍候好老人，应该的。一天三顿饭，也没有单独做特别好吃的。"她谦虚地随口答话，又进厨房忙活起来。

对于母亲，我担心的就是她的身体。她患有"老慢支"，常年吃药，一到冬天病情就加重。上个月初，母亲又住进乡镇医院。母亲不让父亲告诉我们，怕耽误我们的工作。直到一个多星期后，妹妹回家看望他们，才知道母亲住院了。

"哥，咱娘住院了，在镇上的医院，有十几天了，今天中午就出院。"那天正巧是星期六，我本打算星期天回家，接到妹妹打来的电话后，当天就急忙开车回了家。

我回到家，母亲已经出院到家。看到母亲憔悴的面容，我就埋怨起父母来，责怪他们不早点儿告诉我们。母亲坐在沙发上轻声地说："你们都忙，在外面工作不容易。告诉了你们，你们也不能说回来就回来啊！""家里能扛的事，就扛一扛。尽量不拖累你们。我陪你娘看病就行，开三轮车去镇上医院也方便。再说，你二弟媳也在家里。真有事，她也能帮忙。"父亲站着对我和妹妹说。我和妹妹没有再说什么。父母说的都是实情。我和妹妹在外县市工作，不在老人跟前。两个弟弟远在上海打工，一年到头也就回来一两次。两个弟媳带孩子上学，又要打零工养家，也很辛苦。望着耄耋父母，我心里五味杂陈。可怜天下父母心啊！当父母的总是替儿女着想，心里唯独没有自己。

晚上，我和妹妹商量，明天还是带母亲到大医院看看，再让她到济宁我家里住几天养养身体。我做通了母亲的工作，父亲也非常支持。第二天一早，我和妹妹陪着母亲到了市里第一人民医院，看了心内科、消化科。我们想让母亲住院好好检查检查，医生说暂时没有床位，又听母亲说她打了十天针刚出院，就建议母亲回家吃药调养，说打针时间长了，不利于身体健康。医生给母亲开处方拍片检查、抽血化验，拿了一大包药，一共花了 800 多元。

　　我们在医院待了大半天，回到我家里时已是下午 5 点钟。妻子在家做好了晚饭。母亲喝了一碗小米稀粥，吃了一个包子，就早早地上床休息了。星期一我和妻子要去上班，快到年底了也不便请假。妹妹主动说她留下来在我家过一个星期侍候母亲，我和妻子非常高兴。

　　一个星期过后，母亲的身体渐渐康复。加上室内有暖气，温度适宜，母亲也能活动开了。妹妹家在曲阜开门市经营农产品生意，她也不能长时间在我家里。二弟、三弟听说母亲到市里看病住在我家，打来电话问候。三弟让母亲到县城他家去住，说已经跟三弟媳商量好了，三弟媳带孩子上学，工作也不忙。我对三弟说，让母亲再在我家过一个星期再说。妹妹走后，又过了一个星期，母亲身体硬朗了。她看我们工作忙，白天自己一个人在楼上也觉得孤单，还挂念在家的父亲。到了星期天，母亲就让我送她回家了。

　　我和母亲回到老家时，父亲正在家门外的地里刨杨树疙瘩。他披着棉袄，见我们回来了，又听说母亲没住院身体就好了，十分高兴。一进屋，我就感觉到室内阴冷，母亲也说屋里冰凉。父亲却说："今年冬天不冷，快到腊月了，前两天还下雨不下雪呢。今天有太阳，也不冷，天气预报说零上十度呢。"原来，这些天，父亲一个人在家没舍得开空调。我急忙打开空调，吹了一下热风，室内慢慢地温暖起来。

　　我怕父母舍不得用电，又带父亲到乡镇供电所预交了 200

元电费，绑定了我的手机号，方便我回头再来续交。我嘱咐父亲："以后就开着空调吧，不然，母亲就会生病，住院吃药打针也不少花钱啊！"父亲点头称是，并表示以后常开空调，撑过这个冬天，让母亲不挨冻不得病。

谁知，母亲在家过了两天，三弟媳就回家把母亲接到县城去住了。父亲留在家，他吃饭的事，二弟媳主动承担起来，每天让孩子们给父亲去送吃的，包子、馒头不间断。父亲打电话给我说："我在家生活挺知足，你安心工作，不用挂念我。只要你娘身体好，咱全家人没病没灾的就好，一好百好。"

腊月二十六晚上，三弟打电话告诉我他们从上海回来了。他与我商量，让母亲过了年再回家，过两天他回家把父亲接过来，一家人在城里过年。他说："哥，你和大嫂、侄女一起来县城，我再把二哥的一家人从老家叫来，咱们一大家子过个团圆年吧。咱都别回老家过年了。老家天气冷，屋里没有暖气，大人孩子挨冻不说，做饭也不方便。"我听了，欣然同意。转身问了一下忙家务的妻子和看书的女儿，她们也十分赞成。

我问母亲的身体情况，三弟让母亲接听我的电话。"我在你弟弟家挺好，他家屋里的暖气比你们家里热。我一天三顿饭吃得及时，整天在楼上不出门，也没病了。我的病好了，你们都放心吧！"母亲说着，咳嗽了一声，又唠叨起过年的事来。她说："我想回家过年，又怕家里冷，老毛病再犯。他们都不让我走，那就在这里过年吧。到时候，你们几口也来吧。"我答应了下来。于是，我与三弟约定，年三十中午，我们去他家过年。

我挂了电话。妻子走过来一本正经地说："这回，她奶奶想开了，这么开朗啊！不是我们每次回家过年，她都嫌人多添乱吗？""是啊，今年她老人家心情好了。"我附和了一声，和妻子对视了一眼，两个人都忍不住笑了。

"大家饿了吧？都入座吧！"三弟招呼孩子们入座。我回过神来，两桌丰盛的佳肴已经摆好，大人们一桌，孩子们一桌。父母坐在上座，我们依次入座。上齐了菜，三弟和三弟媳也入了座。大人们倒上酒水，孩子们添满果汁饮料，我开车，不能饮酒，也倒了一杯果汁。我们共同举杯庆祝新年。父亲端着酒杯，望着一家老小，高兴地说："咱家有二十年没有这么团圆了。今年过年，咱家在外面工作的、上大学的都回来了，从北京、上海、无锡、济宁等地，不管远的近的，一家人到齐了，总算团圆了。"父亲抿了一口白酒，他的脸庞泛起了红晕。"大家好好工作、好好上学，咱家的日子，越过越好！"他说话时始终满面笑容，目光中洋溢着幸福神采。母亲不善言语，微笑着让大家吃菜，她的面容是那么慈祥，那么和蔼。

孩子们一起举杯给爷爷奶奶敬酒，给长辈们敬酒。我们也对孩子们说一些祝福的话。酒过三巡，热腾腾的韭菜肉馅水饺端上了桌。

大家酒足饭饱，兴致依然不减。时候还早，我提议照全家福。由于客厅沙发占用空间大，全家15口人站不开。我只好让父母坐在沙发中间，我们兄弟三家分别与父母合影。然后，大人们与父母合影，孩子们与爷爷奶奶合影。孩子们都是摄影师，纷纷举着手机拍照，让我们团聚的欢乐达到了高潮。

时间过得真快啊！欢乐的时光总是太短。大家说着笑着，一晃就到了下午4点钟。我要送父亲和二弟一家人回老家了，母亲对父亲千叮咛万嘱咐："你过年这几天，就和老二家一块儿过吧，别再单独做饭了。开开空调，让屋里暖和一点儿，别太节省了。"父亲一一答应下来。二弟和二弟媳也说了一些让母亲放心的话。我送父亲他们到家后，又返回了三弟家。我和妻子、女儿告别母亲和三弟一家人，回到济宁市区时，天色已暗，道路两旁的彩灯亮了，五颜六色，闪烁耀眼，营造出一派喜庆的节日景象。

正当人们沉醉在欢乐的节日气氛中时，春节那天，《新闻联播》传达了习近平总书记的疫情防控动员令。人民的生命高于一切，疫情就是命令，防疫就是责任。我在家待命，时刻关注有关疫情防控的新闻。初二晚上，单位值班室打来电话，要求我们初三返回工作岗位。初三上午，我们单位召开会议，明确责任分工，划区包保防控工作任务。我马上行动，投入疫情防控一线。一个多月过去了，我一直未能回家看望父母。

新年的正月，春节假期延长，上班时间推迟，开学时间待定。女儿初八乘列车返回北京，侄女初九坐高铁返回无锡，她们继续居家隔离 14 天。过了正月十六，两个弟弟依然在家。那两亩山地已经耕耘完毕，他们无事可做，心急如焚，只能帮忙做做家务。读大学、上中小学的孩子们居家隔离，写完寒假作业，又在网上远程学习，不敢耽误功课。妻子和两个弟媳洗衣做饭，操持家务，消毒通风，挑起了家庭重担，保障着一家人的正常生活。

然而，在这个特别的春节假期，有一大批逆行者在除夕之夜，就踏上了抗疫征程。在接下来的日子里，逆行者的队伍不断壮大，形成了一股巨大的洪流，浩浩荡荡，势不可当，冲向疫情防控第一线，构筑起牢不可破的钢铁长城。神州大地上千千万万个普通家庭，众志成城，顾全大局，舍弃了阖家大团圆、欢乐过新年的机会，为打赢这场疫情防控的阻击战默默奉献着力量。

二月初一那天晚上，母亲给我打来电话说，她已经回家了。两个弟弟的工厂已经包车接他们回上海暂时隔离，就要复工了。母亲挂了电话，我接着给女儿、侄女分别打通了电话，她们都说，已经上班了。

我走到阳台上，望着窗外的万家灯火，心潮澎湃。明天就是二月二了。"二月二，龙抬头"，疫情阻挡不住春天的脚步，希望在前，胜利在望。

辑二 乡愁守望

父亲成了"有车一族"

　　自从我有了私家小轿车，父亲常对我说："你该买一辆客货两用车，家里秋收的时候也能帮忙拉庄稼。"父亲种了不到二亩地。村东的六分地去年栽上了杨树，村北的一亩多地离家有两公里远，都在山坡上。每年春种秋收时，父亲就为家里养的八九只羊积攒的土杂肥运不出去而发愁，为收获的庄稼不能及时拉回家而担忧。因春种秋收不及时，母亲常会唠叨起来没完没了。前些年，父亲花了3000多元买了一辆汽油三轮车，由于母亲极力反对父亲学车，父亲一直不会使用。对此，父亲常常望车兴叹，总有一种壮志难酬的心结。"如果我会开三轮车，家里春种秋收那些农活，我一个人就能干完了，还需要孩子们回家来帮忙吗？"每到春种秋收时，父亲就会对着母亲发一阵子牢骚。

　　今年9月，又到了秋收的季节。星期五晚上我打电话问母亲："家里的花生拔了吗？"母亲告诉我，父亲和二弟媳拔了一天了，让我不要回家帮忙了。父亲在一旁说："别来回跑了，开车跑一趟费不少油。"但我想，父母年龄大了，我周末还是回家帮两天忙吧。于是，星期六上午，我回到家见过母亲后，直接开车到了父亲种的田地。一亩多山地共分七八块小梯田。一半种了花生，一半种了玉米和地瓜，绿油油的，长势喜人。但花生秧不再嫩绿，圆圆的褐斑不规则地洒在叶子上，星星点点，相互交织在一起。前两天刚下过一场小雨，此时拔花生正合适。父亲和二弟媳已经拔过一块花生地，拔下的花生秧已经被晒蔫了。父亲看到我就说："不让你回来了，怎么又来了？"我连忙回答："周末在家没什么事，回来给您帮两天忙吧。""还是会开车方便啊，说回来就回来了。"父亲望了一眼停在地头的汽车笑着对我说。

半亩地的花生，我们三个人星期天上午就拔完了。二弟家的花生晚种了几天，二弟媳说等两天二弟回家后再拔。因为我们都不会开手扶拖拉机和汽油三轮车，父亲说拔好的花生在地里晒几天，等二弟回来再往家拉吧。中午，妹妹和外甥女从县城开着电动三轮车回来了。妹妹对父亲说："俺家又买了一辆新三轮车，这辆旧电动三轮车给您用吧。"父亲一听，马上来了精神，围着电动三轮车摸来摸去，爱不释手。父亲早就想买一辆电动三轮车了，但他又舍不得花钱。这下，他的心愿实现了。看着父亲高兴的样子，妹妹对他说："吃过饭，我教你开车，试一试。"

一提起让父亲学开三轮车的事，母亲就在一旁坚决反对。我也不想让父亲学开三轮车，觉得他今年已有 77 岁了，听力不好，怕他开车不安全。就是因为父亲听力不好，母亲才一直不让父亲学开手扶拖拉机和汽油三轮车。家里的手扶拖拉机和汽油三轮车已经买了十年了，除了二弟、三弟在家帮忙种地和秋收时动用一下，其余时间就闲置在那里。母亲告诉我，刚买来汽油三轮车时，父亲让我上中学的侄女学开车。父亲装了一车土粪往地里拉，侄女开着，父亲坐在车上。走到半路，遇到下坡时，侄女一时紧张，三轮车倾翻了。幸运的是，父亲和侄女毫发未伤，只是三轮车厢帮上碰掉了几块漆。父亲把土粪重新装车后，侄女顺利地拉到了地里。父亲嘱咐侄女不要把这件事告诉母亲。吃饭的时候，母亲看到车厢帮上划破的痕迹，问了侄女，侄女忍不住全交代了。父亲在一边也悄悄地笑了。从此，侄女再开汽油三轮车时，母亲总是不放心，嘱咐了一遍又一遍。因为母亲的反对，父亲学开车的事也被搁置起来了。"开车有什么难的，有什么不放心的？"父亲见了我们兄弟姐妹几个就唠叨起来，"我学会了开三轮车，种地、秋收都不用你们来家帮忙了。"我们劝他："您年龄大了，又听不清，开车不安全，汽油三轮车车速不好控制。"但父亲心里不甘，只要看到与他年龄相仿的老人开着电动三轮车，就羡慕不已，嘴里不服气地说："你看人家，本家的你那几个大伯和叔叔，他们那么笨，都学会了，我就不信我学不会！"

吃过午饭，妹妹把电动三轮车推到家门口杨树林里，那里杨树成排成行，道路横平竖直，便于学车。父亲按妹妹的指点，熟悉了几遍电动挡位、脚刹和手刹位置。他坐上驾驶位置，双手握住车把，把好方向，缓缓地松开车闸，轻轻地旋转电动挡位，电动三轮车就向前跑了起来。"慢点儿，慢点儿……"妹妹在后面边喊边拉着三轮车厢，车停了下来。妹妹又给父亲交代了注意事项，父亲像小学生一样听得十分认真，反复琢磨，细心体会。父亲又开着车试了试，妹妹在树行里来回跟着车跑了几趟。父亲悟性好，学得很快，不到半个小时，他就能自己单独驾驶三轮车沿着树行跑了。一个小时过去，父亲能熟练地发动电动三轮车了，加挡、减速、刹闸、驻车等要领也都掌握了。父亲满脸是汗，兴致仍不减。母亲走过来，看了看父亲开车的情景，便让妹妹下午陪父亲去地里拉一趟花生，试试父亲在公路上开车的技术。我和妹妹说："让父亲再熟悉熟悉电动车的性能，练习几天再去拉花生吧。"我们正说着话，二弟背着行李回来了。二弟看到父亲正在练车，一本正经地说："会开三轮车了，还打电话让我回来干什么呢？地里收的那点儿花生还不够我来回耽误的这几天的工钱。"父亲停下车，擦了一下脸上的汗，微笑着对二弟说："你回来得正是时候，拉花生的事不着急了。"二弟回家了，我和妹妹当天就返回了县城和市里。

一晃国庆节到了。放假期间，我和妻子回了一趟老家。父亲种的玉米已经收获了，二弟、三弟家的几个孩子放假在家，正围着一堆带皮的玉米棒子帮忙剥玉米外皮。父亲见到我们，指着那堆玉米自豪地说："这些玉米，都是我用三轮车拉回家来的，一共拉了四趟。""邻居们都夸奖他，说他年纪这么大了还学会了开三轮车，还开得这么好！"母亲在一旁高兴地插话说。妻子也开玩笑地对父亲说："您算是'有车一族'了，也赶上时代潮流了。"父亲听了，笑得脸上的皱纹绽开了花。

我放下带来的东西，和孩子们一起帮忙剥玉米。我问几个孩子的学习情况。上初中的侄女说："英语有点儿难。"上高中的侄女说："理科不算难，各门功课都还可以。""我的语文、数学都考了 98 分，比我姐姐考得多。"读小学三年级的侄儿插了一句。刚上一年级的小侄儿在一旁拿着玉米玩耍，做了个鬼脸，偷偷地笑了笑。"难者不会,会者不难。干什么事情,只要用心学,就没有什么难的。"父亲说这句话时十分自信。是啊,父亲这么大年纪还学会了开三轮车,年轻人还怕什么困难啊!

"干什么事情,只要用心学,就没有什么难的。"这是父亲一辈子的亲身体会,也是对我们年轻人和下一代孙儿们的殷切期望。面对现实生活中遇到的各种困难和新的挑战,我辈应当倍加努力啊!

世间亲情驱散心中"雾霾"

妻子病情好转刚出医院，我又得知母亲患慢性支气管炎在老家乡镇医院输液。一头是至爱的人，一头是最亲的人，看着眼前患病的妻子，心里想着老家生病的母亲，我的心没了着落。我昔日的阳刚缺少了底气，往常的笑脸没有了精神，心情如同雾霾的天气，不见阳光，但在母亲和妻子生病的日子里，我实实在在地感受到了世间那份浓浓的亲情与友爱。

元旦前，妻子上夜班时得急性肠炎住进了医院。她积极配合，吃药打针，住了两天，病情便好转了许多，疲倦的脸上有了笑容。她体谅我工作辛苦，白天和夜里都不让我陪护，坚持住院自理。每天到用餐时间，我按时给她送饭。喝上我熬的小米粥，妻子就心满意足了。妻子与同病房的病友和睦相处如同一家人，时常拉拉家常，相互关心帮助。

与妻子同病房的两位病友，一位是70多岁的大娘，一位是60多岁的大姨，她们都是外地人。陪护那位大娘的是她的儿子，有40多岁，中等身材，是一个性格开朗、见过世面的朴实农民，家在邻县农村。听他说，他曾到北京打过工。那位大娘肠胃不好，又患有肝脏疾病，儿子想带她到北京看病。她却说，自己年纪这么大了，不愿意再多花钱增加孩子们的负担，来离家近的医院养养身体，能吃饭了就回家过阳历年。她有三个女儿一个儿子，家都在农村，经济条件不宽裕，她的老伴身体也不好。她住院了，还常念叨着老伴的身体，电话里嘱咐大女儿照顾好他的吃喝起居。那位大娘的儿子耐心地听她唠叨，说一些笑话宽慰她的心。他说话总是和声细语，不急不躁，乐呵呵的，真是好脾气。起初，那位大娘吃的饭菜较少，儿子买来的饭菜常剩余许多。后来她听了儿子的话，心里敞亮了，变得有说有笑了，吃饭时也能喝一大碗稀饭了。

陪护那位大姨的是她的二女儿，性格文静，快 30 岁了，还未成家。那位大姨一家是东北人，在天津做烧烤生意，她有一个儿子两个女儿。大女儿嫁到了山东。半年前她的老伴刚去世。她本来是到山东的大女儿家走亲戚串门的，没想到生病住进了医院。大女儿工作忙，小女儿放下生意赶来照顾她。那位大姨心态好，整天笑容可掬，自己能自理的事坚持自己做。有时，连病号饭都不让女儿操心，自己从医院送餐的小车上买一些吃的就算对付过去了。她觉得两个女儿白天挺累的，不愿意让女儿在医院陪护过夜，但两个女儿仍放心不下。我给妻子送饭时，常见到那位大姨的小女儿在她身边，轻声陪她聊天，或与她一起看手机里的娱乐节目。

病人住院三分靠药物治疗，七分靠精神"自疗"。妻子住了五天院，同病房的人都说妻子通情达理，不像病人，真好伺候啊！她人缘好，还挺热心。有一次晚餐时间到了，那位大姨的女儿有事回家没在医院，妻子便打电话让我帮那位大姨捎买了一次饭菜。那位大姨十分感激，连声道谢，夸我既伺候了病人，又没有耽误上班挣钱，挺能干的。妻子出院前一天，那位大娘就被她老伴和女儿、儿子租车接回家了。妻子办理出院手续时，我们对那位大姨说了些祝福的话。那位大姨说，过几天她也要出院回家过新年。

　　妻子出院回家的那个周末，我驱车回老家看望父母。家里的大门紧闭，上了锁。我从门缝往院子里看，发现父亲的电动三轮车不在家。我心里想：天气一冷，母亲是不是又生病了？我急忙开车赶到乡镇医院。果然，父亲陪母亲在那里输液。原来，在妻子住院期间，母亲的慢性支气管炎又犯了，已经打了七八天针了。我询问医生，了解母亲的病情。他说，再打两天可以不用打了，慢性支气管炎除不了根，只能靠常年吃药打针缓解一下，关键是要注意保暖防寒，预防感冒，防止反复发作。输完七瓶药液，我把母亲接回了家。听父亲说，在她生病期间，老家的二弟媳常到医院跑前跑后，县城的三弟媳周末也回家看望。我们兄弟三人都不在家，多亏了她们。前几天我给家里打电话时，母亲已经生病了，但母亲隐瞒了自己的病情。因为我工作忙，路又远，父母有小病小灾都不告诉我。我非常理解父母的心情，他们不愿意让在外地的子女担心。他们越是这样，我内心越感到愧疚。母亲有病的事，我随后打电话告诉了妻子，她让母亲到市里医院看一下病。我和父母商量时，母亲说什么也不肯一起去。母亲说，妻子生病需要我照顾，她不想再给我和妻子增加负担了。我只好周末那两天，陪着母亲在乡镇医院输液。在乡镇医院里，像母亲一样的老人有十多个，有的是老伴陪同着看病打针，有的是自己坐车来看病输液。见到我这个当儿子的在医院陪着母亲，他们都羡慕不已，感叹自己的孩子们都忙，没有时间陪自己来医院看病。有的老人一边输液，一边说着家长里短的事，竟忍不住悄悄地揉起眼睛，防止眼泪流出来。但通红的眼睛掩饰不了老人忧伤的心情。

事非经过不知难。每个人从出生到老去，都要经历一个从成长到成熟的过程。幼年无知，少年无畏，青年独立，中年不惑，老年"糊涂"。如今，我已过中年，越来越体会到，人的一辈子不容易。我常常扪心自问，当父母的含辛茹苦养育了子女，自己有病有灾时不依靠子女依靠谁？当子女的对父母的养育之恩，在父母有生之年不报答更待何时报答？但在现实中，子欲养而亲不待的事屡见不鲜。有一些当子女的，平常为事业、为家庭，一年到头总是"忙"，把"百善孝为先"这条老祖宗传下来的古训抛诸脑后。当年迈的父母突然辞世的那一天来临，那些"孝子贤孙"们披麻戴孝，呼天抢地，悲痛欲绝的样子，着实让世人叹息，但为时已晚。人世间什么事情都可以等，唯有孝心不能等，再忙也要常回家看望父母。我们要醒悟反思，全社会也要共同关注。

父母问起妻子和孩子，我把妻子生病住院的事如实告诉了他们。他们很关心妻子的病情。我告诉母亲，妻子出院后，妻子的兄弟姐妹离得近些，哥嫂和姐姐们都很关心她。大姐每晚打电话安慰她，当医生的外甥女咨询专家提供药方开导她，二姐天天给她做饭嘘寒问暖，我们把她照顾得好好的，请放心吧。母亲说，自己年纪大了，又晕车，不能去看她了，过几天，打电话让妹妹和两个弟媳去看望她。我劝母亲说："您别操心了，您身体好好的，我们在外边工作也安心。"我不让母亲把妻子生病的事告诉她们，她们家里都有学生，路途远，来回一趟要100多公里。再说，妻子的病情也明显好转了，不要让妹妹和两个弟媳专程来看望她了。

然而，过了一周，我的妹妹和两个弟媳还是领着孩子们来看望妻子了。她们早晨6点就起身，来到我家时已过12点。她们中间倒了两次公共汽车，还带着一些土鸡蛋等礼物。妻子出院后，病情未彻底好转，仍感觉身体不舒服，请病假在家休息。她很感谢妹妹和两个弟媳的关爱，拖着虚弱的身体强打精神忙碌了半天招待她们。下午四点多钟，我把她们送回了老家。我们见到父亲母亲，二位老人忙问妻子的病情。我们都说，妻子的病好了。二位老人听了，这才放心。

我看到母亲身体还是有些虚弱，就劝说母亲到市里的医院再检查一下，并说她可以带着我刚放寒假回家的侄女一起来我家帮忙。这次母亲同意了。去市里的路上，尽管我给母亲吃了晕车药，贴上了防晕车的耳贴，但她还是在车上呕吐了三次，把吃的饭菜全吐了出来。母亲晕车十分难受，我尽量放慢车速，保持平稳。经过近两个小时的奔波，总算到了市里我家。妻子去了二姐家，还没有回来。当晚，母亲也不想吃饭，早早地上床休息了。我看了看疲惫的母亲，想让母亲休息两天再到医院检查。侄女却建议说："正好趁奶奶今晚不吃饭，还是让奶奶明天到医院检查吧。早检查了，奶奶早放心！"

第二天一大早，我向单位领导请假后，与侄女陪母亲到市里医院检查。医院里熙熙攘攘。一个上午，先排队挂呼吸内科专家门诊号，再经医生诊断，测量血压，抽血化验，做CT检查，我们陪母亲楼上楼下地跑，要是没有侄女的帮忙真是不可想象。我想让母亲住院检查，医生却说没有床位。母亲诊断检查完，我把母亲和侄女送回家休息。下午，我又返回医院取出母亲的检查结果，再找门诊医生看 CT 胶片，办理预约住院手续。医生先开了 400 多元的药品让母亲服用。我白天上班，下班后咨询安排母亲住院的事。我去了医院三次，一连三天，医院都没有空余床位。母亲在我家由侄女照顾着，按时吃药就餐，她的身体越来越好。她得知医院床位紧张，安慰我不要着急，也不想住院输液了。

在母亲看病后的第三天下午，医院打来电话，说考虑我多次到医院要求让母亲住院，可以临时在病房走廊里加一张病床让母亲住下。我与母亲商量住院的事，她却说感觉身体好了，能吃下饭了，不用再住院了。由于母亲的一再坚持，我遵从母亲的意愿，向医院取消了住院预约。我心里想，让她在家里静心养养身体，少受些医院里的煎熬，也许是最好的治疗。真盼望她的心情好了，病情就会很快好转。

自从母亲来了我家，我每晚下班回到家里，家里的电话就不断。老家的父亲牵挂着母亲，担心母亲的病情，问这问那。在外地打工的两个弟弟想念着母亲，说是今年回家过年。妹妹和妹夫年前忙于生意，不能来看望母亲，心里过意不去，邀请母亲过了年去他们家住些日子。两个弟媳也打来电话关心母亲的身体。上高三刚放假的侄女接了母亲的电话竟哭泣不止说不出话来。母亲给他们回电话的时候，总是在电话里大声地对他们说："在这里挺好的，我病好了，身体也好了，你们都放心吧，别挂牵了，都好好准备准备过年的事吧。"

腊月二十二，远在他乡求学的女儿放寒假回了家。妻子见到女儿，心情舒畅了许多。懂事明理的女儿和侄女主动帮助妻子料理家务，照顾老人，外出购物，打扫卫生，洗衣做饭，忙前忙后。时值年终岁尾，我忙于单位的事，把家里的事全部托付给了她们，日子在忙碌中一天天过去。

人到中年，上有老，下有小，活着不光是为了自己，想一想身上的责任，便觉得一切的忧愁和压力都是微不足道的。新年快到了，相信有雾霾的天气会越来越少，灿烂的阳光会越来越温暖，人们心中的"雾霾"也会烟消云散，大家的日子都会好起来，人们新的期盼也将随着新年的脚步迎面而来。

家乡的地瓜味道甜

清明过后，我回到家乡，望见父亲和母亲正在大门外的田地里忙碌着。父亲用铁锨挖着一个长方形的土坑，母亲蹲在一堆地瓜前，弯着腰挑选好地瓜。我走近他们，母亲抬起头高兴地说："你今天怎么有空回来了？""今天是星期六，回家来看看你们。"我连忙答道。父亲听到我的声音，也直起腰来问我，"你上次带回去的地瓜吃了吗？甜不甜啊？""吃了，咱家的地瓜真甜！"我笑着回答。"刚才，我和你娘商量，孩子们爱吃地瓜，今年就多育点儿地瓜秧，在咱家地里多种些地瓜。"父亲一边用铁锨翻土，一边高兴地谈起种地的事。说起种地瓜的事来，父亲滔滔不绝，他深深地热爱脚下的这片土地，对地瓜情有独钟。

我的家乡在鲁南山区，村庄有一个好听又大气的名字——圣水峪。说是因村中那条由南向北流淌的小河常年清泉涌流、水势盛大而得名。又因西邻孔子出生地——尼山，与名山圣人有交集，自然有了圣地圣水的光环。

村庄坐落于东西两座山谷之间。东西两座山脉，南北走向，绵延数公里，山脚层层梯田错落有致。土地虽不肥沃，却也盛产地瓜、花生、谷物和优质的瓜果。春天，山坡上杏花、桃花、洋槐花次第绽放，景色迷人。夏季，山上树木茂盛，果实累累，农作物碧绿连片，生机盎然。秋收时节，商贩们来山区收购新鲜地瓜和山货，热闹非凡。

父亲种植的一亩多地的地瓜，秋后刨出来能换三百多元钱，但他不舍得卖，觉得地瓜还在长，不到收获的时候。直到霜降来临，地瓜秧打蔫了，他才一墩一墩地刨出来。望着一垄垄摆放整齐、红黄相间、个头均匀的地瓜，他就满意地笑，额头上又添了几道皱纹。

鲜地瓜出售前，父亲母亲会挑选一些黄皮黄瓤的地瓜贮藏在地窖里。这样，我们从冬天到来年的春天，都能吃到自家种的新鲜地瓜了。我回家看望他们，临走时，父亲总不忘问我一句："带一点儿地瓜回城里吧？"我只要说带一点儿地瓜，父亲就非常高兴地下到四米深的地窖中取上半筐地瓜。

俗话说，冬好过，春难熬。但一年之计在于春，春天给人温暖，春天给人希望。父亲知足的眼神和母亲粗糙的双手，一下子勾起了我对小时候的生活情景的回忆。作为20世纪60年代出生的人，我成长在计划经济的年代，且家乡的山岭薄地本来就十分贫瘠，十年九旱，靠天吃饭，再加上生产队管理经营不善，乡亲们常常吃不饱肚子。到了春天，有的邻居家里就会断粮，吃了上顿没下顿，到处东借西磨。虽然我们家的日子也过得紧紧巴巴，但从来没断过粮，我们没挨过饿。每逢邻居来借地瓜干时，母亲总会挑选大片的好地瓜干给他们，帮助他们渡过难关。那时地瓜是主要粮食，加工后的地瓜干，既可以长期储存，也可以再磨成面粉制作成煎饼，地瓜面煎饼是乡亲们一年到头的常备食品。大家期盼有好年景，天天都能吃饱饭，吃上地瓜面的煎饼。改革开放以后，农民有了种地的自主权。各家各户最喜欢种植的农作物就是地瓜。

乡亲们又称地瓜为芋头，称地瓜干为芋头干子。我家六口人，每人分到半亩口粮田，父亲和母亲又承包了四亩地的责任田。每年都是一多半田地种地瓜，一少半田地种花生和谷物。地瓜耐旱、高产，到了秋天收获的季节，家家户户刨出鲜地瓜，将地瓜垄平整一下，就地把地瓜加工成地瓜片。

加工地瓜片的工具叫擦床子，就是一块长方形木板或铁板，中间挖一个槽洞，镶上镰刀头形状的刀片。一手扶着擦床子，一手拿起一块地瓜，对准刀片放在上面，来回运动，顷刻间，一块地瓜就成了一堆地瓜片。

擦地瓜片是个技巧活儿，熟手不用看刀片，拿起地瓜就擦，动作麻利，速度又快，双手轮流，嚓嚓嚓的响声不断，很有节奏感，悦耳动听。而生手擦地瓜干，一只手扶着擦床子，一只手拿着地瓜，眼盯着刀片，动作笨拙，一下一下，慢慢腾腾，吱啦吱啦的声音断断续续，听得人心烦；有时，一不小心还会擦破了手。后来，有了手摇的擦片机，乡亲们加工地瓜干的速度更快了，也安全了许多。地瓜片被均匀地晾晒在田地里，晒满地瓜干的梯田像一块块雪白的芦苇席铺在山坡上。月光下，也是白花花的一片，清晰可见。

地瓜种得多了，刨地瓜、加工地瓜片可不是一件轻松的事。它需要足够多的人手，需要人下大功夫，更需要有好天气。那时候，没有人收购鲜地瓜，大家只能把大量的地瓜加工成地瓜片晾晒。如果遇到阴雨天，地瓜干晒不干，就会长出黑斑发霉烂掉，人们冒雨抢着收起来的地瓜片也会发霉，让人心痛。发霉的地瓜片被晒干后，大家是吃也不能吃，卖也不好卖，一年的收成大打折扣。所以，那段时间，人们特别关注广播，收听天气预报。

遇上好天气，人们会不约而同地挥舞镰刀割地瓜秧，抢起镢头刨地瓜，男女老少齐上阵，早出晚归，饭也在田间地头吃，抢时间晾晒地瓜干。人手少的人家，披星戴月，打着提灯干到半夜还不收工。一般情况下，天气好，太阳毒，鲜地瓜片晒三天就干透了。人们蹲在地上弯着腰一步步地挪动，将晒干的地瓜片一片一片地捡拾起来，装满口袋，肩扛手提，用独轮车推，用地排车拉，运回家堆放，一年的收成总算到家，那颗悬着的心这才会放下来。但不管如何辛苦，地瓜干晾晒得好，储藏时间就长，来年春天就能卖个好价钱。

家里的收入提高了，我们的生活有了改善，平时吃上了白面的馒头、面条和饺子，喝上了大米稀饭。过年过节时，家里的美味佳肴也丰富起来，但父亲仍有吃地瓜的习惯，整个冬季，他经常吃煮的地瓜，心里十分知足。在我们眼里，父亲最喜欢吃地瓜。

走进新时代，父亲母亲早已过上吃不愁、穿不愁的好日子，地瓜和地瓜面的煎饼也离开了餐桌。如今，他们有时想吃一点儿地瓜，却不能吃了。只要吃一点儿地瓜，胃里就会反酸，隐隐作痛，因为他们过去吃的地瓜太多，伤透了胃。但看一眼那亲切又熟悉的地瓜，他们慈祥的脸上仍会露出会心的微笑。

我是吃地瓜和地瓜面的煎饼长大的，直到二十岁参军离开家乡，到了西北高原才不吃地瓜和煎饼。我谈不上多么喜爱吃地瓜，但心里始终忘不了它。偶尔咬一口烤熟的地瓜，家乡的味道就会甜在心里。

来自山村的祝福

　　我的家乡在鲁南山区，村庄坐落于东西两座山谷之间，层层梯田，错落有致。一条由南向北流淌的小河穿村而过，滋润着这片土地。土地虽不肥沃，却也盛产地瓜、花生和谷物，养育着淳朴的乡亲们。每年秋后，父亲母亲总会把自家种的花生、地瓜等一些农产品送给我们品尝，让我们分享家乡丰收的喜悦。年逾古稀的父亲母亲，至今还耕种着一亩多口粮田。

　　大暑后的周末，我和妻子、女儿一起开车回家。我们提着几袋蔬菜等食品走进家门，父亲母亲正在准备午饭，见到我们非常惊喜。"家里什么都不缺，吃的、喝的都有。你们买这买那的，花了不少钱吧？"母亲接过东西就唠叨开了："下次回家，可别买菜了。咱家地里种的金瓜、豆角都吃不了。回去时，你们带几个大金瓜。"父亲也插话说："我种的花生快熟了，带你们去拔几墩尝尝鲜。再顺手摘点儿鲜花椒。"我和女儿欣然同意。

　　父亲母亲的口粮田在村北的山坡上，离家三里多路。父亲陪着我们，开车不足十分钟就到了。一亩多地，由七小块形状不规则的薄田组成。多年来，父亲掘刨挖剜，开垦荒滩，把田角地头扩展了不少。

站在山坡上，微风习习，放眼远望，心旷神怡。宁静的天空湛蓝，几丝白云挂在上边。山顶上七八台高大的风力发电机恰如一个个大风扇在悠闲地转动。近处的山地上，郁郁葱葱，生机盎然。数十株茂密的花椒树迎风摇曳，褐红色的花椒挂满枝头；不胖不瘦的玉米，亭亭玉立；绿油油的花生和地瓜，碧叶连片，铺满田间；长长的绿藤垂挂在坝沿上，冒出鲜艳的花蕾和嫩细的豆角；石滩上几簇牵牛花，紫红的花朵争相绽放，招惹来五六只爱热闹的蝴蝶，翩翩起舞。女儿见了，拿出手机连连拍照。啊，好一派和谐美丽的田园风光！

"庄稼长得真好！""丰收在望啊！"我和女儿情不自禁地连声赞叹。父亲像受到表扬的小学生，开心地笑了，额头上堆起几道深深的皱纹。"上面还有咱家的半亩地，庄稼长得也不错。地头上还种了几墩金瓜。"他指向高处的山坡说。话音未落，他蹲下身子，一口气拔出二十多墩花生。父亲让我们去摘花生，又起身走向高坡。

一墩花生秧能结十多颗花生，花生非常鲜嫩，颗粒还不饱满。我把摘下的花生晾晒在倾斜的大石头上，又站起来摘花椒，抬头望见了父亲的背影，他正弓着背，一步一步沿着山坡向上攀登。他脚下的乱石不断发出哗啦哗啦的响声，清脆入耳。顿时，我心潮涌动。

十七年前，我们兄弟三人相继成家立业，父亲母亲就开始单独过日子，年年忙碌着春种秋收，过着知足而平静的生活。父亲耳背，已戴上助听器，但他身体结实，整天在田地里劳作。母亲瘦弱多病，仍常年操持家务，养鸡喂羊，干些轻便的农活。

平时,我给家里打电话,通常是母亲接听。"不用挂牵,家里都好,你放心吧!"母亲的一声"平安",又给我增添了安心工作的动力。

这些年,父亲母亲默默地全力支撑着家,让我们集中精力安心经营各自的小家庭。经过打拼努力,我们兄弟姐妹四人已有三家搬家进城,住上了宽敞明亮的楼房,日子越过越红火。然而,父亲母亲却不愿意跟我们进城住楼房,还是觉得在老家平房大院里生活方便。我明白父亲母亲的心思,他们是故土难离,舍不得离开饲养的家禽和那一亩多的口粮田。

去年五月,父亲因病住进医院。他躺在病床上仍牵挂地里的农活,嘴里不停地念叨:"家里的地,不能舍,还得耕种。咱农民年纪大了,不种地,还能干什么呢?"他病情一好转,就着急让我办理出院手续。出院后,在我家仅住了三天,他就嚷着让我送他回了老家。

父亲回到老家,活动方便,有了精神,心情自然好了许多。我坚持一周一次接送他到医院化疗。母亲亦精心照顾,每天做些可口的饭菜,给他调养身体。两个月后,父亲的身体渐渐康复了。

我每次回家接父亲时,他都正在田地里忙碌着,不是松土、除草、施肥,就是侍弄庄稼。看到他消瘦的面容,我心里五味杂陈。我劝说父亲,别再种地了。他却坚持自己的实理:"现在种地不交公粮,自种自吃多好啊!再说,人勤地不懒。春天播下种子,秋后就有收成。家里收成一点儿,也能减轻你们的负担。"他说话时,语重心长,神色坚定。"人闲了,还容易出毛病。自己能动能干,就少给你们添麻烦。"母亲在一旁,也帮着父亲说话。

秋收时，父亲开着三轮车，带着多年不下地的母亲一起收花生、地瓜。父亲用镢头刨，母亲提筐捡拾。邻居们见了，夸他们勤劳能干，不拖累儿女。他们听了，脸上露出欣慰的笑容。劳动给他们带来快乐，收获给他们带来幸福。

"你快过来，接一下金瓜。"父亲沙哑的声音打断了我的思绪。我转身见他从花椒树丛中走出来。长长的金瓜，他肩上扛着一个，手里抱着两个。我急忙上前接过金瓜，放进汽车后备厢。我取出毛巾给父亲擦去脸上的汗水，他的额头上立即又冒出汗珠。他喘了几口粗气，微笑着说："你们看看，金瓜长得大不大啊？带回城里吃吧。""长得真大啊！这三个，我们都要。"女儿急忙走过来，兴奋地摸着金瓜回答。"天气太热了。爸爸，您收拾一下花生，我们回家吧！"女儿催着我说。我打开塑料袋，弯腰捧起带着泥土的鲜花生，湿润的眼睛一下子模糊起来。

午饭间，我们又劝说父亲母亲以后别再种地了。父亲望着我们说："人活着，就要劳动。好日子不是等来的，小康是干出来的。""家里有粮，心里不慌。人活的就是一口气，饭碗要端在自己的手里啊！"母亲也认真地说。我们手捧冒着热气的饭碗，频频点头。

是啊，好日子不是等来的，小康是干出来的。人活着就要争口气，幸福也是奋斗出来的。谢谢，勤劳的父母双亲！祝福，亲爱的爹娘！

乡　愁

　　我的故乡地处鲁南山区，是一个普通的山村。山村处在东西两座山之间，那起伏延绵的两山犹如慈祥的老人，怀抱着一代又一代山村人成长，见证了山村的沧桑与风霜。村中由南向北的那条小河不分昼夜叮咚哗啦地流淌，讲述着山村人祖祖辈辈的故事，寄托了剪不断理还乱的乡愁。

　　走在蜿蜒的山村小道上，路旁的一砖一瓦熟悉而又陌生，一草一木亲近而又疏远。一边是高大的门楼内庭院整洁，贴瓷砖的平房宽敞而明亮；一边是低矮的石墙院落里杂草丛生，老屋斑驳不见烟火。村里街道虽已全部硬化，却不见了往昔的热闹。来回车辆屈指可数，过往的少年似曾相识。那口供全村人吃水的老井早已废弃，那棵老槐树的枯枝上又冒出新绿，那盘光滑的石碾静静地休息。身处故土，此情此景，又勾起儿时的乡村记忆。

　　傍晚时分，狭窄不平的乡村土路上熙熙攘攘，乡亲们陆续从山地里收工回家。春种秋收时，男劳力们干的都是力气活，有的扛着大型农具，有的推着独轮车，有的拉着地排车，车上满载着播种的希望或收获的喜悦；妇女们则轻松一些，跟在男劳力的后面，或帮忙推车，或背着一粪箕子鲜嫩的猪草；早早放学的孩子们也跑到地里帮着大人拉车牵牲口，肩扛锄头之类的工具。几个调皮又胆大的男孩挥舞着长杆的皮鞭，用一根长长的缰绳牵着一头老黄牛或是一头小黑驴，神气十足地走在大人的前头。忙碌了一天的人们，一路上相互问候，说说笑笑，淡忘了一天的劳累和疲倦。

回到村里，家家户户又忙碌起来。男人们放下农具，找出烟筐，手卷一支旱烟，划一根火柴点燃，猛吸几口，干咳几声，吐出浓浓的烟气。稍停片刻，便拿起扁担，挑上水桶，边走边吸，赶往河岸边的水井挑水。山村的道路上沟下坡，挑水是个力气活，通常是男人的事。但也有例外，如果男人不在家，妇女和孩子也会加入挑水的行列。

通往水井的小路上人来人往，挑水的人中大人孩子都有。他们有的挑着满满的两桶水悠闲轻松，双肩倒换不停步，身后不洒半点儿水星；有的挑着一担水却很吃力，走走停停，歇息半天才继续前进；有的挑着两半桶水东摇西晃，双手抱着扁担，水花溅出，走一路，洒一路，打湿了鞋，惹得行人哈哈大笑。要是谁家刚过门的新媳妇出来挑水，那就会格外引人注目，一双双火辣辣的眼睛让新媳妇走起路来更加扭捏不安，心里暗骂出门在外的男人。如果你初来乍到，不用向人打听，沿着路上湿漉漉的痕迹就能找到水井。

水井在小河对岸，河上没有桥，河水清澈见底，十多个石墩露出水面，过河挑水要迈过一个个石墩。石墩是用青石板铺成的，参差不齐，大小不一。经河水冲刷，石墩表面光滑发亮，浸入水下面的部位长满了青苔。踩上去，一不小心，就会打滑跌倒。所以，挑水的人小心翼翼，不敢掉以轻心。挑水的人走到河边，放下水桶，掬一捧清凉的河水，洗去一脸灰尘，顿时来了精神，然后，再从容不迫地过河挑水。

天气暖和的日子，河岸上几棵大柳树旁的青石板上就会见到三三两两的妇女端一盆衣服，或蹲或坐，或将一件件轻薄的衣衫浸入河里轻轻地漂洗，不时扬起一朵朵浪花；或将浸湿的厚粗布被单放在石板上，举起棒槌一下一下地击打，一堆圆圆的肥皂泡瞬间泛起，随即又淹没在河水里。那富有节奏的击打声伴随着清脆悦耳的欢笑声，让温顺的小河充满生机，像个活泼的孩子一样，叮叮咚咚，哗哗啦啦欢快地穿过山村奔向远方。

男人挑水去了，家里的妇女也不停闲。她们匆忙洗一把脸，一边翻篮找筐取出食材，一边添一锅水生火做饭。她们让懂事的孩子帮忙看着锅灶烧水，自己则抽出时间从咸菜缸里捞出几块腌好的胡萝卜、辣疙瘩，切片切丝放入碗里，洒些醋，拌点酱油，端上饭桌。然后，再准备些时令蔬菜，使出浑身解数调剂全家人的伙食。

其实，那时候各家各户吃的饭菜很简单，地瓜面的煎饼是常备主食，咸菜是饭桌上的常见菜肴。然而，加工煎饼却比较费工费力。一般在农闲的时候，洗好晒干二三百斤的地瓜干，磨成粉，倒入大水缸搅匀泡好，盛入用粗白布制作的吊包，上下摇晃滤出水来，再将面糊装入布袋，压上大石板，挤干水分形成面团，然后开始加工煎饼。加工煎饼时，要有两个人密切配合。一人负责烧热铁鏊子——用干草枝叶烧火，要有眼色，控制好火候，使铁鏊子受热均匀，不能太热，也不能温凉；一人负责在鏊子上摊煎饼，高坐在鏊子一侧，双手抱上一块面团，顺着鏊子边沿由外向内一圈一圈地滚动至中心，取下剩余的面团，再用竹篦子剐磨平粘在鏊子上的那层面膜，待其水分蒸发，用小刀划一下边缘，干爽的面膜微微翘起时，顺手揭下来，一张又圆又薄香酥可口的煎饼就加工成了。把这些煎饼晾干码成几大摞，一家人就能吃上两三个月。

饭前，取出一叠干煎饼，用小涮帚蘸些淡盐水均匀地洒在上面，稍等片刻，待水分浸入，将其对折几次，叠成长约 30 厘米、宽约 10 厘米的煎饼，整整齐齐装入饭筐。菜肴则取材于自家田间地头种的蔬菜，南瓜、豆角、白菜、萝卜、辣椒、大葱之类。冬春两季，以萝卜、白菜为主；夏秋时节，蔬菜品种丰富一些。但因常年缺肉少油，菜肴除了咸味，几乎没有别的滋味。偶尔煎点咸鱼、凉拌些海带，就会让人胃口大增。

烧水的孩子十分卖力，他们使劲拉着风箱，炉膛里的火苗不住地向外蹿，一股股炊烟袅袅升起。夕阳映红的彩霞之下，山村那一缕缕炊烟直上云天。

一会儿，男人挑水装满了水缸，妇女做好了饭菜，孩子们也摆好了桌凳。一家人围坐在一起，吃着并不丰盛的晚餐，每个人却吃得那么津津有味。

有时，吃着饭，家里来了串门的邻居。主人问他一句："吃了吗？"便拉他入座一起就餐，让他尝尝自家饭菜。"吃过了，吃过了。"通常串门的人会连声说几句客套的话。主人这才肯罢休，便请他坐在八仙桌的上座，热情地给他点烟倒茶。若是串门的人来借用东西，主人便拿出来给他，来人说完话就走，一家人就会放下碗筷，送到大门口，再回来吃饭。那时，乡里乡亲日子过得紧巴，家里缺这少那，邻居们之间东借西挪是常见的事。

晚餐过后，夜色渐浓，农家院落天井里，几个男人泡一壶茉莉花茶，吸着旱烟，谈论着一天的农活，盘算着明天的安排。妇女们则坐在昏暗的油灯下，飞针走线，缝补衣裤，制作鞋袜。而孩子们早已跑出家门，三五成群，玩耍游戏。男孩子喜欢玩捉迷藏，大街小巷乱窜，土坑、石头堆、柴草垛都是他们的藏身之处。女孩子们则借着月光跳绳、踢毽子，蹦蹦跳跳，一刻不停。孩子们玩累了，又围着家门口的老奶奶，听她讲牛郎与织女的传说，好奇地遥望着满天的星斗，数着指头掐算牛郎与织女在天河相会于鹊桥的日子。

老家后面的小学操场空地，是人们夏天乘凉的好地方。每到晚上，大家便聚集在那里。一个外号叫"故事大王"的老人，人缘特好，身边总有一堆年轻人和孩子围着听他讲故事。他是一位瘦高个的老头儿，不识字，没有文化，却像一部《天方夜谭》，会讲的故事很多，有《武松打虎》《孙二娘开店》，有《孙大圣三打白骨精》，还有《画皮》之类的"聊斋"故事。孩子们虽听得毛骨悚然，吓得不敢走夜路，担心路上碰到老虎和妖魔鬼怪，但又乐不思归，睁着眼睛继续听。

夜深了，老人讲得口干舌燥了，大人们大声地喊着自家孩子的乳名催他们回家睡觉。因为明天，孩子还要上学，大人还要出工。人们各自归家，灯火熄灭了，月光下的山村格外宁静。

岁月不居，时代变迁。改革开放后，乡亲们在致富的路上各尽其能，故乡不再是他们唯一的生活空间。家人乡亲，聚少离多，各奔前程，或远走他乡求职打工，或身处异地求学上进，或守望故土辛勤劳作。但不论怎样，乡亲们的日子一天天地好起来，故乡也是旧貌换新颜。

进入新时代，美丽乡村建设紧锣密鼓，硬化亮化美化配套设施不断完善，农村厕所改造、垃圾分类处理让乡村环境越来越干净卫生。"绿满乡村"行动让故乡山更绿水更清，蓝天下的山顶上十几个风力发电机，像一台台大风扇给人们送来清新的"风"。

秋收季节，鲁南高铁开通，乡亲们回家的路越来越便捷。故乡的小镇上高铁客运站拔地而起，风格别致，喜迎八方宾客。相信在不久的将来，一个富有生机、充满活力的乡村特色小镇将会兴起。

日暮乡关，睹物思人，或喜或悲，心底自明。不论离家有多久，走得有多远，故乡那起伏延绵的山脉在这里，那流淌不息的小河在这里，而那剪不断理还乱的乡愁也留在了我心里。

春暖山村

2020年3月，一个星期天的上午，阳光明媚，晴空万里。山东省发布最新新冠疫情风险等级评估消息，我市所有地区被评为低风险类别。这个好消息恰如春风般温暖人心，让勤劳的人们又忙碌起来。小区的门口凭证出行，车辆行人渐渐增多，我也开车加入出行的队伍，朝着老家的方向出发。

疫情的突如其来，让我答应年迈的父母常回家看看的承诺落空。从除夕过年回家，到返回市里的50多天来，我一直参加单位疫情防控工作，只能晚上抽空跟父母电话联系，告知他们疫情防控注意事项，做好居家隔离，不出门，不走亲访友，吃好一点儿，加强营养，多保重身体。父亲耳聋多年已挂上助听器，母亲耳背也听不清楚，每次在电话里拉家常，他们总是报喜不报忧，常嘱咐我不用挂念他们，让我安心工作、干好工作，注意自身安全。

母亲唠叨半天，父亲也会插上几句话："咱家在山区，地广人少，空气新鲜，不会传染。村里镇上也天天宣传，疫情防控很严，不让乱跑。家里不会出事的，你放心吧。"每当听到父母的一声"平安"，我心里就会踏实许多，顿时感觉没了后顾之忧。

疫情发生后，春节假期延长，两个常年外出打工的弟弟过了正月十六还在家。他们心里着急，担心工作的事。父亲母亲看在眼里，虽然心里不舍得让他们离开，却又盼着他们早些返岗复工。弟弟家的孩子们都在读书上学，一年的花费不少。弟弟和弟媳都支持孩子们上大学，常年任劳任怨，不怕吃苦受累，想方设法增加劳动收入。他们寄希望于孩子们，孩子们也很争气，假期延长期间，自觉上网参加远程学习，从不敢耽误课程。两个弟弟家里的情况，父母心里非常清楚，自己年纪大了，虽帮不上忙，但也不想拖累他们。

正月底，二弟打电话告诉我，他和三弟已经返回上海了，是厂里租车来接的，隔离几天就要复工了。二月初一那天晚上，母亲打电话问我："正月过去了，疫情快结束了吧？你什么时候能回家来一趟啊？"听了母亲的话，我心里暗想，当前疫情防控工作正在吃紧，一刻也不能放松。但我不想让母亲担忧，只能平静地回答："疫情还没有结束，暂时还不能回家。过几天，我看看，能回家就回家。""你不能回来，那就先不要回来了。家里也没什么事。"母亲反而宽慰我，让我不要着急，坦然面对疫情。

车出城区，直奔回老家的高速路。高速路不收费，来往车辆明显增多，但一路畅通。道路两旁那一排排冒出新绿的杨柳随风摇曳，婀娜多姿；中间隔离带中那一簇簇金黄色的迎春花和粉红色的蜡梅花竞相绽放，格外醒目。近处大块连片的麦田碧绿如茵，远处起伏的山脉染上点点绿色。沿途的迷人春色，让人心旷神怡。

不知不觉，车行一个小时就到了泗水出入口。车下高速路，转入通往镇上的乡村公路。在交叉口旁，有人示意停车。路边有一张桌子，坐着两个戴红袖章的年轻人。我下车出示证件，进行外来人员信息登记。顺利通过后，行驶不到两公里就到了镇上的集市。赶集的人稀稀落落，大多数戴着口罩，尽管口罩颜色不同、大小不一。路旁站立着一捆捆杨树、果树苗木，十几个买树苗的人围着挑选，讨价还价。

穿过集市，不久就来到了家门口。大门是虚掩着的。走进院子，几只鸡鸭在觅食。母亲坐在堂屋阳台里，端着簸箕挑选花生米。"娘，我回来了。"我喊了一声。母亲抬起头，看到我，就问："你吃饭了吗？我给你做碗鸡蛋面条去。"她说着就要站起来。我忙对母亲说，我吃过早饭才来的。每次回家，母亲总会问我吃饭的事。在她心里，从市里到老家70多公里，我走了那么远的路，一定会饿的。

我望了一下里屋，不见父亲。母亲告诉我，父亲到村北山坡上栽种花椒树苗去了。那里有几块山地，她正在挑选花生种子，过些天再种点儿花生，栽些地瓜。

一会儿，妹妹妹夫一家人走进家门，家里一下子热闹起来。他们这也是春节后第一次回来，母亲高兴地给孩子们拿吃的喝的，又取出冰箱里的食材，张罗着做午饭。我和妹妹帮忙烧锅炒菜。炉膛里蹿出火苗，一缕缕炊烟袅袅升起。望着母亲忙前忙后的身影，我仿佛看到了儿时的生活情景。

小时候，父亲是生产队长，一天到晚顾不上家。母亲既要参加生产队的劳动，又要操持家里的一日三餐。我家兄弟姐妹之间年龄最大相差六岁，妹妹排行第二，当初我们都在上学，后来母亲实在忙不过来，就让已经上了三年级的妹妹辍学，帮忙做家务，拾柴烧锅、割草养羊、挑水喂猪。到现在，提起这事，妹妹还抱怨父母重男轻女，说要是自己文化水平高一些，过的日子会比现在好。确实，妹妹家做农产品生意，送货记账需要有文化懂知识。

那时候，很多山区农家供孩子上学，会觉得让孩子识几个字，不是文盲就行，也不图孩子们考上大学。父亲当过兵，吃过没文化的亏，知道文化的重要性。所以，他很重视我们兄弟三人的学习。男孩子有文化，长大了，当兵去，也能有出息。他曾说，除非孩子不是读书的料，要不砸锅卖铁也要供孩子上学，只要能考上就让继续上学。但他不让孩子蹲班留级，觉得白白浪费工夫。妹妹那时就是因为蹲班留级，父母才不让上学的。

然而，三弟却是个例外。三弟初中毕业后，父亲觉得他年龄小，又让他从初一开始复读。他上了两轮初中，仍没有考上高中，更别说上大学了。三弟上中学的时候，已是20世纪80年代中期，父亲既耕种承包的责任田，又拉车搞副业增加收入，母亲勤劳能干、精打细算，家里的生活条件有了较大改善。我高中毕业后，断断续续在外地砖厂打了两年工，然后就当兵去了。二弟初中毕业后，也在家打零工。父亲把希望寄托到三弟身上，指望三弟能考上中专或大学。三弟尽管十分努力地学习，但结果还是让父亲失望叹息。

后来，父亲送二弟去学厨师，让三弟在本村拜师学木匠，但两个弟弟都没有按父亲的规划走下去。对此，父亲心里一直有遗憾。让他欣慰的是，我当兵后考上军校，入了党，在西北部队服役二十五年后转业回来，被安排到市里工作，超出了他的预期。

想起往事，我十分理解父母的心情。如今，我们兄弟姐妹赶上了好时代，家家过上了好日子，实现了父母那一辈人的梦想。我们的孩子上学勤奋努力，有的大学毕业已在外地参加工作，有的正在读大学，有的还在上中小学。我们的孩子渐渐长大了，我们的父母却慢慢地变老了。

上午 11 时许，父亲开着三轮车回来了。我和妹夫都劝他别再种地了，把那些地给二弟家种吧。他却微笑着说："那几块小地离家远，他们不愿意种。让地荒了，怪可惜。我栽上几棵树苗，也累不着。"我见过那半亩多山坡地，离家三里路，夹在石滩中间，由六七小块不规则的薄地组成。多年来，父亲掘刨挖剜，一点点开垦平整，不知下了多少功夫。土层薄不耐干旱，不便耕种收割，又费工费时，怪不得二弟家不愿意种呢。

说起疫情防控的事，父亲滔滔不绝。父亲喜欢看新闻读报纸，了解外面的世界。他还感慨地说，干什么都要早下手，早做准备，春天就要忙春天的事，植树种庄稼，可不能误农时啊。

我们谈论着国事家常，母亲和妹妹已把一桌丰盛的饭菜准备好了。我们和父母围坐在一起，又找到了过年的感觉。一家人谈笑风生，其乐融融。在疫情防控期间，能陪伴父母吃饭，与亲人团聚，这是多么难得的事啊！

午饭后，我们收拾好餐桌，洗好碗筷，清扫完卫生，我和妹妹一家就要返回城里了。临走时，父亲让我们把他准备好的地瓜、菠菜、大葱放到车里。父母送我们走出了家门。

站在家门口，父亲用手指着大门外南侧的那块田地，满怀自信地说："家门口这块地，种点儿蔬菜就够自己吃的。你们以后回家，不要再买菜了。地里长着的菜，多新鲜啊！谷雨前后，下了雨，再点上花生，栽上地瓜秧。到秋天，你们就能吃上新花生、鲜地瓜了。"母亲听了，点头微笑。

我转身望去，地里栽种的七八排小杨树整整齐齐，树行之间耕起一条条土垄。地头上育着一小池地瓜，覆盖着白色地膜。土垄上套种的菠菜、大葱绿油油的，长势喜人，呈现出一片生机。

告别父母，离开老家，在回城的路上，我心里一直在想，当前我国疫情防控形势迎来大好转机，曙光在前，胜利在望。全国上下，一手抓疫情防控，一手抓复工复产。已步入耄耋之年的父亲母亲，守望家乡，辛勤耕耘，不负春光，播种希望。到底是什么信念和力量，让他们对生活满怀信心，对未来充满美好期望？

车驶入弯道，夕阳的金色光辉照进车窗。我豁然开朗，勤劳朴实的父母他们那一代人都经历过时代的变迁与沧桑，见证了国家的苦难与辉煌，他们几十年如一日始终不渝地深深地热爱着脚下的这片土地。我坚信，是脚下的这片土地，给了他们坚定的信念和力量！

采摘花椒别样情

立秋过后的周六上午，我和妻子开车回到老家。山区的天气格外晴朗，蓝蓝的天空中不见一朵云。车停靠家门，母亲正坐在大门口，端着一簸箕又鲜又红的花椒挑拣枝叶。她抬头看见我们，便起身摆好两个小凳子。"这么热的天，你们怎么来了？我不是给你说了，这两天不让你们回来吗？"母亲一边埋怨我，一边微笑着让我们坐下。前天晚上，我给家里打电话时，母亲提醒我："家里没事，你们别来回地跑了，天这么热，路又那么远。"在母亲心里，大热天，我们来回走100多公里的路，够辛苦的。

母亲告诉我们，父亲在村北山地里采摘花椒呢。他早上6点钟就骑着电动三轮车走了，到现在还没回来吃早饭。

我提着带来的两袋东西，推开堂屋门，一股浓郁的花椒味扑面而来，地板上摊放着几小堆半干的花椒，红褐色的花椒粒已经炸裂，露出圆溜溜的黑籽儿。走进屋，放下东西后，我从衣橱里找出一条旧军裤和一件长袖衬衫换上，拿起一把剪刀，又带上一块塑料布和一个化肥袋子，出了门。

来到大门口，母亲看到我这身装束，知道我要下地采摘花椒去。母亲劝我不要去了，天气这么热。"让他去吧！下地劳动劳动，减减肥。多摘点儿，我们带回去。"妻子坐在旁边，右手用力摇动着大蒲扇，开玩笑地说。

我开车来到那块山地旁，看见父亲的三轮车停在地头。我站在山坡上寻觅父亲的身影，找了半天也不见。山顶上的七八台风力发电机伸着长长的翅膀，各自没精打采地旋转，转速缓慢，也听不到声音，好像生怕打扰了天上的太阳。但太阳并不领情，它的脸色白得耀眼，发出的光毒辣辣的。一会儿，我就被晒得浑身发热，汗珠儿从额头上冒出，顺着脸颊往下流。我一走动，便大口喘气。心想，如果有一阵清凉的风吹来，该多好啊！可惜，山坡上的那片花椒树枝叶纹丝不动，枝条上成串的花椒泛着红晕，不急不躁；周边田地里的花生秧、地瓜蔓一片碧绿，叶子绿油油的，在尽情地吸收阳光。

我走到一棵花椒树下，在地上铺开那块塑料布，一手拿着剪刀，一手拉着枝条，开始采摘花椒。一串串花椒均匀地分布在枝条上，着实招人喜爱。但树上刺很多，像一根根尖尖的黑铁钉，十分锋利，扎在手上，令人又麻又疼。尽管我穿着长袖衬衫，小心翼翼地采摘，但手背和胳膊还是被划出了一道道血痕，手背上渗出的汗水杀得划破的伤口生疼。顺手摸了一下脸，感觉热腾腾的。我一边采摘，一边在心里抱怨父亲："为什么不找村里的人帮忙采摘呢？为了省钱，非要自己一点一点地采摘，受这个罪。"

突然，花椒树林里传出窸窸窣窣的声音。我循声望去，见一个身影晃了几下，走了出来。我猜想那是父亲。只见他躬着背，背着一个化肥袋子，手里提着一个折叠凳和一个塑料水杯。我放下剪刀，急忙迎上前问候父亲。我接过他背的化肥袋子，感觉沉甸甸的，大约有 5 公斤。他那件灰青色的旧衬衫湿透了，紧贴在身上，腰间系着一个大布袋，衣背上有一圈白色的印迹。我见他脸颊被晒得黑红，一双深陷的眼睛有点儿红肿。他声音有些沙哑，塑料杯里的水还是满满的，我劝他先喝口水，润润嗓子。

父亲用沙哑的声音告诉我，今年的花椒比去年长得好，颗粒大又饱满，着色又红。他是从上面地里的那几棵树开始采摘的。一个上午，他摘了两棵树上的花椒，就收了不少。他看了一眼身旁的花椒树，布满皱纹的脸上全是笑容。他的脸上流着汗珠，抬起右手擦了擦。我看到他的手臂和手背上有很多血痕，新伤压着旧疤。

说话间，父亲左手顺势轻轻拉过一个枝条，伸出右手去采摘花椒。他右手拇指和食指一掐，一串花椒就被采摘了下来。他把花椒攥在手心里，又去采摘另一串。等到手心里花椒满了，他便抽回右手，将花椒放进随身携带的大布袋里。父亲采摘花椒这一连串的动作，看起来是那么娴熟轻巧。他采摘花椒不用剪刀，全凭那双长满老茧的手。他说，用剪刀不习惯，还是用手采摘花椒方便灵活。

我看了一下表，已是 12 点钟。父亲看到我来给家里帮忙采摘花椒，心里非常高兴。他还想再采摘一会儿，我却主动提出回家吃饭。父亲见我不想再干了，只好开着他的三轮车回家。

吃过午饭，我和妻子劝说父母，年纪大了，别再种地了，把花椒树也给二弟家吧，让二弟媳找人帮忙采摘一下，早点儿收家来就安心了。母亲轻声告诉我们，二弟家也有几十棵花椒树，长势很好。二弟常年在外地打工，都是二弟媳一个人采摘，起早贪黑地干。二弟媳早就不愿意种地，更不想要花椒树了。给别人打零工一天能挣七八十元钱，比种自己的地收入高。大家都会算账，谁都不憨不傻。采摘花椒费时费工，天又热，男劳力不喜欢干，现在就连妇女也不愿意干了。

　　母亲说到这里，见我们听得认真，音量提高了一些，接着说："一个能干的妇女，熬一整天也就能摘 30 来斤花椒。听说，今年鲜花椒行情不好，一斤才卖 3 元钱。要是找人摘，给人家开工钱，按摘下的花椒斤数一家各一半算，一天还挣不到 50 元钱，人家都嫌少，不愿意干啊。再多开点儿工钱，咱就不划算了。真是地里产的东西不值钱了。"母亲喘了一大口气，"唉！"她叹息一声，又无奈地说，"我身体不好，早就不能下地干活了。摘花椒的事，也帮不上忙了。"

　　"你们都别发愁。我慢慢地去摘，那些树上的花椒也就是早一天晚一天的事，我都会让它们进家门。咱农民又不怕出力，有的是力气。"父亲坐在一旁自信地说。他还是年轻力壮时的心态，说话那么有底气。他始终不服老，从不叫苦叫累。父母觉得找人摘花椒开工钱不划算，自己家的花椒还是得自己摘。父母让我们在外面好好工作，不要担心家里摘花椒的事。

　　时隔一周，我再次回家。停下车，我就看到母亲正在大门口水泥地上晾晒花椒，已摊开了一大片。"今年的鲜花椒，没人来村里收购。镇上只有两家收购的，一斤鲜花椒才给 3 元钱。我没让卖给他们。晒干了，放到秋后也许能卖个好价钱。"母亲见到我就唠叨起来。我连声称赞母亲的想法。

父亲看见我，从大门外的小杨树林里走过来。他拍拍手上的泥土，高兴地对我说："咱家里的花椒树，除了屋后头的那几棵没摘，地里的都摘完了，也快晒干了。等秋后，再卖干花椒。反正现在家里也不等着用钱花。"父亲的想法和母亲的想法完全一致。

我知道，去年的花椒行情，一斤鲜花椒能卖到 6 元，比今年的价格高一倍，收购的商贩也多。那时，父亲采摘的花椒不愁卖，他一天能有 100 多元的收入，当天就能拿到现钱。但今年上半年受新冠疫情的影响，餐饮业不景气，花椒价格下降是自然的事。

我想对父亲母亲说些宽心的话，又不知从何说起。父亲转过脸去，用手指着小杨树林微笑着说："人勤地不懒啊。你看，在地里种点儿粮食就有收成，种点儿蔬菜就吃不完。粮食和蔬菜，自种自吃，也不用花钱去买。采摘的那些花椒，卖了就有钱了，就够家里花销，也不用跟你们要钱了。"我侧过身，看到母亲头上的白发又添了许多，父亲微驼的脊背也弯得更加明显，心里不免生出惭愧之情。

顺着父亲的目光，我看到林地里套种的庄稼郁郁葱葱，十几垄花生、地瓜长势旺盛，五六行玉米正在拔节抽穗，地头上栽种的茄子、辣椒、豆角、西红柿等蔬菜果实累累，两畦大葱苗和韭菜绿意浓浓，好一派生机盎然、丰收在望的田园风光！经过前几天的雨水浇灌，那七八排整齐的小杨树快速成长，硕大的树叶随风哗哗作响，这让父亲既欣喜又担心。他为小杨树长得快而高兴，又为明年林地里还能不能再套种庄稼而担忧。

当真是田地里产出的东西不值钱了吗？站在地头，我心里想。我的父亲母亲，已是七八十岁的老人了，但他们仍坚持劳动，自食其力，我为他们自强不息的精神所感动。活着就要劳动，就要创造社会财富，就要力所能及地为家庭、为社会、为国家减轻一些负担。这是他们的生活信条，也是他们做人的原则。

当代中国，有千千万万个像我的父亲母亲一样的农民，他们心中有尊严，生命有价值，生活有意义。他们一辈子热爱脚下的土地，默默无闻，任劳任怨，不计回报，年复一年地辛勤耕耘，从春种夏忙到秋收冬藏，那一双双勤劳的手不停地忙碌着，创造着……

中秋的喜悦

今年（2020 年）的国庆节和中秋节恰逢同一天,举国上下,双节同庆,蓝天下飘扬的五星红旗在城市乡村随处可见,大街小巷闪耀着的鲜艳夺目的中国红,引导着人们出行的方向。长假期间,经受了年初那场突如其来的疫情考验,人们紧张的心情终于又恢复了往昔的平静,中国大地上处处涌动着出行的潮流,回家过节,走访亲友,外出旅游,人们结伴而行,充满活力。

假期这几天,众多网友,晒亲朋团聚的合影视频,一张张笑脸上洋溢着幸福;晒自己的后备厢,那些后备厢被塞得满满当当,新蒸的花卷、现磨的面粉、大南瓜、笨鸡蛋、花生、小米……满满的都是父母的爱、亲人的情。不少人直呼这是迟来的春节,这是过年的味道,这是喜事临门的风景。

十五的月亮十六圆。国庆节过后,农历八月十六那天中午,我们一家人重逢团聚。居住在老家的二弟媳专门在镇上的饭店安排盛宴,年迈的父母端坐正座,我和妻子、二弟媳、三弟媳分坐两侧,孩子们依次入座,一张可坐 12 人的圆饭桌,座无虚席。尽管二弟、三弟远在上海打工,我家的女儿在京工作,不能回家团聚，多少有一点儿遗憾，但二弟家我的大侄女专程从无锡回家与亲人见面，节日喜庆的气氛丝毫未减。一家人围坐在一起，互相嘘寒问暖，和睦相处，其乐融融，共度中秋美好时光。

自从除夕那天，我们一家人在县城的三弟家团聚以来，这是今年第一次大规模相聚。春节期间，突发的疫情打乱了人们的生活节奏，全国防疫抗疫工作形势严峻。我大年初三返回单位参加市里的抗疫工作，日夜坚守在工作岗位上。女儿和大侄女也提前离家返岗，一家人分散居家隔离防疫，孩子们通过网络上课。我连续一个多月没有回家看望父母，每打一次电话问询，家里都报平安。倒是父母对我们出门在外的人多了几份牵挂，他们知道城市里人多，单位里事忙，接触面广，会有风险。

由于疫情，二弟、三弟外出打工的时间一拖再拖，难得在家陪伴父母。父亲心情坦然，说："一个人不能光想着挣钱，也要照顾家庭，在家闲几天，歇一歇也好。"过了正月十六，二弟家的农活该干的都干完了。三弟在县城虽整天忙于家务，却也心事重重。住在三弟家的母亲看在眼里，忧在心里，为两个弟弟家的收入担忧。她一天唠叨几次："没有打工收入，一家老小怎么生活？"终于，在正月下旬，二弟三弟远在上海的单位雇专车来接他们上班，一路直达。两个弟弟走后，母亲这才松了口气，不再为他们忧愁。

进入三月，春暖花开。山东省发布最新消息，我市所有地区新冠疫情风险等级评估全部为低风险类别。疫情得到控制，人们的生活生产秩序渐渐恢复正常，全国各地厂矿企业有序复工复产。两个弟弟和女儿、大侄女都来电话说，身体无恙，上班正常。母亲从三弟家回到老家，她那颗牵挂的心总算落了地。

我抽空回了一趟老家，看到父母忙碌的身影，心里也踏实下来。走在乡村的田野上，到处都是勤劳的人们，他们春耕播种，信心满满。

　　家是最小的国，国是最大的家。几经风雨，走过春夏，迎来中秋，收获希望，拥抱幸福。国庆时节，恰逢中秋月圆，人们的家国情怀油然而生。国家好，社会好，人民的生活才会更好！

辑三　青春逐梦

执着与迷茫

　　我年过半百，按孔老夫子的标准，应该知天命了。是啊，走过了人生的半程，该有些感悟了。我有什么感悟呢？回望自己走过的人生之路，恰似一路追赶心中的梦想，在执着与迷茫中前行。

一

　　20世纪80年代初，我们那一代人处于中学时期，"为中华崛起而读书"是每一个同学的座右铭，"振兴中华，实现四个现代化"是每个人的心愿。我们是八九点钟的太阳，迎着改革开放的春风，唱着《年轻的朋友来相会》，憧憬着"再过二十年，我们重相会，伟大的祖国，该有多么美。天也新，地也新，春光更明媚，城市乡村处处增光辉"的美好明天，担当着"创造这奇迹要靠谁？要靠我，要靠你，要靠我们八十年代的新一辈"的历史责任，从希望的田野上走来，一路追求新世纪的梦想。

　　那时候，承包责任田，发家致富当"万元户"，成了农民的热切期盼。农村的孩子大多数读完初中就回家务农，帮助父母种地，养殖畜禽，贩卖农产品，想快些过上富裕的日子。读高中的孩子只有少数，闯过"独木桥"考上大学，跳出"农门"，吃上"国家粮"的，更是凤毛麟角。如果谁家的孩子考上大学，村里出了大学生，全村的人都感到骄傲，称赞这个孩子有出息，这个孩子一时会成为其他孩子们的学习榜样。但绝大多数高中生名落孙山，还是回乡务农。因此，农村家长支持孩子上高中的积极性不高。一般家庭能让孩子上完初中就不错了，毕竟多一个劳力就多一些家庭收入。家长认为，让男孩尽早学门手艺或外出打工挣钱，盖上新房，找到对象，结婚成家立业，这才是正事，自己也就完成了为人父母的任务。但读书上大学，走出农村，吃上"国家粮"，仍然是农村中小学生追求的梦想。

二

我们家是一个普通的农村家庭。父母对孩子学习文化比较支持，到了上小学的年龄，我们兄弟姐妹四人都进了学堂。妹妹上到小学三年级时，老师让她蹲一级。父母觉得妹妹不是上学的料，上学是白搭工夫，女孩子有点儿文化就行。又因家里还有两个弟弟需要照看，妹妹上完小学三年级就辍学了。父母对我们兄弟三人上学却满怀希望。父亲常说："你们兄弟三个，只要好好学习，能考上，家里就一直供下去。"结果是，我顺利地读完了高中，二弟初中毕业没有考上高中，三弟上了两遍初中仍没有考上高中。我十分感谢父母供我读完高中，让我打下了一定的文化基础，给予我追梦的原动力，让我能站在较高的起点上放眼世界，展望人生前进的方向。

1984 年夏，我高中毕业，十一年的求学生涯结束了。我作为村里那一届唯一的高中生，高考预选时落榜，上大学的梦破灭。由于没有被预选上，我入团的资格也被班主任取消了。那时，高中生入团，学校只给一个班级五六个名额，当然要优先让学习好的同学入团。我从学校带着铺盖和书包回到家里，父亲见了，大失所望，叹息着说："看来，你这辈子就这样了。"考不上大学在我意料之中，自己也没有什么心理负担。但父亲的这句话深深地刺疼了我。我从父亲的眼神中看到了无奈。两个弟弟已上初中，家里为我们兄弟三人上学已花费不少，也不可能让我再去学校复读了。我在村里也是文化程度高的了，自己没有什么可说的。我告诉父亲，想当兵去。父亲当过兵，他很支持我的想法，觉得当几年兵出去见见世面也挺好。于是，我坚定了当兵的梦想。

三

考不上大学，参军就成了农村孩子走向外面世界的重要途径。我的爷爷在解放战争时期参加革命到部队当兵，曾参加过淮海战役。父亲在 20 世纪 50 年代末参军，与雷锋同时代，超期服役当了六年兵。他当过班长，立过功，曾到东南沿海地区严阵以待。爷爷当兵的故事，我知道得不多。他的那本军人复员证，奶奶原本一直珍藏着，现在也不知道去向了。父亲当兵的故事我常听他说起。父亲说，在部队没有文化不行。他军事训练刻苦，曾是全师的射击标兵，但他当班长带领全班政治学习时，就显得能力较弱，常请战士代读报纸、代写学习体会。连、营首长见了直摇头。团里给营、连里的提干名额，均因父亲没有文化而给了别人。说到这些，父亲总会心不甘地说："要是有文化，我也能干到少校营长。"然后，又语重心长地嘱咐我们兄弟三人，上学要好好学习文化，长大了，当兵也需要文化啊。

父亲告诉我们，毛主席曾说过，没有文化的军队是愚蠢的军队，而愚蠢的军队是不可能战胜敌人的。毛主席的教导父亲记得很牢，体会得深刻。后来，我当兵时，父亲曾给我写过几封家信，也是凭借当兵时期学习积累的一点儿文化知识，把认识的汉字派上了用场。

小时候，我望着老家堂屋墙壁上玻璃相框里父亲和他战友们的戎装照片格外出神。他们英姿飒爽，威武挺拔，我从心里感到羡慕又崇敬。我上初中一年级时，语文老师布置了一篇作文，题目是《我的理想》。由于受家庭的熏陶，我的理想就是长大后当一名机智勇敢、保卫祖国的解放军战士。从此，当兵的种子播在了我的心田。高中毕业后，我虽没有考上大学，但理想还在。我觉得自己已具备了实现理想的条件，只是等待幸运的大门为我打开。

四

说起当兵的情结，我有四次参军的机缘，一次参加招收飞行员体检，三次参加征兵体检。我在读到高一时，空军来学校招收飞行员。我和同学们踊跃报名。因鼻子有点儿发炎，我在到县医院体检时被淘汰了下来。那次招收飞行员的机会昙花一现，来得快，走得也快，我自己心中也没有留下一丝遗憾，本来就没有抱多大希望。

高中毕业的那年秋天，我第一次参加征兵体检。我和村里三个青年跟随村干部到乡武装部报名参加验兵。在乡医院体检时，开始一切都很顺利。但到了测量血压时，医生说我血压高，不合格。我听后，郁闷地独自回家了。父亲见到我说："你年龄还不到 18 周岁，明年再去验兵吧。"第一次报名验兵草草地结束了，我的理想成了梦想，只能盼望着明年的征兵时节快点儿到来。

梦想离不开现实。人是要吃饭的，饿着肚子谈梦想，那就是空想。一方水土养一方人。当不上兵，先安心在家种地吧。我家只有六七亩山岭责任田，想靠种地发家致富也不太可能。父亲想让我学门手艺，打算让我跟大姑父学木工。但大姑父年龄大了，推托不再收徒弟了。我想到技校学木工，可是家里又交不起培训费，学木工的事成为泡影。那年冬天，我在县城参加了私人举办的裁剪缝纫培训班，为期两个月。培训结束后，因家里没有多少积蓄，父母舍不得花 300 多元买一台锁边机，我想当裁缝师傅的愿望也落了空。干这不成，干那也不成，我感到十分迷茫，不知出路在何方。我怪自己没有当上兵。心里总想，如果当上兵，走出山村，就能看到外面的大千世界了。

五

冬去春来，新的一年又开始了。山地十年九旱，耕地播种要等雨水。父母看我十八九岁的小伙子在家闲着，也不是个事啊，总要找个出路。种地可以等雨水，人不能在家闲着，坐吃山空啊。父母看在眼里，急在心里。母亲听说本家的四哥在砖瓦厂当包工头混得不错，就让我跟他去打工。正月初六，我扛着用化肥袋子装着的被褥，跟着四哥到了聊城茌平一个砖瓦厂。我在砖机车间捡泥头，拉砖坯，干了三个多月，扣除吃饭钱，挣到了100多元工钱。我回到家把钱交给了母亲，母亲很高兴，因为这是我第一次给家里挣到钱。

下半年，我又跟着四哥干了两个多月。征兵的时候到了，我辞去砖厂工作，回家准备报名验兵。验兵的那天早晨，我帮四哥家刨花生。吃早饭时，大爷大娘和四嫂热情地劝我喝了三小酒盅白酒。我本来就不能喝酒，喝了酒，脸上热辣辣的。还没有吃完饭，村干部就来叫我去乡武装部报名验兵去。我事先也不知道验兵时间，真后悔自己喝了酒。我匆匆地到了乡武装部报上名，在乡医院体检时，其他项目都正常，唯独血压高，测量了两次还是不合格。我第二次报名验兵兴奋地来，又遗憾地结束了。命运真会捉弄人啊！你越想追求的，越会与你擦肩而过，可望而不可即。有时给你信心，有时又让你失望。因为我从砖厂提早回了家，四哥不给我结算工钱，我那两个多月的工钱和当兵的梦一样打了水漂。

六

我第二次报名验兵，又没有当上兵，还耽误了挣钱，父母觉得失望。见我在家打短工挣不到钱，于是父母决定让我投奔二姑家。听说二叔在东北干了一年，跟着我二姑父承包了村里的石塘，开采石材挣了不少钱。20 世纪 70 年代，我二姑父在东北辽宁省安家落了户。二姑出嫁后，爷爷、奶奶和三姑也跟着迁移了过去。

快到春节时，我跟着回东北过年的同乡，坐了两天一夜的火车，倒了两次公共汽车，到了二姑家。东北冰天雪地的，哪有什么活儿可干啊，更别提挣钱的事了。我暂且吃住在二姑家里，等待着春暖花开。

过了 1986 年的春节，东北的三月依然天寒地冻。二姑父已不承包石塘了。他打听到，本村的红砖厂来了一批山东泰安的农民工，就要开工了。他从家带着被褥送我到砖厂，工头安排我到砖机上干活，负责推土。他们已在砖厂开伙做饭，集体宿舍里的土炕上铺满了稻草。我把被褥一放就安顿下来，与山东老乡们一起吃住，开始了在东北打工的生活。

春去秋来，一年一度的国庆节快要到了。我又想起报名验兵的事来。我对一位名叫宗泗流的工友说："我年底满 20 岁了。如果今年不去报名验兵，我明年就没有机会了。""现在回家报名验兵，工头不给结算工钱。如果回去，那么一年在外面白干活了。再说，回去报名验兵也不一定就能当上兵。"他说，他也是刚毕业的高中生，出来打工就想多挣点儿钱，不想回去报名验兵了。我告诉他："我已经报名验兵两次了，回去再参加一次，就算是这一辈子当不上兵，也死心了。如果这次回去当不上兵，以后我就不再提当兵的事了。"他非常敬佩我的想法。他还说，人生能有几回搏啊！

于是，我写信向父母说了要回家报名验兵的事，让父亲打听一下报名的时间。我也向奶奶、二姑说了要回家报名验兵的想法。"电视上新闻里说,解放军正在云南边境与越南打仗,现在当兵不好,很危险啊!"二姑说话直来直去。奶奶也劝我,在东北打工挣点儿钱,回家盖房子娶媳妇过平安的日子吧。但我仍坚持回家试一试。

七

我不顾奶奶和姑姑的好心劝阻,也未结算砖厂工钱,告别了东北。经过两天一夜,第三天下午我到了山东兖州火车站。我出火车站,坐上公共汽车赶到县城时,太阳已快落山了,回家的公共汽车也没有了。从县城到家有二十五里山路,我只好沿公路步行。途中经过仲都村,天已经黑了,月亮爬了上来。村民们见我背着行李,悄悄地说,当兵的复员了。

那天晚上8点多钟我敲开了家里的大门。父母和弟弟、妹妹正围在一起剥花生米,见了我十分惊喜。父亲问我:"你是不是接到拍去的电报就回来的?""我没有收到家里的电报啊!"我疑惑地回答。父亲说:"给你的电报已经有七八天了,怎么没有到呢?前几天村里干部还问你回来了吗,说是这两天就要报名验兵了。""人都回来了,别再说电报的事了。"母亲说道。我告诉父母,来时砖厂没有给结算工钱,以后让本村同去打工的四叔给捎来。父母听了,没说什么。父亲对我说:"新宅基地上盖了三间屋,今晚你就住那里吧。""今年盖新房了,家里怎么没有写信告诉我啊?"我听了十分惊讶。"告诉你,你又不在家,也帮不上忙。"母亲说着就去给我做吃的。

吃过饭,我跟着父亲来到新房前。父亲推开屋门,拉开电灯,我看到屋里的内墙全是土墙，隔开的卧室里放着一张木床和一床被子。父亲说，盖这三间屋花了800多元，石头是他自己拉的，自己的工夫不算钱。父亲走了，我躺在床上一会儿就睡着了。睡到半夜，我迷迷糊糊地从床上滚到地下，又从地下爬到床上。那一夜，睡得真香，到了第二天吃早饭的时间才睡醒。我起床后，围绕新房看了一遍，粉刷墙，带腰线，新式门窗，红瓦黄墙格外醒目。我心里想，为了盖新房，父母不知付出了多少心血，流下了多少汗水啊！我又想，如果父母写信告诉我家里盖房的事，我就会想着在东北多挣点儿钱，也许就不会回家来报名验兵了。在东北干了半年多，我也不知道能挣多少钱，回家报名验兵我感到愧对父母。直到后来我当兵回家探亲时，听母亲说，我参军走的那年春节前，同去东北砖厂打工的四叔给捎来了170多元的工钱。加上夏天麦收时预借的130元，我在东北砖厂一共挣了300多元工钱。我的付出有了回报，那一年的工钱总算没有落空。

我看完新房，回家吃早饭。我们一家人正吃着饭，村里的会计来通知我，上午去乡武装部报名参军体检。我放下碗筷，就跟着他走了。到了乡里，我看到来报名当兵的真不少，黑压压的一片。乡武装部的干部组织应征青年依次排队，报名登记，在乡医院填写初查体检表。我一上午忙碌着，先进行面试和走路测试，再到乡医院各科室进行体检。但到了测量血压时，我的血压偏高。我耐心地等了一会儿，又让医生量了一次，血压降了一些，还是高一点。他笑着对我说："你去县医院复检吧。如果还是血压高，那就不能当兵了。"我们村去了三个报名当兵的男青年，经过乡里初检，我和本家一个弟弟合格。村会计见到我们高兴地说："连续三年了，咱村里没走一个兵，今年你们能走一个也好啊！"

过了一星期，村里的会计通知我俩去县医院体检。当天下午，他带我俩去了县城。我们晚上住在一个单位仓库，大家席地而坐，和衣入睡。第二天早晨，我们在县武装部先排队依次面试，再到县医院体检复查。一切都很顺利。到了测量血压时，我还是有些紧张，测量的血压还是高点儿。医生说让我等半个小时后，再测量一次。半小时后，经测量，我的血压正常，体检合格了。本家弟弟因眼睛近视未能过关，被淘汰了下来。

之后，我帮家里忙着收秋，耐心等待入伍通知书。我曾向村会计申请入团，他当时兼任村团支部书记，由于我常年外出打工不在家，组织一直没有批准我入团。当兵时，我的身份还是一名高中文化程度的青年群众。这期间，接兵的干部两次家访，我因事不在家，没有见到。

那年10月底，我接到了入伍通知书。在县城换上军装，背起背包，我告别送行的亲人，一路向西，乘汽车坐火车，经过长途奔波，终于踏进了大西北一个部队农场。

八

我当兵的理想实现了，多年的梦想成真。农场周围是戈壁滩，茫茫的盐碱地一望无边。低矮的平房，铺满稻草的土炕，又苦又咸的饮用水，这是我痴心向往的绿色军营吗？看到一起入伍的战友眼里的迷茫，我的心也凉了许多。但我觉得部队的生活条件比起我打工时的生活条件好多了。经过三个月的新兵学习训练生活，我年轻的心不再浮躁，军人的责任落在了双肩上。新兵下连后，我被分到农场一队。农场一队主要从事农业生产工作，种植小麦、玉米和油葵。从此，绿色的种子在我心中扎根、发芽，编织着那绿色的梦。

半年后，邻村与我同年当兵的初中同学从部队医院给我来信说，他当上了卫生员。他还说，本乡里新兵除了算我在内的6人被分到农场，其他40个新兵都被分到了部队后勤部机关、汽车营和医院，在部队学点儿技术，退伍后也有出路。可是，我被分到了农场，在家里当农民，到了部队还是种地，能学什么技术呢？幸亏，我入伍时把高中课本带来了。我相信，机会总是留给有准备的人。我白天下地劳动，参加正常学习训练；晚上就利用闲暇时间看书复习高中课程，追求我那绿色的梦。谁知，这一梦就是二十五年。

军队是一所大学校，又是一个大熔炉。那绿色的梦像灿烂的阳光，驱散我心中的迷茫，照亮我前进的方向，让我的追求更加执着。当兵二十五年间，我考上了军校，圆了大学梦，入了团，入了党，先后在十余个工作岗位任职，从一名普通的农村青年成长为上校正团职军官，超过了父亲当兵时想干到少校营长的梦想。父亲的愿望在我身上得到了实现，他感到很满意。而今，我的军旅生涯早已画上了句号，但父亲与我谈论最多的话题，还是当兵的故事和那绿色的梦。

九

回想自己的成长之路，我总觉得自己心中一直在进行着一场执着与迷茫之间的较量，一路追逐那绿色的梦。如果执着战胜了迷茫，就能追上梦想；反之，就会失去梦想。如今，我已告别了那绿色的梦，又萌生了新的梦想——写作之梦。我用曾经紧握钢枪的手，拿起笔来书写社会见闻，敲击键盘谱奏生活乐章。有梦想，就有前行的力量；有梦想，就有生活的希望。梦想与阳光同在，人生将更有意义。

亲爱的朋友们，你的理想实现了吗？你的梦想成真了吗？你"为祖国，为四化，流过多少汗？回首往事心中可有愧"？现在，我们这些奋斗于20世纪80年代的人，已步入知天命之年，不再迷茫。但不论收获多少，我们都曾经奋斗过、努力过、付出过，光荣属于过去。如今，我们的后辈已长大成人，实现中华民族伟大复兴的中国梦寄托在他们身上，使命与光荣同在，他们的责任重啊！让我们摇旗呐喊，为他们助威加油，让他们能发光的发光，能发热的发热，释放正能量，与伟大的时代同行。

第一次打工让我走进砖厂

1984 年夏，我高中毕业，十一年的学生生活结束了。我作为村里那一届唯一的高中生，高考预选时落榜。下学后，父亲原打算让我跟当木匠的大姑父学木工手艺，但大姑父推辞说他年龄大了，不再收徒弟了，打碎了父亲让我以后当木匠的愿望。那年征兵时，因体验不合格，我当兵的梦也成为泡影。后来，母亲想让我学裁缝，在集市上摆裁缝摊位制作服装。但我在县城参加完为期两个月的裁剪缝纫培训班后，却因家里买不起一台锁边机，让母亲的想法也落了空。学这不成，干那不成，我心里十分困惑。人生的路该怎么走？出路在哪里？我感觉头顶的上空中，总有一团迷雾在徘徊。

半年多的时间一晃而过，冬去春来。家乡的山地十年九旱，耕地播种要等雨水，但人不能在家闲着啊。一个年满十八岁的小伙子总要找点儿事做，混口饭吃吧。父母看在眼里，我也急在心里。恰巧那年的春节，本家的四哥来我家拜年。他一身打扮十分阔气，身着皮夹克上衣和牛仔裤，脚上的皮鞋油光铮亮。母亲一见，就觉得他在外地砖厂混得不错，想让我跟他去打工。

我也想看看外面的世界。正好四哥也要招工带人，就满口答应下来。母亲在过节的那几天专门准备酒菜，请四哥来我家吃了一顿饭，饭桌上好话说了一箩筐。父母千叮咛万嘱咐，让我到了外面要听四哥的话，让干什么就干什么，不要惹是生非。四哥当场表态："到了外面我会照顾好弟弟的。"我也说："出门打工我都听四哥的安排。"父母听了，这才放下心来。

正月初六一大早，我们一行20多人扛着用化肥袋子装着的被褥，跟着四哥就从泗水老家出发，一路上倒了三次长途汽车。同伴们一看到车窗外面有穿着时髦的姑娘路过，就兴奋地大呼小叫。但我第一次坐长途汽车，头晕眼花，也无心看那一路的风景。折腾了一天，我们直到晚上才到达聊城荏平的一个乡办砖厂。砖厂地处偏僻，离村庄三四里地，周围是盐碱滩。我们住的是集体宿舍，十几个人挤在一个大土炕上，土炕上铺满了麦秸和一层稻草帘子。我们把被褥摊开就安顿下来。我们吃的是食堂大锅饭，主副食有白面馒头、玉米面糊糊、炖白菜、炒萝卜等，肉菜较少。砖厂先预借给包工头饭票，由包工头分别借给工人10天的饭票，工人干满10天后再借给半个月的饭票，等到决算发工资时扣除。吃饭时，个人凭饭票购买饭菜。我舍不得多吃，总想省点儿饭钱，便尽量吃便宜的饭菜。我从小吃地瓜煎饼长大的，到砖厂能吃上白面馒头，心里已十分知足。

第二天，砖机就开始试运行。因为我是新来的，砖机上好一些的工作岗位已经有先来的人干了，四哥便安排我在砖机泥条出口处捡拾泥头，记二级工的工分，一天8个工分。那时，干一天，包工头给记一天的工分，承包期满再把工分换算为工钱。

　　捡拾泥头是个辛苦活，小一点儿的泥头可以用铁锹捡拾，大一些的泥头和泥条要用手搬，弯腰不停。一天下来，浑身是泥土，累得腰酸背疼。我整天与泥土打交道，上班没过几天，手上就磨起了血泡，绽裂开一道道血口，洗脸洗手时，盐碱水一泡，杀得生疼。有时干活累了，到了晚上，躺下就能睡着。我挺过一个星期，脸上脱了层皮，手上磨出了老茧，也适应了工作环境。听同伴说，年轻人都愿意去拉砖坯车，不愿意干捡拾泥头的活儿。捡拾泥头脏累不说，挣的工分也少。我觉得自己第一次外出打工，跟四哥也不好说什么。四哥见我没有提什么条件，对我很满意。他悄悄地给我承诺，等下半年再来砖厂，就让我当割泥条的技术工，一天记10个工分。我听了，十分高兴。

　　那时在砖厂干活的农民工，都是十里八乡的乡亲，20岁左右的年轻人较多，性格单纯，无忧无虑。白天上完班，晚上与要好的同伴打打扑克，下下象棋、军棋，说说笑话，也不觉得日子过得单调。有时实在累了，心里就盼望着下一场大雨，好痛快地歇一歇。可是，真到了大雨天，包工头又喊着大伙儿，用草帘子和塑料布盖那一垛垛晾晒的砖坯。砖坯若被雨水淋泡就成了废品，不能烧砖了，工人的工钱也会缩水。盖好了砖坯，大家个个淋成了落汤鸡，弄得浑身是泥，狼狈不堪，心生怨言，发牢骚，赌气不再出工。这时候，包工头常用挂在嘴上的那句话吼来嚷去："兄弟爷们儿，咱出门在外就是为了多挣钱。人不能闲着，不干活没有人给钱啊！"是的，人闲着不出力没人给钱。这个理儿，大伙儿都明白。于是，大伙儿嘴里虽嘟囔些没用的话，但双手仍狠劲地拧干淋湿的衣服，拿起工具又上工了。

一分辛苦，一分收获。那年夏季雨天到了，砖机停产。结算时，三个多月的工钱扣除借的饭票钱，四哥发给我100多元。回家途经泰安时，我在车站附近的服装市场，花10元钱买了一件时髦的T恤衫，欢喜地穿在身上。回到家，母亲见了我，心疼地说："人家在外面待几个月都吃胖了，你怎么变得黑瘦啦？""那里砖厂吃白面馍馍，比在家里吃得好。"我一边回答，一边从衣服里面的口袋中掏出剩余的钱，全部交给了母亲。她笑着接过钱，一张张地数了数，总共95元。她把钱攥在手里，又找出一个旧手帕包好，小心地打开大衣柜，压在了衣服的底层。这是我长大后，第一次挣到那么多钱交给母亲。母亲放好钱，高兴地对我说："再干几年，多攒些钱，以后给你盖新房娶媳妇用。"母亲暖心的话，让我三个多月的辛苦付出有了着落。

这是我第一次外出打工的经历，也是我高中毕业后的第一份工作。它让我明白了一个道理：人闲着没人给钱，只有付出才有所得。从那以后，我不论在外地打工还是参军到部队，乃至于后来转业回老家在市里工作，心里总有一种"不怕苦、不怕累、不怕困难"的底气。回顾自己的成长进步过程，我要感恩那段在砖厂打工的经历。它激励我敢于直面人生，脚踏实地，不断奋力前行。

通往梦想的时代列车

8 月中旬，我和妻子进京看望刚毕业工作的女儿。临行前，我给一位要好的同学打了一声招呼，他听说我们要去北京，说什么也要到车站接我们。我推辞不掉他那份亲切又温暖的情义，人未起身，心儿已飞到了北京。

下午两点多的车，我们提前 40 多分钟到达曲阜东站。取上车票，走进候车室，一排排长椅座无虚席，即将上车的旅客排着长队等待检票。由于南方多地遭遇台风暴雨天气，多趟列车晚点甚至停运，我们要乘坐的那趟列车也晚点 32 分钟。广播员一遍遍温和的致歉声回荡在候车室大厅，LED 大屏上不断滚动播放着列车到站的消息。我望着候车室里的旅客，想起了新婚后第一次带妻子去部队坐火车前往北京的情景。

那是 1993 年正月十六，我探亲休假结束，带着结婚不到一个月的妻子去部队。我在宁夏当兵，从老家回部队需途经北京，从未到过北京的妻子心里自然高兴。临走的那天下午，兖州火车站挤满了人，硬座票早已售罄。我们买到两张无座票，挤过检票口，急行军似的上了站台，一列绿皮车已停在那里。

人们蜂拥而上，争先恐后挤向车门，我和妻子根本就挤不过去。面对混乱的场面，妻子一筹莫展。我也心急如焚：探亲假期已满，必须按时归队啊。

猛然间，我灵机一动，赶紧跑到站台上一位列车工作人员面前。身着军装的我，向他说了要马上归队的原因，请求他帮助我们上车。他立刻便答应下来，让我们从车窗进去。我们敲击车窗让里面的旅客打开窗户，但里面的旅客都拒绝开窗。因为车厢里的人太多了，他们不想让我们从他们靠近的车窗进去。见此情景，那位同志二话不说，举起手中的钢筋撬棍用力插进窗缝，一下子把车窗给撬开了。我急忙把妻子托起来推了进去。我接着扔进旅行箱，也从车窗爬进车厢。人还没站稳，列车就开动了。车厢里秩序十分混乱，空气混浊难闻，弥漫着烟草味、汗臭味和脚臭味。过道上、车厢的连接处和厕所里都站满了人。我在嘈杂的争吵声中，挤出一点儿空隙来，让妻子坐在旅行箱上。她脸色有些蜡黄，沉默无语。我站在过道上浑身冒汗，也不多言。

那趟列车是慢车，大站小站都要停。到站时，上车的旅客多，下车的旅客少。车过济南站，仍没有空座。夜幕降临，我与身边三人座的旅客攀谈，他们见我是军人，便主动挤了挤，腾出一点儿地方，妻子总算能坐下半个身子。我们在车上熬了近20个小时，直到第二天下午，才抵达北京站。

"各位旅客，由上海虹桥开往北京南方向的 G124 次列车开始检票了……"候车室传来女广播员亲切柔和的声音，我回过神来。我和妻子连忙起身排队检票进站。上了站台，人们自觉排队等候。一会儿，列车就开过来了。旅客先下后上，井然有序。登上列车,我们在二等座车厢对号入座。列车仅停了两分钟,又急速地开动了。

我靠近车窗,见窗外满眼的绿树、村庄、田野匆匆地往后跑,风驰电掣,一晃就不见了踪影。我回头一看车厢上方的显示屏,列车时速达 304 公里。列车运行平稳,车厢内舒适干净,闻不到异味,也没有喧哗声。软座上的旅客们,有的吃着小袋零食,喝着茶水,开心地翻看手机信息;有的戴上耳机,打开便携电脑播放视频;有的闭目养神,安心休息。过道上,年轻的女列车员着装整洁,举止大方,面带微笑,来来回回地热情服务。我和妻子的座位相距三排,她也在专注地浏览手机。

从曲阜东站到北京南站五百多公里的路程,仅用了 2 小时 33 分钟。这是我们 20 多年前想都不敢想的事啊!到达北京南站,等候多时的同学驾车送我们前往预订的宾馆,我们非常感谢他的热情好客。

时代在进步,社会在发展。屈指一算,离我们第一次路过北京,已有 25 个年头。从家乡开往北京的列车面貌,已今非昔比,令人感慨。那时进京,我们是匆匆的过客,总觉得家乡与北京之间那么远;如今来京,我们是专程看望工作的女儿,感到家乡与北京之间那么亲近。我相信,进入新时代,那些努力奋斗的人们,乘上通往心中梦想的时代列车,未来的征程将不再遥远。因为,北京是家,家在中国。

辑四　军旅时光

梦回新兵连

　　我脱下军装后，常做一个梦，梦回新兵连，我与生龙活虎的战友们欢声笑语，同训练、同学习、同生活的情景历历在目。

　　刚参军时，新兵连的作息按部就班。我们白天进行政治学习和军事训练，晚上观看《新闻联播》、学唱军歌。连队晚点名雷打不动，每周五的班务会、连务会按时召开。部队纪律格外严明，我们外出上厕所也要请销假。我觉得新兵连的生活十分单调平淡，管理太严格认真，甚至有些呆板。但是，我在一路走过那三个月的新兵生活后，却感到新兵连的故事真多，连成一串像一首激昂的军歌，情真意长，令人终身难忘。

　　最认真做的事情就是叠军被。班长教我们新兵的第一件大事就是怎样叠军被。他一边做示范，一边讲解。第一步，在床铺上将被子用双手平整开，不留皱痕，按被子竖向分三等份，以三分之一处为折线，两边对折起来，上下三层压实对齐。第二步，从被子一头开始，用手测量出两段（拇指和中指伸直距离为一段）位置，立起手掌，双手间距八九厘米，用力划出痕迹重压几下，沿划痕折叠起来；被子另一头按前面的方法照做。

这时候，将被子中部剩余的间距（一般为30厘米左右）收拢拱起，使两边靠近。两边和中间要合理分布，立起手掌用力压实对折线。第三步，用双手端起被子的一头压在另一头上方对折起来，将被子双层对折面向外，放置于床铺的里头居中位置。第四步，用手整理被子的对折面和两侧，保持前后上下均匀平整；用手摆弄被子左右两侧的六个角，前面四个，后面两个，让它们伸直撑起，要有棱有角，前后左右高低一致；再用大拇指与食指把上层的被面用力捏出均匀的折线来。经过一番细致的打磨，一个合格的"豆腐块"才能正式出炉。班长示范结束后，我们这些新兵，有的找来木板、砖头压在被子上面，有的用两个小方凳使劲地挤压被面，有的甚至用手蘸水洒在被面上，硬把软绵绵的新军被挤压成型。刚入伍的时候，我们每天都利用早晨洗漱和晚上休息的时间，千锤百炼叠军被，直到叠成方方正正的"豆腐块"为止。

最快乐的事情就是学唱歌。在那个年代，我们学唱的歌曲，除了《义勇军进行曲》《歌唱祖国》等，大部分都是军歌。唱军歌是每一名新兵的必修课。军歌词谱简明易学，能鼓舞士气，激发斗志，深受战士们的喜爱。我们从《学习雷锋好榜样》《三大纪律八项注意》学起，到《我是一个兵》《保卫黄河》《英雄赞歌》《人民是靠山》等经典歌曲，在三个月的新兵连生活中，我们学会了50余首歌曲。让我记忆深的抒情歌曲有《战士第二个故乡》《军港之夜》《小白杨》等，还有适合走队列时唱的歌曲《中国人民解放军军歌》《人民军队忠于党》《打靶归来》等。那时候，我们走队列时唱歌，晚点名时唱歌，饭前还要坚持唱支歌。参加部队集会和看电影时，老兵连和新兵连就开始了拉歌比赛，我们平时学唱的歌曲都派上了用场。你方唱罢我登场，一曲又一曲，我们铆足劲儿连唱带吼，只要声音够大，盖过了老兵连的歌声，心里就非常高兴。部队首长听了，夸我们新兵连士气高，唱得好！

　　最严格的事情就是队列训练。稍息、立正，向右看齐、向前看，向左转、向右转、向后转，齐步走、跑步走、正步走。这些基本动作看似简单易学，但要真正达到"收腹挺胸，目视前方，精神饱满；举手投足，位置恰当，动作利落"的要求，还须下一番功夫。班长不厌其烦地先做示范动作，我们严肃认真地学。一个课目重复几天，一个动作一遍遍地训练。大家站在寒冷的训练场上经受着风吹日晒，时间一长难免精神懈怠，动作时常出错。这时班长就会急躁发火，恨铁不成钢，狠狠地把我们批评一通，说些刺耳的话。有的新兵忍不住让泪珠在眼眶里打转。每当这时，班长就强调当时流行的三句话。第一句是"流血流汗不流泪，掉皮掉肉不掉队"，第二句是"平时多流汗，战时少流血"，第三句是"当兵不习武，不算尽义务；武艺练不精，不是合格兵"。大家听后，又振作起来继续训练。

　　我记忆最深刻的事情是队列会操。队列会操，既能展示班长的带兵能力、指挥能力和组织能力，也能展示新兵的军事素质和训练成果。每逢队列会操的前几天，班长就组织我们加班加点训练，从单兵动作到全班队形，严格要求，一丝不苟，精益求精。他常说，养兵千日，用兵一时，人活着就是争一口气。我们也不敢懈怠，按照班长的示范要领，认真体会，刻苦训练。队列会操时，训练场上由老兵连的几名班长骨干担任裁判员，组成裁判组。新兵连列队整齐，连长下达会操课目和要求，接着各班依照序列轮流上场汇报展示，裁判组依据各班表现现场打分，整个训练场气氛十分紧张。轮到我们班时，班长带领全班大声呼喊着口号，跑到指定位置。班长下达指挥口令时声音洪亮，全班精神振作，队列动作准确协调，会操课目一气呵成。经过一番紧张角逐和严格评比，会操结束后，连长站在全连队列前面郑重宣布会操成绩。当听到我们班取得第一名时，我顿时热血沸腾，军人的那种自豪感油然而生。

最紧张的事情是紧急集合。新兵初来部队，总想打听哪些训练课目最紧张。班长直接告诉我们，夜间紧急集合拉练最紧张。夜间紧急集合时，不准开灯，我们要迅速穿上军装，扎好外腰带，打起背包，水壶、挎包、毛巾、香皂、牙具一样都不能少，还要在背包上面别一双军鞋备用。关键是速度要快，带东西齐全，跑起来不掉队。我们听了目瞪口呆。于是，班长开始教我们怎样打背包，怎样着装和携带装具。他告诉我们只有平时多练习，到了关键时刻才能冲上去。新兵连开训不久，一天晚上，我们睡得正香。忽然，我听到宿舍外面传来一阵急促的哨音，同时班长小声喊道："紧急集合，紧急集合，快起床，打背包。"一时间，我们手忙脚乱，在黑暗中抱起背包跑向室外。班长快速带领全班到达连队集合地点，全连集合完毕用时仅7分钟。连队组织检查各班着装情况，发现了着装不整、背包松垮、装具不全等问题。连长最后讲评说："全连集合用时太长，问题较多。今晚是第一次紧急集合演习，不再进行拉练。下一次紧急集合，5分钟要集合完毕，还要进行长途拉练。希望各班以后加强训练，做好准备。"大家都松了一口气。队伍解散，我们回到宿舍里打开电灯一看，有的被子卷为一团，有的穿错裤子，有的拿错东西，有的挎包背的方向反了，有的竟然没有穿棉衣，经过半个小时的折腾，谁也没有感觉到冷。看到大家狼狈不堪的样子，一向严肃的班长哈哈笑了，战友们也哄堂大笑。班长趁热打铁，又让我们练习了一遍。我们躺在炕上不敢睡觉，担心不知什么时候又听到那急促的哨音。半个月后，连长果然带我们新兵连进行了一次夜间野外武装拉练。全程十多公里，我们时而走村串巷，时而翻山过河，一路犬吠鸡鸣，一路尘土飞扬。

最盼望的事情是自由活动。严肃紧张的军营里也有活泼快乐的时候。平时在学习和训练间隙，听到班长一声"自由活动"，大家顿时放松下来，欢喜地打闹一番，但大家最期盼的还是连队每周一晚上的自由活动时间。一到那天晚上，连队通信员就通知班排自由活动。班长和老兵们轻松愉快，常聚在一起打扑克、下象棋、军棋。我们这些新兵高兴无比，忙着看家信，给亲朋好友写回信，向亲人诉说心里话、汇报部队的生活。也不知道为什么有那么多的话要说要写，写信成了新兵的课外作业。一个小小的信封里面，不知装下了对家乡、对亲人、对朋友的多少思念和祝愿。

最开心的事情就是收到家信。那时候，新兵的信多。通信员发报纸时，就会抱着一摞来信送到各班。通信员一进班里，大家就一哄而上。收到来信的新兵笑逐颜开，急忙打开信封，躲到一边认真地看。一封封温暖的家信，让新兵连酸甜苦辣的生活中增添了亲情的味道。没见来信的新兵，一下子就皱起了眉头。"别难过，没关系，战友的家信也能让你感受到家乡的温暖。"通信员一边发信一边说着安慰的话。谈过对象的新兵，女朋友的来信成了全班战友公开的秘密，战友们常常挤在一起分享那份甜蜜。有时候，稳重老成的班长也忍不住来凑热闹，瞄上几眼那清秀的字体，他严肃的脸上也有了笑颜。

最庄严的事情是授枪仪式。授枪仪式那天，新兵连集合列队。文书（兼枪械员）打开枪械箱，明晃晃的钢枪铮亮发光。连长按序列庄严地向每一名战士授枪。我接过连长手中的枪时，一种神圣感涌上心头。连长授枪完毕，指导员队前讲话："我军的原则是党指挥枪。每一名战士都要做到'我听党的话，枪听我的话'。钢枪是战士的第二生命，我们一定要像对待自己的生命一样爱护它。"指导员的讲话虽然简短，却让我们铭记在心。我们握枪的手攥得更紧，站姿更端庄了。

最激动的事情是实弹打靶。连队组织新兵打靶，就意味着新兵连的生活快要结束了。我们平时训练射击动作要领，持枪、背枪，卧倒、趴下，瞄准、三点一线，聚精会神，信心十足。走向打靶场的那天，迎着寒风站在"老解放"卡车大厢上，一路唱着军歌，大家心情特别激动，紧握钢枪的手心里直冒热汗。靶场在沙漠深处，周围荒无人烟，到了打靶场，负责警戒和报靶的老兵已各就各位。新兵连在射击位置十米开外列队等待。八支半自动步枪被放置在射击掩体处，每一处由一名老兵负责监督指导。每个新兵领五发子弹，以班为单位进行实弹射击。轮到我们班上场了，班长一再叮嘱大家要按平时教的训练要领进行实弹射击，打出好成绩来。我持枪卧姿装子弹，举枪瞄准，凝神屏气，扣动扳机，验枪，每个环节都严格细致，弹无虚发。报靶员报出成绩，我五发子弹打出了四十五环，成绩优秀，赢得了战友们的热烈掌声。班长看着我满意地笑了。那天打靶结束时，夕阳西下，天上的彩霞映红了荒山沙漠。战友们谈论起打靶的感受，个个兴高采烈。"日落西山红霞飞，战士打靶把营归……"返回的路上，也不知谁先唱起了那首《打靶归来》。于是，大家情不自禁地合唱起来，歌声越来越嘹亮。

最难忘的事情是戴上帽徽、领章。新兵下连前两天，连队向我们这些新兵发放草绿色的新冬装，班长指导我们缀上圆圆的帽徽和红红的领章。脱掉冬训服，换上新军装。新兵连全体集合，召开新训总结大会。连长作总结讲评："同志们，首先祝贺你们完成了新训任务。你们通过三个月的新兵连学习训练，完成了从一名地方青年到一名合格军人的转变。从今以后，你们将作为一名中国人民解放军战士，肩负起保卫祖国的光荣使命……"连长语重心长，让我至今记忆犹新。那天中午，连队请来县城照相馆的工作人员，给新兵连全体官兵合影留念。新兵们争着与班长合影，我也照了人生中第一张彩照。没过几天，彩照送来了，我拿到与班长的合影端详，兴奋地将它装进信封寄回了家乡。

新兵连的故事，再多的语言也说不完，再美的文字也写不全，还有很多很多……

五年后，我当上了新兵连连长，又重温起新兵连的故事。从新兵到连长，我不仅完成了角色的转换，也有了新的发现。新兵连是一幅画，纯洁无瑕，越看越美；新兵连是一本书，真情永恒，常读常新；新兵连是一座熔炉，进去的是铁，出来的是钢。

弹指一挥间，三十一载过去，当年帅气的小伙已变成了"油腻"的中年大叔。在新兵连的岁月就像一个梦，一个青春的梦。当我重新穿上褪了色的军装时，身上又焕发出青春的魅力。新兵连啊，你是我梦回青春的地方！

老班长

当过兵的人，不论离开部队多少年，都会想起新兵连的老班长。因为新兵连的老班长不仅是新兵入伍时的第一任班长，还是新兵走进军营认识的第一人，更是新兵在部队学习、训练、工作和生活的带路人。"我的老班长，你现在过得怎么样？我的老班长，你现在过得怎么样？……"一曲《我的老班长》的深情问候，让我的记忆一下子又回到了三十一年前的新兵连，老班长的身影仿佛就在我的眼前。

记得我步入军营的第一天，天刚亮，营区里静悄悄的。军营位于一个偏僻的部队农场。载着我们新兵的"老解放"汽车驶入营区，停在一排低矮的平房前面，两盏闪耀的路灯与汽车灯光交汇在一起，把眼前那片地照得通亮。送兵的两名县武装部干事让我们新兵列队整齐，并把新兵花名册移交给了新兵连连长。八名新训班长列纵队，站在我们队列的一侧等候。新兵连连长点名分班，我和另外两名新兵被分到了新兵连二班。随后，班长把我们带进二班宿舍，五位新兵齐刷刷地站起来，班长给我们介绍说，他们是河北来的新兵，比我们早来部队三天，以后大家就是一个班的人了。

灯光下的班长着装整齐，扎着外腰带，收腰挺胸，显得十分魁梧。他中等身材，浓眉大眼，国字脸，下巴稍尖，说起话来乡音很浓。他的大檐帽上圆圆的帽徽熠熠发光，一对缀着小军徽的红领章格外醒目。我环顾室内，见顶棚下悬挂着一只闪闪发亮的白炽灯，一个炉火正旺的取暖煤炉立在中央。宿舍分里外两间，四周土墙昏暗。里间的土炕上铺满了新军被。外间的土炕铺着一床新军被，军被下面是白色粗棉布的床单和褥子，土炕空余部分铺着一层发黄的稻草。南面窗户下方支着一个单人木板床，一看颜色发白变浅的军被就知道那是班长的床位。我们放下行李，河北的战友们热情地帮助我们铺好了被褥。

大家刚安顿下来，连队就通知班长带我们到食堂就餐。饭菜很简单，每个餐桌上放着一盆热腾腾的面条和一盘咸菜。也许是因为大西北天寒地冻，也许是因为经过几天的长途颠簸真的饿了。我们个个狼吞虎咽，呼噜噜的吃面条的声音格外响亮。班长一直站在一旁等着，看着我们把餐桌上的面条和咸菜吃了个精光。班长关心地问我们吃饱了吗，我们都说吃饱了，班长这才带我们回宿舍。

回到班里，河北的战友已给我们准备好洗脸洗脚用的温水。班长让我们抓紧洗漱，按连队统一要求休息。一会儿，熄灯哨吹响了，新兵们急忙上炕休息。班长却拿着手电筒悄悄地给煤炉里加煤炭添火，他想让房间的温度高一点儿，让我们睡一个好觉。我躺在又硬又凉的土炕上，身子却感觉像躺在火车上一样来回晃荡。

那一夜，我也不知道是何时睡着的。一觉醒来，只见室内的电灯闪耀刺眼，班长和战友们已经起床叠被子了。我连忙起床，穿上肥大的军装开始收拾床铺。我一问班长时间，才知道已是早晨6点钟了。再看窗外，只见一片漆黑，天还没亮。

起床号还没有吹响，新兵连的宿舍里已是灯火辉煌，新的一天开始了。

班长召集大家说："我刚才到各班看了一下。班长们都憋着一股劲儿，都在教新兵叠被子，整理内务。我们班也不能落后啊！今后，大家要早起1小时把内务提前整好。"于是，班长就开始教我们叠被子。他拿起自己的被子做示范，我们站在一旁认真观看。他一边讲一边做，不到5分钟就叠好了军被，一个方方正正的"豆腐块"就出炉了。我们看得出神，从心眼儿里佩服班长。

按照班长的做法，大家一起在炕上叠自己的被子。四床被褥挤放在一个土炕上，空间十分拥挤。我们只好跪在自己铺位的一侧，手脚忙乱地折叠被子。经过一番折腾，我们叠出的被子哪里是"豆腐块"啊，简直像一个个鼓鼓的"面包"。班长看了，摇头叹息。他眼睛瞪得大大的，让我们拉开被子重新折叠。于是，我们只好重新整理被子。

起床号被吹响了，我们的被子还没有叠好。班长让我们停止叠被子，穿好军装，扎上外腰带，跑到室外列队，准备出早操。一会儿出操号急促地被吹响，新兵连集合哨音也紧跟着响起，班长快速整队，带领全班跑到连队集合地点。连长下达出操命令后，全连喊着"一、二、三、四"的口号跑向训练场。

半小时紧张的出操时间很快就过去了。我们回到宿舍又盘坐在土炕上把被子叠来折去。班长站在一边耐心指导，有时亲自动手使劲地挑角捏棱。直到开早饭的时间到了，我们叠的被子还不那么方正。他严肃地对我们说："叠被子是军人整理内务卫生的基本技能，必须下功夫认真去做。"班长的话，我记在了心里。

上午新兵连召开新训动员大会，连长主持，新兵代表、班长代表分别表决心发言，指导员做思想动员讲话。下午各班排组织整理室内外卫生和个人物品。忙忙碌碌的一天过去了。

那天晚上，班长组织全班召开了第一次班务会。班务会的内容主要是新兵自我介绍，相互认识，谈当兵的想法，强调部队纪律。班长自我介绍，他名叫王长江，来自河南南阳，与我同岁，比我们早当两年兵，在老连队炊事班工作，受过一次连嘉奖，立过一次三等功。他介绍完自己，又让每一名新兵轮流作自我介绍。有的同志性格腼腆，脸憋得通红也说不出多少话来。毕竟大家刚来部队还不太熟悉，有些话也不愿意多讲。由于我年龄大些，又是高中毕业生，我的发言让班长刮目相看。班长作总结发言时，当面宣布推荐我当副班长，协助他的工作。同时，他又宣布了连队的纪律：离开班里有事外出必须请假，回来后要按时销假，就连去厕所也不能例外。班长不在，要向副班长请销假。顿时，我感到有一种责任在肩，也十分感谢班长的信任。班务会开完后，班长小心打开红色方盒，拿出一枚闪闪发光的三等功军功章，我们争相观看。大家非常崇拜班长，觉得他真了不起啊！他却谦虚地鼓励大家说："你们只要热爱部队，不怕苦，不怕累，干好本职工作，多做好人好事，也一定能立功受奖。"那时，我暗下决心，要向班长学习，在部队一定好好干，积极努力，争取早日立功受奖。

从此以后，班长就是我们的榜样，他怎么说，我们就怎么做。白天正课时间我们认真学习政治做好笔记，训练场上严格训练不怕吃苦，晚上的休息时间则用来反复练习叠被子。

功夫不负有心人。经过一段时间的磨炼，我和战友们叠被子的基本功有了很大起色，方方正正的"豆腐块"能很快出手了。连队组织内务卫生评比时，我们班获得了"内务卫生"流动红旗，我的"豆腐块"被评为优秀。班长对此非常高兴。他又认真地对我们讲："得到荣誉不易，保持荣誉更难，大家还需要继续努力啊！"

新兵连的作息按部就班。我们白天进行政治学习和军事训练，晚上观看《新闻联播》、学唱军歌，连队晚点名雷打不动，每周五的班务会、连务会严格按时开展。班长与新兵们打成了一片，我们也渐渐地不再感到拘束。学习训练空隙，我们会围着班长打听他当新兵时的故事。他常说："新兵连里故事多，有些事情会让你们记忆深刻，一辈子也忘不了，好好珍惜新兵连生活吧，你们以后就能体会出来。"

三个月的新兵连生活被安排得满满当当，我一路走来，心中留下了深刻的印象。我觉得，最认真做的事情是叠被子，最快乐的事情是学唱歌，最严格的事情是队列训练，最盼望的事情是自由活动，最开心的事情是收到家信，最激动的事情是实弹打靶。

新兵连生活很快结束了，班长把我要到了他的老连队，分到了他所在的五班。他任班长，我还是他的兵。我把对新兵连生活的体会告诉他。他认真地对我说："你总结得很好。以后干工作只要善于总结，就会不断进步。"

我是班长带出来的兵，跟着班长干心里踏实。从大的方面讲，他培育了我军人的基本素质能力；从小的方面说，他促进了我部队日常习惯的养成，让我能很快适应老连队的生活。

班长文化程度不高。他十分信任我，遇到个人的私事也愿意与我商量。记得有一次他带领全班完成生产任务回来后，悄悄地把我叫到营区的树林里告诉我，他收到了家里的来信。信中说，有人给他介绍了一个对象，那个姑娘等他回家相亲，问他年底能不能回家探亲。现在连队秋收工作忙，他知道连队不准请假。那时候，部队规定服役期为三年，三年以内的兵，连队一律不批准探亲假。只有在特殊情况下，比如父母患重大疾病或去世，报告部队首长后也许能被批上几天的事假。于是，他征求我的意见。我让他先写信答应下来。他却不知怎么说好，让我帮忙写回信。我写好信，认真地给他读了一遍，让他过目一遍，又修改了一遍。然后我又把信工整地抄写在信纸上。他看了后很满意，高兴地折好信纸装进信封，投到连队的邮筒里。那几天，班长成天笑嘻嘻的，说话也十分和气。可是，当看到有超期服役的老兵带着对象来部队时，他又羡慕不已。他羡慕的眼神好像是在说，如果能探亲休假，自己也能领来一个漂亮的对象。

在与班长相处的一年日子里，他带领全班完成了学习、训练、生产等各项任务。由于工作表现突出，那年10月，他光荣地加入了党组织。他有时会对我讲，他感觉今年比前两年干得都好，如果能留在部队多干两年，该多好啊！那一年在他的关心帮助下，我得到进一步的锻炼，加入了共青团组织。在连队年终工作总结时，我被班里评为先进个人，受到了连嘉奖。

铁打的营盘，流水的兵。那年年底，班长的名字被部队列入了退伍名单。部队首长和连队支部要求党员骨干带头做好退伍工作，不给组织添麻烦，不能拖后腿。班长愉快地服从了组织安排，没有向组织提出留队的愿望和任何要求，也没有发一点儿牢骚。退伍前几天，他请假从40公里外的县城里买回来一辆崭新的自行车，金鹿牌的。他爱不释手，拿着白毛巾小心地擦拭它。我好奇地问班长："班长，你快要退伍了，回到老家也能买自行车啊！"班长轻声地对我说，他想回到老家把自行车送给信中提到的那个姑娘，也不知道那个姑娘是否还在等着他。如果那个姑娘已经另找对象了，自行车他就留着自己骑。我看他说话的心情，有一半不好意思，有一半含着忧伤。我知道班长的自行车是他倾尽所有积蓄购买的。那时一辆大金鹿自行车售价180元左右。他当兵三年，每月的津贴费在10元左右。也不知道他为买自行车向连队预支了多少退伍费。可以说那辆大金鹿自行车包含着他的深情，也寄托着他回家的希望。班长要走了，班里的战友们给班长赠送影集、枕巾之类的礼物。我特意赠送了班长一对带红双喜字的大枕巾。他会意地笑了，笑得那么含蓄。

老兵退伍的那天，军营里锣鼓喧天，《送战友》的歌曲深沉悠扬。战友们七手八脚帮助退伍老兵们用麻袋打好行李包，帮助班长把那辆大金鹿自行车用塑料布缠绑好抬上汽车。然后，我们站在营区道路两旁列队欢送他们。班长和战友们紧紧地拥抱告别，登上汽车时他依依不舍，眼圈通红。望着载满退伍老兵的"老解放"汽车渐行渐远，我的热泪模糊了双眼。我真想大声地呼唤："再见了，我的老班长！"却感觉自己嗓子里被什么东西堵着，竟然发不出声来。

　　我和班长这一别就是三十一年，也不知何时能相逢。这些年，我一直没有收到班长的音信。但我心里常对自己讲："我的老班长，你可知道，你走的第二年我考入了军校，我有缘'三进三出'部队农场。从士兵到排长，再到单位主官，前后在那里工作生活了七年。每当我看到老连队的营房，就会想起你的模样，真希望有那么一天，你能走进熟悉的军营，来到我的身旁。我的老班长，你是我步入军营的领路人，怎能让我遗忘？"

　　"我的老班长，你现在过得怎么样？这些年你的愿望实现了吗？嫂子她长得什么样？我的老班长，你是否还常想起那熟悉的营房？"这些年，我始终在心中呼唤，老班长，你可曾听见？

那片白杨

　　"一棵呀小白杨，长在哨所旁。根儿深，干儿壮，守望着北疆……"每当听到军歌《小白杨》，我就想起参军到西北的情景，那些激情燃烧的军旅生活，那片高大挺拔的白杨林。

　　三十年前的寒冬，一群热血青年告别孔孟之乡，登上列车，到达兰州后，换乘北去的列车，在半夜时分抵达了宁夏青铜峡火车站。站台上寒风刺骨，黄沙飞扬。我们急匆匆地爬上"老解放"汽车，又经百余里的颠簸，天亮时终于走进了梦寐以求的军营——一个部队农场。那里不仅有钢枪，还有闪闪发光的铁锹和镰刀。脚踩满地的黄沙，眼望低矮的平房和铺满稻草的土炕，我心里一片迷茫。大家使劲地拍去一路风尘，放下背包，开始了军旅生涯。

　　第一天新兵在训练场列队，指导员站在新兵队列前作开训动员。他指着营区道路两旁那几排高大挺拔的白杨树，号召大家学习那些白杨树，既来之，则安之，扎根部队，扎根农场，扎根大西北。老班长则称白杨树为"新疆杨"，称赞当年建设兵团的官兵像白杨树一样扎根新疆，为国戍边。听老班长说，那些白杨树是第一批屯垦戍边的官兵栽下的，已有二十多年。它们高达二十多米，胸径大多三四十厘米，看上去挺拔有力、积极向上。正如《白杨礼赞》中描述的那样，笔直的干，笔直的枝，主干一丈以内绝无旁枝；所有的丫枝一律向上，紧紧靠拢，成为一束，绝无横斜逸出；就连它的叶子也是片片向上，几乎没有斜生的；它的皮，光滑而有银色的晕圈，微微泛出淡青色。我仰望着那一棵棵高大挺拔的白杨树，顿觉有一股不折不挠、力求上进的力量。白杨树都能在这里扎根生长，何况堂堂七尺男儿？

部队农场地处沙漠边缘，成片的黄沙丘和白茫茫的盐碱滩随处可见。几千亩黄沙盐碱地网格中，一排排的白杨树构成了一道道防护林。白杨树，耐旱，耐盐碱，易成活，又能抗风固沙，深得官兵的喜爱。一到春季，官兵们就积极开展植树造林活动，栽下一棵棵树苗，加宽加长防护林。同时，又把白杨树上的旁枝砍下来，剪成约二十厘米长的枝条，在苗圃地里扦插育苗。每根枝条当年就能长成一棵两米左右的树苗，可为来年春天提供优质苗木。经过一茬茬官兵的辛勤付出，部队农场的白杨树成片成林，形成了一道亮丽的风景线，为当地防风固沙、改善气候环境做出了重大贡献。

"小白杨，小白杨，也穿绿军装，同我一起守边防。"二十多年的军旅生涯，我"三进三出"部队农场，从士兵到排长，再到单位主官，先后在那里工作生活了七年。每次见到那些挺拔的白杨树，我都像遇到老战友一样感到亲切自然。那些白杨树伴随我成长进步，激励我扎根军营，扎根在大西北的土地上。

转业回家乡工作多年，梦中常有大西北军营的那片白杨林。

白杨树是北方极为普通的树种，不论生长在哪里，都能扎根大地茁壮成长。在新的伟大时代，我们追求共同的梦想，在自己的工作岗位上发扬不屈不挠、质朴坚强、挺拔有力、团结向上的"白杨精神"，为实现中华民族伟大复兴贡献力量。

时值阳春三月，又到了植树的季节，让我们亲手栽种下一棵棵白杨树苗吧！

绿梦情深

"八一"那天，我同城区几个同年转业的战友约在一起畅谈军营记忆。说起军旅生涯，人人神采飞扬；谈到军营的故事，个个津津有味。当过兵的人，对绿色的梦一往情深，时常怀念战友，怀念军营，怀念铁马金戈的激情岁月。

想当年参军入伍时，大家都是涉世未深的青年，有的还是从学校直接走进军营的，带着报国的豪情壮志，满怀一腔沸腾热血，听从祖国的召唤，从五湖四海汇聚在鲜红的军旗下，共筑绿色梦想。军队是一所大学校，大家踏进军营的大门，经过一番思想动员，作为初来乍到的新学员，既来之，则安之。政治学习、军事训练、整理内务，样样工作有人示范，天天讲评过关；学习的业务接二连三，要做到会背会讲会操作，熟能生巧，勤学不厌；开饭前，集合站队唱军歌是军营特有的一道风景线。经过几个月的新兵学习训练生活，年轻的心不再浮躁，军人的责任落在了双肩。从此，绿色的种子扎根、发芽，每个人心中都守着那绿色的梦，一守就是几年、十几年甚至几十年。即使后来脱下了军装，那绿色的梦仍在心中。军队又是一个大熔炉，每个人进去时就像散杂的铁矿石，出来就成了一个模子里出来的钢。看似性情板硬，实则铁血柔肠。不管离开军营多少年，军人的烙印仍深深地刻在身上，走在大街上，从背影就能看出是当过兵的。

我离开军营已有几年了，春夏秋冬，寒来暑往，自己的思想在成长中走向成熟。不再忧伤，不再彷徨，不再有壮志难酬之感。几年来，学会了理解，理解了年迈父母的那些唠叨和满脸慈祥；懂得了包容，包容了兄弟姐妹的那些托付事项；知道了感恩，感恩组织的关怀和培养，感恩给予自己帮助的人，感恩社会大家庭的温暖。几年来，听从组织安排，驻村联建，帮困扶贫，维稳处突，执法执勤，积极争先创优，甘愿吃苦奉献，从实践中学习，在实践中成长，汲取群众的无穷智慧和力量，付出的是心血和汗水，收获的是成熟和喜悦。仰望万里蓝天，阳光灿烂；脚踏温暖的大地，梦在前方。

青山遮不住，毕竟东流去。斗转星移，光阴不返，青春岁月已成为记忆，过去的就不再留恋。曾经朝夕相处的战友啊，你在他乡还好吗？请你昂起头，挺起胸，迈开大步，向前走，莫回头。相信你能开创出属于自己的新天地，祝愿你在新的岗位上施展才华建功立业。但不论怎么样，我们都有家国情怀的责任担当，退伍不褪色，爱我军队，爱我军营，延续心中那绿色的梦。

"军民团结如一人，试看天下谁能敌！"让我们记住这句名言吧，并付诸行动。把我们心中那绿色的梦紧密地融入强军梦和强国梦里，释放正能量，共圆中华民族伟大复兴的中国梦。唯有如此，才能无愧于时代，无愧于人民，无愧于祖国。

心中的红色足迹

　　问起爷爷当兵的事来，79岁的父亲顿时来了精神，他清晰地记得爷爷参军的情景。1946年初冬，我的家乡泗水南部山区已经解放。国民党军队向解放区发动全面进攻，为保卫胜利果实，乡亲们踊跃参军。37岁的爷爷告别妻儿老小，一走就是三个年头，音信全无。淮海战役胜利后，1949年春天，爷爷所在的部队被整编为中国人民解放军第三野战军，爷爷因年龄大又患严重的胃病复员回家，县里一次性给他发了400斤谷子作为复员粮。父亲和本家的令义大伯带着爷爷的军人复员证和介绍信，用了一天的时间赶着牛车把复员粮从县城拉回了家。一家老小终于团聚了，一起分享了胜利的喜悦。奶奶将爷爷的军人复员证珍藏起来，并对父亲说，这是爷爷的功劳，可不能丢了。

　　爷爷在参军的三年里，随部队转战南北。淮海战役第一阶段，碾庄战役打响后，为切断国民党军队的黄百韬兵团退路，他所在的华东野战军第七纵队担负阻击打援任务，阻击徐州方向来敌，与增援敌军展开拉锯战。敌军配备的是美式装备，又有飞机和大炮支援，我军的阻击战打得十分困难。夜幕降临时，我军在满是石头的小山上构建防御工事。但第二天天亮后，国民党军队步兵还未组织进攻，我军的防御工事就被敌人猛烈的炮火摧毁了。爷爷是炊事兵，常常冒着枪林弹雨，踩着血迹上阵地给战友们送饭，走过的土路上到处是鲜红的血水。胜利来之不易啊！能活着回来，过上安稳的日子，他很知足了。在我眼里，他就是一位慈祥又善良的老人。

爷爷回家后，村干部动员父亲上学。爷爷却不同意，说还指望他帮忙种地养家呢。父亲从 10 多岁就跟着大人学种地，操持一家人的生计。说起当兵的往事，父亲眼睛里闪烁着自信的光芒。入伍的具体日期他记不清了，只记得到部队后才过的 1959 年阳历年。他入伍后，政治思想进步，军事训练刻苦。1959 年部队组织实弹射击比武时，他一举夺魁，成为全师的射击标兵，年底被评为"五好战士"，并担任了班长。爷爷奶奶收到了部队寄来的喜报，父亲成了全家的光荣。1960 年 10 月，父亲又光荣地成为一名共产党员。

最让父亲难忘的，就是他所在部队秘密开拔福建前线。1962 年，中印边境局势十分紧张，蒋介石趁机公开叫嚣。中央军委于 1962 年 5 月间向全军发出紧急指示。6 月 10 日，中共中央发出准备粉碎国民党军队窜犯我东南沿海地区的指示，解放军进入紧急战备状态，调动部队集结在福建沿海地区。父亲那年已超期服役，他所在的部队奉命前往，他们从山东莱阳坐闷罐火车，经六天六夜到达江西上饶，又经三天三夜的徒步行军，到了古田县大桥公社，部队才驻扎下来。

6 月的南方，阴雨连绵，闷热潮湿，山路泥泞。部队官兵全副武装，日夜负重前行，每天行军 40 公里以上。每个战士不仅背着背包和步枪，还携带 4 颗手榴弹、1 公斤盐和 1 个干粮袋。他们连续长途跋涉，脚底板上磨出了许多血泡。如果把血泡简单地弄破，血泡还会再充血，老茧子磨掉露出血肉走起路来更疼痛。父亲和战友们想出一个好办法，就是用针先刺破血泡，再拔一根头发顺着针眼穿过，让头发留在血泡里来回运动，这样血水会顺着头发自动流出来，脚上的老茧子也就保留了下来，这样走起路来就不疼了。父亲和战友们胜利到达目的地，全班没有一个战士掉队。为此，部队给了父亲一次三等功。

由于毛主席指挥若定，全国军民团结备战，蒋介石未敢轻举妄动。同年 11 月，父亲所在部队开往江西省玉山县，进行了一次大规模实弹演习。年底部队返程，在莱阳军营过了一个安定祥和的春节。1964 年 2 月，父亲依依不舍地离开他所热爱的部队光荣退伍。

讲着当兵的故事，父亲深情地说："我当兵真没有当够，要是有文化还能多干几年。所以，我知道，文化有用处，就让你们兄弟三个都上学，希望你们长大了当兵。年轻人在部队锻炼锻炼有好处。你看，你当上了兵，还干了二十多年，多好啊！"

我小时候，望着玻璃相框里父亲和战友的戎装照片格外出神，非常崇敬他们，当兵的种子也就是那时在心里扎了根。上初中一年级时，我在《我的理想》那篇作文里，写下了长大后要参军保卫祖国，当一名机智勇敢的解放军战士的诺言。但我参军的路并不顺利，可谓一波三折。我读高一时，空军来学校招收飞行员。我和同学们踊跃报名，到县医院体检时我却被淘汰了下来。1984 年我高中毕业，高考预选落榜，但我的理想还在，我要当兵去。父亲很支持我的想法。可是，我连续两年报名参军，都由于心情紧张，体检时血压高未能如愿。直到 1986 年 10 月我再次报名参军，经过严格体检，才得以顺利过关。我在县城换上军装，背起背包，告别送行的亲人，乘汽车、坐火车，经过长途奔波，终于踏进了大西北的第二炮兵某基地农场。

农场周围是戈壁滩，茫茫的沙丘和盐碱地一望无边。我们住的是低矮的平房，睡的是铺满稻草的土炕，喝的是盐碱水。面对这样的环境和生活条件，一些新战友很不适应。当兵是我孜孜以求的梦想，既来之，则安之。经过三个月的新兵学习训练，军人的责任落在了我的双肩上。新兵下连时，我被分到了农场一队，从事农业生产工作，很快适应了部队农场生活。

我相信父亲的话，部队里需要有文化的人。入伍时，我把高中课本悄悄地装进了行李包。我两年的战士生活过得紧张又充实，白天积极参加学习、训练、劳动，晚上利用闲暇时间看书复习高中课程，默默地编织那绿色的梦。那绿色的梦像灿烂的阳光，驱散我心中的迷茫，照亮我前进的方向。

机会偏爱有准备的人。从军二十五年，我入了团，圆了军校梦，加入了党组织。我从偏远的部队农场到基地机关，历任多个工作岗位，由一名农村青年成长为正团职军官，超过了父亲当兵时想干到营长的梦想。父亲的愿望在我身上得到了实现，他感到很满意。

一代人有一代人的历史使命，一代人有一代人的责任担当。人民军队的光辉历程，铺就了人间正道。我们一家三代都有人是人民军队中的一员，我们一家人对人民军队的浓浓情结，深深地埋在了心里。如今，父亲与我谈论最多的话题，还是当兵的故事和那绿色的梦。

那一路风尘

回首部队生活，往事历历在目，有成长的烦恼，有思乡的忧愁，有军营的温暖，更有战友的深情，点点滴滴抹不去的军旅痕迹深藏在心里，压在心底的那一路风尘，常常涌上我的心头。

1986年深秋，我离开辽宁一家村办红砖厂，未结算工钱，就急匆匆地跑回家报名参军。幸运的是，回家第二天早晨，村干部就叫我去乡武装部报名体检。听说二炮部队在北京，大家都踊跃报名。经过乡、县两级医院体检，我顺利过关。我已两次失去参军机会，这一次体检合格，父亲非常高兴。他是一位老兵，是与雷锋同时代的军人，对部队怀有深厚的感情和不解的情结，非常希望我能当兵锻炼几年。

当兵走的那天上午，泗水县武装部大院里，新兵们排队领取新军装。然后，我们又步行到县城东3公里外的一所中学换装编队。由于我所在的圣水峪乡（今圣水峪镇）偏远，从乡驻地到县城有15多公里，当兵是大事，不能耽误行程，我们乡的新兵头一天下午就到县城了，晚上挤在一个单位的仓库里，睡了一夜囫囵觉。尽管初冬的天气已有寒意，但年轻人有活力，当兵的心气高，不知不觉一夜就过去了。

县武装部按照送兵计划，将新兵们编入不同的花名册。新兵们在教室里快速地换上肥大的军装，把换下的衣服交给送行的亲人，背起背包，携带行李，列队整齐，依次领取一大袋面包，排队登上了大客车。几辆大客车一字排开，大客车两侧站满了送行的亲人，车上车下，叮嘱声声，情意浓浓。新兵们大多数是第一次离开家，有的依依不舍、泪洒衣襟，有的淡定从容、不动声色，有的欢声笑语、心情舒畅……

出发的时间到了，车辆启动，徐徐前行，新兵与送行的亲人隔着车窗相互挥手告别。车队驶离学校，开足马力，沿327国道一路向西。我望着车后飞扬的尘土，双眼渐渐模糊起来。再见了，可爱的家乡。再见了，我的亲人。

中午时分，我们到达兖州火车站，见车站广场已集合了多路新兵，格外拥挤，像一大片绿色的树林。我们在广场的一角等候列车，午餐就是各自携带的面包。

直到傍晚，我们那批新兵才登上列车。在车上，新兵们拿出携带的面包对付晚餐。不知不觉中，列车已经到达徐州站。透过车窗看到灯光闪亮的站台上匆匆赶路的旅客，我心里想，我们这批兵不是去北京吗，怎么往南方去了？同车厢的新兵，有的趴在桌子上，有的头靠硬座靠背仰面打瞌睡，有的侧身向车窗外观望。当看到围在县武装部两名送兵干部旁边的那几名新兵兴高采烈的样子时，我心里又轻松下来。

离开徐州站，夜色越来越黑，列车一路向西、向西……

第三天凌晨到达兰州站时，天色已蒙蒙亮。同车厢的新兵，兵分两路，我们40名新兵下车出站，其他新兵则继续西行。站台上的风，冷飕飕的。新兵们扣紧了衣扣，出站后，经过人流密集的车站广场，又进入候车室等候列车。

早餐时，送兵干部带领我们轮流到一家拉面馆吃饭，每人一碗两元钱的牛肉拉面，大家吃得热火朝天。我第一次吃牛肉拉面，一碗面下肚，还有点儿饿，把汤水也喝光了。以至于后来，不论是在城市还是在乡村，我每到一个地方，看到有兰州牛肉拉面馆，就想进去尝尝兰州牛肉拉面的味道。每次吃过之后，总觉得没有第一次在兰州吃的味道好。

那天晚上，我们又乘上北去的列车。夜里寒气袭来，车厢里温度骤然下降，新兵们又困又乏，前几天的激情也随风而去。好容易熬过一夜，迎来黎明的曙光，列车却穿行在戈壁沙漠上，车窗外荒凉的大西北风光让我目瞪口呆。

看过一路"大漠孤烟直，长河落日圆"的景色，半夜时分我们抵达了青铜峡火车站。我们跳下车，站台上寒风刺骨，黄沙飞扬。部队接站的"老解放"汽车已等候多时。它的车厢周边用帆布包裹着，形成一个大敞篷。我们急匆匆地爬进大敞篷，"老解放"离开车站，钻入茫茫的夜色中，整个车厢里弥漫着黄土的气味。

我们挤坐在背包上，相互取暖，透过寒风掀动的大敞篷后门帆布的缝隙，在后面车灯的照射下，戈壁沙漠的真容暴露无遗，一路起起伏伏，一路尘土飞扬。夜深人静，车轮滚滚，"老解放"的马达声轰鸣作响，划破长空。

"看来，我们当的真是二炮兵啦。炮兵训练打靶，就在沙漠里。"不知谁先说了一句。顿时，新兵们兴奋起来，七嘴八舌议论开了。

"谁还说二炮在北京呢，北京怎么打炮啊？"

"我们当上炮兵，比当步兵好。"

"是啊，当武警也不如当炮兵好。"

一路上新兵们忘记了寒冷，忘记了颠簸，热烈地讨论着即将开始的炮兵生活，憧憬着二炮部队的神秘军营……

"老解放"经过百余里的艰辛跋涉，终于进了一个偏僻的二炮部队军营。

当我们脚踩满地的黄沙，眼望低矮的平房和铺满稻草的土炕时，心里一片迷茫。向往已久梦寐以求的军营，却是一个部队农场。新兵连的班长告诉我们，这里虽然没有大炮，但有闪闪发光的钢枪，还有永不生锈的铁锹和镰刀。大家使劲地拍去一路尘土，放下背包，开始了军旅生活。

广阔的天地，火热的军营，奉献青春，实现理想，练就军人本色，装满家国情怀。走过二十五个春秋，遥远的大西北，已成为我难忘的第二故乡。如今，参军时从家乡到部队的那一路风尘，在我的心里依然清晰。

高原牧歌

一

　　"在那遥远的地方，有位好姑娘，人们走过她的帐房，都要回头留恋地张望……"每当听到这首深情悠扬的民歌，我就会情不自禁想起在青藏高原部队牧场工作生活的情景。部队牧场地处青海湖畔，方圆数千平方公里，山峦起伏，牧草肥美，河流蜿蜒，清泉涌流，最低处海拔 3200 多米，最高处海拔 4800 多米，是人们心中神秘又神圣的"金银滩"。说她神秘，是因为这里属于军事禁区，人员出入需要凭借部队通行证；说她神圣，是因为这里曾见证过令中国人自豪让中国人能挺直腰杆的大事件。在全场官兵和牧工群众心中，她是一位胸怀博大、无私奉献的母亲，用甘甜的乳汁滋养着生活在这里的人们。我有幸在那片神奇的高原牧场工作 5 年。5 年的牧场生活，给我留下了深刻的印象。尽管离开那里已有 20 余年了，但我始终难忘第一次下牧队检查牧业生产的那段经历。

二

　　那是1993年7月上旬，部队牧场的牛羊已转至夏季草场。7月的牧场，天高气爽，蓝天白云，草原碧绿。远处的山峰白雪皑皑，分外妖娆；近处的山坡牧草盎然，野花盛开。坐落在草原深处的牧场场部，十几排红瓦房格外醒目。

　　夏季草场分布在牧场四周的高山上，数百名牧工群众搬家离开冬季定居点住房，赶着牧场集体的数万只绵羊和上万头牦牛全部上了山。夏天雨季来临，山上牧工群众的生活怎么样？禁区边界的安全怎么样？牧业生产怎么样？由于交通不便，信息不畅，场领导对此十分牵挂和担忧。场党委研究决定，成立工作队上山看望牧工群众。主管牧业生产的苑副场长向孔场长、肖政委主动请缨，由他带领工作队骑马上山查看情况。

　　随后，苑副场长召集生产处高处长、卫生所谷所长、兽医站李站长和兽医张医生，安排下牧队准备工作，我作为生产助理员加入了工作队。大家研究了具体事项，确定了出发时间。会后，大家分头准备。

　　苑副场长留我单独谈话。他和蔼地说："张助理，你刚调来牧场工作，骑马还不熟练，又是第一次下牧队，一定要有吃苦的思想准备。这次下牧队，我俩是军人，要带头吃苦，要搞好民族团结。"我知道，工作队里的高处长是蒙古族人，张医生是回族人。要搞好民族团结，我们工作队的人首先要团结，相互关心，相互爱护。

　　"场长，我不怕吃苦，请您放心！"我干脆利落地回答。那时，我刚从军校毕业三年，在部队农场担任生产排长两年，带过兵，吃过苦，身体很棒。

他用坚毅的目光望着我，又严肃地说："最近听牧工反映，有几家的羊群遭到狼害，损失了 20 余只羊。山上有狼群，我们要带上一支冲锋枪。我带上 30 发子弹，你负责携带枪支。若遇到特殊情况，我俩要冲在前面。"

我坚定地答道："我是军人，一切行动听从指挥。"我心里明白，服从命令、听从指挥，是军人的天职，在部队牧场也不例外。

苑副场长听了，脸上露出满意的微笑。他又关心地嘱咐我："山上天气冷，要多穿点儿衣服啊！"

三

从场部出发的那天上午，阴雨绵绵，凉风习习。工作队一行 6 人全副武装，肩上斜背着水壶挎包，在马背上披挂被囊，系好马鞍辔头，身穿雨衣，骑上军马，俨然一支骑兵小分队。我们迎着呼呼的北风，向草原深处挺进。我穿着绒衣绒裤迷彩军装，身材魁梧，跨马背枪，像一名冲锋的战士。

广阔的草原、延绵的群山，让人目不暇接，心旷神怡。"踢踏踢踏、踢踏踢踏……"洒下一路清脆的马蹄声，偶尔溅起一簇又一簇的水花。回望走过的小径，几行马蹄印或深或浅，清晰地刻在碧绿的草地上。

军马时而奔跑，时而快走，大家说说笑笑，一路兴高采烈，不知不觉就来到了牧场最北面的山脚下。抬头望见一群洁白的绵羊和披着长毛的黑牦牛自由散漫地在山坡上吃草，不远处有一大一小两个帐篷。大帐篷是用黑色牦牛毛和白色帆布覆盖，黑白相间，格外分明。白色的小帐篷与大帐篷相对而设。帐篷外拴着的三条黑色大藏狗，汪汪汪狂吠不止。

队员们爬上山坡，牵着马走向大帐篷。男、女主人闻声从帐篷中出来，看到我们就热情地打招呼。我打量一下男主人，他四十多岁，身着褪了色的绿军装，中等身材，背有点儿驼。他叫李生玉，汉族，青海大通县人，曾在牧场当过三年兵，退伍后转为牧工，在牧场成家立业，大家都叫他老李。女主人是一名普通的蒙古族妇女，头戴崭新的解放帽，脖子上绕着浅蓝色围巾。她掀开帐篷门帘让大家进去喝茶。

大家拴好马，走进帐篷。帐篷内四周摆放着几件木柜家具等生活用品，木柜上方叠放着几床花布面被褥，潮湿的草地上铺着一块木床板和几张旧羊皮。帐篷中央有一个用泥块垒成的火炉，炉膛里燃烧着干牛粪，散发着缕缕青烟，黑色烟囱中间用铁丝挂着几块半干的牛羊肉。两个七八岁的男孩怀抱一只羊羔围着火炉玩耍，映红的脸蛋十分可爱。一位头上裹着红围巾的姑娘一手摇着牛奶分离机，一手往机器里添加鲜牦牛奶，正在分离酥油。老李招呼我们挤坐在旧羊皮上，女主人热情地端上奶茶和烙馍，让我们充饥解渴。喝下一碗热奶茶后，我身上暖和了许多。

苑副场长关切地询问老李："一家人生活上有没有困难？牛羊生长情况怎样？"老李都一一作答。老李一家放牧着场集体的 520 只四岁母羊和 67 头牦牛。由于老李一家人责任心强，能吃苦，会管理，他家放牧的母羊产羔率和羊羔成活率都是场里最高的。仅 1992 年年底，他家就得到场里兑现的奖金 12000

多元。老李是牧场表彰的先进个人，基地后勤部首长给他颁过奖。

老李说的话，尽是青海方言。我有时听不明白，便由坐在一旁的高处长充当翻译员。我认真地记下了老李家的情况。女主人不时站起来，向炉膛里添加干牛粪，提起冒着热气的铝壶给大家倒奶茶。大家说话间，谷所长掏出听诊器为一个生病的小男孩问诊，然后从药箱里取出两板药片，告诉女主人吃药的注意事项。李站长问清老李家那几只羊患病的症状，张医生便取出几包兽药递给老李并交代一番。老李笑着说："今年草情好，牛羊生长得好。山上生活有点儿困难也不怕，已经习惯了。"

在老李家待了大约半小时，我们身上的衣服干爽了。但帐篷外面，小雨依然淅淅沥沥。告别老李一家人，我们一行继续向前行进。

四

翻过山头，雨越下越大，风越刮越紧，湿滑的草地似乎没有尽头。尽管队员们穿着雨衣，但膝盖下的裤腿和胶鞋全部被打湿了。从山坡向南，我们沿途看望了6户牧工后，小雨才渐渐地停下来。

中午时分，人累马乏，工作队选在二大队队长马占山家吃午饭。马占山家的牛羊由小儿子和儿媳在远处的山坡上放牧。帐篷里只有马占山老两口在忙着，打酥油，烤馍馍。马占山，回族人，个头不高，头上戴着一顶周边镶有花纹的白圆帽，白里透红的脸上长着一对精明的小眼睛，近50岁的人了，却显得年轻有活力。女主人是一位回族中年妇女，头戴精致的黑盖头，身材高挑，干净利索。女主人端出自家制作的酸奶，热情地给每人盛了一碗，又拿出几个焜锅馍馍招待我们。馍馍烤得微微焦黄，绽开如花，香气扑鼻。吃一块馍馍，外脆内软；尝一口酸奶，味道很浓。队员们狼吞虎咽，边充饥边听取马占山的工作汇报。吃饱喝足后，大家有了精神，又起身继续前行。

五

下午4点多钟，我们来到了牧场内的最高山峰——红石山的脚下，哗啦哗啦的流水声传来，一条十多米宽的大河横在前面。大家翻身下马，牵马走到河边，河水清澈，浪花飞溅，马儿一字排开，痛快地饮水。队员们掬几捧清水，擦几把脸，洗去一路疲劳。稍作停顿，整理行装，我们又向山上攀登。

负重爬行的军马气喘吁吁，鼻孔里冒出一股股热气。它们一步一个脚印，沿山坡盘旋而上。我骑在马背上俯下身子，一手牢牢地抓住缰绳，一手护着背挎的那支冲锋枪。尽管身子左右摇摆，颠簸得厉害，但我心中对军马充满感激之情。没有军马伴随，在高原上翻山越岭是不可想象的。军马真是无言的战友、忠诚的朋友啊！

爬到半山腰，纷纷扬扬的雪花不期而至，零星的雪花打在脸上，让人感到十分清凉，我霎时来了精神。举目仰望，我们上方有一处流石滩，只好绕弯而行。绕到流石滩前，我看到乱石堆里长着几株绿色植物，非常醒目。那一片片椭圆弯曲的绿叶，毛茸茸的，泛着白光，叶丛中簇拥着的淡粉色的花蕾，含苞待放。同伴告诉我，那是雪莲。等到 8 月上旬，雪莲花就会盛开，到那时能看到许多雪莲花。雪莲花还是珍贵的药材呢！望着在风雪中挺立的雪莲，我由衷感叹大自然赐予的生命的魅力。

经过近 3 个小时的攀登，我们终于爬上了山顶。天晴了，积雪消融，一团团白云从身边轻轻滑过，似乎只要伸手一抓，就能扯住一块云朵。站在红石山顶，金色的夕阳照射大地，雨雪后的晚霞绚丽多彩，深褐色的岩石被映得更红。但我们来不及欣赏落日余晖，大家必须赶在天黑前，前往最近的一户牧工家。

六

上山不易，下山更难。我们沿着陡峭的山峰阴面盘旋而下，熟悉一大队夏季草场的高处长走在队伍前面带路，大家小心地牵着军马，依次慢慢跟随。人和马不时踩滑的石块向山下滚落，发出的哗啦、咕咚的响声在山谷中回荡。

我们到达海拔 4400 多米的山坳里时，天色渐渐地暗了下来。这里住着藏族牧工多尔吉一家。多尔吉远远地向我们招手，大步迎上来。"苑（副）场长啊，可把你们盼来了！"他双手紧握着苑副场长的手激动地说。接着，大家彼此一阵寒暄。多尔吉 30 岁出头，身高一米七左右，穿一身黑色藏袍，腰间别着一把藏刀，古铜色的脸上镶嵌着一双炯炯有神的大眼睛。在离帐篷不远的山坡处，一位年轻的藏族妇女与一个男孩、一个女孩正在吆喝着追赶成群结队的牛羊。

多尔吉帮工作队卸下行李和马鞍，走到一块草坪上夯实马桩，依次拴好军马。走进帐篷，我们脱掉被淋湿的外衣和鞋子，围着火炉烤起火来。多尔吉从蛇皮袋里抓出一大块干牛粪，掰成几小块，放进火炉，炉膛里的火焰旺了起来，淋湿的外衣和鞋子被烤得散发出一股股热气。多尔吉拍拍手，微笑着请大家吃酥油糌粑。他把矮方桌摆出来，端上一盆青稞炒面、一碗金黄的酥油和一碗奶黄的曲拉，放上七八个茶碗。他转身找出一块茶砖，掰下几块小茶块放进烧水壶，又顺手添了一大勺牛奶和一把大盐粒。一会儿，烧水壶就冒出沸腾的热气，多尔吉忙提壶倒茶。我喝了一碗带咸味的奶茶，顿时浑身温暖。

几个队员在半碗奶茶里放入一些酥油、炒面、曲拉，用手指在碗中拌匀，然后捏成小团放入嘴里，吃得津津有味。他们让我吃，我闻不惯，急忙推辞。他们给我介绍，糌粑是炒面的意思。糌粑是将青稞炒熟后，用石磨磨成的面粉，是藏族人天天必吃的主食。酥油糌粑，营养丰富，热量大，是充饥御寒的绝佳食品。苑副场长看了我一眼，说："在牧场工作，要与牧工群众同吃同住，相处一起，打成一片。只有适应了牧工的生活，才能搞好民族团结，更好地完成工作任务。"他话音一落，便拿起一块酥油糌粑放进嘴里，大口地咀嚼起来。他的话我记在了心里，但还是闻不惯酥油糌粑的味道。他看着我难为情的样子，竟然哈哈笑了。"刚来的干部第一次下牧队都是这样，以后就会习惯的。"谷所长在一旁打趣道。

七

大家坐定，多尔吉作为小队长，认真向工作队汇报了小队牧户所在区域周界安全和牧业生产情况，我一一做了记录。当苑副场长问到多尔吉家里的情况时，多尔吉面带愧色地说："苑（副）场长啊，我没看护好场里的羊。前几天夜里遭了狼害，三只羊被咬死了，丢了两只……"他话没说完，就低下了头。

"大人、孩子都没事吧？"苑副场长急切地问。

"人没事，人没事。"多尔吉搓着那双黑铁锤式的大手连忙抬头回答，"唉！我没看好羊，没看好羊。"他像在自言自语，叹息不止。多尔吉一家放着场集体的550只两岁羯羊和70头牦牛。他的两个孩子小，才有五六岁，家里还有欠账。羊群遭了狼害，损失不小啊。

苑副场长一边听他诉说，一边鼓励他别灰心丧气，自家有困难也不要怕，场集体就是靠山，好好干几年，争取打个翻身仗。大家也都劝慰他，以后要多加小心，看护好牛羊，减少牛羊损失。他点头称是，态度诚恳。看得出他十分痛心，我在笔记本上记下了他家遭狼害的情况。近几年，多尔吉担任小队长，工作突出，表现出色。他平时负责检查小队各户的安全警戒工作和牧业生产任务，一个小队十多户牧工，他管辖区域大，操心的事也多，自己家放牧的事多半交给妻子和孩子。

天色快黑了，女主人和孩子们赶着成群结队的牛羊回到帐篷前面的一片平地上，牛欢羊叫，沸沸扬扬。拴在外围的两条藏狗也凑热闹，汪汪汪吠叫不止。女主人大声地吆喝着，孩子们手里挥动着鞭，驱赶牛羊。一会儿，牛羊分群，各就各位，安静下来。

八

晚餐时，队员们说要吃"尕面片"。于是，大家齐动手，和面烧水，清洗鲜蘑菇。鲜蘑菇是女主人和孩子们刚捡来的，是高原上特有的白蘑菇和黄蘑菇。女主人将揉好的软面切成粗条，加工成长短一致的"面基基"（面剂剂），用潮湿毛巾盖住。片刻，大铁锅里的水烧开了，"面基基"也"回"好了。女主人和两名队员每人拿一条"面基基"，用手指捏扁、揪断，每片大约手指宽，投入沸水中。大火烧水煮几分钟，"尕面片"就熟了。接着，李站长换上炒锅，添一些菜籽油加热，倒入鲜蘑菇，上下翻炒，又加少量的盐粒和水，不一会儿，一大盆油炒蘑菇便出锅了。油炒蘑菇味道鲜嫩，白黄相间，十分诱人。

苑副场长从被囊里取出 4 铁盒午餐牛肉罐头，送给多尔吉的两个孩子。孩子们高兴地接了过去，拿在手里仔细观看。多尔吉十分好客。他从木柜里掏出两瓶互助大曲青稞酒，给每人倒了一碗酒。我和张医生都不喝酒，便把酒分给了其他人。于是，他们边吃边喝，一口酒一口奶茶，猜拳行令，谈笑风生。尽管面片黏糊糊的，有些夹生，但我还是吃了两大碗。

九

饭后，大家围着火炉海阔天空地聊天。谈了很久，大家说话的声音越来越小。我有些疲倦了，不由自主地走出帐篷。冷风扑面而来，我打了个寒战，揉揉眼睛，清醒了许多。

夜色黑沉沉、雾蒙蒙的，十分寂静。帐篷外的两群牛羊均匀地呼吸着。对面的山腰上灯火若隐若现，那也许是牧工为防狼害燃起的篝火吧。我离开帐篷几十步，站了一会儿，感觉浑身冷飕飕的，连忙返回帐篷。

苑副场长说："明天还要赶路，大家休息吧。"多尔吉见我携带了一支冲锋枪。他提议，出去放几枪，吓唬一下山里的狼群。苑副场长欣然同意，从牛皮腰包里摸出10发子弹交到我手里。我熟练地将子弹压进弹匣，上保险、装弹匣，准备完毕。

我提枪看了一眼多尔吉，他嘿嘿地笑着，跟我一起走出帐篷。我俩来到一块土岗上，趴在地上。我瞄准山顶轮廓下方黑黢黢的地方，打开保险，设定单发。我扣动扳机，嗒、嗒、嗒……一阵枪声打破了夜空的寂静，前方远处的乱石堆上闪现出一道道火光。连续射出5发子弹后，后面山谷中传来一阵枪声的回音。随后，我让多尔吉过了一把枪瘾，剩下的5发子弹转眼间就打光了，他还说不过瘾。"狼啊，狼，你今夜，再来试试……"他嘴里嘟囔着。

射击完毕，我提起枪支验枪，卸下弹匣，关上保险。多尔吉站起来，对我说："张助理，那天夜里，要是有枪，我就不怕狼群了。"多尔吉还在心疼他家丢失的那些羊，想找狼报仇。"今夜，你可以睡个安稳觉了，我来站岗。"我拍了拍他结实的肩膀，扶着他一起走回帐篷。

大家手忙脚乱地打开被囊，取出被褥，铺在几张旧羊皮上。队员们和衣挤卧在火炉的一侧，多尔吉一家人挤卧在火炉的另一侧。外面的冷风呼呼地刮着，炉火渐渐熄灭，同伴的鼾声呼噜、呼噜地响个不停。我翻来覆去，似睡非睡，彻夜难眠。偶尔听

情
依
山
海

到远处传来几声狼的嚎叫声，引起两条藏狗的一阵狂吠，我警觉地睁开眼睛，漆黑的夜色中什么也不见，摸一下身子下面硬硬的冲锋枪，好一会儿才又闭上眼睛。

十

不知什么时候，我睡着了。一觉醒来，东方已泛鱼肚白，大家也都已起床。我起身赶忙收拾行李，看到被子靠帐篷边的一头湿漉漉的，用手一拧，哗哗流水。原来，昨晚又下了一场小雨，雨水透过帐篷，浸湿了被角。

我走出帐篷，环顾四周，张大口深深地呼吸，好清新的空气啊！女主人提着奶桶，轮流在几头母牦牛跟前蹲着挤牛奶。孩子们围着羊群牛群嬉闹，跑来跑去。多尔吉陪着苑副场长和队员们，牵着长长的缰绳在不远处肥沃的草地上放马。我收回目光，向山下眺望，厚厚的白云遮住了山下万事万物。此时，人在云上，如临天上仙境。

过了一会儿，东面的山顶上露出红彤彤的太阳。它光芒四射，照着山间的白云冉冉升起，白云像一条条长长的洁白的哈达随风飞舞。太阳越升越高，山下越来越清晰，群山分外旖旎，露出娇美秀丽的容颜。那一朵朵飘荡的白云环绕着墨绿的山腰，像千家万户飘出的缕缕炊烟层层叠叠，又恰似一片片洁白的羊群向前奔跑。多么清新的世界，多么迷人的风光啊！

十一

九天马背上的生活，工作队如同牧工一样，爬山，越岭，涉水，沿牧场禁区周边巡逻，检查牧业生产，看望了上百户牧工群众，掌握了夏季牧业生产的第一手资料，圆满完成了场党委交给的工作任务。同时，我也深深体会到牧工的生活艰辛和勤劳付出，看到了部队牧业发展的前景。

多好的牧工啊！勤劳朴实，勇敢善良，生活上没有过多的奢求，一心管护着集体的流动财产———一群群牛羊。高原的风雨，磨砺出他们独有的品性；广阔的草原，给予他们独特的生活。"我好像一只牛，吃的是草，挤出的是牛奶、血。"连续几天的牧队生活，让我真正懂得了鲁迅先生说的这句名言。正是由于广大牧工群众常年的坚守岗位、吃苦耐劳和忠诚奉献，维护军事禁区安全和发展部队牧业生产的工作目标才得以实现。

返回场部的那天，蓝天白云下的草原分外清新。一路上，同伴们用沙哑的嗓子唱着高原情歌，催促着军马欢快地奔驰。我的双腿红肿得厉害，被摩擦得生疼。我抓紧马缰，无心欣赏周围的美景。但我的大脑却像脱缰的野马，思绪万千，想了很多很多……

十二

光阴似箭，生活如水。后来，我被调离部队牧场，到部队基地机关工作。我曾因工作需要回过牧场几次，见到熟悉的人、熟悉的场房、熟悉的草原，我感到格外亲近。但每次停留的时间总是太短，来也匆匆，去也匆匆，就像游子回到自己的故乡，刚相聚又分离，让人依依不舍。

如今，我已转业回山东故乡 10 年了，回想起在青藏高原部队的工作生活，心中总有一片蓝天下的美丽草原，在那遥远的地方。

后记：1993 年 7 月中旬，在那次下牧队回场部后，我将下牧队过程中的所见所闻所思，以日记的形式整理为《草原牧歌》一文，文中的素材和人名都是真实的。基地成立 40 周年时，我稍作加工，这篇文章以《草原牧歌》为题入选基地后勤部征文集。2020 年 12 月初，我翻阅收藏的个人资料，发现《草原牧歌》文稿，读来备感亲切，往事历历在目，情不自禁，思绪万千。现在看来，《草原牧歌》原文内容单薄，记录过于直白，缺少牧工生活气息。我虽然已转业十余年，却念念不忘那二十五年的高原军旅生活。其中，那五年的部队牧场生活尤其令我刻骨铭心。为表达多年思念部队牧场之情，我在《草原牧歌》原稿的基础上，添加一些高原牧场生活元素，遂成《高原牧歌》一文。

为便于发表，我特别声明，《高原牧歌》一文中除了场部工作队员姓氏，所涉及牧工人名均为化名，他们是牧场数百名牧工群众的形象代表，不专指某一个人，请勿对号入座。

新时代崇尚最可爱的人

当《我的祖国》的旋律在耳边响起，当《英雄赞歌》的音符在空中回荡，人们的心中仿佛有一股激流涌起……

70 年前，由中华优秀儿女组成的中国人民志愿军，肩负着人民的重托、民族的期望，高举保卫和平、反抗侵略的正义旗帜，雄赳赳、气昂昂，跨过鸭绿江，同朝鲜人民和军队一道，历经两年零九个月艰苦卓绝的浴血奋战，最终赢得了抗美援朝战争的伟大胜利。英勇的中国人民志愿军战士，得到了全国人民的衷心爱戴和无比崇敬，被称为最可爱的人。

时代崇尚英雄，人民铭记英雄。在纪念中国人民志愿军抗美援朝出国作战 70 周年之际，各大新闻媒体的记者争相采访健在的志愿军老战士，聆听他们舍生忘死的感人故事。《参考消息》特别设置专栏《致敬最可爱的人——纪念抗美援朝 70 周年·老兵访谈录》，一个个鲜活的英雄故事让我读后感动不已、浮想联翩，一股强大的力量在心中升腾，一种保家卫国的情愫填满了剧烈起伏的胸膛。

心里总有一些热血沸腾的情感能够穿越时空。我想起小时候观看的电影《英雄儿女》，想起中学时期诵读的课文《谁是最可爱的人》，想起西北高原上二十五年的军旅生涯……在我的记忆深处始终铭刻着一幅英雄王成壮烈牺牲前的画面：他冒着硝烟战火坚守阵地，背着报话机高呼"向我开炮"，双手紧握拉响的爆破筒冲向敌群……这幅画面挥之不去，随着年龄的增长而格外清晰，最可爱的人的光辉形象永驻我的心间。

"雄赳赳，气昂昂，跨过鸭绿江！保和平，卫祖国，就是保家乡……"想起硝烟弥漫的朝鲜战场，许多而今已入耄耋之年的志愿军老战士心潮澎湃、神采飞扬，讲起抗美援朝出国作战的经历，他们更是如数家珍，格外激动。记忆的闸门一下子打开，一段段往事涌上心头，一个个战友的身影浮现在眼前，让这些老人仿佛回到了年轻时金戈铁马、战火纷飞的峥嵘岁月……

在接受记者采访时，这些可敬的老人会特意拿出珍藏多年的军装，军装上挂满了奖章。

当年，这些老战士风华正茂，一片赤心，满腔热血，怀着对祖国对人民的无限热爱奔赴朝鲜战场。他们心里知道，只有打了胜仗，祖国人民才能过上好日子。在烽火硝烟中，他们奋不顾身，前仆后继，血洒疆场，为人民立下赫赫战功。那一枚枚奖章背后都铭记着他们向死而生的光荣历程，都凝结着他们保家卫国的革命情怀，都蕴藏着他们对一道出生入死的战友们的日夜思念。几经生死考验的老人们，讲起自己的故事总是轻描淡写，但想起那些在激烈的战斗过程中英勇牺牲的战友们，会不住地用手使劲地揉湿润的眼睛，不让眼泪掉下来。即使泪花闪现，他们也会克制住自己激动的情绪，只是悄悄地抹一下眼角。

尽管时光流逝，但他们记忆犹新，谈起往事仍热血滚烫、铁骨铮铮。不论时代怎样变迁，生活环境如何变化，这些可敬可爱的老战士始终信念如磐、意志如铁，胸前的奖章依然熠熠生辉。正如作家魏巍所称赞的那样："他们的品质是那样的纯洁和高尚，他们的意志是那样的坚韧和刚强，他们的气质是那样的淳朴和谦逊，他们的胸怀是那样的美丽和宽广！"

有位名叫孙景坤的老战士讲道，1955年他复员回乡务农，放弃了留在城里工作的机会。从农民成为战士，又从战士成为农民，这些年来，他扎根家乡热土，带领乡亲们建设山村摆脱贫困，不知操了多少心、出了多少力、流了多少汗。除了人民政府每年给他的伤残抚恤金，他一直靠参加生产劳动获得收入养家。村里常有人对他说："老孙，你参加革命除了带回一些奖章和一身伤疤，什么好处都没有得到，太吃亏了。"他却说："和那些牺牲在战场上的战友们比，我受这点儿苦算得了什么。"经历过生死的他，总想回馈社会更多。"我从参加革命那天起，就没想过什么叫吃亏，什么叫好处，也根本没有想过将来要捞点儿什么。"他语气坚定，心底知足。孙景坤知道，那时回乡务农的老战士，何止他一个啊！全国有成千上万的老战士复员回乡，积极投身于乡村建设，带领群众脱贫致富，在和平岁月里隐姓埋名、默默无闻、不计得失、甘于奉献。那褪色的军装就是他们的最高荣誉，身上的伤疤就是他们的最高勋章。

当记者称赞他们是英雄时，他们都十分淡然，无不是这样回答："那时候大家都一样，身后是祖国，不能后退一步。""我的事迹不重要，重要的是告诉后人，和平来之不易，是当年无数英烈浴血奋战换来的，要珍惜现在的幸福生活，更不能忘记历史、忘记过去。"

为什么战旗美如画？英雄的鲜血染红了它；为什么大地春常在？英雄的生命开鲜花。生活在和平年代的我们，更应该懂得，我们所追求的幸福生活，是不会从天而降的，也不是理所当然的。在抗美援朝战争中，就有许多英雄儿女为了祖国、为了人民、为了和平献出了宝贵生命。他们的功绩彪炳千秋，他们的英名万古流芳！正是这些革命先烈和成千上万的老战士将自己的一生投入保卫祖国、建设祖国的伟大事业中，人民才过上了今天的幸福生活，国家才取得了今天的辉煌成就。

回望历史，照亮未来。沧海横流方显英雄本色，新时代崇尚最可爱的人。2020年以来，在抗击新冠疫情这场严峻斗争中，广大党员、干部冲锋在前、顽强拼搏，医务工作者义无反顾、日夜奋战，人民解放军指战员闻令而动、敢打硬仗，人民群众众志成城、守望相助，公安民警、疾控工作人员、社区工作者、志愿者等社会各界坚守岗位、真诚奉献，涌现出了千千万万个新时代最可爱的人，为打赢疫情防控的人民战争、总体战、阻击战作出了重大贡献。

新征程前景光明，新使命无上光荣。2020年，抗击新冠疫情斗争取得重大战略成果，脱贫攻坚战即将全面胜利，第一个百年奋斗目标——全面建成小康社会即将圆满实现，正向着第二个百年奋斗目标奋进。处于"两个一百年"奋斗目标的交汇点，把我国建成富强民主文明和谐美丽的社会主义现代化强国的接力棒已经交到我们这一代人的手中，我们唯有接续奋斗，别无选择。

站在历史的新起点上，我们信念坚定，无比自信。新时代中国人民和中华民族向着伟大复兴奋进的坚定步伐势不可当，构建人类命运共同体、维护世界和平发展的时代潮流势不可当。让我们更加紧密团结在以习近平同志为核心的党中央周围，赓续老一辈革命战士的红色基因，争做新时代最可爱的人，弘扬伟大的抗美援朝精神，一路披荆斩棘，一路凯歌前行，伟大的祖国必将始终巍然屹立于世界东方。

辑五　生活感悟

"假如给我三天光明"

周末，我捧起海伦·凯勒的自传《假如给我三天光明》，不经意地翻阅了几页，就被海伦的坚强与善良深深地感染，竟爱不释手，决心读下去。于是，花了一天的时间，我走近海伦的生活，跟随她的脚步，聆听她的故事。

海伦·凯勒，1880 年 6 月 27 日生于美国亚拉巴马州的一个小城——塔斯甘比亚。海伦出生 1 岁零 7 个月后，不幸患病，两耳失聪，双目失明。刚开始，海伦的情绪非常暴躁，她常常发脾气，对生活充满了失望。她内心渴望得到爱，渴望得到光明。直到海伦 7 岁时，安妮·莎莉文老师的到来，才燃起了她对生活的希望。随着时间的推移，海伦在老师和亲人的帮助关爱下，打开了心灵之窗，认识了许多事物，学会了使用盲文阅读和写作。她凭着坚强的意志，付出常人难以想象的艰辛和努力，考入了哈佛大学，并走向社会，成为著名的作家和教育家。她用自己的实际行动回应了她的心声："知识给人以爱，给人以光明，给人以智慧。""因而，我要把别人眼睛所看见的光明当作我的太阳，别人耳朵所听见的音乐当作我的交响乐，别人嘴角的微笑当作我的幸福。"

海伦的身体虽然不自由，但她的心灵是自由的。她虚构了奇迹的期限。"假如给我三天光明，"她说，"我不会把时间浪费在后悔和渴望上，有太多的东西要去看。"第一天，她怀着感恩之心，要看到仁爱而又温柔的老师和亲朋好友，好好端详他们的面孔，把他们的音容笑貌铭刻在心中。还要看一下温暖的家，以及自己读过和听过的书籍。到附近的森林进行一次郊游，漫步在回家的小路上。第二天，她怀着敬畏之心，要黎明起身，去看黑夜变成白昼的动人奇迹，仰望太阳用光芒来唤醒沉睡地球的万千景象，向过去和现在的世界匆忙瞥一眼。要去参观博物馆、戏院或电影院，了解人类和自然界的真实面目。第三天，她怀着平常之心，要在现实的世界里，在从事日常生活的人们中间度过平凡的一天。站在热闹的路口，观察了解人们的生活。还要环城游览一番，到贫民窟、到工厂、到公园，深入调查幸福和悲惨的景象，体验一下人们的喜怒哀乐。

海伦虚构的"三天光明"匆匆地过去了，她一定收获了很多很多。试问，作为一个身智健全的人，自己在"三天"中又做了什么呢？又有什么收获呢？现实中有多少不珍惜光明、虚度年华的人啊！

"假如给我三天光明"，这是海伦作为一个盲人给健全人的一个温馨提示。善用自己的眼睛吧，何止是"三天光明"。作为身智健全的人，是多么幸福快乐啊！我们要珍惜光明，珍惜光阴，像海伦那样热爱生活，用眼睛发现生活中的真善美，用耳朵聆听时代的音符，用双脚丈量现实的大地，用双手描绘未来的远景。我们要像海伦那样怀有感恩之心，感恩父母双亲，是他们给我们生命，将我们抚养成人；感恩老师，是他们给我们知识和智慧，将我们培养成才；感恩兄弟姐妹和朋友，是他们给我们快乐，让我们理解友爱；感恩社会，是社会给我们力量，让我们明白了担当的责任；感恩挫折和失败，是它们给我们成长和成熟，让我们战胜自我。我们要像海伦那样怀有敬畏之心。敬畏地球，像保护眼睛一样爱护生态环境；向往和平，反对战争；敬畏科学，崇尚科学，让科学之光照亮世界，造福人类；敬畏法律，尊法、学法、知法、守法，依法约束自己的社会行为，承担起社会义务和责任，维护社会公平正义。我们要像海伦那样怀有平常之心，珍惜拥有的现在，热爱生活，勤奋学习，努力工作，用积极的心态迎接困难和挑战，在平凡的人生中做出不平凡的业绩，为人类、为社会多做贡献。我们要像海伦那样奉献爱心，关爱他人，特别要关心和帮助生活中有困难的人，让社会大家庭充满爱，充满温暖。

　　"也许人的本性就是这样，拥有的东西不珍惜，没有的东西想获得。"让我们铭记海伦的忠告，"假如给我三天光明"，赶快付诸行动吧。

写作之梦，有幸与你结缘

2016 年，对于我来说，恰逢知天命之年。这一年过得怎么样呢？不必说工作中如何勤奋敬业、恪尽职守和积极努力了，仅说一下业余写作的故事就让我激动不已，写作之梦让我感到充实而快乐。

阳春三月，女儿考研进入调剂阶段，其内心的紧张焦虑程度可想而知。为缓解她的压力，周末，我们一家三口到二姐家串门，路途有 30 多公里。我提议，我骑自行车去，妻子和女儿开车去，比赛一下谁先到达。我提前半小时出发，先走了一步。比赛结果，我比她们早两分钟到达目的地。从车上下来，女儿对我竖起了大拇指。我自豪地对她们说："虽然我们出行的方式不一样，但我们的目标都实现了，可是我比你们多了一份收获啊！"我的收获就是后来发表在《济宁日报》上的那篇《找个机会骑自行车赶路》的散文。我把一路的风景和感想记录下来，女儿看了，脸上露出了久违的笑容，眼睛里有了自信的光芒。正如文中所写的那样："人们对美好生活的追求是一致的，只是追求的方式和实现的途径不同而已。但只要方向正确，信念坚定，脚踏实地，锲而不舍，不管速度快慢、时间早晚，美好生活的目标就一定能实现。"女儿4月复试成功，6月收到入学通知书，9月初成为一名在校硕士研究生。

那篇散文的发表，让我曾有的写作之梦又蠢蠢欲动。我捧起海伦·凯勒的自传《假如给我三天光明》，被海伦的坚强与善良深深地感动，我花了一天的时间，走近海伦的世界，跟随她的脚步，聆听她的故事。我写下了读后感《"假如给我三天光明"》，又发表在《济宁日报》上。"善用自己的眼睛吧，何止是'三天光明'。作为身智健全的人，是多么幸福快乐啊！我们要珍惜光明，珍惜光阴，像海伦那样热爱生活，用眼睛发现生活中的真善美，用耳朵聆听时代的音符，用双脚丈量现实的大地，用双手描绘未来的远景。"于是，写作之梦悄悄地向我走来。

9月的一天上午，我不经意间翻阅《齐鲁晚报》，浏览到《青未了·壹点文学》栏目，看到关于"壹点文学"的启事："她像一棵树，守卫着文学净土；她像一片湖，培植着草根的梦想……"我的眼睛亮了，这不正是我朝思暮想的精神家园吗？这里有我可敬可亲的文友，还有甘为人梯、默默呵护一方文学净土的辛勤园丁。

自从与《齐鲁晚报》"青未了"文学网结缘，我申请为专栏作者，用激情敲击键盘，已将所见所闻和生活感悟凝结为7首诗歌和8篇随笔，发表在网上与朋友们分享。这一片天地，"风声雨声读书声，声声入耳；家事国事天下事，事事关心"。我遇到了知音，收获了喜悦。我要做一个快乐的追梦人，为伟大的时代摇旗呐喊，助威加油，释放社会正能量。

时值年终岁尾，我幸福地说："2016年，我未虚度。写作之梦，有幸与你结缘。"

收获与期待

　　再过两天，2016年就过去了，新的一年就要到来。在这辞旧迎新之际，"一九"的雾霾天气随风而去。天，终于晴了，多日不见的太阳传递着温暖的光芒，大地又有了新的生机，人们的脸上焕发出开心的笑颜。冬至已过，春天还会远吗？

　　过去的一年里，老人收获了健康和幸福，孩子收获了成长和快乐，我收获了什么呢？事业稳定、工作顺利让我走向成熟，亲人健康、家庭和睦让我由衷欣慰。除此之外呢，我还有一份幸运的收获，那就是工作之余，读书看报，偶有闲情逸致，便挖空心思动手写一下生活感悟和所见所闻。不图名篇大作，但愿一吐为快。体裁或诗歌，或随笔，不拘一格；篇幅或长，或短，随心而定。申请专栏作者的夙愿成功，牢记"在其位，谋其政"的诺言，勤耕不辍。每逢见到《齐鲁晚报》"青未了"文学网上有自己的作品发表，我心里总是一惊——毕竟水平有限，也敢登大雅之堂，多让园丁和文友见笑。然而，又想到《齐鲁晚报》"青未了"文学网是一个百花园，有红花也需要绿叶，我便甘作绿叶化春泥，让五彩缤纷的花儿开得更香更艳，不是更好吗？

想到这些，心里又宽慰了许多。"两耳不闻窗外事"的心态飞走了，想说说话的精神时而倾注于笔端，时而敲打在键盘。伴随着沙沙沙、嗒嗒嗒的声音，我向世界传递着不甘寂寞的能量。

　　新的一年就要来了，明媚的春天就要来了，我那不甘寂寞的能量还在酝酿着，经过冬的储藏，盼望着春的释放。但愿"春色满园关不住，一枝红杏出墙来"。这枝红杏是甜的，还是酸的呢？期待着春天的风雨和夏季的收获。

在期盼的阳光中前行

　　元旦过后，自己不知不觉又长了一岁。站在新年的门槛上，"一九"的雾霾刚刚散去，"二九"的雾霾接踵而至。身处高层办公楼，透过窗台，只见天地混沌，高楼大厦若隐若现，马路上的过往车辆只闻其笛声不见身影。举头仰望天空，被雾霾重重遮挡的太阳像一个不规则的圆形亮点悬浮在白茫茫的空中，将光芒向周围扩散着，扩散着……但人们的众多期盼丝毫不减。

　　期盼老人身体健康，心情舒畅，衣食无忧，安度晚年。老有所养，老有所乐，老有所为，是老人的期盼，也是子女的心愿。敬老、爱老、养老是全社会的责任，更是年轻人的责任。每一位老人都曾年轻过，他们的那"一亩三分地"上浸透了他们一辈子的心血和汗水。他们用自己的辛勤劳作换来一年年的收成，无论收成如何，都担当起了他们那一代人的历史责任。仅凭这一点，年轻的人们就要感恩老人、善待老人，把阳光的温暖优先送给老人。

　　期盼孩子活泼可爱，聪明伶俐，学业进步，健康成长。"少年强则国强"，"少年进步则国进步"。孩子是父母的希望，更是民族的未来。修身，齐家，治国，平天下，是年轻人的梦想。

未来是属于年轻人的，这是历史的必然。关注年轻人的教育，要从孩子做起。幼苗要成长为栋梁，需要经历些风风雨雨，经历些严寒酷暑。年轻人走出温室，晒晒太阳，强筋健骨，才能挺起不弯的脊梁。

期盼家庭和睦幸福，尊长爱幼，夫妻恩爱，兄弟互助，姐妹相亲。与人为善，勤俭持家，是中华民族的传统美德。人人都有一个家，都期待家和万事兴，推动事业向前，社会进步。

期盼国家繁荣昌盛，人民生活富裕，社会发展进步。国是千万家，家是社会的细胞。国家好，民族好，大家才会好。全国上下同心，和衷共济，小康路上一个都不掉队，才能让每一个家庭都过上好日子。实干，加油干，才能梦想成真。

期盼世界大同，天下一家。我们只有一个地球，地球好，中国才会好。秉持人类命运共同体的理念，担当和平发展大任，"一带一路"倡议提供中国方案，和平发展贡献中国智慧，中国经济快车展示中国风采。这一切，都是为了让世界各国共同发展，最终实现共享共赢。

天下之本在国，国之本在家，家之本在身。少一些嫉妒，多一些敬仰；少一些憎恨，多一些友爱；少一些虚假，多一些真诚。见贤思齐，闻过则改，己所不欲，勿施于人。让每一个人的心里充满阳光，照亮自己，照亮他人，照亮家庭，照亮社会，照亮世界。

众望所归的太阳渐渐地拨开重雾，照耀着人们走向新一轮春夏秋冬。善良的种子一定会发芽、吐绿、成长，直到结出大爱的硕果。让我们满怀信心和期待，一起迎接美好的明天。

待到红杏满山时

　　我陪妻子到济南检查身体，医生让她住院治疗。与妻子同病房的病友，姓于，是一个三十多岁的农村女子，身高不到一米六，因患急性胰腺炎已住院治疗半个多月了。陪护的是她的丈夫，姓魏，比她小三岁，人长得黑胖，个头约一米七，体重却有九十多公斤。小于怕感冒，病房整天关窗闭门，空气不流通，室内的药味特别浓。而且，她晚上还需要输液，夜里休息时也不能关灯。她有时疼痛起来，大喊大叫，常找来值班医生护士。我妻子是肠胃病，需要静养和足够的睡眠，刚开始时有些不适应，睡眠不好，心情自然也好不起来。

　　相处几天后，我们对小于了解了许多。她家在德州农村，上有一个精神状态不太好的婆婆，下有一个上小学四年级的儿子。她是从当地县医院转院来的，在济南工作的小姑帮她联系了这家医院。小于把儿子托付给妈妈照看。她的父亲已经七十多岁了，乘车三个小时从老家来探望，一待就是两天。我们非常同情她，理解她。时间长了，我们成了好朋友。小于和丈夫尊称我们张哥、刘姐，我们亲切地称他们小于、小魏，就像一家人，相互关照，相互帮忙。

每逢换药时，护士就故意敞开房门透透气，小于也不再生气地喊着快关门了。她性格开朗，爱说话，病情稍有好转，就侃侃而谈，家长里短，天南海北，说个没完。有时，她与小魏闹别扭赌气，唠叨起来就不停。我妻子一边耐心听，一边劝说她："妹妹呀！你要多注意休息，自己的身体最重要，少生点儿闲气吧。"小于的脾气真像春天的雪，来得快，消得也快。你还没劝完，她就哈哈地笑了。"姐姐你要放松思想，放宽心情，积极配合医生治疗，早点儿康复出院，家里的老人和孩子天天等着你们回家呢。"她反而劝起妻子来了。

生病住院的人，看的是病，住的却是心情。陪护病人的人，心情更要和顺。在医院，除了看着病人打针吃药，照顾他们起居，还要调剂好病人的一日三餐。我幸运的是，妻子的性格不急不躁，言语平和，通情达理，理解我的辛苦。我一周的忙碌和付出，她记在心里。她知道我是一个爱看书的人，几天不读书就心神不安，于是，叮嘱我晚饭后在医院附近的书摊上买几本杂志。我们偶尔翻阅一下，打发寂寞的时光。小于有时借一本看看，她说："有文化就是好，看书能让人心静。"她劝说小魏不能整天开着电视看，也看看书，提高一下文化修养。小魏嘿嘿地笑着说："我可不是看书的料，就是爱热闹想看电视节目。"还说，"看电视影响刘姐休息了，实在不好意思。"妻子也不好说什么，只是随口应答："你们在医院陪护病人挺烦闷的，看看电视节目能放松一下心情，你愿意看电视就看吧。"

有了妻子的许可，小于和小魏心里自然十分欢喜。小魏喜欢看连续剧《青年霍元甲之冲出江湖》，小于爱看连续剧《乡村爱情》。他们白天看一遍，晚上再看一遍，护士查房时就把电视关了，等护士走了再悄悄打开。他们都是电视迷，病房的电视机整天开着。有时两部连续剧时间重叠，他们还争来争去，但结果总是小于如愿以偿，小魏溜出病房抽烟去了。

那场春雪前，济南的天气骤然变化，大风不止，气温下降。夜间病房里的空调未打开，室温到了18摄氏度。我盖上夏凉被，仍感到寒冷。借着明亮的路灯，透过窗户，看到纷纷扬扬的雪花从天而降。

第二天早晨，陪护的小魏感冒了。吃早餐时，小于怕染上感冒，催小魏穿上厚厚的大衣吃热面条。一碗热面条下肚，小魏头上冒出了汗。我们看他吃饭的样子，忍不住笑了。我和妻子吃过早餐，站在窗前，凝望外面的银白世界。难得的清闲时光，应该动手写点儿东西了。我思考片刻，随手在一本杂志空白处写下一首短诗："昨夜西风悄悄起，今朝大雪空中飘。谁知春景时光好，红梅一枝点头笑。"我觉得最后一句不合格律，想给妻子看看，让她帮忙提点儿意见。妻子摆手说："我哪有心情看诗啊！"小于却说："张哥，能让我看一看吗？"我走过去递给她，她看后开心地笑了，并说："你这说的不是我吗？你看最后一句，含有我的名字啊！"我一听，怔了一下，再认真读了一遍，发现最后一句中确实有她名字中的两个字。我无意间作的这一句诗，却让有心人记下了。是啊！人要有积极的心态，心里充满阳光，身体才会健康。

我和妻子的微信朋友圈中出现了许多图片，家乡的雪比济南下得大。正月里的春雪，让我想起家乡山坡上盛开的杏花，思念起牵挂我们的亲人。我的家乡在鲁南山区，一到春天，山村的房前屋后，杏树、桃树、梨树的鲜花竞相绽放。桃花开，杏花败，四月的梨花像雪片。过了正月，家乡的杏花即将盛开，就像雪花洒满山坡。我想到这里，又吟出了一首诗："冬天寒月去，春季暖风来。红杏不知雪，千枝竞相开。"

我拿给小于看，她又高兴地说："这首诗里后两句也有我的名字啊！现在杏树还没有开花啊，张哥，你是不是想得太远了？""杏花开了，你们的病就好了。""谢谢你的吉言！我也想快点儿好，早点儿回家。""你们都是幸运的，一定能治好病。现在医学这么发达，相信医生吧。"我对小于说。写的诗，有人欣赏，也是写诗人的快乐。

那天，整个病房里充满了快乐。妻子的心情好了许多，话也多了起来，还在病房里来回走动。她和小于相约，等出院了，请他们带着孩子到我们家乡观光旅游。小于也邀请我们到她家做客，说要亲手做几道我们没有吃过的家乡菜让我们品尝。

是啊，在病房里，我是想远了些，甚至还有写诗的雅兴。我想用写诗的方式给病房里吹进一缕春风，添加一点儿春色，唤醒春天的快乐。

随着春姑娘的悄悄光临，妻子和小于会越来越好，她们康复的日子就要到来。不是说瑞雪兆丰年吗？春雪已经来了，红杏盛开的日子还会远吗？幸运之神快点儿来吧，家乡的亲人正在翘首盼望着我们早日回家呢。

远方的朋友们啊，待到红杏开满山坡时，亲人在家乡等你。

守住心中的那盏明灯

在日常生活中，人们每天出行，心中总有一个目标。不论是开汽车、骑电动车，还是步行、骑自行车，经过交通路口时，红灯停、绿灯行，这是老幼皆知的交通常识。交通路口，人车分流，遇到红灯，车辆不能变道通行，只能暂停等待。如果谁闯红灯抢行，就会被值勤交警阻拦或电子眼抓拍，必然受到违章处罚。而步行的人，却有回旋余地，暂且拐个弯，依然能沿着闪亮的绿灯，朝着心中的目标前行。

我们单位开展绿色出行"135"活动，即上下班坚持1公里内步行、3公里内骑自行车、5公里内乘坐公共交通工具。自从绿色出行活动开始后，因早上时间紧张，我便骑自行车上班；晚上时间宽松，我便步行回家。经过一段时间，我发觉骑自行车比开车省心，只要不逆行闯红灯，就可以大街小巷自由通行，有时比开车还节省时间，更不用担心找不到停车位。而步行的好处则更多，不仅在大街小巷通行方便，而且在十字路口也可以灵活选择左右通行。虽然出行的节奏慢了下来，但有时间欣赏路边的风景。冬春季节，我每日17：30下班，此时夜幕降临，宽阔的马路边华灯初照，路旁的商家店铺招牌霓虹闪烁，让人迎着寒风仍能感到生活的温暖。走在路上，思考在路上，不经意间就会有新的收获。脑海中不时迸发出思想的火花，点亮心中的明灯，照亮前行的路。

春节的前几天，还在读研究生并在上海某证券公司实习的女儿发来微信说："老爸老妈，跟你们通报一下，我终面被刷了！……"妻子一会儿也打来电话，让我劝慰一下女儿。我劝说什么呢？女儿在该公司实习了7个多月，熟悉了部分业务和工作环境，深得部门经理和同事的好评。按往年惯例，只要实习期间公司满意，就会留用。她工作认真，信心满满，原以为公司会留用她。谁料想，突如其来的变故，让她措手不及，连她的导师都感到惊讶可惜。公司人力资源部总经理在微信中也坦率地说："由于市场行情因素，各大证券公司今年都缩减了招聘规模，所以今年的面试通过率相对较低。好些同学从宣讲会现场一路走到现在，其实也是非常优秀的，但在如此激烈的竞争下不幸被淘汰，我们也深感惋惜。"我给女儿打通电话，倾听了她的诉说，得知与她同期实习的同学共300多位，能进入终面的只有200多位，最后留用的才70多位。我劝她不必纠结于眼前的失利，要相信明天的太阳还会升起，放下包袱，轻装前进。我的话说得轻松，电话那头的女儿却听得沉重，她不时发出一声声遗憾又无奈的叹息。

面对快速发展变革的社会，人们尽情享受着现代文明带来的生活便利，同时又常常感慨生活压力太大，不如意事常有十之八九。有人性格暴躁，有人工作急躁，有人生活浮躁，遇问题大动干戈者有之，干工作急功近利者有之，办事情背信弃义者有之……这些纷繁复杂的不良现象，不管你喜欢不喜欢、愿意不愿意、接受不接受，都常常出现在人生之路上，也许某一处就是人生的路口。

交通路口设有红灯、绿灯，人生路口不也是如此吗？既闪烁着绿灯，也会亮起红灯。人们只有守住心中的那盏明灯，分清是非曲直，遵守法律法规和社会道德规范，才能走好人生路，实现自己的人生价值和美好梦想。

当在人生路口遇到拦路虎、绊脚石，亮起红灯时，是硬闯横撞，打"虎"搬"石"，拼杀出一条血路来，还是开动脑筋，另辟新路，绕过拦路虎、绊脚石继续前行？怎样抉择，考验的不仅是人的智慧和能力，更是人的心态。真正的强者，绝不会望"虎"生畏、望"石"兴叹，更不会惧怕压力逃避困难，只会更加坚定必胜的信念，积聚起所有的力量，为心中的那盏明灯添油加火，保持积极乐观的心态，校正方向，奋勇向前。命运给你关了一道门，也会为你打开一扇窗。用心看一看窗外吧，窗外的风景更精彩、更开阔。只要你心中的那盏明灯依然闪亮，拨开"山重水复疑无路"的迷雾，就一定能看到"柳暗花明又一村"的美景。

著名作家柳青说过，人生的道路虽然漫长，但紧要处常常只有几步，特别是当人年轻的时候。年轻的朋友啊，在人生的路口处，当红灯迎面亮起时，要冷静观察，让心中的那盏明灯判明是非曲直人生，照亮人生的前进方向。莫迟疑，不停留，笨鸟先飞。只要还在前行，偶尔拐个弯，又有何妨？也许稍微迟疑一下，紧要处的那几步就过去了。时光不可追，人生不可悔。错过了，就会是另一番人生景象。人生的路不是平坦笔直的，也有曲折的行程。站在人生路口，按绿灯方向前行，应是明智而正确的选择。

"白日不到处，青春恰自来。苔花如米小，也学牡丹开。"寒冬已经远去，暖春扑面而来，神州大地处处充满绿色生机和活力。年轻的朋友们，在这万物复苏、百花竞放的春天，让我们一起加入绿色出行的队伍吧，点亮心中的那盏明灯，朝着人生的目标奋勇向前。

辑六　漫步采风

赶　路

　　上周五晚上，我和妻子商量周六上午到兖州二姐家走亲戚。我们想把一辆旧自行车带去，可是小汽车后备厢放不下，于是我决定骑自行车去。"从这里到兖州有六十多里路呢，你不怕累吗？能行吗？"妻子怀疑地问。

　　我说："没问题。我十七八岁的时候，在泗水老家去县城买东西都是骑自行车，来回一趟足足有六十多里路呢，又是山路。这里是平原，路好走。"

　　女儿在一旁说："你今年五十岁了，可不是当年的小青年，还逞强啊？""你们不相信啊？明天，你们开车去，我骑自行车去，咱们比比看。"我坚定地说。

　　第二天，我们一家三口吃过早餐，我对她们说："请你们收拾一下家务，我先出发了。""爸爸，你还真骑自行车去啊？"女儿笑着问。

　　妻子对女儿说："让他骑车走吧，你爸定的事谁也劝不了。"同时，又关切地对我说："路上慢点儿。""放心吧！"我抬头看了一眼挂在餐厅墙上的表，"现在是九点半，我们比一下，看谁先到兖州。"我一边说，一边推着自行车下楼了。

　　离开小区，我骑上自行车汇入车流、人流中，缓缓前行。过了几个红绿灯路口，我沿 327 国道向目的地进发。

　　大约骑车走了半个小时，我终于来到了郊外，非机动车道越来越宽敞，行人、电动车、自行车渐渐地少了许多，鸣笛声也不再喧闹。我绷紧的神经渐渐地放松，心也平静下来。过了黄屯，在宽阔的非机动车道上，只有我一个人骑自行车前行，偶尔遇到两三辆电动车从身旁驶过，又渐渐地消失了。好像这路是专为我修的，我是这路上的主人。难得有这样的时空，我一边欣赏着一路的风景，一边浮想联翩。仰望天空，蓝蓝的，几片洁白的云朵静悄悄地挂在那里。天气格外好，我顿时感到心旷神怡。道路两旁一排排高大挺拔的白杨树像一列列哨兵在为勤劳而忙碌的人们站岗。几棵婀娜多姿的柳树长出了鹅黄色的新芽，多情的柳条随风摇曳，向过往的车辆和行人招手。大树下、路旁边的枯草丛中冒出了一片片新绿，几只鸟儿叽叽喳喳地来回飞着，传递着春天到来的喜讯。习惯了都市生活快节奏的人们，请放慢匆匆的脚步，欣赏一下大自然的风光，享受一下慢生活的乐趣吧！

　　一路上，机动车道的车辆来回穿梭，好像在与时间赛跑。路过的几个公交车站牌下，站满了等待的乘客，有的东张西望，有的低头看着手机，还有的悠闲地说笑着。一会儿，一辆公交车停到站点，人们涌动起来，一部分人挤上了车，公交车很快驶过站点。剩下的人们，继续等待下一辆公交车的到来。

　　我想，人生的路也是如此。有的人，捷足先登，已搭上便捷的快车；有的人，犹豫徘徊，还在等待改变命运的机遇；有的人，自食其力，疾步奋进；有的人，独撑天地，安泰一方。然而，人们对美好生活的追求是一致的，只是追求的方式和实现的途径不同而已。但只要方向正确，信念坚定，脚踏实地，锲而不舍，不管速度快慢、时间早晚，美好的生活目标就一定能实现。我回首看了一眼还在等待公交车的人们。路在前方，路还很远，让他们等吧，我还要前行。因为骑自行车出行是我自己的选择，唯有奋力，才能向前。想到这些，我挺起胸膛，目视前方，暗暗地给自己加油鼓劲，脚蹬自行车的力气更大了，速度更快了。

一阵风吹拂过我的脸庞，路边的尘土、干树叶也跟着飞舞。我回过神来，感觉到了太阳的温暖，身体渐渐地发热，手心里微微冒汗。我放慢蹬踏的节奏，从上衣口袋里掏出手机看了看时间。时间过得真快啊！我已经走了一个半小时，很快就进入兖州城区了，妻子和女儿开的小汽车还没有追上来，我在心里得意地笑了。我正陶醉呢，耳旁响起一阵鸣笛声。女儿调皮地打开车窗向我招手，喊了一声"加油啊"，她们开的小汽车便从我身旁疾驶而过。我在后面用力地追，正巧前边向右拐弯的路口亮起了红灯，她们在等待，我却快捷地向右通过了。

比赛结果，我比她们提前两分钟到达目的地。从车上下来，女儿对我竖起大拇指。妻子开玩笑说："下次，你再把咱家里的另一辆自行车骑来吧。"我对她们说："虽然我们出行的方式不一样，但我们的目标都实现了，可是我比你们多了一份收获啊！"

济宁的秋天

　　济宁的秋天，是一个收获的季节，也是一个别有韵味的季节。它没有春天和风细雨的温柔，也没有夏日火一般的热情，更没有冬季雪花飘逸的宁静，却有一种独特之美。

　　走进济宁大地，城市乡村秋色宜人。城市街道两旁，古槐苍翠，法桐成荫，绿篱整洁，环境优美。微风吹过，金黄的银杏叶哗哗作响，像一把把多情的扇子，扇走夏日的炎热，送来秋天的清凉。行人和车辆不再匆匆忙忙，而是彬彬有礼，自觉礼让。广场上、公园里，争奇斗艳的菊花，五彩斑斓，竞相绽放，招来众多蜜蜂，不是春天胜似春天。穿城而过的大运河碧波荡漾，满载货物的货船连成一条长龙，自由地南来北往。城南的太白湖景区与南四湖（包括南阳湖、独山湖、昭阳湖、微山湖）紧紧相连，波光粼粼，白帆点点，芦苇飘荡，碧荷连天，游人如织，群鸟翔集，岸边杨柳依依，稻谷十里飘香。夕阳西下，彩霞映红半边天，打鱼归来的渔船驶向岸边，渐行渐近。立在船头的小伙唱起一曲《弹起我心爱的土琵琶》，歌声深沉悠扬，向游人兴奋地诉说着"铁道游击队"的传奇故事。远处的群山，石崖突兀，层林尽染，色彩变幻，金黄与褐棕相间，碧绿与火红相映，像一幅浓墨多彩的油画。

郊外的农家果园硕果累累，芳香四溢。不必说那红彤彤的苹果、黄澄澄的梨，也不必说那熟透的水灵灵的葡萄，仅看一眼挂满枝头的那一串串鲜红的山楂，就会激活你的味蕾，让你忍不住吞下酸酸的口水。广袤的乡村田野里，金灿灿的玉米颗粒饱满，成片的大豆、花生成熟在即，绿油油的地瓜秧四处蔓延。东奔西走的农用机械忙碌不停，那是勤劳的人们正在收获今年的喜悦，播种来年的希望。

孔孟之乡，礼仪之邦。有朋自远方来，不亦乐乎！济宁的秋天，美在眼里，美在心里，你会处处感受到它的热情和魅力。

春风又绿运河岸

　　盼望着，盼望着，2020 年的春天来了。暖阳高照，天空碧蓝，灿烂的阳光洒向大地，普照千家万户。阳光下的大运河波光粼粼，宛如一条蓝色的长飘带。它穿城而过，伸向远方。

　　生活在运河岸边的人们走出家门，拥抱大自然，欣赏明媚的春光。大家不约而同，戴着口罩，不扎堆、不结队、不成群，三三两两，保持距离，尽情分享迷人的景色。

　　漫步于运河沿岸的绿植小道，空气清新，杨柳依依。修长的柳条冒出嫩嫩的泛着鹅黄色的绿叶，像一串串小小的千纸鹤张着翅膀，微风吹过，翩翩起舞。岸边的垂柳绿树倒映水面，倩影飘逸，水天一色，如诗如画，令人心醉。

　　踏入广场公园，处处生机盎然。金黄的迎春花、粉红的蜡梅花争相绽放，一片片绿篱上钻出翠绿的新芽；干枯的草坪里也悄悄地露出新绿，随处散落着几种不知名的野花，淡紫色的像蝴蝶兰，雪白色的如满天星，无忧无虑地盛开着，像孩子们天真可爱的笑脸。

　　城区宽阔的主干道两旁，一簇簇整齐的绿色石楠伸出许许多多赤褐色的小手，像一片片火苗，向过往行人车辆问候致意。而那一棵棵亭亭玉立的半球形石楠，又恰似一把把燃烧的火炬，传递着春天的温暖。

经过全国上下的艰苦努力，近两个月的疫情防控形势持续向好，呈现出可喜的转机，我们迎来了疫情防控胜利的曙光。山东省发布最新新冠疫情风险等级评估消息，我市11个县市区全部被评为低风险类别，一手抓疫情防控，一手抓复工复产。这一重大利好消息，恰如温暖的春风深入人心，勤劳的人们又忙碌起来，企业工厂春满车间，广大农村呈现出春耕春忙的景象。城区生产生活秩序加快恢复，春色宜人的太白湖景区向游人开放。

一年一度的植树节到了，在这春暖花开、阳光明媚的大好时节，人们发扬"前人栽树、后人乘凉"的精神，纷纷参加义务植树活动，美化家园、绿化祖国，给奔流不息的大运河的两岸再添一片绿色。

初春游济南动物园

　　初春的一场大雪，让济南的天气格外寒冷。隔着病房的窗户，呼呼的北风起劲地叫着。妻子来济南检查身体住院已有一个星期了。医护人员的精心治疗让她感到十分温暖，她心里亮堂起来。细心的她，觉得我在医院陪护这么长时间了，没有到外面看看，主动提出让我到医院附近的济南动物园转一转，出去散散心，呼吸一下新鲜空气。

　　那天吃过午餐，妻子输完当天的针药准备午休，我与同病房的病友和家属打了招呼，请他们帮忙关照一下，就离开了病房楼。从医院向北步行五分钟就到了济南动物园南门。我径直向大门走去，却被门岗管理员拦住了。门岗管理员让我出示证件，我急忙掏出居民身份证。门岗管理员看了一眼，问我有没有月票。我猛然想起进动物园需要买门票啊，在医院待的时间长了，竟不知外面的规矩。我匆匆到售票口花 25 元买了一张门票，返回大门，门岗管理员检票放行。

　　进了大门，一座青山就在眼前，林木茂密，道路幽静，游人稀稀落落。我沿左侧道路向里走。首先看到鹿园，五六只瘦

弱的梅花鹿无精打采。"妈妈，鹿头上的角怎么没有了？"一
个四五岁的小女孩惊奇地问。"让人给锯下来了。""那人真坏
啊！"小女孩不高兴地说。过了鹿园，到了河马馆，一头笨重
的大河马在湿冷的房子里，一步一步地迈着沉重的脚，偶尔扇
起两只小耳朵，引来三五个游人的笑声。游人期待那头河马下
到水池里，但河马不遂人意，让游人扫兴而出。接着就到了长
颈鹿馆，三头长颈鹿果然是人高"鹿"大，长长的腿，长长的
脖子，堪称世界上最美的"模特"。离开长颈鹿馆，一会儿就
来到了食草动物区。野驴、川马、牦牛成群结队，或卧，或站，
或悠闲地吃着干黄的草。两头高大的骆驼迎风而立，并列地昂
首瞭望，似乎在寻找记忆中的沙漠。

爬上狮虎山，只见钢栏铁笼里的老虎和狮子住的都是单间。
一只大老虎晃动着扁扁的肚子不停地来回走动，一只白虎懒汉
似的躺在铺板上睡大觉。一头傲慢的雄狮坐在铺板上看着游人，
一头温顺的母狮眯着眼睛晒太阳。它们毫不在乎游人的指指点
点，继续我行我素。

越过狮虎山，继续向前走，便来到了小朋友喜爱的小动物
乐园。可爱的小白兔、伶俐的小白鼠、奇特的袋鼠、美丽的孔雀，
在这里都能找到。我却无意逗留，沿台阶登上了金牛阁。这里
是济南动物园内最高处。举目眺望，园内的青山，远处的高楼，
尽收眼底。雪过天晴的济南，天是湛蓝的，空气是清新的，树
木焕发了生机。路旁的迎春花尽情绽放，金黄色的花朵惹得游
人不住地拍摄，一对对情侣争着合影留念。

下了金牛阁，向左拐一个弯就到了熊山和猴山。站在熊山
的桥上，我看到三只大黑熊在下面争着向游人献殷勤，举手敬

礼。游人则高兴地拿来小食品扔向它们。其中一只大黑熊十分憨厚，张着大嘴接食物，动作笨中有巧，食物十有八九被它收入腹中。猴山上不见一只猴子，原来它们都挤到了带有铁丝网的宿舍棚里。十多只大猴小猴上蹿下跳，向游人卖弄着自己的本领。"小猴子，小猴子！"孩子们大声地喊着。大猴子不予理睬，小猴子却对着小朋友们做鬼脸，张着小手向小朋友们要食物。小朋友们大方地向它们扔几个小点心或几粒爆米花，几只小猴子蜂拥而至，一扫而光，随即又跑远了。

看过了猴子，我又来到大熊猫馆。大熊猫可是动物园里的明星。大熊猫的起居环境舒适整洁，隔着玻璃的室内放满了碧绿的竹子。一只体态丰满圆润的大熊猫坐在地上，用手抱着新鲜的竹子，文绉绉地品尝着。一招一式，像个绅士。

我正看得出神。忽然，妻子打来了电话。我接完电话，一看时间，才发现自己不知不觉已在动物园里过了两个多小时。要看的还有很多，比如非洲象、大猩猩、长臂猿以及百鸟乐园、金牛湖、游乐场等。

留点儿想头吧，等妻子病好了，出院了，有时间陪她一起再来逛逛。我一边往外走，一边想。在动物园里，这些动物是幸运的，过着被饲养员精心呵护和衣食无忧的生活；同时，它们又是不幸的，因为它们失去了自由。人们认识了动物，动物可曾记得看过它们的人？再见了，济南动物园。

我在北京的心愿

北京，祖国的首都，全国人民向往的地方。

我觉得，作为一名中国人，一辈子能到天安门广场上，亲眼看一次升旗仪式，那是多么令人骄傲的事情啊！

每当从电视上看到北京天安门广场上，鲜艳的五星红旗在雄壮的国歌声中冉冉升起，我总会热血沸腾、心潮澎湃。多么想能有一天，站在天安门广场上，近距离观看那庄严而神圣的升旗仪式，亲身感受那群情激昂、万众一心的场景。

然而，这一心愿的实现，却让我等了很久。对于我来说，北京并不陌生。在部队当兵时，我曾多次到北京出差、开会，但每次都与天安门广场升旗仪式擦肩而过。

2018 年 8 月中旬，我和妻子商定，用周末时间去北京看望刚毕业上班的女儿。女儿听说我们要去看她，非常高兴，提前给我们安排好行程，网购了高铁票，预订了宾馆。

星期五下午，我们从曲阜坐了两个多小时的高铁到达北京。晚上女儿下班后，带我们看了她的住房。两室一厅带厨卫，有电梯。她和一位女同学合租，一人一室，生活方便，环境还不错。

只是房租较贵，每月 7500 元，两人平摊下来，也占她们月工资的近一半。女儿介绍说："这个小区的房子均价每平方 10 万元以上，房租能不贵吗？"看来，北京房价高，工作生活压力大，果然不是虚言。我和妻子看过女儿的房间，靠在床沿坐下来，开玩笑地对她说："你在北京工作几年长点儿见识，还是早回老家工作生活吧。"女儿笑而不语。

第二天下午，女儿陪我们乘地铁来到天安门东。一出地铁口，只见长安街上车辆川流不息，天安门广场上人来人往，熙熙攘攘，一片繁荣景象。

从天安门东排队通过安检处，穿过宽阔的长安街，走进天安门广场，正北方是金碧辉煌的天安门城楼，中部是耸立的人民英雄纪念碑，往南是庄严的毛主席纪念堂，最南边是高大的正阳门，东侧是开阔的国家博物馆，西侧是雄伟的人民大会堂。

蓝天下，鲜艳的五星红旗高高飘扬，几名哨兵威武挺拔。广场上的绿化景观生机盎然，鲜花盛开，绿草如茵。站在偌大的广场上，心中油然升起身为中国人的自豪感。游客们纷纷拍照、录像留念。女儿也拿出手机招呼我和妻子，给我们拍了几张合影。妻子感慨地说："我们刚结婚时来过天安门广场，拍的照片现在还保存着呢，可惜那时没看到升旗仪式。"

时间过得真快啊，转眼间就是二十五年。我们新婚后从老家回部队时，途经北京住过一个晚上。第二天一大早，我们兴奋地来到天安门广场，升旗仪式已经结束。但我们激情不减，排队瞻仰了毛主席纪念堂和人民英雄纪念碑。走进天安门，参观了故宫和中山公园，拍了两整卷照片，装下满心的激动。

我和妻子漫步于天安门广场，边看边聊，指指点点，想起那年曾经在哪个位置照过相留过影，不慌不忙地回味心中的记忆。女儿却在一旁催着我们快点儿去参观国家博物馆。当跨过长安街时，我们却被工作人员告知，快到下班时间了，游客停止进入，我们只好决定明天再来参观国家博物馆。

星期天，我们吃过早餐，又兴致勃勃地来到天安门广场东侧，从预约通道走进国家博物馆。国家博物馆的展厅十分高大宽阔。我们从古代中国陈列馆开始参观，只见馆藏文物展品浩若繁星，可谓样样经典，价值连城，令人赞叹不已。由于时间紧，我们只能楼上楼下走马观花。在"复兴之路"主题展览区域，有许多家长带着放暑假的孩子一起参观。大量珍贵文物和历史照片，带游客回顾了自鸦片战争以来中华民族170多年的复兴之路。

站在西方列强与清政府签订不平等条约、瓜分中国的展览图片前，一对母女的对话让我很受感动。

年轻的妈妈对小女孩说："那时候，我们国家太落后了，外国侵略者欺负我们，清政府割地赔款，赔了很多银子。"

"银子值钱吗？"小女孩问。

"很值钱，一两银子几百元。"妈妈认真地回答，"如果没有新中国，我们就得忍受外国侵略者的欺压剥削。"

看上去，年轻的妈妈三十多岁，像一名教师。小女孩七八岁，一边抬头看着图片资料，一边拿着中性笔在小笔记本上抄写。

"妈妈，我懂得了，国家落后，我们就要挨打。我一定好好学习，长大了，建设好我们的祖国。国家强大了，别人就不敢打我们了。"小女孩的语气是那么深沉而自信。

是啊，我们每一个中国人，走进新时代，都要不忘历史，把握现在，展望未来，把个人梦汇入中国梦，将个人的前途命运同国家和民族的前途命运紧紧地结合在一起，做好现在的事情，刻苦学习，努力工作，担当起实现中华民族伟大复兴的中国梦的历史责任。只有国家强盛、民族兴旺了，我们才能平等地、有尊严地生活在"地球村"，为全人类作出更大的贡献。

国家博物馆太大了，半天也参观不完。不知不觉，时间已到中午12点半了。走出国家博物馆，妻子望着天安门广场对我说："明天早晨，我们再来，看一看升旗仪式。"我欣然同意。

晚上休息时，妻子却变卦了。由于这两天跑的路太多，她身体不适，有些累，不想去看升旗仪式了。这两天，她看见宾馆附近一家清真早餐店前，早晨人们排着长队买糖油饼。听女儿说，她还没有吃过呢。

"明天星期一，女儿上班，我早起一会儿，给她买几个糖油饼，叫她带给同事们一起尝尝。"她笑着对我说。但我仍决定要去看升旗仪式，因为这是我的夙愿。我想这次来北京，不能再错失机会了。临睡觉前，我定好了凌晨4点的手机闹钟。

睡梦中，手机闹铃响了起来，我急忙按了一下手机，快速起床。走出宾馆，天还很黑，又下过小雨，路上静悄悄的，路灯不知疲倦地亮着。出了小路，我沿大街向附近的地铁站匆匆走去。走了十多分钟，快到地铁站口了，从身后开来一辆出租车。为了节省时间，我急忙招手上车，直奔天安门广场。

不到一刻钟，出租车就停在了天安门西侧的人民大会堂前。我下车跟上人群，见一些大人正拉着孩子前行。路过地下通道，我见许多学生正手持国旗向前走着。天安门西侧的安检通道上排着长长的队伍，我通过安检门时，已是4点35分。

我来到天安门前的西侧护栏旁，前面已有十多排观看者站立在那里等待，几名武警哨兵，身姿威严挺拔。天安门广场和长安街灯火通亮，天安门城楼上的国徽和毛主席像清晰可见。八九只喜鹊飞过来，一会儿落在华灯架上，一会儿围着华灯展翅盘旋。一波又一波的人潮水般继续涌来，长安街护栏边上和天安门前东侧也站满了人。

这时，天安门广场和长安街上的灯全部熄灭了，天空渐渐地明亮起来。我看了一下时间，5点20分了。有人趁机往前挤了挤，几个学生模样的孩子挤到我前面，我不由自主地后退了一步。随后，大家又平静下来，盼望着，翘首等待。

"出来了，出来了……"在我面前拥挤的人群中，一个坐在父亲肩上的小女孩惊喜地喊了起来。另一个年轻的父亲抱起六七岁的儿子举过头顶，小男孩也兴奋地大声叫道："看见了，看见了……"顿时，人头攒动，人们纷纷踮起脚，双手高高举起手机、相机拍录这珍贵的时刻。

我抬头凝望天安门，国旗护卫队的陆海空三军仪仗队，从悬挂毛主席像的正门走来了。走在最前面的是三名礼兵，中间的升旗手肩扛国旗，两边的护旗手手持冲锋枪。仪仗队员一身戎装，肩扛长长的钢枪，迈着整齐划一的步伐，跨过金水桥，迎面而来。

当前面的三名礼兵行进到长安街中部位置时，队伍开始转换正步行进。看！队伍威武雄壮，礼兵个个英姿飒爽。听！他们步伐坚定，铿锵有力。"啊，真漂亮！真漂亮！""好帅啊！好帅啊！""雄赳赳，气昂昂……"激动的人们手中挥动着一面面国旗，不断地发出由衷的赞美声。仪仗队到达国旗杆下，礼兵列队立正。伴随着雄壮的国歌声，升旗手用力将鲜艳的五星红旗向上扬起，人们自发地齐唱国歌，在人们的注视下，国旗冉冉升起，直达旗杆顶部，迎风招展。

此时，东方的天空更加明亮，一道道霞光穿透云层，朝阳跳出了地平线，新的一天开始了。2018 年 8 月 20 日 5 点 30 分，我记住了这庄严的时刻。

祝福，新时代的祖国；祝福，正在拼搏奋斗的人们！

师范大学文学院中国散文研究中心 · 推荐

当代散文新作荐读文丛

王海峰 主编

鏖癫

刘培国

著

山东友谊出版社 · 济南

图书在版编目（CIP）数据

炉痴 / 刘培国著 . —济南：山东友谊出版社，2023.10

（当代散文新作荐读文丛）

ISBN 978-7-5516-2787-0

Ⅰ . ①炉… Ⅱ . ①刘… Ⅲ . ①散文集- 中国- 当代

Ⅳ . ① I267

中国国家版本馆 CIP 数据核字 (2023) 第 152290 号

当代散文新作荐读文丛·炉痴
DANGDAI SANWEN XINZUO JIANDU WENCONG·LU CHI

责任编辑：王　苑
装帧设计：于晨虹

主管单位：山东出版传媒股份有限公司
出版发行：山东友谊出版社
　　　　　　地址：济南市英雄山路 189 号　邮政编码：250002
　　　　　　电话：出版管理部（0531）82098756
　　　　　　　　　发行综合部（0531）82705187
　　　　　　网址：www.sdyouyi.com.cn
印　　　刷：济南精致印务有限公司

开本： 880 mm×1230 mm　1/32
印张： 57.75　　　　　　　　**字数：** 1355 千字
版次： 2023 年 10 月第 1 次印刷　**印次：** 2023 年 10 月第 1 次印刷
定价： 298.00 元（全 8 册）

目　录

1

豆汁儿

不知为什么想起了豆汁儿。这豆汁儿不是博山的豆浆，是只有北京才有的玩意儿。博山人也管豆浆叫豆汁，只是"汁"字不儿化。博山豆汁与北京豆汁儿，区别在一个发酵。豆汁是不发酵的——豆汁儿则要自然发酵。

老北京人最爱豆汁儿这一口。豆汁儿据说是挑夫、脚夫、洋车夫等苦力的专享，外地人很难吃得惯，但我是个例外。自二十几岁跑北京起，我就会找一个早餐铺子，来一碗豆汁儿、仨俩焦圈儿、一碟咸菜。豆汁儿喝着上瘾，不知道是啥原因。头一回喝豆汁儿，一口酸臭味。博山油粉、酸糊涂见了豆汁儿，要叫爷爷，一点不跌价。仔细一想，我见了油粉都没命，见了豆汁儿岂不更是？类似的吃食在河北、山西地界上也有，有人拿它招待外地客人，客人抿一口，眉头就一皱，把碗远远一推，凑到耳朵上说："馊了！"主人也是无语，露一个苦笑。豆汁儿的馊味，的确不好一下子叫人接受，可别说，一旦喝上几回，喝不着还想呢！头一回喝啤酒、喝茅台，不也觉得难喝吗？

多年以来，人们通过追索，发现博山与京城关系密切，不仅胡同四合院一脉相承，琉璃制造一脉相承，连吃喝拉撒也一脉相承，油粉和豆汁儿就是一个生动的注解。油粉和豆汁儿都是用水磨绿豆制作粉条、粉皮时，把淀粉析出后，剩下来的淡绿泛青的汤水经过发酵熬制成的。豆汁儿的发酵程度甚于油粉，而油粉还需添加配头和佐料，以期更加可口。两相比较，看得出北京人的口味到底是比博山人重。据说北京豆汁儿兴于辽宋，盛于清朝。乾隆十八年（1753），有奏本称："近日新兴豆汁一物，已派伊立布检查，是否清洁可饮，如无不洁之物，着蕴布招募豆汁匠二三名，派在御膳房当差。"可见此物当在乾隆时从民间进入宫廷。

旧时，皇家爱喝豆汁儿，这好理解。起初，我对苦力爱喝豆汁儿没有想透：穷人嘛，吃不着大鱼大肉，肚子里没多少油水，还需要豆汁儿这味"化食粥"助消化吗？其实，这是一个误区。吃是天下第一大事，不论是盛世还是乱世，不论是苦力还是甩手掌柜，概莫能外，而且往往越是苦力，越是要吃。吃，才是延续生命、支撑家庭的前提。理解了这一点，也就理解了像博山这样的地方，人们历代以挖煤、制陶、冶炼琉璃为生，苦力遍地，最终却成为鲁菜的发源地之一！据说梅兰芳也爱喝豆汁儿，这不免让人揣测：是不是这梅先生喜欢肉食？细细一查，果然如此，梅兰芳先生顿顿无肉不欢！我就想了，1960年11月，梅兰芳来博山唱戏，想必是喝不上北京豆汁儿的，但一定可以喝到博山的油粉。如果当年伺候梅先生的厨师们没动过这个心思，专门为他做一碗正宗的博山油粉，那简直是说不过去。现在可以确定的是，当年梅先生倒是吃过博山菜煎饼，至于喝的究竟是油粉、甜沫、小米粥还是酸糊涂，那就是一个谜了。

　　1937 年相继发生七七事变和八一三事变。1938 年，梅兰芳赴香港演出，得悉上海沦陷，便暂居香港。1941 年 12 月 7 日，日本偷袭珍珠港，太平洋战争爆发。梅兰芳出于对日本侵略者的憎恶，毅然蓄起唇髭，进一步表明罢演决心。1942 年夏，为摆脱侵港日军纠缠，梅兰芳由香港返沪，前后坚持罢演八年。其间有北京的朋友要去上海看望他，询问带什么礼物，梅兰芳开口便说，他要吃焦圈儿、喝豆汁儿！我猜，梅先生当时喝上北京豆汁儿的可能性不大，除非请人在上海制作。要是从北京买上豆汁儿带到上海，那这豆汁儿还仅仅是馊的吗？

归园记

国庆长假过半，突然接到田岚老师的电话，问我在不在博山。我说正要离开，她说暂请缓步，有同学自省城来，相约同往北博山，在老同学李连谨家一聚。省城来的同学是王忠谋伉俪，与田岚、连谨、我同读 1982 级首届电大中文专业。我只好推迟归期，去北博山赴会。

按照导航，我赶到北博山，来到连谨家门前，只见连谨站在归园门外，穿一件碎方格的围裙，招手迎候。围裙宽大，使连谨显得身材五短。仔细端详这位老同学，真是发福了不少，四十年前同窗求学时的样貌，一点也找不到了。

进入归园，即需拾级而上。转折，再上台阶。曲曲折折，爬到半山，只见忠谋夫妇、田岚老师、毕德贵老师在园内忙着拍照。自从电大毕业，我们这些人各奔东西，各谋前程，鲜能把臂言欢。连谨从当年的博山盲哑儿童学校教师，一路攀升至山东特殊教育职业学院第一任院长、著名书画家、刻瓷艺术家、特殊教育家；忠谋从白杨河电厂办公室主任干到山东电科院党委副书记兼纪委书记，又成了摄影家。几十年没见，今日见时，我已稀发半秃，忠谋也白发满头，相视一笑，感慨顿生。人生真的经不住挥霍！

我们跟随着连谨，时疾时缓，在九龙山半腰穿梭浏览。大大小小的蓄水池、彼此连接的管道供养着奇花异草、瓜秧果树，什么柿子、辣椒、茱萸……这里应有尽有。一连几个草棚，俨然是农业文明博物馆。农具、豆腐坊用具、纺车、独轮推车、碌碡、石碾、尖底木筲等，都带着时间的印记，静静地在此歇息。院落层叠，遍布二十多个水池，乃连谨夫妇一镐头一镐头掘地挖土建成，每个池子都深及山岩。所有的水池、水缸中都养着花，水就活着，不腐；养着鱼，吃孑孓，就不生蚊子。雨水雪水自上而下统一集纳于一井，经沉淀、木炭过滤，可供洗漱、浇灌，亦可饮用。客厅、卧室、书房、餐厅、厨房、工具间依山而建，墙壁厚达半米，一色由耐火砖砌成。房顶也有半米厚的隔热层，以天窗透明采光，顶板电热取暖。每间房屋都有自然风道进风，室内空气四季常新。生活污水和排泄物被导入化粪池，酵化后的无味肥水可用来浇灌玉米、小米和蔬菜。一切在六七亩地上循环，一切在六七亩地上再生。人，只是生态循环里的一环。奇妙就奇妙在这一切的设计者、实现者，不是同济大学的专家教授，而是连谨和他的夫人，一位放弃了职务晋升机会，毅然随夫奔赴省城的山东农科院的土壤专家。这连谨，真是把他的真草隶篆、勾勒皴擦幻化成了乡野山间的行为艺术！

归园墙外即是齐长城，连谨这样一说，大家兴致陡然又增。连谨打开后墙山门，我们刔草开道，艰难地向山上攀去。没走几步，就见一大段碎石堆砌的石墙向山顶逦迤而去。我们爬爬停停，裤脚儿扎满了棘针，好歹爬到了坡顶。回望远处，辰巳山与我们隔村相望，静默无语。再往上，越过城墙，可见墙外的黄栌已经开始变红，正是色彩最艳的时候。后来，我请教了几位文史学者，得知学界对这段墙体是否为齐长城尚存争议，有的说是齐长城故址，有的说不是，而是日本侵华时期在此修建的遮断线。

午餐时间，连谨炖了全羊、做了炒鸡，他夫人糗了黄米黏糕，林林总总弄了一桌。桌子中央，不是食俗里的大件，而是一尊盆景，青苔满覆，不见泥土，植有多肉，叫"秀色可餐"。连谨待客有糗糕的习惯，寓意家里有喜事发生。桌上最喜庆的一道菜，我认为是地瓜花蘸蜜。地瓜花色泽艳丽，不蘸蜜，入口已是清香甘甜，蘸上蜜，那个滋味更是无可形容。除了连谨夫妇，其他人都是第一次吃这道菜，一吃之下皆赞不绝口！

饭毕，德贵老师与连谨即兴挥毫，分别写了草书、隶书。连谨还将此前完成的隶书、花鸟作品悬于壁上，任我们挑选。我则与连谨约定，请他择时为我画一幅墨竹。

离开归园时，我再一次细细端详，门上悬有"归园"的匾额，两侧是连谨的自题楹联："游子返乡恋淄水，倦鸟归林落九龙。"我想，这是归园之"归"的基本含义，更深的含义，连谨大概因谦逊而不宣，那就是回归天然、顺应自然。你看他和夫人用智慧和体力造就的这座乡野别院，不正是"人法地，地法天，天法道，道法自然"的注脚吗？

坏枣、怪枣和拐枣

　　博山很早有个侃子，也就是歇后语，叫"姚家峪发山水，冲下坏枣来"。姚家峪有枣树，枣树上结了枣，被山洪冲下来，本不是稀罕事，之所以由此产生这么个侃子，一定有特殊原因。当地有歹毒者，人前人后要损人，就说："姚家峪发山水，冲下你这个坏枣来！"

　　其实，在当地，对一个人的厌恶还达不到要诅咒他时，也会使用"怪枣"一词，比如：你这个怪枣！这可以是讥讽，可以是调侃，也可以是戏谑，总之表示你不和常人一般。这种评判，常略带贬义，但有时又是一种极大的褒奖，是说一个人一根筋、一意孤行，而能成事、能成大事的，往往就是这种人。

　　我以为，"怪枣"这个词源自拐枣。拐枣在植物学上为鼠李科、枳椇属，是一种高大的落叶乔木，能长十几米。拐枣的确奇怪，其枝杈是曲里拐弯的，肥硕的果柄也是曲里拐弯的，像"卍"字符，猛一看又像鸡爪子，故民间也叫它万寿果、鸡爪梨。拐枣在中国栽培利用的历史十分悠久，早在《诗经·小雅·南山有台》中，就有"南山有枸"的诗句。陆玑诗疏云："枸树山木，其状如栌，一名枸骨，高大如白杨……枝柯不直，子著枝端，大如指，长数寸，啖之甘美如饴，八九月熟……今官园种之，谓之木蜜，古语云：'枳枸来巢。'言其味甘，故飞鸟慕而巢之。"一位苏联学者多年研究拐枣，认为拐枣在地球上已有 500 万年至 1000 万年的历史，是地球上最古老的果树之一。据记载，博山和尚房山崖间现有拐枣一株，树龄悠久。姚家峪与和尚房具有相近的地貌与气候条件，由此推论，姚家峪曾经也可能生长着拐枣。

日前，与吴建柱、张元胜、毕玉奇诸师友小聚，我获知元胜勤习书画之余，又在把玩护山棘，我也看到了他满屋高高低低悬挂起来的护山棘作品——全是拐杖。元胜说，护山棘打磨好了，就像玉。我也见了，那些摆件、把玩件都很坠手，有金属的分量，有玉石的质地，就像人们形容好砚那样，触之如小儿肌肤。玉奇说，元胜堪称"杖翁"了。我不禁汗颜，意识到自己山野知识的浅薄。我第一次知道，博山的西山上有这么一种山崖卫士似的灌木，在中国北方所有植物中，它的木质几乎是密度最大、坚硬度最高的，因而有"北方檀木"之誉。

至于拐枣，我也是因一个偶然的机会，才对这种植物有了一个全面的认识。据研究，拐枣有很高的营养价值。科研部门分析测定，拐枣肉质果梗中含蔗糖 24%、葡萄糖9.5%、果糖 7.92%，还含有丰富的有机酸与苹果酸钾，多种维生素与人体必需的氨基酸，以及铁、磷、铜、锰、锌等微量元素和一些生物碱。

拐枣的药用价值很早就被古人探究出来，其果梗、果实、种子、叶、根等均可入药，主治风湿，适用于热病消渴、酒醉、烦渴、呕吐、发热等症。其种子清凉利尿，能解酒毒。对于拐枣药用价值的记载，最早见于《唐本草》。李时珍在《本草纲目》中说它"味甘、性平、无毒，可止渴除烦，去膈上热，润五脏，利大小便，功用同蜂蜜"，是糖尿病患者的理想果品。其枝、叶，"止呕逆，解酒毒，辟虫毒"。用拐枣果梗酿制的"拐枣白酒"，性热，有活血、散瘀、祛湿、平喘等功效。民间常用拐枣酒泡药，或直接将其用于医治风湿麻木和跌打损伤。想不到拐枣竟是这么一种营养丰富、药用价值极高的野生山果！

和尚房的那株拐枣，还高高伫立在山间吗？

颜神有橘与雪中芭蕉

　　张宇声教授的《神韵诗学漫论》，于 2020 年 6 月由岳麓书社出版。几天前我一拿到，看得如含甘饴，如沐春风，不亦乐乎，刚看完第二章"理一分殊：神韵与其他诗学概念的联系和区别"，便应约与玉国、培峰跟随张宇声教授赴岳麓书社答谢。借着此次以书会友的契机，我见到了岳麓书社的董事长、社长和编辑，与他们相谈甚欢，故虽来去匆匆，却多有受益。

　　受益之一，即张宇声教授三湘之行间对我说的一句话："我坚决不认同你在文章中讲顾炎武在颜神见到的橘树是盆栽的说法。"

　　那是去年 6 月我写的一篇文章《顾炎武在颜神：有橘且甜》，其中说到，清康熙四年（1665）闰七月，顾炎武自江南抵山东益都，来到了好友孙宝侗的家乡颜神镇。自此，颜神镇与景芝镇、兰陵镇一起，成为顾炎武心目中的齐鲁三大古镇（见顾炎武所著《天下郡国利病书》）。此次颜神之行，有无孙宝侗陪同已无从考据，但顾炎武在颜神镇逗留数日，对当地的古迹、物产、矿业多有调研，其《天下郡国利病书》中就记录了颜神镇七处铅矿的分布和守备情况。除此之外，他还游览了颜文姜祠、灵泉，考察了传说中春秋时期齐鲁会盟的夹谷台遗址。

在这次游历中，顾炎武发现了在江北极为罕见的橘树，橘树果实累累，枝叶繁茂，令其欣喜不已。《周礼·考工记》云："橘逾淮而北为枳。"颜神镇地处淮北，顾炎武却见到了橘树，且枝叶翠绿、果实橙黄，他忍不住要尝一尝，验证此树是橘是枳。他随手撷取了一只，一尝，竟然十分甘甜可口！于是，屈原的《橘颂》便回响在他的耳边："后皇嘉树，橘徕服兮。受命不迁，生南国兮。深固难徙，更壹志兮……愿岁并谢，与长友兮……"顾炎武想到有家不能归，心情顿时复杂起来。颜神似乎是个理想的归宿地，如果以此地作为第二故乡，沉下心来做学问，也是个不错的选择。此时，他心潮澎湃，遂赋七绝《颜神山中见橘》一首，以书其志：

> 黄苞绿叶似荆南，立雪凌寒性自甘。
> 但得灵均长结伴，颜神山下即江潭。

顾炎武在此诗中，立志要像屈原一样，具有虽处异乡而不屈不挠、独立不迁的精神。或问，古代博山即有橘树，如今却一棵不存，这又如何解释？又查康熙九年（1670）《颜神镇志》，卷二下"物产"中载："金橘香圆，亦自南来，善养之俱能开花结实……至于红白梅、桂花、茉莉，南中

11

盆花，多有至者，然不耐冬寒，即有巧藏者终不旺。芭蕉则可种，能花。棕树，冬藏夏出，亦可活数十年。"可知顾炎武《颜神山中见橘》一诗，是言志而非写实之作。

张宇声教授不同意"颜神橘树为盆栽"的说法，引起我的高度重视，不禁让我想起两条信息。其一是晚清民国时期的地理学家张相文（1867—1933）在回答"山东果有橘欤？"时说："橘之产地，必其温度高，水分足，乃有之。故曰橘不逾岭，或曰橘逾淮而为枳。盖自淮以北，去热带已远，其温度水分，固不宜橘也。然顾亭林先生曾有《颜神山中见橘》诗……考颜神山在山东博山莱芜之间，是故山东固能产橘也。盖山间局部之地，其温度与水分或有与淮南相类者，则橘也生之。"其二是笔者在调查博山和尚房拐枣的时候，张元胜先生提供信息，说他早年访问和尚房村，有老人说村里曾有一棵笋树，很珍贵，树冠伞状，极富观赏性，后被一位南方人看上，花钱买走。根据这则信息，我开始查证何为笋树。这一查，才知道原来老百姓口中伞状树冠的笋树就是有"蕨类植物之王"之称的桫椤树，这种树是目前发现的古老蕨类植物中唯一的木本植物，堪称"活化石"级别的国宝，主要生长在热带和亚热带地区。某年，我们驱车到墨脱探险，曾专门观赏过那里的桫椤。

这两条信息，指向了一个可信度极高的结论：当年顾炎武在颜神能够看到野生的橘树。如今南亚大陆广布的桫椤，在和尚房亦曾存活过，不可逾淮的橘树自然也可能在此存活，原因就是"山间局部之地，其温度与水分或有与淮南相类者"。

　　顾炎武所说的"颜神山中"，正可定位于禹王山东麓的和尚房村。《博山县志》载："柿岩，在县西十五里，一名鹿岑，俗呼和尚坊。"清初三部尚书、秘书院大学士孙廷铨，辞官回到博山，曾隐居于"柿岩禹年山庄"潜心著述，此处"入山西折北行，溪穷崖合，中更开布，有柿林千树，高下扶疏。虽四面林泉殊态，而高深同在一岩"（孙廷铨《南征纪略》）。他在《柿岩赠禹年》中写道："嘒嘒初蝉静处分，石门小筑掩斜曛。山从屋上岚烟合，水抱村流涧响闻。北渚渔樵通远望，西畴巾驾逐归云。看山却忆山中老，谷口行吟只似君。"孙廷铨与柿岩关系密切，孙宝侗的好友顾炎武游访颜神，第一推荐处当是柿岩。

　　自长沙返回后，我继续读《神韵诗学漫论》，读至第五章，见有"雪中芭蕉"一节，说明"雪中芭蕉"也蕴含着神韵诗学原理："雪里芭蕉，荷边桃李，四士结伴而冲风雪，七贤联骑而游寒林，如孔子之友柳下，桓公之叹仲文，亦如马致远《青衫泪》第一折中以孟浩然、贾岛、白居易同为裴兴奴狎客也。"（钱锺书《管锥编》）

　　柿岩之桫椤、橘树虽久已不存，但曾经的真实存在倒是为今人留下无限遐想的空间，也可作"象外之象""味外之味"，岂不是神韵诗学的另一个注脚？不知张宇声教授同不同意。

屋有"神明"

　　冬天到了，落了一秋的枯叶在地面摞了一大层，厚处足有一拃。栾树叶、紫藤叶、垂柳叶、苦楝叶、紫荆叶，形态各异，黄褐参差；紫叶李叶的背面，还看得出褪色的猩红。这是一个静谧的所在，人们叫它"落叶小道"。落叶小道隐藏在校园西侧的森林里，林子北头枕着太阳湖，湖边上挂着三间木屋，木屋的东窗下即我的书房，窗外有风拂过，有雨泼洒，亦有雪花随性起舞。心绪从窗外拉回，人可以继续读书、写字。

　　没有任何预兆，木屋的某个位置响起嗒嗒嗒嗒的敲击声，真切又隐约。这声音一组有七八下，往往一气来上四五组。我就想了，维修师傅真是勤利，一定是在往木屋南墙根的芭蕉暖棚上砸钉子呢！北风一堵墙，南风没处藏。昨夜风大，兴许是芭蕉暖棚的塑料外衣被刮乱了呢！那株芭蕉是几年前从文昌湖左岸引种过来的，现已长成四五株，这在冬季寒冷的北方是个奇迹。每年一入冬，维修师傅便用木料为它搭起一间暖棚，先覆上学生公寓换下的棉被，再覆上塑料薄膜。来年一开春，暖棚尽拆，芭蕉们老叶峥嵘、嫩叶勃发，秋深时还在枝丫处挂一串羞涩的芭蕉果。

过了几日，我正敲着键盘，像是要跟我较劲一样，那声音又在头顶上响了起来。这次不对了，这不是芭蕉暖棚所在的位置啊！我敲几下，那声音就响几下，我静止不动，那声音也跟着静止。是维修师傅在别处整修东西吗？我起身，离开工作室，到相邻的几间空房里走了走，没有一个人影，那声音也借机消失。

又是一个早上，我走进书房，脱下大衣往衣架上一挂，就在我的头顶上方，再次骤然响起嗒嗒嗒嗒的敲击声。这组声音音节更长，节奏更密，也更清脆响亮。我设想过某种小兽，比如松鼠在叩砸松子，或是某种鸟类在啄木、筑穴，可是情形都不对，这嚯嚯的响动绝不可能是这么小的鸟兽所能发出的。我倏地有些惊恐了，如果不是"神明"光顾，谁又可以这样无处不在、无时不有？我从椅子上转转身，朝墙体嗒嗒嗒嗒地也敲了一通，算是一种回应抑或警示。如果它是一个生命，总该会有所反馈吧？或对抗，或退却。木屋完全是木结构的，方木的框架，隔断也是木板，手指敲在暗红色的壁纸上，发出的完全是木质的回声，够响亮。我敲几下，头顶上也响几下，一点没有胆怯的意思。一群调皮的小孩趴在木屋的屋檐下，正在跟我嬉皮笑脸呢！我只能这样想。我赶紧推门出去，看木屋那铁皮屋顶下是不是潜伏着淘气鬼。那木屋的屋檐只有拳头大的间隙，哪里容得下什么小孩！

正当我朝屋顶仰望的时候，一声唧啾，屋檐下掉出一个物件，拳头大小。这个小物件一掉出，瞬间拉起一条上升的弧线，一下子贴到了那棵大榆树的粗枝上——是一只鸟！这只鸟不是站立在横斜的树枝上，而是前胸紧贴着树干，像初夏刚出土的蝉。仔细看，这只小鸟是彩色的，灰绿的上身，米白的肚腹，尾巴底下隐约着一缕橘红。啄木鸟！原来是一只漂亮的啄木鸟！啄木鸟一回头，又一声啁啾，那屋檐下竟然又掉出来一只，只不过颜色是灰褐色的。这不是一家子嘛！一对小鸟凑齐了，一低头，飞入太阳湖畔的苇丛里去了。

　　我不禁激动起来，原来屋顶上不时响起的嗒嗒声，真的是啄木鸟在清除木头里的蛀虫呢！听说啄木鸟清理树虫的时候是一棵树一棵树地进行的，清除完一棵才会移步下一棵，这也就解释了屋顶上的嗒嗒声为什么总是变换地方。稍一留意，便能发现木屋的屋顶是隆起的，屋顶与墙体的间隙不大，但隆起部分与屋顶间形成了一个偌大的空腔，这个空腔足以使啄木鸟的啄木声共振共鸣，难怪嗒嗒的动静那么响呢！

　　这之后，我书房屋顶上的嗒嗒声还是会时不时地响起。我就想，是大自然叫虫蛀木头，又叫啄木鸟吃虫，这不就是"神明"的安排吗？"神明"就这样融入了我的生活，听上去，这嗒嗒声是一天比一天受用了呢！

上水石

　　老报人王光升与我有二十五年的君子之交。一次，光升约我吃沂蒙蚂蚱鸡，老板说新来了不少蚂蚱，不尝尝可惜。要了一盘，炒得酥脆，香极。连吃了三四个，筷子还没放下，我便觉得右眼皮发沉。趁大家不注意，抬起屁股就去厕所照墙上的镜子，右眼皮已肿成了一个泡。甫问，这是蚂蚱闹的。回到矮桌前，就给医院的朋友打电话。"吃蚂蚱了？""吃了几个。""动物蛋白过敏，一个就要命。只有眼皮异常吗？喉头紧不紧？呼吸有无困难？""呼吸正常。""那就好。这是上了眼皮，要是上了喉头，堵塞气管，事就大了。去医院打针吧！"我说："吃完了饭再打吧，炒鸡还没上呢！"饭后，到光升女儿所在的诊所挂了两瓶药水，睡了一宿，又是双眼皮了。

　　光升 1955 年出生于淄川洪山煤矿，1970 年 9 月在洪山愚公煤井参加工作，十九年后入职山东信息报社，1999 年 7 月随整建制并入大众日报社。他给人的印象是匆匆忙忙，没有悠闲的时候。我后来才知道，他是把悠闲留给自己享受，让别人与他一同风风火火。他的悠闲竟然是玩了四五十年的石头——上水石。

他几次要我去看看他的赏石会所，至今未能如愿，于是送我一块上水石，用一方形白瓷盘盛着，上栽护石草，葳蕤可爱。他恳切宣扬自己创作的心情，我能完全体会。

光升遇见上水石，是 1975 年的事情。

那年他随团在博山夏庄煤矿检查安全生产，走到后峪、良庄一带，看到有工人正在修河。他见众人都在河沟里翻石头，把大大小小满身黄泥的石头蛋肩扛车推地运走，就好奇地问："这是啥？"有人说："上水石！""啥上水石，就是石头蛋嘛！""用水冲冲试试。"光升拿了一块石头去水里一冲，果然是石隙纵横、空洞密布的奇石。上水石，顾名思义，能往上吸水，放在屋里，能叫空气湿润呢！光升更添了好奇，眼中充满渴望。一位农民说："那里有块大的，你能扛得动就扛走！"光升拿眼一瞄，石头够大，要是石灰石，得 200 多斤。他上去一搬，竟然没有多重，便说："行，我要了。"他找了一个编织袋，把石头扛回了家。这块石头，被他用水管子冲洗干净，略加修饰，安置在一个精致的陶瓷底座上，成了家庭中的一员。几次搬家，丢掉旧物无数，但这块上水石一直被他当作"镇宅之宝"搬入新居。

当年，液化气刚时兴，一位好友找到光升，要用一只液化气罐、一套液化气炉灶换他这尊巨石，他却断然拒绝。

自从那块巨大的上水石进了家，大大小小的、山形的、象形的，黄色的、褐红色的、泛青色的上水石，也陆陆续续进了家，他家也慢慢成了一个"石族会所"。二十世纪九十年代初，他在淄川煤炭供销公司工作，有许多出差的机会，每次出差，他采购回来的除了矿上钢轨、电缆所用的有色金属，往往还有或多或少的上水石。有一年去山西运城，路过一上水石产地，他掏光了口袋里的全部工资——78块钱，买回来奇形怪状的上水石十好几块。

上水石也叫吸水石，是山泉中过饱和碳酸钙吸附在苔藓、水草等植物上形成的钙化石，主要分为麦管石、芦管石、乳面石、苔藓钙化石、砂积石五大类。上水石以其天然的吸附作用，形成"水往山上流"的特性。上水石暄而脆，易于造型，可随意凿槽、钻洞，雕刻出各种形状。许多玩石人利用上水石的这一特点对其加以斧凿，以达到所谓的创作目的。光升排斥任何在上水石身上大刀阔斧的行径，只是或随物赋形，小有雕琢，或安置一塔、一亭、一桥、一钓翁而已。我想，可不是？道法自然，不对上水石妄加雕琢也是对自然的敬畏与尊崇。光升的上水石配上淄博陶瓷底座，点缀着文竹、金丝荷叶、苔藓、菖蒲、铁线蕨、铜钱草、凤尾竹、珍珠草和虎耳草，一年四季绿意葱茏。

1999年7月，光升进入大众日报社后，作为广告业务部主任参与《鲁中生活日报》(《鲁中晨报》前身）的创办工作，起步艰难——读者不认啊！报纸前脚送进去，后脚就给扔出来。招收了50位业务员，不到半个月就走得只剩下个位数。夜里，光升无法入睡，在客厅转来转去——太难，太委屈。干下去，还是辞职？转着转着，他看见那块巨大的上水石的背面，不知啥时长出了一大片苔藓。好旺盛的生命力！他不知为什么瞬间想到了父亲，想到了小时候父亲告诉他，自己在下煤井回家的路上遇到一匹狼，对峙的时候弯腰摸起了一块砖头，狼才掉头离去。父亲还告诉他，自己 50 岁那年寨里煤矿透水，地下水漫过了掌子面，距顶板仅剩 30 厘米，父亲硬是歪着脑袋钻了出来。还有一次，刚下夜班遭遇了顶板塌陷，一块巨石压住了父亲的一只胳膊，父亲忍着剧痛，咬牙用另一只手持撬棍撬动巨石，奇迹般地把胳膊从巨石下抽了出来。他还想到了自己早年与工友们一起在洪山煤矿下井的情景，想到了那位同班的工友正坐在岩石上嚼着烧饼，一块岩石突然掉下，砸在他的脖子上，他一声不响就倒了下去，再也没有起来……焦虑渐渐退去，内心的力量重新聚集，他的眼前出现了一片光明。只要紧贴大地、扎根泥土，只要善于汲取阳光雨露的滋养，就能看到希望。越是困难的时候，越要相信生命的力量！于是，他细分业务范围，精确划分业务职能，很快打开了局面，报社的广告业务由此开始了良性发展。

2013 年 6 月的一天，光升急匆匆去送一份宣传材料，猛地被一个中学生从背后骑车撞倒。他左膝跪地，疼得一动不敢动，去医院一看，左膝髌骨一碎两半。后来手术虽然成功了，但出院以后膝盖是直的，不能打弯。难道就这样了？一位老中医告诉他："你要正坐着，往膝盖底下垫砖，慢慢往上加，让膝盖重新学会打弯。"垫砖的过程那个疼啊！他疼得浑身是汗，越疼越要往上垫。光升招呼老伴："把我的家什都拿来，山水石也搬过来。"康复病床成了他的工作台，砖头垫了一块、两块、三块，光升痴迷于石头的立意、加工、栽植，慢慢忘了疼痛，直到砖头垫到第六块，他的膝盖竟完全康复！

最大的奇迹发生在光升父亲身上。光升家里摆满的上水石，就像一台台天然的加湿器与空气净化器。经常去光升家里住一段时间并深受硅肺病折磨的父亲，竟然神奇地康复了，再也没有感到憋气和呼吸困难，现在，101 岁的父亲还在养老院里颐养天年！

上水石并不名贵，但它下接地气、水气，上接人气，最有灵气，始终是呼吸着的、鲜活的存在。依我看，光升就是一块极好的上水石，他汲取脚下的水分，通过自身的蕴蓄挥发，让生命变得丰盈润泽！

禹王山居淄砚馆记

　　近年来，淄川洞子沟的淄砚产业风生水起，规模越做越大。坐落于禹王山居的淄博道乘文化产业发展有限公司亦不落后，倾注人力物力，整合淄砚文存，再续淄砚繁荣。由青年书法家董浩文领衔，山东鲁砚协会副会长、中国制砚大师张国庆鼎力相助建设的淄砚馆，从动议到竣工仅用半年，堪称复兴淄砚文化的大手笔、泱泱齐风的强劲一脉。

一

　　建馆之前，勘察人员借助古籍记载和民众的广泛参与，对禹王山及关联地域的砚石资源进行了一次普查。从禹王山往上一直到逯家岭、风门道关、冯张宅，从老虎嘴折回恶石坞、黄鹿岭、夹山、龙堂、姚家峪，再往东，走向峨眉山、荆山、两平，向北转折到达阿峪、良庄、倒流河，东向万山、西河、矾场，是一溜砚石富矿采集区，介于沉积岩、变质岩之间的泥质沉积岩大量存在。倒流河、万山一带，石脉呈青黄两色，下层为青，上层为黄，中间蕴藏着数量可观的砚石石料。若继续往北，便进入洞子沟、窎桥、梓潼山一脉。禹王山早年建设农田、修建公路，使大量砚石材料裸露于地面，储量远超古人记载，勘察又补充、完善了砚石分布图录。勘察证实了优良砚石的分布规律：堰上的和堰下的不一样，断层上面色浅，下面色深；阳坡的和阴坡的又不同，阳坡的质燥，阴坡的质润。在博山人耳熟能详的淄砚宝地石门、夹山一带，竟发现了砚石新品——绀青、石榴红，大家喜不自胜。普查资料到手以后，人们确定了以风门道关为核心、方圆数公里范围内的十三个砚石采集点。禹王山居淄砚馆第一批产品出来，成果叫人喜悦。在此弹丸之地，就有如此令人惊艳的砚石可供采集，色泽之绚丽让人喜出望外。

二

砚石的采集、砚台的创意、砚工的技艺都是举足轻重的制砚元素，而砚台的创意则是重中之重。一方砚台艺术水准的高低，取决于是否有一个标新立异的创意。禹王山砚石的纷繁多样是对砚台设计者的挑战，同时又赋予了他们凸显巧思的机缘。设计者在设计的时候，广泛吸收了端砚、歙砚和澄泥砚的创作理念和创作技法，丰富了淄砚的表现方式，尤其是博山文石自然完形、瘦皱透漏的特点与砚台的有机结合，可谓珠联璧合、相映成趣。砚台成品不仅可以作为文房工具使用，也可以作为文房清供赏玩。作品以随形砚见长，七彩缤纷，因石赋形，如果没有相当数量的砚石原料做基础，是难以做到的。除此之外，尚有可遇不可求的牝牡砚、连环砚、套砚、层砚出现，在色泽、功用、形态上极大地丰富了淄砚的内涵，是对传统淄砚的一次创新性突破。淄砚馆建成后，收藏淄砚数百方，多为天工化育，大巧若拙，淄州故地再现"南涧[1]北坑[2]"遥相辉映之胜状。淄砚馆建设的积极推动者毕玉奇先生由是感喟："泚亭考工秋谷咏物，柳泉志异东坡论石。"

三

2020年5月16日，我走进了禹王山居淄砚馆。

置于馆内显赫位置的是一方黑色淄石砚。浩文说，这是他们的镇馆之宝。砚体约25厘米见方，可谓硕大。此砚通体玄黑，砚堂开阔，风格质朴，在灯光下可见金色星斑闪烁其间，是一方道地的墨玉金星砚。

该砚之所以能成为镇馆之宝，还在于砚台主人恰是一代帝师孙廷铨。试想三百多年前，清初的三部尚书孙廷铨会藏用此砚，一定与砚石的出处不无关系。孙廷铨既是秘书院大学士，又是一位科技史家，其撰写的《颜山杂记》详细记载了家乡的矿藏物产，其中《琉璃》一篇，是现今可考的中国古代第一篇记载琉璃工艺技术的文献。《颜山杂记》卷四《淄石砚》中说："淄石坑在城北庵上村（今博山安上村）倒流河侧。"孙廷铨用简洁雅致的语言描绘了人们当年在倒流河开采砚石的情形："千夫出水，乃可以入。西偏则硬，东偏则薄，惟中坑者坚润而光，映日视之，金星满体。"接着，他就米芾、苏东坡对淄砚的误解做了释疑："米元章曰：'淄石理滑易乏，在建石之次。'苏子瞻曰：'淄石号韫玉，发墨而损笔。端石非下岩者，宜笔而褪墨。二者当安所去取？用褪墨砚，如骑钝马，数步一鞭，数字一磨，不如骑骡用瓦砚也。'不知淄石顾有发墨而不损笔者，惜二公之未见也。"

四

清乾隆年间，浙人盛百二在淄川县令任上，详考地方地质物产，编著《淄砚录》，成为现今可知的山东砚石最早的专门研究资料。笔者见到了袁延民点校的《淄砚录》，其中对《颜山杂记》的记载做了复述："孙文定公沚亭（廷铨）《颜山杂记》：砚石产于颜神镇北庵上村倒流河侧，千夫出水乃可以入，西偏则硬，东偏则薄，惟中坑者坚润而光，映日视之，金星遍（满）体，暗室不见者为最精，大星者为下。点校者按：此恐即《砚笺》所谓金星石也。但映日视之有金星遍体，虽它处亦有之，不独此矣。颜神镇为今博山县治，宋时属淄川，元时为行淄川县治，庵上村石亦淄石也。然孙公作记至今百二十年，而庵上村石，人不顾而问焉。又唐豹岩[3]为本邑人，其撰《济南府志》亦云淄石坑在颜神，于洞子沟略言不详。未知何故。"

是的，"坚润而光""金星满体"，说的不正是禹王山居淄砚馆中这方墨玉金星砚吗？孙廷铨的墨玉金星砚与他用此砚舔笔撰成的《颜山杂记》，还生动诠释了明嘉靖刻本《青州府志》中的记载："器用之品有淄砚（出颜神镇，类歙砚，颇发墨）。"明嘉靖年间陆钺修纂的《山东通志》亦云："淄砚出益都西山淄水间，然则安知淄不可为青，青不可为淄也。余见淄石屏，色黑，方径尺，上有红云作拥日发霞之象，下有白点如雪花，与凤皇石同。"袁延民点校《淄砚录》之《歙砚谱》时按曰："余得高子益所制临淄凤皇山石砚，色黑坚润，冬月不冻，旁有白点如矾，不受墨。岂即青州之韫玉乎？或谓凤皇山与淄石同一脉，盖青淄唇齿，又淄水出原山，由益都临淄以入海，凡产淄水之旁者皆可名淄石。"

五

何谓淄砚？淄砚产自古代的淄州，始于汉唐，盛于两宋。古人历来有"淄砚尚黑"之说。"淄"字始见于春秋晚期的金文，本义是淄水，即今淄河；后引申为淄州，又引申为黑色。淄博地层中分布有丰富的石炭二叠纪煤系，煤层以上即矸石岩层，再上为大青土。矸石岩层即淄砚所出之处，而大青土又是淄博粗陶的原料。唐代张守节撰《史记正义》引《括地志》云："淄州淄川县东北 [4] 七十里原山，淄水所出。俗传云，禹理水功毕，土石黑，数里之中波若漆，故谓之淄水也。"故"淄砚尚黑"实为淄博地质条件使然。

中国四大名砚中，洮砚贵绿，端砚尚紫，歙砚莹润，澄泥五彩。淄砚则以玄黑著称。黑为众色之首，其色蕴之神秘，不能不引起文人的注意，故苏轼称之为"淄石砚"，米芾称其为"淄州砚"。陆游的《蛮溪砚铭》云："黟龙尾之群从，而淄韫玉之仲季也。"把淄砚比作"韫玉"。《秋晴》诗亦赞曰："韫玉砚凹宜墨色，冷金笺滑助诗情。"唐彦猷在其《砚录》中甚至说："淄石可与端歙相上下，色绀青者歙石之右。"明末清初文人余怀在《砚林》中载："宋熙宁中尚淄石砚，神宗亲择其尤佳者赐司马温公。"司马光编纂《资治通鉴》，历十九年，宋神宗选择上好的淄砚赏赐他，慨叹"淄砚逾于琼瑶，一砚价比连城"。"扬州八怪"中的高凤翰也说过"老淄胜端"，意思是老淄石胜过端石。

中国砚史经历了一个由陶砚、瓷砚到泥砚、石砚的过程。新石器时代的仰韶文化中，即出现了类似砚台的研磨器。距今六千多年的半坡遗址中也出现了研磨调制彩陶颜料所用的石砚。战国晚期的石砚时有出土。到了汉代，由于纸的发明，石质砚台已被普遍使用，并且开始与工艺美术结合。据说，北京故宫博物院藏有一方汉代淄砚，这将淄砚的历史上溯至西汉。

隋代始有淄州，汉代只有淄水，汉代淄砚当指"淄水流域出产的砚台"，是"淄水之砚"而非"淄州之砚"。汉代淄砚的产地，我们不妨猜想为倒流河。这里是石炭二叠纪煤系分布最广之地，是华北炭田开采较早的地区之一。作为煤炭矸石的伴生物，砚石在这里极易被发掘，原因是至晚在唐代，倒流河周边就已经实现了石炭的规模化开采。也就是说，汉代时，即使未有石炭规模化开采，也必然有零散开采。那么，在开采石炭的过程中，发现黑色砚石为制砚良材，在逻辑上也是讲得通的。

六

　　若以为淄砚一概为黑色，则可谓一叶障目。殊不知淄博位于鲁中山地向北方平原的过渡带上，地质学上叫"淄博向斜"。禹王山一带为著名的地质断裂构造，其山涧河谷中蕴藏着丰富的泥质沉积岩，包括泥岩、黏土岩、页岩和板岩，其中的页岩和板岩历来是制作淄砚的优等材料，除了润而不燥、发墨如油、易于雕刻、叩之有声等条件外，还有一个重要特征，那就是七彩纷呈。澄泥砚也可以呈现彩色，但毕竟是人工合成的，而彩色的淄砚则出自天然的石质材料，最是天赋异禀。笼统讲，因形成条件不同，泥质沉积岩有白、灰白、灰、黄、绿、红褐、棕等各种颜色，细分之下，则是各种色彩不一而足，赭石、淡赭、绀黄、枣瓤黄、夹山红、猪肝紫、龙门紫、沉绿、莴苣绿、荷叶绿、竹竿绿，等等。篆刻家张茂荣曾说："夹山一带山岭重叠、道路崎岖，溪流缓经谷底，蕴藏有红、绿、赭、黄等各种颜色的砚石。这些砚石为沉积页岩，多是片状自然形，其大小、厚薄和形状适宜制砚。红色的有夹山红、龙门紫等品类，且常有珍珠斑、葡萄斑等布于石面，偶尔亦有带石眼者……并有彩石一种，此石有绿、青、赭三色，沉绿之上赭色花纹游动，其间又泛出青色，真有'雨过天青'之自然妙趣。还有冰冻纹、金银线之类赏观砚彩，时常现于砚石之上，足见淄砚今日的品种之多、质地之精良。"[5]

当代博山淄砚的开发始于二十世纪五十年代，当时砚石爱好者郝鸣皋、石志灏等就经常在西部山区寻觅砚石。二十世纪六十年代初期，博山美术琉璃生产合作社曾计划以倒流河淄石坑砚石为原料，恢复淄砚生产，几年后，博山刻字合作社亦曾有此计划，惜皆未能如愿。

七

文化界将再兴鲁砚视为朱一圭的四大文化贡献之一。朱一圭痴迷于研究淄砚，与版本学家路大荒有关。路大荒是朱一圭的姨家表哥，两人见面时，路大荒问，既然"青州石为第一"[6]，怎么又有"淄石号韫玉，发墨而损笔"之说？于是，朱一圭借上山劳动的机会，依据史料记载寻找砚石。一次，他走进西山龙门，见流水中有五颜六色的石块，心中暗喜，便顺着小溪向被当地人称为"十八盘"的山间河谷 [7] 走去，用镐头刨着每一道石脉，寻找砚石。几年的工夫，朱一圭搜集到了二百多种不同的砚石，足足装了两大箱。开完批判会，他便躲在一个角落里，不声不响地刻砚。其间，朱一圭还通过省领导的函荐，离开博山，去大收藏家处遍访名砚。在康生那里，他就见到了高凤翰《砚史》中记载的那方题铭"墨乡磅礴，天空海阔"的大瀛海澄泥砚。这些见识为朱一圭制砚提供了心中妙想、刀下奇思。

淄砚的再兴得力于山东省原副省长高启云的提点和工艺美术家、山东省二轻厅原副厅长孙长林的推动。1975 年，博山美陶的魏守光厂长带着朱一圭、朱奉村、李同关、胡立民的砚台、砚石作品，参加了中国（武汉）石料工艺品展览并意外获奖。高启云就对区委原书记孙迎晋说："你们博山还有这么一个好题材，把这一块搞起来，博山不就增添了一种新文化氛围吗？"适逢朱一圭在省陶瓷公司参加科研攻关会战，孙迎晋便跟朱一圭商量，朱一圭说："把作品被送到武汉参展的几个人组织起来，这件事就能促成。"1976 年春，区里从工农锻造厂调来周云峙当书记，由朱一圭指导，又凑了四位元老，分别是郝鸣皋、李同关、朱奉村、李治海，开始筹建砚台厂。

起名字的时候，郝鸣皋说叫淄砚斋，李同关说淄砚斋听着太小，应该叫淄砚坊。朱一圭说，斋也好坊也好，将来砚台不行了可咋弄？起个名字听上去得啥也能干。于是就叫了工艺美术厂。省厅专门划拨五万元启动资金，实现了淄砚的工厂化生产。后来，砚台小组扩展到三十余人，李隆海曾任砚台组组长，成员有张茂荣、王光胜、许永宝、蒋则荣、蒋青山、李同生、高洪刚、徐峰、于国华、桑度云、魏玲玲、王济兰等，淄砚生产渐成规模。谷牧、田纪云、孙健副总理曾到厂视察，舒同、赵朴初、启功、刘海粟、李苦禅、李可染、沙孟海、张仃亦曾题写砚铭无数。

八

之后，既为淄砚著书立说，又痴迷于制砚、赏砚的名家匠工代有人出，从未止息。禹王山居淄砚馆的策划者、书法家毕玉奇先生，对此如数家珍："已故博山学人石志灏先生于二十世纪六十年代多次对禹王山砚石产区进行实地考察，写成《续〈淄砚录〉》[8]，补盛百二《淄砚录》砚石产区记述之遗漏。李式如、昃如川、钱殷之、姚增田、郝鸣皋、朱一圭、朱奉村等先生，均是博山声名显赫的淄砚收藏家、镌刻家。钱殷之亦全文抄录《续〈淄砚录〉》收藏，使之免于在动乱中散失。"

石志灏先生续《淄砚录》之举，是对淄砚的巨大贡献。

宋代唐询《砚录》记载："金雀石产益都县金雀山，质坚，色绀青，宜作砚。"宋代高似孙《砚笺》说："淄川金雀山有韫玉、金星二石。"金雀山在何处？宋代邵雍有诗题金雀砚："铜雀或常闻，未尝闻金雀。始愧林下人，识物不甚博。金雀出何所，必出自灵岳。剪断白云根，分破苍岑角。既为之巨砚，遂登于纶阁。水贮见温润，墨发知浣濯。"《魏书·地形志》载："盘阳即淄川县治，陇（笼）水即在县境内，金雀山亦当不远。"盛百二《淄砚录》载："金雀山之名，问之土人皆不知，即省志，郡志，益都、博山县志皆不载。"

邑人讲，倒流河边两山夹峙，西为土崖，东为金雀山。倒流河石桥东南，有一砂岩巨石形同石棺，传说曾有一只金鹁鸽飞入其中，故石棺所处之地便名鹁鸽崖。土语中，金鹁鸽即金雀，可知鹁鸽崖就是金雀山。

石志灏在《续〈淄砚录〉》中说，他曾为此询问一位老砚工，答曰："金雀山，指倒流河岸上小山，坑中出金星石，作砚不仅久用不乏，还不澥沥。"张茂荣赞同此说，认为："古人所说的金雀山，即今倒流河水库（建于 1958 年，后拆除）大坝西北约数百米的淄石坑上之小山。山不高，少石，下多为页岩。页岩即煤炭表层，俗称石渣子……淄石坑后因长年开采逐渐萎弱而停产。"自此，金雀山亦渐渐不为人知，仅在古籍中得以留存。石志灏曾阅读《辞源》，见其中记载："凤凰子，砚石之最上者，出山东淄川县东北仙岩洞，石形如卵。"后来，他在夏庄煤矿附近（与倒流河毗邻）得一"燕窝石"，认为此即凤凰子，遂打磨成砚，该砚"质坚如铁，润泽似脂，色黑如墨，晶莹似黛，以墨试磨，下墨速而光彩细腻，犹如热釜涂蜡，色泽盎然"。石志灏的《续〈淄砚录〉》中还记载了钱振珊自制淄砚的典型技法："手琢'天光云影砚'，雕云头为池，以大金点为日月，以小金点为星辰，砚背隶书刻'天光云影'，即此石也。"惜此砚今人无缘得见。

九

1979 年，朱一圭携淄砚代表作品，随鲁砚代表团先赴日本东京，后赴日本大阪展出并现场表演，一时轰动东北亚，所带砚台被一抢而空。有人说，由自然原石制作、因材制宜、巧夺天工的淄砚，一出手即抢了荣宝斋的风头。[9]朱一圭用实物证明了，发源于原山山脉主峰禹王山的孝妇河、淄河、白杨河以及倒流河上游地带，正是最主要的淄砚石料产地。这些地方所产的砚石质地温润、纹理自然、色泽绮丽而不浮艳，解答了路大荒"发墨而损笔"之惑。诚如康熙九年（1670）《颜神镇志》所载："石则淄石，出镇城东万山倒流河东岸涧底，类歙砚，有金星，颇发墨，制须良工。载淄川、益都二县志，元隶盘阳，明以来隶益都，故并志之。然所

32

产有限，历代斫取已及黄泉，藏诸水底者殆不可问矣。"

石可先生在其《鲁砚》一书中也说："博山一带产石，可以制砚的很多……当地有不少爱好砚石的老先生，数十年来做了大量的采集、研究工作，并先后在郑家峪、姚家峪一带找到了很多子石。子石在旧河床沟壑中时有发现，矿源则在其上游虞望山（即禹王山）一带，而虞望山一带为淄河源，所以子石也被定名为淄石。他们把沟壑中的子石称为'水坑'，把虞望山矿源之石称为'山坑'。水坑子石有紫云、沉绿、天青、柑黄诸品，因累年河水冲刷磨撞，呈不规则片状，其中自然呈现千层饼状的别具风趣。诸品中又以柑黄者为最，色黄如蜂蜡，透润如玉，抚之如脂凝，坚而不顽，发墨如泛油，但此品极少见，大者更是难得，可谓淄石中之上品。"又说："山坑在虞望山一带，有龙门、桃花泉两个采区。龙门采区的砚石，按其色泽可分紫、红、黄、青、翠、绿六个品种，其中以重紫、荷叶绿为最。前者沉透温润，紫中透青，有翡翠斑纹如兰叶隐约可见，着水益显，质坚而不顽，发墨而不滞笔；后者如初发的荷叶，入水银星如缁尘可见，抚之如儿肤，叩之有木声，发墨尤佳。桃花泉采区所产砚石，有紫、红、青、黄、绿、棕六色，其中以莴苣绿、天青、玫瑰紫为最。莴苣绿温润如玉，洞明莹澈如莴苣冻，坚而不滑，发墨有光；天青嫩润沉透，如长空秋水，与墨相亲，久用不乏；玫瑰紫色泽妍丽，晶莹细腻，抚之生润，发墨如漆。"进而总结道："博山砚石品种很多，色泽缤纷，沉透如玉，为他石所不能及。"1984 年，工艺美术厂砚台组撤并，整体调入博山美术琉璃厂，又经营了十多年。王孝诚在出任工艺美术厂厂长后，重新设立砚台组，高洪刚、徐峰等又回到老厂制作砚台，承接博山淄砚文化的余绪。如今，许永宝、高洪刚、于国华、徐峰等淄砚匠师的传人仍在秉笔操刀、传续薪火。

十

博山文人乡贤以砚会友的美谈数不胜数。1978 年，启功先生得了一方沉绿淄砚，喜而铭曰："锋发墨，不伤笔。箧中砚，此第一。得宝年，六十七。一片石，几两屐。"1985 年仲秋，张茂荣将此铭镌于砚背。后启功发现砚的右侧出现一丝裂纹，很是惋惜，碰巧肇庆端砚厂厂长黄东荣先生来访，提出用一方端砚来换。启功则说："这砚我用惯了，能不能给我粘粘？"收到粘好的淄砚后，启功非常高兴，挥毫写下："破砚重粘，依然瓦全。磨墨而书，吾神来也。"

二十世纪八十年代初，张茂荣篆刻了一套《孙中山名号印谱》，获胡乔木题签。张茂荣刻以自然形淄砚回赠，铭曰："不圆不方，亦谐亦庄。石寿万年，伴我书香。"胡乔木很高兴，应约题赠其一幅行书中堂："我心匪石，不可转也。我心匪席，不可卷也。""非石楼"遂成为茂荣书房斋号。

张茂荣与费新我有十年的交情，茂荣的"淄砚斋"即费新我题署。早在 1982 年，费新我即为茂荣所制淄砚题写砚铭："历经沧桑不计年，风风雨雨炼冥顽。一朝慧眼识真趣，常伴笔墨绮窗前。"终费新我一生，茂荣为其刻制的"左笔撼山岳"淄石镇纸，一直被其置于书房案头。

1981 年春，周谷城在北京见到茂荣的篆刻、镇纸作品，赞赏有加。茂荣得知后倍感欣慰，为其刻制一方图章。周谷城旋赠墨宝："汝惟不矜，天下莫与汝争能；汝惟不伐，天下莫与汝争功。"(《尚书·大禹谟》句）张茂荣又刻制一对绿色淄石镇纸回赠，上书："尽善尽美武韶异，此心此理东西同。"盛赞周谷城在史学、哲学、美学上的卓越成就。

著名古建筑园林学家陈从周教授初访博山，张茂荣应领导之邀，为其刻制深绿色淄砚一方并书镌铭文："聊斋畔，秋谷边，历经沧桑炼冥顽。至南中，驻江左，伴结园林自得乐。"回沪以后，陈教授给茂荣寄来一幅《竹石图》，画中石笋苔点斑斑，两竿瘦竹挺立于后，三五片竹叶浓淡相间、或仰或俯，图上题咏淄砚诗曰："玲珑顽朴未雷同，古砚由来数鲁东。运山千斤一铁笔，谁云此技是雕虫。"

著名版画家石可先生，对博山的兴趣可谓浓厚，自二十世纪六十年代初，便经常出入博山郝鸣皋、路长存、朱一圭、胡升刚等文友府邸，畅谈刻瓷、制砚。于《鲁砚》以外，他又撰成《鲁砚谱》，著录鲁砚一百方，其中淄石名品即有十七方。至今我还记得，当年陪石可先生去济南拜访魏启后先生时，石先生魁伟的身材与儒雅的气质。禹王山居淄砚馆开馆，石盾先生携来七方石可遗作，共襄盛举。

注释：

[1] 以禹王山河谷地带所产砚石为代表的泥质沉积岩砚石。

[2] 以洞子沟所产砚石为代表的坑洞砚石。

[3] 即唐梦赉（1627—1698），字济武，别号豹岩。清顺治

六年（1649）进士，授翰林院检讨，后以忤逆权要罢归。著有《志壑堂集》《济南府志》《淄川县志》等。王渔洋称其"文近于蒙庄，诗近于东坡"，《四库全书总目》称"其诗运思颇深挚，吐属亦颇温雅"。唐氏《聊斋志异序》称"最足以破小儒拘墟之见，而与夏虫语冰也"，"正如扬云《法言》，桓谭谓其必传矣"。《聊斋志异》卷一《雹神》、卷二《泥鬼》，均涉唐氏轶事。赵执信有七言律诗《寄唐豹岩先辈村居》："欲叩城西白板扉，逢时触事与心违。乱山约马匆匆过，落日将云片片飞。野水半篙谁唤渡，敝庐十步且言归。空余借鸽楼中月，分取秋光上素衣。"

[4] 此处记述有误，实为西南。

[5] 张茂荣《博山砚台产地与品类》中语。

[6]《砚山斋杂记》卷三《砚说前篇》载："苏易简《砚谱》曰：柳公权论砚，以青州石为第一，绛州者次之，殊不言端溪。"

[7] 即石门夹山一带，也就是传说中的"石门涧"。

[8] 该书虽未正式出版，但原稿与抄本被武汉大学、山东大学图书馆收藏。

[9] 荣宝斋文房四宝同期赴日本展览。

奇人尹宝亭

一日，谦安约我去见尹宝亭，我就想起了这个名字、这么个人，他好像一直在玩泥巴，弄肖像雕塑。我们俩是从没见过面的。

周六，天响晴。一大早，我就跑到尹宝亭艺术工作室，即一个小院，带一个有外梯的阁楼，实是撂荒的旧车间。北墙脚栽有竹子，在太阳旮旯里绿着。院中央一个瓜架，一个葫芦架。瓜架是方的，葫芦架狭长，提溜当啷垂吊着八九十个葫芦。葫芦秧、葫芦叶全黄枯了，葫芦都还青着，青里又洇满黄斑。我几天前才见马路边上有摆着卖的，还以为那黄斑是染的。这种葫芦勾勾的蒂、狭长的茎、圆圆的臀，叫什么鹤首葫芦，这是尹宝亭后来告诉我的。鹤是白的，鹤首葫芦却要青得近黑，那它们就是黑颈鹤了。葫芦们看上去就像近百只黑颈鹤伸长了脖子要冲到葫芦架上去，而葫芦架又像水面上铺的一张网，逼鹤们在水下潜泳。

我走近这个小院，就听见谦安高声说话，你刘哥咋着咋着。我推开那扇竹篱院门，先看见一个长发大个子正弯着腰拿水管子朝地面上滋水，滋得地上一块一块地发亮。地上铺着乱七八糟的地砖，却是故意砸断的水泥，片片用机器抛了光——这也是我们坐下喝茶的时候宝亭说的。三角形的地砖，不规则地铺了，反而成了另一种规则。水一滋，砖缝愈发黑暗，地砖却熠熠发亮。

谦安在大个子身后，却先看见了我，说"这不是来了，刘哥你还挺早"。谦安昨天就来了，在此住了一个晚上。大个子就把水管子扔了，直起腰来，喊着"刘哥"。他鹰钩鼻、窝坑眼，络腮胡子从耳际到下巴围了一圈，黢黑，一说话，黢黑里便有个黑洞忽大忽小，眼睛小而细，几无眼白，笑起来，就更小，想把眼神看清，得仔细去找。

宝亭自来熟，握住我的手就把我往草寮子里头拉。草寮子两米见方，竹竿扎的立柱，竹枝编的短墙，一反一正的半边竹片扣起来做屋顶，屋顶上垂下一只白灯泡，灯罩是草绳编的——拿草绳围着金属灯罩转圈编了，涂上乳胶，固化后，再把金属灯罩撤了。观者就好奇是咋制弄的。

草寮子中间摆一个条桌，桌上一套茶具。水一开，沏上茶，就开聊。宝亭就说，这一大些，都是自家的创意。可不是？排水沟，连着一个鱼池，乌暗的水里鲜红着几条金鱼，格外生动。几只编织袋里囤着土，长出细溜溜的秧子，结丝瓜，结佛手瓜，结地瓜。宝亭说，除了冬天，这小院子里都是菜，基本不用买。

宝亭坐东朝西，与我对面，谦安坐南朝北，我把竹椅挪挪位，冲着东南，兼对了他俩，也正对了暖煦煦的太阳，身上一波一波地舒坦。

啜茶，聊天，不时地朝外瞅一眼，那些葫芦、地瓜叶子、丝瓜叶子正逆着光，筛动着活跃的光线，充满质感，我就不时站起来，拿手机拍照。草寮子外，正有一组雕塑小样摆在一个台面上，名叫"闹龙街"。五个人物，主角是料货摊前手握一只鸡油黄琉璃瓶的康熙皇帝抑或乾隆皇帝，被一个左手拿灯笼的熊孩子用细棍子戳了屁股，正欲扭过头来发作。皇帝右侧是个佩刀的侍卫，拿手指着小孩，像在训斥。戳皇帝的熊孩子得意地跟拿铁环的小伙伴耳语，年纪再小一点的女孩看热闹，手执一串糖葫芦，地上还立着一条白狗。

这组雕塑是尹宝亭的系列创意作品之一。他生在博山大街，长在博山大街，博山老街巷在他心底刻下了深深的印记，并随着他年纪、阅历的增长而愈发不可磨灭。依据博山历史文化传说，他开始酝酿创意。把博山印象以情景雕塑的形式展现出来，是他最大的痴迷。当下，这组雕塑做了中景，地瓜秧子做了近景，构成了一幅逆光照片。

一个上午，基本都是宝亭在讲，谦安原本话多，此次也拜了下风。我大体知道，宝亭不是一般的自来熟，不是一般的英勇，他是场面越大越不怯。我还知道，尹宝亭这些年一直在做功课，不断攻克难题，练就了一手肖像塑形的功夫，灵感顶到脑门上，他能以二十分钟的神速写意一个人物塑像且极为传神。他塑过名人肖像无数，能几分钟塑一尊塑像出来，网上就有人说他是"鬼手"，邪乎得很，塑啥像啥。他的作品进过中国美术馆，他本人被冠以什么大师的称号。他开玩笑说我也是名人，一会儿沉沉气，也给我塑一个。宝亭其实是老美陶了，啥都做过，很有章法。

基本上一个上午，我都是在听，这个家伙，实在是话痨。

他就说："有底了，刘哥是个好倾听的人，心里却不闲着，在内里调兑呢！是在用你的学养、你的思维捉摸事呢！我说得对不对，刘哥？"我说："咋不对？"宝亭说："我找着感觉了，找着感觉了！先吃饭，吃完了就干。"他爬起来，到屋里找来一只火锅，又不知从哪里拖来一箱木炭，撕下一些纸壳子，让谦安点火，又找出菜板、折叠小刀、白菜、葱姜，摘下几只丝瓜、佛手瓜，之后就骑上小摩托走了。我洗了白菜、佛手瓜，把丝瓜打皮、切片后，宝亭就回来了，提着几个小包，里面有羊肉、豆腐、木耳、肉丸子、小料，说还有熏肉。我心里一咯噔，山头火锅还兴放熏肉？

火锅接了烟筒，火赶着往上拔，很快旺起来，水开始滚。宝亭先下了葱、姜与木耳，滚头没住，就接着下羊肉片，一变白就捞，下了两拨，再涮青菜。我说，缺胡椒呢！宝亭说"忘了忘了"，拔腿就往屋里跑。有了胡椒，味道一变，汤就厚了。他们两个喝了几罐青啤，我没动酒，饭吃得很快。

酒足饭饱，杯盘狼藉，宝亭不等收拾就走出草寮子，在院子当央撑一个三脚架，三脚架上放一个云台，又从屋里抱出一大坨陶泥，然后就把我安置在靠椅上，开始塑。他从脸开始，一边捏一边跟我说话，"侦察"我的内心，同时拿大拇指肚子抹划。捏了快俩小时，谦安的电话响了，是李振奎，拉了一通，扣了电话。谦安说，你看巧不，振奎在青石关写生，竟碰上了从青岛回来的魏津，听闻咱们都在这儿，说今晚要一起喝点小酒呢！不大一会儿工夫，振奎来了。进了门，我先跟他握了手，宝亭两手泥，握不成，话却赶趟儿，说虽然没见过面，跟谁谁谁却熟，早就知道振奎画得一手好画。振奎哈哈着，看见了塑了半个前脸的我，说："有点像了！有点像了！"宝亭接着捏索，振奎就掏了手机，又照又录，围着我俩转圈。宝亭说，记得发给我，我到时做个参照。

转眼天就黑了，魏津打来电话，说在青龙山订好了一桌，吃剔骨肉，喝啤酒。临分手，宝亭说，下个礼拜再来，咱们接着塑。入夜，觉睡不着，我便一骨碌爬起来，得到以上文字，本想用《鬼手尹宝亭》当题目，觉得张狂，还是"奇人"好些。

澄如琉璃

一

"抽了裤子垫板凳",是说炉行的小孩刚刚学会自己拉尿、不垫裤子了,就坐在板凳上做炉,形容干活儿很早。炉行的小孩学手艺确实早,王爱广学做炉时,虚岁才 7 岁。

老王家住在新赵庄,上去漆沟崖头第一条胡同第二个大门。炉棚朝街,从南头数是第一只炉。这一块,好几家都有炉,一连十好几只。

老王家的家史,就是一部博山近代琉璃史。王爱广的曾祖、祖父都是独子,做过炉,到其父亲时有了兄弟九个、姐妹十二个。大爷王乃庆做炉,二爷王乃春做炉,父亲王乃德做炉,六叔王乃顺做炉,七叔王乃玉做炉,八叔王乃祥做炉,九叔王乃安也做过炉,至王爱广这一代,只剩下他自己做炉。再下一代,就一个炉匠也没了。

王家炉棚安着一只小圆炉,像一盘碾,可以围着坐八到十个人。他家用小模具印扣子,如小白兔、小青蛙,做老人帽子上的"一块玉",也叫帽正、帽准,拿白玉蘸点绿,在模具里一压便成。邻居毕玉吉专事翻模具,铜的,家里人干,也有不是家人的琉璃社职工来干。王爱广的大爷、叔叔印扣子,父亲做簪子头——捻下一块白玉料,蘸上碎花,在火头上熔化,拿起来一甩,叫它一套拉头,从料上点上个尖,拉出来,前头一个簪子头,后头一个小顶子,镶住,就成了。父亲做的簪子头,常常被王爱广拿来当"咩流转",好看,好玩。

1957年,王爱广6岁,没事净往炉棚钻,做炉的大人们就戳他。有个叫张敬喜的,头上有个疤痢,特别喜欢戳他,被戳急了,王爱广就喊他"张疤痢",父亲听了就捶他。张敬喜后来成了中医,至今仍在世。张敬喜坐在交叉上做炉,起来如厕时,王爱广就拿过他的铁线在火上戳弄,学着做个小东西,这是王爱广第一次摸索炉上活路。

二

第二年,王爱广上了赵家林小学,他家的圆炉也拆了,大人都去神头钢厂大炼钢铁。炼完钢铁,父亲他们回了琉璃社,又遇上三年困难时期。父亲对王爱广说,还念啥?别念了,下来学炉,拉边套。

每天早晨,五点多天不明,王爱广就跟着父亲上炉,坐在父亲腚后头看,看父亲咋做。父亲做一会儿,起来,叫他上去学学。先做最简单的琉璃球,使料条往模子里捻,学了一段时间,会了。一只炉有八人,叫九组,一人一个炉口。

父亲是组长，他改成九个炉口。打上个盖子，让大家挤一挤，安上个交叉，叫王爱广坐下，正式做炉。王爱广做弹子，即琉璃球，计件算钱，记父亲的名字交货，一直干到1962年下半年。

十组是另一只炉，在隔壁，有位师兄，大王爱广十来岁。他刚谈恋爱，去看电影，到了西冶街景泰成。一个组做炉的李云章戳王爱广："你喊××！你敢喊不？"王爱广问："谁叫××？""你喊就是。"俩人出观音堂口，一拐弯就是石家胡同，王爱广就喊："××！××！"那是人家师兄的小名，王爱广可不知道，惹下饥荒了。第二天上炉，那位师兄跟自家爹说："你看王五叔的儿子，在俺跟俺对象后头跟着喊俺小名。"他爹就说："找你王五叔啊，小孩不懂事，准是受人戳哄。"师兄掀开当门帘的麻布袋，进来，和爹紧挨着的王爱广就脚软心慌。"五叔啊，有个事，俺得来和你老人家说说。这不给俺说了个对象嘛，俺兄弟就跟在腚后头，喊俺××！"李云章一看这架势就溜了。师兄话一说完，王爱广他爹反手一个耳光，王爱广就从交叉上栽下去了。还不敢哭，一哭还得挨揍，只是眼里泪珠打转。缓过气来，王爱广说："不是俺自己想喊，俺又不知道是啥事，是俺小爷爷叫我喊。""小爷爷"就是李云章。"他叫你喊你就喊？你个天理！这么大了还不懂人活！"

六十年以后，当年的师兄到王爱广家喝酒，对王爱广媳妇说："弟媳妇啊，王爱广是俺媒人啊！要不是他跟在后头那个喊法，俺跟俺媳妇能成？"王爱广赶紧说："老哥头，你就别提那壶了！"

三

那年年底，从淄建公司调回来一个本厂子弟，正式职工，他要做炉，没处安排，就把王爱广换了下来。

没活儿干了，神头老电厂附近有个小玻璃厂，同样的炉，同样的活儿，王爱广就去了那里，从部队复员回来的伊善友也在那里做炉。1963年下半年，听说厂里要招工，王爱广打算回到父亲的圆炉旁继续做炉。1964年7月，招工消息有了，本厂子弟会干的，年满14岁即可报名，半大小伙子们都去了。王爱广跑到大街手工业管理局去体检，被择了出来——不够年龄，还差一岁，他只好继续干加工户。新学员是固定工资，王爱广每月21块钱，加工户是计件工资，半个月开一回钱。王爱广每月30多块，父亲才挣40多块，家里过得挺富裕。1966年，厂里要改产裁员，王爱广被裁到三车间做了半年语录牌。1968年，美琉厂再次招工，上一批学员已转为二级工，王爱广他们十来个人也成了正式学员，也按二级工发工资。王爱广从此在二车间安稳做炉，直到1980年进研究所。

二车间是个工艺品车间，主要生产花球、模具花瓶。1978年，花球突然没了订单。不能看着池炉空烧，车间领导说："咱得搞创新。"于是建了一只八卦炉，要大家拿起吹筒，但没有会的。王爱广是工段长，去大连学习过吹制，便说："咱试试，从小东西开始，先做烟灰缸。"他和郑子云搭伙。王爱广看过一个电影，电影里，有人从船上扔下

45

一只花插，他记住了那只花插。凭着印象，与郑子云用做烟灰缸的模具拔出一只花插。型有了，还不错，就是单调些，那么何不在花插中间点缀些装饰？王爱广捏了几条燕鱼，粘了上去，花插立刻变得有模有样。车间领导一看，连声叫好，让他们几个专搞设计，设计成了就量产。这几个人是郑子云、孔繁贻、李华增、邹光永，他们都是老炉匠，其中有人还去支援过马耳他。

去大连参观时，王爱广发现人家在做剑鱼："你看看，咱咋就没想到？"头朝上的、头朝下翘尾的，王爱广回来举一反三，各色剑鱼花插也有了。翘尾鱼腾跃在海浪底座上，蓝与牙白相间，是王爱广的得意之作。套料时在玻璃液里头一拧，提出来，一边走一边转，拧出海浪波纹来，再做好鱼，安到底座上。鱼有红的、蓝的、绿的，还有一种三彩的，中间是茶色鱼肚芯，两边上砂蓝。整出鱼形，最后套上水晶，捏分水、鱼鳍、鱼嘴，最后点上两个眼睛，做出尾巴，安到底座上。鱼身、尾巴、底座，三个人协作依次完成，叫茬架子。就这样，他们完全掌握了长杆吹制技术，频频翻新花样，出作品像滚雪球，一个带一个，在天津劝业场大卖，先内销后与花球同步出口，重新为工艺品打开了销路，二车间再度红火起来。

四

1980年3月，美琉厂成立了技术研究室（研究所前身），厂领导找王爱广谈话，说："技术研究室挺弱，你进去吧，一块把研究室弄起来。"后来，研究所就有了王爱广一个副所长的席位，但自始至终，他只是一早到研究所点卯，点完卯还是去二车间。他离不开车间，离不开炉火，离不开手里的吹筒、钳子。在所以离不开，是因为贪图搞他的试验。负责分管技术的张恒福厂长，在香港看到一只水晶豹子，回来说很好卖。他们便成立了一个试验组，张恒福厂长、居玉朗总工亲自上阵，开始攻关搞雕塑，一夜才出两件产品，弄了一年都没有成功，只好下马。当时文向君在研究所，他与王爱广一起，研究花球色素着色，其他方面都挺好，就是起泡问题不好解决。一次，王爱广与郑子云、程怡远等人去丹东考察，学习色素着色技术，结果眼界大开——取料口跟前一桶水，水里有色素，料往里一浸，不炸，起泡问题也解决了。他们还看到了炸纹开片瓶，即瓶吹好后特意地往水里一浸，炸纹就出来了，瓶裂而不碎，再套上一层水晶，内里便是开片的。经由韩美林的提升，基于陶瓷颜料在琉璃中的应用，色素着色技术正式被命名为"墨彩琉璃"。花球也变成了墨彩的、气泡的，不再是原来的扎瓣花球了。此时，厂灯饰车间的产品没了市场，人员闲置，研究所租下二车间的两只缸，用上灯饰车间的裁员，教他们改行做工艺品，使墨彩花球一直畅销。

从二十世纪九十年代开始，美琉厂的机构、人事频繁调整，人际关系复杂起来，有些人相互挤对，彼此算计。王爱广深陷其中，虽被调来遣去，却逆来顺受。他去过双山玻璃厂、六分厂、七分厂、装潢厂，但唯一不变的有两条，一是手不离杆、身不离炉，二是宠辱不计、笑口常开。韩美林在美琉厂搞设计时，王爱广负责帮他落地。韩美林看着王爱广顺眼，说："在车间就对了，坐办公室能干啥？只会算计人、捣鼓人，无聊。"韩美林给大小领导写过字，眼光犀利，看人入骨三分，给每个人的字皆是四字成语，有的庄重有加、满含钦佩，有的反话正说、不无讥讽。轮到给王爱广写了，韩美林说："你个觅汉，直来直去，给你写个'光明磊落'。"那时的韩美林，从人们的口风中，嗅到了某种不祥的气息，直到2003年知悉美琉厂破产，才潸然泪下——一个十足显赫的工艺美术重镇，不该说没就没了啊！

五

从6岁学炉，到今年70岁，王爱广玩了六十多年琉璃，从配料、熔化到成型，无一不通。在美琉厂研制鸡油黄的时候，张恒福厂长配料，他负责晚上拿探条观察颜色、调色。晚上颜色不好看，张厂长先回家睡会儿觉，接到王爱广的电话后，再回车间看看调调，加点萤石，加点氧化锑。

十缸九不成，毕竟成过一缸。在爱美琉璃，他们也研制鸡油黄，有时行有时不行，颜色或深一点或浅一点。在福山玻璃厂、西冶工坊，都下过鸡油黄，有时也能得到不错的成色，有那种油漉漉的感觉。在福山，老板要下鸡油黄，王爱广说："要淘换化工原料，提炼白砒三氧化二砷的信石。"第一次买来，矿石发黄，雇人磨碎，下上料，半夜看看颜色，是黑的，不成功。又买来一些，颜色有白的也有粉的，掺杂着，用破壁机粉碎，磨出来以后，颜色变好了。王爱广说："你从哪儿买的？再买再下。成色还行，就是白头稍大点。"可见料种的好坏取决于原料的稳定性。王爱广认为，真正的古法鸡油黄，器物要有一定的通透性，拿个小灯从底部一照，能看到瓶身内部。其他的黄，灯光一照啥也看不出来。通透，是因为含铅多，即含黄丹多。一缸料里得有 50 公斤铅，不管显出黄丹、红丹还是白丹，吹出来就是一块搓脚石，外皮毛糙，得让轮子匠把这一层磨掉，抛出光来，才能显出细腻与油润。王爱广下鸡肝石更是娴熟，做瓶子或者拉梃子，他使着色剂善于用减法。他不主张着色剂一点点加——加一点不够色，加一点不够色，光浪费。他主张下重药，如果深了就向下拿，果然两次就到位。博山石马镇有个五凤山，山上建有几座庙，庙里新塑了一尊孙行者雕塑，就是不精神，有人来求教王爱广。王爱广说好办，做了两个琉璃球当了孙行者的瞳仁，立马火眼金睛。

丰富的阅历，豁达了王爱广的性情。韩美林可以搂着他的脖子开玩笑，他也可以逮着刘知侠干杯。在刘知侠家，冯德英不喝酒，却提去两瓶五粮液。刘知侠说："我找着喝酒的了，咱俩喝！"王爱广说："行。"开始喝。王爱广一边喝一边问：《铁道游击队》就是你写的？"刘知侠说："你这个小舅！"后来刘知侠和冯德英到美琉厂，冯德英说他得找找那个和刘知侠喝酒的王爱广。王爱广见了冯德英，说："俺也没有你的书，光知道你写了《苦菜花》《山菊花》《迎春花》'三花'，跑到南亭子去看，写得不孬！"冯德英笑笑，刘知侠说："你没有文化还会看书？""俺学啊！再说，喝酒不是文化？你来了，咱不就是喝酒？来到俺这里，咱喝酒，你喝多少俺喝多少。"刘知侠说："好，我就喜欢这个！"刘知侠真能喝，太能喝，两人用的全是小拳盅。高度酒，砰噔一个，砰噔一个……一人喝了一斤。最后送他们走了，王爱广躺在了食堂门口。中国书协原代秘书长戴志奇到厂做客，惊异于工匠巧夺天工的手艺，说："你们就是船老大呀！"王爱广说："啥船老大，开船的时候站在前头的那种老大？俺就是个小炉匠。"再大的人物，王爱广也敢闹笑。

六

王爱广经历过数次劫难，大的有两次。

第一次发生在他退休以后在福山玻璃厂打工时，当时连着三天停水，王爱广戴着一副手套，嘴上遮一条毛巾，鼓捣白砒、氧化锑、红矾碱等各种化工材料。干完活儿，顺带在地上的积水里洗了洗手。第二天早晨起来就不行了，脸肿，身上也肿，接着浑身开始起皮，病情非常严峻。住上院后，大夫说打打针试试。打了五天吊瓶，王爱广执意回家，大夫允准，让他回家老实躺着。都五月了，王爱广盖着被子却浑身发冷打寒战，量量也不烧，便熬着。直到两个月后全身褪完一层皮，才慢慢康复，捡回了一条命。

第二次发生在2019年年初。春节前，西冶工坊不算忙了，王爱广歇了一天，想着去查查体吧，就去了第一医院。大夫说："连头加肺，CT一起做了就行。"做了CT，拿了片子，大夫看后说："大爷还有点情况！""啥情况？哪里？""肺上。"是癌症不？""我可没说是癌症！""不要紧，你给俺吧！""你自己来的？""可不自己来的。你怕啥？得癌症的都是被吓煞的。"王爱广回到家，不待上楼，就把诊断书丢进储藏室，想等过了年再说。

　　春节一过，王爱广连续忙了一个白公事、一个红公事，又跟老同事、老邻居联络联络老感情，还组织了一场兄弟姐妹大聚会，该悲的悲，该喜的喜，尘埃落定了，就上了第一医院。大夫说："住下吧。""住下就住下。"初九，王爱广正式住院。初十，西冶工坊老总李志刚打来电话："老师，咱凑凑吧？准备点火！"王爱广说："去不了了。""在做啥？""有点事。""到底啥事？""说实话吧，俺在第一医院被逮住了。""啥逮住了？""住了院。"志刚跑去医院："咋了？""人家说肺上有个东西。"志刚找人拿着片子去济南肿瘤医院会诊，说："去济南做吧！""去济南做也是做，在博山做也是做。去济南，家里就一个闺女，兄弟们都有家庭，护理俺麻烦，咋着也是一刀！"十六，治了治感冒。大夫问："做吧？""行，你给俺择干净就行。"术后做了一次化疗，打那就再不做了，不好受。王爱广跟家人说："你们看见没？化疗能折磨煞人。俺这么活就挺得劲，不耽误喝酒。"从此，王爱广一场就喝两杯，谈笑如初。何以如此？知足啊！衣食无忧，家有余粮，何愁之有？

七

　　2020 年 10 月 17 日，我在西冶工坊食堂完成了对王爱广先生的采访。席末，王爱广端起酒杯一饮而尽，说："明日，俺要来上工了！"

原本一块五色石，被岁月与生活烤灼，炼过了头，变成一枚通透、澄明、敞亮、纤尘不染的水晶，这就是王爱广。他皮肤黝黑，化疗那一阵，竟黑如石炭。曾有一日，他对好友高延民先生说："到了那个时候（指死亡将至），两瓶二锅头，先咕咚咕咚竖上（喝上）一瓶，提着另一瓶直奔白石洞（火葬场），跑到跟前，再一扬头竖上，一头攮进（钻进）火化炉，外头里头一起烧，痛快！"看破生死，一如看破是非，是谓真无忧，是谓真从容！

陶瓷墨水问世五年记

　　山东硅元新型材料股份有限公司（简称硅元科技）发明陶瓷墨水已有五年，舆论界却鲜有提及，一个偶然的机会，这项发明被钢笔画家高承传以写实人物钢笔素描的形式，在陶瓷板上进行了完美呈现，人们被这一前所未见的陶瓷艺术惊艳、震撼。2020 年 8 月 14 日，我在硅元科技见到了陶瓷墨水发明的推动者、中国陶瓷艺术大师、高级工艺美术师董善习，陶瓷墨水主要发明人、硅元科技原副总经理、山东理工大学美术学院教授任允鹏以及著名画家高承传。

一、魂牵梦绕陶瓷钢笔画

　　董善习是推动整个发明的重要人物。

　　在此之前，我与董善习先生从未谋面，见面这天，通过两句话，我就知道他是一位真诚、仁厚的艺术家。一句是，"我是张明文先生的学生"——已届古稀之年，还念念不忘自己的老师，这与艺术界某些人一旦成名便将恩师弃如敝屣的行为如隔霄壤，也难怪张明文先生曾几次嘱咐我，要关注一下董善习的艺术成就。另一句是，"尹干先生耄耋之年还在做陶瓷花釉，得益于朱一圭先生当年的黑釉立粉"。董善习没有漠视朱一圭发明立粉花釉的文化贡献，这又与许多所谓鲁花釉后继者闭口不谈朱一圭形成巨大反差。通过交流，我发现董善习不仅有德行，还极睿智，可以用"德艺双馨"来形容。

说董善习是陶瓷墨水发明的推动者，在于他几十年来对陶瓷钢笔画的探索研究。

董善习 1951 年出生于淄川，1972 年就职于淄博瓷厂，历任淄博瓷厂科研所所长、艺术瓷分厂厂长等职。1984 年，董善习去中央工艺美术学院进修图案设计。他跟着老师外出写生，老师就要求必须用钢笔。过去写生都是用铅笔，错了可以用橡皮擦掉，但钢笔落笔必须准确，一笔出错，全纸俱废。那时候，大家用的是针管钢笔，画了以后，当场把色彩记录下来，也可以加以简单创作，添加图案、装饰或进行构图。后来再看这批写生作品，效果竟然不错。为何不将钢笔画植入陶瓷？自此，董善习冒出一个灵感——要在陶瓷上画钢笔画。

1987 年，董善习开始尝试钢笔陶瓷绘画。陶瓷颜料有水色、油色，他先用水色，即把陶瓷颜料研磨得细一点，加一点胶，灌到钢笔里去，趁它没干的时候画了几个盘，烤出来一看，效果还行。1990 年，董善习写了一篇总结，叫《钢笔绘画艺术在陶瓷上的应用》，在《山东陶瓷》上发表，但那时用的还不是陶瓷墨水，只是一种颜料。把钢笔绘画艺术用在陶瓷装饰上，总的来说并不成功，因为颜料磨得再细也会凝固，不接着画，就沉淀了，画不成了。尝试做过，董善习很快也就把它放下了，但这个想法一直都在。

二、突破的方向在哪里？

2012 年，董善习被硅元科技聘为顾问，建立了自己的工作室。2016 年，董善习再一次拾起多年前的那个想法，向硅元科技副总任允鹏提议，看能不能把钢笔画在陶瓷上的应用作为一个课题研究研究。任允鹏一口应承。当时两人商量的课题名叫"硬笔陶瓷彩绘"。用什么办法把硬笔绘画弄到陶瓷上呢？琢磨来琢磨去，两人觉得还是得搞一种墨水，没有陶瓷墨水，光将陶瓷颜料蘸着用、灌上用，既不耐用又不流畅，达不到想要的效果，也没有推广的价值，只能画几个赏玩。任总是搞材料、工艺的，在硅元科技这边还带着一个科研小组，就开始琢磨这个东西。一种颜料，怎么达到在钢笔里头不凝固、出墨流畅，还能够长期使用的效果呢？课题组经过一年多的试验，终于研制出了陶瓷墨水。这种墨水钢笔可以用，蘸水笔可以用，毛笔也可以用，出墨非常流畅。2016 年，硅元科技参加省陶瓷公司评比，结果获了个金奖。

董善习又不满意了。陶瓷墨水很好，但是用它画出的作品，看上去还是国画写生的效果，画点风景啥的，还不能形成很大的震撼。既然这种工艺成功了，那还得想办法推广出去，不仅要让淄博知道，也要让全国的陶瓷界都知道，因为其他瓷区还没有这种工艺。董善习就一直琢磨。2017年，淄博新建了一个陶瓷琉璃馆，董善习决定捐献210件作品，其中有刻瓷、彩绘等，其中的20件作品就是钢笔画。张守智说钢笔画"将中国绘画的泼墨肌理技法移植于刻瓷创作之中"。大家虽对这批钢笔画反响良好，但触动依旧不大。董善习意识到，这样的钢笔画还是没脱离中国传统的线意识，依旧是国画风格，那么突破的方向在哪里呢？

三、思路一变，轻松攻克滑石瓷增塑技术

董善习是个善于思考的艺术家，他思考的精髓在于务实，也就是实事求是。

1985年，董善习是淄博瓷厂艺术瓷车间副主任，那时，滑石瓷还处在技术攻关阶段。滑石瓷塑性不好，黏度很差，只能做小壶、小杯、小碟、小注浆件，盘子也只能做到7英寸，坯体压出来不等干就裂，难以成型，不能做大件，没法大量地投入生产。这时候，省陶瓷公司专门组织科技人员，想要攻克滑石瓷增塑技术难关。瓷厂、博陶也组织了专家队伍进行技术上的攻关，做滑石瓷增塑试验，但试验了一年也没有效果。这时，车间新进了一个大学生技术员叫周宏杰。"宏杰，给你个任务。"董善习说。"什么任务？""把滑石瓷增塑搞一搞。""这个课题白搭，你没看见专家们都在搞，弄不了。""咱不要急于下结论。咱改变改变思路，不走他们那条路。滑石瓷塑性不好，塑性不好就得加黏土，一加黏土，滑石成分就下降，白度就不够了。滑石瓷的成

分必须占 70%，成分达不到，瓷的性质就变了。咱正常的配方不变，外加增塑剂行不行？""增塑剂？""不就是增加黏性吗？外加增塑剂，比如说陶胶、过氯乙烯、纤维素，这一些都可以试验试验。"为什么对陶胶、纤维素感兴趣呢？淄博瓷厂有过花纸车间，董善习干过陶瓷印刷，也干过照相，当时搞鲁青瓷白花，都是自己照相，自己拼版，自己印花纸，自己贴，里头就用过纤维素，也用过糖浆，这些都有一定的黏性。董善习说："咱采取这个办法试试行不行？"

周宏杰琢磨琢磨，觉得有道理："我试试吧！"反复试验了一两个月，最后成功了。他用的就是纤维素，还是那种线状的而不是颗粒状的纤维素，放水里一泡能泡一大盆，倒进泥浆里一调制，抽上来打成泥饼，搅成泥，然后进行单刀试验，坯子干了以后裂得就轻了，掰开坯子一看，内里的纤维素像麻一样丝丝缕缕，起着连结捆绑的作用。7英寸盘行了，8英寸盘也不裂了，最后打报告，进辊压机。当时瓷厂的滑石瓷只能使单刀，不能大机械压制，不能辊压。厂里花了好几万买来辊压机，接着进行试验，10英寸盘也不裂了，上上釉烧出来，非常好，这才解决了滑石瓷增塑难题。公司一看很高兴，解散了攻关小组，马上进入中试。中试没问题，又专门上了一个滑石瓷车间，产品硬度大，强度、白度高，后改为强化瓷。这个科研项目，获淄博市科技进步三等奖。周宏杰撰写了一篇论文，发表在《山东陶瓷》上。之后，滑石瓷大范围普及，系列产品大量上市。

作为车间副主任，董善习主管艺术瓷生产。车间虽不大，但五花八门啥事都有，从原料、注浆，到成型、烧成、彩绘，在这个车间工作的人必须是全面手。滑石瓷塑性不好，晃泥料只能使 200 公斤的小磨，晃出来以后供应注浆组注那个壶。大型球磨机内部温度很高，泥浆烫手，有时能超过 40 摄氏度。晃的泥浆不能超过 40 摄氏度，超过了，滑石瓷泥浆稠化，就不能用了。用 200 公斤的小磨一天晃一磨，老是供不上泥浆。董善习就想用球磨机："你们使 1 吨的大磨晃一磨不行？""原来晃过，不行啊！晃到温度高了就凝固，掏都掏不出来。""咱试试用水给球磨机降温，使泥浆温度从 70 摄氏度降到 40 摄氏度以下，看看行不行。"一试，也成功了。

四、刻瓷烤彩，终结三百年的刻瓷敷彩

在一次陶博会上，董善习携刻瓷作品与观众见面。一位老先生走上来问："人家送我一个《百寿图》刻瓷盘，颜色咋还都掉了？"董善习问："你是不是经常擦它？""是啊！这个盘还不能擦吗？""这个东西，是刻了以后上的颜色，不能经常擦它，更不能使湿布子擦。""那颜色都掉了咋治？"

这个问题引起了董善习的思考。自从清代乾隆年间刻瓷产生，三百多年来，始终都是刻了以后上墨汁、上印泥，后来又慢慢有了国画色、油画色，一直这么沿袭下来。这个状况不改变不行。董善习说："自从七十年代张明文老师搞了刻瓷之后，我就跟他学刻瓷。最初就是上国画颜料，容易掉色咋办？就把瓷盘烤烤，趁热打一层蜡，把颜色封

住，再用刀片把上面一层蹭蹭。以后觉得太麻烦，又用油画颜料试了试。油画颜色涂上以后有个好处，干得慢，还容易调和，调的颜料非常均匀，还挺好上色，三年五年不会看出什么变化，不擦不洗，放在那里基本没有事，但过个二三十年，颜色就不行了，不光掉色，还会变色，除了黑色不怎么氧化，凡是带彩的颜色，如红、黄等都会氧化变色。"

　　用非陶瓷颜料给刻瓷敷彩，也备受专家学者诟病。陶瓷艺术设计家、教育家张守智说，把釉面破坏掉，再敷上一层油彩，这算什么陶瓷艺术？中央美院、中央工艺美院的杨玉善、陈若菊、常沙娜等教授，也始终对这种"工艺"持否定态度，恪守"陶瓷是火与土的结合"这一铁律。董善习就与硅元科技人员合作，研发出了刻瓷烤彩工艺——刻完瓷以后，上一遍陶瓷颜料，再烧一遍，作品就成了纯陶瓷的了。这件事发生在 2012 年，这项工艺当年即获山东省陶瓷艺术设计创新评比金奖。

　　2015 年，为了总结刻瓷烤彩新工艺，董善习将 2000 年出版的《刻瓷艺术》一书做了补充完善，之后再版。董善习终结了三百年之传统刻瓷敷彩模式，令与其相识四十余年的张守智先生极为认可，欣然为其书作序。他在序中说："（刻瓷）作为淄博最具特色的陶瓷艺术，二十世纪七十年代方被引入……如今已是枝繁叶茂，硕果累累，誉满全国，走向世界……二版《刻瓷艺术》有两大亮点，一是将刻瓷的起源理得更详尽，用众多难得一睹芳容的证物，将诞生于清代乾隆年间的刻瓷的根基加以夯实，使刻瓷的发展脉络更加明晰。二是 2012 年善习与山东硅院研究员任允鹏等人一起研创的刻瓷烤彩新工艺，完全用陶瓷的语汇丰富完善了刻瓷艺术。前年在淄博，我看到了他们按此新工艺镌刻制作的系列刻瓷作品，其特点是既保留了传统刻瓷刀法的金石韵味，又弥补了传统刻瓷敷彩上存在的不足，使刻瓷真正成为与火相融的陶瓷艺术，是刻瓷三百年来的一次质的飞跃。"

这项成就的取得，真得感谢几位陶瓷界泰斗级人物的臧否和刺激。过去一说刻瓷敷彩，其他瓷区的同行只是笑笑，不好意思说破。现在，再说刻瓷敷彩就有底气了。刻瓷，刻的其实就是陶瓷的釉面。在给陶瓷上色的时候，烧的温度不能太高，一旦过高，釉面就会发生熔动，一熔动，刻瓷刀法就没有了。要保持刀法不变，还要让颜色与陶瓷紧密结合。高温低温、各种材质，他们都做了试验，然后用 800 摄氏度的温度一烤，找到最合适的升温曲线。不能太急，要慢慢升温，慢慢降温。改用陶瓷颜料，刻的时候用刀不能太急太狠，陶瓷怕惊，上油画颜料没事，上陶瓷颜料还要进窑烤，刻不好一烤就会炸裂。

刻瓷烤彩工艺没有做太大的宣传，只在 2012 年的《淄博日报》上登了个"豆腐块"，留下只言片语的报道。为什么？因为考虑到整个市场，考虑到大家生存的需要。董善习说，大的陶瓷厂倒闭以后，下岗工人大多接触不到窑炉，十来天才辛辛苦苦刻出一个瓶子，进了窑炉再炸了，那这十天他吃啥？董善习的想法是让专业人士慢慢接受，进而让社会慢慢接受。当时《淄博日报》要拿出一个整版做推介，董善习没有同意，他说下岗职工都在指望这个吃饭，不能砸大家饭碗。时间过去了整整八年，今天才算是对刻瓷烤彩工艺做了正式推介。

五、一拍即合，联手钢笔画画家高承传

陶瓷墨水问世四年后，董善习终于等来了推动钢笔瓷板画的新机遇，那便是他与钢笔画画家高承传的偶然相识和深度联手。

高承传1951年出生于博山，自幼酷爱绘画，1968年以美术专长特招入职淄博电业局，1977年调入淄博市工人文化宫从事美术工作，其间在鲁迅美术学院油画专业进修一年，在山东艺术学院油画专业进修两年，美术作品多次参加省展，两次参加国展。1998年调入淄博市劳动人民文化宫，任淄博职工书画院院长。迄今为止，高承传致力于素描、油画艺术领域已有五十年之久，在鲁迅美术学院宋惠民教授、山东艺术学院张洪祥先生的引领下，钻研达·芬奇、米开朗琪罗和拉斐尔，继而对俄罗斯现实主义画家如列宾、布留洛夫、苏里科夫、列维坦、克拉姆斯柯依等产生了浓厚兴趣，这对他的艺术理论和实践影响巨大，使他最终形成了自己的写实主义创作风格。

2011年，高承传在某杂志上偶然看到钢笔画美展，深受震撼，亢奋不已，由此对钢笔画产生了浓厚的兴趣并专注于此，一上手即无法搁笔。钢笔画的表现难度大，一旦落笔就不能更改，规模再大的作品也须一气呵成，中间不

能出错，所以要求绘画者有足够扎实的功底。高承传接触钢笔画时，已有四十多年扎实的绘画基础，尽管钢笔画界直呼高承传的钢笔画恪守写实风格，"疏密有度""笔触练达"，但他自认为钢笔画意境深奥，自己远没有达到理想的水平，尚不能与国外的大家相比。高承传认可新钢笔画理论，认为要适应中国人的审美要求，就应该借鉴俄罗斯绘画的成果，使钢笔画演变成中国人乐于接受的艺术形式。他说："国外的钢笔画十分讲究线条，直线也好弧线也好都很讲究。我们的钢笔画对线条虽也讲究，但不那么严格。"高承传画中的线条，看起来没有秩序，实际上则寓有于无，笔下无序而心中有序，线无序而则意有序，先无序而后有序。他画起来自由轻松，酣畅淋漓，随心所欲，得心应手，充分展现自己的性情。

高承传的钢笔画引起了李渝基的注意。

李渝基是中国钢笔画联盟主席、中国钢笔画联盟艺术指导委员会主任，致力于吸纳国内最顶尖的钢笔画画家加盟国内新钢笔画艺术的权威殿堂——李渝基新钢笔画艺术工作室。他挑剔、苛刻、宁缺毋滥，国内无数钢笔画大家多次递交加盟申请，均被拒之门外，仅有 19 位画家被他的工作室接纳。2017 年，李渝基浏览网页，发现高承传的人物钢笔画作品水平极高，便打电话邀请高承传加盟，以壮大钢笔画高端画家阵容。高承传遂成为山东省唯一的中国钢笔画联盟理事、李渝基新钢笔画艺术工作室画家，同时也是新钢笔画艺术工作室中唯一的人物画家。

陶瓷墨水与高承传的邂逅，使钢笔瓷板画产生了空前的轰动——大家都没见过这种艺术形式。董善习的瓷板画只是以钢笔代替毛笔进行勾线，再上一些淡彩，钢笔的线条只是象征阴与阳。高承传的钢笔瓷板画是以线条为绘画语言，建构三维空间关系，为西洋画的理念、技法找到了一个新的介质和载体，将实物的明暗机理表现得淋漓尽致，一看就是素描的黑白灰效果，具有强烈的视觉冲击力。不仅如此，钢笔画在瓷板上的应用还为创作者提供了前所未有的技法，是对钢笔画表现方法的进一步开拓。

　　瓷板不吸墨，想在瓷板上用钢笔画出比较细腻的画面很难。在纸上，墨容易沉淀，用粗细不同的钢笔较容易表现各种关系，能够有余地、有空间地进行叠加。瓷板不行，高光的部位留出来，不要污染了它，这个好说；暗的部位，下笔就是一样重的墨色。高承传被逼得没有办法，就想，等它干了刮刮试试。一试，出现了一个奇迹，一个只有在陶瓷产地才有可能出现的奇迹。

　　画的时候是加法，可以过一些，然后再用减法。墨水在瓷板上干了以后是一层凝固的粉末，在需要做减法的地方，画家可以使用尖锐的工具对瓷板上已有的墨色进行刮除，让层次关系更加理想。这在无形之中给钢笔画增加了一种崭新的技法，是呈现在纸上的钢笔画无法做到的。比如人物画里，老人头发斑白，银丝在黑发外层飘散，在纸上这几乎无法实现，即使勉强做到，也不知要耗费多少功夫，因为钢笔的笔触落纸即成定局，没有更改的机会。但在瓷板上，先画好黑发以后，再用尖锐的工具剔除墨色，露出瓷板的白色，可以将缕缕银丝表现得惟妙惟肖。这样的审美体验不仅叫创作者颇感意外,也让观赏者大呼神奇。现在,有了陶瓷墨水这一制胜法宝,无论什么形象都可以被刻画到不能再细致的程度,从而很好地表现出人物画相当强烈的质感、体感与风景画的空间感。

陶瓷墨水的发明,被高承传视为陶瓷革命。他说在陶瓷板上画钢笔画在国外也没有,所以这在国际上算是开创了一个先河,是对世界钢笔画做出的巨大贡献,一旦普及开来,将为更多的钢笔画大师在陶瓷上发挥艺术才能提供广阔空间。

在共同开拓钢笔瓷板画艺术这一点上,董善习与高承传一拍即合。从2019年底动议到2020年8月,他们一直在为第二十届陶博会创作作品。他们利用100平方米的展位,把作品展示给世人,致力于把钢笔画的艺术效果在瓷板上充分展现出来。

六、陶瓷墨水,是终结也是开始

采访接近尾声的时候,任允鹏从第二十届陶博会动员大会上赶到采访现场。任允鹏是山东理工大学美术学院教授、硕士生导师,齐鲁工业大学、中国地质大学(北京)校外硕士生导师,山东省特级陶瓷艺术大师,淄博工艺美术协会副会长。他长期从事陶瓷技术研究和国瓷艺术设计开发工作,致力于陶瓷技术与艺术的融合。从陶瓷工艺技术研究到陶瓷工艺美术设计,再到将工业设计理念引入陶瓷艺术设计,他多次跨界融合,主持并参与了中华龙国宴用瓷等国瓷、国礼的设计、研发、创作工作，著有《骨质瓷生产技术》《简明陶瓷技艺》等专著，起草了高石英瓷器国家及地方标准各一项。

这位学者型专家一落座便侃侃而谈：

"陶瓷墨水的点子是董善习先生提出的。陶瓷艺术就要用陶瓷语言，在陶瓷上尝试钢笔画。用什么墨水？既要与陶瓷粘接牢固，与瓷板、花瓶等瓷器结合牢靠，自然状态下还要满足绘画过程的需要，画的时候还得很流畅，对黏度和干燥性能要求苛刻，干得太快或太慢都不行。因为瓷板不吸水，纯水性的留不住，色彩表现不出来。我们几个商量，做了好多试验，必须是陶瓷颜料，能耐温 800 摄氏度左右，画上以后经过一定烤烧不变色，就是说这个墨水既要有色素又要有溶剂。2016 年开始试验，试验了一年才基本成功。董善习先生还结合传统彩绘，做了拓展，加了钢笔淡彩。又过了一段时间，钢笔画画家高承传老师创作了一批钢笔瓷板画，又总结出来一些新的技法。陶瓷墨水实际上就是一个材料和艺术的结合，新的材料又能产生一些新的技法，去表现创作者的一些灵感和思想。这说起来比较简单，做的过程还是反反复复试验，有一些周折，既要满足烧成以后的性能，还要满足绘画时候的实用，烧出来和创作时候基本差不多，达到一种平衡。陶瓷是土与火的艺术，做陶瓷实际上是很难的，不论什么东西都得烧一下，才能把它定型。它的自然状态和烧成以后的状态是有一定差别的。怎么把这种差别缩小到最小，怎么把这个技巧掌握了，作为一个搞材料的人，一定要去研究、去吃透，搞创作的人也要去了解所谓材料的特性，两者结合起来，才能创作出比较完美的陶瓷艺术作品。"

"那么，试验过程中遇到的难点是什么呢？"

"陶瓷敷彩因为是表面装饰，相对于材料本身的研究要简单一些，但也有难点。"任允鹏举起一只杯子，说："做一个杯子，要有透光度，还要不容易变形，做这个坯体配方就比较难。杯子透光度好的时候，就相对容易变形。若既不想让它变形，又想让它透光度好，就要找一个平衡点。墨水也一样，既要让它用起来流畅、舒展，又要留住墨迹。陶瓷表面有釉子，很光滑，纯水性的墨是留不下的，很薄的水迹上不上颜色，怎么把颜色留住？要加一点油性的东西，提高它的黏度，但这种油性的东西往往不易挥发，干不了。要破除这个矛盾，实现平衡，是个难题。这么一弄就过，那么一弄就缺，问题就解决不了。油还不是彩绘上用的油，不是乳香油、樟脑油、煤油、松节油啥的，油多了不行，少了也不行，必须找到那个最佳点。"

任允鹏坦承："客观上说，陶瓷墨水只是一个初期的探索，只能满足基本的需要，只有黑色一种颜色，后面我们肯定要再出更加丰富的颜色。陶瓷墨水不能只有黑色，其他颜色也要开发。一个新东西出现，确实还有许多工作需要做。比如怎么不干笔头？墨水的沉淀现象怎么缓解？想让它不沉淀不可能，那怎么尽量把时间延长，让它在一段时间内保持一定的均匀性和悬浮性？陶瓷颜料呈颗粒状，陶瓷的密度、比重较大，与比重小的东西在一块，时间一长还是要沉淀。怎么解决？就是要改善性能，提高墨水的悬浮性。墨水干到某个速度是不是最合适？可能会研制出A类、B类、C类三种墨水。速干的什么样？慢干的什么样？弄出三种来，大家可以去调。有人画得很快，画完接着烧出来。需要慢的，也有。中档的也有。不同性能的墨水可以借助不同的技法，去呈现不同的效果、不同的个性。再一个是不同品种与颜色的陶瓷墨水会陆续开发。像钢笔墨水，最早是蓝墨水、黑墨水、蓝黑墨水、碳素墨水、红墨水，陶瓷墨水能不能这么做？同样可以。我们能做黑色的，其他颜色的就也能做，只是短时间内还做不出来，要有一个过程。第三个就是配套。比方说一件陶瓷墨水作品画完了，但不是所有人都有窑，这怎么办？这也是需要考虑的。能不能弄个快捷式的小型窑炉，用220V电压？烤一两块板很简单，投资不大。这类东西下一步能不能一块开发出来，需要做的事情实际上有很多。用陶瓷墨水画好以后，再上淡彩，作品烤之前自然牢固度、排他性不够，又不容易与其他颜色混合，这些问题怎么解决？画完了，还没烤，另外再用毛笔上点颜色，如果排他性不行，一上颜色就使原有的笔画洇了、模糊了，也不行。后头有大量细致入微的工作在等着，陶瓷墨水仅仅是个开头，从毛笔彩绘转向硬笔彩绘是一次终结，也是一个新的开始。"

在艺术家眼里，看到了一种新技法的研发；在任允鹏眼里，则预见了一个崭新的产业即将出现。

尹干的家国情怀

　　2020 年 3 月，疫情当紧，我的好朋友高承传先生说："看了你新写的不少文章，如此好的文笔，如果能去写一写尹干先生该有多好！他是我崇敬的长者，在艺术创作设计上涉猎面广，作品众多，是我市陶琉艺术的一张名片，虽然年届八旬，但为求索艺术不叫一日闲过，是个了不起的人。我时时被他的精神激励。"其实，我与尹干先生并不陌生，二十世纪八十年代末，淄博玻璃马赛克壁画研究所组织成立山东省玻璃马赛克壁画研究会，高潮先生任会长，胡升刚先生任秘书长，我出任副秘书长。研究会吸引了张志民、张一民、张鹤云等大批艺术家汇聚一堂，谈说装饰艺术，尹干先生就是其中一员。

　　晚秋的一个周末，高承传先生邀尹干、董善习、任允鹏等先生雅聚，这是我与尹干先生时隔四十年后的再一次会面。于是，我接受了尹干先生的邀请，在一个初冬的上午，与他进行了一次畅谈。

　　尹干先生原名尹臣意，1962 年毕业于江西景德镇陶瓷学院，随即被分配到淄博硅酸盐研究所。来到淄博后，由于思乡情切，他本想把名字改成赣州的"赣"，但考虑到当时家乡有些人经常将"赣"写成"干"，故而将名字简写成干部的"干"，说名字越简单越好。改名字这件事，从一个角度反映了尹干先生不尚烦冗、干练利落的风格，这个风格贯穿了他的一生。在淄博近六十年间，他先后在淄博市硅酸盐研究所、张店陶瓷厂、山东省陶瓷公司、山东理工大学任职，在陶瓷、琉璃、丝绸、绘画等多个方面有所建树，有"百变圣手"之誉，是中国陶瓷艺术大师、中国陶瓷艺术终身成就奖获得者。

这位老人，坐在山东理工大学尹干艺术馆的沙发上，用一句带着哽咽的话做了我们对谈的开头："我这一辈子，一个人从南方跑到这儿来，有时想起来很心酸。"说到这儿，他顿了顿，眼圈一阵发红。

"没给家乡做什么事，这个人一辈子怎么这个样？但没有办法，就是这么过来的。中间有好几次，我是要回去的。二十世纪八十年代，我有过两次回景德镇陶瓷学院的机会。陶院的院长想把我请回去，我说行，便将住房、家属工作、孩子上学都做了安排。回来和市里商量，领导说不行，你不能走。后来我想，无论同意不同意，我都得走，我得回老家发展，学校也提出了交换条件。至于为什么没走成，有两个原因。一是老伴不愿意去。那时为了调动，我同她去了一趟景德镇。那时的景德镇条件较落后，学校附近也是，从学校到景德镇市里的路还是土路。老伴是青岛人，看到这样的环境自然不想回去。二是我从侧面了解到，陶院院长让我回陶院是想让我参与管理工作。我一听就不干了，我回陶院是为了搞业务、搞教育，我的能力和特长不适合做管理工作，所以最终没有回去。

"我老家有个七鲤镇窑，是江西宋代四大民窑之一。从晚唐、五代到元代先后烧制过青瓷、白瓷、青白瓷、酱釉瓷以及黑釉瓷，需要恢复与发展。有了这个背景，赣南师范学院（今赣南师范大学）又来调我。我哥哥在那儿当教授，他是新中国成立前从中山大学毕业的。他先在赣州一中当老师，于新中国成立后北上，先后被调到北京、沈阳工作，对象是东北人，医生，也上过大学，志愿军转业，在大连工作。结婚以后，哥哥被调到大连工学院（今大连理工大学）任教。1957 年，因出言不慎，他被打成'右派'，'文革'初期被下放农村。他携家属回到阔别多年的老家赣州，在一个县里工作，大嫂被调到赣县医院。后来改正错判'右派'，大连工学院来函调他回校，同时赣南师范学院也邀请他到该校任教，父母亦希望他们留在老家。考虑再三，他决定留下来，大嫂也调至学校任校医。他们的大儿子、二儿子大学毕业后也回到该校任教，为该校音乐学院、物理与电子信息学院教授。三儿子是工学博士，在江苏科技大学任教，被评为全国优秀教师。哥哥希望我也回家乡从事教学工作，跟学校商量我的调动问题，学校同意调入。后来出于种种原因，我回赣工作这一愿望未能实现。

"到了这个年龄，就不去想过多的事情了。我在淄博待了近六十年了，与老伴相濡以沫。我俩在生活、事业上携手同行，陪伴孩子成长，让他们成才。淄博的土地和人民培育了我和我的孩子，淄博就是我的第二故乡。我现在想的是在有生之年多做点事。一步步走来，走到现在，把名与利看淡了，考虑更多的是如何回报社会，回报淄博这片热土。我认为，我的艺术、我的作品最终应回归大众，回归社会。

"2015年夏，中国（淄博）陶瓷馆馆长韩克新同志知道我有捐赠陶瓷艺术作品的意向，找到我商谈捐赠事宜。在征得老伴和孩子同意后，我根据《博物馆管理办法》签订了捐赠协议，共捐赠陶瓷艺术作品181件套302件。2015年9月5日，在中国陶瓷馆举办了尹干艺术作品捐赠仪式暨尹干刻瓷艺术作品展、丝绸艺术作品展开幕式，以及尹干艺术作品捐赠厅揭牌仪式。时任赣州市副市长孙智宏、淄博市副市长张庆盈等领导及亲朋好友参加了开幕式，两位副市长讲了话并为尹干艺术作品捐赠厅揭牌。2013年5月，山东理工大学建立了尹干艺术馆，现正在筹办尹干陶瓷琉璃丝绸艺术馆，将展出我部分陶瓷琉璃丝绸艺术作品并开展艺术交流活动。

"人到暮年，思乡之情动不动就涌上心头。在给中国陶瓷馆的捐赠仪式上，孙副市长还带着赣州博物馆馆长、副馆长来了，我们谈到了向家乡捐赠一事。这些年，我已创作了一百多件反映家乡风貌的陶瓷艺术作品（刻瓷·客家文化系列）、中国画（客家围屋系列）以及水彩画（赣州风光系列），这些作品，我将全部捐赠给家乡。"

尹干先生之所以要把作品留给社会，另一个原因是老伴和孩子们都理解他、支持他。

尹干先生的老伴是个贤妻良母，从山东商校毕业后一直从事会计工作，是一名会计师。在做好本职工作的同时，她对孩子的健康成长与丈夫的事业拓展尽心尽力。尹干经常对他老伴说，我和孩子的成绩，有你一半的功劳。夫妻俩很重视对三个孩子的教育，教育他们为国为己都要脚踏实地地学习，要有真本领，有一技之长。孩子们都很努力，取得了一些成绩。大女儿毕业于山东艺术学院，是高级工艺美术师、专业画家。女婿在中国国家博物馆书画院任职，是专业画家、研究员、国家一级美术师。大儿子是北大博士后、美国加州大学洛杉矶分校医学院西达赛奈医疗中心的专家，在美国从事分子肿瘤学研究十多年。2012年中山大学引进人才，他回国工作。老两口得知后，很高兴，认为他是国家培养的科研人才，理应回国效力。大儿子现为中山大学孙逸仙纪念医院基础与转化医学研究中心主任、研究员、博士生导师。2022年，大儿媳妇也要回来，她跟大儿子学同一个专业。小儿子在山东理工大学美术学院任教，是副教授、硕士生导师。小儿媳妇也在山东理工大学从事教学工作。他们对老人捐赠作品一事予以充分支持。尹干对孩子们说："把艺术作品留给国家，是个正道。随着年纪的增长，你们慢慢就明白人最终要为社会做事，把财富留给社会与国家是应该的。"

　　尹干先生说："尹氏家族是诗书世家，我的爷爷创办了赣州第一所私立小学——保粹小学。长辈们很重视教育，经济再拮据也要想办法供子弟们上学。我兄弟姐妹多，家里经济条件较差，但坚持上完了学——除了享受助学金待遇，我还打工赚点钱，生活上也节俭。说起来别人都不信，老家天气较热，高中三年我只穿过一双鞋，而且只在天冷时穿，天暖时都光着脚上学，脚底板上结了很厚的茧，夏天走在水泥马路上不怕烫，走在碎石上也不觉得疼。我上大学时，享受甲等助学金，每月十三元五角，正好是一张饭卡的钱。学校每月发一张饭卡，等于吃饭不花钱。我能不感恩国家，不感恩社会？我弟弟是'老三届'，学习成绩很好。当时大学不招生，他上不了大学，就进厂当工人。他工作认真，在车间干活儿，车工、钳工、铆工、电工的活儿，拿得起放得下。电大招生，他要求上电大，领导帮扶，他得以脱产带薪读完三年电大，毕业后回厂先任技术科长，后为厂长助理。弟弟的儿子上海交大毕业，有双学位，是上海市优秀毕业生，搞大数据。

"对孙子辈的教育，我们也很重视。我们教育他们要有文化、有知识、有技能。爱孩子不在于你给他多少钱，而是要鼓励他学本事，钱他自己可以赚嘛！咱们只需把他教育好，让他学到东西，能生存。我一直给他们灌输这种思想，不要靠父母，要靠自己，这样的话，家族才能兴旺，国家才能昌盛。我的外孙女在德国读研，学工业设计，回国后在北京服装学院任教。孙女在香港中文大学读研，即将毕业。孙子在美国加州大学洛杉矶分校读大四。儿子辈也好，孙子辈也好，都术业有专攻，经济上能独立，我们也放心。我可以做我想做的事，我将我的艺术作品捐赠给国家，他们都理解支持。"

这就是尹干先生的家国情怀。他用一生的言行诠释着一句话："家是最小国，国是千万家。"

炉　痴

　　昔有"醉侯"刘伶，一饮一石，为酒而活并愿为酒死，让家仆扛一锄头，哪里醉死埋哪里，是真洒脱，堪称空前绝后。博山有个传奇般的存在，叫老"美琉"，我曾与一位"美琉"先贤相熟，他嗜酒如命，因酒获病，弥留之际，护士于病床下搜获白酒半瓶。"不要命了？还喝！"答曰："不能喝酒，治病干啥？"遂早逝于英年，应誉为刘伶之后、当代酒痴。另有一贤，16岁进入"美琉"做炉，嗜酒不逊前者，中年之后身体有恙，罪魁在酒，咔嚓忌了，酒名半废。此贤者虽屈居"半个酒痴"，却为琉璃而来，誓与大炉相生灭，四十年执棒于琉璃炉前不曾离开，既是空前，也是绝后，乃当仁不让的"古今第一炉痴"。他就是"巧炉匠"徐月柱。

一、天生我才

　　老徐家祖居西圩内新赵庄，家境一般，父亲挑货做炉，老实厚道。徐月柱从小酷爱画画，他1980年进厂，想当内画艺人，没有如愿。去了一车间，跟着老师学艺，包括吹制和摆件，旁人歇着的时间他都用上，想到啥东西就非做出来不可。

1981年，韩美林来博山，在"美琉"待过很长时间。徐月柱看到了韩美林设计的藤萝瓶系列，知道韩美林对琉璃不光酷爱，还很有创意，自己也颇获益。仅三年，厂里就让他脱离了生产，只做研发、创新、系列打样。从最早研究"海洋系列"入手，他一系列一系列地打制样品。客户来了，想要的不管是需要模仿的东西还是重新设计的东西，他都能办到——你带样品来，我来复制；你给图纸，我来出样；你说个思路，我帮你实现。

徐月柱的酒量和他的名声同时长进，唰唰唰地超越他人，其结果就是越喝酒越灵透。酒催人醉，亦催生灵感。经他之手打样的产品已不下一万种了，当时"美琉"卖得最好的鱼中鱼、鹅中鹅，都是。他跑北京，跑广州，跑香港，一个广交会回来就能设计出几十款新品，一趟国外回来又是几十款新品。他的眼界越来越宽，灵感越来越多，设计的款式也更富现代感。眼界放开了便无法收缩，他再也不喜欢停滞，总想不断开辟，总有创新的冲动在心里积攒着、酝酿着。"美琉"走上了繁荣的顶峰，这时领导的指令来了：客户下单的样品，能复制就复制，小小不然变变就行，别弄大件的，更别弄自己想象出来的东西。于是，配套设备不提供了，创作空间没有了，员工只能循规蹈矩，不准标新立异。"美琉"急需管理干部，厂部决定让老徐随王爱广去双山玻璃厂出任厂长、副厂长。老徐怵了：我就会打样，哪会管人？在"服不服从管理"的焦点问题上，老徐有点执拗。

二、加盟"佳实"

老徐就像鹰被捆住了翅膀。"佳实实业"的魏金彪找到了他："咱们一块干一把？"老徐起初没动心，但跟魏金彪交流多了，他感觉这个美国"海归"的理念与自己的很契合。老徐在"美琉"最红火的时候辞了职，离开了栖身十九年的"美琉"，去了"佳实实业"在淄川的生产基地。他任艺术总监，主要工作仍是为海外订单打样，一干就是七年。打样，不只要在纸上画出来，还要在炉前做出来。他长期驻厂，把家里的一切都交给媳妇，昼夜与徒弟们在炉前滚打。魏金彪带着老徐，上北京、下广州、赴港台，老徐又变得神思泉涌。

"佳实实业"执行最严格的禁酒令，可即便在那么严格的管理模式下，老徐的抽屉里依旧被魏金彪塞满了酒，没了就给补上。老徐这么嗜酒，但再好的酒给他洒了，他能不发火，谁若不小心把他的琉璃作品磕坏，他得把桌子掀个底朝天。老徐把每件琉璃作品视为自己的儿女，疼爱有加。在这里，老徐打样的产品多达七千件。"佳实"步入鼎盛，大炉成型工有二百多个，可谓"行业帝国"。有位洪先生，是"美琉"的美国客户，徐月柱打好样品，老洪选下订单，彼此合作了好多年。老洪的儿子接班以后，他带着儿子找到老徐，爷仨照了个相。老洪告诉儿子："你记住，这一生的生意只和徐月柱先生做！"徐月柱的老客户，凡是来往不断的，都是在酒桌上交下的朋友，酒一喝，啥都好谈。人们通过酒，得以窥见老徐的全部精神世界，得以认识一个如此纯粹的艺人。

三、三年"炼狱"

"佳实"正风生水起，魏金彪却突然看淡了名利，解散了企业。一半人去了领尚，剩下的跟着老徐去了西河，租下一个地方，建立了瑞华工艺品厂。对老徐来说，接下来是他人生中的三年"炼狱"。

徐月柱玩了一辈子炉，"瑞华"一投产，连续炸货炸了一个月，三个月没发出工资。媳妇卖了西冶街、叠阳路上的两套商铺补缺口，亲戚朋友的钱借了个遍。啥原因？最后寻明白了，配料工不认秤。换了个配料工，买煤炭时吃回扣，结果一场雨让煤炭全成了煤灰，用来烧火，温度怎么也上不去。总之是各种问题。钱，借无可借。前三年，资金始终告急，炉就没啥烧。媳妇心疼，劝他："咱不干了！"老徐把话一撂："停火的那一天，就是我徐月柱的忌日！"工人们都是他的徒弟，谁缺钱就到办公室拿，保证生活。老徐说："只要看不到我卖住的房子，我就能扛得住。一旦变卖住房，首先还的一定是工资，绝不会拖欠一分钱！"工人们听了，没有一个人吱声，都相信他。

这时，幸好有客户出手帮助。龚伟民星期天出差，临上飞机时接到老徐电话。他说："有事尽管说……用钱？今天周日，公司歇着，上哪儿弄钱？哎，对了，我还有私房钱，你嫂子不知道。用我私房钱。"

大炉烧得好孬，熔化工很重要。老徐晚上与熔化工一起值班，因为工人一打盹儿，烧炭的温度持续下跌，这缸料就不出正色。六缸料戗一缸，那五缸得摊进来，成本咋能不高？料不是不好下，而是得跟上管理。老板不在，没人替你盯着，老徐晚上根本不敢离窝。

西河"瑞华"的成型工有 46 个人，拿小料的 12 个人，一共 58 个人，每天开门就得花销 1.9 万，最多的时候 2.4 万，每个月得拿出 70 多万交电费、开工资、还民间融资、贴承兑，所以老徐一到月底就犯愁，月月如此。

老徐一头钻进酒里，释放压力，醉眼蒙眬中仿佛又进入设计状态，看见一件件作品，从色彩、线条到形状，完整地浮现出来，恣得不行。每有夜梦所得，即使下着雪，他也会马上跑到办公室画下来，注上颜色，在梦游状态下再钻回被窝，踏实地睡去。他不管在白天喝多少酒，晚上都会给自己再倒上，一边喝一边画样稿，很多杰作都是酒后所得。

一匹马 50 块钱，一个工人每天最多做 11 个；一个荷叶盘 260 块钱，一个工人每天最多做 40 多个。40 多个工人啥概念？麻木了，觉得接外国订单稳当，再蹦出来其他的，接不接也就那么回事了，故而忽略了太多订单——聚宝盆第一个进军上海市场，就不想接。狠了狠心，报了 280 块钱一个。价格这么高，干才怪。结果说来 500 个！聚宝盆在上海五星级酒店被当成面盆，5500 块一个！用作室外景观的鹅头柱，每根柱子末端顶一个写意鹅头，狠心报价160块，觉得是要命的价，二三十根柱子一组，往上海一插就是40多万……类似这样的订单，全被忽略了。

全炉行没有一个工人能一天做到1200块钱的产值。最困难的时候，只有老徐上。单价120块钱，客户说："你做就行了，我能接受！"老鹰摆件，老徐正常一天做10个，一歇不歇能做11个。几个徒弟也拼了命，但还是还不上账。一个很大的客户找到老徐："别再借了，我给你钱。我给你20万，从订单里扣。"拿到20万，算是能开出工资了，结果这个客户把全国都不愿意做的订单全给了"瑞华"。一只夜光蝴蝶8块钱，蘸夜光粉，总是炸，一个月交了8000只。欠着钱，眼看就要被拖死，无论如何还得再借钱。老徐快被逼疯了，喝上了散装酒，醉了就躺在院子地上。媳妇煮好水饺，想让老徐吃口热乎饭，骑车去送。她8点半从家里走，从西寨小区前往西河，经过两平时遇上劫道的，被一脚踹倒，头盔都被砸裂了。她送下饭后不敢回家，跟老徐睡草棚，早晨再回博山——避祸，更怕老徐想不开。

四、珠联璧合

徐月柱在西河开了厂。韩美林的门生徐德宽把徐月柱设计的天鹅带去北京，韩美林一看——博山琉璃发展得这么快？这天鹅又把韩美林吸引来了淄博，他每年都要到西河待上一段时间。老徐最佩服韩美林的，是他在车间一站就是四五个小时，不兴坐一坐，就是干——那么大年纪，没几个人能做得到。徐月柱有了新作品，也抱着去北京。韩美林使劲攥着徐月柱的手："老徐，咱俩得好好合作，把琉璃做上去。"两人携"墨彩琉璃"去意大利米兰参加了世界博览会，在那儿待了十几天，参观了意大利的琉璃厂。

从意大利回来，徐月柱说："意大利的好多东西都超越了中国，但传统手工不如中国。"他在北京被一位美国记者提问："有人说世界琉璃在中国，是不是中国琉璃最厉害？"老徐说："没有顶尖的艺术。中国琉璃艺术历史很长，有自己的特色，有自己的长处。手工作品会越来越珍贵，并且永世流传。"

徐月柱回到博山仅三天，韩美林就招呼他："赶紧到北京见面研讨，看看咱们琉璃的优点是啥？弱在哪里？哪里是博山琉璃的发展方向？"之后，韩美林频繁来到博山，每次一待就是一个多礼拜。创出作品后，就带回北京韩美林工作室，反复研究。如此来来回回，反反复复，最终向世人奉献出日臻完美的"墨彩琉璃"。

"墨彩琉璃"高雅大气，或墨或彩，如石似玉，将万千形象熔于一炉，是东方韵味的不二诠释，显示出两位大师的审美眼光与默契配合。

五、环保风波

"瑞华"的发展有了起色。这时，来了一个客户——何瑞文，"佳实"的老客户。他拿来一摞订单："老徐你随便挑，给你帮帮忙，你不愿意做的我带回去。"公司吃紧的财务状况有了缓和。

西河有个电镀厂，冒烟，环保部门来查，把"瑞华"的退温炉强推了，罚了5万，"瑞华"遭遇生死攸关的至暗时刻。徐月柱给工人开了个会："大家都是我徒弟。我在大观园有个门头房，必要时可以卖了，先给大家开工资，我再还账。只要门头房还有，我就不会欠大家一分钱！"话虽这么说，但有没有活下去的勇气，怕是只有老徐一个人知道。他那段时间暴瘦，头上全是白发，媳妇就把门头停了，上去跟他一起住，怕他出意外。

张永杰是个大客户，找到"佳实"旧址，问："徐哥呢？"看大门的说："走了，但是我能领着你去找他。你拉着我去，再把我送回来。"张永杰说："没问题。"他们从淄川商家一直找到西河，终于找到老徐。两位老友一见面，老徐就说："停了吧，我不适合干工厂，已经尽力了。"张永杰说："别！我这儿有个订单，这么远跑来就是为了找你做。""没有温炉啊！""你先看看不用温炉能做不。"张永杰拿出样品，是个蜡台，小企鹅蜡台，纯水晶的，正好用不着温炉，有珍珠岩就行。"单价多少？""16块。""多少只？""4万。"一看这个订单，老徐喜从中来，天无绝人之路呀！自己能干，徒弟能干，成型工能干，拿小料的也能干，所有人都能干！于是他买来珍珠岩，堆上，又给工人买上馒头、辣椒酱，通宵干，一人一晚上最少做270个，一晚上能做一大垛。这个订单还没做完，又来了一个9万只的订单，接着做。

这订单，救了徐月柱一家，救了"瑞华"。

交完货，又来了一个要小鸡的订单，单价 12 块钱，总数 5 万只。做完交了货，钱到手，煤改电，改炉，还差 50 万。何瑞文说："这样，在'佳实'时，你就和栾老先生合作，栾老先生对你的为人很有数，几次请你去美国你不去。我给他打电话，你找他借 50 万，从他的订单里头往外折。"栾老先生打来 8 万美金，说："一个月还我 4 万，我一个订单 10 万，全顶了你就没钱周转了，若顶一半留一半，正好顶一年零几个月。"老徐重建了一吨半的煅烧炉与配电室，乱七八糟弄完，"瑞华"实现了华丽转身。"荷塘月色"系列是徐月柱的代表作，集琉璃热成型工艺中的吹、拉、捻等制作技艺于一身，造型灵活多样，形象逼真，既是老徐个人技艺的体现，又是团队合作的成果——12 个徒弟配合默契，在高温下同时热粘，一气呵成。

六、老大还乡

"瑞华"偏安一隅，终是寄人篱下。博山腾笼换鸟，筹建陶瓷琉璃艺术大师村，时任区委书记王树槐喊话老徐："为什么不回'大师村'？"

老徐毅然回到博山，买下大师村一个单元。买下来，项目就没了动静。老徐多支付了三年的租赁费，一直期待入住。其间，老徐应邀出任"人立"艺术总监，与焦新合作，在继续研发"墨彩琉璃"的同时，又与中国传媒大学教授叶建新共同设计创作出"水墨琉璃"。由于根植于中国传统文化又不乏国际时尚审美，老徐的作品一件卖到 5 万以上，一位美国华侨一下买了 70 多件，交易额达 600 多万。2015 年 11 月 4 日，"墨彩琉璃"飞往法国巴黎，走进了卢浮宫。

四年的"人立"艺术总监工作画上了句号，老徐终于入住大师村。这时候，炉业新生代出场了，这就是老徐的儿子小徐。

小徐名叫徐磊，毕业于南开大学商务管理专业。小时候，家里人都做炉，爸、姨、叔、姑、姥爷，全在"美琉"，徐磊上的也是"美琉"幼儿园。炉行上班早，妈卖早点，爸带着他先上班，等到了 8 点半幼儿园开门，再把他送进去。小徐所有的玩具都是琉璃的，弹珠、花球、生肖动物……他对琉璃熟悉得不能再熟悉。幼儿园放假，亲戚都在班上，不忙，他就跟在岗上。三姨在注射器车间量注射器管子，二姨在花球车间摆花，大姑负责雕刻、内画，姥爷做花球。对于琉璃，小徐没有新鲜感，没有热爱。

小徐想干的是贸易。大学毕业前，国内展览业发展的顶峰以上海世博会为标志。小徐入职的第一家公司在天津百脑汇，他与同学在北京国贸搞展览，卖的全是电子配件。因为"瑞华"煤改电，又有很多负债，爸妈忙不过来，他就回来帮帮忙，没打算干下去。

小徐干了两年，发现了问题：琉璃制品的价格太低了。当时，大观园卖的天鹅才 30 块钱一只。他要尝试着改变。

七、后生可畏

小徐有在国贸办展会的经验，他花了一万多在北京国贸租下一个展位，还是跟那几个同学一起，从家里拉去天鹅、马等琉璃制品去卖，琉璃天鹅卖到 800 块钱一对。后来，他发现琉璃制品在天津、青岛也好卖，就回来跟爸商量：库存卖给大观园价格太低，完全有必要去青岛注册一个公司，有订单就在那边接订单，没订单就清库存。爸妈很支持，在青岛注册了"巧炉匠"公司，在黑龙江中路的国际工艺品城建了个 220 平方米的展厅。公司在楼上，挣到了三年的价格差。后来美国金融危机爆发，国外订单萎缩，小徐回到博山，与父亲一道进行经营转型。

本地琉璃价格的刷新，得益于琉璃行业开始走文化路线，收藏品、大师作品引领琉璃价格一路飙升。徐月柱先后跻身省级大师、国家级大师之列，作品价格越来越看好。同时被市场看好的还有王乃宝、孙凤军的琉璃料景。两三千块钱的摆件再也干不过三四千块钱的料景，展会上几乎全是料景——西瓜、葡萄、萝卜、白菜、石榴、葫芦、南瓜、黄瓜……得十几种。北京老国展一年办四次展会，分别是文博会、春季展、秋季展、珠宝展。国贸也是四次展会，分别是创意展、精品展、礼品展、年货会。八个展会，平均一个半月一个，琉璃制品越卖越火。

做文化产品，重新上展会、接订单。这个订单不一样了，料景几个、花瓶几个，价格也起来了，没有百十块钱的东西了，都是几千块钱打底。参加展会也轻松了，不再是一拉一大车，而是只需几十件，营业额一点不少，回来还有订单。越干越有思路，越干越有想法。

优秀企业也越来越多，如西冶工坊，如"爱美""金祥""振华"，它们开始办大型展览，文化路线越走越清晰，竞争越来越激烈，投入的宣传费用越来越多，但老客户的回报率并不高。问题到底出在哪儿？

八、轻装上阵

在琉璃工厂，人工养护与日常开销是最大的成本，只要不停炉，产出多少、卖多少钱都是空的。"瑞华"干到第十年，订单排不上——想要下订单，得先请车间主任吃饭，关系到了才接你订单，火到这样。库存年年在卖，卖得不少，到现在青岛还存有四集装箱的精品。国外订单，每个订单都多干一点。两万的海马球订单，刚要做完，又来一个一样的。天天返单，干就行了。包装都在，货也有，下了多少订单，直接从库存里往外扣。但是，每个月的工人工资、电费、原材料费用支付以后，一家三口的工资便十分有限了，最后拿工资的徐磊有时都匀不上。在"人立"的四年也是，尽管徐月柱的作品每月都卖八九件，依然剩不下钱。这是因为支出太多，相当于天天在做库存，货都攒下了。老徐这才意识到安排生产是门大学问，必须轻资产运营。

两只炉，一只出 300 多斤料，一只出 120 斤，四只退温炉做与"故宫文创"对接的文创产品，一天下来根本不比工厂少做多少，而且什么文创产品都能接。退温炉的数量多配了一倍，以前三个，现在配六个，大小件都能做。他们逆主流生产，别人生产的时候，他们熔化；别人停了炉，老徐的徒弟们下了班，歇歇，过来干点。文创产品，小杯子小碗，用料不多，又有产值，库存没了，款打进来。炉子点两个月，歇两个月，全是利润。做库存的时候，鸡油黄也好，白玉也好，墨彩也好，水墨也好，哪些客户会要，什么时间段会要，补多少量……都得落实。这边炉一停，小徐就走了，一走一两个月，待他联系完所有订单，库存就剩不下多少了，他们再根据库存余量确定还需生产多少。自 2018 年按这一轻资产模式运营后，他们不再产生负资产，不会负债，不会积压，不会长时间占用资金，设计也敢雇，市场也敢做，东西也敢求精，完全没有了原先重资产运营的压力，感到了前所未有的舒服。2019 年下半年，爷俩突然发现，自己从前一直没玩懂这个行业，原来这个行业还可以这么做！

九、珍宝出世

轻资产运营彻底把徐月柱解放出来，除了不再端酒杯，他可以信马由缰，或四处转转，或伏案冥思，重新唤起艺术创作的灵感。这一时期，他研制出的一大成果，就是"金丝鸡血红"。

"金丝鸡血红"的研制，始于 2015 年 8 月。父子俩历经百余炉的试验，创出了业内前所未有的琉璃色料。这种色料色泽酷似朱砂鸡血，其中熔入了固体黄金，黄金在琉璃内部以波筋形态若隐若现，遂被定名为"金丝鸡血红"。

研制"金丝鸡血红"，源于老徐的一个夙愿。鸡油黄为什么不再流油？他经常在梦里重复感受自己刚进"美琉"时，在展厅看见那只鸡油黄瓶时的震撼。瓶子上好像有油漉漉的油脂在流动，拿手摸一摸，又啥也没有。在那以后，老徐再也没有见过那么好的鸡油黄。这种质感为什么就不能再现了呢？当年"美琉"下了好几缸料，却只产出一丁点东西，可见鸡油黄是精品里的精品，凤毛麟角。厂部专门召开会议，回忆谁从大炉跟前走过、来了啥样的货车、带进去啥东西没、是使木头拌的还是用铁器拌的……大家认真做记录、研讨。老徐带着质疑精神，把研究方向对准了"金丝鸡血红"。他走了很多弯路，直到把配料与温度拿捏得极其精准，方使梦想成真。得益于老徐的痴迷与不研究透不散伙的架势，经过了近五年的反复试验，"金丝鸡血红"终于在第二十届中国（淄博）陶瓷博览会上亮相。在我的眼里，一件成功的"金丝鸡血红"作品，必须有三个特征，那就是色比朱砂、润如凝脂、金丝成绺。不用问，"金丝鸡血红"必将成为中国琉璃的一大重器。可遇而不可求的重器，才称得上珍宝，这不是能用金钱衡量的东西。

十、旷世"炉痴"

如今，徐月柱设计、打样的琉璃作品，有订单且效益可观的已经不下 17000 种，而对于琉璃配方，凡是世上能见到的，他也是熟稔至极。这么一位"炉痴"，却看遍了业内的某些不堪行径。在"佳实"时，朋友求助老徐："哥，找个人给下缸金红吧？""为啥找个人？自家下不就行了。""没配方。""我给你配方。""那么撒进去的那包小料是啥？"老徐说："你到饭店点好菜、倒好酒，吃完喝完了我就去撒那包小料！"这自然是调侃。老徐给了朋友配方，嘱咐他不能用新缸和旧缸。金红料含铅量高，熔化的过程中容易破缸。新缸没用过，出不出问题不好说，不能用；旧缸用得壁薄了，不耐腐蚀，一烧，说不定就漏了。准备好水、桶、挖勺，防备漏缸。一旦漏了，就赶快朝外挖，能抢一点是一点，因为里头有黄金。把金加进去时一定要搓匀，温度控制好，勤摊料，就是怕它漏缸。朋友听了，说："你还是亲自来下吧！""你们下就行，我去干啥？""那包小料还没撒！"老徐就笑了："你自己去包上，石英砂也行碱粉也行，往里一撒就是！"有人就是这么故弄玄虚了很多年：我给你撒上包小料，200块钱！准备好啥啥啥，以便抢救这缸料。琉璃配方都是些死数，扳倒树摸老鸹，没有旁的窍门。

老徐越来越"痴"了，"痴"到无以复加的程度。家人说他就不是这个年代的人，银行卡不会用，电脑不会使，银行取钱、网上购票统统不会，自己的手机号背不过，家人的手机号更甭说，而且自己的生日也记不住，每次过生日都是徒弟们提醒，家人的生日只能记住岳母的，因为正好是中秋节。小徐结婚那年，朋友喊老徐去主持一桩公事，老徐满口应下。小徐说："你去不了。""为啥去不了？""因为那天我结婚。"除了对琉璃敏感，老徐对其他东西都迟钝。

小徐结婚那天，人家问老徐儿子多大，他说不是 34 岁就是 35 岁，可小徐今年才 30 岁，结婚都四年半了。媳妇说他："你绝对是奇葩，太难得了。"老徐出门，要是失联了，只能让家人急得打 110，所以他外出时得有人跟着，不然真回不来。

艺痴者技必良，炉痴者技何如？请看老徐的作品吧！

从博山大街到北京协和

【写在前面】

二十世纪八九十年代，笔者在玻璃窑炉专家刘同佑先生身边工作，经常听他讲述长兄刘同俊的故事。刘同俊自幼勤奋好学、多才多艺，成年后志在钻研临床医学科学，从一名普通企业医院医生成长为北京协和医院的主要领导，是优秀博山子弟的杰出代表，可惜因罹患癌症英年早逝。当时，笔者就有书写刘同俊事迹的冲动。三十多年之后的今天，这份文债终于得以偿清——刘同佑先生慷慨提供其所撰《家书·儒子楷模——哥哥同俊》部分，使我顺利撰成本文。《家书》虽旨在劝勉刘氏子孙，但将刘同俊的事迹公之于众，必将在更大范围内起到表彰楷模、教化来者的作用。

1930年1月13日，博山大街刘东莱家诞下一个大胖小子，取名同俊，他是老刘家近二十年来添的第一个男孩。刘东莱有一位伯父，无子嗣。刘东莱长兄亦无子，二哥已过世。同俊出生后，举家欢喜之状可以想见。

一

同俊长到 7 岁，父亲让他先读了三年私塾，10 岁后就叫他读洋学堂了。私塾的教育强调死记硬背，同俊聪明，又努力，三年读完了"四书五经"，而且背得滚瓜烂熟。当时博山只有一处高级完全小学（有一至六年级的小学叫高级完全小学，只有一至四年级的小学叫初级小学），设在县前街清朝时期的"考院"内，叫考院高级完全小学。同俊学习成绩出众，几乎包揽了各科考试的全校第一。父母、亲友、邻里都为他高兴，众人都说刘东莱家出了个"神童"。

同俊可以说是儒子楷模，事事按照儒家的标准要求自己：写一手漂亮的毛笔字，喜爱弹大正琴、吹口琴，会下象棋且棋艺颇精。他爱唱歌，在他们兄弟姐妹十几个人中，同俊的嗓音最好，而且不但自己唱，还教大姐同华（大伯唯一的女儿）、二姐同蕙及本家族的姐姐们唱。同俊借来了好几本歌曲书，教她们学简谱、认字，还在家里组织了几场音乐晚会。他们拉上绳子，挂上床单当幕布，报幕，上场，伴奏，演唱，鼓掌，很像个样子。

同俊酷爱学习，除了课堂功课外，不知道又读了多少课外书籍、报纸刊物。唐诗、宋词、元曲、明清小说，他都有涉猎。刘家藏书本来就多，另外还有一个"亲友藏书馆"——博山银子市有个王二太太是同俊姥娘家的亲戚，家中藏书很多，同俊看的许多书都是从她那里借来的。到了 16 岁去当小学教师时，同俊的国文水平可能已经达到大学生的水平了。

二

同俊热爱生活，热爱自然，活力充沛，乐享人生。他乐观豁达、积极奋进、爱好广泛，不管家境是宽裕还是贫困，他都是那么乐观，时常欢歌笑语。在同俊的引导下，弟弟们的幼年生活也充满了乐趣。同俊好像有使不完的劲，他喜欢爬山，领着大家把博山周边的山几乎爬遍了。在山上，他们捕蚂蚱，逮刀螂，捉蝈蝈，摘豆荚、酸枣、蓖麻、野桃、野枣、柿子，挖野菜。同俊领着大家用麸缸捉鱼（在玻璃缸里放上香油拌的麸子，小鱼闻到香味就钻进去出不来了），在小溪里捉螃蟹。同俊教他们弹琴、唱歌、读诗、对对联、填字，给他们讲故事、说书。每年冬至，同俊就要做一张《九九消寒图》，有九个九画的字，三三排列组成三句话，每过一天描一笔。快过年时，同俊领着弟弟们打扫卫生，角角落落都打扫得干干净净。春天来了，同俊领着他们去采桑叶喂蚕，扎风筝，放风筝；夏天带着他们逮蟋蟀，斗蟋蟀……弟弟刘同佐说，哥哥同俊是他见过的最热爱生活、最有活力的人。

同俊非常孝顺。他对父亲非常尊重，很听父亲的话。同俊对母亲爱得深沉，能替母亲干的活儿都抢着干，生怕母亲累着。同佐记得，在他小时候，家中打水、推磨、推碾、挑土、挑炭、挑粮食、买菜等重活几乎都是同俊干，他为母亲分担了很多。平日做菜，同俊和姐姐是母亲的主要助手，但做好饭后他总是让父亲先吃，再让弟弟妹妹们吃，他则跟母亲抢着吃剩饭剩菜、霉了的煎饼。那时没有电影，没有电视，没有剧场，女眷们唯一的娱乐项目就是听同俊说书。同佐回忆道："从我记事起到母亲去世，哥哥凡是有空，就给母亲和伯母、婶婶们说书。六七年间，他说了十几种书，有《西游记》《水浒传》《封神演义》《包公传》《七侠五义》《薛仁贵征东》《薛丁山征西》《济公传》《精忠说岳》《白蛇传》《宝莲灯》《乌盆记》……他还学着博山一位有名的说书艺人刘豪三的腔调、板眼，说得妙趣横生，带给母亲极大的快乐。哥哥16岁时，就主动承担起了挣钱养家的重任，他受的苦是一般人难以承受的，但是为了帮助父母，为了弟妹们吃饭，他从来不叫苦，总是乐呵呵地应对。"

三

1943年底，同俊小学毕业了，那时博山没有中学，父母却都想让他多读一点书。当时是日本侵占时期，日本人在博山建立了一所煤炭职业学校，叫煤矿技术员养成所，同俊报了名。那个学校是用日语教学的，虽然那时小学三年级就要开始学日语，但学生们要听懂日语授课还是有难度。于是，日本人就给他们三个月的时间突击学习日语，考试及格了才会被录取。同俊果真及格了，成了该校的正式学员，学的是煤矿电工。

到了1944年，由于日军把战线拉得太长，又屡屡战败，致使粮食供应不上，所以日军就实行粮食配给制，每月给市民配很少的杂粮，而且还是发了霉的。有田地的农民还好些，像老刘家这样一点地都没有的人家就惨了。同俊的学校是配给粮食的，也是杂粮，但是没有发霉，母亲就把这些粮食都留给父亲吃，同俊和大家吃发霉的杂粮。同俊还把学到的知识教给弟妹们，那年，8岁的同佐就跟着哥哥学会了接电灯、装开关。读这所学校，同俊最大的收获应该是学会了日语，后来他从医、念大学，日语帮了他不少忙。

日本战败投降后，国内又陷入了内战，煤矿、工厂、商业几乎都陷于停滞，老刘家也陷入了绝境。那年同俊16岁，他就自己到西域城去教小学。西域城比较偏远，是国共"拉锯"的地区，大家都担惊受怕，没有人愿去那儿当老师。但是那里的乡长很重视教育，到处高薪请老师，同俊就去了。父母都不放心，母亲更是坚决不让同俊去，但是同俊看到家人忍饥挨饿的困境，还是说服了母亲。同俊说，包括他在内，学校里就两个老师，教四个班，所以待遇比较好，一个月有一百多斤小米（那时钱贬值得厉害，一切薪资都是按多少斤小米折算）。这些小米成了全家主要的生活物资，解决了老刘家基本的生计问题。放了寒假，同俊就没有收入了，到春节时，全家不但吃不上水饺，连小米煎饼也吃不上了，父母和同俊都焦灼急眼。到了腊月二十八，就在全家一筹莫展时，西域城乡长来了，他给同俊送来了一袋白面（50斤）、一扇子猪肉（30来斤）与一篮子鸡蛋。父母高兴得不知道如何答谢，乡长却说这是同俊应得的。

四

1947 年，同俊 17 岁，开始挑担子赶集了，就是从博山买上煤炭、陶瓷，用扁担挑到莱芜，换成粮食、蔬菜、瓜果，再挑回博山卖掉，挣个脚力钱。他每次一般要挑一百二三十斤，而且要翻山越岭，长途跋涉，就像泰山上的挑夫一样，非常苦累。他每天早上四五点钟就出发（去晚了集市就散了），晚上才回来，但是同俊从来都是有说有笑地向家人们描述赶集途中遇到的趣事，以求不让父母担心难过。

1947 年下半年，复康药房的孙掌柜租住在刘家，他见同俊是个人才，而且当挑夫又累又不挣钱，就叫同俊去他的药房当学徒。父母都很高兴，觉得同俊也算学上了一门手艺。同俊学得很快，他会日语，能看懂医药上的说明（那时很多药是日本货），对掌柜也颇有帮助。由于是房客房东的关系，外加同俊父母为人诚恳厚道，孙掌柜也认真教同俊，所以没过多久，同俊就对常用药物的性质、功能、疗效非常熟悉了。由于学徒一般是只管饭，没有工资的，同俊吃饱了，家人还挨饿，所以同俊就辞职不干了。孙掌柜也很理解，赊给同俊许多药，叫同俊去集市上卖药。

光卖药不行，因为有时一天都不发市，所以同俊就捡起了挑夫的老行当。他一般是挑上煤炭，卖完以后，再摆上摊子卖药。那时缺医少药，农村更是严重，所以卖药的都兼着行医。同俊的药是真材实料，治好了不少病人，所以找他买药看病的人多了起来。莱芜和庄有一个农民，叫赵玉贵。他的腿受伤后没得到正确治疗，伤口烂到骨头，招了苍蝇，让他疼痛发烧，不能下床。同俊知道了这个情况，就想帮助他，他听同俊说可以治，就叫同俊试试看。同俊给他清洗、引流，并敷上"消法嘧啶粉"。五天后，赵玉贵就不发烧、能下床了，他觉得遇上"神医"了，就求同俊一定给他治好，并与同俊拜了把兄弟。同俊为了给赵玉贵治伤，除了赶集卖药外，还要专门去一趟和庄给他换药。赵玉贵也对得起同俊，他全家人到处宣传同俊的医术，给同俊招揽了很多顾客。经过一个多月的精心治疗，赵玉贵的伤痊愈了。他特意来博山看望刘家二老，还给刘东莱磕了头，对他喊了爹。从那时起，赵玉贵家和刘家就成了亲戚，经常往来。后来，同俊又当挑夫又行医卖药，早出晚归，非常劳累。有一次经过青石关，由于下雨路滑，同俊连人带挑担，从山脊上滚了下来，粮食药品全散落到山沟里，人也摔伤了。同俊捡了很长时间也没有捡回多少财物，回到家后哭得很伤心，家人也跟着落泪。

五

母亲去世后，她的那些八路军干儿子都很悲痛，都想帮助他们一家。有个叫伊滨的，是卫生部门的领导，就把刘东莱介绍到华东工矿区工人医院（在博山赵庄，是现在淄博市第一医院的前身）工作。家中的情况有了改善，同俊不用受那么大的苦了。伊滨又把同俊介绍到华东工矿部化工二局职工医院工作，后来那里成了淄博制酸厂职工医院。同俊因为有医药知识和行医经验，故而成了正式医生。同俊在成为正式医生后，学习更加努力，医院里有个王大夫，是医科大学的毕业生，同俊就拜他为师，虚心请教，王大夫也很喜欢同俊的好学勤奋，师徒两人关系很好。王大夫还经常到刘家玩，他与同俊父亲年龄相仿，很聊得来。同俊的工作十分出色，那时制酸厂的车间环境很差，呛得厉害，有些医生身体不好，或者年龄大了，下不了车间，同俊就主动挑起下车间的重担，几乎天天下车间给工人治病（他后来得了肺癌，大家怀疑他的肺就是在那时受了损伤）。

早在 1947 年的时候，同俊父母就给同俊找了个对象。考虑到母亲照顾孩子很累，父母都希望同俊找个身强力壮的媳妇，好帮助母亲干活儿。当时的风气就是唯父母之命、媒妁之言是从，同俊是个典型的儒生，自然也是听父母的，不过要求先相一相对象。

那天，这位准媳妇和王有财的闺女并肩在河边洗衣服。王有财的闺女比同俊小一岁，人长得很漂亮；准媳妇比同俊大四岁，长得又高又胖又老气，看上去像个中年妇女。说媒的人没有说清楚（也可能是有意糊弄同俊），同俊就想当然地把王有财的闺女当成了他未来的媳妇，表示满意。母亲去世后，家中没了主妇，1948 年 8 月，同俊就把那位媳妇娶进门来了。

记得娶亲的那天凌晨（博山都是凌晨娶亲），同佐是坐着轿子（叫押轿）去接的嫂子。拜天地时，同俊就起了疑心，进了洞房一掀盖头，顿时傻了眼——这不是他相中的那个人啊！同俊不干了，天一亮就回了化工二局职工医院的宿舍。从那时起，同俊大概只在每个周日才回家看看，多数时候还领着他们医院的同事，上午回来下午就走，谁留也留不住他。媳妇很守妇道，默默地在家干活儿，也没有什么怨言。一晃三年过去了，同俊媳妇原本就有风湿性关节炎，如今她的病加重了，痛得不能走路。同俊就把媳妇接到自己的宿舍，自己则搬到同事的宿舍去住，但他对给媳妇治病非常上心，没过半年，媳妇的病就基本好了。同俊怕她回家累着，病再犯了，就一直让她住在宿舍里。

媳妇很感激同俊给她治病，也知道这样的婚姻名存实亡，就提出跟同俊离婚，同俊则坚持要先把她安顿好再与她离婚。1952 年年底，同俊在化工二局给媳妇找了一个对象，是个干部，在战场上伤了一条腿，拄着一根木拐，比媳妇大五岁，对媳妇很照顾，对同俊也很感激。媳妇对这个对象也挺满意，夫妻俩就办了离婚手续。这本应是个很好的结局，但在 1953 年，就在媳妇准备和那个干部登记结婚时，媳妇的父亲死活不同意这门亲事。那个干部见没了戏，就另找对象成了家。媳妇知道后，气闷至极，病又犯了，殃及心脏，四年后就去世了。

六

同俊聪明，又很勤奋，学啥啥通，干啥啥行，加上化工二局职工医院的医疗设备越来越好，又有像王大夫那样的名医指导，同俊进步得很快，慢慢成了医院的主力。同俊一直把治病救人作为人生理想，他全心全意，竭尽所能，把病人当成自己的亲人，所以口碑很好。有一次车间跑了酸，车间里弥漫着酸雾，领导叫喊着让大家赶快撤离现场，但是同俊为了救人，反而冲进车间，最终不仅把受伤的工友救了出来，而且自己也受了伤。就是凭着这种救死扶伤、舍己为人的精神，他受到了职工的赞扬，得到了领导的信任，立了功，入了党。

同俊兄弟姐妹六人感情至诚至深，世间少有。他们从未吵过架、红过脸，始终相亲相爱、互相照顾，而这与同俊的引领和榜样作用是分不开的。同俊在生活上疼爱弟妹，在学习上帮教弟妹，对弟妹的健康尤为关心。姐姐因为思念母亲过甚，外加劳累过度，于 1949 年夏天患上神经错乱。当时，很多老人都说她是让母亲的魂魄附了身子，要请神婆作法，烧香磕头。同俊力排众议，坚持给姐姐吃药治病。为了能使姐姐脱离致病的环境，同俊给姐姐介绍了姐夫门廷权。婚后，姐夫很关心姐姐，姐姐发作了一年的病也慢慢地好了。门廷权不幸去世后，又是同俊成全了姐姐与刘玉国的婚事。

为了培养和打造无产阶级自己的医疗专家队伍，1956年，领导决定送同俊去山东医学院（现并入山东大学）深造。念大学是同俊以前不敢企望的梦想，他只正儿八经地念了个完全小学，虽然后来也自学了很多知识，但并不系统，直接去念大学，难度可想而知，不过他还是迎难而上了。同俊头一年学习很累，由于没有基础，很多课他都听不懂，但令人没有想到的是，第二年他就能跟上了，到了第三年，他竟成了班里的尖子生。之所以会这样，除了同俊聪明且努力外，还因为第三年开始学专业课了。同俊有十年的从医经验，所以他可以给那些二十来岁、什么病人也没有接触过的同学们当"老师"。同俊年龄比同学们大不少，又是党员，学习又好，所以就当了班长、党支部书记。他不但自己学得好，还带动大家努力学习、追求政治进步，故而深受同学们的拥戴和院校领导的信任。

同俊成了山医的"风云人物"，好几个年轻貌美的女生追求他，但他却爱上了与他同岁的赵亚滨。赵亚滨是南京人，父亲是国民党执政时期石油部的技术人员，新中国成立后，继续在石油部工作，她的母亲也是读书人。赵亚滨在南京读了护士学校，毕业后被分配到五〇一厂（今山东铝业公司）职工医院当护士。1950年，赵亚滨报名参加了抗美援朝，1954年回国后就留在了解放军野战医院，1956年又被送到山东医学院深造。赵亚滨是山医系党总支委员，在同俊之前任班级党支部书记。两个人常常共事，渐渐有了感情。1961年毕业后，他们就结了婚。同俊在去世前，劝赵亚滨再找一个伴儿，但赵亚滨说她这辈子心里只能装着同俊一人。她把一生贡献给了事业和丈夫、儿女，至今身体仍然健康。

七

当时，像同俊、赵亚滨这样"又红又专"的学生是难得的，所以最后他俩双双被北京协和医院要去了，同俊被分配到胸腔外科，赵亚滨被分配到眼科。进入协和后，他俩发疯般地学习，几乎天天学到深夜。协和有听不完的讲座与各类医学交流活动，学术气氛很浓。同佐曾劝他们注意身体，但同俊说："这里有全国最好的医疗设施，有全国乃至全世界最高明的专家，不是每个从医者都有机会来这儿学习的。国家给了我们这样的机遇，我们不拼命学习，接过班来，对不起党和国家啊！"仅仅两三年的工夫，同俊就能做胸腔大手术了，赵亚滨也成了协和医院眼科的第二把手。

那时，中国医学科学院和中国医科大学都跟协和医院在一个大院子里，三个单位一个党委。1964年，同俊进了这个"三位一体"的党委班子，同时兼任医科大学的政治老师、协和医院人事科科长。其时，同俊已经从医十七年，在协和医院的胸外科也算是一把好手了，所以很不舍得离开医疗岗位，但当领导把党培养革命事业接班人的重要意义讲给他后，他还是毅然决然地服从了组织的安排。1966年，同俊被提升为党委组织科科长，同时仍兼任医科大学的老师。那几年，同俊非常繁忙，不光要负责一大摊子的人事组织工作与教学工作，还要参加很多外事活动。由于在领导班子中最年轻，又会讲点英语、日语、俄语，所以到机场迎送外宾的事几乎都是同俊来做，为此，医院领导专门给他做了一身西服、配了一双皮鞋。同佐后来回忆说："那是我见过的哥哥最好的服装，穿上非常像样。"

1966年，同佐去北京协和医院做中耳炎根治手术，对于哥哥同俊的照顾，他至今记忆犹新："哥哥特地抽出时间，陪我逛香山，爬长城，看马连良的京剧。哥哥跟我说，他到北京工作五年了，从来没有到这些地方玩过，这次是专门陪我玩的。当时一张票 2 元，四张票（还有嫂嫂和嫂嫂的父亲）就是 8 元，两次就花了 16 元，相当于一个工人半个月的工资。哥哥还请我吃了全聚德的烤鸭，当时一只烤鸭卖 14 元，相当于买三十多斤猪肉的钱。我说以后别再花钱让我享受了，哥哥说，他和嫂嫂来北京后，也只吃过一次烤鸭，还只点了半只，进而说：'你来了，我们都开开荤吧。兄弟们难得聚在一起啊，这样做我心里高兴。'"

同俊到了协和医院后，亲友们无不欢庆。家乡人得了疑难杂症，只要是和同俊的亲友有点关系的，都托人去找他，找他最多的还是化工二局（制酸厂）的同事们。那时要去协和医院看病，一般要经过三四层推荐——厂里先推荐到市里，市医院看不了，再推荐到省里，省里看不了的才推荐到协和医院。但是很多人等不及走完这一流程就不行了，所以得了疑难急症，如果有个"后门"直接进北京协和，可能就得救了。同俊是个热心人，又把救死扶伤视为己任，所以对于上门求医的人总是热心地给予照顾甚至包吃包住。熟悉他的同事见了他，常常开玩笑地说："同俊啊，你干脆在这里成立一个协和医院博山分院吧！"

八

1966 年，"文化大革命"开始；1968 年，全国上下展开了"夺权运动",各级政府、企事业单位纷纷成立了革命委员会,协和医院的造反派也进行了"夺权"。同俊受了很多罪。其间,他曾到郊区采石头、抡大锤,非常累。那时,赵亚滨也被下放到江西省"五七干校"劳动,孩子则都跟着姥姥去南京了。

1969年年底,同俊咳嗽不止,时常带血,起初以为是累的,就没有去检查。到了1970年4月,见咳嗽得更厉害了,同俊就去拍了个胸透片,给他拍片的医生问:"你的背上是不是贴了一贴膏药?"同俊知道事情坏了,为了不走漏消息,就说:"我膀子痛,是贴了膏药。"同俊本身就是胸外科大夫,他拿过片子来一看,就什么都明白了。一周后,赵亚滨从江西被叫回来,她问同俊出了啥事,同俊怕她一下子接受不了,过了十来天才慢慢把他得了肺癌的事说出来。待到做手术时,医生打开胸腔一看,癌症已经转移了。这是1970年夏天的事。

虽然得了癌症,但同俊很镇定从容,既没有惊慌失措,也没有悲观绝望,而是忍着疼痛进行化疗。头一年,由于同俊还在受审查,所以享受到的医疗条件并不好。1971年9月之后,协和医院的主要领导都恢复了工作。他们知道同俊是受冤屈的,而且是个好干部,所以对他的治疗非常重视。当时,中国医学科学院的黄家驷院长亲自指导对同俊的治疗。黄家驷是中国著名的胸外科专家,既是同俊的导师,又是同俊的领导,他疼爱又同情同俊,尽全力给同俊治病。尽管每次化疗后的反应都非常厉害,但同俊从不叫苦,他相信科学一定能够攻克癌症,让大家不要悲观。

同俊一能下床，就来散步锻炼，他经常去天安门广场（协和医院离天安门很近），并且有说有笑，完全不像一个癌症病人。病情发展到晚期，他说话时已喘不过气来，却仍轻声细语地和大家交谈。1972年秋天，同俊病情恶化，要不停地吸氧，必须住院了。由于化疗过度，同俊的肿瘤虽没增长，但肺叶纤维化了。在同俊最后的时光里，同佐一直守在他身旁。同俊非常清醒镇定，他对大家说："我再抽风时，不要抢救我了，没有希望了。别再让大家受累了，也别再让我受罪了。谢谢你们了，你们也歇歇吧！"又说："我死了以后，送我回家，把我葬在小顶山（原山公园凤凰山）顶上，让我能看到咱们的家，让我尽情地喘口气。"又对同佐说："以后，你们要帮帮你嫂子，她拉扯着两个孩子太不容易了。我劝她改嫁了，但无论如何她都是你们的好嫂子啊！"

九

同俊是1972年11月29日去世的。12月1日，协和医院的领导带领200多名各科所院系代表，租了四辆大客车，到八宝山给同俊开追悼会。新中国成立以后，协和医院不管哪位领导、专家去世，都是在医院礼堂开追悼会，全院跑到八宝山开追悼会还是头一回。医院领导说只有刘同俊才配得上这样的规格，只有这样的规格才对得起刘同俊。医院的老领导致了悼词，也让同佐代表家属致了悼词。悼词除了说同俊忠于党、忠于人民、忠于毛主席、忠于共产主义事业，勤勤恳恳、兢兢业业、热爱专业、忠于职守、尊重领导、爱护同志、医术精湛、心系病人，为党的事业勇于牺牲之外，还特别赞扬了同俊的优秀品质，说他襟怀坦荡、正直无私、表里如一、刚正不阿、坚持真理、修正错误、严于律己、宽以待人……

1974 年 2 月，同佐携妻子秀芬到北京旅行结婚，把哥哥的骨灰请回了博山，东岱叔父把同俊安葬在了凤凰山顶。

一代英才就这样过早地陨落了。呜呼哀哉！

以身许国未了情

所谓英雄暮年，说的似乎正是博山。曾经，博山是闻名全国的老工业城市。1000多年前，博山即以陶瓷、琉璃产业在庞大的农业帝国中率先崛起。150多年前，博山繁荣的工业曾经让大名鼎鼎的德国地质学家李希霍芬震惊。新中国成立伊始，博山又贡献了数位上海市工业区县的区县长。老百姓戏言，这是因为博山有电灯电线。其后三十年，博山的机电、化工、无线电、水泵等行业有力地支持了新中国潜艇下水、卫星上天。改革开放以后，博山再次涌现出一批勇立潮头、大刀阔斧的改革派、企业家，如王立俭、刘同佑。他们获得过荣誉与赞美，也遭受过非议与磨难，虽壮心不已，但壮志难酬。其中较为典型的是曾任淄博特种陶瓷厂厂长的胡立铨，这位建材学院的毕业生，殚精竭虑，只争朝夕，为淄博的陶瓷工业贡献了自己的一生。

一

1937 年 2 月，胡立铨出生于淄川杨寨赵瓦村，家里有骡子，有羊，有地。三代单传的父亲，17 岁就领着家里的伙计干活儿，里里外外都是一把好手。母亲原住博山香市街，是远近闻名的大善人，一有钱就接济缺吃少穿的人，手里就没有存住钱的时候。胡立铨是家中老大，下面有四个弟弟、三个妹妹。出生于耕读之家的胡立铨记忆力超群，学习很好，念了不到半年私塾，就撵过了读了几年的同窗；进学堂，一上就是三年级。1961 年 7 月，胡立铨毕业于重工业部博山建材工业学校（即后来的山东建材学院），与同系的 4 名同学一起被分配至博山水泥厂，并与同学韩菊祥对桌办公，两人志趣相投，进退与共，很快结为伉俪。

二

胡立铨的俄语十分过硬，进厂后，便承担了厂里所有俄语技术资料的翻译工作。他看到当时的生产工艺相对落后，工人们在炉前用铁锨手工进料，劳动强度高，得硅肺病的风险大，而且生产过程中经常"流炉"，使半生不熟的水泥球粒下脚料越积越多，堆成一座座小山。他考察了同在博山的淄博酸厂，知道那里的工人也在为硫酸废料堆满厂区伤脑筋，便突发奇想——这两种东西能不能作为一种新型水泥的原料进行有效利用呢？于是，他开始进行密集的试验。在经历了无数次配比、温度的调节之后，一种名叫火山灰质硅酸盐的水泥被研制出来，变废为宝在胡立铨手里第一次成了现实。为了改善工人的工作环境和降低工人的劳动强度，胡立铨开发出窑炉原料输送带，实现了半自动投料；他看到矿山每次点式爆破后会余留下巨大岩石需再次破碎，费时费力，便开发出掌子面电雷管爆破矿山石灰石工艺，爆破后，石灰石大块率直线下降，开采效率大大提升；他还废除了过去含氧化镁石灰石剥离工艺，合理使用含氧化镁石灰石，减少了废石外排量，降低了生产成本，提高了水泥强度。他的技术革新得到了省建材局的大力肯定，省建材局给予政策扶持，选择济南、博山的工厂作为试点进行水泥立窑技术改造。胡立铨进厂短短两年，就使博山水泥终结了 300 号水泥出厂的历史，使水泥全部达到了 400 号水泥的质量标准。

三

1967 年 6 月，胡立铨与夫人一起调入博山煤灰砖厂筹备处，出任设计组长。该厂由白杨河火力发电厂投资 60 万建成，建成后吃掉了电厂积存的金字塔一样的煤灰炉渣，为博山环保工作贡献卓著。之后，电厂听取日本专家的建议，采用了煤粉灰吹填法火力发电，煤灰炉渣从此绝迹，煤灰砖厂使命终结。

进入七十年代，博山煤灰砖厂转型为博山炉渣砖厂、博山建筑材料厂，最后更名为淄博特种陶瓷厂。企业发展过程中，人才出奇短缺，胡立铨夫妇只能披挂上阵。胡立铨先后任技术员、技术科负责人、副厂长，1984 年 8 月开始任厂长，五年后兼任党总支书记。韩菊祥先后成为技术科长、研究所长、厂长助理、高级工程师。他们共同试验成功集成电路 BN 扩散源、六方粉状氮化硼连续合成技术，填补了国内空白，还生产出氮化硼制品、导电氮化硼、多孔陶瓷、人工热压合成云母陶瓷、氮化硅粉、氮化硅赛隆刀具，制定了辊道窑用陶瓷辊棒地方标准，使工厂成为当时全国唯一一家特种陶瓷企业。担任厂长职务伊始，胡立铨审时度势，全面分析了企业发展过程中遇到的阻碍，认为无论是做石棉还是特种陶瓷，人才缺乏已经上升为第一障碍，这个问题必须下大气力解决。于是，他向全厂员工发出了"打造科研型特陶"的号召。

四

那时候，博山老工业产业基地名声在外，对大学生还有诱惑。胡立铨组织退居二线的老领导，组成专门班子，连年奔走于北京、上海、天津、南京及山东的高等院校，宣传企业，广招贤才，先后招进本、专科毕业生 70 多名，其中包含清华大学材料系的两名本科生、一名硕士生，还有近百名本地的职专生、技校生。淄博特种陶瓷厂成为轰动一时的企业人才高地，令许多企业家艳羡。

陈立强是山东师大政教专业的毕业生，在校期间犯了点错误，来到特陶后，被安排到石棉瓦分厂跟班参加生产劳动，从原料制备，到流水线各工序，再到养护脱模，锻炼了一个遍。一开始三班倒，干的又是体力活儿，陈立强有些不适应，但看到其他许多大学生已经被提升为车间主任、副主任，或是进了管理科室独当一面时，还是感到企业蒸蒸日上、大有可为，便依旧充满了干劲。他进步很快，不到一个月，就提前结束了车间实习。那时，企业已经实行厂长负责制，身兼厂长与党总支书记的胡立铨十分重视职工教育，在厂里建了"三校"（即党校、团校和职工夜校），按期开班开课。胡立铨看见了陈立强的进步，专门找他谈话："年轻人犯了错，还要求进步不？"陈立强说："我是一时糊涂，栽了跟头，不过要放下包袱，也是不太容易了。"看出他的沮丧后，胡立铨摇头一笑，慈父般地看着他："年轻啊！都是年轻惹的祸。但话又说回来，谁年轻时没犯过错？我看过你的档案，你在学校各方面表现都很优秀，还当过班长。这样，在哪里跌倒就在哪里爬起来，你明天就去厂团委报到，先熟悉熟悉情况，下一步把团委的工作顶起来！"不久，团委书记翟迎新被调到政工科任职，陈立强任副书记主持团委工作。当时，全国正开展基本国情、基本路线"双基"教育，根据厂党委安排，由陈立强主讲，全厂500余名职工进行了为期三个月的全员轮训。企业取得了区市两级"双基教育先进单位"称号，企业干部职工的精神面貌也为之一新。

胡立铨对大学生的关爱不仅体现在工作上，还体现在生活上。厂里专门建了一排平房，两人一间，配有家具、厨房，只收700元押金。为了留心留人，他还大会小会地动员干部职工，为学生们牵线搭桥找对象，每成功一对，就由工会、团委出面,为其举办简朴而热闹的婚礼。不几年的工夫,大多数学生都成了家,分到了单元楼房。大学生孙传坤分到了一间房,但凑不上应交的几百块钱,胡立铨拿出自己两个月的工资,替他交上了押金。陈术权是1986年引进的大学生,由于是外地人,初来乍到不太适应,胡立铨便专门派人帮他整理宿舍,领他下车间熟悉情况。陈术权很快与企业融为一体,后来成为一名出色的车间主任。

五

人才政策的成功迸发出巨大的科技能量,推动着企业技术进步,实现了胡立铨"打造科研型特陶"的目标。1988年,工厂固定资产由胡立铨上任时的200万元增长至3100万元,产值、利税都翻了一番,之后开始以每年31%的速度增长,工厂逐渐发展成一个集特种工业陶瓷、环保用多孔陶瓷、节能辊道窑用陶瓷辊棒及石棉制品制造于一体的高科技中型二级企业,员工近500人。

六

二十世纪八十年代末,淄博建筑陶瓷产业方兴未艾,对辊道窑炉辊棒的需求呈爆发式增长。陶瓷辊棒作为新型节能窑炉的关键耗材,市场前景十分广阔,而国产窑炉辊棒不能达到质量要求。胡立铨在精心组织生产老产品的过程中,发现由于窑炉挤出机设备落后,国内生产的氧化铝辊棒满足不了国内引进的釉面砖窑炉辊棒要求，釉面砖企业需要花高价采购从外国进口的氧化铝辊棒。此时，淄博市经委主任陈昌明带队出访美国，胡立铨借此机会，接触了美国同行和企业家，深受震撼，回国后立志发愤，科技报国。胡立铨一方面应用现有技术完善国产窑炉辊棒，一方面瞄准世界窑炉辊棒尖端科技，积极寻求国际合作，探索引进国外窑炉、挤出机和软件，以替代直接进口成品，从而降低国内釉面砖企业的生产成本，进而把特陶建设成全国特种陶瓷产业发展基地。

在这个过程中，胡立铨走出了极其重要的两步。

第一步，投资3000万元，引进德国窑炉和意大利氧化铝陶瓷辊棒生产线。1992年，生产线一试产，产品即达到国内质量顶端，并被销往河北、广东、福建、江西等地。在引进意大利、德国的先进设备、先进技术过程中，胡立铨放手让清华大学的研究生林宏清全程参与谈判、翻译，最后让他直接参与组织生产，出任陶瓷辊棒分厂的第一任厂长。

第二步，受邓小平南方谈话的鼓舞，胡立铨决定让思想再解放一点，让改革的胆子再大一点，让步子再快一点，通过与国际一流财团合资，让产品冲刺国际水准。接下来就是跑批文、跑贷款，年近花甲的胡立铨厂长亲自出马，拖着患有严重糖尿病的身躯，乘坐着厂里仅有的一辆桑塔纳，市里、省里、北京不知跑了多少趟。同时，他选派了六名技术骨干，由技术副厂长带队，分赴法国、意大利熟悉设备性能，学习操作规程，交流管理经验，以保证对引进的技术设备足够了解。1993 年 12 月 18 日，特陶终于与法国圣戈班集团达成合资。1994 年 4 月，总投资四千多万的淄博西玛精细陶瓷有限公司点火投产了。两年间，出任董事兼副总经理的胡立铨呕心沥血，他单薄的身子瘦了一圈又一圈。

七

合资企业投产后，年产 20 万支普通陶瓷辊棒和 20 万支达到国际水平的高温陶瓷辊棒，产品远销澳大利亚、新西兰、非洲、东南亚等国家与地区，年产值过亿元，企业经营风险降至最低。合资过程中，胡立铨仍然让林宏清参与谈判，让专业技术人才发挥了自身价值。

数十年的忘我打拼，使胡立铨缠身已久的糖尿病、冠心病日趋严重。他为了不耽误项目的推进，每当病情发作时，都瞒着自己的家人，也让别人帮他保密。呕心沥血的胡立铨，得到了党和政府的肯定，他连续数年被表彰为优秀共产党员、先进工作者，成为淄博建材工业公司首批专业技术拔尖人才之一、淄博硅酸盐协会理事、山东省超硬材料学会常务理事、全国工业陶瓷标准化技术委员会委员。

好景不长，由于某些领导对外方控股存在不同意见，公司投产仅半年，胡立铨竟被莫名免职，加之特陶工人人心涣散，严重影响了合资公司的正常运营，故而投产仅一年多，合资公司即告解散。追随胡立铨的年轻知识分子们在伤心之余，纷纷自谋出路。胡立铨投入半生心血的特陶也从此一蹶不振，几年后即步入破产清算的穷途末路。

八

与圣戈班集团的联手，是中国本土企业与国际顶尖财团的深度合作，在三十年前的中国具有非同寻常的意义。就是这样一次国际对话，在一些传统思维、传统意识的左右下昙花一现，沉痛演绎了市场化改革进程中，政府与市场资源配置主导权上的矛盾与冲突。经委主任陈昌明鼎力支持陶瓷辊棒上二期，他的思路是先完成二期工程，然后让企业上市，如此，特陶项目将一步步走上世界经济舞台。分管外向型经济的副市长常志在参观了圣戈班之后，惊叹其作为著名财团的显赫的国际地位，对淄博失去与其合作的机会惋惜不已。他通过相关途径，向其传递重续旧好的信息，但未能得到回应。不久，圣戈班集团总裁皮埃尔·安德烈·夏朗达频繁访华，就建立研发中心、开设低碳节能建材专业卖场、圣戈班产业集群在武汉设立工业园等项目与中国企业展开探讨，陆续在华设立50多家公司和研发中心，但每次都绕开山东，绕开淄博。淄博工业就这样与世界工业集团中的领先者失之交臂。

如今，起飞之始便折戟的淄博特种陶瓷厂早已杳无踪影，老骥伏枥的胡立铨空怀壮志，为世人留下一首壮士悲歌。可惜，世上没有如果。对于胡立铨被莫名免职，了解他的人说，这也许是好事，不然的话，他很可能成为第二个傅庆馥，倒在自己的岗位上。

九

　　胡立铨被免职以后，没有怨天尤人，没有低迷消沉，而是转换心境、调养身体，用长达二十多年的时间来感悟人生、体味生活。2020 年 8 月 30 日，83 岁的胡立铨安详地离开了这个世界，人们在他的脸上看见了他流下的眼泪。这是宽恕的眼泪，宽恕世界的不完美，接纳人生的缺憾；这又是庆幸的眼泪，庆幸自己能与在生活中相濡以沫、在技术上争鸣研讨的老伴白头偕老，庆幸三个儿女在家学熏陶下各有建树，庆幸当年的大学生们传承了自己的衣钵，或成为国内新型建材领域中的大鳄，或成为海外房地产行业中的巨贾，或成为"一带一路"倡议的践行者。

　　当年分管工业的副市长曹钟书先生了解胡立铨，更心疼胡立铨，曾给过他一句精彩的评语，现在我把它重新拾起来，再附上一句，凑成一副对联——"两袖清风一身病，科技报国未了情"。

《颜山漫记》序

　　光辉约我为《颜山漫记》写序，我就扑哧一笑。光辉为我的书作过序，写过万言长篇评论，是研读我文章最多、最深的。如今光辉的随笔集即将出版，要我写序，而且说"万勿推辞"，是否会有曲从拍马、彼此奉承之嫌？光辉论我，多有意回护，我被光辉感动，也多见其文章意味之深切、表达之真率，若为序，怕是美言胜于微词，那么是写还是不写？好在古有杜甫赠李白的"三夜频梦君，情亲见君意"，近有王世襄、朱家溍"一时瑜亮"相互为序。我与光辉不能自比李杜、王朱，然文人间笔墨往来、相互勉励扶助总是件美好的事情，需要避讳吗？况且读者时间不从容时，可从序中洞悉其书一二；读者意欲通读全书，亦可以此序为引领。如果此序可得光辉随笔精神的走向脉络，读者看了，也算是一种有益的推介。

　　我与光辉年纪相差十几岁，不算"总角之交"，但到底还是同一代人，生活在同一座城镇，蹚过同一条小河，爬过同一棵柳树，在同一个早饭摊子上吃过煎饼卷猪头肉，只是未曾见面而已。五年前，我在网上看到一篇题为《有好都能累此生——毕玉奇先生艺术面面观》的文章，作者署名"观云楼"。此文不是一篇平庸之作，文采虽被冲淡在平铺直叙中，文化底蕴却掩盖不住，字句间传导着撼动人心的力量，遂大为惊诧。询问毕玉奇先生，方知"观云楼"就是光辉，是淄博技师学院的教师、地道的博山人。接着，我们见面、结识、茶叙，都觉相逢恨晚，此遇甚幸。

之后，我与光辉时有见面、攀谈，各自文章发表后也互有评判。我认为，这些评判基本上实事求是，望闻锱铢必较，问切必达实质，巧舌如簧的恭维是没有的。如此，我们既赢得了彼此的尊重，又赢得了圈内朋友的尊重。说到底，我们都已过了那个需要哗众取宠的年纪了。文章自有高下，任由世人评说，用作品说话，以良心臧否，是一个写作者应有的素养与操守。

《颜山漫记》全书20余万字，题材涉及亲情、美食、民俗、艺术。我阅读这些随笔，大有文如其人的感慨。为人耿直，憨厚里蕴藏桀骜，为文洒脱，委婉中透着直爽，这就是光辉了。不事雕琢、不尚粉饰，既成就了光辉随笔的风骨，又彰显着光辉为人的做派。光辉是汉子中的文人、文人中的汉子。

感情是文学创作的先导，亲情是大多数作家感触最深、表达最切的主题。对一个普通的写作者来说，最先动其心旌的不是世界风云、国家大事，也不是"春日迟迟，秋风飒飒"，而是家人留给自己的印象。这个印象可能是在较长时间中形成的，也可能仅凭一个动作、一句言语而定型。

写作者对这个印象的感受，或强化，或转移，或颠覆。这个印象，折射着写作者的心路历程和成长轨迹。这几乎是所有写作者文字作品的共性，也是其所有文字中最富质感的部分。

朱自清在《背影》中写了自己与父亲因新旧思想的冲突而导致的不睦，这种状态始终折磨着朱自清。某一日，朱自清突然收到两年多不曾见面的父亲的来信："我身体平安，惟膀子疼痛厉害，举箸提笔，诸多不便，大约大去之期不远矣。"这是封建伦理下，一个父亲所能做到的最委婉的"求和"了，一种骨肉相连的父子情让朱自清悲从中来，不禁回想起八年前在站台上与父亲的一次离别，挥笔写下《背影》，成为感人至深的散文名篇。光辉有一篇《自古逢秋悲寂寥》，也是写父亲的，给我的震撼不亚于《背影》。在光辉的心目中，父亲是个才子更是个孝子，晚年得了阿尔茨海默病。光辉在文中写道："在父亲去世后的几天，我脑子里奇怪地反复出现爷爷去世时清晰的场景，那时我三岁，帮忙出殡的人忙里忙外，父亲蹲在地上抱着头呜呜地哭，这是我见过的他唯一一次哭。我无法想象他会哭，那时仿佛感觉到他的哭声里充满了委屈和绝望。时隔四十二年，在他就要被推进火化炉的时候，我紧紧抱着他，贴着他的脸颊，再也控制不住地痛哭起来。天塌了，我再也没有爸爸了。"读到这里，任你是铁石心肠，也不能抑制涌上来的眼泪。光辉的父亲在得了阿尔茨海默病以后，性情大变，由和善变为暴戾，由慷慨变为自私，光辉最初不知这是因病所致，跟父亲大吵了一架……就在父亲奄奄一息的那几天里，争吵的画面总是浮上他的脑海，让他懊悔不已。在安葬了父亲以后，在亲戚朋友都说他是个孝子的时候，这个画面更加清晰，这种懊悔演变成了罪恶感。光辉在文中写自己失去理智，冲着夸赞他的人大吼："不要说了，不要说了，我是个逆子啊！"这一句呐喊，让我们感受到一个儿子对父亲的忏悔。亘古不变的父子之情，在父亲再也听不见的懊悔声里被表现得淋漓尽致。

　　"下班回家，车驶进生活区时习惯地打了左方向灯，那是母亲住处所在，倏然泪眼蒙眬。人去楼空，母亲已经远走。"这是光辉《我的母亲》开篇第一段，这样的叙述立即把读者带入"现场"，接下来的阅读便始终被框定在作者"规定的情境"中。父亲在去世前，饱受了六年阿尔茨海默病的折磨。父亲去世两年多，母亲也离开了这个世界。光辉在文中写道："在经历了父亲离世的悲痛后，我经常不由自主地生出一个念头：倘若母亲离世，我会怎样？"当这一刻到来时，他"只觉积在胸口的凝结的如铁的郁气，伴着恐惧和绝望喷涌而出，随着渐渐远去的母亲的魂灵，在漆黑的天幕与苍凉的大地之间哀鸣"。年逾九秩、身体每况愈下的母亲会跟光辉回忆过往："你三岁那年冬天，我背着你去上班，天还没放亮，你哥哥在前面跑。大雪纷飞下了半夜了，新雪落在陈冰上，有大半尺厚。我怎么就滑倒了，把你压在身子底下，我怎么就滑倒了呀！"很多光辉早已淡忘的事，母亲还清楚地记得。有一次，母亲问起光辉的哥哥，光辉为她拨通了哥哥的电话。母亲在电话里对哥哥说："你上小学时把同学的牙碰坏了，我打你啊，打得太狠了！我现在向你道歉，不该那样打啊！"文章里的这些陈述是真挚的，但母亲在风烛残年，最常做的不是对儿女的叮咛嘱咐，而是细数一生中那些"自己以为的愧疚"。看到这里，不能不叫像我这样父母双故的读者感到万箭穿心。

《老宅往事——过年》是写住在一个大院里的宋氏家族的故事，表现了中国氏族文化里特有的血浓于水的情感联结。光辉在文中说：宋家世居东门里一个大杂院里，二十世纪七十年代初，家族里的祖辈们都已过世。"南屋一排住着二爷、四爷，西屋住着五爷，北屋一排住着六爷和我们家……大爷一家住在前院，我到现在也没搞清他跟我父亲是不是一个爷爷的堂兄弟。父亲对家族的事讳莫如深。据说当年大爷的爷爷带着一家子走到这儿，因为都是一个姓，父亲的爷爷就赁了房子给他。后来动迁，院子里的房子是能顶楼房的，租赁期已经过了，大爷却不认账了，父辈们从道义上把他逐出了五服。二爷、四爷是一个爹，五爷、六爷，还有当了兵后来转业定居南方的三爷跟我父亲是一个爹。父亲有些特殊，他的四叔没孩子，他在七岁时被过继给了四叔，也就是我的爷爷。"因为是随笔的缘故，家族中的故事没有大面积展开，光辉把有限的篇幅留给了五爷。

在那个生活困窘的年代，一挂鞭炮对于要过年的小男孩来说，甭提有多珍贵了，对此，我有更深于他人的体会。我小时候，父母只能象征性地提供一丁点零钱让买鞭炮，"大白鞭""满地红"想都别想，买一小串"麦秸梃"就很奢侈了。看着有钱人家的小孩随便放，别提有多羡慕了！我就在天一放亮的时候到大街上去捡"哑巴"，也就是信子点着了又灭了的鞭炮。因为信子太短，我在燃放的时候刚把它举到耳边不待扔出，鞭炮就炸响了。这一响摧毁了我右耳的听觉神经，从此耳鸣伴随着我。光辉在文中写，年关将近，五爷突然把他喊进了屋里。五爷的大女儿在床上铺了案板擀饺子皮，笑眯眯地示意光辉看墙上。墙上挂着一百头的"满地红"，红得醉人；二百头的"啄木鸟"，青花亮眼；再就是五支二百头的"麦秸梃"，结成大串，是红黄绿三色。光辉回忆说："五爷都是在除夕夜后的五更头放这一挂鞭，那么好看的一挂鞭。分分钟化作电光，烟消云散，这于我来说太奢侈了。五爷放这挂鞭是颇有架势的，我总觉得他得等全院的孩子穿了新衣，燃上火绳，聚在院子里，小心翼翼又有些不舍地从口袋里摸出一个鞭炮，开始迎接真正的年时，才站在他的屋门前，将那挂鞭缠绕在一根一米多长的杆子上，平挑着，用香头点燃，不紧不慢地转动杆子，移动着他的小方步，将鞭炮炸飞的碎纸尽收于他屋前的'一亩三分地'，绝不至于散落在其他住户的门前，好似肥水不外流一般。眨眼工夫，响声过后硝烟散尽，五爷气定神闲地看着满地的'收获'，回屋吃饺子了。"在光辉对墙上的鞭炮垂涎欲滴时，五爷问他："买鞭炮了吗？"光辉感到了巨大的羞辱。除夕，父亲回到家，光辉鬼使神差地冒出一句："五爷家买火鞭了，他说让你给我买！"父亲怔了怔，有些浮肿的眼袋好像更肿了，他看着窗外降临的夜色，许久许久，叹了口气说："唉，俺这个哥哥啊！"那晚，父亲没有吃年夜饭，推上车子走了，很晚才回来。年幼的光辉不知道这句话让父亲尴尬、伤心了多久，但从那天起，到二十世纪八十年代初，在整个老院子拆迁前的近十年的时间里，他没再踏进五爷的屋，也没再叫过一声五爷。五爷去世后，光辉坚决不去送终，勉强去了，又坚决不跪。哥哥瞪着他，他才跪了，这一跪，郁结多年的心结得以松动。后来，光辉跟自己的孩子说起童年与鞭炮时，顺便提到了自己与五爷的"过节"。孩子说："五爷爷这不就是三毛、哪吒、金刚葫芦娃嘛！"光辉问："啥意思啊？"孩子说："啥意思？他就是个老顽童啊！"光辉倏然感喟道："我的天，我跟一老顽童置了四十多年的气，我岂不也是三毛、哪吒、金刚葫芦娃了！"与父辈间的一桩"恩怨"，竟然就此随风而逝，是下一代人充当了调解者。在五爷的故事中，光辉让我们看到了时间、阅历和亲情的力量。

叙写民俗和手工艺的文章有《打锡壶》，按说《肉火烧》《快三秒》也应该包括在内。我是写过《锡壶》的，我的《锡壶》属于主观性较强的散文作品，主人公的情感在文中起主导作用，而光辉的《打锡壶》则要客观得多，文章中对锡匠制作锡壶时的场景、动作、气氛的描写，俨然构成了一幅地域特色鲜明的民俗画："放进一个海碗大的铁锅里，把锅坐在脚前的小炉子上，拉动风箱，火焰绕着锅底渐渐蹿上来。手里一把火钳子，不时拨一下逐渐熔化成液体的锡，顺手夹出炉灰。待达到一定温度，锡液像镜子一样发出银亮的光，这时把早已备好的两块脸盆大小、蒙了黄表纸的陶砖（博山话叫窑级）搬到脚跟前，两块砖是摞在一起的，以四十五度角的坡面朝他自己放好，前面垫一木块，然后再拉风箱催火，锡液重新放出银亮的光芒。这时手要快，左手拿火钳子夹住锅沿，将锅沿对准两块砖之间的缝隙，右手拿另一火钳轻拨锡液上因冷却而产生的一层氧化膜，把锡液缓缓倒进砖缝中。说来也怪，锡液不但不剩，也没有从其他缝隙流出……准备一张不太规则的锡板，拿一块用纸板做的模板放在锡板上，用一个锥子模样的工具沿着纸板边沿划一圈，锡质地软，锡板上便留下明显的印痕。然后拿把大铁剪刀沿线剪掉多余的料，再围着一个锥筒模样的模型熟练地团起锡板，壶的主体就出现了。再用烧红的烙铁熔化锡块，蘸着黄香，一点一点把接缝焊接起来。待冷却后，把这成型的锥筒套在一个尖脚伶仃的铁砧上，边转动边用方木棒击打，圆筒不但更规则了，其表面还会出现一些规则排列的花。这见功夫的工序就是第二道了……再拿一块稍小些的锡板，把打好的锥筒放在上面。用一个铁制的圆规，凭经验打量一下，在锡板上画一个圆圈，沿线剪下废料。在一块带圆弧边角的大木块上，还是用那根方木棒捶打，渐渐就出现带圆弧的壶的底座了。这道工序凭感觉和经验要多一些，因为打好的底座边沿要正好和锥筒的大头边沿对接。过于小了，势必要把锡板捶打薄才能延展到所需的大小，壶就不耐用了，大了则无法对接。同样用蘸了黄香和锡的通红的大烙铁把接缝焊严实了。三道工序过后，壶基本成型了，剩下的是壶嘴、壶盖还有提手。壶嘴就是壶身的缩影，焊接也是用同样的方法，但如何掏出壶身和壶嘴之间的圆孔，我没见过，估计使用錾子剔除，然后用烙铁找匀。壶盖的做法大同小异，只是如何能让水开时蒸气窜出发生鸣响，那是仅仅看到制作过程的如我这般年龄的孩子无论如何也搞不懂的。"这般教科书似的描写，让我恍入《考工记》和《天工开物》。

有人说，一个对吃喝没研究的作家，不是典型的北京作家。同理，一个对吃喝无动于衷的人，也不是典型的博山人。博山人、博山作家热爱生活的独特标志就是酷爱美食，这个标志生动地显现在光辉身上。《颜山漫记》里，有关吃的篇什就有《把子肉》《快三秒》《老高的油饼》等十数篇。细读这些文章，我们更能了解和理解博山人。没错，文学就是人学。光辉写美食却不囿于美食，而是透过美食写人，这是了光辉美食文章的突出特点。

《老高的油饼》写的是技校食堂面食厨师老高的手艺。老高和老六每天都是星夜起床赶路，天不明就赶到学校为教工们做早餐。钳工出身的老高从父亲那里继承了厨艺，烙得一手好油饼，"爱琢磨，凡事求个理，他认准的理你犟不过他，但他有一个好处，他是不轻易跟人论理的，也就让人感觉不缺世故"。应光辉所央，老高时常给光辉开个小灶，给他烙一张酥油饼解馋。光辉写自己向老高讨教烙油饼的法门，老高则敬谢不敏，说烙油饼不过是细心加耐心，"一张油饼有两面，一面酥一面暄，很像人的一生呢。酥，就是要张扬适度;暄,就是要含蓄沉稳"。文章到此戛然而止，水到渠成，没有杨朔散文的"画龙点睛"，却留给读者蕴藉隽永的韵味。

《剔骨肉》则是通过对做剔骨肉的李婶的描写，反映了底层百姓的悲欢。李叔是光辉父亲的至交，李婶是李叔的续弦。当初，李叔的妻子病故，他带着两个不懂事的孩子，开始了既当爹又当娘的日子，原本就暴躁的脾气更暴躁了。过年真是过年关，李叔家清锅冷灶的。除夕夜，光辉的父亲和几个弟兄总是带些吃的，到李叔家陪他爷仨，直到大年初一五更前才回家。后来李叔的两个儿子长大成家，李婶也带着女儿走进了这个家庭。光辉写道："李婶太牙硬了，煮骨头卖剔骨肉，两手指甲缝让碎骨头刺得肿得像红萝卜。"家里有了女人，多了一分温暖，多了一分生活的奔头，一家人过着平凡却温馨的日子。一次李婶生病住院，光辉立刻驱车赶到医院。李叔的双眼布满血丝，但他依旧守在那儿，不忍离去。他来到重症监护室门口，隔着玻璃窗，看着躺在里面瘦弱得不成人样的李婶，不禁泪流满面。李叔说李婶命硬，是啊，李婶的命是够硬的——一个原本简单的手术因为缝合不当，在腹中遗留了一角纱布，致使她三四年间辗转于数家医院做了多次手术，瘦得皮包骨。李婶的命的确够硬的，她用她的勤劳，硬生生地托起了一个家。李婶的付出有盼头，她用被骨头刺肿的双手换来了全家的感恩，赢得了一个近五十岁的儿子那声发自肺腑的"妈妈"。文章最后，光辉无法遏制自己的一声叹息："生活，生活，人一生下来，剩下的就是活了，活仅仅是一种状态，有朴实的，有富贵的，有自然的，有扭捏的，有豪爽的，有猥琐的……大千世界，不一而足。"面对、接纳、自强不息，中华儿女不屈不挠的性格特点在此清晰可见。

《大酥锅》写了技校食堂善于做酥锅的梁姨。她干活儿干净麻利，酥锅做得可口，炸肉、炒肉片也做得拿手。儿子女儿成家后，梁姨辞掉工作开起了饭馆，而日进斗金的时候,却又放下生意专心看孙子。"梁姨很普通,但是识大体,这是难能可贵的。她赚钱多时不张扬,照顾家庭任劳任怨,她做人做事的准则和态度潜移默化地影响着她的子女甚至孙辈。"光辉在发出这样的感慨后笔锋一转,用孙辈的成长佐证了梁姨普通中的卓越:"家教是什么?就是家长的言传身教,就在一颦一笑一言一行之间。"作者没有说破的,是言传身教与酥锅之间的关联。做酥锅,最烦琐的就是前期准备,一旦材料入锅,剩下的就是漫长的等待。在孩子教育问题上,方向确定以后,信任、祝福和等待都是一种智慧。

艺术评论是光辉擅长的,我相信他在这方面有天赋。《论语·述而》称:"举一隅不以三隅反,则不复也。"《论语·公冶长》载子贡语:"赐也何敢望回?回也闻一以知十,赐也闻一以知二。"在音乐、书法、绘画诸多领域,光辉都算得上是一个"闻一知十"的人。在书法、绘画创作上,他敢动口,更敢动手。他与许多著名书法家、画家、音乐家亦师亦友,向多位书法家、画家行过弟子礼,绝不是一般的附庸风雅。

让我们先看他在《有好都能累此生——毕玉奇先生艺术面面观》中对玉奇先生音乐造诣的描述:"每次去他府上拜望,总能听到从屋里传来的琴声。板胡、椰胡的幽咽悲凉,二胡的低回惆怅,小提琴的缠绵悠扬。他会多种乐器的演奏,不是单纯爱好,而是专业水平。我曾在他的书房听过他演奏京剧曲牌《夜深沉》,那种刚劲斩截的潇洒让人为之一振,尤其是后半段急促的旋律,他左手在二胡弦上飞快滑动、按压的画面让我历久难忘。……据说他年轻时曾以高胡第一名的成绩被市里歌舞团录取，但因爷爷的阻拦而没能履职……椰胡的音色与埙和箫有相同特质，幽咽悲凉，如泣如诉。贾平凹在其《废都》里不厌其烦、千里伏线、神龙见首不见尾地刻画城墙上传来的埙声，将整个小说置于埙所能表达的凄冷氛围中，与'废'形成点与面的呼应。在玉奇先生的椰胡声中，我没有想到更多。听完了，我说，虽有急有缓，但似乎缺些高亢的东西。现在反复听后才真正意识到自己的无知和轻狂——那几首曲子是他丧母之后心绪的真实流露。暮雨潇潇，大雁徘徊，枯木摇曳，阴云惨淡，山谷清寂，诗人怆然……要什么高亢啊！难道真要把音乐家的心撕碎了不成？《秋谷高风》绝不只是对赵执信（字秋谷）身世浮萍的慨叹，亦非只是玉奇先生自况，而是对博山地区古圣今贤集体精神的写照。"

他谈论的艺术人物，还有谢天笑、王磊、赵锦峰、阿峰等，文章中同样彰显着其不凡的音乐素养，这不仅得益于《音乐为邻》中揭示的生活环境，亦得益于光辉之于音乐的天赋异禀。

光辉评介玉奇先生的书法，用的是一水的专业语言："他的书法是最为人称道的，他的学书之路很耐人寻味。我曾偶然透过一家装裱作坊的窗户看到一副对联，不禁驻足。这副四尺对开的七言对联，气象宏大森然有庙堂之气，得刘石庵神韵，一看落款，是玉奇先生写的。有次聊天，我就问起他是不是近来刻意学刘墉，他说，也怪了，我基本没学啊。这只能用神会来解释了。他遍临古帖，现在看来，他无论是楷书还是行草，北碑的影子很少，只有一些笔画在煞笔时，可见方笔的功力，而他曾经在翻检书箧时，找到了几十年前临写的北碑，用的是一尺见方的元书纸，一笔不苟，有北魏墓志的方刚劲挺，似乎也有些于右任的俏皮。真正促使他书法风格阶段性定型的是王羲之的《姨母帖》，其取法直追二王，下及唐楷，于颜褚用功甚深，尤其是褚，他在跟我谈到褚遂良的《雁塔圣教序》时，眼睛是放光的。他说自己在西安恩慈寺大雁塔下看到那块碑时，久久凝视，流连忘返，其书法线条瘦劲处多得于此，肥硕不妖则得于《姨母贴》。我临习褚《圣教》三年，虽然不得要领，但其中魅力还是能体会一二的。形取《姨母贴》，意参二王诸帖，兼及唐楷法度、宋元意趣，旁涉清代诸家，即其习书有成之脉络，至于无意于石庵而以石庵面目出之，则是意与古会了。颜真卿法乳二王而能自成面目，刘石庵胎息颜真卿而能自出机杼，在历代学颜者中是翘楚。大约路数正确了，风格就是才情和禀赋的事儿了。"

书中写书法家的随笔还有《山城旮旯里的文化人》《暂借荆山栖彩凤　聊将紫水活蛟龙》《忽忆赏心何处是　望海楼畔知鱼堂》等多篇，行文中清晰可见作者的辨识力甚至腕下功夫。《山城旮旯里的文化人》写了一位老人的字在省城受到盛赞。这位老人叫钱蕴声，是药材公司的退休职员，可谓山城文化人中的"大隐"。他的字早在近三十年前就被光辉"看中"，谓之"形神俱佳的何绍基体式"。后来光辉去参观一个书展，又见先生的对联，雍容华贵、气压群英，惊呼"先生之书，能及古人"。接下来，光辉从专业角度出发，评述了自己心目中的何绍基。"被曾国藩盛赞'字必传千古无疑'的何绍基，系历清代嘉庆、道光、咸丰、同治四朝的著名书法家。何氏四体皆攻，尤以隶书、行草书成就突出。何氏初宗颜、欧。欧是欧阳询、欧阳通父子，爷俩均以楷书名世。询为圭臬，被后世奉为楷模；通则不然，其字并非规矩森严，而是结体险峻多有隶势，横向开张，纵向紧凑，中宫紧收，相较其父，有'返祖'之相。当代已故书法大家魏启后先生主张临通不临询，盖询成楷则，难越雷池；通富变化，以变求变，路径自然开阔。如此，何氏架势多得通之险峭，筋脉神情则由颜出，颇得《祭侄文稿》乱头粗服妙理。其行草牵丝映带又得篆籀风神，变化万端，于放浪形骸之末复求待字闺中之娴，可谓欹中求正。"作者笔锋一转，由何绍基论及钱蕴声："钱先生则是先求待字闺中之娴雅，复加放浪形骸之快意，可谓正中求欹。这是冒险之举，也是参透何氏法门、胸有城府之举。《书谱》谓：'初学分布，但求平正。既知平正，务追险绝。既能险绝，复归平正。'孙过庭之论，几成学书章法之定律。由此可见，此可谓钱先生学何氏而自出机杼之窍奥，也可想见，钱先生晚年书风还会一变。事有凑巧，聚乐村王鹏先生欲开发鲁宴，携余复造访钱先生，求题字，我方有幸目睹先生提笔挥毫，果如孙过庭所言：'通会之际，人书俱老。'"读至此，我不禁心向往之，寓险绝于平正，那是怎样一种境界！

　　《暂借荆山栖彩凤　聊将紫水活蛟龙》写的是光辉与博山书法家协会原主席赵玉臣的相识及交往，兼及书法名家路长存、王颜山、蒋正和、吴建柱、赵增儒、胡立效、蒋则良、牛盛海诸位。光辉激赏赵玉臣在"由隶入篆"如蛟龙入海、风行水上之际，隶书也比过去宽博遒劲，且浓淡枯湿挥运自如。他还点评了路长存之四体皆攻，王颜山之端庄丰腴，胡立效之硬笔行走，赵增儒之得《曹全碑》之妙，蒋正和之杂糅百家，吴建柱之独得潘天寿旨趣……把一个小城书坛描摹得浮光跃金。

《忽忆赏心何处是 望海楼畔知鱼堂》写的是拳师兼书家张林业。张林业得精研米芾的书法大家魏启后先生指授，日有所得，艺事精进，其书法多以米字形神出之。借点评张林业书艺，光辉阐发了习字的两个要点："一是以险取势、摇曳多姿。纵观米芾大量传世作品，侧倾飞扬的体势、跌宕跳跃的风姿，在正侧、偃仰、向背、转折、顿挫中尽显飘逸豪迈的气势和淋漓痛快的风格，成就其古来弄险第一人。二是八面出锋、力道十足。米芾言众人勒字、排字、描字、画字，有他的理由。米芾的字不避侧锋、中侧并用而归于中锋；笔笔力道足，这种力道不是抓笔用力，而是线条所表现出来的力学上的依附关系。四体开张，收放有致，因险而活，因活而生姿。"仔细品味这两点，令人有种心旌摇曳之感。接着，光辉又从张林业的拳艺中窥见掤、捋、挤、按、采、挒、肘、靠及前进、后退、左顾、右盼、中定的"八法""五步"贯通一气，"俨如其书法左右逢源复险象环生，气韵通畅又履险如夷"。读到此处，我们随着光辉发表一通感慨是再正常不过的了："万物同理，林业先生之书法、太极拳相辅相成而又相得益彰，可叹复可羡啊！"

长久以来，中国书坛"丑书"横行，世人多有诟病，光辉借这篇文章直言不讳地阐述了自己的观点，不做"假道学"，也不惯着"小混混"："说到这里，不得不说玉奇先生于书法的艺术主张。他和我曾一度就书坛'流行书风'做过深入的批判评析。他是兼容并蓄的，我俩意见出奇一致，即所谓'传统风格'里混迹着一大批'假道学'，所谓'流行书风'里更多的是欺世盗名的'小混混'。'流行书风'是流行书风倡导者给自己扣的一个屎盆子，其实只是因为当下对'流行'二字赋予了更多的贬抑。冠以'流行'，至少有两种心态，一则无奈，一则凑趣，其实'流行书风'与'传统风格'之顶尖高手是无须区分的。所谓'流行书风''流行印风'，个中高手如王镛、石开、沃兴华、于明诠等，都是在极具传统功力和学养的基础上寻求变法的。那些东施效颦的'小混混'直接取法他们，扭捏作态自以为是，学到的恐怕都是他们要丢弃的东西。齐白石说的'学我者生，似我者死'，是讲学习他的研艺之路是行得通的，但若只模仿其形，肯定是死路一条。"这种实事求是的态度和力求专业的精神是我们这个时代特别需要的。

王羲之是东晋伟大的书法家，其书法代表作《兰亭序》是千百年来的一大"谜团"。对王羲之与《兰亭序》的好奇，我相信光辉亦有之。果然，围绕着这个扑朔迷离的课题，光辉一连写了数篇文章，分别是《尴尬的〈兰亭序〉》《也谈〈兰亭序〉的文章问题》《王羲之的官职及性格特点》《聊聊王羲之的生卒年》等。

光辉对《兰亭序》为王羲之原创的成说是持怀疑态度的："从它流传、被历朝历代重视、被称作'天下第一行书'、被奉为圭臬所带来的审美影响来看，它在中国书法审美史上所起的作用简直无法估量，但这种审美影响是进步的还是导致后退抑或停滞的，实在不是三言两语能说明白的……据学界各路专家论证及历史上的传闻、臆测，《兰亭序》的底本（如果有的话）在王羲之死后200多年才被李世民找到。据说当时王羲之在醉后写下《兰亭序》，酒醒后，自觉无与伦比，便又反复写了若干遍，最终觉得还是第一次写得最好，就让儿子王徽之秘藏，后秘传至七世孙智永云云，这完全是文学化地编故事，信口雌黄跟唐代何延之《兰亭记》如出一辙。别的不说，单是从审美角度看，一个人对自己的一幅作品，竟然一眼认定它能成为家传之宝，这也太离谱了吧！……笔者倾向于《兰亭序》是智永所为的观点。他并非造假，他没有向世人宣称这幅作品为王羲之所作。智永是王羲之七世孙，是王羲之第五子王徽之的六世嫡孙。他生卒年不详，大略生活在陈隋时代，与李世民同期或略早。这个和尚很勤奋，从流传下来的传为他书写的《千字文》看，完全可以断定其书法作品无论形质还是气息都颇近《兰亭序》。"围绕《兰亭序》的学术争论还在进行，《兰亭序》的"尴尬"仍将继续，在百家争鸣的书坛上，我们庆幸能够听到光辉理性而坚定的声音。

对于书法，光辉探究极深，而对于绘画，他更不是门外之人。他与画家李波有师生之谊，在文章中对李波画意的阐述格外通透，而且不忘在文章末尾来一波调侃，透出一分童真稚趣："画室中只有一幅油画，是山艺王力克教授为其造的像，咋看都有点像希特勒。呵呵，李波是谁？李波就是李波，不是希特勒。"读来令人忍俊不禁。文中又写道："而我偏爱的是先生对画面的最后收拾，几根草、几个苔点，画龙点睛，全盘皆活。我曾大不敬地和先生开玩笑说，最喜欢的是'几根烂草，一只呆鸟'，殊不知那几根看似随意的草，凝聚着画家一生的功力和审美情趣。"我以为这寥寥数语，堪称神来之笔。

光辉的《颜山漫记》一定会是一个标志性的存在，迄今为止，我还没有见到哪一位写作者有像他那样广泛的艺术涉猎、耿直率真的内在表达，其一以贯之的语言风格也是一种成熟的姿态，但如果像宏森先生提醒我的，再多注意一下文章的"文体感"，在叙事上再多加一点梳理与约束的话，其文章的表达力量还要更大、更强、更集中。这类问题在我的写作中是"常见病"，我常常就因得意于个别地方的描写、叙述、议论而不自觉地逗留盘桓，以至于耽搁了行文的节奏，使文章内容旁逸斜出，陡添挽救之苦。这一点，望与光辉共勉。

拉拉杂杂说了一通，序没写成，倒收获了一篇读后感，宣泄的是先睹为快的心情——真的为《颜山漫记》付梓而高兴！

赤子归来

2021 年 5 月 9 日，"磊落组合"厂矿子弟专场主题音乐会在淄博市工人文化宫影剧院举办，共演奏了《幸福之地》《不存在的回忆》《大地上的美好》等 16 支单曲。这是"磊落组合"在家乡博山举办的第一场也是最特殊的一场音乐会。

有朋友说，这场音乐会，一张票哪怕收 30 块 50 块，也能有一点进项。王磊不同意，说自己花上这笔钱，就是想让尽量多的长辈参与进来，与他们好好对对话，哪怕就这一次。一收钱，老人们就被挡在外面了。

我知道，这场对话的对象，既是王磊的父老乡亲，也是他早已过世的父亲……

王磊和王岩

二十世纪九十年代，博山电机厂家属大院中，有好几个青年人在弹琴，王磊的哥哥王岩是其中一个。王磊第一次听到吉他的动静，觉得非常好听，寻思自己能不能也买一把。这是王磊心里的冲动，然而吉他太贵了，一把红棉吉他或鹦鹉吉他，在当时怎么也得一二百块钱，所以王磊到处借人家的琴来弹。后来哥哥王岩问爸爸要钱，买了一把琴，算是哥俩正式与吉他结缘。王磊当时正在子弟学校读初二，长王磊一岁的哥哥读初三。

当时，博山会弹吉他的人少之又少，但还是被他们打听到了一个。这个人叫王禹，住在域城，是从部队复员回来的，曾在北京学过两年吉他，好像还开过一两期寒暑假培训班。王禹的母亲在白虎山摆摊卖炒货，王磊偶尔会去买她的瓜子。王磊便找上门去，跟他学琴。王禹这个人现已去世，当时他弹古典吉他。

一天，王岩的朋友从北京带回一盘磁带，那是崔健1987 年、1988 年在北京大学、北京交通大学、北京电影学院、中央美术学院等八大院校演唱的现场录音磁带。崔健当时在学生食堂里演出，这磁带是观众拿着"半头砖"录音机录的，还没有正式发行。带回博山时，这磁带只剩下一盘，大家像得了宝贝似的相互传着听，快听烂了就翻录一盘。当时王磊家里有台双卡录音机，他就把翻录的磁带反复放。他觉得这歌曲太好听了，就到处找类似的歌，但找不到。那时候风靡全国的是港台流行歌曲，如刘文正、齐秦、龙飘飘、赵传、童安格等人的歌，却找不着跟摇滚有关的崔健那样的声音。王磊便翻杂志，得知北京有这种乐队，除了崔健，还有"唐朝"和"黑豹"，心中暗暗欢喜。

王磊离家出走

炉痴

1992 年 3 月 3 日，王磊离家出走了。

王磊从电机厂电视中专刚毕业时还不到 19 岁，一毕业，他便进入待业实习状态，在东厂区烧锅炉。烧了一个月，他想：我还是得出去学琴。实际上，当时他已经被分配了工作。他被分在木工车间，但分配了一个月，他都没去上班。车间主任跟王磊的父亲是发小，直接找到家里说："老王，不行了，你那儿子一直没来上班你知道不？"父亲一听就急了——儿子天天出去，没去上班是去哪了？父亲问起，王磊说了实话：是没去上班，成天在外头玩儿、弹琴来着。父亲听了，拿起棍子就是一顿打。父亲是动力科钳工，有的是手劲，打得很重。

父亲打哥哥也厉害。在王磊的记忆里，父亲只对小孩学习要求很严，不为了学习，从不动手打、开口骂。这一次，是父亲一生中唯一一次不是为了学习的事打王磊，母亲咋劝也劝不住。

被打的第二天，王磊说："我要走了，我要去北京。"父亲说："好，你走，走了就别回来了，咱俩断绝父子关系。"王磊说："我必须走。"

没钱，咋走？王磊走的那天，他的三姨生病过世，父母去三姨家忙丧事，不在家，王磊便跑到姥姥家央求。姥姥说："这钱不能给，给了你这钱，我没法跟你爸妈交代。"王磊就说："不给我钱我也走，反正走了就再也不回来了。"三舅心软，见到了这份儿上，不给也没办法了，便悄悄给了他一千块钱。在 1992 年，一千块钱是笔巨款。三舅说："你带上钱走，要是不行就赶紧回来，别在外头作业（闯祸）。"王磊拿上钱，便去了北京。

实际上，在王磊出走之前，这一伙小孩在大院里唱歌就惹得大人们厌烦了。人们当时比较接受的是吹笛子、拉二胡，觉得弹吉他是不务正业的事儿。他们觉得这种小孩也怪，不好好上学，不好好上班，整天留长头发、戴耳环、穿喇叭裤、抱着个吉他，像啥？王磊他们基本上是被孤立的几个小孩，家家孩子都被忠告，要离他们远点。院儿里主要有俩"坏分子"，一个王磊，一个谢天笑，特招其他孩子的家长反感。王磊偏偏是个"孩子王"，孩子们都愿找他玩，他的小屋里天天一屋子人，一凑七八个，不是弹琴就是唱歌。实际上，他们还真不作业，无非就是淘气，唱唱歌，咋呼咋呼，不干坏事。

王磊在北京站喝了三天凉水

王磊去北京的第二天，身上的钱就掉了，一分钱的生活费都没有，特别寸。

离家之前，他在淄博市歌舞团待过几天，吹圆号的刘斌有个师兄吹萨克斯，叫李思光，当时他在公主坟当兵，王磊只能给他打电话求助。李思光说："那你就来我这儿吧！"去了部队后，王磊一住就是好几个月。

有一次，师长要来视察，大家开始整理内务，探亲家属都要清退回避，王磊只好离开。北京很大，但他除了李

137

思光之外，一个人也不认识，没有可去的地方。能去哪里呢？走投无路之际，王磊觉得去火车站应该能行，于是就去了北京站候车室。白天他在里头瞎逛，晚上铺上报纸睡地上，没钱买吃的，饿得眼冒金星就喝自来水。在北京站待了将近三天，王磊又返回了部队大院。

举目无亲是一种特殊的感受，对于年轻的王磊来说，不觉得是苦，只是觉得好玩。忽然脱离了家庭，年轻人能有选择地过自己的生活，带着那种新鲜感和刺激感，任何窘境都不再是问题。在家时，生活都是别人安排好的，出去之后，发现每天吃啥喝啥、干啥事情都得自己规划自己安排，就有种非常新奇的感觉，这是一直待在父母身边的人无法体会的。

父亲听说王磊不辞而别，大发雷霆，震怒过后，比以前沉默了许多。之后，父亲开始攒钱，后来花了好几千元，在家里安了一部电话。这部电话其实没有其他用途，唯一的用途，就是等待在某个时刻，能接到王磊打回家的一个长途电话……

王磊拜师张炬

不久之后，北京一所迷笛学校开班，在北三环双安商场二楼。王磊去了一看，唐朝、黑豹乐队都在这儿排练。当时，王磊很想跟唐朝乐队的贝斯手张炬学贝斯。张炬平时没有多余的时间，只教了一个学生，就是面孔乐队的贝斯手欧阳，所以没有答应王磊的请求。

王磊在去看他们排练的时候，认识了唐朝乐队的鼓手赵年，向他吐露了想跟张炬学琴的愿望，赵年便帮王磊引荐了一下，让王磊结识了张炬。王磊去找张炬的那个晚上，张炬正好不在家，王磊就坐在张炬家门口的楼梯上等。他从晚上 6 点一直等到夜里 11 点，张炬都没回来。往回走已经没了公交，只有黄面的，从东四到海淀很远，算算路费还真不舍得，那就再等等吧，说不定他过会儿就能回来。王磊忍不住靠在楼梯扶手上睡着了，再睁眼时，已是夜深人静，那就干脆睡到早晨再说。

早晨，张炬的妈妈推门出来，看到了睡在楼梯上的王磊，惊讶地问："哎？你咋来得这么早？炬炬回来了，在家睡觉呢！"张炬起来，问王磊："你是哪儿来的？"王磊说："我是山东来的，想跟你学琴。"张炬觉得他大老远跑来学琴也不容易，就说："我教琴也不收费，你每次来就弹我的琴。"两人就约好时间，王磊每个礼拜去张炬家一次。这样持续了不长时间，1995 年的一天，张炬结束了晚上的排练，骑着摩托车回家，在北三环被一辆拖挂车剐蹭，翻车倒在血泊中，再也没有起来，年仅 25 岁。

王磊参加的第一支乐队——苍蝇乐队

这前后，王磊慢慢接触了更多的人，朋友圈也慢慢扩大。1993 年 10 月，他加入了第一支乐队——苍蝇乐队。主唱是丰江舟，画画的，是浙江美院（今中国美术学院）毕业的学生。苍蝇乐队的这批人，后被视为国内享有盛名的前卫艺术家。

这时候，王磊的生活也有了着落，母亲每月给他寄二百块钱，他可以离开部队大院，在民族学院后面租一间平房，月租一百块左右。渐渐地，那里聚集了很多来自全国各地在京上学的学生。

王磊离家出走一年后第一次回家，父子相见，默然无语，但两颗心早已融在一起，比任何时候都联结得紧密。两人都不喝酒，一杯清茶，三言两语的恳谈，已是世上最珍贵的天伦之乐。

后来，王磊继续北上，又加入了红桃5乐队，主唱是高枫。他们在一块玩了有一两年，高枫个人创作的流行歌曲《大中国》就火了，于是他就从乐队出来独立发展，红桃5乐队也就不复存在了。

红桃5乐队排练的时候，汪峰去看，机缘巧合下，王磊加入了能够载入中国摇滚史册的鲍家街43号乐队，在那里发展了三年。2000年，汪峰开始个人发展，同年5月签约华纳唱片等公司，鲍家街43号乐队自此成为历史。

打口唱片，给予王磊丰富的音乐营养

再往后，王磊陆续做乐队、演出，慢慢有了点积蓄，还租过一间很小的门店，开唱片店卖CD。他从泉州、石狮等地进了很多唱片，有时候一次就能进两三万张，都是些打口磁带、扎眼唱片，或是欧美国家卖不出去的音像制品。王磊在那段时间听了大量唱片，听了一些以前很少听到的、很奇怪的音乐。听到好的，他就挑出来记下来，慢慢也就攒了很多唱片。当时中国流行音乐汲取营养，都是通过这些东西，很少有别的渠道。这种极具讽刺意味的现象充斥了二十世纪的八十年代和九十年代。

打口唱片带来的资源太丰富、太庞杂，从古典音乐、实验音乐、电子音乐到摇滚音乐，都有，也有偏艺术流行和艺术摇滚的。王磊比较系统地听了一遍，最后在自己的心中保留了二三十张唱片。通过对音乐资源的系统性梳理，他养成了一个习惯：喜欢一个乐队，就会把乐队里每一个人都找出来，再看他们分别在哪一年与哪一个乐队有合作，继而顺着往下找，在聆听的过程中，去发现他们发展的脉络。人和人以重合交集的形式出现，形成一个多链条合作的闭环，圈子虽然可能很小，只有几十个人左右，但他们碰撞出的作品却一定是自己喜欢的类型。王磊很喜欢这种欣赏音乐的方法，他从中汲取了丰厚的艺术滋养。

在前几支乐队都解散之后，王磊又为其他乐队弹琴、录音、演出，赚来的钱倒也能维持自己的生活，但在个人创作上进入了一段低迷时期。

王磊和乐乐在深圳相遇

2013 年，王磊与乐乐相遇了。

两人的相识颇具戏剧性。

那时王磊到深圳演出，乐乐正好去看演出，有记者在采访王磊时介绍乐乐与王磊认识。

乐乐出生于上海一个知识分子家庭，在深圳长大，她自幼接受严格的古典音乐教育，师从上海音乐学院教授胡天俦。在澳洲留学时，她也组建了一个乐队，自己任贝斯手。乐乐看王磊在台上演出，被他的表演所吸引，在后来的谈话中，他们聊到了特别喜欢却非常偏门的贝斯手米可·卡恩，也明确了两个人审美的共同方向。

俩人三观契合，便闪电般地确定了亲密关系。深圳的活动是个音乐季，为时一周。一周后，王磊回到北京，俩人保持频繁联系，几个月之后，乐乐便调动工作搬到了北京，与王磊一起生活了。到北京工作了两年后，乐乐开始专心与王磊一起做音乐，于是就有了"磊落组合"。

王磊乐乐，天作之合

王磊做音乐，借助的是较为传统的创作方式，对一些软件用得不好，乐乐便在学会后帮助王磊做一些前期的音乐创作工作。自三岁起，乐乐便开始学习古典钢琴，她在旋律和色彩上的把握度，与王磊在律动感上的天赋相得益彰。俩人的创作顺风顺水，效率特别高。

在创作唱片前，好像是受建筑设计的前序工作影响一样，俩人会将重心放在唱片的概念文本上，在概念和细则确立后才往前推进。俩人从来不是一拍脑门就能捕捉到一段好旋律，或者仅凭瞬间的灵感就能写出一支乐曲的。他们都是经过了反复讨论，在确定了具体方向、结束了前期的构思论证之后，才着手创作的。

做乐队和"磊落组合"进行的项目式创作差别最大的，就是做乐队需要整体创作后的妥协，而"磊落组合"的创作必须是独裁的，需要完整而全面地表达一个人的观点。

作为两口子，这样的音乐组合有个好处，那就是永远都不停工。几乎每天吃早饭时，他们都会"开晨会"，边吃边议，分享感受。有了小孩以后，他们把小孩送去幼儿园后，也会坐下来聊，抛出一些观点进行讨论。讨论的过程，就是对观点与感受进行梳理的过程，一来二去，双方很快就能达成共识，工作起来特别有效率，哪怕是把生活中很平常的东西拿出来，也能使之成为创作素材。两人都很享受这种状态和感觉。

乐乐虽然没有从事建筑行业，却始终用在建筑设计中学到的方法从事音乐工作。她把白板挂到墙上，将几个月的工作量全部写上，把相应的时间节点、推进进度和完成目标都一一标明，完成的擦掉，完不成的注明原因，这样能同步干好多事情，却不觉得累。规划目标、工期管理、倒推进度，这些工作习惯贯穿于俩人音乐创作的整个过程，可以说与建筑设计上的流程控制毫无二致。

这可能就是所谓的天作之合。

从大洋彼岸淘到一把水琴，只为了几个小小音符

在"磊落"的专辑《6600万年以前》中，有一首乐曲叫《一次对话》，是为一场古生物复原展写的。王磊当时就想采集一些与海洋有关的声音，比如海洋哺乳类动物的叫

声等。他了解到有一种乐器叫水琴，发明者是一个美国人，叫理查德·沃特斯，遂向理查德·沃特斯发出邮件，却获知他刚刚去世，于是又辗转找到了他的女儿。幸好他的女儿说，理查德·沃特斯在去世前把水琴的制作手法传给了另外一个人。

几个月之后，王磊终于拿到了这把定制的水琴。

这把琴的别名叫"鲸鱼召唤者（Whaler）"，在录音棚录制的那一晚，这神秘而空灵的声音，寂寥、幽怨，呜咽不绝恰似海洋深处孤寂的鲸鱼在哀鸣，让人不禁惶恐惊悚。对，就是这个声音！就是这个音色！花费七八千，耗费几个月，就是为了乐曲中这几个音符，但若没有这把琴，这首乐曲似乎就总像有一个缺口一般。这可能就是音乐人的执着吧！

父亲的《动力科》

《动力科》是新专辑《厂矿子弟》里的一首，以鼓和贝斯的密集律动模拟了动力科厂房里的声音，并以音乐的形式呈现出来。那个晚上，在工人文化宫，我听见了电焊机焊接金属的嗞嗞声，气焊设备切割金属的哧哧声，车床的刀头在工件的截面上盘旋的摩擦声，空压机、水泵的鸣响，甚至还有电流在电缆里流淌而过的声音。

这首乐曲极其"机械""冰冷"和"无意义"，没有提炼，没有升华，也没有典型化，就是一种现场的还原。但是，在几十年间以重工业文明显赫于世的博山，这种声音是多少产业工人内心中的喜悦和痛楚啊！

在这种声音的包围中，我感动得泪流满面。

王磊的父亲已于 2004 年罹患重病去世，王磊抱憾的是自己与父亲没有进行过一次推心置腹的谈话。那时总感觉时间很多，来日方长，但当自己尝到了生活的滋味，懂得了父母的用心，做好了与父母拥抱的准备时，父亲却撒手而去。在王磊的内心，这首《动力科》何尝不是自己对父亲的告白？所以现在，王磊哥俩虽身居外地，但还是帮母亲在手机上装了微信，而且每天都会有一个人在晚上给母亲打个视频电话拉拉家常。

内心强大的音乐人，是思想者，不是控诉者

西方摇滚乐的大爆炸肇始于经济大萧条时期，经济的低迷推动了嬉皮士运动、伍德斯托克音乐节等。所以二十世纪六七十年代，摇滚乐艺人大量涌现，是受特定社会背景影响的。其后几十年间，人们听到的音乐几乎都是那些年发展起来的音乐类型，像标杆一样，定下了延续到今天的基调。

王磊认为，若没有深厚的艺术积累和文化积淀，音乐创作最终只能沦为一种模仿。王磊思考着：我们能不能解放思想，当一个世界人，当一个地球人，把所有东西都包容进来，再将之与本民族的东西有机结合？中国的许多创作行业都面临同样一个问题，那就是很难摒弃自己过去的思维习惯。人们一直以来都试图在过去的信念坍塌之后，

再去做一个了断，其实这是很难做到的。在这种否定一切的惯性中，人们不自然地被"圈子风气"禁锢，其结果就是很少有人能站到一个合适的点上，去讨论所谓的批判性思维了。

看中国摇滚发展史，王磊认为崔健是一个相对比较智慧的人，他在那个年代之所以有那么强的号召力，是因为他强调了"我"的感受、"我"的需求，他看到的不再是老一代人所强调的"墙上的一块砖""机器上的一个零件"，他不再歌唱"我们"。当崔健唱出"我曾经问个不休，你何时跟我走"的时候，很多人就不接受了，他便被视作"洪水猛兽"。

摇滚乐，在中国是个专有名词。随着经济的复苏，西方摇滚乐已经成为一种消费音乐的符号，成为主流音乐的一种类型。在中国则恰恰相反，传播媒介和途径决定了摇滚乐在很大程度上只能是"地下"的，走不到"地上"，更上不了大舞台。而我们又不能否认，这种声音黏合度很高，其内涵中所能吸引你的东西，是别的东西难以替代的。

王磊认为，艺术家如果有话说，啥都挡不住。这一理念贯穿于王磊近十年的音乐创作。如果有确定的东西要表达，那么创作者一定能找到平衡点，可以去做大量实践，通过不同的媒介来满足自己表达的欲望。王磊的创作和反思，保持了摇滚对自我内在的关切、对自我感受的表达，至于表达什么、如何表达，他在选择媒介的过程中摒弃了叛逆与浮躁，尽量诚实地去再现生活、表现生活。

纵观王磊这十年的音乐创作，从严格意义上说，他已经远离了摇滚。从进入摇滚、醉心于摇滚，到反思摇滚、走出摇滚，再到进入流行音乐艺术领域，王磊与乐乐的结识是一个明显的节点。两人相识之前，王磊一直做乐队，在折中中进行创作与探讨，在向市场和听众的妥协中得以存活。与乐乐的结合，让王磊能在舒适区以外试图做些有意思的东西，多些探索和研究。

王磊的五张唱片，每张的音乐类型都不一样。他始终认为，试错也可以是一种快乐的源泉，这种快乐来自试错过程中特有的挑战性，若上手过于顺利，作品就会流于平滑浅显，创作的愉悦感也不会显现。"创作还是要有撕扯感才好玩。"王磊在谈话中笑着说。他个人认为，音乐人除了要在技能上精进以外，对自己的生活包括生活的时代，也应该有自己的思考，而不应该一味地挑剔和抱怨。

崔健在某次录像中，有句话说得很好，说有些人喊着要打破枷锁，但实际上是在利用这个枷锁，为自己谋得更多的利益。是啊，很多人打着"我要反抗""我要叛逆""我要摇滚"的旗号，实际上却是在投机，很多人不知道自己在反抗啥、诉求啥。王磊从来都是在"小我"上走着纯艺术的路线，他不是特别入世，也不是与社会联系特别紧密的那类人。他写自己的生活，让听众自己去思考时代的投射，宣泄自己敏感的情绪，不为叛逆而叛逆。

这样的价值观来自王磊的原生家庭，得益于他成长的电机厂家属大院。父母从小教育他，一定要诚实，不要说谎，要做个好人。道理看似简单，但当你真正有了一定的生活阅历并付诸实践的时候，才会发现要做到这些真的很难，必须一步一步、一点一滴地去做，才可能有所收获。小时候的家庭氛围和生活经历，对人一生的影响是很大的，虽潜移默化但坚不可摧。

王磊始终是一个是博山人，是博山电机厂子弟。王磊和乐乐写《厂矿子弟》时，对这个题材有深入的讨论。企业改制后，职工下岗，那里头有一代人甚至几代人的牺牲。一个工业城市整体性萎缩，到底是哪里出了问题？我们该如何面对这样的问题？这种讨论不是没有意义的。不与时俱进，是违背社会发展规律的。这种现象在音乐中的表现，更多的应该是倾听、感受、体验并呼唤新生。在觉察中，我们寻找和解、前进的力量，这就是博山、厂矿赋予王磊的精神能量。

从电机厂大院出来时已是深夜，我走在大辛庄和西冶街之间，忽然明白了一件事，那就是"磊落组合"的所有音乐作品，包括最纠结的情感表达，为何都具有歌唱性。

新鲁派内画问世记

一

清朝嘉庆年间，一个偶然的机会，琉璃鼻烟壶被人从内部勾上了图画，于是北京出现了中国最早的内画鼻烟壶。此后，艺人们开始有意在鼻烟壶里作画，内画鼻烟壶遂成为一种专门的鉴赏艺术。

一百年以后，鼻烟壶内画艺术由北京传入博山。

又一个百年过去了，内画艺术在博山繁荣兴盛起来，一时群星璀璨，李克昌、张广庆、文向君、孙即杰、张广忠、王继泉、吴建柱、陈东顺、王孝诚等多位内画艺术家彪炳艺林。1988 年，香港鼻烟壶研究会主席、鼻烟壶收藏家梁知行首次按地域将中国内画艺术划分为京派、鲁派、冀派、粤派四大流派。而在四大流派的基础上，又产生了秦、滇、晋、桂、苏等派，可谓异彩纷呈。其中，论产业化发展最可观的，当数冀派，而要说艺术创作最有实质性突破的，则非鲁派莫属。

二

契机出现在 1988 年。是年距王习三创建衡水地区特种工艺厂已有十年，通过产业化发展，内画登上大雅之堂并走出了国门，为三十年以后河北衡水形成从业人员三万人、年产值十亿元的龙头文化产业奠定了基础。而在博山，囿于体制和观念，聚集在美术琉璃厂的内画艺人却呈现出困顿之象，鲜有外出交流的机会，以致如今想在淄博找到300 位内画艺人都很难。

这一年，曾经第一个走出国门，把鲁派内画带到欧洲的张广庆，辞去了在博山美术琉璃厂的工作，移师淄川工艺美术研究所发展。他要在有生之年，为内画鼻烟壶创造更广阔的发展空间。

1992 年，张广庆内画艺术研究院成立。一个专门培养内画技术人才的应用型中等专科学校开始面向社会招生，实现了张广庆改造传统师徒制的设想，赋予全科艺术人才培养模式以时代内涵。学校除了设置鼻烟壶内画专业课程外，还设置了语文、英语、政治等通识课程。"古者，自天子达于庶人，必须师友以成其德业"（程颢《论十事札子》），品德和学业成为张广庆内画艺术研究院中并行的两驾马车。

张广庆内画艺术研究院先后招收了多届学生，这些学生毕业后大都走向社会发扬鲁派内画艺术，成立了自己的内画艺术工作室或内画艺术研究院，足迹遍布山东、云南、上海、广东等地，其中有李琰、孙卫东、李戈程、李俊锋、张晓丽、刘琳、刘军、张鹏、张路华、张雁、吕震、束鲲、刘冰、马金霞、张维刚、王峰、孙海燕、朱娟、宋靓、孙鸿雁、索相锋、王亮、高盼、刘佳、苗松松等，李琰、孙卫东、刘军、张鹏、张路华、张雁、刘冰、马金霞、张维刚、朱娟、孙鸿雁、索相锋、王亮等人还先后被评为中国内画艺术大师、山东省工艺美术大师、山东省内画艺术大师。其中，孙鸿雁成立了云南鸿雁内画艺术研究院，开创了"滇派内画"的艺术流派，成为云南艺术学院、云南民族大学、昆明理工大学客座教授。刘冰成立了威海内画艺术馆并任馆长，自 1995 年以来，多次在韩国、新加坡、日本等地进行内画技艺表演，形成了自己独特的内画风格。马金霞与刘冰一起创办了威海第一所内画艺术研究院并任院长。索相锋于 2006 年在山东滨州成立艺雅轩内画艺术工作室，开门授徒，学生数以千计。孙卫东于 2003 年成立淄川玉壶斋内画艺术工作室，作品《蒲松龄先生》获第九届、第十届中国工艺美术大师作品暨国际艺术精品博览会金奖。1999 年 9 月，他应邀参加中国国务院新闻办公室与联合国教科文组织共同举办的"99 巴黎·中国文化周"，现场表演，轰动巴黎。他的《聊斋志异》系列内画作品，获颁国家文物局"中华民族艺术珍品"证书。孙海燕于 2011 年在上海成立了尚品堂现代名家内画鼻烟壶精品馆，致力于中国传统内画鼻烟壶文化的研究和推广。李琰曾多次到南京、苏州、上海、杭州、广州等地进行内画艺术表演，举办讲座，为中国工艺美术学会鼻烟壶专业委员会常务理事。张鹏在博山成立了中国琉璃内画张艺术馆。李戈程、张维刚、朱娟也在淄川成立了自己的内画艺术工作室。

传统的师徒制一变成为科班制，更广阔的世界展现在了人们面前，最大的受益者竟然是张广庆的儿子张路华。

三

1978年，张路华出生于博山，自幼受父亲——鲁派内画大师张广庆熏陶学习绘画。他从初中开始研习国画，14岁进入内画艺术研究院学习内画。其间，他潜心临摹古今名画，流连于袁江、袁耀的楼阁山水以及刘继卣的人物、刘奎龄的走兽之间，下足了苦功夫，练就了童子功。他17岁时完成内画作品《阿房宫》，该作品于2000年获第二届中国工艺美术大师精品展金奖，张路华由此成为工艺美术界最年轻的金奖得主。他一直潜心于内画，临摹作品几乎达到了与原作一模一样的程度。对于这种在别人看来难得一见的成熟，张路华却突然觉得异样——一代大家如文徵明、张大千毕其一生的经验所得，被一个弱冠之年的后学洞悉了全部，临摹到乱真，这正常吗？此时，两条路摆在张路华面前：一条路是继续走下去，沿着这条铺满鲜花的路收获一片姹紫嫣红；一条路是放弃，从头再来，寻找并踏上一条荆棘遍布却通往大千世界的路。

张路华选择了后者。

四

2001 年，张路华游学的首站是南京艺术学院。

刘海粟曾是张广庆内画艺术研究院名誉院长，南艺又是从刘海粟当年创办的上海图画美术院（后改为上海美术专科学校）发展而来的，所以对张路华来说，南艺始终有一种亲近感。进入南艺以后，张路华跟随美术学院院长张友宪学习人物绘画。

从那一年起，世界向张路华敞开了一扇通向新天地的大门。

画面拘谨是张友宪对张路华绘画作品的第一印象，尽管张路华早已是德国麦劳皇宫"春之梦"艺术展金奖得主。

张路华在跟张友宪上课的时候，张院长说："你别画，我画，你看着。"在让张路华观摩自己作画的同时，张院长又让他临摹沈周的作品。作为"明四家"之一的沈周，历来被南艺的教师看重。更多时候，张友宪带着张路华大量写生，让他领悟为什么要写生、在面对自然的时候又该怎样写生。张友宪说："你以前画内画、搞工艺，长于精细的东西，以后别再重复那条路子了，你画些'粗沈'（沈周）吧。"之所以从"粗沈"着手进行转变，是因为中国画讲究笔墨的气韵，体现的是中国文人的气质。张路华开始用另一种心境去临摹，从新的角度去观摩老师的作画过程。张友宪画着画着，在一旁观摩的张路华不禁喊了出来："张老师，你画画跟唱歌一样，节奏感好强！"张友宪呵呵笑起来："路华，你开窍不慢啊！"张路华意识到，对于搞工艺的人来说，临摹就是硬套，人家石头那么大，咱就临摹那么大，同比例去临。张友宪的示范，向张路华展示出画面中的笔墨关系，张路华在他的画中感受到情绪的流淌、音乐的律动。张路华慢慢进入了中国画的境界。

此后，张路华从南京艺术学院一直走到中央美院、中国国家画院、中国人民大学，中途还曾到清华大学、浙江美院进修，他遍学名家，转益多师，直到现在都没有止步。他从哲学、美学、美术史学起，一直学到中国笔墨、中国气韵，还精研过王维的《山水诀》、郭熙的《林泉高致》与石涛的《画语录》，系统掌握了中国画的绘画理论和表达语言。

五

中国山水画发展史上有两座高峰，一是宋画，一是元画。宋人作画讲究用纯粹的客观手法和笔墨形式来再现自然山水，元好问的"寒波澹澹起，白鸟悠悠下"就是对文人画写实功能的诗意阐释。要客观地再现自然山水，必须重视写生，这就是宋人注重生活、注重规范和体系化的重要原因。像范宽、王诜，他们在表现生活的时候已经自觉秉承一种法则，其画诀、画意集于郭熙之《林泉高致》。丈山、尺树、寸马、分人，是宋人归纳出的山水画的构图规则。宋代画家的作品，大山里有房屋，房屋里有人物，画家把比例定好后，画出来的东西忠实于生活。他们用自己的笔墨来阐释大自然的景象，将自己的个性寓于自然之中，此所谓"无我之境"。

蒙古人入主中原,建立了元朝,大量汉族士人失去了"学而优则仕"的上升通道,遂把个人精力转向山水画,其画作一改院体画旧貌,客观写实退居次要位置,而主观情感成为山水画所要表现的首要元素。"山水以气韵为主,形模寓乎其中"(王世贞《艺苑卮言》),倪云林也说:"仆之所谓画者,不过逸笔草草,不求形似,聊以自娱耳","余之竹聊以为写胸中逸气耳,岂复较其似与非"。元画一反宋画的"无我之境",进入典型的"有我之境"。

黄公望画《富春山居图》时,虽然不像现代人一样拿着毛笔坐到那里写生,却是目识心记,在看了真实景物后仔细体会、用心揣摩。他在揣摩的时候能感受到山的气息,明确山的形象,表现的时候,借助自然风景,用自己的笔墨把自己胸中的意绪表达出来,从而高度强化了主观感受。

明画是对宋画和元画的继承,但更多取法于元画,表现的主观个性更鲜明,客观形象也比元画更简约。这个趋势一直延续到清初的"四僧""四王"。"四王"以临摹为主,很少走进自然。"四僧"则不同,石涛、八大、石溪、弘仁常游历山水之间。石涛的"一画论",提出"一画"乃世间万物形象和绘画形象结构的最基本的因素和最根本的法则:"此一画收尽鸿蒙之外,即亿万万笔墨,未有不始于此而终于此。""四僧"对自然的体会比"四王"要深,山水画成就很高。同样是画华山,"四僧"画的是符号化的华山、自己内心中的华山,与自然中真实的华山相去甚远,故其画风迥异于宋元画家。从此之后,很多人对文人画长久痴迷,欣赏其笔墨的情怀、内涵、思想。但在观赏这些画作的时候，你会发现，同样是三四米高的一幅中国画，却不像西方的油画一样压得住阵，只有文人笔墨的情趣而没有震撼力。于是，拉斐尔、米开朗琪罗、塞尚等人那种走进大自然、走进生活的写生之风再度兴起，罗明、李可染、傅抱石、宋文治等人身体力行，旨在改变中国画的画风。他们外出写生，创作了大量极具震撼力又富有笔墨情趣的国画作品，使传统的中国画真正成为殿堂级艺术。这些作品源于生活，摒弃主观臆想和虚构，是生活真实，更是艺术真实，这恰似齐白石所说的："我一生所画的东西都是真实存在的东西，小鸡、白菜、蝌蚪、山石、房屋，没看见的东西从来不画。"

六

有人采访中国美协前主席靳尚谊："你是油画大家，屋里挂的咋是'元四家'的作品？"他说："西画主要是写实，纯写实的作品有很多借助现代工具就能完成。但中国画不一样，中国画不以具象取胜，而是介乎似与不似之间，而写意精神代表学养，很有趣，也符合自然之道。"这时候的张路华，已经投身画理研究了。比如画泰山，画得再像，也与真实的泰山不一样——画家追求的是表现出泰山的内在精神。同样是画山水，为了找势找气、琢磨布局，画家会做很多笔墨情趣的变化。张路华说："你去看齐白石画的写意蜡烛，虽然不是具象的，却会让人觉得画得真像，因为其传递的是精神。真的拿过一支蜡烛来比比，又一点不像。齐白石画的蜡烛，体现的是自己的笔墨修养、自己的笔墨观，是改变了现实物象以后的主观形象。是故山水如画，却绝不能说画如山水，这是一种境界。西洋画讲究焦点透视，大幅油画从一个焦点生发出来；中国画讲究散点透视，点点都讲故事，气韵由此而生。一种情绪和思想的传递，既可以仰视山顶，也可以俯瞰平原，这是中国人于五千多年的美学历程中找到的绘画模式和终极表达，这种绘画模式和终极表达对绘画者提出了很高的要求。"

七

直抵中国画的文化本源和文化精神，是张路华苦心孤诣上下求索的目标。

人当有鸿鹄之志，有坚强的心、坚强的意志，如此，才有正确的方向，才有发力点。为啥大学里要学哲学，学美学？是为了让学生通过学习，了解一个历史时期中为什么会出现某种艺术形态，如唐诗、宋词、元曲、明清小说，只有这样，学生才能明白这个时代的中国画应该如何传承，如何变革，如何重塑生命力。

张路华对中国画的溯本追源，是为了反哺工艺美术，丰富和提振内画艺术，为一众内画家蹚出一条与中国精神相贯通的路子。在这个过程中，难免要对多年形成的固有模式和惯性思维做出改变。比如，从某种意义上说，有些写生不叫写生，为啥？一，传统笔墨问题没有解决，技法不完善；二，不会构图，没有弄明白传统结构（散点透视）问题。张路华对"走马观花"不断有新的经验和认识，那就是目识心记。有一年，他去贵州遵义四洞沟写生，一洞一瀑布，连续四个瀑布，上面的一个最大，一气四个梯级连环瀑。山很高，林很密，目力所及只有二三十米，没法写生。那天正好下大雨，从一洞、二洞、三洞到四洞，水哗哗往下冲，恰是目识心记的时候。走到三洞时，见林间有个小木屋，张路华就跑到里面画。外面的瀑布都被挡住了，啥都看不见，可是还得画全局。张路华便借助当下的感受，把自己之前看到的东西重新进行组合，落到纸上，虽不是每一处瀑布都按照真实的场景来画，可是还是得叫人看了就知道是哪处地方。完成这幅写生，前头得有多少铺垫？但古人就是这么画画的，即要做有心之人，观察、记取所有需要的元素。要把自然之物化为寥寥数笔，使所画之物较自然物象更凝练也更生动。这就是一种提炼，提炼之前需要做无数的准备，进行周密的铺陈，最后才有可能成功。所以中国人在作画前，会将山前山后之景物尽收眼底，再通过散点透视，把山水气韵表现得淋漓尽致。道家的阴阳学说认为你中有我我中有你，而联结着你我的是一种气。散点透视首先要呈现给人整体气韵，或雄壮，或典雅，或优美，或悲伤。有的画猛一看挺好，再一看不行；有的画猛一看一般，但越看越好，你会惊讶于它的笔墨、一层一层关系的处理，会觉得越看越耐看。这才是中国人崇尚的艺术——于平心静气中蕴含着文人哲理。黄宾虹画《黄山松林》，首先画出了厚重感，而后追求构图上的饱满。这是传统山水画的审美范式，画家捕捉到的是山的灵魂，而不是山的形体。所以张路华看黄宾虹，每每先是被其作品的整体气韵吸引，被其笔墨震撼，然后会感受到画家在透过作品指引自己，告诉自己先看哪里再看哪里。能产生这样美好感受的，就是欣赏。

　　明白人才有可能告诉你，一个画家天赋悟性要高，要懂构图及笔墨关系，感情与思想要理解得到位，不然画一幅山水，构图会出现问题，这里别扭那里难受。不懂构图，不懂笔墨关系，没有情趣及思想，就画不出一幅好的中国画，就不会形成自己的绘画风格，也就不可能在作品中体现出思想。常听人说："你画得挺好，就是缺点文化。"这也是强调一幅画需要传递文化。内行看门道，你的笔墨是从宋画出来的还是从元画出来的，出自哪个名家又是否经过自己的提炼形成自己的绘画语言，对行家来说可谓一目了然。不走进中国画，就不能诱发工艺美术的嬗变，推动工艺美术向更高的水平发展。

八

　　中国画形成的这条道路，其实也是内画艺术应该走的道路。

　　在中国内画短短一两百年的历史上，晚清的周乐元是第一位内画大家。他原是一个宫廷画师，在文学、书法、绘画上造诣颇深，其内画更是一个时代的高峰。到了近现代，李克昌、张广庆等人也很了不起，开创了鲁派内画。他们的画自成一派，气势磅礴，蔚为壮观，具备浓郁的地域色彩，这似乎注定了鲁派内画的发展方向。作为一种绘画门类，

在未来发展的逻辑走向上，内画应该怎么做？这是张路华
要探究的问题。

内画的技法、笔墨的处理，其实在纸上就已经完成了，
要解决的问题是如何把这个在纸上已经完成的思想植入瓶
子里。瓶子相当于构图，瓶身有长圆的，有扁圆，有方形的，
它就是一种构图。跟纸不一样，瓶壁是有弧度的，那就要
把这个弧度处理好，但要通过鼻烟壶的画面让人感受到作
者的思想，就不像处理瓶壁的弧度那么简单了。

我们这代年轻画家，应该继承什么？如果只是继承技
法，往下传递技法信息，这个继承就没有意义。张路华父
亲那一代，很多人是十分重视绘画的。一个人画得好，在
中国画上有成就，他的内画作品就是抢手货。如果只要有
传承人，有荣誉证书，又得了几个奖，就能成为艺术家，
那这与艺术的本质是相悖的，而这个行业也就失去了存在
的价值。

每当想到这里，张路华便如坐针毡。

希望别人说自己画得好，是每个年轻内画家的心理。
可是还是会有人说，这东西太小了，我看不见！这是对内
画作品的不认可。别人不认可，就说明这个行业没有出现
艺术高峰，没有出现中国画里黄宾虹、齐白石这样的人物。
由此可见，有着二百年历史的内画艺术尚未足够成熟，所
以从业者才要去中国画里找思路。内画鼻烟壶行业里要是
能出现一个黄宾虹，要是能做到画面放大了以后看起来比
中国画画得还好、蕴含的学问还深，才会有轰动效果。画
中国画的时候，张路华曾遇到这样的询问："你是中国美协

会员吗？"中国美协会员未必就画得好，但中国美协到底是个门槛。所以学了中国画后，张路华就铁了心要进中国美协——到了中国美协也认可你、尊敬你的时候，你的鼻烟壶就会得到他人的青睐。如果具备足够中国文化含量的内画鼻烟壶能够出现，那岂非内画之幸、行业之幸？

张路华在北京待到第十五个年头的时候，中国美协这一道门槛还是跨不过去。有人开导张路华："不能啥好事都是你的。鼻烟壶画得好、卖得好，一个小壶五六万、七八万，画出来就卖。老天爷还得给你啥？"从那天起，张路华不卖鼻烟壶了，他一年只画三五个，然后将它们束之高阁。真的是关闭一扇门就会打开一扇窗，放弃就是获得，2019年，张路华如愿成为中国美协会员。二十年的学艺之路，不可谓不艰辛，包括风餐露宿，包括撇家舍业。这二十年的磨砺，使张路华的内画理念发生了颠覆性的转变，他要画创作型鼻烟壶内画。内画必须一改两百年来亦步亦趋的所谓"创新"之路，以全新的形式表现全新的社会内容、时代内涵，我们不妨把这种内画叫作新鲁派内画。

在张路华的新鲁派内画作品中，我们已经可以看出他的画取法宋元诸家，兼有清人的痕迹，但是归根结底是他自己的东西，表现的是他的绘画理念和能力。技法要为客观世界服务，客观世界要体现主观思想。

九

新鲁派内画的问世在中国内画界引起了不小的震动，

最先做出响应的是在行业化、市场化发展上风生水起的冀派，其以两三年内就涌现出数位中国美协会员的状态，紧跟张路华之后，投入中国内画的深刻变革。

传统内画选择最多的题材是历史故事，而新鲁派内画的实践者，通过临摹、写生，将对自然的观察感受、时代的新意注入，利用笔墨表现到纸上，所关注的已经不再是老旧的题材、老旧的内容。这是一种创作，当绘画者觉得这件作品足够承载某种思想命题的时候，就将其移植到鼻烟壶里头，一件全新的内画鼻烟壶作品就诞生了。十年前，张路华画过一个一百单八将的鼻烟壶，这个题材是鲁派内画的经典题材。张路华创作这件作品的时候，国家正在倡导和谐社会，他就通过《水浒》中的一百零八个好汉来表现和谐社会，梁山泊不再是旌旗猎猎、刀枪剑戟，主角不再是宋江、鲁智深、武松、董平、林冲这些人物，画中表现的是一个宴饮嬉戏的场面。正面以游艺人物为主，突出萧让唱歌、吹笛，歌舞升平；背面是张青和李逵摔跤，李逵被张青摔倒在地，四仰八叉，胜出的张青及一众围观者张着嘴哈哈大笑。李逵的性格是打不过了会认输，不会暗地里使绊，他输了就拜张青为师，所以换成其他水浒英雄都不成。张路华就是通过这种对英雄个性的刻画来表现和谐。张路华还画过一个天然水晶材质的鼻烟壶，其底部有一个包裹体，看上去很脏，像极了片片乌云。那时正值"雾霾"这一概念在中国出现的时候，张路华就在乌云的上方画了四大金刚，四大天王护法图，借助佛教神话传说表现人们驱散雾霾、还我朗朗乾坤的美好愿望。绘制的时候，因鼻烟壶正面与背面的瓶壁均不透光，只有极少的侧光可以进入瓶内，张路华就依靠从侧面投射进的灯光和精准的笔触完成了画面。也许是因为他画得太投入、太辛苦、太虔诚，作品完成的第二天，北京的雾霾竟然奇迹般地消失了。这虽然只是一个巧合，但其作品表现的却是一种人文情怀，思想和形式的结合使画面趋于完美。一个画家不管用什么方式去发声、传递了什么信息，只要把技法、造型、表现能力全部展示出来，其作品就是艺术。

艺术上的成长，也促使张路华重新审视行业精神。

行业精神有丰富内涵，其中就包括牺牲精神和奉献精神。作为一个艺者，不是拿到一个金奖、评上一个"大师"就了不起了。那么在这里就要问了，是你成就了这个行业，还是这个行业成就了你？就说浙江美院与潘天寿，是潘天寿成就了浙美，还是浙美成就了潘天寿？而黄胄、吴冠中与中央美院，亦是互相成就的，这才是健康的艺术现象。

为了这个行业的发展，行业中人得去保护这个行业，如此，才会有更多的创作者、设计者、追随者出现，大家才能共同用自己的心血去开辟，去创造。鼻烟壶内画艺术如果不寻求突破，继续固守传统，就会越传承越后继乏人。三年前，作为鼻烟壶专业委员会主任，张路华在北京组织了一次全国性展览，邀请汪为胜教授演讲。演讲时，有内画家发言，坦承了一堆无奈和妥协："没有办法呀，我们先得吃饭！"汪为胜赶紧说："打住打住。"他从这句话的语气里敏锐地品出了不少内画家心里的牢骚。如果中国画家都有这种思想，早就没有中国画了。中国有那么多画院，有那么多学中国画的学生，有那么多画家在宋庄租地下室，卖房卖地，转学中国画，却从未考虑要卖画吃饭。很多人的画卖不出去，只有名家的画才能卖出去，为啥还有那么多人要画？坚持数年苦修，不辞蓬头垢面，最后在大展中获奖，脱颖而出，这是一个艰苦却必不可少的过程。张广庆当了十年的中国工艺美术协会鼻烟壶专业委员会会长，张路华亲眼见证了父亲的付出。他动辄拿出几十万资金，为鲁派内画第三代传人著书立说、举办展会，推动了鲁派内画以及中国内画的整体性发展——只有这种带动精神才能把人凝聚起来，没有一定的担当和牺牲精神是做不到的。

十一

鲁派内画的复兴必须仰仗自身的强大。内画行业，众人拾柴火焰高，大家应是添柴人而不是抽薪人。添柴人多了，就会有更多的观望者出手一起添柴。内画中人只有把火焰烧得足够高，把火焰烧得有水平、有质量，才能凝聚更多添柴者。大师高于常人之处在思想，凡·高说，他画画首先要感动自己，只有打动了自己，才能打动别人。你画的东西能打动人不？凡·高告诉我们，艺术家创作要从心出发，创作也是一种情感的迸发。因情感迸发而产出的东西，才能留存下来。所以艺术家千万不能满足于糊口挣钱，这是短视的。真正想做事，应该拿出五年十年的计划，致力于一个目标。做文化没有二三十年的工夫是做不出成果的，因为这需要知识、思想的积淀。内画发展要突破瓶颈还得看自身，要实力强大而不是幌子炫目。坚守很悲壮，磨砺也很艰辛。苦行僧之所以坚韧不拔，是因为内心有信念，外人看见的是苦楚，但他却是快乐的、坚定的，因为他有值得奉行的信念。黄宾虹说，他的画要等到五十年后才能为世人所知。艺术家就是要在艺术的长河里上溯、远行，甘于寂寞，要用五十年甚至更长的时间等候后来者跟上艺术鉴赏的脚步。

张路华的内画，不管是山水还是人物，只要画出来，买家都满意。他说，画水浒人物，不能用陈旧的小人书手法，一定要有独立的思想、独立的见解，只有画面传导出的都是你的信息，才能叫人永远记住你的造型、你的风格。张友宪老师画的山水，打眼一看，就知道是有传统渊源的，再仔细看看，却又笔笔新颖。这是一种画法。还有一种画法，表面看着很新颖，但仔细看时，会发现全部出自传统。这是两种模式，绘画者都是高手，他们对传统精神领会得很深。艺术不应是工艺，像临个《清明上河图》，分毫不差，但那只是一种复制，真正的艺术家去表现这些东西时，都要有思想，要先把思想性的东西明确下来，再通过构图、笔墨来具体表现。这个构图、笔墨，是通过学习、交流、感悟、反复尝试而吃透了的。工艺往往以工为主，追求外形的逼真，而博山内画第三代传人的了不起，就在于他们展现出鲁派内画淳厚朴实的气象，完成了他们所能完成的使命。

内画发展难在哪里？没有文人参与。

紫砂壶从宋元时起就有文人参与，在壶上绘画题字，到了明清时期，更是文人出草图让工匠制作。据考证，明清两代，参与紫砂陶艺创作的文人学者不下 90 人，这在中国工艺美术史上堪称壮观。"西泠八家"中的陈曼生，曾设计出 18 款紫砂壶新式样，并请一流陶艺师制作，有"曼生十八式"之谓。按他的看法，一把茶壶的制作需要壶手捏制、书画家创作，再请人刻画，最后进窑烧制，所以一把壶上可能镌有四个印章——壶手的、书画家的、雕刻家的和定制茶壶者的。这就让紫砂壶以书卷气取代了匠气，使紫砂艺人的社会地位几可与士人等同。鼻烟壶则大不相同，你叫张大千来画鼻烟壶，他会画吗？文人无法介入鼻烟壶，这一技艺只能靠行业中人一代一代艰难传承，学则进步，不学则如逆水行舟。张路华说："做鼻烟壶哪能总按老章程？人们观念都变了你还不变，那人家看你东西时咋看？人家不喜欢你的鼻烟壶，是因为你的作品没打动人家。如果你作品够好，人家只有激动，就会想拿走，会想先揣进口袋再说。"

任何艺术发展到一个节点，每前进一步都很困难，内画艺人继续角逐"大师"称谓，不啻一条路径，但追求的终归是个人荣誉，对行业的整体性发展来说远远不够。当一个行业发展受限时，不能只抱怨政府欠支持、无大企业支撑、青年人不愿学，而意识不到内在的根本问题。张路华创作型鼻烟壶内画出现以后，国内外收藏家看到了冀派的跟进，后来，冀派甚至形成了领先鲁派十年乃至二十年的发展趋势。

十二

张广庆非常乐见冀派的兴盛之势。

张广庆经常跟张路华说："鲁派像五棵大树，不能成林，但冀派则是一片森林，参天大树多得很，两派实力悬殊。只有先成林，才能出现参天大树。"张路华听出了父亲话里的深意。很多人看低冀派，其实冀派内画的水平挺高，有思想的人很多。河北内画界已经出了一个中国美协会员，明年说不定还会出两三个。能出一二十个中国美协会员，外加五六十个省级美协会员，那么其绘画水平绝对要带动一方。反观我们山东呢？技法有限是横在面前的障碍，这使内画艺人不敢尝试、不能尝试。为什么怕画脏？就是因为缺乏黑白灰概念。这里说的缺乏不是理论上的，而是实践层面的，说到底还是中国画的功夫不够。

张路华想到父亲有件作品叫《唐僧取经》，画的是唐僧去西天取经，三个徒弟以及白龙马都驾着云，唯有唐僧在地上走。一步一步走下来并取得真经，这是一个过程，是一个不能逾越的过程。人得靠自己实现自己的愿望，他人只能起辅助作用。一个人只有坚守信念、付诸行动，才有机会成就自己。评上一个"大师"不是里程碑，成就了自己又超越了自己、成就了一个行业又变革了这个行业才是里程碑。从事艺术，志向一定要大，志向小了走不出自己，更走不出这个行业。艺术领域也没有一个跟头十万八千里的捷径，只能靠一步一步的摸索行进达成理想。走过了，经历过了，才能悟道。总体上说，师徒授受是传统手工艺技术传承的唯一方式。有人讲，任何工艺性的东西，如鼻烟壶、刻瓷、景泰蓝等，无非是讲究抓形，把形抓好就成了。画也好，刻也好，只要一个干净，而所谓干净，就是不会第二遍第三遍地去附加。有人就说，画鼻烟壶的时候不能画得太黑了，画得太黑就脏；不能将前头的线条和后头的线条进行叠加，一叠加一重复就乱套。其实，有些人之所以会形成这种观念，是因为他们单纯追求形式，没有让思想介入，也没有在技法上提升。单一敷色，不能有冲撞，这都是思想上的禁锢。不能画，可以点不？像点苔，也能塑造，也会有立体感，不行的话，干了也可以擦，这不都是技法？首先要知道怎么画是对的、为啥这么画，没有这种认识，构图还找不到，纵横关系、黑白关系、疏密关系、实虚变化都不懂，技法肯定受限。没有尝试，就不可能有胆识，所以要画大幅的中国画，要不断地练习，之后再回过头来画鼻烟壶，就会觉得很容易了。尝试过了，知道效果是咋出来的之后，才能去大胆表现。没有见过，没有试过，咋能去表现？任何艺术都是探索出来的，没有一成不变的模式，更没有什么这不行那不行。

中国画，就是笔墨，就是规则，以散点透视助长你的气息、你的韵味，规则有了之后，再以情趣韵味包裹自己，形成自己独有的风格。别人画内画山水一天就能画完，张路华却能画上一个星期，笔墨在后头一层一层叠加。这种笔墨的表现的确很难，因为鼻烟壶的瓶壁和纸不一样，纸会通过纤维把墨吸进去，在一遍遍叠加时会变得越来越厚重，但在鼻烟壶上进行叠加的时候，水会把前头的墨染了，染了就显脏，所以这时就要看画家在瓶壁上创作中国画的功夫了。在纸上完成了对黑白灰的驾驭，有了相当的纸上功夫，在鼻烟壶上做处理的时候，就能轻车熟路地找到适宜的方式，就不怕画脏。中国画无非讲究聚散关系、阴阳关系、实虚关系，画脏就说明画家对实虚关系理解不到位、把控不娴熟，单纯的重复自然会让画越画越脏。想要表现，聚散关系需要思想的介入，一些地方用点墨点彩去叠加，一些地方不动，一些地方在渲染的时候需要放弃……只有借助实虚关系的变换，才能使画面有空间感，才能小里看乾坤，才能赋予画面整体内涵和冲击力。这些都做到了，画就会不朽。

张路华的《宫殿》《十八罗汉》，相当于其阶段性画艺理论的总结。近来，他的《乌镇》系列更是达到了前所未有的水平，所有的颜色都不是平涂的，而是点出来的，这组作品的创作得益于他二十年来对中国画的一往情深。《乌镇》系列来自写生，每一个画面都出奇静谧，留住了那个千年水乡给人的奇妙感觉。任何人站在这组作品前，都会不由自主地被画面中的生命气息打动。

中国画不受时空束缚，讲究多维空间，视像的空间转换特别方便，这些都是中国画的独特技法、独特表现。中国画的散点透视特别适合对空间与物象形体结构做分解与重构，将物体在多个空间、角度下的不同视像结合在同一形象之上。但不同的维度怎么完成构图？怎么把构图融入内画作品？这些仍是张路华日思夜想的问题。

十三

2017年3月22日，国家知识产权局授权了一项国家实用新型专利"炫彩琉璃内画瓶"，发明人为张路华、孙云浩。这项专利集鲁派内画和琉璃烧制技艺两项国家级非物质文化遗产项目于一体，是两人历时18个月研发出的新型内画载体。

在长期思考中国画情境的过程中，张路华在着色琉璃上幻化出中国画兼工带写的辉映之美，其作品熔任伯年与张大千的风格于一炉，可谓古老画技与现代材料的完美结合。时机出现在2014年，这年12月，鲁派内画与琉璃烧制技艺同时被评为国家级"非遗"，作为鲁派内画的传承人，张路华立即做出反应，将两项"非遗"进行融合。经过18个月的试制，他终于获得成功。炫彩琉璃内画瓶在琉璃坯体制作时保留部分着色，获得随意性极强的写意色块，而部分留白则为透明色，供内画画师根据瓶体乳浊部分的颜色、状态、走向来进行内画画面的创作。炫彩琉璃内画瓶不仅展现了琉璃纹样的自然之美，也展现了内画的无限创意，是炉膛中的火焰和艺术家的联袂之作，是中国琉璃之乡对世界琉璃艺术的又一杰出贡献。以往的内画都是在口小如豆的鼻烟壶中画的，而炫彩琉璃内画瓶则使内画画师可以在琉璃瓶中作画，虽依旧用加长毛笔从瓶口探入内部进行绘画，没有改变内画性质，却大大增加了内画的难度。炫彩琉璃内画瓶已经属于内画里的重器，高度从二十厘米到九十厘米不等，重量从四五斤到三四十斤各异，而一支四五十厘米长的毛笔在瓶里反向作画的难度，我们只需想象一下用同样长短的筷子精准地夹起一粒油炸花生米就能知道了。失之毫厘，谬以千里，勾线之难堪比登天，写字更甚，因为手会不自觉地打哆嗦。所以画到最艰难处，画家要拿起一块硬物，使劲拍打执笔的手，将其拍至麻木再画，痛苦到几乎要疯的程度。

为什么要做炫彩琉璃内画瓶？内画艺术研究院的核心就是研究，在继承前人技法的同时进行深入研究。收藏家看鼻烟壶是不是经典器型，就是看清朝老瓶型，以康熙、乾隆年间的为最好，道光以后，看规格，看壶口咋磨、瓶底咋磨、什么形状是最好看的，对于这些，鼻烟壶内画研究者得学习、吃透。为了过这一关，张路华在中央美院进修的时候就结交古玩界人士，向古玩商讨教，请人家讲透这些要点，然后大量搜集经典器物，买古玩级的鼻烟壶，补上了瓶型这一课。别人买一块小的天然水晶花四五百块钱，张路华得花一两千甚至更多。为了长见识，张路华从海外买了一百多个老壶，一个壶十几二十万，贵的甚至七八十万。张路华认为，只有用真金白银买来的壶，才能记得住，不是自己花钱买来的不会珍惜，不真正见识老东西，只听别人口说是不行的。普通用壶，人们多认"壶痴"王爱兰的天然水晶壶。同样是壶，人家的为啥卖得贵？因为人家磨得好，打眼一看像老壶，有乾隆年间壶的气派，这不就是传承？内画家再去画它，这一画，短板就出现了，鲁派内画形有余而意不足，缺少笔墨气韵，反而是琉璃在高温下可以把笔墨的神韵表现得淋漓尽致，于是就把这项任务让琉璃来做——在一千多摄氏度的火焰里套料、揉搓，一遍不行两遍，两遍不行三遍，最后在瓶壁上套出了泼墨或泼彩的效果，酷似流淌的琉璃之魂，极具抽象之美。在这些泼墨、泼彩之外，留出或大或小的空间来，供内画家施展。

因为还要画内画，张路华便拿着齐白石的画和炫彩琉璃内画瓶与大家开会研讨："大家看着这个瓶子。写意就是瓶壁上流淌的东西，草虫就是齐白石画中的精细点，咱画的东西，要把它们结合起来，构成一件完美的艺术品。大家下笔之前得先有想法，不是画树也行画云也行，而是必须把自己的思想表达出来。流淌的琉璃色块与笔墨、画面要般配和谐、相映成趣。"琉璃炫彩有专门的讲究，不用西方的七彩，而用中国的五行之色。中国先民对颜色有自己独特的认知，认为宇宙万物由金、木、水、火、土五种基本元素构成。五行无所不在，相生相克，循环往复，生生不息。每种元素不仅对应着天地之间的物质，还对应着人体的肺、肝、肾、心、脾等脏器以及白、青、黑、赤、黄五种正色。青、赤、白、黑、黄构成了传统的五色，继而相互搭配，演变出更多的色彩。

一个时代得有一个时代的特色，得有新东西出现。鲁派内画已有一百年的历史，博山则是琉璃之乡，艺人们得从这里找材料。用彩色琉璃、乳浊琉璃搭配水晶琉璃制作大型内画瓶，成为张路华的创新突破点。突破点找到后，就在大器型上做文章。现在，他们的炫彩琉璃内画瓶已经能做到快一米高了，彩色琉璃和水晶琉璃内应力不一已不是难题，新鲁派内画正在开拓新的天地。

这是继博山内画宗师毕荣九发明涮膛内画鼻烟壶、博山内画老艺人薛京万发明内画毛笔、著名内画艺术家张广庆改师徒制为科班制之后，第四代鲁派内画传人对内画艺术的又一巨大贡献，这个贡献将为中国内画插上翱翔于世界的翅膀。

博山梨园百年记忆

　　若有百年记忆，幸有百岁老者。为了对许翰英的传奇事迹进行深度发掘，由冯佐明先生引荐，我有幸拜望了94岁的赵增金老先生。这位当年博山洗凡中学赵蔚芝的学生、刘聿鑫的学长，干了一辈子博山陶瓷厂会计的赵老先生，竟然是位铁杆戏迷，除了不彩唱不下海，能拉各种胡琴、哼各种板眼、念各种道白，但最让人叫绝的还是看戏、听戏。举凡来过博山的大小角儿，老人家无一遗漏，如数家珍，其对博山梨园故事的记忆，堪称一部博山百年戏剧史。

一

　　赵增金祖居南关街，父亲开一小铺，这种小铺，一条胡同里能有好几家，卖火柴、纸包烟之类，给老百姓逾急（救急）。那时候大家买火柴不是买一封，而是只买一盒，小铺的收入刚够一家人维持生活。赵增金好看戏，攒点零钱就都用来看戏了，年下老人给两个压岁钱也是用来看戏，这一看就是八九十年。

　　赵增金看戏有条件，文化宫、人民剧场都在他家附近。小时候，他一下私塾就钻戏院。他在华安戏院迷上了看戏，那时才五六岁，但至今都记得其中有个女角，也就十七八岁，扮猴子，叫蒋云霞，后来在《中国京剧》上露了一次面。李万春唱武生，猴戏也唱得很好，有自己的一套动作。江南江北的武生不一样，北京说南方叫外江派，表演动作幅度大，真刀真枪，而北京演员唱戏用的刀和枪是木头的。北京到上海去唱的就李万春、李少春，唱《铁公记》，脱了衣裳光着上身，姐夫舅子，都是武生。赵增金小时候看的武生就是用真刀真枪，铁的。

　　1953 年，赵增金去博山陶瓷厂工作，星期天值班就带胡琴去。山头河南村有很多人在拉琴唱戏，一条胡同里就有好几伙，你拉一会儿我拉一会儿，你唱一出我唱一出，算不上票友，就是唱着玩。赵增金那时候也唱，啥都唱，比如《武家坡》，薛平贵也唱王宝钏也唱。拉琴起码得懂谱，西皮二黄板眼得会，只不过有个孬好问题。简谱底下的唱词都有戏考，戏本子带出场带白口，看着谱子就会唱这出戏。三五个人，一唱就是一晚上。1958 年大炼钢铁，人们的生活规律被打乱了，赵增金想，唱戏毕竟是玩物丧志，就像戒烟一样把唱戏戒了，只是听戏，好角儿的戏一场也不落下。

二

　　戏曲发源于原始祭祀仪式上的歌舞，后逐渐发展成独立的艺术形式，所谓"一桌两椅，唱念做打；三五步走遍天下，六七人千军万马"。因为高度抽象，所以高度概括；因为高度概括，所以高度凝练；因为高度凝练，所以高度形象。于是，戏曲成为一种集抽象与形象于一体的艺术门类。

博山是宋元以来中国北方的手工业重镇，戏曲文化则是其城镇文化的重要组成部分。一百年前的博山，就有一所民间自发创建的戏曲学校——"子弟班"，班主是一位叫李三全（音）的老先生。他坐地为师，教家乡子弟学习京戏，每隔四五年向社会输送一批学成的弟子，连续输送了好多年。李三全教出的这些弟子散落在四乡各处，每逢庙会就唱戏，没有庙会时依旧唱野台子戏，这既是他们的一种生活方式，也播撒下一粒粒戏曲文化的种子。

赵增金小时候，光听老人们讲李三全是唱青衣的，一年一年打了若干茬戏，却一直没与他见着面。日伪时期，赵增金终于见到了这个人物，那时他已七十多岁，不能教戏了，便从外头回来住到侄子家，他侄子恰是赵增金家斜对门的邻居。赵增金在胡同里来回走，看见个老人在门外墙根晒太阳，心想是哪里来的这么个小干巴老头。父亲说，那是赫赫有名的李三全李班主，以前没回过一次家，现在老了病了，没有子女，就回来跟着他侄子。可没待半年，李老先生就没了。

子弟班各个地方都有，区别于京城的科班如荣春社、鸣春社等，其教学手法不免野蛮，体罚是家常便饭，因而教戏也叫打戏。除了打，还有个办法——晚上睡觉，地上铺一领席子，泼上水，湿漉漉的，学徒们睡在席子上，手丫巴（手指缝）、脚丫巴（脚趾缝）就长疥疮，夜里痒得睡不着觉，只好起来背戏文。

三

过去，除了庙会上有唱戏的，博山没有专门的戏院，武衙门戏院是第一个。

留存大拆迁以前记忆的人晓得，大街中段西侧有个卖炭的院子，叫炭店，就是早先的武衙门，因为是明朝时地方治安机构的驻地，故名。武衙门戏院建于民国七年（1918），也就维持了三四年，赵增金记事的时候，里头已经空了，但老人们还是叫它武衙门戏院。武衙门戏院有50余位股东，委托瓜子房的徐登俊和李昌龙等人掌管。戏园坐北朝南，砖砌四壁，草棚顶，中间为座席。戏院东、南两侧砌一米二高的平台，以木板间隔，叫包厢，每一面有七八个包厢。戏院西边是站席。徐登俊是大街刘家胡同人，擅雅玩，劳工们称之为"青客"。这一称呼亦褒亦贬，意思是不下力气、挓挲着手专拿青咬乖（蝈蝈）的人。这是玩家，玩小了叫"青客"，玩大了就是王世襄。博山从古至今没少出这类雅客。赵增金和徐登俊的儿子徐宝梓共过事，徐登俊、徐宝梓父子都好京戏，后来还参加了经建业余京剧团，这是后话。

四

博山第二个戏院叫华安戏院，赵增金也去过。华安戏院建于 1932 年以前，选址在孙家园。赵增金六七岁的时候，跟着大人去华安戏院看戏。华安戏院维持到七七事变前夕，后被咏仙楼取代。

五

咏仙楼，全称是博山进德会咏仙楼剧场。进德会是民国时期曾任山东省主席的韩复榘于 1932 年主持成立的道德团体，山东各地都有建立。博山进德会坐落在洪教寺，旨在监督人们戒除恶习，健全人格，有浪木、单双杠等运动器材和文艺设施。咏仙楼于 1935 年由政府投资组建，一楼为连椅，二楼为包厢，可容纳观众 800 余位。庆祝咏仙楼落成的时候，京剧演员王素芳来此演出，以后陆续来演出的名角儿有旦角张艳青、老生安书元、花旦王芸芳、武生邢玉昆、青衣黄桂秋、女武生盖春来等。

武生刘俊文一家数口常年在咏仙楼演出，相当于班底，演的大多是武戏，口碑不错。樊斌卿父女也常在这里演出，记忆中有《萧何月下追韩信》《徐策跑城》《骆马湖》等剧目。

"四小名旦"中的毛世来也曾带着名丑郭元祥来咏仙楼演出，上演剧目《铁弓缘》《十三妹》等，轰动一时。

1948 年 3 月，博山彻底解放，咏仙楼被收归人民政府，改名为解放大戏院，来此演出的名角儿有程砚秋、毛世来等。

解放大戏院后又改为博山电影院。

六

二十世纪四十年代初，博山还有个新华大戏院，草棚子，有点小上盖，一下雨就拉倒，但孝妇河只要别发水，来两个角儿还是可以唱两天的。新华大戏院是"河滩王"李玉藻办的，白天唱白天看，没有灯戏，只消来百八十人就唱。新华大戏院在福门桥以下，位于下河滩。上河滩也有个草棚戏园，离咏仙楼不远，杜金花就在那里演出过。

李玉藻是"河滩王"之一。过去博山河滩都有滩主，叫"河滩王"，都拿着政府出让河滩地块的文书——这一块是你的，从哪儿到哪儿；那一块是他的，从哪儿到哪儿。"河滩王"有好几个，有的"河滩王"行事好点，有的差点，都敛钱。李玉藻的地面就在老鱼市街外头，现在新华书店的位置，他的新华大戏院就开在那里。那个位置原来叫葱市。河滩这一块，有葱市、鸡市、猪市、花椒皮市、香市，斜对面有箔材市……若干市，不管谁占了"河滩王"的地都得交地钱。新华大戏院先后来的主要演员有女老生徐韵生、老生杨景奎、麒派老生小麟童等，其中包括许翰英。

赵增金之所以知道许翰英，就是因为他曾在新华大戏院唱过戏。那时候，赵增金十四五岁，还在上私学，已经很爱看戏并能看出门道了。他对剧目没什么印象，只记得二十来岁的许翰英唱的是花旦、青衣，唱了半年多就不见了，但他留下的名声很大，博山人打那时起就记住了他。

七

日伪时期，博山城区有一个业余京剧剧团，名为国剧研究社，负责人是青衣朱济川，天津人，日伪时期博山县长曲化儒的两桥（连襟）。主要人员有马派老生黄金印，谭派老生孙和斋，青衣李玉藻、崔龙章，彩旦石玉恩，花脸只知道姓刘，琴师贾子孚、刘宗文、李保华、张季陶（据说贾子孚的一杆胡琴值五十袋洋面钱），鼓师郎子和——人员行当皆齐全。贾子孚会的戏多，啥也能拉。国剧研究社的排演地点是城里文庙，在县前街西首，净排大戏，主要剧目有《法门寺》《借东风》《三堂会审》《宇宙锋》《六月雪》等，丰富了当时人们贫乏的文化生活。

八

日军投降以前，许翰英第二次来博山并在咏仙楼演出。他演出的剧目是《女起解》《玉堂春》等，配角白云生，大近视眼，后来成为昆曲大家。这回的戏，赵增金都记住了。赵增金认为，自他看戏以来，许翰英带来的小生数白云生最好。白云生太好了，当时四十多岁，在戏里头笑了几次，次次不同。赵增金一气看了两晚上，觉得许翰英没卖力气。博山人看戏看卖不卖力气——那时候没有荀派的戏，日伪时期不兴《红娘》，没有唱《红娘》的，来了那么些角儿没一个唱的。

九

  赵增金见过好几回"闹园子",最厉害的一回是在日本投降前一两年。就在上河滩那个草棚戏园。梅派第三代传人李胜素的启蒙老师、京剧旦角齐兰秋,打炮戏唱《十三妹》,赵增金去看,戏园里没多少人,哪里都能坐,他便坐在靠前的座位上。正演着,冷不丁进来一个人,瘸子,带着护兵,一瘸一拐地走到前排,那里坐着罗麻子、伪警备队韩副大队长和几个女人。他一进去来,戏就停了,全场没了动静。瘸子走到那些人跟前,质问道:"是你不是价(语气助词,类似啊、呢)? 是你不是价?"赵增金就听见了这么两句,接着枪就响了,叭的一枪,园子炸了。赵增金往边上一趴,扒开草棚的秫秸就往外爬。继而又响一枪,韩副大队长离着台子近,跳过台子从后台跑了。后台朝南,齐兰秋等也从后台躲了。外头有个卖粥的,炸了窝的人群把人家的粥缸撞倒,粥洒得到处都是。到了第二天才获知,那个瘸子是博山伪警备队队长伊来浩。当时,警备队小兵和警察所小兵打了仗,各告各状,有的告到韩副大队长韩玉坡这里,有的告到观音堂派出一所所长那里。警察所的人不是武装人员,不如警备队硬实,认为韩副大队长有偏有向,让自己吃了亏,于是所长又告到警备队队长那里,警备队队长这才大白天找到戏园,放了两枪。人家齐兰秋是头一天唱戏,一看没法唱,就走了。戏迷说,齐兰秋成了烂气球、倒霉蛋。赵增金还记得那会儿《十三妹》才唱到能仁寺，还不到一半。

十

抗战胜利以后，北京的付世兰来到博山，在咏仙楼唱老生。付世兰是北京富连成社世字辈弟子，与袁世海同辈。北京的戏校数富连成社最好，前后共有八辈——喜、连、富、盛、世、元、韵、庆，由于庆字辈开学时正碰上北平解放，所以富连成社只成就了前头七辈。很多年以后，世字辈的刘世勋对他的学生、淄博市京剧团梅派旦角崔岐说，北京富连成社的大门口有副对联，写的是："我辈既务嗣业，必当专心用功。"那里教出的角儿和地方班子教出的不一样。梅兰芳、马连良都是从那学校出来的，唱好了又回去教过。解放战争时期，博山战乱"拉锯"，山头窑业工人都爱听戏，山头庄蒋守正、王延义的"咏雪同乐会"把付世兰请了去，请他在山头庄街西头打戏，也就是教戏。付世兰住在街西头吃在街西头，戏里头的生、旦、净、末、丑他都会。他毕竟是科班出身，两三年里教了《失空斩》《孔雀东南飞》《大保国》《荒山泪》《宇宙锋》等全套大戏。同时，山头矾沟街还有一个戏班子，绰号"曲黑子"的曲吉胜在那里教戏。他们都是成年累月地教，文的武的都教，是正经的业余剧团，不是几个人的自娱自乐。曲吉胜唱武生，也能打生旦，是李三全教出来的，当年一口气就能翻三十个跟头，但在矾沟街教戏时已四五十岁了，不能唱也蹦不动了。

十一

第五个戏院是 1948 年建的民众大戏院，戏院建在王家店后门，靠河滩，也是草棚子，有点小院墙，四面秫秸，糊点泥，上头披上草。前后来这儿唱戏的角儿也不少，旦角有李玲云、张美玲、王宝珠；武生长靠短打有王鸣仲、张鸣宇，是李万春创办的鸣春社的高才生，演过武戏《金钱豹》《铁公鸡》等，水平很高。

十二

第六个戏院是胜利戏院，1949 年由傅梓林先生创办。傅梓林的外孙女张丽听母亲讲，当年外公和外婆在博山大街做土产生意，买卖不错。外公喜欢喝酒结交朋友，家里就像饭店似的来来往往人不断，故而就动议创办了胜利戏院。1976 年，傅梓林先生因病去世。

戏院建在新建二路路南，就是老印刷厂外头、今天的清梅居西头，一直开到 1953 年人民剧场建成。陆续来这里演出的有黄少华、孔婉华、滕步云、梁一鸣、徐东明、徐东来，还有李万春带队的内蒙古京剧团以及李蔷华、李薇华。平时，淄博市京剧团、五音剧团也来演出。

荀慧生于 1952 年来到博山，也在胜利戏院公演过。那时候有灯戏了，晚上也唱。当时来的还有名角朱斌仙，常演剧目是《红娘》《红楼二尤》《丝萝带》《钗头凤》等荀派代表作品，特别是《丹青引》，其中有四句唱腔配合绘制水墨画，一气呵成，令人叫绝。那时的荀慧生虽已五十多岁，但身手不凡，唱腔尤为娇俏甜润，清亮如珠玉落盘。

抗美援朝战争打响，付世兰教出的戏派上了用场。剧团里全部人马都是山头人，他们在胜利戏院义演，支援前线，红票坐票一块，绿票站票五毛，一般的戏坐票顶多卖到五毛。单位上派，票价比平时翻了一番。这次义演，为抗美援朝募得旧人民币五百万元。赵增金父亲开小铺，几天能派一张票，也算支持了抗美援朝。赵增金看的是《法门寺》《龙凤呈祥》，记得那个旦角姓袁，是运输站的工人，演孙玉娇、宋巧姣；还记得钱声贤，大他三四岁，演小丑贾桂，演得很好。《法门寺》讲公子傅朋在孙家庄偶遇孙玉姣，两人互生爱恋，后因歹人诬陷，傅朋卷入一桩人命奇案，蒙冤入狱。侠女宋巧姣趁刘瑾陪同皇太后至法门寺进香时，冒死告状。刘瑾命人复查，真相大白，在法门寺内结案。作品成功塑造了贾桂这个奴才形象——当刘瑾让贾桂坐下时，贾桂说："我站惯了。"

钱声贤扮演的贾桂被山东省实验剧团团长周亚川看到了，就问这个小丑是谁教的。大家都说是付世兰，周亚川说："怪不得！就是跟别人不一样。"周亚川是看到了钱氏贾桂表演的艺术性——在佛堂上念大段诉状，快而不乱，彰显白口功底，奴才的卑琐、机灵与滑稽纤毫毕现。《临江驿》也是一出大戏，《孔雀东南飞》也是。付世兰从山头走了以后，在周村病故，据说是因为喝酒后吃了柿子犯了冲。蒋守正、王延义、蒋俊行他们跑到周村帮助料理后事。

说到钱声贤演贾桂，还有一个插曲，这是赵增金从钱声贤先生之子钱景华那里听说的。景华说："父亲当时在山头街西头住，出门不远就是戏台，他和他的票友时常去那儿唱戏，在山头小有名气。时间长了，这事传到了爷爷耳朵里，爷爷大发脾气。因为爷爷叫钱家贵，所以说啥也不让父亲演贾桂了。父亲演出兴致正浓，没听，爷爷甚至对父亲大打出手。后来父亲拗不过爷爷，虽恋恋不舍，但不再唱贾桂了。据说1960年梅兰芳来博山唱戏并请山头的票友同台演出，演完后，戏班相中了父亲，想带父亲去北京随班唱戏。父亲当时上有父母，下有四五个未成家的儿女，全家靠他一人挣钱养活。再三权衡，他还是放弃了这个难得的机会。"景华说："父亲嗓子很好，唱起来字正腔圆。他还唱其他的剧目，包括《捉放曹》《失空斩》。到他70岁时家里有了摄像机，我们才有机会给父亲录下了一段，那也是他唯一一段录像。我现在还经常放一放录像，听听父亲洪亮的声音。家中至今还保存着唯一一张父亲穿着戏服的全身照，好漂亮，好精神。"

赵增金老人说："我去博陶工作以后，经常见着钱家贵。他在厂里为大伙烧水。跟钱声贤也熟，他退休前在博陶白瓷库工作。我说怎么以后再也见不着钱声贤唱戏了，原来是有原因的。"

十三

1951年左右，许翰英第三次来到博山，这回轰动大了。博山人早就知道许翰英的名声，等着看他，况且许翰英此时已经成了"后四小名旦"之一。胜利戏院路口扎了松门，人们从山上采来柏枝，扎上彩花，贴上大金字——横着写的是许翰英，上首是沈金波（后来在现代京剧《智取威虎山》中扮演少剑波），下首是于金奎，用的是一样大小的字；第二层写的是小生姜振发，还有其他班底。

赵增金都是看"打炮戏"。头一天是沈金波的《定军山》，谭派老武生的戏。沈金波那时也不过二十多岁，正当年。《红楼二尤》是许翰英的，压大轴。很多人都想看他的《红娘》，但《红娘》就是不演，啥原因？据说是小生姜振发结婚没来，班底没有好小生，配不上。《红娘》没法唱，许翰英就只好等着姜振发来了再唱了。

十四

许翰英一连唱了《丹青引》《玉堂春》《钗头凤》等戏，唱了五六天姜振发也没来。博山戏迷要是炸了锅，可咋治？

这一天，戏院又贴出海报，《红娘》由沈金波唱张生。这一弄了不得了——小生应该用小嗓唱，沈金波用大嗓唱，这事还真少有。可人家沈金波长得好，做得也好，这一下，观众挤满园子了！沈金波大嗓白口，表情生动，让博山戏迷大开眼界。十来天之后，姜振发总算来了。观众更是如痴如狂了。后墙上靠走道的地方有男女茅房，上头露天，买不上票的观众便不顾一切地跳上茅房，男茅房女茅房都跳；园子里净是人，挤得密不透风，逼得姜振发连唱了三四天。

十五

许翰英的代表作除了《红娘》，还有《钗头凤》《杜十娘》《红楼二尤》《绣襦记》《大劈棺》《霍小玉》《金玉奴》《香兰拜》等。《丹青引》中有一折子戏，演员要当场绘画，许翰英每次来博山都唱《丹青引》，每次画的都不重样。再一个就是《蝴蝶梦》，讲的是庄子梦蝶，也叫《大劈棺》，这出戏有揶揄圣贤之嫌，但那时还没被禁演，在胜利戏院唱了好几天。

《大劈棺》咋还唱红了？胜利戏院班底有个演小丑的叫赵安业，不知是哪里人。他的文丑很好，只是忘了他的老师是贾多才还是艾世菊了。不像其他班底一样住后台，他和妻子两口子单独在南关街赁房住，经常路过赵增金父亲的小铺，便进去买个火柴、卷烟啥的。《大劈棺》里，赵安业扮男童，他穿上纸糊衣裳，光头，脸上全是白油彩，画得锃明瓦亮。他很瘦小，其他演员把他从后台扛出（童男不能走道，得扛出来），安在那里，就不能随便动，一站就是十几二十分钟。赵安业演得好，许翰英唱得好，两人产生了互补效应。《大劈棺》里的童男叫"二百五"，戏迷给赵安业起绰号叫"标准二百五"。许翰英和赵安业一连唱了好几天，博山人都来看"标准二百五"，场场爆满。老博山人都知道，赵安业在别的戏里演小丑不出名，就演这个角色最出名，以后再有别人扮童男"二百五"，都不如他。

十六

1950 年 6 月，程砚秋率秋声旅行剧团来到博山，住在鱼市街卫生池旅馆，并在解放大戏院（原进德会咏仙楼）演出。海报一贴五天，五天排的剧目依次是《王宝钏》《春闺梦》《窦娥冤》《荒山泪》《锁麟囊》。

第一天的《王宝钏》，赵增金看了。《王宝钏》也叫《红鬃烈马》或《武家坡》，是为了树程派的头牌！配角是二牌老生于世文，演薛平贵。如果是马连良演薛平贵，这出戏就得叫《红鬃烈马》而不能叫《王宝钏》了——这里头有讲究，而且《王宝钏》与《红鬃烈马》在折子剧目上也各有侧重。

程砚秋的五场戏，赵增金是挑着看的。咋挑？挑博山有人唱的、自己熟悉的看。他先挑了第一天的《王宝钏》，买的站票，一张票六毛钱。买票，开门以前就得挤，抢上啥是啥，卖净了拉倒。听戏时位置不对号，谁先占下是谁的。地方上的名人，如山头的刘宗文、陶镇富商刘澍沣家的大少爷，都是戏迷又有钱，买上票就蹲在园子里，待一整天，吃点心，喝茶，下棋，一直熬到晚上看戏。

赵增金又挑了第三天的《窦娥冤》，买的坐票，一张票一块二。《窦娥冤》早先叫《六月雪》，也是程派头牌。第二天的《春闺梦》、第四天的《荒山泪》、第五天的《锁麟囊》，博山人没有唱的，赵增金也就没打算看。

当时临近端午节，赵增金家在后地（今电业局处）种着庄稼，他父亲说："地里麦子快熟了，你去过睬过睬（看

188

着点），别叫小孩给作践了。"下午，赵增金就去打个逛。刚去了不多时，来了俩朋友，约他去看程砚秋的《锁麟囊》。赵增金说前头已经看了两出，《锁麟囊》又不会唱，就不去了。但他最终还是经不住劝，便跟着朋友下了河滩，去了解放大戏院。这样，程砚秋演了五场，赵增金看了三场。

十七

在头一天的《王宝钏》里，赵增金见了演薛平贵的于世文、演西凉代战公主的李丹林。代战公主不一定是程派，谁都能唱，既能荀派也能尚派，各人唱各人的腔。李丹林却是程派，扮相也好，最后一折《大登殿》，有一个花腔叫"十三嗨"，程砚秋、李丹林师徒俩一起唱，观众纷纷叫好。

《王宝钏》开头出了个故事。

人们只知道"梅程尚荀张"，知道程砚秋程老板，但没有见过他的面，程砚秋的舞台形象便是人们想象的他本人的样子。王宝钏出场前，有一个导板，听声不见人，台下一片叫好。这时角儿出来，应该再有个碰头彩，才算正常。结果程砚秋一出来，观众竟然没叫好。为啥？因为他的形象颠覆了大家的想象：程砚秋咋是个高大壮实的人？观众席上倏地闷住了，一小阵没有动静。程砚秋开口唱，人们稍一愣，接着就鼓起了掌，哗哗哗一片。程砚秋一米八几，当时 46 岁，发福了，比不了二三十岁的时候。王宝钏挖菜，提着个小篮子，唱完了以后，薛平贵调戏她，她换过手来，抓起一把沙土一扬，转身就走。这一走，观众叫好了。程砚秋走得和别人不一样，别人走是僵硬绷直的，程老板走是袅袅娜娜的，能显出身段的灵动，把一个不好惹又风情万种的王宝钏表现得活灵活现。没想到这么魁梧的程砚秋竟能演得这么柔美，妥妥的姣花照水、弱柳扶风。

十八

咏仙楼过去也有班底，就是武生刘俊文他们。没有角儿来时他们就自己唱，《三岔口》《周瑜归天》之类的都能唱。请了角儿来，刘俊文就弄二牌，程砚秋第五天唱大轴戏《锁麟囊》时，刘俊文就唱的二牌。

那天的压轴戏（倒数第二出戏）是程砚秋侄女婿、武生钟鸣岐和刘俊文唱的《三岔口》。钟鸣岐演任堂惠，刘俊文演刘利华，俩人铆上了。刘俊文打上了瘾，本应打三个回合，但二人打了六七个回合还不散伙。钟鸣岐不到三十岁，刘俊文还要年轻一点，再加上短打是刘俊文的强项，钟鸣岐则擅长长靠，所以这么多回合下来，钟鸣岐赘得出了一身大汗，观众则喝彩如潮，过足了戏瘾。

程砚秋没带彩旦来，班底的彩旦也不行，演《窦娥冤》时没人唱解婆，于是有人推荐了石龙子石毓恩先生。石毓恩是石蛤蟆的本家兄弟，大赵增金十来岁，票友，老生老旦丑角都能唱，戏院要是没了合适的配角他就上。这天晚上，解婆一出场，赵增金就替石龙子捏着一把汗，心想：你可别给人家演砸了。解婆与窦娥在狱中有段对话，石龙子对得很溜，严丝合缝滴水不漏，这下子抬高了石龙子的身价。

据说到了后台，程老板给了石龙子五块钱，相当于旧人民币五万。

听了程砚秋的戏，赵增金不禁感叹：到底是大师，唱腔悠扬婉转、韵味十足、似断实续，真可谓"余音绕梁，三日不绝"！

十九

与解放大戏院、胜利戏院同时的，还有博光戏院、庆胜戏院。庆胜戏院的创办者是一位周姓先生，他常年在庆胜戏院那儿点一个电石灯，卖糖果瓜子。博光戏院就在后来的工商联礼堂，老建筑还在，开始也简陋，但好在有四堵墙，不像河滩上的戏院用的是秫秸。博光戏院创建人毕玉勤、樊斌卿是夫妻，毕玉勤为前台经理，樊斌卿是后台老板。

据"米珠刘"的后人刘升琴透露，坤生樊斌卿艺名小王虎臣，博山人，麒派创始人周信芳的弟子，艺术造诣很高，后从淄博市京剧团退休。樊斌卿的前夫是日本籍，原在淄博矿务局当医生，据老军工、离休干部张佩玖回忆，他在解放战争时期，曾为我军兵工厂提供过制造炸药的技术资料。樊斌卿与其育有两女，受母亲熏陶，这两个女孩成年后，曾分别给郭盛亭配戏，在《锁麟囊》中饰薛湘灵之子"大器"和卢夫人之子"麟儿"。

毕玉勤与前妻没有感情，离婚后，单独住在博光戏院对面的账房里，渐渐喜欢上了常在博光戏院演戏的名角儿樊斌卿，一来二去，有情人终成眷属。1956 年公私合营，博光戏院成了工商联礼堂，毕玉勤被安排到淄川剧场任经理，樊斌卿则去了淄博市京剧团工作。

毕玉勤、樊斌卿是行家里手，他们从外地邀请来的都是好角儿，如老生周啸天、武生尚长春、青衣尚长麟，后两位是北京荣春社坐科尚小云的公子，演过对手戏《武松与潘金莲》《翠屏山》，配合默契。北京人艺曾来博光戏院上演话剧《雷雨》《白蛇传》，上座率很高。曾与王玉蓉灌过唱片《四郎探母》的名角儿，也曾来博光戏院演出。庆胜戏院的建成略晚于博光戏院，是谁建的不详，开始也很简陋，也是草棚子，改造后才有模有样，这里曾经是淄博五音剧团的排练场，五音戏《红楼梦》就是在这里排的。来这里唱戏的没有名角儿，梆子、评剧、吕剧啥也唱，一直持续到二十世纪六十年代。

二十

1953 年，由老生周亚川任团长的山东省实验剧团（后为省京剧团）来胜利戏院演出，王影侠演的青衣。全团百余人，阵容空前，其中一天演《铁公鸡》，剧中八对人物依次出场对打，让观众大饱眼福。鉴于在博山演出业绩可观，山东省实验京剧团以 3000 元买下了胜利剧院。1953 年 3 月，经市政府批准，将胜利剧院院址与市酱菜合作加工厂的空闲坟地——乔家林相互更换，同年由省文化局投资建成淄博人民剧场，当年竣工当年营业。为了买卖戏院这事，张丽的外公傅梓林要周亚川必须安排当时给自己戏院记账的一个叫刘书泉的人进省京剧团，这个人已于二十世纪九十年代去世。1953 年 9 月 17 日，省实验剧团为淄博人民剧场做开幕演出，演出持续了一个多月，盛况空前，上演的剧目有《包公辞朝》《梨花》《龙凤呈祥》等二十多个。

淄博市工人文化宫也是 1953 年开建的，却拖到 1955 年大年初一才开戏。为啥这么晚？是因为文化宫剧场打地基的时候遇上了地质障碍，地槽内全部是面古扎石（卵石），支棱着。南关村原先有个地洞，里头还挺宽敞，能盛下百十个人。日本人一来，老人小孩都钻洞避祸，国民党飞机来了也钻。可能是地震啥的造成了塌陷，十分难处理，文化宫剧场地槽又正好建在上头，一弄开就没法捣鼓了，所以费了很多工夫。盖得慢的原因还有一个，就是仔细——用的是上好的耐火砖，可保百年不坏。

二十一

1954 年 8 月，尚小云来博山人民剧场演出，同来的还有小生尚富霞、老生方英培、花旦田荣芬等，演出尚派剧目《乾坤福寿镜》《汉明妃》《播鼓战金山》《峨眉酒家》等，赵增金看了《汉明妃》《双阳公主》两出。尚小云住在报恩寺小学中的一个二层楼上。一日，赵增金从南关上大街，走到报恩寺，往小楼上一看，见尚小云正在小楼楼台上喝水。荀慧生来过两回，在胜利戏院演出时带的还是他自己的私人剧团，以后又来人民剧场，赵增金看了一天。

　　1960 年 11 月，梅兰芳到博山人民剧场演出，池子里的票两块，偏座的票一块八、一块六。梅兰芳在博山演了五天戏，演了《霸王别姬》《贵妃醉酒》《奇双会》等，都是梅派代表作，票很难买，能买着就不孬，博山戏迷多，似好似不好的也得看看。当时设了三个售票点，大街吕家宅那个小屋是其中一个，赵增金就是在吕家宅排队买的票。博陶四五千人，戏迷成堆，一天发 5 张票，五天发了 25 张，根本分不着。

　　梅兰芳的戏，赵增金只看了《贵妃醉酒》一出，而 1950 年程砚秋的那次演出他却记得清清楚楚，这里头还是有偏爱因素的。

二十二

　　1956 年 1 月，市工商联成立经建业余京剧团筹委会，11 月举行剧团成立大会。肖池、刘子珍先后任团长，刘绪宏等任副团长，生、旦、净、丑、文武场样样不缺，职员一度发展到七八十人。剧团排练场就是博光戏院，也就是后来的工商联礼堂。

　　刘绪宏与我父亲是同事，都是五金交电职工。我认识刘绪宏先生的时候，他正沉迷于养菊花，早已不再唱戏。他算得上是资本家，而我父亲是小业主，"文化大革命"时，他们都挨过斗，蹲过"学习班"，每每见了面嘿嘿一声，露出个惺惺相惜的苦笑。五金交电原经理、戏迷孔繁文先生说，刘绪宏是花脸，唱、念、做俱优，应该属于金少山的金派，是典型的铜锤花脸，声如洪钟，能把梁上尘土震得簌簌下落。他与袁世海同在上海学过戏，有师兄师弟之谊。他唱得最好的戏是《黑风帕》。赵增金先生熟识的徐登俊、徐宝梓父子，一个武场，一个看箱。经建业余京剧团聘请过毛菊荪、郭盛亭、樊斌卿来团教戏，十年间深入全市城乡演出达 2000 余场，演出传统剧目有《群英会》《借东风》《龙凤呈祥》《失空斩》《秦香莲》《打渔杀家》《汾河湾》《钓金龟》《打皇城》等四十五种。

二十三

"文革"结束后，赵安业随天津京剧院来到博山人民剧场，也挂牌。他那时早已是名角儿，但名字改了，成了赵春亮了。赵增金去看戏，一见赵春亮，吃了一惊：这不是赵安业吗？赵增金是和一个同事去看戏的，说煞了戏就去后台找赵安业说说话。到了后台，赵春亮还没卸妆，赵增金就问他："你是原来的赵安业不？"他说："是啊！""你还记着在南关住过吗？我也在南关住，那时候就经常看你的戏。"如此叙了几句。

1980 年 7 月，国家京剧院一团的袁世海、冯志孝、杨春霞等来到博山人民剧场演出，阵容庞大，行当齐全，一票难求，表演的剧目有《借东风》《龙凤呈祥》《九江口》等。其间，袁世海曾在博陶彩烤车间为工人演唱。之后，李维康、耿其昌、李慧芳、李崇善、李世济、赵燕侠、关肃霜、宋长荣、孙毓敏、李光、康万生、孟广禄，都先后带团来人民剧场演出。

二十世纪九十年代，天津京剧院的康万生、天津青年京剧团当家花脸孟广禄来博山演出，赵增金都看过。孟广禄嗓子比康万生高，康万生的韵好听，他俩是师兄弟，都是裘派弟子。后来康万生又来博山，听了孙辉唱花脸，见胡琴调多高就能唱多高，便说："这就磕头吧，这个徒弟我收了。"

二十四

赵增金见的角儿多，人家来博山，唱一星期他得看两三天，一直看到现在还有点迷劲。前几年他还去张店，于魁智、李胜素、张火丁的戏都看了。今年94岁的赵增金先生一生不知道看了多少出戏、见过多少名角儿，看多了，孬的就不想看了。赵增金坦承自己喜欢程派，他评价道："除了程砚秋，程砚秋的徒弟如王吟秋、赵荣琛、李芸秋、李蔷华、新艳秋、李世济等，多了去了，但四代程派传人中没人能比肩张火丁。"张火丁属于程派第三代传人，是赵荣琛的关门弟子。她台上戏好，台下做人也好。她的戏在北京一唱，台湾、香港的戏迷都坐飞机来看。她现在进中国戏曲学院当教授了。2004年，张火丁来张店演出，三十几岁，正当年，赵增金去看了。国家京剧院设立了张火丁工作室，应各地邀请去演出，一整年都排满了。"突然就去当了教授，正好，也叫她歇歇。不然一年到头光叫她唱，太辛苦了。"赵增金说。

二十五

如今，红火了半个多世纪的人民剧场完成了它的艺术使命，改头换面，以另一种身份出现在博山市民面前。这叫人不禁感喟，事物就是这么螺旋式上升的，多少年一个轮回，但再回来时，新桃早不是旧符了。看上去，博山梨园的百年薪火似已微弱，殊不知这股热流早已潜回民间，在无数个街头巷尾涌动着呢！其中一个，就是山头庄那个"戏迷之家票友京剧团"。

二十六

山头庄是陶瓷古镇，古窑成片，戏迷成堆，这么说不过分。新中国成立后，博山陶瓷厂的业余京剧团不断发展壮大。

现在，博陶业已不复存在。1992年，由贾元芳领衔，以贾氏家族为主体，由三十几位演职人员组成的"戏迷之家票友京剧团"走上了大大小小的城乡舞台。

在赵增金老人家中，我见到了贾氏"戏迷之家票友京剧团"的第三代、程派青衣演员贾萍。

贾萍的爷爷贾久安最早在山头大众社，后来山头大众社与义胜社合并，成为义众社，之后先进社又合进来，成为博山耐火材料合作工厂，后叫国营山头陶瓷厂。1959年，该厂割去了四车间，由包括贾久安在内的不到二百个人组建了淄博美术陶瓷厂，厂里有碗屋、盆屋，有外场（烧窑）。

197

贾久安就喜欢听戏、看戏，但不唱。贾萍的父亲贾元芳，十四五岁参加工作时就迷上了京剧。女儿贾萍形容今年85岁的父亲：为了京剧可以"不顾一切"，到这还唱。贾元芳十几岁时去大众社找父亲，赵增金先生第一回见他，就说："听说你会唱戏？唱一段咱听听。"贾元芳就唱了一段。

贾元芳唱花脸，他弟兄四个也都唱戏。二弟贾元茂唱老生，二弟的女儿贾士英唱张派。三弟贾元华从小喜欢翻跟头，先在淄博市京剧团，继而在临朐京剧团，演高派文武老生。当时黑山煤矿文艺宣传队排演现代京剧《红灯记》，找不到老生，贾士芳知道后，跑了一趟又一趟，把三弟调回黑山煤矿，让他在《红灯记》中扮演李玉和。贾元华晚年患了重病，还在床上练倒立。四弟贾元成，唱花脸。妹妹们也唱，大妹贾元珍、二妹贾元凤都是梅派，小妹贾元琴爱听戏。贾萍学的是程派青衣，她姊妹三个，姐姐贾文霞唱老生、老旦、青衣。由刘宗吉先生任编剧的梅派《孟姜女》演了十来场，都由贾萍主演。《除三害》《赤桑镇》《四郎探母》《陈三两爬堂》《钓金龟》《起解会审》《文昭关》《三娘教子》《武家坡》等，都是"戏迷之家票友京剧团"的保留剧目。"戏迷之家票友京剧团"参加过山东电视台"好戏连台"栏目，贾家去了四位。梅派青衣李玉芙、天津京剧院院长王平现场点评，他们得了第一名。贾萍曾经考上了山东省戏曲学校，政审、体检都顺利通过了，但终因"学校没有程派教师"之故而与科班教育失之交臂，实际上她是被别人顶了。值得庆幸的是，贾氏家族的第四代中，也开始有人喜欢京剧了。

北方陶瓷彩绘的"博山派"

拙作《"你说他是谁……"》，借助张明文先生的回忆，钩沉了老艺人李左泉的故事。在那个特定的年代，在当时北方唯一一个细瓷生产专业厂家——淄博瓷厂，还有好大一个由博山人组成的艺人团体。团体成员怀揣多种才艺，陶瓷琉璃两栖，画风兼工带写，作品意在笔先、取舍有度、韵味隽永、文人气十足，具有鲜明的艺术特征，故可被称为北方陶瓷彩绘中的"博山派"。他们从博山来到淄博瓷厂，从事陶瓷绘画，在山水彩绘上承担主要任务。

1959年是新中国成立十周年，国家决定在北京建设人民大会堂、中国历史博物馆、中国革命博物馆、全国农业展览馆、北京火车站、钓鱼台国宾馆、华侨大厦、民族文化宫、北京工人体育场等十大建筑。人民大会堂内有各省、自治区、直辖市的地方厅，厅内陈设及会议接待用品由各省、自治区、直辖市自行配置。各地都选择最好的产品陈设，以求突出特色、展示水平。山东省政府将山东厅中的日用瓷、陈设瓷，以及北京火车站、全国农业展览馆、北京工人体育馆所用的红地砖和日用瓷器的生产任务交给了淄博瓷厂。任务重大，省委书记舒同多次过问，副省长高启云等省市领导组织力量、选定壶盘杯碟图案造型。他们在聚集了一批彩绘艺人的基础上，又从博山调来绘画、书法老艺人加盟，"博山派"阵容遂强大起来，其中有昃如川、孙心如、孙雪村、梁文焕、姜庸夫、李庆章、纪荣福、张子翔、钱景春、钱家英、毕茂远、毕恒元、毕成彦、高良琦、盛庆隆、王绪久，等等。除此之外，彩绘艺人还有高湘、孙兆英，济南画家刘起也为推动瓷厂人物彩绘艺术发展做出过贡献。

经过努力，供应人民大会堂等北京十大建设工程所用的瓷器如期运往北京。1959 年 9 月，人民大会堂顺利落成。

2020 年 4 月 9 日，天下小雨，张明文先生正在赶制他的《水浒一百单八将》系列。通话中，我说："要不您先忙，咱另找时间拉？"张明文先生说："你来吧！活儿先放放。"于是我就与他有了近两个小时的对谈。

一

1958 年，张明文刚到瓷厂参加工作，就被推荐住进李左泉先生的单身宿舍，以便夜间照顾老人起居。进了彩绘组，他就经常与"博山派"成员打交道，对水平高的喊老师、大爷，其他的喊师傅。他叫昃如川昃老师，叫李左泉李大爷，叫梁文焕梁大爷，叫姜庸夫姜师傅。这一大帮老人，都喊张明文张学生，有个这事那事，就喊张学生，听上去就是偏看一眼、厚爱一层。旁人就说："还另起一灶来，李大爷见了你，就张学生、张学生的。"这样的称呼，让张明文觉得亲近、温暖。

梁文焕（1905—1978），字新一，博山赵庄人，精山水，工翎毛花卉，兼写人物。少时先读私塾，后读赵庄梁氏私立初级小学，16岁拜内画先师毕荣九入室弟子、舅父袁永谦为师学画。20岁出徒，为博山仁和成料货庄画铺丝画、鼻烟壶内画。袁氏画室衰微不继，他改去西冶街李向洲玻璃铺画铺丝画、磨砂玻璃画和内画。38岁去山头庄杨世武的"福同义"、杨瑞符的"福同德"窑厂做画师，与李左泉成为画友。那时画的多是茶壶、茶杯、筒子壶、油盒、皂盒，两人画艺俱精，窑货商争相购买，时称"好角"。1946年，问师济南黑白龙、关友声。1948年，回到山头河南东村杨德荣、杨德东的窑厂画窑货。1953年，入职国营淄博专区实业公司窑业总厂，同时在北岭分厂细瓷车间研究瓷器绘画。1954年，被选调参与筹建淄博瓷厂（始称淄博瓷窑厂），出任彩绘试验组组长，成立彩绘工段。梁文焕去了瓷厂后，住在瓷厂宿舍，与昃如川、姜庸夫共事了好多年。1957年，与老艺人李左泉一同出席全国民间艺人座谈会。次年，加入中国共产党。1967年退休，继而被返聘回厂，负责整理绘画资料并绘制画册。1978年，罹患心脑血管疾病去世。在那些老人里头，梁文焕是唯一的党员，他有主见，有立场，抑恶扬善。他在昆仑聂村医院去世后，张明文受命为他覆盖了党旗。

张明文先生说，梁文焕的山水画用没骨法较多，以散点透视见长，擅米点皴，即使是人物画，亦不拘泥"高古游丝描",一如行云流水。在指点季子梁传佐作画时,他曾有"先画花鸟,后画山水"之说:"手拿笔要稳,画面布局要合理,中侧锋兼用,疏密得当,皴法线条不能中断……"梁文焕一生勤勉,节衣缩食养育了七个儿女。他还画过漆画,漆过家具,画过戏台布景、小孩肚兜、女红纹样、风筝和正月十五扮玩的彩车。家人回忆,他从未睡过"天明觉"。"文革"期间,破"四旧"的人瞄上了张明文1962年从景德镇学成归来时携回的成果——一只画着"竹林七贤"的二十寸彩绘大盘,梁文焕先生直面红卫兵,声色俱厉,左护右拦,却仍然没能阻挡这件艺术珍品在争抢中粉身碎骨。1993年,张明文先生将梁文焕四十年前赠与他的四幅作品——《鸿雁来宾》《梅花欢喜漫天雪》《旭日东升》《雄鸡一唱天下白》转与梁传佐保存。2014年,《梁文焕画集》出版,张明文先生为之作序,他抚今追昔,感慨万千:"一把紫砂壶,二两明前茶。独坐一斗阁,思绪到天涯……"

二

李庆章、姜庸夫、毕茂远、毕恒元、毕成彦几个从博山到昆仑来回赶班,提着中午饭,下步走。有时候巧了,可能会搭一回半回便车。张明文试过一回,从山头走到昆仑,得四个小时。

李庆章(1907—1984),字雪如,晚号钝夫,博山西冶街人。15岁学画,为人绘制玻璃铺丝。18岁客居济南,学艺天津,临遍名流佳作,为"通利"商号画镶嵌玻璃画。

新中国成立后，就职于博山陶瓷厂并研习彩绘，1959年借调到淄博瓷厂，与李左泉、梁文焕、姜庸夫、昃如川等一起绘制人民大会堂用瓷，后回博陶。1984年突发脑出血去世。

李庆章给张明文画过三幅画——《仕女图》《山水图》，还有一件横幅的《大江流日夜》，上书"明文同志留念"。三幅画后被博陶工会借走，用于举办"李庆章先生遗作展"，之后便杳无踪影。"空留借据念庆章，画作流衍争相传"，一件憾事，半个美谈。张明文问过李庆章："咋着就能把画画好？""明文，我跟你说实话——不怕瞎纸。"

人民大会堂山东厅的专用瓷器是釉上烤彩，梁文焕、姜庸夫画，昃如川、孙心如写。张明文为人民大会堂山东厅的大花钵勾线、粉水，将画线条的技艺练得特别过硬，为以后刻瓷线刻打下了基础。

三

孙心如（1900—1964），名会正，又名慧正，字心如，以字行。吴建柱先生讲，孙先生是应淄博瓷厂的请求，由博山推荐去的，目的是弥补瓷厂陶瓷彩绘款识稍弱的缺失。可惜孙心如先生在瓷厂待的时间短，张明文先生将其与心如、雪村两位先生交集甚少视为遗憾。孙心如先生的书法享有盛名，王颜山先生有言："我钦敬心如先生书法之精湛、道法之广大。四十余年前初见先生小字隶书，方刚凝重，即称精绝。后数次拜观其小字楷行之作，惊其毫发入微、以小见大之魅力，不禁击节叹曰：'倘于今时，堪称国手！'"

　　张明文后来进了设计组，组里共有十个人。中央工艺美术学院（清华大学美术学院前身）的谷守刚任设计组组长，组员有浙江美院（今中国美术学院）的吴玉田，山东艺专（山东艺术学院前身）的马林，景德镇陶瓷学院的王林，负责阶段性工作的尹干、赖伟成、林基生、廖彩杏等。三个工人出身的成员，是田良勇、吕则泉、张明文，他们在组里待了三年。在这里，张明文走上了陶瓷造型设计之路。毛主席像章、鼻烟壶……只要能卖出价格，做啥都可以——同样的碗杯碟，可以做成茶具、咖啡具、饭店用瓷、出口瓷。有位高明亭，是驻广交会联络员，他把欧美、东南亚等地区对瓷器的需求及审美偏好等信息汇总起来，编成《商情简报》，下到设计组。张明文就是在这时接触了鼻烟壶，他在鼻烟壶上彩绘"孙悟空三打白骨精"，卖出了15块钱一个的好价钱，继而又得画造型，又得设计彩绘，一条龙了。后来张明文还用石印架印制陶瓷贴花纸，为广交会提样开方便之门，即所谓"杂货铺"。

　　"文革"时，大家都不肃静了，基本上所有车间都要开批斗会，都要有该批斗的人，没有也得找出一个。昃如川先生所谓的"历史问题"，"四清"运动本已有了结论，但在"文革"中又被翻了出来。批斗会就在彩绘组进行，但昃老先生为人太好，人们没有一个说话的。昃如川后来身陷囹圄，继而去八三厂待了一段时间。张明文在一篇题为《君当如川》的文章中说："您是厂方专门聘请在瓷器上写字的巨匠，那时候人们误以为在瓷器上写字是雕虫小技，但不少到厂里来的大艺术家还真操作不了。您的书写功底不仅体现于悬腕悬肘，更体现于两臂平悬而书啊！知道先生曾获得山东省书法比赛二等奖的人太少太少了……不仅如此，您对矿物颜料的产地与细度、水胶调色的浓度与温度，对行笔的流畅、经过高温烤制后的呈色效果等都了然于心。"

四

姜庸夫（1917—1987），名永富，字庸夫，以字行，博山西寨人，为内画巨擘毕荣九外孙。自幼随二舅毕恒元学画，工山水花卉，兼习人物。早年画鼻烟壶，新中国成立后从事陶瓷彩绘，1955 年被选调到淄博瓷厂，成为淄博陶瓷彩绘"五杰"（李左泉、梁文焕、李庆章、晨如川、姜庸夫）之一。1993 年，张明文把一幅姜庸夫的《雪景》转赠给了姜先生的女婿孙兆闪保存。

淄博瓷厂中最聪明的就是姜师傅。没人见过他看书，他也不介绍自己的家世，但他临谁像谁——临李左泉，仔细看，与左泉画谱无异。他的画讲究近景具体、中景概括、远景模糊的法理意趣。姜师傅接受能力很强，他既能潜移默化地借鉴，也能取舍在我地吸收，针对不同的技法采用不一样的路数。姜庸夫先生对中锋、侧锋、点厾法在瓷面上的利用可谓得心应手，会立即形成自己的东西。

1987 年 3 月 16 日，张明文在淄川百货大楼发现姜庸夫画于 1975 年的《芦雁》冬瓜瓶一件。该瓶直接用彩绘颜料绘就，布局疏可走马、密不透风，连装饰线都是手绘而成——颈上一道、肩上一道、足上一道，是弹着指头，用腕笔一笔一笔点出来的，足见绘画者功力深厚。瓶身还题有两首诗，其一为："未寒举族向南征，月冷沙平秋气清。记得洞庭人静夜，孤舟泊处两三声。"其二为："相伴芦花与荻花，水云深处便是家。不知何处求安宅，乐土何曾异泛槎。"此瓶标价仅 15 元，据说是因为瓷厂的供应价也不过 8 元。张明文问："咋才卖这几个钱？"营业员说："这些东西，谁稀罕？"张明文买下，秘不示人。

张子翔、钱景春、高良琦、盛庆隆、王绪久以及毕懋远、毕恒元、毕成彦等荣九先生后学，在陶瓷彩绘、鼻烟壶内画上亦建树不凡，作品见诸海内外，在此不一一详述。

张明文离开设计组后，作为美工，去了省国防工办搞展览，住在千佛山军区五所（时为机密），全省全国地转。他去北京故宫参观，就惦记着陶瓷馆。他看见一块瓷板，上面的图画简单而粗陋，不像是合金工具刻的，应该是造办处制造的。从那时起，张明文就迷上了刻瓷。

五

很多年过去了，那些老人都陆续退休，回了博山。听说姜庸夫生病了，张明文便跑到医院去看望他。姜庸夫握着张明文的手说："没寻思我身体这么个好法，倒走到炅老师他们前头了。"当时，那些老师、大爷们虽都还健在，但张明文早已不年轻了。

张明文在刻瓷艺术上过关夺隘，成就与日俱增，开始向"中国工艺美术大师"这一称号发起冲击。1988 年第二届评比时，他没有被推荐进京；1993年第三届评比时，他在山东省被评为第一，但在全国没有评上——不仅是张明文没有评上，其他刻瓷家们也没有评上。让张明文孜孜不倦的刻瓷，在国家级评委会那里却不被认可。是刻瓷入不了评委的法眼，还是刻瓷不具有起码的艺术表现力？张明文困惑已久。

一个灵感闪现在张明文的头脑中：你这么多年来练就的刻线功夫，何不尽情地展示出来？这是你的撒手锏呀！其间，中国工艺美术学院的常沙娜先生、张守智教授的娓娓启迪，工艺美术家陈若菊和杨永善"坚持用线造型"的谆谆教诲，让张明文至今铭记于心。

张明文恍然大悟：单凭点线面是征服不了评委的，陶瓷刻线可是瓷上芭蕾，要有惊险方有惊艳，自己为什么早没想到呢？

他再一次远涉敦煌，到莫高窟一个个幽暗的洞穴内与万千神灵对话。回到淄博，他完成了三件作品——一件是用广东的造型完成的线刻《红楼梦》，一件是用山东的造型完成的微雕《论语》，一件是用景德镇的鹿头尊造型完成的线刻《敦煌归真》。其中《敦煌归真》人物刻瓷专为致敬敦煌、致敬世界艺术宝库而作。他坚信为"敦煌守护神"树碑立传没有错。常书鸿是敦煌艺术研究所第一任所长，学成后从法国回国报效，默默奉献，保护了"世界文化遗产"敦煌石窟。张明文则把敦煌土质艺术变成了经过一千三百摄氏度煅烧的瓷质艺术。瓷器是中国的象征，陶瓷通过刻刀与敦煌连接，被赋予了一种文化精神，民族魂呼之欲出。

参评作品在省里展出时,其他作品都陈列在展台上,唯独张明文的这件《敦煌归真》被包装得严严实实,静静地躺在木箱里,不对外展示。省里评委说:"这是今回山东评'大师'的希望。"2006年第五届中国工艺美术大师评选,张明文如愿以偿。从此,张明文登堂入室,进入了属于自己的中国工艺美术大师时代。

在北京的宴会上,张明文见到了陈若菊、常沙娜两位先生,相谈甚欢。常书鸿之女常沙娜是著名的艺术设计教育家,精于图案纹样设计。她对线条特别敏感,对张明文的刻线称赞有加。可见,到了第五届中国工艺美术大师评选时,评委们的理念也在变,不看人,不看事,就看作品。

六

张明文十分怀念与李左泉、梁文焕、姜庸夫等老先生在一起的美好时光。造型是学院派实力,彩绘是老艺人带中年艺人。张明文经由彩绘进入设计,后又跳出设计,全方位地接触这两个行当,很受益,真管用。他觉得光凭老师们口传心授的教学方法有点过时了,没有理论提炼,不会写作,不懂诗词歌赋乃至不读文学作品,都会对艺术形成制约。他买了两套《巴黎圣母院》,说:"脑袋瓜里有东西,艺术才能站住脚。"劳作了几十年,他的手上满是茧子,但一下子开窍了以后,就好像戳破了一层窗户纸,豁然开朗。他的长线刻瓷真正成为一绝——憋住气十指发力,哧的一刀,作品就有了神韵,有了灵魂。他的作品被公认为刻瓷界的扛鼎之作。四十多年间，张明文从普通的原料工成长为国家级艺术大师，经受了鲜为人知的磨砺。张明文常常忆起泰山玉皇庙的那副对联："地到无边天作界，山登绝顶我为峰。"而且，不仅是山峰的峰，也可以是锋利的锋，"宝剑锋从磨砺出"的锋。被老师们熏陶、教育的过程，就是不断将艺术刀刃磨至锋利的过程。这些老人，把调侃说在当面，诙谐表达，不是扯后腿、插别腿，奉行用作品说话、用功夫说话。这些前辈不光技艺精湛，而且道德高尚，蒙那么大屈，受那么多难，却没有任何怨言。他们不趋炎附势，不随波逐流，个个都是好人，是忠厚长者。啥老师啥学生，不管张三李四，只要能坚持，坐得住，稳得下，就一定能行！张明文说："没想到我能有这么大毅力，走过来还感觉是在做梦！这都是老先生们在助力，在加持。"张明文想起了几十年前昃如川所写的书题："大文章自诗书得来，真理学从道德做起。"

张宇声教授《明遗民诗人姜垛评传》创作侧记

2019 年 12 月，张宇声教授皇皇五十万字的文学研究著作《明遗民诗人姜垛评传》（以下简称《评传》）由中华书局出版。《评传》"详细地写出了传主姜垛与其弟姜垓的生平事迹、思想境界、人格性情、文学成就、风格特点，以及在文学史上的地位，也旁及与他们生活纠葛密不可分的君亲、师尊、僚属、同道、敌友等或个人或群体的生活轨迹，彰显出明末遗民忠介守志的亮节以及内心深深的苦痛；另一方面，正是通过这些详细的叙述和描写，从侧面真实地反映出明末清初那个大变动时代几乎所有的大事件，以及黎民百姓所遭遇的苦难，特别是知识阶层不可避免的政治分化"（王洲明《序二》）。

张宇声教授 1982 年毕业于山东大学，毕业后即在淄博师专工作。他先是从事文艺理论课程的教学工作，一年后转教古代文学课程。自 1987 年起，他开始承担高校管理工作，先做系主任，后任专科学校副校长。学校经两次合并成为本科高校后，他又担任教务处处长、组织部部长、纪委书记。2009 年以后，他先后任山东理工大学副校长、党委副书记，直到 2017 年 4 月退休。

张宇声教授对姜垓的关注开始于二十年前。在南京师范大学进修期间，张宇声教授曾在金启华先生的指导下，与几位同学一起抄录古籍，编纂词学资料；也曾在王星琦先生的指导下撰写、修改论文，这成为他一生中极为难忘的一段学习经历。听严迪昌先生讲完吴梅村后，张宇声教授对吴梅村这个人物产生了兴趣。他先是研读其诗，后来写了《勇妓与怯将的对比——读吴梅村的〈临淮老妓行〉》《从〈东莱行〉看梅村与明末清初莱阳诗人之关系》等文章，进而有了对吴梅村的同年——姜垓的关注。

大概在十五六年以前，张宇声教授的同学——山东师范大学的王恒展教授帮他完整复印了康熙本《敬亭集》，对这本书的阅读成为张教授阅读姜垓著作的开始。后来他又得到一本上海古籍出版社影印的清人程穆衡的《吴梅村诗集笺注》抄本，被吸引着进行深入阅读，于是他的兴趣逐渐从吴梅村扩大到明末清初这一段文学史，又逐渐聚焦于明遗民研究这一领域。如此，张宇声教授具备了阅读姜垓作品并做一些初步研究的基础。写一部有关姜垓的学术著作成为他的一桩心愿，但因事务繁忙，这个心愿一直未能实现。直到 2017 年 4 月，张宇声教授从山东理工大学党委副书记任上退休之后，一度有了空闲，方能专心读书，全力撰写，可谓夙愿得偿。

张宇声教授坦承，花甲之年，从事研究撰述，来自各方的关心与鼓励尤为珍贵，在某种意义上说，他是幸运的。

张宇声教授特别感谢宏森、玉国、中兴、可杰、明天、绍华、锡锋、培锋诸君，他们大多是张宇声教授刚参加工作时教过的学生，近四十年的交往使他们亦师亦友，情谊甚笃，平时的杯酒言欢谐谑纵谈都给予张宇声教授很大的精神滋养。对于他们，张宇声教授也是"待之如朋，未尝以师自居"。他们对张宇声教授退休后的撰著工作极为支持，给予很多鼓励。尤其是宏森，几十年来与张宇声教授不断交流读书心得、切磋学术问题，张宇声教授自谦"受益匪浅"。这部《评传》的写作与出版，宏森也提供了可贵的帮助，这些情分是难以用一句"谢谢"来回馈的。

《评传》写成后，张宇声教授寄呈南京师范大学王星琦教授、山东大学王洲明教授审阅。他们都认真、细致地通读了全书，提出了宝贵的修改意见，并慨允写序，王星琦教授还为本书题签。张宇声教授还向中华书局的俞国林先生致谢："关于姜垓与黄周星的交往，我本来只能写出以上一节。2018年初秋赴京，晤中华书局俞国林先生。甫一见面，他即慨然提供给我一则宝贵且稀见的资料。这是黄周星写给姜垓的一首诗，诗见黄周星所撰《圃庵诗集》，康熙年间刻本，为日本静嘉堂文库藏，乃海外孤本，极不易见……借助这一则难得的资料，补写这一大段文字，以补足姜垓与黄周星之交往，同时也是记载俞国林先生慨赠资料之高情，并致以真诚谢忱。"（《评传》第324—328页）俞国林先生在学术上的无私帮助让人感动，责任编辑孟庆媛女士亦认真负责、精心把关，通过多种方式与张宇声教授耐心交流，帮助他修改、校核文稿，实在花费了不少心血。

阅读《评传》，须心神凝聚，让思维穿越时间的隧道，将自己置于明末清初那血与火交织的历史情景中。

"姜垓在明代诗人中的确非常特殊。他生逢乱世，仕途偃蹇，命运多舛。进士及第以后，他原本应去离京城不远的密云任知县，不料却被别人挤掉了，只能改授仪真。北人南迁，自然有许多不便处。南下赴任后，他勤政爱民，廉洁公正，殚精竭虑，处处维护百姓利益。十年仪真任上，口碑民望俱佳。后返京面圣，授礼部主事，此时大明王朝已是日薄西山，气数将尽了。即使面对如此危局，姜垓仍是'赤心事上，忧国如家'，仅在崇祯十五年（1642）半年多的时间里，他就竭尽言官之职能，秉直上疏 30 余通，所奏皆是针砭时弊、弹劾权贵的棱角分明之言论，其中不乏诘问诏旨，触及崇祯痛处，所谓批逆鳞之语。结果是龙颜大怒，招来大祸，他不仅身陷刑狱，还被残酷地施以'廷杖'，差一点丢了性命。此后，崇祯十七年（1644）二月，姜垓被遣戍宣州卫，然将赴戍所之际，都城陷落。明亡后，姜垓虽未如其座师倪元璐以及黄道周等义士那样以身殉国，但他的忧愁更多，苦难更甚。颠沛流离，朝不保夕……姜垓可谓生不逢时，苦难尤多，作为明遗民，其经历堪称典型。"（王星琦《序一》）

《评传》分莱阳书生、仪真十年、京城为官、午门杖刑、南明漂泊、遗民岁月、心系莱阳、遗命宣州、姜垓之殇、诗文评述等十余章，两篇附录为《从〈东莱行〉看梅村与明末清初莱阳诗人之关系》与《王渔洋与明遗民姜垓的交往》。

评传是带有研究与评论性质的传记，这类传记偏重于对传主生平事迹的评价，在叙述中常常插入评论。评传强调材料的真实性，作者要对原始资料进行认真的研究、考证并注明出处，若有必要的推测和推论，也要加上严格的论证说明。写明末清初姜垓兄弟的评传，无疑属于文学研究范畴，因为姜垓兄弟是那个时代颇为著名的诗人；同时也可以说是历史研究，因为姜垓兄弟是那个时代遗民群体中颇具代表性的成员。要写好这个题目，对写作者掌握的史料、具备的史识乃至文学素养，都有相当高的要求。张宇声教授详尽地翻阅了史料，包括传主自己的著作、后人对传主及其著作的研究、记录这段历史的史书及后人对这些史书的研究、与传主文学创作有关联的古代文学典籍等。《评传》对上述各类史料的搜集与整理是相当充分和完备的，甚至举凡相关的墓志碑铭、方志野史、乡邦杂记，也都被作者一一纳入视野，其严谨的考辨与审慎的抉择，为写作的成功奠定了基础。

《评传》中有大量对姜垓诗歌的评析，彰显出张宇声教授深厚的古代诗歌艺术素养，这种素养使他能够举重若轻地辨识出姜诗的用典及其寓意。

姜垓述说自己流寓生活的有《天台一百韵》，"诗写南京失守后，他即渡过钱塘江仓皇东迁。一路上颇嫌包裹累赘，几次想要抛掉。夜晚藉草而睡，早饭连米粥也难吃饱。此时拖儿带女，孩子忍受不住饥饿，常常嗷嗷哭泣。有时只能得到点水浆喝，孩子也失去了平时的娇巧可爱。这种叙事的细节，在这首诗里表现得很充分，这是具体而微地学习杜甫《北征》的体现，在姜垓其他的五七言古诗里也很少见，这增加了这首诗的感染力，读来生动如见……李白《天台晓望》诗中有'门标赤城霞，楼栖沧岛月'之句，

《早望海霞边》诗中有'四明三千里，朝起赤城霞'之句，是本诗'霞作赤城标'一句所本……'鹓鸂'句指好朋友，语出韩愈的《送文畅师北游》诗'况逢旧亲识，无不比鹓鸂'。每天经过一棵大樟树，时时有田父相邀，这让人想起了杜甫《遭田父泥饮美严中丞》那首有名的诗，这里的田父大概也是邀请姜埰过去饮酒的……接下来进入了对自己家庭生活的细致描写，也是尽力模仿杜甫《北征》"（《评传》第 166 页）。

张宇声教授在分析七绝《河口酬刘旅皇》第一首"蓼花洲上白鸥群，长笛凄清卧冻云。寻过陇南又陇北，一村新柳雨纷纷"时说："诗写刘所居之地白鸥成群，刘日日与白鸥为伍，这自然是对遗民生活的象喻。'白鸥'一词在唐诗中常见。杜甫有《江村》诗：'清江一曲抱村流，长夏江村事事幽。自去自来堂上燕，相亲相近水中鸥。'另有《奉赠韦左丞丈二十二韵》：'白鸥没浩荡，万里谁能驯！'这是'白鸥'之语典所在。'长笛'句是写其遗民生活之冷清、心绪之积郁。'长笛'一词出处仍是杜诗。"（《评传》第 249—250 页）

再如，姜埰移居苏州后写有两首五律，第一首题为《同周子辉过桃花庵访姚孝廉文初不值留题》，第二首写自己访友的感慨："出门芳草遍，访友暮年稀。"时值春日，人已垂暮，这种访友的机会已经很少了，所以值得珍重，所以在没遇到朋友时感到惋惜。诗的末四句为："白社人将老，沧洲意已违。何当风雨后，为尔启柴扉。""白社"用东晋高僧慧远在庐山结白莲社的典故，当时陶渊明经常与之往来。此处用典恰切，贴合人物身份，唐诗中常用此典指隐居之人。

"沧洲"亦是唐诗中常用之语典，多指幽居之愿。杜甫《江涨》一诗末句云："轻帆好去便，吾道付沧洲。"仇兆鳌注曰："沧洲，神仙境也。"杜甫又有《幽人》一诗，写"想幽人而不可见""有期约而不果"，颇合姜垓此诗之情境，诗有"往与惠询辈，中年沧洲期"之句，也是"沧洲"语典的出处之一。(《评传》第257页)

还有，顺治十八年（1661），姜垓写给前妻弟董樵的诗中有两题四首七律，其中一首为《送东湖道人》："年华冉冉易蹉跎，远水寒烟叹逝波。客邸频惊逢岁腊，故乡况是满干戈。剡溪秋月雕胡饭，茂苑春莺白苎歌。处处江山起惆怅，君今跋涉更如何。"

"时逢'岁腊'，即年终，董樵或是因避乱自莱阳来江东。'剡溪'一联，或皆为用典虚写。剡溪在浙江，为名胜之地，唐诗中屡见。李白《梦游天姥吟留别》有'送我至剡溪'之句，李白《宿五松山下荀媪家》诗又有'跪进雕胡饭，月光明素盘'之句，杜甫《江阁卧病走笔寄呈崔、卢两侍御》诗也有'滑忆雕胡饭，香闻锦带羹'之句，或都是此联上句所本。董樵曾游越中剡溪一带，其诗集中有游越诗歌数首，此句或隐括其游越经历。'茂苑'指苏州，'白苎歌'为乐府旧题，唐人屡用此题，多写歌舞场面、相思之情。李白《白纻辞》为：'扬清歌，发皓齿，北方佳人东邻子。且吟白纻停渌水，长袖拂面为君起。'李白诗中'北方佳人东邻子'，颇可以移赠董樵。姜垓此句可能有所本于李诗，写与董樵在吴地相处之情好。"(《评传》第370页)

张宇声教授没有在《评传》中做过多的合理想象甚至虚构，尽管这也是被允许的。《评传》率先着眼、着力于辨识传主作品的真伪，确定系年，训读字词，破解典故，解析文义，再与相关联的人、事印证，从而详细地、真实地勾画出传主的人生轨迹、思想感情、性情禀赋乃至精神世界。更可贵的是，作者没有因为对传主的高度认同而无视其言行中的存疑之处，体现了评传写作的严谨态度。比如崇祯十四年（1641），做了十年仪真县令的姜垓升任礼部仪制司主事，因清廉守法、正直敢言而成为一名谏官。他兢兢业业地回报皇帝的倚重，自三月份上任起，连续五个月内，上了三十道奏疏，力陈国是，"皆蒙嘉纳"，但也因此受到杖刑之辱。其中二十余道奏疏里，涉及不少人物，或激烈弹劾，或直言表彰，贬褒分明。数十年之后，这些人物盖棺论定，忠则忠，佞则佞，与姜垓的评判大致无差，这足见姜垓当年的识见。唯有一人是个例外，即陈子壮。姜垓在《亟辨忠佞疏》中，"极力反对起用陈子壮为礼部侍郎，主要原因是陈子壮早年附和王应熊，曾上奏章推荐王应熊复职，这桩旧事激起姜垓的义愤，他才上疏表示反对其起复。这篇奏疏中的一大段文字，将陈子壮写得极为不堪：'窃见起升礼部侍郎陈子壮，其人附邪如由窦之犬，嫉正若含沙之蜮，通国共非，朝野不齿。当去辅王应熊恶焰熏灼之时，情联师友，宵旦攒谋，用一心腹之唐世济而擅翻逆案，用一心腹之王应章而败误封疆，应熊泼胆而为之，谁实入幕而赞？此皆子壮爱利崇党、罔上蔽朝之罪也。'其实陈子壮当时并非为'朝野不齿'，其起职也是诸大臣接连推荐的结果，而且陈子壮在天启朝就反对魏忠贤，政治态度等同于东林党人，颇受时论好评。他明末被起复，未等入职，明朝即灭亡，后参加了南明的抗清，做了一番轰轰烈烈的大事业,于永历元年（1647）兵败被俘,被清人以残酷的'锯刑'杀害于广州。后人将其与抗清就义的陈邦彦、张家玉一起称为'岭南三忠',忠义大节,彪炳后世。历史定评与姜垓当时所议大相径庭,判若两人。姜垓应该是知道陈子壮之结局、了解其一番大气节的,后来姜垓将此文收入《敬亭集》时,不知做何感想? 此为姜垓当年弹章之唯一失误也,今人也不必为姜垓讳"(《评传》第79—80页)。

类似的直言不讳之处还有不少。姜垓有短文《书周忠介公石刻尺牍后》,表达了对周茂兰之父周顺昌的尊敬,文中有"至今武丘道旁,五人一抔土,侠骨生香,附骥尾而名益彰,不亦信乎"句,张宇声教授说:"文中姜垓表示从做秀才时就知道周顺昌的名声与风节,知道其被祸而惨死的情节,曾经为之流泪,并肃然起敬。周顺昌为东林党人,姜垓年轻时即为山左大社成员,并由此列名复社,这两代知识分子的精神传统本来就是相衔接、相继承的,所以这种崇敬之情是由来已久、发自内心的。明朝灭亡后,姜垓流寓苏州,出于向慕,曾祭拜其墓,看过遗像,相信这很大程度上都是与'诸公子游'的结果。因为与周氏兄弟的往来,姜垓对周顺昌一生的品节就更加了解了。姜垓说'五人墓'犹在,这五人因周顺昌的缘故而名气更大,更为世人所知。这种写法固然突出了周顺昌,但说'侠骨犹香'的五义士因'附骥尾而名益彰',总令人感觉不爽。对社会底层人士带有一种不自觉的偏见与轻视,应是这篇短文无伤大雅的一点小疵。"(《评传》第260页)

基于此,《评传》不啻一部严格意义上的学术专著。同时,《评传》还体现出作者细而深的表现风格。"所谓细,即对作品有细致入微的体味。景物如江河湖海，山山水水，日月星辰，春华秋实，塞上烟云，江南晨曦；人物如独酌微吟，癫狂放歌，踟蹰独行，慷慨击节，野游雅聚，生离死别……从某种意义上说，这应该是属于对传主作品的二次创作。正是这带有情感色彩的二次创作，将读者带入了已经消失的距今四百年左右的那些人物生活的具体场景中。所谓深，则表现于两个方面。其一，在真正触摸到传主情感的前提下，同时也尽量感悟到、揭示出传主丰富的内心世界。《评传》作者与传主之间达到、实现了'会心'的境界。其二，始终以自己的识见，对传主的处世为人、是非真假，乃至文情才思、为文高下进行褒贬，做出属于自己的评价。比如对传主保持遗民节操、不事新朝的理解和肯定，比如对传主大部分作品的高超写作艺术的啧啧赞赏，比如对传主具作品所表现出的明遗民作家普遍具有的'哭穷'的造作及对其个别作品用典的不伦不类的批评，都具有鲜明的个人见解。凡此种种，都是《评传》作者理论思想水平以及文学素养的具体显现。"（王洲明《序二》）

"论从史出"，驾驭遗民题材需要作者具有辩证唯物史观。张宇声教授驾轻就熟。

《评传》传主所生活的明末清初，是一个朝代更替与民族矛盾纠葛在一起的时代，如何借助辩证唯物主义、历史唯物主义理论，历史地看待那段历史，需要作者有高度的理性。"在明遗民坚守气节的清初岁月里，其间的艰难困苦及心理折磨，都非后世之人所能轻易想象，我们实在应该对此抱有一种宽容与同情，不宜苛责。"（《评传》第248页）姜垓在苏州时有个朋友叫李模，"一部作者不详的清初著作

《吴城日记》第二则云：'（八月十七日）李宧吴滋及次子孝廉李楷已剃头归顺，进谒土、吴二公，独侍御李模未回，托言抱病，未几亦入城投见。后旨下，许其原官起用。'这是说李模已经投降清朝，并被批准原官起用了。李模的这一污点从未被人提过，也不知《吴城日记》的记载是否属实，离乱中讹言纷纷，恐未必可靠。再说，即使属实，这种乱世中的诡变从权未必有损于李模的遗民清节，也会得到人们的谅解"（《评传》第261页）。姜垓、姜垓共同的朋友徐枋认为，那些不坚定的遗民，有的是出于一时的"气激""风义"的影响，并无"常度"，即并无一脉之忠与一贯之性，故而不能长久坚持。二是"浸淫岁月"，经受不了时间的消磨，其间家人的劝说、生活的困顿，都会使遗民思想发生改变，因而不到三四年，那些隐居之高士便成为出山之小草了。"一队夷齐下首阳"，成了当时受人"污议"的一种现象。《评传》说："对此，徐枋是慨乎言之，感慨中也没有多少苛责，没有多少严厉的批判，似乎带有一种无可奈何的理解。这是徐枋借为姜垓题像而做出的很有深意的一篇当代《遗民论》，今天读来，我们也觉得宅心仁厚，对当时的历史情景能产生不少真切的理解。"（《评传》第273页）

要历史地看待那段历史，还在于历史地承认，民族交融的过程中充满着血与火的纷争；历史地承认并肯定，面对"易服""薙发"的屈辱，以传主为代表的长久经受儒家传统文化教育、陶染的明末士人们所具有的正统观念和情结；同时，还要历史地承认，随着时间的淘洗，历史烟云逐渐散尽，遗民们的孤忠大节意识逐渐淡化并逐渐失去其原有的意义，最终抽象为全民族的优秀品德。正是基于这

炉痴

种理性认知,《评传》同情以传主为代表的明末遗民家国破亡的苦难遭际与痛苦心迹;赞赏以传主为代表的明末遗民固穷守节的情操;同时对传主与所谓"贰臣"交往时的复杂心态,乃至对所谓的"贰臣"现象,做出了合情合理的分析评论。"做'贰臣'的原因也不能一概而论,中间颇有能为人原谅者;其人的品格也不能因为其为'贰臣'就予以贬低,其中颇有能令人尊敬者。在对历史人物的评判中,单一的'政治正确'这一向度是不可取的,已逝的历史空间中,实在有太多不为今人所知的情由。明遗民的交友原则也不是单一和刚性的,在持有一定底线的前提下,也包含着许多可知和未可知的情由。他们与遗民的交流是很自然的,其间志同道合,有许多共同语言,也有相互激励与相互钦敬;但和非遗民朋友特别是'贰臣'和清朝官员的来往,就有明显的宽严程度的不同,因人而异。这中间有太多的个性差异,其类型颇难归纳,更难以一一胪叙。严峻莫如徐枋,绝不与'贰臣'来往,也绝不与清朝官员打交道,连素享盛望的汤斌,三次求见都吃了闭门羹,被其拒而不见。徐枋往来之严、取与之洁,在明遗民中是极为少见的。另有疏阔如方文者,广交宽取,几无界限,与'贰臣'相交绝不为嫌,但又忍不住地对他们加以讥讽(如对龚鼎孳),与清廷现任官员则热衷联络,甚或'打秋风',对他们的资助更是感激不尽。这既有性格方面的原因,也有生存方面的考虑。我们也觉得这无碍于方文的遗民身份。品格高峻、学业深邃如顾炎武,严格划清与钱谦益的界限,绝不与通,却在与遗民朋友深相交接的同时,也与一些'贰臣'时来来往,甚至与一些曾经投降李自成'大顺朝'的

221

朋友保持着很好的友谊，如德州的程先贞。但顾炎武与一些当时颇有时名的'贰臣'和一些清朝官员都刻意保持着相当远的距离。总之，与'贰臣'的交往，与不是'贰臣'的清朝官员的交往，在明遗民面前，是个问题，又不是个问题，并没有一个'政治正确'的原则横亘其间，完全取决于明遗民的个人因素。"（《评传》第 329 页）

张宇声教授在《评传》中对此分析得非常细致。

康熙十二年（1673）五月，缠绵病榻多时的姜垓忽然病情加剧，他自知大限将至，叫两个儿子到床前，做了最后的"宣州遗命"：

> 吾不起矣。念吾获罪先皇，奉命遣戍，遭逢时变，流离异乡，生不能守先墓，死不能正首丘，怀凄于心。故君之命，后虽有赦，不敢忘也。今当毕命戍所，以全吾志。

《评传》分析道："都说人之将死，其言也善，其实人之将死，其言也哀。姜垓后半生的心事，都汇集于这段话中，相信这样的话他已经对儿子讲过多次，但这一次不同，这是临终嘱托，更为重大，而且这次是要求儿子将病榻上的他抬往宣州——能在先皇遣戍之地闭上眼睛，是他最大的心愿。但这一愿望显然是不可能实现的,儿子也不能遵命了。这段遗嘱写出了他心中的最大痛苦——活着未能守先人坟墓，死了也不能回故乡莱阳，依先陇而葬，这种悲怀时时在心，有谁能够理解？他感觉自己是不孝之子，但君命不可违，即使这君命后来被弘光帝赦免。但崇祯皇帝已为国殉身，无法亲自赦免他。他不敢忘记崇祯先皇之命，否则死后有何颜面见先皇于地下。不遵遗命，是不忠也。他在不孝与不忠之间曾痛苦地挣扎过，最终是忠君在先，这是一个纯正的传统士大夫的选择，这也是一个的确不能两全的选择，这更是一个令今人悲悯不已的选择……六月八日，已是弥留之际，他的舌根已艰涩，言语已不清，却仍再三呼喊：'速往宣州！'又让人为之沐浴更衣，自己洗了脸，劝告家人不要哭。其子痛不可忍，失声而哭，他摆摆手说，时候未到。不一会，'明星灿烂，忽降微雨'，姜埰驾鹤西归，'浩然长往矣'！"作者不禁感喟："呜呼！我们的传主姜埰浩然长往矣！余写至此，亦不禁泪涔涔而下矣！"（《评传》第429—431页）接下来便有了精到中肯的结论："以孝道攻讦、瓦解明遗民，可算是一把道德利器，却不为明遗民所接受。明遗民是衡量过忠孝关系的，但那是个忠孝不能两全的时代，忠于故国故君的选择是明遗民的清醒意识，是决定其身份的政治特质所在。若抛弃了忠而言孝，则明遗民就不成其遗民了，像吴梅村、侯方域等失节之人倒有了理由，他们正是迫于孝的压力而失去了对遗民使命的坚守，出仕的出仕，应举的应举。我们考察明遗民，时时感受到他们所受到的孝的压力，他们往往在痛苦中，将国置于家之上，将君置于父之上，坚守遗民之道，毅然有所不为。"（《评传》第598页）

以上这段文字是针对王渔洋在忠孝问题上对姜埰的指责而言的，完全是知人论世的议论，所言甚是。王渔洋的微词纯属一家之言，不足为训。其次，或以为明亡后，姜埰因岳父为盐商等缘故，物质生活并不贫乏，他于仪真、苏州置屋造园，与很多生活困顿的遗民不可同日而语。其实，遗民的痛苦主要不在物质层面上，精神上的摧折与煎熬才是他们深哀巨痛的根源。亡国之恨，故园之思，肝肠寸断，未有已时，所谓"哀莫大于心死"是也。

"感时花溅泪，恨别鸟惊心"，姜埰的深哀巨痛、他在明亡之后的颠沛困厄，都被写进他的诗中了。读其诗，欲见其人；而读《评传》，姜埰其人则活生生如在目前。

送别表哥

2020年6月30日12点58分，表哥变成了小小一匣骨灰，在白石洞陵园被盖上了一块石板。一想到再也见不到这个走路带风、说话带笑的人了，我的泪就要往上涌。花甲之人一哭，疼痛便直往心脏上冲，但我还是挣扎着，回到与表哥把臂谈欢的旧时光。

表哥家的平房，位于西冶街北坦路口的高台子上。宏森从小跟着姥娘长大，比表哥小几岁，二人朝晤夕对，手足情深，哥的前面不存在那个"表"字。于是，宏森的性情中便有了表哥的忠勇和仗义。

表哥出生于1957年10月，1975年年底入职淄博客车厂，转过年入伍，是部队的神枪手、军区的学雷锋标兵。四年以后，他复员回厂，任车间指导员、生产科长、分厂厂长。这期间，博山出现了两位重要人物，一位是平板玻璃厂厂长刘同佑，一位是淄博客车厂厂长王立俭，二人以勇于改革著称于时。宏森从淄博师专毕业后进入市文联从事文学创作，敏锐地意识到这是两位将要为地区发展做出巨大贡

225

献的人物，便组织了李百臻、任继梅、石盟、韩军、乔秀广、刘培国深入工厂采访，分别写成了以王立俭为主角的《唯物论者启示录》（宏森执笔），和以刘同佑为主角的《他驾驭着火山》（李百臻执笔），在市文联主办的文学期刊《淄流》上发表。文章记述了他们以忘我的精神、超常的勇气，在改革开放初期大搞技术创新、以技术进步改变企业命运与行业前景的英雄事迹。这两篇报告文学作品，作为申报全国总工会评定"五一劳动奖章"的材料附件，被淄博市总工会呈送至北京，王立俭和刘同佑也如愿成为第一批"五一劳动奖章"获得者。

王立俭和淄博客车厂的事迹能被广为传颂，表哥功不可没。如果说王立俭厂长是位军中统帅，那么表哥和他的众弟兄便是麾下良将、阵前义勇。表哥作为客车车间主任，心领神会了王立俭的企业发展意旨和战略谋划，他的作用就是闻令而动，带领车间骨干员工，落实王立俭的每一个布局。

表哥说，淄博客车厂生产的客车，以"大平正方"的外观和路感极好的驾乘体验，一路过关斩将，逐步取代了吉林四平客车在江北市场的既有份额。他们并不甘心，在1985年制造出了中国内地第一辆双层客车，《人民日报》迅速做了报道。造双层客车，是王立俭厂长拍的板。那年王立俭去香港旅游，看到香港路上有很多双层巴士，就站在一辆双层巴士前拍了一张照片，回来之后就像着了魔一样四处咨询，为的就是要造出这么一辆双层客车。

有人担心这样的客车造出来是摆设，认为内地的路边全是树，4米多高的车没法走，而且当时的桥梁涵洞一般都限高4米，双层客车根本无法通行。王立俭不为所动，筹借30万元资金，依靠本厂自有的设计力量、制造能力，仅仅用了一个半月，真的就在原有大客车的基础上造出了双层客车。

这年年底，表哥带领试制组相关人员，驾驶第一辆双层客车进京报喜，得到了相关部委领导的肯定。北京的冬天冷到刺骨，由于在设计中没考虑好发动机的防冻问题，返程途中，车子开到天安门广场时一阵抖动，趴下不动了。沿街商铺的服务员非常热心，提着热水来烫机器。在大家的努力下，憋了半个多小时后，车子终于重新启动。这一阵忙乱把大家折腾得不轻，司机对北京路况又不熟，这个庞然大物在慌乱之中扯下了长安街上的红绿灯，灯具碎了一地。闯下如此大祸，驾驶员好不恐惧，猛踩油门落荒而逃。事故惊动了北京交警，他们调兵遣将，派出警车，拉着警笛，在双层客车后面紧追不放，直至撵到天津地界，才把客车逼停在路边。表哥讲述得绘声绘色："车门打开，交警登上客车，并没有立即发作，而是颇为好奇，这里瞧瞧，那里摸摸，问我怎么回事。我赶紧一一道来，拿出相关文件交给交警验看。交警们看了，面露喜色，直说'好！好！'他们瞅到了客车顶部的电视屏幕，问：'还有录像机？'我赶紧说：'有，有，我放一段你看看！'就放了一段《霍元甲》，交警们大声叫好并在车旁拍了一张合影，末了说：'赶紧走吧！路上小心点！撞红绿灯的那码事儿就算了！'"

之后，淄博客车厂又造出了第二辆双层客车，接下来，顺理成章地造出第三辆、第四辆……自古至今，改革家的魄力是叫人敬畏的，但有时，改革家的命运却是如出一辙的悲惨。王立俭的革新壮举触犯了某些人的既得利益，他们罗织了诸多"事实"，给王立俭扣上了贪污受贿的帽子，连他儿子婚礼上朋友赠送的一筐黄瓜都按赃物计算在内。这是典型的历史逆流在作祟。王立俭最终被拉下马，他的双层客车梦也化为泡影，双层客车从一座丰碑变成了一个莫大的讽刺。他的"五一劳动奖章"被人锁进一个积满灰尘的抽屉里，再未能与主人见面。淄博客车制造业失去了一次崛起的机会。

1986 年，王立俭的下马让企业元气大伤，表哥也被视为王立俭的"党羽"被晒在一边。企业那么多张嘴要吃饭，光喊政治口号终究不打饥困。这时，政府想让山东建材机械厂以兼并的方式盘活这个烂摊子，结果烂摊子没有盘活，建材机械厂却差一点给拖垮，于是赶紧进行剥离——客车厂的破事还是客车厂的人自己收拾吧！任务落到了时任厂两办主任伊永辉头上。伊永辉说："我只能敲边鼓、干副职，客车厂要想起死回生，必须请一个人出山。"这个人就是表哥。表哥的气还不顺，想不明白为什么改革开放都快十年了，很多人还不思发展经济，还念念不忘阶级斗争。伊永辉"三顾茅庐"，他不松口，伊永辉就"四顾茅庐"。看着工友们眼巴巴地期待着，表哥才答应出任厂长、党总支书记。这把交椅不是那么好坐的，客车厂内忧外困、左支右绌，他们重整旗鼓，不蒸包子蒸（争）口气，以背水一战的豪迈和决绝，经过数年打拼，终于研发、推广了无人售票车、团体客车、豪华旅游车等适销对路的新品，赢得了在更激烈的市场竞争中喘息的机会。1997年的国庆节，表哥带着新生产出来的无人售票车、团体客车、豪华旅游车，敲锣打鼓地到市委、市政府报喜。这不仅标志着企业复兴机遇的到来，对于变现市委提出的"重振淄博工业雄风"也是个极好的开端。但是，由于不可言说、阴差阳错的原因，淄博客车厂又一次失去了崛起的机会。在之后数年中，淄博客车厂在重组与被重组的晃板上起伏跌宕，顽强生息。

正是表哥的这段经历，使宏森写作《车间主任》的念头得以萌生。

2012年，表哥从厂长的位子上卸任，本该正经享受一下含饴弄孙的天伦之乐了，可是老天并没有表现出应有的公正。

2019年初夏的一个深夜，我在睡梦中突然听见手机铃声，是宏森，说表哥查出了肿瘤。这真是一个糟糕的消息，我吃惊至无语。宏森说已经找了中国人民解放军联勤保障部队第九六〇医院最好的大夫，积极治疗，希望能有奇迹发生。这一年的时间，我的心整天为这件事揪着，生怕发生什么不测。表哥呢，还是那么乐呵，每天早上发来微信问候，附带一大段"心灵鸡汤"。最近的两则，一是："起床迎曙光，问候送吉祥;开窗接百福，通风送安康！"一是："天之贵，贵在风调雨顺；地之贵，贵在五谷丰登；友之贵，贵在真诚相依;情之贵,贵在彼此牵挂！"我就想，做着化疗，喝着汤药，煲着"鸡汤"，这不就是奇迹嘛！去年，我有幸成为中国作协会员，表哥特地发来微信祝贺，说这不只是

229

我自己的荣耀，也是博山人的荣耀、淄博人的荣耀。

2020 年 6 月 28 日傍晚，电话铃响起，显示宏卿来电，接起来，没声。我以为是误拨，迟疑间，电话那头有了哽咽声。我赶忙问：“咋回事？咋回事？”顿了好一会儿，宏卿说，表哥走了，刚刚走了。这像一记闷棍，把我打蒙了，眼前立马模糊一片。几乎每天都在互致问候，怎么说走就走了呢？

6 月 29 日 0 时 58 分，宏森在微信群里发出《庚子仲夏悼亡兄》：“西冶街头一平房，胼手胝足随姥娘。弟无兰香供案儿，兄有蛩声绕板床。几回曾信天地久，一瞬便知岁月殇。为兄不该甩手去，告知弟儿当自强。”次日上午，我次韵酬和了一首：“不舍笼水恋平房，阶上膝下伴姥娘。今烧明烛供案儿，再无蛩声绕板床。常信兄弟天地久，倏忽一瞬岁月殇。长兄羽化成仙去，剩勇犹在贻自强。”下午，张宇声老师也贴出了《悼友人》：“哀讯传来笼水头，潇潇细雨未曾休。人到老年情怀恶，每逢此事泪双流。”此情此意，感同身受。

在张店平山陵园的追悼会上，淄博客车厂原厂长伊永辉先生泣诵悼词，其中对表哥的评价有“崇仁尚义，恭顺孝悌，上奉祖父祖母、外公外婆、令尊令堂，下顾兄弟姐妹、子婿甥孙、至朋好友。阖家上下，无不称赞；同事朋友，有口皆碑”。悼词所言极是。

表哥已入土为安，吊唁、治丧的人也逐渐散去。那个远在湖南长沙的宏森，注定是夜中最难成眠的人。凌晨两点，我再次收到了宏森写的悼亡诗，兹录于下：

缅贤兄生平之感慨

少小家国举世难，粗茶淡饭证贫寒。

时令不遂多庚事，戎装恰巧换容颜。

心有宏图重整意，世无宽量创业艰。

壮志未酬成块垒，直把凤愿种黄泉。

贤兄安眠之日有感

人生何事称非凡，挥别红尘毅决然。

临行不屑费踟蹰，跨界何须留只言。

磊落二字历劫波，洒脱一修经流年。

身心堂正无沟壑，换取亲朋共助缘。

贤兄驾鹤之途寄语

祥云驾鹤赴西归，奈何桥畔泪如水。

妻儿老小不再见，风物景致未相随。

看似只身闯异域，唯愿福音化怀绥。

青山忠骨存何意，无尽善缘立巨碑。

这就是宏森的表哥，也是我的表哥。

走了的表哥，讳祖平。

痛失贤兄子玉

　　2020年5月29日傍晚，淄博的天空响起几声炸雷，朝天望去，只见远处黑云如铁，呈现出一种异象。次日一早接到电话，曹子玉先生于昨晚驾鹤西去了。子玉罹患胃癌已有七八个年头，本来以为只是偶尔食道反流，去医院检查，医生直接下了结论。手术在中心医院进行，之后数年，病情没再反复，大家心里放松不少。从2020年3月中旬开始，子玉便浑身无力，两次住院，没想到第二次进去就没再出来，癌细胞攻占了他的肺、肾，进而遍及他的全身。

　　2020年5月22日，经与医院反复协商，我得以进入病房看望子玉。他仰卧在病榻上，双腿蜷起摊向两侧，氧气面罩搁在胸前。他看着我坐下，然后就上气不接下气地与我寒暄，我赶紧把氧气面罩给他扣上："你得吸着氧气，别太使力气。"护士后脚跟了进来，整了整氧气面罩的绷带："这是知道你来，摘下氧气罩等你呢！"我说："你吃苦了。"他说："是不好捣鼓。"我说："你啥事也别寻思，咋治疗让医院和家里操心，你就听话服从，尽量吃好饭，药代替不了饭。"他伸出几个指头："三天了，只喝了三碗小米粥。"我说："多喝一口是一口。"他说："肺和左肾都很麻烦，等着手术，瘦了 40 斤了。"我也没有更好的劝人方法，只是说："这个时候需要毅力，撑过去，好事还都在后头呢！相信自己，快点好起来，咱们回工作室谈天喝茶。"他思路清楚，但口齿含混，又气短，胸膛剧烈起伏，说的话连听带猜大体能听懂四成，不懂的我只有点头应付。

我与子玉相识于 1998 年，在一个职称英语考试的考场上。二十多年来，我们以文学、书法为谈资，交流默契，结下深厚友情。在我的心目中，子玉是一位严谨认真的书法家，他德艺双馨，讲究一笔一画皆有来处。性情上，他与人为善，于我而言，他亦师亦友，是一位可遇而不可求的贤兄。

四年前，子玉说："到了咱这个年纪，心脏太重要了，咱们一块去查查心脏？"我是 28 岁时查出的冠心病，为原发性高血压所致，几十年来一直吃降压药、降脂药。去中心医院做了冠脉 CT，子玉是 20% 至 30% 的堵塞，无大恙。我是 50% 的堵塞，遵医嘱服用阿托伐他汀。我不放心，趁寒假去北京的机会来到解放军总医院，要做一个冠状动脉造影。心内科主任说："你既无症状又无感觉，没必要做这个。"我说自己长期高脂血，血压也不稳定，做一做放心。进了介入手术室，一查，前降支堵塞 85%，便放了一个支架。我很感激子玉的提议，因为无症状的前降支堵塞者会随时丧命。

子玉生于 1956 年，先后毕业于首都师范大学书法专业和山东大学汉语言文学专业，退休前是淄博市博物馆陈列展览部主任、中国书法家协会会员、中国文物学会会员。他早年师从欧阳中石、大康先生研习书法，形成了结构严谨、笔不拖沓、章法朗润的艺术风格。他于1985年受聘于中国书画函授大学（今中国书画国际大学），在编辑部任编辑，兼任欧阳中石先生助手；1989年任北京煤炭管理干部学院书法教研室主任，同年由大康、欧阳先生介绍，加入中国书法家协会；1991年参加北京大学首届书法研究班并在中国革命历史博物馆举办"曹子玉书法展"；1997年在中国美术馆举办"曹子玉书作展"；2018年在孔庙和国子监博物馆举办书法展；2019年在上海朵云轩举办个人书法展。子玉的书法作品四次在国家级艺术殿堂得到展览，实为罕见。除此之外，他还做了在广州举办个展的规划。

我愿意在此披露一位神秘人士去年与子玉的约定：请子玉于庚子年后入主位于北京西北三环内某小区的曹子玉书法艺术工作室，以北京为轴心，开展广泛的书法艺术交流活动。这位神秘人士是刘炳森的高足，他告诉子玉，他用了十年的工夫追踪子玉的书法动态，并进行了大量的比较与汰选，最后得出结论：曹子玉在草书上是当今国内的翘楚，而且他是中国书法正统的忠实继承者，因此他要投入财力、物力、精力，弘扬曹子玉的书法艺术。我们无法判断此人评价恰切与否，但是他的评价对于人们了解曹子玉的书法水平具有重要的参考价值。遗憾的是，北京的曹子玉书法艺术工作室永远等不来它的主人了。

2004年6月，欧阳中石先生回到母校——博山考院小学，子玉约我为此行拍照。这是我第一次见到子玉口中常常念叨的恩师，老人不高的个子、和蔼的语气、儒雅的气质给我留下了深刻的印象。我拍了许多欧阳先生佩戴红领巾的照片。

2014 年 12 月 16 日，"欧阳中石书中华美德古训展"在山东美术馆隆重开幕。我与子玉、孙亮三人早早赶到贵宾室，与欧阳先生及其夫人会面，约定第二天再去舜耕山庄相见。开幕式上，欧阳先生上台讲话，我在一旁拍照。讲话结束，先生要走下讲台，不知是因为红地毯晃眼还是过于疲劳，先生移步的时候两腿有些打软。我离他最近，见情况不好，一步抢上去扶住老人，向台下走去。服务人员也反应过来，上来了两三个人，与我一起把先生扶下讲台。第二天上午，欧阳先生突患脑卒中入院。自此之后，直至 2020 年 11 月 5 日逝世，欧阳先生始终处于康复治疗之中。

2018 年 12 月 27 日，"曹子玉书法艺术作品展"在孔庙和国子监博物馆开幕。这是子玉继 1991 年在中国革命历史博物馆、1997 年在中国美术馆举办个人书法展之后，第三次在北京举办个展。子玉说："孔庙和国子监作为元明清三代的皇家祭孔场所、最高学府和教育行政管理机构，曾经担负着国家最高文化教育职能，是久负盛名的传统文化教育圣地与国学殿堂。我的书法作品能被国子监看中，是一件很难得的事情。咱们共同把这件事办好。"我说："定当全力以赴。我来干啥？"子玉说："你来设计、印刷请柬、作品册页和手提袋，定制纪念品，起草展览通稿。到时候咱们一块出席开幕式。"我欣然应允。周祖毅先生提供了雨点釉精品对盏，樵岭前的李志君厂长赞助了请柬、作品册页和手提袋 200 套，通稿我也事先写好了。

开幕式那天，北京出奇晴冷。开幕式上，大家云集，金运昌慷慨陈词，对子玉的书法艺术做了中肯的评价：

"第一，曹子玉肯花大力气、下笨功夫，将自己的艺术之根深深地扎进传统的沃土，广泛地汲取各种精华。他在创作上虽然以行草书为主，但举凡甲骨文、金文、秦篆、汉隶、魏碑、唐楷，他无不涉猎。朝夕临池，数十年如一日，遂收'通会'之效。粗看他的行草书，我们可以看到'二王'，看到米芾、王铎、沈尹默……如果细加品味，我们更会发现篆书的笔意、隶书的趣味、魏碑的转折……欧阳中石先生在行草书教学中特别强调章草在变化气质方面的特殊作用。曹子玉谨遵师训，对《豹奴》《急就》用力尤多，因而他的字里行间时时浮现一种婉约淳美之气，有米芾之潇洒而无其轻率，有王铎之险绝而无其乖戾，深合中国传统美学所推重的'中和'之旨。

"第二，艺术创作可以百花齐放，但一个泱泱大国的艺术风格不能没有'主旋律'。就好像一桌筵席，必得有几个高档大菜才拿得出手。臭豆腐、萝卜皮之类，口味独特，自有其存在的价值，但如果满桌都是它们，成何体统？然而越是风格怪异的东西，越容易吸引大家注意，成名就快（当然，败得也快）；越是底蕴深厚的东西，搞起来越吃功夫，费力不一定讨好。曹子玉追求的艺术风格，恰属后者。他的字，置于金碧辉煌的厅堂，配以紫檀家具、丝绒地毯，不显得寒碜；置于俭朴素洁的草舍，配以石锅瓦缶、竹椅藤床，亦不显得倨傲。此之谓'典雅'，是很难修成的一种高贵气质。曹子玉其持之勿失！"

2019年1月4日，宏森见了子玉为祝贺拙著《促蛰》首发而写的隶书对联"孝水兼葭色，颜山蟋蟀声"，予以高度评价。我把这个消息转告子玉，子玉说："好！可见多用些古典的东西，大家都喜欢。"我说："是的，曲高未必和寡。"子玉说，"学中文的，必须明白这一点。"又说："博山很多写字的同道，可能是受职业的影响，容易匠气，笔的灵活性就弱了，书法的感觉也弱了，像给人家填格子一样，没有手札灵动的感觉，文人气弱，自由度差。拿过一张纸来，刻意去考虑与安排，就成了做东西。王羲之就是因为拿过纸来即兴发挥，才展现出自然多变的书法风格。真正的好字，往往都是有基本功在的！"我说："这叫长期积累，偶然得之。"子玉说："是的，很多人忽视文房四宝的作用，其实用笔和抡鞭一样，胆小小抡，胆大大抡。用笔不熟，只能是小抡。"我说："艺高始能胆大。"子玉说："是的，写字实际上就是抡笔的过程，这叫笔法。"我说："叫笔法、墨法、章法。"子玉说："对，这是一组合乎逻辑的笔墨乐章。我跟欧阳先生学习的主要收获就是我的落款和正文是'一家人'的关系。"我问："是同一种气息？"子玉说："是的，这很重要。欧阳先生说，'正文30分，小款50分，盖印位置20分，共计100分'。"我诧异道："小款这么重要？"子玉说："因为正文经常写，款却随时变，所以见功力的东西都在款里。看款，就是看平常的水准。称谓、时令、谦辞等文化上的东西，可以说是字外功，就跟写信封一样，

237

从字外，到字内，再到字外……看一些博山同行的字，时常感到匠气。笔是在纸上驰骋的东西，须与墨、纸相得益彰，在陶瓷琉璃上黏糊，不可能有笔法可言，只能叫工艺。"

2019年1月12日，子玉结束了在国子监的艺事，从北京回到淄博。我说："胜利归来。"他说："头有点晕，可能是供血不足，也可能是急的。明天去医院做做 CT。"结果次日他就住进了医院。我问："住院了？啥情况？"他说："腿脚麻木，一会儿输液。"我说："处理及时。"再一日，我问："今天怎样？"子玉说："昨天打了针，一夜无事。"我问："麻木可有缓解？"子玉说："还有点麻，中午做磁共振。"结果查出脑神经某处有囊肿，继续打针。17日，我问："感觉好点了吧？"他说："没大问题，劳累所致，放心吧，过几天就出院。"我说："你比我能拼，悠着点！"20日，我问他感觉咋样，子玉说："今天出院了，头还有点疼！"我说："估计是输液的副作用，慢慢就会消失。这一仗打赢了，接下来要让自己放松一下，天不会塌下来。"

2019年1月31日，我发给子玉任玉林书法作品图片两幅，子玉说："我的草书受任先生影响挺大。自 1976 年起，我在黑山煤矿学放电影近两年，其间经常向任玉林先生请教，开始都是董维耀陪我去的。关于任先生书法的事，你应该采访我一次，估计会是一篇好稿子。我联系了不少相关的人，但他们都麻木不仁。"

2019年5月25日，子玉发来微信："培国您好，韩宗峰给我打来电话，说5月31日是任玉林先生诞辰 115 周年，他们村里想搞个座谈会，不邀请社会人士参加。我说不邀请谁也不应该不邀请咱仨（外加毕玉奇），他说搞小了怕咱笑话，我说活动没有大小，只有轻重，不会有人笑话。于是他就联系村委安排。"子玉曾说，二十世纪八十年代初他初入师门的时候，欧阳先生问他："字是跟谁学的？"子玉说："跟我们地方上一位叫任玉林的老先生学的。"欧阳先生说："你回去的时候多拿几张任老先生的字来我看看。"看了任先生的字后，欧阳先生说："比我写得好！"至今，子玉还存着近百幅任玉林的字（可惜当年家里地下室跑水，损失了很多）。他不止一次地提及他的愿望：有朝一日在博山为任先生举办一次书法遗作展，要是能在八陡镇青石关村的任先生故居修建一个任玉林书法艺术陈列馆，或者弄个碑林（廊），就更好了。八陡镇要是变成了"书法镇"，博山的文化旅游产业就能上一个大台阶。

2019 年 5 月 31 日，任玉林书法艺术座谈会在八陡镇举行，子玉、我、毕玉奇、张宗帅应邀参加。6 月 2 日，子玉说："刚才我和韩宗峰通话，询问会后的成效，他说大家已经重视起来了，就是不知道该怎么弄。他们的书画研究会已征集到任先生的字二百多幅、诗词几十首。我看了视频，感觉诗词和字都很好，字能比肩启功先生，也不逊于欧阳先生。"

近几年来，子玉的书法在苏州声名鹊起，各种文化沙龙场所纷纷给他留出工作室。起初，他的作品被送到上海朵云轩拍卖，朵云轩老总一看，说这字很好，随即邀请子玉到朵云轩举办一次个展。子玉说："朵云轩门槛高，不是谁想进就能进的。"于是紧锣密鼓地筹备起来，我还是负责起草新闻通稿。开展之前，子玉说："我现在要写字，没空和曹萌讨论册页和手提袋的事，你们看着弄。"我说："我找好印厂，让曹萌设计出来后与印厂对接。"册页印制完成后，子玉说效果挺好。临行前，我说："这次虽不能陪你去上海办展，但我要给你提个意见。你的着装过于质朴，与你惊艳四座的书艺不太相称，这次又是去上海，当地人眼界极高，你在小节上不可以大意。我有一身上海版藏青毛料西装，你出席开幕式时一定要穿上。"2019 年 11 月 2 日下午三时，曹子玉书法展在上海南京东路的朵云轩隆重开幕，上海国际收藏论坛执行主席陈志强先生主持开幕式，上海朵云轩集团党委书记顾林凡、中国收藏家协会副会长岳峰、北京故宫博物院古书画部副主任金运昌、上海市书法家协会名誉主席周志高、上海海派画院院长吴元京、北美书法家协会副会长兼秘书长王默之出席开幕式并讲话。

朵云轩个展办得很成功。子玉后来跟我说，一般的展览很难请到周志高先生，这次他不但出席了开幕式，还与大家共进晚餐，算是给足了面子。我说："面子归面子，还是冲着字好。"子玉又说："你的西装我穿了五个小时，效果很好，谢谢！"展览开幕次日，子玉发来中国收藏家协会副会长岳峰代表中藏协罗伯健会长讲话的录音，说他们忙，不过来了，并请我把录音整理出来。12 月 18 日，子玉《兰亭序》纸本镜心六幅在朵云轩 2019 年秋季艺术品拍卖会上拍得 30 万元。

平时，我与子玉的交往多限于文学、书法，只有逢年过节的时候，才会礼节性地互赠一点伴手礼。我往来博山很方便，年前就买一点烤肉、做一盆酥锅、称几斤煎饼送他，他说烤肉好香，切着吃能吃半条。去年他送我一袋南方富硒大米，开始我不看重，觉得南方米哪赶得上东北米，不想煮上的米还没熟，香气就四散开来。我发微信问他："这是哪里的大米？我平生第一次吃到这么好的米。有没有邮购地址？"他说："这是北京的朋友给我寄的，不知道是哪里的，我抽空问问。"不一会儿，子玉回复道："我回来看了看，家里还有四袋子，下午我再给你三袋子。朋友刚给我大米，我不好意思立刻问。既然好吃，我就留心这个事，想办法再弄。"我说："不用，家里还有别的大米，也好吃。我是为以后打谱。你留下吃，千万别送。"但到了下午，子玉还是让司衍德把大米送了过来。我说："这就叫夺人所爱！"

今年3月17日，子玉说："赵鹏主任来工作室坐了坐，说市里要在陶博会期间出版一部《淄博守艺人》，让我题写书名，也让你对收录的文章做总体把关。"又说："你先和赵主任弄着吧，我胃不舒服，住院了，估计过些天能就出院。"我问："没大碍吧？"他说："一周左右看结果。"我安慰说："没事的。"他说："老是没劲。"我说："我明天下午去看望你。"他说："别过来，医院查得很严格，只有一个陪护证，进不来的。我过几天就出院了。"

3月28日，子玉说："前天出院了，但肺上有问题，吃中药了。"我问："没有介入干预的疗法配合中药？""没有。""要有信心，有种介入，局部作用于病灶，不伤身体，好像叫靶向治疗……那你就先看中医吧！"他说："肾穿刺的结果这几天就出来。左肾老是疼。"

4月29日，建华来电话，说曹老师可能住院了。我询问子玉，子玉发给我一份"左肾功能重度受损"的 ECT 报告单和一张他与一位朋友的合影，说："今天请了三个小时假，勉强去和建华的朋友照了个相。"

5 月 9 日，我问子玉是否好一些了，他回复俩字："不行。"我说："慢慢来，需要我帮着陪护就说。"他说："现在不让陪护了。"

5 月 10 日，子玉发来一张他在病房里的照片。我说："气色比那天拍照时要好，做手术了吗？"他说没有，得半个月以后。此后，11 日、16 日、17 日再给子玉发微信，未获回复。妻子说："医院进不去，得想办法进，必须见一见曹老师了。"后来就有了 5 月 22 日的那次见面，不想这竟是我们最后一次相见。

在子玉的追悼会上，我悲痛难抑，泣不成声，下午回到办公室后，写下了这篇悼文。蓦然间，我看见窗外的紫荆花的花枝上停着一只俊俏的小鸟，径自在那里整理羽毛，仿佛世间的嘈杂与它无关。我忽然想：这是不是子玉的魂灵？你看他摆脱了病魔的纠缠，变得多么自由自在！

可是，这只俊俏的小鸟真会是魁梧伟岸的子玉兄变的吗？细想至此，我不禁泪如雨下。

2020 年 5 月 31 日，子玉追悼会当日

师范大学文学院中国散文研究中心 · 推荐

当代散文新作荐读文丛

王海峰 主编

浅墨远香

柴翠香

著

山东友谊出版社 · 济南

图书在版编目（CIP）数据

浅墨远香 / 柴翠香著 . — 济南：山东友谊出版社，
2023.10
（当代散文新作荐读文丛）
ISBN 978-7-5516-2787-0

Ⅰ.①浅… Ⅱ.①柴… Ⅲ.①散文集- 中国- 当代
Ⅳ.① I267

中国国家版本馆 CIP 数据核字 (2023) 第 150166 号

当代散文新作荐读文丛 · 浅墨远香
DANGDAI SANWEN XINZUO JIANDU WENCONG · QIANMO
YUANXIANG

责任编辑：赵 锐
装帧设计：于晨虹

主管单位：山东出版传媒股份有限公司
出版发行：山东友谊出版社
　　　　　地址：济南市英雄山路 189 号 邮政编码：250002
　　　　　电话：出版管理部（0531）82098756
　　　　　　　　发行综合部（0531）82705187
　　　　　网址：www.sdyouyi.com.cn
印　　刷：济南精致印务有限公司

开本：880 mm × 1230 mm　1/32
印张：57.75　　　　　　　　字数：1355 千字
版次：2023 年 10 月第 1 次印刷　印次：2023 年 10 月第 1 次印刷
定价：298.00 元（全 8 册）

活景生远香（代序）

王宗仁

接到翠香的散文集，我反复咀嚼书名"浅墨远香"四字，仿佛闻到了香味，这浓香，分明来自山岭的丛林中，又仿佛从山那边的草原上移步缓来……总之，那是生活的香，那是文学的光，充满芬芳、野趣。人有尽时情未终、景未散。"那些被雨水清洗、被阳光点亮的树梢显得愈发油亮剔透。"以上这诗情画意的文字，是我读了《鸽子落在我手上》后不得不写的心语。

其实，从翠香的不少散文中，都能感触到这只灵气活现的鸽子。合上书稿，我实在难忘"蜻蜓落在尖尖的角上梳洗打扮，蛙在荷叶下鸣唱，野鸭在水中嬉戏，翻着跟斗潜入水底，不知何时又冒出小脑袋，得意地四下张望"的情景。她还写道："阳光在树梢上跳跃，还调皮地见缝插针，落在人们的肩头、发间抑或仰起的脸上，热烘烘地拱着你去找寻阴凉的地方。"能说这不是一处"世外桃源"般的人间圣地？说阳光"调皮地见缝插针，落在人们的肩头、发间"，分明把可爱的阳光人格化了！我不知道翠香是不是同时还写诗，但她的字里行间，分明流淌出了非常浓郁的诗韵。我觉得她的文章立意有诗意，写作角度很巧妙，收得拢、放得开，文气非常饱满。

这篇文章不局限于写景，而是也写出了天人的合一、人鸟的和谐。高跟鞋嗒嗒嗒地踩、脱掉高跟鞋与木板路亲密接触、小白鸽落在肩膀上等的情节，她都写得很细腻，也很动情。

作者继续招惹我们，她写道："一只小白鸽突兀地落在我的肩膀上，我欢喜得有些心慌意乱……一只只鸽子陆陆续续地飞落到我的身边，它们就那么自然地站在我的手掌间、落在我的头上……啄我的指头，在我的头顶磨它们的喙。"翠香的文字，既没有华丽的辞藻，也没有惊天动地的豪言壮语，她只是用沾满烟火味儿的文字，便把人与自然、与飞鸟万物和谐相处的美好景象展现在了读者面前。读到这里，微闭双目，我仿佛也听到了鸽子咕咕咕的叫声……

"只要温度适宜，茉莉就会一拨一拨地开。洁白秀丽的花瓣，纤细而狭长，不卑不亢地伸展，吐露着、婀娜着、芬芳着，没有杂色，好像飞舞着的精灵不沾染半点尘埃。"翠香的《一股茉莉香》，从一株清晨花开送香的茉莉写起，先抓住花叶、花蕾、花瓣、花蕊等加以生动描绘，写茉莉花或含苞欲放，或俏立枝头，素洁雅致，绿叶相扶，芳香弥漫；后通过对茉莉花人格意义的揭示，歌颂茉莉花给人以希望、不卑不亢、冰情玉洁等的美好品质；结尾，情感达到高潮，主旨亦蕴藏其中。

她的文章中不只有怡人的香，还有醉人的清。你看："一扭头儿，竟看到一棵苦菜泛出点点新绿，开出一朵小花来。黄灿灿的小花沐浴在细雨中，透出清爽爽的一抹亮丽与惊喜。""似有淡淡的清香飘来，带着泥土独有的芬芳。一抬头，母亲也在盈盈地笑。"作者把春寒料峭中那朵带着雨珠的小野花绽放在读者面前，让人感受到了生命的顽强，这就是文字的魅力。

"一朵小花，开在北国仲春的细雨里，它给了我无比的震撼，使我感受到生命强大的同时，竟让我思绪万千：我们的生命力究竟有没有一朵花强大？有没有像它那样对生活充满激情和热爱？有没有像它那样在桃红李白面前骄傲地自顾自美丽？有没有像它那样在寒风苦雨里依然如约绽放？有没有像它那样有一点点这么灿烂的高光时刻？"这些清新而悦人的文字来自《邂逅一朵花》，以小喻大，以物喻人，赞美生命，令人在不知不觉中得到教化，并从中汲取力量。

翠香的文字又是那么的有温度，她写母亲的点点滴滴：从病痛中重生后，热爱生命、生活，感念世间的一切美好；不声不响地接改嫁他乡故去的奶奶"回家"，以稍解父亲的思母之苦；无微不至地照顾女儿的婆婆，她们的身影成为全村最美的风景……不善言语的母亲从心底开出的善良的花儿，也给了作者潜移默化的影响，使她的文字散发出了温情与善良的光芒。

我与翠香属于忘年交。2012年初冬，我应邀来到寿光给文学朋友们讲述我的写作历程及生活感悟，在我讲授的过程中，翠香引起了我的注意，因为她的眼神中有对文学的热爱和渴望。中间休息，她双手捧过笔记本让我签名留字，她的热切让我有些感动，最后，我不仅给她留言"乐从苦中来"，还与她合影留念。

经过交谈，我得知，她是一位农村小学教师，两个儿子都在部队工作。哦！原来这样，怪不得她说论起来我还是她儿子的领导呢。我不禁高兴起来，于是我们互留了联系方式，而后我便时常收到她的问候和叮嘱。所以当后来翠香让我给她的文集写序时，我毫不犹豫地就答应了，尽管确实很忙，但这点时间我还是挤得出来的，我这么想着，也就写下了这些文字，与翠香共勉。

　　是为序。

2022 年 10 月 3 日于望柳庄

　　王宗仁，国家一级作家，第五届鲁迅文学奖获得者，曾任中国人民解放军总后勤部政治部创作室主任、中国散文学会秘书长、中国散文学会名誉会长等。

目　录

02

第二辑　那一帘旧时光

第三辑　绿从天上来

第一辑

邂逅一朵花

　　轻嗅间，似有淡淡的清香飘来，带着泥土独有的芬芳。一抬头，母亲也在盈盈地笑。顿时，两朵花同时抚摩我一颗荒芜杂乱的心，心田瞬间变得肥沃丰盈起来。

你好，刘玉兰

一直觉得刘玉兰这个名字很雅，即使在心里偷偷叫一声，也会让我嘴角上扬，就如此刻。

想到刘玉兰便感到一种阳光也无法比拟的温暖。她是一本书，我无论怎么读，都很难完整、准确地读出她的内涵。

刘玉兰生病的时候，我不到两岁，没多大印象。据说她是因为生我的时候，月子里受了凉。反正从我记事起，她就一直是病着的，家里弥漫着中草药的味道，猪圈棚顶上晒满中药渣子，连同我的衣服甚至身上都有一股难闻的气味。刘玉兰始终一副没精打采的样子，冬天拖个棉袄，寻找屋前、墙角的阳光；夏天拿把蒲扇，追赶树下移动的阴凉儿，曾经一度病得下不来炕。从寿光到益都（现在的青州），从潍坊到济南，辗转多地，奔波几年，她的身体一直不尜不好，也便耽搁了我弟弟妹妹的出生，我也便成了独苗。

小时候，我总担心她会突然不见了，每天不离她左右。等到上学，每天下学都是跑着回来，一进门，书包随手一扔，便大声喊叫，只有听到她的应答，心里才踏实下来。如果听不到预期的回应，我便四处寻找，直到看到她瘦小的身影出现在视野里，一颗心才会落地。记得上三年级时的一个傍晚，我放学回来，喊叫后没有听到刘玉兰的回答，在家里找遍了角角落落，也没有看到她的影子，以为她没了，从此就找不见了，不由得坐在门口放声大哭。也不知哭了多久，感觉喉咙冒烟、刺啦啦地疼。暮色四合时分，刘玉兰从外面回来了，我赌气不理她。她给我擦干眼泪，牵着我的手走进家门，一边哄我，一边拿出一件绿底儿、黑色小碎花儿的褂子。她说到村里一家裁缝店去给我做新衣服了。那是我第一件制服，我也因此成为我们村同龄人中第一个穿制服的女孩儿。刘玉兰抚摸着我的头，说她的身体好了，死不了的，阎王也不会来找她的，说我还没长大呢。她这一说，我憋不住，哭得更厉害了。我的嗓子从此就变成了标准的"公鸭嗓"。后来才知道，那晚我把声带哭坏了，刘玉兰心疼了好久，直说可惜了我的一副好嗓子。教我的几位老师也感叹了很久，因为那时我是班里的文艺骨干，每天第一节课前，背完毛主席语录，我都会唱上一段样板戏的。尽管不知道词意，但也唱得有板有眼。李铁梅的《都有一颗红亮的心》、阿庆嫂的《智斗》、柯湘的《家住安源》……我都唱过。

我家临街而居，墙外就是大集市，那时的集市比现在热闹。每到大集，是我最疯狂的日子，整个上午我都会东跑西窜，在人群中穿梭。

那应该是我六七岁的时候吧，还没开始上学呢。那天我兴冲冲地拿着一个甜瓜跑回家，想得到刘玉兰的夸奖。

"哪来的？"刘玉兰的脸色不大好看。

"捡的……"我说得理直气壮。

"在哪捡的？"她的音调提高了八度，这是我第一次见她发大火。

"集市拐角的地方，从地排车上……掉下来的……"我有点心虚。

"怎么这瓜就这么巧偏叫你捡到？"她一边说着，一边脱鞋。看势不妙，我扭头就跑，一边跑一边回头看。她还碎碎念"拿就拿吧，还学会了撒谎"，话没说完，一只鞋底扔了过来，好险，离我只有半步。我正得意地朝她做着鬼脸，一扭头咣当一声，撞到了墙上。没有规划前的街道曲里拐弯的，我竟忘记了——真应了老人的那句话：人欢无好事！我自然被母亲逮住，她不仅不怜惜我头上的大包，还狠狠地揍了我一顿。这是我记忆中被打得最重的一次，文行至此，仿佛浑身又隐隐作痛起来。这次教训，使我这辈子再没有私自动过别人的东西，也不曾占过别人的便宜。

奇怪的是直到现在，我也不记得那瓜到底是我捡的，还是从人家地排车上拿的了。真记不真切了。那一顿胖揍，让我懂得，做人要坦坦荡荡、光明磊落，不能做那些偷鸡摸狗的事。不过记得当时刘玉兰接着就从集市上给我买了好几个更大更好的甜瓜。如今，每次吃到甜瓜或听到"甜瓜"俩字，那情景就又会在我眼前晃动。

我出生在 20 世纪 60 年代初，三年困难时期刚刚结束，我们虽然已经能填饱肚子，但每天吃的不是胡萝卜就是地瓜，闻到那味儿就会反胃。

记得有一次放学回家，我掀开锅盖儿，照旧是白水地瓜滚子。我噘着嘴把书包扔到土炕上，约上几个玩伴——他们都同我有着一样的心思，一起到邻村看电影，打发自己不满的情绪。其间跟着换片子的工作人员从这村儿跑到那村儿，那时真是精力旺盛、体力充沛啊，如果吃饱喝足，会不会反上天去？等回到家已经是夜里十点多。刘玉兰早已把蒸熟的地瓜与少许的面（平时很少吃）掺和在一起，烙成厚厚的地瓜饼，暄暄软软的。狼吞虎咽地吃上两张地瓜饼，我便在心满"肚"足后，憨憨睡去，而她，却累得彻夜难眠——这是我长大后才知道的。

在我十二三岁的时候，刘玉兰便开始教我纳鞋底子，不厌其烦。从用碎布或旧布加衬纸一层一层地粘在一起裱糊成厚片的打袼褙开始，再照鞋样一一剪下来，压底、镶边。讲这些的时候，刘玉兰极为认真、细致、耐心，她给我打好边线，起上头。那时候我手小握不住大鞋底，手里没力，纳出的鞋底因针脚大小不一、高矮不等、用力不匀而凹凸不平，难看死了。但刘玉兰不嫌弃，一遍又一遍地说着要领。有时我真想撂挑子不干了。她总是说，好好学，总会学会的，靠谁都不如靠自己。为了看起来更直观，刘玉兰便在本子上给我画好：左右间距一厘米，第二行往下透空，以此类推。我慢慢掌握了这种女红的技术，纳出的鞋底儿有模有样，并得到了大娘、婶子们的好评，她们常常以我为榜样教育她们的女儿们。

刘玉兰以她独有的疼爱方式，以羸弱的身体，尽量多地教给我日后所必需的女红的活计。

初中毕业那年，我 15 岁，利用三个晚上的时间偷偷改造、翻拆了一件大娘家三姐给我的黄黑格子上衣。翻拆的褂子，如同新做的一样，颜色鲜艳，针脚细密，这成了学校当时的一大奇闻。女孩子们纷纷过来拉拉衣角、拽拽袖，看看是否结实。

我自是得意，连领子和隐藏式口袋都上得那么紧致和平展，这针线活儿让刘玉兰也吃惊不小，她频频点头，眼里笑出了泪。而这件"新衣服"让照片上的我笑得格外灿烂。

后来我又跟着刘玉兰学会了摊煎饼、纺棉花，我还自学了做绣花枕头、刺绣蚊帐帘子和十字绣墙围子……那墙上的喜鹊登梅、蚊帐帘子上的海棠翠竹、枕头上的凤凰穿牡丹图案我至今依旧历历在目。只是那时候的刘玉兰哪会想到社会发展得如此迅猛，迅猛到应有尽有，迅猛到思想都跟不上趟儿。但我依旧感激甚至敬佩她，是她，让我不管做任何事都不惧怕，都尽力做到最好。

刘玉兰不大会说话，父亲常常戏谑她"说的没有做的好"，我也这么觉得。20世纪60年代末，二奶奶带着两个叔叔和两个姑姑加入"闯关东"的大军，二爷爷故土难离，独自留在关里老家。那时刘玉兰的身体尽管有所好转，但依旧肩不能担，手不能提，下不了地，干不了重活。家里生活也不富裕，父亲为难地看着她，可她瞪我父亲一眼，二话不说就把二爷爷接到家里，无微不至地照顾着。刘玉兰这一照顾就是10多年，直到二爷爷驾鹤西去。二爷爷走的时候安详而满足。

刘玉兰就这么磕磕碰碰地到了54岁上，那一年她查出了要命的病！尽管通过中药治疗从"死刑"到"死缓"，但她时时被死神召唤的那些日子，我可以说过得心惊胆战、度日如年。刘玉兰却依旧我行我素，泰然处之，该逛街逛街，该挖野菜照去不误，时而哼个小曲儿，仿佛那病与她无关。在云淡风轻里，她竟然安然度过了那些令我担惊受怕的日子。27年过去了，刘玉兰红光满面，谈笑风生，是典型的"逆生长"代言人。她在五年前还得过脑血栓，又把我的心提溜了一次，好在有惊无险，竟连一点后遗症都没有留下。她常说："善良的人总会得到老天爷的眷顾的，好人有好报嘛，我还能吃 10 年水饺（刘玉兰的最爱）。"这话我深信不疑！笑着大声回应她："必须的嘛！"

81 岁的刘玉兰依然活得鲜亮明艳，如一朵玉兰花，高擎在人生的枝头，怒放着，美丽着。

你好，刘玉兰，我是你唯一的疼爱，你是我今生一直的牵念、最深的喜爱。

原载于《牡丹》2021 年第 8 期（上），收入本书时有改动。

任性的刘玉兰

母亲刘玉兰是一个特任性的人。

任性也是需要土壤的，母亲任性的土壤来自我的父亲。

不知从什么时候开始，一向性格绵软、对父亲言听计从的母亲却任起性来，有时候她自己都觉得自己很固执。具体从什么时候开始的呢？我一遍遍地飞转着脑子使劲想，应该是在母亲大病痊愈后吧，父亲把她宠成了孩子，也滋长了她的任性。

80多岁的人了，上下楼依旧把双手抄在袖筒里，抑或插到口袋里，被说过几回，依旧我行我素。说得多了，我也就懒得说了，随她去吧。

常在河边走，哪有不湿鞋？这不，她还在得意地扭头和邻家小媳妇打招呼，一步踏空，手又一时抽不出，咣当一声，跌下楼去。吓得小媳妇黄了脸，急忙放下手中的东西，把她扶起来。她尴尬地拍拍手，扯扯衣角，尽管感觉脚麻酥酥地疼，但还是连声说着"没事，没事，你忙你的"。折回身来，上楼，回家，放弃了到操场逛逛的念头，她感觉脚扭伤了，还不轻。小媳妇抬头看着她一步一步踏上楼梯，她腰杆却挺得比往日更直，脚步也更轻松。然而到家后发现，脚踝已经肿得如同发面馒头似的，好在没伤着骨头。我连忙给她用凉水浸泡、抹药，她疼得龇牙咧嘴，还嘴硬："大意了，光顾说话，忘记这是下楼梯了，没想到会摔下去。"

第二天碰到楼上小媳妇，她关切地询问母亲脚伤着没有，说看着摔得不轻。看她一副自责的样子，我真是不忍心告诉她实情，毕竟她是想着给母亲送姜才把母亲叫住的，她也没有想到会发生意外，母亲毕竟是80多岁的老人，她很担心会磕出个好歹。我笑着摆摆手，连声说"没事的，没事的"，得到了她对母亲真硬朗的赞美。母亲整整在家静养了一周，也受到了父亲几次对待孩子般的严厉批评和教育。

也许母亲骨子里就是任性且固执的，只是迫于父亲的暴脾气才将这些隐匿了起来。而在54岁那年因生病住院受到千般照顾万般呵护的时候，她那份骨子里的任性也便在不自觉中暴露无遗，且有愈演愈烈之势。

身体痊愈后的母亲对土地依然有着特别的依恋与深情，夏天拾麦子，秋收捡棒子，父亲觉得她岁数大了，天又热，让她不要太过劳累，好说歹说她就是不听。她认定的事，说破天她也不会改变。俗话说"不撞南墙不回头"，母亲是撞了南墙，哪怕头破血流也不会回头。怎么能挡得住？没办法，父亲把钥匙藏了起来，没想到母亲早偷偷到集市上配了一把，天不亮她就悄悄走了，大门四敞大开——怕关门声被父亲听到。父亲后来也就由着她了，而且还得去把她的收成给运回家，那么重的车子，他自是不忍心母亲又受累。直到有一天热着了，一副中暑的模样——上吐下泻，发烧，母亲才彻底打消了冒着酷暑劳作的念头和行动，可还不忘把扫到的半袋小麦粒子带回家，那也是她唯一一次没有及时用清水把麦粒淘干净。

母亲60岁那年，腰疼得厉害。带她去邻村找了有名的乡村医生咨询，大夫看看母亲腰上的几个小疙瘩，很确定地说是"缠腰丹"，学名"带状疱疹"。我第一次听到这个病名，忙着询问。大夫说尽管很疼但刚开始起，抹点药、打几天针就没事了。随后还给了一个偏方：用蒜臼子把松柏枝子捣碎出汁，再用蛋清拌匀涂抹于患处，每日两次，很快就好。大夫说这些话的时候，母亲恍若灵魂出窍，眼神涣散，不知道她在看什么，也不知道她在想什么，只觉得她心不在焉。医生给母亲打了一针，说其他药带回家到本村诊所打比较方便。回到家，我问母亲怎么了，她担心地说自己可能得了大病，像青他娘（父亲朋友的母亲）的病一样，没多少活头了。我和父亲就笑她自己吓唬自己，劝她要听医生的话，不几天就好了。母亲愁眉渐展，但看起来还是很紧张。

用过药的母亲疼痛感明显减轻，而且疱疹开始萎缩，不像先前那样饱满、晶亮了，我和父亲自是放心不少。没承想母亲竟偷偷坐上了去县城的公交车——原来母亲一直不相信我们所说的话。要知道，从家到皮肤医院有20多公里地呢。母亲又从车站步行近5公里路，经过打听，找到了新建的寿光市皮肤病医院，挂号、看病、拿药都是她一个人。凡事一直依靠父亲的她竟然自己干了一件这么大的事情！我由衷地佩服。母亲不记得乡村医生开的是什么药，从医院回来一看：开的药一般无二。望着堆在一起的同样的两份药，母亲嘿嘿地笑着，笑得那么轻松又快乐。那一刻我心中也是欢愉的——母亲终是彻底放下心了，我同时也有一些心疼——她以为我们瞒了她病情，自己寻找答案去了，结果出来，知道我们并没有骗她，她也是很欣慰与开心的吧！而在这之前她自己一直觉得是得了要命的病，不管我们怎样劝她。

人，总得为自己的某些任性行为买单。母亲走路向来不看道儿，有车没车照走不误。这是很严肃的事情，我拉下脸来警告她，但她依旧我行我素。如果跟她一块儿出去，我会被她吓得头皮一紧一紧的，不知道抓着胳膊把她拽回过多少次。她总说："我不看道儿，自然有看道儿的，车还敢撞我啊？"什么歪理呀这是？总有躲闪不及的时候，总有盲区，总有惹人生气人家不让着你的时候……还是不听啊。到底还是被电动车撞了，尽管没有严重到伤及性命，胳膊、腿也没什么大碍，只是磕破了膝盖，大腿外侧虽青了一大片，好在没伤到骨头，但她着实把自己也把骑电动车的小姑娘吓得够呛。小姑娘不住地跟我解释："阿姨对不起，奶奶一下子就横穿马路过来了，我没来得及躲闪……"我自然知道是母亲的过错，忙着给人家小姑娘赔礼道歉，催促人家快去上班，别记挂在心上。母亲自是吃了些苦头，这已经是她第四次被剐蹭了。自此以后她算是长了点儿记性，走路不像先前那样不管不顾了，知道在过十字路口时前后左右瞅几遍了，这是以前很难得的举动和习惯。

后来母亲跟我住到了楼房里。住到楼上的母亲依旧眷恋老家的那个大院子，里面有她的喜欢与宠爱。青枝绿叶的瓜果蔬菜占了大半个院子，丝瓜、吊瓜爬满边边角角、墙头柴垛。母亲每隔五天回家一趟，顺便赶我们村的大集，而后忙活着浇水、施肥、捉虫，如此一番，常常累得腰酸背痛。她忙活父亲就得帮忙，因而老大不高兴，责怪她想一出是一出，有时实在懒得动弹，他们也会在堂弟家住下，当一回客人。

母亲经常回老家的另一大原因是她的花花和乐乐。花花是只小花猫，乐乐是只狮子狗，都被母亲惯得不成样子。住到楼上后，我和父亲都劝她把花花和乐乐送人，邻居也比较喜欢它俩，母亲舍不得，硬是把它们留在了家中。每次回去都是一次久别重逢的激动与喜悦，它们上蹿下跳，恨不得把自己装进母亲的衣兜里，疯狂地在院子里跑圈、撒欢儿，讨母亲喜欢。它们是怎样盼星星盼月亮眼巴巴地等待母亲的到来啊？尽管堂弟每天都来给它们送吃食，但它们对母亲的依恋和害怕被母亲抛弃的心情，在见到母亲时表现得淋漓尽致。动物的一生，大概有一半时间是在等待主人中度过的吧？只可惜它们俩还是先后死掉了，看样子死得很痛苦。母亲有些后悔，很长一段时间一直碎碎念："早知道这样，还不如当初送人呢，它们或许还能留条命。"

母亲总是把院子收拾得清爽、透气又充满生机，还富有层次感。她是个极讲究的人，哪怕是爬着蔓儿的丝瓜她也要让它们爬得规整，不能有半点儿凌乱。父亲劝她不用管，一根长出墙的丝瓜蔓儿影响不了她的好名声，可母亲充耳不闻，一根筋比丝瓜蔓儿直得多、任性得多。父亲赌气地赶集去了，母亲便站到了一把摇晃着的椅子上，举着镰刀的手臂刚一挥出去，丝瓜蔓儿断下来的同时，母亲也随着椅子的倒地扑通一声跌坐在硬化过的路面上。

接到消息的父亲刚走到集头，急匆匆地赶回家来，母亲已经被邻居二嫂扶到了椅子上，正坐在那里长吁短叹地呻吟着。

父亲无奈地叹口气，说一句："你以为自己还是三四十岁的年龄啊，忘记了自己已经快 80 岁了呀？"然后让堂弟把母亲送到了楼上。为了砍一根丝瓜蔓儿跌劈了尾椎骨，这代价也太大了。我去王高镇拿了三贴治跌打摔伤的膏药，母亲在床上躺了整整 45 天，从不下厨的父亲成了母亲的"厨娘"。这一个半月无微不至的照顾，让母亲充分享受到了饭来张口、衣来伸手的美好，从此彻底过起了甩手掌柜的生活，且过得幸福而心安理得。

母亲终于老实了，不敢再造次，我和父亲也便放下心来。父亲从此成了母亲的跟班，不离左右地与她同进同出，两人倒成了被人羡慕的一对模范老人。

这不，我正在历数母亲的种种"英雄壮举"，她却一本正经地说要吃"黄瓜烙的南瓜饼子"。我不由得笑了："到底是黄瓜饼子，还是南瓜饼子？"母亲为我没有听明白她的意思而表现出不满，一脸的不屑："人家就是有做黄瓜烙的南瓜饼子的，俺又做不了！"说完白我一眼。我被母亲可爱的小表情逗乐了，赶紧应着："这就做，马上做。"不知不觉中，母亲的任性已像抽丝剥茧一样把急性子的我拖得没了脾气。

人啊，在爱自己和自己所爱的人面前，偶尔任性一下也是极好的享受，但像刘玉兰这样自以为是的任性母亲，想想也是没谁了。

写于 2021 年 7 月 31 日

把碗留给母亲洗

　　某年初秋，母亲踩着椅子摘墙上的丝瓜，不小心掉下来摔伤了腰，那年她 76 岁。尽管骨头没什么大碍——微裂，但医生叮嘱母亲也需要卧床一个月，年纪大了恢复得慢，贴上膏药慢慢养着，尽量不下床。那时我还没有退休，离家又远，照顾母亲的担子就落在了 77 岁的父亲肩上。起初我是很担心的，从来没有下过厨房的父亲怎么照顾母亲的一日三餐呢？我说请假回来照顾母亲，一向最讨厌做饭的父亲这次却高低不同意，他说自己能照顾好母亲，还能顺便学点儿做菜的手艺。看父亲说得这么坚定又这么认真，我就放弃了我的坚持。

　　因为一直是母亲照顾父亲的生活，如今忽然间让父亲吃喝拉撒一样不落地伺候着，母亲显得很不自在。大概在母亲心里，女人照顾男人是天经地义的事情，而反过来，男人照顾女人就有点儿大逆不道了。这或许是母亲那个年代人的统一认知吧，尽管男女平等提倡了很多年，但男尊女卑的观念在她们的脑中早已根深蒂固。所以，每次父亲把饭菜端到母亲面前，母亲总是一副惊慌失措的样子，眼中满是歉意。

　　父亲是村里出了名的种田好把式，不管犁地、耙地、播种、除草、打药、浇水、上肥，还是机器管理、牲畜使用，这些农家粗活父亲都是行家里手。对于做饭炒菜那些厨房细活儿，从我记事起他就从来没做过。刚开始那几天，每到做饭父亲就如临大敌、手忙脚乱。炒的菜不是生了就是煳了；不是酱油放多了，就是忘记了放盐，菜相也就惨不忍睹——上面一半还脆生生的泛着绿光，下面早已煳成了焦炭色。熬个米粥，三两分钟看一次，搅一下，还会因着米多或者米少而使米汤不是清汤寡水，就是浆稠煳底……尽管这样，母亲也从来不嫌弃，一是她觉得自己没有嫌弃的资格，更主要的是她怕父亲的暴躁脾气，也就吃得津津有味。她享受的是从来没有过的"衣来伸手饭来张口"的感觉。

　　等母亲感觉心里没那么别扭了，她就遥控指挥，给父亲当起了做饭师傅。告诉父亲放一瓢半水、一大勺米，把火开到最大，等锅开了，再小火烧20分钟，然后坐上箅子把馒头馏15分钟，关火，饭就成了。父亲破天荒地那么听母亲的话，一一照办，果然，米粥做得很像样子了。母亲慢慢接受了这种被人鞍前马后照顾的生活，而且还很享受这种被人伺候的美妙感受。

　　从不进厨房的父亲在照顾母亲的那段日子里，不仅学会了熬粥，学会了炒热菜、拌凉菜，还学会了揉面蒸馒头，甚至学会了擀面条儿、包水饺，这是我们从没想到的。时间久了，父亲也便做得理所当然，他乐此不疲，再也没有了先前的手忙脚乱。父亲甚至迷恋上了这柴米油盐的厨房生活，即使在母亲身体恢复了以后，仍然和母亲争着下厨房。父亲习惯了做饭，母亲学会了偷懒。父亲每天把生活安排得井井有条，洗衣、做饭、打扫卫生，而且都做得有声有色，还一副很享受的样子。每次回到家，父亲竟不让我插手了，总说要我尝一尝他的手艺。还别说，父亲的厨艺真是大增，菜炒得不咸不淡很合口，生熟恰恰好；米粥熬得不清不稠又剔透晶莹，米香四溢。母亲享受得也心安理得，不再张罗做饭，不再整理家务，她就那样静静地窝在沙发里，有时看她所喜欢的电视节目，有时抱着收音机听戏曲，舒适又惬意，全家戏称她为"老佛爷"，她也听得心满意足，一脸"萌宠"的样子，很是可爱。不过，吃完饭，刷锅洗碗是母亲的"专利"，父亲不让别人替她。我们总能看到：父亲做好饭菜，端上饭桌，吃好后母亲很自觉地站起身，收拾桌子，须臾间便听到叮叮当当刷锅洗碗的声音，这样简单的场景是那么温馨，常让我感动得想流泪，也有些不忍心。

父亲笑着摆摆手，低声说这是为了让母亲有个走动的机会，要不养成懒惰的习惯可不得了。听父亲说起，母亲身体恢复后的很长一段时间，总是一副没精打采的样子，提不起精神，看着也不快乐。问过才知道，一向洗衣做饭的营生被父亲"篡夺"了，她觉得自己成了一个无所事事的无用之人。知道母亲心思的父亲便把刷锅洗碗抹桌的活儿留给了她，母亲一下子又活泛了起来，手脚麻利地做着属于自己的工作，时而哼个小曲儿，时而伸胳膊踢腿扭几下腰肢，似乎一下子年轻了起来。

对于父亲的话，我很有感触，忽然间，我就觉得很感动。我们总觉得包揽了所有的活儿是对他们的孝顺，其实偶尔为之是可以的，但若一直如此，天长日久，无事可做的父母会觉得在儿女面前没有用了，那份以为自己没用的寂寞与孤独是我们年轻人所体会不到的。所以，适当让他们做一些力所能及的活儿也是好的。现在，我依旧喜欢让母亲帮我做些她能做的事情，让她感觉女儿是离不开她的，她在这个家里还是起着大作用的。

本来想着，等母亲身体恢复以后，什么也不让她做，让她做个甩手掌柜就好，以后全家人的棉衣我要自己做，不能再麻烦年事已高的母亲了，但听父亲这么一说，我打消了这个自以为是的念头。

这年立冬刚过，天还暖着，我依旧像往年一样迫不及待地给母亲打电话，让她为我们做几件棉衣。电话那头的母亲总是满心欢喜，爽快地答应："哎，哎，几天就好……"那忙不迭的语气，仿佛担心答应晚了我就会变卦似的。

挂掉电话，母亲奔忙的样子便豁然在我眼前了：母亲喜滋滋地穿梭于集市上，买做棉衣所需的材料，还不忘向她的老姐妹和街坊邻居们幸福地炫耀——要给闺女一家做棉衣呢——那神态、那语气，让人感觉给儿女做事是世界上最值得骄傲与自豪的一件事。

想到这些，我心里便暖暖的。无论走得多远，我们都无法走出母亲的视野，无论长到多大，我们都是母亲最大的牵挂。每次离家，总想着到单位后再给母亲打电话，可每次人未到，母亲的电话就打过来了。听到我说已安全到家，母亲就舒一口气，说一句"那我就放心了"，然后急急地挂掉电话。

天凉了，母亲的心便长了翅膀一般一路寻来，千叮咛万嘱咐，听到我会——照办才语气轻松地挂断电话。每次回家，母亲关切的眼神总跟随着我的身影。我的心不由一惊，仿佛看到了母亲在家坐立不安的恐慌模样，冬的夜是那么长，老人的觉又是那么少，没有农活儿的空闲一定会让母亲生出许多的无聊、孤独和寂寞。于是，我便给母亲打电话，跟她要这要那，母亲在忙碌里透出舒心的欢快。

等到周末回家，床头便整齐地码起好几件棉衣，我的、儿子的、先生的……从给母亲打电话到现在也不过三五天的时间啊。她自豪地抖擞开衣服让我试一下，里外三新，穿上既合适又舒服，我的心里便不由得涌起春天般的温暖。

如今我的孩子们也如同出巢飞行的小鸟般离开了我的怀抱，我心里空落落的。母亲曾经的那份孤独与寂寞，我也体会到了。每次儿子说要回家，希望我提前打扫卫生与整理床铺，我便幸福得无以言表，颠儿颠儿地忙前忙后，在这个过程中，幸福远比辛苦多若干倍。子女的索要，是对父母的另一种爱与孝顺——让他们有事可做，有情可依；让他们觉得，自己既需要儿女的照顾，也被儿女需要着。所以我们在尽孝的同时，也要学会适当向母亲索要，让她感到我们离不开她，她依旧是我们的依靠。顺着母亲心中所愿，给她适当的劳作空间，把锅碗留给母亲洗，让母亲仍有机会爱我们，该是人间最可贵的吧！

写于 2021 年 5 月 18 日

母亲的小螃蟹

　　我突然接到父亲的电话，说母亲失眠了，整夜整夜地不睡觉，有时候还会忽地从床上坐起来，在房间里转来转去，烦躁得很，无论他怎么劝，都不起作用。整整五天过去了，还是这样。无奈，父亲给远在县城的我打电话，希望我回去看看，想个办法。

　　我接到电话也感到吃惊。母亲平时身体健康，身子骨硬朗，没什么毛病啊，再说平时除了吃饭的工夫，在哪都能睡着，怎么忽然就失眠了呢？想到这里，我不由得惊出一身冷汗：不会是得了大病吧？要不怎么会五天不睡觉？我赶紧收拾东西，打车往老家赶。

　　在车上，我打电话询问母亲失眠前有什么征兆。母亲耳聋得厉害，这样的问话她是听不清的。父亲说，前几天堂弟送来一兜儿小螃蟹，它们个个都是活的，母亲看着那些生龙活虎的小东西舍不得吃，就挑选着放到了瓶瓶罐罐里。玻璃瓶里的看得见，母亲放得少些，要留足它们活动的场地；那些不透明的陶瓷罐子里就放得多些，但母亲每天都会数两遍，清晨起来数一次，睡觉前数一次。奇怪的是自从小螃蟹入住这个家，母亲勤快了起来。原来早上都是父亲做好了饭叫个三两次，她才会恋恋不舍地离开被窝。现在六点一过她就起床，起来的第一件事自然是看那些小螃蟹。她用筷子在陶瓷罐子里一边拨一边数，直到心满意足，数完有时还会再回到被窝睡个回笼觉。父亲笑着对我说："你娘越来越矫情！"

事就出在这些小螃蟹身上，父亲说。有一天，父亲在厨房忙活，母亲大呼小叫："老头子，坏了，我的小螃蟹少了一只！"父亲高声地回应："少就少了吧，吵吵啥，还有那么多嘛！"可母亲不依不饶，从这屋到那屋，折腾半天，毫无收获。她一整天坐立不安，晚上就开始失眠，整整五个晚上，白天坐沙发上打个盹儿，晚上两眼盯着屋顶就是睡不着。

我的心里稍稍松缓了些，好在不是什么大病，回去劝劝就好了。

打开房门，我一眼就看到母亲正坐在阳台上打盹儿。五天过去，母亲明显瘦了：黑眼眶，眼窝塌陷，眼睛更小，整个人也萎靡不振。人哪有这么熬的呀，不病才怪呢！这真把我吓坏了。熬夜熬得这么厉害，不仅身体会吃不消，我怕母亲精神也被拖垮。好说歹说，母亲始终听不进去，嘴里碎碎念："明明就在我身边响，有时在脚边，有时在头边。"看着母亲又开始打盹儿，迷迷糊糊睡过去，我才有机会打量那些母亲所钟爱的小螃蟹。其实母亲素来对小动物情有独钟，那些跑的、跳的、飞的都曾经是母亲的喜爱。

我感觉自己想远了，把目光收回来，看着玻璃瓶里的两只小螃蟹。"就是这个瓶子里丢了一只。"父亲看我驻足在瓶子跟前，便说。这个玻璃瓶里还有水竹，青枝绿叶，生机勃勃。一只小螃蟹就在离开水面的水竹的枝叶间，另一只在半空。见我过来，它俩并不惊慌，伸胳膊蹬腿，似在健身。我轻轻敲一下瓶壁，倏地，两个小家伙几乎同时躲到玻璃瓶底部的里侧，我不由得笑出了声。

晚上，我躺在母亲身旁，和她聊着天，跟打仗似的。"别想了，一只小螃蟹而已，没什么攻击性，最多饿死在犄角旮旯里。"我说给母亲听，也说给自己听，随手给母亲拉好被子，掖紧被角。母亲乖巧地由我给她整理，不回话，很享受的样子。我的眼角又湿了：母亲本来就瘦，这一折腾更瘦得脱了形。我不知道自己什么时候睡着的，等我醒来，一睁眼，母亲不在床上，墙上的小射灯发出昏暗的光。我发现母亲又站在那鱼缸前面的灯影里，出神地望着玻璃瓶。我静静地看着，心里确实难受。母亲嘟囔一声，叹口气，又回到床上躺下，一晚上折腾了好几回。我感觉到了事态的严重性，嗯，必须重视起来了。

吃过早饭，母亲照旧没精打采地坐到阳台的阳光里，也破天荒地没有理睬我。

我躲到自己的卧室给中医朋友打了一个电话。"你母亲80岁了，会不会是老年性痴呆啊？"朋友询问过后对我说。老年性痴呆？这个本来遥远的词语一下子蹦到我的眼前，我开始慢慢地回忆母亲最近一段时间的表现：明显话少，脾气变得有些暴躁……我也怀疑，难道母亲真的得了老年性痴呆？"也不太像啊，挺记事的。"我自言自语。"有什么好办法吗？"我有些着急。"目前没什么好办法。尽量顺着她，别刺激她。"医生朋友给出了建议。

我照例在房间里打扫一遍，依旧没有收获。我仔细观察母亲，除了关注小螃蟹这件事，她与平时没什么两样。第七天了，母亲依旧睡不着，她的情况有点儿糟糕，我急得如同热锅上的蚂蚁却又束手无策。在敬老院做过护理的好友给我出了个主意，我一听，高兴得差点跳起来：高，实在是高！

跑了10多公里地，我终于在一个集市上看到了与母亲玻璃瓶中个头儿相仿、颜色相同的小螃蟹！我激动得几乎哭出来，几步就奔到摊前。卖螃蟹的看到有生意，热情地过来打招呼。这是一个光头、身材长得如同案板的中年男人。听说我只要一只，他眼皮一时耷拉下来，一脸的不屑甚至愤怒，提着黑色方便袋走到了摊位另一头。听我讪讪地说明缘由，摊主一笊篱把螃蟹刮到黑色方便袋里，递过来："拿着，不用给钱。"一边连声说"对不起"。我被这热情感动得心里暖暖的。道过谢，只提了一只螃蟹，骑车向家里飞奔而去。

回到家，母亲已坐在沙发上等我，我说去赶集了，买了母亲好吃的炸鸡腿。母亲没有像以前那样孩子般用期待的眼神看我，我鼻子有些酸。"你先吃着哈，我再给你仔细找找，说不定能找到呢。"听我这么一说，母亲的眼睛放出亮来。我从客厅到厨房，从书房到卧室，最后连卫生间也没放过，还是双手一摊，一副无可奈何的样子。母亲眼里刚才的亮光一下子又灭了。"是不是到邻居家串门去了？"我想和母亲开个玩笑。

母亲嘴噘得老高："怎么会？窗户是掩着的，门是关着的，怎么会到别人家去？你又哄我。""等着，我再找。"看母亲这样，我连忙收起玩笑，又到母亲的房间去找。过了好一会儿工夫，我举着一只小螃蟹跑出来，高声喊着："娘，看，我找到你的小螃蟹了！"母亲眼里闪着异样的光芒，忽地站起来，由于起得太急差点摔倒了。母亲接过那只带着灰尘、网丝的小螃蟹，如获至宝，小心翼翼地放到玻璃瓶里，看着它在自己的领地里横行霸道。"这么多天也没见你瘦啊，这小东西，真厉害。"母亲看着，笑着，说着。

母亲吃饭香了，脸上有了颜色，皱纹似乎也浅了，整个人也精神起来。父亲看我一眼，会心一笑。母亲终于很安稳地睡着了，一直睡到第二天上午 10 点，睡得很踏实，脸上带着满足的笑。母亲的生活也变得正常起来。

这一天，我正跟父母吃午饭，一扭头，从墙上的穿衣镜里看到一个毛茸茸的小球从母亲的卧室出来。我笑着指给母亲看，只见一只小螃蟹顶着满头的蜘蛛网，像极了顶着头纱的小小新娘，它就那样轻飘飘地横着朝我们走来。母亲猛地将眼睛看向玻璃瓶，那三只小螃蟹正在玩"三足鼎立"，再看看眼前的"绒球"，母亲的脸先是一阴，然后又咯咯地笑了，笑得满脸"菊花"盛开，笑得满眼泪花闪烁。

母亲有老年性痴呆？我才不信。

此心安处是梦乡

奶奶从来没想过她还能回到爷爷身边，回到柴氏祖坟，毕竟她早年就改嫁他乡，她怎么敢奢望？可父亲还是在奶奶去世的那年清明节，把奶奶请进祖茔和爷爷合墓。

起初不知道父亲怎么突然想起要接奶奶回祖坟，他不是一直不肯原谅奶奶吗？后来听母亲说，父亲梦到奶奶的次数越来越多，梦里的奶奶嫌离父亲太远，总也望不见。世间真有魂魄一说吗？死了的人真有灵魂吗？我不知道，但是听母亲说这些的时候，我仿佛看到奶奶想要弥补父亲的心，又仿佛看到了父亲要了却一桩心愿的决心……在那一刻，奶奶的心和父亲的心是相通的，他们第一次有了这高度的默契。于是，父亲决定把奶奶接回来。尽管只是请了一个牌位，但一切都办得很隆重。遵循"入山寻水口，登穴看明堂"的选墓原则，父亲谋择了一块坐北朝南、背靠祖墓、前临大街的"宝地"，作为爷爷和奶奶的并葬之处。请人选了日子，全族人浩浩荡荡把奶奶请了回来。供品也是丰富，按规矩八碟、八碗。有鸡，有鱼，有豆腐、年糕，也有水果、青菜……酒是上好的五粮液，茶是上好的金骏眉，烟是上好的大中华……母亲一直碎碎念，说奶奶的魂儿早就回来了。父亲白她一眼，说她惊了神灵。父亲以前向来不信这些，更不会说这样的话。父亲虔诚地把奶奶的牌位捧在胸前，眼圈顿时红了，有泪花闪烁。嘴里竟念念有词："娘，别害怕，我来接你回家……"二三十口人齐刷刷跪在墓穴前面，心里酸酸的。我忍不住泪流满面，匍匐在地，头磕在地上的那一刻，既伤悲又温暖。伤悲的是奶奶走了，温暖的是奶奶终是回来了，尽管已与我们阴阳两隔。双手合十，我在心里轻叹一声："此心安处，终是奶奶梦想的地方！"

村公墓秉承"墓园公园化，景观园林化"的规划理念，结合中国传统文化的思想，去年新整改了墓地，由此弘扬了全新的生命价值观。新墓园很辽阔，低矮的花草，一览无余。尽管谈不上整齐，但划一的水泥底座、大理石碑面，碑面四周统一的角花，同一字体的碑上名字，显得非常整洁。里面是用红砖铺就的小路，弯弯曲曲通往四面八方，别有一种曲径通幽的意境。每块墓碑周围都种上了松柏和花树。远望，真像一个大公园。

奶奶的墓地在墓区的西南角，是个不错的位置。墓碑的东南角是一棵柏树，已经郁郁葱葱了；墓碑的西南角是一棵西府海棠，尽管是刚栽的小树，却也绽放出粉嫩的花朵，在微风里摇曳。

墓碑上的"柴王氏"是奶奶的"名字"。看着想着，酸楚泛上心头：奶奶没有自己的名字，只能附属在爷爷的姓氏上。

坐在墓碑前，我的思绪开始飘远。那个小脚、个儿矮，来赶大集时老瞅我的老太太，此刻又向我门前蹒跚而来。她，就是我的奶奶。我是七岁那年才知道有奶奶的，好几个人指给我看、说给我听，次数多了，我就装到心里了。我家住在十字路口附近，出来就是大集。怪不得这个老太太经常盯着我看，此刻我明白了。我回家找父亲验证，父亲瞪我一眼，吼我一声："你没有嫲嫲（奶奶）！"吓得我不敢再吱声。可我对那个老人留了心、存了意，我认定她就是我奶奶——她和父亲长得太像了！每到赶集，我就站在路口在密密麻麻路过的人中搜寻。等看到那个熟悉的身影，心里就欢快得如小鹿乱撞。我朝着她傻笑，奶奶也笑，高兴之情溢于言表，但我不敢和奶奶说话，怕父亲知道了会打我。如果碰不见，我就很失落，蔫蔫的不爱说话。父亲是知道我去等奶奶的，但他装作若无其事。

奶奶是哪里人？我无从知道，只是从父亲口中知道奶奶是逃荒来的，经历了很多苦难，后来嫁给了爷爷。奶奶20多岁时，爷爷就突然病故了，那年父亲只有四岁。那个年代，娘儿俩真是度日如年。同院的二奶奶，人称"二阎王"的，也容不下奶奶的存在。无奈奶奶选择改嫁到两公里外的邻村，这是离父亲最近的村庄。奶奶安顿好以后打算把父亲接过去，可倔强的父亲宁愿寄人篱下，也不肯原谅奶奶。两人这一别就是近30年，其间无论奶奶怎样迁就、托人捎信，父亲就是不理她。

当父亲说要带我去认奶奶的时候，我很惊讶，得到确认后，我兴奋得不得了，恨不能一下子就飞过去。

奶奶的村庄与我们村只隔着两方田地，加上我迫不及待的心情，没费大劲就到了。奶奶见到我们很意外，也很开心。奶奶家是个大家庭，有继爷爷、两个叔叔，还有两个姑姑。继爷爷脾气很好，很宠奶奶，把她宠成了"女王"。在叔叔们都娶妻生子，继爷爷去世后，奶奶的地位也不曾动摇，她在家中依旧说一不二,家人依旧以她为中心……那天从我们进门,奶奶就没住脚。忙不迭地拿出特意买的糖果、瓜子,给我;沏茶、倒水,给父亲。

午饭很丰盛,炸花生米、香椿炒鸡蛋,还特意杀了一只下蛋的鸡……这在 20 世纪 60 年代末是很奢侈的。父亲和两个叔叔喝着侯镇白干儿(现在的宏源老窖),说着家长里短。奶奶微笑着站在一旁,一会儿上个菜,一会儿拿瓶酒,眼睛不曾离开过父亲。自始至终父亲没有和奶奶说一句话,奶奶却满脸的知足、满脸的幸福。她所爱着的孩子都在她的眼前了,她的心终是圆满了吧!他们都喝多了,父亲第一次喝醉后是笑着的。我第一次住在奶奶家,睡在奶奶的旁边。

从此,我便开始走奶奶家。父亲终于和奶奶和解了。时间长了,我时常自己跑去奶奶家,一待好几天。

泪眼中,那些逝去的永远回不来了,此刻我对奶奶的思念更深了。

浮云过后艳阳天,父亲最终原谅了奶奶,也时常把奶奶接来我家住几天。父亲有了尽孝的机会,他们彼此弥补着这些年的缺失。我内心从那一刻起觉得世间最美是亲情,阳光般温暖的亲情。

随着与奶奶接触的增多和年龄的增长,我终于一步步走进她的世界,走到了离奶奶最近的地方。每次见我去,继爷爷就会到偏房去睡,以给我和奶奶相处的空间。一张大炕上就我们娘儿俩,随便我折腾。奶奶就那样慈祥地看着我,总也看不够的样子。她把对父亲的歉疚加倍地补给了我,总是悄悄从炕角的小簸箩里摸索出几颗糖,抑或几根炒糖塞给我。我总是咬下一截，把剩下的放到奶奶嘴里，奶奶笑得比这糖果还甜。奶奶总是那么的贤良敦厚，从未听到她抱怨过什么，即使曾被二奶奶那样无端指责与谩骂过，她也从没有对我说过二奶奶一句坏话。奶奶总说，不管怎样，是二奶奶养活了我的父亲，单凭这一点，她就会感激二奶奶一辈子。我眼前看到的依旧是一张慈祥平和的面容、一颗善良悲悯的心，依旧是满怀的感激，依旧是一个热爱生活、助人为乐的奶奶。在不经意间，奶奶会问我父亲好不好，和母亲打不打架，我如是说："父亲性子很急，好和母亲吵架，很能喝酒，喝醉了就找事，我很怕他。"奶奶就叹口气，摸摸我的头，说等父亲再来，她说说他。奶奶和我讲叔叔和姑姑们的故事，讲她曾经来看过我几次。听着听着我就进入了梦乡。等我迷迷糊糊醒来，奶奶不是在给我扇着扇子，就是在我旁边双手合十祷告，祈求上天保佑我健康平安。我是父母的独苗，奶奶自然更虔诚地祈祷。我往往眯着眼睛装睡，听奶奶轻声细语的祷告声，然后不多会儿就又去和周公约会了。我睡在奶奶的身边，心里很踏实。奶奶每天把家里收拾得干干净净，用最普通的食材也能烹调出美味佳肴，那是亲情的味道、爱的味道。我对奶奶的爱尽管迟了七年，还好，她给了我 30 多年用来弥补。彼此成全，便是完美的人生。让父亲幸福、知足，便是对奶奶最好的孝与爱，我做得还不错。

奶奶是个有主见的聪明人，直到去世，家里的大事小情还是她说了算。后来我明白了，那是叔叔和婶婶对奶奶的一片孝心，这也是父亲对叔叔、婶婶很敬重的主要原因。兄弟姐妹五人为着奶奶而一直和睦相处，奶奶走后他们依旧亲密无间，不曾改变。

2008 年正月初八，奶奶走了，走完了她 86 年的漫漫人生路，走得很安详，也算高寿。奶奶走时，父亲带着我和母亲送了奶奶最后一程。尽管外面颇有微词，这样的身份确实有点尴尬，但父亲义无反顾、坦坦荡荡。父亲不想再留遗憾，他大概把藏在心底多年的话，都细细说给奶奶了吧？奶奶一定会听到，我想。

即使忙碌把日子填满，想念还是会从缝隙里渗进来。奶奶走后的很长一段时间，父亲喝醉就会哭着呼唤奶奶。父亲应该是后悔那 20 多年煎熬日子里的冷漠吧？是彻底明白了奶奶当年选择的无奈吧？对奶奶的思念也是刻骨的吧？这也是虽曾发誓不原谅奶奶但最终又把奶奶接回来的原因吧？那一刻我是震惊的，世间没有不疼孩子的父母，父母无论怎样选择，都有他们的理由和无可奈何，但他们的爱不曾减少半分。

又是清明节，父母年龄大了，我便一个人来到奶奶的墓前，跟奶奶面对面坐着。我们一起安静地晒太阳，一起安静地在袅袅烟雾中享受西府海棠的芬芳。我心释然，我心了然。我轻轻告诉奶奶父亲种种的好，告诉奶奶我会好好照顾父母，好好爱身边的人，让我们彼此的人生都成为自己所喜欢的模样。有风掠过，我知道奶奶听到了我的轻语，我仿佛看到了奶奶心满意足的微笑。

写于 2020 年 4 月 4 日清明节

回家的路

周末，是我雷打不动回家看望父母的日子。

在车站耽搁了一些时间，等回到家，已经 10 点多了。母亲她竟在路口等我，风吹散了她的头发，掀起她的衣袂。看见我她竟像孩子一样兴奋，用手拢一下头发，忙着接我手里的东西，上下打量着我，仿佛多年不见。我笑，她也笑。

母亲问我要不要住下，我说吃过午饭就走，她的脸冷了一下，又挤出一丝笑，表情被挤得有些不自然。我知道母亲不高兴了，就又哄着问她中午吃水饺还是火锅。她很开心地说要吃水饺，不过三五秒，就阳光灿烂了，笑得纯粹而美好，活脱脱像一个孩子。

坐在饭桌对面，母亲吃得很安静、很踏实，一盘水饺吃得很彻底，我心里自是高兴。但我要返回时，母亲非要出来送我，这是很少有的。看她坚持，也就随她吧，反正她在家也没事。我不敢走快，怕母亲着急，现在她脚底下已经不利落，偶尔会趔趄一下，惊出一身冷汗。我如同散步一样，她就那样一边不紧不慢地跟在我身后，一边跟我闲聊。母亲年龄大了，有点耳背，跟她说话如同吵架，说着说着又笑起来。走出大院门口，我便不再让她送，因为母亲走路向来不看道儿，也曾因这个被来往的电动车剐伤过。

出来得有点早，我站在站牌旁边盯着车来的方向，一看手机，还有20多分钟，看着路对面的母亲眼巴巴瞅着，孩子一样无助地站在那里，满眼不舍，满脸落寞，心里有点酸。摇一摇手，做一个要她回去的动作，终于看到她一步三回头地往回走。眼泪在眼眶里打转儿，我硬生生地憋了回去，怕母亲看到。我心里从没有这么难受过，不敢停留，向着前面的大路走去，那里的过路车很多。

冬至过后便是深冬了，风有些凉，我便在停车点的桥头来回踱步。桥上的柳树被凛冽的北风吹光了树叶，小河结了冰。倒是喜鹊在枝头闹得欢腾，追逐打闹着，从这棵树缠绵到另一棵树。不经意间一回头，发现母亲竟从我来的路上走到眼前了，和我隔路相望。我的确吃惊不小，都不知她何时走过来的。我使劲地摆着手，高声地喊着让她回去。她就那样怯怯地站在那里，依恋的目光一下子就让我湿了眼眶。我忽然间就想：是不是每次我走后她都这样悄悄来送我，只是往次恰巧我坐车走了没有看到她？眼泪又来了，再次挥手，母亲听话地折回身，原路返回。走出老远，还回头向我摆手，我最后一次回应了她，赶紧离开那个桥头，躲到母亲看不见的地方。心，有些疼——我的母亲老了，依恋我如同小时我依恋她一样。

前些年每次回家，母亲总是说："夏天太热，别老往回跑，冬天太冷，别老往回跑，我们都挺好，别惦记。"可每次看到我回家，母亲还是满心欢喜，忙前忙后地为我做可口的饭菜。

吃完饭就瞅着点撵我走，让我回家忙自己的事情，其实是她忙着出去打牌，耽误不得。我就笑笑，说走就走，临走她都要给我大包小包地带上，无非是一摞煎饼、一把大葱、一棵白菜、一袋丝瓜之类。开始我还争执半天，直到母亲动了气。到后来也就随她包，到时提起就走，行李往往比来的时候还沉。如果哪次没东西带了，母亲就会坐立不安，一直念叨。

再后来，每到周四或周五，母亲就会提前打电话过来，我周末回家的消息得到证实后，她语调都变得轻快而喜悦，我仿佛能看见她欢喜的样子，以及跑进跑出准备吃食的身影。

等我站到母亲的跟前，她盯着我看的眼神就像看一个孩童般，那慈爱的模样如阳光般温暖。而我也就觉得自己还是没长大的孩子，在母亲面前可以撒娇甚至淘气。不管到家早晚，我一来，母亲就开始张罗做饭，有时吃完饭还不到 11 点。母亲做饭向来不用我插手，嫌我穿的衣服不耐脏。我非要和她争，她就让我备菜，切好葱花和肉等。每当这时，我就恍若回到了很久很久以前还在上学时的那些日子。我一走神，把菜扯到了地上，母亲就笑着说："看你个傻样……"语气里满是疼爱。我便搬个小板凳，坐在母亲旁边看她忙活，像极了小时候的模样。听她讲那些过往，不管她曾经讲过多少遍，每说到开心的事，她就会开怀大笑，笑得有些夸张，又那么可爱，那么生动！我也会默契地配合母亲，笑得前仰后合。有时闲得无聊，想着扒拉出他们要洗的衣服，还没拿到手，母亲常常大惊失色，仿佛我洗了就会拿走似的，一把就夺回去，还要找个地方藏起来，嘴里碎碎念："有洗衣机呢，俺自己洗得也干净。"我只好作罢。

上了岁数的父母每天打扮得干净整齐，用父亲的话说就是

"别给闺女丢脸"。他们越上岁数越有味道，越老越慈眉善目，不再年轻的脸上很是红润，以至于认识父母的朋友都说他们像退休干部，听到这话，我自然感到很骄傲，很幸福。

母亲70岁那年，我在县城买了房子。不用说父母不信，就连一起工作的同事都怀疑这件事的真实性。那时俩孩子都上学，老二刚上大学，老大上大三，日子紧巴自不必说。等我亲口把这个事实告诉他们，母亲就犯了愁，整宿整宿地睡不着，一辈子没有借过账的他们，自然担心我拉下这么多的饥荒无法还。直到我带父母看了刚装修好的新房，过上几天楼上楼下的城里生活；直到房价一涨再涨，涨到是我买房时的两倍——也仅仅是几年工夫，母亲的脸上才洋溢出自豪和骄傲。她很愿意和人家聊我在城里买的房子，若人家奉承一句"你家闺女真有眼光"之类的话，她会得意好几天。逢年过节来城里住上一段时间，回家她就会发一阵子"牢骚"，诉说着住楼有什么好啊，大冷的天还要开着窗子睡觉，要不热得睡不着。听听，这显摆得有点明目张胆，带着气人的成分，还透着一种扬眉吐气的感觉——闺女养老也挺好的！

其实父母在城里是住不惯的，左邻右舍都不认识，只是来满足一下自己的虚荣心罢了——回家有值得骄傲与吹嘘的资本。只要父母开心，这也算不得过分。

等到母亲过了75岁，他们更是故土难离了。恰好我原来单位的房子改造后集体供暖，我便简单地装修了一下把父母接了过去。这既合了他们离家近（就在村头）的心意，又方便我回家，公交车直达门口。他们一下就觉得心里亮堂起来，欢畅起来。每周回家一趟，也便成了我雷打不动的习惯。

不知从什么时候起，每到周末母亲便盼着我回家。电话打来，内容变成了"你走到哪了"，简单而明了，那些客套推辞消失了。原以为一周的时间转瞬即逝，可想到母亲站立在风中的身影，就知道她是多么盼望周末啊！不承想上了岁数的母亲越来越稀罕人，确切地说是离不开我，恨不能我天天在家陪着她才好。我忽然就又泛起心酸——母亲真的老了，老成了离不开人的"孩子"，我须像当年她照顾我一样照顾孩子般地照顾她了。

回家的路总觉漫长，人在车上，心早已扑到娘的怀抱，绕娘膝前；返回的路好短，目光还流连在娘的身上，心还在拥抱着娘口中的家长里短，脚已踏进城市的楼厅，每次都是同样的感觉。回家的路究竟有多长，我的脚实在丈量不出！

娘这辈子

已经有半个月没见到娘了，真想啊！可是孙子也是必须带的，孩子们都忙。我们这个年龄段的人都是上有老下有小的，两头都舍不得，都要照顾到，也只能选择更需用人的一头。好在父母尚且都健康，母亲有父亲照顾着，这让我很是安慰。

忙完一天的事情，很累，但对娘的想念又使夜变得那么长！

望着天空中眨着眼睛的星子，再一次打开记忆的文件夹，娘便从我的凝视中款款而来。

娘的前半生可以用两个字概括——不易！年轻时体弱多病，饭量极小。在人生最好的 26 岁身体染疾，那么年轻的娘脸色却暗黄，脸上瘦削无肉，如一块失去水分的橘子皮，本来就小的脸儿，一巴掌盖着绰绰有余。

在"不孝有三，无后为大"观念深入人心的年代，我这个上不得族谱的女娃子是算不得"后"的。由于身体原因，娘没有再生育，那在很多人看来是一大缺陷。娘遭受到多少白眼与冷嘲热讽，受到过多少不公平的待遇，数都数不清。那个骂娘"生下一个不顶用软蛋"的声音是多么刺耳钻心，而娘又是那种绵软性格，委屈又无奈。她既不会反驳，也不会争辩。有时我就想：娘是怎么熬过来的呢？

随着我慢慢长大，这种状况并没有改观多少，因为同龄的孩子也长大了。那些兄弟姐妹一大群的家庭干活就是挺妥。在农村，浇地、扶耧，三个女孩都抵不过一个男孩，何况我只有一个人！那时浇地需要看机器，我曾大着胆子看过一次，人躺在地排车上，耳朵伸得老长，连眼角都不敢夹一下，就那样盯着满天的星星，心却在嗓子眼儿这，不敢动，一动仿佛心就会跳出来。午夜时分，听到娘的呼唤声从远处飘来，她到底不放心，赶来和我做伴儿。如此这般，我第一次值夜半途而废，最后还是父亲把我和娘换回了家。看着父亲让我回家的手势，我心底一酸，眼泪就下来了。

为了让娘放心，慢慢地，我竟忘记了女孩原本该有的样子，性格越来越像男孩，终是蜕变成父母喜欢的模样——推车搭担样样不落在别人后头，用现在的话说就是活脱脱的一个"女汉子"形象。娘那愁眉舒展开来，父亲在外说话的底气仿佛也足了些。娘的身体恢复到与常人无二，腿脚麻利，脸色光洁红润，腮头还带着年轻女人才有的淡淡的胭脂色，看上去比我的脸色都耐看。我的心安安稳稳地放回到原处。

娘身体出大毛病的那一年是54岁，其实我是有思想准备的。以她羸弱的身体，没人能想到她会活过50岁，我也不曾想到，所以我不悲忧和惊慌，而是马不停蹄地奔波在求医寻药的路上。娘就像没事儿人似的，却也能积极配合医生进行治疗。看我出出进进忙活的样子，娘也会偶尔捕捉到我的愁容。她总是笑着说："愁什么呀，人的命天注定，'阎王要你三更死，绝不留你到五更'，医生都说我活不到 30 岁，我这不好好的？我已经赚了 20 多年，值了！"听她这么说，我忽然觉得娘好有文化。见我夸她，娘忍不住卖弄起来，说她是同龄女人中识字最多的，如果赶上现在的好时候，说不定她也是大学生呢。娘说的这话我信，她的确记忆力过人，算数也快，赶集买菜人家还在摁计算器，娘已经说出钱数，分文不差。不光算术好，上过几天识字班的娘认字也快，电视上出现的只要不是生僻字，娘仿佛都认得。到现在她依旧看电视学字，遇到不认识的她会虚心问父亲，父亲也很耐心地告诉她。下次再遇到那个字，娘会立刻念出来，显得孩子般得意。行文至此，忽然想起个小插曲：20 世纪 80 年代寿北大开发，父亲去出夫。出夫的人那时都是自带被褥、干粮，每隔几天就有专门往工地送干粮的。平时都是娘擀好饼，我写名字。当又到送干粮的时候，娘很神秘地说她自己写好名字交上去了。这让我吃惊不小，娘的确认识很多字，但她从来没写过，而且还是用秫秸秆蘸墨水写的！等下次把干粮袋子拿回来，我笑得前仰后合，气都笑岔了。我娘真有本事，父亲名字的三个字让娘都给翻了个身——全写反了，写得龙飞凤舞，也许只有父亲能认得出，想想也是醉了！

娘的乐观和对顽疾的蔑视，终使病魔逃之夭夭。她活过了比医生预判的两倍还要长的时间，且越来越壮实。

康复后的娘更加热爱生活，勤奋得很，仿佛要把那些年错失的劳作补回来。院里养满了她的"喜欢"：飞的鸽子，跑的狗猫，跳的鸡，跩的鸭鹅……还有满院子青枝绿叶的蔬菜。娘成了整个院落的大管家，浇水施肥，喂鸡喂鸭，忙得快乐又幸福。身体好起来的娘，还帮我带大了两个儿子，她常常用骄傲与自豪的眼神看着他们，忍不住喜悦，满眼都是幸福的柔情。我从不知道娘笑起来这么好看，像花一样。

婆婆患了阿尔茨海默病，离不开人，我们便实行了兄弟姐妹轮流照顾制。每次轮到我家我都很犯愁。由于我和先生工作都忙，离家远，不能陪在老人身边，娘便把婆婆接到家里，自然照顾婆婆的重任就压在了娘身上。那一年，娘73岁，婆婆84岁。我自是不忍心，刚替我照顾完小的，又来照顾老的，娘却说，多双筷子添个碗的事，还让我们好好工作就行，这让我对娘充满了感激。只是我还有个顾虑：农村人对73（岁）、84（岁）是很在意的，也是老人最忌讳的，有"阎王不叫自己去"的说法。婆婆万一出个什么差池，兄弟姐妹会不会埋怨、怪罪？毕竟是老人照顾老人。好在兄弟姐妹都理解，很清楚这么大岁数了什么事情都有可能发生，意外和明天哪个先来都可以接受。这样，婆婆就安心地住在了我父母家里。街头一高一矮、一胖一瘦两个老太太散步的身影成了村里最美的风景。

娘76岁那年的元宵节，患上了小疾——轻微脑血栓。没什么大碍，经历了这么多，我也早已当作平常，心情也自然不怎么受影响。在陪娘打针的时候，我听着闺密发来的歌曲，循环几遍后，娘竟然哼哼出曲调来，节奏准确，声音圆润，比我的都柔和婉转，只是她自己修改了歌词而已。我不禁对娘竖起了大拇指，得到表扬的娘竟有些羞涩，很是可爱。知道娘一直喜欢唱歌，借着打针时间长的机会，我想给娘开个"个人演唱会"。我央求娘唱她年轻时候唱的歌曲给我听。没想到娘挺大方，唱了一首《清清的河水，蓝蓝的天》（我不确定是不是这个歌名，歌词开头是这句），唱完，意犹未尽的娘又唱了一首《火车向着韶山跑》……这些歌我从没听过，娘的记性真好，歌词竟没忘，嗓音还那么动听。这次终于过了唱歌的瘾了，娘欢喜得很。我把录的视频放给娘看，娘笑得像迎春花一样温暖。

夜深了，关上记忆闸门的瞬间，娘的身影又蓦地出现在跟前，盈盈的笑脸，灿若桃花！

写于 2021 年 3 月 26 日夜

母亲的菜园

这细雨来得正是时候，母亲的菜园又要焕发生机了。

母亲种菜很认真。惊蛰一过，母亲便在她的园子里撒上农家肥，翻新一遍，起成三垄，细细荡平。整个过程她都带着浅浅的微笑，真如呵护小儿般小心翼翼，又充满喜悦。等把地疏松得如同面包一般，母亲便在东畦里横分成同等大小的四个单元里依次撒上掺了土的菠菜、油菜、生菜、茼蒿种子，撒上浮土，轻轻用耙子搂平；在中间畦中起四小垄，两垄种辣椒，两垄种茄子（秧苗一般来自种大菜园的邻居或集市）；最西边的菜畦里点上一架豆角、一架黄瓜，一个正式小菜园也就算大功告成。接下来放上水管，让那些种子秧苗一次喝个够。母亲的脸上早有了细细的汗珠，但她却很高兴，仿佛她已看到了收成。她就那样坐在伞状的无花果树下，眯着眼静静地欣赏着她的菜园。等我回家，她就会喜滋滋地说给我听。

本来母亲是有一大块菜地的，俗称园子地，足有一亩多，离村近，但离家远。靠着母亲的勤劳，几年下来地早已被养肥，不管种什么都长得苗壮而肥嫩。只是后来修铁路，地被征去了。

母亲心疼了好久，就像送姑娘远嫁一般不舍。我倒是很欣慰——上了岁数的母亲终于不用走那么远的路去园里劳作了。或是干惯了莳弄花草的营生，母亲如同被一块魔石吸引般，时时被那些散发着芬芳的泥土吸引。于是，这生活的院落便被她摄入目光里。没承想，她竟在眼前找到了种菜的阵地。留足过道，其他便都是母亲肆意发挥想象的种植空间了。

母亲寸土难舍，竟在余下的边角种上了脆瓜，她说等孩子们回来尝个新鲜。尽管我知道孩子们不会稀罕这些，但我依旧喜欢看母亲种瓜的快乐与幸福模样。在菜园里干活儿，母亲是不喜欢别人插手的，别人干的活儿她总觉得不合她的心，达不到她的标准；好像别人一插手就破坏了她对土地的虔诚一样。刚刚吃饱喝足的土地，平整如镜，散发着湿润的泥土的清香。

看着自己的杰作，母亲很是自豪。一切收拾妥当，母亲就在菜园的四周用玉米秸围上篱笆。这篱笆做得整洁而美观，连玉米秸都选得粗细均匀、整齐划一。它们就那样听从着母亲的安排，整整齐齐地排列好。中间用的"腰带"也是母亲亲手割的茅草，它们在母亲的手中横跳着"8字舞"。就这样，一棵棵玉米秸手牵手地一起连接到四周的木桩上，紧密而结实。一把剪刀，就让它们模特般一样高矮。母亲只在篱笆北侧水龙头边上留一米宽、半米高的出进门。这些玉米秸一下子有了新的身份——护菜卫士。它们在阳光下闪着金光，透着一丝清淡的草香。

篱笆外围被翻动起的土地，母亲是不会让它闲着的。南面种上芝麻，她说等我儿子结婚的时候铺床用，取意日子如同芝麻开花节节高（后来真用上了）；西面稀疏地点几粒眉豆、几粒猪耳朵扁豆（要到五六月份点种），母亲说看它的花开烂漫，等到秋风吹起，赏它如眉、如耳的或紫或绿的扁豆，还能做菜吃。紫苏很是泼辣，不挑地界，所以，母亲就把它们栽种在影壁墙边、猪圈周边，母亲说这是做庄户菜的好调料。再在猪圈的后墙根种上几棵丝瓜、吊瓜，小小的庭院便五彩缤纷了。

母亲每过几天，就用水瓢接了水，高高扬手泼出去，泼出好看的弧度，泼出细细密密的水珠，像花洒喷出的水一样，泥土渐渐变得温润起来。这是个技术活儿，看着容易做着难。我曾试过，一瓢水出去，就给土地砸个坑，种子都被砸出来了，吓得母亲赶紧夺过水瓢，不再用我。她一边泼，一边说，要把水从低到高、从左到右撒出去，这样水才泼得均匀。

种子或许听到了母亲一声声深情、亲切的呼唤，感受到了母亲对它们的照顾和盼望，几天后便露出点点新绿，小菜园一下子变得生动与鲜活起来，那些小小的绿芽顶着一粒粒"珍珠"在阳光里欣欣向荣。菜也是善解人意的，水嫩碧绿地挺立在母亲眼前，仿佛空气中也飘着绿绿的味道。母亲的脸色也变得生动光鲜，慈祥的目光里满是柔情。

种菜种花，是母亲晚年的最爱，无论我们怎么劝阻，她都不听，只好由她随心而种。从此，母亲的灵魂似乎有了安放之处。这小小的庭院成了母亲的另一个女儿，她用她的热情、她的耐心、她的汗水，来抚育这岁月里的欢喜。

拔草、除虫、浇水。在母亲的照拂下，那一棵棵小苗，舒枝展叶，抖落一身的露珠，开始一天天地生长。菜园也终于有了菜园的模样。绿叶满满一畦，拥拥挤挤；半米多高的茄子秧、辣椒秧已开花结果，花花果果一天天变大、成熟；豆角秧和黄瓜秧早已上架，顶着花的豆角悄悄拉长自己，顶花带刺的黄瓜躲在绿叶里偷偷把自己长成母亲所喜欢的样子。母亲如同绣花一样把我的小院织成五彩斑斓的地毯，而且有着强烈的 3D 效果——高高低低。这错落有致的菜园似一幅精美的画卷，铺展在我的眼前，令我感慨万千、赞叹不已。

这丰硕的成果我们哪能一下子吃得完！母亲便一份份分好，一把蔬菜，几个辣椒、茄子，几根豆角、黄瓜，一家家送去，乐此不疲。我都被感动到了，使劲眨眼，把泪水收回去。每每闻到左邻右舍的菜香，母亲都会骄傲地说一句，这是她的菜的香味。我就会笑她，问她何以知道。母亲总是一本正经地说，她的菜里有纯天然的味道，还带着快乐的味道。不用化肥，也不打药，菜上的虫子都是她戴着眼镜一条一条拿掉的，她说任何虫子都逃不过她的眼睛。说这些的时候，母亲满脸的得意。对于她的话我深信不疑。生产队大集体的时候，母亲是出了名的捉虫能手，往往一个人就能抵得上一家三四口人，挣的工分也最多，这是我亲眼见识过的。看到母亲如此骄傲的表情，我不由得伸出大拇指给她点赞。最大的一包菜当然属于我，它带着母亲的温度、气息和满满的爱。看着母亲生动的笑意，我感到了时光的美好。

七八月份，等到那些绿叶蔬菜换成萝卜白菜，篱笆上的扁豆早已花枝招展，引得蝶飞蜂舞，空气里弥漫着甜中带涩的味道。那小小的扁豆，犹如一弯浅浅的新月挂在蓝蓝的天空中。一束束芝麻结满一串串"合页"，有的已微张开嘴，似一个个杯盏，成熟了。我所喜欢的紫苏，长得繁茂浓密，单那紫红的叶子，远望去，就如一片红色的花朵，鲜艳而美丽。浅紫色的小花褪去，"苏子"就盛在铃铛状的褐色"小碗"里。正如母亲说的，它是蔬菜中的好调料。不管是炖鱼，还是炒鸡，抑或是红烧茄子，只要加了紫苏叶，香气就格外浓郁。把采下的叶子放入咸菜缸里，那咸菜的味道也便多了一分紫苏的浓香，别有一番滋味。"苏子"炒熟与盐一起打碎，就成了最美味的"芝麻盐"。若掐一把紫苏叶做个香囊放在仲夏的枕边，就会有独特的香气袭来，浸润内心的安宁。

废弃猪圈的后墙上，早已爬满了丝瓜和吊瓜的藤蔓，浅绿的丝瓜一条条潜伏在藤叶底下；墨绿的吊瓜悬挂在猪圈与厕所之间搭起的瓜架上，大的足有一米长，母亲怕它坠下去，就用麦秸搭个十字从底部吊在架上。圈里养着鸡鸭鹅，多余的蔬菜叶子、没长成的瓜果便派上了用场。家禽的有机肥又滋养了瓜果蔬菜，它们各自繁茂、各自芬芳，与母亲一起演绎四季不同的果蔬风景。

在园中的其他蔬菜完成了自己的使命后，扁豆还在摇旗呐喊，开花结果。霜降到了，种蒜的时节就到了，种蒜是母亲唯一让我插手的活儿。母亲把蒜头分解开来，那些瘦小的和藏在夹缝里的小蒜自是摒弃，用簸箕上下颠簸几下，簸出废皮。然后把选好的蒜瓣，一颗颗摁入垄中，间隔5厘米的样子，顺手培土。它们就像列队的士兵一般以同一姿势扭着嘴向右看齐。栽完后母亲总要站到垄头仔细地瞅，如果哪一颗我放的方向不对，母亲就重新再栽一遍，嘴里还碎碎念："要统一行动，不能搞特殊的哈！"然后拍拍手上的泥土，满意地笑笑。大概因为母亲蹲的时间有些久，她说腿酸无力，只好让我做善后的工作，还不放心地一再叮嘱。在她的指挥下，我轻轻地用手给蒜的小嫩芽盖上浮土，等浇透了水，隔天在上面撒上细碎的树叶子，给它们保湿保温。这样等到来年春天就可以吃到鲜嫩的蒜苗了，而后还可以提蒜薹。等到5月末大蒜成熟，母亲又会向左邻右舍分享她的收成，而我可以整整一年不用买蒜了。

对于母亲，总有写不完的话题、讲不完的故事。但每到春天，我总想起母亲的菜园，想起小院里那些生机勃勃的生命，想起小院里值得怀想的那些生活琐事，想起那沾着烟火味道的小院的温暖和清新。也许多年以后再想起，我依旧能闻得见菜香，看得见花艳。

老宅小院就是母亲的根，而菜园是母亲的快乐、幸福和自豪之所在。她在菜间劳作，花白的头发在微风里摇曳成倔强的旗帜，对土地不舍的旗帜。母亲对土地的眷恋，应该是她那代人一个很难释怀的情结，他们因土而生，以地为命。

母亲在莳弄蔬果的过程中充满成就感，她的内心必定是欢愉的；在分享中体味前邻后舍的夸赞、致谢，她的内心必定是满足与骄傲的。母亲常说，园子空闲着，她心里就空落落的。种菜，种的是一份情怀。看到我和邻居们满心欢喜，母亲就觉得很快乐。我忽然间明白，年迈的母亲，在土地面前依旧深藏着柔情。原来，母亲的菜园里，不仅生长出了新鲜的蔬菜和瓜果，还生长出了许多母亲的牵挂、爱和邻里间的情谊。这给予我无尽的温暖与幸福。只要母亲喜欢，那个小小的庭院，便是母亲永远的菜园。或许明天，它会变成我和母亲共同的劳作场所和收获喜悦的原产地，我很愿意！

写于 2020 年 4 月 2 日 小雨

母亲那些年的喜欢

母亲对动物有种天然的喜欢。我家的小院里，跳着的，跑着的，飞着的都是母亲的新宠旧爱，从没间断过，我常常有种被忽视的感觉，这是真的。

——题记

"新宠"

那个扭着柔软小蛮腰、撒着娇的小身影妩媚地随笔端而来。

这个"小妖精"叫花花，是母亲的新宠，被宠得仿佛上了天。其实花花是只小猫，女生，身体柔美、苗条，算是这条街上的靓猫。

花花刚从邻居家被抱来的时候只有十来天大，浅黄和咖啡色组成的小模样楚楚动人，或深或浅的黄毛根根直立。很瘦，能数得清它的肋条，一双眼睛显得格外大。它步履蹒跚，一不小心就摔个跟头。叫起来蔫蔫的，声如游丝。没有奶吃的花花一个劲儿地叫，大概是在喊饿吧。母亲很怜惜它，就到街上的超市里买奶粉冲给它喝。它立刻就安静了，眯起眼吃奶，幸福感爆棚。等满月过后，身体强壮起来，可不得了，整个院子都成了它的天下，它到处乱跑，把鸡撵得四散逃窜、叽嘎乱叫。飞起的鸡毛成了它的玩物，抓着，撕着，挠着……一朵花、一个潮湿虫它也能玩上半天，直到把玩伴折磨得体无完肤，甚至一命呜呼才罢休。花花向来知道母亲舍不得说它，越发放肆得厉害，有时会骑到鸽子身上跑步，就连比它大很多的狗狗它也敢欺负。只有母亲给它洗澡、梳毛、捉跳蚤的时候，花花才安静得像个小姑娘似的，任母亲怎样摆弄，它都柔顺得很，一脸享受的样子，可爱极了。

　　长大后的花花爱美、爱干净，一天不知道要洗多少次脸、梳多少次头，反正我每次见它，它不是在梳头就是在洗脸，总是一副一尘不染的样子。它从不沾地儿睡，最次也要趴在一只鞋上。主要看母亲在什么地方，它会选择要么在尼龙绳编织的马扎上，要么在沙发上，大多时候就窝在母亲的身边或者怀里。只要我回家，尽管彼此不亲热，但它还是喜欢趴在我的鞋子上，嘴往我的裤腿里拱，软软的、滑滑的身子，就那么在我脚面上妥妥地卧住。我顿时感觉痒痒的、暖暖的，而它呢，用不了几分钟就睡着了，轻轻地打着鼾睡着了，真是个觉迷啊！

　　花花仗着母亲对它的喜爱，从不拿自己当外人，一副"老子为大"的派头。每到吃饭，只有它有在饭桌上和我们一起吃饭的特权，那些狗啊、鸡鸭啊、鸽子啊，都各自待在自己的一亩三分地上，等待主人的一星半点残食剩饭。享受了高级待遇的花花，还得寸进尺，"喵呜、喵呜……"撒着娇跳进母亲的怀里，仰头看着母亲一动一动的嘴。母亲故意不看它，仰起头继续咀嚼。花花先是极力凑上去闻一下，闻不到香味，就下来，若闻到香味，它会扬起爪子去挠母亲的嘴。母亲终于憋不住，先扑哧一声笑出来。花花一脸的呆萌样，"喵喵"个不停。父亲常常因为饭桌上这一幕和母亲拌嘴。母亲把花花惯得确实有些霸道。你看，花花没达到目的又"喵呜——"一声扑到母亲的怀里，像个淘气、赖皮的孩子。

母亲为了让花花住得舒适点，就用一个旧菜篮垫了厚厚的棉絮放在外屋给它当寝室，可它任性，一晚都没住过。不等母亲关灯，它早纵身跳上床。它会和母亲交流，做着各种样子讨母亲欢心。母亲怕凉，每到冬天，脚边就放个装满开水的瓶子。自从有了花花，这道工序就省了。母亲一伸脚，花花就会把母亲的脚抱在怀里。母亲说花花比热水瓶强多了，水瓶会凉，花花是恒温的。等到母亲用脚蹬蹬它，示意可以了，花花就温柔地贴着母亲枕边睡下。讨厌极了父亲打呼噜的母亲，竟能枕着花花的鼾声入眠，安然度过一个个寒夜，真令人费解，也算是个奇迹。有时候母亲拿个枕头上床尾睡，花花也就顺势挪到床尾，与母亲同枕共眠。

父亲觉少，无论冬夏早上都是5点多起床，带着狗狗出去散步。这么早母亲是不肯起床的，花花也不肯起，这就是榜样的力量。等到天大亮，街上人声多起来，花花就去舔母亲的鼻尖，温热的哈气轻拂着母亲微闭的眼睛。母亲不理它，它便用脚掌按按母亲的脸。母亲翻个身，装睡，它就会拿出撒手锏，用毛茸茸的尾巴扫母亲的脸。最后母亲投降，打开屋门，花花飞跑出去，"方便"完又跳上床趴到母亲的枕头边上。母亲拾掇好锅子，来叫它起床，而花花又眯起眼睛，不理，还会扭过头来双爪捂住眼睛佯装看不见。

花花特别黏母亲，恨不得变成钥匙或其他小物件装进母亲口袋里寸步不离。母亲也很宠花花，想带它出去，无奈路上车太多，怕它磕了碰了的，更怕一不小心把它弄丢了。每当母亲出去，花花就守在门边，等待母亲回来。其实，宠物的一生可能有一半的时间是在等待主人回家中度过的。等待是很苦的，也是焦虑与彷徨的。等听到母亲的脚步声，花花会高兴得手舞足蹈，像个快乐的孩子终于见到了妈妈。它会变换着腔调"喵喵"地撒娇，看来，母亲偏心花花是有道理的。

我愿做母亲枕边的那只猫，给她暖被捂脚，听她讲久远的故事，在她的故事里寻找一下自己的影子。

"旧爱"

母亲养过那么多动物，各有各的性格与脾气，也各有长处与缺点，而乐乐却早早地占据了我的心，它比花花早来我家两年，算是母亲的"旧爱"。

每次回家，我还没有拐进胡同，随着咣当咣当铁门的声响，已听到乐乐"汪汪"的欢迎词。母亲也早早站在门口——这是乐乐的功劳，总会提前给母亲通风报信。母亲温柔地看着我，一脸的温暖和满足。还没进家，我的心便已被幸福填满。

乐乐在我的脚边转来转去，一会儿撕我的裤脚，一会儿又在我的面前作揖打躬，好像不知道怎么表达它的思念似的。母亲就会感慨，说我和乐乐在一起的时间也就几天，何以会有这样深厚的感情？我也想不明白。

乐乐是只小狮子狗，男生，毛是很干净的米黄色。长长的毛让它的体形膨胀得有点儿夸张，它跑起来像个球，体重却和小猫差不多。乐乐是先生从朋友家要来的，来时刚睁开眼睛。先生喜欢小狗，不厌其烦地给它兑奶、洗澡、打扫卫生。无奈在楼上养狗狗确实不方便，关键是我俩都是"上班族"，且上的都是白班。最后先生终于放弃自己养的执念，可又舍不得送给别人，最后决定直接把它送回老家父母那里。先生知道母亲也喜欢小动物，所以很放心。这只叫乐乐的小狗只在我家待了一周的时间，所以母亲为乐乐对我的亲热样子感到费解。如果先生回来，它更过分，会在院子里跑个不停，快乐得如同孩子见到久别的妈妈，跑得气喘吁吁，再扑倒在先生脚下，抱着他的腿不放。或许动物也会先入为主吧！它记得我们所有的好，还能准确地分辨出厚薄——先生确实比我更喜欢乐乐，对乐乐更好。

长大后的乐乐是个"交际花"，无论见到人还是狗，都要上去打个招呼问声好，心还野，每天扒着门想出去。有时候母亲心软把它放出去，一转眼就看不见影子了，母亲便"乐乐，乐乐"地满大街找。等母亲找得不耐烦了，一抬头它又站在母亲的眼前摇头摆尾了。母亲装出生气的样子吼它，它就咬着自己的尾巴转圈圈，直到把母亲逗笑，而后颠颠地跟着母亲回家。后来母亲怕把它弄丢了，又怕它闷得慌，就让乐乐跟着父亲出去看人家下象棋。不过有一次，父亲只顾下棋把乐乐忘了，下完棋就回了家。天都黑了还不见乐乐回来，我们以为它真被人抱走了——它太可爱，没有一点儿攻击性。它却在掌灯时分带伤回家了。再后来，听邻居说它是和人家争女朋友被咬伤的。

乐乐想谈恋爱了，就它这小身板还为了爱情而去决斗，尽管太自不量力，但依旧勇气可嘉！看它狼狈的样子，全家人不由得哈哈大笑起来，连花花也眯着眼睛"喵喵"地叫着。乐乐一言不发，耷拉着脑袋离开了，估计它自己也觉得很丢脸吧，此后它安静了很长一段时间。

乐乐对花花谄媚母亲总是一脸的厌恶，我从不知道一只狗何以有这样的表情。大概在生母亲喜新厌旧的气吧？其实母亲喜新不假，可也不曾厌旧啊，动物其实也是很敏感的呀。母亲轻柔地喊一声"乐乐来这边"，轻轻地抚摸一下乐乐的头，乐乐立刻快乐地给母亲作揖，然后坐到母亲的腿上。母亲知道自己偏心，也晓得乐乐的委屈与不甘，所以才这样来弥补一下吧。"它们能听懂吗？"我这句话刚问出口，母亲就微笑着说："当然，时间久了就能懂啦。"只消一会儿工夫，乐乐就让花花背着，花花让乐乐抱着，亲如同族。这本来的两个仇敌，在母亲的感召下，竟成了朋友。或许母亲说得对，"互相适应对方，便会和平相处"。我对乐乐的包容很是赞赏，在共处的日子里学会吃亏、让步，也是一种智慧，这道理不仅适用于它们，也适用于我们人类。

每天早上5点乐乐准时来敲门，准确到分，它这是来叫父亲带它出去遛弯儿呢。乐乐曾因把头伸到饭桌上被父亲狠揍了一顿，后来就变乖巧了。明知道父亲不甚喜欢它，还愿意陪父亲出来，跟随奔跑，是不是为了讨好父亲而做的妥协？还是它认定在这个世界上我们家是它唯一的主人家，它担心如果它的唯一都不要它了，它就无家可归了？我无从知道，这只是我的猜测而已。

母亲动不动就给它俩上课，点点乐乐的头，让它有个大哥的样子让着花花，乐乐轻轻哼一声；摸摸花花的下巴颏儿，要它不要欺负哥哥，要做个温柔的妹妹，花花妩媚地拖着长腔喵喵。还教导它们要团结，别动不动就吹胡子瞪眼，你撕它一块皮，它扯你一嘴毛。日子久了，它们竟也过成了温馨、和谐的一家人。

母亲坐在扁豆架旁的绿荫里，洗衣，择菜，看梧桐花开。她脚边有蹭痒痒的花花，跟前有咬着自己尾巴转圈儿的乐乐。这场景时常让我想起，令我感动。

花花在脚边呢喃，乐乐在眼前撒欢儿。母亲的"新欢""旧爱"都是她的幸福和快乐中不可少的一部分。他们彼此善待，一切都是那么美好。

写于 2020 年 5 月 12 日

渐行渐远的老屋

老屋小我 7 岁，它坐落在东西中心街最西头的小巷里。我整个的青少年时代就是在那里度过的。

转进胡同，一座老房突兀地占据着整条胡同，它就是我的老屋我的家，熟悉而又陌生，我不由得湿了眼眶。随着新农村建设，它早已不合时宜，而且影响了村庄的规划和交通。但因着家叔一直居住在这里，又在村子的末端，它也就存留了下来。

远望着老屋，内心无限感慨。我早已离开它 30 多年了，最初还隔三岔五地过来看看它，等自己成了家，也就把它忽视了。它却一直静静地守候在原地，敞开怀抱等我归来。土墙换成了砖墙，小院门还是原来的样子。远远望去，一切如旧，只看到墙边高大的香椿树鼓着芽苞摇旗呐喊。

推门而进，第一感觉就是院子比原来大了许多！比现在新规划的院子大一倍，或许是看惯了紧凑的楼房间距的缘故，也就感觉格外大，我想。它就那么理直气壮地比左邻右舍长出一大截。西墙边的两棵大榆树是我的秋千架，早已不见；那棵高大繁盛的小果树也没了踪影；院中的那口土井自然也荡然无存……那些老伙计都不复存在，多了的是院子里栽种的花草，牡丹刚刚长出嫩芽，像鸡爪似的红叶子还没有完全舒展开；迎春花在墙角僻里啪啦地怒放；连翘也学迎春的样子露出艳黄的花朵。窗下一个水缸，里面的芙蕖刚冒出几个小角，时有金鱼冒出来吐个泡。三只小狗像绒球一样在脚边滚来滚去，一不小心就踩到它们。它们也不哭，转个圈又过来蹭我的裤腿脚，没有一丝生疏感，这就是老人说的"狗能认识亲戚"吧。

　　我的老屋的确是老了，即使再艳丽的花草，也掩饰不住它的苍老。它蜗居在四周高大的水泥房子中间，显得有些寒酸与格格不入。如同迟暮的老人，身体也变得矮小，衣衫褴褛得如同现在时兴的乞丐装，带着些许的调皮。砖的红色被时光打磨成浅淡的水红，上面有许多水渍印记，犹如我们小时候美术课上渲染的远山青黛；白色的墙面早已斑驳陆离，失了原来的模样，对于我来说，那都是时光走过的痕迹，那是给我久别的老屋留下的一幅幅难以描绘的山水花鸟画。望着望着，便有了一种"千山鸟飞绝，万径人踪灭"的意境，或许只有我能看出它的美妙与绝伦。那线条从墙裙上面勾勒出去，暗色的土坯脱落出一张张硕大的"叶子"，如抽象派的画作般随心所欲地伸展，墙体上零零星星的缺块，便成就了或大朵或小朵的盛开之花，充盈了满眼怜爱之情。那几只模糊的小鸟飞过的大写意，恍若我曾经快乐的剪影。那些错落但不有致的屋顶的红瓦，正合了我内心所喜欢的那种不对称的凌乱之美。抚摸着不再光滑的墙，感叹老屋记录下的在烟火里的流逝岁月。不管它变成什么样子，在我，对它的爱怜都不曾减少半分，它是我心中珍贵的老物件，即使它不再属于我。而我知道，我只能这么远远凝望，我不敢走近，我会为它的真实容颜伤心难过。因为这里有我快乐无忧的孩童时光，有我叛逆而成长的少年岁月，有我懵懂却又逐渐成熟的青春年华。

泪眼中，我仿佛又闻到了炊烟的味道，仿佛又看到了年轻的老屋。

老屋是 1970 年的春天盖起的，当时样式最新，高度超前，大小四间，加上一明两暗和小屋单独立门的设计，很新颖。外部四角的墙采用红砖立柱，大大的窗户也用红砖镶边，显得格外醒目；屋檐采用双层檐头，新颖中还带着些许的诗意；11 层的红砖墙裙，石灰粉刷的雪白的墙体，红白相间，使屋子漂亮得如同一位新嫁娘。屋顶平整、厚实，麦香弥漫了整个院子。阳光透过玻璃窗洒满每个房间。单独有门的小屋成了我的闺房，这是一件很值得骄傲与自豪的事。父亲还特意找人为我定制了一张大铁床，那么小的我，那么大的床！无论我怎么折腾，都不用担心摔下来。就是在床上翻跟头，也是可以的，这是我的自由王国，我是国王，我说了算。

我从这里走进小学，再走进初中、高中，最后回到母校当老师。我窗外的香椿树早已子孙满堂，顺着墙边一年又一年地繁生了一大溜，像站队等待放学的小学生，尽管排列不那么整齐，倒也错落有致。在物资匮乏的日子里，它们是为这个小院、为全家人做出过贡献的，不仅是风景，还是美味。

那只叫作黑子的小狗是我回家后唯一的玩伴，它是姥姥送给我的，尽管我对姥姥的印象早已模糊，但黑子却陪伴了我若干年，直到它寿终正寝。它享年 9 岁，算不得长寿，也算不得英年早逝。记得每次我要上学，它都会追到门口，咬着我的裤脚不肯放我走。那楚楚可怜的眼神，那"呜呜"的挽留，似乎恨不得将自己变成沙包或毽子钻进我的口袋。我越来越大，它对我的依恋却越来越少。到最后，每次我走，它也只是摇摇尾巴，有时只瞅我一眼，甚至连站都不肯站起来了。但我不能忘记它陪我的那段时光。荡秋千的时候，我在"云端"飘荡，黑子在地上奔跑；我一会儿飞起，一会儿落下；它便一会儿仰头，一会儿俯身。它大概也是快乐的吧，真是可爱极了。这个宽敞的院子，给了我一个快乐的天地。跳房子、踢毽子……陪我玩得不亦乐乎的当然是那个黏人的黑子了，除了它还有谁？每到这时，我就特羡慕兄弟姐妹多的家庭，他们肯定会玩出更多的花样。这样想着，有时玩着玩着也就觉得无趣了……

黑子走了，我长大了，老屋老了。

窗棂上的辣椒染红了一天好似一天的日子，玉米一粒一粒数着岁月的变迁。父母在这里忙碌的影子也随着时代的脚步攀上了生活的高楼，我曾经在这里度过的那些芳华岁月尽管一去不返，但在老屋的那些陈年往事，依旧是我回忆里最美的童话。

如今我的老屋早已风烛残年、摇摇欲坠，说不定哪一天就会彻底消失，再也寻不见。我注视着静静伫立的老屋，和它作着最后的告别。我想我以后不会再来了。我不想分手时让彼此难过，拍几张照片，留在记忆深处，以此纪念我曾经的老屋、我曾经的青春流年。

抬头望着这四角的天空，天蓝若染，白云如洗，一切都是那么美、那么静。风吻着时光的长廊，老屋依旧站在春天里，也定格了我的心上。有些记忆散落在风中，被吹远；有些记忆却永远镌刻在生命里，像我的老屋，像我的小院，还有那不曾忘却的炊烟……

写于 2020 年 4 月 9 日

此文荣获 2020 年首届"候鸟人文学奖"一等奖

长大后我就成了你

上班时常常盼望着早日退休，好过上睡到自然醒做事不慌张的生活，可真正退下来却又是这么失落与恐慌。蓦然回首间，原来最美的生活是在自己岗位上的些许耕耘与收获，即使是发挥余热，也比这无所事事来得踏实。

闲下来的日子，过得并没有想象中的惬意与美好。在这些闲淡的日子里，看书码字便成了心头最爱，甚至有些痴迷。看着一个个铅字变成小豆腐块刊登于报纸杂志，内心便有一分喜悦滋生。

打开记忆的文件夹，翻阅"往事记录"，那个手拿一本大部头的青年才俊便从记事本里威武而来。他是我初二的班主任，也姓柴，是我本家的二哥，长得五官端正、棱角分明。他不仅长相俊朗，教学成绩也是出类拔萃的，还写得一手好字，因而成了学生们敬佩、模仿的对象。可是他却极为严厉，使得像我这样的调皮学生每日需小心翼翼，如履薄冰。他属于"严于律己、律人"的人，自己做得无可挑剔，也就使我们的大失小恶无处遁形。我那时是调皮大王，所以也就天天过着提心吊胆的日子。

俗话说：常在河边走，哪有不湿鞋。我终于被"请"到了办公室，所有的侥幸，都变成了我不听老师话的事实——趁晚自习又不是柴老师坐班偷偷去看电影。听着他不轻不重的话："一个姑娘家成何体统，自己觉着学习不错就能这样？一个班集体里的人要是都像你一样，那还叫班集体吗？……"我第一次觉得脸红，觉得的确是做错了，第一次正视我是一个女孩子，就该有女孩子的样子：矜持、内敛、自尊。尽管我脸上有些挂不住，但从此再不敢胆大妄为，也再没忤逆过老师。

我的学习成绩一直不错，但那时（20世纪70年代中期）没有考学的概念，我从没有奢望上高中，因为那个年代是推荐上学，普通老百姓的孩子是想也不敢想的。柴老师经常给我们这些成绩好的同学支小灶——上政治课："多学点知识没有坏处，将来不管干什么，都会有用。你们要起到带头作用，把大家都带起来，谁学不好，我就不放谁回家。"他说到做到，最多的一次全班竟然有35名同学耽误了吃晚饭。但我们班包揽了初中阶段所有竞赛项目的第一名，不管学习、纪律还是劳动，都是遥遥领先的。家长想着法子把孩子送到我们班，为的就是让他们听柴老师教导。现在想来，遇到这样负责的老师是何等幸运。

当时对家长选择柴老师的班我是有些不理解的，因为老师口条不好，就是特口吃，平时说话可闷人了，一句话分成好几截儿说，逗号、顿号太多，常惹得我们忍俊不禁，甚至哈哈大笑。可奇怪的是，只要上课铃一响，他便口若悬河，上至天文下至地理没有他不知晓的，知识渊博得让我们赞叹不已。于是我们常常怀疑：是不是故意的啊？继而摇头否定：不对啊，小伙子正找对象的时候，不会把这当作骄傲与自豪吧？只好长叹一声——天生当老师的料！

柴班主（那时候别的地方可没有这种叫法）教我们语文，课讲得精彩绝伦，我们常常听得入了迷，不自觉地就背过了他讲的内容，哪怕是课文的写作特点、中心思想乃至段落大意。45分钟的时间一眨眼就过去了，感觉还没过瘾就下课了。他的语文课里，既有古今美文，又有古今历史，也有良善忠孝，还有礼义廉耻……是真正的大语文教学。我从此喜欢上了语文，也常常不自觉地模仿老师的言行，用老师的言行约束自己，连父母都说我跟着二哥老师学好了。

柴老师也是个文艺青年。他喜欢看书，也常常给我们读书。只要我们想听书了，老师就会抽出两节课讲故事、读书。最早的要数《高玉宝》，他讲给我们听，在我们泪水涟涟的期待中，他却将黑板擦一拍：且听下回分解……他给我们读这本书是存了用意的：我们这么好的条件再不好好读书，辜负的岂止是大好的时光和父母？更辜负了我们自己！想到这些，一分敬意油然而生。我对学习的自觉和对文学的喜爱就是从那时开始的。初中时期，我看了有生以来第一部长篇小说《敌后武工队》，之后又陆续读了很多，直到现在依旧嗜书如命。一个老师对学生的影响何其大啊！

真让老师说着了，我们有机会证明我们所学的知识没有白费——我们参加了1978年的中考统考（应该是刚刚恢复中考的第一年），我班16名同学以优异的成绩考上寿光第十一中学，还有3名同学考到县重点中学——寿光第一中学，这是学校里前所未有的成绩，也是后来好几年都没被超越的成绩。感谢老师的教导带给我一生的影响。

后来我们步入工作岗位，考入高中的同学竟有一半选择了教师这个职业，希望长大后成为老师那样的人，我也是这个队伍中的一员。我在工作中从不敢懈怠，不敢放弃一个孩子。有段时间，我回到我的母校——化龙初中任教并担任班主任。尽管那时我的老师已因着工作的认真、细心、负责而被调到教育办公室管理财务工作，可我依旧觉得老师的目光在不远处注视着我，约束我的言谈举止，敦促、鞭策我做好每一件事。我也曾经创下同年级组 10 项比赛我班取得 8 个第一的佳绩，我为不曾辱没我是柴老师学生的身份而自豪。

38 个讲坛春秋转瞬而逝，当年柴班主对我的那种认真严格的良好教育、潜移默化的文学熏陶，真使我终身受益。我这么顽劣的学生，也多亏了老师那份严厉，才得以改变、醒悟并付诸行动：微笑和严厉都该源于一个字——爱。我终成了柴老师的样子，成为家长和学生信任的老师，我很欢喜和欣慰。

不仅改变还影响了我一生的老师叫柴洪来，是我的本家二哥，我为能成为他那样的人而骄傲。到底是不负韶华更不负老师的教育，真好！

写于 2021 年 4 月 3 日

"毒"孩儿

从懂事起，我就活在别人的闲言碎语中。我还曾经有过小我两岁的妹妹，出生没几个月她就不幸夭折了。也不知道什么"高人神仙"指点父母，说我是个"毒"孩儿，妨得没有弟妹。于是，我这唯一就变成了多余。于是，我从五岁那年开始被送出去过年，要连续在外过三个年。也不知何故，非要找个刘姓的人家去过年才灵验（后来我想，"刘"音同"留"吧，盼望再留个孩子），才会弟妹成群。母亲姓刘，去姥姥家应该是最好的选择，可惜姥姥早年就带着两个舅舅加入了闯关东大军，并定居东北，一走再没有回来。父母便把我送到了也姓刘的老姑家。

我不记得第一次是怎么到的老姑家，只是感觉爹娘不要我了！特别是在春节这个家家团聚的日子。我心里是恐惧的，只是更害怕父亲，所以敢怒不敢言。不管多么不愿意，我是没有哭闹的，或许父母以为一个小孩子无所谓愿意不愿意吧。如果我当时反抗会怎么样呢？或许结果还是这样，我必须在腊月二十八的下午被硬生生送出去，年初二才能回来，若是赶上小月，可少待一天，那也是我求之不得的。

我就那样被硬塞进了一个对我来说陌生的家庭。

老姑家是个大家庭，我去的时候已经有了我四个表哥、一个表妹，再加上我就是九口人。在那个食不果腹的年代，又是春节，这无疑又增加了一份压力和负担，因为是亲戚，人家没法拒绝罢了。我很温顺地在老姑家住下，一家人并没有明显的嫌弃，也没表现出热情。大多数时候我是一个人玩，不言不语。即使和我同岁的四表哥想和我一起玩，我也蔫蔫地提不起精神。有时不去吃饭，他们也不会找我，或许压根就没在意吧。晚上，我就窝在老姑的炕尾与她通腿，乖巧得如同一只小猫，偎在老姑的腿边，抱着她的小脚，却睡不着。我从小失眠，即使现在依旧夜难成寐，我常常怀疑是那时落下的病根。老姑年龄大了，觉也少，就没话找话，她问一句我就答一句，不敢多说半句，也不想多说，不管多么委屈。老姑叹口气，不再言语，握着我冰凉的小脚。很奇怪，那时土炕烧得很热，屋里也暖暖的，可我的脚就是热乎不起来。老姑就那么握着，一握就是一宿，一丝丝温暖便陪我一夜。

不是亲戚待我不好，是那种被父母抛弃的感觉令我害怕，令我冷得彻骨，令我生无可恋。即使只有三四天，我也是度日如年。熬到年初二，不等吃完早饭我就往家跑，任凭老姑颠着小脚出来撵我。尽管只有三四里地，我却觉得是海角天涯。迫不及待地回到家，以为母亲像我想她一样想我，可我还是想错了——母亲依旧是一副漠然的神情，仿佛我的来去与她毫不相干。我想不出我哪里做错了。我那时是何等的失望，以为母亲真的不想要我了。千念万想地回到自己家，却无论如何开心不起来。我多余吗？这个念头一直在心头萦绕，赶都赶不走。我是父母唯一的孩子啊，怎么会多余呢？可为什么父母每年都要把我送出去呢？想破头还是想不明白。

第二年的腊月二十八日下午，我照旧被送到老姑家。

年长一岁，心事就多了一层。我常常坐在老姑家屋后的土坡上，任北风呼啸。田里的那棵杏树早已瘦骨嶙峋，一副死相。我就这么坐着，一坐半下午，眼睛盯着后院那棵光秃秃的歪脖枣树上的寒鸦，听着它们"哇、哇"的叫声，被惊得头皮一紧一紧的。我急切地盼望着感冒，想着这样父母就会来接我回家，即使知道这是做梦，依旧这么幻想着。那时真皮实啊，脚冻得被猫咬一般，站都站不起来，梦想往往还是变成痴心妄想。只有被抛弃过的人，才能体会这种无助和伤心，那是比三九天更寒的冷。也是这年除夕，大人们忙着包水饺、炸萝卜片子，哥哥们忙着扫院子、贴对联、准备上坟的东西，我又成了那个多余的人，像个傻子一样，木讷、呆滞。窗台上放着寒光的镰刀很合时宜地闯入眼帘，鬼使神差，我拿着那把锃亮的镰刀来到东墙外老姑家圈起的院子。院子有一座宅基地那么大（南北19米、东西14米），墙很矮，只有个篱笆门，没锁。确切地说这是个小树林，里面种满了梧桐树，粗的如大腿，细的如胳膊。看着它们，有种报仇的火焰在心中乱蹿，越蹿越高，越烧越旺，直到那些树被我用镰刀剥光了衣服，流出眼泪，流出晶莹的血。一种快感浸透整个身体，舒服得我无以言表，一棵、两棵、三棵……所有的悲伤、失落与委屈，在那一刻完全释放，心被安放得稳当了许多。我就要他们讨厌我，把我遣送回家，只是这种冲动的代价实在太大！二表哥强有力的两巴掌几乎把我的耳朵捂聋了。头晕目眩，左腮火辣辣地疼，连心都被震碎的感觉，疼痛难忍。我始终没哭出声，任泪水横流，凝结成冰，只用比冰还凉的小手捂着冒火似的脸，至于二表哥吼的什么，我早已疼到忽略不计了。

那晚，我没有吃年夜饭，一家人都没有吃好。为心疼我，更为心疼那些树，那是为表哥们娶媳妇打家具准备的，那是一家人的希望，就这样生生被我破坏了，一家人怎么会不心疼？我这是自找的，活该！眼泪一汪一汪地流，我连大气都不敢喘。老姑抚摸着我已经肿起的脸，唉声叹气。已不记得年初一吃了几个水饺，趁大家不注意，我悄悄离开老姑家，顶着凛冽的寒风一路向北往自家跑。三里地，我走了半天，临到村头，我放慢了脚步。我回不了家，大年初一我是不能回家的，回来就不"灵"了。我只好坐在村外离我家不远的苇子湾边，听着树上喜鹊呼朋引伴的鸣叫，看着早已飘光了苇絮的芦苇荡，心是空的。坷垃、砖头落在水湾冰面上发出咚咚的响声。那时的冬天仿佛格外冷，风像刀子一样割着我的脸，红肿的左脸更疼。风像着了魔一样窜进我的身子，大有不把我冻僵不罢休的势头。这样坐着会不会被冻死？冻死了是不是我的"毒"就会消失，就会有很多的弟弟妹妹？我就这样胡思乱想着，更冷了，浑身直打哆嗦。起身，踩踩脚，麻了，木了。我开始像个陀螺一样在冰面上旋转，身体的各个器官好像都被冻住了，不灵便。我摔倒再爬起来，接着摔倒，再爬起来……从水湾的这头旋到那头，从这边转到那边，直转到身体热起来，心更凉。泪水像断了线的珠子再也停不下来。直到吃午饭，他们才发现我不见了，二表哥来告诉父母（也许二表哥是为了顺便来看看我是否向父母告状吧，后来我这么想）。等他们找到我，我依旧冷冷地坐在岸边，中午的阳光有些许的温暖。我站起身，一句话不说，谁也不看，跟在母亲后面，走回自己的家里，爬上炕，窝在炕角。母亲连声向二表哥致歉，说我不懂事。好在他并没有揭发我的劣行，也没有说我为什么偷跑回家。母亲看着我的脸，几次欲言又止，到底也没有说什么。这一次冲动的惩罚，是个无法言说的秘密，恍若昨日，行文至此左脸似有隐隐的疼。

当第三个腊月来临，我开始害怕起来。绞尽脑汁盘算拒绝的理由，想不出，就拼命干活：扫地、烧火、喂鸡，甚至学会了生炭火炉子，极力讨好父母。父母怎会看不透我的心思？怎会不知道我不愿意去老姑家？可他们依旧赔着笑脸哄我，给我买上好吃的。那些平日里令我垂涎三尺的零食，那一刻仿佛变成了毒药，我唯恐躲避不及便伤了性命。我死死抱住院里那棵胳膊粗的洋槐树，恨不得长在树上。父母到底也没有强硬地把我送出去，或许他们又想起了我红里带青的半边脸吧。在我庆幸父母终于发善心不把我送出去时，除夕他们却把我送到了二爷爷家。好歹离得很近，又是自家人，也只在外面待了两个晚上。这段经历我从没有说过，父母也无从知道我内心曾是多么的恐惧和绝望。

父母常常把他们的不满和烦恼强加到我身上，年少时，我甚至感觉不到他们是心疼我、爱我的，按常理他们会视我如命，但我在他们眼里是可有可无的，直到上学后我才有了些许的快乐，和同龄孩子一起玩耍，暂时忘了那些不愉快。

11岁那年，我上三年级，学校体检查出我得了肺结核。望着小胳膊上鼓起的布满米粒大小疙瘩的红包，我感觉到了世界末日，哭着往家跑，心想着：我这棵独苗要被薅去了！我哆哆嗦嗦跑回家，父母的神情出奇淡定，好像与他们无关。我很失望，更坚定了他们不喜欢我甚至讨厌我的猜测。他们哪里知道我当时的绝望心情！我心里充满了恐惧，惶惶不可终日。大约过了两个月，疙瘩消失，我才慢慢地把这件事情淡忘了，毕竟是小孩子。但那段心惊胆战的日子却让我记忆犹新。

父母也再没有生养过弟弟妹妹。若干年后我才明白，当年母亲身患疾病，到处求医问药，还要想方设法要个孩子，拖累得她无法顾及我的喜怒哀乐。父母是在怎样的牵肠挂肚中度过我不在身边的那三个春节？他们只不过是想为我在世上留一个至亲弟（妹）而已。我也就常常为那时的小心眼儿感到内疚。此刻我想，如果我生在这个时代，年轻的父母会不会在梦中也能笑出声？应该是舍不得我离开半步的吧？

年龄越大，我的性格越趋向男孩子，好打架，不服输，即使被打得头破血流，即使被人家找上门来，我也从不惧怕。我就是想让自己长成男孩子的模样，以此来讨得父母的开心、放心与安心……

现在父母已没有"不孝有三，无后为大"的老观念了。看着面色红润、身体硬朗的他们；看着父母说着很多人羡慕他们、眼热他们，满足之情溢于言表的自豪模样，我心里的满足与幸福不言而喻。尽管我没有生就父母希望的一副男人的身躯，但我仍然努力向死而生，努力攀爬，努力活成父母期望、自己喜欢的模样，让他们的晚年有了值得骄傲的资本，让他们成了同龄人羡慕的对象，我感到很是安慰。

夜，渐渐睡去，我轻轻合上年少时的那份记忆，内心柔软的地方依旧被生命里父母不苟言笑、别样的疼爱充斥；心中同时滋生出那些被我蹂躏的梧桐树，我忽然觉得欠一个道歉，不仅仅是对父母，还是对那些无辜的梧桐树们……

写于 2020 年 12 月 3 日

夏夜雨敲窗

　　燥热的天气如同蒸桑拿般连闷了好几日，终于按捺不住地从空中释放出来，雨，便在这个午夜淅淅沥沥落入夏的世界，也就有了夏天的雨该有的样子：说来就来，说下就下，急促而热情！白天还骄阳似火，当暮色四合，天上的云便黑压压地赶来，趁着夜色，携风带雨，偷袭了我的美梦，也激起我临窗赏雨的雅兴。

　　细柔的雨丝密密地斜织着，雨声小小的如蚕儿咀嚼桑叶一般，嘈嘈切切地将白昼的温度一点儿一点儿吞噬。有风掠过，倒有了点儿"残云收夏暑，新雨带秋岚"的清爽之感。

　　街道两旁店铺闪着的三两盏路灯影影绰绰，透过雨帘望去，如同瞌睡人的眼睛打着盹儿，光晕模糊不清。偶逢夜归的汽车从窗下疾驶而过，便会看到晶亮的雨丝倏忽而逝，恍若仙境。雨丝织成了一张温柔恬静的帘子，把天地扯得很紧很紧。承欢细雨的花草树木饱饮甘露，欣欣然露出喜悦的样子，在灯影里泛着绿油油的光。这样的雨，最适合在其中漫步，不必打伞，就这样被细雨滋润整个身心，从里到外便透亮而舒服。再在水洼里使劲一脚，踩出高高的水花四溅，心便会醉在夏夜的细雨里。我是极喜欢雨的，如果不是深夜，我定会踏雨而行，此刻却只能把萌动的心劲用力压了下去。

倚窗而坐。雨，与音乐为伴，这似乎是绝配。听欢快的曲子，便会有一种冲出去的念头，在风雨中奔跑，任凭风吹雨打，也是欢快愉悦的；若听一首忧伤的歌曲，最适合一个人静静地听歌赏雨。尽管我断断跑不出去，我依旧放上一首《雨的印记》，在舒缓、清透的旋律里，荡涤心里的尘埃，远离闹市的喧嚣，给心灵一个宁静的港湾。将所有的烦恼与不快放置门外，在心底吟唱一曲"流光容易把人抛，红了樱桃，绿了芭蕉"。心里涌动着岁月给予的精彩，在喜忧参半的人生中与时光结伴而行。正如此刻，掬一盏香茗，在袅袅香气中感受"一任阶前，点滴到天明"的况味。

偶有风从身旁走过，带给我满身的香气。哦！原来窗前的那盆墨兰竟在今晚悄悄盛开了！这一日看三回的兰花呀，终于在这样一个雨夜，把清香沁入我的肺腑，似要解我相顾祈盼的心意，轻轻入怀，氤氲着雨天里的万千思绪，并借着雨夜，蔓延、扩张，令我再无睡意。摊开掌心，雨丝爬满掌纹，像流逝的岁月若隐若现。蓦然觉得，城里听雨少了些许的情调与韵味，哪有乡下雨打瓦片那般的清脆悦耳，那般的诗情画意。那久远的独特声音竟把这异国他乡的"雨的印记"一下子淹没了。原来，最美的雨声是和家乡连在一起的。

雨滴敲在瓦片上，立即会发出音乐般好听的声音，特别是晚上听雨——这在高楼林立的都市是无法享受到的。故乡的瓦，似乎是专为了雨而设置的弹奏乐器，平日里它们闷不作声，支撑起满屋的阴凉，一旦雨滴降临，它们便兴奋起来——哪怕是再小的雨，瓦的音乐也会叮叮地奏响。那音乐像极了古筝曲，清脆且韵味十足，伴上风摇树影动，雨刷枝头的飒飒声，小夜曲也就正式拉开帷幕。悦耳的声音在乡下的黑夜向四面八方弥漫，听雨人的脑海中便漫溢出不尽的情思。但雨不宜过大，小到中雨恰恰好。那声音是极富魅力、错落有致的交响乐——叮叮咚咚、层次分明，节奏感极强。想来觉得好可惜，居住在这高楼大厦中，那些带着故乡烟火味道的雨打瓦片的声音到底是远去了，很少听到了，但我对它的记忆却恍若昨日，历历在目，历久弥新。

雨是一种轻柔流动的情丝，因与瓦片的完美融合而多了几分浪漫与惬意，蛙鸣也应雨声而来。夏天的雨中，怎么少得了青蛙这个主角？它仿佛是为夏雨伴唱而生的。有幸坐下来静静地听一回雨的人儿，心中便有了某种牵绊和感叹。尽管有时是淡淡的，连自己也不易觉察。雨丝最能扯动昔日的情思，雨声也最能叩响乡愁的门环。这漆黑的夜，雨敲打着我的轩窗，借着夜幕，我仿佛看见了故乡的老院，院中的翠竹在雨中摇曳着墨绿的青春。墙边的荷池中早已青叶如盖，花开若雪。高擎的荷花若妙龄女子，含羞玉立。院子里青蛙、蟾蜍泛滥，它们各自择地，或跳跃，或栖居，随意鼓噪，声声高亢，曲调统一，唱和有序，很自然地加入雨夜大合唱。这是孩子们的杰作——把荷池和我的水缸盛满蝌蚪，蝌蚪最终蜕变成他们希望的样子。而我，即使关门闭户，即使不去稻花香里，依旧可听取蛙声一片。那些曾经的无可奈何、与孩子们争得面红耳赤的场景，如今想来却是那么美好与温暖。唉！再也回不去的旧时光，再也触不到的孩子们的天真可爱脸庞，他们终成了我所期盼的大人模样。

夜渐深，黑如墨。雨渐大，风也大起来，转眼间，风声雷动，透心凉的风夹着雨珠穿窗而过，打在裸露的小臂上，微凉、有力。原本温柔的沙沙声，随着雷声哗哗而来。落在窗台上的雨珠，跌碎成花，晶莹剔透，一会儿工夫便如小瀑布般从窗台顺流而下，融入道路两边的地面上的小溪流里。路面被偶过的汽车压出些许的白印子，恍若海边卷起的细浪，也牵动了我些许浪花般的情愫。

听帘外烟雨，怀一腔柔情，原来这雨丝就是情丝，斩不断，理还乱，才下眉头却上心头啊。雨，越下越大，风也越刮越急，斜风携雨敲打我窗，给我无尽的遐想……是夜，我愿枕一窗烟雨进入梦乡……

写于 2020 年 8 月 4 日

原载于《散文百家》2020 年第 9 期、《西部散文选刊》2020 年第 10 期，收入本书时有改动。

邂逅一朵花

清明，又是行人欲断魂的日子。

随着袅袅香烟渐渐弱下去，祭拜也就接近尾声了。

我与母亲收拾好上坟用的供品及碗筷，还没有来得及把心绪收拾停当，小雨就淅淅沥沥地飘落下来。

仿佛记得，每年的清明节都是这个样子的，总是有风裹挟着细雨如期而至。母亲似乎没有前些年上坟时的悲痛与难过了，只是对着姥姥、姥爷和二舅原来墓地的方向——原来的坟茔早已被平整归田，说上一句"我给爷娘和二弟施个礼"——母亲总是出人意料地有文化一下。然后她慢慢地跪下去，81岁的母亲的确显出老的迹象，行动没有先前利落和轻快了。好在我们上坟的地方离所住的学校只一路之隔，也不用担心衣服会被淋湿。

我和母亲保持着高度一致的步调，我有时故意落在母亲的身后一点，这是我近两年来学会的乖巧，断不会像从前那样让母亲在后面颠着脚小跑也跟不上。跟随着母亲的步伐，我三住两歇地走着，与她高谈阔论着（母亲耳聋得厉害，声音低了自然会被风直接吹走），两人不时相视一笑。母亲尽管腿脚没有原来有劲、走得快了，但脸色依旧红润有光泽。母亲本来就长相清秀，这一点我比不上母亲，我长得有些随便，甚至粗枝大叶。我常常怀疑是不是送子娘娘打盹儿把我送错了，送成了女儿身。

正胡思乱想中，差点走偏到公路上去。一扭头儿，竟看到一棵苦菜泛出点点新绿，开出一朵小花来。黄灿灿的小花沐浴在细雨中，透出清爽爽的一抹亮丽与惊喜。我不禁惊奇：苦菜根就扎在墙角砖缝间的沙砾里，没有泥土的滋养，它是以怎样的毅力生长起来的呢？

觉得我慢下了脚步，母亲回过头来，看我盯着一棵苦菜痴痴发呆。母亲笑着，并不催我走。

"稀罕啊，咱家有，回去我洗上一盘儿，晚上你蘸酱吃，可香了。"我笑了，那小小的黄色花朵儿，也朝我灿灿地笑了。

俯下身来，我与这棵苦菜对视，只见它三五片狭长的叶子，经雨洗尘，呈现出干净而优雅的姿态。叶片在风中频频向我点头示好，那朵小花，花瓣紧凑犹如初绽的野菊，兀自美丽，细雨中给了我不一样的感受，仿佛比在阳光下更让人偏爱许多。

风大起来，我使劲拉了一下衣领，余光里发现那朵小花又在摇啊摇地笑。是在对我展现它的可爱与美丽，还是在讥讽我的弱不禁风？我无从知道，却觉得有些心虚。

一朵小花，开在北国仲春的细雨里，它给了我无比的震撼，使我感受到生命强大的同时，竟让我思绪万千：我们的生命力究竟有没有一朵花强大？有没有像它那样对生活充满激情和热爱？有没有像它那样在桃红李白面前骄傲地自顾自美丽？有没有像它那样在寒风苦雨里依然如约绽放？有没有像它那样有一点点这么灿烂的高光时刻？蓦地，有一种叫作汗颜的情愫涌上来，我顿觉脸上发烧。

似有淡淡的清香飘来，带着泥土独有的芬芳。一抬头，母亲也在盈盈地笑。顿时，两朵花同时滋润了我一颗荒芜杂乱的心，心田瞬间变得肥沃丰盈起来。我要把这花移植到我的文字里，让我苍白的语言也可暗香浮动，一任芳馨。

写于 2021 年清明节 小雨

第二辑

那一帘旧时光

一座青砖灰瓦之中尽显沧桑的老房子，门上竟然挂着草珠和秫秸秆穿的门帘，门帘上早已浸满历经沧桑的颜色。看来，有人喜新，也必有人恋旧。

光阴醉，醉光阴

　　一只蝉忽地偷袭过来，潜伏在我的纱窗上，翅膀轻轻抖动着，似乎受了些惊吓，我也被它吓了一跳——我正在望着窗外发呆呢。看它那小心翼翼的样子，我心底一软，不由笑了，任由它在我的地盘优哉游哉。

　　今夜无风，蝉在林间不停歇地鸣叫，以它短暂的生命唱响整个夏天。月亮将圆未圆，星子在它身旁闪烁，加上这小东西突如其来的造访，使幽蓝的幕布宁静而生动。

　　泡一壶茉莉，独坐屏前，耳边是东京奥运会开幕式的声音，这场独特的体育盛会必将被载入史册。世事难料，突然就怀念起那些年，那些慢慢老去的旧光阴。

　　记得那些年，夏天的雨总是会下到秋天，土地总是湿漉漉的，河里涨满了水，水沟里鱼虾赶集似的聚拢来，并不怕人。最难忘的是1974年的那场大雨，简直沟满壕平，院子里的水井被水淹没了，母亲怕我调皮掉到井里，只好在四周围了石碌碡挡起来，因为我们放了假，母亲不确定我是否会听她的话。那一年我上三年级，年龄小，觉得一切都是那么新鲜又有趣：离我们2里地的张屯村种的西瓜"漂洋过海"来到我们村，转几个弯拐几个角，向北边的村子游去；我们生产队还没长大的大红袍地瓜排着队从村西的乌洋沟搓着澡儿朝小官庄奔去，打着滚你追我赶，赶集似的簇拥着，在拐弯处还会你撞我碰的。好在那时的水沟都是村村相通的。看着它们浩浩荡荡地奔向远方，我羡慕得不得了，恨不得也跟随它们去流浪。

冬日，常常有大片大片宛若梨花的雪花，一朵朵如顽皮的精灵，翩然而来。一夜醒来，大雪有时就封了门、齐了腰，白得那么晃人的眼。母亲便用盆盛一盘雪将它化开，澄清的水便可熬粥做饭了。每次做完饭，我就借着草木灰在灶膛撒些麦糠谷壳，将炕烧得热热的，在母亲说了N遍的故事里，暖暖地度过一个个寒冬。

光阴里，总有一份记忆历久弥新，总有一段岁月仍可回首，总有一份感情铭心刻骨，又总有一些故事藏在心底。

那些旧光阴既模糊又清晰。一个个场景、一幅幅画面，在光阴里变成了一帧帧腼腆迷人的老照片，变成了30年的陈年老窖，变成了明艳又朦胧的旧诗行。光阴缝隙里，穿梭着山野的清凉之风，逗露出眉间的白月牙，盛放着园里的紫丁香。

有些人，在光阴里来来往往，却总也熟视无睹，分开后便了无踪迹；有些人，只有擦肩而过的缘分，明知已远去，却要固执地把那个早已易主的电话号码完好地保存着。即使有一天忽然心血来潮地拨过去，明知道对面的声音早已陌生，依旧无法释怀。有时候觉得，人生短暂，那些无谓的纠结与执念是那么的微不足道，甚至不值得；光阴里的事，说是就是不是也是，说不是就不是是也不是，不觉莞尔。

光阴是有味道的。倚窗而坐，把卷而读，墨香便在每一页展开的瞬间似清风流淌，页眉有白云舒展，宠辱不惊；页脚有归途领引，夹岸碧草芳馨。沉浸其中，常常觉得自己就是那书中的某一个人，情感也在文字的浸润里丰满而柔美，魂牵而梦萦；轻声吟哦，沉醉在诗词歌赋抑或古人的美文里，"道由白云尽，春与青溪长""池塘生春草，园柳变鸣禽"，该是多么美妙、迷人的意境啊！

　　光阴又是极其美丽的。春风一来，满目葱绿，满心花开。柳树最先张开眼，打量这新的一季的变化与美好。在迎春的感召下，各色的花儿也竞相赶来，红的、紫的、粉的、白的……那个美呀、艳呀，就在你的眼底、心头漾啊漾得次第开放，那些冷漠与烦恼，便在这些花儿的芬芳里慢慢融化温暖。花香依然满襟，夏的热情早已拥你入怀，亭亭玉立的荷在微风细雨中频频向你招手示好，以它的惊艳羁绊了多少痴男信女的眼眸，捕获了多少淡泊名利、寻幽而来的芳心。蜻蜓最是懂得，悄悄与荷花低语，告诉荷这世间它最脱俗美丽。当蝉鸣停歇，叶黄风凉，丝丝秋雨随风潜入，告诉我们"一场秋雨一场寒"的到来。该收获的也收获了，譬如高粱，譬如大豆、玉米、花生……都进囤入仓。农人脸上的笑意，便是最美的花朵与风景。当"忽如一夜春风来，千树万树梨花开"之时，一年的最后一个季节也就踏雪而来。那些堆雪人打雪仗的日子有现在网络游戏所无法比拟的刺激、幸福与快乐。天作被、地当床的岁月想起来就温暖，那么美、那么爽。不同的日子，有着不同的韵味和雅致。无论是花一枝，还是茶一盏，只要岁月静好、现世安稳，就是这世间大美。光阴犹如一幅画，浓一笔、淡一笔，总是相宜；犹如一笺字，素一笔，润一笔，都是骨骼的清丽。

　　光阴似乎又是闲的。或是"花间一壶酒，独酌无相亲"的浅酌微醺；或是"绿蚁新醅酒，红泥小火炉"的相映成趣；或是携朋伴友相忘于江湖；或是看花赏月笑谈人生；或是痴迷的眼睛看凌霄花爬墙上屋横行撒野；或是逗弄邻家小花狗身前身后撒欢儿；或是跟着早起的日头爬过一道道山坡，归来时披着月光和风尘；抑或是什么也不做，就那样懒洋洋地斜卧在躺椅上，做个白日梦，幻想着不曾拥有的都变魔术般出现在眼前，嘴角偷偷上扬，如同所有的梦想都已实现。

光阴是静谧而温暖诗意的。一个人，从此岸遥望着彼岸，心底便生出一朵花来，或明艳，或倔强，或妩媚，却与岁月无关、与红尘无染，只是伴着日升日落、潮涨潮落里的春花秋月，活成一首诗，走进一幅画。既不烦扰别人，也无别人来打搅，即使独处一隅，也能享受独处的孤独，不悲不喜，不吵不闹，与岁月和平相处，与自己和解，不纠结、不为难，相安至老。光阴向来安静如处子，它一直远在尘世之外，从不刻意取悦谁，也不求被谁取悦。

却道光阴是寻常。一间陋室，半盏灯火，一窗烟雨，半季花开。忙时柴米油盐，有生活的沸腾，有人间烟火的暖；闲时浸染诗词歌赋一弯月，平平仄仄，洗尽铅华，煮茶把酒话桑麻。高着嗓门让那个当家的男人鞍前马后伺候着，享受着。光阴里，日子就这么过着，乐着，细细碎碎，充满烟火味道和世态冷暖，又透着寻常之外的诗情与禅意。

旧光阴又是那样从容不迫，从我们的身边、指尖、心头慢慢划过。曾经觉着，"光阴"两个字太过虚空，看不见摸不着，有隔世之感。有时候会觉得永远很远，其实它可能短暂得都看不见。回眸一望，原来我们无不是光阴下的过客。光阴不曾厚爱谁，也从没薄待哪个。匆匆走过，却发现早已是"夕阳无限好，只是近黄昏"的光景了。那些载动的载不动的悲与愁，在这公平的光阴面前都已成了过去。光阴存不下也抓不住，倏忽而来，一眨眼又远去，徒留一声长叹和渐多的皱纹与放平的心态。

罗大佑《光阴的故事》就是在这时候闯进我心里的，我喜欢得一塌糊涂。"春天的花开秋天的风以及冬天的落阳，忧郁的青春年少的我，曾经无知地这么想。风车在四季轮回的歌里它天天地流转，风花雪月的诗句里我在年年地成长。流水它带走光阴的故事改变了一个人，就在那多愁善感而初次等待的青春。"当再次唱起，所有的心绪已不复当年的模样。或许这就是成熟的体现吧！所谓成熟，不过是善于隐藏；历经沧桑，不过是有伤无泪。

心中的那一段光阴，顺风逆风，那是岁月的感悟；春去春来，更有别样的风景。不管喜忧、圆缺、远近，走过的是岁月，留下的是故事，随风的是记忆。不被世俗所累，不为情感所困。愿光阴深处住着一个清清凉凉、志同道合的人来赴约，不谈风花雪月，不问日月星河，只消问一句："晚来天欲雪，能饮一杯无？"只消回一声："不辞山路远，踏雪也相过。"暖意袭来，彼此会心一笑，光阴这杯酒，尚未饮，只是想着，便醉了。

写于 2021 年 7 月 23 日夜

原载于《上海散文》，收入本书时有改动。

那一帘旧时光

我在整理孩子们的抽屉时，看到了一张小儿四五岁时候的照片。他正在跟我家的狗狗大黄嬉闹，背景是一挂红黄蓝相间的波浪门帘儿。这张照片掀开了我久远的一帘幽梦，那些做门帘儿的旧时光又如蝶儿般翩翩而来。

照片背景的纸帘是我的处女作——顾名思义，它的材质是普通的纸。将废旧本子一页页小心撕下，用织毛衣的大棒针从一边慢慢卷紧，两边卷齐。由于纸张比较软，卷好后用面糊糊粘上就非常结实。搓好，晾干，再刷上不同颜色的漆，我当时刷了最简单的红黄蓝三原色，一根根竖到墙边，天好的时候拿出来晒一下。剪成四厘米长的小段，细铁丝也剪成小段，比纸段长出一点，两头对折成弯儿，弯的直径要略大于纸卷的直径，这样穿起来不容易脱落。利用第一排的长短不一而呈现出波浪形状。挂起来再仔细地刷上清漆（清油），清亮亮得好看，还预防风吹雨淋而烂纸卷边。最后在底部穿上红色的塑料皮穗头，被风一吹，摇曳若彩色瀑布，将普通的小平房摇曳出些许的艳丽色彩，倒添了几分俊美。一个门帘儿，牺牲了我整整一个暑假，以为大门不出、二门不迈的，会把自己的脸捂得白净一些，结果一照镜子，失望至极！

这美丽的三原色波浪成了左邻右舍孩子们拍照的背景墙，可用了不到一年时间，就被大黄当作玩具撕扯得支离破碎。还能说什么呢？换呗！我热衷于折腾出自己内心喜欢的东西，让心情在一挂门帘儿里舒适而惬意。正值流行挂历门帘儿，那时挂历多，谁家没有个三五本啊，一凑，齐活。那女星、那风景都是极美的，做出来自然漂亮。

裁剪也是个技术活。先将一本挂历一张张裁成一寸等宽的长条，再顺着对角线剪开，裁剪好了应该是两个全等三角形。那时没有裁刀，往往用剪刀或菜刀，就使得裁出的纸条宽窄长短不一，只能再用铁丝找摸整齐。用早就准备好的对折成弯儿的细铁丝，从宽头用力卷起来，卷成一个个棱柱纸捻，压紧压实，再把尖角用胶水粘上，一个"棒槌"就做好了。等把"棒槌"做够数了，最早做好的"棒槌"也便晾干透了。一个个"棒槌"像一滴滴彩色水珠，不必选择，随机钩挂在一起，便玲珑小巧，像一帘彩色幽梦，不由让人浮想联翩，藏着些许的小心思。清油的光泽使它更有一种爽润的感觉，整个门帘儿大气中散发着贵气，让人情不自禁地生发出一种富贵感。

花无百日红，何况一挂旧画门帘儿呢。两年工夫，它已经褪去以往的鲜亮与美丽的色彩，完成了它一生最亮丽的使命。

为了得到一挂所钟情的珠帘，我在院子周围种满草珠。中间是一米多高的一串红，四周是半米多高的草珠，红绿相间，散发着勃勃生机，甚是好看。只待它们成熟，便采摘、晒干、去芯，圆我幽梦一帘。

草珠丛生，矮矮的，秸秆儿圆圆的细细的，一节一节有点像粗壮的芦苇。草珠开黄白色花，一串串地聚在一起，虽小，成片却也很好看。草珠渐渐长大，由绿色变成圆圆润润或黑色或栗色的成熟果子，有的还夹杂着点点灰色的"雀斑"，倒添了一分调皮和可爱。就那样一串一串垂挂在枝头，让人见了便心生欢喜。草珠穿门帘儿相对简单，只要把草珠中间的芯顶出（预防生虫子），再用结实的尼龙线穿起来便好了。门上挂的颜色深浅不一、小巧玲珑的草珠排列在一起的珠帘，那么清爽自然，总会让人想起见过的佛珠。后来才知道草珠其实也叫佛珠子、草菩提，我用它穿成佛珠和佛手串戴在胸前和手腕上，自己顿感有了佛性的成分在里面，也便多了一分禅意，想着也是极好的。

望着墙边的一片竹林，蓦地，耳中便有叮叮当当竹帘清脆的响声，这声音让我一下子"脑洞大开"，我要穿个竹帘——就地取材。没想到，一次次费力完成，又一次次在一个月之内夭折，不是发霉烂掉，就是缩水干瘪如柴草……竹帘，又荡漾在梦里，久久不散。

35 岁那年暑假，我坐上了通往蓬莱的客车，凭着二姑曾经说过的山村信息，问着二姑父的名字很顺利地找到了二姑家。打开大门，高声喊一声"二姑"，随着及时的应答，一个熟悉的身影带着微笑和惊讶站在面前。彼此对视的刹那间，我给了对方一个大大的拥抱。

大概我强作欢颜的表情出卖了我，二姑是个极聪慧的人，便知道我有心事，但她始终没问，我也到底没说。第二天，她非拉着我去赶小海。二姑这是给我的心打个缺口，让我释放不快和烦恼，我自然懂得，又怎会辜负？站在海边，忽然觉得自己是那样渺小，如同蝼蚁，焦灼和郁闷松缓很多。任凭海浪欺生般把我扑得一个个趔趄，把衣服打湿到如落汤鸡。

收获还是颇丰，湿透的裤腿被风一吹还是蛮舒服的，我骑自行车带上二姑原路返回。车行如飞，夕阳下我俩的剪影美成一幅画，引得很多人看。晚饭我吃得格外香甜，那些压在心头的不快也烟消云散。

夜晚下起了大雨。二姑高兴坏了，连声说："就等着下点雨，种庄稼了。你就是一个福星。香儿，你一来，老天爷爷就开了眼、照顾我们了。"二姑家的地块终于都播种上了，有玉米，也有大豆。我在二姑家待了 7 天，竟然下了 4 天的雨！二姑说："这样的天气是很少有的，以后什么时候干旱了你就来我家，再给我们带一场一场喜雨来。"我爽快地答应："行，只要二姑叫我，我立马就来，怎么感觉我像是老天爷的亲戚似的。"说完，我和二姑都笑了。有种幸福的感觉涌上心头：我的到来，让二姑家的地都如期种好，收成有望——尽管这跟我没有半毛钱关系。

二姑和邻居大姨闲聊天，我无意间听到村里小商店进了做门帘儿用的小竹管，这令我很兴奋。二姑看我欢喜的样子，拉起我向村东头走去，那家人住在不远处一条小溪旁边。一进她家院子，真是大开眼界。到处都是做竹帘的材料，一麻袋一麻袋的。一寸长的小竹管儿，在拎起放下中，叮叮作响。那个轻松把一包包竹管倒在地上的女子竟是跛腿！顿时，我的心中生出些许感触：谁的生活又是容易的呢？谁不是拼着命地过日子？上有老下有小谁敢懈怠？倏地，阳光一下子照到心里，我顿感亮亮的、暖暖的。我欣欣地挑选着那些粗细、色泽、长短差不多一样的竹管。选好了，大家一起说说笑笑地往自家走去。

刚下过雨的天空格外的蓝，空气中带着麦香。燕子们正忙着在檐下衔泥垒巢。这里家家户户的檐下都住满了燕子，它们像友好的邻居，亲热地交谈着、嬉戏着、开着玩笑逗趣，这情景是那样美好而温暖。它们不惧人，就在人头顶盘旋，有时还会用尾翼轻扫你的头、你的脸；人也对它们飞来飞往习以为常，即使被戏弄，也只是很宽容地笑笑，挥一下手。燕子便拖家带口，鸣叫着，从这家飞到那家，仿佛这整个院子，整个山村都是它们的了。我忽然想，在这个沿海小山村，做只燕子也是幸福的吧。

做成一张竹管和草珠相间隔的竹珠帘，在叮咚流韵的飘逸中，体味"青林雨歇，珠帘风细，人在绿阴庭院"的美妙。轻卷珠帘，烟色沾染，细听微风轻拂，竹帘的响声在耳畔回响，相思在一帘幽梦里妩媚荡漾……

20多年的时光如白驹过隙，我也早已搬进了电梯楼房的新居。我所眷恋的门帘儿悄悄地消失不见了，我竟没有发觉是从什么时候开始的，就像时光，晃神间，便如流水般无声无息地远去。我依旧在客厅做上隔断，挂上我所喜欢的水晶珠帘儿。我的门帘儿在变，时代在变，而我的心境也变得纯净而宽容。

一挂挂门帘儿都曾是我的新宠旧爱，给了我无尽的快乐和想象空间。它们美化我平常的生活，开启我写作的灵感，让我有了书写生活的欲望和快乐，让我的笔端流淌出对生活的热爱、感恩与欢喜。那些浸染着烟火味道、倾听着岁月帘韵的文字纷至沓来："旧夏的味道"诉说着"萤窗心语"，絮絮在心头萦绕；"脚尖儿上的风景"早已"香飘尘外"，"穿过阳光的小巷"依然悠长、宁静，伴我度过不平凡的"云上时光"……

后来偶然路过一个小村庄，看到一座青砖灰瓦之中尽显沧桑的老房子，看到门上竟然挂着草珠和秫秸秆穿的门帘儿，门帘儿上早已浸满历经沧桑的颜色。看来，有人喜新，也必有人恋旧。以为忘却的东西，在看到的瞬间仍令人不禁眼前一亮，忍不住把旧时光从记忆中唤醒，悠然回味。

写于 2021 年 3 月 28 日

烟花岁月

　　腊八一过，春节的脚步也就近了。

　　那些久远的画面又由模糊变得清晰：一个假小子一手举香一手捏二踢脚，叉着腿，半蹲在院子里，香火头渐渐贴近炮芯，随着腾的一声脆响，在啪的回应里，炸开我旧年里所有的记忆。

　　那时的夜仿佛格外黑，即使天上布满星星，伸手依旧不见五指。迷糊中母亲把我摇醒，尽管外面依旧黑着，我的心却立马就活络起来，兴奋度一下就提高了。穿上枕在枕头底下的新衣服，感觉一切都美美的。狭小的屋子氤氲着热气，空气中满是水饺的香味，令人忍不住使劲咽几口唾沫。母亲早已把三碗水饺放到饭桌上。所谓饭桌也不过是凳子上放块面板而已，但这也是过年才有的，平时一家三口就围在锅台边上吃饭。

　　母亲照例先"发钱粮"，而且总是那么认真。她一直碎碎念，只依稀记得她说发给天，发给地，发给路神、井神、湾神等各路神仙。烟雾缭绕里，纸钱发出通红的光，带着浓浓的纸香。然后看到母亲虔诚地把身子低下去，头磕到地上，东南西北都磕到，那么仔细，不曾漏下一方。最后站起来，面向正南双手合十默念几句。小时候不懂事，每看到这个场景，我总忍不住笑，实在憋不住就会嘎嘎笑出声来。母亲扭过头来使劲瞪我两眼，要是平时巴掌早打到我的屁股上了。因为大年初一母亲让我安静——嘴净（不说脏字）、手静（不乱摸）、腿脚静（不乱动），自然，她也不会破坏自己定的规矩。等到长大了，我渐渐明白，母亲虔诚地祈祷着，祈祷所有的苦难都过去，所有的幸福能在她跪下去那一刻来临。尽管至今我不知道她说的具体内容是什么。

我心里牢牢记住了母亲除夕夜里的叮嘱：尽量不说话，要说只说好听、吉利的话，可忘记了不该笑的时候别瞎笑。一家人安静地吃着饺子，没吃几个，我便吃到了软糯、香香的豆腐，此刻我早已忘记了母亲的警告，大声地炫耀："我吃到豆腐了，全是豆腐！"父亲和母亲相视一笑，并没有责怪的意思。"嗯，还是闺女有福气，都是福……"母亲轻轻地说。哦，原来我说了一句好听的话呀，我也跟着父母笑起来。从那时起我就告诉自己：我是个有福之人！

吃完饭我喜欢跟着大人们出去拜年，按照规矩女孩子是不兴拜年的，但小孩子家爱热闹，大人也就随了我们。见人都会说过年好，得到许多大人的夸奖，而我口袋里也收获了满满的花生、糖果（这才是当初拜年的主要目的呢）。男性（哪怕不会走的小小子）和结过婚的女人们都会给长辈磕头。那是实实在在的磕呀，磕得咚咚响。

拜年的队伍真是庞大，一个大家族往往都是一块儿的，十几个人、二十多个人，甚至更多。大伙儿鱼贯而入，感觉院子一下子变小了。人从屋门口一直排到大门口，嘴里喊着爷爷奶奶磕头啦，大叔大婶磕头啦，孩子们也会在大人的屁股后面跪下去，嘻嘻地笑着，磕头啦，磕头啦，过年好磕头啦。满大街都是人群，人们见面都会高兴地打声招呼。人如潮涌，感觉所有的快乐都拥挤到了街道上。小孩子们穿梭在大人中间，跑着，跳着，笑着，闹着，好不快活。那时过年的规矩真多呀：大人不坐小孩站着；大人不动筷儿，小孩儿也只能咂咂嘴，不会动筷子；第一碗饺子要端给辈分最高的爷爷奶奶，其次是爸爸妈妈，再是哥哥姐姐，最后才是老幺。没有谁觉得不合适，大家都觉得那是应该的，现在那些规矩越来越少，真让人怀念，真让人向往。如今却仿佛调了个个儿，分不清谁是孙儿谁是爷。见面双拳一抱作个揖打声招呼、问声好，心里便美滋滋的。孩子们见了老人，也会瞬间躲闪到一旁毕恭毕敬地低头说一声："爷爷过年好，奶奶过年好……"

等到十几岁，我的胆子比男孩子都要大，成了标准的"野小子"。除夕之夜往往彻夜不眠，鞭炮声便不绝于耳，此起彼伏。外面的天黑着，邻家的鞭炮声，半大小子的吆喝声、狂笑声，已经在耳边撩拨。我终于耐不住性子，迅速穿好衣服，提上晚上准备好的鞭、二踢脚就往外跑。任凭父亲低声呵斥，任凭母亲压抑地吓唬。

等父亲追出来，鞭，早已挂在苹果树粗壮的斜枝上。而我往往跟父亲争夺放鞭炮的权力。放鞭，对于我那是小菜一碟，我对之不屑一顾，觉得那是小儿科。我就喜欢放二踢脚，手电筒般粗的二踢脚。起初父亲不同意，怕我手里没数伤到自己，看我固执得不可救药，也就随我折腾了。说实话，我放第一个时还是有些许心虚与紧张的，连续点了三次才点着。按照父亲的指点，我左手高高抬起，举过头顶，食指和拇指轻轻捏住二踢脚的上部；右手拿一炷冒着香气、透着荧光的香，叉着腿慢慢地靠近二踢脚的炮芯。随着刺刺两声，手轻轻一松，那二踢脚便向下一坐，在快接近地面时砰的一声，然后借着反冲力拼命飞向天空，在高空啪的一声炸开，好看的点点"星光"随着响声四处飞散，把夜空照得比白昼还要明亮、多彩，并不比现在的烟花逊色。空气中弥漫着好闻的硝烟的味道，我的心也跟着二踢脚一起飞上了天空，轻飘飘的，那样美、那样爽、那样带劲！

人有失手，马有失蹄。某年，在我觉得熟稔了放二踢脚的整个流程后，在我胆大妄为、忘乎所以、手舞足蹈间，不知道是二踢脚的性子急，还是我的速度慢了半拍，反正手还没放，二踢脚的第一响便在手中炸开，好在是两指轻捏着，并没有造成巨大的伤害——把手炸烂！但手掌被炸得黑黢黢的，不一会儿就肿了起来，一个指头变成两个粗，手掌变成了"熊掌"，带着火辣辣的疼。母亲看我龇牙咧嘴的样子，真真地被吓了一跳，非要拉过我的手看个究竟。我自是把手藏在屁股后面，连连说着"没事，没事"，到底也没让母亲看。母亲看我嬉皮笑脸的样子，心疼变成了训诫，禁止我再放二踢脚，递一把"滴滴金"给我，说一句"这才是女孩子该燃放的"。我终于体会到了何为"人欢无好事，狗欢无好天"。但母亲的禁令对我没多大作用，趁她不注意，我又将二踢脚放上了高空。看我放炮的速度有增无减，母亲不敢再说我，让我慢慢放。我终是把一捆二踢脚全部成功发射。母亲点着我的额头低吼我一句"倔驴"，我当时以为是夸我呢，还很得意，长大后才知道那不是个好词。

尽管有这次失手的"不光彩记录"，但在黑夜里依旧没人敢和我比试放二踢脚，半大小子也怵我，看我拿着二踢脚过来，远远地就会躲开。他们的父母也会千叮咛万嘱咐，让自己的孩子长眼神，天不亮前别离我太近，怕我一个二踢脚扔出去会伤到他们（这是我很多年后才从玩伴的口中知道的，既尴尬又带着些许自豪）。但当天空放亮太阳出来，我便不敢再点燃鞭炮了，哪怕别人一个摔鞭，我都会被吓得捂住耳朵，吓得心惊胆战，伙伴儿们便笑话我，说我的"大胆"有点儿虚，我竟无法反驳。他们会时不时地扔个小鞭吓唬我，看我手足无措的样子而幸灾乐祸。他们终是报了我吓唬他们之仇。即使被骇得呜哇乱叫，我的心里却也是兴奋与快乐的。

周围仿佛有了过节的气氛，而我也似乎闻到了春节的味道。今年终于重新回到了我所期盼的承欢父母膝下的原始的三口之家。在结婚 34 年后回到起点，我幸福得无以言表：我还是个孩子，我还有撒娇的资本，还有馋嘴的理由！那些我买给父母的可心零食，又如数堆到我眼前，不必担心谁会觊觎，也不必害怕被人发现而难为情。我就那样肆无忌惮地在父母慈爱的目光里大快朵颐，直到彼此都心满意足。

那个一手举香一手捏二踢脚的假小子早已躲进"记忆文件夹"若干年，即使打开，也不复当年；即使依旧有当年的胆量，可还有二踢脚要我那么放纵地让它们绽放出生命该有的色彩？这没有鞭炮的春节到底是缺少一分热烈与激情，那些没有被爆竹驱除的所谓怪兽会不会卷土重来？期待团聚的亲人是不是只能在祈盼里隔空相望？

尽管日子早已像烟花般绚丽多彩，可这年似乎缺少了些什么……

写于 2020 年腊八节

买房那些事

　　做梦也没想到能在城里买房子，而且买了两套，且有继续换房的可能。用我家先生的一句话说就是：我一直在买房的路上，乐此不疲。

　　买房子，对于一个普通"工薪族"来说是一件天大的事情，大到二三十年以来，几乎所有媒体都会提到，在影视作品、影像报道中也无处不在。但是改革开放以来，只有人们想不到，没有人们做不到。

　　第一次买楼房是在1998年秋天。单位建房，为那些撇家舍业出来工作还要上晚自习的初中老师们建的。我一个小学老师，用脚丫子想也知道没咱的份儿。可那时也奇怪，很多初中老师竟然不报名，不买！这给了我莫大的希望与惊喜。问过教办主任，答曰"可以，但要按积分"。那也让我喜出望外！但一个小学老师挤在一群戴着眼镜又年轻有为的初中教师里，总有点"鸡立鹤群"的感觉。好在领导并没有厚此薄彼，没有把我这个唯一的小学老师排在队伍的最后，而是完全按积分，我分到了心仪的楼层，感觉天上的大馅儿饼一下子就结结实实地砸我头上了！

　　4万块钱的房款需要分两次在一年内交清，每次交两万。

当时我手里只有 2000 块钱，4 万元，对我来说真是个天文数字。借！我毫不犹豫地走上了借钱买房的道路。对于买这个房子，我身边大多数人是持反对意见的，就连先生也说我是吃饱饭闲得慌。我是个下定了决心就很难再回头的主，9 头牛也拉不回来，先生只好默认。我趁机分配了任务：每人借 1 万元。东拼西凑我终于完成了我那一半，而先生在大姑姐那里一次性完成了他的任务。我终于松了一口气，把钱打成存单交了上去。

等到 2000 年秋天拿到房子钥匙，我心里那个美就甭提了。我终是一步登天——从平房搬进了楼房。近水楼台先得月，我住在初中的教师家属楼上，也便认识了许多优秀的老师。正值俩儿子先后进入初中读书，那些优势就显现出来了。住在学校自然吃住方便、时间充裕，找老师辅导也有得天独厚的条件。起初那些不理解的目光渐渐变成了羡慕与嫉妒。孩子们的成绩真是芝麻开花节节高，两人先后顺利考上了市里的重点高中，小儿更是在五科联赛中以全市前 20 名的成绩提前半年进入了市重点高中实验班。

大儿读高三那一年，我又义无反顾地在城里租了房子，一边工作，一边当照顾两个儿子的陪读妈妈。尽管我只照顾他们的生活，从不对他们的学习指手画脚，但孩子们懂得为人父母的良苦用心，在学习上更加努力，以一次次成绩为证，以一次次老师的评语为证。他们称得上出类拔萃，先后于 2006 年 8 月和 2008 年 8 月分别被西北工业大学和海军航空大学录取为当年的国防生和军校生。我心里的一块大石头从此落了地。

2008 年秋天，我把小儿送进了大学的大门。一级有一级的优势，在城里的种种优势又让我把每个周末都献给了市里一个又一个售楼处。我开始疯狂看房，不厌其烦。

起初，我把目标定在二手房上，小面积的。当时有一个简单的想法：只要在市里有个窝就好，这样儿子们领女朋友回来时不至于太寒酸。尽管先生一直不同意，但他不冷不热的态度，依旧无法让我在城里买房的热情减少半分。不过他的态度也没有强烈到阻止我继续实施我的计划。他的半推半就反而让我如火的热情更加高涨。

我几乎跑遍了当时寿光市所有的二手房交易市场。后来发现，看得多了，心气跟着升高，一般的房子竟入不了我的眼了。明明兜里羞涩，眼光却越来越高，高到只看新楼盘！女人呀，往往就是不知道满足。我倒挺欣赏自己这种不知天高地厚、勇往直前的性格的。那时真有耐心，一处处跑，一处处否定；再跑，再否定……

深冬，走进被圣城人称作"富人区"的美林花园。大雪才过，可我分明看到了春天。一进东门，红色"火凤凰"正展翅"飞"来，喷泉从半空如瀑般飞流直下；女贞绿意盎然，红豆如花，娇艳欲滴；翠竹轻摇若诗……这不正是我想要的吗？心，忽然间狂跳着，激动起来，仿佛这里已经是我的家园了。

接待我的是一个白白净净的小姑娘，姓冯。她热情的态度让我受宠若惊，仿佛里面藏着不可言说的骗局。小姑娘一定看透了我的心思，微微一笑，继续向我介绍楼房的位置、结构、布局、户型及价格。我越听心里越痒痒，如同小时被勾动了馋虫。既然来了，那就先看看再说，抱着这个心理，我拿起平面图看了起来。说实话，我一点也看不懂。小姑娘耐心地给我指着一个个弧形三角，告诉我哪是进户门，哪是厨房，哪是卫生间……

我听得云里雾里，干脆直接去现场看看不就清楚了？

出入一个个门户，又一个个离开。因为价格，不得不忍痛割爱。忐忑不安地随置业顾问朝着我心仪的高层楼走去的时候，我心里的期许一点点减少，甚至开始心灰意懒，毕竟这是全市房价地标似的小区，岂是我一个普通老百姓住得起的？甬路两边的宝马、奔驰、奥迪……一辆辆名牌车是对这个"富人区"最好的佐证。

没精打采地跟随置业顾问踏上这个小区最早的高层楼房的三楼，心是应付的。随着好听的开门声，阳光一下子扑进我怀里，我顿时感到春天般的温暖，瞬间被融化，无可救药地喜欢上了这座高楼中的低层。捂住狂跳的心脏，打量一见钟情的房屋：西向的户型，落地窗把阳光拥了满屋；三室两厅，每个卧室都有我所喜欢的大飘窗，重要的是这个楼层的价格比我之前看的每平方米低了600元！更重要的是这里是标准的学区房！我拍着漂亮的落地窗激动地说："这房子是我的了！"哎呀，一不小心，我这穷人住到了"富人区"！这是我以前做梦也梦不到的事情！

当时已临近过年，一切购房手续待春节后再办。交上手里仅有的2万块钱做定金，我就算在城里有房子了，心算踏实了一半，过了个空前开心的春节。

春节一过，我紧锣密鼓地把亲朋好友借遍，终于凑齐首付，又交了维修基金、储藏室等的费用，在签好购房合同、办完贷款后，我心踏实了，但口袋也比脸都干净好几倍了，要过上很长很长一段"咸菜就馒头"的日子了。但我心里是欢喜的、自豪的。有了房子，一下子就有了归属感，我好像真正成了这座城市的主人。当别人夸奖赞美这座城市的时候，我便会不自觉地骄傲起来。听说我在城里买了房子，父母立刻就紧张、担心得不得了，整宿整宿地睡不着觉，一见我就唉声叹气。他们是穷怕了，为着我又要过困顿的日子担心。好几十万元呢，他们哪曾拉下这么多的饥荒过！无论怎么劝解，他们都开心不起来，好像债务不是压在我身上而是压在了他们头上。

2010年春天，我热烈地拥抱了我的城市我的房！钥匙拿在手里，我很轻松地打开了幸福之门。我在心里计划着，哪里做个橱，哪里填个柜……幸福的脚步已向我走来，还没住进新房，仿佛已听到了鸟语，闻到了花香。钥匙在手里还没焐热，装修的队伍已被我请进家门。经过两个月的时间，我的房子装修一新，窗明几净，白墙、红门、乳黄色的电视背景墙，让人感到赏心悦目，看着舒服。

房价一涨再涨，涨到我当初买房时的两倍。当看到宽阔明亮三室两厅的大房子时，父母的脸上露出了欣慰与喜悦的微笑，话语间充满了骄傲和自豪之情。我是我们单位第一个在城里买房的农村人，这也成了父母在众人面前炫耀的资本。我很欢喜，为能让他们有这种得意的资本。

10年，弹指一挥间。过了几年安分守己的日子的我，心又在蠢蠢欲动，眼睛盯上了现在新建小区的高级房子。我要换套新的，换一套高点的、南北通透的，连卫生间也是套间的，想想可美！一说，先生直接火了："能不能过几天安稳的日子？"我吐一下舌头，心里发笑。哼！我已经有了这想法，想法一来，挡都挡不住。等到疫情完全解除，我又会马不停蹄地到各个高档小区看房去。期待着，我买房的春天再次到来！

写于2020年12月20日

鸽子落在我手上

　　初夏沐浴在高大茂密的树林间，流淌着无尽的诗意与浪漫。那些被雨水清洗、被阳光点亮的树梢显得愈发油亮剔透。

　　公园的景致大都相同，无非是绿树成荫、鲜花满地。阳光在树梢上跳跃，还调皮地见缝插针，落在人们的肩头、发间抑或仰起的脸上，热烘烘地拱着你去找寻阴凉的地方。

　　成群的喜鹊、斑鸠在林间穿梭，俨然成了这里的主人。其实它们就是这儿的主角。有水的地方就更好了，莲叶田田，蜻蜓落在尖尖的角上梳洗打扮，蛙在荷叶下鸣唱，野鸭在水中嬉戏，翻着跟斗潜入水底，不知何时又冒出小脑袋，得意地四下张望。杜甫笔下的白鹭从青天俯冲而下，落户在这湿地公园，它们在水草中嬉戏，激起的浪花一串串、一朵朵盛开在河面。飞起是一首排云直上的诗，落下是一幅水墨丹青的画，或许它们是自认为走进了野外的森林了吧？也许它们是迷恋上这原生态风貌了吧？我自是猜不透它们的心思……这诗情，这画意，属于潍坊白浪河湿地公园，一个不仅有花草树木还有水榭亭台与楼阁的地方，一座"虽由人作，宛自天开"的天然"氧吧"，一处"世外桃源"般的人间胜地。

"一林绿竹尽可数，五月白莲犹未开。"白莲不曾开放，我的荷叶伞却已徐徐撑开了。徜徉在公园的林间小路上，一棵很古老的槐树，遮住烈日，吸引了我的目光。它粗壮的树干透着古老的气息，戴上眼镜仔细看那树前的碑文才知道，这居然是一棵东坡槐！世间所有的物件只要沾上"东坡"二字便多了一分诗意与豪放，于人也便多了一分敬仰与喜欢。很自然，这里是苏东坡赏景的地方，后人为了缅怀这位历史名人，栽种了这棵槐树。我与闺密虔诚地在树枝上系下我们的心愿与祝福，在他的铜像前驻足良久，直到热烈的阳光督促我们快快离开。

安安静静的石板格子路上回荡着我高跟鞋"嗒嗒，嗒嗒"的足音，夹杂着空灵的嗖嗖的抖空竹声，以及不时传来的飞鸟拍打翅膀的声音。自行车的铃声在孩子们的欢呼声中从小路的这端，一直响到那端，他们着急的爷爷奶奶们则踩着铃声响过的地方一步一步踏过来。偶有树叶被旋起的风带走，蝴蝶般飞舞，绘成了公园里的一道独特风景。

移步换景，处处是景，哪怕人有四只眼睛，也是看不过来的吧！阳光依旧在白云上漫步，偶尔也会被绊个趔趄，光倏忽躲闪一下，不过，很快，还未等我们结束诧异，它便又恢复如初，潇洒地发出万丈光芒。在不知不觉中，我们已走到外围的木板路上，我脱掉高跟鞋，让脚与木板来了个亲密接触，心也漾在这热烈的潮头岸边。河水轻轻流淌，粼粼的波光，星子般闪烁。近处是繁茂的蒲草，更远处的双拱斜拉桥倒映在河面上，如同我们抡起的跳绳，带给人跃跃欲试的冲动。一只只小船像眨着眼睛的星星，点亮了整个湖面，"船在河中行，人在画中游"

的美妙景致在眼前呈现。是潍坊人发挥聪明才智，把白浪河湿地公园打造成了北方的"烟水江南"，构造出了"亭台到处皆临水，屋宇虽多不碍山"的独特意境。

我们没走回头路，顺着逆时针方向走在绿树红花中。不大一会儿工夫，又拐进了公园的地标建筑一侧，那是高大的秋水云阁，它正在不远处闪着迷人的光芒。秋水云阁是白浪河生态湿地上主要的登高、观景建筑，主体为五层六边形，根据地形地貌，有机地组合成三个别致院落。坐在秋水云阁下面的台阶上，人显得是那么渺小，忽然觉得我们就是一粒尘埃，恰巧落在世间的缝隙中存活一段时间，只有留存下的几行文字，才能证明自己曾经来过。

在无限的感慨中，有孩童举着风车从我身边"飞"过，眼前皆是看花赏景的人。听潺潺的河水，听林间的鸟鸣，听翠竹拔节的声响。到处是青草、绿树，还有红的、白的、紫的野花，空气里充满了甜蜜醉人的气息，内心满满都是对夏天的热情。一树花香一树暖，草在结它的种子，风在摇它的叶子，鸟儿在招呼它的伙伴，孩子们手中的风筝欲挣脱束缚飞向高空……大家各自活动在这公园的某一个空地或角落。

健身老人、滑滑板的孩童、闺密……一个都不曾缺。坐在水边，轻轻拍手，鱼儿便像听到命令般蜂拥而来，小朋友们撒下鱼食、面包屑、饼干屑……这足以让鱼儿心神荡漾，就像我无法抵抗一朵明媚花儿的诱惑一样。鱼越来越多，只听见一阵啵啵的吧唧嘴的声音，孩子们笑，老人笑，我也忍不住笑了，笑声震得树叶哗啦啦乱响，连鸟儿也飞旋过来看热闹。人欢笑、叶欢笑、鱼欢笑，那么美，那么好，恍若仙境！突然，头顶有轰鸣之声，震耳欲聋，声音太大，令我不由抬头望去，周围都是若无其事玩耍的人，他们笑笑，并没有搞恶作剧。只是一架飞机划过而已。大概也只有像我这样的外地人才会大惊小怪吧，我不好意思地低下头。

风儿真是有趣，旋起来惊动安睡的叶，绿叶便摇曳，沙沙声此起彼伏；一会儿又急火火地穿过花丛去撩拨，它就那么轻轻地，轻轻地掠过去，便将香味送到了每个人的鼻间。风的方向易变，踉踉跄跄地翻过丛林，奔向了别的地方，蜜蜂、蝴蝶也饶有兴致地跟着风疯去了。

婆婆纳（开粉蓝色的小花）如点点繁星，密密匝匝。月季花不紧不慢地开着，红的、粉的、白的一簇簇各自美丽。法国梧桐的枝丫间，缀满了带刺的小铃铛；槭树正茂，一朵朵合页花瓣如展翅欲飞的绿色小鸟；芙蓉绿莹莹的，惹人无限怜爱。河水也不再像春天时那样静止不动，它如同夏天一样热烈而澎湃。河面之上，白鹭、野鸭成群结队，队伍间时有情侣在河面浪漫地翩翩起舞。

人间烟火味，最抚凡人心。看不见翻滚的麦浪，却早已闻见麦子即将成熟时散发出的麦香。蓦然回首这景、这人、这水，不约而来，就这样叮叮咚咚地流入眼际、耳畔。满眼的花团锦簇，满耳的俊鸟啼鸣，还有不知名的小鸟儿往来穿梭，呼朋唤友，唱歌跳舞。

醉了，累了，我坐在树下的石头上歇息。一只小白鸽突兀地落在我的肩膀上，我欢喜得有些心慌意乱。它是错把我的裙子认作了花朵吗？我不敢动。它竟又跳到我的膝盖上，我看它，确定它也在看我。这小白鸽青睐我？我这么想着，一种幸福与感动之情油然而生。它何以晓得我喜欢鸽子？一只只鸽子陆陆续续地飞落到我的身边，它们就那么自然地站在我的手掌间、落在我的头上。它们毫不嫌弃我这个外乡人，挤挤攘攘地围过来，啄我的指头，在我的头顶磨它们的喙。

我曾经养过两只鸽子，后来逐渐发展到二十多只的规模，可是，再后来，一只一只的鸽子被菜园里灌过农药的菜和虫子毒死了，我伤心得好几天都吃不下饭，仿佛总有鸽子的鸣声在耳畔萦绕……最后剩下的那两只鸽子，如同此刻落在我腿上的这两只一般，也是雪白的羽毛，干净又漂亮，谁看到了都要夸上几句。它们整天在屋檐下咕咕地叫着，应该是和我一样，在怀念那些已经离开的鸽子吧！只可惜，无论我多么小心，最后的两只终于还是遭了殃，自此我不再养鸽子，甚至任何小动物。

眼前这些是我曾经豢养的那些鸽子吗？分明不是。但它们是那么信任我，站在我的手指上，不时低头看我一眼，啄我一下，再咕咕咕叫上几声。我被小白鸽亲近，那么自然，又那么美好和温馨。它们把我当成了朋友，我有点受宠若惊，同时也十分惊喜。我相信，我与它们有缘。

人类衣食住行所需要的资源是离不开大自然的恩赐的，尊重自然、保护自然，才能使我们以及子孙的明天更美好。天人合一，这世间便皆美好。世间最美莫过于与自然做朋友，我常常感动于日本诗人加贺千代女的俳句"晨起汲水，吊桶上缠着朝颜花，不忍拂，只好到邻家乞水去"的善良和美意。

远处的天空中，一只硕大的"花蝴蝶"正追逐着一只绿色的"蜻蜓"，对，那是人们放飞的风筝。在风筝的故乡，这样的场景早已司空见惯，用不着大惊小怪。偌大的天空仿佛都是它们的领地，它们就那样洒脱而自由自在地飞舞着。蓦地，"柳条搓线絮搓棉，搓够千寻放纸鸢"的诗句跳了出来，萦绕脑海。

鸣蝉、和风，绿色苁蓉；飞鸽、暖阳，如织人流。翻开时间的手掌，便打开了这扇有关夏的诗情与画意之门，赏景的人儿也一个个成了风景，犹如一幅流动的画，浓妆淡抹总相宜；宛若一笺精妙的字，轻描淡写间，都是清奇的骨骼。心儿不老，夏天的风景也便不老，这个夏天很温暖，在这里，我邂逅了最美的纯净与回忆，遇见了所有的美好与热爱。

写于 2022 年 5 月

窗外，有声音走过

　　窗外，春意暖，而我窝在家里已数天。天，有些混沌，不及昨天明亮。

　　倚窗而坐，手边的《人间词话》随意翻开着，这是我这几天看的书。我对王国维知之甚少，只是不记得什么时候，无意中翻看到他的一句话，很美，说到了我心里去。他说："词以境界为最上。有境界则自成高格，自有名句。"那时正值我喜欢写诗，于是买了这本书。他的书看似简单，意味却深刻，只能慢慢读、细细品。只一会儿工夫，眼睛就开始抗议。不到一个钟头，就头晕眼花，非常吃力。手指轻捏睛明穴，闭上眼睛眯了一会儿。

　　雪，轻轻地来，给大地洗了把脸，就悄没声地走了，留下湿漉漉的一片地，只有松柏偷藏了些许的雪屑，深绿里透出点点的白，证明雪曾经来过。

　　马路上很清静，没有行人，只有一个上了岁数的环卫工人抱着扫帚坐在路边的长椅上。偶尔疾驶而过的汽车，会引得他略微扭一下身，抑或回一下头。那件特制的橙红色衣服，格外耀眼。

马路上依旧冷清得很，依旧没有行人，偶尔有车一闪而过。我就这样呆坐在窗前，有微风掠过，树枝便随风摇曳，光秃秃的枝条显得有些僵硬。好在窗外不远处有一棵法国梧桐，"铃"悬枝头，在微风里摇摆，似真有铃声传来。难得有灵动之物在眼前展现，心一下柔软了许多。

真静啊！我不由得想。

太阳出来了，懒洋洋的样子，如同闷在家里的我。忽然窗外有吵闹声，一下子令我心动起来！这久违的人声，这久违的人影！我忙不迭地站到窗前，寻找声音的来源，看到街对面三个人，指手画脚的，声音正是从那里传来的。一位环卫工人正在和另外两个人争论着什么。那两人其中一个推着共享单车，和环卫工人侧对着站着，看不到面容；另一个人身旁有辆搭了塑料罩棚的三轮车，他背对着马路，我也只能看到个背影，感觉是个上了年纪的人。那两人车头相向，穿着橘红衣服的环卫工人正面朝我站着，说着什么。那是个六十岁左右的大姐，一脸的慈祥与宁静，每天她都会出现在这个地段，默默地打扫完马路，再静静地离开，正如她悄悄地来。要不是说话的声音这么高，我想我仍然会忽略她。如今看到她，心中涌起一种从没有过的亲切与温暖。我们每天就这样静坐在家里闲得无聊，闲得心烦气躁，而这些城市卫士，却不曾休息过一天，每天冒着危险，穿梭在城市之中，把城市打扫得一尘不染、干净如洗。我的心底不由泛起一种叫作敬意的情愫。

争吵依然在耳畔，依旧只有三个人。站在中间的环卫工人，好像在劝解着，她一会儿看看侧面的人，一会儿又看向背对着我的人。他们就那么你一言我一语地争个不停，尽管我听不清他们说的是什么，但感觉争执得很激烈，双方都很激动的样子，一边说一边指指点点。要是在往常，我早就烦得生无可恋了，也就会躲到离这最远的阳台，抑或卧室去，可今天我觉得这急促的争吵声竟没那么讨厌了，甚至觉得甚是动听。刚打开窗想仔仔细细听个根由，声音竟低下来，各人的表情也没有先前那么严肃了。我猜想，事情大概是这个样子的：两辆车子从南北的人行道上相向而行撞在一起，两人便争执起来，这样吵着吵着自己也觉得没意思了。

柔和的语调里满是温暖，互相叮嘱着，互相问候着，互相鼓励着。事情的发生正如我猜测的那样，他们彼此又开始道歉，说着自己的种种不是。出人意料，又在情理之中。好容易遇到个人，便如亲人般攀谈起来，阳光般温暖。

心情倏地轻松了许多。但愿这突如其来的疫情能让人与人之间多一分理解与宽容，多一分珍惜与感恩；但愿疫情过后，人类能善待自然，善待生灵，与自然和睦相处……希望花红柳绿、牛羊遍地，所有的野生动物都不再惧怕人类；希望兔子不再准备三窟，藏羚羊不再跪拜，穿山甲不用抱腹蜷缩……希望这世界充满爱和被爱，我们一起生活在阳光普照的地球村，美丽如画。但愿，这不仅仅是但愿！

写于 2020 年 2 月 11 日

春夜悄悄落雪花

　　窗外飘雪了，尽管在午夜，我依旧没有睡意，又倚窗而坐。这黑白颠倒的日子，使我不必担心觉不够睡，不用担心因失眠、熬夜而劳累。自退休以来，我有大把大把的白天。这夜色又太美、太具诱惑性，我怎舍得睡去？索性温一壶红茶，泡上几枚枣、几粒枸杞，让那香甜醇绵氤氲。

　　雪不急不缓地飘落，地上已薄薄一层。雪铺得很均匀，被筛过似的。我的窗外有一排高大的松柏，此时也挂满了雪，像开满了荼蘼花的树，极有层次感，轻风里又像站立涌动的浪。"忽如一夜春风来，千树万树梨花开"的诗句蓦然浮上心头。

　　小小的雪花在灯影里像一个个精灵，闪着光，你追我赶。它们跳着轻盈的华尔兹，优美的曲线一道道掠过，倏尔飘远。低矮的忍冬上也落了一层薄薄的雪，它便变得像圆不溜秋的大球。只是雪的厚度不及枝叶的长度，尖尖的枝叶破雪而出，洁白的雪球就成了一只只圆滚滚的小刺猬，间隔藏在青松翠柏里，让人看着，不由得脸上荡漾出淡淡的笑意，心中涌起浅浅的暖。

　　这是 2020 年冬天的第一场雪，从苍穹而来，在路的尽头散去。寂寂无声，遮盖了城市的喧嚣，涤尽尘世污浊与烦躁。

空气中流动着雪的味道，我闻到了芬芳，原来雪也是有香味的。雪并不大，却很细密。雪落无声，掠过路灯，仿佛故意打个旋，旋出优美的舞姿。不承想，这北方的雪竟如南国的女子，轻步盈盈，柔和温婉，恰似桌上的杯盏，温润了我荒芜的心。盼望着，那一片旧年相约的雪花能与此刻的这片融为一体，深深浅浅的缘分，便是这春雪的味道了。

凭窗而望，香茗相伴，雾气里，我看见了年少时多雪的初春，看到了初春里那漫舞的雪花，看到了雪地里那些快乐的少年。

记忆里，少时的雪多得很，前一场不曾化掉，后一场又来了；雪也大得很，大到没膝，踩上去，吱嘎吱嘎响，孩子们纷纷走出家门，不消半日，大街小巷都成了滑冰场。这是我最盼望的日子，终于可以在大雪里嬉戏、奔跑、追逐打闹。

生产队的场院便成了最好的玩耍场所和战斗阵地，小伙伴们一呼百应，呼啦啦一起涌向广阔的天地。大大小小、弯弯曲曲、深深浅浅的脚窝一直延伸到那片大大的打麦场。比赛也早已拉开帷幕，每人脚下早已堆起雪。喊声一起，大家便低头滚动起雪球来，风声在耳边唰唰地喊着加油，雪球越来越大，歪歪斜斜地一路向前。不一会儿，雪球就大得推不动了，雪地齐齐地被卷薄了许多，有的地方甚至裸露出了黑色的地面。一个个大雪球被静静地安放在场院西首的一排房子跟前。我们在最大的球上摆上红砖，把红砖摆成碉堡的样子，中间的摆得高些、多些，两边的摆得矮些、少些。即使手被冻得通红，脚也被冻得猫咬般痛，我们依旧乐此不疲。在距"碉堡"10米左右处画线为界，以打倒"碉堡"上的砖块为胜。大家早已等不及，摩拳擦掌，拿着小砖块或石块来回倒手。以刚才所推雪球的大小决定出手顺序，从小到大，依次进行。胜负各有，赢了的高兴，输了的也高兴，大家兴奋得眉开眼笑。

雪白的地，雪白的大球，大球上红色的"碉堡"，屋檐下闪着光亮、如同长剑的冰凌锥，四周穿着各色衣服奔跑在雪地中的孩子，脸上洋溢着快乐的微笑，散发着暖阳般的光芒，开心得如同小鸟一样，以雪地为背景，翩翩飞来飞去……蓦然回首间才发现，原来我们那时就生活在童话世界里，我们也都是童话里的人物。伴着被抛出的雪球，我们的笑声震得树上的雪屑纷纷扬扬。顷刻间，雪花乱飞，洒落在我们的肩头、发梢、眉间。任它风冷，任它衣服凌乱，我们只管疯。

疯够了，玩累了，屋檐下的冰凌便成了我们的战利品。那透明、修长的身材，令我们垂涎欲滴。搭人梯，裁下干净、小巧的，每人一截，这现成的"冰棍儿"就是那刻的美味。透心凉的感觉爽极了！如今，那嘎嘣嘎嘣的声音犹在耳畔萦绕，那凉爽的感觉犹从心头泛起。

窗外的细雪依旧飘着，再续上一杯茶，茶香更加浓郁。那些玩雪的日子变成了遥远的回忆，在这春雪轻飘的深夜我又想起，它依旧给我带来了不变的暖意。

写于 2020 年 2 月 8 日

原载于《潍坊晚报》副刊"九曲巷"，收入本书时有改动。

逢九之年

国庆节回老家看望伯母。伯母年近 90 岁，但耳不聋，眼不花，满头银丝衬托得脸色更加白皙红润，哪有一点耄耋老人的样子？

和伯母聊天轻松得很，她说出的话，聊起的话题，无不透出老人家的聪慧和亲切，让人听起来一点也不觉得吃力，就像在和同龄人聊家常。每次来看伯母，总感觉时间过得太快。

送我走出院门，伯母忽然像记起了什么，拉我一把，对我说："我记得你和我家五儿同岁，也该 59 岁吧？"我说："是。"伯母继续说："逢九之年事事多，一定要注意。你们年轻人出门在外，处处要小心，今年能不远走就别远走。走路要小心，要照顾好自己。有哪里不舒服、不痛快，可马虎不得。"看伯母说得严肃认真，我虽然心中不信，但还是不住地点头，说一声："记得了。"

走在回父母家的路上，我脑中开启引擎搜索，今年中有没有发生不当心的事情？这一搜，吓出了我一身的冷汗，汗毛直立。那些场面忽然间狰狞起来：记得刚入夏，去镇上办事，一脚踩空，跌下台阶，直跪到铺了石子的地上，双膝顿时鲜血淋漓，皮开肉绽，瘸了近一个星期；暑假去爬鬐鬐岭，一个趔趄摔倒，大腿外侧被搓去一层皮，还差一点掉下悬崖；前几天又崴伤脚，而且站立不稳，把曾磕伤的膝盖又重磕一次……心理暗示的力量太过强大，我越想越觉得恐慌不安，原本偶然的事情似乎在忽然间变成了必然，一下子就觉得身上不舒服，胃里像被什么堵着似的，吐不出，咽不下，胀得难受。

回到县城不几天，我便于10月10日办理了住院。这件事是断不可提前告诉父母的，不然他们又该胡思乱想了。住院第一天，照常对血、尿、便进行化验，还做了针对"甲状腺""乳腺"的B超。恰逢学生当班，看我紧张的样子，她一边移动着检查用的探头，一边打趣："老师也有害怕的时候啊。"一向无所畏惧的我，在疾病面前脆弱得很。听到她说啥事儿没有，就是甲状腺左侧有个小结节，可以忽略不计，我的舌头一下子又灵巧了起来，夸她比原来更年轻好看，夸她儿子聪明有出息。

为了不耽误上午的打针，我把CT预约到了下午一点半。做CT检查的门口人不多，我不用排队就进去了。"使劲憋气……呼气……"几分钟便完成了这一项。

拿到结果是四张片子和一张报告单。密密麻麻的图像，我一个也看不懂，报告单上打印的结果也是看得我一头雾水："纹理……模糊……气泡……"一下子又把我的心提到了嗓子眼儿，莫不是肺上有问题？我立即有不舒服之感，喘气也开始不匀起来。我一个好姐妹儿就是因为肺气泡儿住院治疗很长时间，受了不少的罪。忐忑不安地发信息给在医院工作的同学咨询。得到他的回复："啥事没有，不要自己吓自己，把心放到肚子里。"

我依旧半信半疑，血压也如同坐过山车般，从没稳定过。

医生建议给我做一个肠胃镜检查，这又把我吓得高压直接飙升到 170 毫米汞柱，饭也吃不好。我的害怕不是装出来的，这是我有生以来第一次住院，所有的神经都是绷紧的。医生笑着说："没什么可怕的，睡一觉就没事了。"

等到检查那天，我提前拿上所有的检查报告单，以便给医生做个参考。被打上麻药后，我使劲地眨眼，只眨了三下，随着一阵眩晕，就什么都不知道了。等到睁开眼睛，我已在苏醒室，闺密站在身旁。我口齿不清地问护士："有息肉吗？""有，已经给切了。"护士很耐心地笑着回答我。

看同病室的小媳妇拿着打出的化验单子，没有我的。我手里拿的是注意事项：二十四小时禁食；一个月内不能干重活儿；一个月内大便颜色不正常，及时复诊……我又开始了丰富的想象。外面的桌子上放着几摞刚打印出来的病历单，医生把三个小白瓶儿递给我先生，让他拿着单子送到病理室进行分析。这时我才知道，切了两个胃息肉，一个肠息肉。血压依旧居高不下，心也依旧慌乱如麻。连着三天空腹，胃开始抗议，我用听书来缓解。恰听到《童林传》中牛二路过采石场，每人一碗炖肉，饼和馒头随便吃的段落，我似乎闻到了排骨的浓香和馒头的清香；先生在一旁轻轻咀嚼着火烧，抑或蒸包，香气不时地飘过来，我忍不住使劲儿咽一下唾沫，随着喉头的蠕动而变得更加饥饿。肚子也抗议得更加厉害，咕咕乱叫。

等待病理分析的过程是难熬的，脑子却异常清晰，一个个坏结果若蝶般在脑中盘旋，在眼前飞舞。想到我还有年迈的父母需要照顾，还有很多的心愿没能完成，还有许多的风景没有看到……

　　住院五天，微创第二天终于可以进食了，吃啥都是香的。隔天，大便正常，心放下了一半儿。挨过四天，所有的结果正常无异，血压 130/80 毫米汞柱。

　　走出医院大楼，风吹叶落一地黄，菊花争相盛放。我就像一个被赦免的犯人，一下子松了一口气，却又更加疲乏无力，坐在医院花坛的石檐上，呼吸着新鲜的空气。天高云淡，秋雁南翔，长发被风吹到脸上，用手拢一下，心想：去变一下发型吧，烫一个波浪短发……

　　此刻，我坐在窗前，窗外雪花正舞。我内心有着从未有过的纯净与安然。蓦然回望，那些开在岁月静处的花朵，已然住进我心里，透着时光的明媚，染尽原始和自然的气质。清空内心的焦灼与杂念，看云卷云舒、花开花落。天气无常，人生又何尝不是？人的生命是脆弱的，一点小病就能改变一个人的情绪，改变一个人甚至一家人的生活。珍惜眼前，珍爱生命，珍视每一个身边人，这真的很重要。

　　　　　　　　　　　　　　　　　写于 2021 年立冬

一枕蝉鸣

蝉声一起，夏天也就来了，正所谓"绿槐高柳咽新蝉"。每年初闻蝉鸣声，心中颇有一种久别重逢的欢喜。一直觉得，有蝉鸣的夏天格外生动；若没有蝉鸣，就算不得真正意义上的夏天。

蓦地，一声稚嫩的蝉鸣响起，仿佛在试探这盛夏是否依旧是它们的天下，又仿佛在吊嗓、领唱。接着又是一声，继而一声接一声，高一声低一声。顷刻间此起彼伏，由独唱到小合唱再到大合唱，众蝉和鸣。叫声由弱到强，连成一片，像开足的马达，似有谁在高亢的声调里按下了重放键般鸣唱起来，不断循环。我静静倾听，努力仰起头，想寻找声音的源头，直到把脖子仰酸，却连一只蝉都不曾发现，只觉得声音大得出奇，仿佛要把整个世界都淹没在它们的鸣叫里。

忽然间，蝉鸣戛然而止！一点征兆都没有，如同闭了开关。声音消失得那么突兀又干脆利索，那么整齐划一，毫不拖泥带水，竟让我有片刻的脑供氧不足之感，愣在了那里。等我回过神来，那熟悉的蝉鸣又如潮般涌来，鼓噪着耳膜，撩拨着敏感的神经，我不由得又陷进高亢嘹亮的声浪里。

这盛夏的热气点燃了蝉的激情，蝉声，才是夏天该有的喧嚣与热闹。蝉鸣是夏欢愉的咏叹调，如果没有这声声蝉鸣，没有了这高八度的清脆而嘹亮的歌声，夏天也便索然无味了。蝉鸣，始终是夏的主题，也是乡村夏的一个鲜明的标志。蝉们就那样无所顾忌地引吭高歌，即使在落日的余晖里，我们依旧可以听到那绵绵不绝的蝉鸣声。只要有树，不论故乡异乡，蝉鸣，总会准时而至。究竟是蝉叫热了夏，还是夏唤醒了蝉？我无从知道，大概兼而有之吧！它们从清晨唱到落日，即使在午夜，依旧精神抖擞地给这寂静的深夜以独特的节奏，欢快、明亮。

四年黑暗中的苦工，一个月"夜饮露珠眠，晨起枝头歌"的享乐，这就是蝉的一生。掘土四年，才能够穿起漂亮的衣服，长起可与飞鸟匹敌的翅膀，沐浴在温暖的阳光中。什么样的铙声能响亮到足以歌颂它得来不易的刹那欢愉呢？唯借这酣畅淋漓的呐喊，才能抒发出自己深藏地下，熬过上千个充满孤独、寂寞与磨难的日子才得以见天日的渴望与情怀；唯借向着目标的永不放弃，才得以实现飞上枝头的远大志向。虞世南如是说："居高声自远，非是藉秋风。"这也是我爱蝉鸣的缘由，因为那是来自地底，经受过痛苦洗礼的天籁。人的一生又何尝不是这样呢？只有拥有这样的意志品质，只有这样坚持不懈，只有经历磨难与痛苦，才能换得生命的生长与成熟。生命之蕾，必须在疼痛的坼裂中才能绽放，且历久弥香。

对蝉，我不仅佩服它能在暗无天日的泥土中痛苦蛰伏，静候破壳成蝉的执着与坚守，还欣赏它品格高洁、从容不迫的气韵。更重要的是它与回忆有关。那里有蝉鸣下的故土，那里有蝉鸣中的青春，那里有蝉鸣里的心恋……蝉鸣向来只是一个引子、一名向导，牵引出那段温暖、纯真而美好的时光。那夜的蝉鸣慢慢地和此刻的蝉声交织在一起，萦绕耳畔，飞舞在眼前。

那是我刚参加工作的第一个夏末，恰逢"夜来一雨将秋至，今晚蝉声始报秋"。我正在宿舍的闷热里闲听蝉鸣读蝉诗，几个与我年龄相仿的同事来约我一块去照蝉。起初，我有些犹豫，这样冒失地跟一帮大小伙子去沟头崖岭捉知了猴（蝉的幼虫）、照蝉，是不是有失体统？万一被学生或学生家长发现，会不会太丢人了，脸往哪搁？正在纠结，小心思急速飞转。随着熟悉的、充满磁性的"走吧，去看个热闹"的声音在耳边响起，心跳还没来得及加速，一只胳膊已经被扯起来，我只好跟在他们身后。

这是要罩住夏天、留住蝉鸣的节奏吗？好在学校建在村头，从学校东行不足 1000 米，便是成片的玉米地，路两侧全是高大的杨树，蝉，正在浓密的枝杈间开音乐会。歌声中似有婉转的曲调，尽管不明显。一只带头，便一呼百应，千百只齐声高歌，像听从指挥的小学生，一遍遍摁着重复键，尽管单调，却也很耐听。一行 6 人摩拳擦掌，准备行动。知了猴是寻不见了，它们早已被人搜索了 N 遍。那些漏网之蝉，正在枝头炫耀自己得以逃脱的喜悦。

我和一个小师妹提着铁桶和马灯站在一边，其他伙伴便把准备好的柴草和麦秸堆在路中间。不一会儿烟火四起，大伙儿就使劲用脚跺树干，随着蝉的尖叫声，它们一只只飞离枝头，四处逃窜。有的在吱的一声里，便逃得无影无踪；有的晕头转向，东冲西撞；有的仿佛蒙了，竟一头扎进火堆里……男士们兴奋得如同捡了宝贝，我却看得心惊肉跳，祈盼着那些小小的蝉儿辨别好方向，向生而飞，可依旧有几只蝉向着光亮的火堆飞扑而来，真实地演绎了"飞蛾扑火"的悲壮场景。我很是不忍，蝉儿正在呼朋唤友，热闹非凡，我们凭什么去破坏它们拼尽性命换来的短暂时日的枝头高唱机会？听我这么一说，他们嘿嘿笑着，一边拍打烟火，一边戏谑我："看来小妮子一副厉害的外表下面藏着一颗柔软的心啊！"这一句戏言，倒让我不好意思了，赶紧把火熄灭，清理好现场。看着小桶里的几只蝉惊慌失措你推我搡吱吱乱叫的样子，大伙动了恻隐之心，扬手把它们抛向空中。那些蝉儿扑扇着翅膀飞上高树抑或飞入草丛，我的心里终于踏实了。

夜深了，我依旧和蝉一样没有睡意。它们就那样裹着季节的热情不知疲倦地鸣叫，高分贝的声音从树林的浓荫里倾泻下来，带着一份轻盈的美妙，歌唱丛林厚土的滋养和高天阔水的接纳与包容，仿佛要把多年等待后得以自由的生命唱满整个夏天。而我，怀揣着"小鹿"，坐在窗前想着心事，感慨蝉用生命歌唱的壮举。窗外似有蝉与我私语，熟悉而有磁性，那蝉鸣声好似加速了100倍！小小的欢喜一下子温暖了心底最柔软的地方，蝉便一直鸣唱其中。

"十载与君别，常感新蝉鸣。"蓦然回首间，记忆中的蝉声渐渐偃旗息鼓。在清香淡雅的草木花香中，不觉岁月渐向远。收敛起所有的牵绊与过往，心中种下如阳般的温暖，在一枕蝉鸣里微笑释怀，安然入眠。

修改于 2020 年 8 月 18 日

原载于《中国文艺家》，收入本书时有改动。

舌尖上的味道（三题）

民以食为天，不管是山珍海味，还是谷糠野菜，都带着故乡的烟火味道；无论是海的味道，还是山的味道，都是岁月里难以割舍的生存之道。抑或风的味道、阳光的味道、人情的味道……这些味道才下舌尖又上心间，令人于蓦然回首间，竟分不清哪一个是滋味，哪一种是情怀……

——题记

一、爱情拉面

今日小雪，雪没到，细雨却裹着风飘洒而至。

一场清寒的冬雨，似一串柔美的音符，若一个倾城的绮梦，像一段浅笑的时光。凛冽的冬以帘卷西风的强势攻城略地占据了秋的领地，连这还未离去的风雨也有了寒冬的意味。

这样的天气，适合约会，适合谈一场恋爱。恰逢周末，闺密如约而至。我们漫步在洁净如洗的小城街头，银杏叶、红叶椿叶、白蜡树叶若蝶般轻歌曼舞，或落在草丛，或落在肩头，或缠绵在脚边，细雨里漫卷着浪漫的味道，让人宛如置身江南。如果来点小雪就更好了，路旁的树尖儿便会顶一头白，在微微颤动里洒下些许银屑碎末，给大地铺一片纯色。

小雨，依旧不急不缓，那慢条斯理的样子，纤细柔媚，却带着丝丝凛冽。一阵风吹过，便如蚀了骨，冷得有些过分，温度一点儿不像这个季节该有的。这景象让人不由想起"雨脚度江远，日光映林微"的诗句。一种久违了的味道穿越风雨用力挑逗着我的味蕾，温润着我的肠胃。那是拉面的味道，仿佛空气中满满的都是。

与闺密一拍即合："走，喝拉面去！"决定的同时我已想好去处。闺密问我在哪里，我笑而不答。看我这般神秘，她不再追问，只管打火启程。在我的指挥下，车子停在了市郊路边的一个小院子里。闺密有一丝的不悦——明明市里的拉面馆不止一家，为何偏偏跑出 10 多里路来这么个小地方？只为喝一碗拉面？眼神中有些许不屑。

"别纠结了，我对这小餐馆的拉面情有独钟，今天就是想和它来一次约会，再续一续前缘。"

这家名叫"化隆拉面馆"的小店，是坐落在我所工作的学校对面街上的一个小门面，连招牌也是小小的（大了挂不开），很不起眼却很干净，两排小桌，每排刚好对坐两人。"光盘行动"的宣传画张贴在最显眼的地方，紫粉的壁纸使屋内显得温馨又浪漫，一切物件都摆放得整齐有序，让人并不觉得拥挤。

"看，这是我们的拉面！"我指着门楣上的招牌对着一脸疑惑的闺密夸张地炫耀。闺密嘴角一扬，以示会意，我的心便漾在无尽的幸福里。

每次来都有宾至如归的感觉。化隆，听起来就是我家乡的名字"化龙"。看到这名字，眼睛一下子就不由得湿润起来。我刚来新单位的那一年，也是在这样的初冬天气，好友说要在我远离家乡的第一个小雪节气为我暖胃，便把我带到了这个叫"化隆"的拉面馆。第一次来，我以为是我老家人开的面馆，还傻傻地问过，得到的结果自然是否定的。尽管有一字之差，可每次听到都感觉无比亲切和自豪，每当听到别人夸奖化隆拉面好吃、筋道、别具一格，我就觉得如同夸奖我的家乡一样，心美滋滋的，如同被熨斗熨过，舒坦而温暖。

在啪啪的甩面声里，在弥漫的香气中，在等待拉面上桌的空隙间，有关拉面的那段美好的邂逅又氤氲在这初冬的时光中。

那一年，我到西安某高校看望儿子。回来时，坐在返程的火车上，失落得如同把心留在了那座古城。

"秋季里那么到了这丹桂花儿开／女儿家的心呀上／起呀起了波浪呀／小呀哥哥／小呀哥哥／小呀哥哥呀／扯不断情思长……"车厢里忽然响起歌声，把我望向窗外的泪眼和落寞的心一下子拉了回来。

不知何时，坐在我对面的那对小夫妻，离了座位站在了车厢的中央，在大伙"唱一首花花"的请求与掌声里，清唱了这首我最钟情的《花儿与少年》。我知道青海是花儿的故乡，哦，他们是青海人！

美好总会让人的心情发生变化，这歌声慢慢消解着我对儿子的牵挂与不舍。

小伙子嗓音不错，歌声委婉动听，高亢、明快而深情，或许他唱的是自己的爱情吧？他们这是新婚后第一次复门（回门），那种无法抑制的幸福从心底流淌到脸上。

　　姑娘很健谈，她说自己是临朐人（山东人，遇到老乡了），小伙子是青海化隆回族自治县扎巴镇香乙么村人。我这才知道，原来化隆是青海的一个回族自治县呀。"他家，那时可穷了！"人就是有好奇心，我也不例外。"那你怎么会嫁给他呢？"我问得有些幼稚。姑娘笑笑，"还是我倒追的他嘞"。说完还抬头望了小伙一眼。小伙嘿嘿地傻笑着，他们满眼都是彼此。

　　姑娘说，她是八年前到兰州旅游，在街头吃了碗化隆拉面后被勾了魂的。她说，化隆拉面在满大街的兰州拉面里，显得有些突兀，她也是出于好奇才想尝尝这面有什么独特之处，也想看看什么牛人敢在老虎嘴边抢食。这一尝，一看，便再也迈不动步了。姑娘说得眉飞色舞，小伙腼腆但默契地露出幸福神色，与刚才唱歌时的样子简直判若两人。

　　姑娘旅游一回到家就又打包行李赶去了兰州，美其名曰"出去学手艺"，拦都拦不住。在小伙的面馆待到第三年，小伙终于承认她是他的女朋友了。姑娘的父母自是不同意，找个兰州人也好啊，偏要找没听说过的小山沟里的娃。他们家兄妹五个，阿丰（小伙儿）排行老三，家里没有像样的家具，土屋土墙，衣服也是一穿就是好几年……姑娘说起这些时眼睛有些泛红。

　　"我就想着早日嫁过去，把店搬到化隆，离家近，多少帮衬点，可他就是不愿意。"姑娘笑着含泪指了指小伙。小伙只是憨憨地笑，用方言说："你很逮呀，又干散又麻骚，不攒够'女卡银'我是不会娶你的。尕媳妇，脑把你啊一辈子稀罕着（zhuo）。"听他这么说，我实在忍不住笑出了声，显得有些不厚道，连忙表示不好意思。姑娘笑笑，说他是在说"你很有本事啊，干活麻利还灵活，攒不够彩礼我不娶你，我是要稀罕你一辈子的"。小伙挠挠头，开始用普通话加入我们的聊天中。他告诉我，他们真的把面馆开在了名副其实的化隆县城。"化隆面馆"的招牌到底是打开姑娘父母心结的一把金钥匙，父母终于同意了他们的婚事。他说，如果没有化隆拉面，他不会这么快摆脱贫穷，也不会娶到心仪的姑娘。我心中最柔软的角落就在那一刻被打动，所有的焦虑与烦闷随之烟消云散。

通过聊天我获得了大量信息，知道阿丰先后开了三家拉面馆，还带动几家邻居依托面馆过上了丰衣足食的好日子。阿丰还是出了名的拉面师傅呢！他做的拉面筋道、味香，还带着浪漫的故事。当地其他做拉面的纷纷效仿，走出家门在县城抑或外地做起了拉面生意。不必说化隆拉面"一清、二白、三红、四绿"的色彩，也不必说"大宽、二宽、荞麦棱、二柱、韭叶、二细、毛细"的形状，更不必说"三遍水、三遍灰、九九八十一道揉"手工的精到，单单那"青藏高原牦牛肉"就是别处的肉无法比拟的。说起这些，姑娘兴奋的脸上写着骄傲和自豪，一双眼睛忽闪忽闪的满是情话。

按照当地风俗，结婚第三天本应该是新娘自己回娘家小住，但新郎坚持陪新娘先去西安度了三天蜜月，然后跟她一起回临朐娘家。新郎有自己的想法，他说，他的化隆拉面有身份证——2004 年注册登记了化隆牛肉拉面商标，走到哪里都正宗、有身份，都会被承认。他要趁回门的机会，考察一下，他要在媳妇的老家临朐开个"化隆拉面馆"，要把让自己致富的手艺，香满爱人的家乡，让丈人一家相信，幸福是奋斗出来的，只要把拉面做好，就一定能过上自己想要的生活。他说要把这有百年历史的化隆牛肉拉面，拉到全世界，拉到千秋万代。

听他们说到这里，我仿佛看到临朐早已被化隆拉面的香气浸染，化隆拉面正在迅速香遍全国、香到国外……

十二年间，我不舍这份化隆拉面，仿佛那醇香一直缠绕在唇齿间，从未离开过。

闺密的表情告诉我，她被震到了，为我这么奇特的偶遇。眼前已过中年的老板依旧忙碌着，拉面馆里弥漫着特有的芳香。面端上来了，望着热气腾腾粗细均匀的拉面：那泼在上面的油花晶莹闪亮，像滚动的珍珠漂在碗中，那绿油油的葱花如细小的翠玉镶嵌在珍珠上，大片的牛肉横卧着却无法压住那份浓浓的香味。氤氲升腾的沁人心脾的诱人香气，让我们沉稳不能，我仿佛听见了闺密吞咽唾沫的声音，她浑然不顾女人该有的矜持，沿着碗边哧溜一口，咂摸着，怎一个"美"字了得！她竖起大拇指，眼睛始终没有离开冒着热气的碗，嘴也不曾闲着。"太香了！很值，下次还来……"她终于腾出嘴说了一句。

我吃着面，眼眶潮湿，不由得看向依旧忙碌的老板和老板娘。看着看着，他们竟变成了我所邂逅的那对小夫妻。

冒雨涉远跑来这里，不仅因为那碗化隆拉面是我国西部特有的民族风味，包含着独特的饮食文化内涵，还因为有那些美好的故事，这面便有了一种青春和爱情的味道，一种向善向上而生的精神。有时间，我一定会走遍临朐的大街小巷，寻找被爱情滋润的化隆拉面，再享一径拉面满路香的舌尖美味。

写于 2020 年 11 月 22 日小雪

二、"娘牌"扁豆盒

庚子年的日历只剩下薄薄几页，辛丑春节的脚步正踢踏而来。

尽管早已不似年少时那般渴望春节，可小时候躲在母亲身后偷吃的样子依然时时在眼前晃动。那带着母亲味道的美食的香气又氤氲开来。

母亲向来心灵手巧，在身体康复后更加勤快。

每到春节，母亲总会提前忙活好几天。准备面食——蒸馒头、糖包儿、年糕……还会炸鱼、炸蘑菇、熏鸡等。而我最喜欢的还是母亲做的炸扁豆盒子。

为了我所喜欢的这道美食，每年母亲都会在院子的篱笆、墙角种满扁豆，等待深秋采集做扁豆盒子的第一手材料。

有一种叫"猪耳朵"的大型扁豆是做扁豆盒子的不二选择。这种扁豆花开雪白，结的荚薄而大。顾名思义，它因长得像猪耳朵而得名。秋后的扁豆长得疯狂，一次就摘一筢箕，吃是吃不完的，分又分不出去——家家都种。因此，就把吃不了的，一部分蒸熟用针线穿起来晒干，等到冬天缺菜时（那时可没有反季菜）帮着度过青黄不接的日子。来客时，用泡开的扁豆炖肉，既筋道又美味，堪与炖排骨媲美。一部分以原始的样子、趁鲜亮同样用针线穿起来，与穿的辣椒一块儿腌到咸菜缸里，到春节捞上来用温水洗净去丝，用小刀把肚皮沿丝线处划开，把种子掏出后塞满各种馅，压实，外面裹一层面，再在鸡蛋糊糊里打个滚。母亲哼着"清清的河水吆，蓝蓝的天，绿油油的草地儿呀青青的山"的小曲儿，在欢快、明亮、曲调婉转的歌声里，等待锅中的油烧热。

一锅油在母亲的歌声里泛起小泡，烧到七成热——用手罩一下感觉微烫时，把一个个丰满如同元宝的扁豆盒子滑到油锅里。中火在油锅里炸至金黄，用漏勺捞出，将带着吱吱欢唱的扁豆盒子依次排列到早准备好的铺着煎饼的竹编笸箩里，酥脆金黄的外壳包裹着软糯翠绿的扁豆，品相极美。而扁豆就像个百宝箱，隐藏着鲜美的小秘密，或鲜肉，或嫩鱼，抑或素菜……只有轻轻打开它的心扉，才能发现其中的奥妙，品尝其中绝佳的美味。扁豆盒子看着香，闻着更香，那是一种久远的老家的味道、母亲的味道。

我常常不等母亲炸完，就会趁她不注意，偷偷拿一个，躲到她身后轻轻咬、慢慢嚼。扁豆盒子带着豆的清香、肉的醇香、多种调料的浓香，酥脆爽口，比任何的菜都好吃，我专心享受着母亲的味道，"咔哧、咔哧"的声音像极了闹耗子。母亲总会笑着说，吃就大大方方地吃，别跟个馋猫似的。每次听母亲这么说，我心里就无比甜蜜。在母亲跟前儿，哪怕到了七老八十，我依旧是孩子，依旧有撒娇的资本。

母亲每年都炸好几笸箩扁豆盒子，然后分给她那些妯娌、朋友甚至侄孙们。她总是很乐意把美味分享给大家，说这样吃着更美。

扁豆盒子于我，是最美的年味儿，是春节里最美的记忆。它带着母亲的温暖与疼爱，是我一辈子也吃不够的美食。我从中总能吃出一种幸福的味道、一种快乐的味道、一种温暖的味道、一种满足的味道。

愿这最温暖的人间烟火味道，陪我度过以后的每一个春节。

写于 2020 年腊月初五

原载于 2021 年 1 月 29 日《潍坊晚报》副刊"九曲巷"，收入本书时有改动。

三、"茶"颜观色

对茶，我有种说不出的喜欢；喝茶，也是人们拉近关系、联络感情的最佳方式，胜过酒。我一直这么觉得。

我对饮料有种天然的抵触，最初喝茶，还是在 1987 年春天离开父母成了别家的媳妇时。

公婆是退休后从城市搬到农村的，身上总有种城市人的小资情调。普通的小院几经雕琢，便成了鲜花簇簇鸟语花香的仙境小筑。更有那独特的茶的芬芳氤氲着整条街，左邻右舍的叔伯大爷们便闻香而至。而我每天下班，顺着茶香，即使闭着眼也不会走错门庭。从此，回家有了一份盼望，习惯了一抹香茶的浸润。每次回到家，公婆总会很合时宜地递给我一杯热气腾腾的茶。他们喜喝铁观音，而我独爱茉莉。一杯淡淡的绿，漾着淡淡的香，一天的烦恼、劳累顿时在一盏香茗中消散殆尽。而这沁人心脾的味道，也随着心绪四处飘散，那些辛苦的日子便染上茶香，挥之不去。

就这样，我慢慢地喜欢上喝茶，喜欢上那种慢慢品尝生活、品尝如茶般人生的先涩后甜的味道。真正爱上喝茶应该是在被调到新单位以后，办公室里有一个与我要好的姐妹儿，家境优渥，每天总能拿出各种我叫不上名字的茶——其实我是不懂茶的。在那段日子里，我喜欢上红茶，舌尖满是正山小种、金骏眉的味道，味蕾竟被惯出了毛病，也喜欢上好茶，居然也能辨出某种茶的味道。但我喝不了普洱，不管生普洱还是熟普洱，即使煮上红枣和菊花，我依旧享受不了，喝不了几口，就感觉嗓子眼儿里生出些许的毛毛虫，阻止我继续享用据说对女人有种种益处的这味茶。

很自然地，我也就加入了喝茶的队伍。对茶欲罢不能是在搬到新家之后。那时我恰与高中同学住一个小区的前后楼，一开窗就能够看见彼此，我也就有了常常赏雪品茗的机会。他家的茶真多，红茶、绿茶、白茶、黄茶应有尽有，我竟迷恋上这种味道，喝茶上了瘾。

在选择给朋友带礼物时，我毫不犹豫地选择了茶——因茶是我的最爱，便自以为带茶就是最隆重的礼节。学校附近的一个茶店，是我买茶的首选地。

一进门，便有一缕春风吹拂着我的面颊，眼前就亮了起来，那是一个怎样的女子啊：模样像极了林黛玉！穿一袭汉服，飘飘欲仙，弯眉似月，小嘴如樱桃，那一双会说话的眼睛，柔情似水，我喜欢叫她"小甄"。尽管相识好几年、见过无数次，可每次遇见我都不由得从心底里欢喜，喜欢这个很有味道的如茶女子。

听我说要看朋友，她便推荐了几种茶，是那些我所熟悉的黄山毛尖、日照绿茶、福鼎白茶之类，茶是好茶，却总觉得欠缺一点儿什么，没有达到引起我兴趣的地步。忽然她挑一下眉，我知道，我所期待的茶被她想到了。果然，她一边说着"要不要先尝一下踏雪兰妃这种黄茶"，手中的小铲儿里早已多了一撮儿秀秀气气身材的茶尖。

踏雪兰妃？居然有茶叫这样的名字！我蓦地就喜欢上了。它带着一分仙气儿，带着一分优雅，还带着一分温婉。我突然就有了期待，期待着它的庐山真面目。

这大雪的节气，有雪花飞舞，适合临窗赏雪品茗。拉开窗帘推开方窗，一股寒气涌入，不由打一个寒战。我这才发现，满目的冻叶若褐色的蝶，在风中旋着舞着，在微光中一点点退去，散发出似有若无的清香，写成满地深冬的银装素裹。喜鹊的叫声清脆如铃，看不到它们在哪根枝条上跳跃，可依旧听得出它们的喜悦。

回过头来，甄女子捏几叶秀直多毫、条形紧细的踏雪兰妃轻轻投入透明的玻璃茶具，沸水缓缓冲入其中，洗过的茶尖转瞬间漾成淡淡的绿，水也由透亮泅出淡淡的柳黄，一股淡淡的兰花香味弥漫开来。

从杯底滋生出的翠绿嫩芽，秀气得如同纤纤少女，温润、水灵。慢慢地，它们开始舒枝展叶，你推我搡，左右选择着位置，不一会儿它们就那么整整齐齐地在水中央亭亭玉立了。随着新茶沏入杯中，更是有种一片新茶破鼻香的感觉。细品踏雪兰妃，滋味鲜醇爽口，浓而不苦，醇而不淡，悠悠的兰花香更是香能醉人，回味甘甜，历久不散，既带着一种淡淡的兰花的香味，又不失茶独有的味道。

茶香缠绵于指尖，思绪临空，相思踏雪而来，流动在月海里。将心事折叠成唐诗宋词，寄给拂面而过的香气，悄悄地梳理如茶的往事，慢慢渲染开去。

听着《可可托海的牧羊人》的旋律，掬着那玻璃杯里的清淡与幽香。就在这一刻，漾开的茶流淌进心底最柔软的角落。思念如茶，青涩的醇香，淡淡的回味，用温情浸泡过的相思，在回忆中飘舞的思绪，齐齐袭来，让我在静默中细品人生的滋味；在袅袅升腾的温馨中，体会一种幽幽的情怀，感悟淡淡的心灵之美。一杯清茶，几缕浓香，沉浮的是交错的梦与现实。

轻拾一片落寂情怀，回望这冰天雪地，一阵清凉的风拂面而来，淡淡地蔓延流连着，温热的茶暖了指尖下的岁月。

看我不语，小甄也不再言说。任凭小心思里那些许小清寂舒展，只等一切从指间滑过，落在一盏茶的禅思里。饮尽生活的恩怨情仇，在不经意里，心中便可开出一朵静美的莲。

桌前的那杯香茗，丝丝缕缕浸润着有风雨或晴朗的日子，正如一点一滴的回忆，融化进岁月的诗行，让我坐拥一季烟尘。倚清浅的时光，抬头仰望，心中的那一抹温柔，随踏雪兰妃而清香。

我一直觉得茶是一剂药，许它一杯忘忧水，它便成就生活的五味。它来自葱茏苍翠的枝柯间，经过淬炼，被捻成世间最美的风景、最纯的香料。天赋异禀颜值在，万千宠爱于一身，这便是踏雪兰妃。只愿与踏雪兰妃再次相遇，任它一直缱绻在词心处，与它一起，优雅地老去……

我把心思收回来，回眸的一瞬间，恰与小甄眼神重逢，相视一笑，彼此懂得，那踏雪兰妃的缕缕爱意便缠绵地萦绕着我们，升腾起无尽的温柔与美好。

写于 2020 年 12 月 18 日

陌上花开

窗外，春色已然浓烈，春天在明媚里细数着它的花朵。阳光也如灿烂盛开的花，暖暖地拂上我的发梢、我的肩头、我的眉间。这久违了的温暖，此刻熨帖着我柔软的情怀。

顺着金海路漫步，墙角翠竹轻摇，又焕发出清爽爽的新绿。那随风摇曳的枝叶，似期待我这久居家中之人伫立凝视。所有的美好，都随春风款款而来。

马路两边的小花摇摇摆摆，羁绊着我的眼眸。迎春淡了，稀稀落落地开在浓密的绿叶中，这春天的使者，即将完成它的使命——春彻底来了。连翘模仿着迎春的样子，开出黄灿灿的花朵，花形并不张扬，小心翼翼地半张着，满满当当低眉顺目，没有一朵是飞扬跋扈的，让人不觉生出怜爱。二月兰泼辣辣地盛放着，一朵朵蓝紫色的花如蝶般在微风里翩翩起舞，散发着淡淡的清香。这些轰轰烈烈盛开着的迎春、连翘、二月兰，一路摧枯拉朽般从脚边开到了远处，连接着燃烧到天上去的那些花树。

各种梅花次第开放，美人梅、桃梅、杏梅、榆叶梅都开得热热闹闹，有的花期已接近尾声。梅是有自己的性情的，不愿与其他的花儿同台竞技，非得自己在最冷的季节里登台亮相。它们开得若梦若幻，在晴朗的早上，远远看去真的像是遮了面纱的美人，隐约中大致的美丽轮廓显现，引人生出无限遐想。这样的繁花，无端地让这个有些清冷的春天分外妖娆。

春分燕归来，万树繁花开，面对哪一个节气的到来我们不蘸满深情怀揣美好的期盼？可不是嘛，春分来了，一抬头，我看到杏花竟然开了！宅在家中，我差一点儿就错过了这美好的春意。杏树，据说是开花最早的果树，我常常因只记得它花开得繁茂而忽略它是结果的树。远望，杏花一树的白，密密匝匝；近看，是浅浅的粉白，簇拥着，开得毫无章法，就那么自顾自地开放。那圆圆的五片花瓣，在红萼的衬托下更加白嫩，黄色的长径花蕊，错落有致地张开在小小的花芯里。蜜蜂很合时宜地穿梭其间，嘤嘤地轻歌曼舞，"8字舞"跳得很地道。如若来场小雨就更好了，杏花微雨，紫烟又回，那些沾满似有若无杏花清香的日子，又会从指尖滑落。时间，总会抹平岁月里的一些痕迹，比如那年杏花微雨的邂逅与别离；但也总有一些痕迹就在时光的缝隙里，就像此刻开在我头顶的玉兰花。

高大的玉兰树干是褐色的，枝条也是浅褐色的。微风里，白玉兰树逶迤舒枝吐蕾，恬静绽放。玉兰花是好看的，如一个个张开的杯盏，洁白的大花，开得很壮观，没有绿叶来配，只是优雅宁静地盛放。千枝万蕾的白玉兰冰清玉洁，朵朵向上，浅绿色的花萼、纯白的花瓣底部有浅粉渲染，似自然给予的一抹浸入心扉的妍丽，开到云端，如云若雪。花瓣仿佛搽了油般光亮、绵厚，清香远溢，充满诗情画意。

那些"朱砂一点，仪态万千"的二乔玉兰还没有盛开。没有盛开的还有黄玉兰，正蓄势待发。它的花苞是长椭圆形的，似我儿时喜欢吃的"八瓜儿"，带着深紫或浅绿色，排着队，好像在跳一支春天的芭蕾，迎着春风等待着自己最美的时刻。

我极喜欢玉兰花，不仅因它优雅、婀娜的舞姿，还因为玉兰是母亲的闺名。母亲的一生像极了玉兰花。不像我这般风风火火，母亲是淡定而从容的，活得很单纯很干净。我不记得母亲和别人有过什么过节和争吵。即使在生病的那些日子，她依旧沉静。不知道是因有着与世无争的心态，还是身体有恙无暇顾及，应该都有吧。

每每望着玉兰花开，看它开得这么悠然恬淡，我就觉得温暖、亲切而美好，如同迎着母亲的微笑。

写于 2020 年 3 月 20 日春分

原载于《寿光日报》，收入本书时有改动。

山村春色

正月，乍暖还寒，我尚在冬天徘徊，感觉脚步离春老远。越过寒冷的海棠果，依然缀满枝头，粒粒染着冬天的颜色。

可今天（正月初十）27摄氏度的气温一下子把我拽到了盛夏。

风都被太阳晒软了，掠过脸颊便有一种烘热的感觉，远没有印象里如同母亲的手轻轻抚摸的轻柔与温暖。鸟儿在枝头跟春光挤眉弄眼、呼朋引伴追逐爱情，我也要趁着这2月和煦的春风，去赴一场与金斗山之约。尽管是别人牵线搭桥，我依旧很向往与她谈一场恋爱，向她表白我仰慕已久的情意。

带我们前往的青州文友一路介绍着，他说近年来金斗山之所以出名，是因为不仅有精准扶贫后景色秀美的小山，还有蜕变成独具特色、美若小家碧玉的小山村。他这一说，又诱惑着我们压下直接去金斗山的急切欲望，打算从小村步行穿过去。一朵玉兰花如小鸟般在枝头展翅，似一个报春的信使，一闪而过，我的心也更加欢快地如小鸟般飞向北薛村。

车在高低不平的山路间穿梭，心也便被揪在半空，不由得把把手抓得牢牢的。老远就看到了红旗招展，大字的招牌我还没有看清楚，朋友说北薛村到了。车没停稳，我的脚已踏进北薛村村委会大院。大院里锣鼓咚咚地敲起来，大家在准备着过元宵节的文艺节目。走近了才发现那个敲大鼓的竟然是个八九岁的小姑娘，这让我很意外，不由得驻足看了良久，在朋友的催促下，我才一步三回头地走出大院。

北薛古村，杏花已含苞待放！村落依山而建，村民依坡而住，村居用石头垒砌而成。我眼都直了，嘴巴成了"O"字形。"比你们那的平板板漂亮吧，老村新貌，北薛村还入选了第三批省级传统村落呢，它可是山沟里飞出的'金凤凰'哩！"朋友一副得意的模样。

蜿蜒的村间小路尽管并不平坦，可新修的水泥路足够一辆汽车通过。有时走着走着就"山重水复疑无路"了，正疑惑着，朋友笑着大步走上前，一拐弯不见了踪影。急忙奔过去，他在胡同那端揶揄地笑，真可谓"柳暗花明又一村"，豁然开朗，辽阔一片，好有趣味，如同小时候的藏猫猫。村里的道路都是这样曲里拐弯儿，倒多了一分浪漫的诗情与画意。路北的房屋高耸入云，与树顶比肩，仰天长看，似与路过云端的风轻声低语，浪漫会晤。道路南侧的房屋、树却在脚下，一伸手，便可摘取路边的榆钱，抑或孕育着勃勃生机的梧桐花蕾；一抬脚，就可踏上路南的房顶；俯首而望，那院内的光景便一览无余。若有事招呼人，不用大喇叭，吼一嗓子，便会在对方耳边响起。而转过一条街，原来路北的房子变成了路南，新的路北的房子又更加接近云端。这高高低低的原生态村落，倒让这个普通的小山村有了层次感。阡陌交错，鸡鸣狗吠，牛羊满坡，这才是真正意义上的乡村生活。想象着淳朴的乡民荷锄而归，在夕阳的余晖里美成一幅生动的田园剪影，各种树木也跟着地势高低起伏、连绵不断，整个村庄被五颜六色的花掩映着，我恍若到了真正的世外桃源。

忽见"桃源民宿"的招牌在路边招手，忍不住探头张望。此刻里面没人，只看到整洁的院子、石铺的小道、房前的红灯笼，窗棂上挂着火红的辣椒和金黄的玉米，几棵花树被保护着，正蓄势待发，已显露出春天的颜色，这不正是城里人所向往的农家小院吗？逛累了，在袅袅炊烟里享受不一样的烟火味道，岂不美哉？一位大姐在路边择菜，菜水灵灵的枝叶泛着绿油油的光泽。不由得凑上前去问询，大姐说那是婆婆丁，她刚从金斗山上采下来的。她这一说，我猛然记起来，今天的重点是去看金斗山，怎么走不出北薛村了呢？连忙告别，向着金斗山走去。

金斗山就在北薛村西北角，所以一转弯就看到了。首先映入眼帘的山体上很大的红色"金斗山"三字，在阳光里更加鲜艳。金斗山海拔只有 462 米，但传说有仙在此。传说，在很久很久以前，此处有一猛虎食人无数，一壮士决心为民除害，杀虎不成反丢性命。民众绝望之际来一老妪，手持一个竹笼。等老虎到来，老妪将竹笼抛起，将虎扣于笼中，又将壮士搏虎的剑插于笼中。老虎死了，老妪化作风飘散而去，竹笼变作状如金斗倒立的山峰，耸立的山阁如插于笼上的剑柄，从此人们管这山叫金斗山。也有传说苏妲己曾逃到此山，被姜子牙用"混元金斗"倒扣在山上，山故名"金斗山"。而苏妲己受女娲派遣，带领居住在"生死洞"里的一群成仙的狐狸，除暴安良、广施善缘，给周围的百姓看病、消灾，护一方平安。我更喜欢第二种传说。

大地如此丰厚和博大，远比书本和文字美丽。书本和文字美丽，是平面的描写，且是虚幻的；而大地的美丽是立体而真实的存在。就如此刻，我站在金斗山脚下，极目远眺，看那层层叠叠的灰土地正孕育生命，听满耳的鸟雀与鸡犬合鸣。

抬眼望去，有彩旗在随风频频招手示意，比我们还着急。金斗山，正散发着青春的光芒。不算高大的松柏，依然青翠，透着淡淡的松香味道。因为是上坡路，走起来必须上身向前探着，屁股撅得老高，有点吃力。我还穿着高跟鞋，这臭美的毛病让我必然要吃些苦头了。我一步三摇地向前行进。

100 米过后，山路变得陡峭些了。台阶是在乱石间开凿出来的，石间的草芽已显。两边铺着石子，走在上面哗啦啦乱响，似随着节奏而起的音乐，因而我们走得更慢。羁绊我的不仅仅是那些硌脚的碎石，还有零零碎碎的黄色迎春和如星星般眨着眼睛的狼毒花，更有石阶两旁含苞待放的百米桃梅。尽管刚栽种几年的桃梅只有镰把粗细，但已含苞孕蕾，等待把藏匿的那一片芬芳献给勤劳奋斗和喜欢这方土地的人们。

时光的脚步清浅悠扬，鲜花也正在我路经的地方等待开放。和煦的风躲在阳光的胸膛里浅笑低唱，醉透了我遥想的思绪，这个季节谈不上妖媚，却依旧有花影摇曳。勤奋的蒲公英早已舒枝展叶，在早春二月焕发出勃勃生机，草色也透出浅淡的若有若无的绿色，松柏依旧那么绿，泛着油亮亮的光。各种树木都还是少年的模样，柳树已张开媚眼，扭动着细腰，撩拨暖暖的春风；晚醒的树也露出青绿颜色，杂而不乱。举目四望，真有种一览众山小的感觉。山下的油菜花已经开了，一朵朵，一簇簇，一片片。那艳黄的小花点缀在黄土地的浅绿叶之间，给还没有完全苏醒的大地增添了一抹亮色。几只喜鹊和不知名的小鸟在树林中呼朋引伴，我心中所有的不快随之烟消云散，感到豁然开朗。

就这么一座普通的小山，却吸引着越来越多的人来游览参观。高处，阳光依旧，风儿柔柔地吹着，花木扶疏，山清水秀，古色古韵，步步生香。一颗普通的越冬芨芨菜干果在文友的镜头里被拍成了大片，它在蓝得一尘不染、干净若洗的高空随风舞蹈，恣意张扬。

对面黑山的松涛又一浪一浪翻卷过来，打翻我多年前去看它时的那份怀想，今天才知道，原来与满山黑松隔路相望的竟是近年被新开发的金斗山！抬头看去，一级一级的石阶蜿蜒曲行铺展到山顶，消失在一片绿色与庙宇间。这一座小城的小山，因着几多传奇而闻名遐迩，成了一处游人来青州必游览的地方。

拾级而上，山风轻柔，亲吻着我的脸颊，撩动着我的裙裾。令我心波荡漾的是山中环卫工人那一抹最亮的起起伏伏的橘黄色彩。

这高跟鞋到底是拖了后腿，加上刚才沐浴了如夏高温，我早已气喘吁吁、脸胀头晕。我只到金斗山肩膀的亭子便偃旗息鼓，山顶别有洞天的美色，只能待下一次探寻。坐在小亭的长木凳上，感觉风比在山下更有活力，真又恢复了春的味道。远处还有很多山，北薛村就被四周的群山环抱着。慢下来后，终于有心情、有机会细细打量我脚下的这座小山了：青州人真是有前瞻眼光，不仅把山村的道路硬化，而且把这山也打造得如此赏心悦目。绿植将山体覆盖，植被似给山坡空地铺了厚厚的绿毯，山峰间也忽然钻出绿植条儿，疏影横斜，似给小山来了个随意速写，简单而富有诗意。这绿色的屏障是一个天然氧吧，净化了北薛村的空气，硬化道路又很好地将山旮旯的地方特产顺利输送出去，对地域文化有了进一步的发展与传承。在朋友自豪的描述里，我仿佛看到了青州人的一腔热血和为金斗山洒下的汗水。人们用勤劳改变了北薛村和金斗山的面貌，而山村又以新的姿态回报着人们。村民与山村融为一体，你中有我，我中有你，一起描绘出一幅动静相宜的最美画卷。金斗山就那样自然地映入眼帘，镌刻心上，美在梦里。微闭双目，它如画的四季美景便铺在眼前了。

冬天，它是水墨素描，简单得如同一幅水印画，任线条勾勒出它的经络相连、错落有致。等待厚积薄发。不必遗憾它的荒凉与冷漠，山下有绝美的挂霜柿饼、冬熟蜜桃相迎，那栩栩如生的根雕石刻，是不是给了你意外的惊喜与收获？

春天，它是多彩的水彩画，姹紫嫣红、五光十色，如一个待字闺中的少女，欣欣然带着一分矜持而明媚起来；那桃梅就是她娇羞的容颜，星点散落的樱花是她额前飘逸的璎珞流苏；相依相守的青松翠柏，便是她钟情的新郎。他为她俊朗挺拔，她为他妩媚灵秀。荠菜、蒲公英、苦菜还有香椿，是金斗山给你准备的最好的舌尖美味，正合你意吧？

夏天，金斗山是一幅自然大写意，一切都蓬勃而旺盛。各种的花儿盛放。牵牛花到处都是，带着浅粉的小喇叭，讲述属于它的"夕颜故事"；石榴花火红一片，如这山里人火辣辣热情奔放的性格；还有许多叫不上名字的野花肆意张扬，这山仿佛成了它们的地盘。它们自顾自美丽，这小家碧玉也别有一番味道惹你倾心。花香弥漫，在如织游人间穿梭，松柏更加繁茂青翠，草更绿，似乎连空气都是绿色的了。在你的回眸里，嘎嘎脆甜的银瓜是不是让你一见钟情？

秋天，金斗山是一幅水粉画，繁茂而成熟。所有的颜色都聚集而来，谁都不甘落后。最美的还是醉透心底的累累果实。柿子树挑起一个个红灯笼，照亮人们回家的幸福之路；山楂火红一片，勾起满怀的思乡情愫，让人不由得忆起激情燃烧的往昔岁月。

这些画，一幅比一幅更生动美丽，一幅比一幅更丰富多彩，与山下劳作的人们一起构成最生动的画面和意境。来北薛村、金斗山，仿佛一年四季都给安排得妥妥的。

在万般不舍中，我踏上了下山的路。带回的，不仅有几样野菜，还有软糯香甜、透明清爽的挂霜柿饼，给母亲一份初春的野味与香甜。

走出老远，回头凝望：山村春色无限美，这次约会，我感觉赏心悦目，值！

沐浴着春风暖阳，心里又是满满的憧憬与希望。

写于 2021 年 2 月 21 日

故乡的野菜之花（三题）

马齿苋

立春一过，阳台上的马齿苋开始蠢蠢欲动，孕育花朵。曾几何时，这野菜几经科学培育改良嫁接，居然堂而皇之地扎根花坛，成了最美的点缀。那五颜六色的花朵，特别是马齿苋花中皇后"松叶牡丹"，更是妩媚了城市的边边角角，也令我心中丰盈，无比欢喜。

我还是喜欢叫它马扎菜，母亲叫它"死不了"。

我对于马扎菜的喜爱是受母亲影响，从记事起，就听她说这马扎菜种种的好，时间久了也便喜欢上了；而母亲对马扎菜的喜爱源于那些青黄不接的饥荒岁月，一经提起，母亲就会打开她的话匣子，如数家珍，总有说不完的话题和故事。

马扎菜在我的故乡虽平凡，却又曾是那么金贵。它是野菜中味道尚好的一种。

听母亲说，她做梦也没有想到，那些荒郊野外、沟头涯岭的粗野之菜，有一天会登上大雅之堂。说着笑着，又把我拉到她的回忆里。母亲说自家三叔在正是半大孩子需要加强营养的年龄，饿得皮包骨头，三根筋挑个头，手臂跟麻秆儿似的，走路腿都打摽儿。饿极了，草根、麦秸一样往嘴里塞，肚子如同被吹起的鼓，五脏六腑仿佛都清晰可见，吓得人都不敢靠近，唯恐其肚皮弹指即破。懒散的二爷爷不得已加入了讨饭、拔野菜的行列。把讨要来的一块抑或半块高粱、红薯干窝窝头用擀面杖压细，再与马扎菜加水揉在一起上锅蒸熟，一家人紧着给三叔吃。慢慢地，三叔的脸上有了血色，身上也有了肉，最终熬过了三年困难时期。

那些口感较好的榆叶甚至榆树皮早已被剥得精光，而唯一能救命的就是野菜，那些味道可口的自然刚一冒头便被抢挖一空，比如车前子、蒲公英、青青菜儿……最泼辣的便是马扎菜，既能根生，又能籽繁。新翻的土马扎菜出得最多，不几天，黑土上便冒出一片红点，也不知道这些马扎菜的种子是何时飞来的；不过一周的工夫便呼啦啦地爬满整片地，如同带着救人于水火的使命。风刮到哪儿，它们就在哪儿滋长，繁殖得满山遍野，仿佛如何拔如何割都取之不尽。就是这野菜帮父辈们渡过了那些大饥荒，尽管没有什么营养，却能保住人的性命。

母亲在讲述马扎菜的前世今生时，眼里充满着对这种"神仙菜"的感激和怀念。我出生在20世纪60年代初期，那时刚过了最贫困的年代。在风雨飘摇的日子里，人们尽管早已不再挨饿受冻，可餐桌上依然是粗茶淡饭，除了地瓜还是地瓜，吃得人反胃（如今地瓜比白面馒头都贵），饭桌上的蔬菜更是少得可怜。在我的记忆里，秋冬好点儿，有萝卜和白菜。最缺乏的便是春天，青黄不接，有的人家连咸菜疙瘩都吃不上，只能窝窝头、煎饼就白开水，无味得很，也会生出些许的厌烦情绪，我便惦记起母亲说的美味马扎菜来。

大地刚一解冻，挖野菜的人便乌泱泱涌向原野。奇怪的是，饥荒时的遍野"美味"倒魔幻般隐了形迹，成了稀缺资源。于是，能吃上一顿马扎菜是我那时盼望、令我欢喜的一件事。

在挖菜打猪草的过程里，就多了一个心愿，将心系在一棵棵马扎菜身上，哪怕小小的一株，我也是不肯放过的，小心翼翼地将它放在妥帖的位置。因为多了这个心思，所拔喂猪、鸭、鹅的菜自然少了许多，免不了被母亲责怪一番，但看着泛着亮光的马扎菜，心里也是欢喜愉悦的。

轻轻拿出带着泥土的椭圆小叶马扎菜，用清水洗干净，清亮的绿棵棵就那样展现在眼前了。小心地掐掉很少的一点毛根儿，再轻轻地一棵一棵放入水盆中，保持完整无损，甚至一片小叶儿都不曾碰掉。母亲说这极简单的体力劳动，却往往让我变成技术活儿。母亲看我将一把马扎菜绣花似的折腾半天，笑着不耐烦地吼一句"一会儿就会吃到肚子里去，干吗这么精细"，说着就端起我的马扎菜倒进滚开的水锅里。眼见得它们在水里打滚翻卷，变得通身碧绿，而茎却是两种颜色，一种土红色、一种灰绿色。口味也不同，土红色茎的略带酸头，绿茎的是马扎菜的原味。水也由清澈渐渐变成紫粉，最后变成浅青色，带着些许黏液。几片小叶在母亲的翻动下漂到水面上，我着实心疼了好一会儿。一片片轻捏到菜盘里，用凉水冲拔一下，等到完全冷却便浇上浓稠的蒜泥，如若滴上滴香油，那就更是锦上添花了。屋里氤氲着独特的清淡的香味儿，口水在不自觉中打着转。

　　我一边大快朵颐，一边盼望着下一次的美味早日到来。等到再攒够一定数量的马扎菜，母亲会变换一种吃法，撒一点儿面粉（地瓜面抑或玉米面，白面是稀罕物，不到过年，很难吃到），搅拌均匀，摊到锅底，烙成马扎菜饼。一咬，随着热气吱吱作响，别提多爽口了……此刻那噬骨的香味，仿佛又从唇齿间飘出来。

　　现在生活好得无以言表。那些大鱼大肉吃腻了，肠胃又返璞归真，爱上了无污染的野菜。于是，乡下田野中随处可见的蒲公英、面条菜、灰灰芽、人生菜便带着自然的晨露，带着泥土的气息擂鼓上阵，重新走进人们的生活。它们一到城里就登上高雅的餐桌，变成了菜中极品，人们美其名曰"纯天然无公害食品"，无论老嫩都能烹调出别样的味道。对我来说，马扎菜是无可替代的，多年来我一直对它钟情有加。只要走进田野，眼睛便不由自主地瞅下去，寻找它的影子，一旦遇见，会不自觉地掐几个嫩条儿，回家打一下馋虫，过一回嘴瘾。

　　马扎菜是一年生肉质草本植物，叶子外形像马牙，所以被称为马齿苋，别名长命草、瓜子草、晒不死。马扎菜被称为长命草，主要是因为其生命力顽强，不挑生活环境，即使在沟头涯岭、灌木丛中、高大树下，它依旧优哉游哉快乐地生长。它能把自己的身体拉长到几十厘米，也能让自己聚成一个团。即使断了根，折了茎，哪怕在太阳底下晒上三天三夜，甚至更久，即使被晒干了，只要有露水潮湿，或遇到雨水，它就又活泛起来，从节处生出白嫩的芽，蓬蓬勃勃，生生不息。马扎菜有黄花种和白花种两类：黄花种茎带紫红色，炒食带酸味，口感不佳；白花种茎叶呈绿色，食用品质较好，近年演化为人工栽培的品种，植株茎肥叶大，也叫大叶马扎菜。

原生马扎菜不仅是一种有多种吃法（烹、炸、拌、蒸）的美食，还是典型的药食同源的野菜。它从唐代开始就被载入药典，具有清热利湿、解毒消肿、消炎、止渴、利尿、预防痢疾、预防肠炎、降血压、延缓衰老等功效。

我在想，万物都有它的生存之道，马扎菜不屈不挠顽强不息的劲儿，让我从心底生出几分敬佩来。细细想来，人何尝不是如这草木般周而复始呢？只要希望的根还在，总有一天会欣欣向荣，枝繁叶茂，绿树成荫。

我不由得望向窗外，那些马扎菜花似乎又在眼前盛放开来，带着一分淡淡的泥土的清香……

二、碱蓬菜

提起秋天的风景，我便不由得想起独爱金秋之菊的陶渊明，想起他的世外桃源，也便觉得秋天是属于陶渊明的。

而此时，我的心却被那一丛丛红红的野草完全占据了。尽管与它们的邂逅已过去 30 多年，可我的思念依旧。

那是 20 世纪的 80 年代初，我刚参加工作的时候，由于成绩不错，学校安排我到羊口听韩学庆老师的语文课。我心里着实高兴，终于有机会可以向名家学习了，这对于我这个寿光最边远乡村的老师来说，是很难得的一次学习机会。

那天真冷，尽管条件有限，教办还是找了一辆大头车。车头挤上五个年龄大一点的老师，其他人坐个小板凳挤在后车厢里。即使全副武装——穿着厚厚的棉衣，围巾、帽子一应俱全，像一车出夫打工的人，但仍是浑身瑟瑟发抖，紧得难受。

感觉从来没有走过那么远的路，一路上这个问一句快到了吗，大伙儿说不知道；那个问一句快到了吧，大伙儿还是说不知道。往北走，只见茫茫一片，荒凉得很。

有同事想唱首歌，分散一下注意力，缓缓冰冷的气氛，一张口那歌词又被风顶了回去，凛冽的北风还顺带往嘴里塞进把沙子，他被呛得不由得咳嗽起来。大伙儿只好把头包得严严实实，在风的鸣叫声里继续往前赶路。

越往北走越辽阔，人烟越稀少，很久都看不到一个村庄。渐渐地，树也越来越少，从眼角望出去，只看到白茫茫一片，海腥味却渐渐浓起来，大家知道离羊口不远了。

不知谁喊了一声"看，那里有红花"，大伙儿就说他痴人说梦，这么冷的天这么重的盐碱地哪来的红花？尽管这么说着，大伙儿还是顺着他手指的方向望去。果然一团团一片片火红火红的花正开得热闹，开得热烈，开得那么有激情。

有人迫不及待地想下车看一看，带队的领导说："天这么冷，我们在上课之前能赶到就已经很不错了，如果下午回得早，我们就停下看一看，让大伙儿看个究竟。"

大头车一路向北，颠簸着，风依旧呼呼地撕着我们的衣服，拽着我们的头巾，毫不留情。好不容易到了八点半，我觉得过了好久好久，但其实路上也不过是走了一个半钟头而已。

等下了车，大家互相看看，都笑个不停。我们都蓬头垢面灰头土脸，哪里还有一点儿老师的样子。大伙儿互相拍着肩上背上的土，互相用手梳理着杂乱的头发，舌头在嘴里打几个花儿吐出带着泥沙的唾液，用手使劲搓一把脸，让脸上有了温热感觉，有了血色，等觉得自己齐整了，才跟随着听课的人群进入教室。

那一节课，韩学庆老师讲的是"童第周"，讲得非常精彩，我第一次知道普通话是这么讲的，那带有磁性的嗓音把我们带入课文里。那时没有手机，每个乡镇带队的人都提着一个录音机，像纸箱那样大的录音机。

安装磁带，按键，一切按部就班，讲"童第周"的那一课，老师讲了两堂，大伙儿听得仔细又认真。因为有了录音机，所以大伙儿都聚精会神地听课，并没有做多少笔记。

中午吃的啥已经忘记了，因为下午回来我们的心都在那一片红花上，因为越接近羊口，越接近海边，那花儿就越大，越浓，越密。

听课的间隙，我们问起那一片片的红花是什么花，那老师就笑了笑，他说，那不是花，那是碱蓬草，是沿海滩涂特有的一种植被，也叫碱蓬菜。说它是菜，是怀了亲切；说它是草，是因为野生野长。五月长出新芽时，草叶还翠绿如滴，然后由于生长在海陆之间，潮来潮往，叶子就逐渐变红了，九、十月间，简直是漫滩遍野的红。它喜欢盐碱地，喜欢和海浪亲吻，丛丛簇簇，扎根于荒凉，向翱翔的海鸥铺展野性的美丽。碱蓬草生长在海滩上，一年又一年，蛮横、执着。当你面对这一丛丛犹如红色的地毯一直铺到天边的碱蓬草时，你就会直面最朴素的生命诠释——自然。你能炫耀一种坚强吗？坚强是在不适合自己的环境中的勇敢生存，碱蓬草不是，它就适合在盐碱地生长，土地肥沃，它就会死亡。你能赞美一种热情吗？热情是无时无刻不在的青春的涌动，碱蓬草不是，秋天过后它就会凋萎。

碱蓬草曾是人们的救命草。滩边的渔民村妇采来碱蓬草的籽、叶和茎，掺着玉米面蒸出来红草馍馍，几乎拯救了一整代人。今天，已很少有人会钟情于它，只有一些都市人，在厌倦了生猛海鲜、大鱼大肉后，买上一两个碱蓬菜的包子，调节一下已被油腻堵塞的肠胃。碱蓬草依旧鲜红亮丽，依旧春天发芽，秋天结籽而后枯萎，不因人们的喜欢和厌恶而改变丝毫。

夜风吹拂，送来大海的涛声，与之相伴的就是这丛丛的碱蓬草。一生的匆忙岁月，几世的艰辛劳碌，都融进瞬间的永恒中了。他们说，这里没什么风景，风景就是每天一如既往的生活。

对于那丛红草，我也只是一个过客。回归都市，心依旧茫然，脚步依然匆忙，该忘掉的就忘掉吧，不能忘怀的，就存在心底，一切随缘，自由地生长吧！

三、野豌豆

从不知道，《诗经》中的薇菜竟就是我熟悉的野豌豆！不经意间的一次偶遇，没有预兆，就这样在春光里撞见，一见惊艳，再看欢心。

窗外又飘起细雨，我所钟情的那片野豌豆又恣意盛放了吧？"采薇采薇"，我要采薇。

邂逅野豌豆是在去年的暮春。我和同学梅子一起去羊口看望朋友幽兰。那天微风轻拂，阳光正暖。尽管距离50多公里，但一路谈笑风生，并不觉得路途遥远。见了自是一番天南地北、海阔天空地神侃，不知不觉间日头已西斜，不得不往回返了。

斜阳把最后的温柔洒在我们身上，心也如阳光般温暖。暮地，我和梅子默契地一起看向对方，几乎同时说出："去朱珠家！"然后哈哈大笑起来，因为我们常常这样，不谋而合！好在此时路上车辆不多。我俩立刻放弃直行，左转向着闺密朱珠所在的学校奔去。

朱珠是一名中学语文老师，是与我相识10多年的知己。尽管天色已晚，但既然走到附近了，就没有不去看看她的道理。打开房门的那一刻，我看到了朱珠的惊讶和欢喜神色，换作我，也会感动得热泪盈眶吧！

突然造访，给了朱珠一个措手不及。她晚上还有课，我们也就待不了多长时间。朱珠很是歉疚地埋怨我们没有提前通知，为不能好好地聊聊、玩玩、笑笑感到可惜。然后她牺牲晚饭时间，要陪我们到学校的操场上，说有惊喜给我们，正想着找个机会告诉我们呢，我们就来了，真真的心有灵犀。

走过学校东面的小院门，我们便踏进了一片辽阔的明艳里：那是一种何等惊心动魄的美呀！紫粉一片，在夕阳里更加娇艳欲滴。我迫不及待地扑进它的怀里，那是热烈盛放的野豌豆花。一朵豌豆花是卑微的不起眼的，可就是这样其貌不扬的花，连在一起竟成了紫红色的海洋，一波一波随风荡漾开去，若蝶徜徉，翩翩起舞。

原来，成片的野豌豆花会给人一种这样的震撼，这是让我一见倾心的野花。它们以一种前进的姿势，把自己拉长到一米开外。我微笑，一直盯着那些花，眼眶不由得湿润了，为着眼前这一片灿烂的遇见。生长在沟头崖岭的野豌豆与大家闺秀是沾不上边的，就像我，就像我们，多少带着些刚烈，柔中带刚，虽外表纤弱，却可在风雨中坚强地生长。几朵雪白的豌豆花在一片紫红里出没，把我的思绪拉到它们的身边。它们有的就躲在青叶底下，眨巴着眼睛混杂在紫宝石一样的豌豆花里，竟显得更加纯粹。它们不招蜂引蝶，以独树一帜的姿态与色彩，让暮春多了一分细碎的绚烂与浪漫，如同这细碎的生活，不经意间便使染尽烟火味道的日子，生动明媚起来。

野豌豆花不仅容颜俊俏，连姿态也是美的，还有安静的微笑，更令人难以忘怀。"相顾无相识，长歌怀采薇"，这是唐代诗人王绩《野望》中的诗句，里面的"薇"便是我文中的主人公"野豌豆"。薇，后来常被用来比喻隐士。因着伯夷和叔齐的硬骨气节，以薇充饥，最后活活饿死在首阳山的传奇故事，野豌豆的柔美里也便沾染了坚毅与刚强。我常常觉得，人类太多的美好，似乎都与花朵有关，所以，随便到哪里去，我首先寻找的，必是花。遇见，必定会流连，细细欣赏，静静欢喜，然后揣进怀里，刻在心上，以至朋友有不认识的花，都会很自然地问询我，我若不知道，那必定就如同生僻字一样一般人难以知晓了，若对方非要刨根问底，我便需找网络帮忙。

野豌豆是亲切的、朴素的，不像某些花带针带刺高不可攀。它是伴着父老乡亲们度过那个青黄不接年代的野菜之一。

此刻，我读懂了野豌豆在春天里生长的气质。春天是野豌豆从地里生长出来的季节，春风一吹，它便呼啦啦遍地都是，再把自己或浓或淡的紫色花朵开出，开出春天里让人最倾心的一片明艳，生机勃勃得让人欢快，让人喜悦。

就这样，我和梅子孩童般痴迷于这片带着淡淡清香的花海，那是豌豆花的味道，只有和它亲密无间，才能闻得出、品得到。斜阳下，微风里，豌豆花在耳畔低语，告诉我们不要再担心生命的消逝、岁月的变迁。它们只管静静地生长繁衍，开花结豆。我对着如洗的天空，心里默念一个许诺：等到秋天，我还会回来采撷豌豆的豆荚，就着清风明月，尝一世烟火香甜，回味旧时光里野豌豆带给我的美好。

我们就那样无状地与野豌豆相拥而卧，朱珠的手机就没有停止过拍摄。那些没有经过半点儿加工的姿态恣意而快乐、惬意而温暖，正如我们不小心邂逅这一片野豌豆花的惊喜与热爱。那些照片成了我与豌豆花一见钟情的证据，被我小心翼翼地封存起来。那是我记忆里世上最漂亮的花，最美妙的故乡的味道！

写于 2020 年 9 月 16 日

原载于《鸭绿江》2021 年第 3 期，收入本书时有改动。

一股茉莉香

　　窗外有鸟鸣声传来,生物钟准时敲醒我。醒了,却懒得睁眼。慵懒中闻到一股醉人的芳香,带着一分绵绵的滋味,沁入我的五脏六腑,挑逗我敏感的嗅觉,心情随之明媚起来。不用寻找,也不必睁眼就知道是窗台上那株茉莉开了。真好呀,我的茉莉正微笑着迎我醒来。

　　晨风晓露,茉莉盈盈绽放,绿叶、白花、郁香,这一株茉莉被安置在砖红的花盆里,红白绿倒是搭得无可挑剔,但我总觉得那花盆有些俗气。叶儿绿莹莹的像一把把反射着光泽的起了皱褶的小扇子。那乳白的花蕾晕染了些许淡淡的鹅黄,那些干净的、细小的花蕾点缀在淡绿色的叶子中间。有几个花蕾俏皮地微微笑着,伸展开嫩嫩的花瓣,做出一个撩人心魄的含苞欲放的姿态。那悄悄张开的花瓣,美到极致,白色、细长却丰满,簇拥着细小的淡绿色花蕊,盛放着、妖娆着。淡雅中透出一丝贤淑,圣洁中透出一分文静。玲珑剔透的茉莉俏立枝头,如穿着雪白舞裙的公主,在微卷的绿叶中起舞,薄如蝉翼的花瓣沉醉在自己的美丽里,散发着馥郁的芬芳。"露华洗出通身白,沉水熏成换骨香",敢问世间,还有比这更美更香的花吗?

那些花骨朵儿也不甘寂寞,似少女般紧抿着小嘴,铆足了劲儿而忍俊不禁。我小心翼翼地低头,微闭双目,轻轻嗅了上去,甜甜的、醉人的芬芳便扑面而来。

今年春深,房里的花花草草陪我度过这段日子。此前的长寿花也是这样静静地开放,不疾不徐,一开就是一个月。一朵朵、一簇簇,就那么自顾自地美丽。长寿花的颜色如茉莉般纯白,只是花瓣多层,花期长,味淡;茉莉花瓣单层,不几天就不动声色地落幕,香浓。

这一夜而开的茉莉,着实给了我极大的惊喜,开出的那一朵朵茉莉花吻着春风赶来,给我带来了无限的遐想。

对茉莉花的钟爱由来而久,尽管这盆茉莉少了我很多的照顾——它是先生的最爱,他从不让我插手半分,嫌我做事粗枝大叶,但它依旧开出花来回报我对它的怜爱。它一开,整个房间就都是它的了。此刻,袅袅的香气又弥漫开来,氤氲着我渐渐温润的心。

树影摇曳,阳光细细碎碎地筛进我的房间,洒落在发梢眉间,洒落在我如春的心间。一往而深,深极而念,念及心中的欢喜,念及茉莉花开。它娇而不艳,淡淡的,素素的,静静地绽放于枝头。茉莉花会一朵朵、一簇簇次第盛开,你还沉浸在对这花落的惋惜中,它却又在别处的枝丫处冒出些许如米粒大小的花骨朵儿,给人以期许,不几日又会芬芳满屋。只要温度适宜,茉莉就会一拨一拨地开。洁白秀丽的花瓣,纤细而狭长,不卑不亢地伸展,吐露着、婀娜着、芬芳着,没有杂色,好像飞舞着的精灵不沾染半点尘埃。"天赋仙姿,玉骨冰肌。向炎威、独逞芳菲。轻盈雅淡，初出香闺。"冰清玉洁的茉莉花，小巧玲珑，如雪花般素净洁雅，在心底寂寂怒放。

也许每个人的心中，都有一朵茉莉花吧。一朵开了，便会有两朵、三朵……——盛开。看的书，写的文，都沾满茉莉花的香气，舒心、淡雅而温暖。

写于 2020 年 3 月 16 日

原载于《参花》2020 年第 11 期，收入本书时有改动。

又见山里红

秋天若有十分美，定有九分在青州。秋天的青州，既不用美颜，也无须滤镜，它早已美得不成体统。

踏着时光机，被"那是你含情脉脉的心，酸酸甜甜招人疼……"的优美歌声带着，我又到青州，看飘叶若蝶，听鸟鸣啾啾，嗅那令人陶醉、红满枝头的红果香。

路旁的野菊正摇曳着年轻的花朵，或艳黄，或淡紫，给薄凉的深秋添了几分温暖与妩媚。

深秋的天空高远清澈，那挂着山楂的枝头变得丰满，有的枝条冲上高天，果实高挑在枝头，天更蓝，果更红；低垂的枝条则几乎触到地，颤巍巍地手舞足蹈。它们就那么火辣辣迎风而红，叶子密不透风，红果从没单果，一簇簇一般大小抱团而生。如同一颗颗红玛瑙，点缀着深秋蔚蓝的天空，成为深秋最美的风景。远望去，恰如一朵硕大的红花。

山楂树是最泼辣的果树，适应性很强，从不挑剔生长的环境，即使山岭薄地，它也总能从贫瘠的山缝里找到适合自己生长的一方天地，深深扎根，努力向上。山楂树并不高大，坐果率却无树可比。秋风一来，山楂果就慢慢地成熟了，红得像朝云，像胭脂，像火焰，把枝头燃烧得红艳艳、热闹闹一片。等熟透了，它红扑扑的小脸儿上会点缀上几个小白点，显得更加清新悦目，调皮与可爱暴露无遗。这时的山楂便可以放心大胆吃了，酸中带甜，既开胃又解馋，想着，早已垂涎欲滴。

蹿入云端的柿子树又在招摇，唯恐别人看不见它，冷落了它。红透的柿子诱惑着路人的眼眸，叶子也犹如变色龙般与柿子变成了同一色系。深秋，霜降来临，这些叶子便以迅雷不及掩耳之势，红满枝头，让自己做了大自然的颜料盒，仿佛在参加一场生命的竞技，比任何秋叶都多了一分成熟与踏实。

老皮虬枝依旧，不由令人惊叹：它何以结满如此红艳欲滴的果实？那枝头的红果在风中摇曳，恰如一盏盏红亮的灯笼，又好似一挂挂红铃，敲击着满怀的心事与念想。

初冬的冰霜让熟透的果实又添了一丝甜蜜，如同我们美好的生活，甜透山野、小巷、村庄。亮一嗓"你是我藏在心中的歌，今天唱给你来听。又见山里红，久别的山里红……"，一缕带着果香的晨光，奔跑到田野、山冈、峡谷，所到之处无不光亮。阳光洒满每个角落，温暖而柔和；袅袅炊烟升腾，幸福的日子瞬间被点亮。

一枚枚红彤彤的柿子，照进每个游子的梦乡，浓浓的乡愁便被稀释成淡淡的酒，让游子陶醉于每个想家的夜晚。

写于 2020 年 12 月 11 日

海棠依旧

仿佛一转身的工夫，我窗外的西府海棠就泼泼辣辣地盛开了。那粉粉嫩嫩的笑靥宛若仙子下凡，微风中轻轻摇曳的淡淡疏影，秒杀了我所有的思绪。

我对花树向来敏感，只要见过哪怕只是听说过便不会忘记，包括它们的名称和习性，以及开花的季节与时长。对于记性一般的我来说，这不能不算一种异于常人的辨别能力。我喜欢玉兰花的高洁，喜欢梅花凌寒独自开的品格，喜欢榆钱花的烟火味道，喜欢樱花的烂漫……最喜欢的莫过于海棠花的洒脱与美丽。

我对海棠情有独钟已久，从喜欢"昨夜雨疏风骤，浓睡不消残酒。试问卷帘人，却道海棠依旧……"微醉慵懒而缠绵的句子开始。海棠，自古以来就是雅俗共赏的名花，素有"花中神仙""花贵妃""国艳"之誉。

站在海棠树下，细细打量这心头的喜欢。正如苏轼诗中所言："东风袅袅泛崇光，香雾空蒙月转廊。只恐夜深花睡去，故烧高烛照红妆。"海棠树树形优美似亭亭少女，此刻它早已在不经意间繁花似锦，每个枝头都被密密匝匝的花与骨朵儿填满。花与骨朵儿簇拥在一起，十几二十朵，使枝条不堪重负而低下头去，平添了几分娇羞与妩媚。未开的花苞带着迷人的玫瑰红，若胭脂般鲜艳得有种不真实感；初开时是外红内粉，偶尔被风掀起裙摆，恰如"琵琶半遮面"的美人，娇羞得很呢！全开时又变成了淡粉色，而那淡粉也不是均匀地涂抹，而是随机晕染，像极了美术课上讲的扎染工艺，带着浅浅的诗意，黄色的花药被浅绿的花丝顶在花芯中间，随风微颤，生动而活泼。它们开得那么热烈，开得那么超凡脱俗，就那样一枝枝横列在我的眼前，在春雨沐浴下带着一分诗情画意的韵味，不染一丝风尘般俏立枝头，带着淡淡的芬芳，让人不由得一见倾心。远望比樱花更妖娆，近观比桃花更灿烂。

"明艳动人真姿色，胭脂点点夺人心。"这朵朵含羞低眉的海棠花，贤淑而优雅，此刻在我的眼前明媚起来。我不由想起中南海西花厅的海棠花，想起它曾经的主人——周恩来总理。海棠依旧，那个赏花的人离开我们已有44年了。海棠依旧，赏花人何时再现？我一直以为西府海棠是以西花厅而命名的，通过查询才知道不是这么回事。它在晋朝时候生长在西府（今陕西省宝鸡市），因而得名。即使现在知道了它名字的来由，我依旧执拗于最初的认定——西花厅就是西府海棠的故乡。

春天的北京，阳光和煦，洒满西花厅，洒满海棠花，微风掠过，便有海棠雨飘落。这里就是我们敬爱的周总理和他的战友、伴侣邓颖超曾经的居所，这里有他们钟爱的海棠。因为是周总理生前最喜欢的花，海棠被更多的人喜欢上！如今海棠花又开，那看花的人一定像花一样密集！来看花，更是来怀念敬爱的周总理！中南海西花厅的西府海棠，也是善解人意，有它的灵性的呀！每年春天它都来赴主人之约，风雨无阻，轰轰烈烈地盛开在主人的诞辰里，让满树的繁华和芬芳弥漫整个西花厅，弥漫不染亭，弥漫我们走过的每一个角落，把对主人的怀念都抛撒在这纷飞的花瓣雨中。海棠花陪伴了周总理无数个不眠之夜，也见证了周总理鞠躬尽瘁、死而后已，兢兢业业为国家和人民付出的伟大一生。在他欣赏海棠的花开花落间，花儿也见证了他与邓颖超忠贞不渝的爱情。谁说海棠花的花语是"单恋"？他们用一生的恩爱、陪伴与比肩，彼此不求回报的付出，诠释了爱情的真谛，为世人做出了榜样。他们既是战友，又是情侣，他们的人格魅力令人折服，是我们一生也到达不了的高度。海棠花，比我们长情，它用最美的姿容陪伴周总理，也让周总理的浪漫情怀在花前月下得以抒发。年年相伴海棠下，岁岁常忆连理情。想必枝头的并蒂海棠就是在这里共同生活了26年的相爱的那两个人爱情的见证者吧！想着想着，一分感动涌上心头。他们是比翼鸟、连理枝。西府海棠，终究成了周总理的一个代名词。想起海棠，便想起最是周总理写照的"不染亭"。周总理——一个正人君子，一个真正的共产党人，大国脊梁。"幽姿淑态弄春晴，梅借风流柳借轻。……几经夜雨香犹在，染尽胭脂画不成。"此诗句将海棠花娴静、幽雅的特质描写得淋漓尽致，也对应了周总理温暖、博大、谦逊的高贵品质。如果世间真有完美的人，非周总理莫属！

立于海棠树下，周总理深情的话语在耳边响起：海棠花好，温暖，它古朴大方，不张扬，每朵花之间都很团结。尽管周总理早已不在，但海棠依旧，周总理的音容笑貌还有他的精神永存。我顿悟：因为团结，才有了这一树一树的明媚与温暖；中国人也如同这繁茂的海棠花，在疫情防控期间，因为团结，才有了千万奔赴武汉的医护人员、解放军战士和志愿者，才有了我们尽赏海棠花的喜悦心情和无尽的机会。感恩这个时代，感恩伟大的祖国。

　　窗外的海棠花，让我一次次穿越旧时光，欣赏旧时光里的花开花落，在花雨纷飞里怀想那个我所敬仰的人。唯愿岁月静好，海棠依旧。

写于 2020 年 3 月 5 日（纪念敬爱的周恩来总理诞辰 122 周年）

乡村晨曲

乡下的天亮得仿佛格外早，6点刚过，太阳早已从窗外伸进手来，透过窗帘的缝隙洒在我的身上，鸟儿也在枝头大呼小叫，热闹非凡。

信步下楼，走过后花园（宿舍楼后满是各家的花盆，五彩缤纷，很是壮观。美其名曰：学校的后花园），甬路两边国槐焕发出青绿，在阳光下生机勃勃。教学楼后面的一排垂柳，又妩媚成少女的模样，"拉过直板"的长发随风飘逸，在时光里日益繁茂俊秀，舞动出最美的春色。水杉树与它隔路相望，早由一个青涩少年成长为一个挺拔的青年了。修长的身子直入云霄，干净俊朗，柔美秀气。嫩绿的叶芽正悄悄挂上枝头，展示着无尽的魅力。没想到来自南国的"贵族"，在北方生长得也能如此快意，长出了几分北方树木常有的朴实、泼辣模样，但它们矜持、高贵的品质依旧从本体里散发着诱人的光芒。

教学楼前小广场两边各有两排法国梧桐，小铃铛已见雏形，绿豆满枝，欣欣然张开眉眼，沐浴着春天柔和的阳光。学生捐赠的观景石上的蔷薇绿成了一面瀑布，花蕾一簇簇高举着，孕育着初夏的艳丽和馥郁。太阳暖暖地照着，空气中弥漫着花香。

走出校门东行五百米，是一座新建的小石桥，汉白玉栏杆在阳光里更加洁白光亮。河渠里的水不多，却也叮咚有韵，从眼前流过，一路向北。走过小桥，就是一条南北走向的樱花大道，足有千米长。城里早已樱花若雪飞舞，绿叶满枝；乡村的樱花却开得正热闹，一朵朵、一簇簇、一枝枝、一树树，争奇斗艳，像极了一朵朵小号的牡丹，花瓣紧凑，层层叠叠，稠密得如同被攒在上面，带着些许的诗意与仙气。

千米樱花大道，繁花似锦，间或有两三棵白色樱花树，花开如雪，在微风里偶尔散落三两瓣，犹蝶般穿梭在红花绿叶间。我仿佛走在仙境之间，却也常常遗憾：樱花如此美艳，可惜少了一分清香，或许造物主是公平的吧，给了美貌便少了芬芳。想着，也便释然了。

走着，看着，闻到空气中有香甜的味道，那是梧桐花送来的。那张开的喇叭状的笑靥，盛满阳光的高脚小酒盏，在微风里吐露着淡淡芬芳，宛若在空中流动着的紫色云朵，沉浸在酒醉般迷离的淡淡紫烟中。河岸边丁香细碎的小花缀满枝丫，与梧桐的紫色遥相呼应。被浓郁香味浸染着的潺潺河水，在繁茂浓密的绿叶掩映里若隐若现，恰似害羞女子一低头的温柔。

走走停停，总也看不够。道路两旁是新起的楼房，白墙红瓦，整齐划一，哪里还有一点农村的样子？樱花路东是"文翰苑"小区，正在建设着的是五层电梯洋房，主体大多已完工。如果不是发生疫情，这些楼的内外装修应该早已完成了吧？起初我还担心楼房这么多，价格也不便宜，怎么能卖得出去？现在看来是我杞人忧天了，听朋友说，规划图一出来，广告一打出，尽管那时只是被圈起来的一块地皮，几天时间居然就售罄了！开发商又在后面加盖了一栋十一层的小高层，据说卖得也不错。而且很多购房者都是全款购买！望着眼前转动的忙碌的塔吊，听着轰鸣的机器声、民工的说笑声，不由得心头一热：现在的农民真是富裕啊，一点儿都不比城里人差，谁家手里没有个百八十万，都不叫有钱。

在无限的感慨中，已走到"文翰苑"南邻的"化龙家具城"。家具城始建于2016年，由三家连体店组成，是寿光西部最大的家具城。产品新颖、时尚、实用，物美价廉，多销往寿光区域以及青州、东营等地。化龙家具城是化龙镇的纳税大户。家具城前面是有红色"双龙戏珠"标志的"人民广场"。广场四周种满了各种各样的花树，紫叶李、榆叶梅、玉兰等早已枝繁叶茂，没了花的踪迹，在一丛丛紫荆的映衬下显得更加葱绿。此刻店铺还没有开门，广场上一片寂静，有几个像我一样路过的人，也是脚步匆匆。可我却是这般恋恋不舍，驻足凝望、沉思。如果是在夜幕之下，这里就成了偌大的舞场，音乐一起，舞池里便是翩翩起舞的人群。那欢快的曲子、摇曳的灯光、舞动的人影，使人恍若回到城里。

太阳渐渐升高，我走着，看着，想远了，千米的樱花大道走到了尽头。这里与潍高公路相接，车辆也比先前多起来。调转回头，沿着大道的另一边往回走。球形的耐冬已被修剪得标准圆润，泛着油油的绿光。猫眼草瞪着黄绿的眼睛般的花儿潜伏在边边角角。大叶萱草、小叶萱草已经覆盖了地面，远望去绿色一片，很是壮观。它们就这样屈就在樱花树下，泼辣辣地兀自繁茂，花蕾正在孕育，伺机待发，试图以"寸草心"报

"三春晖"，在盛放里感恩母亲的伟大。叶似萱草的扁竹已开花，紫色的花瓣上点缀着几粒"芝麻"，调皮又可爱。木槿刚刚张开蒙眬的睡眼，嫩黄的小芽苞如同一个个小脑袋，正试探着风的温度，铆足生长的劲头。一切都是新鲜而美好的样子。谷雨至，春已晚，在春意盎然的景致里，拥抱春色：满怀的春风，一眼望不尽的绿意，悄悄生长的嫩青，乡村晨曦里干净、清新的空气。

阳光正暖，天蓝若洗。几只喜鹊欢叫着歌唱它们的爱情，桃树上残留着桃花开过的印记，小桃儿早已迫不及待地褪了残花悄悄鼓起。

校园里的几株樱花正对我欣然怒放，刚才竟没有在意，它们变得更加绚丽夺目了。满眼的嫣红翠绿，似乎把声音、气息、空气都染成五颜六色的了。从没发现故乡是这般的美丽动人，一抬头，母亲正站在窗前朝我盈盈地笑，灿若桃花，是那样可爱、迷人。哦！世间最美的风景竟在这晚春的早晨让我遇见，我真欢喜！

写于 2020 年 4 月 19 日谷雨

原载于《文学百花苑》2020 年第 8 期，收入本书时有改动。

静夜听雨

周末的黄昏，淅淅沥沥的小雨飘洒起来。细柔的雨丝密密地斜织着，雨声小小的如蚕儿咀嚼桑叶一般，嘈嘈切切地将白昼的一点点余光吞噬殆尽。夜色渐渐浓起来，炊烟升起，街面上的路灯影影绰绰，透过雨帘望去，如同瞌睡人的眼前模糊不清。偶尔有汽车驶过，便会看到晶亮的雨丝倏忽而逝。雨丝织成了一张温柔恬静的帘子，把天地扯得很紧很紧。雨中的车灯射出七彩的光，路面也因着各色的灯光而变得花花绿绿，犹如一个彩亮的滑冰场。

倚窗听雨，似乎看到雨的丝丝哀怨。雨滴敲在瓦片上，立即发出音乐般好听的声音——这在高楼林立的都市是无法享受到的。

瓦，似乎是专为雨而设置的弹奏乐器。平日里它们闷不作声，一旦雨滴降临，它们便兴奋起来——哪怕是再小的雨，瓦的音乐也会叮叮地奏响。那音乐像极了古筝，清脆且韵味十足，在乡下的黑夜里向四面八方弥漫，听雨人的脑海中便漫溢出不尽的情意。

　　有幸坐下静静地听一回雨的人儿，心中便有了某种牵念和感叹。尽管有时是淡淡的，连自己也不易觉察。雨丝最能扯动昔日的情思，雨声也最能叩响感情的门环，让人不由得想起雨中那个曾经和自己共擎一把花纸伞的人。

　　打开唐诗宋词，到处是雨的声音。雨中多愁，雨是一种轻柔流动的情丝，因而雨中多诗：多情的"小楼一夜听春雨，深巷明朝卖杏花"的遐想；"空床卧听南窗雨""困卧北窗呼不起，风吹松竹雨凄凄"的悲凉；"日暮酒醒人已远，满天风雨下西楼"的无奈；还有《红楼梦》中林黛玉的"已觉秋窗秋不尽，那堪风雨助凄凉"，李璟的"青鸟不传云外信，丁香空结雨中愁"，纳兰性德的"一往情深深几许？深山夕照深秋雨"……原来这雨丝就是情丝，剪不断理还乱，才下眉头却上心头啊！听帘外烟雨，怀一腔柔情，一个女子在雨里想必是美丽动人的，那悠闲的侧影该是最美的风景吧！

　　静夜听雨，便见到了"梧桐树，三更雨，不道离情正苦。一叶叶，一声声，空阶滴到明"的情愁；倾听这雨声，便不自觉地忆起雨巷中那丁香般的少女，似乎是甜蜜，抑或是绵绵不尽的愁绪……

　　　　　　　　　　　　写于 2017 年 10 月 11 日

雪落无影

在冬日暖阳普照的日子，在淡蓝的天空下，风忽然间放弃了它的温柔，送来入冬以来的第一次凛冽。期盼中 2020 年冬天的第一片雪花如约而至，给了我无限的遐想……

渴望着在这样的冬天，能飘来一片洁白纯净的世界，飘来这个季节温馨、祥和的美丽。不论是霰雪纷纷，还是柳絮因风起，静静地伫立于雪中，眼前的纷纷扬扬和梦幻中的飘絮交融着，升腾起一群弥漫在空旷之中的精灵。那俏皮的雪花，穿过枝间的罅隙，欲在一隅掩盖自己飘飞的心绪，却在不经意间，让树梢牵住所有的心事，悬挂在枝头，玲珑剔透……

这洁白、晶莹的雪花，片片自在地飘舞，随朦胧的意境弥散，无序地自然舒展开来，在冬日里挥洒难得的浪漫，让我一任思绪在雪中飘逸，在冰冷的世界里寻求一种相思、一种久远的情愫、一个美丽的画面，寓幸福于思绪中。于是，置身于冬的怀抱，心就如一声同样清澈的天籁，给予这吟哦的季风。行走的步履，也没有了往日的迷乱，静谧中回荡的脆响，和着冬的节拍，渐行渐近，错落有序……

我走到窗边，拉开窗帘的瞬间，清灵的雪光忽地流了进来，风也趁着空当，轻灵地一扭腰，寒冷彻骨。展望轻盈、飘逸的雪花，带着清新的空气，驱赶着空气中的尘嚣。想象着风尘滚滚的大地银装素裹、一身通白，树和房屋等都笼罩在白色的海洋里，那样质朴无华，那样真诚坦露……

喜欢透过雾蒙蒙的玻璃，看漫天的"鹅毛"，细碎的、密密的、飘忽的，从天而降，像童话里的洁白天使。光秃秃的老柳树也常是雪天的点缀，它挂满雪花的枝干，毛茸茸的，被风一吹，撒落一地的雪屑。孩子们阵阵银铃般的笑声穿梭在漫天风雪中，时远时近，空气里还在回响着沙沙的踏雪声。他们嬉笑着在雪地里行走，尽管湿了鞋，还是不停地走，在身后留下不间断的脚印。我喜欢雪地里的脚印，晶莹剔透，错落有致、深浅不一，和着笑声的余音，蜿蜒地伸向远处……

喜欢雪花打在脸上的感觉，感受那雪的柔情、享受那雪的亲吻；喜欢雪花铺满的世界，那份洁白使人的心灵都得到了净化。冬天刚刚开始，没想到我盼望中的那个白色的世界，就已经来了。我看着雪的样子，感受片片洁白的绽放，倾听那天使细语，倾听深邃中点点记忆的洒落……然而，入冬以来的第一场雪，来得小，来得短，倏尔不见了——雪落无影！

岁月在波澜不惊中流逝，在惶恐中重复、褪色，我一如既往地喜欢凡尘俗世，喜欢雪花纷飞的日子。雪天能让人思念，思念曾经的自己，思念逝去的岁月……

写于 2012 年 12 月 25 日

第二辑

绿从天上来

　　架一畦瓜黄茄紫，栽两株桃红杏白，约三五亲姐热妹，在这天然氧吧浅酌微醺，酒香花语人声皆相宜。人如草木生生不息，卑微而不朽。

日照在线

人一生总要为自己疯狂一次，感觉这样才能在流逝的时光里不负韶华。2020 年 8 月 14 日早上 6 点，我便与挚友怀揣着初秋的热情，向着雨中的心仪之城日照奔去。

开启引擎，一路上在头脑中搜寻着少有的日照记忆，想象着它的年轻与美好。

日照，因"日出初光先照"而得名，乃滨海之城。尽管它人口不多，地域不大，可名气不小。它能够成功入围全国 40 个"魅力城市"评选，除了特有的生态环境、独特的人文历史外，还得益于每一处城市亮点，这都是魅力城市动人的组成部分。

我初识日照，缘于日照绿茶。在一份清香里感受来自阳光初照的地方的独有味道，便对日照有了相见之意。想着，念着。我第一次有种迫不及待的感觉。2 小时 30 分钟的路程，对我来说成了特别漫长的等待，一路上的葱茏树木、鲜艳花朵，都对我失去了吸引力，这是很少有的事情。越接近目的地，雨下得越大，仿佛带着挑战的意味，我们自是欣然接受。

不到 9 点，我们终于到达了心心念念的日照。

雨太大，把室外的项目暂且排到后面——视天气而定。漂亮的伞花引导我们去地下水中体验"恐龙漂流"，小小的水流只容得下窄窄的小筏子（也算小铁舟），小小的筏子只容得下两个人。它们排开长长的一溜，我小心翼翼地坐上去，小舟便慢悠悠地向前晃去。忽然，一只恐龙的爪子伸出来，差一点儿就抓到我，吓了我一跳。我猛地一闪，小舟荡了几荡。我定睛一看——假的！这样的情形一路上层出不穷，有了第一次的经验，后面也就不再害怕。倏忽间又听到怪声迭起，令人毛骨悚然，我身后的小朋友直接被吓得大哭，不管妈妈怎样哄劝，仍旧哭叫不止，直到出了洞口。估计小孩儿被吓得不轻。

调转身，我们进入了神秘的"6D过山车"模拟项目。戴上特殊的眼镜，心里忐忑不安，向四周看去，只见同伴们一个个正襟危坐，使劲抓着把手。开始有两分钟的适应短片，觉得神奇又好玩，真有种身临其境之感，也就摩拳擦掌地期待真正的体验。千呼万唤始出来，在焦急的等待中，随着震耳欲聋的轰鸣声，模拟正式开始。"过山车"呼啸远去，忽地飞上高山，忽地扎入山谷，忽地来个急转弯。身体随着"过山车"忽上忽下，忽左忽右；一抬头，一块石头正向自己的脸上砸来，连忙躲开，惊出一身冷汗；老鹰鸣叫着忽闪着翅膀飞过，似有冷风掠过耳尖而去；一只蜘蛛的爪子轻飘飘地伸过来，我胳膊上便有了刺痛的感觉……一场体验，令我热血沸腾，竟忘记了身在何处。

一阵夹着雨珠的凉风打在身上，所有的思绪才回到我的意识里。原以为雨累了会停下，没承想它依旧那么"哗啦啦"，而且越下越大。我最期待的玻璃栈道及其他项目，到底是去不成了，有点儿小遗憾。不过，我有了大把大把的时间去和日照的海约会，想想也是很美好的，终于有和大海耳鬓厮磨的机会了。

海边的伞花五颜六色，如春天时鲜艳。沙滩被雨清洗得干净而柔软，踩上去，细沙如同小手般拥挤着抚摸过来，舒服极了。可惜这阳光先照之城，如今却是大雨连绵，连导游都说这样无风的雨是很难判断什么时候会停的。如果阳光正好，这里应该是金光闪闪的一片。而此刻，我属于沙滩，属于大海，属于一个叫作日照的地方。它给我一袭雨，我还它一个阳光般的微笑。

海中自有不惧风浪的弄潮儿，他们如同海上的精灵，在海浪中沉浮。天空的云一层又一层，让人想起母亲做的棉絮被，只是它白一层、灰一层、黑一层的，没有那么讲究。海天相接的地方，竟然有云朵跌落到海里，是要把自己洗白吗？眼见得一层层巨浪自顾自地从远处奔跑到岸边，似乎对那些与自己长得很像的云儿不感兴趣。云团并不生气，又升腾到高空，那才是它最安逸的栖息地吧！天空是云的故乡，它们在那里可以自由地翱翔；大海是浪花的故乡，它们在那里可以任意地歌唱。

雨依旧很大，却丝毫没有影响人们对大海的热情。大人如同顽皮的孩子，挽起裤管在海里嬉戏、奔跑，恣意张扬着平日里压抑的真性情；孩子如同辛勤的大人，"挖井""筑坝""引渠"，逮鱼、寻蟹，忙得不亦乐乎。大家在忙碌中欣喜若狂，心满意足。

三个女人身着漂亮的裙子，就这样大摇大摆地走进人们的视野，引起许多人注目。也许，我们也成了人们眼中的风景吧！我们索性光着脚丫，扔掉手中的雨伞，无所顾忌地奔向大海。一排排洁白的浪花善解人意，很合时宜地向着我们簇拥而来。不知道是我们扑到了大海的怀里，还是浪花投入了我们的怀抱。

我们瞬间融为一体，我也彻底"湿"了身。一股清凉夹杂着海独有的味道，把我们紧紧包围了。那就让自己疯个痛快！海水也撒着欢儿地一次次追赶着我们的脚步。当我回转过身，准备接纳它的时候，它却又倏的一下，像顽皮的孩子一样逃得很远很远，让我无法触及。嘴角轻轻上扬，刚想摆个造型臭美一下，那淘气的浪花又悄无声息地袭击过来，在我的小腿上用力挠一下痒，而后又飞速离去，只留下小腿肚上一抹柔软与快意。被几次戏逗后，我便不再理会，那调皮的海浪乘人不备更用力涌来，往往会将我打个趔趄，波浪退却的旋涡，让人有了晕海的感觉。而我们只管在风中，在雨里，旁若无人地或跳跃，或仰首，或低眉，用相机记录三个小女子此刻的兴奋与欢喜。衣服早已湿透，我们相视一笑，成了彻头彻尾的"落汤鸡"。回首一笑间，恰看到在雨中拍婚纱照的情侣。他们幸福的脸上写满"海枯石烂，永不变心"的爱情，令人忍不住在羡慕里送上诚挚的祝福。

脸上的脂粉早已消失殆尽，黄脸婆原形毕露，脸上的皱纹仿佛比先前更加明显，抚摸着不再光滑、年轻的脸，少不了发一通感慨。美女敏妹妹安慰说："姐姐爱笑，那是笑留下的痕迹，爱笑的人，花便开在脸上，大板牙也会藏不住，却多了几分平和中的慈眉善目，俊着嘞。"她这一说，我倒生出些许的得意，不由得拿出镜子再扫视一番，那些褶子似乎没那么讨厌了。我心中对敏妹妹的敬意油然而生——这就是会说话的魅力。看海，留影，以待回家回忆在浪漫的雨天里与好友畅游日照的美好画面，更有一份可拿来炫耀的资本。

日照不仅属于山东，属于中国，它还属于世界。这里承办过世界帆船锦标赛，它的亚洲最大、世界一流的帆船训练基地，犹如一张最亮丽的名片，激荡着这个城市最动人的心弦，也激荡着我们澎湃的心绪。

西岸的三座如帆船般的建筑就是基地最主要的标志，地面上各种海洋生物的轮廓造型设计，更加突出海文化的特征。远望西岸，水上控制中心犹如即将出航的帆船，帆船俱乐部恰似一艘远航的游轮，乘风破浪。这既充分体现原生态的自由曲线，宛如大海上的波浪延伸到大片生态林的脚下，又给人留下了丰富的想象空间。

这是个简单朴素却又美丽的城市，给了我们一次慢生活的体验。深蓝的海水，金色的沙滩，原木的栈道，多色的雨伞，还有我们恣意张扬的姿态，构成了一幅雨中观海的极美工笔画。我们三个手拉着手高唱着"海风你轻轻地吹，海浪你轻轻地摇，远航的水兵多么辛劳，待到朝霞映红了海面，看我们的战舰就要起锚"，泪水不由得夺眶而出。每次见到大海，心中都会涌上一番别样的滋味。

我的儿子是辽宁舰的一名现役军人。尽管早已做好了聚少离多的心理准备，但每次看军事节目，每次看到军舰又起航，我的内心还是无法平静，总会生出些许的牵挂与思念来。就像此刻，这里虽并不是青岛的海岸，我却依旧觉得大海是离儿子最近的地方。仿佛只要我虔诚地思念着，儿子就会从海的尽头出现似的。我的眼睛望向远处，望向目所不能及的地方……

蓦然觉得，有一种情怀叫望海欲穿，有一种思念叫军人的家属，有一种骄傲叫军人的妈妈！面对大海，自己渺小得如同沧海一粟。大海如母亲般博大的胸怀，包容万物，忍受狂风巨浪。在潮起潮落中坐看云卷云舒，静听花开花落，此刻那些曾经的阴霾与忧烦似乎已被海水荡涤得一干二净。

　　海，对于我，是一辈子都看不够的风景。我常常臆想自己是一只海鸥，正跟随军舰一起远航！

写于 2020 年 8 月 15 日

东夷小镇

　　嗅觉总是比视觉早一步苏醒，空气中飘荡的勾人魂魄的鲜美味道，一下子把味蕾挑逗了起来，令人忍不住使劲吞咽几口唾沫。我们就这样在雨中走进了东夷小镇。

　　小镇汇集了各地的特色小吃。看到"海沙子面"的招牌，我吓了一跳！阅读过介绍才明白：此沙子非彼沙子，这是日照的一种美味海鲜，将一种体形极小的贝类熬制成卤汁，再在卤汁中加一绺手擀面，味道鲜香而有营养，当然不会硌着不再年轻但很宝贵的牙齿，我尽可以放心大胆地大快朵颐。各色美味招牌随处可见，什么"葫芦头泡馍""木锤酥""包螺万象"，光听名字就让人垂涎欲滴。一抬头，居然看到了"武大郎炊饼"！身高不足一米五的老板招呼着南来北往的客，恍若宋代的"武大郎"正幸福地生活在我们身边。此刻感觉眼睛不够用了，还在感叹"武大郎"的兴隆生意，蓦地又被"biángbiáng面"三个字炸了眼，口水立刻就出来了。这是我在西安吃过的最有特色的面，吃一次就终身难忘，那种香到骨子里的味道又吱吱冒了出来。那宽如腰带、泛着油花、冒着辣味的面条，香味扑鼻而来。毫不夸张，一碗面只有一根，筋道的一根！若三五好友小聚，尝尝这特色小吃，感受这多元饮食文化，既经济又实惠，岂不过瘾？

吸溜着口水继续前行，我被"摔碗酒"弄蒙了。摔破的碗堆积如山，几个大酒坛子整齐地码在那里，红绸锁口，似有酒香飘荡在小巷里。听这里的人说，有了高兴的事，过来把盏摔碗酒，喜上加喜，日子越过越有；遇到不开心的事，过来大口喝酒，用力摔碗，把压力释放，把不满甩掉，重新抖擞精神，过更好的日子。那祝福语又飘在眼前："愿你三冬暖，愿你春不寒；愿你天黑有灯，下雨有伞；愿你路上有良人相伴；饮一壶浊酒，享一晌安闲。"（最后一句是我自己瞎诌的，原来写的是"下一句没想好"。）

遇见美食是"吃货"的口福，遇见美好是文人的眼福，遇见"姻阁缘"，是凡人的幸福。善男信女络绎不绝，上一炷高香，系一根红线，盼望着拴就前世今生的美好姻缘。

一支秃笔、几种颜料、一块竹片，便绘出最古朴、最原生态的文化画卷，这些曾经被认为是落后的，如今却被追捧，甚至被膜拜……那些画面丰富、颜色鲜艳、动作夸张的日照农民画，我喜欢至极。忽然觉得，原来大俗就是大雅。

各具特色的客栈穿插在小镇中，我不由得多看了几眼。"七间房客栈"，这里果真就七间房吗？不多一间，也不少一间？在东夷小镇还可以弥补去不了西藏的遗憾，你可以在这里了解西藏文化，体验西藏文化，实现自己所有铭刻在心底的西藏梦。仿古建筑，特色文化，在雨的沐浴下，更加清丽新鲜，透着远古的墨香与天然的味道。

路边雕花的褐色小灯箱，给人一种穿越时空的感觉。这里的天空被花伞、篆字牌、古灯、编织篮、彩风车等别具一格的长廊装扮得五彩斑斓。漫步在飘着蒲草香味的斗笠长廊中，空中红的黄的灯笼随风摇曳。我在这里邂逅了久违的小推车。推车的汉子一条长长辫子直垂腰间，他穿越时空而来，正巧让我遇见，而我恰穿一条大红的长裙，擎一把紫粉小伞，就那样轻轻倚靠车边——若不是下雨，我会老老实实地坐上去，做一回东夷"新娘"。

东夷小镇，一个游人来日照必打卡的地方，它的名字听起来蛮有味道。我第一次知道："东夷"这一名词，始于周代，是古时对东方各民族的统称。东夷文化是中国先秦时期最古老的文明之一。而在董家滩村这个中国离海最近的村落旧址上建起的这座小镇叫"东夷"，也可算是名副其实了。

有人说东夷小镇算是日照的一个"世外桃源"，这个新兴的满是仿古建筑的小镇，不仅有美食、商店，还有庙宇殿堂，也有戏台和书院，感觉一切都古色古香。着一身古装从那些花伞长廊下婀娜而来，恍若从唐诗宋词里走出的女子，吟唱"外湖莲子长参差，霁山青处鸥飞。水天溶漾画桡迟，人影鉴中移。桃叶浅声双唱，杏红深色轻衣。小荷障面避斜晖，分得翠阴归"，何其美哉！恰有飞鸟贴着蓬勃的水草而过，我的心便醉在这细雨霏霏的画卷里了。

一阵悠扬清亮的笛声穿越人群弹奏在我的心坎上。循声而望，一位闲下来的大爷正在吹着活泼、明快的《小放牛》，勾起我无限的遐想。我不由得跟着哼唱起来："赵州桥什么人儿修？玉石栏杆什么人留？什么人骑驴桥上走？什么人推车轧了一道沟？赵州桥鲁班爷爷修，玉石栏杆圣人留，张果老骑驴桥上走，柴王爷推车轧了一道沟……"曲是好曲、歌是好歌，只是让我这公鸭嗓糟践了。还没唱完，就赶紧闭了嘴。

街口青花瓦里有一棵爬着长长蔓儿的植物，悄悄伸出手臂，似乎要牵住这熙熙攘攘游人的衣袂。我竟有些动情，站在它的旁边，很乐意地做了它的配角。

我正痴痴地凝望着那些钢丝制成的"蒲公英"发呆，想象着它们的寓意所在，却毫无头绪，海草房独特的味道又在诱惑我，眼眸和魂魄仿佛瞬间就被吸了去，我不得不收起那些无端的猜想。那些原始的以石块或砖块混合垒起的屋墙上，有着高高隆起的屋脊，屋脊上面是质感蓬松、绷着渔网的奇妙屋顶。外观古朴厚拙，却冬暖夏凉、百年不腐，这就是极具地方特色的宛如童话世界中草屋的民居——海草房。这样的海草房，是最具胶东民居特色的老房子。据考证，从宋代开始这里的渔村就用海草做房顶，至今已有一千多年的历史。如今那些村庄里仅存的一些海草房早已长满绿植和青苔，很少有人居住，渐渐成了往日云烟。新砌的海草房有了光滑的屋体，水泥抹面，看上去气派了很多。但这些只为发展旅游业而兴建的海草房，是赝品，它们再不复当年的模样，没有了饱经风霜的沧桑感，更没有了经历战乱风雨的厚重感，只是一个个被人瞻仰的没有灵魂与生命的空壳子而已。

沾满东夷小镇的生活气息，回眸间，大海的味道正向我们涌来……

写于 2020 年 8 月 31 日

此文荣获"2020 金秋泰山采风笔会暨第 10 届中国作家新创作论坛"一等奖。原载于《作家报》，收入本书时有改动。

蟋蟀在堂

我的房子在三楼且靠西山，我极喜欢这样进门就被阳光拥抱的感觉。

目力所及，毫无屏障。稍远处，一排法桐在微风里摇晃着满树碧绿的"铃铛"，飒飒而动；对面是一排白蜡树，叶子比法桐的颜色深了许多，透着油亮亮的墨绿；而我眼前，则是开满黄花抑或结满了小"红灯笼"的栾树。高高低低的树，深深浅浅的绿，或黄或红的花果，仿佛谁都不愿意弄出声响，它们就那样悄悄又霸道地闯进我的窗户，塞满我的眼睛，浸润我的心房。

浓密、高大的树荫里是一片绿毯似的青草，其间高挑着小小的黄菊，鲜艳夺目；时有栾树的粉红小"灯笼"飘洒下来，如蝶般飞舞着。不远处，铁篱笆上点缀着开着白碎小花的藤萝，外面静立着一排墨绿色的青桐。几只喜鹊在林间穿梭，一副忙碌的样子，为刚才的宁静增添出几分热闹。

我常常这样看着窗外，见证一些生命在岁月里静默地生长。它们开花的开花，结果的结果，抑或在林间孕育新的生命……

秋虫知时节，常常在夜里的窗下鸣叫，我的心里也便忽然多了些许悲凉的意味。"纺织娘"低吟着"白的黑的姐姐拆的，红的绿的姐姐做的"，提醒母亲们别忘记给孩子们做棉衣。而阵阵蟋蟀的鸣声也与之应和在一起，整齐中又有些参差的调子，此起彼伏。恍惚之间，细细算来，离开亲爱的土地已经有14个年头，我也就整整14年没有那样真切地与蟋蟀相伴，没有那么近距离地听它们倾情演唱了。

就像此刻，忽然就怀念起那整夜整夜的蟋蟀声来。

"曜，曜曜……"一只蟋蟀清脆的叫声打乱了我的思绪，我为自己的臆想感到好笑。还没等我笑出来，几声连续的更加清脆的蟋蟀鸣叫让我确定，有只蟋蟀闯入了我的领地，它就在我的房间里！顺着叫声，我小心翼翼地挪动脚步，终于在书房的兰花花盆里找到了那个"私闯民宅"的小东西。借着手机的亮光，我把它看得清楚明白：这是一只个头极小的蟋蟀，头北尾南，正在那里忘情地振翅高歌。它是怎么进入我的书房的呢？它这小身体何以发出那么高亢的声音？或许它是被我屋里的灯光吸引来的吧？我都无从知道，但它给我带来了莫大的惊喜和感动。只见它的触角不停地上下摆动，翅膀轻轻摩擦使它的"发音镜"产生震动，便发出响亮的声音。这声音在夜间更加清脆、辽远。年轻时不太在意的声音，此刻听来却是那么顺耳、熟悉又亲切。那些久远的少时记忆，又从"曜，曜"的声音里涌上心头。

故乡深秋的原野是蟋蟀们的集结地、狂欢所。每到秋收时节，砍倒的玉米秸下、打下的玉米叶中、地头的柴草堆里，到处是蹦跳着的蟋蟀的身影。它们成了我和伙伴们可追逐的对象，我们即使被庄稼棵子或土坷垃绊倒，也不会有哭鼻子的。随着蚂蚱的飞起、蟋蟀的蹦跳，我们也变成了忽上忽下、忽左忽右、忽远忽近的流动的风景，在夕阳的暮色中，在袅袅的野烟里，与漫天的飞虫融合在一起，醉成最美的秋色。那小虫儿，仿佛稀世珍宝，被我小心翼翼地捧在手心里。想象着把它挂在床头伴我入梦的种种美好与幸福，我一下子就醉了。

对于劳碌的大人来说，就个小菜喝壶老酒，便是秋忙中对自己高规格的犒劳，而蟋蟀算是当时下酒最好的选择，尽管带着土腥味，尽管远没有蚂蚱味美，但依旧是上好的下酒硬菜。不过，对于像父亲这样吃菜挑剔用量又极少的人来说，他宁愿吃两个蚂蚱崽子，也不会吃那一大串蟋蟀。把杯中的酒一饮而尽，所有的疲劳与不快仿佛都被这一盏酒、一撮蚂蚱一笔勾销了，父亲和母亲也一笑泯恩仇，一切都恰好。而我正躲在角落里，逗弄着小泥瓦罐里的小东西玩得不亦乐乎。

思绪犹留在故乡的庭院，房间里的那只蟋蟀却又在耳畔歌唱起来，是鼓励我对它的凝望与喜欢，还是呼唤自己的爱情？我知道，这蟋蟀已不是我从豆叶下捉到的那一只，更不是故乡原野中的任何一只……它的叫声应和着屋外的同伴们的叫声，时而错落有致，时而重叠合唱。听着，听着，仿佛已不是记忆里蟋蟀所鸣叫的味道。

在深秋的夜晚，静静地躺在床上，侧耳倾听这只蟋蟀的歌唱，很难成寐的我却在起起落落的虫声里渐渐进入梦乡。迷糊中，不忘警告先生一句："别动我的蟋蟀！"

写于 2020 年 10 月 20 日

原载于《青年文学家》2021 年第 1 期，收入本书时有改动。

北大洼有个清水泊

印象中的清水泊，是我遥不可及的诗和远方。

因着有幸参与为清水泊农场编志，我终于有机会一次次投入清水泊的怀抱，走进清水泊深处，探寻它流年里激情燃烧的岁月，见证它今朝的辉煌与美丽。

无论站在清水泊的哪个方位，放眼四望，都能看到一排排海棠在深秋的阳光里泛着成熟的光芒；林场是一望无际的绿，不管是白蜡还是速生杨，它们都正年轻，如山丘般连绵起伏，毫无秋的样子。树林远处是一片一片的草，虽整体尚绿却也已泛出微黄，连在一起像极了一幅抽象派油画。

那辆大巴车如小舟般一路把我们摆渡到每个需要的地方。此时，眼中映现的是蓝天白云，耳中聆听的是鸡鸣狗吠，胸腔里吸到的是果香米香……整个人一下子被裹进了辽远的世界里，如同一颗汗珠滴入大海，再也找不到自己。

草生根，根能记忆；树长叶，叶会留痕。对于清水泊的成长与改变，它们都记得，记得这里曾经的模样，清楚这里天翻地覆的变迁。那些曾经的奋斗岁月，又借着草木如火如荼纷至眚来。

A. 碧草青青羊满坡

　　六只体格健壮的大绵羊坚守在种羊场的阵地上。它们个个头顶弯角，刚强而有力，脑门上是黑色毛发，显得很不一般。它们不是普通的绵羊，尽管我叫不上名字，但看得出它们应该出身名门，属于羊中贵族。偌大的种羊场就这样散布着区区六只羊！它们不惧人，反倒向我们走来。一只只羊在凝望，眼睛里闪烁着几分希冀的光芒，它们是在回忆曾经的青春年华，还是在感喟曾经的子孙满堂？抑或是同我们一样在倾听 3500 多只鸡鸭鹅的大合唱？我无从知道。那些久远的故事在一位老人的讲述里清晰起来。

　　"当年的清水泊地大草茂，深深浅浅的绿望也望不到头，人住在这里，连说话的声音和气息仿佛都是绿色的。这样肥沃的草地极适合养羊，于是成立了由一营四连专门负责的养羊队。优良种羊都是从德国、新西兰、澳大利亚进口的名贵羊，被从上海、青岛用飞机托运而来，金贵得很。这些'洋'羊比我们本地羊难伺候。那时条件差，它们平时吃得比人都好。公种羊几乎每年更换，所以更加娇贵。一只公种羊，每天早上两个鸡蛋一把海米是必需的，以保证它们能更好地繁育下一代，马虎不得。尤其'林肯'更是娇贵得很，由于气候条件不同，它们初来乍到不适应，夏天需要吹风扇、吃西瓜。不光这样，还要定期给它们洗澡呢，而且是药浴，预防这些宝贝身上生虫。是不是很娇惯它们呀！"说到这里，老人的脸上露出宠溺孩子般的温柔与慈爱，我也不由得被感动。每年产下的母羊羔都留下，公羊选择优良的留下做种羊，其他的长到成年就处理掉。

"那时放羊也是很艰苦的。"老人继续说，"当时四连二百一十四人以放牧为主，一人一群羊，一群一般五十来只。早上六点就出牧，一出去就是一天，带着简单的午饭，火烧抑或馒头，带上水。茫茫草原看不到一个人，对于十几、二十来岁的大小伙子来说，真是一件很不容易的事情。实在闷得慌，有时就扯着喉咙唱，不管在不在调上，能出点动静总是好的。我知道陕北为什么出高音歌唱家了，放羊放的。"话一说完，老人忍不住笑了，我也笑了。我是被他的幽默逗笑，老人或许是想到了放羊中更令他想乐的事情吧！

"你知道放羊最担心什么吗？"老人突然问我，我答不出。"咱这里没有狼，一个壮小伙还能怕什么呢？"看我露出疑惑的表情，老人喝了一口水，轻咳了一声，慢慢说下去："当然是怕丢羊啊！那可是集体的羊啊，一只都不能丢的。羊在哪儿，人就在哪儿，放羊的人爱护羊就像爱护自己的眼睛一样。一会儿就数一次，甚至几分钟就数一次。还别说，数羊充实了枯燥和孤独寂寞的时光，时间倒没那么难熬了。"他的幽默和乐观让我心里涌出一分敬慕之情。只是一闪，我便把思绪拉回来。"特别是每年农历七月以后，小羊羔们纷纷出生，经常有小羊羔出生在放牧的路上、场地、坡里。你得随时随地当好接生员和保育员。所以每到这个时候，放牧员都会带着大包或鱼鳞袋子，以备母羊产羔好及时把它们背回来。那时就一个念头，保护羊群是第一位的。"我的脑海中忽然就出现了"草原英雄小姐妹"的身影，为了国家和集体，那一代人是把个人利益置之度外的，甚至不惜牺牲生命。

老人沉浸在对往事的回忆里。尽管已是耄耋老人，但他对四十多年前的事情依旧记忆犹新。

"入冬前，就要储存冬天喂羊的饲料。到周围村庄收集地瓜蔓、玉米、玉米秸，粉碎后拌上麦麸，保障羊群过冬有充足的口粮。羊是不能光吃青草的，即使在青草充足的春夏秋季，也要每天补充一定量的饲料，何况是冬天。一只羊每天需要四两到半斤的饲料，才能保证体质不变差。你可不要以为这样那些小年轻就清闲了，他们每天照样带着羊群出去运动，每天八点准时集合，带着羊群出去散步，到水库饮水，两个钟头后再回到羊圈。"看我露出轻松的神情，老人连忙补充几句。

"随着耕地面积不断增加，加上修路、建盐滩的规模不断扩大，可放牧的地片逐渐减少，那些杂草丛生的荒地被农作物、果园等占领，曾经浩浩荡荡如白云般在绿毯中滚动、飘荡的羊群队伍越来越小。"老人显出些许不舍和遗憾，我也觉得好可惜。不过只一瞬间，老人就微笑着说："尽管对那些羊崽儿像对我们的孩子一样不舍，但这是农场发展的需要，也是祖国建设的需要。舍上一群羊，得到万亩田，还有途经寿光的铁路线，很值得。"老人极好地诠释了"舍得"的含义。

B. 稻花香里说流年

镜头聚焦在金色稻谷上，沉甸甸的稻穗如害羞女子颔首，最是那一低头的温柔，拉回了我旁骛的心。不由得俯身轻嗅，一般特有的稻子的清香扑面而来，仿佛连空气都是香甜的。

望着眼前金子般的稻田，此时，那些似水流年里的青春，又焕发出金子般的光芒。

这里原本是一片贫瘠的土地，连一棵树都不长。一任土地荒芜，杂草疯长，年年岁岁，春去秋来，草在一岁一枯荣里轮回，被人判了死刑、似乎长不出庄稼的荒凉之地，却被一帮扎根农场的年轻人用热血和汗水浇灌出一片生机盎然。

20世纪70年代，"兵团战士"，一个让人血脉偾张的称号，让那些十六七岁的孩子穿上军装义无反顾地背起行囊奔赴一个叫清水泊的地方，他们有的甚至是偷偷离开家离开父母的，一头扎进了这片被寿光人称作"北大洼"的盐碱地。

"这并不是我们想象中的样子，我们成了'四不像'。"说起往事，这些来自淄博、济南等地已过耳顺之年的老战士依旧感慨万千，"我们不像兵，不像农，不像工，不像生，但依旧秉承'平时生产，战时扛枪'的一贯作风，在这里一待就是十多年甚至几十年。"

这里一切准备妥当，这里必须来一场生产大革命，不能再像以前那样蓬头垢面、荒芜邋遢。告别过去，来自全国各地的有识之士成了无可替代的开拓者。

这里地处洼地，随处可见水塘湖泊。刚来时大家连住的地方都没有，有的就借住在附近村庄的农户家里；有的自己动手，选择地势稍高的地方，人工抬土，将高粱秸、野芦苇绑成墩子，用泥糊起来作墙，里面用报纸装饰，这就是大家的宿舍、场房了。地基要比别处高出两米多，不然一场雨就泡汤了。

那时农业机械极其匮乏，大多劳动都是靠人力。五个人一张犁，两个人在前头，两旁各有一人随时把勾住犁腿的草根清理下来，地下全是芦根，扯都扯不断，拉犁的累，扶犁的更累。老人的眉头不由一蹙，仿佛肩头又被绳索勒紧。

为了解决盐碱太重、长不出庄稼的问题，播种之前要先挖条田沟排碱。这些高强度的劳动，把一双双娇嫩的手磨起无数的水泡、血泡，泡起了破、破了又起，泡里再生泡，一碰就钻心疼。老人不由自主地伸出手，摩挲着，似乎那些水泡此刻又冒出来了，让他疼得不能自制。"后来随着链轨拖拉机的引进——我们叫它铁牛，形象吧？"老人停了一下，喝一口茶水，"就这样，一边开垦整地，一边播种粮食作物，那时种得最多的是高粱（产量高）和小麦，以维持战士们的日常生活。"我不小心又走神了，在这片"鸭兰子都不宿"的盐碱地上生长出那些生命，是多少人做梦都不曾想到的，如今却变成了现实。我的思绪还在游离，老人的话继续在耳边响起。"20世纪六七十年代的清水泊土地太薄，超负荷的付出承受不了。为了维护土地的良性循环，一年只种一季。收割完小麦便种上田青，等田青长到七八成熟，就撂倒，然后把它们翻耕到地下，使其腐烂后变成有机肥，来滋养贫瘠的土地。"看我一副懵懂的样子，老人解释说："我知道你在琢磨田青是个什么东西。我告诉你呀，是一种菜，对地来说很有营养的一种菜，让它给地当绿肥。"老人说得浅显易懂，我自是明白，再说对于绿肥我是有印象的，小时候沤过，也用小推车往大田里送过。我连忙点点头。

收完高粱就翻地歇地。随着农场开垦的机械化，原来的"北大洼"逐渐变成了米粮仓。不仅能自给自足，交完公粮后，还可以接济周围的村民一部分。那些隆隆响的拖拉机、播种机吸引了四邻八庄的大人小孩都来瞧稀罕。这儿有新开垦的大豆地，豆荚随风摇铃；那儿有一片整齐的谷田，泛着迷人的金黄；再远处是新起的苹果园，果实仰起红彤彤的笑脸……那些远离家乡的娃娃们，在清水泊这个大熔炉中，不断淬炼成钢，成为清水泊真正的主人，在这里安家落户、娶妻生子。说起这些，老人脸上一派幸福、骄傲与自豪的神情。从老人的口中，我还知道了农场出生的第一个小公民叫"移村"，第二个叫"移民"。这是要像柽柳一样在盐碱地里等待春风吹绿清水泊吗？

最喜人的是只有在水乡才有的稻田。竟然在靠天取水的北大洼碱场地里生长出最优质的清香稻米。这五百平方米的稻田，在斜阳的余晖里散发着香甜的光芒。老人的眼神里满是陶醉："我们这里的大米更加醇香，吃过的人都知道，不能说它独一无二，也算得上独具其香。"也许老人看出了我的疑惑，转而解释道，"我说这话是有根据的，清水泊的稻子是喝着优质水长大的，与人一般的待遇。每一次都浇透，平时稻田不积水。这样成熟的稻子，香甜、筋道……"没等老人说完，我再次使劲吸了口气，一股清香沁人心脾，不由感叹：好美的景，好香的米！

风轻悄悄的、草软绵绵的、天空蓝湛湛的，坐在稻田边，感受着鸟儿展翅飞翔的那种美妙。抬头仰望，一朵朵云棉花糖一样从天边飘过，掉落在高粱的怀抱里，迅即被染成了一团团红。

原先在人们眼里一无是处的荒草野坡，如今变成了最富诗情的一道风景、最富画意的一幅图卷，而农垦人正是这浓墨重彩画卷的执笔人！

载我们的那辆大巴车依旧像舟楫般静静地等候在路边，将吊瓜扛上肩头，大家踏上归程，身后稻米的芬芳一路追随，远处果蔬的清香若有若无……

我想去洛城（散文诗）

我想去洛城，那里绿荫环绕，那里高楼林立；那里的乡村油画般令人着迷。

我想去洛城，与我一水之隔的洛城，荡一叶扁舟轻帆卷，数弥河岸畔依依垂柳。

我想去洛城，伫立桥头醉迷霓虹，俯瞰流水潺潺白鹭舞，野鸭追逐嬉戏。

我想去洛城，屯西所在的洛城，攀上顶楼的阳台，看遍社区花开满院、红果压枝。

我想去洛城，用激情点击国际蔬菜科技博览会的窗口，看四时菜鲜，尝九州芬芳，品"中国菜篮子"美誉。

我想去洛城，移步仓颉书院，用灵魂凝视四目文圣，陶醉在"凤凰衔书台"，感怀造字的神奇，浸染墨香满衣。

我想去洛城，再次拐进生态园，邂逅那片油葵地。我想乘着微醉的心情，把艳黄的葵花轻拥入怀，醉在迷人的晚秋里。

我想去洛城，我想走进"颜值担当"尧河新区，体验一把"白天当农民，晚上当市民"的优渥生活，把荡秋千的老人，临摹进我的画卷，那知足的笑靥若天边的夕阳般美丽。

我想去洛城，聆听清风的弹唱，寻觅鼓点的源头。地下广场的音乐奏响热爱，我想融入欢快的飞扬，踏出幸福的味道，做一回耳顺之年的"万人迷"。

我想去洛城，我想把自己也纳入大数据，静静地感知时代的变迁，用一个人脸识别门禁设备刷尽所有的尘埃与忧愁。挥挥衣袖，所过之处，满目的心安与欢喜。

我想去洛城，我想成为洛城的子民。而此刻，我唯有闭目祈祷：弱水三千，我只取弥水一瓢；除却巫山，唯有洛城愿居。

我想去洛城，我要去洛城……

写于 2020 年 10 月 6 日

此文荣获"遇见洛城，最美时光"征文大赛优秀奖

遇见洛城

客厅最显眼的地方，挂着值得我骄傲的"最美庭院"的光荣牌，它又闪着光芒在诱惑我。尽管它一直一尘不染，但我还是情不自禁地认真擦拭一遍——这仿佛成了我每天的必修课。一种住在这里的幸福感不由得涌上心头。

阳光正好，风拂在面上，空气中弥漫着草香、花香、果香与阳光的味道，花格的小路，伸向远方，真有一种曲径通幽的感觉。天空碧蓝、清亮、如洗。喜鹊在枝头呼朋唤友，歌唱着它们的爱情和幸福。海棠果、红山楂挂满枝头，累累的果实，红红的笑脸，最是那一低头的温柔，妩媚得如同少女，美得仿佛一幅画，人们也便成了画里的主角。

中秋节临近，时有来走亲戚的人站在大门口，等待主人来领。我内心又泛起一种自豪的感觉——这里竟然有了很多大都市的小区也不曾拥有的人脸识别门禁设备，小区堪比"保密局"，住在这里是何等的踏实与温暖！

一回头，父母和几位锻炼回来的老人正向着小区餐厅走去，说要去吃个点心，一边走一边谈论着孙奶奶盛大的生日晚宴，说做梦也没想到老了如此享福，过上了楼上楼下、电灯电话、衣食住行现代化的城市生活。满足的笑脸宛若孩童得到了心爱的玩具般天真可爱。听着老人们充满幸福语气的话，我心里也滋生出羡慕和向往，想象着自己老年生活的种种美好。

正在我胡思乱想的时候，合唱团的姐妹们已相互打着招呼，奔向集合地点——地下广场"歌厅""舞厅"。鼓点一响，优美的舞姿翩翩而起，伴随着孩子们的追逐与欢笑。

舞场一散，嘹亮的音乐声适时地响起来，便是我们合唱团的天下了。《映山红》《我们走在大路上》《我们的生活比蜜甜》……一首首经典老歌从不再年轻的唇齿间飞扬出来，有一种别样的亲切之感。舞台对面的乒乓球台旁，男士们战得正酣，短球、长球，正手、反手，一个个发球毫不含糊，有模有样。大伙一起沉浸在欢乐的氛围中。每一张脸都是一朵花，每一个形象都是一幅画，每一种语言都是一首诗，我们就这么幸福地生活在诗情画意里。

社区的工作人员介绍说我们的生活都进入了大数据管理，单这一项就走在了全国前列。我前所未闻、上网查也弄不明白的新鲜名词，居然就在我们的身边，影响着我们的生活。据说居民的楼号、楼层数甚至家庭成员情况都能清楚地显示出来。我一下子就来了兴致。

站在大屏幕前，报上姓名与电话。工作人员认真地输入，屏幕上竟然出现"查无此人"四个字！怎么可能呢？

"你是这个小区的居民吗？"美女温和地问道。

"我是洛城人！"

看我理直气壮，她重新输入，还是出现那四个字。我慌了，我竟记不起自家的楼号、单元号和门牌号！

心一惊，一抬头，月光正砸在我的身上，半梦半醒。

洛城，这个来寿光必打卡的地方，梦里也是如此清晰与迷人。我恍惚得不知身在何处，好一会儿才回过神来，原来刚才我只不过是做了个美梦而已。在梦里做个洛城人，也是极美的一件事。

"林深处见鹿，海蓝时见鲸"，梦到深处会见到想念的人。而我的梦里恰是那个我一见钟情的洛城。此刻，愿望和梦想就像种子一样膨胀、发芽、生长。洛城，趁着夜色，我向你告白：你是我心里最中意的地方，我已无可救药爱上你，我要成为你的人。

夜渐深，合上对洛城的回忆，枕一袭月光，愿望终会在梦里再次实现……

写于 2020 年 10 月 6 日

绿从天上来

以风的姿势，追逐阳光投放过来的方向，甩掉高跟鞋，踩出狂野的速度，循着五六百年前唐赛儿的足迹，赶往一个修心养道练胆的地方——髻髻寨。

髻髻寨坐落在青州市庙子镇孙家岭村的东南角，我喜欢称它"髻髻岭"。"寨"，带有些许匪气——事实如此，这里当年真闹过土匪；"岭"，恰似名门闺秀，带着灵气与可爱。还没到，髻髻岭就已在心上翻滚了好几遍。

去往孙家岭村的道路曲折蜿蜒，是真正的"山路十八弯"。每一个拐弯都让人提心吊胆，每一次颠簸都让人心惊肉跳，每一声鸟鸣都让人觉得如芒在背……心被提到了喉咙眼儿，仿佛一大喘气就会把它呼出来。大家屏息凝视着前面的路，眼角都不敢夹一下，感觉一眨眼车就会变了方向。里面是峭壁悬崖，探出的石头如同展翅的雄鹰；外侧是万丈深渊，每一次俯视都令人晕眩。忽然地，心底升腾起无限的敬意：我们所担心的也仅仅是担心，这新修建的盘旋山路足够平整，外侧还有路沿子，坡度、弯度都恰恰好。

盘山而行，一路攀登，经下张村、上张村，过窦家崖村，再到孙家岭。到达孙家岭时已近黄昏，大家饶有兴致地在这个海拔近600米的村头观景留念。晚上过了一个有烛光、明月、微醺、浪漫、温馨的七夕节，邻居阿姨送来韭菜饼、西红柿汤，还给我们讲述了口口相传的髻髻岭传奇故事。山寨以山顶的崮远看像古代女人的发髻而得名髻髻寨。它凭险而设，四周都是危崖绝壁，是当年易守难攻各大门派争相占领的山头、后来的军事重地，可见它的险峻和隐蔽。它近年来更是因着唐赛儿而成为人们竞相攀越的名山圣地。唐赛儿，一个旷世奇女子，明代农民起义的领袖，而这里正是她带领那支数千人的"白莲军"征战的地方，尽管经历了两三个月浴血奋战依然以失败告终，但唐赛儿为民除害誓将土匪赶出家乡的飒爽英姿和超人胆略，依旧被老百姓所敬仰而津津乐道。阿姨的故事更激起了我的好奇，心里有种迫不及待之感。

意犹未尽，趁着夜色，邀半月一起走进孙家岭的沟沟坎坎。风吹来山野的味道，泉水在身边叮咚，夜虫抚琴伴奏，远处高高低低的灯光与星空相映，我们仿佛置身于海市蜃楼的仙境。

想象着髻髻岭种种的神秘与美好，竟一夜无眠。

第二天7点30分，一行十人便满怀豪情地出发了。走出门口，髻髻岭很自然地便进入了视野，满目葱绿，斜铺云霄。

髻髻岭最高处近800米，是青州境内比较高的山。本打算走一条险路——少有人登攀的路线，不承想还没走出50米，就有一个姐妹摔倒两次，最后只好放弃那条路线，选择了大家常走的相对容易走的老路，只是这样就要多走四五里地，但大家兴致依旧高涨。

　　髻髻岭由数座互相连接的山头组成，南北山寨一线约 10 公里，很是气派。

　　一人一杖两瓶水，算是全部的行头，一路前行，一路山连着天，天连着山，连绵起伏，巍峨雄奇。不知名的植物不时闯进我的视线，它们就那样很自然地镶嵌在石头上，盛开在石缝间，我在这里目睹了在最坚硬的石壁上长出最柔软的身躯的奇观。尽管我对植物，特别是花草有种天然的钟爱，髻髻岭上的花又多得数不清，更是别处所很少遇见的，但我也只是拍照、存放在我的图库中，待回到家中戴上老花镜细细甄别它们的门科、属性，以及药用价值和有无毒害，并不曾采集一朵，这是我内心对大自然的一分敬畏。

　　其实，爬山是不适合大声喧哗的，那些沉寂中的生命也不堪高分贝的打扰，可挡不住一颗颗激情澎湃的心呀。大伙儿亮开嗓子豪迈地唱"我们走在大路上，意气风发斗志昂扬……"，抑或用花腔唱"这里的山路十八弯，这里的水路九连环"，"你莫走，我不走"的深情在山中回荡。往上走，大家渐渐安静下来，默契地一字排开，曲折蛇行，这时只能听见大家的喘息声、拐杖探路声，偶有一声尖叫，必是踩不实脚打滑，抑或藤蔓儿牵扯了衣袂，或者某个不速之客赫然出现在脚下……蛇行于崖间岭畔，就会不时被花儿艳艳的笑牵了眼眸，忍不住停下脚与它面对面聊上几句。而后大家相互提醒着不要掉队，慢慢地，感觉山没有先前那么高不可攀了，也许是大家适应了的缘故吧。我知道自己的体力，因平时缺乏锻炼而难以支撑太久，因此我选择跟爬策略：紧紧地跟在第一梯队后面，始终走在前面，这样既可以有短暂的时间休息，起来又是满血复活，还有机会很好地欣赏风景，不至于只顾低头赶路。天然的石阶参差不齐、犬牙交错，有些地方甚至要手脚并用才能安全通过，却比人造的假山、石阶多了一种不规则的美感和灵性，让你觉得山就该是这个样子，凹凸有韵。白云在山巅或躺或卧，悠闲地飘过头顶，真让人有种撕下一片擦汗的冲动。

穿越黑松林时，不时看到"山东省自然保护区"的警示牌和界碑，这位于"仰天山"境内的原始森林，从"缓冲区"到"核心区"都被保护得完好无损。葱郁的植被如同彩色的地毯伸向远方。蝉鸣，蝶飞，蜂舞。若干年后我们还能够享有这一方净地，何等有幸！终于看到刚劲秀美的石刻草书在云端闪耀，它告诉我们，山顶不远了。

走进据说是新中国成立初期苏联帮助设计的秘密导弹基地，铁箍的高大水泥弧门依然挺立，导弹架却早已荡然无存，此地废弃多年，四周满是灌木、杂草，显得有些荒凉，给人徒留一分遗憾和想象。

如今站在起义军的大本营遗址，放眼望去，群山连绵。当年的勇士已去，但阵阵风声中，似乎又传来了将士们铿锵的练兵声、怒吼声，还有漫山郁郁葱葱的苍松翠柏、花草藤蔓，伴随着英雄抗敌的故事代代相传、生生不息。一枝蓝刺头花儿很合时宜地映入眼帘，它就那样带着刺人的傲骨在风中摇曳，摇曳得那么张狂而得意。它的花语是"老天保佑"。我无端地猜想：它该是唐赛儿的化身吧？即使化作一介花草，唐赛儿也是最独特的那一枝，妖艳、倔强、锋利、不屈，一副傲世的神态，我心中的敬意不觉油然而生。莞尔一笑，我们所走过的或许就是当年唐赛儿曾经的必经之路或与敌人博弈的战场，即使失败了，她也安然无恙地逃脱。此刻她发髻高绾正在前面给我们引路，帮我们踏过荆棘走上坦途。

翻山越岭我们终于到达山顶，那种"一览众山小"的感觉爽极了。只见一层层深浅不一的绿从山顶铺到山脚，玉米、高粱、谷子和各种蔬菜都在自己的一亩三分地上尽着本分，而我忽然觉得自己打破了山的宁静和泉水的歌唱，不由得有些心虚。这也只是我的一闪之念，这崇山峻岭或许正在等待人类的亲近与修葺也说不准。反正我是开心的，它们也应该是快乐的吧，为着在沉寂了几百年后重又热闹喧嚣。

高大的"寿"字又把所有人的目光吸引了过去，尽管没有云门山的"寿"字雄伟高大，但在这近800米的山顶凸显，谁又敢说自己比它更高？大家忘记了疲劳和饥渴，兴致勃勃地聚在一起，与高"寿"相偎合影，内心充满了无比的喜悦，体会着累并快乐的个中滋味。

经过两个半小时的攀缘腾挪，大家依旧活力十足，都想再挑战一下自己的极限，下山时另辟蹊径，不走来时寻常路。

尽管这里已不是当年"一夫当关，万夫莫开"的天险之地，有路可循，验证了鲁迅说的"地上本没有路，走的人多了，也便成了路"的箴言，但要安全顺利地下山也是需要费一番功夫的，俗话说"上山容易下山难"嘛。不过大家还是想体验一把超越自己当回英雄的感觉。于是，一行人穿过"封锁线"一路向西北角进军。没想到道路更加逼仄，一只脚踏过去，另一只脚就没处安放。我走在最前面，弯腰弓背小心翼翼地钻过只容一人的乱石小道。一个趔趄，滑倒在地，不由惊出一身冷汗，屁股火辣辣的，腿也一阵酸疼。我自是不敢言语，路是斜坡，下面杂草乱林丛生，深不可测，把身后的刘丙学老师吓得高喊着问我怎么了。我装作若无其事，大声回应着"没事，没事"，但身体的疼痛度让我知道摔得不轻，好在只是皮肉之苦。越走，越没有人迹所至的样子，很多地方近乎直角，每一步都需试探、踏实、迈脚，甚至坐着滑下陡坡……

知名的不知名的小花在阳光里明艳，给了这狼狈些许的安慰。倏忽间，我竟邂逅了野百合，这让我惊喜万分。它就那样寂静地绽放在这山谷石砾中，即使无人欣赏，也会认真地开放，惊艳属于它的春天。像极了这淳朴的山里人，不管时光老去几何，他们内心的善良依旧，初心依旧。那些草也以自己的韧劲和顽强，不管石缝多么窄小，总能钻出头、挤出身，而后蓬蓬勃勃地生长，有的甚至长到了没膝高。各色各样的蝴蝶始终在身边如影随形，翩翩而舞。眼前是广袤的芦苇荡，没承想在这里还有穿越草原的感觉，但这里又远比草原丰盈。高挑的芦苇、温润的草地、鲜艳的花朵都在自然疯长，那么随心所欲，遵循着一岁一枯荣的自然规律，长成了被人类羡慕又嫉妒的样子。

青州作协会员刘丙学老师"身边的这片芦苇呀，手边的野花儿香"的《九儿》新歌，给了大伙儿一股无形的力量，激励着我们马不停蹄地继续前行。踏进咔咔作响的芦苇荡，身体磕伤划破的地方生疼——这是汗水舔舐伤口的感觉。我为自己的任性和自以为是付出了代价——穿着裙子爬山、滑坡过草地，终是得了一个不小的教训。幸好把高跟鞋换掉，穿上了向导张莉女士朝她母亲借的一双旅游鞋，好歹没有出丑，这是我唯一一次没穿高跟鞋的旅行，也是我在这次旅行中的最明智之举。终于柳暗花明，眼前豁然开朗。我们走出了一条从没人走过的路，且都顺利安全地出山。身边的玉米、谷子都谦卑、礼貌地或招手或低下头，偶尔扯一下我们的衣角抑或碰一下我们的手臂，以示对我们的热情和挽留。回首远眺：千峰叠翠，万木森然，恰如当年的雄兵列阵，那片"草原"上被我们踩出的深深的绿色小路蜿蜒着爬上山顶；近看自己，右手执杖，左手提裙，何等狂野，而眼睛里满是不舍的柔情。一种自豪感油然而生：这多像我们的人生，每一步都须小心踏实，才会有向前的进步；用心喜欢，就会有意外的收获。

一扭身，瞥见一个着粉色上衣灰色裤子的女子飞奔而来，而她背上的女子长发飘飘，她们成了此刻最美的风景。背人的正是我们的向导、这次活动的组织者之一青州作协会员张莉大夫，背上的女子是我的好友爱玲，她早已被感动得泪流满面，哭得一塌糊涂。看到这一幕，我顿感周身热血沸腾：我分明看到穆桂英挂帅的优美身姿，更看到了唐赛儿打马而来。古有巾帼不让须眉、为民除害、为自由而征战沙场的唐赛儿，今有守护家乡绿水青山、开辟新旅游胜地为侠肝义胆代言的张莉。她的无私奉献、热情好客和正直善良不正是孙家岭髻髻寨最亮丽的一张名片吗？正如她自己所说："好难忘一起度过的这个七夕，我们一起翻山越岭穿过草地，在困难面前的团结友爱、意志坚定、互相信任让咱们终于走出了困境。因为有了大家的热爱，孙家岭的灵性才得以释放和张扬，髻髻岭的美丽和魅力才得以展示和被人欣赏！"

游人不断，髻髻寨的故事也在不断续写着情节。山养着人，人护着山。山下的错落民居，家家房前屋后的梧桐槐树，院中的桃杏李柳，与山上天栽野生的花草树木汇合在一起，人气山魂互相滴灌，人声山语相与呢喃。架一畦瓜黄茄紫，栽两株桃红杏白，约三五亲姐热妹，在这天然氧吧浅酌微醺，酒香花语人声皆相宜。人如草木生生不息，卑微而不朽。若不遇见，怎能体会？

正是因为有坚守的村民和无数个"张莉"，用他们独有的方式和热情，宣传、弘扬着家乡的青山绿水、浓厚的风土民情，将自己的山村打造成旅游胜地，才使无数人慕名而来，遇见了刻骨铭心、流连忘返的风景。

鬐鬐岭，一个有传奇故事的地方，一个有风景与温度的地方，一个连空气都是绿色的地方，这一生遇见，终不负最宝贵的时光。

写于 2021 年农历七月初七

原载于《河南文学》杂志，收入本书时有改动。

我家就在岸上住

"一条大河波浪宽,风吹稻花香两岸,我家就在岸上住……"每当听到《我的祖国》这首歌,心情都无比激动,都会热血澎湃,那种为祖国强大而自豪的感情油然而生。自从搬到弥河岸上居住,感触更深。

我与弥河为邻尽管只有 10 个年头,但它却成为流淌在我心头的一首歌,让我百听不厌;是打开于眼前的一幅画,让我不忍释卷;是幸福生活中的一泓清泉,历久弥甜。

随着记忆之路,走进对弥河最初的印象。依稀记得 40 多年前我曾跟随拉沙子的拖拉机来过弥河。那时感觉河面那么宽,水流潺潺,清澈见底。行洪区比河面还要宽。几处地方被开垦取沙,填土种地。每每走过行洪区,就会闻到空中弥漫着的果香。园中鸡鸭成群,田里瓜蔬飘香,树头硕果累累,被弥水浇灌的苹果、黄桃格外香甜,那是大自然馈赠给菜乡寿光人最好的礼物。野鸭在弥河中扎猛子翻跟斗,弥河虾、鲫鱼……欢腾跳跃,满河里光屁股的小小子们与它们进行着 PK,"哈哈""嘎嘎""噗噗"的欢乐之声响彻云霄。

真正对弥河寻根溯源才知道，自己是多么的孤陋寡闻，真是蝉不知雪。原来，弥河不是普通的河，它是我们的母亲河，以遇夏秋之际连日阴雨，洪水溢出河床，弥望无际而得名。弥河古称具水、巨洋水等。弥河的主要支流有五井石河、石河、南阳河、丹河等。主要流域在潍坊市西部，发源于临朐沂山西麓，自南向北贯穿青州，先流向西，折而北，又转东北向，多处曲折，民间传说"弥河九曲十八弯"。而寿光古时汊河多，有"寿光县弥河串"之说。最后至央子港口流入渤海湾。河长为206公里，流域面积达3847.5平方公里。而寿光境内弥河段，是弥河的"龙尾"，蜿蜒盘绕70公里。这"龙尾"一摆，财源滚滚来，寿光自古以来就是风水宝地呢！

《寿光县志》中也有记载，弥河上游一直是山东省的暴雨中心，早在清朝、民国时期，弥河就经常泛滥成灾。中华人民共和国成立后，尽管弥河上下游拦河修建大小水库18座，使洪水得以控制，且变害为利，但涝灾仍有发生。

20世纪70年代末期以后，因为十年九旱，多年缺水，河床露出来，杂草丛生，高过头顶。那些带刺的带钩的使劲撕扯着行人的衣服、羁绊着他们的脚步，河蚌的尸体随处可见。连续的干旱使人们放松了警惕，疏忽了对河道的管理，人们既没有及时清理淤泥，也没有检修损坏的堤坝，甚至把河道开垦成农田，将洪水走廊变成了充斥违章建筑的别墅村和养殖场……

2018年8月的温比亚台风和2019年8月的利奇马台风带来的强降雨，使弥河被暴雨洪水洗劫。当洪水来临，老化的河坝、堵塞的泄洪道不堪一击，溃不成军。洪水如一头发怒的怪兽摧枯拉朽般从南边滚滚而来，曾经温良娴静的弥河变得狂傲不羁，平时不宽的河道被大水充盈得饱满而辽阔，巨浪翻卷，涛声轰鸣，如雷震耳。它们浩浩荡荡、肆无忌惮地侵土略地，所到之处一片狼藉。弥河遭受了 40 年以来的最大重创，人们终于得到了一次大教训，亲眼见识了弥河的破坏性，所有的苦果只能由人类自己吞下。

这毁灭性的一幕让人感到触目惊心，弥河治理已经刻不容缓。习近平总书记在中国共产党第十九次全国代表大会上对"绿水青山就是金山银山""人与自然是生命共同体"的新理念全面系统的阐释，给了寿光治理弥河、修复自然的建设目标。习近平主席在 2021 年 4 月 22 日"领导人气候峰会"上发表题为《共同构建人与自然生命共同体》的讲话，提出要坚持人与自然和谐共生，坚持绿色发展，坚持系统治理，坚持以人为本，坚持多边主义，坚持共同但有区别的责任原则。在此次会议上，习近平主席呼吁国际社会"勇于担当，勠力同心，共同构建人与自然生命共同体"。这是习近平主席站在全人类前途命运高度，秉持对世界人民和子孙后代的责任感，为加强全球环境治理提出的"中国方案"。寿光市委、市政府积极响应，走村进户群策群力开展河地改治工作。两岸百姓期盼着弥河河水不再带来灾荒，而是真正滋润和哺育这一方土地，为两岸的作物和工业生产带来新的生机。这正是寿光老百姓的心愿与希望。在无山少水的平原地带，这一条清凉流动的生生之河，便像一个宝贝似的被寿光广大干部群众放到了心坎上。"保护自然环境，就是保护我们自己！"口号付诸行动，便是美好的到来。弥河水利工程项目采用了 PPP 模式建设，寿光市仅用 4000 万元政府资金，便撬动了 22 亿元社会资本投入，充分实现了政府资本"乘数效应"。

弥河在每一次劫难过后都有一次蜕变,这一次变得更加牢不可破。根据建设生态旅游型城市的规划设想,整个工程包含穿堤涵闸、防浪墙、橡胶坝、堤顶道路、浆砌石护坡、防洪墙、路灯监控等项目。工程对筑坝用的土质量要求很高,要求必须全部是黏性土;40厘米一层,一层一层压上来。在堤坝上,在受水流冲击较大的地域,施工人员用格宾石笼和浆砌石护坡。在弥河分流北行处投巨资建设了控制闸,确保弥河有百利而无一弊。按照50年一遇设计防洪治理标准,整治后的弥河设计防洪流量达到5885立方米每秒,超过原有标准近1000个流量。开工建设的全长10公里的弥河风光带也在紧锣密鼓地向前推进。河坝的坡度是技术人员精准计算过的,既能减缓大水涌来的冲击力,又能像母亲张开的手臂般,拥抱滚滚而来的弥河水。坝坡穿上钢筋铠甲,绿意又在铠甲的缝隙中蓬勃而生,并开出许多花来,如同给弥河着上了漂亮的裙裾。弥河的每一道弯都带着历经坎坷与磨难的包容与迂回的善意,即使洪水再来,也不会横冲直撞伤害到堤坝,不会因冲击力太大而"水漫金山",偷袭田野和村庄。河水就那样不急不缓地潺潺流过,河面的粼粼波光如星子般闪烁。整形美容后的弥河,河道宽阔,顺势而行。这条千年之河(距今4000余年),在勤劳的寿光人民的重建保护下,焕发出勃勃生机,如一位慈爱的母亲,滋养着沿河两岸,滋养着寿光文明、智慧之花,绽放出灿烂的光华,迎来它最美好的时代。

整修后的弥河不仅坚固结实,还极其美丽、迷人。沿着宽阔蜿蜒的河边公路徒步缓行,只见路面整洁一新。南北走向的弥河，经过开挖、疏浚，河面更加宽阔。春风一来，满目葱绿，满地花开。迎春一开，各色的花儿也竞相赶来，红的、紫的、粉的、白的……那个美呀！艳呀！这些花就在眼底、心头漾啊漾地次第开放。花香依然满襟，夏的热情早已拥亭亭玉立的荷入怀，荷在微风细雨中频频招手示好，造就这世间最脱俗的美丽。当蝉鸣停歇、叶黄风凉，丝丝秋雨便随风潜入，告诉人们"一场秋雨一场寒"。赏景的人儿也一个个成了风景，组成一幅流动的画，浓一笔，淡一笔，总是相宜；犹如一笺字，素一笔，润一笔，骨骼清丽。在不同的日子里，弥河有着不同的韵味，让人不由得醉在其中。

一位70多岁的大爷，坐在柳树的树荫里，悠然抛着鱼竿，若有若无的烟圈从他的鼻孔、嘴角挤出来又在风里飘散。身边一个十一二岁的少年扛着竹竿在粘知了，少年应该是大爷的孙子。随意问着大爷收获——我喜欢与这样热爱生活又有闲情逸致的人打招呼。

"收成不咋地，钓了满心的风景和快乐。"大爷一边笑呵呵地答着，一边指着弥河两岸，又指指身边的小水桶。几条鲤鱼、鲫鱼和草鲢鱼随着老人的动作在桶里挣扎着连蹦带跳。老人回过头，轻轻拿起桶，把小鱼一条一条抛到河里，河水被激起小小的浪花，小鱼随即就不见了踪影，只留下些许小圆晕，一圈一圈荡漾开去……

走在弥河岸边，我常常混淆了这碧水蓝天。云在青天水在瓶的感觉蓦地从脑海中升腾而起。白云轻轻来，以河为镜，梳洗打扮，在河里照个倩影，然后又悄悄远去。从不知道天上的云朵竟然有那么多层次！一层轻飘飘走过，还有一层甚至几层就那样静静地立着。它们自己投进弥河的怀抱，孤芳自赏，洁白而温暖。它们如同这里的人守护着弥河，倾听时光流淌的声响，又仿佛大海里涌动的浪花，潮起潮落间去了又来。它们留恋这方水土，如同这方水土养育过的人留恋这个地方。

弥河像极了一本书，越读越有滋味。既是诗歌，如春天般温暖、跳跃、充满生机，又是散文，宛若秋的鲜艳、浪漫、丰盈。它还是小说，像冬的纯洁若雪与坚韧，隐含着不可预知的美好未来。弥河把高潮留给了盛夏，热情、奔放、明艳，这是纪实文学，也是最美画册。弥河两岸灌木丛生，荫翳幽深，早被深绿、浅绿、葱绿所包裹，被或浓或淡的芬芳所浸染。植物的清香，在空气中浮动，呼吸之间，就有了清透与沉醉；花草丛林在四季里轮回繁茂，鸟虫鱼蛙在岸边水中生生不息。弥河岸畔，到处洋溢着勃勃生机，这当然少不了鸟儿们的功劳，它们时而高歌，时而展翅起舞。啾啾嘀嘀，许多麻雀、喜鹊还有不知名的小鸟，从这棵树跳到那棵树，玩得不亦乐乎，日子过得比人更舒心。一只只白鹭的身影在弥河上不断出现，可是易安居士浓睡不消残酒中争渡所惊起的？可是从"花开红树乱莺啼，草长平湖白鹭飞。风日晴和人意好，夕阳箫鼓几船归"的古诗中飞来的？它们正以优雅的姿势或在绿波上怡然自得地飞翔，或单脚独立地临水照影。天蓝云白，林木葱郁，草色连天。一幅静态的油画里，白鹭如一首精巧的诗，羽毛素净，身段纤细，轻扇翅膀划破寂静，让整个画面充满灵气而更显生动。而弥河似是有心之人专为白鹭设计的镜框。寻诗何必去远方？就在我的眼前，河水清澈的蓝跟鹭鸟翩飞的白很是搭调。"水满有时观下鹭，草深无处不鸣蛙"，弥河景致中有了鸟雀、游鱼，便真成一首优美的歌，一幅动态的画了。

日长风静，弥河魅惑得连和暖的太阳也微笑不前。一转身，看到花影就这样平白漏了一地。干脆伸出素臂，让它细细来描一枝花，抑或绘一只鸟。手臂一伸出，竟无意间惊扰了一只斜飞的燕子。更令人惊奇的是它们仿佛同频共振，一只鸟儿飞起，鱼儿也沉下水底，小野鸭也嘎嘎划动"双桨"远去。

我家与弥河只隔一条金海路，自来此住我就迷上了夜晚逛弥河，还总有几分微微出神。月亮提灯，把影子拉得老长。近满的月亮一升起，就开始如小孩子般和我们捉迷藏：一会儿泊在云里，一会儿倚在白蜡抑或高大的挂满凌霄花的悬铃木枝上，一会儿又躺在河面上。沐浴着尘世的皎洁月光，就这样去做甜蜜的事：浇花、写诗或者念及远方。盛夏的夜，酷暑难耐，先生喜欢到弥河桥下纳凉，去得早了还有可坐可躺的地方，那是河道护理工们白天歇凉的蒲席、桌子。这里有天然的"空调"，享受着凉风习习，倾听着蝉声阵阵，蒲扇轻摇，驱赶着来这凑热闹、观棋阵的蚊虫们。月光透过犹如纱窗的叶缝轻薄而洒，虫声新透，弥河东岸牡丹园里京剧票友们或浑厚有力或细腻婉转的唱腔不时传来。蓦地，一阵银铃般的欢笑声随风而来，孩子们正如小鸟般"飞"来"飞"去，笑声脆远，美若天籁。

弥河，寿光的骄傲之河，在寿光人民勤劳且富有智慧的装扮下，以崭新的面目出现在世人面前，终成宛若江南的秀美小桥流水之景。月色下，两座竣工不久的弥河大桥霓虹闪烁，光彩迷人。看弥河西岸一枝两枝花影扶疏，听弥河东畔三群四群夏虫抚琴，桥上的游人伴着蝉鸣与虫吟而翩翩起舞，这夜色太诱人，菜都寿光哪还有小家碧玉之姿？分明就是大家闺秀嘛！

弥河湿地、弥河爱情公园成了寿光的一张张名片，而弥河金光大桥也成为网红打卡之地。

鸟儿花儿也是恋旧的吧，要不那么多的喜鹊、白鹭还有各色各样的花儿，在弥河的劫难里销声匿迹后，为何又在弥河的重生里接踵而来？起舞的翩翩，嫩绿的丛生，它们焕发出勃勃生机，去了又来，绿了又红，好不热闹。这才是弥河一族该有的模样。终于欣喜地看到天、物、人合一的愿景实现，走进植物深处，植物们渐渐放下了它们的警惕之心，慢慢地原谅了人类曾经对它们做过的恶事。两岸绿起来，花儿姹紫嫣红。健康跑道更成了人们锻炼身体的好去处。这里是天然氧吧，这里风清月朗，这里不仅有年轻人，也有老人和儿童。路上车辆如一条长长的龙伸向远方，有的人甚至驱车二三十里地，就为来听潺潺的流水声、鼓点舞步声、抡鞭啪啪声，更多的是来听人语欢笑声。弥河水的伴奏时而舒缓，时而急促，时而低沉，时而高亢，时而窄，时而宽……让人沉迷与陶醉。

弥河剧变，原来的滩涂、逼仄的河道已换新貌，它是绿水青山中的一枚小小珍珠，在菜乡大浪潮头璀璨；宛若一条银龙，带给家乡人民无尽的美丽与富饶。不由得吟唱一首弥河美好时代的心底之歌："我家住在弥河岸，菜乡是我美丽的家园。风吹弥河柳，花映菜博园；菜美四海香，果鲜五洲甜；瓜茄带花椒带露，梨枣葡萄圆又圆；风儿掀起大棚帘，飞出歌声一串串。百里芦苇滩，十里荷花淀；船在水上漂，人在画中钻；虾大蟹肥鱼儿鲜，花红荷绿蜓戏莲；钩儿顺风飘下水，钓出笑声一串串。千里大海滩，工农齐发展；盐池方如镜，棉田望无边；盐如珍珠堆成山，棉似锦绣铺满滩；天上大雁快传信，邀你看遍弥河岸畔的绿浪翻滚金银山。”

　　你若到来，弥河定不负你的期待和深情！必以博大的胸怀对你温柔以待，弥河甜瓜、黄桃及弥河鱼虾管够！朋友，启程吧，还等什么呢？

写于 2021 年 7 月 18 日

　　原载于《绿叶》杂志，收入本书时有改动。

相遇而安

蛇，俗称"长虫"，雅号"小龙"。想想，我与它还是挺有缘的。

初识蛇的时候我并不认识蛇，那时既没电视又没手机，所认知的事物大都是经由长辈口口相传。少时我和伙伴们都是被散养的，白天几乎不着家，逮个蛐蛐，捕个蚂蚱，捉只蜻蜓，玩得乐不思蜀。我曾抓着一条小青蛇当作泥鳅跑回家，向母亲炫耀说所有的小伙伴儿都抢不过我，最后小蛇归我。记得母亲当时大惊失色，脸变得煞白，说话都变成了颤音——母亲很胆小，到现在也是。胆小的母亲一把夺过小蛇，扔在地上。实际上那条小蛇早被我攥了个半死——我怕它跑掉，用力过大了。

母亲开始数落我、吓唬我，说大蛇是有灵性的，人碰不得，以后见了，要躲得远远的。我第一次见母亲这么声嘶力竭。她怕我不信，还非给我讲个故事。看我吓得瑟瑟的样子，母亲把我拉到怀里说："好了，以后你别惹它就行。"不知道是真有其事，还是母亲为了警醒我而编的故事。反正那蛇的样子牢牢地印在了心上，从此我也便落下了谈蛇色变的毛病。

后来慢慢长大，长到能上坡挖菜拔草，也就常遇到这种身体圆而细长的爬行动物，每次都被吓得心惊肉跳。好在我们这里的蛇都没有毒，就是看着瘆得慌，让人有种莫名的恐惧感。

长大后，帮父母干活儿的时候就多了起来，遇到蛇的概率也便增加。正如俗话说的"怕啥来啥"。浇地，是农活里最普通的一件，我往往如临大敌。我耳朵特灵，无意间听到唰唰的声音，一扭头，就见一条蛇正扭着细腰，慢条斯理钻到对面的麦垄里，我惊魂未定，水的哗啦声也会令我心惊胆战。特别是捆麦子或者捆玉米叶、玉米秸的时候，不到万不得已，我是不干这活儿的。拿根麦秸，手一伸，就会抓一把"冰冰"。呀的一声，父母还没反应过来，我已跑出老远，心跳到了嗓子眼儿，蛇也在我的注视中"飞"出老远。每到这时，父亲就责怪母亲，说她给我吓破了胆。我就替母亲争辩，真不是这样的，除了怕蛇，我再没有害怕过别的东西，是蛇本身给了我恐惧。父亲递给我一把镰刀，让我先敲打几下，再慢慢把要捆的东西用镰刀钩个翻身。奇怪的是一家人除了我谁都碰不到蛇，自从用了镰刀以后我也不曾再碰到。难道我身上还保留着小时候那条小蛇的气味，要不怎么只有我自己看得见？或者，别人忽略的东西我太过在意，它才会走进我的视野？以后每次去田里干活儿，我都会捎带根木棍，对堆积的东西敲敲打打，口里念念有词，无非是祈愿不会有蛇忽然钻出来的自言自语。

记忆最深的是工作的第三年，我在外村教书，有一天傍晚放学我骑车往回走，夕阳西下，晚霞染红了半边天，真是美极了。轻风拂着脸颊，舒服又惬意，我心里美美地哼唱着"我们的生活充满阳光"，把车子蹬得飞快。村庄已在眼前，炊烟在树梢间缥缈盘旋，如油画般美丽。忽然，我听到了随着车轮的转动而发出的"噼里啪啦"的声响，车子也仿佛比刚才沉了些许，蹬起来不那么顺畅。我低头一看，"哎呀妈呀"，一条红花大蛇正盘踞在前轮车辐上，随着车轮的转动而转动，我的心一下子提到了嗓子眼儿，腿脚也变得毫无力气，左手撒把，右手掌握着平衡，磕磕绊绊跳下车来，车子很自然地倒向了左边。这条蛇什么时候跑到我的车轮上的？我一点儿也没有觉察到。大概是在我忘乎所以地唱歌的时候吧？也许是在我眼睛盯着老家的时候吧？我无从知道。我站在远处，等它慢慢地把自己卸下来。我是断断不会上去帮忙的，它大概也不希望我过去帮它的忙。等它完全把自己解开，依稀记得它左右张望了一会儿，似乎还看了看我。现在想来，也许它只是活动活动筋骨而已。它又顺着我来时的路往回走，不慌不忙地，土路上它轧出的一道花纹印子弯弯曲曲伸向远处。它最后消失在路旁的河沟里，也不知道有没有受伤。

结婚第三年，我们终于搬到了新建的房子里生活，也终于拥有了属于自己的家。先生常常上夜班，这对于我是再平常不过的事。有段时间我总会听到敲窗户的声音，不大，但足以听见，细听，仿佛又没有，也不确定在哪里响。当那种啪啪的声音再响起来时，我怀着忐忑硬壮着胆走过去，顿时像被定住一般一动不能动，我用双手捂住了嘴，怕叫声吓醒只有一岁的儿子。我看见一条小尾巴探出槽板，左右甩着，发出瘆人的声音。原来是一条小花蛇被槽板夹住了，它一直在挣扎，不用说，这几天敲窗户的声音就是它在作怪了。一夜无眠，等先生回来，把它处理了，心才算安下。

　　先生是个非常勤快的人，他觉得倒班在家的那些大白天都浪费了，于是就种起了蘑菇。蘑菇沟就在我们墙外边的空闲地上，先生管理细致，所以我家的蘑菇很热销，总有人抢着买。每到周末，我一天会往墙外看好几次，倒不是怕蘑菇被偷，而是怕调皮的小孩子把覆盖的薄膜弄破了，漏风太多影响产量。

　　春天的风照旧有了几分暖意，也到了蘑菇大量上市的时候。我照例站到窗前往墙头外望去，竟看到一条胳膊粗的大蛇正侧棱着身子晒太阳呢！蛰伏了一冬的它，自知春暖花开，比我们人类都敏感。只见它半青着身子半白着肚皮，肚皮一格一格的，似乎一动不动。如果不是那小尾巴泄了密，我都看不出那是个活物，其他看到的人也会以为是根闲木躺在那里。我从不知道蛇还会这样晒太阳，还会选择这么幽静没人打搅的地方。我心里紧紧的：它会不会爬过墙头来？自从见到这条大青蛇，我就算落下了病，一天往外看无数遍，怕看见它，又希望它在——至少知道它在哪儿。奇怪的是它自此再也没有出现过。这也就证实我那天的判断是对的，它只不过是出来晒太阳恰巧被我碰到了而已。它就像鲁迅先生笔下的美女蛇一样时常出现在我的梦里吓我一跳，美女却不曾入梦。一到晚上，我就不由自主地望向墙头——从没有美女蛇光临。只是风吹树影乱摇曳，我也会被自己惊出一身冷汗。直到邻居在他家墙根逮住一条大青蛇，看颜色和长度我确认它就是在我家蘑菇沟边晒太阳的那条。它足有 10 多斤重，装了大半个蛇皮袋子。最后邻居用小车把它推到野外放生了事。

　　被放生的大青蛇应该过上了自己想要的生活吧？我的心也彻底放安稳了。它再也没来打搅过我的清梦。正如母亲所说，不仅是蛇，世间万物都是有灵性的，它们都按各自的习性生存繁衍，与这个世界友好相处。花草树木在四季里轮回繁茂，鸟虫鱼兽在岁月中生生不息。我们若不动它们，这世上万物便可各自安好；如若伤害了它们，人类也会陷入危机。与自然和解，与动物重修旧好，我们便会迎来人间最美的时节。如是，我甚欢喜！

写于 2020 年 3 月 18 日

时光清浅，岁月留痕（后记）

　　在那些写文的日子里，我常常站在窗边的镜子前凝视自己，阳光温暖地照进来，我的脸上竟有了些许的柔美与温婉。我从不在人前、在镜子里审视自己，我怕赤裸裸的丑陋惊到自己。一直觉得自己是不好看的，但此刻，我就想用轻轻浅浅的文字，真实地与自己对视，让自己在良善中继续前行。

　　打开时间的画卷，那些最初随心涂抹的文字，竟让我泪眼模糊，即使已记不清当时写这些文章的心情。算来写文也将近三十年的时间了，在此之前，写这些东西是没有什么目的和计划的。我从来没有想过我会这样痴迷上文字，就算戴了老花镜也依旧喜欢爬格子。先前，我是偶尔会写写日记的，也喜欢读书。读书，也仅仅是读当时比较出名的几位女作家的作品，像岑凯伦、三毛、琼瑶等，尤其喜欢琼瑶，她的小说我几乎全都拜读过，尽管现在记住的情节寥寥无几，但那时我对她小说的迷恋程度甚至超过了热恋。我常常被那些缠绵悱恻的情感故事纠缠得彻夜不眠，记得有一次读完《金盏花》，已是凌晨四点，而且那时我已是两个孩子的妈妈，真可谓痴狂。我还曾经以琼瑶

221

所有作品的名字写过一首诗歌，不可不说是喜爱到了极致。等读到三毛的《撒哈拉的故事》后，我又无可救药地爱上了三毛！她富有魅力的气质，她说走就走的洒脱，她对荷西的一往情深，她对生活、对生命的独特理解与诠释，都浸透到了我的骨子里。只是我没有料想到，她会以那样决绝的方式结束自己花儿一样的生命，一个不平凡的女子到底还是做了一个最平凡人绝望时的选择。我曾为她写过一首悼念诗，只可惜遗失了，为此我忧心了很长一段时间，怪自己不够在意。我从不敢张扬，总以低调的姿态审视我的文字，因我是不折不扣的"草根"，即使到现在，写出的文字依旧浮浅，只不过是小女子的小情怀罢了。所以，我依然是原来的我，只是学会了沉思，学会了安静，习惯了独处。我清楚地知道，我是如此真实地活着。

一篇令人耳目一新的《哦，香雪》让我眼前一亮，从此知道了铁凝——现中国作家协会主席。那篇《爱，是不能忘记的》，赚了我大把的眼泪，从此我喜欢上了张洁以及她的文字。之后又读了迟子建等人的文章，清一色的女作家。

我自以为有个很好的读书习惯，那就是边读边记。最好能够诵读那些好的句子、段落，熟到融入血液，这对写作非常有益。

慢慢地，我喜欢上了爬格子，即使在电子产品泛滥的今天，比如电脑、手机……我依旧喜欢把自己的喜怒哀乐愁、所见所闻所想借助笔端流露出来，这些算不得俊秀的文字成了我一份无比珍贵的精神财富，每次翻阅，心底都会涌起感动之情。那些与生命故事有关的文字有着鲜活的生命，即使岁月逝去，依旧在那里熠熠生辉。我从不敢把自己与文人联系在一起，不敢对别人说我喜欢自己的文字，但我的确是喜欢的。

其实很年轻的时候——十七八岁，刚参加工作那会儿，我写过几首歪歪扭扭的小诗。确切说应该更早，早到高中时就给那个自己喜欢的邻村男孩写过几首热辣辣的情诗。尽管不知道他是否看到过——由同学代交，而今，却再也写不出那么真、那么纯的文字了，这大概与年龄有关吧。也曾经做过灰姑娘遇到白马王子的美梦，但梦想很丰满，现实却很骨感！我还没好好品尝青春的味道，青春的大门就悄然关闭了。仿佛转眼间就到了谈婚论嫁的年龄，在自由恋爱无疾而终后，我很现实地选择了嫁给兄弟姐妹多的夫君。我如同所有已婚的女子一样，把整个身心都放到了这个新家上。当两个儿子相继降临，他们便成了我整个世界全部的天空。看着孩子们慢慢地长大，我的心里满满的很充实。那样的日子其实很漫长，我分不清是享受还是煎熬，只盼望岁月老去，孩子们成家立业，我可以斜倚在轩窗里，看彩霞满天、夕阳西下，听鸟语虫鸣、叶落花开。我想，这大概是每个女子的愿望吧！我感觉自己真有点俗不可耐。

当儿子们真的成家立业后，忽然间，我感觉心里空落落的无所依靠，失落得很，竟不知道存在的意义了。

家的天空依旧蔚蓝，我的角色却发生了根本性的变化，老两口就那样天天大眼瞪小眼，曾经以为的劳累，如今却变成了祈求不来的温暖与热闹。

重拾旧爱——把书籍放置案头，或王宗仁的纪实文集《青藏线》，或迟子建的《清水洗尘》，或路遥的《平凡的世界》……感觉又有了归属感。那些带着温度的文字又在心底舒枝展叶，把我的心熨烫得妥妥帖帖，舒服极了。

已经不记得什么时候哪篇文章最早得了铅的温润，登上了大雅之堂——《寿光日报》，但内心确实得到了鼓励，让我对文字的喜爱之心也温润了起来，且一发而不可收。我先后在各大报纸杂志发表的文章有百余篇，结集文稿六部（两部诗集四部散文集），合计六十多万字。这有书可读、有文可书的日子浪漫而富有激情，令人感觉惬意极了！

今天，我的外表看似强悍，但内心却变得更加安静。这种安静来自内心的平静，来自更加清醒地知道自己是谁。尽管没有漂亮的容貌，但如今已经知道要穿什么样的衣服才会美丽一些。此刻，打量着镜子里的自己，我有点窃喜，年轻的时候都没有觉得自己漂亮过，现在居然有一点点美了。瞧那细眯眯的眼睛，瞧那微微上扬的嘴唇，瞧那掩饰不住的微笑。尽管细密的皱纹早已爬上眼角，皮肤开始松弛，但那又有什么关系呢？我是快乐的，正在做着自己喜欢的事情，我一直在写作的路上，并且是愉快的！

我承认，我成熟得很晚，但在文字的浸润里，我感觉自己忽然之间成熟了，不过依旧应该感谢那些在浑浑噩噩的日子里保留下来的初心，让我在成熟的季节里还可以保有那一份纯真。我要在这样的季节，为自己写一部成年人的童话，还原我想要的天空，活成自己喜欢的模样，浅笑、安逸、良善，载一缕花香远行，让曾经的梦想在成熟的季节里重新生长一次。

修改于 2022 年 3 月 22 日

师范大学文学院中国散文研究中心 · 推荐

当代散文新作荐读文丛

王海峰 主编

风景在指尖起舞

李艾香

著

 山东友谊出版社 · 济南

图书在版编目（CIP）数据

风景在指尖起舞 / 李艾香著 . —— 济南：山东友谊
出版社 , 2023.10
（当代散文新作荐读文丛）
ISBN 978-7-5516-2787-0

Ⅰ . ①风… Ⅱ . ①李… Ⅲ . ①散文集 - 中国 - 当代
Ⅳ . ① I267

中国版本图书馆 CIP 数据核字 (2023) 第 150152 号

当代散文新作荐读文丛 · 风景在指尖起舞
DANGDAI SANWEN XINZUO JIANDU WENCONG ·
FENGJING ZAI ZHIJIAN QIWU

责任编辑：赵　锐
装帧设计：于晨虹

主管单位：山东出版传媒股份有限公司
出版发行：山东友谊出版社
　　　　　地址：济南市英雄山路 189 号　邮政编码：250002
　　　　　电话：出版管理部（0531）82098756
　　　　　　　　发行综合部（0531）82705187
　　　　　网址：www.sdyouyi.com.cn
印　　刷：济南精致印务有限公司

开本：880 mm × 1230 mm　1/32
印张：57.75　　　　　　　　字数：1355 千字
版次：2023 年 10 月第 1 次印刷　印次：2023 年 10 月第 1 次印刷
定价：298.00 元（全 8 册）

写在前面的话

黄昏，习惯了坐在河边，望着天上或淡或浓的云霞，独享夕阳沉落天际后的那份静谧。

转瞬半个世纪过去，阑珊天色下，还没来得及对远去的日子挥手作别，就被当下的红尘淹没。

今时，无须担心有谁干涉肆意滋长的心绪，可冥冥之中，就是感觉幸福的日子里，某种东西怎么也找不到了。

时针走得真快。我忽然觉得生命的时钟不是停在终点，而是停在零点——这个无穷轮回的界点。我知道，历史会进步，文明会发展，路会越走越长；我也知道，生活没有结局，有些故事，总会随时间的推移而延续，有些人，也总会随时间的流逝而成为永恒的记忆。

我或许不是描绘风景的人，可作为看客，我不可能也不会忘记，那些画面里的主角。有人说，"50后""60后"苦，真那么苦吗？我不敢苟同，反倒觉得，正是那些苦痛的磨砺，才真正让人从稚嫩走向成熟，从无知走向睿智，从柔弱走向刚强，从动摇走向坚定。在磨砺中，或许心中的伤痕永不痊愈，或许品尝过的苦痛永难忘怀，但不管有多少"或许"，如若细品，我们便会发现今天的圆滑，很难换回曾经的简单、淳朴、无私和大度。

因此，我一直渴望儿时那片湛蓝的天空，极力寻找那澄澈的溪水、淳朴的民风、返璞归真的境界。心中有了执念，几十年来，便会将儿时记忆串在一起。有人不理解，甚至家人脸上也写满问号："时代不是在变迁吗？'苟日新，日日新，又日新'，商汤王尚知在澡盆上刻这铭文，你莫非还想回到从前？过去了就是过去了，有什么可留恋的？"

我淡然一笑，也只能淡然一笑。俗话说，未经他人事，莫论他人非。既然知晓商汤澡盆上的铭文，那么村头的那棵老树，老枝上挂着的故事，我们也应该知晓一些吧？

每个人的意识一如掌纹，没有雷同。意识可以构成自己的领域，在这方领域，宇宙是自己的，世界是自己的。他人的领域，我不知，亦不妄论，所以，也就无权去苛求。

儿时记忆，是一道明洁、单纯、良善、诗意、美好的风景，我一直寻求的，是绘就风景的那份执着。

目　录

儿时的天空

生命的源

月是故乡明

与生活对话

指尖下的艺术

风华永驻

儿时的天空

儿时的天空

一直不曾忘却儿时的天空。

抬头,湛蓝湛蓝的,云朵儿神奇地变幻。天空下,草永远割不完,蝈蝈儿也永远捉不完。池塘里满是小鱼、小虾、小泥鳅,还有无数小蝌蚪。

微风吹拂,门口的石墩上,春夏秋冬,一直都会摆着粗糙的碗筷。午夜,安静得只能听见自己的呼吸声,偶尔还有蟋蟀的歌声。院门要么四敞,要么虚掩,卧房的门闩用来阻挡小动物们的侵扰,绝不是防人。

生产队的起床铃一年四季都是清晨五点半响。老树上的大铜钟一响,凡扛得动锄头之类农具的,就急慌慌地往村头赶。片刻,老树下,吵吵嚷嚷,嘻嘻哈哈,李哥穿了媳妇的袜子,张哥被老婆抱着推碾棍打出家门,王家婆婆跟儿媳妇干仗……各种声音,组成一曲古老而又现实的交响乐。忙碌但开心的一天,就这样拉开了序幕。

分工、开会、学习、听广播,都在老树下,以钟声为令;听书、唱曲儿、说段子,也在老树下,没有时间限制,也没有人员限制,随心所欲。

最红火的不是过年而是秋收。掰棒子、扦谷子、砍高粱秆、轧豆子、刨地瓜、砸坷垃、摘棉花,从秋分到霜降,忙忙活活,说起来挺辛苦,但每个人的脸上都放着红光。那红光,是知足也是希望。

若论人生中最明净的记忆,莫过于秋收。队长说,明天要把西南洼的五十亩高粱收了。翌日一早,老少爷儿们拿着镰刀和铁剪到了地头,却见高粱秸整整齐齐地躺在地上,火红的高粱头成堆成堆的。所有人心里都热乎乎的,老队长激动地抹了几把泪。那片地地势低洼,老少爷儿们上下不方便,青年突击队趁着月明星稀,将五十亩高粱连夜收完。

那天空,那野性,那淳朴,印在我的心间,渗入我的骨髓。

儿时的天空明洁淳美,是诗与画,更是希冀!

人之初

"人之初，性本善。性相近，习相远……"曾祖父刚把这句话强行灌进我的左耳，它立即化作一股清风，从右耳飘出。

"太爷爷，我要听孙猴子！"

我乞求的双眼，让说了大半辈子评书的曾祖父，无奈地摇头："孺子不可教也！"

孺子可不可教与我无关，我就是要听我想听的故事。

"背书，背会一段，奖励一个故事！"曾祖父声色俱厉。

"人之初，性本善……"我不能也没办法任性。我在娘跟前一哭二闹三打滚，想得到的就能得到；但在曾祖父面前，我只能做乖乖女，不然，听故事就成了竹篮打水一场空。

我《三字经》还没有背完，曾祖父就去世了。

没有了曾祖父的故事做诱饵，蕴藏在血管里的野性，让我很快成为一条游移在淤泥中的泥鳅、一只穿行于田间地头的刺猬。这是娘的原话，大抵是我如泥鳅般滑腻，让她抓不到，抓到了又若刺猬般扎得她很疼。

我不知道什么叫顾及别人的感受，一味我行我素，就算娘的话也不听。我在我的天空中，随心所欲地翱翔；我在我的世界里，肆无忌惮地驰骋。我不会承颜，自然也不会候色。曾祖母和祖母的百般呵护，我不领情；姑姑的淑女之道，更是与我无关。就算她们强行将我留在身边，我也会借着上茅厕的机会逃走。除了曾祖父，没人能降得住我！我奉行的是曾祖父评书里英雄好汉的做人原则：我的天下我做主。

伯父、伯母、叔叔、婶婶、大姑娘、小媳妇们都是日出而作，日落而息，我则日出而游，日落也不回家。尽管只有六岁，一早起来，我扒土坑、钻柴垛、逮蝌蚪、捉蛐蛐、撵鸭子、骑猪、上墙、爬树……娘拎着我的耳朵回到家，除了眼珠子，我的身上再没有一处干净的地方。

"去洗脸，洗不干净就别想吃饭！"娘举着烧火棍，在我头顶比画。

我老老实实去洗，但并不是怕烧火棍。我知道那东西不会落下来，就算真的要落下来了，没等碰到我的发梢，我便哧溜一下从娘腋下钻跑，一眨眼蹿出三丈远。

娘拿我没招，逮住机会，就把我推到曾祖母的屋里，咬牙切齿地说："再敢迈出家门半步，就打断你的腿！"

为防止我早起，爹把能活动的木门槛换成了混凝土的。道高一尺魔高一丈，只要听到锁门的声音，我便立刻从床上跳下来，拿出早就藏好的劈柴斧，一点一点，像老鼠啃木箱似的磕水泥。我娘实在没辙，索性让我跟着下洼（田地）了。任我一个人满街乱跑，她不放心。

生产队一年四季有干不完的活儿：春天耕种，夏天管理，秋天收获，冬天灌溉储肥。活儿干不完，并不是因为农活有多么繁重，而是因为大家干活儿的时间没有闲扯的时间多。一会儿这个跑茅厕，一会儿那个回家奶孩子，一会儿大家扎堆斗嘴动粗。

男人们虽然有力气，但是干起活儿来始终被女人落下一大截。我不知道男人们是有意让着女人，还是怕干快了队长再额外分派任务。

三个女人一台戏，一帮子女人上演的大戏，你看都看不过来。笑声骂声在田间地头此起彼伏。

女人们的话题除了生孩子、做饭、管男人、跟婆婆干仗，还是生孩子、做饭、管男人、跟婆婆干仗。我听都听腻了，噘着嘴嘟囔："头发长见识短，真没劲！"

"哟呵，你这芝麻粒大点儿的丫头片子，也懂得头发长？等明儿个给你找个恶婆婆，你就知道啥叫有劲没劲了。"绣花婶是我的死敌，我说一句话，她会用十句话把我呛死。

我恶狠狠地瞪她两眼，在心里说："等着，我会让你见识见识本姑娘的撒手锏的！"

机会说来就来了。

"大嫂，你的裤子脏了。"文静的新媳妇对绣花婶说。

"你们谁带纸了？我光顾着赶点儿，出门时把准备好的忘在被窝里了。"绣花婶尴尬地问大家。

女人们相互看了看，摇头。

"我有报纸，你不怕有味就行。"隔壁家的红霞姐姐说。

"有纸就行，管它有味没味的。"绣花婶一把抢过红霞姐姐手里的报纸，心急火燎地往地头的茅厕跑去。

我支着耳朵听了半天，没听懂啥意思。绣花婶头脚走，我后脚就跟了上去。娘喊了一声："你咋去？回来！"我装没听见。

绣花婶进了茅厕，我就趴在门口往里瞧。血！

我吓了一跳，哧溜跑回女人窝里，很神秘地跟她们说："绣花婶流血啦。"女人们先是一怔，随即哈哈大笑。娘一把把我拽过去，拿手指往我大腿上一伸，拧了我一下。

绣花婶听到女人们的笑声，也明白了咋回事，冲着我娘呵斥："下地干活儿也带着一个扫把星，你就不怕把她熏坏了？"

一个男人哈哈大笑。

有气没处撒的绣花婶大喝一声："收拾他！"随即，一群小媳妇朝那个男人冲过去，扯胳膊的，拽腿的，抱头的……

我刚要跑过去看个究竟，被娘一把拽住："回家！跟我回家！"

娘拽着我走得像飞。很快，哄笑声就被空气隔远了。

娘一口气把我拽回家，怕我再跑，用一条麻绳，将我拴在了曾祖母屋里的八仙桌腿上。

曾祖母心疼我，呵斥我娘："一个小屁孩子，你就这么狠心？"

"不下狠心，依着她的性子长，不定长出一个狗样猫样呢！你不用管她，她要是喊尿，就让她尿在裤子里，大不了我多洗几水，我就不信勒不正她！"听这凶巴巴的口气，我知道，娘这次是真的下了狠心。

我号啕了一阵，嗓子哑了。曾祖母到底心软，我娘一离开，她便把绳子解开了："在家老老实实待着，要不，你娘就把你锁在屋里……"

曾祖母话还没说完，我哧溜一下，撒丫子便跑。曾祖母颠着一双小脚撵了一阵，被我甩了二里地。老人家气得跺脚大骂："你这个白眼儿狼，你娘就是把你打死，我也不管了！"

可我充耳不闻，一个人往姥姥家跑去。刚踏上南大坑一旁的羊肠小道，就听到大坑里有人高声喊："小屁孩，上哪去？下来，叫爹，就给你烤鱼吃。"

我以为他们是叫我，循声看过去，只见浅水里有三个"光屁股"在泼水捉鱼。我认得这三个"熊孩子"，都是我家邻居，比我大两岁。我发现，他们的目光没有落在我身上，而是看向我身后。我扭过头，见不远处有一个穿花裙子、扎两个羊角辫的小女孩。小女孩正巴巴地看着三个"光屁股"。

这小女孩我也认得，她是堂爷爷的外孙女，城里人，长得俊，穿得也美，特别是她的花裙子，非常扎眼。

她的花裙子确实好看，风一吹，飘啊飘的，像只花蝴蝶。我都看呆了，那三个"光屁股"喊她下去吃烤鱼，也不奇怪。

"花裙子"没有动，这让"光屁股"很没面子。一个胖墩说："喂，你聋了？叫你呢！快下来，不下，就让你给我当媳妇。"

"也给我当媳妇。"

"给我当媳妇！"

三个"光屁股"争了起来，争着争着就往岸上跑。胖墩笨拙，走起路来，一跛一跛的，像鸭子；瘦猴跑得特快，第一个抓住了"花裙子"的手。

"哦哦哦，是我媳妇，我媳妇了！"

"花裙子"哪见过这阵势，吓哭了。

这一下，把我惹怒了。我可是曾祖父故事里的女侠客。女侠客行侠仗义，路见不平就会拔刀相助。于是，我二话没说，捡起路边的一块小石头，猛力朝瘦猴砸了过去。

石块不偏不倚地落在了瘦猴的背上。瘦猴疼得嗷嗷大叫，在地上直转圈。胖墩冲上来，一把拽住了我的羊角辫。我疼得一龇牙，身子一缩，抓住了胖墩的胳膊，咔嚓一口，咬住。我是拼了命地咬，打着哆嗦地咬。胖墩哪承受得了我的两只小虎牙，手一松，抱着血淋淋的胳膊，躺在地上打着滚哭。

三个"光屁股"伤了两个，剩下一个也不敢张狂了，看着两个嗷嗷叫的伙伴，傻了眼。

"还不回家向你姥爷告状去！"我推了推吓呆了的"花裙子"。

"花裙子"跑了，我也朝姥姥家猛跑。

我一口气跑进了南大坑尽头的一片坟地。许是慌不择路，我被一个坟堆绊了一下，趔趄了几下，栽在了坟头上。栽了个嘴啃泥不说，额上还起了拳头大的一个包。我顾不得疼痛，更顾不得擦去嘴上的泥土，爬起来继续跑。

娘收工回到家，见院子里站着一群人。人群中间，有两个女人，她们各自扯着一个男孩。一个男孩后背上顶着一大片淤青和血印子，一个男孩胳膊上留着一圈牙印。

娘一看这阵势，便猜到是我惹了祸，人家找上门，兴师问罪来了。

娘也不是好脾气，举起大扫帚就轰："大家伙儿都来评评理，这俩男孩子都比俺闺女大，个头也比俺闺女高。你们寻思寻思，俺闺女一个打两个，能信吗？说到问罪，我还没去找你们呢。俺闺女到现在连个人影都没见，说不定给你们暗害了，你们恶人先告状！如果俺闺女天黑之前回不了家，俺就去公安局告你们，你们在家等着吧！"

一听这话，两个准备找我娘算账的女人，立刻蔫了，拉着自己的儿子，灰溜溜跑了。一院子想看热闹的人，也失望地散去。

娘听说我是沿着南大坑跑的，就猜到了我的去向。她赶到姥姥家，将我从床底下硬拽了出来："我上辈子作了什么孽，生下你这么一个不省心的讨债鬼！"娘气得一边抹眼泪，一边上上下下检查我的身体。看到我额头上的大青包，她也不哭了，心疼地问："疼吗？"

"不疼！"我怯怯地说，"他们欺负'花裙子'，我才打他们的。娘，花裙子好好看。"

"你要是听话，娘也给你做。"娘摸着我的大青包，背着我回了家。

为了穿上花裙子，我还真就变成乖乖女了，老老实实吃饭，老老实实睡觉，再不满大街跑，只在门外的胡同里玩。

没想到，我在门口也玩出了祸事。

我和邻家几个孩子捉迷藏，二奶奶的小孙子与大婶子家的小儿子，两个人钻进了玉米秸秆堆里藏了起来。我们一时没找到，也就不管他们了，他们两个也把我们给丢到了一边。二奶奶的小孙子身上带着火柴，他们就在秸秆堆里玩起了火。

三点两点的，火势就大了，他们吓坏了，竟然不知道该朝外跑，而是往秸秆堆深处钻。

正是初冬，天干物燥，还呼呼地刮着西北风。火借风势，很快，火苗子蹿得比树梢还高。

见他们吓得嗷嗷叫，我们赶快把二奶奶喊了来。二奶奶一见火那么大，一屁股坐在地上，大哭起来。

我也不知道咋想的，见二奶奶光知道哭，气得一头就钻进了火堆里，把他们拽了出来。二人获救了，我的眉毛和头发却没有了。娘知道了原委，抱着我直流泪："你个傻闺女，大人都不敢救，你逞哪门子的能，万一你出不来了咋办？"

我嘿嘿傻笑，伸手去抹娘脸上的泪。

任岁月荏苒，书声依旧

"道德三皇五帝，功名夏后商周。英雄五霸闹春秋，顷刻兴亡过手。青史几行名姓，北邙无数荒丘。前人田地后人收，说甚龙争虎斗……"

曾祖父的说书开场白，是故事的题眼，也是开启我幼小心智的灵丹妙药，我会在十分钟内咀嚼、消化，翌日一早贩卖给我的同龄伙伴，换回他们一大把的爆米花和一大串的山药豆，再或者，换回一大片为维护我而冲向对家的拳头。看着仰望我的一双双稚嫩的眼睛，我很骄傲，很威武，很有点儿鹤立鸡群的样儿。

就像小伙伴仰望我一样，我仰望我的曾祖父。他是我头顶上最亮的那颗星，我是他至死不渝的"粉丝"。我侥幸可以肆无忌惮地偎依他，我荣幸能得到他无边的宠溺。

曾祖父年逾古稀，个子很高，清瘦清瘦的，短发、雪白的山羊胡、藏青色的长衫，文明棍一拄，学者范儿十足。

土生土长的曾祖父，没有像父辈们那样，面朝黄土背朝天地在土坷垃里刨食，他依仗自己一目十行、过目不忘的天赋，靠说评书养活了一家老小。

青黄不接时，曾祖父拖家带口去游村。每到一处，爷爷敲上一阵云锣，爹打上一阵竹板，人就围了成百上千。看人围得差不多了，曾祖父嗓子一清，折扇一张，醒木一拍，帕子一甩，先来上几句开场白，紧接着试说一段，这就算是为他晚上的表演，张贴了海报，打好了广告。

说书场地一般选在村小学的操场，场地大，而且大致在村子的中心。不等天黑，村里热情的老人就准备好了茶水。吃过晚饭，大人孩子搬着个小板凳或者小马扎，陆陆续续来到这里。《封神演义》《三国演义》《隋唐英雄传》《水浒传》《杨家将》《说岳全传》，听书人随便拣出一部，曾祖父就能说上十天半个月。

曾祖父说书时，手脚耳鼻口并用。口中能发出自然界里的几乎一切声音：男女老少声、鸡鸭鹅狗声、猪马牛羊声、风雨水火声。曾祖父很会吊人胃口，桥段布局全是悬念，夜到子时，听书的赶也赶不走。

曾祖父说书从不收费，听书人给一家老小赏口饭吃就行。我出生后，家里有了自留地，曾祖父就不再带着一家老小走街串巷，而是一年四季留在村里义务说书。

曾祖父的说书场地随着时令变化而改变，春夏秋季都在打麦场，冬日就转到牛屋。

打麦场有五六十亩，千儿八百人聚在一起，连十分之一的空间也占据不了。牛屋，顾名思义，牛住的屋子。那会儿耕拉耘播都离不开牛马驴骡，生产队设有专门的牲口场、牲口房。夏天，如果天气好，牲口们就在场院里过夜；冬日，不管阴晴，都会被饲养员牵进牲口房里。牲口中，牛占的比例大，牲口房也顺理成章地被叫作牛屋。

夏日，曾祖父说书，我消化了开场白后，就坐在他一旁，看看这个，瞅瞅那个，把听书人的痴样用小树枝画在地上，没人看得出画的是人是怪，我却优哉游哉的。

转眼，冬天到了。雪特别多，也出奇地大，没过我膝盖骨的都只能算小雪。风也出奇地硬，一条一条的。风条子抽在脸上，火辣辣的。我被娘给穿成一个球，手里拄着一根断了半截的蚊帐杆子，踩着咯咯吱吱的雪，跟在曾祖父身后往牛屋方向走。雪末子在瑟瑟的西北风里乱舞，我走上几步就在空气里抓两下，想把那些雪末子抓住，看看那上面是不是长着刺儿。围拥在曾祖父左右的那些大男人，嫌我碍手碍脚，争着要抱我。他们一抱我我就哭。我的偶像拄着拐杖走，我岂能让人抱？

牛屋是真暖和。牛们吃饱喝足了，卧在地上反刍，嘴里冒热气，身上散热气，一头牛就像一个小火盆，上百头牛聚合起来，那简直就像一个炼钢炉。饲养员再燃上一盆树疙瘩掺牛粪，牛屋里就成了小阳春。

我进屋就冒出了一身汗。曾祖父把我的大外套脱下来，扔在饲养员的床上。饲养员把早就泡好的茶，端给曾祖父润嗓子。曾祖父喝完，我就夺过碗，把碗底儿舔净，我以为这样，就能享受到曾祖父的浸润，就能像曾祖父一样被听书人奉为"大神"。

"闲言碎语不多聊，表一表英雄秦叔宝……"开场白一落，牛屋里就只有牛们的反刍声了。我支着耳朵听了十几分钟，小心思便转到了火盆上。火盆里埋着地瓜和麻雀，盆沿上有爆米花和花生，这都是给曾祖父准备的夜宵。屋子里飘满香气，曾祖父停下来加餐。我坐在曾祖父的对面，他吃啥，就先往我手里放上一半。我吃得满嘴流油，满手炭灰，抹一把嘴，再擦一把脸，瞬间变成"大花猫"。

只是，曾祖父的本事还没传给我，我的世界就变了。

那天过中秋节，晚上吃团圆饭，曾祖父打算吃完饭后再去打麦场。没有钱买月饼，娘烙了一团箕儿糖火烧，做了一盘韭菜炒鸡蛋，还煮了一大盘花生。月亮很大，刮着风，有些清冷，我却高兴得不得了，帮着父亲把饭桌摆在院子里。曾祖母牙口不好，糖火烧的外层比较硬，娘就把那层硬皮剥掉。剥第二个时，我夺了过来，学着娘的样子剥，剥了半天总算剥完了，递给了曾祖父。曾祖母说我是个白眼儿狼，平日里白疼我了。曾祖父呵呵笑，说丫头懂事了。

正说笑着，院子里呼啦进来了十几个听书人。领头的大哥哥，提着两包月饼和一瓶老白干，说是大家伙儿凑钱买来犒劳曾祖父的。礼物虽然不多，曾祖父还是很感动。大家都过得挺拮据，能凑出几元钱，实属不易。曾祖父打开酒瓶盖，让大家都坐下，吩咐我娘去拿酒盅。人多月饼少，娘就把一个月饼分成四份。大家吃着月饼，就着花生，饮着小酒，有说有笑。

中秋过后，曾祖父受了风寒，嗓子轻微沙哑，曾祖母也就不让曾祖父再去说书。

可是，说书，已经成了曾祖父每晚不可推卸的责任；听书，也成了村人不可缺少的娱乐。第二天吃过晚饭，几十个年轻人如期来到家里，请曾祖父去打麦场说书。当着那么多人的面，曾祖母不好阻止，等曾祖父半夜回到家，曾祖母的怒火再也压不住，两人大吵了一架。

第二天，曾祖父的嗓子彻底沙哑，曾祖母说啥也不让曾祖父出门，来邀请曾祖父的几位小青年，也知趣地离开了。

　　过了整整三天，曾祖父的嗓子才算恢复。这三天里，曾祖父没有离开过小堂屋，我也没有离开过他身边。吃完饭，曾祖父就教我背书、认字。对这些，我就三分钟的热度，兴致一过，便缠着他讲故事。曾祖父把冗长的故事压缩得很短，仅三天，我就知道了封神的姜子牙、上天入地的孙悟空、替父从军的花木兰、领兵打仗的穆桂英、精忠报国的岳飞……

　　"太爷爷，我也要当孙悟空，我也要当花木兰，我也要当穆……"

　　"行行行，丫头也要当英雄。不过呢，要当英雄，一定要学本事，一定要做好人。"曾祖父笑着打断我。

　　"太爷爷，好人是啥人？"

　　"好人就是不说谎，不拿人家东西，别人求到你了你要帮一把，要与小伙伴友好相处，还要孝敬老人。"

　　"哦，好人就是……"我重复着曾祖父的话。

　　重阳节那天下午，我和曾祖父摘菜回来，还没到家门，曾祖父突然收住脚步，使劲嗅了嗅，眉头一皱，问我："丫头，啥东西烧了？"

　　我也使劲嗅了嗅，空气里果真弥漫着烧火味，没等曾祖父吩咐，我拔腿就往家跑。

　　院子里，一大堆书上，蓝色的火苗子烘烘地往天上蹿。我认得，这些都是曾祖父的书。

　　"太爷爷，你的书，你的书，着火了。"我站在书堆旁大喊。

　　曾祖父已经到了门口，见状，把菜篮子一扔，拐杖一扔，脱了上衣就扑火。我也学着脱了上衣去扑火。

　　我和曾祖父扑了一阵，火苗子非但没变小，我们的衣服也葬在了火堆里。曾祖父立刻跑进厨房，提了两桶水，泼在了书堆上。

等我们把火扑灭，书也成了一堆废品。我和曾祖父都破了相。我的眉毛没有了，曾祖父的山羊胡不见了，光着的上身红一片黑一片。曾祖父坐在地上，看着一堆纸灰，眼里蓄满了泪。

曾祖父哭了，我也跟着哭。

书是曾祖母烧的。曾祖父嗓子恢复的当天，又被那群年轻人喊出去说书，曾祖母只能干生气。曾祖母认为，穷的时候没办法才去说书，如今能吃饱肚子了，还说书，而且一分回报都没有，这是傻瓜才做的事。曾祖母气不过，一怒之下，就把曾祖父收藏的书籍全给烧了。

这些书很多是线装的，是曾祖父几十年来游村说书时，搜集到的经典，是曾祖父的宝贝，比他的命还重要，平时，碰都不许我们碰。我不理解曾祖母的行为，拿起半截蚊帐杆子就去砸她。

之后，家里再也听不到曾祖父的声音。他一个人呆呆地坐在屋里，守着那堆被烧毁的书，茶饭不思，一下子苍老了许多。

那年冬日，雪似乎一直在下，曾祖父整宿整宿地咳嗽，他已经下不来床，咽一口水都很困难。

我每天守在床前看着他，缠着他给我讲故事。曾祖父每次都是强行睁开眼，用沙哑的声音给我讲几句，然后，再咳上一阵。娘嫌我不懂事，死拉硬拽地把我从曾祖父身边拖走。我哭着闹着回头看曾祖父，曾祖父也看着我，眼里晶亮晶亮的。我知道，曾祖父也在哭。那一刻，我多么希望曾祖父能站起来，领着我去村头的池塘边，一边看日落，一边讲牛郎织女的故事。

曾祖父最终没有熬过那个冬日。那天，下着大雪，很大的雪，父亲去宁阳卖荸荠，老感觉心里发慌，没等荸荠卖完，就往家赶。

父亲回到家时，曾祖父已经被抬到了灵床上，眼一直闭着，任谁喊都不理会，眼角的泪一直挂着。

我趴在他身边，紧紧抓住他的手，一边为他擦泪，一边呼喊。我们这一带有风俗：上一辈人咽气的那一刻，六岁以下的小孩子绝对不能靠近。

曾祖父在灵床上躺着，我怎么可能离开？娘使劲拽，我就拼了命地挣扎。这时，曾祖父突然睁开眼，看着我，双唇抖动，欲说难言。曾祖母急忙走过来，曾祖父立刻把眼闭上了。我知道曾祖父在怨恨曾祖母，我也怨恨。

曾祖母叹口气，躲到一边抹眼泪。像冥冥之中有感应似的，曾祖母一离开，曾祖父闭着的眼又立刻睁开。我激动地把脸贴在他脸上，曾祖父很困难地抬起右手，指了指屋角。屋角处堆着那些破损的书。我以为他要看书，就跑过去，在那堆书里找到了两本烧得不是很严重的递给他。曾祖父指指灵床又指指屋角。我不懂啥意思，呆呆地看着。我爷爷看懂了，我爹也看懂了，冲他点点头。

曾祖父就这样离开了我们，带着他那堆破损的书，一起离开了我们。

一连多日，我像掉了魂儿般，一忽儿去曾祖父的房间看看，一忽儿去厨房瞅瞅，一忽儿去茅厕里瞧瞧，一忽儿又去村头的池塘边寻寻。我不相信曾祖父就这样走了，就这样从我的世界里消失了。

半夜，我常常笑醒，边笑边自言自语："太爷爷，太爷爷，孙猴子把白骨精打死了吗？"

接下来的日子里，我习惯了坐在村头的池塘边，痴痴地望着西天那如血的残阳。我想，那是不是曾祖父的书在燃烧？我仿佛看到了火堆旁，一位清瘦的老人，在用衣衫扑火，花白的山羊胡被火苗子燃着了。

"说书唱戏劝人方，三条大路走中央。善恶到头终有报，人间正道是沧桑……"耳畔回荡的抑扬顿挫，在血色的残阳里，那般激昂，那般慷慨，那般纯真盈盈，字字刻骨，句句回肠。

太爷爷！

我站起来，迎着那火苗子走，一直走，一直走，耳畔的抑扬顿挫也一直在延伸……

隐处不为人知

学校、生产队、家,是我小学生活的全部。

早上两节课,中午四节课,下午到生产队劳动锻炼。幸运的是,音、体、美竟然都有专职教师。三好学生的标准包括"音、体、美、劳"必须过关。这让我深感学校与生产队不一样,老师和村里的干部不一样,学生与社员也不一样。

我是家里的老大,照看弟弟妹妹是我义不容辞的职责。等我背上书包走进学堂,同龄的伙伴已经是三年级的学姐学哥。我轻而易举地在班里混上了"老大",坐上了"王"的宝座。

语文、数学两门正课简单,音、体、美、劳的全面开设,使我有大把大把的时间,让脑细胞肆意生长,尤其是上音乐课。如果说时代造就了我的"狂症",那么,音乐老师,应该是撬开我"狂症"之门的扳钳。

音乐老师姓王,两只大眼,在他微泛晦暗的脸上很是拉风。虽然大,但锐而无戾,凶而无威,瞪再大,也唬不住狂妄的小学生。

音乐老师教我们的第一首歌是《我是公社小社员》。他一句一句地教,我紧闭双唇拿眼睛四下乱扫。老师问我为什么不唱,我理直气壮："我是小学生。"话落，全班顿时缄口。老师立刻攥紧了拳头，呵斥："都唱，谁不唱，就吃我的'疙瘩梨'。"

一听吃"疙瘩梨"，我立刻站起来："老师，我想吃你的'疙瘩梨'，所以，我不唱。"在我看来理所当然的一句话，效果超出想象。教室里登时似浓烟翻滚："老师，我也吃，我也不唱……"五十张嘴，五十口沸腾的锅，五十个复读机。

我暗自得意，眼睛一眨不眨地盯着音乐老师。老师面部的肌肉在战栗，嘴角扯了几扯，似乎在笑，但那笑比哭还难看。沉默了良久，老师终于回应我："想吃'疙瘩梨'是啵？行，给你吃，管饱！"说着，他攥紧的拳头，落在了我右耳上面凸出的头骨上。意外的是，我并没有感觉到疼痛，"疙瘩梨"只是如蜻蜓点水般很舒服地拂过我的发梢而已。

我知道，老师只是吓唬我，只是杀鸡儆猴。可我是女生，很爱面子，就算老师的"疙瘩梨"只在我的头顶一比画，我的"王"字也会受损。我恶狠狠地瞪着老师。老师不依不饶，举了举紧攥的拳头，威吓："都看到了吗？这就是我的'疙瘩梨'，谁想吃，报个名！"

五十双眼，一百道眸光，不约而同地投向我。我缩了缩头，教室里鸦雀无声。我知道，我的气焰在那一刻被老师完全掐灭。但我不甘心被抹去"王"字上面的一横。如果说目光能杀死人，我想，老师一定已经光荣地躺在了讲台上。

我是赌气学会的那首歌，因为老师下了死命令："下堂课，挨个唱，不会唱，'疙瘩梨'伺候！"其实，我不是被老师的"疙瘩梨"震慑，而是怕老师向校长打报告。因为，我听学姐学哥说，不听话的学生，他们的家长都被校长请去喝茶了，而他们则要在家长喝茶归来后，乖乖地回家面壁思过一周甚至更长时间。我好不容易背上的书包，决不能因一首歌而被卸掉。

接下来的日子里，我们很快又学会了《学习雷锋好榜样》《三大纪律八项注意》《路边有颗螺丝帽》……

学校唱歌比赛，十六个班级中，我们班斩获第一名。颁奖典礼上，校长亲自把鲜艳的红领巾系在我的脖颈上。那份荣光，那份骄傲，令我仿佛登上了月球，看到了宇宙的无限风光，心潮澎湃不已。

起初，我把这份荣誉，归功于音乐老师的"疙瘩梨"。可没几日，我发现这逻辑经不住推敲。我问过其他年级的学生，他们都晓得音乐老师的"疙瘩梨"，而且很多都"吃"过，可他们却没我们唱得好。

我开始琢磨原因，琢磨来琢磨去，居然琢磨到了我自己头上。我怕音乐老师向校长打报告，所以我总是很认真地上音乐课，很认真地学音乐老师教的每一首歌。我是班里的"老大"，"老大"尚且如此，其他同学岂有不效仿之理？

看着胸前的一抹火红，刹那间，我有些飘飘然。只是，还没来得及坐享这份飘飘然，一年级的渡轮已经靠岸。分班，重组，新学年，新伙伴。欣慰的是，"王"可以继续当。

音乐老师还是音乐老师，我还是我。不同的是，音乐老师的鬓角多了几根银丝，我意识里滋生了些许不受约束的因子。带头向音乐老师挑衅，当面给他设个绊子，这样的愚蠢之举，我没有继续。稍有不称心，我这个"老大"只需在背后煽一煽风，同学们的"火箭"，就会齐刷刷地向音乐老师射出。当音乐老师被火舌包围，我则跷起二郎腿，优哉游哉地坐山观虎斗。

我的小聪明，其实没有逃过音乐老师的法眼。面对条条火舌，他不还击，更不理睬，只是用一种很复杂的眼神看我一阵，叹口气，无奈地摇摇头。

老师不揭穿我，我不认为是因为他大度和有智慧，反倒自以为是地认为老师怂。而就在这时，一种流言让音乐老师的声誉极度受损。他承受着精神和身体的双重摧残，以至于我再不忍在背后肆无忌惮地伤害他。

听说，音乐老师家距离学校足有七十里，周六上半天课，下午徒步回家，要走到晚上十点，周日吃了早饭就须返程，不然，赶不上周末的例会。来回百多里，只为与老婆孩子团聚一宿。老师觉得耗时费力，就选择了一个月甚至两个月回家一次。为此，他的家庭关系极为紧张，他每次回家都被妻子用擀面杖撵出来。音乐老师索性一个学期回家一次。结果就是，孩子疏远，老婆不见，音乐老师的脾气也日渐暴躁，老师们说，他精神出了问题。

对于个中原委，当时的我很懵懂，后来细品，才真正明白音乐老师的苦衷。

学校有宣传队，每到周末就轮流到田间地头表演。音乐老师是宣传队的负责人，也是乐队的指挥。就像军人不能离开沙场一样，音乐老师也没办法离开他的阵地。久而久之，家人对他产生了误解、怨恨。

失去了家人的关怀，得不到领导与同事的支持和理解，享受不到学生的尊敬，精神不反常才怪。面对这样的老师，我再也兴不起风，掀不起浪，彻底蔫了。

随着年龄的增长，我"王"字上面的一横终于被抹去。我由"王"到"土"，再到隐匿，总之，三年级以后，我成了一个只知道低头读书的"淑女"。很多同学开始逃音乐老师的课，家长反映给学校，学校领导则以他精神有问题进行搪塞。

除了逃课的，剩下的就在课堂上"造反"。音乐老师的课上不成了，所谓的"疙瘩梨"还没有捏成，学生的拳头就晃在了音乐老师眼前。他申请调离，但没有学校愿意接收，他只能留下来。无奈之下，音乐老师改变了授课方式，把音乐课上成了故事课。

音乐老师很会讲故事。在娱乐产品匮乏的年代，音乐老师讲的一个个动人心弦的故事，瞬间勾起了我们的好奇心。我们变成了乖乖猫，逃课的也偷偷溜回教室。音乐老师见状，随即跟我们讲条件，一个故事兑换一首歌。为了能早一点儿听到故事，我们学歌那叫一个用心。

最难忘却的是音乐老师讲的恐怖故事。为了增强故事色彩，他把我们带出教室，来到了墓地，他讲惊雷诈尸，讲无头鬼谜案，讲"聊斋"，讲鲁迅遇鬼。讲完，老师问我们，鬼可不可怕？世界上有没有鬼？我们的答案五花八门，老师的答案是三个字："没有鬼！"

自那以后，我不再怕走夜路，不再怕黑夜里的脚步声。而音乐老师，在社会舆论中，则被定性为一个十足的精神分裂症患者。家长要求换老师，社员要求停他职。校长多次找他谈话，但他坚决不肯离开自己的阵地。

然而，执着，并不代表那些诗情画意的想象不被撕裂。迫于压力，校长还是给音乐老师放了长假。

音乐老师是不是精神分裂，他清楚，他的学生也清楚。一个脾气火暴，但从未惩罚过学生的老师，他会不正常吗？

失去方知珍贵。有一个男生，联合各班的班长，要求校长将音乐老师召回。可惜，他竟然决意弃教归田。

我想，命运无常，步履维艰，一定将音乐老师心中曾经的美好扭曲成了悲叹，不然，他不可能放下教书育人的执念。

生活也许就是这般，看不透的前方，不知道潜藏着多少未知的磨难，人们更无法预知，怀揣一抹执念能走多远。在为师道上，音乐老师没有名师的光环，甚至不被当作正常人，但他无愧于他的学生，更无愧于他的职业。尽管没人理解，但他依然是他。

童年，原本就是一本模糊的书卷，打开时，有很多难以修补的裂痕，有很多难以复原的篇章，但跟着音乐老师学过的每一首歌曲，依然那般流畅。听：我是公社小社员，手拿小镰刀，身背小竹篮，放学以后去劳动……

岁月，仿佛流水淙淙，逝去不返。当一切的荒诞褪去，在万象更新的今日，老师，您是否激荡起勇气，将美好倾注，将悲怆抛弃？那站在学校门口，翘首望着教室的老者，是您吗？

隐处不为人知，幽香溢散万里。阑珊天色下，老师，您是我恒久的回忆——三尺讲台上永不懈怠的耕耘者。

最爱唱军歌

有人问：你最崇拜什么样的人？我立刻就答：军人。

军人雷厉风行的作风、坚忍不拔的意志，无时无刻不在感化我，激励我。正是因为有军人情结，军歌也便成了我的最爱。

我最早会唱的一首军歌是《我是一个兵》。幼年时，没有刻意去跟谁学，只记得，大街小巷，田间地头，空气里飘荡的皆是这首歌的旋律。不管是七八十岁的老人，还是牙牙学语的幼儿，都会哼唱几句。耳濡目染下，我也就记住了歌词："我是一个兵，来自老百姓，打败了日本狗强盗，消灭了蒋匪军……"

起初，我并不知道这就是军歌，只知道唱起来带劲。直到上了小学，在音乐老师的教导下，我心中才有了军歌的概念。

知道了何谓军歌，在我心中，其他类型的歌曲就再也没有了分量。这与年代有关，也与老师有关，更与自身的军人情结有关。老师教的百首歌曲中，九十首为军歌；收音机里，高音喇叭里，播放的歌曲，十首中有九首是军歌：《三大纪律八项注意》《打靶归来》《弹起我心爱的土琵琶》《中国人民志愿军战歌》《英雄赞歌》《我爱祖国的蓝天》《我为伟大的祖国站岗》……

军歌，成了生活中的主打歌，长辈唱，兄弟姐妹唱，老师唱，同学唱，大家都在唱。没有为什么唱，只有应该唱，必须唱。

缘何那么多人，跟我一样爱唱军歌？

军歌脍炙人口、节奏鲜明、威武雄壮、坚定有力，是军旅生涯的展现，唱出了军人的情怀和追求，唱出了军人为保卫祖国的安全在边防线上站岗放哨的光荣和自豪，唱出了军人捍卫祖国浩瀚蓝天的钢铁意志和坚强信念，唱出了军人守护祖国海疆的大无畏精神。军歌，能让我们听到军人澎湃的心声，能让我们看到军人不屈不挠的风采。军歌不仅鼓舞士气，也激励着全国人民满怀热情地建设伟大祖国。

一路军歌，一路成长。

听！"……脚踏着祖国的大地，背负着民族的希望，我们是一支不可战胜的力量……"

这般气势如虹、节奏铿锵、催人奋进的歌曲，有谁不爱唱呢？

我爱唱歌，最爱唱军歌！

生命的源

我生命的源

  我是源于她的一滴水珠，一滴无足重轻的水珠，漂流进她的海洋里，汇成星星点点。

  她是上天派来的使者，她奔波劳碌于属于她的那个时代。当那个时代已经成为历史，她挥挥手，欣然离去。那一刻，她是那样安详，在她的身上，我们看不到流年的沧桑，找不到岁月的刀痕，寻不出时代和社会炮制的标签。她，顺从自然，坦然走向了无怨无求的寂然。空气里飘满哀泣的时候，我抑住了眼泪。我想，她使命已尽，该是回去复命了吧？

  她，走过了九十四个春秋，不知道什么叫吃药，不知道什么叫扎针，更不知道生病是什么味道。辞世那日，她还在烧火做饭，还在拆洗缝补，还在摊晒晾收。

  她曾是那个时代的生命守护者，更是一个传奇。自她开始接生起，那片村落新出生的人，我，我兄妹，我表兄妹以及堂兄妹，几乎都是经她的双手来到这个世界的。

  那时的农家，日子拮据，产妇的身体不似如今这般金贵，生子也不需要生育证、出生证，有感觉了，就把她请到家里。要紧时，她一天能接生三五个。不管是多胎、横胎还是站胎,她都能保证母子平安。就算死胎,她也能保住产妇的生命。也就是说,在她近六十年的接生生涯里,没有出现过一例差池。她是怎么做到的,有没有什么神术,没人知晓。她从不在人面前提及这方面的话题。从她无声的目光里看得出,生命是上天馈赠给一个家族的礼物,她是守护这份礼物顺利到站的使者,神圣而不可亵渎。

四十年前,一个邻居,妊娠七个月了,不知什么原因,胎儿死在了腹中。孕妇肚疼难忍,但死胎像是焊在了肚里出不来。丈夫扑通跪地,说医院要剖腹取子,一千多的住院费他砸锅卖铁也拿不出,求她想法把死胎取出。生子原本就是母亲的"鬼门关",况且是个死胎,万一大出血怎么办?面对这么大的风险,她竟然答应了。在不用手术而又保证母体安然无恙的情况下,七个月的死婴被她那双手"请"了出来。邻居每每说起这事,总会泪流满面。有人看着她粗糙的双手质疑,她淡然笑笑,也只是淡然笑笑,似乎守护生命,是她义不容辞的职责,不值得说,更不值得夸耀。

20世纪80年代初,邻村的一个孕妇,半夜里忽然肚疼见血。孕妇的姐姐在镇卫生院妇产科做大夫,知道妹妹将要分娩,晚上就住在了妹妹家。孩子落地了,见是个男孩,几个人高兴过头,只顾着看孩子,忘记了产妇肚里还有胎盘,孩子一挣扎,脐带断了。断脐带连同胎盘一起收进产妇腹中。产妇憋得脸部乌紫,产妇的姐姐经验少,一时慌了神。那时还没有手机和固定电话,没办法联系急救车。产妇的丈夫想起了她,冒着风雪把她请到家里。七十岁高龄的她,凭着一双手,把一个垂危的产妇从死神手里抢了回来。

她，我的外婆，用她的勤劳和善良，创造出一个个奇迹。时至今日，我始终忘不了那一次生命降临带给我的震撼。

1986 年的麦收时节，隔壁家的小侄子要出生了。邻家大哥托人捎话给外婆，让外婆不要走远，等他把麦子拉到打麦场便去请她。外婆知道这个时节家家都忙，就提前给舅父舅母他们做好饭菜，颠着一双小脚自己来了。外婆先到了我家，让我告诉邻家大哥，不用去请她了，产妇有了动静，隔墙吱一声就行。怕产妇后半夜分娩，外婆没有睡，我也只好坐在一旁陪着。天将明时，邻家大哥拍墙喊我，让我快带外婆过去。我连打了几个哈欠，很不情愿。外婆看看我，摇摇头，笑了。

我们过去后，天已大亮，邻家嫂子侧歪在床上，抱着肚子，皱着眉头，看样子真的是要临盆了。外婆把洗净的手放在白酒里浸了一会儿，让邻家嫂子半躺在床上，她把手伸进产道，查了查胎儿的动向。这时，院子里有人喊邻家大哥，说广播里报道下午有大雨，趁大雨没来之前，赶快把玉米播进地里。当农民的都知道"夏播早一天，秋收早半月"的道理，更何况真要下了大雨，那就不是早播种一天的事情了。邻家大哥为难地看了看外婆，外婆考虑都没考虑就说："你去吧，家里有香子帮忙就行。"

我帮忙？我登时就傻眼了，要知道，我还是个未出阁的姑娘呢。我诧异地看着外婆。外婆笑了笑说："经见经见就长大了，我给人接生时，比你现在还小五岁呢。"这话超出了我的接受范畴，我蒙了半天。

邻家大哥一走，外婆便吩咐我去烧水煮鸡蛋。我烧了一锅开水，倒在大瓷盆里凉着，把煮好的三个鸡蛋也放在一边凉着。外婆又吩咐我准备剪子（剪脐带用）、白棉线和白纱布（包扎脐带用）。最后，外婆又让我为产妇熬了一壶益母草红糖水。

就要分娩了，外婆让我把三个白煮鸡蛋剥给邻家嫂子吃，说这样生产时有力气，生产后身子不会虚脱。邻家嫂子终于疼得喊叫起来。为了减轻邻家嫂子的疼痛，更为了让她分娩时容易用劲，外婆让我坐在床上，紧紧托住她的上身。

准备就绪，外婆左手按在邻家嫂子隆起的腹部，右手伸进产道，大声鼓励："使劲，孩子就在门口，快使劲！"外婆的鼓励比产科大夫的手术刀还管用，邻家嫂子屁股一抬，头往我胸前猛力一顶，就听哇的一声，婴儿降生了。

外婆左手提着婴儿双脚，右手在婴儿嘴里掏了几掏，接着，让婴儿头朝下，照着那嫩嫩的屁股给了几巴掌。婴儿哇哇大哭，外婆将他往温开水盆里一扔。婴儿一边哭，一边四肢乱张。任婴儿在水里折腾了一阵，外婆才把他捞出，继而剪脐带，包扎脐带断口……

见证了外婆迎接生命的全过程，我领略到，那双与凡人没什么区别，而又异于凡人的手，是如何神奇。我也明白了，缘何经由外婆之手来到人世间的生命，总是那么康健；缘何那些产妇忍着疼痛，也要等外婆带她们去闯"鬼门关"。

近六十年的接生生涯里，外婆用她那纤纤柔手迎接了几千个新生命。有人说，是这几千生命的庇护，外婆才拥有了这罕见的健体。外婆给人接生是义务劳动，最大的报酬也不过是主家有时过意不去，吃喜面那日，强行送来一斤红糖、两个鸡蛋。为这，舅母常常唠叨，说人家哪村哪村的接生婆，接一个孩子要多少多少钱，就没见过外婆这么傻的。外婆的回答依然是那淡淡的微笑。

的确，外婆就是这样，只知付出，毫无谋利之心。不管是邻居还是家人，从未有谁见过外婆的愁容，也从未有谁听到过外婆与人争较的只言片语。所以，我更坚信，是老人的亲和良善、无怨无求，让她创造了一生无疾的奇迹。如果说，水至清无鱼，是一种自然之道，心至净无疾，何尝不是一种为人之道？奇迹的创造其实就这么简单，心至净，足矣。

父如山，母似海。当我站在嶙峋的山巅，如痴如醉地欣赏万里晴空，当我融入千层碧波，尽情享受海鸥翻飞的美景，外婆，这位生命的守护者，却从我的世界里悄然而逝。

十年前的那个下午，外婆正在拆洗棉被，天突然就变了。外婆颠着一双小脚，先把舅母晾晒的衣服收进屋，然后去抱做饭要用的柴火。刚抱了两趟，雨就下大了，外婆不小心滑了一跤。这一倒，外婆再也没有起来。

母亲他们伤心欲绝，我劝说，外婆是让老天爷召回天庭了，她该走了，该去享福了。其实，我又何尝不是宽慰自己？老人辛苦了一辈子，没让儿孙侍候一天，这是什么样的人才能拥有的福报？

天使！上天派遣到这片村落的使者！那个时代不可或缺的使者！

看着灵床上外婆安然的仪容，我对自己说，对无数匍匐着的、挣扎着的生命说。

床头柜上，紫檀色的镜框里，外婆和善的笑颜被定格。

我偎在外婆的右侧，攥紧她的右手，似乎攥紧了那手，我就能像她一样成为传奇。

带着这一厢思念，远眺朝阳初升的地方，那是一片海，海的那边还是一片海。透过茫茫的海水，我看到了生命的诞生，看到了生命从匍匐、拼搏到泯没的轮回。

　　丰富的生活之间，我的外婆，我生命的源，留下的远不止一个短篇。

奶奶走了

奶奶走了，静静地走了。至今，我都无法相信这残忍的现实。

五年前的盛夏，连着几日，气温三十七八度。无情的热浪席卷大地，奶奶在热射病的魔爪下，未能幸免。

那日，奶奶吃过午饭，将自己的床单洗完，感觉有些乏累，便回屋休息。因为多年的老寒腿，即便夏日，奶奶也穿着薄棉裤，更是很少开窗。

高温、棉衣、紧闭的窗，组成了一个密封的闷热空间，让劳累的奶奶，躺下后，再也没有醒来。

目睹奶奶的生命一步一步走向衰竭，我们的心在无奈地滴血。

面对热射病这只凶若猛虎的恶魔，医学显得那样无力和苍白。在无力和苍白中，我们只能祈祷上苍保佑，祈祷奇迹出现。

奶奶也许是真的累了，自始至终，没有看我们一眼，自始至终，都是那样安详……那一刻，时间凝固了，我们的心被撕裂了。

奶奶，一位普通的农家妇人，没有什么惊天动地的事迹，但她永远活在儿孙们心中，活在乡邻们心中。她是那样慈祥，又是那样和善。

记忆中的奶奶，为人处世，亲和良善；待人接物，通情达理。九十一岁高龄的人仍在一刻不停地劳作，洗衣缝补，摊晒晾收，能干得动的活计，决不让儿孙插手。

农闲时，奶奶一早起来，就帮着儿媳拾掇家务。吃了饭，搬个马扎，坐在门口，静静地看着街面，有人路过，便热情地打个招呼。

奶奶的美，不是来自她高挑的身段，也不是来自她姣好的容貌，而是来自她的大度、她的宽容、她的和善。

闲暇时间，农家妇人最大的爱好就是扎堆。俗话说，三个女人一台戏。一群女人，戏多得绝对让人眼花缭乱。东家长，西家短；谁家媳妇不孝顺，谁家婆婆不讲理。一根针，一个线团，也能扯上半天。慈善的奶奶在一旁坐着、听着，偶尔笑笑，却从不参与，更不在背后议论孰是孰非。真的有人要打起来了，她才劝说几句，直到双方消气言和。

奶奶为人正直，从不贪小便宜。一次，我在坑塘边捡到了一沓钱，从一毛到十元，看上去，有个几十元。那时的几十元，堪比现在的上千元。一见这么一大笔钱，我高兴得立刻跑回家。当时，奶奶就在家门口坐着，我得意地把钱拿给奶奶炫耀。我以为奶奶会让我把钱收好，不承想，她却脸色一凛，严肃地说道："人穷志不能短。不是自己的，绝对不能要。饿死迎风站，要活得有骨气，不能被人瞧不起。这些钱不是小数，丢钱的人一定有什么急用。你就在门口等着，说不定，人家一会儿就会找过来。"

果真，没过半个小时，就有一位大叔急匆匆沿路找了过来。奶奶问明情况，把钱给了大叔。大叔感动得要跪下来给奶奶磕头，被奶奶搀住了。

受奶奶的熏陶，我们这些晚辈，在为人处世中，从不跟人计较，一大家子，也总是和和美美。

奶奶虽为农妇，但给人的感觉，永远是那样优雅，不知道的，还以为她出身名门。奶奶的衣着，永远都是那样整洁；绾起的发髻，永远透着高洁。无论多忙多累，她都会把自己的房间收拾得一尘不染、井井有条，这让我们这些做晚辈的羞愧不已。

这般受人敬重的奶奶，却被无情的热射病夺走了生命。多么希望，医学能战胜一切病魔；多么希望，人间少一些因病而失去的生命！

逝者已矣，生者如斯。

奶奶，请安息吧，天堂里应该不会再有疾病，更不会有无情的热射病。

沧海桑田，走不出的家族情

又到周末，血浓于水的牵连，随着辙痕，在挡风玻璃上闪烁。前面，就是那个心心念念的村庄。

村庄不大，皆为李姓，分东西两支。东支为先祖的长子一脉，西支为次子一脉。长为上，次为下，这是上古就有的规矩，我的家族亦不例外。

历经数世数劫，东西两支之间的血脉亲情，渐渐淡薄。西支历代稼穑，只求有口饭吃；东支重诗书、科考，发展到今日，上至省部，下至地市，东支皆有人担任要职。

造化弄人，有此就要失彼。西支人丁兴旺，是东支的三倍；东支人丁不旺，但家业却是西支的十倍。东支凭财旺，西支靠人多，谁也不服谁。两支之间，看似风平浪静，实则暗自较量。

我为西支后裔。高祖无缘科考，便极力供后代奋力读书。

我太爷爷兄弟三个，单从名字秀金、秀玉、秀珠，就不难看出高祖对下一代的冀望。秀，从禾，从乃，即为五谷再度抽穗扬花，喻指虽为农家孩子，但通过努力拼搏，他们便可呈现别样人生。

秀，秀才，读书人也。秀，出也，暗指他们不同于一般农家后生。秀外而慧中，若金，若玉，若珠。因此，尽管生活贫寒，高祖仍省吃俭用供兄弟三个读私塾。只是，新中国成立前，缺钱，想出人头地难于登天，三兄弟没能冲破"面朝黄土背朝天"的宿命。

我嫡亲太爷爷秀金，不想在尘埃里匿迹，硬是用卑微的生命，唱出一曲"书声未央"。他聪慧过人，一目十行，过目不忘，爱读书，更爱说书，一本几十万字的小说，他能一夜读完，第二天，从头到尾用评书的方式演述出来。

太爷爷游乡说书从不收费，每到一处，穷人家给口吃的，有钱人家就送几本书。几十年下来，太爷爷的藏书达到了千册。人民公社成立后，太爷爷不再游乡，而是留村里义务说书，为劳累一天的街坊四邻带来了不少乐趣。可惜，太爷爷的上千册藏书，被蓝色的火舌吞噬，而他也在火舌里化成了一簇蓝色火焰。

命运的无常，岁月的荒诞，步履的艰难，连缀出前功尽弃的悲叹，学富德劭的太爷爷，没打破西支世代为农的魔咒，但他的书声，却在灶膛里被幻化，凝聚成后来的汩汩不绝。

我父亲在家排行老大，尽管家徒四壁，爷爷仍然供他读完了高小。因弟弟妹妹多，生活实在困窘，身为长子的父亲，不得不放弃学业。团支书、总管会计、村支书，父亲都担任过。他用算盘算数堪比用计算器，且写得一手好字，画得一手好画。邻居婚丧嫁娶，都会请他写喜帖、写挽联。每逢春节，父亲就忙得不可开交，白天劳作，晚上为左邻右舍写春联，一写就是大半宿，翌日一早，还要去赶年集，把他画的年画售出去，兑换年货。

这等才思，若是生在东支，父亲的人生或许会别有一番天地。

这就是命！奶奶常常叹惋。

在东支人眼里，西支人无论怎么拼搏，都挣脱不了命运的束缚。但西支人并没有因此颓废。生活虽拮据，但祖父却常常告诫我们，外财不顾穷命人，不属于自己的东西，绝对不能要；饿死迎风站，人穷志不能短，做人必须有骨气！

勤以持家，廉以养德，书以修身，这是我们的家训。这家训，让我们这些赶上好时代的后辈，都能走进理想的高等学府，登上了知识的殿堂。先是三姑，随后堂叔、堂弟，尤其是三太爷爷的几个孙子、重孙子更优秀，他们之中，有中科院博士后，有工程师、医师、教授、军官……后起之秀层出不穷，所谓的魔咒也随之被破除。

经过几代人的拼搏，西支终于能在知识领域与东支抗衡。不过，二者依然有异。走出学府的东支人，多从政；西支学子，多从事学术研究。

争来较去的，还是东支高于西支？

逢年过节，族人欢聚，聊及此事，父辈们总是感慨颇多。

副教授堂叔说："五个指头尚有长短，况人乎？尺有所短，寸有所长，从政也好，搞学术研究也罢，没有高低，更无贵贱。人活在世，各有千秋，为什么非要将一环金箍禁锢头顶？不累吗？"

"不累！"祖父说，"神争一炉香，人争一口气，有这口气在，就有奔头！"

我赞赏堂叔，但祖父的话我也没理由反对。人生天地间，祖辈是我从哪里来的根，更是我要到哪里去的路。族人们用一口气，构筑了时间刻度上的一段流光，我不能不循着这口气走下去。因为我深知，家族，不只是一个可以栖息的港湾，家族里的每一位至亲，在无常的人生长河里，也都扮演着各自的角色，发挥着自己的作用，我也一样。

沧海桑田，族人们铆足劲扬帆，我岂能慢行？

清明节感怀

是人影响了老天的心情，还是老天被人的心情濡染？清明，这个祭祖缅怀的日子，似乎真的能感化阴阳两界。

昨日，阳光明媚，和风习习，乡间野径，踏青寻春，熙熙攘攘，今早，便"雨纷纷，欲断魂"。

伫立窗前，风无一丝，人无喧嚣，云霾沉沉，细雨淅沥。

啾啾，一只孤鸟，飞入雨帘，我的心被什么东西扯了一下，隐隐地有些悲，又有些疼。循声远眺，茫茫雨雾中，似有六位老人，蹒跚而来。

曾祖父，还是那么清瘦，那么睿智，那么高大。他左手拿着折扇，右手握着醒木，看着我。我情不自禁地抬起左臂和右手，学着曾祖父的样子，折扇一张，醒木一拍，帕子一甩，耳畔随即响起抑扬顿挫的开场白："说书唱戏劝人方，三条大路走中央。善恶到头终有报，人间正道是沧桑。"

曾祖父的身旁是曾祖母，鹤发童颜，面色白得透亮。我最爱看曾祖母的脸，养眼、暖心还威武。门口的笤帚疙瘩是为我准备的，却不是打我，曾祖母追着我娘高嚷："你再敢打俺曾孙女一下试试！你打她一下，俺就打你十下！"

话不是随便说的，海口更不是随便夸的。娘不信曾祖母的笤帚疙瘩，真的能落在她身上。看我又惹事了，娘二话不说，拿二指钳往我大腿上一拧，我嗷嗷大哭，跑进曾祖母的房间。

看到我大腿上乌青的指印，曾祖母一句话没说，绰起门口的笤帚疙瘩就去打我娘。我娘吓得拔腿就跑，曾祖母颠着两只小脚在后面猛追，我也跟着猛追。我想看看，曾祖母的笤帚疙瘩落在我娘身上时，会是一番什么景象。

紧紧跟在曾祖父身后的是祖父。老人还是那么威严，左手盘着檀木球，右手拿着一本厚厚的《三国演义》。这位一天学没上过的农家老者，硬是靠自学，读完了四大名著。

老人当了一辈子的生产队长，爱队若痴，谁家门朝哪，家里几口人，几男几女，他都如数家珍。令人叹服的并非老人的记忆力，而是他比秤还精准的双手。凡重物经他过手，他能立刻报出重量。村人不信，用秤一称，皆不得不惊叹。

祖母，身段高挑，九十多岁，腰不弯，背不驼。陈旧的衣服依旧那么平整干净，令人看不到一星半点儿的污垢和皱褶。出身农家，却比大家闺秀还有品位。"记住，人再穷也不能没有骨头，饿死迎风站。不是自己的，绝对不能要！"祖母的座右铭，一直在我耳际回荡。

外祖父，穿着防水衣，背着鱼篓，手里握着鱼叉，站在池塘里，双目紧紧地盯着水面。鱼叉、鱼篓，在倾诉着那段岁月的沧桑。

外祖母，一位创造神话的老人，健康度过九十四个春秋，没吃过一片药，更不知道打针的滋味。一个个新生命被她高高托起，从她无声的目光里，看得出，生命是上天馈赠给一个家族的礼物，她是守护这份礼物顺利到站的使者，神圣而不可亵渎。

曾祖父、曾祖母、祖父、祖母、外祖父、外祖母，六位老人，我生命的源。尽管我们阴阳两隔，但他们的身影总是时不时浮现在我眼前，我也时不时在梦里，与他们相聚，谈笑风生，一如从前。

我曾无数次告诉自己，不要悲痛，他们依旧在，只不过换了一个时空生活。

雨渐渐大了，风也一阵大过一阵。

呜呜呜……

是逝者的心声，还是生者的眼泪？

望着窗外纷落的梨花，哀思难已，遂作七绝寄怀：

风凄雨冷梨花坠，雁怅莺啼柳色森。

断魂坟前寻往事，躬樽洒泪忆深沉。

父　亲

父亲！

敲下这山一样厚重的两个字，心倏地似被噬出一个缺口，汩汩的血流汇聚着：敬重！愧疚！无奈！

父亲的一生，平凡，却又充满传奇。

他自幼聪慧，五岁上学，每门功课都拿满分。因生活拮据，父亲作为长子，上完高小，便被迫回家务农。那时，父亲只有十多岁，正赶上抗美援朝战争爆发。父亲羡慕英雄，就报名参加志愿军，但因年龄太小，名字被征兵的给划掉了。

听说志愿军从辽东进入朝鲜，一心想上战场的父亲，心血来潮，与邻村、邻家的五个伙伴，瞒着家人，徒步百里，跑到兖州火车站，准备去丹东碰碰运气。没钱买票，六人就偷偷上了火车，结果，在丹东下车时被乘警发现。乘警将他们送到了收容所，收容所的工作人员了解情况后，又把他们送回了火车站。

好不容易来到丹东，连志愿军的影子都没见，就要被遣返，父亲不甘心。

既然当不了志愿军，那就学老一辈，在关东闯天下。父亲与几个伙伴一商量，便溜出了火车站。怕被发现，他们不敢走大路，只得沿着小路拼命跑，跑了整整一宿，天一放亮，看到前面有片树林，便一头钻了进去。

生长在鲁西南大平原的孩子，原以为这树林与家乡的一样，是人工种植的，不会太大。钻进去才知道，树林不光深不见头，还非常难走，三绕两绕，几人就迷失了方向，转悠了大半天，也没找到出口。

几人又累又饿，往地上一躺，很快睡着了。醒来后，太阳已经落山，森林里一片黑暗。本来就迷路，这会儿更找不到东西南北，几人便继续睡。就在这时，不远处传来怪异的声音，几人吓得立刻绷紧了神经。

他们根本不知道，自己闯进的是一片原始森林。那时的原始森林，还没被开发，常有野兽出没。

"别是老虎吧？"比父亲大两岁的邻家小哥自言自语。

一提老虎，几个人都怕了。他们虽然没见过什么野兽，却听闯关东的长辈说起过豺狼虎豹、黑熊野猪之类。

"快点火！"年龄最小的父亲急忙提醒。

好在身上都备有火柴，很快，他们就生了一大堆火。

火燃不久，就有野兽围拥过来。天太黑，他们没能看到野兽的全貌，只看到好多双铮亮的怪眼出现，气氛一下子变得诡异起来。

"咱们背靠背，一人拿上一根火棍，野兽最怕火，它们不敢靠近。"父亲再次提醒。

父亲之所以懂得野外生存之道，全是因为曾祖父的评书。

六人举着火棍跟野兽对峙了整整一个晚上，又饿又累，直到后来几个狩猎人发现了他们。被救后，几人不敢再跑，乖乖地返回了火车站。

父亲在六个人中年龄最小，但他是主谋，所以回家后，其他几个人的家长，都跑到我家问责，祖父祖母只能向人家赔罪。父亲生平第一次被祖父重罚，如果不是祖母拦着，他可能半个月也下不了床。

后来，说起这事，我问父亲可曾后悔，父亲头一昂，很自豪地说："咱也是闯过关东的人。"

闯关东一事过后，父亲便安心在生产队劳动。他一边干农活，一边跟着曾祖父学习书画。

父亲极富艺术天赋，硬笔字和毛笔字写得苍劲浑厚，国画也画得惟妙惟肖。逢年过节，父亲就把写的春联和画的年画拿到集市上出售，换回一大家子的需用。

母亲常说，邻家过年前，都是轻轻松松，我家则每天都忙得不可开交。父亲白天赶集，晚上要写春联、画年画，母亲还要帮着备纸、研磨，每天熬到大半夜。即便这么忙，邻居送来红纸，求写春联、喜帖之类，父亲依旧欣然接下。

父亲的字画出色，珠算在村里更是数一数二，我们曾用计算器与拿算盘的父亲比计算速度，结果，父亲完胜。当然，这是后话。

十八岁的父亲，因珠算出色，一言一行又深得人心，很快便被推选为生产队的会计，他还在村里担任团支部书记，后又被选为村党支部书记。

七岁的弟弟贪玩，在大队油坊拿了一个废弃的铁圈，回家后，父亲一顿呵斥，硬让他还了回去。母亲埋怨父亲小题大做。父亲却说，集体的东西，再小，再不值钱，哪怕一张废纸，只要是不经许可拿的，就是偷。

父亲还时时为村民着想。一个冬夜，邻居程二叔往自留地拉粪，拉到第三车的时候，已经晚上十点。他家的自留地北面是一片坟场，坟场中间有一座刚筑的新坟。

程二叔把第三车粪土拉到地头，刚要卸车，忽然听见坟场里咔嚓一声巨响，抬眼一看，见新坟上立着一个高大的黑影，吓得他哇的一声，拔腿就跑。程二叔跑回家，一头栽到炕上，浑身哆嗦成一团，嘴里不停地念叨："鬼，鬼，我……我见了鬼……"

当地有一种迷信说法，鬼是凡胎肉眼看不见的东西，人若是看见了鬼，不出七日，便会死去。

程二叔以为自己见了鬼，命不久矣，躺在炕上三天三夜，不吃不喝，整个人痴痴呆呆。不管谁问，他都说同一句话："鬼，我见了鬼……"

第四天，程二叔便奄奄一息了。

父亲听说后，立刻跑到程二叔家，问他什么时候、在哪里见的鬼。

程二叔已经有气无力，程奶奶把事情跟父亲说了一遍。父亲听后，哈哈大笑："我说程老弟啊，你胆子也忒小了。这世上哪有鬼。那天晚上，是我在坟地里掰柏树枝子，给老五保烧火用。那不是新坟子嘛，比老坟子高，我就站在了那上面。"

程二叔一听，像打了鸡血，猛地坐了起来，抓住父亲的手急问："大哥，那天夜里真的是你，不是鬼？"

"是啊，就是我，真是我，不信，你去老五保家看看，柏树枝子还有一堆呢。"

"哥啊，你咋不早说，我还以为，活不过今天晚上了呢！"

"我这不是才听说嘛。记住，以后，别再自己吓自己。这世上若是有鬼，那么多死了的人，咱身前身后还不一抓一大把？你瞅瞅，哪有？"父亲伸手在空气里抓了抓。

"谢谢大哥，你救了我一命啊！"程二叔说着就要下跪，父亲急忙把他搀住。

事后，我问父亲，那晚，他到底去没去坟地掰柏树枝。父亲呵呵一笑："我不这么说，你程二叔的心病能好吗？"

父亲一生正直，为人处世，光明磊落。

六十五岁那年的秋天，父亲骑着自行车去赶集，在距离镇政府不远处的柏油路上，被一辆装满玉米的卡车撞了。父亲的自行车当场四分五裂，飞入路旁的深沟，父亲则被重重地甩在了马路正中。幸好，路旁的田地里，有一些干农活儿的，他们见状，纷纷跑到车祸现场。见父亲躺在路上，昏迷不醒，热心人就跑到镇政府报信，有的则帮忙打"120"，还有的帮着联系家人。

经过抢救，父亲很快就苏醒了。我们都以为，他会在医院躺上半月二十天的。没想到，入院第二天，父亲便闹着要出院。我们不同意，大夫也不同意，肇事者也建议留院多观察几天。父亲则说："没事，我自己的身体，自己有数，在医院里躺着，没病也会躺出病来。"

父亲执意要出院，我们也没办法，只好随了他。肇事者拿出一万元钱给父亲，父亲只留了两千元钱的住院费，其余的，一分没要。

知情者都说父亲傻，亲戚邻居也说父亲不该太过厚道。父亲哈哈一笑："这么严重的车祸，人还能活着，就是万福，比啥都值钱。"

人都说，大难不死，必有后福。可父亲还没来得及享福，就被病魔缠上了。六年后的中秋节，父亲丘脑出血，在重症监护室住了整整两周。其间，主治大夫三番五次让我们准备后事，但母亲坚决不放弃。母亲说，只要父亲还有一口气，就不办出院手续。

专家说，根据临床经验，丘脑出血，昏迷一周不醒，最好的结果就是变成植物人，所以主治大夫才劝我们放弃治疗。母亲说，植物人就植物人，起码还能看到他。

不知是父亲凭着顽强的生命力斗败了病魔，还是母亲的执着感动了上苍，父亲竟然醒了过来。

苏醒后的父亲智力只有幼儿水平，说话、行动等都要从零开始学。做康复训练，学习各种动作，母亲不厌其烦地引导，父亲一遍又一遍地学，终于，父亲站起来了，能走路了，能用筷子了，甚至还能写出规范的汉字。

一年后，我们陪父亲去医院复查，当时的主治大夫获悉父亲的状况，直呼"神了"。

是的，父亲身上发生过很多离奇的故事。有人说他幸运，有人说是发生了奇迹，而我则想说，那些幸运和奇迹来自父亲的正直、无私和顽强。

多年过去，父亲的病没再复发，生活也基本能自理，但他再难恢复以前的健体，只能说一些简单的短语。我再也看不到那个善谈爱笑的父亲，再也看不到那个每天忙忙碌碌却从不说累的父亲了。

尽管父亲不能再像以前那样与人侃侃而谈，也不能再像以前那样为我们操持一切，但从他无声的神情中，我们依然能感受到他那颗正直、火热的心，依然能感受到他那深沉的山一般厚重的爱。

母亲的园子

母亲的园子原是一片闲置的老宅。

老屋经年已久，被拆了后，母亲翻土整畦，把这块地拾掇成了菜园。有菜没果略显单调，父亲就去集市上买了些果树苗子，栽在了菜畦的四周。

前两年，果树没菜畦有看头。春韭、香菜、菠菜、小油菜还没吃过时令，土豆、豆角就上了餐桌，随后，黄瓜、茄子、辣椒、西红柿也你争我挤地往锅灶上跑。父亲栽的果树呢，则还是挑着单一的绿叶。母亲拍打着树身奚落父亲："这都几年了，俺又是施肥，又是浇水，好吃好喝地伺候着，可就是不见一点儿动静，你说你买苗子的时候，咋就不问清人家哪些是母的，哪些是公的。明儿个，你去打听打听，哪里有树医，请他们过来给瞧瞧这些果树是不是都得了不孕不育症！"父亲忍住笑，佯装不服地怼一句："你有能耐，哪里还用请树医，你给分出一个公母来不就得了！"我在一旁听着，不知该如何插言，只能笑看老两口拌嘴逗趣。

青菜收了一茬又一茬，攒足能量的果树们终究还是没辜负主人对它们的一片厚望。先是桃花红了枝丫，接着梨花雪漫树冠，随后，柿子、核桃、石榴、红枣次第展颜。我们再也听不到母亲的玩笑话。一早起来，母亲就在园子里忙，或给果树剪剪枝、摘摘花，或给蔬菜浇浇水、捉捉虫。

花开的日子，是园子最美的日子，也是母亲最快乐的日子。粉嘟嘟的桃花，雪莹莹的梨花，金灿灿的油菜花，红艳艳的木瓜花，交相辉映。风拂过，千枝万朵，摇曳成海，蜂蝶翩翩，芳沁满园。母亲打电话，邀我们姐仨赏花，我们乐此不疲，再忙，也不会缺席。我们在园子里穿梭，母亲像个孩子，折花枝，追蜂蝶，闻闻这朵，嗅嗅那朵，笑成盛开的菊花。临走，母亲会把她烙的桃花饼和她种植的各种蔬菜给我们每人准备一份。母亲说："吃菜还是吃自家种的，新鲜；赏花还是赏自家园子里的，爽眼。"

赏惯了母亲的园子，外出踏青我就再也提不起兴致；吃惯了母亲种的蔬菜，市场上买来的我就再也品不出独特的香味。那些年，母亲以她的园子为骄傲，我们以母亲的园子为依托。

然而，岁月的长河不会总是风平浪静。

一向强健的父亲突发脑出血，住院治疗了三个月。出院时，父亲还不能自理。为了帮父亲做康复训练，也为了减轻母亲的负担，我把父亲和母亲接到了自己家里。那段时间，母亲的园子没人照料，渐渐荒芜了。吃饭时，看着餐桌上的青菜，母亲总会摇摇头，深深地叹几口气。我知道，母亲在想她的园子。

两年过去，父亲终于能站起来走路了，母亲说什么也不愿在我这里继续住下去。母亲说，再住下去，荒废的不是园子，是她自己的身子骨。父亲虽然能站起来走路，但不能完全自理，还需要人照顾。我们姐几个都有自己的家庭、自己的工作，母亲回老家后，我们不可能天天去帮她分担，她已是七十多岁的人了，血压高，血糖高，又患有多年的关节炎，我们怎么放得下心？我左劝右劝，可母亲却执意要走，我万般无奈，只得随了她。怕母亲累着，我再三叮嘱："不要再管园子的事，荒就荒着吧，买着吃，也花不了几个钱，身体才是一道硬菜，保护不好，就连园子里的果子，您也只能眼睁睁着喂小鸟了。"母亲满口答应。

周末，回娘家去看父母，荒芜的园子又是一地葱绿。原来，母亲回家第二天，就着手整园子。她先把那些枯枝烂叶全部清理掉，又用铁锹把地翻了一遍，然后去集市上买了一些菜苗，一棵棵地栽好，每天淋水照料，几天过去，菜苗就恢复了生机。整理、翻种、淋水，这需要多大的体力和精力？不要说年迈多病的老母，就算力壮体健的年轻人，在仅仅一周的时间里，也不可能整理出这么大一片菜园。看着母亲，我心疼得紧了紧眉。

见我脸色不好，母亲像做错事的孩子，极力辩解："你爸很好，比跟着你住时好多了。我也很好，也比跟着你住时有劲多了。如今，赶上了好时候。老了，国家给发养老金；生了病，国家报销一大半；没力气种地了，包出去，人家给钱。吃的、花的都不愁。白天，跟几个老姐妹打打牌、拉拉呱；一早一晚，跟着跳跳广场舞。日子过得要多滋润就有多滋润，比年轻人自在多了，你们兄弟姐妹几个不用挂心。你看，我这身子骨，结实着呢。"母亲说着，提起一桶水，在我面前转了两圈。

是啊，是赶上了好时代，可不管怎么说，母亲毕竟年岁已高，还要照顾手脚不便的父亲，做儿女的又岂能不挂心？我知道母亲的心意，即便老去，她也不想成为儿女的累赘。

看看一地绿莹莹的菜苗，再看看白发苍苍的母亲，我鼻尖儿一酸，急忙将视线闪开。

"今年老天爷可给长劲儿了，你瞧树上的这些果子，一嘟噜一嘟噜的。再有半月，桃子就能吃了，你可不要再买了。"母亲指着一树树的果实说。

是老天爷长劲儿吗？答案是什么，母亲心里清楚，我心里也清楚。

时光荏苒，岁月悠悠。母亲像照顾孩子一般，侍弄着她的园子，尽管后背日渐曲驼，尽管步履日渐蹒跚，却依旧不辞辛劳。

谷雨时节椿芽香

谷雨已至，总会情不自禁地跟人晒一晒，每年必吃的那顿香椿芽大餐。

常言道：谷雨香椿嫩如丝。提到谷雨前后的椿芽儿，不用品尝，就会让人觉得唇齿溢香，连周身的空气都跟着芬芳起来。

因为香椿芽那独有的香味，家乡的老人都习惯把香椿树叫作香树。细嫩的椿芽不仅醇香爽口，还有极高的营养价值，能健胃理气、抗菌止泻、润肤消炎，更能提高机体免疫力。所以，农家人也都喜欢在宅院里栽上一两棵。

我家的老宅，经年已久，旧屋拆除后便有了大片的空地。父亲建议栽速生杨，母亲却执意整成了菜园，还在菜园的周边种了十几棵香椿苗。没出三年，十几棵树苗就长到了小腿粗。一入四月，伞状的树冠上，先后拱出嫩嫩的小芽，紫红紫红的，很是馋人。过了清明，气温回升，香椿芽也就一天天地往高里拔。等到了谷雨，早芽已经手掌长，晚芽也跟成人手指差不多长了。这会儿正是吃芽的最佳时候，母亲就给我们兄弟姐妹四人分别打电话。

接到电话的我们，不管多忙，都会撂下手里的活计，相约着回一趟老家。母亲就会做一顿香椿芽大餐：椿芽儿拌豆腐、椿芽儿炒鸡蛋、炸椿芽鱼、椿芽煎土豆片、干炸椿芽肉丸、椿芽酥香饼……

看到金灿灿、绿莹莹的一大桌，闻着满院的椿芽香，我们几个也顾不得什么礼数了，没等开饭，就用手抓着吃起来。

父亲看着我们几个狼吞虎咽，总会摇摇头说，真是一群光知道吃的白眼儿狼！母亲则笑盈盈地说，慢慢吃，我做了很多呢。

吃饱喝足，我们几个也就要离开了。母亲把掰好的香椿芽给我们每人准备一大包，临别，叮嘱："等上个十来天，二轮芽子又中吃了，你们再来。"

我们几个应着，各自上了车。母亲生怕我们忘了，还要拍着车窗再叮嘱一遍。

车已经走远，回头，我们看到母亲和父亲依然站在院门口望着。这时的我，双眼就会情不自禁地湿润起来。我深知母亲当年为什么执意要将老宅整成菜园。只有种菜，那些香椿树才能受光好、长相好，母亲才有理由把我们叫到一块儿，一家人才能和和美美地吃一顿香喷喷的团圆饭。

其实，我们几个也都明白，椿芽儿再香，也不及父母对儿女的爱！

母亲和她的向日葵

"春花夏蕊已飘零，秀出秋芳一朵倾。""更无柳絮因风起，惟有葵花向日倾。"这些吟咏向日葵的诗句，儿时的我就倒背如流，原因来自母亲对生活的那份执着。

母亲是她家中的长女。家里人多，劳动力却少，生活拮据，逢年过节，连新衣服都穿不上，更不要说吃糖果之类的小零食了。看着邻家孩子不仅有花衣裳穿，还有糖果吃、瓜子嗑，弟弟妹妹馋得直流口水，母亲心疼，但也无奈。

一天，母亲去赶集，遇到了卖向日葵果实的。灰色的葵花子镶嵌在花盘里，一圈一圈的，饱满诱人。于是，母亲向人家讨教了一些种植经验，用卖鸡蛋的钱买了两盘，一盘给弟弟妹妹解馋，一盘留下当种子。

从十四岁到如今的七十八岁，母亲种了整整六十四年的向日葵。院子里，凡是能利用的空间都被向日葵占据了。

我小时候，到了冬天，闲来无事，母亲便拿出一盘葵花子，一家人坐在炕上，边嗑，边听父亲讲故事，其乐融融，好不温馨。

平日里，父亲教我背诵唐诗宋词，见我老是背不会，母亲就用奖励葵花子的办法督促我。那些吟咏葵花的诗句，我就是嗑着母亲的葵花子铭记于心的。

后来，日子好了，盖了新房，老宅完全空了出来。母亲翻土整畦，在中间种了一些应季青菜，在四周种上了向日葵。向日葵能长两米多高，无论从哪个方向看，都像是母亲给青菜配置的一队卫士。太阳一出，一张张笑靥面向东方，仿佛等待首长的命令一般。这时，母亲就会感慨："真好！"

真好！仅仅两字，却胜似千言万语。看到这些向阳而开的花，阳光一样灿烂，有谁不会赞叹呢？

父亲得了脑出血，落下口齿不清、步态不稳、双手不灵的后遗症，母亲的生活一下子增了双倍的负担。我们几个都劝她不要再管老宅里的园子，荒着就荒着，买着吃也花不了几个钱，保重身体要紧。母亲满口答应，可等我们一离开，她该怎么忙还怎么忙。

而今，母亲已近八十高龄，依旧不辞辛苦，园子里的青菜应有尽有，一棵棵粗壮挺拔的向日葵更是长势喜人。

"今年老天长劲儿，虫子少，葵花子收得多，你们不用去超市买了，自家种的比买的好吃。"母亲每年都对我们重复着同样的话。

的确，母亲种的葵花子，味道就是不一样，说不出的甘甜香醇，尤其看到母亲一粒一粒剥好，再一粒一粒放进父亲口中时，那味道就更会让我泪盈于睫。

炎炎烈日，葵花怒放，满园都是阳光的色彩。风拂过，清香四溢，是向日葵的味道，也是母亲的味道。

母亲的眼泪

母亲又独自抹起了眼泪。

这是第几次，我早就没有了概念。从父亲昏迷，住进重症监护室那日起，至今整整八年，母亲的眼泪，时不时便在眼眶里打转。

看到母亲流泪，我心里也疼，可我又不知道用什么语言来安慰她。

父亲脑出血，在重症监护室被抢救了半个月。其间，主治大夫一次次地把我们叫过去，让我们准备后事。母亲不甘心，我们做儿女的更不甘心。父亲辛辛苦苦一辈子，好不容易盼来了好日子，福还没来得及享一天，怎可就这样走了？

"只要他还有一口气，俺就给他治，哪怕是个植物人，俺还能看见他！"母亲一遍遍对我们说。其实，这又何尝不是我们兄弟姐妹几个的心声？

见我们一再坚持，主治大夫也只能摇摇头。

那时，母亲已经七十多岁，血压高，还有严重的关节炎，所以，我们就想尽量让她在家歇着，可不管我们怎么劝，她就是一分钟也不肯离开医院。

病人住在监护室，家属一天只能探视一次，一次也只有三十分钟，时间安排在下午四点到四点半。每次去探视父亲，母亲必去。她说："见不到你爹，俺这一夜也睡不着。"

三十分钟的相见，与其说是对病人的安慰，不如说是对家属的折磨。一连十天，我们见到的父亲都是紧紧闭着双眼，任凭我们怎么呼喊，怎么摇晃他的胳膊和手腕，他都一动不动。为他翻身，为他擦背，为他洗脸、洗手、洗脚，不管我们做什么，父亲都只是那样静静地躺着，没有一点儿知觉。

三十分钟眨眼过去，母亲总是流着泪被护士给撵出来。

每天早晨，主治大夫都会在家属休息室停留几分钟，将病人的具体情况给家属们说一说。每天，母亲都会挤到最前面，问父亲的症状，主治大夫要么摇头，要么让去准备后事。

看着其他病人被陆陆续续转到普通病房，母亲的泪就会流个不停。看母亲流泪，我的泪也忍不住，可是，我知道，我不能哭。我是家里的长女，我若是不能控制，弟弟妹妹们自然也无法控制。我挨着母亲，为她擦去眼泪，心里不住地祈祷，希望老天开恩，让父亲早早醒过来。

父亲住进监护室的第十四天，母亲抱着父亲的手说话，我给父亲洗脚，洗着洗着，父亲的脚猛地抽搐了一下。我心中一阵惊喜，急忙喊大夫。大夫过来查看时，父亲竟然慢慢地睁开了眼，而且，眼角还挂着泪水。

母亲再也控制不住，竟哭出了声。

"不可能，不可能啊！"大夫连连惊叹。

大夫曾说，以他多年的临床经验，昏迷一个星期不醒，基本上就没有苏醒的可能了，何况父亲已经昏迷两个星期。

父亲怎么创造的奇迹，大夫说不出，我却能够理解，是母亲的爱，是我们这些儿女的坚持，感动了上苍，也感动了父亲。

父亲终于被转入普通病房，头顶上的两根引流管、喉部的呼吸管也渐渐被拔掉，但他吞咽功能依旧是丧失状态，吃饭还是要凭借胃管。长时间躺着，造成肺部痰液过多，而父亲自己又不能咳出，只能靠吸管。一天吸痰无数次，每次吸痰，父亲都会经受痛苦的折磨。看到父亲痛苦的表情，母亲就会偷偷抹眼泪。

在普通病房的整整两个半月，母亲一刻也没有离开过父亲的视线。我们都劝她回家休息几天，她说什么也不肯。

我们是被主治大夫赶出医院的，他认为，父亲的病已经定型，再也离不开病床，住下去也没什么意义，只会浪费物力和人力。那时，父亲吃饭还是靠胃管，坐都不能坐，母亲不忍就这样回家，一再哀求主治大夫，但最终还是办了出院手续。

我们都以为，父亲再也坐不起来了，可母亲不信大夫的话，出院后，每天为父亲按摩四肢、拍打背部，引导父亲认字、认物品，教他学发音。我们下班回来，便架着父亲学迈步。功夫不负有心人，五个月过去，被定性为终身瘫痪的父亲站起来了，他不仅能自己走路，还学会了用筷子、写字。

这一切，都离不开母亲无微不至的照顾。五个月里，母亲付出了多少，流过多少眼泪，我们做儿女的一清二楚。

乌飞兔走，八年过去，父亲的病没有复发。尽管言语表达依旧有障碍，尽管腿脚不够利落，但起码能在生活上自理，一个人还能围着村庄走上一遭。

父亲身体向好，母亲却还是会时不时地流泪。我问她原因，她总是唉声叹气："我要是走在你爹前面，他以后咋过呀！"

我不能说母亲是在杞人忧天。想想这些年，我们为父亲付出了什么？又帮母亲做过什么？我们只想着自己的小家、自己的儿女，又何曾想过母亲她已经年迈，身体也每况愈下？

母亲的眼泪是对父亲的爱，也是对我们这些儿女的警示！

月是故乡明

悠悠故乡情

小时候，总喜欢静静地坐在门口的小河边，望着遥远的天际中那片或浓或淡的残霞，想那太阳落下的地方，距离升起的地方会有多远。那地方是不是一如我的童年，有白云，有明月，有小河，有树林，有田舍，有白雪公主与王子？打那时起，我就向往着走到村子外面的世界去。

第一次远足，与三个伙伴徒步进城，一路上，不时有马车从我们身边驰过，赶车人扬着长长的鞭在空气里"啪啪"猛抽两响，神气劲儿俨然一个帝王，更不要说那些骑自行车的主儿了。我咂咂嘴，对伙伴说：我一定要买一辆崭新的"凤凰"！

我们首选的是新华书店，四间平房对我们来说就已经是书的海洋了。我用蓄了整整三年的长辫换来的一元钱，买了三本画册、四本故事书。我把它们装进印花布书包，小心翼翼地背好。迷醉我身心的还有书店东侧的百货商场，两层的楼房带给我的震撼不亚于摩天大厦。一群穿着各色连衣裙的少女与我擦肩而过，裙摆飘起，如蝴蝶飞舞，白莲藕似的小腿唤起我梦一般的遐想。我痴痴地望着，对自己说："回家让娘也给俺做一身！"

那时，我十岁，上小学三年级。我在日记里记下了那次远足，由衷地感叹："若能在城里生活该多好！"这句感叹，伴我读完小学，走过中学，直到步上讲台，我那颗年轻躁动的心都没有安定下来。

一次偶然的机会，我与朋友告别了门前的小河、房前屋后的瓜架、飘着蝉鸣的小树林，融入了陌生都市。华灯初上的长街，歌舞飞扬的广场，络绎不绝的车辆，将我儿时的梦境展现得淋漓尽致。

然而，现在，习惯了宽阔马路的喧嚣，熟悉了华庭广厦的雍容，静坐下来，呷一口清茶，才觉得茶水里缺了点什么。当都市再也激不起好奇，漫长的夜便被一种怅然若失的情绪笼罩。披衣伫立窗前，仰望夜空，怎么也找不到家乡那一轮皎洁的明月，那几颗闪亮的星星。从那一刻起，我的房里，浮华铜臭渐次淡去，装满了越来越清晰完美的小河、瓜架、小树林……

那是黄昏星海湾金色的沙滩，白色的海鸥，五颜六色的比基尼、太阳伞、帆船，构成了一个梦幻般的世界。朋友赞叹："美啊，大连！"朋友的朋友淡然一笑："再美，终究是别人的家哟！"我怦然心颤，望向天边那片殷红的晚霞，油然生出一种思乡情绪，想起了小河、瓜架、小树林……

在无数次梦萦魂牵之后，我终于向繁华的都市说了再见。

小河依然，瓜架依然，小树林依然，只是现在，小河成了一位大叔的渔场；瓜架不再是随意乱搭，房前屋后清一色的竹竿井然有序，勾勒出一幅优美的装饰画；小树林里种植了木耳、蘑菇。黄土里刨食的父辈已经把耕作当成第二职业，各种加工厂才是他们的主战场。走在路上，不时会有货车倏忽驶过。那一刻，我不由得感慨："选择回家，是对的！"

一晃二十多个春秋过去，鱼尾纹逐年递增，而家却越发年轻漂亮，不停地更新着容颜。那一度令我骄傲的"凤凰"也早在数年前折了双翼，化为历史。

漫步在宽阔的林荫道上，心底一片空明。耳畔虽没有都市的喧嚣，但有都市少有的宁静、空灵与安谧，更有都市少有的清新、自由与质朴。望着路两旁一座座美丽的院落，一幢幢白墙青瓦的小洋楼，还有那不时从院门里开出的小轿车，我由衷地笑了："乡下人家比都市人家富有啊！"

而今，坐在温馨的小院里，浴着柔和清丽的月光，在葡萄架下，品着悠悠茶香，听着牛郎织女的情话，咀嚼走过的日子，说不尽的惬意舒爽。我轻轻地对自己说："外面的世界固然可以织梦，但五彩的梦还在生我养我的这片故土。还是家好啊！"

哦，月是故乡明！

故园，汩汩不绝的老酒

　　花开的日子，总忘不了回老宅看看，无关一院的浓碧，无关百卉的缤纷，亦无关云蒸霞蔚的悠远，只是重温一杯老酒的甘醇。

　　许是开门声惊扰了树上的栖鸟，抑或是栖鸟的飞鸣召唤了左邻右舍，几根石榴枝还没剪完，院子里就多了几道熟悉的身影。

　　见我剪得吃力，大叔接过剪刀，教我如何使用巧劲。大婶将剪下的废枝收拢在一起，笑着说："日后有啥事，打个电话吱一声就行，别看我们上了年纪，剪剪枝，清清院，还是比你在行。"

　　我欣然笑笑："不在行还不是您老人家惯出来的！您和大叔什么活儿都揽下了，我要是在行，连老天爷都会忌妒了。"

　　说话间，门外传来咯咯的笑声："我说这一大早的小山喳就在头顶叽叽喳喳地叫，敢情是大妹子回家了呀。"听这声音，就知道是隔壁的杏花嫂。

　　杏花嫂手里端着一个小瓷盆，瓷盆里是几团绿叶。阳光下，莹莹烁烁的。

　　"尝尝鲜，刚刚用滚开水氽的。放心，干净着呢。"杏花嫂将瓷盆递给我。我知道不管这满满的一盆是什么，也不管喜不喜欢吃，我都必须接过来，我不能也不会拒绝这种温馨的馈赠。

端着瓷盆，努力辨认盆里的绿叶，老半天，我还是摇了摇头。

"怎么着，不认识？你可是教书匠，要是不认识，这下一代还不让你给祸害了。"杏花嫂故意晲着我，撇撇嘴。

杏花嫂耿直爽快，不管她说什么我都乐意听。还在老家居住时，她有事没事都会找我唠上几句，得了什么稀罕东西，会让我分享她的快乐；遇到一些不顺意的，会冲我发一阵牢骚。我呢，等她说得差不多了，劝慰几句，她哈哈一笑，似乎什么都没发生过。日子久了，彼此也就没有隔阂，即便因某件事、某个人争得面红耳赤，冷静下来，还是知心知肺的姊妹。这些年，我和她尽管城乡两隔，但那份美好、那份契合，在荏苒光阴里一如青春的笑靥。

看着揉成一团的绿叶，我忍不住捏了两片放嘴里，嚼嚼，绵绵的，鲜鲜的，再细细品品，清鲜中含着淡淡的苦涩。蓦然，我想起了儿时经常储备的羊饲料，惊呼："嫂子真敢吃啊！"

"有啥不敢的？俺告诉你，这小叶杨的嫩叶，跟柳芽一样金贵。能祛风、能活血，可清热、可利湿；还能治风湿痹症，跌打肿痛，肺热咳嗽，小便淋漓。什么口疮、牙痛、痢疾、脚气呀，准保一吃病除。吃的时候，放上点盐，再放上点鸡精、蒜泥、芝麻油，你会吃得哈喇子流到大街上去。"

有这么神？我踌躇着再次品尝了几片。

老实说，这嫩叶的味道不算上乘，但也不错。至于杏花嫂子说的那些药效确不确切我不清楚，不过提到小叶杨，心里自有一种特殊的亲近感。记忆里，儿时的春天，景致是最好的，味道是最鲜的。柳芽、柳叶，榆钱、榆叶，槐花、槐叶，香椿芽，毛毛虫（小叶杨的花），都是餐桌上的常客。那个年代，但凡能吃的树产品近乎被人的嘴给垄断了，只有杨叶、桑叶被留给了羊儿和蚕儿们。

杏花嫂说，吃小叶杨的嫩叶是近两年才兴起的。日子好了，大鱼大肉的吃腻了，就有人开始琢磨起了被丢弃的树产品，小叶杨就这样被发掘出来了。

看着手里小叶杨的嫩叶，起初的那一丝排斥瞬间消融。我再次俯首品味，淡淡的清香忽然浓烈起来，空气里揉进了非常熟悉的沁芳。我知道，这沁芳不是来自杏花嫂的小叶杨嫩叶，而是来自身后。我急忙回头，看到了九十高龄的剪花奶奶。

剪花奶奶提着一个竹篮，竹篮里是满满的香椿芽，那浓浓的沁芳就是从这竹篮里飘溢出来的。剪花奶奶有一双灵巧的手，村里谁家娶媳妇嫁闺女，需要剪些喜字喜图和窗花，只要跟她老人家说一声，她老人家再忙，也会让有求者欢喜而来，满意而归。时间久了，大家都喜欢称她剪花奶奶。

"闺女，听说你回家来了，我就让孙子从树上掰了一些给你送过来。红芽子、青芽子都给你备了一些，可香啦，你尝尝鲜。"剪花奶奶把竹篮递给我。

我急忙接过来，紧紧握住剪花奶奶的手。先不论这一竹篮的香椿芽，单就这一把年纪了，还惦记着我这个离乡二十多年的邻居，就足以让我泪盈于睫。

融合，两双不相称的手，两颗忘年的心。这一刻，我感受到了一种在喧嚣雍容里未曾有过的温暖。

邻里之间，早已无法用言语来镶嵌！多少年，多少次，无须追忆，亦无须刻意。

"何言家尚贫，银槎提绿醪。"此情此景，令我忽然想起白居

72

易的名句。

置身于万丈红尘，我和我的邻居或许没有可炫耀的财富，但有着比那杯浓浓的绿醪还淳的感情。这感情不需要华美的修饰，亦不需要丰厚的物质，简单的"打个电话吱一声就行""你会吃得哈喇子流到大街上去""可香啦，你尝尝鲜"就足够了。

时间悄然溜走，须臾，日影已长，说笑声在挥起的指尖上远去。风拂过，满树的精灵折射成一张又一张笑颜，大叔、大婶、杏花嫂、剪花奶奶……

我一直庆幸，我的背后有一片可以遮风避雨的树林，在一路走来的风雨中，我珍视着树林中每一棵树的花蕾。品尝了一枚又一枚的果实后，我知道，故园，其实，是汩汩不绝的老酒。

静穆中，俯身。春阳青睐的花蕊里，缕缕醇香，迎风飘散。

被定格的风景

吃过晚饭，没等村口老树上的铜钟响完，老少爷儿们就把生产队长围了个水泄不通。生产队长说，西南洼的五十亩高粱熟了，再不收，就被小虫和老鼠给搬光了。

老少爷儿们议论纷纷。有的说，那片地地势低洼，又远，上岁数的不适合去。有的说，为了公平，每家出一口人。有的说，活重，得加工分。

少数服从多数，生产队长拍板："二十岁以上五十岁以下的劳力去干，每人多加半个工的工分。"

翌日一早，大家伙赶着马车，牵着驴骡，拿着镰刀铁剪，浩浩荡荡直奔西南洼。到了地头，大家齐刷刷地张大了嘴，瞪大了眼，你看看我，我看看你，眉宇间凝聚着放大的问号。

田塍上，一夜长出一座高山，青色的山。山脚，有火炬似在燃烧，一束束，一堆堆，映红了西南洼的天空，映红了汉子们惊骇的脸庞。

山，谁砌的？

火炬，谁在举？

忽然，天空飞过一群雁，风在山巅吟唱。

远处，青年突击队队歌的旋律，随风传来。

人群里，怎么没有青年小伙子的身影？

队长蓦然明白，眼前便氤氲了一片水雾，不停地拿手背擦拭。

汉子们也明白了，一双双眼眸里，水花直打转。

又逢玉米香

处暑时节，农家的玉米也就拣着上市了。

此时的玉米，历经炎夏酷暑的锤炼，出落得圆润丰满，通体晶莹，美到极致。

其间回老家，时不时就会撞见骑着电动三轮车的乡邻，从田陌驶来，车厢里装满了鲜嫩的玉米棒子。看到这些，总有一种难以言喻的亲近，感觉连空气都变得清清爽爽，馨香无限，儿时吃玉米的画面也随之浮现在眼前。

嫩嫩的玉米，可以煮着吃，亦可蒸着吃。最美的吃法是连同外皮一块儿放在柴火里烧烤。烧烤的玉米，味道醇美，清鲜馥郁，闻一闻周身的空气，都能让人垂涎三尺，入口，更是唇齿弥香。

记得我七岁那年，母亲刚把嫩玉米烤好，隔墙邻居李婶，便领着四岁的儿子小明来到我家。李婶说，闻到了烤玉米的香气，小明就闹着要吃。

那会儿是大集体，耕地属生产队所有。种什么，什么时候收，都由生产队领导决定。为方便吃到各种时令蔬菜，生产队专门拿出了六十亩地，分到各家各户，让户主自由支配。这种地，当时被称为自留地。每家虽然只分到几分自留地，但种的菜足够一家人吃了。

我和弟弟妹妹都爱吃嫩玉米，母亲就在我家自留地种了百余棵。不等成熟，母亲便每天掰几个给我们煮着吃。从刚灌满粒到粒粒饱满，从蒸煮到烧烤，我和弟弟妹妹能吃上二十多天的鲜玉米。

李婶家的自留地没种玉米，如果去生产队的大田里掰，那就是偷窃，会被惩罚。如今，小明闹着吃，李婶只能领着他来我家讨。母亲二话没说，便把我手里的烤玉米一分为二，一大半给了小明。我感到很委屈，赌气把另一半扔到地上，哭着向奶奶告状。

奶奶问我："你娘把你最爱吃的烤玉米分给小明，你觉得不应该，是吗？"

我使劲点点头。

奶奶继续说："要是明年咱家不种玉米，小明家种了，你看到他吃着香喷喷的烤玉米，会咋想呀？是不是很想让他分一些给你？你再想一想，你不乐意分给人家，凭啥让人家分给你？"

我无语了，有些羞愧地低下了头。

奶奶笑了："你把自己有的东西分给别人，别人就会感激你，记住你的好，日后也会把你没有但他有的东西分给你。"

奶奶的话很朴实，却让我明白了做人的道理：学会分享，才能收获更多。

果真，没过几天，李婶就端着一盘鲜嫩的毛豆来到我家，喜滋滋地对我母亲说："自留地里种的，刚摘的，让孩子们尝尝鲜。"

"有毛豆吃了！"我高兴得一蹦老高。

又逢玉米香，与邻家孩子分享烤玉米的事一如昨日。

家乡的荷田

盛夏，家乡最美的风景，当数那望无边际的荷田。

骄阳下，层层碧叶泛着莹莹绿光，点缀着粉的、白的荷花。风拂过，那一池池的亭亭玉立，如同清纯圣洁的仙子，衣袂飘飘，清香远溢。

我醉心于荷田的宁静、水韵的生动、荷叶的诗意，更沉湎于荷花的圣洁和莲藕的无私。

打从我有记忆起，莲藕便是家乡人的经济支柱。小到餐桌，大到砌院筑房，莲藕创造的价值不可小觑。

春夏之交，家家户户开田整畦，整出四四方方的几池。整池看似简单，却是种植莲藕的关键一步，决定着收成的多少。

首先，夯实池底。或用榔头，或用电夯，一遍遍砸，不遗漏方寸。这样，池才不易渗水，才能确保莲藕有良好的生存环境。其次，注水施肥。池注满水后，人在水里来来回回蹚踩，直到踩得光滑平润。这一过程，俗称混藕池。混好藕池后，把有机肥均匀地撒开。最后，栽种。将备好的藕种，有规律地植于水中。

不几日，水面上冒出尖尖的芽孢。芽孢舒展开后，水面便被圆圆的绿叶覆盖。等绿叶高高擎起，一朵朵荷花也次第展颜。置身其间，秉一叶绿伞，撷一片粉瓣，不见了盛夏的烦躁，只有眼前的清爽和惬意。一切沉郁和愁思，便化作缕缕云烟，随风飘逝。

莲藕浑身是宝。叶可做茶，亦可做食品包装材料；花瓣可以食用；花蕊、莲子和地下茎既是食材，又是上好的药材。

不过，家乡人很少将荷叶做成茶。老人说，莲藕生长期间，如果把荷叶剪掉，雨水就会顺着叶柄的圆孔流到地下茎里，地下茎就会腐烂，莲藕的产量就会降低，经济收入就会受损。是不是这道理，我也不曾求证。但荷叶的茂盛与否，的确决定地下茎的收成多少。

儿时最美的记忆，就是采莲。粉白的花瓣儿刚打开，我们这些荷田小克星，就会把靠近田塍的荷花整朵儿摘下来。池中间的那些花都是幸运儿，我们够不到，也不敢轻易下去，一则怕淹，二则，大人看到会把我们的屁股给揍开花。

我们把花瓣儿放在衣兜里，等回家后用热油炸着吃。金黄的花蕊和未成熟的莲子，就进了我们的胃肠。

荷叶渐次枯萎，荷田里的水渐次减少，荷田中间的莲蓬也成熟了。鹅黄的大莲蓬，勾得我们这些小馋猫心里痒痒的，我们天天站在田塍上盼啊盼，盼着池子里的水干涸，盼着能吃到那肥硕的、甜甜的莲子。

家乡的荷田，承载着我儿时的欢乐，承载着乡民们美好的憧憬，摇曳在夏天的眉眼里，点缀着代代人的梦。

邻家月饼分外甜

又到中秋节，很自然地想到了邻家的月饼。

就像八月十五的月亮分外明，邻家的月饼也分外甜。自有记忆起，五十多个春秋，邻家月饼的余味，时刻在齿间萦绕，非但没有淡去，反而一年比一年甜。

凉风习习，月色如水，家家户户把早已备好的月饼、水果摆到院子里，对月祭拜完毕，一大家子便围在桌旁，吃饼赏月。

那时的月饼都是自家做的，大大的、厚厚的、圆圆的，黄澄澄的外皮上面，刻印着一个茶碗大的月亮图案。掰开来，红色、绿色和金黄色的甜丝相互交错，白白的花生和黑黑的芝麻，全部展露出来，异常诱人。

大人们已经拿起月饼边吃边聊，我却静静地坐着，盼着，不是不想吃，而是怕吃饱了，没有肚子再品尝邻家的月饼。母亲已经挎着一竹篮月饼和水果去四邻分赠，四邻很快也会带着月饼和水果来到我家。

也不知道是从哪一年兴起的，乡邻们总喜欢将自家的美味佳肴，拿出来与大家分享。大年初一的水饺，二月二的蝎子爪，六月六的炒面，八月十五的月饼，年三十的杂烩菜，看似单一，但多家的美味聚合到一起，对我们这些孩童而言，那就是满汉全席、旷世盛宴了。

不是孩子们嘴馋，亦不是孩子们偏偏爱吃别家的饭菜。仔细想一想，那年月，生活拮据，每家的日子都过得清苦，想吃大餐满足胃口，根本没有条件。交换着品尝，或许是环境所迫，但我总觉得，那是朴实民风营造出的甜美记忆。

"但愿人长久，千里共婵娟。"又到中秋佳节，我多么渴望儿时的画面再现。

手捧月饼，仰望明月，曾经的邻居，请品尝彼此的赠予，重温那份独特的甜美吧！

与生活对话

夏日抒怀

周末，一个云卷云舒的日子，我终于有了心情打理遗忘多日的置物架。

躬身的瞬间，我愕然了。被杂物遮挡的一隅，出现了一株绿苗。

我不知道，是该为眼前的新生寻一抔黄土继续让其繁衍，还是让它完成原本的使命，被端上餐桌。不得不承认，世间最难的不是有与无、生与死，而是舍与得。有或者无，生或者死，都是被判决了的存在。在某种条件下，有可以为无，无可以为有，生可以为死，死可以为生，唯这舍弃与存留折磨心性。

我深知，不管是被端上餐桌，还是继续繁衍，对娇弱的生命而言，都取决于人的意志。从菜农将它作为商品，到它被我搁置在厨房置物架上，它的命运就已被判决。我既然想做出与众不同的选择，就注定要经历一番噬心的过程。举棋不定的最终，是输赢；舍与得的最终，是人心。

姜，餐桌上的佐料，因我一个不留意，它便冲破了猎食者强加的枷锁，孕育出了新的生命。凝视着干枯的母体上长出的幼苗，我被这位母亲在生死攸关之时，毅然执着的精神深深震撼。于是，我选择了放生。

窗外的草坪里，多出了一株碧绿，幼小姜苗的挺直。骄阳下，它会一直这么傲然吗？物竞天择，还是交给大自然去定夺吧。

忽然就习惯了伫立窗前，与其说是记挂草坪里的那一株绿苗，不如说是被这孩儿面似的天空牵绊。

吃过午饭，房间里的光线倏忽暗淡。在窗前仰望，太阳的半张脸被几片行云笼罩。如果你不能确定你的明天，如果你无法猜测每一个人的命运，就不要去给夏日的天空下定语。看着草坪走出灰暗的氤氲，我知道那几片浮云已经被炽烈冲破。翘首，震惊，那一轮炽烈的焰团外围，出现了硕大的圆虹！

"阳光普照了！阳光普照了！"草坪的那端，一个女孩欢呼雀跃，莹白的裙摆在风中飘起，幻化出一袭美丽的仙衣。那是亟待叩开大学之门的女孩，从她热烈的欢呼中，我能猜想出是绚丽的日晕，让女孩的才思开始升华。

我欺骗自己，那不是日晕，而是美丽女孩放飞的梦想。

夏日，诠释"知识改变命运"的日子，光鲜了多少面孔，又颓废了多少心志？

"日晕三更雨，月晕午时风。"这谚语我不敢深思，我怕那三更后的雨，让失意学子的心雪上加霜。我希望老天为孩子们破一次例。千万不要连阴哟！

我将绚丽的圆虹定格在相册，标签上注明"希冀"。

一夜之后，雨停了，天空湛蓝如洗。

风景在指尖起舞

与往常一样，吃过晚饭，我坐在露台上，吹着向晚的微风，品着悠悠的香茗，感受夕阳沉落云际的静谧。

冷不丁，几声啁啾，将头顶静若处子的寰宇击碎。我抬眸循声，几点莹白画出几道流星般的弧线，沉落楼前。顺着那"流星"的熠尾，我走向了露台边缘的栏杆。对面楼下，一个身着旧工装的老者，出现在我的视野。

老者左手端着一个橘红色的小盆，那几点白光围着他翻飞。老者把右手从盆里拿出，然后向着地面抛撒，几点白光倏地落在空地上。

哦，老者在喂鸽子啊！

居民养鸽子没什么稀奇，但像老者这样，在空旷的地面上投食的，却极少见。我想知道老者如何将白鸽驱向鸽笼，便饶有兴致地看着。

或许因为已经饱食，几点莹白，拍打着羽翼，在老者的上方盘旋，继而鸣叫着向远空飞去。

这不是老者的鸽子？这是蹭食的过客！

震惊，诧异，一连串的问号出现:鸽子从何而来，又向何去?与老者有何关系?

老者仰着头，目送鸽子飞向苍穹。鸽子消失在远空许久，老者才端着橘红色的小盆，走进了对面一楼下的车库。说是车库，并没有几家用来放车，人们拾掇出来，或做商铺，或给腿脚不便的老人居住，或租赁给在城里谋生而没有房产的人。

对面车库的老者，什么时候搬来的我不清楚，是主人还是房客，我更不清楚。从那身工装来看，很像小区物业管理处的人员。

兴许就是管理人员吧!

老者从车库出来时，手里拿了一把铁锹，然后走向车库前面的土丘，一锹一锹地翻土。在我的认知里，也只有物业管理人员才会做这些。

我居住的小区中央，有三栋异于周围楼群的高层电梯房，被称作花园洋房。我栖居三栋中的中间这栋，与对面楼的距离足有五十米，两栋楼之间有假山似的土丘。刚搬来那阵，土丘上长满了齐膝的绿草，绿草丛中，开着星星点点的小花，紫色的，粉色的，白色的，看上去与花园洋房倒也十分相称。近两年干旱严重，物业管理没有跟上，土丘上的草失去了起初的浓碧，小花们也渐次绝迹。土丘显出了原本的面貌。看着一片片裸露的黄土，一些业主哀叹，小区被管理得太差了! 当然，我也是哀叹者之一，在潜意识里，小区的美化工作只属于物业管理处。

"这土丘真该打扮打扮了! "我自言自语。

之后，露台上，那把伴我度过无数个黄昏的阳光椅，俨然成了虚设。在夕阳晚照的静谧里，凭栏伫立，一幅由白鸽与老者绘就的图景，幻化成了那杯悠悠的香茗。

突然有一天，我的视线里，融入了一团火焰，楼前土丘上滋生的火焰。一团，一团，又一团。那火焰每天都在蔓延，蔓延成一道墙时，我看到了墙后的一片片霞，粉色的霞，紫色的霞，橙色的霞，蓝色的霞……彩虹，那简直是一道绮丽的彩虹！

老者在播种"彩虹"！我惊呼，我震撼，我激动！

我极力翕动鼻翼，尽享空气的流韵携来的缕缕香气。当周身馨香弥漫，我禁不住走出楼，走向了老者。

"这些花真美啊！"我啧啧赞着，"都是些什么花呀？很少见过呢。"

"俺也叫不上名字，大侄子从大城市里捎来的花种。"老者回道。

"您是物业管理处的吧？"我俯身看一朵紫色的花。淡绿色的花萼紧紧托着浓紫的花瓣，花蕊细长凸出，鹅黄的蕊端弯成了一个小小的圆球。整体看上去，婀娜多姿，娇俏无比。这花儿我的确不认识。

"闺女，你觉得我是物业管理处的？看来，都是这身行头惹的。"老人笑了笑。

"您不是物业管理处的呀，那您怎么会……"看着眼前一团团锦簇的花朵，我突然不知该说些什么。

"闲着也是闲着，活动活动筋骨，让大家养养眼呗。"老人轻描淡写，转身进了车库，随后推出一辆脚蹬三轮车，车上装满了塑料瓶、破纸盒之类的废品。

"您这是？"我盯着车上的东西，凝眉。

"这是今天捡的，送到收购站去，顺便买回一些青菜杂粮。"

"捡？您老是拾荒的？"我愕然，眼前这个人的身份瞬间超出了我的认知：一身工装虽然陈旧，却也十分整洁；岁月留下的一脸刀痕中，却让人寻不见苦楚和沧桑。回头再看看那风中摇曳的"彩虹"，脑海中的那个问号，随即被放大：这会是一个拾荒者？

"推着车，遛遛腿，弯弯腰，顺手捡起这些碍眼的，闺女，俺赚大发了呢。"见我发怔，老者呵呵笑了。

此刻，我的思绪在老人质朴的言辞里旋转。"闲着也是闲着，活动活动筋骨，让大家养养眼呗。""推着车，遛遛腿，弯弯腰，顺手捡起这些碍眼的。"怎么品，都是诗一样的风韵。

得有什么样的胸襟才能活出如此豁达的人生？

"闺女，天不早了，俺不能陪你说话了。"老者挥挥手，上了车。

在老者挥手的刹那，我看到了一双筋脉突兀、枯树枝一样皲裂的手。那手在夕阳的余晖里，倏然幻化成绿衣红装和来自泥土深处的芳香。望着老者走向夕阳深处，我看到了一个拾荒老者营造出的闲雅时光，看到了一颗晶莹的心在抚摸阳光播下的"彩虹"。

"奶奶，奶奶，我要花，我要那朵大花。"稚嫩的童音打断了我的思考。一位妇人领着一个漂亮的小女孩向我这边走来。

"孩子，花是让人看的，不能摘下来。"妇人说。

"嗯，我知道了！奶奶，花真香！"小女孩撒开妇人的手，跑进花丛，用力翕动鼻翼，陶醉其中。莹白的裙摆，在柔和的晚风里，起起落落，使她看起来宛若一个灵动的花童。我赶忙打开相机，将这幅美丽的画面定格。

"大妹子，你也来看花呀！"妇人热情地跟我打招呼。

我点点头。看得出，妇人也是个爱花的人。

"人勤地不懒。你看这些花，也没见老李哥怎么收拾，这土疙瘩就变成花园了。"妇人平淡的话语里，流露出对拾荒老者的敬重。

"老者姓李吗？"我看着妇人问，"您跟他很熟？"

"也算不上很熟。他搬过来那天，我帮他抬了抬东西，也就多问了几句。"妇人把知道的和盘托出。

从妇人的言语中，我知道了老者鳏居多年，村领导让他去敬老院，他说自己能吃能动能干，不想这么早就把身子骨给废掉了。老者的侄子把他接到城里来住，他说啥也不住侄子的楼房，非要栖居车库，说这样进出方便，抬腿就能走人。

八十岁的人，招工的都不要，一早起来，老者就蹬着三轮车上街遛腿，捡些路人随手丢弃的废品，挣几个零花钱。

我没有再说什么。本来想问问那几只白鸽的事，忽然间觉得打探什么都是多余。这样一位热爱生活、热爱生命的老者，不要说与几只和平鸽成为知己，就算有只猛虎，他兴许也能创造出人兽同乐的奇迹吧。

夕阳已经消失，妇人领着小女孩回家了。我步上土丘，头顶是星光璀璨的苍穹，脚下是松软清新的泥土，在这静穆的花丛里，我是不是能站出拾荒老者的心境？风吹心页，极目骋怀，我茫然而又清醒。

"疏影横斜水清浅，暗香浮动月黄昏。"曾经，我是如此痴迷于这种宁静，可我为这种意境的营造又做过什么呢？我一度不屑于与拾荒者搭讪，更不屑于与拾荒者共餐，此刻想来，真不明白当初投以厌恶时，怎么就没有问一下自己：你有什么理由去嫌弃他人的生活？每个人都有属于自己的道路，有些人能在自己的道路上走出风景，而我于那些人而言，注定只是看客。

活出真性情！这是拾荒老者的本性使然，是老者骨子里所镌刻的对人生的诠释。

一缕芳香瞬间从脚下浸入，我如醍醐灌顶，假若我们每个人都能活得像老者这样，每个人都能把心中对生活的那份热爱播入泥土，我们的世界岂不每天都是春季？

风景在指尖起舞，动动手，彩虹就不会违约。

飞雪时节白菜香

时令小雪，庄户人家的冬白菜也就拣着上市了。

此时的白菜，历经秋冬两季的洗礼，出落得圆润丰满，通体青白，仪态端庄，美到极致。

回乡，行在萧条的旷野，时不时就会撞见装满白菜的车辆从田陌驶出，清清爽爽的气韵，在空中盘旋缠绕，透迤于每根神经。

记忆里，跟着父辈学种菜，印象最深的，莫过于这一棵棵碧莹剔透的冬白菜了。有句农谚"头伏萝卜二伏菜"，这里的"菜"就是指白菜。二伏时节，雨水充沛，土壤湿度大，最适宜白菜育苗。家家户户腾出或大或小的一块田地，施上有机肥（俗称土杂肥，把草木灰、泔水、家畜的粪便、腐叶烂草堆在一起发酵后产生的肥料），然后，用铁锹深翻一遍，再用耙子整平，撒上种子，淋透水，就可以等着小苗钻出地面了。这期间，隔个三五日还需淋次水，否则，小苗长不齐。等小苗长到十五厘米左右，就可以间苗、定行、移栽、整畦挖墒沟。

整畦挖墒沟，是冬白菜管理过程中至关重要的一环。分行定苗或移栽后，在行与行之间挖出三十厘米深的小沟，将挖出的土培在幼苗周围，这样利于浇水保墒，更利于幼苗扎根生长。

幼苗生长期间，也不是顺风顺水，总会遭遇菜青虫之类的袭击。虫儿们最喜在嫩叶上安家。对付这些来犯之敌，庄户人一般采取手工击毙的方式。早晨五点左右，趁露珠儿还在尘世留恋，乡亲们就开始忙活，一棵棵地看，一片叶一片叶地查，将捉住的虫儿放在一个玻璃瓶里，给鸡鸭鹅改善改善伙食，倒也是一劳多益。

冬白菜对生长环境并不挑剔，算得上随遇而安。房前屋后，路旁沟边，再薄的地，再偏僻的角落，只要撒上一层土杂肥，一场雨后，那些褐色的小种子，就会生根发芽，欢快地从地下探出头来。挨挨挤挤的小脑袋，一天一个样儿地变换着姿容，无关光阴，无关凡尘，兀自与日月嬉戏，与风雨为侣，不出半月，便婷婷袅袅，锦绣了空间，旖旎了视野，点缀了日子。

如果你喜欢初冬游村，不管走到何处，大街还是小胡同、小旮旯，金灿灿的阳光下，一棵棵油绿油绿的白菜，就会把你的视线夺去。蹲下来，一叶一叶地品读，你会发现，那些舒展的经络、蜷蜷的褶皱、蕴含的内容，一如大地上的山川河流，背负苍生，诠释着生命存在的价值。若是打开一棵，逐层逐层地把玩，你将惊奇地看到，所有叶片相互围拥，紧紧环抱，都是为了保护那一颗玲珑剔透、一尘不染的心脏。此刻，你眼前所呈现的，不再是一个植物的世界，而是一个家族的成长史册。

冬日，百种蔬菜都变得娇贵起来，躲进大棚里延续生命。它们生长所需的温度、湿度、光线完全被人操控。失去了对自然之道的顺应，即便勉强上市，成色也难尽如人意。味不纯，色不正，量少，价高，不耐储存，唯这一棵棵冬白菜，不畏风雪，不惧摧残，即便被时光折磨得衣衫褴褛，面容憔悴，身萎体瘦，但当褪去外衣，依然那般晶莹，那般剔透，那般鲜嫩水灵。煮、烹、炒、氽、醋熘、凉拌……无论哪种做法，都色纯味甘，令人百吃不厌。常听乡邻说，大鱼大肉，吃上两顿就咽不下了，白菜天天吃也不腻。的确，以前不管是农家，还是工厂、学校食堂，白菜炖豆腐在餐桌上出现的时间能延续一冬一春小半年。

如果问，冬日里，哪种菜最廉价、最普及、最不能缺少，就连小孩子也会脱口而出："白菜！"到农贸市场走一遭，大小车辆上装的，几乎都是冬白菜。伫立摊前，有关冬白菜的话题也会不绝于耳。

"买这么多？"

"便宜，花不了多少钱。再说，天冷了，哪还能天天赶集，多备些，好过冬嘛。"

多备些，好过冬。这是庄户人家的传统理念。年年岁岁，岁岁年年，不管日子好还是差，不管手头宽松还是紧巴，没有蔬菜大棚的年月，小雪节气一到，家家就着手储备越冬大白菜，多者千余斤，少则七八百斤。这传统之所以沿袭至今，是因为没有寻到替代品。

当下，生活富足，餐桌上花样多了，白菜因过于廉价，似乎不被某些人看重。你若提着几棵大白菜从人群里走过，刺耳的异音并不少见："哟，买的白菜呀。嗯，还是吃白菜好，省钱。俺家呀，好几年都没吃过白菜了，俺那口子不吃，孩子们也不吃，爷儿几个，都是啥贵买啥。"

不理解这所谓的"啥贵买啥"的人的思想。是真的吃白菜过敏，还是真怕掉价？白菜，蔬菜之王，富含多种维生素，钙磷铁锌粗纤维应有尽有，养胃生津，除烦解渴，利尿通便，清热解毒。中医也说"白菜，百菜也"。也就是说，白菜聚百种菜的营养于一身。若因廉价而轻视，真的是对白菜的不公，亦是对生命的不尊重。

与其他蔬菜相比，白菜或许没有番茄艳丽，没有青椒光润，亦没有豆角婀娜，但在寒冬将其存放几日，你就会"饱谙尘世味，尤觉菜根香"了。

白菜，出身乡里，性随农家，根扎黄土，不求富贵，用短暂的生命，以飨百姓，用盈尺身高，创作出一首古老谦卑的诗歌，描摹出一幅敦厚低调的油画，弹奏出一曲朴实节俭的乐章。

"出淤泥而不染，濯清涟而不妖"，这是对莲的赞誉；立风尘而不失，处低下而不卑，何尝不是白菜的写照？

"翠叶中饱白玉肪，严冬冰雪亦甘香。"在这高雅的颂歌后，我想再补充两句农家话：小雪已至，冬菜上市；君若养生，白菜莫离！

只为心中那一抹绿

　　周末，总会忙里偷闲，到老家的宅院走走。尽管早在十多年前,我就迁居县城,但真正有亲近感和归属感的还是老宅。开开窗，掸掸尘，扫扫院，为果木花草浇浇水，剪剪枝，驱驱虫，坐在敞亮通透的房间小憩一会儿，那惬意，不是在县城的家里所能享受得到的。

　　历经多年的风吹雨淋，老宅已露出些许衰相，但那一院的果木，却越发茁壮。两棵核桃树的树冠，竟然超过了同龄银杏；石榴树、柿子树挨挨挤挤，枝头上挂着一个个小精灵，你映我衬，和和美美。风拂过枝丫，一院的浓碧，宛若一泓涌动的湖水，那些小精灵在阳光里撒欢跳跃，我的周身便有丝丝芳香弥漫。

　　"孙媳妇，回家看看呀？"邻家奶奶每每听到门响，都会摇着那把既可驱蚊虫，又可纳凉的芭蕉扇，颠着一双小脚，颤颤巍巍地走来打招呼。

　　"闲着没事，回家来散散心，透透气。"我已习惯用这话回应邻家奶奶。

　　"孙媳妇欺负俺没进过城吧。就算俺见识短，可也知道，城里人那日子过得要多美就有多美，出门有轿车，上楼有电梯，热了有空调，冷了有暖气。一直听说城里到处都是散心的好地儿，一直都见那些年轻人巴巴地往城里钻，还从来没见有城里人往乡下跑。你这文化人，就是会糊弄俺这斗字不识的睁眼瞎。"邻家奶奶也习惯了用这话反击我。

邻家奶奶的观点：好村不如破城。

我不否认老人此观念的合理性，的确，城市在某些方面远远优于乡下。不只是面前的老人，包括我自己在内的很多人，所看到的都是都市的光鲜、都市的繁华、都市的飞跃。只有静下来细细品思，才意识到，都市越来越不适于栖居。交相辉映的霓虹灯，炫耀身价的车辆，嘈杂的人流，在演奏现代旋律的同时，也正一步步侵蚀原本美好的生态。

远离喧嚣，远离浮华，远离雾霾，远离污染，走进自然，寻回绿色低碳，是一种呼吁，也是一种时尚。很多有钱的都市人，都在想方设法去郊区居住。别墅已不鲜见。工作之余，与同事闲聊，大家无不艳羡那些别墅里的主儿。

是啊，谁不想坐拥山水，住在小洋楼里？房前凉亭泳池，房侧花圃蔬果，房后竹林绿树；养几只鸡鸭，放几只牛羊；春看万紫千红坠锦绣，夏听浓荫飘蝉鸣，秋享累累硕果，冬赏冰天飞雪；食天然之农耕时代口味，居原始之绿色低碳。

理想是美好的，而现实却往往不尽如人意。芸芸众生，不可能谁都会拥有自己的别墅。如果我们这些"工薪族"还在为"一箪食，一瓢饮"奔波，美丽的别墅也只能是一种奢望。

"方宅十余亩，草屋八九间。榆柳荫后檐，桃李罗堂前。"这是当年的五柳先生打造出来的绿色雅居。我没有先哲的才思，但有不逊于先哲的运气。同事羡慕我城乡两栖居，我则向往陶渊明的"桃花源"、刘禹锡的"陋室"、归有光的"项脊轩"。在我看来，走进自然容易，寻回绿色低碳也非难事，这些，都不需要丰厚的物质后盾。

一张纸，一滴水，一度电，一棵树，一盆花，一件衣，如果能被合理使用，便皆可为我们撑起一片蓝天。都市也好，乡村也罢，不管我们身居何地，不管是广厦还是蜗居，不管是别墅还是斗室，只要我们能坚守住心中的那一抹绿，就不难看到"明月松间照，清泉石上流"；只要我们在物质日益丰裕之时，能坚守住心中那一抹绿，就不难享受到"借书满架，偃仰啸歌，冥然兀坐，万籁有声；而庭阶寂寂，小鸟时来啄食，人至不去。三五之夜，明月半墙，桂影斑驳，风移影动，珊珊可爱"的诗意栖居；只要我们在追求精神享受的同时，始终坚守住心中的那一抹绿，人类就永远不会遭遇"千山鸟飞绝，万径人踪灭"的绝境。

看看敞亮通透的房舍，看看满院的金果浓碧，看看门前的小河流水，再看看老人手里的芭蕉扇，我哑然失笑。

哦，农耕时代的口味和原始的绿色低碳，岂不就在眼前？

迟启的情书，迭生的随想

落霜的夜，轻盈的月，如此这般的诗情画意，叩响了一段"无情不似多情苦"的禅悟。

日复一日，年复一年，三十载万象更迭，声声竟然未央。是女娲娘娘动了恻隐之心，是冥冥之中月老不忍辜负痴心，还是和合二仙误将经年的封印打开？

闲暇，突然想起整理久已忘却的书架。或许，高处不胜寒，亦或许，《寒夜》不想被遗忘，"粉身碎骨浑不怕"，从最高层跃到了地板上。弯腰欲捡的刹那间，我看到了一封未曾启封的信。牛皮纸、8分值的邮票，皆泛着被流年冲击出的腐晦。流畅的行书中，只显示了收信人的地址。

何人所寄？因何未启？又缘何被置于《寒夜》上？

蹙眉，摇头。

邮戳上，1988，依稀可见。

1988年，花开半夏，浪漫盛开在星海湾，整整一个暑期，我都深陷在那一片蓝天碧波中。我和心中的他，牵手在沙滩。两颗炽热的心摩擦出的焰火，将偌大的天空覆盖，瞬间又将一地白沙翻腾成海。

1988 年，幸福在血管里滋长，心花在骨髓里绽放，谁会有敲骨吸髓的魔力，能将两颗融合的心分裂？

眼之外，无余人；心之外，无余情。

1988 年的信笺，缺失寄信人地址的信笺，注定被判死刑！

启封？

不启？

"所有的结局都已写好，所有的泪水也都已启程。"这何尝不是最好的答复？

启封！

一袭苦涩的感动，几缕难言的愧疚。

这是一封情书，洋洋七张十六开，三千言。

我释然，《寒夜》缘何会从书架上跳跃下来？这迟启的情书，负荷超重，《寒夜》再无义务承担这本不该属于它的责任。

不知当年出于何种原因将其置于"寒夜"，三十多个春夏秋冬，一颗心就这样被冰封，被埋葬。

我有权利拒绝我爱之外的人，但无权利扼杀他人尊严。

"欲寄相思满纸愁，鱼沉雁杳又还休。分明此去无多地，如在天涯无尽头。""断肠"诗人朱淑真的诗，是这封情书的题记。若不是心儿流血到伤，又怎会有"自古多情空余恨"的结语？

我没有苦情的经历，想象不出失恋的落寞哀痛，不能释怀的是，一个不经意，伤了一颗心。我满可以坦然，满可以用冷漠让那颗心欣然关闭。或许，如果我那样做，很快，那颗心，就能寻到一处月满天心的栖息地，可是……

没有"可是"可以作为解脱自我的借口。我不想伤害别人，并不意味着没有伤害别人。

如果可以回到过去，我想对他说，劝君莫为深埋的幻念苦恼，亦不要去编撰虚无缥缈的构想。爱情，不是源于未知；陷于未知的爱情，也不可能等得到美好将来的到来。因为，爱情是自私又高洁的人间真情，永远不会有人能轻易获得。

真不想"一寸还成千万缕"。祈祷，那"一寸"不曾幽怨；祈祷，那"一寸"早已愈合。祈祷，鱼沉雁杳后，君已将忧伤化作一轮绝美的月，不见暗沉，只有绚烂。

其实，美好一直都在。

当君抹去曾经的伤痛，掀开新人的盖头，便是一曲天长地久。

小巷医馆

小巷深处，有一家医馆。每天到医馆求医问药的人络绎不绝。

对于医馆的历史，我没深究过，邻居说，打他有记忆起，医馆就已立在了这里，应该有七八十年了。

这里属于老城区，没有宽阔的街面、林立的高楼，但老城区居民并没有因此觉得这里比繁华闹市差，反倒乐得清静。

我天生喜闻草药，闲暇之余，有事没事就爱往医馆跑，三跑两跑的，便跑成了医馆里可有可无的帮手。

医馆的主人姓华，名拓，传言是神医华佗的后人，有着和华佗一样高深的医术。小巷里的人习惯叫他"神医"。

我一直不明白，就算是华佗的嫡传子孙，自己的名字也不应该跟老祖宗的名字谐声吧？但我又不敢直问，况且，身边人也没有谁去追究他名号的由来，大都是别人怎么称呼，就跟着怎么称呼。

不过，我深信这样一个道理，他既然被人称为"神医"，就绝对有超凡的本事。

华拓高龄九十有余，身体强健、精神矍铄、目光犀利，一头白发，眉毛和胡子也白花花的，还长得出奇。这般形象，很像凡间隐士，更像仙界的太上老君。

华拓过目不忘，有一眼看去透晓病况的望术，有一把脉搏凡病皆知的切术，有银针扎下百病尽除的灸术，更有一剂服下病魔速逃的灵丹妙药。当然，这些都是世人的赞誉，有没有这么神，我不敢断定。不过，他在推拿正骨、祛邪扶正方面，还真堪称"妙手回春"。

华拓为人随和，无妻无子。很多仰慕者上门拜师，他来者不拒，可不知何因，竟然没有一位能留在医馆，方圆百里，也没听说哪一个敢自称是他的弟子。有人说他怪，也有人说他傲，但真正了解他的人都知道，他面冷心善。

周邻老者，都为他哪一天倒下了无人侍候左右担心，怂恿我做他的徒弟。我也试探着喊他师傅，他不应，也不反对，看都不看我，仿佛我与空气一般无二。这让我很费解。我自嘲，我这样一个"孩子王"，怎么可能做他的徒弟？道不同，不相为谋嘛！

按礼节，小巷的人都应该尊称他老伯、爷爷或者老爷爷，但他不喜欢那些繁文缛节，被直呼姓名或者"华大夫"，他也乐意接受。我当然是称他"华大夫"了。

医馆门前有一棵古槐，枝繁叶茂，据传有百年的树龄了。老城区改造时，因为华大夫要求，这古槐才得以延续生命。树下有华大夫出资放置的石桌石凳。一早起来，巷子里的老人便聚在树下，或打牌，或下棋，或闲聊，或带着小孙子们凑凑热闹。

这日周六，天气不是太好，空中浮着一层乌云，太阳时有时无，小风溜溜地吹。我做完家务，习惯性地又来到了医馆。说实话，在医馆做业余学徒十多年了，我从华大夫这里淘到了不少医术，在同事面前也施展过几手，比方说推拿、针灸、中医养生之类。同事们常开玩笑："李神医，我这半个身子都不舒服，你给号号脉，看看哪个零件出了问题。"虽是玩笑，但他们不得不承认，对中药和中医的认知，我确实有些见地，正如兵家子弟早识刀枪，我在华大夫门下蹭了这么多年，硬熏也熏成半个中医了。

医馆里，有两个在做药疗的中年人。见我进来，华大夫只是点点头，便坐在诊桌前看《神农本草经》，我很自觉地打扫起卫生。

这时，一位拄手杖的老妪走了进来。老妪面色灰白，时不时咳上一声。华大夫给她把了把脉，吩咐我："丫头，去把药房里左数第三排、下数第二层架子上的药包拿六个，再把右数第二排、上数第一层架子上的药包也拿六个。"我欣然领命。

华大夫把我拿的药包分装在两个牛皮纸袋里，又在牛皮纸袋上用红蓝两种墨水的笔画杠区分开，递给老妪，嘱咐道："这药不用吃，每天晚上倒上一盆半开水，从画着蓝色杠的纸袋里取出一包倒进盆里，然后泡脚，泡到眉头出汗；睡觉时，从画着红色杠的纸袋里取出一包药，倒上点儿白醋，贴在肚脐眼儿上，贴一夜。"

老妪一边连连点头，一边从衣兜里掏出一个黑白格子的手绢，一层一层地打开。我好奇地看着。等老妪打开最后一层时，我看到了几张十元的纸币。

老妪把钱推向华大夫，华大夫随即又推给她。

华大夫说："收起来吧，不是大病，药也值不了几个钱。不用担心，按我说的去做，这些药用完，病也就好了。"

老妪千恩万谢，蹒跚而去。

每天施舍一位患者，这是医馆不成文的规矩。我知道这规矩，所以在华大夫面前从不多言，只是用敬重的眼神看看他。

此刻，我突然发现，华大夫看着远去的老妪，目光竟有些颓丧。我诧异，十多年了，还是第一次发现他坚强的外表下，原来也有着不为人知的脆弱一面。他是在怜惜老妪的孤老处境，还是触景生情，想到了自己的暮年？他毕竟只是神医，不是神仙啊！

我忽然感觉心内有些酸楚。这位老人到底有过什么样的人生？我真的很想知道，但我清楚我不可能找得到答案。华大夫与他的医馆，对我来说就是一团谜，一团用一生或许都难解开的谜。每个人都有自己的秘密，我不必去解开，我只要知道，华大夫是一位真正的医者就行。

就在一刹那间，太阳露出了整张脸，华大夫这才收回心神，坐回诊椅。

突然，一阵风掠过，医馆里吹进了一些落叶。随着落叶，小巷环卫工王伯走了进来。

王伯半开玩笑："华大夫，都说您百病能治，您有什么灵丹妙药，救救咱这条街的环境？"

与我一样，王伯每个周末都会光顾医馆，只是我们的目的不同，我是来学医的，他是来蹭茶的。蹭就蹭呗，也没人说他啥，可他偏偏还要摆出一副高姿态，问一些荒诞的问题。这些问题，我听得耳朵都磨出了茧子，华大夫却从来没烦厌过他。

华大夫指了指一旁空着的凳子，示意王伯坐。王伯也不客气，倒了一杯茶，边呷边嘟囔："都说心里没病死不了，这不是糊弄人吗？环保标语月月刷新，路两边碍眼的东西还是跟韭菜一样，今天割了一茬，明天又冒出头来。您说，有些人得了这么重的丧心病，咋还活蹦乱跳？"

华大夫道："依你之见，那些病人都该入棺？"

王伯眼一瞪："不然呢？"

华大夫没再看他，视线落在手里的书页上，似乎在跟书说："万病皆由心生，喜怒哀乐都是病根，你既懂得心病需用心来治，我给你的一方一药岂不多余？治病循因，任何外在方法都是虚妄，内化兴许能解开心结。说别人心疾严重，你又比别人强了多少？想来喝茶就老老实实，别乱找借口。"

王伯嘿嘿一笑："您这医馆可是咱巷子里的慰心地，您老人家是神医更是神仙，有问题自然要过来讨教嘛。"

华大夫合上书，开了一张药方递给王伯，逐道："该干什么干什么去，别把我这里搞得乌烟瘴气。"

王伯接过药方看了看，急忙向华大夫拱手躬身作揖："谢神医赐教！晚辈告辞！"临出门，他还把地面上的那些落叶一片一片捡走了。

看着王伯的行为，我好似猜到了药方上的内容，又好似什么也不懂。

又一阵风掠过，落叶簌簌地旋进了医馆。

一位老者，弓腰驼背，一颤一颤地走到华大夫对面，阴阳怪气地说："我腰腿疼十几年了，北京、上海的大医院都跑遍了也没除根儿。你能治好，我就送你一块大金匾，纯金的。我儿子开公司，不差钱。治不好，你就改名换姓吧，别再糟践人家华佗了。"

老者话音一落，我心里咯噔一下，暗道："这是来踢馆子的吗？"

华大夫却呵呵一笑："这位爷好面生，应该不是巷子里的人吧？"

"不是！"老者脸色一凛，"咋了？不是就不能来这里看病？如果不是别人吹嘘你能治疑难杂症，我会跑到这兔子不拉屎的穷旮旯里来？老巷子、破房子，车都没地儿放，这么落后，难怪有人敢称神医！"

看到老者一脸不屑，我真想反击他几句，便用期待的目光看向华大夫。

华大夫依旧面带微笑，心平气和地对老者说："如此论，这位爷一定来自繁华的都市。都市人见多识广，自然比落后的巷子人文明、大度。与医学专家比，老朽我只是井底之蛙，所以，以我的水平断定，你没病，无须治疗，回家尝一尝苦胆，读一读这本书，兴许能自愈。"华大夫说着，从身后的书架上取出一本《弟子规》，递向了老者。

我心下一震，忍不住掩嘴笑。

老者怒了："你啥意思？没本事治就说没本事治，谁稀罕你的破书？"

老者哼一声，气鼓鼓地走了。

看着他佝偻的背影，我却怎么也笑不出了。

浮云渐次加厚，日头早已隐匿，视野瞬间晦暗。看样子，要下雨了。

风大了起来，医馆里的落叶多了。古槐树下的老人陆续散去，医馆门口安静下来。

伴随着风声和落叶，医馆里进来了一群人。这群人，个个发型怪异，还戴着墨镜。墨镜遮了他们大半张脸，让人看不出他们属于哪路"好汉"。本来面积有限的医馆，被他们占满了，屋内的落叶碎了一地。

瞅着这一个个"怪人"，我有些犯怵，他们是来找碴儿的吧？我忽然想起了气鼓鼓离去的老者，赶忙看向华大夫，冲他做了个打电话的手势，但华大夫却对我视而不见。不过，我还是有意向门口退去，准备随时逃出去报警。

"墨镜"中站出一个黢黑彪悍的"大个子"，可能是这群人的头儿。他站在华大夫对面，打着官腔说："老头儿，都说你上天能治张玉皇，入地能医活阎王，那你开个药方，怎样才能管理好一个地区？"

当真来找碴儿的！

我不由得捏了一把汗。

华大夫看都没看"大个子"，随手从抽屉里拿出一本《论语》递给他，语气平和地说："回家把这本书背下来，自然就管理好了。"

"大个子"一听，立马冲身后的一个"鸡冠头"说："这就是你给老爷子介绍的神医？老子带着老爷子杀了几百里，就是过来看江湖骗子的嘴脸的？只待在这屁大点儿的狗窝，竟然敢说自己是神医华佗的后人，也不怕遭五雷轰顶！今天，老子要不是看在他一把老骨头的分上，就砸了他的招牌，掀了他的天灵盖！"说完，他一拳夯在就诊桌上，恶狠狠地剜了华大夫几眼，冷哼一声，掉头走去。

说来也巧，"墨镜"们刚一出门，咔嚓一个响雷落地，铜钱般的雨点噼里啪啦地砸了下来。

看着那群"落汤鸡"狼狈不堪地跑向小巷外面的停车场，我想大笑，但一看华大夫冷厉的面容，便立刻收敛了。

空气登时凝固。

雨声分外突兀。

沉默了好久，华大夫自言自语："有些病，不治自愈；有些病，不止需要一个药方；有些病，怕无药可治。"

我知道华大夫在感慨什么，没有打扰他，而是帮药疗的病人调了调温度。

雨渐渐小了，我也该回家了，临走，将地上的那些落叶碎片清扫得干干净净。

把碎叶和医用废物丢进垃圾桶后，我无意识地回头一瞥，见华大夫站在医馆门口正看向我，目光似乎有些深沉。我看不透那深沉背后的蕴意，不过，从那肃穆的表情中，我品得出，华大夫对我有一种异于他人的严厉。我忽然有种被宠的感觉，周身的血液沸腾了一般。

伫立小区门口，看着风雨中的医馆，我蓦然明白了华大夫为什么给自己取名"华拓"。

老人和他的书屋

周末，去朋友家，路过一个很吸睛的小门面房：黄金屋。

从发现"黄金屋"三个字到走进去，也就二十米脚程，我足足为这里的主人构想了十多种营生：金银饰品、玉石饰品、古玩……可唯独没有想到书屋。

看了看四周，这里并不属于学区。

这种地方也能开书屋吗？我有些不解。

从外面看，门头的确是小了一些，但走进去，方知里面挺大。房子纵深很长，足有二十米。书架分放在四周，中间是一溜用竹板搭建的简易书桌，可容二三十人坐下阅读。

绕了一遭，没发现服务台，也没看到老板，更没有看到其他顾客。书屋里静得有些可怕，如果不是紧挨马路，我都怀疑这书屋是专门给外星人开的。

书是真的不少，各类型的都有，摆放得也很规整。不过，旧书似乎比新书多得多。

我猜测，这些书应该不是用来出售的吧？我想拿几本线装书看看，又觉得主人不在有些不礼貌，便故意咳了几下，想以此把老板引出。果然，书架后面立刻走出一位老者。老者有些清瘦，头发胡子全白了，但目光矍铄，看上去很有精神。

"老人家，您是专门收藏书籍的？"我试探着问。老人微笑着看了看我，什么也没说，从书柜旁搬过一把藤椅，随手拿起《周易》，读了起来。

我有些尴尬，就从书架上取出一本线装《黄帝内经》，走近说："老人家，我买这本书。"

"不卖！坐下读可以。"老人看都没看，直接拒绝。

猜对了，这"黄金屋"果真不是用来经营的。

我把书放回原处，与老人交谈起来。

原来，老人退休前在图书馆工作，爱读书，更爱收藏书。这里拆迁前就是老人的家。拆迁后，开发商把底层门面房给了他。老人没有将门面房全部租赁出去，而是腾出这么一块地方，把几十年收藏的书籍，全部摆放在这里，供人无偿借阅。

供人无偿借阅？我脑海里不由得蹦出一串问号：这门面虽小，但租赁出去，一年最少也有个万儿八千的收入吧，现在，不仅无收益，还要无偿服务于人，他的家人怎么想的？

老人似乎看懂了我的疑惑，笑道："这里就是我的家，我所有的家当都在这里，天伦之乐当然也在这里。"

"哦，您是一个人呀！"

老人笑了笑："老伴走得早，闺女在外地，我呢，闲着也是闲着，拾掇出这个书屋，不为别的，就为跟那些老哥哥老姐姐们一块儿拉拉呱，谈谈心。你没看到吗？我那里还有几盘棋局，都是老伙计们设的，谁解了局，谁就再摆一局，一周内没有破局的，就得读两本书，用说评书的方式把书的内容给讲出来。"

敢情，这小小的"黄金屋"就是老人的开心大世界呀！

见老者的目光又落在书页上，我也不便再打扰。

我走出书屋，朋友家也没急于去，而是站在马路对面，凝视"黄金屋"三个烫金大字。我刚站了十多分钟，便有三位七八十岁的老人进了书屋。

知道了老人开这书屋的初衷，我也感到无比欣慰。老人们年纪大了，儿女们又不能陪在身边，整天闷在家里，时间久了，身体就会出现这样那样的毛病，如果能有个娱乐的场所，岂不是能让儿女们省不少心？

像老者这么大岁数的人，钱物之类的早就看淡，能开开心心安度每一天，才是最大的幸福。

"黄金屋"的主人，也许不够富有，但他们的精神世界是广阔的、丰厚的，更是无价的。

雾中悟

我独自行走在大雾弥漫的清晨，感受万物隐匿起来的世界带来的那种迷惘、惶恐和超然。

这是一条我熟悉的乡间小路，踏上的瞬间，整个人便被浓雾紧紧包住，视线只能局限在几米之内。几米之外有什么，我猜测不出，也无法猜测。我睁大眼，无数次想冲破周身的这层屏障，将沿路的景色全部收纳，却无论如何都做不到。昔日的菜园、麦田，远处的房舍，全被屏障张开的大口吞噬得一干二净。

心不由自主地紧张起来。目的地在哪？就这么一直走下去吗？如果错过了怎么办？趁着还没走远赶快返回？失去了参照物，我不得不愈加小心翼翼。两只眼睁到了极限，收获的依然是如被吸入黑洞般的恐惧。

我终于明白，这一刻，不能再依赖视觉。有人说过，视觉是五感中最不可靠的一种。既然不可靠，何苦非要依赖？蓦然间，脑海里浮出了曾经邂逅过的盲人。那手杖，在盲人手里，有节奏地敲击着路面，速度均匀，更无磕绊。

我闭上双眼，仿佛一下子坠入深渊，身子如同醉酒般不受控制。第一次尝试像盲人那样行路就这样失败。我不甘心，继续。这次，我伸开了双臂，保持身体的平衡。此时，整体的感觉就是，视觉和嗅觉交换了工作岗位。循着卷心菜和韭菜的味道，我"看"到了那片幽幽的绿。无边无际的雾，虽然将我与它们分隔在了两个世界，但它们在我紧闭的双眼前，是那样清晰。

的确，有些东西，真的是只有闭上眼睛才"看"得到。正像此刻，脚下被浓雾紧紧裹抱着的田间小路，小路两边的菜园、树木，都化作慢镜头，在我闭着的双眼前播放。嗅着两边熟悉的味道，内心再也没有浓雾带来的丝毫恐惧，那片幽绿也越发突兀。

我的步履渐渐加快，基本上趋于正常行走时的速度。穿过一路茫茫，我终于感受到了目的地的气息，那一片嫣红，在空气里迎风招展。

我猛地睁开双眼。

嗬！校园！

这是我的母校，也是我现今工作的地方，尽管浓雾中门前的金色大字没有了熠熠的光辉，但我还是感到了无上的骄傲。

晨读一小时后，雾仍在窗外徘徊，以致太阳也有些着急，见北风一露头，便瞬间射出千万条橘红的光线。浓雾渐渐散去，一切还是那么明媚。

我恍然醒悟，每一个生命体，都会在征途中，遇到不可预测的障碍，墨守成规可能会导致心力交瘁，且难见收获，而换一种方式，或许就能创造奇迹。

春阳·诗香·古乐

　　和煦的微风悠悠拂过，春天的脚步也就渐渐近了。眼瞅着寒冰在暖阳里一点儿一点儿地消融，柳枝儿便欢快地换上了新装，摇曳起柔媚的长发，引得爱美的小燕子在其间舞来舞去。莺儿很羡慕，在对岸唱起了歌谣。早有黄梅按捺不住，没跟小草儿打声招呼，就迫不及待地绽放了笑颜。

　　春天是真的来了啊！

　　行人不再瑟缩，校园里奏起交响乐。池塘里，鱼儿欢快地戏水，荡起了圈圈涟漪。河岸上，公园里，花团锦簇，蜂蝶翩翩。空气里，清香悠悠，鸟音袅袅。写生的小女孩，用画笔点过水面，一池的万紫千红晕开；掬起一捧池水，任温润流过指尖，春阳下，一幅绵绵不绝的山水画展现。

　　"春眠不觉晓，处处闻啼鸟。""竹外桃花三两枝，春江水暖鸭先知。"……

　　花丛里，传来稚嫩的童音。

　　哦，年过花甲的奶奶在教小孙儿背诗。

　　春天，是一个被无数文人墨客盛赞的季节。就像夜产生梦一样，春天产生了诗。诗与春天是最门当户对的伴侣。有了文字，后人就读懂了"昔我往矣，杨柳依依""春日迟迟，卉木萋萋"。纸张和印刷术发明之后，春天也就带着缕缕墨香，带着诗人的世界，带着历史的气息，进驻我们的生活。李白、杜甫、王维……数不胜数的诗人被世人所熟知，所推崇。那些脍炙人口的千古名句，亦被后世的学子记诵升华。

春天成就了诗，诗成就了诗人。诗伴随着每个人的成长，让我们见证了它与春天的美好和恩爱。

爱春天，便无理由不爱春天的诗句！

夕阳西下，漫步广场，领略余晖沉落云际的那份静谧。

叮咚——

花海掩映的一角，优美的古筝乐声如山涧泉鸣，似环佩响铃，在悠悠和风里回荡。空灵之声，让人忆起那山谷的幽兰；高古之音，仿佛御风在彩云之上。

心渐渐醉了，我回头，循着潇洒飘逸的余音走去。

海棠林中，一位身着白色汉服的女子，以纤纤玉指，娴熟地拨动着琴弦。女子的右侧，是一位穿着紫色纱裙的小女孩，面前摆着一架古琴；左侧则是一位穿绿色旗袍的小女孩，怀抱琵琶。三个人正在合奏《葬花吟》。

古筝的纯净，古琴的低沉，琵琶的轻柔，三者合为一体，带给人的不只是享受，更是一种超然心境。

坐在长椅上，感受着被古乐融化的空气，耳际的流韵穿越脑膜，双眸很自然地便闭上了。

心无杂念、耳无喧嚣的感觉，好轻松，好惬意！

缠绵悲切的《葬花吟》结束，一曲《高山流水》让每一个音符都在传递演奏者的心声。《霓裳羽衣曲》是古筝独奏，在古朴纯净的乐声中，两位小女孩翩翩起舞。婆娑的舞姿宛若霓裳仙子降临，飞旋的衣袂，缥缈的仙境，微启的红唇，勾起无限的旖旎。

醉了，春阳！醉了，诗香！醉了，古乐！

让我如何去爱你

你踏云而来，白袂飘飘，宛若一颗璀璨的明珠，瞬间将我的世界普照。

爱上你，没有来由；走近你，别无选择。拥你入怀的那一刻，我就知，你会是我的唯一。

多少个日夜，多少次怅然，低落的心绪未及释放，你温润的笑靥已将我陶醉。

曾记否，那个中秋，月亮很大，风挺紧，有些清冷。思绪在摇曳的月影里渐渐瑟缩时，你来了，踏着祥云，怀抱琵琶，拨动清弦，翩翩起舞。

刹那间，大珠小珠在空气的流韵里，幻化成一道绵长的瀑布，在我迷惘的双眸间，汩汩不绝地沸腾。

我愕然，但我终是忘却了拘谨，在月光里与你牵手。一曲《声声慢》，一曲《人间有味是清欢》，从此定格。

我第一次醉了。无关你闪烁的光泽，无关你悦耳的旋律，亦无关你曼妙的风韵。我沉浸于你的持成，你的质朴，你的醇正，你厚重稳健的步履，你"天地同酿，人间共生"的哲理。

　　你横跨千年，一步步走到今天，一路跋涉，一路披荆斩棘，一路探索开拓，最终与天交接。浓香，酿界多了一个名词，世间多了一种文化，生活多了一杯甘醇，你多了一道绚丽。

　　手中捻花指，唇齿含乾坤。你的浪漫，陶醉了无数的眷侣；你的温润，抚平了无数的心绪；你的热情，坚定了无数的信念。诗人因你而神，英雄因你而豪，绿林因你而聚，历史因你而多彩。

　　我在心底将你膜拜，那份情愫，那份执着，无须修饰，亦无须用言语去镶嵌。哀婉，我不是画家，绘不出你的卓尔不群；叹息，我不是诗人，吟哦不出你的旷达，你的遒劲，你的嫣然。面对你，我多么希望自己学富五车，能读出你的睿智，读出你的深厚底蕴。

　　你，巴蜀的骄傲，古之贡品，今之国宝，滴滴琼浆，点点玉露，樽樽绿醪，国的色彩，家的情调。邂逅你，故事蜕变为童话；拥有你，囊中再感觉不到羞涩。

　　香飘万座城，空杯千里醉。你，我的唯一，泸州的樽中骄子，让我如何去爱你？

　　此刻，月正明，风正轻，来，再斟一杯。我渴望沉醉在你温婉的光泽里，聆听着你律动的清弦，去感知你的厚重，你的诗意，你的深远……

分水龙王庙抒怀

　　盛夏，雨说来就来，刚站到古运河的水脊上，铜钱般的雨点就噼里啪啦地砸了下来。

　　这老天爷，也太不给面子了吧。一些游人说笑着去找地方避雨。

　　望着茫茫水天，我没有动，那把太阳伞救了我的急。实话说，这一刻，我非常渴望雨下大点，再大点，并希望能有一双神手，将空中的雨水全部收拢起来，倾注在这片土地上。或许这样，我就能目睹当年那"七分朝天子，三分下江南"的壮观场面了。

　　分水龙王庙我来过多次，不是为了看这一度异于别处的庙宇群修缮了没有。毕竟，只剩下基址的东西，人工再仿也克隆不出曾经的魅力，失去了就是失去了，留下空白让后人去想象，更具历史价值。

　　而我就是不死心，就是想一睹古运河与小汶河都蓄满水的恢宏景象。尽管运河早已改道，尽管小汶河早已干涸，我还是异想天开，希望来一场大雨，让曾经的这里复活。

　　我一直做着这样一个梦，大雨铺天盖地下了整整一个月，分水龙王庙一带成了汪洋，我驾着一叶小舟，行驶在古运河的水脊，逆流北上。我一次次地摇橹，一次次地被淤沙阻隔。工部尚书宋礼化作龙王，民夫白英化作"功漕神"，他们北上戴村，筑坝横亘五里，遏汶流，汇百泉之水，硬逼汶河水经小汶河注入运河。河水一分为二，七分北流，三分南下。水面渐高，我的小船终于摆脱了淤塞。

这是一个梦，一个真实而又虚幻的梦。

明永乐年间，这梦就是现实。虽然历史不可能倒流，但在白公的建议下，工部尚书宋礼留给后世的工程，依然让我们深感震撼。

雨来得快走得也快，这边雨声刚停，那边太阳就着急地出现在天空。天没能如我所愿，我在遗憾中摇头。

避雨的人再次伫立在古运河的水脊上。我不知道他们是否怀着跟我一样的梦。但从他们不时挥起的手臂中，我断定，他们也有梦。

"看，这里就是小汶河与古运河的交界点，是大运河全线的关键工程。唉，可惜，古运河改道，小运河也失去了它原本的价值。"一位老者指着水脊北面一条干涸的河道说。

"原本的价值失去了，但它又创造了新的价值啊！您老不觉得，这是一道美丽的风景，有丰厚的历史底蕴，更有卓越的文化底蕴，可以让我们学到很多宝贵的科学知识，我们以后遇到难题，也应该像白英老人那样，大胆尝试，勇敢创造。"老人身边一位戴眼镜的女孩说。

听着一老一少的谈话，我笑了。这分水龙王庙，莫非也能把老少分得一清二楚？面对历史遗迹，我与老者看到的是遗憾，而女孩看到的则是美好和希望。

是啊，已经成为历史的东西，我们为何要纠结于它的曾经呢？

我的梦随着雨水渗入地下，也在脑海中深埋。

胜　绝

　　课后，闲来无事，与同事漫步校园。或许是留恋红尘，抑或是阳光不忍将它那绚丽的一章抹去，雾依旧在头顶萦绕。尽管淡了，但目光所及还是那般迷蒙。

　　"哇，怎么可以这么美呢！"

　　小杜老师看着路旁的小叶女贞惊叹。

　　红绿相间的叶片，覆盖着莹莹白霜，因为浓淡不一，不同的层次便构成了不同的画面，绚丽、晶莹、剔透，甚至有些诡异。

　　是啊，怎么可以这么美呢？

　　连日来，饱受雾霾的侵扰。不承想，恨过怨过之后，竟又被这恼人的魔障绘制的诡异图案所震撼。我不知道，当你感叹于春的五彩斑斓，夏的浓碧如烟，秋的香飘四溢时，是否也想到过冬日无雪的景致？

　　多少年来，我们讨厌凛冽的寒风，渴望雪后的阳光。今冬，我们却都在心里迫切地召唤北风的来袭、大雪的冰封。当召唤无望，迟迟不见冬之韵律时，寥寥天宇，霜气凝白，竟也将一抹荧光冷彩馈赠。

"是雾还是霾呀？"小杜老师总会提出一些引人深思的问题。

雾、霾，这种专业的术语，又岂是我们能轻易搞清楚的？这个冬日，似乎每天清晨，都要历经一场这样的洗礼。于是，我们判断是雾是霾，不只是要等阳光，还要等风，因为，霾可不是被太阳晒一晒即会遁形的。

常言道：晴久必霾。一冬无雨雪，空气湿度相对较低，污染物日日积累，也就难免遇冷凝结，即便太阳高挂，也不见蓝天。

雾是一种天象，是上苍的馈赠；霾是人类活动的产物，是人类种下恶因后结出的恶果。

"应该是雾，不然，这些图案怎么会这般美啊！"小杜老师对自己的问题做了回答。

是啊，我们又何尝不希望，这是一场太阳一出就遁形的晨雾？

雾隔零落两蒙蒙，风摇萧瑟，人影似轻纱，如诗若梦，这般胜景，谁人不期待呢？

真的是雾！

冷风吹过，几缕金光穿射。

雾散去，数枝"雪"，胜绝。

人生贵相知

花开春暖，草长莺飞，蓝莓儿的小公主，踏着祥云，沐浴和风，翩翩而至。我、英子欣然前往，为这个新生命的降临送去一份祝福。

蓝莓儿、英子、我，尽管年龄悬殊，但在工作中从未有过不睦，即便对某一问题产生分歧，争个面红耳赤，最终，也总能彼此理解，彼此宽容。

正是因为相处得融洽，我们才有了对彼此的信任。遇事，相互帮扶；有难题，一同攻克。

一次，因家里出了点儿急事，我没能按时到校，离上课还有两分钟，见办公室一直没有我的影子，蓝莓儿便默默地走到我的办公桌旁，拿起教材，去教室代我看班。

此类事，不胜枚举。

这就是友情，不是刻意，不是作秀，而是发自内心。就算小有误会，亦不必解释，因为，懂你的人，与你心有灵犀，不懂你的人，你说再多，人家未必理解。

蓝莓儿每天像一个快乐的天使，好看的嘴角边始终挂着甜美的微笑，让人如沐春风；英子直爽豪气，为人处世，坦荡磊落，干净的笑声，暖心暖肺。

我，20 世纪 60 年代生人；英子，20 世纪 70 年代生人；蓝莓儿，20 世纪 80 年代生人。三人之间年龄悬殊：十岁，二十岁，任谁也不会相信，这样的几个隔代人，会有共同的语言，会成为忘年之交。

许是受她们纯美心境的浸染，抑或是我一如英子般耿直，总之，这样三个怎么论都应该存有代沟的人，相处得就是那么令人惊奇，令人艳羡。

十年弹指一挥，英子一直在原单位，蓝莓儿走向新的工作岗位，我则先后在两所学校任职，邂逅了一个又一个同道中人。其间，也遇到过知冷知热的姐妹，但蓝莓儿和英子那纯美的笑容，却是我心中独有的风景。随着时光的流逝，很多人渐渐成为路人，英子和蓝莓儿却成为永恒，定格于我的脑海深处。

今日，与英子相见，她还是那般直爽豪气。我，亦然，没有虚伪的寒暄，只有相见的欣喜。有道是，合意友来情不厌，知心人至话投机，久不碰面的友人坐在一起，谈论起来一如黄河之水，滔滔不绝。

交流中少了曾经的话题，多了家庭、孩子。

真的很羡慕英子，儿子公费留学意大利，又转日本读研。喜宴上，也见到了记忆中的"小不点儿"。十年不见，他不仅人长得高大帅气，还学业有成，我深为英子骄傲。只可惜，蓝莓儿还在月子里，不能欢聚畅饮。不过，闻听她的长女，仅十三岁身高竟然已有一米七多，出落得亭亭玉立，我也为她深感幸福。

欢喜相聚，总觉时间太快，总觉光阴太短。

回家后，看着定格在手机相册里的合影，自是感慨万千，便敲下短篇为念。

想想这一生一世，宛若做了一个冗长的梦。自融入万丈红尘，便开始了漫长而又短暂的匍匐。曾经的韶华，瞬间变成今日的斑白两鬓，唯与英子、蓝莓儿的情谊，一如天上的银河，亘古不变。

万两黄金容易得，知心一个也难求。所以，我一直很庆幸，能拥有英子和蓝莓儿这两位忘年知己。

人生波折，岁月艰难，友谊犹如一樽绵厚甘醇的陈酿，不仅能暖人脏腑，还能抚慰心灵。

人生需要友谊。不过，真正的友谊不是浮夸的笑容，更不是虚伪的敷衍，它需要我们用真诚去播种，用信赖去浇灌，用底线去约束，用热情去培养，用爱心去呵护。

人生贵相知，朋友，且行且珍惜！

行走的文字

白石行

初冬，乍寒还暖。知道我们的目的地是白石，老天也就格外眷顾，阳光明媚，风柔和得宛若三春。

去白石走走，是自小就挂在嘴边的话，原因是白石有山。山，在平原孩子的心里神秘得如同天庭。对山的渴望，让我幼年便从大人的言谈中知道了白石的山、白石山的神话、白石山的人文。

我们的第一站是水牛山。水牛山因形似一头水牛而得名。历经沧桑，山已经失去原本的神奇色彩，但佛洞右侧的摩崖石刻——雄健浑厚的隶、篆、楷、行书凝成的独特艺术瑰宝，依旧吸引着无数的中外游客前来。

伫立崖前，仰望石刻，默念石刻经文："舍利弗，汝问云何名佛，云何观佛者，不生不灭，不来不去，非名非相，是名为佛……"仿佛看到北齐高僧云集的盛况。

水牛山是白石的制高点，站在"水牛"的脊背上，放目四野，天是白的，地是白的，村庄也被堆砌的白石掩住。这一刻，我才真正领悟到"白石"这两个字的蕴意。同行人告诉我，这里就是白石材开采中心。望着山周一辆辆重型货车，听着隆隆的挖掘声，感慨最多的不是大自然的恩赐，而是白石决策人睿智的产业运作思维、宽广博大的胸襟以及深厚的人文历史涵养。他们在创造财富、和谐共荣的同时，也在保护着这片曾为佛之净土的圣地，涤荡着那些沾染铜臭气的灵魂，使其不被物欲所迷。

如果说水牛山是一首自然与人类合一的散文诗，那么，昙山则是一曲放飞梦想的生态乐章。

昙山，这个充满神话色彩的宝地，除了自身凝成的财富和荣氏家族谱写的历史鸿篇，更多的则是今天的灿烂与明天的辉煌。

车在大片大片的核桃林间穿行，尽管时令卷走了芳香四溢的绿叶，但透过纵横交错的枝丫，我依旧看到了一望无垠的翠色帐篷，依旧看到了那些载满果实的大小车辆驶向四面八方，依旧看到了山民们洋溢着丰收喜悦的幸福面庞。

进入山路，车折向西南，眼前豁然开朗。入目的不再是大片大片的核桃林，而是一行一行低矮的塑料大棚。

昙山新茶园基地到了！

新茶园基地？我的思绪被阻了一下，潜意识里在重复着同一个问题：茶树，这种对生存环境极为挑剔的高贵植物，也会落户白石？接下来的所见所闻，使我立刻消除了疑虑。从昙山山腰，到夏村，方圆千亩，土色与常见的确实不同，棕红中透着金驼。捧起一抔，沙沙的，闪闪的，似乎蕴含着丰富的矿物质。

这片土地已经被茶商承包。茶商是一位淳朴的河南汉子，操着浓浓的豫南口音。他告诉我们，那些低矮的塑料棚内，种植的全是茶树幼苗。他还向我们翔实地介绍了这一带的地质结构、土壤成分以及他的发展规划。尽管听得似懂非懂，但从他飞扬的神采、洋溢着希望的言辞中，我仿佛看到了一树树碧莹莹、金灿灿的香茗，又仿佛看到了他用矫健步履撑出的载满美丽梦想的绿舟。

走在茶园的小路上，冬阳分外明丽，我们的心情也分外愉悦，早已忘却了旅途的劳顿与疲惫。离开茶园时，与河南汉子握手再握手，道别再道别。

"欢迎再来，欢迎来品尝第一壶新茶！"河南汉子热情相约。

"一定来的，一定要亲口尝一尝昙山新茶！"我们欢笑应约，应约声里蕴含着我们对昙山新茶园基地的美好憧憬。

山不在高，有仙则名。昙山，与泰山一脉相连，却又独处平原。正是它的独处，才引来了各路"神仙"，成就了今天的灵气。

行程至此，我已尽兴，前面是郭林。郭林之旅，对我来说，更多的算是额外收获了。

日渐西沉，白石也渐行渐远，但眼前浮现的，依旧是白石的山、白石的神话、白石的人文。

去白石走走吧，去感受一下水牛山的现代气息；去白石走走吧，去昙山感受一下生态园的惬意。

哦，白石，汉白玉雕砌的汶上一隅，正以其独特的地质结构，创造着一个又一个奇迹。

梅山，那一片净土

　　曾经，我被梅里雪山原始的雄奇、神圣、纯净所震撼。那里是香巴拉王国的入口，一山一石、一草一木都集天地之灵气，日月之精华；那里是一片不容贪欲，不容嫉恨仇杀，摈弃一切外界干扰的世外桃源。去梅里雪山，寻找香巴拉王国的遗风，已成为我多年的心愿。

　　然而，当走进梅山，踏着裸露的原始青石，望着广袤的草甸，一座座依山就势、错落有致的石居，参天的古树，幽静而神秘的老巷，我心颤了，了愿了。这里难道不是香巴拉王国的又一个入口吗？梅山，梅里雪山，难道不是冥冥之中的一种吻合，一种默契？传说中，郭姓子孙随从老陵地飞出的凤凰，寻找风水宝地，终至于此，岂不正是因为香巴拉王国日月神殿里的金鸟的召唤？

　　这里所有的门都敞开着，你可以随意走进去。质朴的山民会用淳朴的笑容、热情的语言迎接你。与他们交流，浓郁的古朴民风会让你忘却时间，忘却自我，忘却浮华尘世。

　　坐在青石上，凝望远处的羊群，你会发觉你的视野豁然明朗，心胸豁然开阔。天空是那样干净，云是那样缥缈，会让你觉得自己仿佛看到了通往天空的阶梯，仿佛听到了云上之音，仿佛受到了香巴拉王国的洗礼。没有谁可以放浪而啸，没有谁可以与自然为敌。这一刻，你会真正感受到天人合一的圣洁，领悟到隔世离空的神奇。

"结庐在人境，而无车马喧。问君何能尔？心远地自偏。采菊东篱下，悠然见南山。山气日夕佳，飞鸟相与还……""暖暖远人村，依依墟里烟。"我想，当年五柳先生归隐的自然至境，应该就与这梅山一样吧？

"久在樊笼里，复得返自然。"我或许没有五柳先生复归本质的福气，但眼前盛开的野花、诱人的野果、古树、老屋，却给予我撼动心魄的力量，让我在万丈红尘中不至于迷失。

梅山，虽没有梅里雪山的巍峨雄奇，没有山顶冰川的澄澈伟岸，但有着梅里雪山永恒的宁静、神秘与圣洁。如果说梅里雪山的保护神是战神卡瓦格博与他美丽的妻子缅茨姆，那梅山的守护神，则是淳朴善良的梅山主人。

梅山，神圣的净土，世外的桃源，中都大地上的香巴拉，遇见她，你会历经一次灵魂的涤荡，感受到返璞归真的美丽。

梅山，我心灵的驿站，或许，未来的某一天，我会化作一尊青石，永远地感受你脉搏的跳动。

春天的歌者

　　早春，风中还有些许寒意，但行走在汶上街道，头顶蓝天，脚踏绿地，赏满目花团，品缕缕芬芳，感到的只有温暖和惬意，尤其行至汶上街道西门社区，拂面而来的是缕缕闪着金光的暖流。

　　在这里，你会目睹"大党委制"下深入推行的线上线下便民服务新模式，线上平台和线下服务带给居民一片明媚春光；在这里，你会聆听到新一代决策人高瞻远瞩的心声；在这里，你会于党性教育展馆，历经一番荡涤灵魂的洗礼。

　　党性教育展馆的馆主是一位六旬老人。他将毕生珍藏的文献和史料，悉数奉献出来，义务向社区居民、前来参观的各界人士宣讲、介绍。这些文献和史料，记录了伟人功绩，记录了英模事迹，还记录了中国共产党领导中国人民砥砺前行的光辉历程。

　　老人用高亢激昂的言辞，向我们讲述一段段革命历史。那一个个动人的故事，很自然地让我们想到了那段兵马刀戈的峥嵘岁月。

　　伫立于展馆大厅，瞻仰伟人风采，缅怀英烈事迹，抚今追昔中，共产党人的精神熠熠生辉。伟大建党精神、井冈山精神、长征精神、延安精神、大庆精神、"两弹一星"精神、雷锋精神等，不仅助中国革命取得了历史性的胜利，更为实现中华民族伟大复兴奠定了基础，指引了航向。

离开西门社区，我们走进了千年古刹宝相寺。

春光正浓，主道上，香客、游人络绎不绝。这座千年古刹，始建于北魏，唐代名昭空寺。宋真宗封禅泰山时驻跸汶上，御敕昭空寺为宝相寺。

宝相寺历经千余年，香火不绝，一度成为帝王将相、名流墨客观光礼佛之圣地。1994年3月15日，修葺八角十三层太子灵踪塔，塔宫内佛牙、舍利等一百四十一件佛教圣物，在隐世八百余年后，终于重见天日。这些佛家圣物，珍贵无比，尤其是其中的释迦牟尼真身佛牙，更是轰动全国，震惊世界。

佛教圣物出土后，宝相寺成为宝刹。于是，每年的农历三月十五日，这里便举办朝拜圣物的重大佛事活动，不仅吸引了众多佛教界人士，也吸引了无数的游客。

走出宝相寺景区，前面是关帝庙、文庙和莲花湖湿地。除了这些旅游观光景点，还有更多体现汶上街道经济现状的大型制造和商贸企业。京安金宇大市场、汶上批发大市场、中都农贸大市场、亚鲁服饰、正权纺织等，无不印证着汶上街道的繁荣。

春天，美丽的季节，希望的开端。汶上街道的春天，五彩斑斓，奏出了一章章华丽的乐曲。

难忘那片绿土

　　宽阔洁净的街道，井然有序的院落，敞亮通透的房舍，门前有花圃，屋后有绿林，春日万紫千红看蜂蝶，夏日浓碧丛荫听蝉鸣，秋日五谷庆满仓，冬日暖阳享天伦，食自给之天然，宿绿色之低碳，这是我一度梦想的栖身之地。

　　为官者厚德载物，扶危解困，微笑如歌；为民者淳朴良善，孝老爱幼，互利共生，和谐同荣。这是我一直渴望的民生民风。

　　一次义桥之行，方知，我所渴望的并不是梦，它就在现实中。

　　烈日当头，正叹惋采风难为，忽觉得周身一片沁凉，不由得移眸窗外，方知车已驶入林荫。

　　"义桥到了。"同行人说。

　　是的，义桥到了！

　　远处大片大片的浓荫，近处倏忽闪过的苗木园林，无不在昭示：这里的地是绿的，这里的天是绿的，这里的一切都散发着绿的气息。

　　我们的第一站是马庄西村。

　　一入村，顿觉神清气爽。安静的街道两旁，花团锦簇。百米长的文化墙，营造出丰润的人文情韵。开阔的广场，各类健身设施和百姓大舞台，尽显马庄西村人的生活之多彩。

许是习惯了城市生活的节奏，我们一行人没有被这些现代化的东西打动，真正叩响我们心扉的是广场东侧的石碾、石磨。骄阳下，硕大的碾盘光滑锃亮，向游人昭示，在这个日新月异的现代化村落里，它始终坚守岗位，奉献村人。

似乎是见到了稀世珍宝，大家都想尝试一番这原始的磨面石械，赤手推了起来。一位照看小孙子的老人见状，笑着走近，弯腰从碾盘下抽出一根胳膊粗的推碾棍。

"老人家，这碾有些年头了吧？"我不禁问道。

"有年头了，具体多久我也不记得了。"

"你们一直在用它碾东西？"

"碾，天天都碾，一早一晚没闲过。"老人自豪地说，"玉米糁、豆扁、辣椒酱，碾出来的就是比机器做出来的香。"

"老人家，看你们这日子过得，舒适呀。"

"可不是咋着。前些年，村里的年轻人，拼了命地往城里跑，没钱，借也得买楼买车，现在倒好，都后悔了。"老人布满皱纹的脸笑成一朵盛开的菊花。

我也笑了，笑得很牵强，因为，我也曾是老人所指的那些年轻人中的一员。我没有再说什么，我还能再说什么？这就是马庄西村，这就是马庄西村人眼里的村：好过城市！

看看那些现代化设施，再看看这原始的石磨石碾，我不禁赞赏马庄西村的决策者，他们将这乡村打造得既有独特的风格魅力，又饱含丰富的历史内涵。

如果说马庄西村是一篇人文、历史、耕耘合一的散文，那么唐庄则是一首放飞梦想的多彩乐章。

唐庄，隶属义桥镇，山东省美丽乡村示范村，一朵绽放的奇葩，一只展翅的金鸟，散发出亮丽炫目的七彩光芒。

在村头，一下车，所有人都被震撼到了。这是乡下人家？"入目皆花团，放眼尽芳菲"，街道一尘不染，房舍整齐划一，黛瓦白墙，绿树掩映，各种娱乐设施，让我不敢想象唐庄人平日的生活画面。我一则惊诧于视觉带给我的梦幻，一则惊诧于唐庄人神奇的创新理念。两条主干道——唐王大街、唐兴大街，让人不由得想到当年繁华的大唐帝国。

唐王大街长二三百米，从北至南全部用钢筋竹篙搭建起来，形成了一个恢宏壮观的巨棚。陪同人员告诉我们，再有一个月，这里将会变成一个多彩长廊。头顶是熠熠生辉的金丝葫芦，一侧是如诗如画、若梦若幻的紫色瀑布。

金丝葫芦？紫色瀑布？

我愕然。

这两种既能创造经济价值，又可绘就惊人景观的植物，我还是第一次闻听。看着大街两旁一棵棵十几厘米高的葫芦苗，我仿佛看到了无数金灿灿的透着天然艺术魅力的珍宝，又仿佛看到，唐庄人矫健的身姿撑出的载满美丽梦想的生态巨船。

百善孝为先。

多少年来，农家人的养老问题，一直是解不开的疙瘩。后辈们一边想着为老人养老送终，一边又力不从心。人老了，体力不济，不能从事劳动，没有收入来源，国家每月的补助称盐打油还凑合，大的生活开支则必须靠儿女。儿女也有儿女的难处，有孩子要上学，有儿女要成家，有房子要在城里买，这些都开销巨大。因此，出门打工，为孩子日夜拼搏，成了农家后辈的主旋律，一些老人也就成了空巢老人。

老人健健康康的还好说，万一有个差池，不能及时发现，很可能造成无法挽回的局面。针对老人的赡养问题，村领导的决策，让农家人想都不曾想到。他们倾尽心力和物力，在村头，即唐王大街的两侧建造了娱乐广场、老年人日间照料中心、儿童活动中心。

在老年人日间照料中心，我们看到了三五成群的老人，或下棋，或打牌，或练习书法，或说书弹唱，或打太极，悠闲之状令人艳羡。

"老人家生活得可真舒心啊！"我感慨。

"可不就是舒心咋着。跟你说呀，闺女，俺这些老伙计，赶上了好时代，都活成神仙了！"一位年逾八十的老大爷笑着说。

是啊，老人道出了所有人的心声，正是因为赶上了好时代，才会过上这神仙般的日子！

为了让劳动力能就地就业，让老人和孩子每天都可享天伦之乐，唐庄人按照"宜农则农，宜工则工，宜商则商，宜游则游"的发展原则，营建了高效农业园区、劳动力密集型企业。核桃园、苗木花卉园、芦花鸡饲养基地、有机蔬菜种植园、服装加工厂、板材加工厂等相继崛起。

要发展，教育先行。

当我们提及停放在老年活动中心一旁的校车时，老人们争先恐后地说："如今的孩子算是掉进了蜜罐里，我们是老神仙，他们就是一个个小仙童。"

陪同人告诉我们，那是村里投资、义务接送孩子的专用车。为了保障孩子们上学、放学途中的安全，也为了减轻家长的负担，让家长腾出更多的时间发展事业，创增经济效益，村里才做出了这个决定。

震惊，再一次震惊！

上善不是谁都能吹捧出来的，厚德也不是谁都能粉饰起来的。这就是唐庄，当之无愧的山东省美丽乡村示范村，汶上最美乡村。

要离开了，我不免几多失落，几多叹惋。失落的是这如诗如画的村落主人中没有我；叹惋的是没有一睹唐庄决策人的风采。

在失落与叹惋间再次回眸，这一切瞬间幻化。

老子言："重积德则无不克。"孙子言："水因地而制流，兵因敌而制胜。故兵无常势，水无常形。能因敌变化而取胜者，谓之神。"义桥人因地制宜，拓展生活空间，净化生活氛围，美化生活环境，提高生活质量，打造世外桃源，我猜测年轻的决策人，一定有着睿智的产业运作思维和宽广博大的胸襟。

车渐行渐远，义桥掩映在绿荫中，我此刻的心则随着返程的车辙感慨万千。

义桥的美丽乡村决策人，用激越的情怀编织了民意网，用灵动的思想架起了同心桥。他们沉淀着彩虹似的梦，在清澈的心之湖泊中扬帆，为民办实事、办好事，将互利共生的商业运作思维，融入现代化的乡村建设之中，使生命之旅渗入激情与浪漫，让生活奏出了多彩的旋律。

义桥，大美汶上的点睛之笔，它孕育的多彩景象，宛如流溢的旋律，从中都大地袅袅升起。

去义桥看看，你会感悟到什么是真正的生态平衡，什么是真正的低碳生活，更会领略到什么是敢为人先的精神气质。

搂着行李睡觉的老妪

晚上九时，烟台开往济南的长途汽车总算到站。

坐了大半天，乏得很，便投宿在一家旅店。

这是一个四人间，煞是清静。进了门，方知 1 号床已有旅客，因其侧身躺着，我未见其尊容，亦未与其打招呼。收拾妥，正要睡下，门吱呀开了，服务员领着两个人进来。

一个年逾古稀的老太太，一个五十岁上下的中年妇女。老太太背一个鱼鳞袋，鼓鼓囊囊的，看上去分量不轻；中年妇女提一个大塑料编织包，里面的东西也不少。看打扮，是两个农家妇人。

有人说，农妇住店，跟刘姥姥进大观园差不多，我便饶有兴趣地看向她们。

服务员指了床位出去了。

"包放哪呀？"中年妇女问。

屋里只有一张桌，紧挨 1 号床。近水楼台先得月，更何况人家早我们一步，自然垄断去了。

老太太朝地下看看，许是想找个放行李的地方没找到，犹豫了一会儿，将袋子放在了枕旁，接着向四下扫了扫，眉一皱，嘀

143

咕道："咋没卫生间？"

中年妇女照老太太的样子，将包放下，也跟着扫了扫："就是，还省城旅店呢，连个卫生间都不设。"

"话可不能这么说，是咱没花到那个钱。听俺村里的土豪说，他出门住的都是皇帝套房，要啥有啥哩。"老太太接过话。

"是吗，皇帝套房也兴咱泥腿子住？"中年妇女一脸惊羡。

"有钱啊。只要有钱，甭说住皇帝套房，玉皇大帝和王母娘娘的套房也兴住。"老太太显得很有见识。

"啧啧，有钱真好。"中年妇女咂咂嘴。

"赶明儿，俺那核桃园里的果子收了，俺成土豪了，就去王母娘娘的金銮殿享受享受，没准儿还会遇上你。"老太太一边收拾床铺，一边呵呵笑。

"托您老人家的福，俺也会成土豪的，俺家的红富士一年比一年收成好，一定会在金銮殿里遇上您的。"中年妇女也跟着呵呵笑。

"嗯嗯，一定一定。来，咱娘儿俩一起加油。"老太太抓起中年妇女的手，"土豪土豪，明儿个来到！"

我的天，这二位可真有意思，哪里是刘姥姥进大观园，简直就是摩登女在畅想明天。

两人说笑了一阵，老太太转向我："大妹子，你洗漱了吗？"

我明白老太太的意思，急忙下了床，带她们去了洗漱间。

回屋后，睡意已减，便低声跟老太太攀谈起来。

老太太是莱西人，中年妇女是海阳人，在车站广场相遇。老太太来省城看闺女，闺女在省城某中学任教。中年妇女的终点站不在省城，明天还要赶一程。让人费解的是，老太太不去闺女家，却住在店里。

我问老太太："大姐，您老是头一次来省城吧，没给闺女打个招呼？"

"头一次没给闺女打招呼，来省城可不是头一次。"

"那您咋还……"

"你是问我咋还住店吧？"老太太打断我，"咋说呢？黑天半夜去叫门，吵得人家大人孩子不安嘛。"老太太笑了。

"到底是当老人的，考虑得真周到。看样子，您老兴许头一次住店？"

"可不是咋着。以往来省城，都是闺女领着，怕俺迷路。这次，俺让闺女瞧瞧，没她文化人，俺也识路，俺还能自个儿找店住哩。"老太太笑着，很惬意地收拾起了床铺。

谈话暂告一段落，就此寝下，但我心中总觉有点儿牵挂似的，那就是老太太放在枕旁的鱼鳞袋。想象不出，是什么珍贵的东西，值得放在那个位置；更想象不出，这种盛过尿素的袋子，会装些什么样的珍贵东西。冒昧问，实在不礼貌。

见我看着那个沉重却很洁净的鱼鳞袋出神，老太太觉察出了什么，指指袋子，笑着说："大妹子，你是看它放的不是地方，对吗？"

被人道破心思，难免尴尬，我忙否认："哦，不，不是。我是想，看闺女还拿这么多东西，您这把年纪的人，一路上一定很麻烦吧？"

老太太知道我在搪塞，顺着我说："麻烦也得拿呀，闺女爱吃哩。"

我立刻联想到了花生、红枣、核桃之类的农产品，可看上去又不大像。既然话已挑破，我也就不再遮掩："当老师的爱吃，一定是有营养的好东西喽。"

"好东西，离它活不成哩。"

"离它活不成？"我跟着说，不理解。

老太太见我发怔，笑了，很诡秘的样子："嗯，是离它活不成。"

老太太说着就去解袋口。我急于想知道那"离它活不成"是什么，紧盯着老太太布满皱纹的双手。袋口开了，那双手伸进去了。就在那双手从袋子里抽出的同时，我霍地挺直了身子。我没能立刻看到那"离它活不成"。老太太掏出的依然是一个袋子，一个洁净的白棉布袋，用同样白的布条儿扎着袋口。

突然间，我觉得没必要再知道里面的"离它活不成"是什么了，凭这雪白的棉布袋，足可以理解老太太把它放在枕旁的缘由了。

老太太解去布条儿，伸进手去。我想阻止她将里面的"离它活不成"掏出，一时又找不出合适的措辞。当老太太的手从袋子里拿出时，我愕然了。这——这就是老太太的"离它活不成"吗？一张叠得方方正正的纯棒子面煎饼！

哼！这是1号床上的声音。原来，老太太的"离它活不成"，把1号床上的漂亮姑娘也给镇住了。姑娘不屑地一嗤鼻，躺下了。

老太太瞟了漂亮姑娘一眼，将叠得方方正正的煎饼递向我，庄重地问："大妹子，是离它活不成吧？尝尝？"

我愣愣地看着老太太。

"咋着，不吃，怕不好吃？"

我还能说什么？望着老太太满含希望的双眼，我只得接过来，咬了一大口。

老太太笑了："俺那闺女就是吃这个长大的。闺女说好吃，她的那些个同事也都说好吃。俺每次来省城，都给他们带上这么一大包。"

我理解了老太太的"离它活不成"。

不知不觉，亥时已尽，老太太睡意浓浓。

老太太睡下了，很快打出均匀的鼾声。盛满煎饼的鱼鳞袋在她枕旁，那么敦实，那么坦然。

我想，老太太在做着一个美好的梦吧，不然，她怎么睡得那样香，那样甜？

商南，放飞心灵的驿站

秦岭，这道神奇的北方与南方的分界线，曾被我无数次勾勒，无数次幻想，走进秦岭也就成了我多年的心愿。今天，愿望实现，心却被享有"秦岭封面"之称的商南紧紧牵绊。

商南之旅，无异于一场修行，一场荡涤心灵的修行。在天与山相接的一线，领悟山魂的灵动；在水与山相交的一刻，体验柔水的力量；在人与山水相融的一刻，感受原始的延续、文明的底蕴。

富水镇，引人遐思的名字。这里地理位置优越，有着得天独厚的自然资源，更有着丰厚的人文底蕴。在这里，可以领略大自然的瑰玮雄奇，可以欣赏悠久的历史文化，可以重温商於古道的繁华，可以体验美丽乡村的生活情态。

伫立金钟山，仰望闯王寨旗楼上的天下第一大"闯"字，可以想象到闯王的不屈不挠，可以领略农民军转战南北、驰骋天下的豪情，更可以感受到富水人打造美好生活的坚定信念。

"起伏山峦美如画，茶园春月发新芽。游客慕名远道来，泉茗茶园品质佳……"优美的歌声在商南知青茶园的上空飘荡，在富水人的心中飘荡，在游客的茶水里飘荡。

商南知青茶园，"北国第一茶园""国家级美丽田园"，行走其间，我已被茶园的自然风光陶醉，被"南茶北移"的壮举感动，被华夏北国茶文化震撼。

如果说商南茶见证了富水人敢于开拓的精神，那么王家楼让我看到的便是一个文明的农耕大世界。"山上挂满核桃果，茶叶林下土鸡飞，山脚鱼儿塘中游，绿色圈养生猪肥。"这歌谣，既是对一体化立体生态的写照，也反映了富水人对农耕科学化和文明化的更高追求。

金丝峡，自带色彩、自带旋律、自带光环的商南一隅。它的旖旎，它的雄奇，它的幽深，它的神秘，竟让我在言语的世界寻觅不出灵动的词语来形容。白龙峡、黑龙峡、青龙峡、道源仙山、丹江源……原始的风貌，本身就是无与伦比的画卷。写意、素描、工笔，随便一处都被渲染得淋漓尽致。面对这种汇天地之色、聚神鬼之笔的画展，作为凡尘中的沧海一粟，我除了虔诚地赞叹，说什么不是多余？

置身于这种超然的境界，整个人也就不受控制地被视觉牵制。不觉间，我便结识了救下苏娘娘军队的马刨泉、"八戒窥浴"的白龙湖、奇峰对峙的一线天。告别了神秘壮观的双溪瀑布，辗转来到了玉皇顶，仿佛领略完日月天地的洪荒之力，参透了世事变迁，最终实现了天地人合一。

在三才峰潇洒转身，直达太子坪。这里有一颗璀璨的明珠，全国宜居村庄——王家坡。

这里秀美异常，整个村子水环山抱，远远看去，一栋栋江南风格的院落恰似镶嵌在宛如棋盘的翡翠上。这种原生态的自然村居，没等走进，我就已经挪不开眼。

院落都是独立的，依附山景，顺坡而造。村人介绍说，这是将城市的舒适与乡村的自然宁静生活相互融合的美丽村居，被称为悦心云宿。修建时，保留了原有的形态，外部构造上回归本源，而内部设施上则体现现代化。这种村居，既满足了村人渴望的宁静与空灵，又体现了乡村城市化的舒适与温馨。

坐在院子的凉亭里，放眼四周，满目的青山绿水。风拂过，万碧摇曳，在阳光下闪闪烁烁，似无数的小精灵在欢快地炫舞。不远处，溪水哗哗啦啦，宛如少女弹奏的古乐。伴着阵阵花香，不时传来几声鸟鸣。我不由得感慨，悦心云宿，其实是真正的仙人居所，是安放心灵的好地方。

我不知道其他人心中是否有一个古镇情结，我只知道我有。离我家不远处有家酒店，名叫江南小镇。每天下班路过，我都不由自主地看几眼门头上的壁画，平时招待客人也会不加犹豫地选在那里。我没去过江南，对江南小镇的感知完全来源于书画和影视，因此，便将小镇情怀寄托在了那家酒店。但是，追随着徐霞客的仙迹，走青石路，看碧水蓝天，望两岸青砖黑瓦的高台，浏览层层相向排列、檐角向上翘起的楼阁，注视廊檐下摇曳的红灯笼，进出琳琅满目的各种小店，做完这一切之后，我不禁对自己说，江南不必去了，江南的小镇也无须再看。

的确，这就是太吉古镇给我的定论。

太吉古镇，镶嵌在秦岭南麓的一颗夺目的水晶，可让人忘却时间，排除世俗杂念。伫立在徐霞客广场，回眸老街，遥望官渡，灵魂很自然地便会穿越时空的隧道，一览千年的风云变幻。这里的一切都书写着历史，见证着古镇亘古不变的灵魂。

商南，以其独特的地理位置、丰富的自然资源、深厚的文化底蕴，已经成为大秦岭的点睛之笔。商南，用灵动的山水之魂架筑起了大秦岭南麓的经济桥。

回首走过的这一路，每一处都涵养着商南人的超然心境，每一处都沉淀着商南人互利共生的思想。他们遵循自然规律，开发自然景观，将生态发展理念融入现代化建设之中，将生命之旅，渗入激情与浪漫，奏出了一曲曲多彩的旋律。

大美商南，放飞心灵的驿站，我会再来的！

一路薯香满天涯

芳菲四月，沿"四好农村路"环行，驻足金藤薯业基地，不免感慨万千。二十多年前的情景，一如昨日。

那时的金藤，还没有形成规模，只是附近比较有名的地瓜种植大户，有优于其他种植户的种苗。

当时，父亲获得了一个废弃窑坑的种植权。众所周知，窑坑高洼不平，加之地贫，根本没有办法种植小麦之类。于是，父亲稍做翻耕，决定种植地瓜。

培土整畦，整出了足有三十余亩的可用地块。听说要种地瓜，邻居向父亲推荐了高庄刘家的地瓜苗，说他家的苗子是山东省农科院培育的，不挑土质，产量高，质量好，果实味道纯正。

去高庄买苗，是我陪父亲去的。

那天，阴云密布，预报有大雨，按说不该出远门，但是我们买的是秧苗，不怕雨淋，况且趁阴雨天将苗子种到地里，不仅成活率高，而且免去了人工浇水这一大难关。

为了赶在雨前买回秧苗，天一亮，我和父亲就启程了。因为家里没有能运货的机动车，我和父亲只能一人拉一辆地排车，也就是人力车。

从徐村窑坑到高庄刘家育苗地，十多里地，皆为乡村土路。虽有一段可以选择的柏油路，但绕，且远，得多走五六里。为了省时间，我们只能选择田间小路。

小路狭窄，坑坑洼洼。这种路有多难走，有过经历的人想必都知道。

走了两个多小时，终于来到刘家育苗地。挑好苗，装好车，准备返程，突然几个响雷落地，接着，大风夹裹着铜钱般的雨点扑面袭来。

按道理，这么大的雨，应该避一避，可是我和父亲都清楚人力车装满了货，走在雨后的土路上会有多么泥泞，多么难走，我们爷儿俩走不出五里地，就会累得迈不动腿。

"趁着路面还没湿透，赶快走！"父亲催促。

尽管我们趁雨没有下大就赶路，但没走出多远，我拉的那辆车的左边车轮还是陷入了泥淖。毕竟是重车，我和父亲用尽全身力气也没挪动半步。好在，刘家几个人赶过来帮忙。

"别走土路了，出了村，往西走三里就是沥青路，虽然远了几里，好走啊。"刘家大叔说。

"唉，要是所有路都铺上沥青该多好啊！"父亲叹气。

"这路要是都铺上了沥青，我卖出的地瓜苗子就能翻好几番，现在是十里八乡的种植户来买苗，到时候就可能是离这百里、几百里甚至上千里的种植户都来买。不瞒大哥，我这苗子，可是省农科院研究的最新品种。专家说，准备在我这里建一个大型的育苗基地。大哥愁这路，我比大哥还犯愁呢。如果基地建起来，参观的、买苗的就会多起来。这泥巴路不平，咱可以整一整，万一遇上阴雨天呢？"刘家大叔也叹了口气。

"要想富，先修路。这话一点儿也不假啊！"另一位大叔感慨。

在几位热心人的帮助下，我和父亲终于走上了柏油路。

这段柏油路通往县城，从段庄路口走到赵村路口，也就结束了在这条路上的行程，而徐村窑坑在郭家洼，也就是说，还有三四里的土路等着我们跋涉。

一次买秧苗，一部辛酸史。每每想起，我都会无限感慨：如果乡村道路都被硬化，刘家地瓜苗的销量会不会像那位大叔所望，翻上几番？

辈辈乡里人，深深阡陌情。

这期间，我因工作需要，被调到了高庄小学任教，对农村交通与刘氏薯业发展之间的关系，也有了更加广泛、更加深入的了解。

刘氏成立了自己的薯业公司，不仅带动了高庄村村民地瓜种植、育苗的热情，产品还跨越了几十里、几百里、几千里、上万里，脱毒秧苗更是坐货车、乘飞机进入了全国各地。有同事开玩笑："咱这辈子算是白活了，连人家的红薯秧子都不如。人家的红薯秧子还能天天坐着火车、乘着飞机，天南海北地到处安家，咱可倒好，最远跑到县城溜达一圈！"

虽是玩笑话，但仔细品味，这话语中却也无不透出对而今农村交通和刘氏薯业的赞叹。

的确，如今的乡下人家，不仅通往每家每户的路再也看不到曾经的泥泞，就连纵横交错的田间小路，也一改原始面貌，让人面对再大的风雨也无须担心泥淖。

制约农村发展的交通难题被消除，刘氏薯业——济宁金藤薯业科技有限公司，也随之崛起。

　　除了高庄刘氏成熟的商业运作模式、睿智的经济才思、高屋建瓴的智者胸怀，在金藤薯业的发展中，交通运输也起到了不可或缺的纽带和桥梁作用。

　　金藤薯业基地，西临济徐高速公路和山东省 244 省道，东临105 国道，"农村四好路"的畅通，让金藤薯业不仅走出汶上，走出鲁西南，走向全中国，而且跨出国门，走向了世界。

　　交通运输的便捷，让公司的产品很快辐射至全国大部分区域，公司随时随地都能为种植大户供应优质薯苗，更能随时随地为消费者供应大量的优质商品薯。而今，公司又与外贸出口企业、红薯加工企业、国内大型农贸配发市场、多家电商平台，建立了长期稳定的合作关系，完全实现了订单式生产。

　　汶上因地制宜，时时刻刻将"富路即富民"的思想融入现代化乡村建设之中，从而让我们看到了更多金藤薯业般的辉煌，看到了一幅幅金灿灿、绿油油、红彤彤的美丽画卷，看到了一条条奔向小康的金光大道。

　　今日，从金藤薯业基地，一辆辆满载薯苗的运输车，畅通无阻地奔向车站，驰往机场，落户天涯海角。

　　车轮滚滚，一路薯香，一路希望。

三尺讲台

鞭 答

又是一个金秋，总忘不了回到曾经就读过的汶上县第四中学看看。尽管早在十多年前，便已找不到那令我梦萦魂牵的景致，但我还是竭力想从陌生的景物中，寻回昔日的痕迹，重温老师的一番教诲。

那是升入高二后的第一堂作文课。正值中秋，校园里百花争艳，秋果累累。老师就地取材，要求我们写一篇有关秋景的习作。

当时，教我语文的是特级教师胡甲林先生。胡老师德劭学富，于授业颇有建树，且文采斐然，时有文章面世。

我亦素喜文学，对胡老师特别崇敬，更为能求知于其门下而深感荣幸，为博得老师的赏识和关注，自然也就想在这第一篇习作上，刻意表现一番。

写什么呢？望着教室外的景致，不由得被门口一丛艳丽的喇叭花吸引，便决定以此为素材。

我一向认为，写景之文也不过是信手拈来之事，无须费心构思，将所积累的丽词佳句堆砌上即可。因平日这种拙见，我笔下的喇叭花也就成了美艳绝伦的仙子，美上了天庭。

很快，草稿写完了，四下瞅瞅，见同学们还在冥思苦想，我很是得意，把本子往旁边一推，骄傲地玩弄起手中的钢笔，且还让它在课桌上弹出有节奏的声响，以示老师该发作文本誊抄了。

出于偶然，手劲重了一下，声音引起周围同学的反感，他们瞪了瞪我，把目光送给了老师。老师看看我，没有指责，但我明白那眼光中所含的成分。

过了一会儿，老师下来巡视，走到我的课桌前停下了。我一阵紧张，生怕老师说出让我大失颜面的话，毕竟，我是一个女生，是很在乎在同学们心目中的形象的。我想抬头看老师，想乞求老师莫让我难堪，但又不敢，只好静静等待。

老师说话了，极温和，极亲切："草稿写完了？"我点点头，紧张的心不由得放松了许多。老师随手拿起草稿，看完后，依旧极温和，极亲切地问："你写的是喇叭花？"

我陡然一惊，难道我写的不是喇叭花？

紧接着，老师又说："你跟我出来一下。"我惶然站起来，想不出老师叫我出去的用意。

老师把我带出教室，带到教导处前面的小花圃间。花圃中是一大片小青松，上面攀满了喇叭花的藤蔓。一丛丛的绿叶间镶嵌着朵朵娇艳的小花，红的、白的、紫的、蓝的……秋阳灿灿，风摇枝叶，那朵朵花儿似一群快乐的姑娘，舞姿婀娜。看到这些，我更觉困惑，只好静待老师释疑。

老师看看我，随手折过一枝，极风趣地笑笑："是够美的，难怪你让它美上了天庭。"

我讪然笑笑，不知老师何意。老师又折过一枝，继续说："花再美，也只能是花，况且这些花，也并非如你笔下所言。你仔细看看，品品，这花，这藤蔓，这叶子，还有这花香，哪一处与你言及的相符？运思作文，要的是真实，是通篇的意境情调。如你这般一味在丽词佳句上施才，所获的只能是败笔。"

"为人有标格，作文也应该有意旨，你的《咏喇叭》旨在哪里？好的作品，是以情感人，以境动人，以形喻人；好的人，也应该像这喇叭花环绕下的小青松，不炫耀，无所求。隐处不为人知，幽香溢散万里，想必你是理解的。好了，你再仔细看看、品品，相信你一定会写出一篇好的《咏喇叭》。"说完，老师用一种富含激励的深切目光看了看我，转身回教室了。

我呆呆地站着，喉头似被什么东西哽住，脊背似有芒刺。老师不仅为我指出了一条习文之道，也为我指出了一条为人之道。"道之所存，师之所存""师者，所以传道授业解惑也"等哲理，也方为我真正悟得。

乌飞兔走，转眼三十多年过去了。这三十多年来，胡甲林老师一直是我为师为人路上的老师。我之所以能成为人师，之所以能在治学道路上不断求索，皆因融入了先生的那番鞭笞。今日忆起，脊背仍隐隐似有芒刺。

我新故我在

"新教师"，起初看到这三个字时，我竟然将其曲解为：教育亟须的是年轻有为的新生代。殊不知，新教师并非教育界的初生牛犊，而是指教育创新的开拓者。

创新，当然不是年轻人的专利。一个刚走上讲台的"80后"抑或"90后"，如果在为师之道上，不能成为一匹黑马，遵循的是老一辈的方法，那么他依然是一个迂腐子；一个马上就要走完教师生涯的老者，如果能在最后一堂课上，开拓出一条属于自己的新路，那么被授予"新教师"的称谓，亦可当之无愧。

之前，总以为自己有了三十多年的教学生涯，在为师之道上行将老去，无须跟风逐浪。在班主任培训会上，听了几位教育专家的报告，又参加了联片教研活动，方才意识到如果再原地踏步走，那就不只是称职不称职的问题，而且是一种不可饶恕的行为。扼杀天赋，桎梏灵性，误人子弟只是一方面，而教育因我等给社会带来的负面影响，将难以消除。

两千多年前的孔圣人，之所以被称为伟大的教育家，正是因为他创立了儒学，推动了当时社会的进步，为一代又一代的文化传承，掀开了光辉灿烂的一页。他的思想，不仅影响着历朝历代的中国人，还影响着整个世界。

"己欲立而立人"，孔子在两千多年前，就给我们提出了这样的育人原则。倘若我们用老一套的方法来锻造今天的学生，又岂能"立人"？

呼吁"新教师"涌现，正是基于当今社会的亟须。因此，不管是新生代，还是老一辈，都应该清楚，在今天的教育教学工作中，自己所扮演的角色、所面临的挑战。

曾经，即过去式。课本知识，也许传授得尚可；呵护学生，爱护班级，爱岗敬业，也许做得亦不错。但若问：你的特色何在？你的教育方式还适用于今天的孩子吗？又该怎样回答？时代在变，孩子在变，万物万象都在力求创新，大至国家，小至芸芸众生，教育自然也不例外。几千年的历史证明，要生存就要求新立异。

不合时宜的老面孔、老意识、老观念、老规矩，自己摈弃了吗？亦步亦趋、步人后尘、循规蹈矩、按部就班的老作风，自己还在沿袭吗？在新的教育形势下，自己还是一个合格的执教者吗？我一次又一次地扪心自问。

老不可怕，可怕的是倚老卖老。

再要老字牌，再仰仗老资格，等待的就是自毙。这是我对自己的告诫。

苏霍姆林斯基曾言：一个无任何特色的教师，他教育的学生也不会有任何特色。所以，不要再羡慕他人头上的光环，沉下心，俯下身，开拓出属于自己的路，打造出一片属于自己的天空，势在必行。也就是说，标新立异，独树一帜，才是身为人师的生存之道！

"苟日新，日日新，又日新"，商汤王曾经把这话刻在澡盆上，激励自己弃旧图新。那么，今天的我们，更应该把它镌在床头，雕在案桌，锲进教室，让它成为师生教学相长的座右铭。让我们的讲台，每时每刻，都能展现新一代人师的精神风貌和人格魅力！

最后，用魏书生老师的话与大家共勉：改变自我，天高地阔；埋怨环境，天昏地暗。

做一个"新教师"吧，纵使明天离开讲台，今天也应该让自己呼吸最新鲜的空气，流淌最鲜活的血液！

直播或许别有洞天

宝剑锋从磨砺出，精课亦在磨中来。剑侠得道十年艰辛，那么，人师得道就不止十年能成了，怕是终身都要努力追寻、苦心摸索。因为，即便是教育专家执教，一堂课结束后，也仍会感到有些许缺漏。这就是说，课堂教学，永远都是留有遗憾的艺术展示。

为了少留缺憾，课前磨课便是至关重要的一关，尤其是观摩和示范这样的精品课，课磨得精当与否，直接决定这堂课的成与败。观摩、示范除了具有展示性，更有模范性。正因为这种双重性，一堂精品课，不仅仅是执教老师教学经验的再现，更是组织者、参与磨课组员智慧的结晶与精神的升华。故此，示范之前的磨课，也就成了生死攸关的环节。教师试讲，组员查漏补缺，一遍不行两遍，两遍不行三遍，反反复复修改、斟酌、推敲、彩排，直到满意为止。即便如此艰辛打磨，课堂结束后，仍会有听课教师指出种种瑕疵，而执教老师本人，有时也会觉得有些美中不足。

是执教老师课磨得不够，还是遇到了一班不给力的学生，抑或有人鸡蛋里面挑骨头？都不是。因为，磨出的课是呆板的，而听课的学生是灵活的。

课堂教学本身，就是一张没有规则的拼图，就算专家，也不可能预测将会拼出什么图形，甚至有时根本就不知道自己是否拥有所需要的拼块。它总是在教师毫无准备的情况下，突然出现，学生的兴趣点、思维方式、专注力和鉴赏能力会变化，精心彩排过的东西自然也会被打乱。如果没有高屋建瓴地驾驭课堂的本领，课堂就会失控，费尽心思准备多日的精品课就会惨遭失败。

鉴于上述问题，有些老师在示范之前，只得去准备执教的班级熟悉（磨）学生，要求学生做好哪些准备，以为这样做了，就不会在课上丢面子，就能秀出精品课的风采。殊不知，这种做法，非但不会给课堂带来精彩，反而会压制学生的激情。学生的激情来自"新"。只有新面孔、新课题、新学法、新问题，才会激起学生浓厚的兴趣。不经彩排的东西抓住的就是一个"新"字，有"新"自然就有趣，有趣就有神，有神就会有奇迹。

我在课堂上得出如下结论：课不磨不行，而磨，永远也磨不出最满意的教学、最满意的课堂。因此，我倡导，就算示范课、观摩课，也没有必要力求完美无缺，更没必要反反复复打磨课堂、打磨学生，刻意彩排。

为自己留点儿波折，才能历练出操控课堂的本领、在突发状况面前处变不惊的气度；为学生留点儿张扬个性的空间，我们也绝对能够调控，绝对能在课堂上操控自如，与精彩不期而遇。

生活没有彩排，每天都是现场直播，任何人都无法预知会发生什么。正是这种无法预知，才能让生活充满情趣和神秘，才会让一个又一个奇迹诞生。课堂教学不需要刻意彩排，留些直播空间，或许会别有洞天。

我的课堂不再过度打磨，你的呢？

雨润方有花开

还在懵懂的孩提时代，心里就烙下了"严师出高徒，棍下出孝郎"的警语，以至于步上讲台，所遵循的为师之道都没有脱离一个"严"字。

严，能引领学生遵纪守规，安分做人，但过严的教育教学，却禁锢了学生思维的发展、个性的张扬。因此，一种既严又不乏灵活的育人模式，也就成了我心之向往。

课余，与同事漫步校园，身边走过两个小女生，边走边诵杜甫的《春夜喜雨》："好雨知时节，当春乃发生。随风潜入夜，润物细无声。野径云俱黑，江船火独明。晓看红湿处，花重锦官城。"听罢，我心头猛然一震。春雨润物，不正是我心之所求？细品来，这首诗每一句都折射出了深刻的育人之道啊！

"好雨知时节，当春乃发生。"好雨是适于时令的，在万物亟须时普降。如果把教育教学比作好雨，那么，"知时节"自然就是要求我们为人师者，育当其时，助当其需。只有把准时机，方能"乃发生"，即激发学生的内在潜力和强大合力。

"随风潜入夜，润物细无声。"纯粹就是育人之精髓了。"一切为了每一位学生的发展"是新课程的最高宗旨和核心理念。这就是说，为师者应该以学生的可持续发展为导向，以学生的个性发展、创造性发展为本位。"随风潜入夜"正是对上述理念的诠释，也就是让师者俯下身来，以学生为主体，遵循学生的发展规律，注重学生的个体差异，深入学生之中，潜心研究每个学生的真正所需，因人施教，有的放矢。悄然入夜的细雨，伴随着阵阵和风，静而不哗，柔而不弱，滴滴渗入，给植物以至深呵护，没有偏袒，没有私欲，这是雨的博爱胸襟。师者育人，需要的正是雨的这种博爱能容之度。我们都知道，育人当能容人。容人之短且为之补短，育人之长且为之扬长，滋人之心且助之奇发，方为真育人。而要真育人，就要"随风潜入夜"。"润物细无声"自然就是告诫我们，唯有静下心来，锲而不舍地追求，点点滴滴地积累，和颜悦色地督促，柔声细语地施教，方能沁人心脾，树人心志，授人以渔。

"我们所多的是生力，遇见深林，可以辟成平地的；遇见旷野，可以栽种树木的；遇见沙漠，可以开掘井泉的"，鲁迅的至理名言，或许也是有感于"随风潜入夜，润物细无声"吧。

"野径云俱黑，江船火独明。"此两句折射出的便是"润物细无声"的必然过程。"云俱黑"方可普降喜雨，方可彰显出"火独明"的奇异景象。在育人之道上，要想独树一帜，就必须探索和创造。有探索和创造，就有迷惘。正是这迷惘"俱黑"，我们才需要去摸索。根据学生的不同特点，因势利导，搭建可供学生张扬个性的平台，冲破制约学生成长的教育教学瓶颈，自然就会走向光明。

"晓看红湿处，花重锦官城"，彰显了"润物细无声"的基本规律和必然结果。付出才有回报，耕耘才有收获，正如雨润方有花开。也就是说，我们为人师者用辛勤的汗水潜心浇灌，终会看到一片丰硕成果。

　　短短的一首诗，让我震撼。我多年苦苦追求和努力探索的育人之道，就这样让老杜给轻而易举地化解了。

　　看着两个欢快的小女生，我一句一句地品味《春夜喜雨》，再次惊叹于先哲的独具慧眼。

　　一枝独秀不是春，花重满城才是我们育人的理想境界！

一句话的感触

像往常一样，课代表把作业放在办公桌上后，我逐个批阅。

批阅到第三本，掀到应批阅的页面时，映入眼帘的，竟然不是那些熟悉的阿拉伯数字，而是一张非常漂亮的留言卡，上面用正楷工工整整地写着一句话："老师，您还记得您的学生郭英吗？"

郭英？郭英是谁？

我急忙看作业本上的学生名字——李红英。

郭英，李红英，这两个名字有什么关联吗？李红英是我而今的学生，那个郭英呢？我极力搜索，脑海里还就真的跳出了这个名字。

三十三年前的初秋，我终于步上了梦寐以求的讲台。

那是一所新建的农村小学。初为人师的我，没有教学经验，校长让我从低年级立足，于是，把二年级的语文、数学课都分给了我。

当时，正是许多人喜欢拼分的年代。"分分分，学生的命根；考考考，老师的法宝"，这句话不仅在学生和家长心里扎了根，更左右着每一位老师的荣辱。毕业班拼升学率，其他班拼竞赛成绩。说是德智体美劳全面发展，其实真正发展的只有语文、数学。可以这么说，语文、数学的高分，是以牺牲音、体、美为代价的。这就是说，我担任一个班的语文与数学老师，就等于包了班。加上晨读（那时叫早自习），一天七节课，一周三十多节课。也许是年轻气盛，我从来没有感到过疲惫，不过，厌倦偶尔还是会有的。

试想，一天中，从早到晚面对着熟悉的面孔，一遍又一遍地重复着1、2、3……重复写着方块字，不厌倦，怕是只有神仙才能做得到。老师厌倦了上课，学生厌倦了老师。每一个有经验的老师都知道，学生的成绩，并不一定与上课时间成正比。课上得少了，老师不可能把知识全面系统地灌输给学生，学生对知识的掌握会有一定的局限性。但是，课上得太多，给学生带来的负面影响，较课上得少，有过之而无不及。因为学生一天到晚面对着同一张面孔，同一张带着倦容的面孔，他们会无视这个老师的存在，会无视这个老师所教的课。

真不知道那些包班的老师，是怎样度过那漫长的五天半（星期六要上半天的课）的。那时，我盼星期天就像盼着过年一样，因为只有到了星期天，我才会有自己可以支配的时间。

为了缓解疲劳，我突发奇想，让学生出谋划策，如何既不耽误学习，又可以放松心情，还可以提高学习兴趣。学生叽叽喳喳，各抒己见。有的说每个学生都讲一个故事，有的说轮流唱歌，有的说做游戏……

这时，一个非常漂亮的女生站起来说："老师，我认为最好是去室外自由活动。"

"去室外活动，为什么？"我欣赏地看着她。

她脸一红，看了看静下来的同学，低声道："老师，我姨妈说，小学生是在玩中学知识的。像我们这样，一天到晚被关在教室里，不光厌倦学习，还影响我们长身体。"

"老师，郭英说得没错，她姨妈也是个老师，还在大城市里教课呢。我赞成！"一个女生站起来拍手。

"我也赞成！"又一个女生站起来。

"我赞成！"

孩子们一个接一个地举起了手。

最后，一致通过，每天去室外活动一节课。

按当时的课程表，我们二年级，每个星期安排了三节体育课。如果遵循学生的提议，势必要多出三节室外课，学校能通过吗？校长会批准吗？

"老师，我们去请示校长！"还是那个漂亮的郭英说。

我赞赏地点了点头。

没想到，校长竟然准许了，但有一个条件，得保证每个学生在室外活动时，毫发无损。我毫不犹豫地就答应了。于是，每天中午第三节（上午有四节课）成了我班的例行活动课。

原以为，在室外活动，老师和学生都可以放松了。其实，对老师来说，自由活动课还不如室内自习课轻松。在室外，想让天性爱动的孩子像在室内一样捆住手脚，万不可能。孩子们一出教室，就像一群被放出笼的小鸟儿，欢呼雀跃，尤其那些调皮捣蛋的小男生，撒欢撒过了头儿，就会搞出点颜色来给老师欣赏：某某头磕破了，某某手被划了一个小口子，某某鼻子流出了鲜血，某某跟某某打架小脸上烙下了手印……总之，一节课过后，不给老师留点儿纪念品出来，就不是他们。

与其过后处理案子，不如守着他们防患于未然，将那些小问题消灭于萌芽状态。这样，我这个小老师就跟他们一起疯玩。跳皮筋、踢毽子、投沙包、追足球、抢篮球、拔河、百米赛跑……一节课下来，搞得我焦头烂额，还耽误了批改作业。

于是，我郑重宣告：取消室外活动课！

"为什么？"

"反对，坚决反对！"

"就是，校长都允许我们玩，你凭什么扼杀！"

"找校长去！"

学生"造反"了。

众怒难犯，我只得硬着头皮随了他们。

"万岁！"学生们一下子拥住了我。

从二年级到小学毕业，我跟了他们整整四年。四年间，我是他们课本知识的传授者，又是他们生活里的小头头，更是他们信赖的大朋友。不管男生还是女生，一天到晚跟在我屁股后叽叽喳喳。不管是星期天，还是节假日，他们也不留给我一点儿自由支配的时间，吃过早饭就来我家里，跟我谈心，与我交流意见，说他们的家庭，畅谈他们的见闻。我下地劳动，他们也会围着我跟到田里。我习惯了这种融洽的师生关系。

郭英，就是当年那个给我带来了大麻烦，又拉近了我和学生之间距离的女孩吗？她还记得我这个"孩子王"？

三十多年过去了，她现在干什么？这个李红英是她什么人呢？女儿？

凝视着纸条上的字，我不禁感慨万千：身为人师，还求什么呢？不管这个传递信息的李红英与郭英是什么关系，但有一点可以肯定，那就是，我的学生，他们还记得我！

　　三十年、四十年甚至更久，有学生还记着你，不也是一种令人自豪的事吗？

　　我很平凡，在教育界没有辉煌的业绩，在社会上更没有耀眼的光环，有的只是一颗呵护学生、理解学生的心。我虽平凡，但还能被学生记住，这让我感到自己的人生还有价值，还有无数美好的回忆。

　　在纷繁多变的今天，轰轰烈烈是一种追求，甘于平凡又何尝不是一种人生呢？

笑聊模式

刚到学校，对面的张老师便给了我一个莫名其妙的诡笑。

什么？

我看了看邻桌的郭老师。郭老师知道我在向她索求谜底，随即指了指办公桌上的语文课本。我了然，急忙打开，看到了一份有关教学模式的征文通知。

关于教学模式，我跟办公室的几位老师多次争论，我认为，教学本身不应该存在模式。这下可好，竟然让我写关于这一话题的文章，难怪张老师要看我笑话。

在这之前，集体备课时，我们已经接触过不少所谓的教学模式，什么点练模式，什么探究模式，什么启愤模式，什么发悱模式，总之，不管什么模式，出发点只有一个：创新与高效。

不否认某种教学模式的实效，也不排斥某种教学模式的推广，因为好的东西谁都可以拿来借鉴，但如果非要将某种模式，揳入自己的课堂，还要写成文章拿出去参赛，我总觉得这是在背离新课标的要求。既然课堂教学要改革，就不应该去遵循某种模式。

我的拙见是，世上没有两片相同的叶子，也没有一成不变的课堂，更没有完全相同的两个学生。教育初始，教育家就提出因材施教，因生施教，教无定法，如果我们再将自己的课堂禁锢于某种框子，将如何创新，如何高效？

课课不同，生生不同，尤其语文课，最不可饶恕的毛病，就是教师不顾教材类型，不顾文本特点，不顾学生个性，将固有的模式嵌入课堂。试想，讲读与阅读不同，记叙与说明不同，小说与诗歌不同，学科与学科不同，尖子生与"学困生"不同，内向生与外向生不同，要讲模式，岂不应该一学科一模式、一学生一模式、一堂课一模式？如此诸多模式，哪一种才属于个人的模式？作为教师，作为每天都与学生面对面的模式实践者，绝对不可能也不会局限于一种模式。如果我们盲目地去崇拜、实践某种教学模式，就等于把变化无常的课堂、充满灵性的学生，同时设定在了一个框子里，因此，一味强调教学模式，怎么论，都是一种脱离文本、脱离学生个体的纸上谈兵。

战无定术，教无定法，这是亘古不变的真理。因为课堂教学本身就是一张没有规则的拼图，就算教育专家，也预测不出他在下堂课会拼出什么图形。如果能在课堂上驾轻就熟，如果能充分调动学生的主观能动性，如果能让学生情趣盎然、活学巧用，还需要出台什么模式吗？

魏书生老师说："教学不能像浇铸标准件那样，非有一个模式不可，教学方法必须千姿百态、百花齐放。艺术的生命在于改革，在于创新，在于各显情态……应该是条条道路通罗马，而不是自古华山一条路。"所以，不要一边喊着改革课堂，一边出台某种教学模式了。这种自相矛盾的做法，只能束缚教师的手足，禁锢教师的思想，浪费教师的时间。与其在某种模式上耗费精力，倒不如去多学一些驾驭课堂的真本领。

课堂是生机勃勃、形态各异的，忌讳千人一面、千课一调，千万不要给人以似曾相识之感。

"你想彰显课堂教学的独到吗？那就跳出教学模式的框子吧！"

双引号中的两句话，就是我征文中仅有的内容。

"你就这么交上去？"张老师像看外星人一样看着我。

不然呢？总不能说我的模式就是抄袭吧？

峰回·路转·忽见

新学年，我担任三年级 1 班语文老师兼班主任。这是我从教以来，所教的学生数最少的班级（31 人），也是第一次尝试从小学低年级向中高年级转折时段的教学。原以为，凭借多年的小学高年级教学经验、多年的班主任任职经历，不管是课堂教学，还是班级管理，我都应该处变不惊、驾轻就熟，对教育各种类型的学生，也应该轻车熟路，然而，两周的课堂教学让我彻底推翻了自己的设想。

也许是与学生彼此不了解，也许是自身还没有摈弃高年级段的教学观念，课堂上，只有作为观众的老师在表演，真正的主角，都一个个木木地呆坐着，任凭我怎么启、怎么发，主角们就是不愤不悱不上位。课堂，就这样成了我的独角戏。

课堂上不配合也就算了，字总该认真写吧？作业总该按时完成吧？31 名学生，能将字写成样的，只有 4 个女生；能按时完成作业的，只有二分之一。就算强迫他们交上作业，收到的也多是无法辨认的外星文。我使尽浑身解数问其原因，他们硬是来个徐庶进曹营——一言不发。

到底怎么回事？真的是自己老了，课堂上与学生无法产生共鸣，还是遇上了一班"学困生"？

惘然、反思、崩溃，连续两周的纠结，让我做出了一个危险的决定：算啦，随他们去吧，反正也不需要什么优秀什么模范，只要看着他们不打闹、不惹事、不出安全隐患就行了。

抱定这种想法，课堂教学就变得敷衍，教师自身也就如同一台没有感情的冰冷机器，不仅葬送了课堂，更冻结了学生的热情。

这种不求进取的消极想法，持续了一周，我便总觉有悖于身为人师的良心和原则，更觉对不起学生和家长。毕竟，他们只是几岁的孩子，正处于小学阶段的重要转折时段，如果就这样将就一年，对我没有什么影响，但对学生来说则有可能就是毁灭性的打击。

"养不教，父之过，教不严，师之惰。"古人尚且如此看重教育，我又岂能忍心让孩子们在课堂上自生自灭？"学困生"每年都有，只不过不像今年如此集中罢了。既然有问题，就一定有造成问题的原因；有造成问题的原因，也就一定有解决问题的方法。

原因到底出在哪里呢？

我先从自身找起。课堂教学是老师和学生的双边活动，学生在课堂上一如木偶，一定是因为与老师的思路存在分歧。三年级是从小学低年级段向高年级段过渡的转折期，文本、教法、学法、做法，对学生来说都是陌生的。由陌生到熟练有一个过程，老师与学生相互了解，彼此适应，需要经过一定的时间。这时的老师，需要的是沉稳、细心、耐心和爱心，决不能强迫学生跟着自己的思路走，而应自己先找到适应每一个学生的方法。在这个过程中，不能操之过急，更不能因为学生不配合便一味指责、批评、讥讽、抱怨，否则，就算苦口婆心，就算在课堂上讲得天花乱坠，把所有的热情都用在激发学生的兴趣上，结果也依旧会是对牛弹琴。

为了让学生尽快适应节奏，老师必须努力走进每一个学生的心里。于是，我出了一道作文测试题目：《我希望的语文老师》，鼓励学生大胆地说出自己的心里话。

测试结果让有 30 年教龄的我深受触动。31 名学生，都说出了"老师不要那么严厉，我害怕"的话。看来，我在课堂上的一张冷厉面孔，已经像大山一样压抑了学生的活力。

找到了自身存在的问题，接下来就是深入学生。

课堂教学是老师和学生的双边活动，习惯养成则是家长、老师、学生共同努力的结果。学生课堂作业尚不能按时完成，家庭作业更是可想而知，学习成绩自然也就让人头疼。这班学生，为什么会有半数人不能认真完成作业呢？

为了掌握每个学生的家庭状况，我发给每个学生一张调查表，要求学生写出在家中最喜欢做的事情，爸爸妈妈的工作单位，现在跟谁生活在一起，如果是爷爷奶奶照顾，就写出爷爷奶奶的文化程度。调查表收上来，结果让我瞠目。31 名学生，有两名来自单亲家庭，有 6 名学生的爸妈均在外打工，还有 14 名学生的爸爸或妈妈常年在外。这些孩子的家庭生活，都在一定程度上存在缺憾，为孩子的成长、学习或多或少带来了负面影响。照顾留守孩子生活的爷爷奶奶，文化水平都有限，顶多读过小学，让他们辅导作业，简直是痴人说梦。他们所能做的就是尽量满足孩子的要求，让他们吃得饱、穿得暖、睡得香，至于学习，他们很少过问，也不知道怎么过问，顶多问一句："作业做完了吗？"久而之，孩子惰性养成，变成"学困生"。

原因找到了，应该如何解决呢？

首先，消除学生的压抑感。俗话说，严师出高徒。但这里的严，指的是学业上不得有丝毫马虎，而不是指老师每天要板着一张盛气凌人的面孔。倘若每堂课老师都是皱着眉走进教室，寒着脸面对学生，冰着心说教训斥，甭说开发学生的潜能，就算他们都是天才，也会被一双冷厉的眼睛给生生扼杀了。因此，要想让课堂活起来，就必须让学生灵动起来。能唤醒学生灵性的，就是老师亲和的言辞、信任的目光。

其次，课堂转型。摈弃老套的教学思路，采用适合中年级学生的点练模式。引导后，让学生自己去熟悉课文，找出疑难点。在探讨问题时，鼓励他们大胆举手，不怕说错，促使他们逐渐适应小学中年级的课堂。

再次，攻心暖情。用委婉的语气，引导他们明白为什么上学，爸妈又为什么去千里之外打工，促使其学习由被动转化为主动。

从次，双向辅导。这一级的"学困生"相对于往年来说，占的比例较大，如果逐一辅导，根本照顾不过来。要想大面积提高学生学习成绩，我要做的，就是必须将心力暂时倾注在那些能在短期内提升成绩的学生身上，然后再让学习成绩相对较差的学生与学习成绩较好的学生结对子，老师不定时辅导。

最后，建立班级电子档案，随时与家长沟通，为每个学生制定阶段目标。

另外，引导习字。将班里写字规范的作业集中起来展览，并让学生进行写字竞赛：展览作业后，为了激励学生的写字兴趣，扭转他们浮躁潦草的坏习惯，我在黑板的一角设立了一个写字比拼擂台，每周更新两次。擂台虽小，却增强了学生的自信心和进取心。榜样的力量是无穷的！一个多月过去，全班学生的写字水平普遍有所提高，由起初的四名写得较好，增加到了十多名。

"没有学不会的学生，只有不会教的老师"，这话虽然不是绝对的，但还是值得人深思。

总之，冷，唤不醒课堂教学的活力；厉，激不起学生的求知欲；严，不会让"学困生"主动刻苦学习。教龄长不代表资历深，经验多不代表就能适应今天的课堂。抱怨、牢骚、训斥、推卸责任只是自身无能的表现。

展示几分笑容，馈赠几分爱心，因材施教，掌握驾驭课堂的技能，认真对待每一名学生，用爱心去感化，用耐心去开导，用真心去激励，持之以恒，我相信，迟开的花朵也一定会绽放出光彩。一句话：峰回，路转，忽见。

从蜂巢自动流出的蜜

课余,与同事闲聊,聊到了"构建生本高效语文课堂"的话题,很自然地就想起生活中,大家非常熟悉的蜂蜜。

蜂蜜,有分离蜜和自溢蜜之分。分离蜜,是养蜂人将蜜从蜂巢里分离出的;自溢蜜,是蜜从蜂巢里自动流出的。两种蜜都称得上甜之皇后,但自溢蜜保留了花的芳香、醇馥和鲜美,是色香味俱佳的上上品;分离蜜却糅进了人工的气息。

蜜蜂酿蜜的过程,我总觉得,很像我们的课堂教学。如果把学生比作蜜蜂,把老师比作养蜂人,那么教学成效应该就是那一坛坛的蜜了。

蜜可以从蜂巢里自动溢出,课堂教学也应该有意想不到的收获。可是,怎样才能让学生的潜力,像蜂巢里自动流出的蜜一样,在课堂上自主发挥呢?这就需要作为养蜂人的老师,具备高屋建瓴地驾驭课堂的技能。新课标已经让课堂变成了学生的舞台,作为群众演员或是观众的教师,必须时刻牢记自己的角色,几时该出台词,几时该喝彩击掌,都应该把握得恰到妙处。

课堂教学本身是一张没有规则的拼图,不管是教师还是学生,都不可能预测将会拼出什么图形，因为它总会在二者没有准备的情况下，产生许多意外。作为主角的学生，一时可能会迷茫抑或被"将"在舞台上。主旋律出现了断层，正在运行的列车眼看就要脱轨，怎么办？这时，教师是继续做观众，还是做力挽狂澜的欧阳海？

课堂上，教师既不能只做观众，也不能急着去救场，而是要旁敲侧击，引导学生自己去认知，去理解，去权衡，去抉择，自然而然地让断层弥合，让偏离的列车驶回正常的轨道。形象一点的说法，老师的任务不是勒马，而是拍马屁股，就像养蜂人拍打蜂板那样。

一次，教授小学四年级语文课文《一个中国孩子的呼声》，指名读文后我让学生评议，当即就有学生断言没有读出感情。我没有立刻做裁判。我很清楚，即便是我简单的总结性语言，也会干涉学生的自主思考。

我极力压住了自己的舌头，生怕一个不留意，扼杀了孩子的兴趣。我以观众的身份，聆听发言者的见解。既然他断言没有读出感情，那么他肯定有自己的道理，他会用自认为充沛的感情做示范。当这个学生带着他的见解读文后，立刻又有学生站起来补充。这位做补充的学生也带着自认为充沛的感情去示范。

面对异议，学生的兴趣顿时被激起，他们争先恐后地说出自己的看法，列举出课文中的相关词句进行感悟，并加以探究。一番争论之后，答案统一了：一个因战争而失去父亲的孩子，他是多么憎恨战争，渴望和平。这里的"憎恨""渴望"便是读文章时应带有的感情。

最能体现课文情感内涵的知识，学生自己学到了，这也就达到了蜜从蜂巢里自动流出的效果，我若插言，岂不是画蛇添足？

这篇课文的教学，让我见识了不教而教的情形。

课后反思，我写了这样几句话：学生自主发挥的过程，就是知识形成和升华的过程，这既加深了学生对知识的理解，又培养了学生的综合能力。

角色的换位，正是酿蜜的关键。既然是台下的观众，那就掀开书页，静候那些工蜂去采撷，去筛选，去酿制，去储存，在这一过程中，你会惊奇地看到课堂教学中交流辩论的收获、特长释放的收获、个性张扬的收获、互动相长的收获。问渠那得清如许？为有源头活水来。

花开还会远吗？

王一平，提起来就让人伤脑皱眉的学生，头发蓬乱，衣服脏兮兮的，散发着浓浓的油烟味；课上，她总是一刻不停地摆弄某种小东西，被制止后，转眼继续；课下，同学们都在操场上玩耍，她却窝在教室，或折纸，或涂抹，或躺在课桌上，抑或坐在地上，完全没有孩童特有的活泼可爱。

她的孤僻，她身上散发的油烟味，让任课老师反感，更让很多同学避而远之。

我是新任班主任，对她并不了解。面对她的异常，我又不能置之不理。课下，我将她叫到办公室，随意问了几个问题。她头低着，自始至终没有抬起来，也没有回答我一句。

女孩子，不惹是生非就行，没必要去深究！我宽慰自己，但接下来出现在她身上的种种怪异举动，我又不能漠视。迟到；旷课；不交作业；偷拿同学的文具，把文具要么扔到垃圾箱，要么放进其他学生的书包里。学生们强烈不满，就连一些家长也打电话反映，纷纷要求我对她严惩。

这孩子还真是让人不省心啊！

我再次把她叫到办公室，再次没有问出一个字。万般无奈之际，只得请她家长出面。电话打了十多次，家长的手机不是关机，就是忙音。

"去家访吧。"同事提议。

家访，哪位班主任都不愿做，但面对王一平这样的学生，除了与家长沟通，还真的没有其他好的法子。

因为电话打不通，这次家访，我并没有见到王一平的家长，只是从她街坊邻居的言语中获悉，王一平的妈妈早在六年前就因严重的精神分裂症去世，爷爷奶奶也先后去世，家里只有她和爸爸。她爸爸常喝闷酒，一喝就醉，醉后就对她发火。

家访回来，我心情沉重。一个小女孩，在最需要疼爱的时候，每天面对的却是醉醺醺的父亲，心理压力会有多大？王一平，在家得不到家长的疼爱，在校得不到老师的关怀和同学们的理解与信任，心灵岂能不偏离正常的轨道？

我知道，作为班主任，对王一平，我再也不能等闲视之，不然，这孩子真就毁了。

课下，与同事谈及此事，想找出一条引导孩子的正确方法，结果，被同事们一顿奚落。

"你是有多闲，替人家当爹妈？"

"就是，特殊家庭的孩子多了，咱顾得过来吗？再说了，她已经是五年级的学生了，性格已定，你还指望她能灿烂？被冰冻过的花骨朵就算不会坏掉，也绝对不会盛开！"

同事的话，我没法反驳，当然，也不敢苟同。

每个孩子都有自己的闪光点。王一平虽然问题重重，但写字规范整洁。我决定以此为切入口，开启与她的沟通。

当课代表反映她作业未交时，我没再追问原因，而是用平和、信任、赞赏的语气对她说："你的字写得很漂亮，作业也一定做得超棒，让老师来欣赏一下，好吗？"

她低着的头渐渐抬起，忧郁的眼神瞬间有了亮光。

第二天，我就收到了王一平迟交的作业。字迹工工整整，书面干干净净。我当场表扬了她。她冲我微微一笑。我很开心，也很激动，这是我接任这个班以来，第一次看到她的笑容。尽管是微笑，但足以表明她开始信任我，开始试着与我接近。我看到了能走进她的生活、重塑她心灵的曙光。为了激励她，我向全班学生展览她的作业。

在引导她融入班集体这个温暖的大家庭时，我用探讨问题的方式与她交流，向她讲述名人战胜厄运的故事，教她如何料理生活，如何走出不幸家庭的阴影。后来，当我用委婉的语气问她为什么拿同学的文具时，她眼里顿时蓄满泪水，低声说："老师，我错了，请您不要把这事告诉我爸爸。"说完，她紧紧盯着我，期待我能原谅她。

"知道错了，以后不再做就是好孩子。老师相信你是好孩子！"我拍了拍她的肩膀。

之后，我召开了一次主题班会：伸出你温暖的手。班会上，我让那些举报过她的学生发言，同时也鼓励她发言，并对她的发言致以热烈的掌声。在掌声中，她腼腆地笑了。班会的召开，拉近了她与其他同学的距离，也融化了她那颗一度冰冷的心。

"学者有四失，教者必知之……知其心，然后能救其失也。教也者，长善而救其失者也。"一学期过去，而今的王一平，上课专心听讲，下课主动与同学交往，头发扎成了马尾，手脸干净了，衣服整洁了。校园里有了她的身影，活动中有了她的歌声，学习之星也有了属于她的一颗。

花开还会远吗?

敲下这行字，我欣慰地笑了。在这煦风初起的早春，我已经忘却了冬日的况味，眼前浮动的是一张张稚颜。我看到了花团锦簇的明天。

心若向阳

闲暇，聊起与家长的沟通，初为人师的小青年，总会表现出一种迷惘。一则，在这方面，他们刚刚接触，找不到谈资；二则，他们总觉得，自己没办法像老教师那样，因为积攒了多年的工作经验和人脉，面对各种类型的家长，游刃有余。

其实，上述原因也只是一方面。作为职场新人，只要尽快熟悉掌握自己工作中需要运用的必要技能，以向阳的心态，站在教师和家长的双重角度，为学生考虑，就不难与家长沟通。

小田老师是我最年轻的同事，入职不足一年，但她在班级管理方面展露出的风采令人叹服。

小田老师担任一年级班主任。被放任惯了的稚童，行为一下子被约束，想让他们像高年级学生那样听话，根本不可能。接任工作的第四天，小田老师便遇到一位脾气暴躁的家长。家长气势汹汹地闯进办公室，不问青红皂白，大声呵斥："谁是一年级的班主任？工作不想干了，还是教腻歪了？"

原以为小田老师会惊慌失措，或者厉声应对，没想到，她却淡然一笑，站起来，将自己的办公椅搬到家长面前："我是。您请坐。有什么问题，您说出来，咱们一同解决。"

"我孩子被高年级学生欺负了，你怎么处理的？"

"您是说，孩子昨天下午跑到六年级教室门口，被六年级学生不小心撞倒的事吧？您希望我怎么处理？"小田老师倒了一杯茶水给家长，然后将一个记录本放在家长面前，"这是我昨天的处理记录，您看看，还有什么不妥。"

事发至此，我和同事皆惊。就这点儿小事，小田老师还留记录；面对这样蛮横的家长，小田老师还能和颜悦色！

"不好意思，孩子昨天没说您处理的事。"家长看完记录，又看了看茶水。

"孩子嘛，刚入学，受了委屈能不向家长说？没什么，换作是我，也会有看法的。"小田老师笑道。

就这样，家长怒气冲冲而来，心满意足而去。

我所看到的小田老师，每天笑似春花，言如和风，心若阳光。如此通透、明亮、宽容的为师之道，就算顽石也会被感化，何况家长？

沟通是一门艺术，只要年轻教师都能像小田老师那样，进退有据，行动有节，又何惧不能与家长达成共识？

指尖下的艺术

绝代奇才名不朽，千秋词匠魂永驻

——中国古代戏剧家（汤显祖）150 克银质纪念币赏析

"冷雨幽窗不可听，挑灯闲看《牡丹亭》。"在中国封建统治黑暗的历史时期，"临川四梦"曾给多少人的心里注入了光明和温暖？汤显祖，这位伟大的理想主义文学家，已经在中国乃至世界戏剧史上，成为艺术至高境界的代表。

时逢汤显祖逝世 400 周年，为了纪念这位绝代奇才、千秋词匠、东方的莎士比亚，中国人民银行于 2016 年 8 月 30 日，发行了中国古代戏剧家（汤显祖）金银纪念币 1 套。该套金银纪念币共 3 枚，其中金质币 1 枚，银质币两枚，均为中华人民共和国法定货币。

其中一枚 150 克银质纪念币，正面图案为中华人民共和国国徽，并刊国名、年号，背面图案为汤显祖塑像、"临川四梦"书稿、古戏台，配以玉茗花、文昌桥、汤显祖纪念馆大门建筑等造型组合设计，并刊"中国古代戏剧家汤显祖"中文字样及面额。

纪念币整个背面图案，主次分明，错落有致。人物、环境与古建筑巧妙布局，将戏剧家的生活、品性、伟大成就、卓越贡献全部展示出来，给人以穿越时空之美感。

戏剧家汤显祖像，是纪念币设计元素的核心，也是整枚纪念币的灵魂。画面中，汤显祖左手持书，右手提笔，身躯伟岸，昂首挺胸，目视远方。干脆利落的动作，展示出他绝意仕途、笔耕终老的坚定信念；气贯长虹的神情，将他清傲率直的人品、以天下众生为重的责任心，刻画得惟妙惟肖。透过纪念币上的塑像，我们很自然地就会洞悉汤显祖，这位伟大戏剧家在那个时代的思想境界和胸襟抱负。

汤显祖无法漠视封建统治的黑暗腐朽，在以苍生为己任的责任心促使下，奋笔疾书，用手中的笔，揭露出封建礼教对人们幸福生活的摧残，感召激励每一个不甘没落的灵魂。

"临川四梦"书稿，是纪念币背面图案中的又一突出画面。清晰的字体，让人看到了戏剧家的伟大成就；展开的书页，与古戏台浑然一体。这种设计，不只是艺术之美的需要，更是对汤显祖卓越贡献的体现，因为，戏台是戏剧演出的场所，也是将戏剧推向大众的舞台。《牡丹亭》《邯郸记》《南柯记》《紫钗记》是汤显祖的四部皆与梦有关的剧作，被称为"临川四梦"。"临川四梦"中的《牡丹亭》最具代表性，堪称世界戏剧史上的奇葩，一次次被搬上国内外舞台，从明朝唱至今日，历时数百年，其艺术影响仍无人超越。

戏剧离不开戏台，戏剧家更离不开戏台。"自踏新词教歌舞""自捱檀痕教小伶"，这是汤显祖对自己的调侃，其实也是戏剧家真实生活的写照，所以，150克银质纪念币，就把与戏剧家汤显祖息息相关的古戏台，完整地展示在了主画面中的最上方。

浑圆的木柱，宽阔的场地，雕花的木板，让整个背面图案瞬间添了一种悠远的古韵。戏台、剧本、戏剧家的图像融合成纪念币的主画面，就会让人很自然地想要穿越时空的隧道，幻化成戏台下的观众。那缠绵绮丽的唱词，不绝于耳；演员轻舞水袖，衣袂飘飘，令人心动。那场景该是何等的令人沉醉？

汤显祖像的周围，是一朵朵盛开的玉茗花，每一朵都那么洁白、灿烂、饱满。玉茗花是高洁纯正的象征，看着这些美丽的花，自然而然就会想起汤显祖的故居玉茗堂。汤显祖一生不随时俗，不谀权贵，铁骨铮铮，犹如玉茗花。将玉茗花布局在汤显祖像周围，既有视觉上的美感，又能让戏剧家高绝的格韵、孤贞的人品、远大的志向，更加形象地融入纪念币中。

纪念币图案的底部，是文昌桥的造型。文昌桥是汤显祖家乡的桥，在桥严重受损时，他曾两次耗费精力和物力修复。文昌桥是汤显祖生命的根，所以，纪念币的设计者，将其安排在整个背面图案的底部。这种布局，不仅让整个画面有厚重感和平衡感，而且能把汤显祖热爱家乡、不忘初衷的思想注入其中。文昌桥撑起的是整个画面，也是戏剧家汤显祖的整个人生。

纪念币右上方，是汤显祖纪念馆大门建筑造型，另有"中国古代戏剧家汤显祖"的中文字样，这种构思，不仅使古代元素与现代元素完美地结合在一起，而且突出了纪念币的主题。

总之，整个150克银质纪念币的图案，内容丰富多彩，有人文的探索，有对历史底蕴的再现，有划时代的呐喊，更有今天人们对伟大戏剧家的追忆和纪念。

　　纪念币虽小，带给我们的，却是一个时代之后，数百年变迁中不变的思考和尊崇。透过纪念币，我们可以看到，一个名字的常青和一个灵魂的永驻。

弘扬中国文化，筑梦冬季奥运

——第 24 届冬季奥林匹克运动会纪念币（第 1 组）5 克圆形金质纪念币赏析

第 24 届冬季奥林匹克运动会，于 2022 年 2 月 4 日至 20 日，在中国北京和张家口举行。北京，作为世界上第一个既举办过夏季奥运会，又举办过冬季奥运会的城市，不仅令世界瞩目，更让中国人为之骄傲。为了庆祝和纪念这一盛会，中国人民银行于 2020 年 12 月 1 日，发行了第 24 届冬季奥林匹克运动会纪念币（第 1 组）一套。该套纪念币共 9 枚，金质纪念币 3 枚，银质纪念币 5 枚，金银双金属纪念币 1 枚，均为中华人民共和国法定货币。

其中，一枚 5 克圆形金质纪念币，正面图案为第 24 届冬季奥林匹克运动会会徽，衬以长城、雪花等组合设计，并刊国名、年号；背面图案为张家口蔚县剪纸风格滑雪造型，衬以柿子、窗棂等组合设计，并刊"第 24 届冬季奥林匹克运动会"字样及 80 元面额。

纪念币正面图案，最为突出的就是冬季奥运会的会徽了。会徽主体形如汉字书法"冬"，由抽象的冰雪赛道、冰雪运动形态组成。"BEIJING 2022"字样、奥运五环标志在"冬"字下方，三者融为一体，很自然地展现出了冬季运动的活力和激情，同时也向世界彰显了中国文化的丰厚底蕴及独特魅力。

在正面图案中，气魄雄伟的万里长城，恰似一条巨龙，将冬季奥运会会徽高高托起。美丽的雪花，覆盖在长城和山峦之上，整个画面巍峨壮观，庄严肃穆！

万里长城，是中国建筑史乃至世界建筑史上的伟大奇迹，是中国古代劳动人民的智慧结晶，是中华民族的一大象征。将长城与冬季奥运会的会徽融合为一体，既是对奥运精神的传承，又是对中华民族历史文化的弘扬。

这枚5克金质纪念币的背面图案，主要设计元素是冬奥会滑雪比赛项目，其造型采用的是张家口蔚县剪纸风格。

第24届冬季奥林匹克运动会，滑雪比赛在张家口赛区举办。蔚县是张家口的"窗口县"，是中国文化先进县和最佳民俗文化旅游城市，被誉为剪纸艺术之乡，是剪纸艺术研究中心。用蔚县的剪纸展示滑雪比赛盛况，最能展现出中国民俗文化的艺术魅力。

图案主画面，是滑雪运动员飞驰在赛道上的剪纸造型。滑雪运动员身穿一身红色的滑雪服，脚踏滑雪板，双腿弯曲，身子微微前倾，两手紧紧握住滑雪杖，目光坚定，注视前方，似乎在做最后的冲刺。运动员身后雪花飞扬，可见其速度之快、力道之大。剪纸艺术与运动员矫健的形象融合在一起，使画面更加形象生动、微妙传神，给人以活灵活现的优美感和立体感。

剪纸运动员的周边，是金黄色的花格窗棂，典雅古朴。窗棂镶嵌在橙色的砖墙中，与矫健的滑雪运动员剪纸相得益彰、水乳交融，宛若一幅灵动的画，既彰显出了低调的奢华，又富含中华民俗文化的乡土韵味。

背面图案中还有六个柿子。柿子外形圆润，颜色为金黄色，十分美观，给人一种吉祥喜庆的感觉。六个柿子的布局，看上去好像随意，其实寓意深厚。在中国人的心目中，柿的谐音为"事"。四柿挨在一起，寓意事事如意；两柿并列在一块儿，寓意好事成双；六柿放在一起，寓意六六大顺，万事大吉。除此之外，柿子在中国人心目中，还代表着机遇、团结、友爱，被赋予了顽强和厚积薄发的深远意义。"柿子家里摆，福气自然来"，六个柿子的布局，充分展示了设计者的独具匠心，同时也体现出设计者对这次冬季奥林匹克运动会的自豪与希冀。

的确，这枚5克圆形金质纪念币，渗透了中国悠久的历史文化，也渗透了竞技体育精神。整个纪念币，无论是正面还是背面，都传递着中国文化的历史底蕴，彰显着中华民族自强不息、努力拼搏的精神和厚德载物的境界。

这枚第24届冬季奥林匹克运动会纪念币（第1组）5克圆形金质纪念币，值得每一个人收藏、珍爱！

风华永驻

一头刀疤写历史，两枚弹片谱春秋

一次死里逃生，或许是侥幸，那两次、三次呢？当走进抗战老兵付加良的家，与这位九十多岁的老人坐在一起，聆听老人当年的战斗故事，答案自然也就有了。老人之所以能多次从死神手里挣脱，靠的是他坚忍不拔的意志力、顽强的生命力，还有那颗爱国爱家的赤诚之心。

付加良，1929 年出生于汶上县南旺镇寺前三村的一个农民家庭。1942 年加入当地游击队，在杜广菊领导的游击大队当通讯员。1944 年加入鲁中军区第三军分区九团警卫连。1945 年，成为刘振华政委的警卫员。1949 年，驻防徐州时，因为救战友，身负重伤，被迫离开部队，回家参加农业生产，任生产队队长多年。

命运多舛的童年，磨砺出坚强的意志

童年，在人的一生中代表的是美好和幸福，然而对于付加良来说，却是痛苦和磨难。

他忘不了，四岁那年冬天，母亲为他生下弟弟不久，便患上了重病。为了减轻家庭负担，八岁的姐姐被送到邻村做了童养媳。即便这样，还是没能挽回母亲的生命。那个夜晚，下着雪，两个月的弟弟还没吃完奶，母亲便撒手人寰。

母亲的去世，给父亲带来了沉重的打击，更让这个一贫如洗的家庭雪上加霜。父亲又当爹又当娘，一边给财主当长工，一边照料幼小的孩子。屋漏偏遇连夜雨，付加良八岁那年，父亲也离他们而去。

父母双亡，兄弟两个成了孤儿。八岁的付加良，无法照顾四岁的弟弟，给别人家当童养媳的姐姐，只好回了娘家。没有吃的，姐姐就领着他们沿街乞讨。途中，弟弟累了，姐姐就用粗布条将弟弟和付加良拴在一起，让他们坐在麦秸窝里等着。

一天，姐姐要去外村乞讨，怕回来晚了两个弟弟没耐心等，就找了一个只剩五分之一的铁锅，让付加良哄弟弟敲着玩。姐姐走后，村子里的一个无赖走了过来。这个无赖是附近出了名的恶人，坑老欺幼，偷摸烧抢，坏事做绝。无赖拿起坏锅，一边得意扬扬地敲，一边恶狠狠地恐吓兄弟两个。付加良气坏了，猛地站起来要去跟无赖拼命。情急之下，他忘了自己和弟弟是拴在一起的，他一起身迈步，就把弟弟带倒了，摔破了鼻子。无赖狂笑而去，那时他就发誓，长大一定要除尽恶人！

姐弟三人就这样相依为命过了两年。姐姐终究是人家的童养媳，需要回去，十岁的付加良便承担起照顾弟弟的任务。

当时，正值日军在中华大地肆虐之际，穷人的生活更加艰难，既要躲避日军、伪军的烧杀抢掠，又要躲避土匪的袭扰。为了让老百姓过上太平日子，一些爱国人士和有志青年，在各地揭竿而起，自发地组成革命游击队。看到那些游击队员一个个朝气蓬勃，不畏艰难，不怕牺牲，十岁的付加良也热血沸腾。他想加入游击队，可是年龄太小，姐姐不允许，游击队也不收。就这样煎熬了两年，付加良再也等不下去了，把弟弟交给姐姐，自己跑到了游击队的营地。

当时，在南旺一带指挥游击队战斗的，是杜广菊。杜队长见他年龄小，不想收，就问他："你会打枪吗？"他头一昂："我会学！"杜队长见他意志坚定，头脑灵活，便把他留在了身边。

就这样，十二岁的付加良成了一名小通讯员。

一次，游击队去济宁打击日军，留下部分游击队员驻守营地。付加良作为通讯员也留了下来。他的任务就是，如果发现敌情，立刻将信息传递给游击队。

南旺一带的土匪头子白连臣，已被日军收买，他获悉游击队转移的消息后，立刻发动一千多土匪，来到了南旺镇大店子一带进行抢掠。事发突然，付加良根本来不及将消息送出去，只得与驻守营地的游击队员一同抗击土匪。

尽管双方火力相差悬殊，可游击队员个个临危不惧，英勇奋战。战斗持续了整整一个晚上，游击队员牺牲大半，但土匪伤亡更惨重。次日一早，村民们把游击队员抬到村头，还有气息的就抬到家里抢救。付加良是姐姐从一个土匪的身子底下发现的。那时，他已经奄奄一息，身上到处是刀伤和枪伤，完全成了一个血人。昏迷三天三夜后，大家本以为没有了希望，可他硬是凭着顽强的生命力苏醒了过来。

殊死掩护首长

1944 年，十五岁的付加良，经过三年的战斗洗礼，由一位小通讯员，成长为一名真正的八路军战士。他身强力壮，头脑灵活，有极强的战斗力，更有敏锐的观察力，光荣地加入了鲁中军区第三军分区九团警卫连，成了一名手持双盒子枪、时刻保卫首长的警卫员。

1945 年夏，付加良受命保护刘振华政委去徐州。同列车上，还有一些被押往徐州的俘虏。火车快到徐州站的时候，刘政委乘坐的车厢中突然冒出三个可疑的面孔。

有敌特！

警觉的付加良立刻意识到潜藏的危险，便偷偷地伏在战友耳边，让战友掩护刘政委从另一节车厢离开。

战友和刘政委先后走出所在的车厢，付加良和一位战友也准备离开。就在这时，那几个可疑人突然动手。他们先扑向付加良，用藏匿的匕首朝他的头部一阵乱砍。为了拖延时间，让刘政委他们安全转移，付加良忍着剧痛，死死抱住敌特，挡住通往另一节车厢的路。敌特狗急跳墙，三人齐手抱起付加良，把他从车窗扔了出去。战友趁机从车窗跳出。

本来就身负重伤，再加上是从行驶的火车上被扔下来的，付加良当场就昏迷过去。万幸的是，从车窗跳出的战友发现了他。他背起付加良，在当地群众的帮助下，顺利到达了徐州医院。那时，付加良头部已经看不到一块好地方，十多处刀伤深浅不一，全身布满鲜血，被抢救了十多个小时，才脱离危险，但是，刀痕永远留在了他的脸上。一条条，一道道，曲曲折折，一如那段峥嵘的历史。

救战友，弹片嵌全身

生活中，人们如不留意，时常会被小刺扎中，如果不及时清除，小刺不管在身体的哪个部位，都会影响正常活动。细小的刺尚且让人难以忍受，何况弹片呢？而这弹片在皮肉里，一嵌就是七十余载，那又是什么样的感觉？

付加良，这位坚强的革命战士，为了救自己的战友，全身多处嵌入弹片，有两片因为嵌入太深，当时没发现，以致任其在身体里潜藏下来。这一藏就是七十多个春秋，弹片与血肉融为一体，再也无法被取出。一处在左胸紧挨心脏，一处在左脚心。这两枚弹片，还是近年来老人做磁共振时才发现的。

事情是这样的。

1949 年，付加良和战友们在徐州驻防。因为条件艰苦，战士们晚上休息时就睡在地上，把高粱秸往地上一铺，就当是床垫了。

局势还没有完全稳定，驻防任务相当艰巨。战士们晚上休息，也要抱着手榴弹和枪支。当时，一人四颗手榴弹，全部别在腰间，随时待命。

半夜，战友去换岗，没想到手榴弹的拉绳被高粱秸挂住，眼看就要在战友身上爆炸。手疾眼快的付加良，伸手将手榴弹从战友腰间拔出，因为不远处就是别的战友，又是晚上，手榴弹不能轻易向外扔出，他只能用尽全身力气将战友推到十米开外。没等他翻滚出两米，手榴弹就原地爆炸了。无数弹片，飞箭一样嵌入他身体的多个部位。他当场昏迷，被送到徐州医院抢救。命保住了，但是左脚心的皮肉被炸飞，脚心几乎成了空的。

一些弹片虽然被取出，但由于当时的医疗条件限制，嵌入皮肉深处的两枚弹片，没能够被发现。

付加良每天在痛苦中煎熬，也不知道哪儿疼，就是感觉五脏六腑像被万条毒蛇咬噬。

可能是因为脚心留有弹片，付加良的左脚和左腿发炎肿胀，没有办法下地。担心继续恶化，医生建议截肢，但付加良坚决不同意。他说，如果没有了腿，那还不如从楼上跳下去摔死。

因为他的坚持，医生也没有办法。在医院住了几个月，每天过着上刀山下火海般的日子，就算吃药睡着，也很快被疼醒，喉咙不受控制地发出古怪的声音。这就是一个正常的肌体，被硬硬地揳入异物后产生的痛苦。痛苦还远不止这些，他的脚心成了空的，肌肉萎缩变形，整个脚看上去像一张弯弓。

付加良的痛苦没人能够体会，弹片嵌入肌肉深层，那感觉，想想都让人不寒而栗，可他从没在首长和战友面前表现出来。多年的磨砺，让这个年轻战士，像钢铁一样坚强。

部队整编时，离开双拐就无法站起来的付加良，再也没有办法回到战友身边。他只能选择退伍，恋恋不舍地离开营房。

为国家节省粮食，更改伤残等级

付加良拄着双拐退伍回到了家。家人抱怨他傻，亲戚邻居也说他缺心眼儿，他却笑着说，他只是做了一个军人该做的事情，没有什么傻不傻，如果再有这样的事发生，他还会毫不犹豫地去做。

离开部队时，医院为他出具了二等甲级的伤残鉴定书。根据当时的退伍政策，二等甲级伤残军人能领到三百斤高粱米。

那时，虽然战争结束，可百废待兴，一贫如洗，三百斤高粱米能救济不少家庭，于是，汇报伤残等级领粮的时候，付加良没有征求家人的意见，把伤残鉴定改成了三等甲级，降了整整一等，补助的高粱米也少了一半。

付加良的行为，再一次遭到亲友的抱怨，再一次被熟知的人说傻。可他依然笑着说："新中国，老百姓当家做了主人，有了自己的土地，还能吃不饱肚子？现在虽然穷，但日子会一天天好起来的。"

付加良改伤残等级，改掉的不只是那一半的高粱米，还有几十年来国家对退伍伤残军人更高等级的抚恤金。他的行为很多人不能理解，而他却从未后悔。他坚信，只要有胳膊有腿，就没有做不成的事情，所以，尽管挂着双拐，他还是担任了生产队队长，一干就是十多年，带领村民响应国家号召，自力更生，艰苦奋斗。

坚持就是胜利，顽强创造奇迹。付加良不仅带领村民过上了好日子，双拐也被他扔掉了。

他终于能像正常人一样走路了，尽管左脚变形；他终于可以畅快地睡觉了，尽管喉咙里有时还是会发出异声。就像他自己所言，只要有胳膊有腿，就没有做不成的事情。

付加良老人没有儿子，只有两个女儿，老伴也已去世多年。目前，两个女儿轮流照顾他。老人虽然九十多岁，虽然头顶刀疤、身嵌弹片，可精神依旧矍铄，思路依旧清晰，走路也无须挂拐。被问到长寿秘诀，老人笑着说："没有秘诀，知足就行。"

知足就行，看似简单朴素的四个字，可生活中又有多少人能做到？

近几年，伤残军人抚恤金大幅提高，与付加良老人相同情况的，月补贴已经高达五六千，而他依然领着三等甲级伤残军人的抚恤金。街坊邻居都劝他去退役军人事务局找一找，就连村领导都多次建议，但他依旧笑笑说："已经不少了，够吃的就行。"于是，一些村民半开玩笑地说："您老人家两个闺女家庭条件好，不缺您那口，可是，谁还嫌钱多？国家给钱都不要，真不知怎么想的。"

他人的不理解，也正体现了老人难能可贵的人生观：知足。

付加良，一名从死神手里一次次挣扎逃生的革命战士，一位普普通通的农民，他没有载入史册的丰功伟绩，也没有光芒万丈的英雄形象，他就是他，不辱使命的军人，爱国爱家的公民，知足常乐的农民。他的人生有艰难也有富有，有痛苦也有幸福，有平凡也有卓越。

正是：一头刀疤写历史，两枚弹片谱春秋。

军人风姿彰显出的豁达胸襟

如果告诉你，一位九十多岁的老人，腰不弯，背不驼，走路都能带起一阵风，还能照看曾孙、饲养家禽，你或许会摇头，但这里绝没有丝毫的夸张，他就是参加过抗美援朝战争的老兵赵宪余。

赵宪余，1926 年出生于汶上县次邱镇赵村的一个农民家庭。1951 年 1 月参军，入朝后从事后方的战备工作。1952 年 6 月至 1953 年 11 月，被调至志愿军二分部守卫军械库。1954 年 1 月被派往四分部守卫武器库，同年 12 月，又被调回二分部守卫弹药库，直到 1956 年 3 月复员回国。

宁死不当逃兵

1950 年 10 月，抗美援朝拉开序幕，战争激烈而残酷。为了充实后方兵力，1951 年 1 月，一批应征新兵被派往朝鲜战场。曾经因为没能参加抗战而遗憾的赵宪余，听说是跟美军打，还要出国打，立刻热血沸腾。二十五岁的赵宪余，瞒着家人报了名。等家人知晓后，他已经与十多位老乡奔赴中朝边界。

驻扎本溪准备赴安东（今丹东）过江的那个夜晚，北风凛冽，天寒地冻。赵宪余和十几位老乡挤在一起，一边抱团取暖，一边想象入朝后的情形。虽是新兵，却也历经了抗战岁月，加之大家都是二十岁左右的热血青年，对过江也就充满了向往。大家七嘴八舌，讨论得正火热，一位河北的战友走了过来，神秘兮兮地向他们透露，说仗打得十分惨烈，第一批入朝的战士伤亡惨重。

赵宪余胸一挺，头一昂："头掉了也就碗大的疤，有啥可怕的，一条命而已，二十年后照样还是一条好汉！再说，能死在战场上，那是光宗耀祖，为国捐躯，无上荣光！"几个同乡相互看看，都没有表态。

第二天一早，赵宪余去小解，发现地上有两套军装，立刻上报了首长，经排查，方知是他邻村的两个老乡趁大家熟睡之际，逃跑了。

一起来的十几人都受到了打击，情绪极为低落。赵宪余却乐呵呵地一笑，表态："既然穿上了这套军装，那就要对得起'军人'两个字，宁死也不能当逃兵！"在他的感召下，大家渐渐提起了精神。

赵宪余是这么说的，也是这么做的。入朝后，他就奔赴自己的阵地。第一次执行的重大任务是抢修鸭绿江大桥。

美军认为，鸭绿江大桥是中国军队和战争物资进入朝鲜的生命线，为切断中朝军队的后勤补给，美军数次轰炸中朝边境上的鸭绿江大桥。为了保障这条后勤补给线的正常运转，志愿军后勤部组建了人力建桥团。

一次，下桥被拦腰炸断。他和战友冲上江面，用沙袋修筑临时桥墩，在上面搭建枕木、桥垛，用铁丝箍住，顶住受损底梁，才使大桥得以修复。奋战一宿，肩膀肿了，手扎破了，但没有一位战友叫苦喊累。正是他们人力建桥团的付出，鸭绿江大桥才变成了摧不毁、炸不烂的钢铁运输线，粮食、枪支、弹药等补给，才得以源源不断地被送入朝鲜。

一车高粱米，赚了美军一个排

1951 年 11 月，赵宪余被调入志愿军后勤人力运输四团二营六连。一次，他与战友拉一车高粱米往前线送，因为是晚上，怕被敌机发现，不能开车灯，结果行驶到半路，司机迷路了，运输车在夜色里打起了转。突然，看到远处有车灯晃动，司机立刻把车停到一旁，熄了火。三人趴在地上，看着车辆渐渐驶近。待听到呜里哇啦的说话声，他们方知这是一车美国兵。

三人很紧张，趴在地上一动不动，生怕惊动了美军，任务失败。

离他们还有二十米时，车戛然停下，美军司机下了车，朝他们隐蔽的地方走了过来。三人立刻掏出了匕首，紧紧盯着越来越近的影子。十步，九步……待距离三人仅有三步之遥的时候，美军司机解开腰带，蹲在了地上。

原来，那家伙拉肚子。

这可真是上天送来的绝好机会，三人相互看看，像三支快箭，倏地蹿了出去，一人一刀，结果了美军司机的性命。

三人悄悄把美军司机抬到一旁，将他的军装脱下来，让我军的司机换上。换上美军军装的我军司机，不声不响地坐进了美军车辆的驾驶室，将一车美国兵拉进了志愿军的营地。

三十名美国兵，整整一个排的兵力，就这样被擒，在成了俘房的那一刻，他们还是蒙的。

这事，在后方营地成了佳话，也是赵宪余老人最津津乐道的回忆。

为充实前线补给，一天二两豆子

战争是残酷的，更是无情的。敌机对鸭绿江大桥的一次次轰炸，对前线物资的补给造成了严重影响。为了确保满足前线需要，也为了防患于未然，志愿军后勤部下令，宁可缺后方的，也要让前方战士吃饱穿暖，所以，后方部队的战士，纵使守着一仓仓的粮食，也个个勒紧了裤腰带。

有段时间，后方战士的一日口粮，就是二两大豆。

后勤兵大都是年轻力壮的小伙子，装卸、运输、建防，每天的劳动强度都超负荷，二两豆子，说不好听点，也就够塞牙缝的。可是，为了确保前线的补给，他们毫无怨言。

敌人都不怕，饿又算得了什么？死都不在乎，没吃的还算事吗？没枪，可以造；没粮，他们也可以解决，于是，挖野菜就成了后方战士的又一使命。将二两豆子碾成末，熬成豆浆，掺入洗净的野菜，一天的口粮，就这样解决了。虽然清苦，但战士们吃得津津有味。

赵宪余就是挖野菜小队的队长。

一天，赵宪余带着五个队员去山坡挖野菜，回来的路上，看到被飞机轰炸过的地方有一堆灰，出于好奇，他走过去用脚踢了踢，发现灰堆下面是一块块的肥皂，不由得一阵激动。

战场条件艰苦，洗衣皂之类纯属奢望，战士们的衣服脏了，也只是用清水洗一洗了事。这一刻，突然看到那么多肥皂，大家的喜悦之情可以想象。

赵宪余立刻带领队友蹲下来扒肥皂。正扒得起劲儿，忽然听到轰炸机的嗡嗡声由远而近。

"快跑！"赵宪余立刻吩咐。可是，有一位战友舍不得那些肥皂，还要坚持再扒几块。

轰炸机的声音眨眼就到了头顶，再跑已经来不及了。"趴下，快趴下！"赵宪余一边督促，一边把身边的战友压在身子底下。

人数少，又趴在了地上，目标太小了，敌机胡乱扔下几颗炸弹便飞走了。飞机走后，几个人这才松了口气，尽管没有伤亡，可赵宪余由于趴在战友身上，手里提着的一桶野菜还是被毁了，铁桶皮和身上的军装，被炸飞的石子洞穿了好几处。

一天只吃二两大豆，三五天或许能坚持，时间长了，就算有野菜混搭，再壮的小伙子，也会饿得前胸贴后背。可是，为了前线战士能有力气打胜仗，早日把美军赶跑，后方战士们依然不敢放开吃。

一次，赵宪余和几个队友挖野菜，发现了一片玉米地。看到那些鲜嫩的棒子，几个人口水都流了出来，真想立刻跑进地里，剥开玉米皮啃个够。可是，一想到自己是一名中国军人，刚萌生的念头很快就打消了。队友们看着玉米地，咂咂嘴，摇摇头，恋恋不舍地离开了。

战场没有前方和后方之分

有人说，不上前线，就没有生命危险。赵宪余老人却笑了："那是他们没在后方经历过。可以骄傲地跟你们说，朝鲜战场没有前方和后方。"

是的，真正的后方，不仅不比前方安全，甚至比前方更危险。粮食、军械等这些战争中的补给，就是前线战士的生命源泉，万一缺失，便会不战而败。所以，后方战士的任务完成与否关系着前方每一位将士的性命。

赵宪余老人回忆起他在建防团的那段日子，几次擦拭眼睛。

1951年6月，第五次战役结束后，志愿军对后勤保障做了重大调整。因为作战中，敌人用大量飞机封锁破坏志愿军后勤运输线，致使作战地区无粮可筹，给志愿军补给带来很大困难，部队携带的粮弹都已用尽，不得不在缺少弹药和忍饥挨饿的情况下坚持作战。后方丝毫不比前方轻松。正如赵宪余的指导员所言："战场上就是这么残酷，没有前方和后方之分，到处炮火连天！"

一次，赵宪余他们十二人接到筑建防空洞的命令，上级要求他们在一夜之间完成一处。防空洞虽然不是很大，可需要用到二百棵大树，只运输这些树，他们就已经累得抬不起胳膊了，况且还要挖几米深的坑洞。

任务完成，十二人还没来得及从洞里出来喘口气，美军的轰炸机就来了。被一阵狂轰滥炸后，他们找不到防空洞的门了。十二人被困在里面，如果不及时打通出口，就会有生命危险。好在，听到外面有说话声，通过传声，外面的人将炸毁的洞口清理干净，他们这才获救。

上甘岭战役之前，美军对志愿军运输线进行大规模、持续性轰炸，妄图切断志愿军的后勤保障。所以，后方的战斗比前方的还要激烈。当时，赵宪余所在的连接到命令，要求他们用一夜的时间修筑十八个备用棚。起初，他们还不知道棚子的用处，直到第二天一早，看到一车车从前方撤下来的伤员，才明白这是临时医院。

临时医院搭建好，赵宪余又被派去看守武器库。在看守武器库的时候，特务化装成朝鲜人民军打入了后方，与他们同吃同住。一连三天，特务都没有露出破绽。直到第四天一早，赵宪余跟战友换岗后，天色还有些朦胧，他随意往远处的山头一看，恍恍惚惚地发现，有一团白色的影子在晃动。他虽然视力好，但毕竟距离太远，看得不是很清。他揉了揉眼睛，朝前又走了百多米，才看清那晃动的白影子是一面小白旗。

特务，一定是特务！

赵宪余以最快的速度跑回营帐，连长立刻集合战士，从三面悄悄地包抄过去。

特务被捉住了，等看清他的面孔，战士们才如梦方醒，特务真是无处不在、无孔不入，竟然化装成朝鲜人民军！好在他的信号没有被美军收到，不然，武器库将会惨遭美机摧击。

最惨最遗憾的一次是夜行转移，遇到了一条水沟，水不深，最深也就到膝盖。因为是刚发的新装，战士们怕弄脏了，所以一到河边，就停下来脱鞋挽裤腿。战场上，耽误几秒钟，就有可能危及生命。连长一声呵斥，战士们急忙穿着鞋子下了水沟。水沟对面就是一片玉米地，敌机来了，战士们很容易隐蔽。赵宪余所在的六连，没有耽误时间，过了水沟就消失在了青纱帐里，但七连战士因为脱鞋子挽裤腿，耽误了一分钟，结果敌机来了，整个七连没有一位战士幸存。

活着就是万福

我们问老人他们后方战士是否羡慕前方战士时，老人笑了笑："咋说呢，前方战士有前方战士的荣光，后方战士也有后方战士的骄傲。我们后方战士，虽然不能像前方战士那样奋勇杀敌，更不能像前方战士那样，胸前挂满勋章，可我们是绿叶呀。红花要有绿叶配嘛。"

老人很乐观，也很健谈，于是，我们又问老人那时怕不怕，想不想家。老人感慨万千："说句掏心窝子的话，那会儿还真的不知道啥叫怕。想家嘛，刚走到时还能想起家里的人，仗一打起来，啥都忘了。不怕你们笑话，那会儿，我和战友们都给自己找好墓地了。没想到还能活着，还能回家啊！"

"没想到还能活着，还能回家啊！"这是赵宪余老人的心声，也是无数志愿军战士的心声。

赵宪余老人在朝鲜战场奋战了五年多，一直在志愿军后勤部。他很平凡，没有立下赫赫战功，但正是因为有赵宪余老人这样平凡人的付出，前方战士才能有保障赶走美帝国主义侵略者；也正是因为这些平凡人，我们的社会才能岁月静好。

回国后，老人也就结束了自己的军人生涯，复员从事农业生产。几十年来，他勤劳节俭，淳朴善良，从没有因为自己参加过抗美援朝战争，而向生产队和村委会提出过任何要求。老人常说的一句话就是："活着就是万福，还想啥呀！"

是啊，活着就是万福！这是军人风姿彰显出的豁达胸襟。也正是因为这种豁达的胸襟，九十多岁高龄的赵宪余老人，才会腰不弯，背不驼，精神矍铄，走路带风。

想风华永驻吗？

春暖花开，随"红色记忆"采访组采访了整整两天。在两天时间内，我们采访了七位老兵，从汶上的最西北，到汶上的最南端，来来回回，总行程二百多里，却没有一丝疲累之感。我想，这可能是因为我们被几位老英雄惊心动魄的经历深深感动的缘故。

这些老战士，年龄都在九十岁以上，最大的年龄已经九十七岁。九十多岁的老人，在我的认知里，吃饭要靠儿孙侍候，行走应该离不开手杖。可是，这七位老人，不但走起路来没有丝毫的蹒跚之状，而且眼不花，耳不聋，背不驼，口齿清楚，思路清晰，似乎岁月在他们身上根本就没有留下烙印，留下的只有军人的风采：乐观、豪爽、豁达。尤其是赵宪余老人，精神矍铄，走路带风，不仅帮着拾掇家务，还帮着照看曾孙，不知道的，还以为他只有七十岁左右。

采访归来，采访组的文友，感慨最多的，除了老英雄们那些惊心动魄的经历，就是老人们的乐观和健康。

一边感慨，一边想象，自己如果能活到九十多岁，是否一如这些老战士？自然是摇头。现实生活中，很多人不到六十岁，就显出垂暮之状；八十多岁，步履蹒跚；九十多岁，基本就只能卧床了。

老兵们为什么会有如此强健的身体呢？想一想他们在战场上的经历，答案也就显而易见。他们十几岁就奔赴战场，出生入死，每天冒着枪林弹雨，与敌人殊死搏斗，在他们的意识里，只有消灭敌人，取得胜利，早日过上安宁的日子，至于生与死，均被他们抛到脑后。这种将生死置之度外的大无畏精神早就植入大脑，根深蒂固，所以他们才在离开战场后的日子里，自然而然地将现实生活中的一些私欲、贪念过滤摈弃。少了私欲和贪念，也就多了乐观、淳朴和正直。

"还求什么，活着就是万福！"这是老兵们的心声。

也正是这纯正的人生观，才让军人的风姿在他们身上永驻。天之道，利而不害；人之道，为而不争，这应该就是老战士们健康长寿的秘诀。

想想那些老英雄，再反观现在的我们，还有什么不知足的呢？

想风华永驻吗？那就学学那些老兵：不贪婪，不奢求，平和宁静，知足常乐。

当代散文新作荐读文丛

王海峰 主编

风从东面来

若

若

著

山东友谊出版社 · 济南

图书在版编目（CIP）数据

风从东面来 / 若若著 . — 济南：山东友谊出版社，
2023.10

（当代散文新作荐读文丛）

ISBN 978-7-5516-2787-0

Ⅰ．①风… Ⅱ．①若… Ⅲ．①散文集- 中国- 当代

Ⅳ．① I267

中国版本图书馆 CIP 数据核字 (2023) 第 150169 号

当代散文新作荐读文丛·风从东面来
DANGDAI SANWEN XINZUO JIANDU WENCONG ·
FENG CONG DONGMIAN LAI

责任编辑：赵　锐
装帧设计：于晨虹

主管单位：山东出版传媒股份有限公司
出版发行：山东友谊出版社
　　　　　地址：济南市英雄山路 189 号　邮政编码：250002
　　　　　电话：出版管理部（0531）82098756
　　　　　　　　发行综合部（0531）82705187
　　　　　网址：www.sdyouyi.com.cn
印　　刷：济南精致印务有限公司

开本：880 mm×1230 mm　1/32
印张：57.75　　　　　　　　字数：1355 千字
版次：2023 年 10 月第 1 次印刷　印次：2023 年 10 月第 1 次印刷
定价：298.00 元（全 8 册）

在陌生化中书写与发现

周闻道

原以为，自己对若若散文还是比较了解的。从多年前眉山资深美女作家棱子引荐她时的介绍，到后来对她不少作品的阅读，若若散文给人的印象是诗性优雅、安静沉稳的，大体可以归入"小女人散文"范畴。这种风格正如她的第一部散文集《一直很安静》一样，其人也大致可以用人如其文来形容。

但她的《风从东面来》一下颠覆了我一直以来的印象，或者说我突然发现了对若若散文的陌生，包括风格、环境、叙事、结构等。

德国心理学家奥斯瓦尔德·屈尔佩所著的《心理学纲要》认为，人们对外界的刺激有"趋新""好奇"的特点，新奇的东西才能唤起人们的兴趣。俄国文艺理论家什克洛夫斯基把这个心理学原理引入文学批评，创立了"陌生化理论"。所谓"陌生化"，就是采用对时间、空间、场景、情绪等错位的独特方式，使人们对熟视无睹、习以为常的事物产生新奇感、兴趣和异乎寻常的发现。因此，"陌生化"是化熟悉为新奇的利器，而那些"完全确实的情境（无新奇、无惊奇、无挑战）是极少引起兴趣或维持兴趣的"。

叙事风格的陌生化，构成了若若散文的双重人格。

翻开《风从东面来》，进入《丹棱别色》的叙事流，一股涌动的奔放文气和肆意洒脱扑面而来：

"'丹棱——齿——齿轮咬得紧，读书——要像齿轮一样使劲。'村支书的话在捋不直的舌头上磕绊，我的眼前出现了橘子被齿轮碾得汁水飞溅的画面。就在几天前，我刚从课文里学会'丹'这个字。语文老师说，红色，很艳，很正的红。""去年遇到耀翔，跟她聊到我对冻粑的痴迷，她用大张嘴眼珠子不动的夸张表情表达佩服之情，一定要我说出百吃不厌的原因。"

她好像置身事外，安静地接纳这个动态十足的场景。这种极具张力的动静结合，让人对她文字的两态和平转换极为惊讶。

这种肆意奔放、幽默传神和文字深处涌动的激情，带着几分调皮，一下颠覆了我对若若散文人格与审美的既有认知。

刚开始，我还试图说服自己，也许是偶然吧。可当我一路看下去，看了《罗平往事》《雅湖有歌》《水流边上》《一潭风景》《非常好走的路》等，才感觉变了，若若散文的风格真的变了，或者说若若的文和人对我而言，都陷入了一种熟悉的陌生。

不信，你看《风从东面来·济南风月》："晚饭照例有酒，几杯下肚，豪气生发。索性出门，沿着林间的小路往上走。老朋友早就说过，会当凌绝顶嘛，登上最高处，才好享受一览众山小的痛快。"还有这本书中的许多文章。

于是，当我想象着若若三杯浊酒下肚，豪气生发，在林间道路上悠走的样子，就禁不住发问：这是我熟悉的若若吗？不是怀疑，而是注意从若若散文风格的陌生及其所透析出的深层次个性特点中寻找作家的主体真相。很快，我从文学"形象大于思维"

规律和弗洛伊德对"我"的解析及存在的秘密中找到了答案：

心理动能决定人格。

弗洛伊德的心理动力论与文学中的"形象大于思维"规律是相通的。作家在用物质手段（语言）塑造艺术形象、传达思想时，往往出现多义、宽广、模糊等情况，因而也为读者提供了怀想、生发、再创造的生长点和思维空间。作家塑造的艺术形象不仅大于作家自己的主观思想，也大于读者、批评家所开掘出来的思想。也正因如此，吟咏"寻寻觅觅，冷冷清清，凄凄惨惨戚戚"的李清照，才高歌出了豪情万丈的"生当作人杰，死亦为鬼雄"，正因为如此，豪放的苏东坡才吟唱出了令人肝肠寸断的"十年生死两茫茫"。

由此观之，就不难理解若若散文的双重人格了。显然，《风从东面来》更接近她的本我。原来，她内藏火焰，平实沉静只是她一种内敛的超我表象。换句话说，奔放洒脱才是她的本真。这不是对文如其人的否定，而是更深层次的抵达。

环境视角的陌生化，提升了若若散文的意义指数。

生活环境的错位，是陌生化最好的物质基础。人在一个地方生活久了，不变的环境就会在同质重复中令人产生审美疲劳，让人"不识庐山真面目"。因此，要令人产生陌生化和新鲜感、惊奇感、新发现，最简单有效的办法，就是让环境和时空错位，比如让刘姥姥进大观园，让陈焕生进城。环境错位包含两层意思：一是作家主体的时空错位，即作家通过到一个陌生化的环境，接触、体验、感悟不同的对象世界，包括人物、事件、自然人文环境等，在陌生化中发现生命新的价值和意义。二是对书写对象的时空错位，即作家在写作时，刻意把书写对象放置到一个陌生化的环境中，让习以为常变成不同寻常，让新奇在错位陌生中产生。在《风从东面来》中，不仅这两种情况都存在，而且每每有奇效。

写去"三州"（四川的甘孜、阿坝、凉山）交流的一组文字，是典型的主体错位陌生化书写文字。记得在出发前，我得知若若可能去"三州"时，就立即提醒其要好好利用这个难得的机遇，用心用情贴近，以陌生的视角发现别人没有发现的那一方地域的文化价值，解读生命的不同意义。若若微笑，连连点头，并且说这也是她这次去"三州"交流的重要原因。没想到刚去不久，她便佳作连连。

《甘洛的陌生·陌生的下沉》写了作者到凉山下沉时的一次特殊任务——宣传森林防火。作者去的地方是一个叫娃洛普村的村落，不仅陌生，而且偏僻。作者负责的地段是一段两公里长的小路，任务是不停地来回走动，不厌其烦地给陌生路人宣传森林防火知识和法律。作者没有停留于对过程的记述，而是让一位爱美女性置身其中，从环境的陌生、任务的陌生、人际的陌生中，发现工作之美，发现生命的鲜活与意义。

"我刚拿出防晒霜往脸上抹，几辆越野车嗖地停在面前——县委书记来了。我站直身体，严阵以待，准备接受询问。虽然是第一次，但下沉人员的工作职责、注意事宜，我已经背得滚瓜烂熟。书记下了车，眼神先是落在我手臂上的红袖章上——那上面印着'党员突击队'的字样，这是下沉人员的标志——然后，目光上移，在我的脸上停留了至少两秒，我清楚感受到，笑意在书记平静无波的脸上炸开，比星星点点的野火更难控——我刚把白白的防晒霜在额头、鼻梁、脸颊上各点了一坨，还没来得及涂开。当他转身往山里走的时候，我看见他的肩膀抽得此起彼伏。好在我这人心理素质过硬，如此洋相之下，还能在镇定自若地用手机给大家提示完书记的行踪后，慢慢涂抹要干透了的防晒霜。"

《水流边上》写的是作者1996年在云南漾濞县一线工作的经历。陌生中的悬崖历险、彝区见闻、民族习俗、野外艰辛、工地爆破等，构成了文章的主叙事场，建设者的艰辛、生命的不易、人性的善与恶都一一呈现。

《雅湖有歌》写的是四川洪雅的雅女湖，因为第一次前往，所以陌生；因为陌生，一切都充满新鲜感、新奇感。文章一开始就以潇洒肆意的文字，把人带入一种欲往难拒的向往中。

"是个毛孔扩张的伏天，避暑的欲望在急骤的蝉声里疯长。朋友推门而入。'太热了，走，去雅女湖边住几天。'边说边递了手机过来，'看看，喜欢不？'"

然后写"'嗨——啰——'山歌从天而降"，以为是要照应题目，写雅女湖的山歌——虽然后文也写了歌，《薅秧歌》《贪花歌》《劝嫁歌》《首饰歌》等，但作者显然无心写歌，甚或说写歌只是耍出的迷踪拳，实际上是在写雅女湖的清丽净美，如诗如歌。这个净不是安静的意思。"雅女湖写满了惊喜"，落生在尘世之中，"天光云影，瑰丽日出，一卷接一卷铺陈，斜晖雾岚，细风阔浪"，都充满动感；加之慕者不绝，我等游客的"搔首弄姿和疯狂拍照"，虽谈不上喧嚣，显然也让人难以静看云舒，所以，这个意思是洁净，是"瓦屋寒堆春后雪"呈现出的一种从形到神拒绝浮尘的内在质地。

《罗平往事》写的是作者所在地的一个古镇，当然熟悉。但作者却没有写其熟悉，而是采取在场再现的方式写它的往事，让熟悉陌生化：通过这里曾经的水码头的繁华，发现罗平不凡的历史及其背后隐藏的世间万象、人性冷暖；通过曾为朱德做过绝活"甜蛋黄"的王矮子的故事，呈现这里民俗的丰厚；通过对这里土生土长著名作家克非的追忆，呈现这里文化的不俗。

结构的陌生化，增强了作品的散漫之美。

在场主义发现了散文性，并以"四个非"（非主题性、非体制性、非结构性、非完整性）表达其维度。但是，在散文写作中，散文性的尺度如何把握，并体现在具体文本中？这其实是一个需要不断探索丰富完善的过程，永无止境，永在路上。不能不说，若若做了积极而有益的探索。我试图用逆向思维，从《风从东面来》一书中找到反面例证，但不仅无果而终，反而似乎发现了更多展现散文性要素的鲜活例子。显然，若若的散文是非体制的，虽然她工作的税务部门具有鲜明的体制色彩，虽然她整天与体制思维、体制规则、体制公文、体制行为、体制语言等打交道，但从她的散文里确实很难找到体制的痕迹。唯一一句带有明显体制色彩的"五个主动五个不准"，也不是以体制姿势出现的，而是在一种"下沉"语境中。而另外"三个非"，更是非常鲜明的。

非主题指非预设和确定主题，指向精神自由。主题即思想，与在场所说的意义既有联系又有区别。思想更接近政治，而意义更趋于价值。读《风从东面来》你会发现，意义处处有，且具有多重性，不同的人，或者同一个人，通过不同的方式、视角进行阅读，应该会有不同的发现和理解。但如要说文章表达了什么明确的"主题"，就很难了。

以我较喜欢的两篇为例。

《丹棱别色》从丹棱的县名故事开始，写了丹棱的花（桃花、李花、梨花、油菜花等）、丹棱的粑（冻粑）、丹棱的水（梅湾）、丹棱的果（橘子等）和贯穿始终的丹棱的人。其意义在于通过对丹棱一方风物特色的介绍，呈现其形神及现代乡村的精神风貌。这能从中表达什么主题呢？

而《故乡，似是而非》则以一个关于故乡的梦开头。谈不上噩梦，也不是什么黄粱美梦，而是一个弗洛伊德似的梦。它"并不是空穴来风，不是毫无意义的，不是荒谬的"，是"由无意识的欲望到它以化装了的面目出现"。若若梦境里的"庄稼通通不见了。只有草，田里的、路上的，它们朝我露出锋利的牙齿"，谁说仅仅是梦呢？接着，母亲介绍乡村现实："哪些人挣了钱，谁家接了媳妇打发了女儿，哪个人生了怪病……哪些人在外打工在城里买了房搬了家……"过去的乡村已不复存在，现在的乡村非常陌生，"我"只有借助月光，把自己安放进过去的时光，"跑进各种梦境"。从梦开头，到梦结束。前一个是真梦，后一个是假梦。真梦是无意识的欲望的化装，那么假梦呢，是不是有意识的欲望的寄托？这里没有主题，只有意义——对走失的美丽乡村精神的回归，对正在建设、尚在梦境中的乡村的期盼，指向当下的乡村振兴。

非结构性和非完整性，可以从一个维度去理解。传统的文章，是很讲究结构和完整性的，"四六特拘对耳"，讲的是骈四俪六的规则；凤头猪肚豹尾，讲的是文章的结构要旨。结构与完整的极端便是八股，而骈四俪六的极端更是僵化迂腐，早已被淘汰不议。

在场主义认为，散文应当是非结构、非完整的，指向片断经验和散漫，是自由表达在形式上的体现。如果要用传统的结构性、完整性的标准去度量若若的散文，是很难找到答案的，甚至可以说这些散文是不入流、不合格的陌生——从《白日夜黑》《大哥是农民》，到《城南有市场》《送别》等，莫不如此。但是，若若的文章又堂堂正正地摆在了我们面前，让人喜欢，她信手拈来，在看似信马由缰中让叙事流串起了一片片贝壳。

更重要的是，仔细琢磨一下，你会发现那贝壳包裹的不是沉沙，而是珍珠。你会发现它的光泽，它的成色，它生命的质感，也就是意义。文学的审美、审丑与审智功能，在散漫与片断经验中，得以实现。

走近《风从东面来·济南风月》，你会发现那些文字拼成的碎片后面，有一种"风从东面来"的感觉。既是宋时的风，也是当下的风，扑面而来，吹彻心骨，一纸的凉爽："出发前，我在地图上拉线，从成都，到济南。手指划过四川、陕西、河南，停留在山东的上空。"你还会发现余秋雨笔下的宋时文化："一个全才，两个高官，三个战乱诗人"，然后感叹，感叹红颜薄命，身处乱世的易安居士，"背着丈夫的名誉和沉重的古董文物，跟在朝廷的后面，一路南逃。路太长了，凄惶的尘土飞起，落下，扑在她的头上。很快，乌丝就裹上了泥色，然后成了花白。国破家亡的寒风，终于把快意明慧的少女，刮成了沉郁凝重的易安。寻寻觅觅，冷冷清清，凄凄惨惨戚戚，国愁、家恨，在诗词的缝隙里，喘息"。

同时，也感叹现时的浮华、虚妄与无奈："这样清新广阔的大明湖，这样风华绝代的李清照，曾几何时，已抵不过琼瑶虚构的儿女情长。"

《风从东面来·圣地拜谒风乍起》写拜谒陌生的孔庙。并不是一般意义上的朝圣与敬意，而是灵魂贴近中显现出的"一花一世界，一叶一菩提"之禅意："在孔庙，风是沉重而带着历史质感的，草木亦散发出深厚的古韵。站在孔庙里望天，湛蓝的天空被古树枝干剪成奇特的形状。那些树，干枯叶少，却又屹立不倒，每一棵都站得气势雄壮，每一枝都伸得遒劲逼人。"

在《风从东面来·登州风阔》中，作者从苏轼的《乞罢登莱榷盐状》说起，谈打破官盐垄断，惠及百姓的盐制改革，最后以"顺便说一句"的方式，阐明了鲜明的制度立场及当下观照，主张"民间要有一定程度的贸易自由"，既说古，也论今，既赞美，又忧虑，化陌生于现实。

陌生的人、陌生的文、陌生的发现与意义，构成了《风从东面来》的基本格调，也让我对若若刮目相看。但也要明白，陌生是走别人没有走过的路，这本来就是一种历险，既有无限风光和意外惊喜，也有荆棘和险象。在陌生的路上行走，要把控好探险的风险系数；片断经验和散漫可以彰显散文性之美，但不要忘了"精神"的边界和"经验"的价值，过分的散可能散落成沙；更重要的是，不要忘了在场与文学的使命是发现意义，而意义往往隐藏在深处，需要在"散"中找准矿点，进行精神钻探，以抵达真相。

因为陌生，世界才充满新奇，文学才富有魅力。

2021 年 6 月 18 日

（周闻道，本名周仲明，中国作家协会会员，文学硕士，经济专家，在场主义创始人和代表作家。）

目录

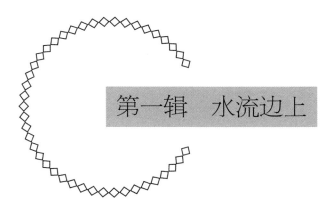

第一辑　水流边上

水流边上

秘　方

车一进入漾濞县的地界就被堵了。

这是一条刚开出来的毛坯路，车子顺着山势拐弯，曲折向前。路不宽，只有两三米，路面也还算平整。但悬崖一会儿从左边冒出来，一会儿又在右边挂起，我们坐在车里感觉真不太妙。这还不算，后来连司机都发出惊呼，大家就只顾得上抱头缩肩，闭目祈祷了。

幸好，只是一头牛。它站在差点与自己亲密接触的铁家伙面前，不惊不慌，摇头晃脑，脖子上的铜铃叮叮当当，节奏都没乱。在它的身后，一群牛从灌木林里鱼贯而出。

司机凯哥猛揿喇叭，牛群先是惊了一阵，很快就平静下来，围着头牛转悠。几头小牛干脆就地躺下，翻出花白的肚子。

看样子暂时走不成了，凯哥熄了火，叫大家下车活动。"别走远了，小心蛇。"我刚伸出一只脚，就听凯歌补了一句，吓得赶紧往回缩，膝盖与车门碰出了动静。我的动静成功撬动了凯哥板结的表情，他跳下车，扯起嗓子驱赶牛群："噢……噢……咿呀哈……"我们也跟着喊。

显然，即使喊声气势喧天，山鸣谷应，也不具备驱赶牛的功能。领头的牛只是微微侧耳，睁了大大的眼，看人、看车、看自己的跟班。那些牛对这与青草绿叶的多汁脆爽完全不一样的家伙好奇极了，东闻西舔，然后嫌弃地掀开尾巴拉起屎来。

性急的赵伟捡了石头要抢上去，被凯哥一把拽住。

对呀，出发之前的会上，领导交代得很清楚，这次修建的电站，在彝族同胞聚居的地方，风俗多，禁忌也多。所以，没事少出工区，不能意气用事。

这是 1996 年的春天，在大理通往漾濞县瓦厂乡的路上，大朵大朵的云从天上飘过，太阳亮汪汪的，光线油泼似的流。阳光下的味道复杂又层次分明，我闻得出，里面有岩石碎裂后的粗粝气，山泥被翻开后的土腥味；杜鹃甜中带了酸，龙胆草的酸里又泛出浅微的苦；槭树的味道跟它的名字一样明丽清爽，蕨草还是紧贴地面，潮湿清冽……这是通往水电站的气味——基本上，单位修建的水电站都是这样，地处深山峡谷，周边偏僻落后，生态原始而风光瑰丽。正式开工前，要先修路、平地、建房。开工后，爆破、挖掘、灌浆、浇筑、安装……伴着这些工程的推进，我们的嗅觉被各式各样的味道包裹、浸泡，以致几乎每一位水电工人都能凭着各种独特的气味判断所在之处与工区之间的距离，或者主体工程的进度。

现在，我就在这繁复叠沓的气息里，读出这里距工区尚远，而主体工程——电站，还没有真正动工。

是的，这里如此安静，没有干不干活都要嗷嗷叫唤、尾喷黑烟的大型工程车或其他机械设备"入侵"，没有钢筋水泥，没有人声喧嚣，甚至，湍江急流（修水电站必须具备的），大落差窄河面的河流也还不见踪影。

牛一直不走。除了等，无计可施。有人要去方便。凯哥说："千万不要钻树林，就在公路边上，男女相互背过身就好，荒山野岭的，反正没人看。"他说得一本正经。大伙听得嘻哈笑骂。男往东、女朝西，散了开去。

我靠着车，向凯哥打听工地的情况。话刚起个头，就被破空而起的惊骇呼救打断。一抬眼，晓梅狂奔而来，身体飞成子弹。她身后，两百多斤的马胖子像个硕大的球，滚得喊爹叫娘。

凯哥操起车上的棍子冲过去时，那条眼镜王蛇已经失去了王的霸气，面条似的瘫在地上——这倒霉的家伙，肯定做梦也没想到自己的结局是被人类活活压死。跟别人打嘴仗动不动就说"老娘坐死你"的马胖子，还在翻滚。

多年以后，马胖子瘦成了藤，小个儿的晓梅胖成了球，这惊险刺激的场景依然在大家的口中鲜活如新。当然，在马胖子评书式的讲述中，她敏捷又果敢，在发现晓梅脚边的"树枝"动了的瞬间，出手如电，将人拉了过来。说到晓梅，马胖子则立刻"戏精"上身，捂住胸口，把痛心疾首演成心肌梗死："把我推倒，自己跑了！我咚一声坐在蛇的七寸上，咚一声啊，她连头都没回。"而提到自己因惊吓过度在凯哥面前春光毕露的事，她立即收了泼辣，捏着嗓子，露出娇羞欲滴的小女人样："他肯定是成心的，晓得人家还没耍朋友。"

好长一段时间，她总是娇羞地到领导面前哭，跟喜欢做媒的大姐讲，要不就拦在凯哥面前，含着要落不落的泪……直到把凯哥"老光棍"的标签换成"马胖子老公"，她才重新恢复"狮子吼"。这是后话。

而当时的状况是，无论我们怎么喊，马胖子始终又号又滚，停不下来。凯哥叫人按住她，查找蛇咬伤的地方——脸上没有，手上胳膊上没有，腿上也没有。

时间紧迫，必须脱了衣服看。按手按脚的男人赶紧撒手回避。"按倒别动！"凯哥大吼，"来个女的脱衣服！"女人们一哄而上，乱作一团。白白的肉被剥出来，大家一寸一寸看过，没有蛇咬的痕迹。男人们两眼望天，面红耳赤。马胖子还在号。凯哥也没了办法，慌得原地转圈。

好在天无绝人之路，有个头戴黑帕的老人经过。她翻开马胖子的眼皮、嘴巴，摊开手脚，又扯了刚盖上去的衣服，用黑色的指甲从厚厚的肉上掐过，然后从背篓里取出坨黑乎乎的东西塞到马胖子的嘴里，又拿了背篓里的竹筒往自己嘴里倒水，噗噗噗，对着马胖子喷了三下。

奇迹般地，马胖子安静了下来。

老人指指蛇，摆手，又指着马胖子的头，画了几个圈圈，嘴里说着我们听不懂的彝语。凯哥作揖鞠躬，头都要砸到地上了，又手忙脚乱地摸出钱，要往老人手里塞。老人不接钱，转身就走。

凯哥翻译说，老人的意思是马胖子没被蛇咬，就是吓出了毛病，已经给她服了压惊的秘方，很快就会没事。

果然，没过一会儿，马胖子便坐了起来，一脸茫然。眼珠子转了几圈后，她一把抓住凯哥的衣领，惊天地泣鬼神地惨叫，一迭声的"臭男人"从山这边撞向山那边，气势磅礴，绵延不绝。

牛群已经跑得没了影，我们可以继续赶路。接下来的行程里，我们不得不忍受马胖子完全没有规律、高分贝、几可破阵杀人的鬼哭狼嚎，以及顺着声线辐射开来、无处不在的牛粪味——那个神奇的秘方，那块黑乎乎的东西，主要成分竟然是牛屎，但谁也不敢说破。

我们捂着鼻子，强忍住呕吐的冲动。没走多远，车就被叫停，除了依旧沉浸在号叫里不可自拔的马胖子外，一车人全蹲在地上，吐了个昏天黑地。

有风吹来

徐村送给我们的见面礼是风。

这礼物刚挨蹭过来的时候，轻盈、柔软，带着温润的触感。如果不是它突然发狂，我简直要伸出双臂拥抱。

事实上，我真的伸出了双手——被风卷起的石头，精准地落到了车子的挡风玻璃上，站在车旁的我只来得及抱住头。

在这之前，我们刚下车，站在生活区的院坝中，等着领宿舍钥匙。那时，夕阳的余晖还带着热烘烘的气息，早一批进驻的工人正在搭建生活区的房子。有风穿过，我看见身上的衣服鼓荡起来，大波大浪般地起伏。我用手去抹平这些波浪，风流过指缝，温柔似水，光滑如玉。

眨眼间——我只是领了钥匙，从车里扒拉出包，准备往宿舍走，风就露出了杀气。奇怪的是，这腾腾的杀气居然保持着静水深流般的内敛，无声无息，迅疾平静。风起刀落，那些被切开的三合板、水泥瓦、碗口粗的树等，反应良久，才发出呻吟。

我环顾四周，除了车上，只有地坝另一边的铁皮电工棚能躲风。几个师傅逆着风往棚里跑，有个小个子的工人跑在最后，身体弯得几乎贴地。即使是这样，他也被风劈翻了几回。我们赶紧往车里躲，尽管被砸的玻璃有了蜘蛛网似的裂纹，但好歹挡风的功能还没有完全丧失。

领钥匙时，后勤部的曾姐也来了，她催着凯哥把车里的酒往下搬。"潘经理盼你们很久了，今天一大早就安排食堂准备接风宴。鸡、鸭、鱼、猪、牛、羊，天上飞的、地上跑的、水里游的，都点了。今晚大家放开吃，菜管好、肉管饱、酒管够。"说得饥肠辘辘的我们肚子里能伸出手。

这一刮风，用钢管、三合板搭建的临时食堂呼啦啦似大厦倾，"接风宴"被风接走了，烧箕、漏勺遍地打滚，连烟囱都飞上了天。

要命的是冷。挡风玻璃壮烈牺牲后，车里成了冰窟窿。我把包里的衣服全穿上，还是冷。我们挤作一团，也抵挡不住风往骨头里削。我的牙齿开始打架，咯嘣作响。没一会儿，一车的人都加入了叩牙大合奏，音域之宽广、节奏之铿锵、动作之划一，我敢说，如果有叩齿比赛，我们非得拿个奖不可。

这场风一直刮到深夜，生活区所有的房子——宿舍、食堂、仓库、厕所，倒的倒，塌的塌，无一幸免。从车里、电工棚里走出来的人，个个身上抖得下三斤土，被月光一泡，跟泥塑菩萨似的。

又冷，又饿，又困。

好在柴是现成的，可以生火驱寒。瓦楞门板、椽子窗框，全是松柏树原木，烧起来火光烈烈，明艳无比。

大伙围着食堂的"遗址"，揭瓦翻土，推石拔柱，把瓦砾堆里刨出来的土豆、花生往火里一丢，没一会儿，噼啪的声音就响彻四野。米也有"幸存"的，食堂的师傅用石头垒了灶，在凹嘴凸眼的锅里煮饭。

最开心的是竟然还翻出了整块的猪腿，以及没来得及剁的鸡，大家在水龙头下一冲，直接用铁丝穿了，架在火上烤。火旺汤沸，惊喜迭起。鸡肉、猪肉嗞嗞作响，油陆陆续续滴到火里，火苗蹿起来，世界都亮了。浓郁的香味带了钩子，拉扯出长流不绝的口水。如果不是因为周边围着的都是灰头土脸的人，我简直要以为这是篝火盛宴。

酒还在，直接抱过来。男人仰了脖子灌，女人先还推辞，经不住劝，便找个没摔烂的碗装了，小口小口嘬。我就着印有"咱们工人有力量"字样的、豁口扁肚的陶瓷缸，喝下有生以来的第一口白酒。一团火从嗓子烧到胃里，又烧到全身，直烧得我醺软暖懒。一口，再一口，寒冷消失了，肚子不饿了，惊恐、害怕都远去了。

天上的月亮又大又亮，近得伸手可摘。远处的江水，银缎一般，被月光抚摩出温柔的呢喃，美得不带人间烟火气。我感觉又起风了，自己的身体在风里飞起来了，飘飘欲仙。我清晰地看见时间团在身体里面，一点也不想延展的样子。

我不知道自己是什么时候睡着的。反正梦里也没歇着，翻山越岭，东躲西藏，累得精疲力竭。被潘经理的咆哮惊醒时，天都大亮了。

昨晚集体醉酒，那个闯过祸的张三娃，从倒塌的仓库里拖出几个纸箱，放在火堆旁当床。谁也没注意到那是装炸药、雷管的箱子。他头枕炸药，脚压雷管，睡得鼾声如雷，完全没意识到一个不留神，不止他，我们这二十多个人，都得落个尸骨无存的下场。

还有更恐怖的——我成了"木偶"，手指弯不了，腰躬不下去，脚迈不开步子，整个人足足比平时宽出去三分之一。我铆足劲撑开沉重的眼皮，从细细的缝里看见自己肿胀的手、胳膊上，布满密密麻麻、紫红的疹子。至于看不到的地方，就更严重了，用马胖子的话说："肿成猪头啦！"

酒精过敏的后果是直到一个星期后，我身上的水肿和疹子才慢慢消去。

炮　工

我是以炮工身份到徐村的。

在这之前，我辗转于湖南、四川，参与了三个水电站的修建工作，当过电焊工、皮带工、钢筋工，就是没当过炮工。确切地说，我连炸药长什么样都没见过。

徐村水电站中标时，我已在家待岗大半年，每月领基本生活费。单位承接的工程青黄不接，像我一样闲着的人有近千。这些人天天找领导要求上班，你来我往，川流不息，局长家的铁门槛、门槛外的地砖，都被磨得溜光。我也去找过，吃了两次"闭门羹"后，掉头开始求助于劳资科。

科长笑眯眯的，说话也亲切，就是明明对我很熟悉，还每次都要正正经经问我什么学校毕业的、学什么专业、是什么工种、之前干过哪些工作……并且认认真真在记录本上写下来。然后，他一脸真诚地告诉我，目前没有哪个项目部需要焊工、钢筋工、皮带工，如果哪里有需求，会第一时间推荐我，但能不能去，还是项目部说了算。

每次科长说这些话时，我就低头。"初中学历，农村人，技术一般……"我知道，虽然科长那么温和，但在他眼里，站在面前的我，不过就是这样的条件。我见过他以同样无懈可击的态度接待别人，背转身，却是满脸的轻蔑和不屑。

我尽量不去看科长的眼睛。我害怕看见卑微的自己，也害怕发现里面的轻蔑和不屑。我努力挺直着腰，除了仅有的这点自尊，我什么也没有。我做好了持久待岗的准备。

所以，当劳资科来电话，让我过去时，我没有想到是去签同意外派、可以上班的通知书。毕竟，通知的人口气冷淡，又惜字如金。

我去的时候，科长正埋首在一堆材料里，见到我也没多讲，只说徐村水电站刚开工，需要炮工，叫我收拾行李准备出发。我的第一反应是搞错了——炮工啊，爆山破石，干的都是惊天地泣鬼神的事，哪里是我这焊工出身、连炸药都没见过的人能干的？科长又说名额有限，想去的人挤破头，一副意味深长的样子。我赶紧表态，一定好生学、好好干，不辜负领导的信任。

徐村进人的消息飞得太快，我刚出劳资科的门，就见一群人乌泱泱拥过来。我赶紧小跑着离开，但愤愤不平的声音一直在我身后追，夹杂着谩骂和诅咒。被骂是一点不意外的，生活不易，大家都在争取上班的机会，如果论资历，大部分人能甩我几条街，更何况还有不少拖家带口的。

但诅咒就过分了，修水电站的人，干的是开山动土、截流筑坝的事，最忌讳出事。我再不信鬼神，听到咒我堵炮眼的话也做不到无所谓。当天晚上，我在梦里把自己炸死了。

几天后，我到了徐村，在余温尚存的火堆旁，见到了传说中的炸药。那天早上，我透过肿胀的眼睛看见它们时，竟然有种莫名的亲切感。那些乳白色的膏体被裹在褐色的牛皮纸里，不仅看起来，连摸起来也跟猪油差不多。对一个家穷物缺、小时候天天闹着要吃油饭的人来说，这种长得像猪油的东西，散发着温暖的色彩。如果忽略掉箱体上"硝胺炸药"的字样，这箱子其实普通得可以让人随便躺随便坐，但所有人都如临大敌。

潘经理咆哮的尾音还拖拽在山沟里，已经有人以百米冲刺的速度逃出去。剩下分不清现实和梦境的人惺眼相看，满脸惊恐。而龚师傅，这个最早到徐村的、现场唯一的熟练炮工还在上厕所。潘经理很快恢复了冷静。他轻轻抱起装雷管的纸箱，缓慢地，步子稳健地走向远处。龚师傅提着裤子跑过来，指挥我们散开，又小心地将炸药箱搬离火堆。

工地正式开工了，打头的工作就是炸山开石。炮工的活儿最多。但我成了风钻工，在岩石上打装炸药的炮孔。

几十斤重的风钻机我拎不动，只能在旁边帮忙拉风管。这也不轻松，山陡石峭，可以施工的地方又窄又险，能站稳不往下掉就得费上大劲。我常常抱住风管当安全绳。其实这样更危险，一旦爆管，风管能把人打上天。好在工地上的人适应能力强，没过多久我便能行如风、站如柳了。但风钻机与石头"决斗"时的动静太大，哐哐哐哐，震耳欲聋，没有疲倦的时候，还有粉尘。

是的，之所以干风钻的工人45岁，女的甚至40岁就可以退休，就是因为这噪声和粉尘，不仅会让人听力受损，还能把人的肺变得纤维化。一天孔钻下来，真是脑袋嗡嗡、身子颠颠，发如雪、身裹霜，即使戴了防尘口罩，鼻孔里也能洗出二两灰浆来。

让我当风钻工，跟龚师傅有关。那天早上，龚师傅把炸药搬离火堆，回头就厉声问哪个是新来的炮工。我怯怯地站出来。大概是我肿成馒头的脸有灭火的功能，我看见他硬生生把冒出头的怒火吞咽回去，五官都憋挪位了——在危急时刻，炮工稳起不动，竟然是项目部最大的领导冲上去，龚师傅的脸上挂不住。听说我并不是炮工后，他刚刚挪回原位的五官又失了控。但他不跟我讲，扭头到潘经理面前跳脚，嗓门大得山谷响应。话更难听，主要意思就是绝不要关键时候拉稀摆带的女娃儿在他手下当炮工。

那一箱雷管耗尽了潘经理所有的力气，他瘫坐在地上，在龚师傅坚决而激烈的反对声中，用软沓抖簌的声音，安排我先到风钻班打下手。

当炮工也好，做风钻工也罢，都是工作，我没有资格埋怨。所有人都以为我是关系户，很多时候，连我自己几乎都要相信了。但真实的情况是我常常从要被赶回家待岗的噩梦中惊醒——来之前，我不认识潘经理，不可能是他点名要的；局里的领导们，我半个也不熟悉，不会有人推荐我。上班的机会为什么会砸到我头上，我不敢问劳资科长，也不能向别人打听。

　　打风钻这工作不算太有技术的活，唯力气和手熟而已。一个月不到，我学会了根据石头的硬度调整风量，学会了不并风也能更换钎头的技巧，学会了在钻机工作时跑到一边偷懒。我成了熟练的风钻工，打的孔开口圆整、内壁光滑，连干了多年的老师傅都比不上我。那些落在我身上的目光，收了刚开始的探究、怀疑、嘲讽，变得实诚而有温度。

　　突然有一天，我接到去炮工班报到的通知。

　　龚师傅还是没好脸色。我清理过的炮孔，他会再检查一遍，没达到要求，他也不骂人，就让我去看别人清理的成果，一个一个看。我到炮工班的第一个星期，什么也没干，就看炮孔。看到后来患了强迫症，我走在路上眼睛不望天、不四顾，只看脚下，只要有碎石子，一定要清理干净才舒服。

　　到炮工班的第十天，我从龚师傅手里接过用木头做的炮棍，开始学装炸药。老实说，这活儿难度也不大，不管操作规程上写得多么复杂，龚师傅说得多严重，实际操作起来也不过就是"小心、轻放、细致"几点——轻轻把药卷推进清理干净的炮孔，小心将雷管插进药卷，仔细把雷管的脚线与引爆主线连接，再插上小红旗，表示装药工作完成。

　　炮孔排布、炸药控量以及雷管连接成串联还是并联等这些我原以为应该是炮工负责的技术环节，全都由工程部的爆破工程师指挥，龚师傅连发言权都没有。

　　我发现龚师傅在爆破现场最高光的时刻，是爆破前半小时。他跟在工程师的后面巡查装药和连线情况。检查完一处，他就将小红旗拔出来，直到拔完全部红旗，再退到警戒线外，用哨声和信号旗，告诉爆破指挥部一切就绪，可以点火起爆。龚师傅有点鸡胸，平时爱缩脖子，这时候五体都打开了，胸脯挺出去老长一截。

装了一段时间炸药，莫名其妙地，我又被喊去守炸药库。

炸药库在生活区东面的山坡下，那里本来是灌木林，挖掘机、推土机倒腾几下，就开出一片平地，修了三间平房，一间装炸药、一间放雷管、一间住人。跟砖墙水泥瓦的生活区不一样，这里是青瓦黑墙。瓦用了当地的泥土烧制，青中泛灰，隔热效果非常好。墙则由黑泥掺了谷草一起夯打而成，有一尺多厚，大夏天的太阳也晒不透。库房禁烟火，防静电，防风，防潮，防偷盗。

仓库保管员工作轻松、干净，但我吃惯了苦，竟然陷入有力无处使的暴躁情绪之中——收货时，有供货方的专业搬运人员装卸炸药；发货时，龚师傅不放心我，都是亲自来搬。我清晰地听见无处可用的力气在身体内横冲直撞，寻找出口。

我尝试做些消耗力气的事。但有什么事可以做呢？没有电视，不能用任何电器，照明的灯要控制在十五瓦以内，不能烧水做饭，不能擅离职守。每天早上，待龚师傅领完炸药后，我把台账登记得清清楚楚，把仓库打扫干净，把仓库外的铁丝网补了又补，时光还剩很长。

按规定，炸药仓库的值守必须保证全天候两人在岗。我只有一个人，24小时都是上班时间。照龚师傅的要求，我每天有三次去生活区吃饭和两次上卫生间的机会。如果换成现在，那份龚师傅制定、叫我手抄的岗位职责必定蹭上热搜榜，其中部分内容我至今仍记忆犹新："保管员必须保证仓库的安全，守好炸药，不准离开。如果真的有需要（比如吃饭、上茅厕）必须先报告，被批准后迅速实施，20分钟以内完成，最久不能超过半小时。保管员要随时锁好门，不准一切闲杂人员进入铁丝网内。猪、牛、羊靠近铁丝网时，必须实施驱赶，但不得使用武力……"

我每天至少应该向龚师傅报告五次，但通常情况下，我一天只能见到他两回——一次是早上，他来领炸药；一次是下午，工地爆破结束，他将剩下的炸药还回来。仓库没有电话，龚师傅不在的时候，我要去吃饭都不晓得向谁报告。

从仓库到生活区，走小路有七八百米，走公路更远，但走小路要爬很陡的坡。天晴还好，去吃饭时我把两条腿跑成陀螺，以风卷残云的速度吃完，勉强可以在规定的时间内回到岗位。下雨就麻烦了，连滚带爬的戏经常上演。

再赶时间，爬上坡的时候我也会停下来，望一望在公路边干活的人，找点优越感。县里监狱为了改造犯人，承包了山体加固防滑坡的工程，说白了就是砌石头、垒堡坎。犯人们每天被货车送过来，傍晚时分又被接回去，来回都被铐在车厢的钢管上。干活时手铐会被打开，但他们戴着脚镣，迈不了多大的步子。

大多数时候，犯人们的工作是搬石头，见到我，他们会高声大气地说带颜色的话，发出猥琐的哄笑。闹过分了，警察就站出来吼。我倒不生气，仓库保管员当久了跟坐牢一样，满腔寂寞，连被龚师傅挑刺都觉得新鲜。

水电站前期工程接近尾声，需要爆破的地方已经不多，我见到龚师傅的次数更少了，三五天才有一次机会。墙上的岗位职责被雨淋了几回，变得形同虚设。我到生活区不再报告，也不赶时间，晃悠悠去，慢腾腾回。只有驱牛赶羊的职责我一直不敢有所懈怠。

当地的老百姓养猪喂牛，没有圈养的，都是敞放。领头的戴个铃铛，走到哪响到哪，后面跟一串。傍晚时分，主人开始唤牲口，唤猪"咿——啦啦啦"，喊牛"哞——啦啦啦"，第一个字高开低走，后面的"啦啦啦"又长又远，七曲八回，一声接一声，跟山歌大合唱似的。有几头牛是仓库的常客，刚开始隔三岔五来溜达，后来简直把这里当成家了，被主人唤也不走，还喜欢堵在铁丝网的门口睡觉，一见我开门就往里闯。我常常隔着铁丝网与牛对峙，对着它们大喊大叫，然而之后多以我的颓然失败告终——它们早就明白我不敢动手，悠悠然翘起尾巴，送给我几坨热腾腾的牛粪。有时候还会刨起蹄子，来一段踢网舞。到后来，我补铁丝网的技术已堪称炉火纯青。

中秋节的时候，单位庆祝工程进度超前，聚餐犒劳大家，吃流水席，烤全羊加大酒。我一下午都在生活区晃，吃得肚饱肠满，才沿了公路，一步三摇地往仓库挪。犯人们在路边搬石头，见到我一如既往地使劲吹口哨。我浑不在意，每天翻来覆去都是这些招式，半点新意都没有。

拐个弯，可以看见仓库了，我瞥得漫不经心，但脑袋马上嗡的一声——铁丝网全线倒地，仓库的门大开，一根牛尾巴从门里伸出来，摇来甩去。

好在仓库里只有牛，炸药、雷管都没少。

倒塌的铁丝网扶不起来，仓库门也锁不上。我找不到人报告——难得放假庆祝，所有人都在狂欢。我朝着生活区的方向喊了几声，除了惊起几只飞鸟，什么动静也没有。我坐在门口，看暮色撒开网，兜住山间的色彩和光亮。

监狱的车来了，犯人们开始列队，一声一声的报告响亮、利落。和往常一样，我将守着月光、清风和虫鸣，守着仓库入睡。

枪声就是在这时候响起来的，撕开了宽阔的寂静。紧接着，警报响得震山骇林——有犯人逃跑。

很显然，逃跑是最不明智的选择。能出来干活的，大多是刑期将满，或是表现良好获得了减刑机会的，好好干才是唯一的出路。那个逃犯确实不机灵，他还有两个月就可以回家，但那天，他想起多年前的中秋节，自己躺在院坝里，身上落满母亲的叮嘱、落满温柔的月光。一整天，他发了疯似的想逝去的母亲，想那温柔的月光重新落在身上。

警察没有花太多搜捕的工夫，逃犯就落网了——他藏身在仓库背后的灌木丛里，离我不到30米。我吓呆了，警察也心有余悸，如果逃犯跑得再快一点，把我当人质，或者，进了炸药库……历史肯定会留下浓墨重彩的一笔。

逃犯事件终于让领导们意识到，炸药库不能只有一个保管员，更不能由一个女人守。当天晚上，两名男保管员接手了我的工作。

龚师傅不让我回炮工班。我又拿起焊枪，干起了老本行。

离开仓库之前，我能冒充炮工的谜团已经解开了。钢筋队的周队长——原来的劳资科科长，刚被调到徐村时，有次喝醉了找我算账。他骂我是"狸猫"，却被当成了"太子"。他被调到这偏远之地，就是触了我的霉头。

他说的"太子"，也叫晓蓉，同样是接班的，同样来自农村，同样只有初中文化，同样在家待岗。但人家生得明艳大方，入了某局长的眼，局长想把她收为儿媳妇。科长本来的打算是先让晓蓉以炮工身份上班，再将其借调到项目部的人事部门，投领导所好。结果，他情报工作没做好，此晓蓉非彼晓蓉。

其实，这并没有改变什么。不久，那个晓蓉依然成了局长的儿媳妇，而我，只是履历里多了一行当炮工的经历。

好日子

那天是个好日子。真的，风轻云淡，艳阳高照，连李师傅自己都说好。

早上的时候，我在木材加工厂的坝子里跑步，李师傅提着开水经过，晨光打在他身上，他说："吉神宜趋，利修炼，利冲关。成功啦！"

李师傅在练气功，大周天，据说成功后神气相融，相抱不离，这是很多练功之人梦寐以求而终身不可得的练气化神境界。要冲关不仅需要日复一日的练习，还要有天赋和机缘。有的人练了几十年，还在小周天里折腾，但李师傅只练了几天，大周天便成功了。

他还说这种好日子也适合想操扁卦的人拜师。

单位的人都知道李师傅是操扁卦的高手。围绕他的传说葱郁繁密，各式各样。最为人熟知的是，有一次单位来了十多个青壮年小伙偷东西，持刀拿棍的，简直就是抢。结果他们跟看仓库的人打起来，几十号人打成一团。有人想起李师傅，把他拉去灭火。他一招仙鹤亮翅，继而长虹贯日、鹤翔紫盖、推窗望月……几下就把众人分开，而且甚至还精准实施点穴——那些小伙全部仰天长躺，除了眼珠子，浑身上下哪都不能动弹。两小时后，李师傅才让他们恢复自如。

"传说"这词，太容易夸张变形。讲的人手舞足蹈，个个都如亲身经历，故事里的主人公却不知道自己成了武功盖世的高手，依然天天手拎榔头锯子埋头干活。多年后，我求证真相，李师傅的原话是："借力卸力，四两拨千斤让他们摔跟斗而已。"他说得语调平缓，面色无波，我却从中听出了飞花摘叶、出神入化的境界。

他对扁卦的解释——直接站起来，手臂往内弯曲，"这是扁"，肩前倾手肘外推，"这就是卦"，看起来很寻常的动作。他示意我观察双脚——左脚踩地，右腿弯曲如满弓蓄势。一弯一推，面前手腕粗的木条清脆断裂，而脚下，那个砖砌的操作台柱，已经轰然坍塌。

这是李师傅为数不多的显摆之举。

那天在场的只有我和小杨。小杨练过跆拳道，年轻气盛，肆意张狂，见谁不顺眼都提劲，听说李师傅是个高手，不服气，缠着要跟他过招。软磨不行，便挑衅，挑衅不成功，索性把李师傅的搭档打了一顿，逼他出手。当然，李师傅很快就让他明白了锅是铁打的、扁卦不只是操的——他从小杨身边走过,小杨便摔了一个狗吃屎,门牙没了。小杨爬起来握拳蹬腿,决斗的气势很足。李师傅还是没瞄他,只伸了手——据小杨后来回忆,他压根没见李师傅如何动作,只感觉有什么东西撞过来,自己就飞了出去。他试图看清李师傅的招式,摔了七八回,眼前还是只有问号和星星。倒也没摔傻,再起来他就抱住李师傅的腿,一迭声要拜师。

李师傅这一比画,小杨乐疯了,缠了一年多,终于见识到真功夫。李师傅却回头对我说:"记住,我们是深门。过段时间选个日子拜师。"我高兴小杨终于守得云开,又好奇深门是什么派。"别以为南拳北腿是中国武学版图,那是深门修道潜隐不争。"虽然有点绕,但我还是听明白了,深门是武学界的隐士,而且是大隐。

但是,接下来的话我就不太懂了。他说老道的意思是长发入门,得收女弟子。我摸摸自己不长的学生头,看看蹦得欢的小杨,有点蒙。

李师傅口中的老道,在新津县(今成都市新津区)的老君山。他们的结缘起于一把水——李师傅,那时还叫李胖娃,在村子背后的小溪边击水练铁砂掌。他的手掌落水无声,却已有劈波切水之力,这是长他十岁的大师兄也不具备的本领。凌晨四点,明月当空,他拍得水汽腾腾而自信横生。但对面——他无意间抬头,不知什么时候来了个老道,一脸嘲讽。他恼啊,练武最忌被人偷看。看就看吧,还不屑。这就不能忍了。他想一步跳过溪去——按他的心思,这溪一丈多宽,寻常人没本事一步跃过去,但他可以。老头识相的话,走了也就算了,毕竟师门严禁功夫外露,但老道随手抓了一把水甩过来，他跃在空中的身子就跟碰上巨石一样，咚一声砸进了水里。老道再一把水扔过来，他面前的水竟裂开了尺余宽的口子。万分惊骇之后，敬佩之情油然而起，他就在刺骨的水里，躬身向老道行武学至礼。多年后，他依然庆幸这个真诚的弯腰改变了他的命运——据老道后来透露，如果当时他要拼命，或者胆敢有半分使诈的心思，第三把水，将是削向他经脉的"刀"。那实在是不敢想的事。至于找他麻烦的原因，老道竖起根指头："道。"这个字，李师傅想了几十年也没悟透。

这之后，李师傅就常去老君山了。大多数时候，李师傅见不到神秘的老道，偶尔遇上，老道至多也就清茶一盏，加只言片语。

李师傅要收我当徒弟是老道释梦解惑的结果。李师傅说自己总在梦里被一个披头散发的女子追，出了梦，他还是浑身气滞不畅。老道点水在石桌上写了"长发入门"几个字。李师傅思索良久，决定收弟子，女的。至于人选，老道曾经说过，开眼即见。我想不起自己哪天起过早，成为李师傅开门遇到的第一个女人。

说实在的，如此离奇的事，我只想当故事听，不愿相信。我这人懒，肢体协调能力也差，绝不是练武的苗子。但不管我愿不愿意，自从说了拜师的事，李师傅就进入了师父的角色。

他叫我每天屈指击打木凳一百次，练指劲，打得我指头肿起老高。蹲马步练腿力，至少半小时，蹲得上厕所差点把竹篾围的墙扶垮。他教我跑步，不是直线往前，而是穿"之"字走梅花形——我看不出这有什么用。但几天后，有条狗冲过来咬我，我一闪身，不自觉绕了梅花，三绕两绕，狗夹着尾巴跑了。多年后，我学羽毛球，刚开始跑场地，腿一迈还依稀有当年的习惯。可惜时间一长，那些动作就彻底消失在羽毛球的步法里了。这是后话。

他教我出拳，左手斜划肩胸横挑面门，右手曲肘直奔肋骨，一击闪身。动作要快，避免被擒。李师傅还给我制作了"暗器"，丁字形，不锈钢，五指一握，棱角自拳头的前、中、后冒出来，一旦被击中，铁打的人都得凹下去一坨……

而一心要拜师的小杨，李师傅只让他练"扁"与"卦"。

只是，我还没来得及正式拜师，李师傅便驾鹤西去了。

那天，有根钢筋走了形，李师傅双手用力去掰，钢筋断了——那是单位新引进的对焊机焊接过的钢筋。在这之前，他刚解开拴在架子上的安全绳。小杨说，师父掉下去的时候，像一只展开翅膀的雄鹰，试图飞起来，然而没有成功。

小杨喊他"师父"。在适合拜师的日子里，他有了小杨这个徒弟，而我，再也没有练过他教的动作。

甘洛的陌生

奔向陌生

夏姐来电话征求我的意见说，第二轮去"三州"交流的工作开始了，是在凉山州的甘洛县，问我是否还愿意去。当然愿意。第一轮的时候我就争取过，只是没去成。

但我并没有抱太大的希望。交流的文件我是研究过的，显性条件是年轻、业务骨干，我不符合。隐性要求是，有提拔可能的后备干部，更与我无关。

但我大概着了魔，一想到那个地方，血液就开始奔腾。奔腾的血液带着山河俱下的浩荡，冲撞开理智的屏障——有氤氲的水汽涌上来，漫过脚背、漫过指尖、漫过胸口、漫过脸颊、漫进眼里。这是我写东西写到不能自已时才会出现的状态。我不认为去了甘洛就能找到写作的状态，可是，我的眼里已经饱含泪水。

我按捺住激动。真的，我拼命稳住声线，用平淡的语气跟夏姐说："如果交流的文件没有变，按上面的要求，我已经超龄了。能去就去，服从安排。"那时，我们正在青神县的汉阳镇休妇女节的假。三月的春光明艳、热烈，我看见自己的影子在石板路上跳跃。

手机屏幕上再次亮起夏姐的名字时，远处的水电站正好开闸放水，一江的奔腾都抵不过几句话掀起的大浪。按她的描述，在确认本人确实有意愿之后，单位将往上报送名单。

这个诱惑太大了。每天都有砸闹钟冲动的我，当晚几乎一夜失眠，哪怕明知事情不可能如此顺利。

果然，第二天，当我拖着沉重的肉身坐在办公桌前，费力把游离的思绪拉回到工作上时，接到通知，因为超龄，我被市局刷下来了。单位将重新在全局范围内征集愿意去交流的干部。

空欢喜是比悲伤更令人忧伤的事，但视睡觉大于天的人没有更多的精力失望。吃完午饭，我直接往床上倒，眼睛一闭天就黑了。我平静地接受了去不成的结果。"缘分不够"，我对自己、对同事说。我一直奉行随遇而安，或者说不思进取。相比梦想的遥远和不确定，我更容易满足于生活的平常、平淡，在朴素的酸甜苦辣里焕发诗意。我不记得上一次豁出去是什么时候的事了，大概根本就没有过。

天真正黑下来的时候，又有了让我做好去甘洛的准备之消息。我简直怀疑自己午觉还没睡醒——全局范围内征求意愿，没有人报名。

于是，我的名字再次出现在补充上报的名单里，并附了长长的肯定性推荐理由。然后，是向省局报告，与西昌局联系，与甘洛局协商，征得了对方愿意接收的意见——好像滞销产品推销啊。

幸好，现在通信发达。如果是以前，这样来回折腾，估计得跑坏几匹马。

不管怎样，基本确定了。

很快，有人恭喜。一个，两个，五个，十个……刚开始我还竭力解释："跟提拔无关，也没有所谓的补助，只是想，也只会是去体验'三州'不一样的生活。"但显然，这不太令人信服——他们看着我，眼光里写满了"你编，继续编"。我索性闭嘴，反正误会是生活的常态。

在省局开会时，有那么一瞬，退缩的念头在脑子里闪过——成德眉资四市赴凉山、甘孜、阿坝"三州"的60名人员，平均年龄只有31岁，我是年龄最大的。我也是学历最低的，研究生学历15人，本科学历44人，我是唯一一个大专学历，还是自考的。总共3名女性，我是凉山州的唯一。坐在一群青春无限的人中，我第一次感受到身体里透出来的暮气——人到中年，沉重的、逐渐衰老的肉身正在被那些鲜活的词语抛弃。

但很快，我又稳如泰山。年龄、学历，与我的战栗和恍惚无关。异乡、陌生，才是我想要的归处。何况我根本就没有那些当"后备"被"提拔"的奢望，反而轻松无挂。

那就保持陌生吧，不查阅、不询问。穿过异地的风俗，走向通往陌生的通道。我心中甚至有一种奔赴陌生的冲动，感到什克洛夫斯基似乎正在朝我招手。

我就这样奔向了陌生，在这个暮春。

陌生的舌尖

一大早，就接到容姐的短信，晚上请我们去吃甘洛美食。过了一会儿，她又补充，保证好吃。也不说是什么，把人的胃口吊得老高。容姐在甘洛有企业，赶巧这几天在这里办事，知道我过来，提出一定要为我接风洗尘。

出发前，朋友就叮嘱，到了甘洛，一定要去吃鸡蛋回锅肉。她叙述的重点是鸡蛋，煮好，切开，在油锅里过一遍，再跟肉一起回锅，美味不可形容。

我关注的是回锅肉。不是因为它是川菜经典，而是单纯因为喜欢。在所有红肉中，我最喜欢猪肉；在猪肉所有吃法中，回锅肉最得我心。

我在凉山州的美食榜里看过，毫不意外地遇见了烤乳猪、坨坨肉。我知道，这些都是彝家美食文化经典，其中还蕴含着许多地域民族文化习俗和礼数。但没见到跟鸡蛋回锅肉相关的东西。我又在甘洛的特产里来回扒拉，还是没有它的踪影。

不过，发现了海棠腊肉。这个我知道。去年一个朋友在家里请客，席间有一道腊肉，我只来得及夹两筷子盘就光了。朋友说是"海棠腊肉"。我记住了这个带有鲜花的名字。过了很久，我的舌头也没忘记那个味道，陌生的，带着抽象色彩的美味。

到凉山州局来接我们的仙姐，爽朗、热情。从西昌到甘洛，两百多公里，我们深陷于她风趣的解说，连晕车都忘记了。她在密匝的风土人情和工作现状中，透露出海棠镇的信息，那是甘洛县的工业园区所在地。我开始绕着弯打听。

之前，我在网上看到过有关海棠古镇的介绍，说它有两千多年的历史，是入蜀最有名的灵关道——古南方丝绸之路的第一重镇。漫道雄关的威风，从汉朝开始，一直猎猎飞舞。茶驿香马铃响，商贾云集，热闹的气色把凉山的北大门染得繁华蒸腾。镇子依着山散开，远远看去，像一枚舒展的海棠叶贴在山腰上，因此得名"海棠镇"。

仙姐的介绍很贴近工作，镇上有多少企业、多少收入。数据里裹了环保、投资等各种曲折。我听得懒心无肠。后来，她话锋一转，讲到了吃。

四个多小时的路程，早餐的热量已被消耗殆尽，我捂着空空的肚子，不好意思说饿。显然，仙姐是个美食家，在她口中，海棠镇的油炸麻花，酥脆甘香，能把著名的天津麻花甩出去几条街。灰豆腐更是海棠镇一绝，无论煎煮还是炸烤，都能把"白嫩香滑"这些词的外延和内核用到极致。如果运气好，吃到洒了荞麦秆灰的豆腐，还能赚到土鸡蛋的香味。这美好的滋味独属于海棠镇，换个地方，哪怕就是不远的甘洛县城，即使是同样的厨师，做出来的滋味也会相差甚远。

讲这些的时候，我们的车正一路蜿蜒而下，从海拔2000多米的山顶往几百米的谷地俯冲。几十公里的山路，曲折而陡峭，人在宽大的越野车里，如同一片被风吹拂的海棠叶。我感觉自己的胃也空成了枯叶，风一吹，哐哐作响。

我吞着口水想，没有腊肉吗？

幸好有。车停下的时候，我一抬头，眼睛就被满墙壁挂着的腊肉塞得不剩空隙。

已经过了饭点儿，但这家不大的饭店里还有好几桌人。老板娘又当厨师又当伙计，正忙得衣袖带风。

"来一盘腊肉，用青椒回锅。"仙姐点了菜，才转过头跟我解释，"海棠腊肉，我们这里最著名的美食哦。"但老板娘听说我们是外地人，自作主张就改了做法。她说海棠腊肉的精粹在肉，最正宗的烹饪手法就是蒸。这倒新鲜。我家每年必备腊肉，都是放锅里煮，没听说过直接蒸的。

取肥瘦相间的五花肉，切片，上笼。端上来时，肥的晶亮，瘦的红润，入口细腻柔软，香醇悠长，比记忆中的味道更好。我一口气吃了几大片。老板娘用同样晶亮的眼睛看着我们，"好吃吗？"她问。我点头。满满一大盘，我风卷残云后只剩下盘子。她笑得像朵花儿似的，仿佛感受美味的不是我这位陌生之客，而是她自己。

但老板娘没听说过鸡蛋回锅肉，我也不感到意外，毕竟朋友说的这名字是她望菜生义自己取的。究竟叫什么，她也不知道。并且，她吃这道菜已经是十多年前的事了。

容姐请吃的是烤鱼，在县城对面山脚下的温泉渔场。那是名副其实的天然温泉，泉水细滑温热。渔场足有几十亩大，呈梯田状摆开。池里碧波荡漾，鱼群滚滚。鱼是罗非鱼，并不名贵，但对水温要求高，10摄氏度以下就会被冻死，养在这里确实最合适不过。

店里就四样菜，烤鱼、烤鸡、红烧鱼、酸菜粉丝汤，但上菜的速度奇慢。不管是老板还是伙计，都慢条斯理，不急不躁：捞鱼、杀鱼、抹盐、火烤、捉鸡、端碗、拿筷，全然不管所有的桌子前都已坐满了人，客人已经等了又等。

说来也怪，不知是受了店主的慢条斯理感染，还是慢条斯理本来就是这里饮食文化的一部分，客人们顶着能刮跑人的大风，在坝子里等上几小时也没有人表现出不耐烦。话说回来，估计也只有我们这桌人像在等，躲在雅间里空着肚子，等得前胸贴后背。别人则早已开了啤酒，在没有一口菜的情况下，你一瓶我一瓶地喝得脸上红霞飞。这是甘洛人的习惯，有菜没菜，打开盖对着酒瓶就喝起来。等菜上桌，地上已经摆了几件空酒瓶。

大概是温泉水好的原因，没有加多少作料的鱼外酥里嫩、鲜香绵延。应了容姐说的，保管好吃，吃了还想吃。

但我更感兴趣的是老板。土生土长的彝族汉子，被我们夸高兴了，不表演本民族的马布和口弦，而是吹口琴。一曲又一曲，节奏明亮，旋律悠扬。外边的客人喊加菜，他侧侧头，把曲子吹完，才慢悠悠地过去。

我忘了问这彝家大哥鸡蛋回锅肉的事，但我已经知道，彝家有一道菜叫回锅蛋：将煮好的鸡蛋用线切开，锅里放油烧热，把鸡蛋炸至金黄捞出控油，再放上干海椒、花椒、豆豉、姜、蒜炒香，倒入鸡蛋、蒜苗，翻炒，加入盐、味精，起锅。也有人放的是青椒，还有的人喜欢加点糖调味。跟回锅肉的做法一模一样。

陌生的下沉

我对甘洛的不适应，是十多天以后才体现出来的。

不是在县城，而是在五十公里以外的乌史大桥镇潘泽洛村。上吐下泻，浑身酸痛加高烧在月黑风高时兜头扑来，张牙舞爪，来势汹汹，大有逼我就范之势。

到新单位工作这么久，一切感觉良好。办公场所干净明亮，同事热情爽朗，食堂菜品丰富。天气也适宜，天天晴光扑面，哪怕温度飙上三十好几摄氏度，也半点没有成都平原炙烤焖蒸的感觉，在阴凉的地方，还得长袖裹身。

何况风也大，每天午后，一浪强过一浪，带着剥落的岩石，穿巷走道，奔跑疾驶，一直刮到天将黑透。

正是这样的阳光和风，推着我们下沉到乡下。是的，现在管乡镇及以上的工作人员到村不叫"走基层"，叫"下沉"。文字是有力量的，就这两个字，让下乡自带了慎重。事实上也确实如此。在眉山，这样的下沉并不难，我已习惯。在甘洛就不一样了。当我主动申请下沉时，仙姐首先反对："条件太艰苦了，你不适合，要不了半天脸就成了高原红。"

我从小在农村长大，自认不是个特别怕吃苦的人。但我真害怕晒。来甘洛时，我做足了防晒的功课——遮阳帽、墨镜、防紫外线伞、防晒衣。至于防晒霜就更不用说了，带了几大瓶。即使这样，见到仙姐的第一眼，我还是倒吸一口凉气。那时她刚下沉回来，顶着晒伤的脸到西昌来接我们。关键还不是伤，而是黑——如果半年后，我顶着这样的脸回眉山……简直有点不敢想。幸好，来了之后发现，单位上无论是彝族人还是汉族人，不管是年轻女性还是资深女性，像仙姐脸色那样深沉的还是不多见。但我也不敢掉以轻心，每天坚持一层又一层地往脸上抹防晒霜。

仙姐的反对没有让我放弃。我反复表态："没有关系，既然来了，就是单位的一分子，不能搞特殊。"不是我的思想境界有多高，而是我怀着一点小心思——对文字的一种追求，就是寻找陌生。何况，我仔细看过单位的女同事，她们也参与了下沉，但皮肤姣好。我甚至观察过街上的女士，很少有打遮阳伞的，顶多戴顶帽子，搞得我包里的伞都不好意思探出头。

我下沉那天是周五。仙姐说:"这次只有一天,时间短,你正好去体验一下。"上车的时候,她执意让我坐副驾:"弯多路险,坐后面怕你晕车。"

果然,一出城,我就感受到了下沉的力度。

其实一开始是上升,车子沿着密集的S形弯道,爬呀爬,到半山腰转个大弯,又一下在同样绵密的弯道上往下俯冲。如果没数错的话,从县城到潘泽洛村,应该翻了四座山。最低的谷地海拔只有700多米,最高的地方则有2900多米。翻山越岭之间,海拔急速升降带来的耳鸣一直嗡嗡嗡个不停。加上路险——前面的国道还好,弯虽多,至少宽。离开国道后的路,那弯重重叠叠,少说有九九八十一道拐,一个比一个角度小。并且道路狭窄,从我坐的位置看出去,车子的右轮就在悬崖边上。碰上会车,除了考验司机精湛的车技外,还考验乘客的心理素质。我们的车已经有二十多岁了,爬坡喘得山响,下坡抖得打摆子,刹车片的臭味让人怀疑车要烧起来。还有飞石,沿途那些"注意飞石,观察通行""小心滚石,快速通行"的警示绝不只是做样子,散落在路上的石头提醒着危险无处不在。就在上周,另一条通往乌史大桥镇的路上,就有辆车被飞石击中,驾驶员当场毙命。从距离上看,那条路要近上十来公里,是仙姐等人以前下沉经常走的路。

我没有惊叫,甚至连车子的扶手都没有抓。我一直在看窗外的风景:天上那比棉花更柔软的云,以及褐红色的山体上,灰色的公路勾画出气势磅礴的图形。还有葱翠的核桃树、花椒树,镶在山间的白色、红色的民居,连绵的梯田，梯田里小小的人影……说风光无限也不夸张。"如果是深秋初冬，叶子转红，山顶有白雪，山间有白房、红墙，山脚有河水，跟画一样。我再在路边一站，也是风景。"开车的王帮忠开着玩笑。他是单位驻潘泽洛村扶贫的"第一书记"，驻村近五年，去年被评为全省脱贫攻坚先进个人。我见过他刚驻村时的照片，潇洒、时髦，似乎还带着点玩世不恭的样子。几年下来，那头青幽幽的头发上已经盖了厚厚的雪，飞扬的神情，有了泥土的气质。

我们下沉的任务是开展森林防火工作。2019 年 3 月 30 日的木里大火、2020 年 3 月 30 日的西昌大火，把整个凉山州的神经都烧红了。今年的日历一翻开，全州的防火工作就开展得密不透风，清明节前后更是紧上加紧，连续 10 天，所有党政机关干部下沉到一线，设卡、巡山、入户宣传，誓将火灾的种子扼杀在萌芽状态。"3·20"平安度过了，但那簇"4·20"的火星还是在冕宁县石龙镇马鞍村燃出了熊熊之势，再次把全州烧成红色紧急状态。

在甘洛下沉，对我来说已是陌生，这样的任务更是陌生中的陌生。

从沙岱乡开始，就进入了森林防火区域。隔不了多远，便有关卡把守，所有进出车辆、人员必须登记，并接受检查。过程倒不复杂，检测设备往身上、车里一挨，打火机、烟花爆竹之类的易燃易爆物品自己就显形了。从县城到潘泽洛村，要经过五个卡点，工作人员个个认真细致，滴水不漏。说得夸张点，真是除了萤火虫，一个火星也别想飞进去。

事实上，预防火灾的工作做得非常细，到处都是标语，到处都是森林防火突击队的旗子。有些标语简洁明了："严禁携带火种进山""严禁在野外燃火""预防森林火灾人人有责"；有些标语透着文艺的气息："野火香烟，星星点点都是敌，谢绝点燃""青山绿水是福，野火烧过难再续"……红底白字，在葱翠的山间燃出醒目的警示，任谁路过，神经都会为之一紧。至于别的，打火机要实名购买，抽烟只允许在地坝、围墙以内，要变成野火，也不太容易。还有更厉害的，十户联保。家家户户墙上都贴着《十户联保歌》："森林火灾风险高，十户联保要记牢，一户野外乱烧火，联保十户全都遭，点火本人要被抓，子女参军参不了，其他几户被连累，享受政策全取消，所以相互监督好，发现火源先报告，报警电话要牢记，先把保长电话打，再打12119，110也得赶紧报，森林火灾保护好，子孙后代享福了……"别说，这招还真管用，我在路上宣传时就发现，老百姓在自觉和监督上，那叫尽心尽责，"五个主动五个不准"的内容，大人小孩都能说出个一二三，但凡有人跨出自家院子抽烟，马上就有邻居高声提醒。

这里的老百姓勤劳、质朴。顶着烈日在地里劳作的人们甩开膀子干得欢。农民的房子基本都是一楼一底，宽敞、明亮、整洁，设施也现代化，自来水、太阳能热水器、冰箱、彩电、洗衣机一样不落不说，几乎家家都有汽车。站在如此富足的人家户前，很难想象这里脱贫前是什么样子。

从娃洛普村的卡点开始，到潘泽洛村，有五六公里都是我们巡查的地段。我负责的是娃洛普村，前后有两公里。任务很简单，只需在路上来回走动，宣传防火知识，提醒过往的老百姓进山不得带火种，观察两面山上有无火情，但不能离岗，州上、县里各个部门都在督查。连县委书记都到了乌史大桥镇，任务与我们一样简单而重大。

我穿着防晒衣，戴着帽子，打着伞，在阴凉的地方莲步缓移，在太阳晒着的地方疾步如飞。几个回合走下来，就有点吃不消了。不是累，是晒。甘洛地处云贵高原边缘的亚热带山系，四月的阳光，已有着沉沉的力量，透过几层防晒工具，还能把身上的皮肤压出火辣辣的痛感，我听见皮肤手忙脚乱的抵挡，以及溃不成军的哀号。

我刚拿出防晒霜往脸上抹，几辆越野车嗖地停在面前——县委书记来了。我站直身体，严阵以待，准备接受询问。虽然是第一次，但下沉人员的工作职责、注意事宜，我已经背得滚瓜烂熟。书记下了车，眼神先是落在我手臂上的红袖章上——那上面印着"党员突击队"的字样，这是下沉人员的标志——然后，目光上移，在我的脸上停留了至少两秒，我清楚感受到，笑意在书记平静无波的脸上炸开，比星星点点的野火更难控——我刚把白白的防晒霜在额头、鼻梁、脸颊上各点了一坨，还没来得及涂开。当他转身往山里走的时候，我看见他的肩膀抽得此起彼伏。好在我这人心理素质过硬，如此洋相之下，还能在镇定自若地用手机给大家提示完书记的行踪后，慢慢涂抹要干透了的防晒霜。

吃完午饭，风就来了，呼啦啦啦，把阳光的热烈和力量卷得一干二净。午后刮风，这是凉山州典型的气候特点，也是酝酿火灾的危险因素——广袤的森林穿过干燥的冬天，经历着同样干燥的春天，点点火星落下去，都能展开燎原之势。如果再借了风的势头，真是天都盖不住。还有电线，在风的牵扯下，不定哪两根就碰撞出激情的火花。所以，为防止电线起火，风力一旦超过5级，就必须拉闸停电。

我顶着能把人吹倒的风继续巡查，手机上显示的温度有33摄氏度，却有冷飕飕的感觉从骨头里往外冒。上午暴晒，下午吹大风，身体的适应能力还转不过弯，而各路消息显示，原本一天的下沉因各种原因变成连续多日。这意味着当天返回县城的愿望落空，我们只能就地住下。晚饭时，我浑身酸痛难耐，不得不请王帮忠开车带我上医院。

镇医院不远，几分钟的车程，可我们到了之后却发现医院已经是铁将军把门。在门口喊了半天，才有个胖胖的姑娘趿拉着拖鞋出来，开了锁放我们进去。看病问诊的过程很简单：

"哪里不舒服？"

"浑身酸痛。"

"发烧不？"

"不知道，有点冷。"

"那就是发烧了。想吃什么药？"

"不应该是医生根据病情开药吗？"

"你想吃什么药，我给你开。"

……

结果是她打着手电，让我自己选药。我在架子上看了一圈，挑了盒自己熟悉的"感康"，等她写处方。胖姑娘照着盒子看了半天，歪歪扭扭写下药名，"咸"与"心"之间差不多隔了条河，而"康"字，差不多倒在了地上。

半夜又吐又拉，虚弱得人都站不稳时，想起那被肢解放倒的药名，我居然忍不住笑出了声。而脱了水的皮肤，经历过紫外线的围攻后，看起来已经有了夜的深沉模样。

陌生的县城

到甘洛的第一天晚上，我又尝到了失眠的滋味。楼下烧烤的味道、欢乐的人声，还有彝家的祝酒歌，山呼海涌，从入夜开始，一直涌到凌晨五点。我深厚的睡意，被这此起彼伏的喧嚣颠得无影无踪。

网页上的甘洛很生动：甘洛县山峦起伏、沟壑纵横，河段与两侧山地高低悬殊，谷壁陡峭，河床狭窄，是典型的高山峡谷地貌，境内仅在县城附近和田坝等个别地段断续出现较为宽展的谷地和山间槽坝。而这"较为宽展的谷地"，就是宽约 0.5 千米，长约 2.5 千米的县城所在地。县城 3 万余人，就挤在这巴掌大，不，是细细长长的地方。

寸土寸金之下，房子与房子之间的距离窄到伸手可触。于是，"推窗远眺"这样的词就显得奢侈。除了沿河的居民，大多数楼房里的人，只剩得下打开窗户这个动作。

虽是如此，但也并不是没有风景可看。平常生活充满耐读的精彩，比如，开窗见山，红樱桃、黄枇杷扑面而来——刚来没两天，同事孙科便请我们去山上摘樱桃。我听得非常清楚，他说的是山上，但跟着他走的路线却是从县城的主街转进一个院子，然后上楼，爬了四层，开门，穿过客厅，走过阳台，来到半山腰。好吧，真的是山上。陡峭的山体上有一方院子，主人砌了围墙，种了樱桃、枇杷、李子、橘子、南瓜，以及兰草和三角梅，还养了鸡。

后来，我几乎走遍了县城所有的角落，发现开窗见山算不上稀罕，并且并不令人羡慕。每逢雨季，他们必须保持十二分的警觉，提防随时可能发生的山体垮塌，或滑进屋里的石头泥巴。甘洛地质构造复杂，"褶皱和断层十分发育"造成的后果就是土薄石多，滑坡、泥石流频发。2020年一场暴雨引发的泥石流和山体垮塌，就在离县城不远的阿兹觉乡，冲断了成昆线的桥梁，冲断了国道245线。后来成昆线改道重建，足足停运了半年，直到我来之前才恢复。仙姐也讲过，她宿舍后面的那栋楼，有一年三楼的窗户都涌进了泥。

我的宿舍在一栋六层楼上，陈旧、斑驳、结实，一看就是20世纪八九十年代的建筑。本来是原甘洛县地税局的办公大楼，国地税合并后被改造成了职工周转房。从团结南街转进财税巷，第二栋楼就是我们的宿舍。两栋楼间距10米。宿舍楼左边紧邻县工商局，两栋楼的长度加起来，大概有50米。甘洛县著名的商业街，就是这一楼的铺面和500平方米左右的通道，也是全县彝族服装主要的交易市场。

通道上盖了雨棚，雨棚上垂下成排以绳作结的网，穿上竹竿，就是架子。有固定摊位的摊主在架子上悬挂各式各样的彝族服饰，或当下流行的时装。流动商贩则见缝插针，就地铺上塑料薄膜，将成堆的衣服、鞋子往上放，连人带货躺在上面。有时候人躺得太有型，让人乍一看还以为是待售的商品。偶尔还有收破烂的在街檐下清点战利品，肮脏、潮湿的废旧瓶子四处滚，引来嗡嗡的苍蝇。

到下午6点，各式各样的服装被收起来，竹竿也随之被抽走。卖夜宵的老板开始摆放小方桌、竹椅。夜生活就此拉开序幕。

昼出夜不伏，这是甘洛当地人的生活习性，也是很多摊位门面的常态。

我喜欢安静。尤其是晚上。那是我与书、与文字、与自己相处的天地和空间。我有点担心这样会让自己陷入烦躁的深渊。事实上，我适应的时间非常短。第二天晚上，我躺在床上，在那些穿过雨棚、冲向夜空的香味和祝酒歌中，安然入睡。我简直不认识陌生的自己。

甘洛人喜欢锻炼，天未破晓，体育场的跑道上就挤满了人。我后来认识了不少打羽毛球的朋友，他们大都是早上沿着河边跑上十来公里，再到场馆打早球，晚上继续在球场厮杀，周末还要去爬山。

晚饭后，沿着团结街，向南或是往北，散步的人蜂拥如过江之鲫。加上沿街铺开、密集搭起的脚手架，借用甘洛人调侃的语气，挤得呢——干不起事。

我到甘洛是4月中旬，县城改造的工程刚刚启动，改造的内容是将县城唯一的主街——团结街两边建筑的外墙以白线勾边，粉刷出朱红、深灰的砖样格子。然后，再给窗户钉一圈褐红色的边框装饰。

这是一项烦琐而耗时的工程。先要在建筑与街道之间并不宽的地面上搭脚手架，在架子里搭安全通道供行人通过，外面罩上网后，才能用绳子将涂料、胶合板拉上去开始施工。从起架子到涂颜料、钉边框，再到完成后拆除脚手架，所有环节全靠人工。工程进度缓慢，到了盛夏，离结束还遥遥无期。改造后的建筑看起来并没有崭新夺目的效果，而是整体协调，透着古朴的味道。美中不足的，是那些比蛛丝网更凌乱繁复的、交错纵横的各式各样的线并没有被理顺，依然杂乱无章，随风招摇。但我觉得这样的凌乱不会持续太久，毕竟投资近亿的改造工程，不应该留下这样的瑕疵。

改造工程对居民的日常生活造成的影响不算小，但我鲜少听到抱怨。甚至，那些租金跟眉山繁华地段相差无几甚至更高的商铺，长达数月被钢管、竹板、塑料网、涂料、灰尘、噪声包围，店主们也还是保持着司空见惯的淡然，并不为受损的生意沮丧。

唯一不受影响的，是夜间的地摊经济。暮色还不深，水果、小吃、特产的流动摊点就占据了有利地形，给上街散步、顺便一饱口福和补充家需的人提供便利。我之所以非常快地适应了甘洛的生活，除了新同事的热情与包容外，还有很大一部分原因是方便。这种方便体现在诸如换拉链、补鞋、擦鞋之类的小事上。眉山虽然也不缺这些，但远远没有方便到居民下楼走不上百米就可以全部搞定的地步。我交流的时间只有半年，不会购买贵重的东西。加上上班要穿制服，连逛服装店都省了。因这些细小便利延伸出的舒适让我对甘洛充满了好感。而摆在路边巷口，一车一车堆积如山的水果，随时可以坐下来吃的烤肉、炸豆腐、炸洋芋，则给我这个"吃货"带来了享受美味与体重失控这种幸福与痛苦交织的感受。

在街上逛的时候，除了吃，其实还有很多有趣的事。比如，发现那些三三两两的彝族人，穿着干净的衣服，找块干净的地方坐下，正如我们散步走累了，寻条凳子休息。他们拉家常，表情丰富而绝少愁苦。对话更是韵味十足，音调高扬，节奏明快而尾音长曳。那种在逼仄的环境里依然胸怀宽广、悠然淡定的闲适，在夜晚的灯光下透出诗意的色泽，让人着迷。

吃路边摊的前提是要有足够强大的心理素质，视成群结队的苍蝇如无物，并且具有良好的消化系统。我在街边的烧烤摊上吃过一回，准确说是一片烤乳猪肉，当天晚上就体验到了向厕所冲刺的滋味。同事说她在这里吃烤肉十多年，品质好，味道也是一绝。结果坐下去后，我才发现三步之外竟然是垃圾箱。同事波澜不惊，我也不好意思起身走人，只得在苍蝇们的横冲直撞和扑鼻而来的臭味中，品尝甘洛烤乳猪的美味。

客观地说，正宗的甘洛烤乳猪，就是在这种只有一个矮架子、两三条小凳，猪肉和调料都需要从背篓里往外掏，连桌子都没有的烧烤摊上。这样的烧烤摊摊主大多是彝族妇女，她们一边用小刀在炭火通红的架子上完成翻、戳、刮的动作，一边用彝语腔浓厚的汉语跟人聊天。滋滋的响声和着腻厚的肉味四处扑腾，客人如果是饿着肚子等，很容易口水成河。烤熟的乳猪肉皮焦肉嫩，蘸上秘制的酱，吃起来又辣又烫又香。

摊主实在是好记性，几天后见我路过，还热情招呼我再来一片。我说吃了后有点拉肚子,她黑黄的脸一下涨红了,连声说"不得呢,肉都是新鲜的呢",并一定要请我再吃一回。我哪还敢。她便要摸钱赔。我转身就跑,一脚踢在垃圾桶上,脚痛了好几天。

我每天下班在单位食堂吃了晚饭,就满县城逛。有一天晚上逛到菜市场门口,看见一大群身着制服的人,直觉告诉我,他们的目标是流动摊点。果然,商品要进店、烧烤要进门、油烟要进管,为了创建省级卫生城市,街上巷道不能摆地摊了。

我跟着走了一晚,以为会有激烈的冲突,但没有。从团结街、步行街、商业街、四通商场,到商办场、滨河路,商贩们风轻云淡地搬货、收摊。他们的神情那样淡定,说起今后的打算,语调平缓:"出去打工嘛,总有办法。"

几天后,县城里再也不见夜市的热闹,连我的宿舍楼下也安静了很多——除了有铺面的,其他在通道上营业的夜宵摊,全部没了踪影。

陌生的婚礼

老九在微信里说沙岱乡有彝族婚礼,周五是花夜,他想去采一组泼水的照片,让我做好出发的准备。

老九是甘洛知名的摄影师,家乡的山山水水、欣荣热闹都在他的镜头里。我让他拍婚礼时捎带上我,他爽快地答应了。但彝族的婚礼大多在冬天,我一等就是一个多月。

周五一大早,我请了假,揣着满肚子的兴奋等待。可是,老九又说不去沙岱了,改去商办厂小区,那里也有一场婚礼,同样是花夜，请了他的朋友小马当摄像师。

有点小失落，因为我是想去沙岱看看的。

沙岱乡在县城以北，离我在的地方有 40 多公里的路程，全乡海拔平均约 3000 米，高原气候非常明显。我下沉去潘泽洛村做森林防火工作时，正好在那里翻过山岭。下坡时，王帮忠指着窗外大片碧绿的青苗，说全国土豆看凉山，凉山土豆看甘洛，甘洛土豆看沙岱，沙岱的土豆就看这里了。这话对喜欢炒土豆丝、烩土豆泥、红烧土豆、炸土豆、烤土豆、蒸土豆的人而言，诱惑力可想而知。再加上这里人口分布实在有特点——全乡 45 平方公里的地盘，仅有 3513 人，而彝族人就有 3490 人，占比高达 99.3%。这是 2014 年的数据，现在变化也不太大。因山峻路峭，地广人稀，受外界影响甚小，彝族传统的民风民俗还散发着原汁原味的魅力。

但是，跟班没有发言权。何况老九说虽然是在城里，但婚礼的流程、仪式也会很齐全，不会像答谢宴那样只是吃个饭。

我在甘洛已待了几个月，参加了三次婚礼答谢宴，一次仪式都没有见识过。

与办公楼一墙之隔的紫宴酒楼，有很多红白喜事都选择在这里办，生意红火。我的办公室在三楼，每天上下班，紫宴的兴隆都在眼底。刚去的时候，楼下一有婚礼，我就站在走廊上看，用手机镜头记录那些客人或坐或蹲，就地喝酒、嗑瓜子，嬉笑打闹的场景。我很纳闷他们为什么不进酒楼，哪怕烈日当头，或是暴雨如注。后来才知道这里吃喜宴的规矩是在正式开席前，无论多么尊贵的客人，都不得入内，只能在院子里等。于是，主人家高喊开饭，客人们蜂拥而入的场景，总让人生出"吃大户"的错觉。

同事莫哈结婚，也在紫宴宴请宾朋。新郎新娘都是彝族人。我以为会大开眼界，兴冲冲去了，结果还是只在院子里剥了一地瓜子壳——依然是答谢，完整的仪式已经在乡下举行过了。而且新郎的老家就在沙岱，婚礼整整热闹了三天。

商办厂小区很近，从宿舍出发走不上 10 分钟就能到，这是甘洛县城除政府小区之外，仅有的有围墙、门卫，且楼间距没有狭窄到伸手可触的商品房小区。因为有婚礼，大门敞开供客人进出。我们顺着楼往里走，用不着询问也可知道，那一大堆人围坐、摆着大大小小盆盆桶桶的地方就是新娘家。老九说，等会儿这些盆盆桶桶里的水，以及在气球里灌了水的"水弹"，都要被"招呼"到迎亲人员的身上。

彝族婚礼的泼水，不同于傣族的泼水节，是女方对迎亲人员特别的"礼遇"，不泼得他们浑身湿透、上下流水不会罢休。夏天还好，冬天就是个大考验了，水势凶猛疾如瀑布，泼湿羊毛做的擦尔瓦，浸透内里的毛衣、内衣，迎亲的人遍体生寒，风不吹都会瑟瑟发抖。但喜事的氛围驱赶着寒气，大家围在火塘边一烤，便只剩了欢庆。

送给迎亲队伍的见面礼，除了泼水，还有抹锅灰。客人正忙着拧衣服上的水，冷不丁就伸过来几只乌漆麻黑的手，拿用锅灰与菜籽油调成的"颜料"在他们脸上涂鸦，直到使他们个个成为戏台上的花脸，或者黑黑的煤炭工人才罢休。

泼水、抹锅灰的习俗流传千年，在高速发展的现代社会依然如故，家家遵循，人人玩得兴起，倒是习俗的含义已经少有人关注。我向很多人打听，他们都说不出个所以然。最后是唱哭嫁歌的阿莫揭开了谜底，她的依据是嫁歌的内容，女儿是阿妈心上的肉，从小拉扯大要历经磨难，脱上九层皮，一朝出嫁，父母实在不舍，所以至少要泼上九十九瓢水，抹上九十九把锅灰，才能让男方体会到他们养育女儿的艰辛，以善待自己的妻子。

去的路上，老九提醒我，彝族人热情豪放，一旦闹开了，水和锅灰招待的就不只是迎亲的人了，不想成为落汤鸡大花脸，最好找个安全的地方观看。这个我有思想准备，有个外地帮扶干部，初来乍到时跟我一样好奇心爆棚，旁观彝族婚礼的后果是不仅受到了来自高压水枪和"水弹"的欢迎，还在抢亲时被误伤，脸上的指甲印到现在都没消。

很快，老九的预警就变成了事实。当一群大小伙子气焰嚣张地从迎亲的车上下来，被眼前庞大的架势，以及娘家女人们的虎视眈眈吓退，一直在远处观望而不敢靠近时，我已经跨过花台，找了个自认为非常安全的地方。但我明显低估了这群女人的战斗力，她们实在太疯了，撒娇、挑衅无果后，索性端着水冲了过去。然后，揪着人家的衣服，牵猪一样拉过来，让其接受比烈火烹油更火爆的洗礼。小伙们当然不甘示弱，奋起反抗。于是，我也成了被殃及的池鱼，躲不开横冲直撞的水流，连手机都差点成了"落汤机"。那些迎亲用的礼物，也成了"落汤肉"——按习俗，迎亲要带两头羊、两头乳猪、两只鸡，外加烟和酒。大概是考虑到城里不能圈养，他们送的都是杀好的猪、羊、鸡。

时值仲夏，但傍晚的气温并不高，风吹过湿透的衣服，带着透心的凉，抹锅灰的节目便被移到了室内。主人家说城里的锅灰已经越来越难找了，只能用奶油抹脸。于是，不一会儿，满屋乱蹿的就成了只看得见眼珠子转的"白面人"。

彝族人口规模庞大，是全国第六大少数民族，其历史悠久而风情多彩。吃坨坨肉、喝杆杆酒、跳达体舞的习俗最为世人熟知，也是他们热情好客、团结勇敢最直接的表现形式。我这个"不速之客"一登门，便受到主人家热情的款待。主人把装着啤酒的托盘端到了我面前，并且先干一瓶以示欢迎。没错，一瓶下去没歇半口气。对我不能喝酒的推辞，主人用了起伏蜿蜒又悠长的腔调来表达遗憾。好在县城一直是彝汉杂居，对彼此的生活习性相互包容，我的推却无损大家享受美酒的惬意和快乐。男女老少频频举杯相庆，很快空啤酒瓶子就堆成小山。反倒是名声在外的杆杆酒，让人心忧它已处在失宠的边缘，因为整个晚上，摆放在客厅的三坛杆杆酒几乎无人问津。不仅如此，第二天在新郎家，那些扎着红带子、插着同样喜庆的杆杆的酒坛子，也是在浓郁的啤酒味中，大睁着寂寞的眼睛。

甘洛人爱喝酒，尤其爱喝啤酒。逢年过节或走亲访友，啤酒都是必不可少的。我新认识的文友凌风，前些年到甘洛交流，邂逅美丽的彝家阿咪子（女孩），一见钟情，展开了热烈的追求。他出身书香世家，待人接物周到细致，颇受人称赞，但第一次为准岳父贺寿，提了营养滋补的礼品，却没有换来和颜悦色。顶着天大的压力吃了顿不知滋味的饭后，女朋友才支招，让他去买两箱啤酒。随着升腾满溢的气泡，他终于迎来云开雾散的笑容。自此，他深谙讨好老丈人的秘窍，并成功获得丈母娘家所有亲戚的青眼，就是差点累坏了那辆平时爬山如履平地的大吉普，它每回都被几十箱啤酒压得喘不过气。

甘洛县啤酒销量惊人，差不多年年都会拔全凉山州的头筹。雪花啤酒生产商嗅到商机，专门在甘洛建了厂。有段时间厂里生产啤酒的速度赶不上人们喝酒的速度，公司还紧急在成都的生产基地开设了专供凉山州啤酒的生产线支援。本地的彝族人爱喝能喝不稀奇，毕竟他们是被酒泡大的，但外地人来到甘洛后，酒量也是蹭蹭蹭见长。单位里从江西、湖南、山东、重庆等地考进来的公务员，刚来时酒量不大，有些甚至是一杯便倒。过不了多久，吃饭喝酒，他们身上就有了彝地之风，都是大手一挥："先给我搬一件过来。"

宾客朋友你一瓶我一瓶地享受婚礼的喜庆，不一会儿俱是满肚子的摇荡跌撞。到开晚饭的时候，主人家大声招呼："每桌坐十个，围满座围满座。"这场面实在搞笑——院子的地坝上东一坨西一坨摆了菜品和一次性碗筷，哪有桌子呢，也无法坐，因为根本没凳子。老九四处搜寻，帮我找了个小马扎，自己则端个碗蹲在地上吃。我看其他人也是，捧着被啤酒撑出去老远的肚子，吃得喜笑颜开。

女方花夜的菜其实很简单，坨坨肉、泡菜、酸菜豆腐汤，外加一碟海椒作料，但是酒管够。老九讲女方的大宴要等到三天后新娘回门，那时才会有筵席。我不太吃得下。厨师在后院做饭时，我溜去看，被大锅里白花花的坨坨肉腻倒，加上实在不习惯弯着身子去夹那被人喷出的酒汁浓墨重彩标注过的肉和菜，扒拉了几口白饭便放下了筷子。但主人家过来，再次热情地表达欢迎，并亲自给我夹了几大块坨坨肉。这个是我无论如何都不能拒绝的盛情。可怜一贯自诩为"饭桶"的我，花了十二万分的力气和毅力，才接纳了主人的热情，然后躲到卫生间狂吐。

饭后的节目，是穿上民族服装，跳达体舞。甘洛彝族服装样式颀长宽松，衣服七彩纷呈，帽子鲜艳明快，连口袋都描金勾银，身材高挑的女人穿在身上，真是步步生风摇曳生姿。她们牵着手围成大圈跳舞时，裙摆翻飞律动如水，让人看上去满院都是翩翩蝴蝶，美不胜收。新娘选了跟女伴一样的衣服，只是多佩戴了一个银制的胸牌，以凸显身份。达体舞是群欢节目，迎亲的男子也加入进来，一曲接一曲，唱啊跳啊，累得音箱都哑了才散去。

已近凌晨，我以为花夜的节目要落下帷幕了，但老九示意我进屋，说我想听的哭嫁歌要开始唱了。真的，已有歌声飞出来。

在我的认知里，哭嫁歌是新娘唱亲友帮、养育之恩、故土眷念、未来忐忑等浓烈绵厚的情感都要借着歌声予以表达和宣泄。但坐在茶几旁唱歌的是两位妇女，新娘并不在场，四周围坐的，也都是年长的老人。大家嗑瓜子说闲话，笑意在或激越高涨，或古朴婉转低回暗沉的歌声里翻滚。而歌手，新娘的表姐，名叫依格的妇女，也是边唱边笑，大概是笑自己总是唱错，要反复重来。另一名叫木果的歌手显得更娴熟，嗓音也更明亮。她唱一段，依格跟唱一段。我努力从旋律的起伏里辨别歌唱的是离愁还是向往，但向身旁的人求证后，才晓得完全是风马牛不相及。

哭嫁歌传唱千年，全国很多地方、很多民族均有，而形式内容殊异。新中国成立前，凉山地区的彝族妇女地位低，在家里兄弟是主人，猪牛羊是不动产，而女儿是客人，是父母的筹码。爹妈想把女儿嫁出去，兄弟想用姐妹的彩礼钱娶亲，她们的终身大事由父母或者奴隶主包办，没有半点自由。如果违背或悔婚，不仅要受到严厉的处罚，数倍赔偿男方的彩礼钱，还容易引发家族间的械斗。作为宿命悲剧的主角，出嫁并不意味着幸福，而是踏入火坑，她们悲情无解，只有借歌而哭，发哭为歌。

流传在凉山的哭嫁长歌《妈妈的女儿》（彝文叫《阿莫尼惹》）长达10章，从彝族女子的出生、成长、婚嫁，唱到归宿，曲调凄凉，内容哀怨。有一段翻译成汉语大致是这样的："父老兄长多馋嘴，竟把女儿的肉换银使，竟把女儿的血换酒喝，逼嫁远的女儿不得不走了，大雪封山也得走，洪泻深沟也得走。本应女儿伺候慈母，可如今，只能让那锅庄伴母坐，只能让那门框伴母站。可怜的女儿哟，翻越九道山也只能走，跨越九条河也只能走……"质朴、率直的控诉真是令歌者泣血、闻者流泪。当然，《妈妈的女儿》除了对包办婚姻、身不由己的控诉，也讲述了父母养育的不易，女儿成长的悲欢点滴、离开家乡的不舍，以及对婚后生活未知的担忧等。随着现代彝族女性地位的提高，哭嫁歌已经有了新的内容。比如，《梳妆歌》，就以欢快跳脱的曲调替代了深邃悲怆的古音，以活泼娇羞的俏皮驱散了离别的沉重，可谓名副其实的嫁歌，翻译成汉语大致是这样的："凤凰展开金翅膀，不飞也要飞了。月亮梳插在发髻上，女儿要出嫁，藏在闺房里也要出嫁。不嫁也要嫁了，姐妹们快梳妆！快梳妆，蒜要发芽，搁在晒楼晒也要发芽……"

在甘洛一带，哭嫁歌几乎没有唱谱，全靠歌手口授心传。同依格和木果一样，大多数歌手并不识字，更不用说识谱了。当地球进入一个"村"的时代，愿意去学习和传唱这冗长、烦琐歌谣的彝族后代，已经可以用得上"珍稀"这样的词来形容了。在依格的村子里，会唱哭嫁歌的女歌手，只有她和木果两个人。她们都已年过半百，还能唱的时光越来越少了。

依格和木果没唱多久，本该被整晚歌唱的"哭嫁"便结束了。长歌里的哀伤忧愁，深情回顾，都抵不过众人困意来袭。何况，现代的婚礼是名副其实的喜事，新娘子心中更多的是依恋和憧憬，鲜有悲苦了。而今交通、通信如此发达，乡愁早被挤压得无处栖身，人们心中纵有万般柔肠，也早已在可以秒通的电话与视频、不出半天即可同桌举杯的便捷中消匿无踪了。

也许不久的将来，唱出嫁歌的就不再是歌手，而是播放音频的音箱了。流传千年却无大批人传承的彝族民歌，正在无声而迅捷地消亡。

踩着月色往回走时，小区已进入梦乡。我同摄像师小马约好，明早八点，来看新娘梳妆，坐他的车到新郎家观婚礼。

当我到商办厂小区的时候，新娘已经化完妆，开始梳头了。在一张蒲草编的席子上，新娘坐得端端正正。她的前面，环着盆子、碟子、杯子，以及烟和酒。烟是"软云"，酒则是装在矿泉水瓶里的白酒和杆杆酒。两个碟子里堆着冒尖的炸豆腐，而盆子里，则是煮好的猪心和猪头。彝族人对婚礼上的用品非常讲究，这些豆腐、猪心、猪头都要找家庭和睦、夫妻关系和谐的人亲手制作，寓意是新人婚后生活甜蜜。豆腐的旁边，还放着十二个鸡蛋，象征新娘日后开枝散叶。豆腐是给亲朋好友分享的，吃的人越多，象征着新人得到的祝福越多。其余的东西则给梳头人当谢礼。

给新娘梳头的是昨晚唱哭嫁歌的木果。她和丈夫结婚多年，从没红过脸。那个在沙岱乡偏僻而闭塞的土地上成长起来的彝族汉子，爱老婆疼孩子，是个十足的好男人。我混进厨房时，他正笑呵呵地守着大锅煮坨坨肉，周身都漾着喜悦的波纹。

梳头的仪式很庄重。持梳的木果需要先抿两口酒，吃两片猪心和炸豆腐，摸摸新娘的头，再用梳子刮两下头发，才能正式开始。新娘是短发，木果先用皮筋、发卡将头发固定成一团，用红毛线将假发做的辫子绑上，绕裹住瓦盖头帕，再在上面戴上银光闪闪的大盘喜帽，接着用红纱的盖头蒙了，就算梳妆完成。

与汉族婚礼上父母泪眼相送不同，彝族新娘自梳头开始，便算是离开娘家，走的时候不能回头，也不得与父母再碰面，要等回门时才能重享天伦之乐。但摄像师小马说，新时代了嘛，应当拍张全家福留个纪念。于是，一众兄弟姐妹、亲戚朋友，以及一早上没露面的新娘父母都簇拥到了一起，与掀开盖头的新娘合影。

婚礼如期举行。

迎亲队伍在娘家最后的考验是抢亲。彝族有"不背不抢的身不贵，背去的'媳嬷'值千金"的婚礼习俗，抢亲抢得越凶，预示着新人婚后越幸福。

抢亲地点安排在小区最开阔的大门处。新娘被木果背着，来到门口铺着席子的花台处坐等——自梳头开始，新娘的脚就不能沾地，在进入新郎家的堂屋，女主人的身份得以确认前，都要由娘家的人背着。休息、等待时，新娘必须待在用竹子或蔺草编的席子上。

抢亲开始了，新娘的姐妹好友里三层外三层地将其围在中间，而另一边的迎亲队伍，小伙们已经摩拳擦掌，伺机冲扑。几番争抢下来，新娘面前的人墙坚固如初，反倒是抢亲的小伙们落了下风。武抢不行，就只能用钱攻。只不过如果没有与防御者的武力值相匹配的"买路钱"也是行不通的，哪怕他们灵光忽现，奉上"1314"这样数字寓意美好的现金。讨价还价的结果是女人们一哄而上，翻了每一个抢亲小伙的口袋，掏光了所有的现金，才同意他们将新娘接走。抢亲的人反而被抢，看热闹的人笑破肚皮，也算是增添喜气的别样方式了。

新郎的老家在田坝镇的新华村，离县城只有18公里，车程大约半小时。这里地瘦石松，经常塌方，曾经有个名副其实的名字"垮山村"。新中国成立后，这个村的第一任村主任刘大耀有次看报纸，受"新华社"几个字的启发，遂将村名改为"新华村",希望这显赫威扬的名字,能改变村子落后、贫穷的面貌。村主任的宏愿,在新时代脱贫攻坚战里得以实现——这个人均只有6分耕地的村子,于2015年摘掉了头上那顶戴了多年的贫困帽子,旧貌换新颜。原本低矮破旧的土墙房,被"飞檐翘脊沟瓦口,雕窗刻柱绘图案"的高大宽敞楼房取代,以前人们做梦也不敢想的自来水流到了家里,蓝莹莹的沼气卸下了人们砍柴的负担……崭新的彝家民居依山就势铺排,近看,白墙彩瓦错落有致;远望,倚山临水、卧于蓝天白云之下的民居,成了摄影师镜头下春夏秋冬的大美雅趣。而新华村,也成为凉山州彝家新寨建设的示范村。

村委会与新郎家相邻,婚车到的时候,吃喜宴的人已经将新郎家和村委会的院坝挤得水泄不通,满地都是啤酒瓶、花生瓜子壳,还有伸得茂盛多姿的腿。几十张招待客人的大圆桌一字排开,七八口大锅翻滚着馥郁高亮的香味,人声鼎沸,欢悦喜庆,热闹的场面非新娘家可比。而这样的热闹,已经持续两天了——彝族人的婚礼,前后至少要热闹上三天。

新娘下车,第一个停留的地方是大门外的地坝边上。那是一个铺着席子、摆着猪心猪舌豆腐与酒、插着桃树枝的角落。"桃之夭夭,灼灼其华。之子于归,宜其室家",《诗经》里美好悠远的吟唱,从青葱勃发的桃枝里流淌出来,让婚礼有了浪漫而甜蜜的诗意。其实不只是桃枝,梨枝、李枝,凡结果的树枝都是彝族婚礼上的常客,开枝散叶早生贵子的祈愿,在各族人民心中都是相通的。

新郎家的长辈品尝过席子上的食物后，就要接新娘到庭院角落的"圈依"里了，那是新娘进堂屋成为女主人前，最后待的，也最重要的地方。那里，已经用竹篾搭起凉棚，插了松枝，铺了青青的竹席。新娘将在那里掀起红盖头，披上擦尔瓦，与新郎共饮交杯酒，永结同心，还要接受新郎妹妹（或堂妹）、侄女的欢迎——与她们相互敬酒，品尝其端过来的饭菜，并派发红包，以示与小姑、侄女和睦融洽。在这之前，新娘是不能吃东西的——从花夜的早上开始就要禁食，禁食的时间越长，表示越懂礼节，越有毅力。以前交通不便，有些新娘甚至会饿上三天三夜，也不知会不会被饿晕。好在这"残忍"的习俗已逐渐被摒弃，昨天晚上，我看见新娘吃了几大块坨坨肉。

新娘的弟弟、舅舅以及唱"阿西洪"的歌手阿呷、阿木都要在"圈依"里给她"扎起"，接受男方家老老少少、男男女女排着队的献烟敬酒。几十个人川流而过，烟是点了又点，酒是喝了又喝，烟雾如云腾绕，酒气环铺凝滞，但没人流露出醉意与不适。

接下来的仪式是新郎拜见娘家的舅舅。彝族人以舅舅为大，所谓"大"，是指在亲属家庭关系中的地位最高、最受敬重。当然，被尊重的同时，还需承担责任和义务。在彝族的风俗中，舅舅家对外甥（女）而言，不仅意味着母亲的故乡，而且是一种精神上的寄托，一旦遇上大事，舅舅必须出面解决。所以，婚礼上给"口彩"必须由新娘的舅舅亲自完成，亲舅舅没到场就让堂舅舅来。舅舅坐在挂着半头猪的树下，接受新郎的跪拜。猪肉也有讲究，要连头带舌带腿保持完整，外加猪胆，寓意是婚后生活幸福，苦中也会有乐。新郎恭恭敬敬跪下，聆听舅舅的口彩（祝福）："夫妻恩爱多幸福，幸福日子万年长；喜结良缘生贵子，一代更比一代红。"然后敬酒，奉上礼金。

新郎拜见完娘家的舅舅后，就要开席了。我对着一溜大锅拍照的时候，人们已经围着空空的饭桌坐下。饭桌之外，是站得密不透风的人墙。而院坝门口，源源不断的人还在拥来。看架势，桌上的饭菜不上个三五轮，是安顿不完客人了。菜是硬菜，坨坨肉、煮牛肉、烤乳猪、红烧鱼、回锅蛋、酸菜豆腐、烩芸豆、泡萝卜、蒸洋芋、荞麦馍，都用硕大的盆装得满满当当，在桌子上挤成一团。我终于吃到了心心念念的回锅蛋，着实有回锅肉的味道。

我记得有人说过，婚礼宴席必须将新娘的舅舅安排在最显耀的桌席，并让其坐于正上方，娘家的其他人随舅舅压席。待所有参加婚礼的客人吃完饭，舅舅席上的人才能离席。上一轮客人吃完饭散席摆后一轮时，要将舅舅席上所有酒菜换一遍，表示重新开席。但不知哪个环节出了问题，开席的鞭炮响彻山谷，第一轮的客人已甩开筷子大快朵颐了，才有人想起新娘舅舅和娘家的亲人还没入席。最尊贵的客人被遗忘，我看见新娘舅舅的脸上掠过沉沉的乌云。院坝里已经放不下桌子了，只能"因地制宜"，把桌子摆在"圈依"的前面。等手忙脚乱上完菜，舅舅端起酒时，头轮的客人已经放下碗了。

众人酒足饭饱，新娘也即将正式踏入堂屋。为她敲开生活另一扇门的，是歌手阿呷和阿木。他们在前面，用彝族婚礼专有的对歌"阿西洪"为新娘引路，送亲的人在后面相送。

阿呷是新娘的大伯，作为村里唯一还能唱传统对歌的老人，他本已金盆洗手多年，碍于亲戚的情面才再次出山。他膝下有个孙子曾经跟着学过一段时间，但外出打工后，便再也没兴趣学了。这个从没上过学、连自己的名字都写不来的老人，讲起自己学唱歌的经历，用了非常形象的描述："我不识字，但就像你们读书学习一样，从小反复学唱反复记，那歌就永远长在我的心里，让我再也不会忘记。"对婚礼对歌的未来，他沉吟半天，说："很快就要死啰……"

在他的记忆里，对歌是婚礼上最精彩的环节。男女双方的歌手，不仅需要好嗓子，还要具备敏捷的思维、伶俐的口齿、强大的记忆力。对歌不仅事关新郎新娘婚后的家庭地位，而且更是两个家族关乎名誉的对决，谁也不愿被比下去，都会拿出压箱底的本领。听的人热血沸腾激动难耐，比观看摔跤比赛还兴奋，唱的人思维敏捷意气昂扬，斗上五六个小时分不出胜负是常事。而现在，对歌徒留形式，连过程都省了，没有人听，没有人学，消亡已在不远的地方。

婚礼上的对歌被称为"阿西洪"，通常分五个阶段。第一阶段是双方互相问候，祝愿彼此幸福安康。第二阶段是互报家门，介绍自己家族的情况，赞扬对方家族富贵、显赫。第三阶段是讲述接待，男方自谦家境虽寒但心意赤忱，山间的小溪、屋前的砂砾，都化成招待客人的美酒和美食，女方则表示感受到了对方的热情、周到与细致。前三个阶段被称为"文对"，在内容和形式上都以吉祥喜乐为主，双方竭尽溢美之词，主客皆欢。从第四阶段的"克智"开始，便到了歌手彰显实力的时候了。眼前的人、远方的树、地上的动物、天上的云雨等万事万物都可作为对歌的内容。一方唱一物一事，对方必须以相应的物和事来应和，哪方的曲调动听、歌词优美，哪方就能获得称赞。其场面激烈与气势凌厉程度，不亚于《刘三姐》中刘三姐与财主的博弈。

我采访过的木乃七斤——甘洛县最有名气的民歌手，有一次在婚礼上与人斗歌，从夜幕低垂开始，直对到第三天中午，后来被旁边的老人硬生生阻拦下来，以双方唱成平手言和结束。这是他个人对唱生涯里最辉煌的纪录，冲到了第五阶段的"勒俄"（史诗）对唱。这是婚礼对歌最精彩的部分，也是评价输赢最关键的环节。在这个阶段，谁能将彝族史诗、彝族谱系、彝族英雄从远古唱到现在，唱得多，唱得清楚、清晰、清亮，谁就获胜。

当然，这样激烈与精彩的场景我无缘见识。阿呷和阿木唱着"阿西洪"，与堂屋内的男方歌手互致问候，将新娘引进了堂屋。双方撸袖喝酒，润喉亮嗓，准备拉开"相爱相杀"的架势。但第二阶段的相互赞扬才起个头，摄像师就说可以了——除了我，现场几乎没有人对他们的歌唱感兴趣。歌手唱多久，或对得精彩与否已无关紧要，只要最后剪辑出的影像有对歌的场景就行。双方四位老人相视苦笑，隔着火塘，举杯共饮。

不一会儿，院坝里的音箱响起震耳欲聋的舞曲，新娘进屋换了装，牵着新郎的手，迈着轻盈的舞步，走向幸福的未来。

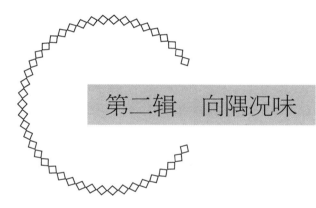

第二辑　向隅况味

搜索蒋全

这些年，一听说国内哪里发生了地震，除了关注灾区的情况，我还会上网搜索一个叫"蒋全"的人。万能的互联网没有给我惊喜，无论输入什么样的关键字，都无法找到这位"5·12"汶川特大地震后，给汶川灾区带去首批医用物资的志愿者更多的信息。

知道蒋全，是在 2013 年 5 月。棱子想做一个"五年回望汶川"的栏目，我和她一起去汶川采访了曾经战斗在汶川地震医疗救援指挥中心的人员。阿坝师范学院的大唐卓玛帮我们联系了采访对象，采访的地点就安排在她的画室。

水灵灵的大樱桃盛在果盘里，透出玛瑙般的光泽，这是采访对象特意带过来请我们品尝的。他们说每年这个时候，都会给天南海北援建过汶川的朋友送大樱桃。虽然只是土特产，却代表了感恩的心。感恩是为了铭记，铭记生死与共的情谊。午后的风掀开窗帘，明亮的光线涌进来又退出去，把一些当年不为人知的灾难现场推到我们面前。

2008 年 5 月 12 日晚，余震不断，暴雨如注，伤员源源不断地被送来。临时成立在汶川威州民族师范学校操场上的汶川地震医疗救援指挥中心，没有帐篷，没有可以悬挂吊瓶的地方，没有人手。指挥中心只得请同样是灾民的学校学生来帮忙。他们把学生按两人一组进行分配，一人打伞一人举吊瓶，每小时进行轮换。几百把伞"搭"起帐篷、几百只手举成"输液挂架"，这感人而壮观的一幕，没有被记者报道过，也不曾出现在摄影师的镜头下，但一直留在现场人员的记忆中。事隔多年，说起当年的场景，他们依然感动得热泪盈眶："多亏了那帮学生娃娃，否则当时真是不知道该怎么办！"

通信中断，交通隔绝，汶川成了孤岛。摆在指挥中心负责人面前的，是"医用物资严重匮乏"这个无法破解的难题。

"没有手术用的水冲洗伤口！""用纯净水代替。""抗生素要用完了！""好，马上组织人送过来！""纱布也快没了！""好，马上派人去取。""酒精不够了！""好，正在送来的路上。"指挥中心的负责人胸有成竹地安排，没人知道这一串"好"的背后是怎样的焦急和无助。他们找卫生局局长商量，派人到街上的药铺里找抗生素、生理盐水、酒精、纱布。实在找不到酒精了，就拿超市里的白酒代替。当全城所有的药铺、超市再也找不到可供手术用的医用物资和替代品后，所有的人都绝望了。

三天后，阿坝州州长的秘书出现在指挥中心。指挥中心的人像见到亲人的孩子，冲过去抱着秘书就哭起来。但是，州长秘书只带来了州政府的问候，空空的双手变不出急需的药品和物资。面对急需救助的伤病员，大家一筹莫展。这时的指挥中心，因为将不多的牛奶和矿泉水发给了老弱病残的灾民和医护人员，已经有人出现排不出小便的状况，如果再不输液排毒，就有得尿毒症的危险。

无法可想的指挥中心，唯有祈祷上天，希望那些救命的医用物资能从天而降。

　　5 月 17 日，几辆裹满泥浆的车突然停在指挥中心门口。打开车门，大家被眼前的景象惊呆了——六辆桑塔纳车里，装满了他们朝思暮想的抗生素、酒精、生理盐水、纱布、麻醉剂，还有手术用的水。"太及时了！""有救了！""太好了！""谢谢你们！"大伙喜极而泣，紧紧握着来人的手，激动得语无伦次。

　　据说，这是地震发生后，第一批被运进汶川县城的医用物资，也是第一批来自志愿者的捐赠。这批物资，对挽救灾区伤员的生命起到了至关重要的作用。

　　而带着这批物资穿越生死线的人，就是在山西当煤老板的金堂人蒋全。得知汶川发生大地震，他立即购买了应急的药品，租了六辆桑塔纳车，从雅安出发，经宝兴—夹金山—达维—日隆—巴郎山—卧龙，绕了一个大圈来到汶川，给指挥中心解了燃眉之急。

　　卸完物资的蒋全准备带着他的车队原路返回，考虑到飞石和山体滑坡，指挥中心的人建议他们天亮后再出发。蒋全没有坚持，他婉言谢绝了大家要为他们找地方休息的好意，一行几人靠着指挥中心的帐篷坐了一晚，离开时没有惊动任何人。

　　等指挥中心的负责人从抗震救灾中缓过神来，想起要去感谢一下当年的志愿者时，已经是 2010 年的事了。经多方打听，才找到那个雪中送炭的志愿者。也是到了那时，大家才知道当年那位不愿留下姓名的志愿者叫蒋全。不久，指挥中心的负责人和州里的领导带上羌红、哈达去金堂，向蒋全表达了灾区人民的谢意和祝福。

这个传奇式的人物勾起了我们的好奇心，他怎么知道灾区最需要的是抗生素、纱布、酒精和水？他为何匆匆地来，悄悄地走？在他镇定和淡然的背后，有着怎样的经历？对我们的疑问，大唐卓玛摇头，指挥中心的人也答不上来。他们只知道蒋全的生意在山西，两个孩子大学毕业后留在上海工作。对于自己的过往，蒋全只字未提。棱子说要是有机会，她真想见见蒋全。我也一样。

那天的采访持续了差不多一个下午，其间，画室中数度响起撕心裂肺的痛哭声——哪怕已经时隔5年，哪怕灾区的人们已经重建家园，开始了新的生活，再次回望汶川特大地震带来的毁灭、绝望、希望和重生，他们还是难以平静。

采访过后很长一段时间，那些盛满悲悯的眼睛时常在我的眼前晃，它们与我想象中那个敢于冒死送药，为灾民带去生机，却连自己的姓名都不愿留下的志愿者的眼睛重合在一起——当蒋全靠在指挥中心的帐篷上，看着自己带来的医用物资为那么多的人带去生的希望时，他的眼里，一定也闪着同样悲天悯人的光。

因为种种原因，当年的采访稿一直躺在我的电脑里未见天日，但这并不影响我对采访对象、对蒋全、对所有为灾区捧出赤诚之心的人的敬重。正如我尊重采访对象的要求，不在我的文字里写出他们的姓名一样。但那些名字，一直被我珍藏，每次想起，我都会感到满心的温暖和光亮。

后来，九寨沟发生地震，我又一次在搜索引擎上输入了"蒋全"两个字。结果一如既往。我并不遗憾。我只是在用这样的方式，表达我的纪念。

一潭风景

我家楼下有座假山。假山下是个水塘，名曰"诗书潭"。潭不大，里面放着石头。水清见底，常有金鱼在石间游来游去。石板小径围水而砌，高低错落，穿林过亭。亭也小，隐在葱郁的树林里，只露出一角飞起的檐来。潭外是露天广场，与公交公司隔路相望。

我当初买房时，人造的溪流从假山上蜿蜒盘旋俯冲而下，腾起漫天的水雾，诗书潭整天都是水灵灵的。有人说这是块风水宝地，金山银水。

早上，我站在窗户边看风景。很久没下雨了，即便是清晨，树叶也是灰头土脸的。开发商的房子刚卖完，假山上就看不见小溪了。好在潭里还有水，鱼还悠闲地游着。

我在等那对恋人。不记得是哪一天，我在阳台上晾衣服，突然就看见他们。周一到周六，早上 7 点半，他们会准时出现在潭边的椅子上。7 点 45 分，他们起身，一前一后离开。偶尔，会有个飞快的拥抱。男孩坐开往出城方向的 17 路公交车，女孩过马路，到对面坐 3 路公交车进城。

女孩总是一袭白裙，男孩穿格子衬衫，看起来像刚出校门的学生。他们每天这么早来这里约会，是被小潭的清幽吸引，还是另有隐情？我向来对别人的隐私不感兴趣，但一起床就能看见爱情在眼前生长，倒也是件愉快的事。

起得稍早些，我会打开电脑听音乐。有天，我放布鲁克纳的《第四交响乐》，音乐流淌，"画面里突然出现了一对年轻的男女，女子的脸上满是娇羞。……"这是女儿听了这首曲子后写的作文。少顷，音乐变得尖锐起来，"好像暴风雨来临前的紧张"，我看窗外，那对恋人已经离开了，还是一前一后。女儿说："我有点悲伤，仿佛看到了男子与女子被迫分开的悲凉……"

立秋那天，女孩没有来。8点、8点半，女孩依然没有出现。我上班的时候，男孩还耷拉着脑袋坐在椅子上。之后的日子，男孩独自赴着7点半的约会，看手机，发呆，7点45，起身坐17路出城。天渐渐冷了，男孩也不来了。

周末，我去潭边喂鱼，然后穿过林子到广场买水果。

卖水果的老人是哑巴，我搬到小区不久，他就骑着三轮车在广场上摆起了摊。

刚从林子出来，一车红彤彤的柿子就闯进眼，还有老人脸上难得见到的微笑。生意的好坏，老人似乎并不在意，他总是一副面无表情的样子，从不主动招揽客人。大多数时候，他都坐在小凳上，盯着远处发呆。我准备挑几个柿子，老人破天荒地帮着忙，手脚麻利得像换了个人。

天很快就黑了，广场上响起了音乐。男男女女老老少少，扭腰杆、甩胳膊，跳起了坝坝舞。没人再谈那个老人。

广场的侧面立着两个一人高的音箱，一放音乐，我家的玻璃就被震得嗡嗡响。女儿的房间临着广场，每晚6点半，《最炫民族风》准时开唱，可怜她关紧门窗也抵挡不住凤凰传奇火一般的热情。一不留神，作业本上的"关关雎鸠，在河之洲"就写成了"火辣辣的歌谣是我们的期待，一路边走边唱才是最自在，我们要唱就要唱得最痛快"。我多次去交涉，当着面跳舞的大妈们很配合地把音量调小了，可还没等我爬上五楼，歌声又飘到了楼顶。我从网上买了电工钳，准备哪天趁着月黑风高，把音箱的线剪了。

而提前行动的不是我，是开发商。假山背后的商铺不当道，开发商便动了拆山填潭的念头。挖掘机来的那天，潭边的亭子里正好有老人下棋。一时间，站成排当人墙的、敲着盆子满院子喊人的、打 110 报警的，热闹非凡。很快，广场边公路上就扯起了白底黑字"誓死保卫家园""跟开发商干到底"的标语。小区里的住户轮流派人，顶着寒风、冒着霜冻，在诗书潭边站岗放哨，提防突如其来的"入侵"行动。

夜半时分，我们在"土匪来了！"的惊呼中冲下楼。面对手拿扫帚、锅铲怒目相向的业主，开发商的态度强势而嚣张，挖掘机嘎嘎地狞笑着向前推进。潭里的鱼惊慌失措一阵后，又恢复了平静。

卖水果的换成了年轻人，从早到晚不知疲倦地喊"海南香蕉，特大优惠"。《最炫民族风》又响起来，贴着颤抖的玻璃，我再次动了剪线的心思。

疏星朗月，我提着电工钳出了门。潭边的小路上居然有人，高挑的个子、及腰的长发，是很久不见的女孩，一袭白裙换成了最流行的裘皮大衣。

广场上停了一辆名牌轿车，她拉开门坐了进去。

白日夜黑

窗帘一直没拉开。好像有阳光，院子里那些鸟儿，阴雨天是不会这样啾啾唱歌的。

从早上 8 点到现在，我一直蜷缩在沙发里，与五个烧得滚烫的热水袋为伴。当然，我得不停地挪移它们的位置。我的双手、双腿、肩颈、腰身，全部布满了暗伤——那些被点穴针隔着皮肤，在肌肉与经络间找出凝滞如冻、沉积如土、坚硬如石的淤血和寒湿后，一寸一寸掏渠、一分一分撬土、一厘一厘凿石后留下的或紫或黑或肿或凸的组织，都需借助滚烫的热水袋才能被疏通。这是我每日理疗后的必修课。

只是我实在是个穷人，不仅物资匮乏，时间也捉襟见肘。后果是显而易见的，因为没有足够的精力去完成热敷这道最温和也最重要的程序，我的胳膊腿儿开始闹情绪，不是妨碍我动手做事，就是因多日淤阻疼痛而导致行走艰难。所以，我不得不暂时放下手中的事情，放下前晚花了四小时听采访对象讲述，昨天就应该写完交出去的稿子，先完成这件当前最紧要的、拖欠了多日的、通淤疏浚的任务。

热敷与写稿子，本来是可以同步进行的——可以暂不烫胳膊，一边烫腿，一边把热水袋放在肩上，只需保持双肩、双肘的平衡和头部的稳定，让手腕和手指缓缓地、小心地在笔记本电脑上敲动就行。这不太困难。但尝试的结果是有人笑得差点在地上打滚——我变成了一只大猩猩。不，比大猩猩更滑稽。

我一向是注意形象的，或者说我是个注意在不同场合保持不同形象的人。比如说，当女工，我穿的是浑身上下都是铁锈、被飞溅的火花烧得布满了洞洞眼眼的工作服，这样才不会被领导说偷懒；比如，在球场，我一定会扎起长发、箍着发卡、穿着宽宽大大的运动装，不让自己有半点斯文的样子，这样才能跑起来如风、杀起球来够猛；比如，在单位，我一定不谈或尽可能少谈文学，在领导面前有下属的样子，在同事面前聊大家感兴趣的话题，不让自己变成异类；比如，在文学的圈子里，我崇拜文化人当"追星族"，喜欢某人的作品可以到奴颜婢膝的地步，同时也坚持个人的审美观念和个性，不喜欢的就算别人把我脑袋砸开硬往里灌也不行；又比如，周末在家里，我可以只刷牙不洗脸、蓬头垢面就是一天，晚上又顶着这张脸冲向球场，也可以围裙一系、手套一戴，张牙舞爪地打扫卫生……即使是这样，我也不能接受女儿举着手机一定要为我留一张"猩猩照"，那实在太有损形象了，返璞归真也得有个度。

何况，沙发上放着昨天下午才收到的《文学自由谈》30年专刊。相对于去写一篇应付式的、完全不喜欢的、被安排的、又跟工作无关的宣讲材料，我有十二分的理由把时间花在读这本据说小众、却又胸怀天下包容万象的、32开的、有宽度有深度的杂志上。

《文学自由谈》前任主编任芙康先生是棱子的朋友，叱咤文坛几十年，眼高心慧。他不仅把《文学自由谈》做成了30年屹立文坛不倒，不收取分文版面费，努力表达文坛民意，被视为文坛窗口，特立独行，充满激情，由名人奠定品牌，由非名人保持锐气，有众多知识分子与众多小知识分子自费订阅的杂志，更把自己做成了文学界众多名家大腕眼里心中的任老师，做成了国内各种大奖，包括茅盾文学奖的评委。其文字功夫，怎么说呢，经他做的"嫁衣"，真是风华绝代，增一字太肥减一字过瘦。他自己偶有珠玑，也有令人读来余味三日不散之魅力。

托棱子收信件不甚方便的福，任先生每次给棱子寄赠刊，总是通过我转交，顺带着也寄一本给我。任先生卸任主编一职后，赠刊就只有一本了。于是，总要等我看完了，棱子才有机会一睹，或一听。这次也不例外，我没有第一时间跟她说收到杂志的情况，而是准备暂时隐瞒，起码在今明两天。我只想一个人安安静静享用这饕餮盛宴，不看外面的世界是冬阳暖暖还是阴雨霏霏，不管三朋四友如何在微信朋友圈晒自己的幸福和忧伤……

这么说，好像有点打翻天印的嫌疑。当然不是。收到书不及时汇报这种事，不是第一次，也绝不会是最后一次，反正没我这个朗读者，棱子自己要看书也是件费劲的事。

只是昨天一大早，她就发短信提醒我注意安全，说是梦见我莫名晕倒。她知道我是个固执的人，在讲了一大堆"春播夏长秋收冬藏顺应天时"的养生理论，见我依然执迷不悟、坚持继续去做理疗后，换了种关心提醒的方式。

是的，我是个一旦认定就很难回头的人。每天早上，我把自己送到那个想起来都会心惊肉跳的地方，然后咬着毛巾，努力不让自己发出鬼哭狼嚎的惨叫，绷紧一身的肌肉去承受诸如抽打、走罐、拨筋、通脉之类的"酷刑"，却从未想过放弃。虽然数度以为已到达承受的极限，数度痛到濒临崩溃，但依然不曾选择逃离。就像即使自己写不出文字也要将它视为终身的信仰一样，我有自己的笃定和韧劲。我想知道从痛到通的距离，想体验痛与病相连的微妙，也想分辨不同的痛引起的身体反应的差异。

　　我好像是疯了，又好像是被洗了脑。不，傻子才会付出昂贵的费用，主动送上门去忍受折磨还说好。我不傻，也不疯。认定与坚持的原因，是我亲眼见证了别人疑难杂症的向好。我不是重病患者，目前还没有顽疾，但我感受到了沉重的肉身里，那些凝滞的经络正在松动，躁动的血液在朝着有序的方向流动。

　　这家理疗馆，有着不同寻常的理疗手法。李老师，那个被我们戏称为"巫婆"的人，对每个前来调理的人送上的第一份大礼都是拔火罐——环着心口，锥上七八个大大小小的罐子。一开始的微微疼痛，完全可以接受。慢慢加重的撕扯感，咬咬牙也就过去了。等到痛感炸裂，昏天黑地，忍不住了，还得忍。终于结束，跟劫后余生差不离。

　　这只是开胃菜。炼狱般的磨砺还在后头。

　　我一直以为自己如果生活在战争年代，万一被捕，要么想办法自杀，免受折磨，要么沦为叛徒。被"巫师"洗礼后，我却发现自己其实有成为坚贞不屈、永不叛变的钢铁战士的潜质。

　　拉拉杂杂，不着边际，还惹来了困意。我常常形容午休美好到眼一闭天就黑了，那就且让天黑下来吧。

　　窗外的太阳大起来，晃得地板亮堂堂的。天一时半会儿黑不下来。

送　别

早上 6 点，老天的眼泪流得伞都遮不住。我从眉山坐顺风车，到龙泉驿长松寺公墓，送吴鸿老师最后一程。

出门前，我泡了一壶燕露春的花茶，打开微信，说："吴老师，喝茶。"

今年春节，我在短信里给他拜年。他回："若若安康。来成都，喝茶。"好几次想去，没成行。

6 月 30 日早上，我煮水泡茶。一条微信过来，点开：资深出版人、作家、美食家吴鸿去世。我第一反应：谣言。头天晚上，我还看过他刚发不久的朋友圈，知道他在克罗地亚考察。

端起杯子喝茶，手抖得厉害，洒了一地水。随后，看到消息说在克罗地亚准备登机返回成都的他，突发心肌梗死，乘风西去。

眼泪哗哗，喘不过气，给棱子打电话，泣不成声。

我同吴鸿老师见面的次数不够一双手数，但在我最尊敬并喜欢的人里，他不可或缺。

第一次见面，是在 2010 年。棱子陪朋友到丹棱，我当司机。那天的主角都是大腕，龚明德教授、张阿泉先生，还有吴鸿老师。在小院里，他们喝茶，摆龙门阵。我当旁听生，顺便掺茶。大概是头天喝醉了酒，吴鸿老师话不多，没睡醒的样子。我以为他寡言。午餐时，他精神抖擞，吃菜喝酒，豪气干云，从自然到民俗、从出版到美食，他讲起来滔滔不绝，妙语连珠。临别，我和他互相加了QQ。

我不擅与人打交道，在网上多数时候也是选择"潜水"。认识一年多，我没主动跟吴鸿老师联系过，只是爱去逛他的QQ空间，看他写美食、谈读书。美食大多配有图片，每晚睡觉前，我总是忍不住去看。那些从文字、图片里冒出的香气勾得我口水哗啦，便恨夜深锅冷，手边没有东西可以安慰咕咕乱叫的肚子。对其读书则只有叹服，每月十几本书的阅读量，让我怀疑作为大忙人的他从哪里偷了时间。隔三岔五，他会晒出已读图书的照片，偶尔还要发点感言。

棱子向吴鸿老师约稿。在QQ上发给我时，他说若若安静到无声无息。我笑，没敢告诉他，我因他的读书感言受益匪浅。慢慢地，我胆子大了些，偶尔敢在他QQ空间的文章下发点评论。

一晃几年过去，我出散文集，棱子找了时任天地出版社社长的吴鸿老师。吴社长很爽快，但前提是棱子也必须同时出一本诗集。他们相识多年，是亲人般的朋友。吴鸿多次怂恿棱子出诗集无果，无意间，我帮他完成了心愿。

从策划到选稿，从版式到封面，吴社长不仅亲自跟进，还成了我和棱子的责任编辑。我知道自己是托了棱子"秘书"这个称号的福。对这样的爱屋及乌，我充满感激。

即便如此，我还是跟吴社长杠上了。原因是他为我设计的封面，我很不满意。

在吴社长眼里生机勃勃的绿，在我看来，既不大气，也没有厚重感。他解释我的文字有生命力，而且我的创作正处在上升期，用大片的绿做封面底色，衬托盛开的小花，能体现出张力，又把微信朋友圈的评论截图发给我，都是出版界知名人士的点赞和叫好。我坚持自己喜欢的简单而有质感的风格，并发了好几本书的封面过去做参考。

一连几天，吴社长都没理我。我很忐忑。棱子说既然选择了坚持，那就遵从自己的内心，等待。又过了几天，吴社长发了张图过来，只说"请若若老师审阅"。大冬天的，我吓出一身汗。这版封面简洁、典雅，是我喜欢的样子。我又是"献花"又是"上茶"，吴社长甩了句"喜欢就好，过来"。

后来在棱子家吃饭，酒过三巡，吴社长说搞出版这么多年，还没遇到过他亲自设计的封面被打回去的情况。哪怕是出版陈忠实、王蒙、麦家、虹影、韩少功等名家的书，经他审过的封面也少有返工的时候。我很惶恐，赶紧表示请他吃大餐谢罪，外带一只母亲养的地道土鸡。

席间，他鼓励我好好写，要凝练、简洁、有刀锋、有力度，以后我文字修炼到家了，他帮忙重新设计封面，保证厚重、有格局。还说要想在写作这条路上走得更远，除了提高驾驭文字的能力外，还要提升艺术的鉴赏水平……

招待当晚就办了，跟大餐沾不上边。吴社长一定要吃眉山本地的"苍蝇馆子"，我选了符记漂汤，六七个人吃下来，花了120元。于是有了他的《眉山的彭山符记漂汤》，不长的文章里，吴老师又把我表扬了一番。几年过去，我的文字没有长进，那只土鸡，也再没有机会被送出去。

有一次我到巴金文学院参加培训，意外碰见吴鸿老师。晚间上课，接到他的短信："到茶楼来。"我是个路痴，在院子里转了两圈还没找到，他催了又催。我到的时候，阿来主席和谢有顺先生谈得正欢，吴鸿老师招手让我过去，递了手边的杯子，叫我给两位大腕敬茶，又特意叫我把散文集拿出来，请两位老师点拨。

再后来，见面就少了，了解他的行踪主要靠微信。他的微信朋友圈鲜香热腾，是我上网必逛的地方。去年6月，我去苏州出差，花了大半天时间泡诚品书店。一头扎进去的时候，吴鸿老师也在朋友圈晒诚品的照片。我惊喜万分，里里外外地走，想制造个巧遇，却未遂，便问他在哪里。"台北诚品书店。"我感叹书好多。他发了个酷酷的表情包过来，跟了句："书到读时方撕尽。"我掩嘴偷笑，想起他说出差买书，读完就撕的趣事。

他的《舌尖上的四川苍蝇馆子》出版，我买了十本，送给身边喜欢旅游的"吃货"。他们按"文"索骥，吃得满嘴惊叹，听说我认识吴鸿老师，看我的眼神都油汪汪的。朋友的女儿把书带到学校，被全班同学传了个遍。有个同学上政治课打瞌睡，就拿"苍蝇馆子"提神，流了一桌口水。老师叫他回答"社会主义公有制有什么特点"，他不舍得醒来，闭着眼说"加生姜大蒜和红海椒干煸"。老师笑得把书没收归了自己，当成出行宝典。我在微信上给吴鸿老师讲这事，喊他赔书。他笑言，有机会一定要请那位同学吃肥肠，并送签名本。

东坡区作协准备出《东坡光影里的山水》，华子主编几番考察，决定同四川文艺出版社合作出版，并说已同吴鸿社长达成意向。6月中旬，我们开编辑会时，还在商议哪天请吴社长到眉山来。

我盼得心痒，没想到，盼来的是他驾鹤西去的晴天霹雳。

到达长松寺时，雨停了，阳光从阴沉的云里挤出来，给墓园铺了层金光。吴鸿老师的追悼会一个月前就开过了，那天，我的微信朋友圈里堆满白花，白花下又覆盖着众多老师、朋友宽阔汹涌的追忆和悼念。今天的送别并不对外，依然有上百人自发赶来。

来告别的人中，除了棱子、小唐姐和菊姐姐，还有几个熟面孔：谢伟、潘总、朱晓剑，都是燕露春的常客。吴鸿老师喜欢到燕露春，我常在小唐姐的微信朋友圈里，见到他在那里喝茶会友的身影。

送别的场景很庄严，也很忧伤。屏幕上的吴鸿老师还在沉思，还在观景，还在大快朵颐，眼前的他已安息在小小的骨灰盒里。棱子说已经过了"七七"了，再哭不好。我忍不住，小唐姐没忍住，很多人都没忍住。

入墓地时，吴鸿老师的女儿放了一套他生前最喜欢的紫砂的茶具，又放了茶，还有好多的硬币，希望吴鸿老师在另一个世界，依然可以继续品茶享美食，继续行走天下。我疑惑怎么没有放书，但也许是泪水滂沱，把那一幕错过了。

送别仪式结束，我们坐车到城里吃饭。餐馆里人声滚沸，菜香缠绕。想起吴鸿老师经常晒的美食，满屏烟火食色，正是这样的场景。

小唐姐点了红烧牛腩、家常鲫鱼、干煸肥肠、锅边馍，大家吃得畅快、满足。对于资深的作家、美食家、出版人，想来，这样的送别方式，吴鸿老师会喜欢。

家有元宝

一开始，元宝的名字，我并不是为这只奶牛猫起的。

突然有一天，我想养猫。也不是突然，我从小就喜欢猫，喜欢到写作文时，以当一只饱食终日无所事事的猫为人生目标，被老师狠批，差点被请家长。养猫的念头一起，"元宝"这个名字就在脑海中产生，自然而然。想当年我怀孕时，为了给孩子取名，想了可不止三天三夜。果然，猫和人还是有差别。

名字有了，就等猫来。

庚子年春节，女儿同学的猫生了一堆崽儿，四处问有没有人领养。我们看上一只小橘猫，约好过完年就接过来。结果巴中的小橘猫跑不赢因疫情而封城的速度，我与"元宝"擦肩而过。之后有好几只蓝猫、狸花猫差点到我家，但都因为各种原因没成为"元宝"。倒是家里为小奶猫准备的奶瓶、羊奶粉、猫砂、猫窝、猫笼、猫粮、猫碗、背猫用的太空舱等，堆了大半个阳台。

如果写小说，到这里，元宝应该有个不同寻常的出场方式。实际的情况是，它不过是只流浪的小野猫，被人捡回来，送给我们。

当然，也不是说一点特别之处都没有，毕竟生在峨眉山这样的名山，再风餐露宿，颠沛流浪，还是多少沾了点灵气。这不，人家天生披了文艺的外衣——长得上黑下白无杂色，有"乌云盖雪"的好名字打底。据说这样的猫，算得上中华田园猫里的极品，一度身份尊贵。

显然，用当下流行的话说，这家伙也确实够"极品"——肚子鼓成皮球，脑袋却只有二指宽。趴着不动还好，走起路来，摇摇晃晃，叫人忍不住要替它捏把汗，生怕一不留神，那细胳膊、细腿就折了。

本来，我还内疚元宝这名又土又俗，对不住它这身毛色，但见它惨不忍睹的身子骨后就释怀了。老话不是说了嘛，土名好活，再金贵的娃，都得取个土名压着。

来的那天，我背着太空舱去接它。它小小的一团，蜷起来只有拳头大，差点要从太空舱的通气口掉出来，但闹腾得不行，一直叫。叫声也奇怪，哇呜哇呜的，又粗又野。吃喝更彪悍，一口气能喝一小碗水，再一口气，一碗猫粮就没影了。边吃还边嘀咕。嘀咕也有腔调，叽里呱啦，跟吵架似的，把肚皮撑得纸一样薄，还停不住嘴。宠物医院的医生说它只有一月龄，但看它的胃口，比成年猫还要好，我简直担心自己的工资不够给它买猫粮。

流浪的经历给元宝留下了永不磨灭的饥饿印象，使它对食物有着异乎寻常的执着。高兴了，吃；愤怒了，吃；委屈了，吃。只要有东西吃，它马上一改高冷形象，化身温顺软萌状，围着人转圈，抱着人的腿不撒爪，叫声极其娇哆谄媚。如果哪顿忘了给它喂食，等着看吧，它吃起来那个模样，用狼吞虎咽来形容都不够。

这里说的"东西"，主要指猪肉、鸡肉、牛肉、鸭肉、猫粮。如果都没有，鱼肉也勉强。没错，元宝是只非常有个性、不爱吃鱼的猫。无论新鲜的还是油炸的，不管鲫鱼、鲤鱼还是小银鱼，它都吃得懒心无肠，顶多算是填个肚子。它最喜欢猪肉，其次牛肉，然后猫粮，但不沾肥肉，讨厌肉皮，挑食的德行跟我女儿一模一样。它还喜好甜食，一见我吃米花糖、蛋糕、面包之类的，噌噌噌就来了，不给就打滚。它喜欢喝茶，我一坐到矮几前开始烧水，它马上两眼放光。我喜欢红茶，它也一样，三苏祠消寒馆的古树红茶妃子笑是它的最爱。后来知道猫不能喝茶，我好生遗憾。它更气，挠了好久茶盘。

我为它买了个猫别墅，楼中楼，三层，方格墙，塑料底，还带城堡顶，又宽敞又明亮。按我的设想，楼上睡觉，楼下吃喝拉撒，中间一层是游戏室。可惜，这家伙看过名山大水，见识过广阔天地，绝不肯被这个小小的笼子束缚，第一天被关进去就誓死不从，卡进格子不能动弹。那格子又小，塞了它的头再没钳子的位置，我费了九牛二虎之力，剪坏一把花剪才将它救出来。再被关进去，它学聪明了，不钻格子，改捅房顶，硬是把城堡顶拆了。从此，笼子成了摆设。它还记仇，常常对着笼子张牙舞爪，时不时还啃两口泄愤。

元宝自山中来，知道外面的世界很精彩，没事就蹲在落地窗前，四十五度角仰望天空，表情忧伤。每次我们出门，它都会跳上鞋柜，歪着脑袋眼巴巴瞅。但它是典型的叶公好龙，一出门就浑身打抖，哇啦哇啦求救。

有段时间我练它的胆，故意开着门不管。它也配合，小心翼翼靠近门框，踮着脚尖走一步，飞一般缩回来。看四周没动静，又试探着迈一步。第一天，走了三个台阶，回来了；第二天，下了一层楼；第三天，好家伙，一溜烟跑得没影，我喊了半天都不见它回家。这下安逸了，只要看我拎包它就往门口冲。多少个早上，我因为在楼道里上演"捉猫记"上班差点迟到。每次我都指着它的鼻子骂："再乱跑就让你继续当流浪猫。"它"喵喵喵"应得飞快，就是不改。

有天晚上我回家，元宝没到门口迎接。满屋子找，也不见影。我才想起早上慌里慌张出门时，好像有什么东西从楼道里闪过。

我冲下楼，在院里找了几圈，没有。给女儿打电话："它这么小，又是只敢在家里横的东西，估计连树都爬不上——昨天晚上我才把它的指甲剪了个精光。这一天雨淋下来，不晓得冻成啥样子……"我说着说着，差点哭出来。

以前有个文友讲自家宠物猫去爬树，上去了没胆子下来，折腾大半天，最后请了消防队帮忙才安全着陆。我当时那个鄙视，无法想象这样笨的猫还有人愿意养。这会儿急得也想学人家，请警察帮忙寻找。

又转了好几圈，没有。但有个小朋友提供了线索：中午见过一只小猫被狗追，躲进楼外的灌木丛了。我跑过去，扒开密密的枝丫，在厚厚的杂草下，看见浑身湿透的元宝抖成了筛子。我喊它，它张着嘴想应，声都发不出了。我伸手，它瑟瑟缩缩闻了闻，一下扑过来，紧紧抱着我。我那个心啊，都化成水了。结果抱回家两分钟不到，它就找回了场子，在客厅里走得耀武扬威。给它洗澡，它逮着我的手就是一口。

前段时间，隔壁楼一只蓝猫走失，后来也是在元宝曾藏身的灌木丛里找到的。人家那猫，情商高得哟，抱着主人的脖子，流下了"深情款款"的泪水。真是猫比猫气死人。这是后话。

自此，元宝停下探索世界的脚步，自甘堕落成宅猫，继续四十五度角望天思考。即使通往自由的门大敞开，它也不敢走远，最多在楼道里溜达一下，稍有动静，立马飞奔回来。

养元宝之前，在我看来猫的夜行性跟人半夜上卫生间差不多。小时候家里有只狸花猫，晚上喜欢挨着我睡。我记得它每晚都要出去捉一趟耗子，走的时候轻悄悄，回来时也安静，只在掀不开被子时用爪子轻挠我的脸。所以，当元宝半夜三更不睡觉，在客厅里上蹿下跳，手脚并用演奏高亢激昂的各种交响乐时，我真是揍死它的心都有。

一般情况下，拉开序幕的，是惊心动魄的"咚"。不用说，不是花盆砸了，杯子倒了，就是别的什么东西落地了。接下来，便是各种咔嚓、哗啦、噼啪、砰砰……交替响起。你说要表演，趁我们还没休息的时候吧，还有观众，它不，一定要等我关门熄灯，迷迷瞪瞪见周公的时候才开始。天天如此，百演不殆。哪天晚上它没折腾点响动，我都不踏实，非得等这只靴子落了地，才能入眠。女儿也一定要在听到我堪比河东狮吼的一嗓子"元宝"，看到我衣衫不整地冲进客厅后，才肯笑着入睡。

自演自看就算了，头痛的是扰民。我在小区住了十多年，遵守公约，爱护环境，与左邻右舍虽不相往来，但也没有过矛盾。有了元宝后，我每次经过四楼，都会加快脚步——要是换我家上面的六楼邻居每晚发出这么大动静，我非发飙不可。

还好，四楼的邻居从没找过麻烦。唯独有一次，她在小区微信群里提醒我："楼上的，我好不容易有个周末。你别这么早砸楼板啊，让我睡一会儿吧。"

我赶紧道歉，并解释自己一早就出了门，肯定是猫在捣乱。

邻居："你家那是猫吗？我一直以为是巨型犬。感觉行动很有雷霆之势啊。"

我："呃，估计它不晓得猫手猫脚怎么写。"

邻居："……要好好教。规范好它的日常作息，先从学走猫步开始……"

我："……好的，我加紧教……"

事实证明，要提升元宝的素质，路漫漫其修远兮。接下来的日子，家里的花瓶接二连三遭了它的黑手。甚至，我收藏多年的釉里红梅瓶，也差点丧身魔爪。渐渐地，我连茶具都不敢往外放了。

同样在劫难逃的，是阳台和客厅的花草。好不容易种活的红梅，被它当秋千，折了胳膊、断了腰，含恨身亡。养了几年，把冰箱装饰得绿意婆娑的绿萝成了它的磨牙棒，嘎嘣一下，就被送上了西天。花架上的白掌，大概很适合它玩踩踏的游戏，很快香消玉殒。金钱草嘛，一看就是有钱的样子，名字与内涵相近，它吃起来口感也不错……如果花草能说话，我相信等待元宝的必定是那十多盆花草裹血含泪的控诉和声讨。

　　冬天的时候，我照旧买了蜡梅，插进落地大花瓶里，连瓶带水得有十多斤。想着元宝的体重还轻，力气也有限，撼动的可能性不大。早上一开门，只见瓶倒枝横，满地板水，浑身湿透的猫正踩着水冲过来射过去，别提有多张狂了。更可气的是它咬花，一口一朵，含苞待放的花骨朵差不多全被它叼了下来。

　　有人说，猫做了绝育手术后大概率会变温顺。但元宝特立独行惯了，不仅站在小概率一方，还充分保持了公猫的雄风。手术当天，麻药劲没散完，它就开始跳窗户，明明走路都打晃。脖子上硕大的伊丽莎白圈完全不妨碍它的敏捷，照样一步蹬跨上桌，二节弹跳上冰箱。吃东西也越发猛，抢我的年糕，抢女儿的鸡腿，抢不过就咬书。

　　说实话，我看过不少猫的趣事，但还没遇见过比元宝更爱学习的猫。我写东西，它就在键盘上敲字。我看书，它来凑热闹，一个字不识偏要装着很认真的样子，还要伸出爪子翻。看一会儿，不耐烦了，就把书当磨牙棒，又啃又咬。就这样，前后啃坏了好几十本书，吃进去一大堆字，算得上胸有点墨了。

　　后来一见它啃书，我就换砂纸给它咬，久而久之，竟把它尖利的门牙磨得又钝又平，它偶尔拿我的肉练牙，还能"完皮归人"，只是担心哪天它又跑丢了，就凭这口牙，要活下去估计很艰难。

　　它还有收藏东西的嗜好，尤其是那种可以当胸针用的熊猫玩偶。只要被它发现，接下来绝对是"相杀相爱"的大剧。咬、丢、扑、刨、逗，还要辅以"呜呜呜"的吓唬。

玩得差不多了，就开始藏。我先后买了十多个熊猫玩偶，无一例外，全部失踪了。我翻遍了家里所有的角落，差不多掘地三尺，也没找到元宝的藏宝库。直到现在，那些熊猫玩偶的去向依然成谜。

春节的时候，我和女儿回老家团年，把元宝放到宠物店寄养。分别时，女儿说，别人家过年阖家欢乐，就我们一家几口要分离。好嘛，从元宝来的那天起，它在我们家就正式有了人的地位，并俨然有占山为王的趋势。以前女儿回家，开门就是妈长妈短，现在，还在楼道里就开始喊元宝。我也一样。

一不捉老鼠，二不挣钱，天天好吃懒做搞破坏，元宝好像一点优点都没有。但这有什么关系呢，它只需软软地喵几声，间以清澈透亮无辜的眼神，或者温顺地蹭过来，就能让我们争着把心窝子掏给它。话说回来，活成一只猫，本来就是我的人生理想。不，现在已经成为女儿的终极目标——饱食终日，无所事事。就让它帮我们活成肆意张扬、恃宠而骄的样子吧。

何况，人家还可以凭颜值吃饭——它早已脱胎换骨，成了英俊潇洒、玉树临风的元宝，走到哪里，都能圈一波粉。连宠物医院的医生给它做绝育手术时，都为它没机会把如此优质的基因传给下一代而惋惜。

信　用

他坐在我面前，半个屁股搁在椅子上，另一半悬空，恭敬、小心。

有家粮食经营部被举报虚开发票，资料显示与他有业务往来，按要求，我们要进行实地调查。

这是我第二次见到他。第一次是在半个月前，他申请增加发票配量，没通过，转头投诉我态度恶劣、故意刁难、吃拿卡要。

这实在是无中生有。申请通过网上发起，前台人员受理后转过来，我核查后回复。整个流程隔空完成，我没有与他产生任何交集。并且我自认处理得客观、公正，没有违规违纪的行为。如果按他的剧本情景重现，我还不知道应该在哪个环节表演恶语相向，在哪个环节伸手索要呢。

这是小事。这些年，我处理过各种各样的投诉，随便拎一个出来，都堪称匪夷所思。事实上，我并没有太放在心上，甚至有点小窃喜——看见一个面目全非的自己，从素不相识的人喷薄的火气里长出来时，感觉还是有点新鲜。所以，在对事情的经过进行详细的说明之后，我居然感到意犹未尽。

真相大白。他并不放弃，又要求减少每月的定额。他好像忘了投诉的事——坐在我的办公桌前，说生意难做，说人情冷暖。到后来，说仁义礼智，人心不古道义坍塌，好像全世界人民都没有信誉，都亏欠他。但他的定额已经在起征点以下，如果每月的申报情况真实的话，他一分钱的税都不用交。

　　整整一小时，他心无旁骛，滔滔不绝，直说得唾沫横飞，把我的办公桌上铺满标点符号。我不得不尽量将身子后倾，好几次想插话，没成功。他说尽兴了，抬脚就走。定额什么的，全成了浮云。

　　他的经营部在火车站背后。那里曾是供销社的仓库，一度车水马龙，热闹非凡，红砖灰瓦都飞着张扬。现在，墙歪梁斜，人稀车少，从里到外都显得颓败。如果不是离火车站近方便运输，房租又便宜，估计会更荒凉。

　　来之前，我已在电话里跟他沟通过，请他准备好相关的资料。他显然完全没有听进去，一见到我们，又开始了自说自话，讲这里以前多么繁荣，他自己如何春风得意："我那时——"他环顾一周，指着前方的两长排房子，"都是我的库房，满当当的东西，今天走明天来……"头秃脸皱的男人，在破败的屋檐下叉腰昂胸，回望昔日辉煌。而身后，仓库已经缩减到一间，除了角落里的一堆编织袋，什么也没有。

　　如果是平时，我很愿意听他讲那过去的事。毕竟，旁观是比较有意思的事——不是每个人都能成为暴发户，也不是每个暴发户都能混成潦倒结局。世事起伏，也许他的山水比寻常人多了曲折的美学。

　　但今天的任务跟故事无关。我打断他，开始办公事。振奋昂扬的演讲戛然而止，他好像才明白过来，眼前的人并不是观众。

　　同事开始了询问，我做记录。他完全没了刚才的健谈，心不在焉，还偏题，一偏就跑得没影。我努力从中捕捉有用的信息——半小时过去，记录本上没写下几行字。同事咬牙切齿，我倒不气恼，反正他的话不是摸不着头脑就是翻来覆去，我左耳进右耳出，也漏不掉什么。相比而言，他身后的墙就有意思多了。

这是我第一次看见有人把欠条往墙上贴的。虽然是复印件，但那些手写、打印的欠条明显上了年头，纸片泛黄，字迹褪色，连上面惊人的数目也收敛了锋芒。欠条的起点大都在十万元以上，别人欠他的、他欠别人的，大大小小，加起来有二十多笔。我实在好奇他把它们贴上墙的目的。

同事很擅长做沟通工作，这会儿，问与答已经走上了正轨。按他的说法，虽然是同行，但他与那个粮食经营部并没有业务往来。至于我们提供的证据——有他签名的合同，他笑得胸腔打雷，当场落笔写自己的名字。即使我们不是鉴定专家，也能轻易辨认出，合同上的签名，确实不像他那一手蜈蚣字。但对方还提供了转账凭证，从收款银行、账号到户名、身份证号，都跟他的一模一样。

询问陷入僵局。他双手一摊，再不发一言。我和同事反复核对，找出了破绽——他的开户行在眉山，而对方提供的凭证上，"商丘"两个字躲在厚厚的印章下，经过复印，不仔细看真还难以辨别。

嫌疑一被洗清，他秒变话痨。

风光的时候，他凭着这三寸不烂之舌，便能换回一车皮的货。当然，别人一句话，他也会把如山的货交出去。名字是信用卡，吐口唾沫也能砸出个坑。那时的他，志得意满，豪气干云，浑不知自己的一腔义气，正在铺出他通向落魄的路。

被骗比暴富来得更快。几乎是一夜间，他所有的财富只剩下几张纸。

他在仓库悬了根绳，最后一次计算欠条上的数字，这是他人生的见证者和终结者。他把它们按数额从大到小的顺序一张一张贴好。

贴到那张数额最小的欠条时，他哭了。那是一张与众不同的欠条："今小何偷欠周老板苞谷款 6656 元，除工资一月三月四月人民币 3450 元，另欠罚款 800 元，总共偷欠4006 元。"

鲜红的指印下，记着还款的情况：2011 年，还款 200 元；2013 年，还款 300 元；2015 年，还款 300 元……

当年，小何给他看仓库，监守自盗被发现，他没报警，也没为难小何，只是收下了这张欠条。也就是从那年开始，他陷入多角债，要账、被要账，直到所有的财富和债务全部成为纸上的数字。小何即使去了外地，也一直坚持还钱。

因为这张欠条，他选择把踏进"鬼门关"的脚收回来。"你们看我活成这个鬼样子，何苦硬撑呢？但人这一辈子，总还是要有点坚持。"他指着墙上的纸，"欠债还钱，躲不掉的。不在账上，也在命里。"

他清楚，那几千元钱，对现在的小何而言，早就不算什么了。更何况，那欠条上，连小何的全名都没有。

多年过去，几乎所有的欠条都成了废纸，唯有当年的小偷，一直信守承诺。而他，亦将以余生，供奉信用。

黄 瓜

四月里，从乡下带回一窝黄瓜秧。"窝"是土话，其实只有一株。顺带撬了一大坨泥，用塑料口袋提着上了动车。

进站时，口袋刚滑过安检门，就被安检员拎到一旁。安检员先是贴近了闻，又解开看，架势足得周围立马长出一圈看热闹的脑袋。他们兴致勃勃地聊起之前发生在这里的案子，说有人将毒品藏在花盆的土里，过了安检，幸好开车前，天降警察，将贩毒分子捉拿归案。

我哭笑不得，黄瓜秧、泥土，竟然也可以与危险搭上边。

一层一层的汗水从安检员的额头冒出，顺着脖子往下淌，在制服上画出紧张的图案。好在不久，他紧绷的神经放松下来，露出白白的牙，拢了口袋还我。

上车还没坐稳，经邻座老头的一个懒腰，口袋嗖地跑到了过道中间，瓜秧子跌得腰折骨断。

我怀疑这秧苗子要结出小说来。

老头瞄了眼我手里的苗，不动如山。见我又是摸叶又是捡土，笑眯眯地说："黄瓜贱得很，丢在地头扯个气就活了。"

"它可要住到 5 楼去。"我瘪嘴。

老头乐了："人不接地气都长不周正，庄稼不长在土里头能结出果来？"

"海椒都上太空了，还翻老皇历。"我在心里搭着话。

想起挖瓜秧时，母亲也开玩笑，说这瓜安逸，坐动车旅游，还要住楼房，末了又担心，在楼房里秧子咋养得活。

　　还真是，天下的农民都有哲学家气质，不自觉就会思考庄稼与土地的关系、人与土地的关系。

　　戴上耳机，我闭眼睡觉。

　　听说现在有啥子无土栽培法，只要喂口水，瓜瓜菜菜长得比土里头种的还大，也不晓得好吃不。老头絮絮叨叨的嘀咕从耳机的缝隙里漏进来，把我的睡意搅得七零八落。

　　要说水培蔬菜，我是吃过的。有次参观农业嘉年华，里面一大片示范区，展示的核心就是无土栽培。那些白菜、西红柿、黄瓜、海椒在螺旋状的水管里长得葳蕤生姿，一圈一圈叠得密密匝匝。如果算亩产量，大概是种在地里的很多倍。正赶上施肥，营养液挤压成水雾，从管道里蒸腾出来，一时间，大棚内仙气飘飘，瓜瓜菜菜都有了奇珍异果的姿色。

　　那天的午餐是品尝基地种出的无土蔬菜，糖醋白菜、素拌青菜、凉拌番茄、青椒烩肉、黄瓜皮蛋汤，主人家说了一长串营养学上的名词，又列举了各种营养成分优势，一栏一栏的数据显得很高级，但菜吃起来并没有特别的味道和口感。

　　老头哼起了曲子，吭里哐啷的，仔细听，竟然是"黄瓜不在地里长，不开花来不结瓜"。是个有趣的人。可惜他到站了，抖抖脚，跨过了我的口袋。

　　当晚，这窝离开深厚的大地，在坐动车旅行期间遭遇盘查、经受骨折横祸的黄瓜秧，宿于离地五层楼高的防护栏上——我把养花时剩下的腐殖土，与那坨从乡下带回的泥土一起，装进花盆，给它安了个新家。

　　凭自己把阳台上几十盆花养得一年四季花枝招展的经验，我有足够的信心让这黄瓜开花结瓜。

　　事实上，它完全不认生。两天不到，黄瓜折断的腰便挺了起来，并以平均每天十来厘米的速度疯长，缠着不锈钢架，肆意地舒叶、抽藤、长蔓。小半月时间，防护栏上便挂起了一层帘子。早上起床的时候，我看见阳光照过来，把藤呀叶的刷成了绿油油的样子。

　　我一向对花草照顾得勤，对这黄瓜更是精心，每天浇水，每周施肥。很快，就有了花，三朵五朵竞相打开，俏生生的，惹得人错不开眼。我时时在花叶间搜寻黄瓜的影子，但没有。足足开了一个多月的花，没有结一个瓜。打电话给母亲，她惊讶的重点是居然栽活了。至于不结瓜的原因，她分析，缺了地气。想起老头的曲子，我不禁为天下农民的统一性叫绝。

　　还是不想放弃。上网搜索，答案五花八门，掐尖、摘花、添肥……逐一试了，又大半月过去，第一根瓜终于款款而来，短短的，裹了满身的小刺。那天飘着小雨，可我拍出的照片里，鲜嫩的瓜却有阳光披身的朗朗。接下来，有了第二、第三根黄瓜，毛茸茸的，顶着花帽，在我的阳台和微信朋友圈里招摇。

　　但没过多久，第一根黄瓜蔫了。我对照网上常见病害的症状翻看叶、藤、蔓，发现它青叶绿茎，汁液饱满，没有霉变，没有斑点，也没有腐烂和虫害。又过几天，另外两根黄瓜也蔫了。它们挂在藤上，被风干成了小小的标本。

　　我依然浇水、施肥，权当养花。晨起暮归，总要隔窗看一会儿黄花碧叶在光影里飞翔出的斑斓，听绿色的汁液在藤茎间奔跑的声音。

有天散步，见路边的花丛里飞得嘤嘤嗡嗡的蜜蜂，突然想起好像没有蝴蝶、蜜蜂光顾过我家的黄瓜花。没有授粉，自然修不成正果。

当又有两根小小的瓜探出头时，我取了棉签，赤足爬上窗台，攀着防护栏，将棉签在打开的雄花里转圈，又轻轻地贴近雌花，滚了又滚。

谢天谢地，尽管有一根还是成了标本，但另一根长得虎虎有生气，完全没有要枯萎的迹象——哪怕两头大中间小，跟个棒槌似的。我开始想象吃它时清香满口的滋味。

多年不遇的大风袭击眉山。在我手忙脚乱地把防护栏上的花盆往下搬的时候，风华正茂的黄瓜被风牵着，挣脱藤蔓的羁绊，扑向大地。哐当，砸在二楼的雨棚上，留给我一个粉身碎骨的背影。

疱　疹

一开始，这点毛病完全没有引起我的重视。

一周前，收到网上买的瑜伽球。充气，下载视频，跟着瑜伽老师举球，蜷身，拉伸，猫腰。几场练习下来，感觉浑身筋骨都被拉开了。特别是后颈、肩胛，那些平时呈板结状的肌肉，有了微微的酸痛。心情是欣喜的，有酸痛，证明拉伸有效果。

很快，酸痛变成抽痛。继而肩胛处开始泛红，起疹。早餐一碗面，吃得喘不上气。走路到公交站，不过两三百米，累得恨不能瘫在地上。还是没有惊慌。网上说刚开始练瑜伽，会有各种不适，比如疼痛、气虚以及排毒引起的心慌、气紧，这是正常现象，对于大多数人来说，如果继续练习，这些不适便会自行消失。我不认为自己与大多数人有别。

稍显麻烦的是疹子，不痛，不痒，但有蔓延之势。用家里的药酒涂抹，再涂抹，没有好转。这被父亲当作灵丹妙药，叫"五毒蛇药灵"的药酒并不普通。家里人凡是被蚊虫叮咬、皮肤过敏，父亲第一时间就拿出药酒，不得不说，抹一抹，搽一搽，确实能药到病除。前些年，女儿一换季身上就发痒，一抓一把疙瘩，医生的药基本没用，我们全靠这药酒。看样子，这次它遇上了劲敌。

没两天，散文学会开年会。一早起来我就冒虚汗，浑身发软，走路腿打战，咬着牙分发材料，在每一处需要鼓掌的地方鼓掌，逼着自己醋畅淋漓地享用了晚餐。中途去卫生间，在三面都是镜子的空间里，我揭开肩颈上的衣服，发现疹子已长成葡萄串般的水泡。我有点紧张了。

彼时，女儿已从大学校园回到眉山，在家等候多时。她要请教燕姑娘新闻写作与编辑方面的问题。她还不知道我正在跟这一溜疹子作斗争。

饭后马不停蹄，我们转场到另一个茶楼。其他人促膝而谈，我则斜躺在沙发上，力气从头顶、手指、脚趾处狂奔而去。还是要强打精神。

回家，身体叫嚣着睡觉吧，睡觉。不行啊，上大学忙成"狗"的小姑娘，上厕所听英文广播，走路背英语单词，以前出门从来都是打的现在平均每天要走两万多步的孩子，有快乐要分享，有委屈要倾诉，我还得撑起软成泥不断往下垮的身体。

终于聊得差不多了，我让女儿看我身上的疹子。她一声惊叫："疱疹，上医院。"

我再害怕医生，也不敢再退缩。不去医院逛一圈，女儿大概上学也不会安心。

挂号、等待，我很有耐心。医院从来热闹如菜市场，我已做好了候诊两三个小时的准备。出乎意料，相当快地喊到我。更快的是医生的诊断——只是看了一眼，"带状疱疹"几个字就被敲在了电脑里的诊断书上。那个以痛死人不偿命、治疗周期长著称的俗称"蛇缠腰"的病？我有点蒙："不化验一下吗？"医生多看了我一眼："再化验也是带状疱疹，错不了。"

朋友说："我对你的痛感同身受。"我不接话。感同身受这个词，其实最不能体现文字的内核。一个置身其中，一个置身事外，内与外，能够共振的，不过情感而已。总有很多的事，只能自己亲自经历，别人只能是旁观者。正如现在，我的痛别人无法替代承受。

女儿带着担心返校。在电话那头问："你还痛不痛？"我说还能忍受。

只能忍受。疼痛的魔手拽着我的身体，抛起、落下、拉扯、撕裂，白天与黑夜在巨大的起伏中，完全失去了分明的界限，以至于我打了针从医院出来，都会迷失方向。

小南街、下小南街、大东街、马草街，多么熟悉的名字，蹒跚着走起来，却不知怎样将它们排列成回家的路。我站在马路中间，四顾茫然。这并不重要。重要的是我仿佛看见游离出身体的灵魂，淡黄色，很混沌的样子，在空中飘浮。出现这样的幻觉，我有点惊奇，也有点惊慌。

当然，惊慌很短暂。生活在导航无处不在的今天，走丢的可能性很小。坐上出租车，我却再次看见了那缕淡黄，缓缓地飘过来，落在我的头上。

疼痛依旧。鼓点一样敲，密集，迅疾，绵长。我的四肢随着鼓点的节奏起舞，跳成痉挛的姿势。

苟医生说，带状疱疹是张牙舞爪的病，所以，配药时必须用蜈蚣，以张牙舞爪的毒，打败张牙舞爪的疱疹。

我喜欢苟医生的幽默。

写这些文字的时候，张牙舞爪的病正在不间歇地发作，蜈蚣的威力还没有发挥出来。

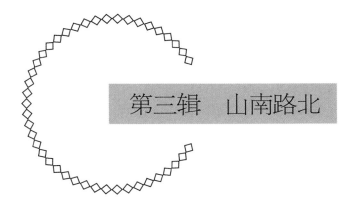

第三辑　山南路北

非常好走的路

为了穿越这几百公里的距离，我算几经周折。

夸张点，我说的是阆中。

它出现在我的旅游攻略上是在几年前，国庆、自驾、游古城、参观滕王阁……大概是这样的计划。自然是兴冲冲去了，而且避开拥堵的高速路，拐上了司机口中"非常好走的路"。

"非常好走的路"有非常长的一段机耕道，路窄坡陡，大坑小凼夹击，车子走得惊恐万状，最后熄火罢工。我们大眼瞪小眼坐等救援人员到来。那天晚上，月白风轻，脚下的路蜿蜒出淡白的影，我靠着车望天，想起李约瑟所说的那个"中国天文史上最灿烂的星座"，阆中遥远到透明。

施救的师傅很健谈，他对我们的目的地赞不绝口："阆中巴适得很嘛，有名的古城。袁天罡晓不晓得？很厉害的风水大师，就在阆中生活过。喝过保宁醋哈，阆中的……"天一句地一句，倒不是乱说，还连比带指："向东，顺到高速路一直往前，宽路大道，一趟子就能跑拢。"

一趟子是不可能了，车进了修理厂，三五天动不了，阆中之行就此夭折。"非常好走的路"改变了我们这趟非常的出行计划。但"宽路大道"几个字延伸出无限空间，令人一想起来，心就跳得飞快。"阆苑仙境""风水古城""春节文化发源地"，平常的字眼构建起美的意象和沉甸甸的质感，勾得想象刹不住车。但每每心痒难耐要去一睹，却总会横生枝节。也许，所谓"非常好走的路"只是一种臆想，世间本来就没有。

这个春天，我终于坐上了从成都到阆中的动车。很快，就穿过向往与现实之间的距离，抵达"中国天文史上最灿烂的星座"的故乡。

过道对面有对母女，捧着书边翻边读："春雨惊春清谷天，夏满芒夏暑相连……"咦，是节气歌。有那么一瞬，我觉得有个历史人物的名字就要从妈妈的嘴里蹦出来。我的脸部神经已就绪，插在兜里的大拇指也蠢蠢欲动，随时准备向她们展开微笑，并加一个点赞，但最终没有。丰碑似的人物只在我的脑海里来了，又去了。后来，孩子扔了书，贴紧窗户，对着外面的动车唱："大铁轨，宽又直，带着火车到远方……"

又是路。

到达阆中时是下午，春意款款，明净的阳光在温婉的软风里滑行。街上行人悠闲、散漫，还透着点慵懒。同别的古城一样，这种有底气的闲适与自得，透着沉静隽永的气质，让人毫不怀疑此行将会满载而归——即使只是仰头望天，归去的衣襟里，也会盈满璀璨星光。何况阆中，从来土沃物丰，奇人辈出，它穿越千年，路正越走越宽。

车从阆南桥街穿过，拐上一条大路，朝酒店奔去。路被冠了"落下闳"的名，酒店也是。阆中人以这样的形式纪念他们的先贤，正如眉山人把公园、街道、酒店、餐厅、美食都叫"东坡"一样。我风起云涌了大半天的情绪，终于有了出口。落下闳，你是怎么行走天下的？

　　是的，落下闳。我对阆中的念念不忘，就跟这个明晓天文地理，将二十四节气写入日历，以孟春正月为岁首，使普天同庆的春节得以确立的天文学家有关。严格说，关系也算不上太密切，只是偶有牵连。比如，有星星的晚上，碰巧又抬了头看天，会想起他；节气更替，要在微信朋友圈里装文艺地酸几句时，会想起他；或者，在更早以前，在我还行走于乡间小道，成天在田野里疯跑时，就有过对他的探寻。

　　我的母亲是农民，大字不识几个，记不住公历，对节气却了如指掌，各种谚语张口就来，吐字滑溜，堪比竹筒倒豆子："春打六九头，七九、八九就使牛""一打春二打阳""惊蛰雷响，谷米满仓""小满小满，麦浆灌满"……她能从草木的萌发，或是气温的起伏中，获取何时栽瓜哪日种稻的讯息。村里人往往是见母亲育秧犁田，才惊觉春天已在路上，见她挖窝点豆，便知离清明已不远。那时的我以为母亲天赋异禀，有通天的本领，幻想自己有朝一日也能修成"半仙"。结果她指着挂在门后的日历，说先人早有妙算。失望之余，我问神机妙算的先人是哪个。母亲皱着眉想了半天，一脸茫然。

　　茫然的不只是母亲。即使是今天，二十四节气已被列入"世界非物质文化遗产名录"，如果我们在街头巷尾来个随机采访，能解天道之秘的有几人？尽管这个"先人"已经被冠以"春节老人"的头衔，登上了"四川十大历史名人"榜单，甚至，连天上的星星都有一颗被永久性地冠上了他的名字，但他的知名度，比起当下的"流量明星""网络达人"，简直算得上暗淡。

我是在 2004 年知道落下闳的，因为一则新闻：国家天文台将编号为 16757 的小行星命名为"落下闳星"。仅此而已。又过了十来年，二十四节气跻身世界"非遗"殿堂，我才恍然。

我开始尝试靠近他。奈何道孤路仄，比走机耕道更不顺利。于汪洋般的史籍里打捞不出多少有关他的记载，我便用网络搜索。汉朝名人很多，落下闳大概只算得上小小的浪花一朵。而在古代天文学家中，落下闳排名也不靠前。要找到他，不翻上些时候真还难觅踪迹。再仔细点看，会发现网页上与落下闳有关的信息，发布日期几乎全在近几年。

忍不住叹气，如果没有"春节老人"的桂冠，没有国际天文学联合会小天体提名委员会的肯定，没有联合国教科文组织的认可，没有发达的网络，在天道上独行的落下闳，究竟有多少人会知道？

当然，这只能说明我的孤陋寡闻。但我相信，孤陋寡闻的不止我一个。当然，无论是天文界还是文化界，落下闳一直没有缺席，因为真理没有缺席，否则，蜀地奇才多如过江之鲫，"四川十大历史名人"的桂冠也不会落到他头上。

不过，这或许本就是他心之所向，正如当年他功成名就，荣华加身，"拜侍中，辞不受"，"隐于落亭"。他只知道走自己的路，坚毅地往前走，不管它是宽还是窄，是曲还是直，是好走还是不好走。

我并不诧异于落下闳的辞官不就。

　　这样的选择，更符合天文学家的本质和他对自己人生的定位。谁不知道宦场如虎，稍不留神就会落个连骨头渣都不剩的结局呢？能将错谬岁时驯化的奇才，必定有异于常人的洞悉力和洒脱情怀，他远离政治旋涡，选择对伴君侧当顾问之类的恩宠敬而远之。所以，《太初历》一面世，他便挥挥衣袖，不带走官场的一片云彩，断然不似后来者如张衡，小试观天象的方法于为官之道，便将仕途走得如鱼得水。

　　据说站在落下闳的肩上，对浑天仪进行了升级改造的张衡，一度也被贬出京城，在西风凛凛的古道独行时，他心中闪过追随前辈落下闳从此归隐乡野的念头，但最终，还是决然地奔向了皇上御手指向的地方。他无法达到落下闳超然物外的境界，他要一手抓仕途一手搞研究，还要留得身后名。他确实做到了，坐到了尚书的位子上，成为汉代天文行业翘楚，还捧了个古代经学的"阴阳之宗"来耍，名垂千古，风头远盖过落下闳。从某种意义上说，张衡的世俗，确实比落下闳的洒脱更显责任和担当。要知道，比起身在官场的步步危机，退隐山林等于低风险，等于自由和快乐。当张衡在苍凉的路上仰天大哭时，我相信他的身心和灵魂都挣扎在儒与道之间。几番撕扯后，他明白自己终究与落下闳的旷达无缘，于是一转头，一面在官场的沉浮里叩问宇宙洪荒，一面在庸常的日子里醉心发明，走自己的路，设计飞行器，制造指南战车，连带着将自己的名字重重地刻进历史的碑石。

　　扯远了。

车子一路向前，隐隐已见矗立的酒店。一个念头闪过，当初落下闳领旨出川，穿过窄窄的、长长的、茫茫的蜀道，孤身走向长安时，满天的星光，有没有照见那颗宁静的心？

事实上，落下闳的一生，同天空的星辰一样，遥远、深邃，几乎不可抵达。他一生的丰功伟绩，浓缩在短短的文字里："乃选治历邓平及长乐司马可、酒泉候宜君、侍郎尊及与民间治历者，凡二十余人，方士唐都、巴郡落下闳与焉。都分天部，而闳运算转历……乃诏迁用邓平所造八十一分律历，罢废尤疏远者十七家……遂用邓平历，以平为太史丞。"

没有文字记录落下闳进京的路线，但可以想见，他起程的踌躇与归田的淡泊，都应该已经铺呈在那道著名的古金牛道上了。关于这条大道，《蜀王本纪》中有关于五丁开山的记载，这一开，不仅让古蜀国卷入中原的纷争，也让巴蜀贤才有了亮相历史长卷的机会。少不入川，不知行路之难。无数的巴蜀才俊、有志男儿，沿着这条路，走向中原，走向长安，走向凌云壮志，也走向悄无声息——生命终止，精神湮没。历史的舞台从来没有一刻定格，多少惊心动魄、风云突变，都在时间大幕的开合之间消失殆尽。当然不包括出类拔萃者如司马相如、扬雄，他们走得宛如其笔下大赋，气势磅礴又翠华摇摇，并把那高远的政治抱负、指点江山的气概，用镶金嵌玉的文字盛了，放进浩浩茫茫的文化长河，经百世更迭，依然汪洋恣肆，光彩熠熠。

落下闳走得深潜不露，平朴无华。

　　在这之前，历数已混沌，百业正凋敝，老皇历翻不得了，朝廷厉兵秣马、开疆拓土的步子缓了下来。攘外先安内，固本培元才是关乎国运民生的大计啊。国运的危急、民间的呼声、朝堂上的进谏，嗡嗡嗡，响成一片。幸好皇帝圣明，将改制历法纳入了议事日程。

　　这还不够。既然关乎天下苍生，那就先来个人才海选，是骡子是马，拉出来遛遛。招贤公告贴出来了，一时间，毛遂自荐的名帖飞成大雪，推而荐之的文书多如潮涌。

　　近水楼台是要先得月的，随侍皇帝左右的同乡谯隆一句话，皇帝便御笔一圈，就是落下闳了。是皇帝太率性？当然不是。是那巍巍的宫墙、森严的宫门，早已挡不住乡野方士落下闳的才气和声名。于是，一纸诏书分峰拂水，绝尘而来。

　　彼时，尚沉浸在日月星辰与春夏秋冬轮转默契度研究中的落下闳，满脑子都是风声雨声、日光月影，没留意到自己的名声，已经翻过巴蜀的险峰危石，飞进了长安城的皇宫中。

　　既然皇上有旨，又可以己之学拯救苍生于水火，那就上路吧。落下闳出发了，迈着农夫般稳健的步子。他的眼里，闪烁着清澈而睿智的光芒，照亮了前面的路。淡黄尘烟尾随着他的粗布长衣，在天地间时隐时现。高山深谷，峭壁深渊，迎面而来又被他甩在身后。他走得如此轻快，好似雄关漫道不过是世间坦途，都在脚下排开。

　　他走出三面环山，一面洞开如门的"金鸡垭"，走出群山环绕、清江曲抱的巴郡，走进波涛汹涌的时间长河，走向星光璀璨的历史星空。

那些从长安吹过来的风，从巴蜀的高山峡谷里奔流出来的猿鸣，在一路艰难中染上的风尘，从朝露里开始，又在晚霞中沉寂。他一路观察着太阳的影子，计算着黑夜的短长，触摸着风的冷暖水的软硬。

路一直向远方延伸，连接起西南与关中，连接起宇宙和天地，虽并非非常好走，但他从容笃定。而他的胸中，一台超级计算机正无声运行，乾坤巨象、季候岁次，都随着他脚步的起落，回归自己的位置。

我无法探知落下闳在路上行走了多久，也许三个月，也许五个月，也许更久。毕竟，那是条坎坷的路。那些自秦朝以来，甚至更早时候就盘踞在史牒公牍里的关口、隘道，都需要他一步一步走过。那些崎岖险阻的路，横亘在陇蜀之间的天险，等着他去翻越。毕竟，蜀道难，难于上青天啊。但我知道，他非常坚定，坚定地走自己的路。

而相对于他要踏进的长安城，这些艰难险阻，只是小儿科。来自民间的"草根"，要和庙堂之上的贵族重臣打擂台，胆子稍小点的，靠边站腿脚都要打闪。何况各个学派间的互不买账、官宦之间的明争暗斗，个中波谲云诡，估计可以演绎出百集大剧。

对这些，落下闳自是不屑一顾的，凭你白眼侧目、尔虞我诈，我自安然稳坐，抚髯摇扇，"观星度，日月行，更以算推"。

六年殚精竭虑，不遑寝息，"定东西，立晷仪，下漏刻，以追二十八宿相距于四方，举终以定朔晦分至"。二十八个恒星星座的位置被测定，星河流转同历法、节气之间的关系已对应。这是一条天际之路，宇宙大道啊，为难了落下闳。

海选、初赛、复赛，这场时间跨度长达数年的制历角逐，该进入决赛了。那就擂响大鼓吧，十八家历法一字排开，竞技斗法，看谁能打通节令季候的任督二脉。孰优孰劣是一目了然的，落下闳一路破关，以"晦朔弦望，皆最密，日月如合璧，五星如连珠"大获全胜。

公元前104年，汉武帝刘彻改"元封七年"为"太初元年"，并举行隆重的颁历典礼，正式启用落下闳、邓平等共同制定的历法，史称《太初历》。二十四节气首次全面亮相，华夏历法开启新纪元。

踏平坎坷成大道，日月合轨，天地归序，长安便不值得留恋了。京城季节爽朗分明，视野开阔无阂，人心却曲折诡谲。巴郡虽偏居西南，然民风淳朴，风光绮丽。莫如归去，莫如归隐。那就走吧，带着坐看银河、闲听花落的心，走得悠悠散散。

此时，家乡高阳山的夕阳已沉，农夫们正荷锄归去，炊烟飘得蜿蜒娉婷。月亮升起来了，柔白的光笼着村庄，笼着金鸡垭的观星台，跟离开时一样。其实，这山、这水、这月、这星，哪一样又不似当初呢？只是一别经年，通往金鸡垭的路上，昔日丰腴的草木已成硬朗的茂林，他走起来更要费些脚力了。

世上本没有路的，走的人多了，才有了路。

只有踏过非常不好走的路，才能创造非常的奇迹。既然测算天机的使命已完成，那就换个领域，重新踏出条路来。

就当个传道解惑的先生吧，收几个有天分的学生，传授天文历算，开出新的天工。

追随者自然是络绎不绝的，比如任文孙父子，比如周舒祖孙，还有晚年跑到阆中定居的袁天罡、李淳风。归隐山林的落下闳，铺出了天数在蜀的大道。遗憾的是，我没能到传说中落下闳生活过的高阳山、金鸡垭听风看雨，沐月望星，但这并不妨碍我隔着时空，触摸到他泠然的气度，也不妨碍，我在老观镇再次与他相逢。

老实说，到老观镇以前，我没有多少期待。我还沉浸在阆中古城的青瓦石道、阡陌小巷里。那些生长在瓦片背面、巷子背后的故事深深地吸引着我。我有预感，推开巷子的每一扇门，都会看见故事的脉络，都能遇见形形色色的主人公。如果有时间，我想在棋盘式的古城里游走，顺着那些脉络，邂逅不一样的角儿，主角、配角，人间的、想象的。又或者，坐在屋檐下望天，也许能看见别样的天象，毕竟这里离落下闳的故居并不远，还有阆中人民为纪念他修建的观星楼。我不认为，一个几十公里外的古镇，会比阆中古城更有魅力。

所以，去老观镇的路上，我一直在打瞌睡，在絮絮的谈话声里，偶尔睁眼瞄一下窗外。公路倒是宽敞，铺了沥青，平整整地逶迤出去，由茂草盛树堆起的绿浪，一波接一波地翻滚。隐隐地，有什么拨了我脑子里的弦。待要仔细分辨，又消失得无影。

走过红四方面军军部旧址，看过了清朝的粮仓，从义阳楼下穿过，瞻仰完革命先辈的故居，又听了一折现代川剧后，我依然浑浑噩噩。就在这时，一个趔趄——石板路上拳头大的坑刚让我失了平衡，镇长导游讲出的"谯隆"又砸了过来。一语惊醒"梦游"的我。

是推荐落下闳去长安编制历法的谯隆？对。

我立刻用身心的虔诚，致敬这个成功在楼台上搭了跳板的皇帝顾问，发现千里马的伯乐，发现那个独行路上的人的人。

实在意外。落下闳被赋予改历使命的源头，竟然在老观镇。如果没有这一方水土养育的谯隆，没有深谙帝王心理而见机进谏的谯隆，偏居僻野的落下闳大概是没有机会走进长安，并以己之学擎起改历大旗的，至于确立孟春正月为岁首，拉开春节序幕的，就更不知将是何人了。幸好，历史没有如果。

春节的源头从谯隆开始，从老观镇的朝露雾岚里生发、汇集，从落下闳的血管里淌出，慢慢流向中原，流向历史的长河。

我并不想在这篇追思落下闳的文章里过多追忆谯隆，那是另外的故事。那么，就让我们继续行走在老观镇沧桑的石板路上吧——如果传闻属实，这是条始于秦汉的路，不定哪一脚下去，就能跨过悠悠岁月，与落下闳、与刘彻、与谯隆，来个千年之约。路还算平坦，不妨再往巷子里处走走，或许会遇见美丽绝伦的"亮花鞋"，那也是来自汉代的"信物"，及至今日，已成为春节文化发源地的见证和代言者。

星垂平野，华灯已上，走，去赴一场二十四节气的盛宴，在立春盘、清明团、夏至面、大暑汤、秋分蟹、寒露酥、大雪炉、大寒宴的大快朵颐里，以食开路，探访汉时风月。夜色撩人，时代变了，非常不好走的路已少见。逆流而上，或顺河而下，都是宽路大道，均可达风致人间。

难在心上。

丹棱别色

还没想好怎么动笔，这个题目便自己跳了出来。

别色。别致的颜色？别样的色彩？明明我心中的丹棱，一直是瑰丽的赤色。

算一算，我与丹棱的交集，在三十多年前就已开始有了。在我读小学三年级的时候，有一天上课间操，村支书来训话。满操场的同学在盯着台上摇晃不定的身体，猜测他中午又喝了多少酒时，我却被他讲出的"丹棱"二字扯掉了引线，"炸"在了众目睽睽之下。

其实，我一直怀疑那声类似惨叫的"啊"是否真的出自我口。因为在这之后的很长一段时间，丹棱从眼前或耳旁飘过时，我的心里都漾满了柳枝拂水的轻柔，跟惊风扯火完全没有关系。

"丹棱——齿——齿轮咬得紧，读书——要像齿轮一样使劲。"村支书的话在捋不直的舌头上磕绊，我的眼前出现了橘子被齿轮碾得汁水飞溅的画面。就在几天前，我刚从课文里学会"丹"这个字。语文老师说，红色，很艳，很正的红，又举例，橘子红了的颜色，又叫赤色。教室里一片吞口水的声音。

我把丹棱，当成橘子了。

惨叫的后果，是放学后我被村支书的女儿，代课的陈老师罚站在操场上反省。丹棱生产的齿轮，质量好、能使劲。读书要有齿轮的精神，发大力，以后才能报效祖国、报效家乡，为县里、乡里、村里生产出好"齿轮"。我努力回忆村支书的话，认真检讨自己把榜样当成橘子的过错。

数九寒风呼啦啦地撒欢。在如墨泼下来的夜色里，我的反省变成了想象——我必须要靠对红色、对火一样的温暖的想象，才能驱散寒气。

在我的想象中，丹棱的山呈红色，像火焰。

越想越冷。

村支书说要当齿轮，要咬得紧。我拼命地咬牙，却阻止不了自己在鬼哭狼嚎的风里，发出密集的呻吟。

那晚的后来，我躺到了医院的床上。母亲说我烧得神志不清，惊爪爪地喊"橘子压烂了，山红了"。丹棱的山是红的不？清醒后的我问母亲。她看我一眼，又伸手摸我的头："烧都退了，魂咋还没回来？"算了，母亲认得的字还没我多，跟她说不清。

不久，家里买了电视，我见到了村支书说的丹棱齿轮。在播音员激情澎湃的声音里，一个一个的齿轮和"四川名牌，丹棱齿轮"一起滚上荧幕。翻来覆去看了无数遍，找不出半点跟山相关的东西，也没有橘子。

几年后，当我在课堂上意外邂逅丹棱时，我再次"啊"了出来——幸好反应敏捷，迅速接了个"嚏"，没让老师觉得我故意捣乱。即使如此，也把同桌吓了一大跳，威胁要告发我上课偷看课外书。

在那本讲述四川地名逸闻趣事的书里，"丹棱"以华丽的姿势惊艳出场：城北有赤崖山，其山高峻，色赤有棱，状若飞旗，丹棱之名，盖取诸此。色赤有棱，真的有红色的山啊。我被自己当年"非凡"的想象力惊呆了,趴在桌上,贴着书回味当年的趣事,直到被老师的怒吼惊醒。我看着书在她手下成了碎片。

风从大开的窗户里吹进来,刮得碎纸满教室跑。我的眼睛追着赤崖山飞,脑子里翻涌的却是被老师惊破的梦。满山遍野的花,桃花、李花、梨花、油菜花……一坡一坡的粉红、粉白、雪白、橘红、橙黄、金黄……加上一湾绿玉似的水,五彩斑斓到唯有在梦里可见。

很多年后的某个春天,当我坐上朋友的车,被她一脚油门拉到梅湾时,除了目瞪口呆,我无法调动更多的表情来传达惊讶。这场景、画面,完全是昔日的梦境重现啊。我说这地方我来过。朋友一点不意外:"梅湾这地方来的人多。"我说梦里来过,初中的时候。她乐了,笑我吹牛不打草稿。我讲当年发生的事和梦,又说前面应该有一湾水。她笑得嘎嘎嘎,然后用更鄙视的表情看我:"编,继续编。没水还能叫梅湾水库?你当我傻?"

没人相信,这是我第一次到丹棱,第一次知道丹棱有个梅湾。尽管这座城、城北的山、山崖的红色,在我的想象里峻立了多年。

那天,我在桃林梨树中来回穿梭,又沿着水库疾走,用眼睛和脚步描绘梦境,把惊叹洒得铺天盖地,听任身心沦陷到没有骨气。

从此,每年到丹棱访春成了我的固定节目。世外桃源的桃花、幸福古村的李花、梅湾的梨花、红石村的橙花……我在花里游走,各色的图片从 QQ 空间、微信朋友圈里探出头，花枝招展，把远方的朋友招惹得恨不能化身蜜蜂扑过来。

我亦成了蝴蝶，在乱花里迷失双眼。并且，深陷于丹棱层峦叠嶂的滋味之中，无法拔足。

那场"齿轮事故"的后遗症，是橘子成了我最喜欢的水果。鉴于它的品种实在太繁杂，我对各种橘子的喜欢一直呈现增加的态势，不能用"之一"来表达。但这并不影响我对"不知火""爱媛"之类橘子的产地的挑剔，或者说是执拗。套句歌词："我的心里只有你没有他，你要相信我的情意并不假，只有你才是我梦想，只有你才叫我牵挂……"

这是夸张的大实话。

我的羽毛球搭档是农资公司的老总，在种植行业浸淫多年，熟知眉山各地的土质和瓜果的生长状况。她说眉山地区产的橘类水果，丹棱的比较地道。我仗着关系好，强迫她"按需供应"，却在跟同事聊天时，屡生被"宰"之感——我感叹6元一斤的"不知火"太贵。同事瞪着大眼，说4元满街买啊；我讲"爱媛"都涨到5元一斤了，她们说4元随挑随选。

到水果摊一问，果然。皮相好且汁水丰盈，不比搭档的味道差啊。有点郁闷时，正好搭档邀我去摘果。怀着揭开她"商人重利嘴脸"的心思，我答应得干干脆脆。

果园在红石村，主人是欧教授。欧教授本来是农业专家，前些年离开城市，在丹棱承包土地种水果，不仅把自家的产品培植成了销售商眼里的王牌，还圈了一批"农民粉"跟着他在种植发家的道路上狂奔。

王牌水果嘛，自然要贵点。我暗暗舒口气。

欧教授不在家，他爱人周孃孃抓了两个编织袋，拿着剪子带我们去果林。与想象中黄澄澄的果子挂满枝头不一样，在一眼看不到头的林子里，橘子全被套了纸袋，灰扑扑地碍着眼，扼杀了我浪漫的期待。幸好清新的空气里混合着厚厚的芸香味，呼吸之间，肺里的愉悦和享受唑唑地往外冒。

路不宽，一蓬一蓬裹着纸的果子从铁丝网里坠出来，挨蹭着路上的人。闲话间，我的手不自觉就落到了橘子上。"摘不得！"周孃孃的话还在空中，果子已经掉进我的手里了。她面色阴沉，一扫刚才的和气。我手一抖，果子砸在了周孃孃的脚上。

我们的橘子还没摘完，周孃孃的手机响了，是水果经销商。"8元……没得少……我们值得起这价……都订出去了……你后天来嘛……只有两车……"挂了电话，她一脸平静。

每斤比市场的零售价还贵2元。我掩不住吃惊神色。搭档笑："不知道哇？这里的不知火，北京上海的人都喜欢。""还没水果摊上卖的甜呢。"我嘀咕了一句。"那可能是肥料用得多。"周孃孃接过话，又瞥我一眼，"水果也要讲素质。"

尴尬的火再次腾地起来，烧得我满脸通红。

回城路上，搭档给我解析丹棱水果价格优势的奥妙。自然、良心是关键词。"自然"不必说，神秘的北纬30°、温润的气候、有机质含量高的土壤、洁净的水质，这些都是老天爷赐给丹棱的财富。而对"良心"的注解，搭档绕的圈很大，从国际到国内，从用药到施肥，从口感到成分指标分析，最后得出结论：丹棱的果农用药、施肥规范而有度，不会一味追求口感或产量。搭档的一番"洗脑"，让我对丹棱橘子的专情进一步升华。

桃之夭夭，梨花带雨，橙黄橘绿，在不同时节，丹棱被晕染出缤纷的色彩。可是，那赤色的，红得很正的山愈益宽阔，依然时不时峭立在我的梦里。

这些年，我一直试图靠近这座给我上了色彩学第一课的山。我到过丹棱的齐乐镇、顺龙乡、杨场镇，访过竹林寺、白鹤林，登过大雅堂，爬过龙鹄山、老峨山，却至今未能与赤崖山相见。

关于赤崖山，《丹棱县志》有非常明确、形象的描述："其山高峻，色赤有棱，状若飞旗，拱揖县治，邑名本此。"我实在喜欢其中的"飞旗"，期待着某一天，它在我眼前真实地飘起。

可是，山在何处？我问过丹棱当地的居民，他们或搔头，或作茫然状。我请朋友带路，按县志里的方向指引，从丹棱县城出发，一路往北，5公里、10公里、20公里……直到跑进东坡区的地界，赤崖山也不现真容。

来回兜转，肠饥胃空，我开始想念冻粑。原味、红糖味、玫瑰味、花生芝麻味、红枣核桃味，玉米、黑米、鲜肉、腊肉，白色、焦糖色、黄色、黑色、白底点红、白底洒黑……一溜的冻粑排着队从眼前闪过，勾得我口水汹涌而出。

我对丹棱冻粑一见钟情。多年如一。

2006年，我还住在彭山，同事耀翔到丹棱开会，顺手给我带回一箱冻粑。没想到，她这一顺手，拉开了我把"宠粑"——犍为叶儿粑逐出冰箱的帷幕。那群白白胖胖的冻粑先是借住在冰箱的角落，很快，更多的丹棱冻粑鸠占鹊巢，将冰箱里专属于叶儿粑的格子据为己有，经年不让。我实在是喜欢丹棱冻粑的瓷而不黏，爽口易化。

幸好，眉山同犍为隔着一百多公里，只要我嘴紧，不用担心老家的亲朋好友冲过来教育我对家乡味道的"背弃"。

我发现，我的很多专情都献给了丹棱。但也因为这样的专情，为我的形象涂抹上了"始乱终弃"的色彩。一个"背弃"故乡的人，反复强调自己的专一，确实有点可笑。但这丝毫不能阻止丹棱冻粑频繁出现在我的餐桌上。

在眉山的大街小巷走走转转，会遇见很多个冻粑铺子，杨家冻粑、王家冻粑、周家冻粑，各家的牌子上都把"正宗丹棱"放在最显眼的位置。周边的区县，彭山、仁寿、洪雅、青神的冻粑铺子，亦如此。甚至我姐姐家楼下，远在犍为的冻粑铺子，也直接以"正宗丹棱冻粑"为店名。那家店的老板是我姐姐的学生，明明一直生活工作在当地。

眉山城好几家铺子的冻粑口感爽滑，味道独特，长年顾客盈门。老板亦是丹棱人，确实当得起"正宗"二字。但我家的冻粑，只从丹棱来。有一天我突发奇想，把十年来给我当过冻粑"搬运工"的人列了个清单，竟密密麻麻写了三十多个名字，这些人包括朋友、球友、同事等。有个朋友自己不爱吃甜食，但每次路过丹棱，总不忘拐进城，到南桥冻粑店给我捎上几十个冻粑。

是的，熟悉我的人都知道，丹棱南桥冻粑是我的最爱。自己吃、给家人带、给外地的朋友寄、给游客推荐，而南桥冻粑店的老板，跟我素不相识。

去年遇到耀翔，跟她聊到我对冻粑的痴迷，她用大张嘴眼珠子不动的夸张表情表达佩服之情，一定要我说出百吃不厌的原因。我教她吃法：剥皮，切片入不粘锅，小火煎至略带焦色；或是剥皮，直接入微波炉，加热3到5分钟。无论哪种，瓷实、绵长的滋味久萦不散。

没过几天，她在微信朋友圈晒图，芝麻、玫瑰、红糖的冻粑被切成薄片，煎得微焦，在玉白的瓷盘里被摆成花形，外带热气腾腾的豆浆，另有女儿欢喜的笑脸。据说，自此之后，她最讨厌在家吃早饭的女儿隔三岔五就会要求来顿煎冻粑。看看，无意间，我又为丹棱冻粑圈了粉。

夜深人静，写有关吃的文章最折腾人。比如，现在我必须在敲字的同时，让冻粑的美味在味蕾上腾挪翻转，又不得不按捺住马上去剥一个放进微波炉的欲望。偏生一抬眼，茶几上那些"爱媛"们还在用通体柔亮的身姿勾呀勾。我反复提醒自己今天已吃了三个，不能再吃，而后又强行把它们赶到厨房，才勉强抵挡住诱惑。

惊喜就是这时砸过来的。万能的网络推送文章了，我心不在焉地瞄一眼，手机瞬间打了个激动的哆嗦——是有关赤崖山的。文章不长，作者叫北山翁。他和我一样寻找赤崖山多年，四处走访，考证出曾属丹棱管辖的赤崖山，因种种原因，现已被划归了东坡区。前段时间他"按图索骥"，在东坡区某处远望，见峭壁上一大片寸草不生的赤色裸岩，状如超大三角形。虽形状与史料记载的有出入，但他再三咨询山下的农民，确认了山的身份。

心心念念的赤崖山，原来距我不过 30 公里左右。真是踏破铁鞋无觅处，得来全不费功夫。转念又想，若不是我经常在网上搜索赤崖山，怕也没这般幸运。还是专情的结果。

兴奋把静谧的夜煮开了。这些天寒潮来袭，眉山也被划入冻得发紫的区域。我拉开窗户，风一下扑过来，在客厅里嗷嗷地撒野，像三十多年前的那个冬天。

红色的山，火焰一样的山。我重温着当时的想象和感觉。奇怪，一点都不冷。

周末就去看，我吹着风决定。虽然眼下的丹棱确实有了繁复的颜色，但那打底的赤色不可或缺。

顺便说一句，这些年，我再也没听说过丹棱的齿轮。它已经湮灭在了岁月里。在我还不曾走出村子时，村支书就去了另一个世界，但他和他推崇的齿轮一直在我的记忆里活得虎虎有生气，这就够了。

风从东面来

济南风月

出发前，我在地图上拉线，从成都，到济南。手指划过四川、陕西、河南，停留在山东的上空。一股温热的气流沿着指尖往上爬，进入袖口，跑过肩胛，很快，便在周身鼓荡开。

初冬的眉山，银杏微黄，来自齐鲁的风，从地图的东面刮来，把我心中满腔的激动，折成翻滚的波纹。我在这样的鼓荡里，昏昏欲睡又清醒无比，直到走下飞机，踏上济南的土地，才在清冷的风里回过神。

到济南的第一天早上，我是被风唤醒的。来之前，朋友专门叮嘱，说山东的气温低，保暖工作要做好，搞得从没到过北方的我如临大敌，拖了一大箱御寒的衣服。

许是太过激动，前半夜我都在跟宾馆的床打拉锯战，翻过来倒过去，折腾了几百回合，眼还是大睁着。

天气预报显示，济南的温度只有7摄氏度，我却把房间折腾成了蒸笼。空调是关着的，也没有传说中的暖气，揭了被子，还是热得很。我爬起来，开窗透气。

风就这样贴过来，清凉温和，没有预料中的凌厉、猛烈、锋利，先是微微地掀着窗帘，继而轻盈上扬，拖曳着月色，在地板上泼出空旷通透的山水。我坐在椅子上，看济南的冬天，在静谧的夜里明灭。

月色清朗，比窗外的路灯更亮。我把椅子移到窗旁，让自己委身于月光。摊开手，"细软"淌过来，燥热化成水淋的温润。

还在飞机上时，我就注意到了这轮月亮。刚开始，它在我的脚下，大如圆盆，通体发光。很快，它就移到了我的左侧，挂在窗外，一伸手似乎就能将它摘下来。看着深邃的夜空，一首一首跟月亮有关的诗句从云层里冒出来。

从云层里冒出来的，还有李白。

晚饭照例有酒，几杯下肚，豪气生发。索性出门，沿着林间的小路往上走。老朋友早就说过，会当凌绝顶嘛，登上最高处，才好享受一览众山小的痛快。到达山顶，已是皓月当空，云海蒸腾。醉意蒙眬间，边地的征人、守家的思妇，在月色里重叠。诗人挥挥手，撩开眼前的月光，眺望远方。千里之外，边关的夜晚亮如白昼。天山的月亮，那么大，那么圆。

诗兴大发的诗人，铺开长风，蘸着月光，雄浑壮阔喷薄而出："明月出天山，苍茫云海间。长风几万里，吹度玉门关。"离人思妇之情，在"诗仙"这里，一改往昔的幽怨纤弱，呈现出广袤的深远。

当然，这一番风月，跟济南无关。

比起关山月的壮阔，济南的月亮在李白的笔下，只是配角："湖阔数千里，湖光摇碧山。湖西正有月，独送李膺还。"在宽阔浩渺的鹊山湖踏月夜游，他的诗句和身影，落入现世的安稳。毕竟，这个仗剑天涯的侠客，曾经将妻儿、将家，安在了离这里不远的济宁。

我在李白的月光里晃啊晃，希望晃荡出睡意。果然就蒙眬了，迷糊间，有女子御风而来，柔声娇语，沉醉在藕花深处，忘了归路。风势渐劲，带了嘶吼，穿窗过廊，喧闹不休。我睁开眼，天亮了。

临窗赏个风月，居然跌进宋词的皱褶。看来，这一趟山东之行值得期待。

确实令人惊喜。游济南、拜孔孟、登泰山、走烟台、观长岛、访蓬莱，即使是一路走马观花，齐鲁大地深厚的文化、壮阔的风光依然令人赞叹。至于礼仪之邦的热情、好客，更是让人难忘。

济南、济宁、泰安，接连三天，海峰先生热心地给我们当向导。他是山东省散文学会副会长，兼任文化公司负责人，事务繁杂，却一路拨冗相陪。海峰待人豪爽，礼数周到又不烦琐，让大半年后提笔写这段游历记忆的我，心头仍有满腔的感动萦绕。海峰先生还健谈，讲解人文风物如数家珍，妙语多而快，咕咚咕咚往外冒，让人如听评书般过瘾。大概因为他是泉城人的缘故。

来了泉城，趵突泉绕不开。心中其实有点忐忑。

我对济南的认知，很大程度上停留在老舍笔下的文字里。印象最深的是他写的趵突泉，那是小学的课文，我至今记忆犹新。他说如果没有这眼泉，济南会丢失一半的美。小时候不觉得这话夸张，这些年旅游得多了，再读，心中总有期待太丰满，现实可能会很骨感的隐忧。

老舍先生说济南的冬天阳光值得一书。这话不假。我们在济南遇见的阳光，确如他描写的那样，明媚俏丽，带着江南女子的温婉和热情。纵然距他所见，已有沧桑百年，其容颜也并没有减半分。

跂突泉没有让我失望。准确地说，它给了我意外的惊喜。不只是泉水——关于它，历代的文人墨客早已将风流写尽，就连从不轻易留下墨宝的康熙皇帝，也忍不住要大挥御笔。如果非要说点什么，那就是它已与周围的廊桥垂柳相得益彰了，不再是老舍先生笔下所写的那样："这块地方已经成了个市场。南门外是一片喊声，几阵臭气……"

带给我惊喜的还有李清照。她从我的梦里穿廊而出，一转身，恬静地立在了我面前。

一个全才，两个高官，三个战乱诗人，这是余秋雨对宋朝文化现象的概括。李清照位居战乱诗人之首。我深以为然。

有"词压江南，文盖塞北"之誉的易安，几百年来，不知道被多少人将喜欢揉进骨头缝里。没想到，与跂突泉的约会，藏着同"词国皇后"的意外邂逅。我竟然忘了，济南是她的故乡。她的出生地章丘，离济南主城区不过几十公里，那首"溪亭日暮"的《如梦令》，就有专家考证出写的是她在跂突泉公园溪亭泉游玩的场景。

昨夜的那场梦，本身就是一个指引吧。

漱玉堂、有竹堂、静治堂，我轻轻地挪动脚步，在李清照的人生里走得敛息屏气。那些娇媚羞涩、相思缠绵、凝重悲壮、慷慨激昂，排山倒海般地涌来，又涓涓细细地流进漱玉泉清软潋滟的水里。易安站在堂内，素白沉静。我与她对视良久，找不到她在我梦里时的俏皮。

是啊，身处乱世，这个中国最典雅的女子，背着丈夫的名誉和沉重的古董文物，跟在朝廷的后面，一路南逃。路太长了，凄惶的尘土飞起，落下，扑在她的头上。很快，乌丝就裹上了泥色，然后成了花白。国破家亡的寒风，终于把快意明慧的少女，刮成了沉郁凝重的易安。寻寻觅觅，冷冷清清，凄凄惨惨戚戚，国愁、家恨，在诗词的缝隙里，喘息。

风过亭廊，枯影飘摇，飒飒有声。叠翠轩窗下的芭蕉，骨瘦形销，倒是明艳的太阳当空，将满腹的凄凉赶得一干二净。

我在微信朋友圈里晒大明湖的图，朋友问，有机会遇见湖畔的夏雨荷吗？我哑然。"湖上风来波浩渺。秋已暮、红稀香少。水光山色与人亲，说不尽、无穷好。"这样清新广阔的大明湖，这样风华绝代的李清照，曾几何时，已抵不过琼瑶虚构的儿女情长。

站在大明湖畔，眼前空蒙浩渺，细风牵起依依的垂柳，怎么看，也是江南风光。只是湖里残荷横斜，再找不见藕花深处俏笑的女子了。

圣地拜谒风乍起

到山东第一天，是去曲阜。

说起来，对曲阜的向往，在我心里装了二十多年。读初中时，我的校长，一名优秀的语文老师，有一回在大会上说："你们不要一辈子待在这个穷乡僻壤的地方，要走出去，到中华文明的发祥地看看，去曲阜，去孔圣人的故乡，探寻儒学的源头。"

作为县里的代表，校长刚从山东学习参观回来，大概是因为拜了孔子，说话行事都带了古风。那段时间，只要他一开口，三句话离不开山东，离不开孔子的仁义孟子的民本。我怀疑长年蜗居在我们这个乡旮旯里的校长，这辈子走得最远的地方就是山东。

那是 20 世纪 90 年代初的夏天，费翔的"一把火"把小镇人的心都烧着了。校长穿着蓝布长衫，在操场前的台阶上，迎风而立。

他从山东回来后，就爱穿长衫，明明跟周围的环境格格不入，却又有浑然天成的协调感。前段时间看电影《无问西东》，里面扮演梅贻琦的祖峰一袭长衫出场的时候，我想起了校长，当年的他也曾带给我们这样的风骨和儒雅。

我初中没毕业便接父亲的班当了工人，从此再没见过校长，但到曲阜拜孔子的念头，一直在我脑海中发着幽光。

去曲阜的路上，我坐立不安。时隔二十多年，虽然少时的豪言已远去，但要靠近曾经的向往，心中还是有点激动。车在高速路上飞驰，我捂住胸口，竭力让失了节奏的心跳回归原有秩序。

到孔庙，十三碑亭一定要看。

十三碑亭是金、元、清三代的帝王为了保存唐、宋以来祭孔、修庙的石碑专门建造的。碑文多为帝王撰书，所以此碑亭又称"御碑亭"。亭里的明星，非那重达 65 吨的康熙皇帝御制碑莫属。

这块刻有"大清皇帝御制阙里至圣先师孔子庙碑"字样的石碑不仅块头大，来头也不小。康熙皇帝御笔当然值得一书，但我更关注的是曾经包裹在它身上的温度，滴洒在它身上的热血。

1686 年春天，曲阜的老百姓还不知道，远在千里之外，京杭大运河北段的通州，一艘装着皇帝御赐大礼的船已经扬帆起航——由康熙皇帝御笔书写，并亲自前往北京西山挑选石料，命能工巧匠刻制而成的石碑正在向他们走来。这块石碑将在运河上，击水破浪，餐风饮露，历时两个月，到达济宁，安家孔庙。

这只是序曲。从运河上岸的石碑，还要等上半年，才能真正落户。

为了把这个"大神"从济宁接到曲阜，孔子的第 66 代嫡长孙、衍圣公孔毓圻又是搭桥修路，又是派人造船，忙得四肢发软。接下来，便是等待。等待冰雪来临，奏响运输大曲的高潮。

2017 年 11 月的曲阜，无雪无霜，我站在十三碑亭前，被冬日艳阳晒得软绵绵的。在讲解员慵懒的叙说中，四百多年前泼水成冰的天气，六十多吨重的石头溜冰滑行的壮观景象，仿若只是发生在电视剧里的场景。

1686 年 12 月，天寒地冻，在济宁休息了半年的石碑重新起程了。它坐上船，被几百头耕牛拖着，一寸一寸地往前滑。在牛与船之间，是忙着往路面上泼水的民工。这场景其实很考验人的想象力，要什么样的温度才能泼水成冰？要泼多少水，结上多厚的冰，才能让如此重的船在上面滑行？从济宁到曲阜，不到百里的路途，船昼夜不歇，整整走了 15 天。

那是多么浩大的一项工程啊，石碑前后换了四次"御驾"，沿途征用了 600 多名民工、400 多头耕牛。冰冷的数字后面，是大汗淋漓的人和牛，与泼水成冰的恶劣天气。

也许正是这样大汗淋漓与泼水成冰的对比，才奠定了这块石碑"孔庙碑王"的地位。

在孔庙，风是沉重而带着历史质感的，草木亦散发出深厚的古韵。站在孔庙里望天，湛蓝的天空被古树枝干剪成奇特的形状。那些树，干枯叶少，却又屹立不倒，每一棵都站得气势雄壮，每一枝都伸得遒劲逼人。史书里记载孔子"立如凤峙，坐如龙蹲"，果然，树亦如人。它们守着孔子的精神站了几千年，每一块木头的纹理、每一片叶子的脉络中，都浸进了孔子的精神和遗风。

在大成门外，我看见了那棵传说中的"先师手植桧"。桧树，就是现在的圆柏。孔子好松柏，不仅喜欢，还要亲自栽。据《孔氏祖庭广记》等文献记载，到了宋朝末年，孔子栽的桧树还有三棵，葳蕤挺拔，高洁端正。可惜，在元朝军队的铁蹄下，即使是圣人栽下的树，也难逃被战火烧成炭的浩劫。幸好还有一棵，从废墟里破土而出，抽条发枝，而后虽几遭天灾，依然复生茂长。

孔子和由他所创立的儒学，自出世以来，亦是几经沉浮命运多舛，但依然传承不息。这也算是草木知兴衰，树犹如此的印证吧。

我倚树而立，先是把手贴上去，又忍不住把头贴过去。历史的长河无法穿越，感知的触觉却可以无限延伸。岁寒，然后知松柏之后凋也。柏树的高洁、孔子的坚韧，在这一刻有了温度。前人栽树，后人乘凉。这棵树，荫佑子孙千年，还将继续为后人提供凉荫。

正逢曲阜市第四届"百姓儒学节"，大成殿外站满了前来祭拜孔子的人，老人、青年、孩童，均神情虔诚而面容肃穆。孔子生在礼崩乐坏的乱世，他的理想，是周礼回归，国富民安。两千多年以后，他的故乡、他周游过的列国，早已民康物阜而礼序井然，想来他泉下有知也会感到欣慰。

"启户！"随着司祭浑厚悠长的号令，典雅沉郁的乐声响起。我跟在人群的后面，学着司祭的样子，正衣冠，鞠躬，长揖。再鞠躬，长揖。又鞠躬，长揖。

走出孔庙，阳光耀目，满腔的激荡，依然起伏不平。

登州风阔

山东之行的最后一个环节，是到蓬莱，看长岛风光，访蓬莱阁。

这是 2017 年 11 月 17 日，距我们踏上山东的土地，刚好五天。

五天，有点巧合。

北宋元丰八年（1085 年），我们的乡贤，大文豪苏东坡，调任登州太守。十月十五日到达登州，十月二十日接到回京城的调令，前后一共五天。

那是 1085 年农历十月，如果以如今的阳历来算，应该就在 11 月。

那时的登州，现在叫蓬莱。

纵情山水的坡翁，在经历了几个月的舟车劳顿，抵达这个有着人间仙境之誉的地方后，迫不及待登上蓬莱阁，热情满怀，等待面前广阔的海面，生出海市蜃楼的奇观。

史料上说，苏轼在登州停留不过五天，却两登蓬莱阁。结果是，他真的在冬天，见识到了本应常发于春夏的奇观。

如果穿过时间的轴线，走完932个年岁的台阶，我们完全有可能在这丹红色的海崖边，在蓬莱仙境里，与东坡先生来一场他乡遇故人的桥段，倒上一壶花间酒，聊一聊眉州老家的橙子已经黄了，瓦屋山的雪还没堆上。

扯远了，还是加快脚步吧，不是因为轴线太长，而是天已经暗下来，蓬莱阁的大门就要关了。

还在长岛，陪同我们的綦国瑞先生就有点急了，生怕大家赶不上下午的第一班轮渡。这位烟台市政府曾经的秘书长，热情而好客。2016年，他作为"冰心散文奖"获奖作家到眉山采风，我们有过接触。报到时，一群个性鲜明的文人拥在一起，快意勃发。他站在外围，与相识的人闲聊。儒雅、谦恭，符合我的想象。在这之前的一周，作为对口接待的志愿者，我负责每天给他发一条礼仪短信。他回复得总是很快，谦逊、有礼。我们到烟台当天，綦先生接站、陪同，张裕葡萄酒博物馆、烟台山、鲁东大学……听着沿途解说，大家沉浸在他有朋自远方来的悦与乐里，全然不知那日是他年过九旬的母亲的生日。

长岛与蓬莱之间的直线距离只有几公里，坐船却要近一小时。不过，我在甲板上看明丽的冬阳与咸湿的海风推出天高海阔的大场景，看黛色的海岛慢慢清晰成险峻峭拔，浑身的毛孔都恨不得变成摄像机，留住这雄伟的风光，哪还有工夫去理会坐船的时长呢？

离岛还有老远，浪里已翻滚出东坡诗文中"紫翠巉绝"的画面来。眼前的长岛紫崖翠峰，突立出没于如墨宽波里。交汇于此的黄海渤海，浑黄与墨蓝相融，在浩渺的大海上拖曳出长长的分割线。其壮观瑰丽，堪称惊心动魄，确实有如仙境。难怪东坡当年隔海眺望，发出"真神仙所宅也"的感慨。

神仙住的地方已令人忘返，何况还有"一枚何啻千金直"的鰒鱼。鰒鱼，就是鲍鱼。

偏隅蜀地的我素来对海鲜敬而远之。不是吃不来，而是离了海水，经了长途跋涉的海产品，保鲜措施做得再怎么好，也避不开成为"海腥"的命运。所以，在眉山，即使有朋友请吃海八珍之首——鲍鱼，也很难让我这个"吃货"垂涎。

只是凡事皆有例外。比如，此次到山东，几乎每餐都有海鲜，几乎每顿，我都埋首其间，吃得停不下筷子。终于体会到海鲜真味的人，有点像饿了三天的人突然面对一桌色香味俱全的饭菜，理智、节制，全都成了浮云。哪怕，已被痛死人不偿命的带状疱疹纠缠了大半个月，来山东前被中医先生再三提醒禁辛禁腥禁发物。

长岛的午餐，照样满桌琳琅，鲍鱼自不可少。大概是现捞现做的原因，即使清蒸不添佐料，饭桌上也差点发生把舌头吞下去的事故。

"蓬莱阁下驼棋岛，八月边风备胡獠。舶船跋浪鼋鼍震，长镵铲处崖谷倒。"这是东坡先生在《鰒鱼行》里描写的采捕鲍鱼的惊险场景。风高浪巨，险象环生的景象扑面而来。

不过，此番景象早已不复重现。诗里的驼棋岛，就是现在的砣矶岛，是长岛群岛的一部分。养殖场沿着岛边的公路延伸，望不到头，由浮漂标记出不同的海产区域。鲍鱼群居在一方一方的大格子里，有了专用工具，采捕鲍鱼便成了瓮中捉鳖的游戏。

我发现，在蓬莱，与老乡苏轼，无处不相遇。因为太耽溺于他笔下的神仙居所和人间美味，我们果然没有辜负綦国瑞先生的担心，错过了计划的返航时间。

烟台的夜幕降临得比眉山早一个半小时，我们一路飞奔至蓬莱阁前不过下午四点，天光却已暗去，一众人在蓬莱阁前合影，后期需要大量补光，才能依稀辨得出谁是谁。

在暮色合围中访蓬莱阁，感觉倒也别样。吕祖殿、三清殿、蓬莱阁、天后宫、苏公祠……跨越时空，我看见苏轼宽阔的背影，落满宋时的月色。

刚到登州的老乡苏轼，应该是百感交集的。那是穿越生死，而前途依然迷茫难辨的纠结。

熙宁变法以失败告终，宋神宗含恨而逝，九岁的宋哲宗继位。小皇帝太年幼，高太后垂帘听政，起用司马光。在司马光重组内阁的名单中，有苏轼的名字。

更重要的是，一直欣赏他的高太后，此时大权在握。在高太后的授意下，谪居黄州长达五年的苏东坡，被朝廷任命知登州军州事。

军权、政权一手抓，看起来有点否极泰来的样子。苏轼却显得兴致寡淡，他在跟朋友的书信中说："一夫进退何足道。"在这之前，他刚在宜兴置下田地，准备隐居："十年归梦寄西风，此去真为田舍翁。"一道圣旨，让他不得不撇下遁世的念头，重新面对朝堂的纷争。

来登州的路上，那句"老夫聊发少年狂"一定如海上的风浪，卷起了他心里的千堆雪。写下这首《江城子·密州出猎》时，东坡还不到四十岁，耳边刚爬出几根白发。他虽是文官出身，却是快意豪迈，有"西北望，射天狼"的雄姿英发。十年后，再度踏上山东土地的他，因"乌台诗案"，人生的小舟一直漂荡在被一贬再贬的海上，并一度徘徊于"鬼门关"，他身上的意气风发逐渐被无常之风刮成了平和沉敛。

那就借着缥缈的仙境，抚慰一下那千疮百孔的身心吧。

苏东坡登上蓬莱阁，举目远望。海面风平浪静，他那高筒短檐的子瞻帽在头上戴得稳稳当当。他看天看海看风，没有迹象显示奇观要出现。

苏轼怏怏，还没从蓬莱阁下来，朝廷的圣旨就来了。这一次，是让他回京城。仙境未得一见，就要离开，遗憾啊，遗憾。

苏东坡毕竟不是凡人。在传说中，他似乎有"通天"的功力，可以让"官吏相与庆于庭，商贾相与歌于市，农夫相与忭于野。忧者以乐，病者以愈……"

站在蓬莱阁外的悬崖边，苏东坡开始祈祷。奇迹出现了，"予到官五日而去，以不见为恨，祷于海神广德王之庙……岁寒水冷天地闭，为我起蛰鞭鱼龙。重楼翠阜出霜晓，异事惊倒百岁翁……"

两登蓬莱阁的苏东坡，并不只是为了目睹缥缈的海市蜃楼。他的眼光，望向大海，出现在他眼前和心里的，除了美景，更多的是民生和社稷。他想要见识的仙境中，有老百姓安居乐业的场景。

哪怕是只有几天，他也要为改善百姓的生活而努力。五天里，苏东坡干了两件大事。

访百姓，查海防。然后，秉烛而书，《登州召还议水军状》和《乞罢登莱榷盐状》在微腥的海风里出炉了。

在《登州召还议水军状》里，苏轼的洞察力和军事才能得到极大展现。他陈述利弊，直击要害，请求朝廷变更当地的军事部署方案，因地制宜。不要小看了这篇仅有500余字的奏折，它所列出的措施，不仅对提升北宋边塞海防的防御水平有立竿见影之效，而且因其宝贵的历史借鉴价值而为后世称赞："晓日瞳眬岛屿开，先生端合住蓬莱。能陈利病还朝后，不负边州五日来。"

《乞罢登莱榷盐状》则事关民生。几日的考证，已让他看到了民食官盐，官无一毫之利而民受三害的现实。他上书请求免除食盐专卖。"先罢登、莱两州榷盐，依旧令灶户卖与百姓，官收盐税"，只有打破官盐垄断，惠及老百姓，民才能安，国才能泰。

顺便说一句，民间要有一定程度的贸易自由，是他一贯的主张。除了盐，包括茶、酒、铁这些与百姓生活息息相关的物资，他都主张贸易自由，反对垄断和专卖，并一直为此努力。

苏轼的这些建议，很快为朝廷采纳，尤其是登州废止食盐专卖的章程，一直被沿用到了清朝晚期。一篇请示为百姓带来长达千年的福泽，这恐怕连苏东坡也没有想到。

只是，圣旨已经在催了，他得赶紧进京复命。步履匆匆，他不知道登州百姓很快就会如雨后春笋般地立起《罢榷盐状》碑石，也没有机会目睹登州的百姓为他修建苏公祠。

五日登州守，千年苏公祠。

夜幕完全合上，我们打开手机上的照明灯，走进苏公祠。四壁空阔，除了诗文与石刻，别无他物。

已经足够了。修建一座历经千年依然巍然而立的祠，已是后人表达敬仰和纪念的最好方式。

壁上诗文豪放深邃，石刻字体气势欹倾，大多是苏东坡的手迹。即使是在淡白的光下，这道著名卧碑的璀璨也丝毫不受影响。《书吴道子画后》姿媚横生，《海市诗》体度庄安，一代宗师风范尽显，不知令多少文人墨客倾倒。

"出新意于法度之中，寄妙理于豪放之外，所谓游刃余地，运斤成风。"是东坡对吴道子画的评价。其实，这又何尝不是世人对他艺术成就的总结呢？

海风渐起，宋朝的月色隐入稀薄的路灯光影之中。工作人员提醒我们要闭馆了。

是该走了，三小时后，飞机将载着我们，回到四川，回到眉山。那里的山水，滋养过苏轼；那里的土地，至今依然保留着他的体温；那里的人们，一直将深深的怀念镌刻在每一条大街小巷，写进每一条城市的褶皱。

对登州，我是喜欢的，离别的不舍沾满衣襟。东坡也是喜欢的，告别登州的他，在颠簸的马车里，依依不舍地回望蓬莱阁。

风越来越大，掀起了马车的帘子。苏轼探出头，海上风已阔，滚滚的乌云在天边聚集。熙宁变法刚如狂风掠过，元祐更化的风暴已经蓄势待发。暴风雨就要来了。

载着苏轼的马车，一路飞奔，但终于没能把他载出政治的旋涡。

小舟从此逝，江海寄余生。从今以后，东坡离登州，离蓬莱仙境，离不思量自难忘的眉州故里，愈来愈远了。

雅湖有歌

我对雅女湖，算得上一见钟情。

是个毛孔扩张的伏天，避暑的欲望在急骤的蝉声里疯长。朋友推门而入。"太热了，走，去雅女湖边住几天。"边说边递了手机过来，"看看，喜欢不？"

是一个湖。浅白的雾在湖上摆出气贯长虹的天堑。很快，雾又转了心性，化豪迈为多情，铺出遮天盖地的朦胧。"嗨——啰——"山歌从天而降，在水面砸出珠玉的脆响，被雾气一裹，又带了湿漉漉的婉约，在碧波黛山间千回百转。阳光顺着歌声的通道奔涌，把满屏的山水挤得透明又蒸腾。

天上人间，莫过于此。

"这样热的天，瓦屋山早晚还要穿外套。"朋友继续蛊惑。"瓦屋山？""是呀，这个雅女湖就在瓦屋山脚下。"

必须去。那可是"瓦屋寒堆春后雪，峨眉翠扫雨余天"的主角，东坡先生回望家乡画了重点的地方。

在定居眉山以前，我对这句诗的喜欢主要在后半部分。峨眉的清秀世人皆知，又是中国四大佛教名山之一，身为四川人，引以为傲再自然不过。也少不了去瓦屋山看看的冲动。毕竟，能与峨眉山并称"蜀中二绝"的山，有足够令人遐想的空间。再说，瓦屋山还是亚洲最大的"桌山"，有百慕大般的"迷魂凼"，是云霭之上的诺亚方舟……任列一个都算非凡，把这些叠加在一起，瓦屋山不说举世无双，也是魅力难挡。更何况它还顶着"世界杜鹃花王国""中国鸽子花故乡"的头衔。隔着文字,万千仪态便已呼之欲出了。

堆雪尚早,避暑却正当时。那就走吧,也许还赶得上宣传片里那落日虽萎而余晖流金的斑斓。

果然,雅女湖写满了惊喜。

天光云影,瑰丽日出,一卷接一卷铺陈,斜晖雾岚,细风阔浪,一帖一帖地渲染。在极致的美景面前,我已丧失语言功能,满腔震撼,只能托付给相机。后来再出门旅游,只要见到有关水啊湖啊之类,总忍不住要与雅女湖来一番比较。毫不夸张,胜过雅女湖的真不多。就连不久前去香格里拉,在阴雨绵绵里举目眺望那据说是离天堂最近的"高原明珠"属都湖时,我心中也生出了不及雅女湖的感慨。这是后话。

这些年我到瓦屋山的次数,一双手大概是数不过来。说来脸红,每次都按捺不住要在那些花树云雾、风云雨雪面前泼出密集的啊呀呀。

可是,矫情也有其好处。比如,现在,在 36 摄氏度的高温下,挥汗如雨地想它的云山雾水雪雨星月,身上扑过来的虽是滚滚热浪,脑子里刮过的却是阵阵清风,身上起着一茬一茬的鸡皮疙瘩,比吃冰糕还解暑。

事实上,如此盛夏,我更喜欢躲进雅女湖的凉荫。绕湖漫步,临水静坐,或者坐船听风,远眺瓦屋,优哉游哉,恍兮惚兮。

我之所以对雅女湖念念不忘,还因为它的鱼。不是雅鱼。虽然那头镶"宝剑",细鳞巨口肉嫩鲜肥,惊艳亮相在《蜀都赋》里的嘉珍,千百年后仍然是洪雅人款待嘉宾宴请亲友不可或缺的招牌，令人吃起来满足感十足。但与一直端着奢侈美味的品相，潜伏在青衣江的主流支系，瓦屋山的深水冷溪的雅鱼相比，我更喜欢雅女湖里那长相寻常的鲫鱼。

到雅女湖的第一天是游湖。一番搔首弄姿和疯狂拍照后，我们开始鼓动掌舵的张师傅唱歌。他嘿嘿低笑，指着边上的儿子说，他的歌亮。

太亮了。唱的是《映山红》。音色清澈、纯粹，一开嗓便如在黑夜里升起了明亮的烟火。调子往上升，又如鹰击长空，回环不息。千层万重的映山红，不，杜鹃，从眼前由缓至急，悄然打开，那白的、粉的、红的、黄的、紫的、橙的色彩，沿着湖面、沿着小溪、沿着山麓，晕染渗透，蜿蜒穿梭，明艳的花朵在风海里跳跃，娇丽的花瓣掀起深深浅浅的浪……

及至歌声如水般倾泻殆尽，只余清亮亮的颤音，我还目眩神迷。良久，才缓过劲来。这高亢起伏的《映山红》，这跌宕婉转的歌声，简直就是瓦屋 60 万亩杜鹃花林的代言。

瓦屋杜鹃的壮观，我最先是在图片中领略到的。那是什么样的场景呢？皑皑如雪，繁密如火，花团云集，翻滚成瀑。山脚溪边的，如小家碧玉，纤细娇媚；山腰悬崖边的，枝繁干壮俨然巨伞，厚叶重花迎风摇曳，气度非大家闺秀不可比肩。

我一直以为，这样层层叠叠的饱满，烂漫丰饶的明艳，用上再风雅的诗、再壮阔的词，都无法描摹，没想到，一放歌便可以淋漓尽致如此。一把原生态的嗓子，可以让人身临其境如此。

"来首瓦屋山的歌吧。"我说。"你知道我们的山歌？""当然。"

我有个朋友是搞音乐创作的，平时喜欢收集俚语山歌。她对瓦屋一带的山歌特别欣赏，说是千年遗韵，楚风浓厚，最独特的是自带哭腔，唱到情深处，刻骨铭心的亡国痛和背井离乡的别家情，在复沓叠叹的"耶喂啊"里悲泣辗转，让闻者心酸听者落泪，迥异于其他山歌。

楚风当然跟楚国有关。六国臣服于秦，楚王的后裔们踏上流放之路，自荆入川，来到瓦屋山复兴村一带，在青衣羌人的地盘上安家并繁衍生息。起初，复国的誓言尚在血管里汩汩而流。只可惜时光流逝如白驹过隙，时代不断更迭，故国复兴已成奢望。久远的梦想屈服于舒缓的安稳，唯有诗言志、歌永言。那就将家国离恨的悲怆、岁月静好的满足，交付山歌，在一哭二叹三转里，借口口相传的说唱，留一些有风骨的 DNA 给后人。于是，便有了瓦屋山山歌的唱腔。

"山中笋子一样生，打两根来留一根。要想三根一齐打，又怕来年不能生。"听我溜出一段歌词，张师傅眉眼清亮，这是他们的《打笋歌》呢。

不待我催，他已唱开："耶……苦麻菜儿苦茵茵，爹娘叫儿听。我儿长大是苦命，长大要去当壮丁。耶……苦麻菜儿苦茵茵，睡到半夜更，儿们听见在打门。打开门门看，啊呀，长枪粗脚杆哟围满墙，哪里跑得掉啊跑得掉？"歌声悲凉，长长的"耶"里，裹着暗哑的哭音，果然与众不同。

唱得太好了！鼓掌的、叫好的，响得哗啦啦。父子俩兴奋难耐，你一句我一句对唱起来，《薅秧歌》《贪花歌》《劝嫁歌》《首饰歌》……歌声逐渐明媚，有点云开日出的意味了。

正听得神思悠远，在好山、好水、好声音里沉溺不起，眼前突然闪过白光。啪，居然有鱼飞上了船头。歌声戛然而止，只剩下扑腾的鱼和满湖的欢呼。

鱼足有两斤重，肥硕饱满，也不知是凭借哪股子劲上来的。张师傅也有点小激动。虽说雅女湖的鱼是出了名的多，平时开船之余撒几网，或者休息时甩上几竿子，总不会空手而归，但飞鱼入船这样的意外实在不多见。

临下船，张师傅用塑料口袋装了鱼给我，那条"飞鱼"也在其中，还附带烹饪的要领——煮清汤最好。我要付钱，张师傅摆手，说了句"缘分"，转头回了船舱。待我们上岸，送行的歌声在身后响起："大河涨水波浪多，板凳坐端杯子要挪窝。我心想留你吃晚饭，筛筛抵门太阳要落坡……"

我们这里的山歌多，人人都会唱。想起他说的话。挥手，相视而笑。

我和朋友于厨艺都笨无可救，又怀疑只用盐姜葱能将鱼煮得鲜美的说法，索性当观众，让农家乐的老板帮忙。切块，码盐，烧水，煮姜，水开下鱼，起锅撒葱，简单得让人目瞪口呆。期待中的油亮鲜嫩成了一锅清汤寡水，我悔得差点以头抢桌。"趁热趁热，冷了就腥了。"老板简直没有半分把鱼糟蹋了的自觉，憨笑着催促。

接下来的场景，即使时隔多年再回味，嘴里也会发大水。超出想象的嫩滑鲜香，滋味美得能让人飞起来。我们齐声尖叫，成功引来同在雅女湖避暑的朋友，接着是朋友的朋友又邀约了邻居一起分享，然后，别说鱼，连那看起来寡淡无味的汤也点滴未剩。

老板笑眯眯地看我们风卷残云，面对我们强烈要求他分享做鱼秘诀的呼声，却稍显腼腆："没啥技术，主要是鱼好。雅女湖、瓦屋山这一带的鱼都是冷水鱼，长得慢，肉质好，吃本味最鲜，佐料放多了反倒会破坏味道。"

这之后的数天里，我和朋友、朋友的朋友、朋友的朋友的邻居，对雅女湖的冷水鱼表现出了空前的热情。餐餐有鱼自不必说，到码头查看游船的鱼桶，散步时巡视沿湖垂钓者的战果，甚至新置了工具、准备大显身手的趣事更是层见叠出。至于得鱼忘筌、甩钩挂人之类的意外，就是额外的佐料了。

说回山歌。

如果说唱山歌是楚人定居瓦屋山最原生态的"歌永言"，那么耍锣鼓就是经过艺术加工的"诗言志"。据说楚人刚到复兴村时，日子过得不好，衣不蔽体、食不果腹，但仰仗深厚的文化积淀、先进的生产技术，他们改变窘迫处境只在弹指之间。有了富足的生活，家国情怀的抒发就需要更多的形式和载体了，除了言之歌之，还要手之舞之、足之蹈之才能尽兴。

"楚风"不能再唱，但旋律还回荡在心里，不妨将思乡怀国的忧伤，寄托在从大自然中撷取的音符里。八音残缺，楚国的编钟、编磬早已不敢奢望，那就用由铜块打造的响器替代。自编自演，敲打说唱，便有了"复兴响器"乐谱的雏形。

后来又有了锣、鼓、铙、笛、箫等乐器的加盟，戏剧元素的融入，曾经单一的"响器"摇身成了"耍锣鼓"，俨然有了交响乐的气势。《跳灯鼓》《离娘调》《对鼓子》《佛坐子》《白鱼子上滩》《一、二、三》《车车灯》……随着这些曲牌在婚丧嫁娶中唱响，在日常劳作里回荡，复兴耍锣鼓成为当地人生活中须臾不可分的部分，更成为四川省首批省级非物质文化遗产中的一员。

前段时间，瓦投公司组织作家到瓦屋山采风，我因单位有事，只来得及从降蟒沟走到双洞溪，在蒙蒙细雨里欣赏水滴林叶、瀑布奔腾的清音。后来在微信群里看远道而来的客人们夜访复兴村，看耍锣鼓表演，稀奇得拿起响器敲之歌之时，隔屏观赏的我，血管里也奔腾起与有荣焉的自豪。

其时，电视里正唱着《映山红》。我眯着眼，在熟悉的旋律里，回味雅女湖的山歌、瓦屋山的杜鹃，还有飞流直下的瀑布……

脚下未生风，身心却已飞渡。

悠远的香甜

昭通于我，一直透着悠远的吸引。

当然不是无缘无故，昭通曾隶属偌大的犍为郡，作为地地道道的犍为人，这是一说起籍贯就要拿出来显摆的荣光。哪怕刘彻开"西南夷"，置犍为郡是在 2000 多年前了，而犍为郡后来又被唐肃宗下令废除。

还有一个原因。早在 20 多年前，它馥郁的香甜就让我心生向往。那时我还在大理一个叫漾濞县的地方当电焊工，有次过节，慰问品是每人两箱苹果。领慰问品时，队长说这家伙是稀客，从昭通千里迢迢而来，金贵得很。我看不出这比鸡蛋大不了多少的果子有什么金贵之相，完全配不上红彤彤、水灵灵这样的形容就罢了，还长得皮粗色驳，皮糙得跟被电弧光吊打过似的。但有东西拿总是好事，何况，丑陋的外表掩盖不住浓郁的香气和脆甜多汁的口感。于是边吃边腹诽，边腹诽边吃。后果是成功将队长的夸张形容在脑海中演绎成苹果一路跋涉、翻山越岭的鲜活画面，至今想起来还如在眼前。

所以，这个秋天，当我第一次走进昭通，站在广袤的苹果园前，咀嚼"品天下苹果，还看今昭"的豪言时，内心是服气的，并伴着与有荣焉的欣喜。而此时的昭通苹果，早已带着今非昔比的大气和沉稳，携着那悠远富足的香甜，在网络与马路交错的线上，飞越崇山峻岭，飞出磅礴的乌蒙山脉，抵达各地"吃货"的手中。

老实说，来的路上，对苹果，我顾不上想太多。我的注意力都在路上。我们经过了古南方丝绸之路上部分鼎鼎有名的交通要道，成都—宜宾—盐津—彝良—昭通，光是这些地名，便已让人有在历史缝隙中穿越的恍惚之感了。

豆沙关是必须去的。这个接纳了先秦的僰道、秦时的五尺道、汉朝的南夷道，被隋唐的石门道穿过的要冲，背靠雄奇险峻的山势，脚踩波撼云摇的关河，以一夫当关万夫莫开的气势，挑起"咽喉西蜀、锁钥南滇"的使命。那份雄壮豪迈和铁骨铮铮的气概，不知受了多少英雄碧血的浸泡，又接受过多少雄壮号角的检阅才得以形成。

我吃惊的是李冰。我一直以为，他自纷乱的中原走向四川，以蜀郡"一把手"的身份施展经世韬略、杰出才华，最显著的功绩是将作威作福的岷江水患驯服成润泽千秋的功臣，让丰碑似的都江堰成为"天府之国"的守护神——只此一桩，已足够令他青史留名万世流芳。我之前不知道的是，他在治理水患的同时，已将深邃的目光越过滔滔的岷江，一路向南，在阻碍大秦帝国拓疆步伐的高山峭峰、深谷立壁之间来回勘测，进行着深刻的思考。思考的结果是开路，从骁勇善战的僰人聚居地僰道县开始，将绵延横亘的如削绝壁撕开口子，让秦国的铁蹄在中原之外的地方腾起漫天烟尘。至于如何破解开路难题，在李冰看来，不过是就地砍树坐地起火的小事。很快，这窄窄的口子便溯横江而上，蜿蜒出蜀。从此，中原的文明、物资开始顺着这宽不过五尺的小路汩汩流入，而滇中的文化、特产也在马蹄声声里，走进蜀中，走向中原。当然，伴随商贾云集车马穿梭的，还有猎猎战旗和征伐的血腥……

就在五尺道开始向南挺进的时候，一种叫苹果的植物，正在西方走得袅袅婷婷。事实上，我总有种感觉，李冰一路向南的路上，弥漫着苹果的香气。

说起来，在西方，苹果的名声一直不太好。古希腊的神话里，它是引发特洛伊战争的罪魁祸首"金苹果"，《圣经》中，它是诱发犯罪的"禁果"。但此果非彼果，甜香浓郁为人们所喜爱的苹果，还要走上几百年的征程，才能和葡萄、无花果、石榴、梨一起，为自己正名，以堂堂正正的身份，走进狄奥弗拉斯图的《植物问考》，走进普通百姓的生活。

相较于西方文明中的偏见，在古老的东方，苹果走的明显是高端路线。它首次亮相于中国的典籍，是在汉代司马相如的《上林赋》中："于是乎卢橘夏熟，黄甘橙楱，枇杷橪柿，亭奈厚朴，樗枣杨梅，樱桃蒲陶……"不过，那时它还叫柰，是只供皇家达官尊享的珍品。而在民间的传说里，苹果的珍贵程度也堪比仙丹："上握兰园之金精，摘圆丘之紫柰。"不仅这种紫红的柰有此殊荣，还有一种碧色的苹果更稀奇："须弥山有柰，冬生，如碧色，以玉井水洗，食之骨轻柔，能腾虚也。"凡人吃了这种果子，竟能身轻如燕凌空飞跃，这果子在古人看来简直有仙果之妙。

几年前，有一部电视剧火得不行。火的原因除了娇媚多姿的女主角外，各种穿帮镜头也起了推波助澜的作用，观众是边看边骂边骂边看。其中有个穿帮镜头就与苹果有关，说是唐朝的皇帝居然可以吃到清朝才有的国外传入的苹果。

无独有偶，我比较喜欢的一位作家，写唐朝的茶马古道时，也提到苹果。他说大唐的使者出使云南，气势万丈，接待方诚惶诚恐，以国礼相迎国宴相待，不敢有丝毫大意。他把场面描写得恢宏壮丽，又是百乐齐奏，又是美女如云，各种珍品佳肴流水而来，顺笔列了荔枝、杨梅、苹果等一系列果子，还引用了"旨夺秋厨腊，鲜专夏盎冰"的赞誉。他大概是记混了，这首《频婆诗》是明代才子徐渭的作品。诗中的频婆，就是苹果。

而他讲的大使，是一个叫袁滋的人。

关于袁滋，历代史籍都是称赞有加，称其"强学博记""政清简"。当叛离数十年的南昭国乞求归唐时，满朝大臣"皆以西南遐远惮之。滋独不辞"。袁滋自长安出发，经四川入滇，途经豆沙关时，回想来路历经险阻，而前方瘴烟蛮荒，前途未卜，胆子再大也心切切焉，一时愁肠百转怅然若失，提笔记点流水账："大唐贞元十年九月廿日，云南宣慰使、内给事俱文珍，判官刘幽岩，小使吐突承璀，持节册南诏使、御史中丞袁滋，副使、成都少尹庞颀，判官、监察御史崔佐时，同奉恩命，赴云南册蒙异牟寻为南诏。其时节度使、尚书右仆射、成都尹、兼御史大夫韦皋，差巡官、监察御史马益统行营兵马，开路置驿，故刊石纪之。袁滋题。"

流水账不长，仅百余字，却成了国家级的宝物。除了因为书写的人"工篆籀书，雅有古法"外，更重要的是它是"民族友好的标志"，"维国家之统，定疆域之界，鉴民族之睦，补唐书之阙，正载籍之误，留袁书之迹"，是西南边疆文献中不可多得的实物资料。

同古道上深深的马蹄印一样，经风历雨的石刻一直以悠远而淡然的目光，注视着在历史的时间轴上不断交替的晨昏昼夜，千年悠悠依然完好无损。但既然是国宝，保护好其贵体就成了必要，于是便有了这唐碑亭。站在碑亭展目远眺，关河河道、五尺道、213国道、内昆铁路、水麻高速，条条大路都可以通到中原，通到"罗马"去。其四通八达快捷便利的程度，也许李冰等开路先锋想象中的仙路也不能与之媲美。

想来，当年的袁滋圆满完成招抚任务，又原路返还重走此地时，内心一定荡漾着喜悦的春风。异牟寻跪受册印，表达子子孙孙尽忠于唐的忠心，又携众奉表谢恩，足见大唐王朝威加海内兮的威仪不减。而一路归程，竟有数百人"提荷食物"以及大军相送，这哪里是当日他在此惴惴忖度时所敢奢望的呢？更有甚者，这沉甸甸的马车里，满满都是南诏进贡的生金、牛黄、琥珀、象牙、犀角、越赕马等名贵物品。从今以后，这曲折蜿蜒的路上，狼烟必将消散，百姓的生活也将回归安宁。

写到这里，我突然有了怀疑，我喜欢的那位作家让明朝的苹果走到唐朝，究竟是笔误，还是刻意为之？也许，在他的心里，珍贵如苹果者，就应该出现在能彰显大唐盛世风华的盛宴上。

确实，别说是唐代，一直到明代，苹果依然是极珍稀的。"兴和西路献时新，猩血平波颗颗匀。捧入内庭分品第，一时宣赐与功臣。"这是明成祖朱棣赏功臣的场景，诗中的"平波"，就是"苹婆"，亦是"频婆"。但它要名正言顺坐实"苹果"的称谓，还有两百多年的路程。直到 1621 年，植物学巨著《群芳谱》面世，"苹果"才终于掀开面纱走下神坛，闪亮登场。作者王象晋给了它一个平实内秀的身份："苹果，出北地，燕赵者尤佳……树身耸直，叶青……果如梨而圆滑。生青，熟则半红半白，或全红，光洁可爱玩，香闻数步。"

尽管在脑子里想象了一番李冰与柰相逢的场景，但事实是，多方查询后并没有找到李冰与苹果有关联的只言片语。不仅如此，苹果何时入川的信息也无处可觅。尽管最早让柰这家伙惊艳出场的是蜀人司马相如，但其时这位才子作为汉景帝的武骑常侍，已仰天大笑辞蜀去，叠词著赋悦君心。那华丽的大赋，夸饰的是长安，是天子的上林苑，良辰美景，天上人间，都与巴蜀无关。只不知成为"赋圣"的司马相如后来持节出使西南夷时，皇上有没有以柰为赏，让这珍品有机会翻过难于上青天的险路，来到巴蜀。

但查阅时，偶得老乡苏东坡吃柰的逸事一桩，倒颇有意味。说有一次，刘贡父请吃酒，席间，"吃货"苏东坡有急事，抱憾辞行。刘贡父曰："幸早里，且从容。"东坡答："柰这事，须当归。"宾主言语间，才气交锋如电光石火，主人谆谆叮咛，客人喟然作别，都托了三种水果一味中药作为代言：杏、枣、梨、苁蓉；柰、蔗、柿、当归。果然妙哉。

好像扯远了。

秋风习习，浓郁的香气已经扑面而来。置身昭通偌大的果园中，朵颐着一种叫"艾芙"的苹果，再极目远眺，视线也跳不出香甜笼罩的城池——别说今日的昭通已是半城苹果满城香，仅是眼前这几万亩的宽阔场地，也已足够让甜蜜的情愫沉溺其中了。

苹果走到近代，不管是老仙翁柰，还是走下神坛的亲民苹果，都要功成身退了，取而代之并驰骋中华的，是西洋的苹果。虽然有研究证明，世界苹果的祖籍在中国的新疆一带，但前尘往事俱已悠远，西洋的苹果，已经坐上航船，向着中国博大的疆域扬帆驶来。

1871 年，山东烟台毓璜顶东南山麓，来了一群不速之客。传教士约翰·倪维思在这里种下了他从美国带来的苹果。百年倏忽而过，作为传教士的他早已被世人遗忘，而他栽下苹果树的东南山麓，却成为中国大地西洋苹果种植文化的根脉所在。

此时，数千公里外，高海拔低纬度，土壤和气候适宜苹果生长的昭通，已经虚位以待，等着这日后将风靡全世界的温带水果之王入驻了。

关于昭通苹果的发祥，流传着不同的版本。有说是民国时，法国人贾海义从欧洲把苹果引入昆明，而后传入昭通的，也有说是 20 世纪 30 年代，一个叫陇体芳的昭通人通过外国传教士，从英国辗转将苹果苗带到昭通的；还有一种说法，1940 年，昭通人吴敬漪从成都带来一百多株苹果苗，栽到了昭通的洒渔乡。我更倾向于"吴敬漪说"，不仅是因为我一直在试图搜索苹果自中原到巴蜀，再从巴蜀到云南的脉络，更主要的佐证，是在很长一段时间里，昭通苹果的种植核心区都在洒渔坝子。

不管怎样，这日后能与"北烟台"遥相对望的"南昭通"，已经开启了它辉煌的征程。

昭通得天独厚的阳光和空气，不仅让那百来棵苹果苗子迅速站稳了脚跟，更为它们开枝散叶提供了足够的营养和自信。有一组数据：截至 2018 年，昭通苹果的种植面积已达 45 万亩，有 20 余个苹果标准化示范园区和庄园，年产量实现 60 万吨，综合产值达 57 亿元。

我无法丈量从 100 多棵的占地面积到 45 万亩之间的距离，更无法想象 60 万吨苹果散发出的香甜气味的浓度。我只知道，如今的昭通苹果，真的是香飘万里誉满九州。每到秋天，距昭通千里之远的眉山城，大街小巷的水果摊上，也少不了昭通苹果的身影。

我最喜欢的，依然是那种貌"丑"味正的"冰糖心"。这家伙带着满身的斑驳和沉甸甸的阳光气，朴实实地杵在娇媚欲滴的水果堆里，突兀而泰然，竟也能引得无数人竞折腰，而且是一折再折。正如它明艳的香甜，一直走在悠远的路上。

罗平往事

前段时间，有个外地朋友向我打听眉山的风土人情，我飞快地敲了一段文字过去："夜灯如星，渡船横卧，一段小曲淌过浓密的夜色，在船头打了个滚，又蹦到水里，跳出满江的旖旎。行色匆匆的旅客靠近码头，小曲戛然，余音尚在空中，热情的招呼已扑来：'大哥，过渡哇，上来上来，马上就开船！'只见篙竿轻点，扁舟划向夜的深处，脆生生的小曲，在清波里漂浮。"

朋友连着砸过来一长串表达惊讶、狂喜、不可思议情绪的微信表情包。过了一会儿，又砸了个阴森森杀人的图标："你敢黢我？这明明是《边城》里的情节……"

这当然不是沈从文笔下那个叫茶峒的地方，摇船的女子自然也与翠翠无关。这是眉山罗汉场女儿夜渡的传说在我脑子里的演绎。

把朋友黢了的画面并不是空穴来风。翻开眉山的史料，罗汉场"白日千人拱手，夜来万盏明灯"的场景，美得像画一般。

这个商贾云集、船桅林立的码头，曾是古眉山的六大沿江场镇码头之一。老辈人说即使是到了新中国成立前，码头依然繁华如梦，一到晚上，船工们便提着马灯上岸喝酒、品茶、听评书。镇上的茶楼、酒肆的生意火爆得不行，罗汉场的评书也名扬水路，风光一时。而最为当地人所津津乐道的，是女儿夜渡的故事。

据说，当时罗汉场摆渡的多为眉清目秀的女子，清脆爽辣的小曲、窈窕婀娜的身姿，惹得南来北往的旅客宁愿多走上数十里也要选择在罗汉场过渡。更有一些风流雅士，喜欢等到星垂四野才登上渡船，试图在朦胧的月色里，制造一场与船娘的邂逅。

罗平镇的传说还有很多，罗汉腾月、鱼市斜阳、白果林烟、大溏春晓……瞧这些名字，即使没有身临其境，也挡不住这如画美景里幽远的意境。

所以，当怀着满腔的期待走进这个安静的镇子，寻找伴随历史长河漂流而下的陈年往事时，我脚下的步子迈得如此小心。我不怕狂乱的心跳惊醒时空另一头的船娘，我只担心自己摇摆的躯体承载不起传说的重量。

事实上，我确实看见自己落在石板上的影子，被故事的汁液浸得饱满而光亮。当我在余晖笼罩的码头，眺望波光闪烁的岷江时，那些哼着小曲的船娘，俏立船头，回眸轻笑，婉转的眼波撩拨起我满心的柔软，令我恨不能让罗汉场的渡口，在自己的笔下生长出与边城一样的野渡风情，或者是翠翠一样的船娘。

写到这里，有个谜底该掀开了。是的，这个充满传说色彩的罗汉场，就是位于眉山城东南20公里处，与青神县黑龙场隔河相望的罗平古镇。

罗汉场的由来，缘于300多年前在这个水码头上兴起的罗汉堂。因为码头地处水运黄金段，时常为匪患所扰，老百姓渴望过上太平的生活，便改其名为"太平"。不知什么原因，后来又更名为"罗平"。

　　我是多年前从书上知道眉山有个女儿渡的。虽然书名我早已遗忘，但书里那些经眉山到乐山，岷江两岸植被般丛生的风物习俗、民间逸闻，一直繁茂地存在于记忆里。只是我在闲聊八卦中，将女儿渡和道教圣地蟆颐观、苏洵求子以及玻璃江混在了一起。直到前不久读到一段关于罗平镇的文字时，才发现传说中的女儿渡，被我张冠李戴多年的女儿夜渡故事，版权属于罗汉场。

　　可惜，随着水路交通的逐渐萧条，有着"小香港"之称的罗平，热闹已慢慢远去。现在，莫说女儿渡，就是曾经熙来攘往的水码头，也只能终日枕着江风睡大觉了。有消息说政府正在规划打造罗平，不知道有没有恢复女儿渡的打算。但即便恢复，大概也只能得其形罢了。

　　到罗平，除了女儿渡，榕荫古屋是我寻找的另一个传说。只是等我从冷清的渡口起身，去拜访那棵百年古榕时，暮色已深，榕树下空无一人，只有旁边一家关着门的铺子，不时涌出浓郁的药香。难道，这就是"状元屋"？

　　说起"状元屋"，罗平人没有不竖大拇指的。从那间不大的屋子里，走出过留洋博士、妙手回春的医生，还走出了名震四方的政界要人。在镇上的人看来，这全靠屋外那棵榕树的荫佑。于是，人们将一层又一层神秘的色彩涂上那棵有着百年树龄的古榕，无论是求子考学、升官发财还是祈福求安，都要到榕树下烧炷香，在树身上挂个红，在"状元屋"前磕头许愿。灵验与否，无人查证，但民间也有说法，信则灵。

　　还是传说。当然，也不仅仅是传说。至少克非和王矮子其人其事是真实的。

克非本名刘绍祥，标准的罗平人。20世纪70年代，横空出世的长篇小说《春潮急》就出自他之手。而根据小说改编的电影在全国放映时，引起了巨大轰动。克非也因此成为家乡人的骄傲。只是后来他定居绵阳，又潜心研究"红学"，慢慢淡出了罗平人的视野。2017年春节的前几天，克非先生驾鹤西去，曾经澎湃壮阔的"春潮"，终于归于宁静。

和克非相比，王矮子在罗平的形象要鲜活生动得多。这个曾为到眉山视察的朱德委员长主过厨的王矮子，凭着一碗甜蛋黄，被十里八村的人翻来覆去地讨论。其实甜蛋黄的做法很简单：先用猪油煎蛋黄，再倒入适量的糖水，起锅后加上搅匀的蛋清来一层"雪花盖顶"。被盖了顶的蛋不冒烟不冒气，但你要敢像喝凉水一样随意，说不定就会上演一场捶胸顿足、遍地打滚的戏。

在当地人绘声绘色的讲述中，见朱德委员长端起那碗平静无波的甜蛋黄，王矮子紧张得坐立不安，生怕委员长来个豪饮，却又不敢提醒，硬生生把自己抖成了筛子。却见委员长慢条斯理地用勺子拨开那厚厚的"雪花"，再探入碗底挖出蛋黄品尝，还不时点头，不露声色就把王矮子出窍的魂魄招了回来。这当然是坊间乱说，当不得真。

我尝试做过甜蛋黄，不是"雪花"凝成了"雪块"，就是蛋黄结成了"板筋"，与人们口中的醇甜、化渣半点边都沾不上。王矮子的故事如此受追捧，可见其厨艺确实非同一般。

从罗平返眉山时已是月黑风高，我眯着眼养神。一片灯火御风而来，把岷江边的小镇照出十里洋场般的繁华来。车子拐个弯，又滑进深沉，倒是那片璀璨的灯火，还有罗汉场的传说，一直在眼前闪烁。

文字浮浅，讲不透罗平往事。

龙鹄山的定力

2015年的春天，我走进丹棱，意外邂逅一场惊喜。

3月，市作协组织我们到丹棱采风。当车子停在龙鹄山时，欣喜开始跳动——听说这里不仅有摩崖石刻，还有李焘和巽崖书屋（清代更名为"巽崖书院"）。"古道、成无为、摩崖石刻、唐朝书法碑……"除了巽崖书屋和李焘，万玉忠老师还抖出了这些关键词。我听见了自己心中欢呼的声音。

来不及细问，万老师已经走在逼仄陡峭的山路上。他要带我们去探秘古道，探寻一次尴尬背后，一座山的隐秘。

地老天荒，无法想象当年的成无为是怎么发现并到达龙鹄山的，也不知道现存的这条始于成无为仙室的古道，是不是唯一的答案。我试图从网络、史书中寻找一些答案，却终是枉然。那个早已乘鹤仙去的女道士，在史书上并无踪影。她的故事，属于龙鹄山。传说她幼年出家，在此修炼，每日观风云之变幻，吸日月之精华，悟出了道之精髓，最后乘黄鹤而去。说是仙室，不过是个占地两平方米左右的石洞。洞里除了石床、石凳，就是那个类似石灶的东西了。当地流传说成无为修行时常常口含灵芝盘腿而坐，餐风饮露。我虽然不否认传说的真实性，但倒宁愿相信她偶尔也会想念尘世烟火的温暖，捧雪煮茶，烹菜炖汤，燃一灶熊熊的火，照自己还未根除的七情六欲。否则，路经此地的明代书法家陈琨，怎么会在仙室旁题下"委雪屯烟"四个大字呢?

古道陡峭狭窄，因少有人走而显得荒凉。我的脚步小心地落在上面，却听见叮当的马铃声穿过岁月，欢快地扑来。作为连接眉州与雅安的要道，千百年前，这里肯定有着川流不息的热闹。路边定然还有客栈、酒肆。那些带着货物的马帮商贾，气喘吁吁地爬上坡，累了，随便找个小店，喝两杯小酒，醉眼看山，也能生出凌风飘飞的惬意来。远道而来的文人骚客，登顶回望，见足下群山虔诚拱伏，如磕头朝圣之势，忍不住就要挥毫泼墨抒发豪情。于是，就留下了"龙鹄晴岚""胜岩""鹄岭松巢"之类的题咏。可惜岁月流逝，繁华不再，只剩道旁这些依稀可辨的石刻镌字，在落寞地回忆昔日良辰美景。

事实上，早在唐朝，龙鹄山就已经声名远扬了。作为享誉四方的道教圣地，在此得道者除成无为外，还有杨正见、李炼师等。据说唐天宝年间在龙鹄山兴建的三宫九观，就是她们三人修行成道之处。那时，前来求道者云集龙鹄山，三宫九观中人满为患，不知成无为清心寡欲的修行是否受到打扰。如无，那一定是因为龙鹄山有某种超凡的定力。

走过 380 道石阶，踏过荆棘密布的小道，欣赏了雕刻精美的摩崖石刻，把丹棱女书法家杨玲的隶书《松柏之铭》装进相机后，我们来到巽崖书院遗址，瞻望李焘曾经潜心著书的地方，是想寻找历史的蛛丝马迹。

说来脸红，在眉山工作多年，知道李焘还是因为一个外地人。2011 年，我去杭州开会，与邻座的吴先生聊天。和以往一样，我在介绍自己来自眉山后，故意停顿了一下，为进一步的描述作铺垫。作为东坡先生的家乡人，我很享受这样的过程——对方听见眉山时明明一脸茫然，却偏要做出一副知道的样子，然后被我接下来"就是苏东坡的老家，古称眉州"的话惊出恍然大悟的表情。这一次也不例外，吴先生确实显出了短暂的迷茫。不过，在我故伎重施后，吴先生只是点了点头，沉吟了片刻，说："李焘也是眉山人吧？那个编撰《续资治通鉴长编》的李焘。"这下，轮到我目瞪口呆了，一时无语。

好不尴尬，我这个"三苏"故里人。

后来知道李焘是眉山丹棱人，其父子三人文史兼通，有"三相"之誉，人们常将其与"三苏"相提并论，让县人至今引以为傲。

说起李焘的丰功伟绩，万老师如数家珍。李焘（1115—1184），字仁甫，四川眉州丹棱人，23岁榜中进士，任成都府华阳县主簿，后官至实录院检讨官、修撰。李焘一生淡泊名利，刚正廉洁，勤于政事，潜心史学，撰下《续资治通鉴长编》《六朝制敌得失通鉴博议》《巽岩文集》《四朝通史》《春秋学》等著作，堪称史学大家。

我走进浩瀚的文献王国，看见了一位真正的文字师表。

"焘耻读王氏书，独博极载籍，搜罗百氏，慨然以史自任，本朝典故尤悉力研核。""焘性刚大，特立独行。"后来又读到《宋史》中对他的评介："张栻尝曰'李仁甫如霜松雪柏。'无嗜好，无姬侍，不殖产。平生生死文字间。"忍不住掩卷长叹，美人不能入其心，功名利禄不能侵其骨，唯"生死文字间"，其品性高洁已如皓月，难怪孝宗皇帝要手书"龙鹄山"御赐予他，丹棱百姓要在龙鹄山建"三相祠"对其予以纪念。甚至到了民国，每年农历三月初三，当地官僚士绅还是会前来祭祀，聊表"长编细读心弥仰，幸得春祠拜哲人"的敬仰之情。

现在，人们在巽崖书院的旧址上，种起了成片的桃树。三月的阳光照在盛放的桃花上，是要诠释白居易"令公桃李满天下，何用堂前更种花"的诗意，还是要配合家乡人对李焘另一种方式的纪念？

在龙鹄山，我总是禁不住去猜想当年李焘潜心撰史、读书讲学的样子，或者是猜度他创建巽崖书屋的目的。想来想去，还是难逃出"生死文字间"。是啊，生死其间，还有什么需要解释的呢？

巽崖书院盛况已不复重现，只有镌刻在半山腰岩石上的"巽崖书屋"依然苍劲有力，似乎要彰显"生死文字间"的力量。我站在岩石下，闭目聆听，想象当年的李焘从浩瀚的史料中抬起头来，把目光投向面前那群读书的孩童，听着他们抑扬顿挫的读书声时，心中必然涌动着希望和欣慰。窗外桃红李白，读书声穿过花林，飞过龙鹄山，越过丹棱，传遍了蜀中大地。而李焘订立的教育制度和教学方法，也一度成为宋代及后人教书育人的典范。那些拜别恩师，从龙鹄山出发进京赶考的弟子是否取得功名已不得而知，但巽崖书屋到了清朝还能吸引文学家彭端淑和诗人瞿敬笏在此主讲23载，其影响之深远可见一斑。当然，那时它已被更名为"巽崖书院"，列为蜀中三大书院之一。

伫立桃林，我突然想化身桃花，穿过历史的长河，在李焘的窗前，静等他凝眸一望。不是要惊扰他的笃定专注，而是想给他的"生死文字间"着色。但山风抢先一步，漾起松涛阵阵。我知道，这乍听琅琅的读书声，显然是想给李焘唤魂，以告慰膜拜的后人。

生死文字间，龙鹄山的定力连接着南宋的读书声，与桃花无关。

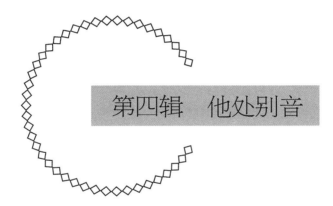

第四辑　他处别音

故乡，似是而非

奔　跑

我奔跑在路上。

经过菜地时，母亲吼了一声，我没听清楚，但我知道，她在说："不要碰到刚举起伞的花菜。"我收了脚。满地的花菜变成杂草，它们伸出长长的手，那些手缠上我的脚、腰、脖子，我挣扎着逃了出去。我继续朝前跑。我记得前面是三表叔的田，他一年四季都在那里侍弄他的庄稼。我们上学的时候，那些青青的麦苗、黄黄的油菜花、金灿灿的水稻会点头，有时还会发出哗啦啦的笑声。但我没看见三表叔，那块田也没了踪影。

这是秧苗分蘖的时节，可是放眼望去，一簇秧也没有。不止秧苗，玉米呀、黄豆呀，这个季节该有的庄稼通通不见了。只有草，田里的、路上的，它们朝我露出锋利的牙齿。

我翻过山，跳过沟，跑向水井。我的嗓子快喷出火了，我需要清凉的井水把火浇灭，我需要甘甜的井水浇润干裂的嘴唇。但井死了，它睁着空空的眼，我看见自己的泪水从它的眼睛里流出来。我想到舅娘家歇一下，我太累了，可我找不到舅娘家。我环顾四周，没有袅袅炊烟，听不见鸡鸣犬吠，没有瓜果蔬菜，闻不见庄稼粪水的味道，我就像站在荒野的深处，被铺天盖地的杂草包围。它们狰狞地笑，笑声如巨浪汹涌，一浪盖着一浪打过来。我大声喊母亲，母亲站在远远的山头上向我招手，我拼命跑啊跑……

我终于从梦里跑了出来——顺着母亲温暖的手跑出来。和我小时候一样，她用手搭起了我摆脱噩梦的通道。我握住这双粗糙、温暖的手，却有点分不清在窗户上攀爬的月色来自昨夜还是今辰。

我跟母亲讲梦里的场景，我要用鲜活的事实破解梦中的惶恐。但母亲说，三表叔已经不在了；舅娘进了城，家里的房子差不多朽空了；而那片肥沃向阳的田地，真的因为没人耕种，已荒了几年。

她还说起村里的变化，哪些人挣了钱，谁家接了媳妇打发了女儿，哪个人生了怪病，哪家成了养殖大户，哪些人在外打工在城里买了房搬了家……我努力在记忆里打捞这些名字对应的样子。我发现，自己无法将那些青葱、贫困的面孔安放到母亲口中的人物身上。他们如此陌生。我熟悉的人停留在过去的岁月，无论我怎么用力，都不能让他们踏进现实的河流。

母亲沉入了梦乡，她平缓的呼吸在夜里发出香甜的呓语。我搬了椅子到走廊外的平台，将整个身子放进明亮的月光。我的影子落在地上，我看见各式各样的味道在上面奔跑。

那是秧苗拔节时裹了泥腥气的味道，玉米枝开叶阔划开空气时那股子兵气凛冽的甜沁味道，青豆叶散发出的幽长的味道，猪在圈里闹腾出的热烘烘酸溜溜的味道，鸡鸭练习飞行时翅膀扇起的灰尘的味道，谷草麦秆豆枝苞谷叶在灶膛燃烧自己时散发出的热烈的味道……多年前，我就是在这些气味的喂养下，变得骨骼茁壮，血肉丰满的。

我喜欢这些味道。我在心里说出这句话的时候，月光亮出了刀锋。刀锋之下，有一首童谣升起，"月儿光光，是块糖糖。狗儿诳谎，要割朵朵"，撒谎的人要被月亮割耳朵。

是的，其实我一点也不喜欢这些乱七八糟的气味。我讨厌农村，讨厌各种草木家畜散发出的浓郁混杂的味道，讨厌与这些气息形影相随、永远干不完的农活；我讨厌草汁草浆飞上破旧的衣服，讨厌玉米水稻黄豆的绒毛、牲畜的吃食粪便栖息在空气里，发酵出各种经久不衰的腐烂酸臭味道；我讨厌季节把庄稼折叠出沉甸甸的重量，压上我稚嫩的肩膀；我讨厌指甲缝里洗不干净的泥土，讨厌蓬乱头发上黏着的污垢……我不知道要如何才能摆脱它们，如何跳出农门，扯下"农民"的标签。对这片土地，我没有深沉的爱，我连自己都看不起。

直到多年以后，那些秧苗、苞谷、红苕、小麦、油菜、大豆频频在我的梦里穿梭，家里的鸡鸭猪狗欢快地扑腾奔跑在我的梦境，那些热烘腥甜青涩酸腐的气息日夜萦绕着我的每一寸肌肤，我才发现我的血液里，流着对家乡、对农村、对这片土地饱满的牵绊。这些牵绊日夜奔流，挟裹起回忆的巨浪和想念的风云，拍打出陌生的悸动和揪心的疼痛。

我把自己安放进过去的时光，我跑进各种梦境，我打开全身的毛孔，让呼吸雾霾、尾气的毛孔伸出触角，去抚摩泥土、草木、庄稼、牲畜、家禽。我与一粒种子一起出发，经过发芽、育苗、分蘖、扬花、灌浆、收割，又回到种子。我观察母鸡生蛋、抱窝，小鸡啄壳、换绒毛、生蛋。我割草、喂猪、喂牛、打扫猪圈牛栏，让多重混杂的味道从身边的每一个地方自由穿过……我胸腔里的心跳，与庄稼的枯荣、与土地的起伏、与牲畜家禽的生长，融为一体。我在追忆的路上与自己取得了和解。

一团云从山的那边升起来，遮住了月亮，遮住了我斑驳的影子。

狗在追逐夜鸟，一片毛在空中飘飘荡荡。楼下的田里，充氧机发出嗡嗡的声音，缺氧的鱼群来了又去，去了又来。更远的地里，茉莉花正朝着天空伸懒腰，那些打开的动作，带着清香乍裂前隐秘的微笑。在它们头顶的坡上，大片的青蒿、棕叶狗尾茂盛密集。山脚下，水田裸着明晃晃的身子。

这个季节，分明应该有青青的秧苗在田里拔节；应该有大片大片的豆苗在田埂摇曳；应该有细叶长身的玉米在坡上翻起波浪；应该有泥腥气的、清幽的、甜沁的味道，像月光一样流淌，像空气一样无处不在。

可是没有。田地被外出打工、进城安家的人随意抛下，它们的沉默尖锐而无力。

悲伤涌得铺天盖地。我又开始了奔跑。我冲下楼，跑到坡上，跑过田埂，跳进水里。我要去找玉米、水稻、豆子。我什么也没找到。我双手空空，再次被荒芜包围。

我知道自己又做噩梦了。可是我只能眼睁睁看着身子陷在椅子里，动也不能动。

花 菜

春节第一天，人们还在过节，已有人开始用实际行动书写"人勤春来早"的句子。走近一看，是三舅娘。

她正在挖地，慢镜头似的弯腰、直立后，黑褐色的泥摊开肚皮，农家肥、腐烂的菜叶流成湿漉漉的一片。看样子，已经开工半天了，她摇摆的身体倒有了几分韧度。就在头一天，她还说骨头要朽掉了。我从她蹒跚的步子里，确实听到了关节发出咔嚓嚓的呻吟。

三舅娘进城十多年，把田地都送了人，只留下老房子前面的一块地种菜。她隔三岔五回来，给冰冷的老屋染点人气，让锄头镰刀到地里活动活动筋骨，再拎点菜回城。村里人笑她有福不会享，跑来跑去车费钱比菜贵多了。三舅娘也不恼，继续与老房子、土地厮守着小别重逢的欣喜。

我的招呼解放了三舅娘，她扶着锄把坐到地上。我说大年初一就干活，一年到头忙得跳脚。她呵呵地笑出了声："真要是那样，该多好啊。"说着又用手抓了泥，捏团，掰散，对着阳光照："看看，多肥的土啊，又润又油，给点菜籽，就能把天长疯。"她的话漾着波，混浊的眼里涨了春水，从那些看不见的菜秧豆苗上缓缓淌过。那种轻柔与深情，担得起眼波流转的形容。

我被自己的想法惊到了。80多岁的老人，从来干涩得说一句话便有几个字在中途绊跤子的嗓音，在初春的阳光下，居然让我生出了水润的感觉。

我们聊起城里的生活，空气、高楼、车水马龙。绕了半天，回到眼前的土地、庄稼、旧屋、农事。风窜进她的胸腔，跑出惊天动地的声响，又争先恐后地冲向出口，绊得她的话一步三顿。"总是要回来的，尘归尘，土归土，泥巴才是我的根。"她说，声音枯涩，哪里还有半分水气？

远处，一大片花菜举着白色的火焰，簇拥着中间那团暗红的石山，那是三舅娘为自己准备的安息之地。我说花菜开得真好。"要回老家了！"她呢喃。我心里咯噔一下。抬头，春阳明艳，有朵云正飞快地升起。

分别时，三舅娘要送我菜。嫩生生的花菜在我和她之间转了几个来回，便有汁液蹦出来，落在手上，清亮、温柔，像极了从她眼里闪过的春水。"改天有机会再拿。"我说。

没有改天了。一周后，我站在她的墓地前，看一层又一层的土覆上黑色的盒子。大片的花菜被砍光了，我的脚下，是冒着水珠的菜桩。

温 度

表姐夫走的那天下午，还在塬子土点麦子，刚掏好垄埂，开始锄窝，人就倒了。脑出血，再没醒来。他倒的时候抓了一手泥，一直握着，表姐给他擦身换衣服时都没能掰开。

本来，塬子土并不是表姐夫的地，是玉宵娘家的。前几年，玉宵娘举家搬进县城，把几亩田地给了表姐夫种。塬子土的左边，是我家的三权地，再往下，是表姐家的牛角地。牛角地又弯又长，从上面看下去，就像支牛角把塬子土和三权地托举起。

我记事的时候，各家各户都在自家的田里挖呀刨呀，刨出一茬又一茬的庄稼。当然，也不忘记铲草时，把别人家的田埂往自家的田里削上一层，或者把充当地界的石头往对方的地里挪上几寸。但大多挖了田埂的人，收拾冬水田时，会趁着补漏，给田埂糊点泥。而被挪走的界石过段时间又会回到原位，或者往自家的地里进几分。

伴着田埂的削薄、增厚，或者界石的进退，是持续不断的争吵。双方性子都平和的，粗嗓门红脖子对骂几句。遇上泼辣的便有热闹看了，叉腰顿足对骂，上至名字化成泥的祖宗，下到还没出世的下几代，挨着个问候。那阵仗，是戏台上浓墨重彩的演员都演不出的高亢激烈。更暴躁点的，撸起袖子直接干架。

那会儿村里偶尔有场电影，四乡八野的人跟过节似的拥着去看。但我一直觉得那些在白布上发生的事太过遥远和寡淡，放映灯一灭，所有的爱恨情仇就跟着四散的人群流走了，不像村里的人吵架打架，低头不见抬头见的，多少天后遇上，还有吹胡子瞪眼的后效。多有嚼劲啊，给没有电视、手机，没有娱乐项目的村子，带来无数可以摆"龙门阵"的话题。

塬子土与牛角地中间那条路，刚开始有半米宽，后来越来越窄，窄到有人从路上经过，刚躲开玉宵娘家豇豆的袭击，转头就会被表姐家的玉米迎面棒打。玉宵娘是读过书的人，性格温婉，跟表姐夫商量，路已经窄得不好走了，能不能别再挖。但表姐夫是什么人呢？我家的鸡跑到他家的院坝外，再想回家就难了。母亲去要，他是绝不会承认的，哪怕证据确凿。他以一句"喊答应就是你的"玩通吃。摘了东家的瓜被找上门，来一句"喊得答应不吗"；顺了西家的菜被发现了，还是狡辩一句"喊得答应不吗"。

玉宵娘平和的提醒简直是捅向马蜂窝的棍子。表姐夫当场就跳了脚，把锄头摔得震天响，赌咒发誓说自己从来没挖过路，还请了队长过来主持公道。

那是七月，阳光又毒又烈，却挡不住看热闹的人的热情，附近的人围过来，乌泱泱一片。表姐也来了，尖厉的声音切开绿涛翻涌的玉米林，在空中翻了几滚才落下来，刺得人耳痛。她说玉宵娘诬陷，坏表姐夫的名声，逼着玉宵娘当众道歉，还要拿块地赔偿。这真是把看热闹的唬住了——都是靠在土地里刨食填肚子的人，家家把土地当祖宗供，而她就这么在青天朗日与众目睽睽下，亮出了空手套取别人"祖宗"的贪婪和嚣张，亮得赤裸裸，亮得理所当然。

玉宵娘也是气狠了，平日里的忍耐和克制全破了口，但她的反击只有翻来覆去的"不要脸"，以及夹杂在其中的表姐两口子偷她家种子、肥料、苞谷、红苕的控诉。

事情的发展偏离了表姐夫设想的轨道，玉宵娘的控诉引起了围观群众的共情，平日里被他两口子顺手牵过东西的人实在不少。结果就是表姐夫的申冤会反转变成众人的声讨会，嘤嘤嗡嗡，吵得队长的头大了几圈。

但这样密集的声讨并没有让表姐夫羞愧，他双手抱胸，跟看别人热闹似的。末了，还是那句"喊得答应不吗"，并坚持要玉宵娘拿出他挖路的证据，拿不出就赔地。

我那时刚上学，一心想当"三好学生"，想起老师说的好学生要诚实，就把小胸脯一挺，告诉队长我见过表姐夫挖路，一锄头挖下去最少有巴掌宽。

我说的是真话。不只是塬子土与牛角地之间的路，牛角地与三权地之间的，表姐夫挖起来也是毫不手软。牛角地每年新扩充出的"地盘"，一半来自路，一半来自我家。而我家那些与表姐家头挨头脚抵脚的田地就更遭殃了，两家的地逐日呈现一边日益丰硕肥大、另一边逐渐形销骨立的态势。母亲嘴拙言简，别人张口就来的骂架是我们家所有人翻不过的大山，每次抗议，我们都在表姐夫咄咄的气势和蛮横中败下阵来。

我做证的后果是当场被表姐夫打耳光，耳朵嗡鸣了好几天。但想到玉宵娘不用割地赔偿，我就觉得自己做了件了不起的大事，自豪感爆棚。我逢人就讲表姐夫如何挖路，如何把界石往别人的地里挪，如何把我家一米多宽的漆树田埂削成纸片，屡次惹来表姐的"九阴白骨爪"和表姐夫的"铁砂掌"，以及变本加厉的占地和几乎光明正大的顺粮捉鸡。

事实上，队长下了"不能再把路挖得过不了人"的命令后没过多久，塬子土与牛角地间那条本来还能勉强过人的路就消失了。再后来，表姐夫的红苕、麦子完成了鸠占鹊巢的使命，在玉宵娘家的塬子土里长得耀武扬威。

老家丘矮谷浅，山坡和水田相交，虽然没有河，但县内最大的山岔河水库就在村里，弯弯的水渠一路穿过来，即使天干大旱人们也不会落到颗粒无收的境地。村里的人冬天点小麦油菜、栽白菜萝卜，春天种水稻玉米、瓜瓜豆豆，夏天又在玉米地里栽红苕，日子过得不富不穷，安适淡然。表姐夫铆足了劲争，也只不过是每年多打几十斤粮食。玉宵娘、我们家也不会真穷到饿肚子。既然争不过，我们对他占便宜的行为也就听之任之了。

突然有一天，玉宵娘把全家人的农村户口换成了城市户口。走之前，她请吃饭。表姐夫的回应当然是嗤之以鼻。但玉宵娘加码，说以后自家的田地请表姐夫帮忙种，粮食全部归他。天上掉下来整块的塬子土、崖坡地、石埂地、背坡田、红石田，表姐夫有点蒙。他顶着满脸的惊讶，久久没出声。

这只是开始。很快，周家湾的继兵叔、义昌叔、正银叔，陈家湾的德富、德贵，都陆续进了城，他们的田地，表姐夫通通接了手。加上自家的，有七八十亩地，表姐夫舍不得花钱请人，就成了牛，整日里在这些田地上耕呀耕。

但表姐夫很快发现，村里像自己一样种庄稼的人越来越少了。曾经为了巴掌大块地方跟他争得头破血流的人，有的选择进城打工，有的把田挖成鱼塘，有的跟风栽上茶树、茉莉、桂树、李子树之类的经济作物。麦浪滚滚稻谷翻涌这些最平常的风景已经很难见到了。更多的，曾经长满青菜、萝卜、豌豆的山坡田埂，正在被杂草淹没。

以前见着空地两眼放光，恨不能搬到自家屋里的表姐夫，开始在村里游走，说农民的本分是种庄稼，不要让田啊土的冷了心肠。人家就笑。无所谓的笑、讥讽的笑、志得意满的笑。他捏了捏拳头。但拳头旧成了薄纸。他翻来覆去念叨土地冷心，世间饥荒。

饥荒并没有来。农贸市场有买不完的粮食。东北的大米、美国的玉米、加拿大的大豆、澳大利亚的小麦……这些表姐夫从地图上都难找到的地方来的粮食，颗粒饱满，成色好，价格还便宜，比他种的粮食受欢迎多了。

表姐夫沉默了。他一如既往地挖地、犁田，一如既往地披星戴月，把整个身心扑在庄稼身上，哪怕知道那些金灿灿的谷子、小麦的归途是被人买去喂猪。他固执地吃自己种的粮食，不承认自家的米没有泰国的大米香，不承认用自家麦子磨出的面粉比东北的差。

这个曾经用宽厚有力的手掌把邻里关系拍得嗡嗡响的男人，早已失去了健壮的体格，变得瘦弱而佝偻。他流窜在眼里的精光也逐日干涸，只剩下浑浊。

他想不通，世世代代都被珍视的土地，怎么突然就被遗弃了。他说人的骨头是从地里长出来的，人的肉也是从地里长出来的，但现在的人，已经忘了自己从哪里来，也不晓得以后要到哪里去。他问我这世道怎么啦。我回答不出这个只读到小学二年级的农民想要的答案。

他抓起一把土，说："其实这田啊土的，再冷了心，你捂一捂，也就热了，照样掏心掏肺长出庄稼来。"

我摸着地上的土，冰凉。我把手放上去，没一会儿，果然就有了温度。

好一朵茉莉花

给母亲打了好几通电话，一直没人接。不用说，肯定去摘茉莉花了。

忍不住叹气。母亲是典型的"三高"，医生说要少晒太阳少劳累。采摘茉莉花这活儿，太热，一直弯腰，容易引发脑出血。每次打电话我都是千叮万嘱，让她别去，注意身体，如果哥嫂实在忙不过来，就请人。母亲答应得痛快，一转身照摘不误。按她的说法，一斤花才卖十来元，请人的工钱就是六七元，还要管饭，成本都不够。再说，农村人哪有那么金贵呢，只要还能动，就没有不干活的。

我一直视喝茶为雅事，隔两天就要在微信朋友圈晒几张跟茶有关的图片。这会儿，刚泡好的碧潭飘雪开得姿态横生，我却失去了拍照的欲望。想着这些"雪花"，是母亲弯腰躬背、顶着太阳辛苦的结果，喝茶的心思都没了。母亲对我动不动就对着一杯茶翻来覆去拍，很是看不惯。我说这是一种生活情趣。她撇嘴，说我吃饱饭没事干。当了一辈子农民，每天都被插秧、种豆、栽菜、割麦、挑粪、担水、煮饭、喂猪之类的活儿追着跑，她无法理解端杯茶拍来拍去有啥意思，口渴了，不是该大口大口吞水吗？

有段时间没见母亲了，索性开车回去看看。

正逢犍为第二届茉莉花文化节开幕，从高速路口到县城，"古韵犍为·茉莉飘香"的彩旗飘得呼呼啦啦，"茉莉仙子"们在大屏幕里纤手拢花，垂眸闻香。镜头定格，朵大瓣厚、洁白雅致的花呼之欲出。镜头推远，明亮的阳光下，是连天接壤的茉莉树，是铺天盖地的花海。

中国茉莉之乡。犍为名不虚传。

车子拐上进村的公路，我的心情越发愉快。公路两旁的田里，到处都是摘花薅草的熟人。路过村委会，收茉莉花的车已经来了，李九表嫂正在下摩托车上的两大筐花，准备过秤。

犍为茉莉虽然全国闻名，但村里的人开始栽花还是近几年的事。李九表嫂胆子大，是村里第一个吃螃蟹的人。当年，乡里号召大家种茉莉，别人还都在观望的时候，她就将家里向阳、土质好的田地全部栽上了花。那一年的花价高到二十多元一斤，几亩地的花给李九表嫂带来了十多万的收入。这之后，她又承包了十几亩田栽茉莉，一到采摘季节，每天都要请好几个人帮忙。

见我回来，李九表嫂亲热地打着招呼。我下车看她的花，白生生、圆鼓鼓、肥嘟嘟，看得人心痒。我把手伸进筐里，指掌在娇嫩而有弹性的花苞中小心地穿过，清浅的香气便沿着瓷实的触感往外冒。

朋友听说我的家乡成了茉莉花基地，满脸向往。在她的想象中，这里遍地都是开得"芬芳美丽满枝丫"的茉莉花。她不知道花农在茉莉花还是花骨朵时就要摘，真要是花都开得又白又香了，花农就该哭了。

关于茉莉花的提香，做茶多年的小唐姐有过专业的描述："茉莉花属于气质花，与体质花（珠兰、代代花等）不同。体质花只需温度达到，便可以促进吐香。而茉莉花是随着花蕾的逐渐开放而缓慢吐香的，因此在促进吐香过程中，不能损害鲜花的正常新陈代谢。35℃~37℃是茉莉花吐香最适宜的温度，所以鲜花下午进厂后，需要人工连夜静候花开，并做好一系列维护及促开放措施，确保茉莉花最大程度均匀吐香。"

守花开是件辛苦的事。采花的人也好不到哪里去。不管是用来制茶还是用来提取精油的茉莉花，花农们都必须在花蕾开始蓬松泛白，但又还未开放这个时期进行采摘，采摘过早芳香油没形成，采摘太晚芳香油又挥发了。而且越是晴天高温摘的茉莉花，香气越是纯正持久。为了卖个好价钱，花农们采摘茉莉花大多选择在午后太阳最毒的时间。最不能晒太阳的母亲，为了摘花，太阳最大的时候，总会在地里。

我的微信朋友圈里有一组照片，拍的是摘花的场景。花地里的大哥戴着草帽、挎着笆篓，母亲和大嫂则身披蓑衣，他们的身子都张成了弓。我在照片下配了段文字："好一朵美丽的茉莉花。太阳烈到极致，花香浓到淋漓，老娘老哥老嫂，便忙到指尖生风。"

闻香而来的朋友，刷了满屏的羡慕嫉妒和向往。有几个朋友对蓑衣很感兴趣，说可以当摄影的道具，问我在哪里可以买到。我没有告诉他们，这道具其实是母亲自己动手做的防晒利器，几根竹篾当支架，拴上高过头、宽过身、长至脚踝的塑料编织袋就成了。

我曾经身披蓑衣、腰挂笆篓，客串过采花人，用拇指和食指，一朵一朵地掐。笆篓中的花才盖了底，腰已经痛得直不起了，衣服湿透如刚从泳池出来。更可怕的是那些蚊子，热情似火而身轻如燕，赶不走躲不掉，非得在人身上种下密密麻麻的包不可。都说母蚊吸血，雄蚊只吃草汁，我怀疑母亲家花地里的蚊子男女比例严重失调到母蚊子完全找不到老公。面对这些穷凶极恶的家伙，母亲除了多涂点驱蚊的药酒，别无他法。尽管效果微乎其微，但在她看来，只要花不受影响就好——合作社收花的条件之一就是要保证茉莉生长环境生态良好，花期坚决不能打农药。至于蚊子，咬就咬吧，不过是人吃点亏而已。

我到家时，母亲刚把摘下的茉莉花装好，等大哥回来用摩托载到村委会过秤。

我们家种的花不多，只有两三亩。母亲和大嫂吃过中午饭出门，等到收花的车来，基本能把花地走一遍，摘个十七八斤没问题。前几年，一斤花平均能卖十五六元。五六百斤的亩产，如果忽略掉人工成本，确实比种水稻玉米之类的庄稼强。但今年花价一路走低，从十二三元滑到只有五元多，母亲和嫂子一下午的劳动成果，加起来才百来元。我埋怨母亲，这么相因（便宜），热出病来，卖花的钱不够医药费，还不如不采。母亲笑笑，转身去给身上的包搽药酒。

晚饭后，我坐在院坝里乘凉，母亲提了水出来泡茉莉花。母亲坏了一个肾，平时连水也不大敢喝，稍不注意全身就会水肿。但她喜欢用新鲜的茉莉花泡水，不喝，闻一闻也舒服。

李九表嫂来借水管。母亲说你今天的花又有几百斤哦，"不说了，六孃，越多越亏，明天再是这个价，我就不摘了，整伤心了都……"话还没落音，她的电话就响了，"三婶娘哦，明天啊，还是要摘，你们早起哈。再亏又有啥法呢，不可能看到这么好的花烂在田里嘛……"请人摘花的价格随行就市，但少了六元就没人肯干了。今天的花价是五块八。母亲说这个月的花价就没上过六块。

李九表嫂拖着管子走了。我低头喝水，杯里的茉莉花，开得又白又香。

水 井

大年初一早上，大哥在院坝里迎新。我守年熬了夜，困得睁不开眼。迷迷糊糊间，听见大哥喊合电闸。大概是没抽上水，又让合另一个电闸。咚咚咚的脚步声在院子里凌乱地蹾，还混杂着潜水泵空转的闷响。

大哥在迎新年财。打不上水，接不了财，可不是好兆头。我赶紧起床，看能不能帮上忙。

老家有新年迎水接"财"的风俗。新年第一天，当家的要从外面引水回家，寓意新年行财运。小时候，母亲一大早就要出门，到山脚下的水井挑水。当地人说回来时桶里的水越满，新年的财就越多。后来大哥当家，修了水塔，家里不再挑水吃，接财也改成抽水了。大年三十把水缸里的水用完，新年满缸满盆地接，生活也就有了奔头。

大哥掀开水井的盖板，缩着身子下了井，把潜水泵往下降。等他从水井里出来，已是半小时后。父亲合上电闸，一股清亮的水冲进水缸，大哥高声大气地喊："接财，接财！财顺运气旺！今年财源比水长！"

母亲站在屋檐下，一副如释重负的样子。我说过年要笑，财运才好。母亲快快的："说不定哪天要挑水吃咯。"我说反正你又挑不动，再操心都没用。"到时喊你回来挑，看搞忘了没有。"我惊恐万分，作抱头鼠窜状。母亲的笑声在身后追。

我从八岁开始，挑了三年水。母亲说我刚开始挑水时，家里最小的桶不比我矮多少。时至今日，我已想不起当时母亲怎样用苦竹做了适合我的扁担，如何把绳子挽到最短让我可以挑起桶走路。但哥哥姐姐咬紧牙关、缩短脖子、耸起肩膀、双手拽住水桶绳子一步三晃的样子，我一直记忆深刻。

父亲是村里为数不多的工人之一，常年在外工作。母亲一人拉扯我们，照顾卧病在床的外婆，还不能耽误生产队的出工。除了把自己忙成陀螺，她能做的，就是尽可能让我们也多干活。我们兄弟姐妹四个，个个都是挑着水长大的。每人每天都有任务。我最小，只考核趟数，一天两回，对于哥哥姐姐，则要看水的多少。现在身高不如我的二哥，年轻时一直对自己的个子耿耿于怀，埋怨母亲太早让他挑水，压得他骨头都长不开。

水井在山脚下的弯脚田边上，离家不过两三百米。路却窄。泥土路面，下小雨又硬又滑，下大雨走一截，脚上的泥能带几斤。又有不陡不峭的软坡，肩挑背磨地爬上来，要费很大的劲。

从家里出发到水井，要经过塘呀田坎、崖碥坡、自留地边、月呀田弯头、过路田冲头。不挑水的时候，这些地方给我铺开五颜六色的快乐。在院坝里撵鸡吓狗，跳进塘呀田捉鱼摸虾，在崖碥坡翻玩打滚，在自留地里摘瓜撬菜，把月呀田弯头的嫩胡豆剥得七零八落，躲在过路田的油菜里睡觉逃学……但偶尔梦回童年，欢天喜地从来不见踪影。我在梦里只重复一件事，挑水。叠加的重复里，层层堆码的都是肩上难以忍受的疼痛，脚下难以控制的湿滑。

每天放学回家，我做的第一件事就是挑着桶飞奔而下，把水桶扔到井里打水。打水是个技术活儿，既要技巧，又要力气。我挑了三年水，没有一次把桶打满过。其实打满也没用，装得再多，最后能剩下一层盖满桶底的水我就很有成就感了。大多数时候，水桶里的水浇了过路田的秧子，给崖碥坡上的豆苗解了渴，或者我中途溜一跤，泼出水给自己冲个澡，到家基本已所剩无几。

那时最恨下雨，尤其是小雨。路面滑得十个脚指头的力气都用光了，还是一步三溜，经常摔得四仰八叉。不只我，哥哥姐姐，包括母亲，都摔过。有一次，母亲连人带桶从塘垾田坎滚到崖碥坡底下，坐在地上号啕大哭。我从没见过母亲哭得如此伤心。姐姐悄悄跟我讲，已经一年没回家的父亲写信说，又没请到假。我还是不明白这有啥可伤心的。我恨死了挑水，经常摔跤，也没这样哭过。

我还怕扁担。那根苦竹做的扁担，我单拿着可以当金箍棒耍。挂上装了水的桶，它就变成了咬肉的夹子，能把本来就不高的我痛成土行孙。

幸好，大哥高中毕业回家务农后，担着水桶脚下生风，来回几趟就把家里的水缸灌得清波荡漾，我噩梦般的挑水生涯自此得以终结。

我们生产队有五十余户人家，水井有十来口，都卧在离田不远的地方。井壁上青苔密布，把井水染得青花绿亮。水井的年龄普遍不大，水质也不好，从哪口井舀一瓢水上来，眼神好点的，都能看到里面游动的活物。夏天一涨水，井水浑成泥浆，挑回家得放了明矾镇半天。大人不准我们喝没有烧开的生水，说要拉稀，但家里的暖水瓶常常是空的，口干得慌了，舀起水缸里的水就往嘴里灌的事，每个小娃娃都干过，没听说哪个闹过肚子。

记得小学的课本里有一篇课文写水井，作者说她家的井夏天可以冰镇西瓜，冬天要冒热腾腾的白气，我用了很长的时间，在生产队所有的水井边趴了个遍，也没有发现哪口井可以这样神奇。

但我们村小学附近山脚下的那口水井，却是远近闻名。井是老井，四四方方的，叫"方水井"。水面离井口差老大一截，奇怪的是四乡八邻的人都来挑，也不见水面下降多少。经过人踏桶磨，井口大块的青石板溜光得可以照见人影。探头进去，看得见凹凸不平的石壁，也不知水是从哪里浸出来的。据说有次上面的领导来村里视察工作，喝了井里的水，用了清冽、甘甜的词赞赏。没多久，我们的村名就由"勤俭"改成了"方井"。

我读小学的时候，学校供应的水都是从方水井里挑上来的。老师说不能吃生东西，但见我们舀水缸里的水喝却从不阻拦。那时不懂清冽是什么滋味，只知道那丝丝的甜很让人回味。离开家乡后，那样好喝的井水我再也没喝到过。

前些年我故地重游，见小学校舍已经破败，荒得墙塌屋漏。方水井盖了水泥板，一根锈坏了的管子朝天支棱。井已经干了。干了的不止这口方水井，还有大哥的深水井。

大哥回家务农不久，就在塘洱田边打了口井，又在房子后面的山顶上修了水塔。井水被抽水机抽到水塔里，再经了管子流进水缸，就成了"自来水"。从此，让我们兄妹恨之入骨的挑水成为历史。

水井离田不远，又打得不深，喝起来有很重的泥腥味。水塔被修在竹林下，只用竹篾当盖子，夏天成群结队的蚊子在里面产卵，更不卫生。解决的办法是经常用明矾净水。

我参加工作后，政府启动饮水工程，打深水井既可以享受补贴，还有专业打井队上门服务。我们家是第一批享受这福利的。那水，夏天凉得可以冰镇西瓜，冬天冒白气，洗脸都不用烧热水了。

几乎是在一夜之间，村里家家户户都有了自己的深水井。洗衣、煮饭、喂猪、养鸡、浇苗、泼林、灌田、换塘，潜水泵嗡嗡地转，地下水哗哗地出。一向用水节俭的母亲也奢侈起来，洗衣服时一直抽水，浸泡揉搓，没完成清洗的最后程序，不会拉下电闸。清亮的水突突地跑，看得人心痛。我说太浪费了，这样下去总有一天水要被打干。母亲笑得欢脱，说只听过天上不落雨的，没听过地下的水也打得干。

2008年，汶川地震后不久，家里开始闹水荒，深水井里的潜水泵降了又降，还是不大容易抽得上水。我和女儿回去，洗澡洗衣服时，父亲总是千叮咛万嘱咐要节约。母亲就说肯定是地震把龙脉压住了，要请人敬神才行。我哭笑不得，全村全乡多少户，大抛大洒用了十多年，再多的地下水也得降下点水平面呀，跟龙啊神的扯得上啥关系呢？母亲一脸严肃，呵斥我不要乱说话，还举了好几个水井打不上来水，敬了神又恢复如初的例子。

母亲后来有没有敬神我没问，但抽上来的水越来越少已成不可更改的事实。大哥请人把井打深了好几米，情况才稍有好转。自去年开始，蓄上三五天也打不满一水缸的日子开始了。

好在山对面的王三哥跟大哥关系好，他家的潜水泵，有一根管子接进了大哥的水缸。王三哥的水井在山脚下，井深70米。

过年前，王三哥放了水逮鱼，过些天给鱼塘灌水，往年两天能灌满的，灌了几天，塘底的水还只有薄薄的一层。

我问大哥是不是准备再把井打深。他苦笑。过了一会儿，脸上又浮出向往的神情："听说过两年村里要实施自来水工程呢，到时就不愁了。"

我出了院子，下坡，经过塘�田坎、崖碥坡、自留地边、月�田弯头、过路田冲头，童年飞速跑过，曾经的水井，已被时光填平。

城南有市场

彭山的城南市场是我居住了十年的地方。离开彭山十年，我身份证上的地址，还在城南市场的西巷。

二十多年前，单位在彭山集资修住房，我从外省回乐山探亲，中途下车去看未来的新家。那时城南片区刚开始开发，政府规划图上高楼林立、市场繁荣的场景，还是长着蔬菜和小麦的田地。

连续下了几天雨，坑坑洼洼的公路上全是泥凼，施工车呼啸而过，瓢泼的泥浆兜头就给我坐的三轮车洗了个澡。三轮车夫顶着花脸，把车拐进机耕道，指着远处的一圈围墙说，就在那里。

通往围墙的小路，被齐膝的青菜覆盖得不见天日，阔大的叶子上趴着雨水，我捡了根竹竿，边拂边走。有个中年妇女过来，把我挤到一边，甩开手里的刀砍菜，三下五除二就砍出了小路的真面目。我不住地说谢谢，她面无表情。

围墙内一片繁荣景象，施工车开得轰轰隆隆。只是遍地比半个车轮还要深的泥浆，把我想翻墙进去逛逛的念头杀得不留片甲。返回机耕道时，中年妇女正把青菜往背篼里装，我说菜长得真好，一看大姐就是能干人。她还是不理睬。

雨突然就来了，带着初春少见的猛烈，我拔腿便跑，冲向最近的农家。中年妇女也跑，青菜在背篼里一耸一耸地跳。到了屋檐口，她把背篼一放，推门进了屋。再出来时，递了条干毛巾给我，比着"擦"的手势。

这红砖青瓦的小院是中年妇女的家。她自幼失声，说不了话。

抬根小凳让我坐，中年妇女开始打理青菜，我闲着无聊，过去帮忙。她看我一眼，冰冻的脸上裂开柔和的缝。隔壁的邻居过来串门，我这才知道村里拆迁，很快他们就要搬走。我在路边规划图上看到的，宽敞整洁的菜市场，将从包括中年妇女，不，周二嫂家的菜地里拔地而起。

周二嫂去了厨房，不一会儿，青菜煮腊肉的香味就飘了过来。我坐在屋檐口，看堂屋墙上的"流年"。左侧的墙上挂着周二嫂一家三口的合影，照片里的她挨着老公牵着儿子，笑得眉眼弯弯。而正中的墙上，老公和儿子用黑白的表情，与她阴阳相望。因为半年前的车祸，他们把她一个人留在了这个世上。

吃过午饭，我去车站赶车。没走多远，周二嫂追过来，塞给我一个编织袋，里面装着几棵青菜和一块腊肉。我说不要担心，总会好起来的。她转身就走，背影孤零。

我把目光投向围墙，在那里，我的房子正在慢慢建成，我期盼已久的城里生活即将实现。而身后这个女人，幼时失声，少年丧父，婚后丧母，中年恸别丈夫儿子，现在，连仅有的房子，唯一的土地，都要失去了。让周二嫂一无所有的罪魁祸首，我也是其中之一。

我为自己虚伪的安慰脸红。

1998 年，我到彭山定居。城南的开发已步入跨越阶段，各种建筑如雨后春笋般涌现。昔日的菜地果然成了农贸市场。周二嫂的家消失了，替代它的，是供菜贩子摆放蔬菜的台子。巧的是，那一溜泛着白瓷光的台子正对我的阳台。每天，我在阳台上晒衣服、浇花，抬起头，那座红砖青瓦的房子，周二嫂双手并用的哑语，还有热气腾腾的青菜煮腊肉总在眼前晃。

菜市场的边上有个泥坝子，是附近农民卖菜的地方。卖菜的人铺一张油布放菜，或者直接把菜搁在地上，但菜新鲜又便宜，很多人爱买。我在那里遇到了周二嫂。她蹲在角落里，悄无声息，面前摆着几棵白菜、几个土耳瓜，见到我，慢慢皱起笑容。

周二嫂租的房子在市场西巷后面，小青瓦房，跟她以前的房子差不多。房子的主人做生意发了财，举家搬到成都，同情周二嫂的遭遇，便把房子租给了她，只象征性收点租金。

我去参观她的新家，刚进院子，就有个瘦高的男人迎出来，又是搬凳子又是倒水。这是周二嫂新找的老公，在城南市场打扫卫生。我说苦尽甘来，好好享福。周二嫂只是笑，洗了手进厨房。男人招呼我看电视后，便也跟着烧火去了。

我起身到院坝，看周二嫂的菜。几十个大小不一、缺口裂缝的瓦罐、坛子里，白菜、萝卜、莴笋长得欢天喜地。靠东的围墙下，还立着个大缸子，从里面爬出来的土耳瓜藤在围墙上织网。

知道我住顶楼，周二嫂比画着说，我也可以像她一样种菜。不久，她便让老公给我搬了七八个装了土的坛子上来。菜还没种上，楼里就有人说我私自占用公共空间，影响他们晒被子晾衣服。我不得不请周二嫂把坛子搬回去。

在野外工作多年，习惯了天高云淡、风清月明，对城里的热闹喧嚣很不适应，唯有家门口的菜市场让我欢喜。吃够了食堂永远不变的老几样，突然可以在琳琅满目、应有尽有的菜堆里随意挑拣，我有一夜暴富的忘形。那段时间，我一天三样，把市场里认识与不认识的菜全吃了个遍。

如果不是每天半夜都要被推拉卷闸门的嚣叫撕开睡眠，西巷的通道又天天梗阻，我想我会一直喜欢这个市场。当杀鸡、杀鸭、剐兔、宰鱼的摊子扩张到小区门口，混合了血腥、松香、鸡毛、鸭屎等的各种味道似乎永远不会消停，大门外的排水沟里成天汪起猩红的血，所有的外出和散步都必须从密密麻麻的苍蝇阵里穿越，我开始讨厌这个叫"城南"的市场。

在接下来很长的时间里，我跟着小区里的一帮妇女，跑市场管理部，打315热线，给政府投民意书，轮着岗阻拦小贩霸占小区门口的地盘，希望相关部门能出面，把活禽宰杀的摊点集中到卫生、安全的区域，还我们一个干净、安静的居住环境。

拉锯的结果，以很多人重新在别的小区购买新房搬走告终。我没有能力换房，只好整日闭紧门窗，出门给自己和孩子戴上帽子口罩，以百米冲刺的速度，拐到西巷的后面，从周二嫂家门前那条逼仄的小路去街上。

见我唉声叹气，周二嫂就打起"会好起来"的手势。想起当年也曾这样安慰她，我忍不住就笑了。

周二嫂的日子真的好起来了。她的菜越来越受欢迎，好多人都知道她的菜从不用化肥，所以她的菜哪怕长得七歪八扭没有卖相，也会被一抢而空。可惜，越来越密的土耳瓜藤也遮不住围墙上大大的"拆"字了，我担心那一天来的时候，已经年老体衰的周二嫂拿什么来安放自己的忧伤。

2008 年，我迁居眉山，选了远离菜市场的住房，开始了一觉睡到天亮、出门风清气爽的日子。但买菜成了令我头痛的事。我这样的懒人，不愿起早赶在上班前去市场，下班更是与沙发不离不弃，因此家里经常闹菜荒。这种时候，我就特别没有骨气，怀念起在城南市场时的便利。偶尔回彭山，也会穿过市场去看仍住在小区里的朋友，还有周二嫂。

周二嫂老了，提个水、浇个菜，都要把心脏累得像要跳出来，隔着两米远我就能听到她嗓子里煮开了锅似的声音。小青瓦房到底还是被拆了，她用当年的拆迁款和多年的积蓄，在城南市场附近的小区买了套小户型的二手房。跟她一起搬进去的，除了老伴，只有不多的几个瓦罐。搬了新家的青菜萝卜们也老了，长得懒心无肠。一直卖菜的周二嫂，开始到市场买菜。

不过，按月领社保的她没有我想象的难过。逛菜市场对她而言是很享受的事，摸摸这家的瓜，拍拍那家的菜，那眼神动作，跟陪自家养出的孙子玩似的。

前几天我回彭山办事，顺便拐进城南市场，打算买些菜把家里的冰箱填满。进了西巷，我差点以为自己走错地方——宰杀活禽的摊子不见了，令人作呕的味道没有了，走了半天也没有苍蝇撞过来。几年没回来，这里变得我都认不出来了。整个市场干净整洁、宽敞明亮，跟多年前我们多方奔走诉求，想要实现的愿望一模一样。

访茶一心桥

　　到成都培训，连着坐了几天，手脚都硬了。索性逃课，扫了个共享单车，在街上闲逛。秋天的太阳泼在身上，心情也油亮得打闪。玉沙路、三槐树路、玉双路，单车穿行得悠然又缓慢。等等，东大街锦东路段，怎么这么眼熟？前面是不是有个茶厂？打开网络地图，果然，几百米开外，是一心桥街。那个把小唐姐的热情点燃了的成都茶厂，不就在这里嘛。

　　那天从长松寺公墓送吴鸿老师回来，路过这里，小唐姐突然跳下车，端起相机一阵猛拍。我跟在她的身后，看她站立、下蹲、仰望、疾行，以我追不上的速度，将街上的风景统统装进相机。顺着她的镜头，我看见那块嵌着"四川省成都茶厂"字样的大理石，颓败、陈旧。在它的旁边，"昼夜停车"的招牌伸得精神抖擞。曾经影响了成都人生活的四川省成都茶厂，已经变成了停车场。拖着尾气的车辆进进出出，大门口挂着成都茶厂门市部牌子的铺子一直蒙着雾。

　　"以前这条街上全是卖茶叶的，车来人往，热闹得很。"小唐姐说这话时，我们已经回到车上，午后的阳光从梧桐叶间兜头而下，在挡风玻璃上冲出湍急的光影。小唐姐语气平静而寡淡，好像刚才激动难抑的人不是她。我回头，茶厂门市部的街沿上，卖茶的人正孤零零地躺在藤椅里，拉抻了身体打瞌睡。

相对于闹市的繁华，一心桥街显得有点冷清。五金铺、杂货店，被高大的梧桐树荫得逼仄又矮小。我走过茶厂的门市，被柜台玻璃上红纸黑字"有成都老三花"的货讯粘住了脚步。卖茶的大姐问买啥子，我指指货讯："二两老三花。"她看我一眼，又看一眼，才弯腰拿了袋花毛峰："看你不像喝酽茶的人，这个劲儿小点。二两，十三块。"

我惊得下巴都要掉下来——我确实习惯喝淡茶，标准装的金骏眉要至少分成两回泡。心血来潮买二两老三花，不过是想重温一下唥三花的滋味。

见我一脸惊讶，大姐乐了："我们平常都叫毛峰，难得有喊老三花的，看你脸生得很，是体验生活的吧……"

果然，二十多年过去，老三花还是要让我闹笑话。

20世纪90年代初，刚从农村出来顶替父亲当了工人的我，急于洗掉身上的乡巴佬味。我工资低，穿衣打扮很难向城里人靠拢，但学点卡拉OK、喝茶之类的"风雅"还是可以的。女工宿舍有个曲姐是成都人，大专毕业"流落"到这个长年在野外流动的单位，满肚子憋屈，班上得懒心无肠，成天捣鼓些裱画、手工制作之类的玩意儿。她喜欢喝茶，一个拳头大的紫砂壶不离手，时不时含着茶嘴嘬一口，还要发出啧啧的声音。老师傅们背后说她女儿家家的不学好，硬要当茶客。她给我尝过壶里的茶，有中药似的浓酽。

曲姐有套景德镇的茶具，很宝贝。她有时候摆出来，并不泡茶，只是看，一看就是大半天，还不准我们靠近。有次单位发劳保用品，每人一袋花茶，她善心大发，拿了那套茶具出来，洗杯净壶，泡茶给我们喝。同样的花茶，经她的杯子一泡，喝起来满口生香。我才知道，泡茶要讲工具，还要讲功夫。

她给我们摆成都人的生活，坐茶馆、品三花、摆"龙门阵"，跑堂的隔着几张桌子掺水。摆这些的时候，她眯着眼看窗外，脸上疙疙瘩瘩的蛮肉也温顺下来。其实，窗外光秃秃的，什么也没有。我问她三花是哪三种花，可不可以自己去摘点来泡水。曲姐看我的眼神像看白痴，半天才甩我一句："三花不是名字，是茉莉花茶的等级。"我点头如鸡啄米，心想肯定是比特级更高的级别。

后来，我也学曲姐，把工作以外的时间过"坏"了。下班不再用水果罐头的玻璃瓶喝水，而是在铺了油布的箱子上用盖碗泡茶。盖碗是曲姐给我的，摔豁了口，稍不注意就会水漫木箱。把早上从锅炉房打回来，灌到保温瓶里的开水倒进碗里，茶叶很久都泡不开，我还是装出一脸陶醉的样子。那时曲姐已辞职，老师傅们顺理成章把"瓜女子"的标签贴在了我的脑门上。女工宿舍四人一间，人到齐了转个身都要收腹，我一泡茶，屋中间的"走廊"就交通堵塞了，时间一长，我便没了"装怪"的心肠。

有次经过成都，想起曲姐和她说的三花，专门跑去买。卖茶的小姑娘随手递了包花茶。我说我要的是三花。小姑娘撇撇嘴，指着上面"叁级"的字样，说："跑不落，假一赔十。"我闹了个大红脸。

小唐姐从一心桥回去，很快发了微信朋友圈。这个在成都与茶打了二十年交道的威远女子，道起成都茶厂，回忆起老三花，指尖的文字醇厚得像茶汤。

她对 1951 年就在一心桥街 74 号成立，现在已迁移到浦江的老国营成都茶厂充满感情，说正是成都茶厂让成都人品味到了前所未有的精致和甘甜："老成都的龙门阵，总是离不开三花。成都茶厂产的茉莉花茶、茶馆里的老虎灶、茶博士提着的紫铜长嘴大茶壶、茶桌上的锡茶托、茶客手中的景瓷盖碗，这些物件，勾勒出成都人生活的剪影，成为回首旧日成都的线索。"关于成都茶市的昨日，她如在目前："当时茶厂的花茶按品质分为特级花、一级、二级、三级……花末。特级花茶和一级花茶太贵，花末又太次。三级花茶在味觉享受和消费价格之间达到了绝妙的平衡，最懂成都人的生活态度，不攀比亦不敷衍，重视享受却也懂得知足常乐。那时的成都人，在成都茶厂门市部拿着茶叶票排起长龙买三花茶，是很多老成都心头不断翻开的珍贵画面。'啖三花'为一个幸福成都人的标志，是享乐的，又是节制的。当然，更是心满意足的。"

她还说："当时成都人的婚礼上，三花是最尊贵的客人。即使是成都茶厂的内部职工，结婚时也不过特批两斤花末而已。茉莉花茶的珍贵，可见一斑。"

这是当时物资匮乏的时代特色，不足为奇。相比而言，下面的故事更让我动容：1990 年，三花上了中央电视台的《新闻联播》，原因是成都茶厂在龙泉大面镇（现龙泉驿区大面街道）的茉莉花基地产量大涨，超过茶厂所需量。但为避免花农利益受损，茶厂尽数收购了所有茉莉花，制茶没用完的茉莉花摆满了车间和办公室。那一年，飘了一路的花香，是三花（成都茶厂）对成都坚守的一份责任。

除了写公文，我一向对"坚守"这样的词敬而远之，但读完小唐姐写的这些文字，还是被其内在的丰盈、张力和韧性所感动。也许正是缘于同样的坚守，小唐姐才能十年如一日，守着茶，守着自己的心，把锦里西路的燕露春经营成成都的一个文化地标。

收了钱，卖茶的大姐戴上老花镜，埋头在本子上写着什么。我探过身看，是销售流水账，密密麻麻记的都是数字。我问她生意怎么样。"还好，都是些老顾客，好的时候一天还是要卖几千元，今天已经超过一千了。"她指着流水账本，笑出满脸皱纹。"三花的销量如何？""越来越少，茶老了，喝茶的人也老了。""会不会亏本呢？""陪摊子嘛。几十年了，茶客走惯了。要是我们不卖，他们就不方便了。"

我转过头，看那旧了的大理石。在小唐姐的回忆里，最成都的生活，是泡在茶馆里的半日清闲；最成都的茶，是一喝六十年的一杯三花。现在，这杯三花，已经被时间泡旧了。

茶厂的对面有一个茶铺，几丛芭蕉下，散放着几张方桌和一圈竹椅。我走过去要了碗花毛峰，窝进椅子，开始"啖三花"。也许是茶叶放得太足，喝起来太涩口，"啖"不出享受的滋味，索性看芭蕉叶落在碗里的影子。

透过芭蕉叶，可以看见茶厂门市的情况。我数了数，在我喝茶的一个多小时里，有四个人去买茶，离开时，手甩啊甩的，看起来买得都不多。

临近中午，我准备回酒店吃饭，茶铺外走过一对母女。喝茶的人喊："张二姐，又陪张妈妈上班哇？""是啊，早上起来就开始闹，非说没完成任务会拖班上的后腿。"母女俩穿过马路，进茶厂转了一圈，又慢慢走回来。

喝茶人口中的张妈妈，是成都茶厂包装车间的老职工，退休后患了阿尔茨海默病，很多事情都不记得了，只记得自己是茶厂的工人。

走过我面前，张妈妈停了脚步，盯着我放在桌上的茶叶，不动。突然伸手抓过去，抢到宝似的跑。又回头，凑到我面前，神秘地说："你泡嘛，香得很，我存了好久才存了这么点。小心点，不要被发现了。"

大　孃

公路上突然滚来个背篼时，我正昏昏欲睡地开着车。刺耳的刹车声后，我战战兢兢下去，看见一个老人躺在背篼后面。

是大孃（方言称呼，在本文中指姨妈）。她给镇上的人送土鸡蛋，走累了在路边歇气，起身没站稳，连人带背篼滚到我的车前。她的胳膊在流血，却只顾检查背篼里的鸡蛋。好在鸡蛋埋在糠里，摔破的不多。

大孃的腿是去年冬天摔断的。那天，她回家见大门紧锁，就扛着竹梯子来到屋后，准备从二楼的窗户翻进去。虽然已经70多岁了，但翻窗户这样的事她干得轻车熟路。每次春红两口子走亲戚，她都得翻窗子才能进屋。刚下过雨，檐沟的地面有点滑，打湿了的竹梯子也有点滑。大孃将梯子靠在墙上，很小心地往上爬。窗户是关着的，大孃推了一下，没开。再推，就连人带梯子倒在了檐沟里。等母亲发现时，大孃已经在地上躺了小半天。

母亲给春红打电话，正在打牌的她"哦"了一声，再没接话。母亲找人把大孃送到医院，医生说左腿股骨粉碎性骨折，要做手术。没有家属签字，手术做不了。母亲又打春红的电话，关机。第二天，春红来了，不签字不交钱。大孃只得出院，走的时候开了一大瓶止痛片。

母亲在电话里告诉我时，我正打算回去买点土鸡蛋。大孃的鸡吃粮食、刨虫子、喝井水，是真正的跑山土鸡，下的蛋个头大，蛋黄也红，单位的同事经常叫我帮忙买。我说再有什么事也要做手术啊。母亲就叹气。春红威胁大孃，只要住院就杀鸡，一天一只。鸡是大孃的命，哪怕痛死，她也要回家守着。

周末，我回去看大孃。她躺在床上，一群鸡围着床跑来跑去，满地的鸡屎让人无处下脚。大孃是出了名的爱干净，屋里屋外从来都收拾得整整洁洁，再忙也没见她头发乱过，如今寸步难移，只能由着垃圾把自己包围。她让我从墙角的柜子里舀瓢苞谷撒在地上，屋里响起哒哒哒的啄食声。"你看这些鸡，吃饱了还晓得下蛋来感谢你。畜生当不来贼娃儿，不会偷得我骨头断了都没钱医，也不得占了我的屋基还说修房子我没出钱，不让我住……"

她说的贼娃儿是春红。春红是招婿上门，与大孃住在同一个屋檐下，但分开吃饭多年，虽然在同一个锅里炒菜，油盐酱醋米却是各自保管。春红修房子时差钱，让大孃凑点儿，大孃不干。春红发飙，母女俩扭打成一团。不久，大孃藏在枕头里的存折被春红拿走，上面的钱被取得一分不剩。母女成仇人。

春红新修的房子是两层小洋楼，二楼是他们夫妇和儿女的寝室。一楼是堂屋、厨房、谷仓、猪圈，还有大孃的房间。说是房间，其实是楼梯下面的通道，没有门，也没有窗，有人上下楼，脚步声就在头上滚来滚去。

大半年过去，大孃的腿一直没好利索，走起路来一瘸一拐。我扶她上车，准备送她去镇上。知道她很少坐车，我尽量把车速放慢。可村道弯多路窄，没走多远，大孃还是晕车了。我只得停下来，陪她坐在路边的竹林里说话。

六月的乡村，空气里荡漾着透明的绿，阳光穿过竹林的缝隙，在大孃花白的头发上跳出金色的光斑。晕车的劲一直没缓过来，她不停地用手揉太阳穴。我看见她左手的无名指弯曲着，上面有圈淡淡的印子。那里曾经有个银戒指，我打小就知道。

大孃养伤期间，饭吃得饱一顿饿一顿，鸡也成了春红的财产，想杀就杀，想卖就卖。大孃无计可施，只能骂，怎么难听怎么骂。春红听得冒火，骑到大孃身上去撕她的嘴，还把戒指抢了。抢的时候，把大孃的手指头都扳断了。

母亲说这是报应，春红是在帮姨爹讨债。

几年前，在地里干活的铁匠姨爹突发中风，倒在地上爬不起来。赶场回来的大孃假装没看见，掉头走了。姨爹在床上一躺就是几年，给姨爹喂饭、端水、擦身、抹澡之类的事，全是春红两口子在操持。"让自己的女儿给老汉儿洗澡，说起来都笑人。我劝她帮帮春红，她还吐我口水，骂我多管闲事。"每次说起这些，母亲总是摇头。

我有一次去看姨爹，这个年轻时强壮有力的汉子瘦得皮包骨头。他口齿不清地说大孃这个烂婆娘，嫁给他几十年了，还一直想着别的男人，早该把她打死。冬天的太阳穿过屋顶的亮瓦，照在那张老泪纵横的脸上："我连个死人都当不到啊！"姨爹的哭声像那些年大孃半夜的惊叫，震得人心惊肉颤。

姨爹是大孃的第二任丈夫，她的第一任丈夫是个牛贩子。

　　20世纪50年代末的一天，40多岁的老光棍刘金贵从外婆家门口经过，向正在洗衣服的大嬢讨水喝。刘金贵常年走街串巷，说是看牛，顺带着也干些偷鸡摸狗的事。没过几天，刘金贵又来了，提了一大块肉，还给大嬢带来了一枚银戒指。这次，外婆没让刘金贵进门。

　　刘金贵走了，大嬢也不见了。等她再次出现时，已经是几年后的事了。刘金贵在卖牛的路上被塌方的石头砸死，给大嬢留下一个半岁的儿子富银。大嬢抱着儿子跪在外婆的门口，不哭，也不说话。

　　几天后，大嬢把自己关在房间里，任别人怎么喊都不开门。外婆急得撞门，富银也哭得惊天动地。门开了，满手是血的大嬢抱起儿子，放声大哭。

　　哭够了，大嬢就坐在门槛上骂人，骂外婆咒死了自己的男人，骂村里的人在背后乱嚼舌头……肮脏而恶毒的话，带着浑然天成的流畅和痛快喷薄而出，一发不可收。从此，善良内向的大嬢变成了泼妇，高兴了找人吵，不高兴了更要找人吵，直吵得村里的人见了她都要绕道走。

　　大嬢的鸡吃了生产队的种子，队长祝二爷要扣她的工分。大嬢往手心里吐了口唾沫，把散乱的头发抹得溜光，又慢条斯理地喝了一瓢水，才摆开阵势。祝二爷在生产队开会，她站在生产队的院坝里骂。祝二爷下田，她跟到田埂上去骂。祝二爷回家吃饭，她就搬个凳子，坐在祝二爷家门口骂。对方先后有祝二爷、祝二奶，以及一个女儿、两个儿子、三个妯娌，外加四个姐妹加入对骂，但无论是单独交锋还是抱团应战，都败在了大嬢的口下。这一架，从旭日东升骂到残阳西下，祝二爷方个个喉咙嘶哑、口吐白沫，大孃却口不干、舌不燥，声音清亮，骂的每一句脏话都能尖溜溜往众人耳朵里钻。时至今日，已经耳聋多年的祝二爷见到大孃还要抱头撞墙，说是这样才能把大孃的声音赶出去。

也有不怕大孃的，比如"独眼龙"赵铁匠。赵铁匠从小跟着父亲打铁，被飞出来的铁屑烫成了"独眼龙"，30多岁了还没娶到老婆。

有年冬天，大孃去赶场，在水井边上摔了一跤，就骂开了。正巧，铁匠挑着桶来打水，把水桶一放，甩手给了大孃一巴掌，又飞起一脚，把她踢到了旁边的水田里。大孃在水里抖成了筛子，骂声也只敢在喉咙里滚，等铁匠走远了她才爬上田埂。

有好事的人说铁匠能降服大孃，就怂恿媒婆去给他俩说媒。大孃虽然是寡妇，但长得眉清目秀，铁匠也乐意。倒是大孃，破天荒没骂人，跑到牛贩子的坟头坐了一夜，回来也同意了。不久，铁匠成了我的姨爹。

姨爹爱打人，尤其喜欢在夜深人静的时候动手。他打起人来也像打铁一样，不紧不慢，隔着很远都能听见拳头砸在大孃身上时发出的闷响。第二天，青眼肿脸的大孃总是一副若无其事的样子，煮饭、喂鸡、出工，随手抄个东西把春红打一顿。

姨爹去世那天，大孃穿了大红色的衣服，事不关己地坐在屋檐下看人忙活。村里的人说大孃是个怪人，结婚时周身穿得黢黑，跟办丧事一样，男人死了却又穿得像结婚一样喜庆。

天慢慢阴了，我要继续赶路。正准备上车，公路上响起摩托车的声音，是富银载着饲料从镇上回来了。我跟他打招呼，他随口应了几句，瞟了一眼旁边的大孃，轰起油门走了。

富银自小体弱，隔三岔五生病，大孃把春红使唤得团团转，却很少喊他干活。有人说大孃命硬，克死了牛贩子。富银听进去了，吵着要大孃还他的爹，挨了一顿打，从此不亲近大孃。富银谈对象时，有一回和女朋友佳秀在屋里讲悄悄话。佳秀说牛贩子走街串巷肯定不止大孃一个女人，说不定富银还有别的兄弟姐妹，两人笑得嘻嘻哈哈。抱柴经过的大孃踹开门，非要赶佳秀走。后来，富银不顾大孃的反对，娶了佳秀当老婆。富银结婚那天，大孃借酒发疯，把新娘子的头发都扯落了。

婚后的富银在山后另立了门户，母子见面跟路人一样。

"富银儿老了哦，头发都白了。我也该去见牛贩子了。"大孃喃喃自语。

大孃摔断腿后，再不能像以前一样干活，她那份田就成了春红的鱼塘，春红每月给她40斤大米。虽然还有半亩地，可以种点蔬菜，但没有多余的粮食，鸡是越养越少了。

"牛贩子说回来就喂鸡。他不在的这么多年，只有那些鸡陪着我。"大孃望着天，声音空洞得像是从云上飘下来的。

当年刘金贵最后一次出门卖牛，走到院坝外又折回身来，对大孃说不想干牛生意了，等他回来就开始养鸡，一家人天天在一起。牛贩子没回来，大孃倒是养了一辈子的鸡。她的鸡，公鸡卖了，母鸡不生蛋了也卖了，绝不杀来吃。逢年过节家里要杀鸡，也只能到市场上去买。铁匠有次生病，想吃肉，趁大孃出门杀了只鸡炖汤。大孃回来提着刀追着他撵，还把锅砸了。

大孃不坐车了，我拗不过她。车转了个弯，后视镜里的大孃还在靠着背篼出神。

大哥是农民

腊月二十八，大哥回来得很迟。他说黄老五跑路了。

大哥是泥瓦工，专门给新修的楼房糊外墙、贴瓷砖。这些年，在老家这样的县城，农民工如果不趁着过年前的几天对开发商围追堵截，要拿到工钱几乎是不可能的。所以，小年一过，农民工就会跟着包工头，到开发商的门口静坐。包工头与农民工大都是同乡，彼此知根知底，因此，一年结一次款，大家也不担心赖账。黄老五不是本地人，但在犍为干了好几年，虽然有时候会拖欠工钱，但开的价比别人高一点，不少人还是愿意帮他干活。这几天，黄老五很少露面，打电话问他工钱，总说快了。今天，他手机关机，大哥和十几个农民工去找开发商，才晓得黄老五领了钱，跑了。

我问大哥有多少工钱。他伸出两个指头，两万多。我惊得吸了口气，正在想如何安慰他，电视里突然响起欢呼声，是某地的开发商现场给农民工发工钱的新闻。特写镜头里，有个农民工在数钱，笑得口水都流出来了。

大哥拿钱顺利的时候，也是这样开心。我记得几年前，他从工地要账回来，也不说结果如何，一头钻进厨房。嫂子就唠叨他这么多年连个包工头都混不到，干了活还拿不到钱。大哥也不接话，只管刮鳞剁姜，给我们做鱼。大哥是家里的大厨，做得一手好菜，十来桌人的饭菜三两下就搞定了，老家的亲戚朋友办酒席，都要请他掌勺。他最拿手的是鱼，清蒸、红烧、水煮，样样吃得我们吞舌头。

鱼做好了，大哥拿杯子倒酒，嫂子一把抢过去说娃儿的学费都挣不到，还好意思喝。大哥眨眨眼，从衣服内袋里往外掏钱。掏一把，让嫂子数清了，又掏一把，六七把下来，侄儿上学一年的费用都有了。嫂子喜笑颜开给他满了酒，大哥一口干了，笑得见眉不见眼。

新闻播完，大哥还坐在沙发上没动。今天团年，他一早从老家的塘里逮了几条鱼，说好要到工钱回来上灶。现在，那些鱼还活蹦乱跳，大哥瘫在沙发上，像鱼缺了水，撑着脑袋的手鲜血淋漓。

因为长期与水泥打交道，大哥的手经年累月裂着口，稍不注意就会流血。我常劝他要用酒精消毒，拿无菌纱布包扎，小心感染。大哥就瘪嘴："开个口子流点血，又不伤筋又不动骨的，大不了喂点白酒，没见到哪个感染了。农村人打得粗，不像你们城里人讲究。"

夏天我回去，前脚到家，大哥后脚就汗流水滴地回来，心急火燎倒下两碗稀饭，又准备出门。我说："天热得鸡蛋都能晒熟，你就不怕把你的力气烤化了？"大哥嘿嘿笑："工期紧，拿了工钱不能误人家的活儿。"我一听就火了，指着他流血的手吼："是命重要还是钱重要？"见我耍脾气，大哥把跨出门槛的脚收回来，拿过桌上的白酒倒在手上，吸着气说："熟人熟事的，能帮忙就帮个忙，力气用完了又不是不回来。"那时，他就在帮黄老五干活。

力气倒是回来了，大半年的工钱却没了。大哥一拳砸在茶几上，茶杯吓得跳起来，血顺着裂开的口子往外涌。

我找出酒精和棉签递过去，他没接，只顾唉声叹气。

嫂子端着菜从厨房出来，边摆碗边向我抱怨："看嘛，你们都拿轻松钱，就他一个人当农民吃苦力饭。"

亲朋好友经常说，如果不是我，大哥也能过上城里人的生活。二十世纪八九十年代，走出农村，端"铁饭碗"还是很多农村人的梦想。父亲退休有一个农转非当工人的名额，大哥是长子，连我都觉得非他莫属。但是，那时他已结婚生娃，条件不符。别人遇到这种情况，要么让儿子假离婚，要么隐瞒不报，可父亲思来想去，还是决定让我去。而那时的我初中还没毕业。

我成了吃商品粮的城镇居民。虽然在大坝上当焊工并不比当农民轻松体面，但在别人看来，我就是抢了大哥的锦绣前程。多年后，我同大哥聊起上班的场景，他一拍大腿，说："你那工人当得比我这个农民还不如。"边拍边笑，笑声里全是郁闷得以疏解的大气。

天黑透了，院子里有人在放鞭炮，喜气洋洋的。大哥终于洗了手，蔫搭着开始吃饭。我在微信上给侄儿通风报信。

侄儿大学毕业后在成都工作，说好了回来过年，前几天突然说要加班。也难怪，每次回来都要面对轮番"耍女朋友没有""好久带回来"的"审问"，再思乡情也怯了。大哥很郁闷。

侄儿毕业那年，大哥就给他买了房子，三室两厅，虽说不是高档小区，也掏空了多年积蓄。买的时候一门心思冲着接儿媳去的，没想到侄儿马上就奔三十了，莫说结婚，女朋友的影子都没有。嫂子听说空房对婚姻不利，两口子一合计，干脆自己搬进去，来一个"守房待媳"。

乔迁新居那天，大哥喝醉了，拉着侄儿说我这辈子就是农民的命，你是大学生，又有房子，赶紧找个城里的老婆，让我的腰杆也硬气点。一旁的二哥就起哄，说大哥为一句话记了几十年仇，必须罚酒。

大哥从小心气高，一门心思跳出农村，可惜读书时遇上"文革"，课堂上讲的东西还没有自己看书学得多，虽然毕业那年已经恢复高考，但他底子太差，名落孙山成了必然。

大哥高考落榜，母亲虽然遗憾，却又忍不住松了口气——家里的活儿多如牛毛，单是下田使牛、挑粪上山这样的事，就该有个男壮劳力来干。大哥想再复读一年，父亲手一摆："你是家里的老大，别再想读书的事了，以后这个家就由你来当。"大哥在床上睡了两天，滴水不沾。

农村的活儿比烦恼多，大哥再有天大的委屈，也没宽裕的时间去伤心。该收谷子了，不管他愿不愿意，都得下田割禾踩打谷机，上岸担谷子挑稻草。

收完谷子，大哥又开始学使牛犁田。父亲长年在外工作，我们家犁田从来都是请人帮忙。村里人帮忙讲究换工，家里没有壮劳力，母亲只能买肉提酒，低三下四去求人。庄稼人把土地当亲人伺候，没有人愿意正当季时放着自己的田地不管，先去帮别人，常常是别人家的田都翻两遍了，我们家的头茬还没翻完。

大哥要犁田，母亲特意给他上酒壮胆。喝了酒的大哥把杯子重重一放，赶着牛扛着犁出门了。雄壮的牯牛在前，身形单薄的大哥跟在后面，看起来不像大哥在使牛，倒像是牛牵着大哥走。

牯牛欺生，下了田，不是拉着犁狂奔，就是站着不走。那个秋天的早上，我坐在田埂上，眼见着只有16岁的大哥五次三番被牛拖倒在水里，又三番五次爬起来，倔强地与牛较着劲。吆喝、怒吼、抽打，他折腾了一上午，也没犁出两分田来。到了下午，牛终于变得温顺起来，在大哥的口令中规规矩矩地走。犁头哗哗地划开水下的泥，大哥不紧不慢地跟在后面，不时还抬起头，望一望天。阳光下，大哥嘴边那圈淡淡的绒毛泛出了青色。我莫名想哭，总觉得有什么东西正被他脚下的稀泥淹没。

不久，乡上征兵，大哥兴冲冲去报了名。体检、政审，一路过关斩将，从几百人的"海选"中成功突围。那几天，大哥走路都像踩着弹簧。入了伍，就是一只脚跨进了端"铁饭碗"的门，干得好，有转志愿兵的可能，即使转不成，退伍回来进乡里的武装部、广播站、农机站之类的单位也很容易。大哥甚至还梦见自己考上了军校，醒来后乐得在院坝里翻跟斗。

大哥要去当兵，母亲发电报让父亲拿主意。父亲的回电只有两个字：不行。这简直把大哥逼疯了，他睁着血红的眼睛，把手当榔头砸墙，砸得皮开肉绽。那时对越自卫反击战还没结束，很多奶气都没脱的川兵刚出征就长眠于老山前线，上过战场的父亲不愿让大哥去冒险。

第二年招兵，大哥又去应征，那次全乡只有15个名额，大哥依然榜上有名。父亲还是不同意。乡上武装部负责征兵的人到家里来做工作，说大哥有文化，人又聪明，条件比很多人好，到了部队肯定会有出息。父亲不点头。

大哥放弃的名额被他的高中同学补上了。那同学读书时成绩不如大哥，到部队没上前线，当了勤务兵，有次回来探亲，见大哥在街上卖菜，颐指气使地说："我全买了，你给我挑过去。"那天晚上，大哥喝得酩酊大醉。

二哥考上师范学校时，全生产队的人都很兴奋，这可是几十年来队里考出农村的第一个"秀才"。亲戚朋友拥到我们家，争相目睹那张只有巴掌大却标志着即将吃上"商品粮"的录取通知书。母亲和二哥笑得嘴都咧到了耳朵根上，不厌其烦地把通知书拿给人看。大哥坐在屋后的树下，一脸忧伤。

很快，母亲和二哥的兴奋就变成了焦虑——父亲两个月没领到工资，让母亲和大哥想办法解决学费。母亲跑了好几家亲戚，没借到，只能寄希望于粮食征购。

那是收谷子的季节，一年一度的粮食征购已经拉开序幕。但天公不作美，绵绵细雨一直不停，新打的谷子没地方晒，母亲就在锅里烘，全天不歇气，能烘干百来斤。大哥把烘干的谷子装进塑料袋，天不见亮就打着火把往粮站挑。即使是这样，等大哥在长龙似的队伍里连人带谷子挪到粮站的磅秤前，也已到了中午。一千多斤谷子，他跑了七八天。等交完粮可以结账时，二哥报名的期限已只剩最后一天。

那一整天，全家人都在等大哥拿钱回来。夜深了，大哥才踩着月色回家，他把钱递给母亲，便栽到床上睡觉。母亲忙着给菩萨烧香磕头，给二哥收拾行李，直到后半夜，才发现大哥烧得人事不省。足足一个星期后，大哥才能下床。

前些年我遇到初中同学，她说起大哥，直竖大拇指。当年大哥在粮站守了一天，天快黑了才轮到他结账。但前面的人把钱结得差不多了，粮站的人叫他第二天再去。大哥急得跪在粮站门口不走，哭着说再拿不到钱，弟娃儿的前程就耽误了。同学的爸爸是站长，看大哥哭得伤心，垫了自己的钱给大哥结账。

同学讲得绘声绘色，我一句话也说不出来。都说男儿膝下有黄金，大哥又是个宁折不弯的脾气，别说下跪，小时候挨打，棍子打断了他也不告饶。我无法想象血气方刚的大哥是在以怎样的隐忍，把自己的尊严压在膝盖下，为二哥争取机会。这么多年，他只字不提，即使吃上"商品粮"的二哥偶尔还要在他面前显摆优越感。

大哥没吃两口饭就放了碗，捏着遥控器不停转台。侄儿来电话，安慰了半天，扭扭捏捏说自己耍朋友了。大哥一蹦老高，说："耍了朋友就好，不回来也没关系，把女朋友陪巴适。工钱？没事，你老汉儿我有的是力气，明年重新来过，误不到你的彩礼。我就说嘛，眼皮跳了几天，原来有喜事啊，哈哈哈。"

挂了电话，大哥继续在屋里转圈。一会儿问我该给多少见面礼合适，一会儿又和嫂子嘀咕该给女方买什么礼物。

没拿到工钱的郁闷一扫而光，屋里响起他跑调的歌声："咱们民工有力量，嘿，咱们民工有力量，每天每日干活忙……""农民。"嫂子嘟囔了一句。大哥哈哈大笑，嘴里的歌又变成了《翻身农奴把歌唱》。

我赶紧溜。这是我和侄儿导演的戏。第一次，我希望电话那边，侄儿真的在陪女朋友。

与《百坡》有关

前段时间逛 QQ 空间，翻了以前的日志看。打开时光倒流的河，有篇不长的日志从陈年旧字里浮出来，引得我心中感慨翻滚。日志中有两个关键词：棱子、《百坡》。文字写于 2008 年 6 月 12 日，距今整整十年。

就在写这篇文章的时候，我在键盘上敲下"百坡"，又开始敲"十年"。《百坡》二十岁了，我准备讲讲自己与它的故事。"百坡·十年"，这是想好的标题。爬上屏幕的不是"十年"，是"阶梯"。

突然，就愣住了。百坡，分明就是我的阶梯啊。这些年，我从成为它的读者，到成为它的作者，再到成为它的编辑，就是踏着它铺开的台阶，一步一步前行的。

要讲与《百坡》的故事，总要提一提它的过去。据说自 1998 年创刊以来，《百坡》就多次遭遇断炊之困，之所以没有同众多内刊一样倒地不起，得力于各级领导和社会各界的支持。具体情况我虽不清楚，但 2008 年我读的第一本《百坡》——"汶川地震特刊"确实是当年第一、二期的合刊。转机应该是在 2009 年，《百坡》有了被列入财政预算的经费，编辑们"巧妇难为"的境况有了彻底的改变。这是惹得不知多少兄弟内刊编辑们羡慕嫉妒恨的改变。

要办好一本杂志，除了经费，最重要的，应该是编辑。对文学编辑，《现代文学》的创始人白先勇先生有句话："只有傻子才办文学杂志，只有更傻的人才肯担任这吃力不讨好的编辑工作。"《百坡》创刊二十年，执行主编没变，现任编辑除了我，基本都是元老。

我曾经多次讲述对棱子、雪夫、贵全三位老师和李永贤主编的敬仰和喜欢。这些年，我一直因着这样的敬仰和喜欢，追随在他们的身后，学习写文章，学习编辑文稿，并以他们为榜样，为把《百坡》办得更好而努力。

这样说，有故意抬高自己之嫌。实际的情况是：我通过棱子，与《百坡》结缘；通过《百坡》，与文学靠近。

因为棱子的眼疾，我有了接触《百坡》来稿的机会。因为经常给她读稿子，我有了一点辨别文章优劣的能力。因为当她的秘书，我有了认识贵全、雪夫、李永贤等一众编辑老师的机会。因为安静和踏实，我逐渐入了他们的眼，有了近水楼台先得月的便利，可以打着帮《百坡》做事的旗号，在他们的闲聊和讨论里偷师，或者光明正大地学艺，并由此打开了自己的眼界。

2008年年底，在稽征所四楼的第一间办公室，我开始了为棱子读来稿的时光。当时的我还不知道，有朝一日，《百坡》会成为我生活中的主角。那时稽征所刚卷入"燃油税"改革的浪潮，从上到下的人都在为分流何处而迷茫，经公招考进单位还不到一年的我却过得安安静静。不能说这全是《百坡》的功劳，但至少，和它的编辑在一起，我有前所未有的安心。

那个冬天，工作已不太忙，天气却很好。一周里，棱子要到办公室来一两次。常常是下午，阳光流在走廊光洁的地砖上，又折射到我的办公桌前。棱子背光而坐，我则边读稿，边看地上移动的光影。就在这些斑斓的光影里，我读出了细节的精彩、文字的灵动、结构的严谨。多年以后，与人聊起在稽征所的日子，很多的人和事都模糊了，唯有那些光影，光影里荡漾的字、词、句、段，依然清晰。

办公室外走廊的拐角处有一盆三角梅，一直光秃秃的，我每天从它面前经过，没见过它长叶开花。2009年的春天，它突然就开花了，浓艳、密匝，跟燃了团火似的。棱子说，有一天，你也会开得花枝招展。我只是笑。给棱子念了这么久的稿子，我早已明白自己的文学土壤有多么贫瘠。我不敢想，我在这样的土壤里生长，可以开出花。

却是很快，有朵小小的花骨朵冒了出来。《百坡》要庆祝创刊十周年，棱子说："你也算是熟人了，写一篇稿子吧。"便有了一篇青涩的文章。那会儿，棱子已经不怎么到我办公室了。更多的时候，是我爬上对面的五楼，去蹭茶喝。

棱子家有很多茶，也有很多书画。在餐厅临窗的地方，有一张朱红色的方桌，桌上总是摆着书、画册、陶瓶之类的东西。要泡茶了，棱子就拣开一块桌面放茶盘。

我的专座是背对厨房的椅子，有点硬，视野却开阔。坐在这里，可以看见餐厅、客厅挂着的书画，还有魏大哥的收藏品。棱子泡茶时，总要给我普及茶的知识，聊开了，也会说点艺术鉴赏上的事。有时候我们在厨房吃水果，坐塑料凳，看窗外的风景，再说些"一下午的时间被茶泡白了"之类的话。当时不怎么听得懂，也不觉得有什么。后来，看字赏画时偶尔蒙对了优劣高下，写出的文字有一两篇被读者喜欢，再回头，那些蒙着茶气的启蒙课，竟让人回味无穷了。

2009 年，有件事反复出现在我的日志里：《百坡》十周年庆典。那是我第一次作为志愿者参与活动接待工作。那几天，我还有很多个第一次，比如，第一次开车上路、进城、下乡，把坐我车的李华老师吓得面如土色；第一次见到张新泉、陈大华、蒋雪峰、林雪儿、牛放等一众大咖，激动得说话都打战；第一次与贵全老师合影。

没错，认识贵全老师一年多，崇拜和敬重阻挡了我走近他的脚步。我常常在朋友面前讲他的古典诗词的修为，他的现代诗如何让人喜欢，他的散文多么词约义丰，他的书法怎样有造诣，他的为人多么澄澈。虽然我并不是真的懂，只是人云亦云。说得多了，朋友们也来了兴趣，想要见识他的庐山真容。他们不知道，对贵全老师，我还只敢远远地仰望。

那个秋天，在青神的中岩寺，大华老师举起相机对准我和贵全老师的时候，我有种预感，那道横陈在我面前的，奔腾着敬仰、崇拜、喜欢的河，将因为这张照片搭起跨越的桥。事实证明我是对的。没过多久，我就从在桥上挪，变成招摇地走，再然后可以放肆地跑，并敢跟贵全老师开玩笑、抢枕头粑。这是后话。

贵全老师的办公室在区文联，离我后来上班的地方直线距离不足 500 米。偶尔，我会跑去听他摆"龙门阵"。他的办公楼后面，是还没被拆迁的农舍，每次去，我都喜欢坐正对窗户的沙发。窗外绿叶荫荫，青瓦褐墙，看着就让人身安心静。但我离开的时候，总是走得东倒西歪——听贵全老师说诗、解文、品字，那种酣畅和痛快，就如不会喝酒的人，闷下一大口，先是短暂的辛辣，慢慢地，四肢百骸涌出暖烘烘的酥软，一波接一波，直到把人托得离了地面，飘在空中。老实说，那会儿究竟聊了什么，我没记住多少，但那种美妙的感觉，至今也没有消退。

如果说这些年我的写作和编辑水平有点进步，那实在是棱子茶泡、贵全老师"酒"熏的结果。不，还有雪夫"白"话的作用。

雪夫是我见过的最有才的编辑之一。人长得帅就不说了，擅散文、诗歌，还工书法、摄影，早些年就有"天涯第一才子"之誉。现在，他偶尔在聚集了全国最优秀的散文作家的"在场散文微信群"发句言，蜂拥而来的掌声和鲜花要堆上几十层楼。这样的才子鉴赏起音乐来，则是文风轻盈而波澜壮阔，那一篇《闭上眼睛》，我不知反复读了多少遍。他说写散文要懂得留白，又说藏起的拳头力量更大。蕴藉，是他教我的写作技巧。我有所悟，但没透。从此读书写作都很留意。慢慢有了点感觉，再去看书画、摄影，甚至编辑工作，发现均有异曲同工之妙。对他越发佩服。

在追随的路上狂奔了十年，我和《百坡》，和《百坡》编辑的情感，已经越来越醇厚了，甚至要加上浓郁来形容。

2012 年，我的名字第一次以编辑的身份出现在《百坡》——那是全区第五届中小学生征文比赛的专刊。那次，我还以评委的身份点评作品。我记得贵全老师看到我的点评后，说若若是上了正路的。

我很兴奋。

我曾经以为编辑就是把不同作者的文章组合在一起的搬运工，跟《百坡》走得近了，才知道自己的可笑和无知。棱子说，编辑可以做不到"眼高手高"，但起码要"眼高手低"。一个好编辑可以不是优秀的作家诗人，但必须具备过硬的鉴赏和改稿本领。我很幸运，追随的编辑老师，从李永贤、张贵全、雪夫到棱子、徐昕，无一不是兼具创作实力和编辑水平的高人。

微信朋友圈里有一篇王十月接受采访的文字，我认为可以将他的话完全照搬到《百坡》编辑的身上："作为编辑，什么事最让你感到愉悦？""看到好稿。发现新人。好作家从我们这里起步。""面对知名作家的质量欠佳的来稿，你会如何处理？""如能改，提出修改意见。如不能改，找个委婉的借口退。"

摆一摆关于委婉和直接的"龙门阵"。

有一次我去文联拿材料，去的时候，贵全老师在跟作者打电话。大概是对作者发来的诗不太满意，想请对方做点修改。电话那边是个名家，似乎有点不太愿意。贵全老师也不急，拉开了冷水泡茶的架势。这一聊就是大半个小时，说到兴奋处，桌上的茶杯随着他的巴掌落下而蹦得老高。我等不及，拿了材料先走。走到楼下，还听到茶杯在他起伏的声音里跳得跌宕。结果自然是贵全老师赢了，名家很快将修改后的稿子发了过来。

棱子有次读了《文学自由谈》的主编、鲁迅文学奖和茅盾文学奖双料评委任芙康的《胖子》一文，很喜欢，便向他约稿。任老师也支持，发了篇新写的稿来，还特别表示这是首发。棱子是个执着的编辑，表达得也很直接："任老师，我还是更喜欢《胖子》。"老实说，我非常吃惊于棱子的胆量。一个身居文学圈顶层的大拿，肯将自己的作品在县级内刊首发，这样的好事，多少编辑求之不得。在我的预料中，不仅《胖子》不会有，那篇新稿子也会被收回去。然而不久，《胖子》翩翩而至。

类似的例子不胜枚举。正是因为这样的执着、这样的"胆量"，《百坡》才走出了"有省级刊物水平的县级刊物"的风华。

前人栽树后人乘凉。我这个写作、编辑的初学者，每次外出参加文学活动，或是向作家约稿，自报"我是《百坡》编辑若若"的家门时，总有骨头骨节都在往上伸展的自豪感。

更让我感动的是，在我的编辑生涯里，不管是陆春祥、何大草、马平、王族、杨献平、赛壬这些全国知名作家，还是其他省内外优秀作者，都不曾因《百坡》稿费微薄，或是我这个名不见经传的编辑约稿而稍加推辞。每次收到他们发来的作品，我总是激动得如坐在炉子上烧的水壶，周身都被蒸得热气腾腾。

不过，也不尽是好事。当编辑的时间不长，我不仅有了看到文不通、字不顺的稿子就情不自禁要去改的"职业病"，还有了"势利眼"的趋向。收到文友们寄来的杂志，总是不自觉与《百坡》比，比了设计、排版、装帧，又比栏目、作者、文章，边比还边嘀咕，美编的水平不如雪夫，栏目设置不错，作品水平挺高，可惜排版太差……这是独自一人时的习惯，不至于招人嫌，但见人三分钟就聊《百坡》

的毛病却让朋友们受不了。

有次在饭桌上，我又聊起《百坡》，有个不算熟的文友实在忍不住了："坡啊坎的我们天天爬，不到一百也有八十。百坡，百坡，你们爬了一百个坡，咋连公开刊号都拿不到呢？我发个微博点击量成千上万，你们每期的读者有多少？……"一通话扫得我哑口无言。自此以后，我尽量管住自己的嘴，也学着看人说话，尽量不惹人讨厌，但每期《百坡》出来，还是控制不住在朋友圈里狂晒。好在朋友们大多很捧场，每次除了奉上一大堆赞，争着要看杂志的也不少。

前几天，有人给我讲某领导公开表扬《百坡》办得好。我在编辑部的群里报喜。李永贤主编说："这固然是件喜事。但《百坡》一直是这样走的。说我们好，我们不骄傲，说我们不好，我们也不灰心，按自己的节奏，不要乱了方向……"李主编语速平缓，语气笃定。我反复听了几遍，内心清明。

说来也巧，2008年，《百坡》十岁，我在"燃油税"改革的浪潮里不急不躁。2018年，跟《百坡》一起长了十岁，再一次置身国地税机构合并改革浪潮，我还是安安静静。

《百坡》二十岁，祝福它的未来更加光明。也祝福自己，沿着它铺就的阶梯，继续前行。

若若的路（跋）

温　馨

　　不知从何时开始，若若同学与馨同学取缔了母女间的称呼。当提笔再想写点什么送给若若的文字时，惊觉八年已过。是的，自《一直很安静》出版后，若若好似真的就此安静了。

　　她出了书，吊起很多人的胃口。包括我。我们等待她种出茂盛的庄稼。但她拐进了另一片海，游得朴实无华。

　　重新回归捡起，是在一个酷热难耐的下午，馨同学刚从烈日下走进寝室，便接到若若的电话。电话那一头的她，慌张、不安，似在旷远无依的水里挣扎。一通安慰、规划，电话挂断后已是斜阳欲落。

　　此后，收到若若同学提交的作业已是一个半月后。看着电脑上显示的片段，脑仁突突跳，可电话那头抑制不住的喜悦，让我深呼一口气，开启了新一轮的电话粥。鼓励、建议，一切都是那般小心翼翼，怕声稍大一点都会吓跑若若好不容易冒出来的创作苗头。放下电话，我的难过却突破心田，如龙卷风般席卷。难道若若的创作之路真要成为一条"天路"，始终迈不过高原期？

　　所幸，一路蹒跚、被鞭打着前行，若若的路越走越宽。周二嫂与城南市场的变化之路，跨越钢筋水泥做客成都茶

217

厂的访茶之路，半夜被带状疱疹抛起又落下的治愈之路，家有元宝嬉笑打闹的养宠之路……一条条路在若若的身体里窜荡，大浪淘沙般留下如此有温度的文字。馨同学的电话粥，也变成了三言两语的想法和一箩筐都装不下的赞扬。

当然，若若的路还越走越远。从眉山出发，一路向东，齐鲁大地的风吹得若若多了几分豪气，就连文字都尽显干练，少了巴蜀之地的闲散婉转。一路向南，无聊的水电站生活拦不住一天到晚傻乐呵的若若，她写出了小说都构架不出的剧情与鲜活。奔向"三州"，若若成为甘洛的探索家，尝到当地人都鲜少品尝的美食，走过了本地人都未曾抵达的秘境。若若的文字被打上了她个人鲜明的烙印，馨同学的胃口亦被越养越刁，眼高手低的毛病被若若彻底惯坏，病入膏肓，难以根治。

敲下这段文字时，若若同学刚好推门而入。光影在她的身后，美好安静，炙热张扬。